भारतीय श्रेष्ठ कहानियाँ

प्रस्तुत पुस्तक 'भारतीय श्रेष्ठ कहानियाँ' में उड़िया, कन्नड़, तेलगु, पंजाबी, मराठी और हिन्दी की चुनी हुयी श्रेष्ठ साठ कहानियाँ संग्रहीत हैं।

भारत में भिन्न-भिन्न भाषाओं के बावजूद कहानी कला का विकास समानान्तर और समान्तर हुआ है, जो सर्वथा स्वाभाविक है। भारत का इतिहास, भूगोल, संस्कृति और नियति जो एक है। इस संकलन में संगृहीत कोई भी कहानी किसी भी भाषा की कहानी हो सकती है, क्योंकि भाषा की वह बाद में, पहले वह भारतीय कहानी है। भारत की भिन्न-भिन्न भाषाओं में कहानी के विकास को पाठक सम्बद्ध भाषा की कहानियों के प्रारम्भ में उस विभाग के संपादक द्वारा प्रस्तुत सर्वेक्षण में देखेंगे। इस सर्वेक्षण में भिन्न-भिन्न भाषाओं के साहित्य में जिस साम्य की सहज प्रतीति होती है, उससे इस विश्वास को बल मिलता है कि समग्र भारतीय-साहित्य की एक इकाई के रूप में, चाहे अलिखित, किन्तु बड़ी प्रौढ़ और अस्तित्वशील परम्परा है, जिससे सभी भाषाएँ अपने-अपने तौर पर प्रेरणाएँ और स्पंदन प्राप्त करती हैं। आवश्यकता है इस अदृश्य-परंपरा को आलेखित करने की, ताकि भाषाओं का यह परिवेश भिन्नता का पर्याय न बनकर विविधता का इन्द्रधनुषी रंग प्रत्यक्ष करे।

आधुनिक-कहानी की शक्ति और महत्त्व इसमें है कि वह संघर्षमय जीवन के कठोर यथार्थ से सर्वांशतः सम्पृक्त है। आज का सारा ही साहित्य उत्तरोत्तर वस्तून्मुखी और यथार्थपरक होता जा रहा है। कविता का कथ्य तक, जो रमणीय-अर्थ और रसात्मक-अनुभूति के पोषण के लिए कल्पना की वायवी उड़ान में आश्रय का लक्ष्य खोजता था, आज यथार्थ की कठोर कंटकाकीर्ण भूमि पर संघर्ष में अपनी उपलब्धि खोज रहा है, यह संघर्ष चाहे भौतिक हो, मानसिक हो या आध्यात्मिक हो। इस दृष्टि से आज की कहानी काव्य का स्थान हड़पती जा रही है—लघु-गल्प कविता का और उपन्यास महाकाव्य का। यहाँ कहानी से ''लघु-गल्प' और 'उपन्यास' दोनों ही अभिप्रेत हैं।

आवरण : लोकभारती स्टूडियो

भारतीय श्रेष्ठ कहानियाँ

खण्ड-१

प्रबन्ध सम्पादक

सन्हैयालाल ओझा

सह सम्पादक

मार्कण्डेय

भारतीय भाषा परिषद, कलकत्ता

की ओर से

लोकभारती पेपरबैक्स

लोकभारती पेपरबैक्स में
पहला पेपरबैक संस्करण : 2010
पाँचवाँ पेपरबैक संस्करण : 2022

लोकभारती पेपरबैक्स : उत्कृष्ट साहित्य के लोकप्रिय संस्करण

भारतीय भाषा परिषद, कलकत्ता
की ओर से

लोकभारती प्रकाशन
पहली मंजिल, दरबारी बिल्डिंग, महात्मा गांधी मार्ग
प्रयागराज-211 001
द्वारा प्रकाशित

वेबसाइट : www.lokbhartiprakashan.com
ई-मेल : info@lokbhartiprakashan.com

शाखाएँ : 1-बी, नेताजी सुभाष मार्ग, दरियागंज, नई दिल्ली-110 002
अशोक राजपथ, साइंस कॉलेज के सामने, पटना-800 006
36 ए, शेक्सपियर सरणी, कोलकाता-700 017

बी.के. ऑफसेट
नवीन शाहदरा, दिल्ली-110 032
द्वारा मुद्रित

मूल्य : ₹550
दो खण्डों का सेट
मूल्य : ₹1100

BHARATIYA SHRESHTHA KAHANIYAN
PART-I
Edited by Sanhaiya Lal Ojha & Markandey

ISBN : 978-81-8031-515-2

भारतीय श्रेष्ठ कहानियाँ

- उड़िया
- कन्नड़
- तेलुगु
- पंजाबी
- मराठी
- हिन्दी

[चुनी हुई श्रेष्ठ 60 कहानियाँ]

भारतीय कहानी

कहानी को विश्व-साहित्य की प्राचीनतम विधा कहा जा सकता है, उसका आविष्कार मनुष्य ने तभी कर लिया होगा, जब उसे किसी को फुसलाने-बहलाने की आवश्यकता महसूस हुई होगी, अर्थात् भाषा के आविष्कार से भी पहले, संकेतों, अनुभवों आदि के द्वारा कहानी का प्रचलन रहा होगा और सभ्यता की सीढ़ी के हर पाये पर भाषा-लिपि-मुद्रण, श्रोत-दृश्य-पाठ्य, वह अपने रूप को सँवारती आई है, यहाँ तक कि आज के युग में, एक दूसरे अर्थ में, उसे साहित्य की नवीनतम विधा कहा जाता है, नवीनतम ही नहीं सशक्ततम भी। फुसलाती-बहलाती ही नहीं, अब वह मानवों से आगे बढ़कर प्राणियों और प्रकृति के मूर्त-अमूर्त सभी उपादानों के साथ मानव के बोध्य-अबोध्य संबंधों का अन्वेषण-विश्लेषण प्रस्तुत करती हुई, प्रत्यक्ष-अप्रत्यक्ष रूप से प्रेरित भी करती है।

साहित्य मात्र, जैसा कि हम उसे वर्तमान रूप में समझते हैं, अपने प्रारम्भिक रूप में कठोर-जीवन से पलायन ही का नामान्तर रहा होगा। किसी भी साहित्य का काव्य-विधा से आरंभ अप्रासंगिक नहीं है। कला का क्षेत्र आरम्भ ही उस सीमा-रेखा से होता है, जहाँ उपयोगिता शेष हो जाती है। शायद इसीलिए पश्चिम में आर्ट फॉर आर्ट्स सेक, क़ला के लिए, का नारा बुलन्द हुआ था, यद्यपि यह मानने के लिए विवश होना ही पड़ता है कि कला का क्षेत्र चाहे जितना स्वशासी (ऑटोनोमस) हो, उसका उद्भव जीवन के क्षेत्र से, अथच जीवन के लिए उपयोगिता के क्षेत्र से ही होता है।

आधुनिक कहानी की शक्ति और महत्व इसमें है कि वह संघर्षमय जीवन के कठोर यथार्थ से सर्वांशतः सम्पृक्त है। आज का सारा ही साहित्य उत्तरोत्तर वस्तुन्मुखी यथार्थपरक होता जा रहा है। कविता का कथ्य तक, जो रमणीय-अर्थ और रसात्मक-अनुभूति के पोषण के लिए कल्पना की वायवी उड़ान में आश्रय का लक्ष्य खोजता था, आज यथार्थ की कठोर कंटकाकीर्ण भूमि पर संघर्ष में अपनी उपलब्धि खोज रहा है, यह संघर्ष चाहे भौतिक हो, मानसिक हो या आध्यात्मिक हो। इस दृष्टि से आज की कहानी काव्य का स्थान हड़पती जा रही है—लघु-गल्प कविता का और उपन्यास महाकाव्य का। यहाँ कहानी से 'लघु-गल्प' और 'उपन्यास' दोनों ही अभिप्रेत हैं। वस्तुतः पश्चिम में, जहाँ से आधुनिक कहानी आयातित मानी जाती है, वहाँ फिक्शन शब्द, कहानी और उपन्यास दोनों के लिए प्रयुक्त होता है। किन्तु तब भी दोनों में अन्तर है, केवल आकार का नहीं, प्रकार का भी, यद्यपि कहानी और उपन्यास दोनों प्रस्फुटित एक ही बीज से हुए हैं। उपन्यास समस्त जीवन, अतः घटनाओं के समूह को अपने में गूँथ कर एक पुष्प-हार का उपहार प्रस्तुत करता है, जबकि कहानी केवल एक घटना का पुष्प आपके सम्मुख कर देती है। उपन्यास खाण्डव-वन की अग्निलीला के समान है। कहानी मेघ-मण्डित वर्षा-निशा में एक क्षण के लिए कड़क कर दीप्त हो उठने वाली बिजली की तड़प है, जो उसी क्षण में प्रलय प्रस्तुत कर सकती है। उपन्यास एक नदी

के प्रवाह की भाँति है, जिसे आप उद्‌गम से लगाकर उसके मुख तक नाव में सैर करते हुए देख सकते हैं। कहानी इतना फैलाव बर्दाश्त नहीं करती। वह आपको नदी के घाट पर लाकर छोड़ देगी, या किसी किनारे बसे मकान की खिड़की पर ला खड़ा करेगी, जहाँ से आप नदी के प्रवाह को देखिए, जहाँ तक आपकी दृष्टि आपको ले जाए। कभी-कभी तो आप बन्द कमरे में कैद केवल उसका प्रवाह कानों से सुन सकते हैं और कभी यह भी नहीं, केवल मध्य रात्रि में पुल पर भागती हुई रेलगाड़ी में बैठे उसकी धड़धड़ाहट से ही नदी का अन्दाज लगा लेते हैं। यही कहानी का रहस्य है! आधुनिक कहानी में शिल्प द्वारा जीवन का यह स्पर्श और जीवन के प्रति यह आसक्ति, भारत में चाहे पश्चिम से आई हो—यह अलग अनुसंधान का विषय है—किन्तु आज वह अपनी इस आसक्ति, प्रतिबद्धता एवं नियति में विश्व के कथा-साहित्य में किसी भी भाषा से पीछे नहीं है और उसने इस विधा में अपने स्थानीय मूल्यों, आस्थाओं और निष्ठाओं से बराबर सामंजस्य बनाए रखकर यह विकास सम्पन्न किया है।

मानव सभ्यता की वर्तमान शताब्दी बड़ी निष्ठुर रही है। इसने मनुष्य के सनातन-विश्वास को आमूल झकझोर डाला है। उसकी चिरकालीन मान्यताएँ, आदर्श और स्वप्न धूलिसात हो गए हैं। आसमुद्रान्त विशाल-पृथ्वी सिमिट कर एक गोला मात्र रह गई है—जिन ''यावच्चन्द्र दिवाकर'' का नाम लेकर विराट-महान की प्रतीति की जाती थी, वे सहज अभिगम्य द्रव्य-पिण्ड प्रमाणित हो गए हैं। मनुष्य ने अपनी ही पीढ़ी में दो-दो विश्वयुद्ध झेले हैं, ईश्वर के प्रतिनिधि राजवंशों का सहसा तिरोधान देखा है, अणु के गर्भ में अनन्तशक्ति की प्रतीति की है, जीवन ने जिस तरह करोड़ों वर्ष पहले जल से बाहर निकल कर ''स्थल'' पर धीरे-धीरे डगमगाते हुए पहला कदम रखा था, आज उसने अमित-विश्वास के साथ दूसरा कदम, ''वायु'' के सिरे पर चरण रख कर अन्तरिक्ष के शून्य में रख दिया है। एक अर्थ में उसने ईश्वर को चुनौती देकर उसका स्थान हड़पने की दिशा में कदम बढ़ाया है। यही नहीं, जिस मनुष्य को वह केन्द्र में स्थापित करना चाहता है, वह सुविधा-प्राप्त, आभिजात्य के दर्प और ऐश्वर्य से युक्त महामानव नहीं, प्रत्युत् समाज का वह प्राणी है जो युगों से वंचित, अभिशप्त दलित और सर्वहारा है। जीवन के इसी क्रूर-संघर्ष में आधुनिक कहानी अपना कथ्य गढ़ती जा रही है। जीवन को इतनी घनिष्ठता से छूने के कारण ही आधुनिक कहानी का महत्व है और वह अन्य सभी विधाओं से बाजी मार ले गई है।

भारतवर्ष में चाहे दोनों विश्वयुद्ध न लड़े गए हों, जीवन-संघर्ष को प्रभावित करने वाले प्राविधिक-आविष्कारों का भारत जैसे विकासशील देश में आज भी पूरा प्रभाव न दिखाई पड़ता हो, किन्तु एक तो, आज दुनिया इतनी सिमट कर एक सूत्र में बँधती जा रही है कि विश्व में कहीं भी घटी किसी घटना का प्रभाव सारे ही विश्व में कमधिक फैले बिना नहीं रहता, दूसरे, स्वयं भारतवर्ष में इसी शती के मध्यबिन्दु पर इतिहास-काल की सबसे बड़ी घटना, देश के विभाजन के साथ देश की स्वाधीनता-प्राप्ति घटी है, जिसने सदियों से चली आती हुई मानसिकता को झकझोर डाला है। स्वाधीनता-प्राप्ति के बाद भी देश में ही पड़ोसियों से लड़े गए तीन-तीन युद्ध, नक्सलवाद के रूप में सर्वहारा शिक्षित-समाज में पनपी एक नई उत्क्रांति, और अभी-अभी आपात-स्थिति से उबरी हुई लोकतंत्र की लड़खड़ाती साँस, देश के बुद्धिजीवियों के सामने कई प्रश्नचिह्न खड़े कर रही है। ठीक वर्तमान में केन्द्रीय-राजनीति को लेकर जिस मोह-भंग का सूत्रपात हुआ है, उसका लेखा-जोखा तक साहित्य में मुखारित

होने लग गया है। आधुनिक कहानी की धड़कनों में इन स्पन्दनों को प्रच्छन्न या प्रत्यक्ष सहज सुना जा सकता है।

कहानी ने संवेदनात्मक और गुणात्मक विकास में भी कई छलाँगें लगाई हैं। मनुष्य के अन्तर्मन में एक अभूतपूर्व क्रांति घटी है, चाहे उसे फ्रॉयड के मनोविज्ञान की देन कहा जाए या मार्क्स-एंगिल्स की द्वन्द्वात्मकता की देन। पहली ने जहाँ नर-नारी के बीच सम्बन्धों की सूक्ष्मतम अभिव्यंजनाओं को उद्घाटित करने में योग दिया है, वहीं दूसरी ने मनुष्य-मनुष्य के बीच वर्गगत आर्थिक विषमताओं के शोषक-शोषितों के खुले-छुपे जटिल-सम्बन्धों की गाँठें खोली है। इन सम्बन्धों की सूक्ष्मता, संकुलता और जटिलता आज की कहानी को प्रभावित कर कही दुर्बोध्य, कहीं अनगढ़ और कहीं स्वर बना देती है और उसकी शिल्पगत विशेषताओं पर प्रकाश डालती है। इस तरह आधुनिक कहानी का क्षेत्र ही नहीं, स्वभाव और प्रभाव भी एक ही साथ बड़ा व्यापक और अन्तर्गामी हो गया है। उसे समुद्र में तैरता हुआ एक विशाल हिमशैल (आइसबर्ग) कहा जा सकता है, जिसका अभिव्यक्त दृश्य-भाग, नीचे जल में छिपे भाग का केवल सप्तमांश ही होता है। सचमुच आज की कहानी का महत्त्वपूर्ण अंश, कथनीय या पठनीय सातवाँ दृश्यांश नहीं, किन्तु वह जल में डुबा हुआ अदृश्य, मात्र अनुभवनीय, शेष डह भाग है।

भारत में भिन्न-भिन्न भाषाओं के बावजूद कहानी कला का विकास सामानान्तर और समान्तर हुआ है, जो सर्वथा स्वाभाविक है। भारत का इतिहास, भूगोल, संस्कृति और नियति जो एक है। इस संकलन में संगृहीत कोई भी कहानी किसी भी भाषा की कहानी हो सकती है, क्योंकि भाषा की वह बाद में, पहले वह भारतीय कहानी है। भारत की भिन्न-भिन्न भाषाओं में कहानी के विकास को पाठक सम्बद्ध भाषा की कहानियों के प्रारम्भ में उस विभाग के संपादक द्वारा प्रस्तुत सर्वेक्षण में देखेंगे। इस सर्वेक्षण में भिन्न-भिन्न भाषाओं के साहित्य में जिस साम्य की सहज प्रतीति होती है, उससे इस विश्वास को बल मिलता है कि समग्र भारतीय-साहित्य की एक इकाई के रूप में, चाहे अलिखित, किन्तु बड़ी प्रौढ़ और अस्तित्वशील परम्परा है, जिससे सभी भाषाएँ अपने-अपने तौर पर प्रेरणाएँ और स्पंदन प्राप्त करती हैं। आवश्यकता है इस अदृश्य-परंपरा को आलेखित करने की, ताकि भाषाओं का यह परिवेश भिन्नता का पर्याय न बनकर विविधता का इन्द्रधनुषी रंग प्रत्यक्ष करे। भारतीय भाषा परिषद की स्थापना इसी स्वप्न को साकार करने के उद्देश्य से सन् 1974 में हुई थी और तब से परिषद बराबर भारत की संविधान-मान्य सभी भाषाओं के साहित्य को परस्पर गले लगाने का उपक्रम करती आ रही है।

गत वर्षों परिषद ने सभी भारतीय भाषाओं में से प्रत्येक भाषा के चुने हुए लगभग दस-दस उपन्यासों के हिन्दी में कथासार दो भागों में प्रकाशित किए, जिनकी साहित्यिक जगत में भूरि-भूरि प्रशंसा हुई। उसी क्रम में हम भारत की सभी भाषाओं से चुनकर कहानियों का संकलन प्रस्तुत करने को प्रेरित हुए हैं। इसके लिए हमने सम्बद्ध भाषा के विद्वानों से सम्पर्क कर उनसे उस भाषा की सर्वश्रेष्ठ दस आधुनिक कहानियाँ चुनने और उनका हिन्दी में अनुवाद प्रस्तुत करने का अनुरोध किया, जिसे सभी विद्वानों ने उत्साह के साथ स्वीकार किया और राष्ट्र के हित में इसकी उपयोगिता समझ कर श्रम, लगन और निष्ठा के साथ इस सारस्वत-यज्ञ में अपना सहयोग दिया। भाषा की प्रतीयमान दूरी को हमने हिन्दी के माध्यम से ही पाटना चाहा है, यद्यपि यह प्रश्न उठाया जा सकता है कि हिन्दी के माध्यम ही से क्यों? संगृहीत-कथाओं

की किसी एक मूल भाषा के माध्यम से भी तो यह दूरी पाटी जा सकती थी! निश्चय ही पाटी जा सकती थी, और पाटी जानी चाहिए—किसी एक भाषा के माध्यम से ही नहीं, सभी भाषाओं के माध्यम से। भारत की एकात्म-अनुभूति के लिए यह विविध रूपा अभिव्यक्ति न केवल भारतीय मनीषा का इन्द्रधनुषी फलक प्रस्तुत करेगी, प्रत्युत विभिन्न भाषा-भाषी लोगों के भावनात्मक ऐक्य का निष्कलंक प्रोज्जवल भास्वर प्रकाश भी प्रस्तुत करेगी। किन्तु अभी हमारी सीमाएँ स्पष्ट हैं और हम हिन्दी के माध्यम से ही यह प्रयत्न करने को विवश हैं। हिन्दी राष्ट्र की वाणी है और समग्र देश की अस्मिता को वहन करने में पूर्ण रूपेण समर्थ है। हमें विश्वास है कि अन्य भाषाएँ भी इस प्रकार का प्रयत्न करेंगी।

मैं यहाँ प्रस्तुत कहानियों के बारे में विशेष कहना नहीं चाहता—कहानियाँ स्वयं अपने बारे में, जो कुछ कहना है, कहेंगी। यहाँ इतना कहना ही पर्याप्त होगा कि इन कहानियों के समग्र-वातावरण में हमारा अपना ही, अपने ही समाज का उदात्त-अनुदात्त वातावरण चित्रित हुआ है। अपने वातावरण से तात्पर्य यही है कि कहीं वह हमारे ही "स्व" को छूता है। —इसमें हमारा "स्व" विकसित होता है, हमारी सहानुभूति का दायरा फैलता है और हम अधिक गहरे अर्थ में "मानव" बनते चलते हैं। कथा-कहानी का उद्देश्य केवल मनोरंजन नहीं है। वह हमारी अभिज्ञता को ही नहीं बढ़ाती, उपदेश देना या राह बताना भी उसका प्रयोजन नहीं है। उसका प्रयोजन तो हमारे हृदय को ऐसी मुक्तावस्था प्रदान करना है, जहाँ कोई पराया नहीं रह जाता, जहाँ "क्षण" अमर (इटर्निटी) हो जाता है। भारतीय कथा साहित्य की ही नहीं, समग्र भारतीय-साहित्य की यही अस्मिता है। इसे चाहे हम पहचान पाएँ या न पहचान पाएँ, पर जाने-अनजाने हम, हमारा साहित्य, हमारी संस्कृति इसी दिशा की ओर बढ़ती गई है, बढ़ती जानी चाहिए। भारत के मनीषियों ने ही शायद सर्वप्रथम मरण-धर्मा मनुष्य को अमृत-पुत्र कहा है और वह अकस्मात् नहीं है।

प्रस्तुत संग्रह में हम उड़िया, कन्नड़, तेलुगु, पंजाबी, मराठी और हिन्दी की चुनी हुई कहानियाँ प्रस्तुत कर रहे हैं। हम इनके विद्वान् संपादकों क्रमशः डॉ० अर्जुन शतपथी, श्री भा० या० लम्बिताम्बा, श्री बालशौरि रेड्डी, श्री फूलचन्द मानव और डॉ० चन्द्रकान्त बांदिवडेकर के आभारी हैं। परिषद के साथ इनका प्रारम्भ से ही आत्मीयता का भाव रहा है, जिस पर परिषद को गर्व है।

अगले भाग में हम भारत की शेष भाषाओं की कहानियाँ प्रस्तुत कर रहे हैं। हमारा पूरा विश्वास है कि पाठक इन संग्रहों का उसी उत्साह के साथ स्वागत करेगा, जिस उत्साह के साथ उसने परिषद द्वारा प्रकाशित "भारतीय उपन्यास कथासार" के दोनों भागों का किया था।

यहाँ मैं परिषद के भूतपूर्व निदेशक डॉ० प्रभाकर माचवे के प्रति कृतज्ञता प्रकट किए बिना नहीं रह सकता। भारतीय उपन्यास कथाकार की तरह ही भारतीय कहानी-संग्रह की यह प्रकल्पना भी उन्हीं की थी। वे परिषद छोड़कर चले गए हैं, किन्तु मुझे विश्वास है कि अपनी कल्पना के बीज को इस तरह पल्लवित-पुष्पित देखकर वे अवश्य ही प्रसन्न होंगे। सचमुच इसमें जो कुछ अच्छा है, उसका श्रेय उन्हें है, और जो अभाव रह गए हैं उनका दायित्व मैं स्वीकार करता हूँ।

इस संग्रह के ब्याज से भारत की सभी भाषाओं के कहानीकार एक स्थान पर एकत्रित हों, यह एक बड़ी सुखद-अनुभूति है। मैं उन सभी कथाकारों और अनुवादकों का हृदय से आभार

स्वीकार करता हूँ, जिनकी अप्रतिम-उदारता से सभी अनायास एकत्र जुट कर मानो हाथ उठाकर भारतीय जनता को सम्बोधित कर रहे हैं :—

ऊर्ध्वबाहुर्विरौम्योष नच कश्चिच्छृणोति माम्।

धर्मादर्थश्चकामश्च स किमर्थम् न सेव्यते॥

केवल इसमें 'धर्मात' के स्थान पर "साहित्यात्" जोड़ना चाहूँगा, जिसमें धर्म का भी समाहार हो जाता है।

—सन्हैयालाल ओझा

भारतीय भाषा परिषद

(कार्तिक पूर्णिमा) 23-11-1988

पाण्डुरंग राव

निदेशक

अनुक्रम

✦

उड़िया कहानी का विकास

उन्नीसवीं शताब्दी के अन्तिम चरण में मुद्रण-यन्त्रों की स्थापना के साथ-साथ गद्य साहित्य की रचना के लिए अनुकूल परिवेश का निर्माण हुआ। कटक में ईसाई मिशनरी द्वारा सर्वप्रथम मुद्रण-यन्त्र की स्थापना हुई। उड़िया में छोटी-छोटी पत्रिकाएँ प्रकाशित हुईं, जिसमें मौलिक गद्य रचना के लिए प्रोत्साहन प्राप्त हुआ। ठीक उसी समय अंग्रेजी शिक्षा और पाश्चात्य साहित्य के पठन-मनन के लिए भी विपुल आग्रहपैदा हुआ। परिणामत: रचनाशील उड़िया साहित्यकार-समाज पर पाश्चात्य व्यक्तिवाद का प्रभाव भी पड़ा। व्यक्ति बोध की लहर से प्रभावित हो कुछ साहित्यकारों ने मौलिक कहानी, लघुलेख, निबन्ध आदि की शैली में गद्य रचना की।

स्व० फकीर मोहन सेनापति सर्वप्रथम उड़िया कहानीकार माने जाते हैं। उनकी 'आत्मकथा' से पता चलता है कि सन् 1868 में प्रकाशित 'बोधदायिनी' पत्रिका में उनकी "लछमिनिया" शीर्षक कहानी छपी थी जो अभी अप्राप्य है। उसके 30 वर्ष बाद सन् 1898 में "रेवती" कहानी निकली और इसी कहानी को प्रथम उड़िया कहानी का गौरव प्राप्त है। सेनापति जी ने कुल 19 कहानियाँ लिखी हैं, पर भाषा, भाव, शैली आदि की दृष्टि से सभी कहानियाँ अत्यन्त सफल बन पड़ी हैं। अत: उन्होंने न केवल कहानी-साहित्य की नींव डाली, अपितु उड़िया कहानी को प्रौढ़ता भी प्रदान की।

उड़िया कहानी की विकास-धारा के दूसरे स्रोत हैं कहानीकार चन्द्रशेखर नन्द। नन्द जी का कहानी-संग्रह "चित्रा" प्रकाशित हुआ 1906 ई० में, जिसकी भूमिका प्रसिद्ध उड़िया कवि राधानाथ राय ने लिखी। दोनों, सेनापति और चन्द्रखेखर नन्द, अंग्रेजी साहित्य से बिलकुल प्रभावित न थे। दोनों का प्रेरणा-स्रोत भारतीय परम्परा थी। रेवती, पेटेण्ट मेडिसिन, राण्डियु अनन्ता आदि कहानियाँ कला की दृष्टि से उच्चकोटि की हैं। सेनापति आदर्शोन्मुख यथार्थवाद के समर्थक थे। उन्होंने सामाजिक रूढ़ियों, अन्ध-विश्वासों, अनैतिक विचारों तथा सामाजिक विषमताओं के विरुद्ध आवाज उठाई। चन्द्रखेखर भी सुधारवादी कलाकार थे। उन्होंने समकालीन यथार्थ की अपेक्षा ऐतिहासिक सत्य के सन्दर्भ में यथार्थ के प्रतिपादन पर अधिक बल दिया।

प्रस्तुत शताब्दी के पहले दो दशकों में कहानी-साहित्य की खूब अभिवृद्धि हुई। तत्कालीन "उत्कल-साहित्य" और "मुकुर" साहित्यिक पत्र में छपने वालों में बाकनिधि पटनायक, दयानिधि मिश्र, दिव्यसिंह पाणिग्राही, लक्ष्मीसिंह महापात्र, चिन्तामणि महांति, गोपालचन्द्र प्रहराज आदि उल्लेखनीय हैं। श्रीमती रेवा राय और कुमारी नर्मदा कर जैसी महिला कहानीकारों की भी देन कम नहीं है। उड़िया कहानी के विकास के इस पहले चरण में ही कहानियाँ भाव और कला की दृष्टि से प्रौढ़ता को प्राप्त हुई थीं।

विकास के दूसरे चरण में उड़िया साहित्य के क्षेत्र में "सबुज आन्दोलन" का सूत्रपात हुआ। उससे कहानी साहित्य के विकास को पर्याप्त बल मिला। सन् 1933 में "साबुज

साहित्य समिति'' की ओर से मासिक पत्र ''युगवीणा'' प्रकाशित हुई। उसके सम्पादक थे कवि श्री हरिहर महापात्र जिन्होंने नये लेखकों की मौलिक गद्य रचना के लिए प्रोत्साहन दिया। युवा कहानीकारों में प्रमुख थे—हरिश्चन्द्र बडाल, सच्चिदानन्द राउत राय, अनन्त प्रसाद पण्डा, भगवती चरण पणिग्राही, श्रीमती सरला देवी, गोलकचन्द्र दास, मधुसूदन मिश्र, कालिन्दी चरण पाणिग्राही, कमला कान्त दास, अन्नदा राय, शान्ति मुखर्जी, रमारंजन महंति आदि। सबुज समिति के कहानीकार पाश्चात्य शैली और पड़ोसी बंगला की शैली से प्रभावित थे। किन्तु उनमें भाव पक्ष का अधिक विस्तार मिलता है।

सबुज आन्दोलन के समानान्तर तत्कालीन कुछ तरुण कथाकारों ने ''नवयुग साहित्य संसद'' की स्थापना की। भगवती चरण पाणिग्रही के सम्पादन में ''.आधुनिक'' नामक पत्र निकला। रूसी मार्क्सवादी आन्दोलन से ''संसद'' के सदस्य स्पष्टतः प्रभावित थे और प्रगतिवादी विचारधारा से प्रेरित होकर साहित्य-साधना में प्रवृत्ति हुए थे। सबुज साहित्य की रोमांटिक चेतना के विरुद्ध इन्हीं लोगों ने आवाज उठाई थी। 'सबुज समाज' के अनेक साहित्यकारों ने प्रगतिवादी आन्दोलन में अपना-अपना योगदान दिया। कालिन्दी चरण पाणिग्रही, बैकुण्ठ नाथ, सच्चिदानन्द राय आदि रोमांटिक साहित्यकारों ने भी प्रगतिवादी आन्दोलन में भाग लिया। गोपीनाथ जी ने 'आधुनिक' के प्रथम अंक में ''ड'' शीर्षक कहानी प्रकाशित कर अपने प्रगतिवादी विचार का परिचय दिया। प्रगतिवादी कथाकारों में राजकिशोर राय, राजकिशोर पटनायक, नित्यानन्द महापात्र, गोदावरीश महापात्र, प्राणबन्धुकर आदि के नाम उल्लेखनीय हैं। दलित-शोषित वर्ग के प्रति सहानुभूति, व्यक्ति के प्रति संवेदनशीलता, ज्वलंत समस्याओं के प्रति जागरूकता आदि इनकी कहानियों के प्रतिपाद्य हैं। वह था यथार्थवाद का युग। विश्लेषणात्मक शैली में कहानी को अधिक-से-अधिक रोचक बनाने का प्रयत्न किया गया। गांधी जी के असहयोग आन्दोलन से भी वे कलाकार प्रभावित थे, दूसरी और रूसी क्रान्ति से प्रेरित हुए थे। शिल्पोद्योग के प्रचार से केवल शहराती जीवन-क्रम में बदलाव आया था, ऐसा नहीं कहा जा सकता। उड़ीसा के ग्रामीण जीवन पर भी उसका प्रभाव पड़ा था। उड़िया कहानी की शैली में विशेष परिवर्तन घटित हुआ और उसका भाव पक्ष विस्तृत हो गया। कटुता और विषमता के साथ श्रमिक-वर्ग का तहस-नहस जीवन अंकित हुआ। ग्रामीण जीवन की ओर भी लेखकों का ध्यान गया। कुल मिलाकर कहानी का एक नया आयाम तैयार हो गया, जिसमें भाव पक्ष की अपेक्षा वस्तुपरकता को प्रधानता मिली।

प्राक्-स्वतन्त्रता काल में कुछ नये चेहरे दूसरे विश्व युद्ध के संत्रास और विभीषिका को कहानी के जरिये अभिव्यक्त कर रहे थे। वह युवा पीढ़ी उत्तर स्वतन्त्रता काल में प्रतिष्ठित हो गई। श्री गोपीनाथ महंति, सुरेन्द्र महंति, महापात्र नीलमणि साहू, किशोर चरण दास, अखिल मोहन पटनायक, विभूति भूषण त्रिपाठी, दुर्गामाधव मिश्र आदि यशस्वी कहानीकारों ने उड़िया कथा-साहित्य को समृद्ध किया। स्वतन्त्रता के पश्चात् सामाजिक, सांस्कृतिक तथा राजनैतिक जीवन में परिवर्तन का जबर्दस्त झोंका आया। प्राचीन सामन्तवादी प्रथा के बदले पूँजीवादी समाज का जन्म हुआ। राजनैतिक साजिश से जनता की आस्था डगमगाने लगी। राष्ट्रीयता की भावना प्रायः उठ गई। जन-मानस में नवीन उद्योगीकरण ने भीषण प्रतिक्रिया पैदा की। व्यक्ति के अन्तर्मन का द्वन्द्व तीव्र हो उठा। सामाजिक जीवन-संघर्ष के जीते-जागते चित्र प्रस्तुत करने में कहानी सशक्त विधा बन गयी। अनेक लेखकों ने यथार्थ को प्रस्तुत करने के लिए नाना प्रयोग किये। जो लोग साध्य तक पहुँच सके, वे हैं—मनोज दास, शान्तनु कुमार

आचार्य, डा० कृष्ण प्रसाद मिश्र, रजनीकान्त दास, रवि पटनायक, रणधीर दास, अवनी कुमार बराल, वसन्त कुमार पटनायक, चौधरी हेमकान्त मिश्र, फतुरानंद लक्ष्मीधर महंति, राजकिशोर महंति, कृष्णचरण बेहरा, वसन्त कुमार शतपथी आदि।

सामयिक कहानी साहित्य में व्यक्ति की यन्त्रणा, मनोवैज्ञानिक असमंजसता, जीवन जीने के संघर्ष की विश्लेषणात्मक अभिव्यक्ति के बदले प्रतीकात्मक इंगित मिलते हैं। काम-वासना से कुंठित मन की अभिव्यंजना भी कहानियों में हुई। सामाजिक विषमता, अन्याय और शोषण का विद्रूप है। आज के कहानीकार के लिए मानव सबसे अधिक रहस्यमय है। जीवन को सत्य मानकर चलने वाला कथाकार समस्याओं से घिरे हुए सामान्य मनुष्य की मूल्यहीनता को ही द्योतित करता है। व्यस्तता, अभाव और विषमता आदि सामाजिक विकृतियाँ नये अस्थिर मूल्यों का निर्माण करती हैं। अत्यन्त प्रभावपूर्ण व्यंग्य शैली में वस्तुवादी नि:सार मानव के प्रति एक उपहास मिलता है। मानव के चरित्र को उसकी समस्त कमजोरियों सहित सुलझा कर सामने रख देने में आज का कहानीकार तत्पर है।

आज की उड़िया कहानी वर्णनात्मकता से बोझिल नहीं है। वह सरल और संकेतधर्मी है। उसका अभीष्ट है—अभिव्यक्त करना। कहानीकार जैसे मानव के प्रति संवेदनशील है, ठीक वैसे ही पाठक जीवन की भीषणता का निचोड़ संग्रह कर आनन्द प्राप्त करना चाहता है। कहानीकार और पाठक दोनों जागरूक हैं। कथ्य का दायरा भी विस्तृत है—व्यक्ति से विश्व मानवता, निवास से अन्तर्राष्ट्रीय क्षेत्र तक विस्तृत है। उड़िया कहानी कला और भाव दोनों दृष्टि से ठेठ यथार्थवादी है और भारतीय साहित्य में अपना विशिष्ट स्थान बनाती है।

✦

रेवती

✦

स्व० फकीर मोहन सेनापति

कटक जिले के बिलकुल देहाती क्षेत्र में एक हलके का नाम हरिहरपुर है और उसी के अन्तर्गत पाटपुर एक छोटा-सा गाँव है। गाँव के प्रवेश-द्वार पर एक मकान है, जिसमें सामने दो कमरे, पीछे दो—कुल मिलाकर चार कमरे हैं। एक तरफ रसोई है, जिसकी दीवार से सटकर दूसरी तरफ ढेंकी घर है। आँगन में कुआँ है। ड्योढ़ी के सामने भी एक छोटा-सा आँगन है, जहाँ बाहर से आने-जाने वाले बैठते हैं। खास करके लगान जमा करने आने वाले रैयत वहीं जमते हैं। श्यामबन्धु महंति जमींदारी की जमा-पर्ची लिखने वालों में से एक है, जिन पर पाटपुर का दायित्व सौंपा गया था। मुंशी जी के मासिक वेतन दो रुपये के अतिरिक्त रसीद बनाने, सही देने आदि से दो-चार पैसे हाथ लग जाते थे। कुल मिलाकर मासिक आय चार रुपये से कम न थी। उनकी गृहस्थी आराम से चल जाती थी। घर में यह नहीं है, वह नहीं है, जैसी शिकायत कभी किसी के मुँह से निकलती न थी। बारी में साग-सब्जी तो थी ही, बल्कि दो पेड़ सहजन के भी थे। दो गायें, जो बरस व्यापी थीं, गोसाल में बँधी थीं। साल भर सभी समय हण्डी में दूध-दही थोड़ा-बहुत बना रहता था। बुढ़िया भूसी सानकर उपले पाथती थी, जिससे जलावन की कमी नहीं अखरती थी। जमींदार साहब ने साढ़े तीन बीघे ज़मीन दे रखी है। धान वर्ष भर के लिए न कम पड़ता है और न बेशी होता है। मुंशी जी बड़े सीधे-सादे आदमी हैं, प्रजा लोग उन्हें खूब इज्जत देते हैं। श्रद्धा करते हैं। भाई भतीजों का-सा रिश्ता रैयतों से जोड़ते हैं और द्वार-द्वार घूम कर लगान वसूल कर लेते हैं। किसी से बेईमानी करके एक कौड़ी नहीं लेते। प्रजा लोग लगान चुका कर रसीद नहीं माँगते। चार अँगुल के ताड़-पत्र पर रसीद लिखकर वे खुद रैयतों के घर छोड़ आते हैं। जमींदार के प्यादे आते तो उन्हें गाँव के अन्दर जाने का मौका नहीं देते। वे खुद हुक्का-पानी के लिये दो पैसे उनके हाथ में थमा देते हैं और वापस विदा कर देते हैं।

मुंशीजी के परिवार में खाना खाने वाले सिर्फ चार जने थे—पति-पत्नी दो प्राणी हुए, बूढ़ी माँ और दस-बारह बरस की एक लड़की। मुंशी जी संध्या के समय बाहरी बरामदे पर बैठकर देर तक भजन गाते हैं। कभी-कभी दीये जला कर उड़िया भागवत पारायण करते हैं। रेवती उनके पास बैठकर सुनती है। उसने बहुत सारे भजन याद कर लिये हैं। उसके किशोरी-कंठ से भजन कितने अच्छे लगते हैं।

संध्या भजन के समय गाँव के कोई-कोई श्रोता भी आ जाते हैं। रेवती ''किसके आगे'' वाला भजन बहुत अच्छा गाती है। रोज वह गाती है और मुंशी जी पुत्री के कंठ से भजन सुनकर खूब खुश होते हैं।

दो साल पहले की बात है, शिक्षा-विभाग के डिप्टी इन्सपेक्टर जी देहाती स्कूलों के परिदर्शन के दौरान पाटपुर में एक रात रुके। गाँव के प्रतिष्ठित लोगों की प्रार्थना से उन्होंने सिफारिश कर पाटपुर में एक प्राथमिक विद्यालय की स्थापना करा दी। शिक्षक का मासिक वेतन चार रुपये है। अलग से प्रति विद्यार्थी प्रति माह एक आना शिक्षक को देता है। शिक्षक महाशय कटक के नार्मल स्कूल से प्रशिक्षित थे और उनका नाम वासुदेव है। अपने नाम के अनुसार वे स्वभाव से भी वासुदेव हैं। लड़का देखने में सुन्दर है और दिल भी साफ। गाँव के अन्दर आते-जाते वक्त किसी की तरफ आँख नहीं डालता। उम्र लगभग बीस-इक्कीस होगी—गठीला शरीर सुन्दर चेहरा। बचपन में बेहोशी आती थी। उसकी माँ ने गरम सीसे से दाग दिया था, जिसका निशान आज तक है। पर माथे का वह निशान उसके चेहरे को भाता है। लड़कपन में ही उसके माँ-बाप चल बसे। ननिहाल में मामा के संरक्षण में पला है। वासुदेव कायस्थ है और मुंशी श्यामबन्धु भी कायस्थ हैं। तीज-त्योहारों के दिनों में श्यामबन्धु जी शाला में चले जाते हैं और वासुदेव से कह आते हैं, ''बबुआ, शाम को जरा घर आ जाना। तुम्हारी मौसी ने बुला भेजा है।'' इधर बराबर आते-जाते उनकी आपस में ममता बढ़ गई है। रेवती उसे देख कर कहती है, ''आह, अनाथ है, क्या खाता होगा, कौन उसके खाने-पीने का ख्याल रखता है?'' वासु रोज शाम को मुंशी जी के पास कुछ देर बैठता भी है। वायु को आते देख रेवती जोर से कहने लगती है, ''भैया जी आ गये, भैया जी आ गये'' वह फूली नहीं समाती। रोज शाम को पिता जी के पास बैठकर रेवती पुराने भजन गा-गाकर वासुदेव को सुनाती है। वासु को वे दुहराये गये भजन नित्य-नवीन लगते हैं। एक दिन बातचीत के दौरान मुंशी जी को मालूम हुआ कि कटक में एक कन्या पाठशाला भी है। वहाँ लड़कियाँ पढ़ती-लिखती हैं, सिलाई सीखती हैं, उस दिन से रेवती को पढ़ाने की इच्छा उनके हृदय में अंकुरित हुई। वासुदेव के सामने दिल की बात खोल दी। वासुदेव मुंशी जी के प्रति अपने पिता के समान श्रद्धा की भावना रखता था, बोला—''हाँ जी, मैं तो आपसे कहना ही चाहता था।'' दोनों ने रेवती को पढ़ाना तय कर लिया। रेवती बैठी-बैठी सब सुन रही थी। दो छलाँग में अन्दर पहुँचकर माँ और दादी को बता आयी ''मैं पढ़ूँगी, मैं पढ़ूँगी।'' माँ जी बोलीं—''अच्छा, तू पढ़ेगी!'' दादी बोलीं—''पढ़ाई, औरत जात और पढ़ाई! रसोई बनाना सीख, पीठा-पकवान बनाना सीख, दूध दही मलाई सँवारना सीख, पढ़ाई से क्या मिलेगा?''

श्याम रात को आम की लकड़ी से बने पीढ़े पर बैठ भात खा रहे हैं। रेवती भी खाना खा रही थी उनके पास। बुढ़िया सामने बैठकर बहू को बारी-बारी से

भात, दाल, तरकारी लाने का आदेश कर रही थी। बात आ गई और बुढ़िया पूछ बैठी—"क्या बात है श्यामू, रेवा कहती है कि वह पढ़ेगी। पढ़ाई-लिखाई औरत-जाति के किस काम की?" श्यामबन्धु जी बोले, "अच्छा, पढ़ना चाहती है तो पढ़े। झंकड़ पटनायक के घर की लड़कियाँ जगन्नाथ दास का उड़िया श्रीमद् भागवत पुराण और "बैदेहीशविलास" के छन्द गाती हैं।" रेवती बुढ़िया पर खूब बिगड़ कर बोली "जा-जा, बूढ़ी बन्दरी" और पिता से हठ करते हुए बोली, "यही न पिता जी, मैं पढूँगी?"

"हाँ-हाँ, मैंने कहा, तू पढ़ेगी, जरूर पढ़ेगी"—श्यामबन्धु जी बोले, उस दिन बात वहीं रुकी रह गयी।

दूसरे दिन शाम को वासुदेव ने सीतानाथ जी की पहली किताब की एक प्रति लाकर रेवती को दिया। उसने जाने कितनी खुशी से पिता जी के पास बैठकर किताब के सारे पन्ने उलट लिये। हाथी, घोड़े, गायें आदि जानवरों की तसवीरें देख उसकी तबीयत खुश हो गई। राजे-महराजे द्वार पर हाथी-घोड़े बाँध कर खुश होते हैं। कोई-कोई हाथी-घोड़ों पर सवार होकर खुश होते हैं। पर हमारी रेवती उनकी तस्वीरें देख कर खुश है। रेवती हाथ में किताब लिये घर के अन्दर घुसी, पहले माँ को तस्वीरें दिखलाई, फिर दादी को। दादी तनिक झुँझला कर बोली, "हाँ, हाँ, देख लिया, जा यहाँ से, जा।" रेवती भी उलटा-सीधा बकती हुई वहाँ से भाग गई।

आज बसन्त की तिथि है। रेवती सबेरे-सबेरे नहा-धो कर नया कपड़ा पहन कर घर के बाहर-भीतर आ-जा रही थी, क्योंकि वासु भैया आकर उसे किताब पढ़ायेंगे। बुढ़िया के डर से तब तक श्रीगणेश का आयोजन भी नहीं हो पाया था। सूर्योदय के कुछ समय के बाद, शुभ बेला में वासुदेव ने विद्यारम्भ कर दिया। ओनामासिधमय आ, आ, ई, ई आदि। रोज शाम के समय वासुदेव घर आकर रेवती को पढ़ाने लगा। दो साल के अन्दर रेवती ने बहुत कुछ पढ़ लिया। मधूसूदन राव के छन्द वह बेरोक दुहराती थी।

एक दिन रात का भोजन लेते वक्त माँ-बेटे में बातचीत चली। शायद पहले कोई बात उठी थी, यह उसका उपसंहार था।

श्यामबन्धु—क्या सोचती है, अच्छा नहीं होगा?

बूढ़ी—हाँ, अच्छा तो होगा, उसकी जाति-पाँत की बात पूछी?

श्यामबन्धु—हाँ, आज तक और क्या पूछा? खानदानी कायस्थ है। गरीब हुआ तो क्या हुआ, जाति तो ऊँची है।

बूढ़ी—धन-दौलत का नहीं विचार जाति-पाँत है सबसे सार। घर रहेगा तो?

श्यामबन्धु—घर न रहेगा तो और कहाँ जायेगा? जो भी कहो, वे लोग मामा-मामी हैं।

रेवती पास में ही खाना खा रही थी। कथोपकथन का सार क्या समझी वही जानती है। लेकिन उस दिन से उसके हाव-भाव का ढंग कुछ और हो गया। पिता

जी के सामने वासु भैया से पढ़ने से उसे जाने कैसे शर्म लगने लगी। वजह-बेवजह होंठों पर मुस्कान दौड़ने लगी है। सिर झुकाकर, दोनों होंठ भींचकर मुस्कराहट छुपाती। आजकल वासु से पढ़ते वक्त वह चुप-चुप सी रहती, सिर्फ हाँ-हूँ कर देती बीच-बीच में। पढ़ाई समाप्त होते ही हँसी को भरसक छुपाती हुई अन्दर चल देती। रोज शाम को बाहरी द्वार पर किवाड़ के पास खड़ी-खड़ी किसी की प्रतीक्षा करती। वासु को आते हुए देख अन्दर भाग जाती। पाँच बार बुलाने पर भी नहीं निकलती। घर की देहरी के बाहर कभी पाँव रखती तो बुढ़िया उस पर खूब बिगड़ती।

देखते ही देखते अब की बसन्त पंचमी को दो वर्ष पूरे हो गये। सब कुछ ईश्वर की इच्छा पर चलता है। सब दिन बराबर नहीं होते। फागुन आया। कहीं कुछ न था, अचानक हैजा फैला। सुबह सुनने में आया कि मुंशी श्यामबन्धु महंति को हैजा हुआ है। देहातों में हैजा फैला कि दरवाजे के किवाड़ बन्द हो जाते हैं। कहा जाता है कि महामारी देवी बुढ़िया के भेष में टोकरी लेकर गाँव में घूमती और आदमी बटोरती है। द्वार पर कोई नहीं दिखाई देता। घर में दो औरतें है, कर ही क्या सकती हैं? अकेली लड़की "बाबू जी—बाबू जी" पुकारती रहती। वासुदेव यह कुसमाचार सुनकर आया। बिना डरे-चौंके मुंशी जी के पास बैठकर हाथ-पाँव सहलाता रहा। अपना ख्याल उसे नहीं हुआ। मुंशी जी के मुँह में पानी देना, पैर दबाना, दवाई पिलाना आदि सेवा का सारा काम करता रहा। दोपहरी ढलने के समय मुंशी जी अस्पष्ट शब्दों में वासु की ओर निहार कर बोले, "...वासु! बा आ...।" बासु जोर से रो पड़ा। सबको पास बुलाया। घर में मातम छा गया। रेवती जमीन पर लोट गई थी। गाँव में बिजली की गति से यह खबर फैल गई...काम तमाम हो गया। महामारी की साँझ देखते ही देखते सर्वत्र छा गई। एक मर्द और दो स्त्रियाँ भला क्या कर सकते थे? गांव का धोबी बनवारी लाल ऐसे कामों में अगुवा था। उसकी हिम्मत देख, लोग आश्चर्यचकित हो जाते हैं। अब तक वह पचास-साठ पार कर चुका है। उसका कहना है, आज नहीं तो कल; अरे एक दिन सबको तो जाना ही है। उसके मन में दो-चार कपड़े मिल जाने की आशा भी रहती है। कमर में कसकर गमछा बाँधा, कंधे पर फावड़ा रख कर वह चल पड़ा। गाँव भर में वही एक कायस्थ परिवार था। सास, बहू, वासुदेव—तीनों ने रोते पीटते सारा काम निभाया। वह करुण कथा और क्या लिखें, कलम अपने आप रुक जाती है। श्मशान से लौटने के समय भोर का तारा उग चुका था। घर पहुँचते ही रेवती की माँ पाखाने गई। देखते-देखते दोपहर हो आयी और गाँव में बात फैल गयी कि रेवती की माँ अब नहीं रही।

समय का अनन्त प्रवाह किसी की प्रतीक्षा किये बिना आगे बढ़ जाता है। कोई राज सिंहासन पर आरूढ़ होता है तो कोई दर-दर भटकता है। सबका समय बीत रहा है और बीतेगा। इसी बीच तीन महीने बीत गये हैं। श्यामबन्धु की दो गायें थीं।

तहबील बाकी पड़ी थी। जमींदार के प्यादे दोनों गायें खोल ले गये। हमें मालूम है है कि मुंशी जी लगान की रकम को गंगाजल के समान पवित्र मानते थे। एक-एक पैसा जमींदार की कचहरी में चुकाया था। जब तक न चुकाते, उन्हें चैन से नींद नहीं लगती थी। रकम बाकी पड़ी हो या न हो, जमींदार साहब पहले से ही जानते थे कि दोनों गायें दुधारू थीं। और यह भी कि जमींदार ने, स्वर्गवासी मुंशी जी को उनकी अपनी खेती के लिए तीन बीघे जमीन दे रखी थी। उसे भी अपने दखल में ले लिया। नौकर की अब क्या जरूरत है? होली के बाद अपने आप हट गया। दोनों बैल साढ़े सत्रह रुपये में बिके थे। मुंशी और मुंशीआइन के क्रिया-करम में कुछ खर्च हुआ था और जो बचा था उसमें मुश्किल से एक महीना गुजरा। आज लोटा तो कल भाँडा बेचकर या गिरवी रखकर एक महीना और गुजरा। वासु रोज दोनों वक्त आता और रात देर तक दादी-पोती के साथ बैठता। दोनों सोने जाते तो लौटता। कभी कुछ देना चाहता तो न दादी छूतीं न पोती। मजबूरन कुछ सिक्के दे आता तो डिबिया में पड़ा रहता। इसीलिए देना बन्द कर दिया। बुढ़िया से दो पैसे लेकर सौदा पहुँचा देता, जिससे दोनों के आठ-दस रोज गुजर जाते। घर की छप्पर उड़ गई थी, उसे छाना जरूरी था। वासुदेव ने दो रुपये का फूस खरीद कर रख लिया था। मौसम की खराबी के कारण छप्पर का काम अभी नहीं हो सकता था।

आजकल बुढ़िया का चौबीसों घण्टे रोना-धोना प्रायः बन्द हो गया था। केवल शाम को बैठे-बैठे रोती थी। रो-रो कर जमीन पर लेट जाती थी। इन दिनों बुढ़िया की आँखों से कम दिखाई देने लगा था। पागल के समान हो गयी थी। रोना-धोना कम करके वह रेवती को गालियाँ बकती थी। वह इस निर्णय पर पहुँची थी कि इतने सारे दुःख-दर्द, दुर्गतियों की जड़ रेवती है। रेवती के विद्या पढ़ने के कारण ही उसका बेटा मरा, बहू मरी, नौकर हटा, बैल बिके, जमींदार ने गायें छीन लीं। रेवती कुलच्छिनी, कुचाली और कुलनासी है। बूढ़ी की आँखों की रोशनी गई, उसका कारण रेवती की पढ़ाई है। बुढ़िया की बक-झक सुनकर रेवती की आँखों से दो धाराएँ बह निकलतीं। डर के मारे उसके सामने खड़ी नहीं हो पाती। बारी की तरफ या घर के किसी कोने में मुँह ढाँक कर काठ बनी रहती। कसूर वासुदेव का भी है। कारण स्पष्ट है; रेवती पढ़ती-लिखती न थी, उसी ने ही आकर तो उसे पढ़ाया। पर बुढ़िया का वासु के सामने मुँह नहीं खुलता। उसके बिना उसका एक क्षण जीना भी कठिन है। इस सबके ऊपर जमींदार का फन्दा अभी भी शेष था। जमींदार के आदमी रोज-रोज आकर दुनिया भर के हिसाब-किताब माँगते। वासु न हो तो कौन पंचांग-पोथी गठर से पन्ने निकाल कर देगा? वासु की अनुपस्थिति में बुढ़िया भावावेश में आकर अपना हृदय खोल देती है।

अब रेवती घर-आँगन में सदा संचरण करने वाली जादू की पुतली नहीं रह गयी है। बहुत दिन हुए किसी पड़ोसी ने उसकी आवाज तक नहीं सुनी। माँ-बाप के गुजरने के बाद, किसी ने उसे द्वार पर देखा ही नहीं। बहुत दिन तक वह रोती-

चिल्लाती थी, लेकिन इन दिनों सदा चुप रहती है। उसकी दोनों बड़ी-बड़ी आँखें छोटी-छोटी लाल कुमुदिनी की तरह नेत्र-जल में तर-बतर डोलती रहती हैं। उसका छोटा-सा प्राण-बिन्दु और उससे भी सूक्ष्म मन बिलकुल टूट गये हैं। उसके लिए दिन और रात में कोई अन्तर नहीं है। सूरज में प्रकाश नहीं, रात्रि में अन्धकार भी नहीं। समूचा विश्व एक महाशून्य है। माता-पिता की मूर्ति से हृदय परिपूर्ण है। माँ यहीं कहीं बैठी है और पिता जी उठ कर चले गये हैं। उसके सामने ये दो दृश्य घूमते रहते हैं। माता-पिता मर गये और वे कभी वापस नहीं आयेंगे—यह उसे विश्वास नहीं होता। न पेट में भूख की ज्वाला और न आँखों में नींद। दिन-रात माँ-बाप का ध्यान। दादी के डर से खाना खाने थाली के पास बैठती, लेकिन कुछ नहीं लेती। शरीर में बस हड्डियाँ और त्वचा शेष रह गई है। प्रायः लेटी रहती है। केवल वासुदेव के घर आने पर उठ बैठती है। फटी-फटी आँखों से वासुदेव को ताकती है। वासु की नजर मिल गई तो सिर झुका लेती है और एक छोटी-सी ठंडी आह छोड़ती है। तब उसके मन में और किसी का ध्यान नहीं रहता। आँखों में वासुदेव, ध्यान में वासुदेव, उसका तन मन वासुदेवमय हो जाता है।

अँगुलियों पर गिनी तो श्यामबन्धु को मरे पाँच महीने हो गये। जेठ की महीना, दोपहर का समय, वासुदेव की द्वार पर आवाज सुनाई पड़ी। दादी को पुकारा। इस वक्त वह कभी नहीं आता था। बुढ़िया लड़खड़ाते हुए आई और उसने दरवाजा खोल दिया। वासु बोला, ''दादी, डिप्टी साहब हरिपुर थाने में हमारी पाठशाला के बच्चों की परीक्षा लेंगे। सभी स्कूलों के बच्चे जायेंगे। मेरे पास चिट्ठी आई है। मैं बच्चों को साथ लेकर कल सुबह चला जाऊँगा। मुझे वहाँ कम-से-कम पाँच रोज लगेंगे।'' रेवती किवाड़ की आड़ में खड़ी-खड़ी सब सुन रही थी। धड़ाम से जमीन पर बैठ गई। गनीमत है कि किवाड़ पकड़े खड़ी थी, वरना बुरी तरह गिर गई होती। वासु पाँच रोज के लिए दाल, चावल, नमक, तेल, बैंगन आदि राशन खरीद लाया। आँगन में रख दिया और बूढ़ी को प्रणाम कर शनिचर की शाम को चला गया। बूढ़ी बोली, ''बप्पा, धूप में मत घूमना, अपनी तबियत का ध्यान रखना, खाने-पीने में वक्त का ख्याल रखना।'' बुढ़िया ने एक लम्बी साँस छोड़ी। रेवती अपलक नयनों से वासु को देख रही थी। वासु की चितवन में भी आज अन्तर था। रेवती को जी भर कर देखने की इच्छा सभी समय रहती थी, पर देख नहीं पाता था। आज चारों आँखें मिल गईं—देर तक दृष्टि हटाने की नौबत न आयी।

वासु चला गया था। संध्या हो गई और चारों ओर अँधेरा छा गया। पर रेवती वैसे ही खड़ी-खड़ी देख रही थी। बूढ़ी की पुकार सुनकर वह होश में आयी। घर-बाहर अँधेरा छाया था।

रेवती दिन गिनती थी...तीन, चार,...पाँच। आज छठाँ दिन था। माँ-बाप के जाने के बाद आज तक वह घर के बाहर वाले द्वार तक कभी नहीं आई थी।

आज सबेरे से दो बार हो आई है। सूर्यदेव मध्याह्न के आकाश की ओर बढ़ रहे थे। हरिहरपुर से लड़कों के लौटने के बाद लोगों में चर्चा शुरू हो गई थी कि हरिपुर से वापसी के समय, गोपालपुर के बरगद के पास ही पण्डित जी को हैजा हो गया। सिर्फ चार बार टट्टी गये; आधी रात को चल बसे। गांव वाले "हाय-हाय" कर उठे। लड़के-लड़कियाँ, माँ-बहुएँ जोर-जोर से रोईं। कोई कहता, "आह, कैसा सुन्दर था।" कोई बोलता, "कितना सीधा, कितना शान्त!" कोई और कहता, "रास्ते पर चलता तो जरा-सी आहट नहीं होती। उसकी नजर में कोई पराया न था।"

रेवती ने सुना। बुढ़िया इतना रोयी कि उसका गला रुँध गया। अन्त में बोली, "हाय रे, तूने प्रवास में अपनी बेवकूफी से जान गँवाई।" अर्थात् रेवती को विद्या पढ़ाकर बेवकूफी की और मर गया, वरना वह कभी न मरता। यह दुःखद समाचार सुनकर रेवती घर के किस कोने में जा पड़ी, किसी को पता नहीं। वह दिन ऐसे ही बीता। दूसरे दिन सबेरे बूढ़ी आस-पास रेवती को न पाकर बड़बड़ाने लगी। "अरी रेवती, रेवी री, अरी भाड़मुँही!" बुढ़िया पागल-सी लगती थी। रोना-चीखना नहीं, सिर्फ क्या रात, क्या दिन गुस्से में तमतमाती हुई, हमेशा रेवती को गालियाँ बकती-फिरती। पास-पड़ोस के लोग, रास्ते से आने-जाने वाले सभी समय यही सुनते हैं, "अरी रेवती, रेवी री, अरी भाड़मुँही।" बूढ़ी की आँखों को तो दिखाई नहीं देता था। टटोलती-टटोलती गई तो रेवती से टकराई, पुकारा। पर कोई जवाब नहीं। शरीर पर हाथ फेरा तो मालूम हुआ कि तेज बुखार चढ़ा है। आग की तरह शरीर तप रहा है और बेहोश है। बुढ़िया वहीं देर तक बैठे-बैठे कुछ सोचती रही। क्या करे, किसको बुलाये? मन-ही-मन दुनिया छान डाली, किसी को अपना नहीं पाया। कुछ भी तय न कर सकी तो खीझकर बोली, "जैसा करोगे, वैसा भरोगे।" अर्थात् तेरी पढ़ाई के कारण ही बुखार हुआ, मैं क्या कर सकती हूँ?

एक दिन बीता, दो दिन बीते, तीन दिन, चार दिन, पाँचवाँ दिन भी बीता, वह वैसे ही जमीन पर पड़ी रही, आँखें बन्द, बुलाने पर जवाब नहीं, हिलना-डुलना भी नहीं। आज छठाँ दिन है। रेवती सुबह से दो-चार बार चीखी-चिल्लाई। बुढ़िया आवाज सुनकर पास आई, बदन पर हाथ फेरा, हाथ-पाँव ठण्डे महसूस हुए। पुकारने से "हाँ...हाँ...हूँ" जवाब मिला, दाँत रगड़कर चेहरे को देखा। बिना पूछे अनाप-शनाप बकती रही, अगर कोई वैद्य जी महाराज देखते तो कहते "तृष्णा दाह प्रलापश्च सन्निपातस्य लक्षणम" परन्तु बूढ़ी कुछ आश्वस्त हुई। क्योंकि शरीर में ताप नहीं है। पहले बात नहीं करती थी, अब तो मुँह खुल गया है। पानी पीना चाहती है। छह दिन हुए गले में एक बूँद पानी नहीं उतरा। दो दाने पेट में जायेंगे, तो बच्ची उठ बैठेगी। "तू लेटी रह, मैं मुट्ठी भर चावल बना कर लाती हूँ।" कहकर बूढ़ी बाहर निकली। हण्डी, कलसी, मटकी, पतीली सब

टटोला, मुट्ठी भर चावल न था। लम्बी साँस छोड़कर वहीं घण्टा भर बैठी रही। वासु पाँच रोज के लिए दाल-चावल खरीद कर दे गया था, जिससे दस रोज गुजरे। बूढ़ी की दृष्टि होती तो समझती। बैठे-बैठे सोचने से उपाय मिल जाता है। घर में काँसे का बर्तन तो न था। एक छेद वाला लोटा हाथ लगा। उसे हाथ में लिये हरि साहू की दूकान की ओर चली। हरि साहू का मकान गाँव के बीचों बीच पड़ता है। उसकी कोई खास दूकान न थी। हाँ, दाल, चावल, तेल, नमक आदि सामान उसके पास अवश्य रहते थे। कभी कोई बाहर से आ पहुँचा तो खरीदता था। बूढ़ी लोटा लिये हरि साहू के द्वार पर पहुँची। हरि साहू बुढ़िया के हाथ में लोटा देख सब समझ गया। बुढ़िया की बात सुनकर हरि ने लोटा उठा कर घुमाया और चारों ओर देखकर कहा—"न, न, मेरे पास चावल नहीं है। ऐसा छेद वाला लोटा लेकर कौन चावल देगा?" हरि के पास चावल न था—ऐसी बात नहीं, देना भी चाहता था, पर रही बात सस्ते लेने की। चावल न रहने की बात सुनकर बूढ़ी के सिर पर मानों बज्र टूट पड़ा। "क्या करूँ, बच्ची का बुखार छूटा है। उसके मुँह में क्या डालूँ?" घण्टा भर वहीं बैठी रही। सूरज डूबने वाला था। हरि को दो बार निहारा। "अच्छा जाऊँ, बच्ची क्या कर रही है, देख लूँ"—लोटा पकड़ कर उठ खड़ी हुई कि हरि ने कहा—"दो, लोटा दे दो, देख लूँ, घर में क्या है? "हरि साहू ने लोटा लेकर सेर भर चावल, पाव भर दाल और कुछ नमक दिये। बुढ़िया कई जगह रुक-रुक कर घर पहुँची। तब तक उसने दातून भी नहीं की थी। तन-मन की बात क्या कही जाय? घर में पहुँच कर रेवती को पुकारा। उसको विश्वास था कि वह ठीक हो गई होगी। वह कुएँ से पानी निकालेगी और रसोई बनायेगी। रेवती से कोई जवाब न पाकर वह बिगड़ गई और गालियाँ बकने लगी—अरी रेवती, री रेवी, अरी कुलनासी, अरी भाड़मुँही!"

उधर रेवती का सन्निपात ज्वर तेजी से बढ़ने लगा। सारे बदन में भयानक दर्द। धीरे-धीरे शरीर का ताप घटने लगा। गला सूख गया, तेज प्यास लग गयी। मानों अन्दर से कोई उसकी जीभ खींच रहा हो। ठण्डी जगह चाहिए। लोट-घसीट कर, कमरे से बाहर निकली, पर चैन नहीं मिला। पिछवाड़े के आँगन में जाकर बरामदे में बैठ गयी।

संध्या होने को थी। हवा तेज चल रही थी। वह दीवार से सट कर बैठी थी। बारी की तरफ उसकी नजर गयी। पिता जी ने गत वर्ष वहीं केले के पौधे गाड़े थे, फूलने लगे हैं। माँ ने वहीं अमरूद का पौधा लगाया था और उसने तत्काल कुएँ से एक लोटा पानी लाकर उसमें डाल दिया था। कितना बढ़ गया है? पौधे को देख, माँ की याद आई। विचार असंतुलित, मन में बिलकुल चंचलता, सोचने का क्रम बिलकुल गड़बड़। बस, एक बात उसके मन में थी कि माँ की प्रसन्न मुख-मुद्रा वह अच्छी तरह स्मरण कर पाती थी। संध्या व्यतीत हो चुकी थी और बारी की झाड़-झँखाड़ की ओर से अँधेरा धीरे-धीरे फैल कर, चारों ओर छा गया था, कहीं कुछ

नजर नहीं आया। आसमान की ओर दृष्टि गई। पहले प्रहर का तारा टिमटिमा रहा था और उससे एक ज्योति फूट रही थी। वह उसकी ओर अपकल नयनों से देखती रही। तारे का आकार धीरे-धीरे बढ़कर चक्र की तरह गोल-मटोल हो गया। आकार और बढ़ा। उज्ज्वल ज्योति भी बढ़ने लगी थी और तारे के अन्दर यह किसकी मूर्ति है? प्यारी, शांति-प्रदयिनी माता जी की मधुर मूर्ति अपनी गोद में लेने के लिए उसे बुला रही है। माँ ने दोनों ज्योति-रेख हाथ फैलाये, जिन्होंने रेवती के नैनों को छुआ और माँ उसी मार्ग से हृदय में प्रवेश कर गई। उस अंधकार के भीतर और कोई शब्द न था। केवल साँसों की आवाज जो धीरे-धीरे तेज होती गई और अन्त में ''माँ'' की पुकार आहिस्ते-आहिस्ते दो बार सुनाई पड़ी। सारा वातावरण निस्तब्ध और नीरव हो गया।

इधर बुढ़िया रेंगती-घसीटती रेवती के कमरे में पहुँची, वहाँ कोई न था, सभी कमरे, आँगन, ढेंकी-घर में ढेंकी के नीचे, पीछे, सब देखे, कहीं कोई नहीं। उसने मान लिया कि ज्वर छूट गया है। बारी में टहलती होगी। वही बोल—अरी रेवती, अरी कुलनासी, री भड़मुँही। पिछवाड़े के द्वार पर गई, टटोलती-टटोलती बरामदे पर चढ़ी, बरामदा दो हाथ ऊँचा और एक हाथ चौड़ा था।

''अरी, तू यहीं बैठी है?'' शरीर को छूकर बूढ़ी चौंकी। दुबारा पाँव से सिर तक हाथ फेरा। नाक में हाथ देकर एक विकट चीख चीखी और बरामदे के नीचे धम से गिरने की बावाज हुई।

उसके बाद श्यामबन्धु महंति के परिवार के किसी प्राणी को दुनिया के और किसी ने नहीं देखा। पड़ोसियों ने रात के पहले प्रहर में ही अंतिम बार सुना था—''अरी रेवती, री देवी, अरी कुलनासी, री भाड़मुँही?''

✦

आकर्षण

✦

स्व० दयानिधि मिश्र

बचपन की घटनाओं का स्मरण सुखद भी होता है, दु:खद भी। जब कभी फुरसत मिलती है और कुछ समय दुनियावी झँझटों से मुक्त होकर, चुपचाप बैठने का अवसर मिलता है, तब बचपन की बातें, बचपन की अनेकानेक स्मृतियाँ ताजी हो आती हैं, भूलने की चेष्टा असफल सिद्ध होती है।

कमला हमारी पड़ोसी थी। बिल्कुल सटा हुआ घर, दोनों मानों एक ही परिवार थे। कमला हमेशा हमारे ही घर खेलती थी। माँ जी उसे खूब चाहती थीं। मैं भी प्राय: उसी के घर जाता था। वहीं खाता-पीता था, खेलता था। कमला की माँ मुझे अपने बच्चे-सा प्यार करती थीं। जब वे मुझे बेटा कहकर बुलातीं तो कमला के होठों पर एक हल्की मुस्कान दौड़ जाती।

हम दोनों साथ-साथ खेलते थे। आँगन में घरौंदे बनाते थे। दोनों कितने प्रसन्न रहते थे। रोज नये-नये खेलों का आविष्कार होता था। प्रकृति का चौबीस घण्टे वाला दिन हमें ठीक नहीं लगता था। वास्तव में दिन बड़ा लम्बा होता है, जल्दी बीतता ही नहीं। इसलिए चौबीस घण्टे वाले दिन को तोड़ कर, हम दोनों छोटे-छोटे दिन बनाते थे। सूरज के उगने-डूबने की क्रिया से हमारे कल्पित दिवस का कोई सम्बन्ध ही नहीं था। आसमान में सूरज होने पर भी हमारी रात आ जाती थी। घरौंदे बना-बना कर खेलते समय, एक ही दिन के अन्दर कई दिन-रात के सृजन हो जाते थे।

भोर से हम दोनों अपने बगीचे में फूल तोड़ने चले जाते थे। बगीचे में एक चम्पे का पेड़ था। पिता जी ने जाने कहाँ से उसका पौधा मँगवाकर, खुद लगाया था। उसमें खूब फूल लगते थे। फूले हुए पेड़ से फूल तोड़ने की इच्छा नहीं होती—उसकी सुन्दरता के कारण। ताजे-ताजे फूलों को देख कर जी खिल उठता था। मानों प्रकृति ने हवा, पानी, प्रकाश देकर बड़े प्यार से इसे सँवारा हो। उन फूलों को तोड़ने से प्रकृति रानी को जरूर कष्ट होगा। पेड़ के शरीर से रक्त निकलेगा। फूल रोयेगा। हम दोनों में इस प्रकार की चर्चा चलती थी और हम फूल तोड़ते ही न थे।

दो पल के बाद हमारा वह विचार बदल जाता था। बिना फूल तोड़े देव-देवियों की पूजा कैसे होगी? दोनों चम्पे के पेड़ पर चढ़ जाते थे और गाने गा-

गाकर फूल तोड़ते थे। फिर दोनों फूल-मालाएँ गूँथते थे। कमला की मालाएँ बेहतर बेहतर बनती थीं। दोनों की मालाओं का विनिमय होता था और दोनों साथ-साथ जगन्नाथ जी के मन्दिर में चले जाते और मालाएँ दे आते।

एक दिन की घटना है। दोनों फूल तोड़ कर जाने वाले ही थे कि उसी समय कुछ लड़के आ पहुँचे। बोले, "कल देखना, हम लोग सभी फूल तोड़ लेंगे। तुम्हारे लिए एक भी नहीं बचेगा।" यह सुनकर हमें बेहद कष्ट हुआ। कमला ने उदास होकर मेरी तरफ देखा। उसका उदास चेहरा देख मेरे मन में उन लड़कों के प्रति क्रोध पैदा हुआ। "अच्छा देखना, वे लोग कल कैसे फूल तोड़ ले जायेंगे?" दोनों ने आखिर तय किया कि दूसरे दिन भोर ही में सारे फूल तोड़ लिया जाय।

उस रात मेरी आँखों में बिलकुल नींद न थी। वही शंका मुझे सता रही थी। कहीं लड़के फूल तोड़ तो नहीं ले जायेंगे। हमारे लिए कुछ बचेगा ही नहीं, क्या कल जगन्नाथ जी को हमारे हाथ की माला नहीं मिलेगी? रात भर यही सोचते-सोचते मैं बेचैन था। करवटें बदल-बदल कर मैं बिसतर में तमाम रात छटपटाता रहा।

भोर के ठीक चार बजे किसी ने किवाड़ पर दस्तक दी। दरवाजा खोल कर देखा तो कमला सामने खड़ी मुस्करा रही थी। मुझे उस समय उसे वहाँ देख अत्यन्त आश्चर्य हुआ। तो क्या वह भी मेरी ही तरह सोयी नहीं। फूल तोड़ने के लिए इतनी उत्सुक थी। मैं चुपचाप उसके साथ निकल पड़ा।

उसी समय आकाश में चन्द्रमा था। सितारे हीरे के कण के समान चमक रहे थे। भोर की हल्की बयार सारे उपवन में सुगन्धित पराग बिखेर रही थी। चम्पे के फूल वृक्षों के सिंहासन पर बैठ, डालियों के झूले में खेल रहे थे। बगीचे में चाँदनी की सफेद मुस्कान कलियों के होठों पर प्रकट हो जाती थी। पत्तियाँ स्वागत की मुद्रा में हिल रही थीं। जहाँ कहीं चाँदनी बिखरी पड़ी थी, स्वयं हँस कर दूसरों को भी हँसाती थी। चन्द्रमा की शीतल चाँदनी का वहाँ स्वच्छन्द राज था।

परन्तु, उस ओर हमारा ध्यान कहाँ जाता है? हमारा एक ही काम था—सुबह से पहले फूल तोड़ लेना। बगीचे में पहुँचते ही दो छोटे बन्दरों की तरह दोनों पेड़ पर चढ़ गये। दोनों दो अलग डालियों पर बैठ कर फूल तोड़ने लगे। अपनी डाली के फूल तोड़ कर मैं कमला के समीप गया। उस डाली की चोटी के फूल वह तोड़ नहीं सकी थी। वह सरक गई और बोली, "तू उधर मत जा, छोटी डालियाँ कहीं टूट न जायें?"

पर मैंने उसकी नहीं सुनी। मैंने निश्चय कर लिया था कि एक भी फूल छोड़ूँगा नहीं। सारा का सारा फूल मन्दिर पहुँचेगा। किसी को फूल मिलेगा ही नहीं। कमला की मनाही की और ध्यान न देकर मैं सीधे ऊपर बढ़ा। बड़ी सावधानी से फूलों को तोड़ा, सिर्फ एक ही बचा था जो डाली की चोटी पर इतरा रहा था।

थोड़ा-सा और ऊपर उठा। हाथ फैला कर धीरे से उस डाली को मुट्ठी में पकड़ा। अपनी तरफ डाली खींचकर बायें हाथ से फूल को छूने की कोशिश की। फूल को छूते ही डाली टूट गई। मुट्ठी में टूटी हुई डाली पकड़ कर मैं धम से जमीन पर जा गिरा। मुझे अनुभव हुआ कि, गहरी चोट लगी थी। फिर उसके बाद क्या-क्या हुआ मैं नहीं जानता?

जब मेरे होश वापस आये, तब देखने को मिला कि मैं एक कमरे में खाट पर लेटा हूँ और समीप ही एक गोरे से सज्जन कुर्सी पर बैठे हैं। दूसरी कुर्सी पर पिता जी बैठे हैं। जब मेरी आँखों की पलकें खुलीं, उस महाशय ने अंग्रेजी में पिता जी से कुछ कहा और पिता जी ने भी अंग्रेजी में जवाब दिया। फिर कुछ और वाक्य बोल कर वे चले गये।

गोरे सज्जन के चले जाने के बाद माँ और भाभी जी ने कमरे में प्रवेश किया। माँ सिरहाने बैठ कर सिर सहलाने लगीं और भाभी पीठ।

दोनों के आँखों में आँसू थे। पिता जी की आँखें भी डबडबा रही थीं। रोने का कारण मेरी समझ में नहीं आया। असल में मैं यह जानने को उत्सुक था कि मैं कहाँ हूँ, और वहाँ कैसे आया हूँ? परन्तु जानने की कोशिश करते हुए भी नहीं जान सका।

माँ को कुछ करने के लिए कहकर पिता ज़ी कमरे से बाहर चले गये। भाभी को अकेले पाकर मैंने उनसे पूछा, ''हम यहाँ क्यों आये हैं? हमें यहाँ कौन लाया है?'' मेरे प्रश्नों का उन पर क्या असर पड़ा पता नहीं, पर वे और अधिक रोने लगीं। आँसू की झड़ी लग गई। आँचल से आँसू पोंछते हुए बोलीं, ''भैया, बात मत करो, डाक्टर ने मना किया है।'' वास्तव में उनसे पूछने के बाद मेरा सारा बदन जोर से दर्द करने लगा। कुछ ही पल में, भयंकर जलन का अनुभव हुआ। घाव से रक्त निकला। उसके बाद क्या-क्या हुआ मुझे पता नहीं चला?

मैं ठीक से कह नहीं सकता, कितनी देर तक मैं बेहोशी की अवस्था में रहा। पर वह बेहोशी की स्थिति मुझे खूब अच्छी लगी। ईश्वर की इस दुनिया में सारी स्थितियों की कोई-न-कोई उपयोगिता है। बेहोशी और मौत—दोनों बराबर होते हुए भी, बेहोशी कुछ क्षणों के लिए आदमी को सुख-दुख के परे कर देती है। जो विष मनुष्य को मार देता है, वही नया जीवन भी देता है। ईश्वर की लीला बड़ी विचित्र है। मैं बेहोश होकर सुख-दुख से परे हो गया था।

लेकिन देर तक वह परमानन्दमय सुख के उपभोग करने का मौका न मिला। होश में आया। पलकें खुलीं, देखा, माँ घावों पर मरहम-पट्टी करने में व्यस्त थीं और भाभी जी पंखा झल रही थीं।

इस प्रकार होश-हवाशी और बेहोशी का नाटक अनेक बार हुआ। आज जब वे बातें स्मरण करता हूँ, दिल बैठ जाता है। मेरी आँखों में आँसू आ जाते हैं।

ओह, दुःख की घड़ी कितनी कठोर होती है? ईश्वर दुःख में भी सुख निहित कर देता है। ईश्वर, तू धन्य है।

मनुष्य के सब दिन बराबर नहीं होते। दुःख के बाद सुख और सुख के बाद दुःख के दिन आते-जाते रहते हैं। मेरे कष्टों का अन्त कुछ दिनों के बाद हो गया। मैं स्वस्थ होकर घर लौटा।

यह घटना काफी पुरानी है। इस अवधि में अन्य अनेक परिवर्तन हुए। पिता जी गाँव जाने के लिए मुझे छोड़ते ही नहीं। उन्हीं के पास रहकर, शहर में पढ़ता हूँ। मेरे स्वस्थ हो जाने के बाद माँ गाँव चली गईं। पिता जी वकील हैं। गाँव की जमीन-जायदाद सँभालने वाला कोई और नहीं था। विवश होकर माँ को गाँव में रहना पड़ता है। बड़े भाई ग्रेजुएट हुए। अब कलकत्ते में एम० ए० कर रहे हैं, मैं इण्टर में हूँ।

चम्पे के पेड़ से गिरने वाली घटना प्रायः विस्मृत हो चुकी थी। गाँव जाने की इच्छा भी कभी नहीं हुई। पिता जी भी मुझे कभी गाँव नहीं भेजते। माँ बार-बार लिखती हैं, लेकिन पिता जी हमेशा यही कहते थे कि विनोद पढ़ाई की समाप्ति तक उन्हीं के पास रहेगा।

पिता जी मुझे दूसरों से मिलने-जुलने का मौका भी नहीं देते थे। वे कहते हैं, ''कटक नगरी सिर्फ प्रशासन की ही राजधानी नहीं, झगड़े की भी राजधानी है।'' माँ ने भी एक बार कहा था, ''कटक में सावधानी से रहना। वहाँ के ईंट-पत्थरों की भी भाषा होती है।'' परन्तु ऐसा नहीं समझना चाहिए कि वहाँ सभी बदमाश रहते हैं। खैर, पिता जी का आदेश मानना मेरा कर्तव्य था।

एक दिन की बात है, डाकिये ने दोपहर को एक पत्र दिया। पत्र पढ़ा, पर कुछ समझ में नहीं आया। साफ सुन्दर, सुवाच्य लिपि में पत्र लिखा गया था। विस्मृति से भरे अतीत को टटोला, किन्तु कुछ भी ख्याल नहीं आया। किसने लिखा है, क्यों लिखा है? मेरे साथ उसका क्या सम्बन्ध है? बहुत सोचा, पर कुछ तय नहीं कर पाया। फिर पढ़ा—

विनोद बाबू,

अपना परिचय देना अनावश्यक है। मैं अपनी अन्तिम घड़ियाँ गिन रही हूँ। तुम्हें एक बार देखने को उत्सुक हूँ, सिर्फ एक ही बार। यदि अपनी मित्रता को महत्व देते हो तो शीघ्र आना और मेरी उत्सुकता को शांत करना।

तुम्हारी
क..''

मैं अत्यन्त व्याकुल हो उठा। गहरे अंधकार के भीतर मुझे प्रकाश की छोटी-सी रेखा दिखी। मुझे ऐसा प्रतीत होने लगा, जैसे माँ मेरे समीप आकर कहने लगी

हो "जाओ, बेचारी सचमुच कितना कष्ट पा रही है?" पर वह थी कौन और क्यों मेरे कारण कष्ट पा रही है?

कुछ दिनों के लिए मैं प्राय: स्तब्ध हो गया। हृदय की धड़कनें बन्द तो नहीं हो गई थीं, पर धीमी पड़ गई थीं। अपने को स्वाभाविक बनाने की हर कोशिश असफल रही। पत्र को कई बार पढ़ने से हृदय की धड़कन स्वाभाविकता की ओर बढ़ी। मेरी स्मृति में एक छवि उभरने लगी।

उस छवि को मैंने अनेकों बार देखा है। उसके साथ खेला है, खाया है। सपने में उसे देखा है, जागरण में पाया है। मैंने अपने को धिक्कारा—वास्तव में मैं कितना नीच हूँ। अपनी स्नेहमयी कमला की स्मृति भी खो बैठा हूँ, लो अपनी अन्तिम घड़ियाँ गिन रही है और एक बार मुझे जी भर कर देखना चाहती है, मैं उसे विस्मृत कर चुका हूँ। कवि ने ठीक ही कहा है—

नारी, क्योंकर आहें भरती हो
व्याकुल अधिक तू न हो,
पुरुष कभी न तेरा है
जिसके विचार संतुलित न हो।

मुँह से स्वगतोक्ति निकली—कमला, तू कितनी स्नेहमयी है। अपने लड़कपन के साथी को तू कितना चाहती है? तू उसे देखने को कितनी उतावली है, मैं क्या सचमुच तुझे देख पाऊँगा? तू स्वर्ग राज्य की जीव है। तेरे चारों ओर देव-लोक के देवगण हैं। उस लोक को जाने की मुझमें सामर्थ्य कहाँ?

आगे सोच नहीं सका। हृदय कमलामय हो गया। मेरे चतुर्दिक कमला की छवि इशारे से मुझे बुलाने लगी। एक जोरदार आकर्षण मुझे जाने कहाँ खींचे लिये जा रहा था। आकर्षण, तू कितना बलवान है। ईश्वर का सिंहासन भी आकर्षण से डोलता है। पिता जी को कोई सूचना दिये बिना मैं उस दिन गाँव के लिए रवाना हो गया।

पौ फटने से पहले ही गाँव पहुँचा। लोग सो रहे थे। चारों ओर की निस्तब्धता को पार कर कमला के घर पहुँचा। वहाँ रोना-चिल्लाना शुरू हो गया था, जिसे सुनकर मैं चौंका। मैं पागल की तरह अन्दर जा पहुँचा।

आँगन में शोक विह्वल स्वजनों की भीड़ थी। बीच में कमला की शांत मूर्ति चारपाई पर लेटी थी। भीड़ को चीरकर चारपाई के पास पहुँचा। दोनों बाँहों को पकड़ कर "कमला, कमला" पुकारा। गला काँप रहा था, और पुकार नहीं सका, रुँध गया। मेरी आवाज के कारण कमला के चेहरे पर एक अपूर्व आभा उभरी। होठों पर एक हल्की मुस्कान दौड़ गई। दोनों पलकें खुलीं, मेरी ओर एक दृष्टि डालकर दोनों आँखें तत्काल बन्द हो गईं। वह किसी अजनबी दुनिया में चली गई।

कमला की प्राण-रहित देह जड़ हो गई। मेरी आशा का दीपक बुझ गया। चतुर्दिक अन्धकार दिखाई पड़ने लगा। कमला के ठण्डे शरीर को गोद में लेकर मैं बच्चों की तरह रो पड़ा। उसके शरीर और मुख-मण्डल से स्वर्गीय लावण्य की ज्योति निकल रही थी।

× × ×

प्रभात का तरुण-आलोक कमला के मृत मुख-मण्डल पर फैल गया। शीतल समीर ने केशराशि को बिखेर दिया। कमला की महान् आत्मा वहाँ चली गयी, जहाँ से वह आई थी।

आज मुझे मालूम हुआ कि पिता जी मुझे गाँव क्यों नहीं जाने देते थे।

✦

बूढ़ा मनिहार

✦

स्व० लक्ष्मीकान्त महापात्र

फागुन का महीना समाप्त होने वाला था। दोपहर की चिलचिलाती धूप में एक बूढ़ा गाँव में आया। करीब साठ साल का, दाँत गिर चुके थे। सिर ही के नहीं, सीने के बाल भी सन हो चुके थे। बूढ़े के सिर पर एक टोकरी थी। घुटनों तक गरदा पुता था। शरीर पसीने से लथपथ हो रहा था। पसीने की धारा एड़ी तक बह चली थी।

गाँव के छोर पर एक मकान था। उस पक्के मकान का लम्बा-चौड़ा बाहरी बरामदा साफ-सुथरा था। मजबूत छप्पर के साथ दो पल्ले वाले किवाड़ उसका अभिजात्य प्रकट करते थे। बूढ़ा उस बरामदे पर बोझ उतार कर धम से बैठ गया। कुछ समय के बाद, अन्दर से एक नौकरानी बाहर निकली। नौकरानी उसे पहचानती थी। उसने बूढ़े से पूछा—''अरे मनिहार, चूड़ियाँ लाये हो?'' बूढ़े ने जवाब दिया—''हाँ, हाँ''। फिर बोला, ''बिटिया, थोड़ा पानी पिला दे। बूढ़ा आदमी हूँ। धूप से गला सूखा जा रहा है।'' नौकरानी पानी लाने चली गई।

कुछ समय के बाद एक लोटा पानी लाकर उसने रख दिया। बूढ़े ने लोटा उठाकर पानी पी लिया। पानी पी चुकने के उपरान्त, एक लम्बी साँस छोड़कर बोला, ''बिटिया, तुमने अच्छा पुण्य कमाया।'' नौकरानी बोली, ''बस, बस करो चलो, बहू जी बुला रही हैं, कैसी चूड़ियाँ लाये हो, वे देखना चाहती हैं।'' बूढ़ा अपनी टोकरी उठाकर अन्दर चला गया। ड्योढ़ी के पार होते ही अन्दर प्रशस्त आँगन है। पक्के आँगन की एक तरफ चौपाल है। बाईं तरफ खास दरवाजा। दरवाजे पर ही घूँघट किये हुए नई बहू खड़ी थी। बूढ़े ने बोझ उतार दिया और खड़ा हो गया। बहू ने धीरे से नौकरानी से कहा, ''पूछो, कैसी चूड़ियाँ हैं?'' नौकरानी स्वभाव से ही बातूनी थी, बोली, ''छिह, बूढ़े मर्द से इतना शर्माती हो, खुद टोकरी से क्यों नहीं देख लेती?'' नौकरानी की बात बहू को खूब पसन्द आई। घूँघट को कुछ उठा कर, मुस्कराहट के साथ टोकरी के पास चली गयी। बहू का चेहरा दीख पड़ा। चेहरा क्या था, चाँद का टुकड़ा और चम्पे के फूल की तरह गोरी देह थी। चार अँगुल के लाल किनारे वाली मयूरकण्ठी साड़ी में वह खूब सुहाती थी। साड़ी से झाँकती हुई वह सलोनी चंपक-गोरी सोने की तरह झलकती थी। बूढ़े की आँखें तृप्त हो गईं। इतनी सुन्दर सुशील बहू उसने कभी देखी न थी।

बूढ़े ने एकटक देखा, देखता ही रहा। कुछ बोलने की इच्छा हुई, पर उसकी वाणी निकली ही नहीं। देर तक खड़ा रहा, फिर बोला, ''माँ, कहो क्या पसन्द है?'' ''माँ!'' सम्बोधन से वह अपने आप फूला नहीं समाया। बहू ने शर्म छोड़ कर कहा, ''आसमान-तारा वाली चूड़ी है?'' वाह, क्या मिठास थी उस वाणी में! ऐसी मीठी बात तो उसने कभी सुनी नहीं। उस वाणी की अनुगूँज उसे देर तक सुनाई पड़ी। बूढ़ा बोला, ''न, आसमान तारा वाली तो नहीं है, पर झिलमिली, मीलश्री, नगवाली, बिन्दीवाली चूड़ियाँ हैं। इनमें से पसन्द हो तो लो, आसमान तारा बनते ही ला दूँगा।''

बहू ने मुट्ठी भर चूड़ियाँ चुन लीं। पर वे पहुँची में आयेंगी कि नहीं, कौन जाने? बूढ़ा बोला, ''अच्छा माँ जी, हाथ दो, मैं कुछेक पहना दूँ।'' बहू कैसे हाथ बढ़ाती! असमंजस में पड़ गई। बूढ़ा बोला, ''माँ, मुझसे शर्म करती हो? मैं तो तेरा बेटा हूँ। अपने बेटे से माँ कभी शर्म करती है!''

तब नौकरानी ठहाके की हँसी हँस कर बोली, ''मालकिन, बहुत अच्छा, बहुत अच्छा, आपको एक बूढ़ा बेटा मिल गया, क्या किस्मत है?''

बहू ने उसकी तरफ देखकर कहा, ''अरी, चुप!''

बहू ने हाथ बढ़ाये, वाह, कितने सुन्दर और मुलायम! उँगलियाँ उसकी ऐसी हैं, मानों चम्पे की कलियाँ हैं। पंजा चिकना और ताजा। कलाकार की विशेष कलाकारिता थी। वह चूड़ियाँ कितनी अच्छी लगती हैं। क्या यह मनुष्य का हाथ है? नहीं, किसी देवता ने विशेष श्रम से अपने कला-नैपुण्य से इसका सृजन किया है। बूढ़े को पहले अपने रुखे, गन्दे हाथों से उसे छूने की हिम्मत नहीं हुई। उसके बाद बायें हाथ से बहू की मुट्ठी पकड़ ली। धीरे-धीरे चूड़ी घुमाई। उसे डर था, कहीं कोई चूड़ी न टूट जाये और बहू के हाथ कट कर खून न बह निकले। एक चूड़ी पहनाने के बाद, बूढ़े के दिल की धड़कन कुछ शान्त हुई। बहू का हाथ पकड़कर चूड़ी पहनाते समय बूढ़ा फूला नहीं समाता था। उसे ऐसा अनुभव हुआ कि उसके जीवन के समस्त सुखों और आशाओं की पूर्ति हो गई। वह सोचने लगा—काश! इसी हाथ को मुझे रोज़ चूड़ियाँ पहनाने का मौका मिलता!

इसी वक्त अन्दर से मालकिन वहाँ आ गईं। सास जी को देख, बहू घुँघटा खींच कर अन्दर चली गई। सास जी ने नौकरानी से पूछा, ''अरी, क्या चूड़ियाँ ले रही थीं?''

''हाँ, छोटी मालकिन ने ये चूड़ियाँ चुनी हैं।''

''क्या दाम है?'' सास जी ने पूछा।

बूढ़ा, ''ये दो-चार चूड़ियाँ हैं, इनका भला क्या दाम हो सकता है?''

सास जी, ''तो देखें, कितनी चूड़ियाँ हैं?''

बूढ़ा, ''अपनी माँ से क्या पैसे लूँ?''

सास जी ने नौकरानी से पूछा, "क्या बात है, किसे माँ कहता है?"

नौकरानी मुस्कराती हुई बोली, "आप जानती नहीं, यह लड़का छोटी मालकिन का बेटा बना है, बेटा!"

सास जी हँसीं। बोली, "अच्छा, अबकी बार पैसे ले लो, दूसरी बार न लेना। तुम गरीब आदमी हो।"

बूढ़ा तत्काल बोल पड़ा, "ना, ना, मैंने अपनी माँ को दिया है। मैं कभी पैसे नहीं लूँगा। दो-चार चूड़ियों के लिए मैं गरीब नहीं बनूँगा।"

बूढ़ा चूड़िहारा चूड़ियाँ वहीं छोड़, अपना बोझ उठाकर चल पड़ा। पीछे से कितना पुकारा गया, लेकिन उसने सुना ही नहीं। नौकरानी मालकिन के कहने पर कुछ दूर उसके पीछे-पीछे गई; पर उसने पीछे मुड़कर देखा तक नहीं।

उस दिन से वह चूड़िहारा बूढ़ा हर हफ्ते में प्राय: दो-एक बार आया करता था। चूड़ी रोजमर्रा जीवन की ऐसी कोई जरूरी चीज नहीं जो लोग रोज खरीदा करें। कभी-कभार तीज-त्योहारों के दिन औरतें नई चूड़ियाँ लेती हैं। बूढ़ा आता है और दो-चार पैसे की चूड़ियाँ बेच कर चला जाता। केवल चूड़ियाँ बेचना उसका उद्देश्य न था। वह आता था अपनी बहू-माँ को देखने। जिस दिन आता किसी से बिना पूछे, ड्योढ़ी पार कर आँगन तक चला जाता। बिना बोझा उतारे, बुलाता, "माँ जी, नई चूड़ी चाहिए?" उसकी आवाज सुन बहू झटपट दरवाजे पर आकर खड़ी हो जाती। बूढ़ा उसे एक नजर निहार कर खुश हो जाता। पूछता, "माँ जी, चूड़ियाँ चाहिए?" शायद वह लेना चाहे! और उसके चंपक-गोरे, कोमल हाथों में वह चूड़ियाँ पहना दे। लेकिन बहू सिर हिलाकर 'नहीं' का संकेत कर देती और बूढ़ा वापस चला जाता।

यदि किसी दिन बहू को निकलने में देर हो जाती तो नौकरानी शोर मचाती, 'छोटी मालकिन, तुम्हारा बेटा आया है।' दो-चार बार "नई चूड़ियाँ चाहिए—नई चूड़ियाँ चाहिए" बोल सुनने के कारण माँ अन्दर से आ पहुँचती। बूढ़ा जब भी आता यही क्रम, यही अभिनय चलता। लौटते वक्त बूढ़ा सोचता, माँ जी को आसमान-तारा वाली चूड़ियाँ चाहिए। किसी दिन वह जरूर ला देगा। अन्त में तय किया, आने वाली रज-संक्रान्ति के समय कहीं-न-कहीं से मुट्ठी भर आसमान तारा-चूड़ियाँ जुगाड़ करूँगा और ला दूँगा। माँ जी चूड़ियाँ पहनेंगी, मुझे पहनाने का मौका मिलेगा। कुछ चूड़ियाँ उसे दे जाऊँगा। यह सोचते-सोचते बूढ़े का मन प्रसन्न हो जाता था। बूढ़ा रज-संक्रान्ति की प्रतीक्षा कर रहा था। अबकी संक्रान्ति उसके लिए खुशी का अवसर है। वह अपनी माँ के लिए आसमान-तारा वाली चूड़ियाँ जरूर पहुँचायेगा। उसकी माँ कितनी खुश होगी।

देखते ही देखते बैसाख आ गया। आखिर वह ठहरा एक बूढ़ा आदमी। रोज-रोज बैसाख की कड़ी धूप में, गाँव-गाँव पैदल चलता, जहाँ-तहाँ पानी पीता, वक्त

पर खाना न खा पाने के कारण बूढ़े को बुखार चढ़ गया। रोज बुखार और तेज बढ़ने लगा। हाथ पैर सूज गये। सबके मुँह से एक ही बात निकलती, ''अबकी बार बूढ़ा नहीं रहेगा। लेकिन बूढ़े को कोई चिन्ता नहीं थी। वह हमेशा केवल यही सोचता था कि बहुत दिन बीत गये, वह अपनी माँ जी को देखने नहीं जा सका, इसीलिए वह प्राय: छटपटाता रहता था।

रज-संक्रान्ति समीप आ गई। बूढ़ा दो महीने से माँ जी को देखने नहीं जा सका था। अगर चल सकता तो एक बार जरूर देख आता। लेकिन चाहे जैसे भी हो रज-संक्रान्ति को आसमान-तारा वाली चूड़ियाँ पहुँचाना पड़ेगा। बूढ़े ने खुद बहुत कष्ट सहकर आसमान-तारा वाली कुछ चूड़ियाँ बनायीं। इसलिए खुद चूड़ियाँ बनायीं कि कहीं दूसरे की बनाई चूड़ियाँ उसको पसन्द न आयें। साठ साल के अपने मनिहार जीवन में जो कारीगरी और निपुणता उसने प्राप्त की थी, उसके उपयोग से चूड़ियाँ तैयार कीं। एक दिन के काम पर भले ही चार दिन लग जाये, पर काम पक्का होना चाहिए। रज-संक्रान्ति के दो दिन पहले पहले काम समाप्त हो गया। मन अगर चंगा तो कठौती में गंगा। ऐसी बनावट की चूड़ियाँ कभी उसके हाथ से बनी ही न थीं। चूड़ियाँ देख बूढ़े का दिल खुश हो गया। माँ जी की कलाइयों में ये चूड़ियाँ खूब सोहेंगी।

रज-संक्रान्ति के पहले दिन को ''पहला-रज'' कहा जाता है, जिस दिन बहू-बेटियाँ नई साड़ी और नई चूड़ियाँ पहनती हैं। तमाम रात बूढ़े की आँखों में नींद नहीं आई। सुबह उठकर बूढ़े से सोचा, चल तो नहीं सकता, क्या करूँ? और किसी को भेजा भी नहीं जा सकता। काफी दिन हो गये, माँ जी को देखा भी नहीं। कितने दिन और जीऊँगा, कुछ ही दिनों का मेहमान हूँ, जाऊँ, आखिरी बार देख जाऊँ। बहू-माँ के हाथों हाथों की सुन्दरता की याद आते ही उसके शरीर में जाने कहाँ से नई शक्ति का संचार हो गया। उन कलाइयों में चूड़ियाँ पहनाने का निश्चय कर, भोर ही में खा-पीकर, गमछे में चूड़ियाँ लपेट कर वह चल पड़ा। बड़ी तकलीफ हो रही थी, लड़खड़ाते हुए डग भरने में। पाँच कोस का लम्बा रास्ता था। पहुँचते-पहुँचते दोपहर हो आयी थी।

जहाँ खड़ा होकर बूढ़ा पुकारता था, उसी आँगन में जा खड़ा हुआ। मन में अपार उमंग और उत्साह भरा हुआ था। पुकार लगाई, ''चूड़ियाँ चाहिए?'' कोई जवाब नहीं मिला। फिर पुकारा, फिर-फिर पुकारा, ''माँ जी, चूड़ियाँ ले लें।'' फिर भी कोई नहीं आया। बूढ़े का धीरज टूट रहा था। बार-बार पुकारता लेकिन कोई जवाब नहीं। एक ही पुकार से उसकी माँ जी दरवाजे पर आ खड़ी होती थीं। फिर पुकारा, ''माँ जी, मैं ही आया हूँ। तुम्हारे लिये चूड़ियाँ लाया हूँ।'' अब की बार मालकिन स्वयं आ गईं। उनके पीछे वही नौकरानी थी। मालकिन को देख बूढ़ा बोला, ''मेरी माँ कहाँ हैं? मैं उनके लिए आसमान-तारा वाली चूड़ियाँ लाया हूँ। रज-संक्रान्ति के समय पहनेंगी।'' दूसरा दिन होता तो नौकरानी अब तक शोर

मचा देती। पर वह चुप थी। मालकिन आहिस्ते-आहिस्ते बोलीं, ''न चूड़ियाँ नहीं चाहिए।'' बूढ़ा मानने वाला न था—''न-न, मैं अपनी माँ जी के लिए बड़े प्रेम से खुद बना कर लाया हूँ।''

मालकिन, ''न, किसी को चूड़ियाँ नहीं चाहिए, जाओ!''

बूढ़ा, ''अच्छा, चूड़ियाँ न लें, पर माँ जी को एक बार बुला दो। मैं देखना चाहता हूँ। काफी दिन हो गये नहीं देखा।''

मालकिन, ''उसे देखना सम्भव नहीं।''

बूढ़े के सिर पर मानों बज्र टूट पड़ा हो। माँ जी के दर्शन भी नहीं हो सकते। मैं एक बार उन्हें देख नहीं सकता, सिर्फ एक बार। बूढ़े की आँखें डबडबा आयीं। वह रो पड़ा, ''सिर्फ एक बार देखना चाहता हूँ, मैं तो और ज्यादा दिन जीऊँगा भी नहीं।''

मालकिन ने बहू को बुलाने के लिए नौकरानी से कहा। नौकरानी अन्दर गई। कुछ क्षण के बाद बहू आकर दरवाजे पर खड़ी हुई। आते वक्त वह हमेशा मुस्करा देती थीं। बूढ़ा भी उसे देख फूला नहीं समाता था। लेकिन आज बिन किसी आहट अथवा चंचलता के वे चुपचाप आकर खड़ी हो गयीं। न वह चार अँगुल के लाल किनारे वाली मयूरकंठी साड़ी पहने हुए थी और न चेहरे पर बेले की तरह सफेद मुस्कान। वे एक सफेद धोती पहने हुए थीं। बूढ़े का शरीर काँपने लगा। सिर में चक्कर आ गया। बूढ़े की पलकें अपने आप बन्द हो गईं। फिर पलकें खुलीं तो वे हाथ दिखाई पड़े जो नंगे थे। बूढ़ा चीख-चीख कर रोया। बहू मुड़कर अन्दर चली गई। बूढ़ा सिसक-सिसक कर रोता और कहता रहा, ''माँ री, मैं क्यों नहीं मरा, क्यों जिन्दा रहा? क्या यही देखने आया था?'' आगे कुछ और बोल नहीं पाया। गमछे में बँधी चूड़ियाँ निकाल कर वहीं आँगन में पटक दी। चूड़ियाँ टूट कर चूर-चूर हो गईं। वह उठ खड़ा हुआ और सीधे घर की राह चल पड़ा। लौटते वक्त मालकिन और नौकरानी सिसक-सिसक कर रो रही थीं।

✦

मागुणी की बैलगाड़ी

✦

स्व० गोदावरीश महापात्र

खलीकोट की आबादी दो लाख है। उसमें रोज जन्म-मृत्यु का क्रम जारी है। कुछ उस दुनिया में आते हैं और कुछ उससे चले जाते हैं। इसकी सूचना या तो उनके पारिवारिक जनों को होती है या अड़ोसी-पड़ोसियों को। किन्तु जिस दिन मागुणी यह संसार छोड़ कर गया, उस दिन यह खबर खलीकोट के सभी गाँवों तथा कस्बों में तत्काल फैल गई। जिसने भी सुना, पल भर के लिए स्तब्ध रह गया और दुखी होकर बोला, ''मागुणी उठ गया? ओह, बेचारा गुजर गया!''

मागुणी कौन था? यह बिल्कुल सत्य है कि वह खलीकोट का राजा न था, यह भी सभी मानेंगे कि वह उस रियासत का नेता भी न था। न उसने कभी सत्याग्रह में योगदान किया था और न राजा को लगान चुकाया था। न किसी ने उसके गले में फूल-माला डाली और न उसने किसी को माला पहनाई थी। जनता की भीड़ में करतल ध्वनि के बीच कभी उसने भाषण भी नहीं दिया था। उसने केवल एक काम किया था और वह यह कि एड़ी-चोटी का पसीना एक कर जीवन में काफी संघर्ष किया था। वह संघर्ष राष्ट्र और समाज के लिए नहीं, वरन् अपना पेट भरने के लिए ही था। फिर भी मागुणी की मृत्यु का समाचार पाकर सबके मुँह से निकला, ''ओह, बेचारा गुजर गया!''

खलीकोट गढ़ी में आप जिस-किसी से भी पूछ लीजिए, आपको उसका परिचय मिल जायेगा। दूर-दराज के जंगली इलाकों के किसी भी गाँव में पूछिए, उसके बारे में जानकारी मिल ही जायेगी। मागुणी खलीकोट का एक मामूली गाड़ीवान था। दो बैल और वह—तीनों का एक संघ था, जिसने दो लाख लोगों के दिलों में जगह बना लिया था।

खलीकोट गढ़ी में रोज सूरज उगता है और डूबता है। जिस दिन वर्षा होती रहती है, उस दिन भी लोग मागुणी को देख समय जान जाते हैं। माघ के महीने में जब लोग ठण्ड के मारे गरम कपड़े ओढ़कर बरामदे में बैठे रहते हैं, तब मागुणी अपने चिर-परिचित दोनों साथियों को गाड़ी में जोतकर गीत गाता हुआ पहाड़ों की तलहटी में चला जाता है। लोगों का कहना है, मागुणी स्वयं एक घड़ी है। वर्षा ऋतु में पानी बरसना टल सकता है या गरमी में गरमी घट-बढ़ सकती है, पर मागुणी की गाड़ी का चलना कभी बन्द नहीं होता। वह क़हता है कि भले ही

राजा साहब के पास एक जोड़ी कार है, पर उसके समान इंजीनियर वहाँ दूसरा नहीं। उसकी बैलगाड़ी राजा की मोटर कार से बेहतर है। बारह साल के अपने दोनों सुपरिचित साथी कालू और कैथू की पीठ सहला कर जब वह उन्हें हाँक देता है तो उसकी गाड़ी में पर लग जाते हैं। तब वह खुश होकर गाना गाता है, ''सीता को वनवास दिया, काहे राम ने?'' गाड़ी आगे बढ़ती है और उसके गाने की गूँज हरे-भरे पत्तों की ओट से, गिरि-गह्वरों से देर-देर तक सुनाई पड़ती रहती है। ऊँघते मुर्गे और वन-कौए उसका जवाब देते हैं। देहाती कुत्ते चौंक कर उठते हैं और शोर मचाते हैं। घरर्-घरर् आवाज के साथ बैलगाड़ी स्टेशन की तरफ चली जाती है।

जब पचास साल का मागुणी बारह साल के दोस्तों के साथ सवारी लेकर चलता है (यह कहानी लगभग अस्सी साल पुरानी लगती है) तब वह सबसे पहले सवारियों को अपनी कथा सुनाता है। कभी उसके भी माँ-बाप थे, वह बड़े प्रेम से लालित-पालित हुआ था, बड़े आराम से घर पर बैठे दोनों वक्त भरपेट खाना खाता था। उसके जीवन में किसी और का आना, फिर उसकी मीठी बातें सुन कर सारे दुख-दर्द भूल जाना, एक सपनों की दुनिया बनाना, जिसका वह राजा था और उसकी रानी ने उसके जीवन को मधुमय बना दिया था। वह अपनी रानी का अधरामृत पान करता था, उसकी कनखियों में वह नई दुनिया देखता था। उसकी रानी की साँसों से खुशबू बिखरती थी। उसके पग-चिह्नों में फूल खिलते थे—आदि आदि। लेकिन उसके सपने शीघ्र ही टूटकर बिखर गये। सपनों की रानी मुसकराती हुई दूसरी दुनिया में चली गई। इस दुनिया में रह गये सिर्फ दो बैल—और वह गाँव से स्टेशन और स्टेशन से गाँव रोज दो खेपें आते-जाते दूसरे जनम में उससे फिर मिलने की इच्छा करता था।

अपनी बैलगाड़ी में सवारियों को ले आते-ले जाते समय दुख सुनाकर उन्हें रुलाता था। दो बूँद आँसू अपने फटे अँगोछे से पोंछकर, बैलों की पीठ सहलाते हुए दूसरी कहानी शुरू कर देता। इस तरह सवारियों का रास्ता कट जाता था, पर उसकी कहानी समाप्त नहीं होती थी। वह कहता, ''उसकी गाड़ी पर कौन सवार नहीं हुआ। हो सकता है, खलीकोट के राजा साहब सवार न हुए हों। पर दीवान, मैनेजर, वकील, सेठ-साहूकार से लेकर बड़े-बड़े महात्माओं के भक्तगण तक सभी उसकी गाड़ी पर सवार हुए हैं। यह बखान करते समय वह इतना खुश हो जाता था कि बैल खड़े हो जाते और उन्हें हाँकना भूल जाता था। कहता, ''ये जानवर भी सुनने को कितने उत्सुक हैं!''

मागुणी की बैलगाड़ी से खलीकोट का इतिहास जुड़ा हुआ है। इतिहास के अनेकों पन्ने भरे हैं। इतिहास बताता है कि वह गाड़ी सबको पहचानती है। न जाने कितनी बाल-विधवाएँ इस पर सवार होकर ससुराल से पीहर लौटी हैं। कितनी ही सुहागिनें पीहर से ससुराल गई हैं। जिस दिन ''मण्डली'' गाँव का रैयत गदाधर

लगान जमा न कर सकने के कारण जेल खाने गया. उस दिन इसी गाड़ी से उसके घर के झाड़ू, झुंडी, हण्डे आदि सामान कचहरी पहुँचाये गये थे। जिस दिन बंदौली गाँव के मधुसूदन रथ जी नर-हत्या के अपराध में पकड़े गये, वे इसी गाड़ी से ले जाये गये थे। इसी गाड़ी से वकील, बैरिस्टरों ने आकर राजा साहब से पैरवी की। इसी गाड़ी से रैयतों के नेताओं को हथकड़ी लगाकर कचहरी ले जाया गया। इस गाड़ी ने सुख के दिन देखें हैं और दुख के भी। आँसुओं से गाड़ी पर बिछाया हुआ पुआल भीगा है, और हँसी-ठहाके ने गाड़ी को हँसाया है।

यह सारी कहानी सुनाकर जब मागुणी गाड़ी चलाता है, तब ऐसा प्रतीत होता है कि वह एक जीता-जागता इतिहास है। इस प्रकार के दस-बीस इतिहास इकट्ठे कर देने से एक और कोणार्क का निर्माण हो सकता है।

एक दिन मागुणी ने सुना, उसकी गाड़ी पर कोई और सवार होने वाला नहीं है। क्योंकि सिंह जी एक मोटर बस ला रहे हैं। वह खिलखिला कर देर तक हँसता रहा। बोला, "मोटर बस! वह क्या मेरे कालू-कैथू से ज्यादा तेज चल सकेगी? भरपेट दाना खिलाकर जब पीठ पर थपकी मार दूँगा, तब क्या सवारी मेरी गाड़ी छोड़कर उस गाड़ी की तरफ जायेगा?" उसकी बात सुनकर लोग हँसे, पर उसने ध्यान ही ही नहीं दिया। दो-चार दिन के बाद सचमुच गढ़ी में मोटर बस आ गई। लोगों ने कहा, "अब मागुणी का धन्धा डूबा। एक साथ बीस आदमियों को बिठाकर प्रतिघंटा चालीस मील की रफ्तार से दौड़ेगी। कहीं मागुणी उसका मुकाबिला कर सकता है?"

बात सच निकली। गढ़ी में एक दैत्यकार मोटर बस को देखकर मागुणी के मन में शंका पैदा हुई। भले ही वह रोया नहीं, पर रोनी सूरत बनाकर सोचने लगा था, उस दिन मैंने सभा में सुना था कि मशीनी चीजों से हाथ से बनी चीजें बेहतर होती हैं। तो क्या मोटर-मशीन से मेरी बैलगाड़ी बेहतर नहीं? इतने सारे लोगों ने उस दिन सभा में यह सुना है, क्या वे लोग मेरे कष्ट का अनुभव न करेंगे? अगर कार्यकर्त्तागण महसूस न करते हों, तो मैं खुद गांधी के पास चला जाऊँगा। वह तो गरीबों का साथी है—दीनबन्धु है! क्या वे कहेंगे कि—मागुणी मर जाये और सिंह जी जीवित रहें?

रेलवे स्टेशन से गढ़ी तक सिंह जी की बस चलाई गई। बस भर जाती थी और बैलगाड़ी खाली लौटती थी। यद्यपि मागुणी भोर ही में स्टेशन पर अपनी गाड़ी हाजिर कर देता था, पर लोग बस ही से सफर करते थे। उसने कितने ही नये तिरपाल के गद्दे बिछाये, पर लोगों ने बस की तरफ दौड़ना नहीं छोड़ा। सवारियों के हाथ पकड़कर कितना ही अनुरोध किया, पर लोग बस की तरफ भागने लगे। एक दिन बीता, दो दिन बीते। वह दोनों वक्त खाना खाकर जाता था, अब एक वक्त ही खाता है। वह भात खाकर जाता था, अब माड़ पीने लगा। फिर दिन में एक ही बार माड़ पीने लगा। धीरे-धीरे उसके घर चूल्हा जलना बन्द हो गया। डेढ़-दो दिन

में एक ही बार चूल्हा जलता। कालू और कैथू की हड्डियाँ उभर आयीं। उनकी गर्दन पकड़ कर जब वह रोता तो कोई उसे पागल कहता, कोई सिरफिरा।

जिस दिन मागुणी के झोपड़े का किवाड़ तोड़कर लोगों ने उसका मृत शरीर बाहर निकाला तो देखा गया कि फटी कथरी के नीचे अपनी प्रिय लाठी को दबाकर मागुणी ने आँखें मूँद ली हैं।

श्मशान में धूँ-धूँ कर आग जलने लगी। आसमान में पंछी उड़कर धुएँ के पार चले गये। दुनिया के दो लाख लोग यह समाचार पाकर दुखी हो बोले, ''ओह मागुणी गुजर गया!''

✦

माँस का विलाप

✦

स्व० कालिन्दी चरण पाणिग्रही

जली और डोरा दोनों बचपन के दोस्त हैं। दोनों एक-दूसरे को एक पल के लिए भी छोड़ना पसन्द नहीं करते। एक बार जली बीमार पड़ी। डोरा दिन-रात उसी के पास बैठा रहा। उसे अलग करने के सारे प्रयास असफल रहे। आखिर वहीं दोनों के लिए खान-पान की व्यवस्था कर दी गई। फिर एक बार डोरा के पाँव जख्मी हो गये। जली को यह भली-भाँति मालूम है कि डोरा बहुत ही ताकतवर है, लेकिन यह बात उसकी समझ में नहीं आई कि उसे क्योंकर अलग कैद कर दिया गया है। वह जब डोरा से मिली, उसके पाँव सूँघकर उसकी पीड़ा का अन्दाज करने लगी।

डोरा अंगरेजी नस्ल का ग्रे-हाउण्ड कुत्ता था और जली रियासत के जंगली इलाके से पकड़ कर लाई गई थी। वह थी—कृष्णसार जाति की हिरनी-शावक। डोरा आया था, मशहूर लंदन नगरी से और जली पैदा हुई जली पैदा हुई थी उड़ीसा के जंगल में। डोरा माँसाहारी था और जली थी शुद्ध शाकाहारी। लेकिन पता नहीं कैसे, दोनों की बचपन में गाढ़ी दोस्ती हो गई थी?

डोरा की अस्वस्थता जानकर जली ने उसके सारे अंगों को चाटकर सेवा करनी शुरू कर दी। कुछ दिनों के उपरान्त डोरा स्वस्थ होने लगा और डगमगाते हुए पाँव धरने लगा। उन दिनों पतझड़ शुरू हो गई थी। नये पत्ते आने लगे थे। कलियाँ खिलने लगी थीं। दोनों मित्र कोमल दक्षिणी-पवन से उन्मत्त होकर खूब खेलने लगे। दोनों की भाव-विह्वलता ऐसी थी, मानों वे दोनों उस रहस्यमय प्रदेश की ओर दौड़ जायेंगे जिधर से वसन्त की बयार आ रही थी। डोरा जब दौड़ता तो लगता कि एक पतला धागा जमीन के ऊपर-ऊपर चला जाता हो। उसकी नाक, कान, आँख, पाँव, चेहरा आदि पहचानना कठिन हो जाता, किन्तु जली की दौड़ की अलग शैली थी। मानों वह फ्रांसीसी नृत्य की रचना कर रही हो। उसके पाँव जमीन से ऊपर आसमान में लहराते रहते थे।

वे दोनों जानवर जमींदार साहब को अत्यन्त प्रिय थे। डोरा विलायत से आया था, इसलिए उसका अंगरेजी नाम रखा गया था। जली को वह बहुत चाहता था। इसीलिए उसको भी अंगरेजी नाम दे दिया गया। कर्म मुखर दिवस के अवसान के बाद जमींदार साहब कभी-कभी कचहरी के सामने वाले मैदान में घूमा करते हैं। उस समय ये दोनों जानवर उनके साथ-साथ रहते हैं। उनके तरह-तरह के खेल-

तमाशे देखकर उनके थके-माँदे मन को जो आनन्द प्राप्त होता है, वह वास्तव में बहुमूल्य है। शिकार खेलने के लिए डोरा की आवश्यकता हो सकती है, परन्तु जमींदार साहब के जीवन में जली की बिलकुल जरूरत नहीं थी, फिर भी जीवन-व्यस्तता के कारण उसको तनिक जगह मिली थी। वह उनके लिए प्रसन्नता का स्रोत थी।

जब जमींदार साहब गश्ती में निकलते थे, जली उनकी हथेली और पाँव चाटती हुई उनसे सटकर साथ-साथ चलती थी। डोरा कभी पीछे, कभी आगे रहता था, कभी सामने बैठ जाता था और दुम हिलाकर, सामने वाली टाँगें उठाकर नमस्कार की मुद्रा में उनका स्वागत करता था। कभी-कभी जाँघ के नीचे घुस कर उनकी चाल को शिथिल कर देता था। यदि रास्ते में कोई कुत्ता जली की तरफ आँख उठाता, तो वह भयभीत हो जमींदार साहब की आँगों के बीच छुप जाती थी। डोरा तत्काल लड़ाई के लिए तैयार हो जाता था और गली का कुत्ता अपनी जाति के वीर को देखकर पीठ दिखाकर भाग जाता था, क्योंकि उसकी ताकत से अड़ोस-पड़ोस के कुत्ते भली-भाँति परिचित थे, बल्कि गली के कुत्तों से डोरा की प्रतिष्ठा बहुत अधिक थी। कोई कुत्ता पीठ दिखाकर भागता हो तो डोरा उसका पीछा नहीं करता था और न अपनी हीनता का प्रदर्शन करता था।

जमींदार की शिक्षा-दीक्षा रायपुर में हुई थी। वे आधुनिक मिजाज के आदमी थे। शिष्टाचार, बातचीत तथा व्यवहार में वे बहुत भद्र थे। देशी जनता के बीच वे धोती, कुर्ता, चादर जैसी ठेठ देशी पोशाक में ठेठ भारतीय थे और विलायती साहबों के साथ पक्के विलायती बन जाते थे। बड़े-बड़े विलायती साहब शिकार के उद्देश्य से वहाँ आते और जमींदार साहब के मेहमान बनते थे। उन लोगों को ठहराने के लिए अतिथिशाला का निर्माण भी कराया गया था। केवल जली और डोरा ही पालतू नहीं थे, बल्कि भाँति-भाँति की चिड़ियाँ, बन्दर, भालू, मछलियाँ आदि अनेक प्राणी जमींदार साहब के अन्न से पालित-पोषित थे। कहना न होगा कि जमींदार का भवन एक छोटा-मोटा चिड़ियाघर था।

किन्तु डोरा और जली को ही उनके करीब रहने का मौका मिला था। उनकी एकलौती प्यारी पुत्री के ये दोनों खास दोस्त थे। अधिकांश समय ये दोनों उसके साथ बिताते थे। बगीचे में धाय के साथ वह छोटी-मोटी मुलायम घास नोंचती थी। जली लकड़ी के मुँह के पास अपना मुँह रख देती थी। डोरा दौड़ कर आता था और अपनी छोटी मालकिन के सामने दुलार के खेल दिखाता था। छोटी मालकिन, "तू कायेगा, तू कायेगा", तुतलाते हुए कुत्ते के मुँह में घास भर देती थीं। डोरा भी बिना अवज्ञा किये मुँह में घास पकड़ लेता था। बरामदे में बैठे-बैठे जमींदार साहब यह सब निरीक्षण करते और भाव-विभोर हो जाते थे।

जमींदार भले ही विलायती साहबों से खूब मेल-मुलाकात रखते थे, पर सामान्य जनता के प्रति भी उनके मन में प्रेम-भाव था। किसी प्रतिष्ठित व्यक्ति के

पधारने पर उसके स्वागत में कुछ भी उठा नहीं रखते थे। प्रजावर्ग भी उनके उच्च शिक्षित अभिजात्य व्यक्तित्व को पर्याप्त सम्मान देता था। फिर भी जमींदार साहब के प्रति जनमत अनुकूल नहीं था। इलाके के बूढ़े उन्हें भ्रष्ट और विधर्मी समझते थे। कोई-कोई उन पर फिजूलखर्ची और अत्याचारी होने का आरोप लगाते थे। सामान्य जनता की आँखों में पहली गलती यह दिखती थी कि वे विदेशी लोगों से ज्यादा मिलते-जुलते थे और उनके आचार-विचार से प्रभावित थे। वास्तव में उनकी पोशाक और खान-पान में अंगरेजियत बहुत थी। उन्हें अपने को जितना नियंत्रित रखना चाहिए था, उतना वे नहीं कर पाते थे।

अबकी बार बड़े दिन की छुट्टियों में पुलिस के डी० आई० जी० साहब शिकार खेलने इधर पधारने वाले हैं। उन्होंने लिख भेजा है कि वे जमींदार के अतिथि रहेंगे। उनके साथ उनकी श्रीमती, सुपुत्र और सुपुत्री भी आ रहे हैं। जमींदार साहब की डी० आई० जी० साहब से पुरानी मित्रता है। अबकी बार वे अपनी पत्नी और कन्या के साथ पधार रहे हैं। चार दिन पहले से अतिथि-भवन की सफाई-धुलाई चल रही है। जहाँ शिकार खेला जायेगा, वहाँ तम्बू लगाया जा रहा है। अबकी बार वे चिड़ियों, हिरण आदि का शिकार खेलने वाले हैं। कटक से जरूरी सामान मँगवाये गये हैं। नौकर-चाकर, बेगार, मुन्शी सभी इन्तजाम करने कराने में व्यस्त हैं। किसी की मौत भी आ जाये तो वह मर नहीं सकता। जैसे हमेशा होता था, लोग जमींदार को पीछे-पीछे गालियाँ भी बक रहे थे।

डी० आई० जी० साहब की अगवानी के लिए जमींदार साहब कुछ दूर अपनी मोटर से गये। नियत समय पर वे पहुँचे। साहब की पत्नी और पुत्री से मिलकर वे धन्य-धन्य हो गये। जमींदार साहब की कोठी में बड़ी व्यस्तता थी। कोई एक पल के लिए भी फुरसत नहीं पाता था। हर आदमी बहुत ही व्यस्त था। तय हुआ कि आज अतिथि-भवन में आराम किया जायेगा और कल प्रातःकाल चाय-पान के उपरान्त ही शिकार-स्थल के लिए रवाना होंगे।

शिकार का स्थल जमींदार की कोठी से बारह-चौदह मील दूर है, जो बीहड़ जंगल के अन्दर है। आस-पास कोई बस्ती नहीं है। नौकर-चाकर, बेगार, बावर्ची आदि पहले ही सारा सामान लेकर निकल गये। उसके बाद साहब का परिवार, स्वयं जमींदार, उनके दो शिकारी कुत्ते तथा डोरा और जली मोटर गाड़ी पर सवार हुए। जली का जाना अनावश्यक था, फिर भी डोरा के आग्रह को ध्यान में रखकर उसे भी साथ ले जाना पड़ा। उसके बिना डोरा रह ही नहीं सकता। जली साथ गई। उसके लिए छोटी मालकिन से अनुमति भी ली गई। उनका हुक्म था कि डोरा और जली सिर्फ दो दिन के लिए बाहर जा सकते हैं।

मेरी क्रिसमस की खुशियों में आज पूरे पाँच रोज बीत गये। जंगल में सारा सामान पहुँचाया जा रहा है। डी० आई० जी० साहब को तनिक भी कष्ट महसूस नहीं हुआ। वरन् शहर के कोलाहलमय वातावरण से दूर, इस निर्जन आरण्य प्रदेश

में उन्हें अपार शान्ति प्राप्त हो रही थी। दो दिन के लिए आये थे और पाँच दिनों के बाद भी लौटने को जी नहीं चाह रहा था। आज सामान करीब-करीब खत्म हो गया था। कल सुबह लौटना था।

दोपहर के भोजन के उपरान्त जमींदार जी के साथ साहब शिकार पर निकले। पिछले चार दिनों से उनकी श्रीमती जी और पुत्रियाँ बहुत आनन्द प्राप्त कर चुकी हैं। आज वे लोग शिकार के लिए नहीं जायेंगी। नौकर-चाकर, बेगार आदि को भी इस बात की छूट है कि शिकार में थोड़ी बहुत सहायता करें या न करें, क्योंकि सभी थके-माँदे हैं। दो-तीन लोग ही उनके साथ गये। दो बार निशाना चूक जाने के बाद चिड़िया मारना बेकार हो गया। चिड़ियों को फिर अपनी जगह वापस पहुँचने के लिए मौका दिया गया और दोनों शिकारी हिरन की तलाश में घने जंगल में घुसे। दूर-दूर चक्कर काट कर निराश हो गये। तीन नौकरों को हिरन की तलाश में जंगल में भेजा गया। कहाँ-कौन हुक्का पी रहा है या कोई खैनी रगड़ रहा है, यह जानना सम्भव नहीं था। दोनों शिकारी आहिस्ते-आहिस्ते जंगल के अन्दर घूमते-घूमते तम्बे से करीब तीन-चार मील दूर चले आये हैं, इसका उन्हें ध्यान ही नहीं रहा।

तब तक साँझ होने को आ रही थी। समीप की पहाड़ी की ओट में सूरज भगवान छिप रहे थे। लालिमा पश्चिम के क्षितिज पर निखर रही थी। जानवरों के रक्त-पिपासु दोनों शिकारियों का इस ओर ध्यान ही नहीं गया। पूरब की ओर धीरे-धीरे काले बादल जमकर अंधकार फैला रहे थे, जिनकी दृष्टि जमीन की ओर गड़ी थी। आसमान से उनका क्या नाता? तीनों नौकरों ने मेघ को देखकर गप्पें बन्द कर दीं और साहबों की खोज में निकले। घने जंगल के बीच उन्हें दिन के समय भी खोज पाना असम्भव था। अँधेरे में दोनों शिकारी जाने कहाँ गायब हो गये?

बारिश के पहले ठण्डी हवा का एक झोंका, आया, तब उन्हें मालूम हुआ कि वर्षा सन्निकट है। तब तक दोनों से काफी दूर निकल गये थे। वर्षा से पहले तम्बू तक पहुँचना बिलकुल असम्भव था। फिर भी दोनों ने कन्धे पर बन्दूक लटकाये, दौड़ते हुए लौटना शुरू किया। गोली के सामने भयभीत हिरन का भागना, शिकार का हर्ष-ध्वनि के साथ पीछा करना, आदि-आदि बातें तब उन्हें महसूस नहीं हुईं। परन्तु मेघ ने उसी प्रकार दोनों पर आक्रमण किया। आस-पास कहीं भी आश्रय नहीं मिला। चारों ओर अँधेरा, निरन्तर आँधी और तूफान। वन-स्थली को जैसे महाक्रन्दन ध्वनि सता रही हो। आखिर बड़ी मुश्किल से रास्ता खोजकर दोनों आगे बढ़े। तब तक उनके कपड़े गीले और भारी हो चुके थे। लम्बी-लम्बी साँसें लेते हुए करीब रात को आठ बजे तम्बू तक पहुँच सके।

रात के भोजन का कोई इन्तजाम नहीं था, जो सबसे बड़ी चिन्ता का विषय था। शिकार तो कहीं मिला नहीं, खैर, कोई बात नहीं। दूसरे दिन सबेरे ही वह

जगह छोड़ देने का तय हो चुका था। शिकार का कोई ठीक ठिकाना नहीं था। इसलिये रात्रि भोजन का आयोजन नहीं किया गया। अब कोई दूसरा उपाय नहीं था। जमींदार की कोठी वहाँ से चौदह मील दूर थी। वहाँ आदमी भेजकर खाना मँगाना भी सम्भव नहीं था। रास्ता पानी से डूब गया था। आस-पास कोई ऐसी बस्ती भी नहीं थी, जहाँ से डी० आई० जी० साहब और जमींदार के लिये खाने लायक कोई चीज मँगाई जाय। दोनों माँसाहारी थे, तिस पर आज दोनों बड़े संकट में फँस गये थे। वास्तव में एक समस्या खड़ी हो गई। रोज शिकार के लिये जाने से पहले जमींदार साहब माँस की व्यवस्था कर जाते थे। क्या किया जाय? जमींदार नाहक बेगारों पर बिगड़ने लगे। यह सब देख साहब मुस्कुराने लगा, ''रात्रि भोजन की एक व्यवस्था हो सकती है'' डी० आई० जी० साहब की मुस्कान से मुस्कान मिलाते हुए जमींदार बोले, ''बहुत, अच्छा बताइए!''

डी० आई० जी० ने कहा, ''अच्छा, आपको अपना हिरन देने में कोई आपत्ति तो नहीं? वाह! क्या बढ़िया भोजन होगा। इस जंगल से तो आप जब चाहेंगे, सैकड़ों हिरन पकड़ सकते हैं। क्यों, हमारा प्रस्ताव जँचा कि नहीं?''

जमींदार कुछ सोच रहा था। साहब के वाक्य का आखिरी हिस्सा सुनकर चौंक पड़ा, बोला, ''ओ, यस, इट इज ए फाइन आइडिया।

जमींदार जी, डी० आई० जी० जैसे अभिजात तथा ऊँचे दर्जे के अतिथि के प्रस्ताव का विरोध नहीं कर सके। लेकिन, जली की बात सुनकर जमींदार के दिल की धड़कन जाने क्यों तेज हो गई। जली को वे बहुत प्यार करते थे। उसके प्रति ममता पैदा होने का कारण भी था। एक दिन एक विदेशी मित्र के साथ अपनी शिकार-कला का कमाल दिखाते हुए उन्होंने जली को पाया था। तब उसकी माँ उसे दूध पिला रही थी। जमींदार की गोली से हिरनी लुढ़क गयी। लेकिन यह अबोध शिशु वहीं निर्भय खड़ा रहा। जमींदार का आदमी जब उसे पकड़ने गया, तब वह वैसे ही खड़ा था। शायद माँ के पास खड़ा रहकर वह निर्भय था। विदेशी मित्र से भले ही उन्हें शिकार-कला पर काफी प्रशंसा मिली, पर छोटी निर्बोध बच्ची की दोनों निरीह आँखें देखकर उसकी माँ के हत्यारे जमींदार बाबू के दिल में श्रद्धा और वात्सल्य का भाव उजागर हो गया।

जली को मारकर उसका माँस खाना पड़ेगा, उन्होंने सपने में भी कभी नहीं सोचा था। यह प्रस्ताव सुनकर उनका शिकारी मन भी स्तब्ध हो गया। पर इतने बड़े माननीय अतिथि के प्रस्ताव को इन्कार भी नहीं किया जा सकता। जमींदार साहब की स्वीकृति पाकर, साहब खिल उठे और जली को काटने को तैयार हो गये। खुद जब तक रोज एक न एक जानवर नहीं मारते, तब तक साहब को ठीक नहीं लगता। लड़ाई में उन्होंने बहुत आदमी मारे थे। इस कारण उन्होंने काफी नाम कमाया था। यह सुनने में आता है कि जिस दिन शिकार का मौका नहीं मिलता, वे मुर्गों को काट कर अपना जी ठण्डा करते थे। इस आदत की तारीफ करते हुए

उनकी श्रीमती जी ने कई बार कहा कि एक दिन शिकार न पाकर साहब खुद अपनी गर्दन काटने को तैयार थे।

जली और डोरा एक-दूसरे से लिपट कर बड़े प्रेम से सो रहे थे। उस समय कोई अपरिचित डोरा के पास जाने की हिम्मत नहीं कर सकता था। केवल जमींदार का माधो नामक नौकर ही जाता था। जमींदार साहब के इशारे पर माधो जली को लाने के लिए गया। आहट सुनकर डोरा जागा और भूँकने लगा। माधो को 'चुप करो' की आवाज पहचान कर शांत हुआ। लेकिन जब माधो जली को उठाकर साथ लाने को हुआ, डोरा उसके साथ आने के लिए बेचैन हो उठा। माधो मजबूरन उसे भी जंजीर में पकड़ कर साथ लाया। बहुत समझदार होते हुए भी डोरा उस समय जली को पकड़ कर ले जाने का कारण न जान सका? माधो डोरा को पकड़े रहा और जली को खानसामा को दे दिया गया। साहब अपने आततायी स्वभाव को तृप्त करने के लिए तैयार हुए। छुरे का फल रोशनी में चमक उठा।

खानसामा ने टाँगें बाँधकर, जली को खड़ा कर दिया, ताकि चाकू चलाते वक्त वह हिल-डुल न पाये और साहब को शिकार काटने में असुविधा न हो। जली को क्या चिन्ता? वह अपने मालिक जमींदार साहब और सारे संकट के क्षणों के परम मित्र डोरा को देख निर्भय खड़ी थी। दो टाँगें बँधने के बाद कभी खुख-दुख के साथी डोरा की ओर, कभी अपने मालिक जमींदार की ओर निहारती थी। जमींदार साहब की पत्नी और पुत्री के साथ बड़े प्रेम से गप्प लड़ा रहे थे। फिर भी उनके अन्दर से कोई उन्हें जैसे कह रहा था, "जरा जली की तरफ भी देखो।" वे देखकर भी न देखने का अभिनय करते रहे। देखने से कहीं वह मनुष्य की तरह कुछ बोल देगी और वे अपराधी बन जायेंगे और उनकी बदनामी होगी। गोरे साहब के हाथ में चाकू देखकर डोरा के मन में शंका हुई। जब वे चाकू साफ करके खड़े हुए, जमींदार साहब की दृष्टि यकायक जली के ऊपर पड़ी और उन्हें ऐसा लगा कि जली उनकी तरफ कातर नयनों से निहार, अपने प्राणों की भीख माँग रही है। वे किसी बहाने तम्बू के अन्दर घुस गये। पर डोरा ने जली की बिनती सुन ली। बचपन से शरण देने वाले मालिक के चले जाने के बाद, जली ने अपने साथी डोरा की तरफ दृष्टि फेरी। डोरा ने समझा, गोरे साहब के हाथ में चाकू देखकर वह सब कुछ समझ गया। वहाँ उसने बकरों, हिरनों को काटते देखा था। उसकी प्रिय जली की वही दशा होगी, इसमें कोई संदेह नहीं।

जब साहब चाकू पकड़ कर आये, सहसा एक ही झटके में माधो के हाथ से छूटकर जली को पकड़ने वाले एक खानसामा को काट खाया। साहब, नौकर, खानसामा आदि डर के मारे झटपट तम्बू के अन्दर घुस गये। जमींदार पहले से तम्बू के अन्दर उदास बैठे थे। साहब की बुरी हालत देख, उन्होंने माफी माँगी और माधो पर बिगड़ गये। फिर भी हृदय की अव्यक्त वेदना उनकी वाणी से टपक रही थी।

माधो ने जबरदस्त डाँट खाकर डोरा को किसी तरह एक पेड़ से बाँध दिया। साहब ठहाके मारते हुए चाकू लिए तम्बू से बाहर निकले। चाकू दिखाकर डोरा का मजाक उड़ाया और जली की तरफ घूमे। जमींदार साहब ने अनुभव किया कि जली वैसे ही कातर मुद्रा में उनकी तरफ ताक रही थी। सहसा साहब को कुछ कहने का मन हुआ। क्या मैं पागल हूँ, सोचकर वे कुर्सी पर बैठ गये। वह जगह छोड़ना चाहते हुए भी साहब को खुश करने के लिए वे वहीं बैठे रहे। उन्हें जली के पास आते देख, जमींदार ने रुमाल से मुँह ढक लिया। डोरा की करुण पुकार उनके कानों में टकरा रही थी, उसके साथ एक घुटन भरी करुण आवाज की अनूगूँज थी जो कानों से होकर दिल को छू गई। वह थी जली की आवाज। रुमाल हटाकर देखा, तब तक सब समाप्त हो गया था।

भोजन की मेज पर जली का माँस खाते समय जमींदार का अन्तर्मन बार-बार इन्कार करता रहा। बड़ी मुश्किल से वे मुँह में कुछ डाल सके। प्राणों की व्याकुलता से वे विचलित थे। सौभाग्य से अतिथियों में से किसी को उसका आभास न मिला। सोने जाने से पहले, माधो ने कहा, "डोरा को जो माँस दिया गया था, उसने उसे छुआ तक नहीं।"

जमींदार जी बेमन से सोने के कमरे में चले गये। उनकी आँखों में नींद नहीं आयी। करवटें बदल-बदल कर गहरी सोच में पड़े रहे। जंगल में घूम रहे थे। सहसा घन-घटा उमड़ी। चारों ओर अँधेरा छा गया। दोपहर का समय था। गोली खाकर उसकी माँ धराशायी हुई, पर अबोध शावक टस से मस नहीं हुआ। अपने को चुपचाप समर्पित का दिया। फिर घना अंधकार—दोनों मित्र कन्धे पर बन्दूक लटकाये खेमे की तरफ आ रहे हैं। साहब चाकू लिए निकले...ठहाके से वातावरण गूँज उठा...हिरन शावक की मासूम आँखें...कातर मुद्रा में प्राणों की भिक्षा। मानों वह कह रही हो, "मैंने तो अपनी माँ को खोकर आपका संरक्षण चाहा था।" जमींदार जी चौंक उठे। सोचा, क्या अजीब सपना है। फिर सोये। फिर वही चेहरा। उसी मासूमियत के दृश्य देखे। बार-बार नींद उचटने लगी। बार-बार वही सपना देखा।

दूसरे दिन सुबह लौटने का आयोजन हुआ। मित्र और मित्र परिवार के साथ जमींदार मोटर गाड़ी से चले। हँसी-मजाक से कितना ही अपने दिल को बहलाने का प्रयास किया, पर उनके अन्दर हिरन-शावक का वही मासूम चेहरा उभरता रहा। मित्र परिवार उसी दिन बिदाई लेकर चला गया।

माधो ने डोरा को खींच-खींच कर बड़ी मुश्किल से घर पहुँचाया। वह वहाँ से आना बिल्कुल नहीं चाहता था। उस समय जमींदार साहब बैठे-बैठे कुछ सोच रहे थे। माधो चुपचाप चला गया। उनके मन में गहरी आत्मग्लानि थी, पर अपने को उन्होंने सन्तुलित रखा था, वरना लोग उन्हें पागल समझेंगे। उन्हें महसूस हुआ कि कोई उन्हें उस अबोध कुत्ते के चरण छूकर क्षमा याचना करने के लिए विवश

कर रहा है, क्योंकि वे अपने को उससे भी नीच समझ रहे थे। क्या मैं एक माँसाहारी कुत्ते से भी अधिक हिंसक नहीं हूँ? क्या दुनिया में बलवान इसलिए पैदा हुआ है कि कमजोर को अपनी मुट्ठी में रख, उसे पेट में झोंक कर जीवित रहे। एक को जीवित रहने के लिए क्या दूसरे की मृत्यु अनिवार्य है? आदमी सारी दुनिया को लील लेना चाहता है और उसके पक्ष में मात्र तर्क यह है कि वह सबसे अधिक बुद्धिमान है, विवेकी है। जमींदार के मन में प्रबल विराग पैदा हुआ। जिह्वा शिथिल हो गई, जिसने जली के माँस का स्वाद चखा था। उस गले में घुटन पैदा हो गयी, जिसने जली का कलेजा निगला था। जमींदार ने सोचा, यदि गला पूरी तरह घुट जाता, जिह्वा टुकड़े-टुकड़े होकर कट जाती, तो उनकी यातना हमेशा के लिए समाप्त हो जाती।

उसी समय पीछे से किसी ने पूछा, ''जली कहाँ है?'' जमींदार जी ने घूरकर देखा। पीछे उनकी चार साल की नन्हीं मुन्नी खड़ी है। वे एकाएक उठ खड़े हुए और पुत्री को गले लगाकर बोले—''है...है।'' बिना कुछ सुने वह नाराजगी की मुद्रा में और बड़बड़ाई आँखों से बोली, ''झूठ, माधो ने कहा है कि उस साहब ने उसे काट खाया है। मैं उसको मारूँगी।'' पुत्री का रोष और नाराजगी देख, जमींदार की आँखों से आँसुओं की झड़ी शुरू हो गई। अबोध बच्ची से अपने आँसू छुपाने के लिए उसे आया के पास छोड़ आये और अपने कमरे में पलंग पर लेटकर बच्चों की तरह रोने लगे। परन्तु बच्ची का वह सवाल—जली कहाँ है? उनके मन में निरन्तर गूँजने लगा। उन्होंने अपने से बार-बार वही सवाल पूछा। उनके कानों को अपने शरीर के रोम-रोम से जली की खायी हुई बोटी-बोटी की क्रन्दन-ध्वनि सुनाई पड़ने लगी। उनकी नस-नस में वह क्रन्दन-ध्वनि बिजली के समान फैल गई। वे बीमार हो गये—दो हफ्ते ज्वर रहा। न कुछ खाया और न पीया। सबने सोचा, जमींदार शायद ही...। परन्तु वे ठीक हो गये और उनके अन्दर एक नये मानव का उदय हुआ। साहबों के लिये जो अतिथि भवन था, उसे गरीबों के लिए धर्मशाला घोषित कर दिया। जमींदार की कोठी में माँसाहार का निषेध हो गया। जमींदारी में कोई शिकार नहीं खेल सकता था और न कोई किसी जीव का वध कर सकता था—इस आशय का हुक्म जारी हो गया।

डोरा ने कुछ नहीं खाया। तमाम दिन बिना खाना खाये पड़ा रहा। जमींदार जिस दिन बीमार पड़े, जाने वह कहाँ भाग गया? माधो खोजते-खोजते वहाँ पहुँचा, जहाँ जली की हत्या की गई थी। डोरा वहीं मिट्टी सूँघ रहा था। उसने जहाँ अपने प्रिय साथी को खोया उसी जगह की उसे तलाश थी। माधो उसे पकड़ कर ले आया। फिर एक दिन वह लापता हो गया। नहीं मिला। लोग बताते हैं, वह उस तम्बू वाले स्थान की ओर गया है। लकड़हारों का कहना है कि वे घने जंगलों में लकड़ी काटते समय किसी जानवर की घुटन भरी करुण आवाज सुनते हैं। वह आवाज जली की है या डोरा की? ✦

श्मशान का फूल

✦

सच्चिदानन्द राउतराय

पुरवावसन्त गाँव का जग्गू तिवारी गाँव की संकीर्तन-मण्डली में मृदंग बजाता है। गाँजा पीता है, भाँग छानता है और लाश ढोता है। उस इलाके में एक अच्छे खासे ''लाशढोऊ'' के रूप में उसका नाम है।

जब चिता की आग में लाश सीं-सीं करती है, आग की ताप में सेंक कर टाँग ऊपर उठ आती है या पेट की अँतड़ी से पानी निकल कर आग धीमी पड़ जाती है तब साथ वाले जग्गू तिवारी की राय चाहते हैं।

लाश जलाते वक्त जग्गू प्रायः चिलम पीकर कहीं आस-पास बैठा नशे की लहर में ऊँघता रहता है। साथ वालों की आवाज से झटपट उठ खड़ा होता है। तुरन्त तीन हाथ वाली बाँस की लट्ठ उठाकर, मारो-मारो बोलते हुए लाश पर जोर-जोर से प्रहार करता है, जिससे लाश की मुण्डी चूर-चूर हो जाती है और गुद्दी निकल कर बित्ते भर तक आग बुझ जाती है। ऊपर उठने वाली ढीठ टाँग घुटने से टूट कर अधजली लकड़ियों में फँस जाती है। पेट फूट कर दो टुकड़े हो जाता है। आग की लपलपाती जीभ देखते ही देखते अँतड़ी को चाट जाती है और पल भर में ही सब जल कर राख का ढेर हो जाता है।

श्मशान का घाट—कहीं राख का ढेर, कहीं सीलन तो कहीं रंग-बिरंगे चिथड़े, टूटी-फूटी हड्डियाँ, सूप, झाड़ू, अधजली लकड़ी के टुकड़े बिखरे पड़े हैं।

लाश उठाकर जग्गू तिवारी खुश हो जाता है। तालाब के घाट में तेल मलते-मलते जाँघ पर जोर से थाप मार कर कहता है, ''देवी जी की कृपा से काम ठीक से निपट गया।''

जब गाँव में महामारी फैलती है, टट्टी-कै का दौर शुरू होता है या देवी की नाराजगी से चेचक भयंकर रूप ले लेती है, उन दिनों शवों का ढेर लग जाता है। गाँव में जग्गू तिवारी की खतिरदारी भी बढ़ जाती है। सभी उसकी खुशामद करते हैं। कोई आठ आँसू बहाता है, तो कोई कमर से पैसे निकाल कर उसके पाँव पर भेंट चढ़ाता है, तो दूसरा कोई हाथ पकड़ कर गुहार करता है। तिवारी बड़ी गम्भीर मुद्रा में सबकी सुनता है, पर जबान नहीं खोलता।

पिछली रात से लाश घर में सड़ गई है या नई बहू की लाश घर के कोने में कब से पड़ी हुई है। ऐसी अनेकानेक गुहारें जग्गू सुनता रहता है।

जग्गू अपने भुगतान के बारे में किसी पर रियायत नहीं करता। एक तोला गाँजा, एक तोला अफीम तथा ऊपर से चार आने मिलने पर ही हिलता-डुलता है। उसके अलावा अलग से भात, कपड़ा, तेरही का न्यौता आदि तो है ही।

सधवा जनाना लाश हो तो कुछ और फायदे हैं। खानदानी होगी तो नाक का फूल, कान की बाली, मामूली घराने की होगी तो चाँदी की बिंदिया, जग्गू को भाई की हैसियत से प्राप्त हो जाती है। लाश को चिता पर चढ़ाने से पहले शरीर का अंग-अंग परख लेता है, कहीं कोई जेवर तो नहीं छूटा। हाथ लगा तो निकाल लेता है। कभी-कभी शव के अंगों से नाकफूल, बाली, बसनी आदि जेवर आसानी से निकलते ही नहीं। तिवारी दाँत से पकड़ कर कान से, नाक से, अँगुलियों से जोर से खींच लेता है। कान-नाक कट कर नीला-पीला स्राव होता है और उससे चेहरा लथपथ हो जाता है। पर तिवारी का ध्यान उस ओर जाता ही नहीं। वह तो उसका रोज का काम था। वह आदी हो गया था, बल्कि ऊपर से वह एक अलग पेशा था। यह काम करते-करते उसका दिल पत्थर हो गया था। जच्चा है तो जब तक चाँदी का एक सफेद सिक्का कमर में नहीं खोंसता, कन्धे पर लाश उठाता ही नहीं। अपना हिसाब ठीक नहीं हुआ तो लाश को छोड़कर भाग जाने की धमकी भी देता है।

एक रुपया मिल जाने पर जोर-जोर से "राम नाम सत्य है" बोल के साथ धमाधम डग भरते हुए गाँव के बीच चलता है। तब उसके पत्थर के समान काले-कलूटे नंगे बदन पर जनेऊ के सफेद धागे दूर से झलकते रहते हैं। उसकी आवाज मुहल्ले में गूँजती है और सयानों की भीड़ लग जाती है। बच्चे डर के मारे घर में छुप जाते हैं।

श्मशान का धोबी चाकू से गर्भिणी औरत का पेट फाड़ कर बच्चा निकाल देता है। जग्गू तिवारी कभी-कभी दोनों को एक साथ चिता पर सुला देता है, तो कभी माँ की जलती चिता में बच्चे को पटक देता है।

जग्गू तिवारी की कुछ खेतिहर जमीन थी, जिससे उसको कुछ बोरे धान मिल जाते थे। ऊपर से लाशें उठाकर कुछ आमदनी हो जाती थी। इस दो-तरफा आय से खाना-पीना, शादी-व्याह आदि सब निपट जाते थे। उसके बारे में कभी कोई टीका-टिप्पणी करने का साहस नहीं करता था, क्योंकि उस गाँव में उसके समान समझदार ब्राह्मण कोई और था ही नहीं।

यदि कोई जग्गू का मेहनताना घटाना चाहता है, तो जग्गू तरह-तरह का तर्क देता है, उसके काम की तुलना में मेहनताना तो कुछ भी नहीं है—और इतने कम पैसों में तो कभी कोई करना चाहेगा भी नहीं आदि-आदि। वह अनेक घटनाओं का हवाला भी देता है। अतीत की कई घटनाओं का जिक्र करते हुए वह कहता है कि दुनिया में उसके समान लाश जलाने वाला कोई और है ही नहीं। वह मन ही मन गर्व का अनुभव करता है।

पिछली साल नरसिंह मिश्र जी की पत्नी को घनघोर बारिश में वही जला सका था। जलाकर लौटते वक्त सातगछिया अमराई की छोर पर बेसिरपैर वाली भूतनी का सामना किया था। पूस की ठण्डक में रात को मरे हुए जगन्नाथ ब्राह्मण को जलाते वक्त पैर से दो गागर पानी निकला और उससे आग बुझ गई। परन्तु जग्गू ने बड़ी चालाकी से उतनी बड़ी लाश को राख बना डाला।—जग्गू तिवारी ये कहानियाँ एक कथावाचक की भाँति बड़े ही रोचक ढंग से सुनाता है। अगर कोई दो मिनट भी उससे बात कर ले तो उसे तिवारी की लाश जलाने की अद्‌भुत कला और निपुणता का आभास मिल जाता है।

जग्गू तिवारी रोज शाम के समय चौपाल में अपने अनुभव सबको सुनाता है। बरसाती साँझ में लोग उसे घेर कर बैठते हैं। चिलम पीकर वह पहले खकार कर गला साफ कर लेता है। तब श्रोता मण्डली समझ जाती है कि गप्प शुरू होने वाली है।

वह सुनाता है, एक बार एक जच्चा की लाश फूँककर लौटते वक्त मोती नाले के किनारे उसने एक अजीब दृश्य देखा। आम की डाली पर भुतनी आग से बच्चों को सेंक रही थी। एक निपुण कलाकार की भाँति जग्गू जीता-जागता वर्णन पेश करता है। श्रोता वर्ग डर के मारे और सटकर बैठ जाते हैं।

इस प्रकार उस छोटे-से गाँव में जग्गू तिवारी का जीवन व्यतीत होता था।

कुवार का माह था। शाम ढलते-ढलते आसमान में बादल छा गया था। शायद तिवारी को सिरदर्द हो रहा था। माथे पर चूना पुता था और सिर में कस कर अँगोछा बँधा था। चौपाल में बैठकर चुपचाप रामायण सुन रहा था। गाँव के अन्दर रोने-चीखने की आवाज उठी। दूसरे मुहल्ले से, कोई एक दुकान से पान सुपारी लेकर लौट रहा था। उसी ने बताया कि जटमल बुढ़िया की पतोहू गुजर गई।

देखते ही देखते यह समाचार गाँव भर में फैल गया। जग्गू तिवारी दो पैसे कमाई की आशा में मन-ही-मन खुश हो रहा था।

गाँव में तरह-तरह की चर्चा छिड़ी, मुहल्ले की औरतों ने कानाफूसी की। कोई बोली, ''अरी, वह तो जच्चा बनने वाली थी, पाप छुपाये कहाँ छुपता?'' कोई बोला, ''गर्भ नष्ट करने में उसने दवा-दारू की थी। बच्चा क्या खतम होता, खुद खतम हो गई।''

जग्गू तिवारी ने बैठे-बैठे सब सुना। उसकी खुशियाँ गायब हो गईं। जात-निकाला हो जाने की आशंका में दो पैसे कमाई की आशा टूट गयी।

जटमल बुढ़िया की दुनिया में दो जन थे—वह स्वयं और उसकी पतोहू। गौने के ठीक एक महीने के बाद उसका लड़का कलकत्ता चला गया, कुछ कमाने के लिए क्योंकि उसकी शादी का करजा चुकाना था। लेकिन तीन बरस हो गये उसकी कोई खबर ही नहीं मिली। पहले साल दो-चार चिट्ठियाँ आई थीं। इधर दो

साल से वह भी बन्द है। कलकत्ता से लौटे गाँव के ब्राह्मण लड़के, जो वहाँ रसोइये का काम करते हैं, कहते हैं कि वह मटिया बुरुज में रहता है और उसके एक रखैल औरत भी है। इधर घर में उसकी बहू इन्तजार में है। वह आज चल बसी और जाते-जाते बुढ़िया को भी हमेशा के लिए बदनाम कर गई। बेचारी ब्राह्मण बुढ़िया माथा ठोंक-ठोंक कर रोती है।

बुढ़िया की हालत और बदतर हो जाती, अगर गाँव के दो-तीन मुखिया स्थिति को न सम्भालते। कुछ लोग बुढ़िया को सरेआम इसलिए कोसने लगे कि उसने बहू को क्यों नियंत्रण में नहीं रखा? कुछेक ने जितनी जल्दी हो सके लाश को जला देने की सलाह दी। वरना पुलिस आई तो सारा-का-सारा गाँव हिरासत में जा पहुँचेगा। ऊपर से गाँव भी बदनाम होगा। औरों की भी तो माँ-बहनें, बहू-बेटियाँ हैं।

जटमल बुढ़िया ने गाँव के मुखिया के पाँव पकड़े। संकट से बचाने के लिए बुजुर्गों से गुहारें लगाईं।

लाश ढोने के लिए तीन-चार जवान निकल पड़े। पुआल, लकड़ी, सूप, झाड़ू, मिट्टी, डण्डे आदि सामग्रियाँ आँगन में इकट्ठी हो गईं। लाश को सिर से पाँव तक कपड़े में लपेट कर खाट पर डाल दिया। लेकिन एक अनुभवी आदमी का होना जरूरी था। आधे घण्टे के अन्दर सब कुछ खत्म न किया गया तो पुलिस की नजर से बचना असम्भव था। सारा का सारा गाँव हिरासत में जायेगा। गाँव में खुफिया की कमी न थी।

बुजुर्गों ने राय दी, ''तिवारी जी को बुलाओ। उनके सिवा इतना बड़ा काम कैसे निपट सकेगा?''

जग्गू को खबर दी गई। पर वे राजी न थे। उनका कहना था, ''वह गर्भ नष्ट करके मरी है। मैं उस पापिन को छू नहीं सकता। एक बदचलन की लाश अपने कन्धे पर किसी भी कीमत पर नहीं ढो सकता।''

जग्गू ने किसी की नहीं सुना। अपनी बात पर अडिग बना रहा।

अन्त में गाँव के बुजुर्गों की एक और टोली आई और जग्गू को समझा-बुझा कर राजी कराया। उसने शर्त रखी कि पाँच रुपये से कम में वह नहीं जायेगा। इतने घोर पाप कर्म के लिए पाँच रुपया भी कम था। जटमल बुढ़िया ने कुछ पैसे गाड़ रखे थे जो लकड़ी, तेल, धोबी, नाऊ के लिए पर्याप्त न थे। आखिर तय हुआ कि बहू की नाक में सोने की कील है, वह तिवारी को ही मिलेगी।

जग्गू खुश होकर बोल उठा, ''राम नाम सत्य है!''

श्मशान का घाट—चारों ओर सीलन और गन्दगी का एक विचित्र परिवेश है। टूटी-फूटी हड्डियाँ, अधजली लकड़ियाँ, काले-काले अँगार, राख हड्डियाँ बिखरी पड़ी थीं चारों ओर। हवा के झोंके साथ जाने कहाँ से सड़ान्ध की बदबू फैल कर परिवेश को भयंकर बना रही थी।

लाश को चिता पर चढ़ाने की क्रिया समाप्त हुई। लकड़ियाँ कायदे से सजा दी गईं। जग्गू ने लाश के चेहरे से कपड़ा हटा दिया और लकड़ी पर चित लिटा दिया।

चवन्नी के वजन का सोना था। लालटेन की रोशनी में तिवारी ने देखा, नाक पर सोने का फूल चमक रहा था। आसमान में बदली छँट गई थी और हल्की-हल्की चाँदनी छाने लगी थी। लाश के फीके चेहरे पर चाँदनी की हल्की रोशनी पड़ रही थी।

साथियों ने कहा, ''अरे, जल्दी खतम करो। पुलिस पहुँच गई तो झँझट खड़ी हो जाएगी।''

जग्गू ने नाक से फूल झटक कर खींच लेने को हाथ फैलाया। उसने देखा, बहू का फीका चेहरा हल्की चाँदी में मुरझाई कुईं के फूल की तरह मौन है। चेहरे को घेर कर काले-काले घुँघराले केशों की झड़ी लगी है। मानों आसमान में चाँद के पीछे घने काले बादल छाये हैं।

बहू के चेहरे पर मुरझाये हुए फूल का लावण्य निखर रहा था। उसकी अस्त-व्यस्त केशराशि पर चाँदनी की लहर बल खा रही थी।

जग्गू सहम गया। हाथ फैला रहा, एक पल के लिए चाँद को निहारा।

जग्गू के जीवन में यह कोई नई घटना न थी, उसने असंख्य लाशें जलाई हैं। लेकिन कभी भी उसके मन में ऐसी भावना पैदा नहीं हुई। बहू के उस सुन्दर मासूम चेहरे से जेवर निकालते समय उसके हाथ बढ़े ही नहीं। बहू की नाक पर वह सोने का फूल उसकी आँखों को खूबसूरत लग रहा था। वह उस नारी के बारे में जाने क्या-क्या सोचने लगा?

उसको ख्याल आया, कुछ ही दिनों के बाद वह औरत माँ बनती। जाने और क्या-क्या परिवर्तन आते पर...कसूर किसका है?

हल्की-फुल्की चाँदनी के अथाह सागर में, निर्जन श्मशान में चिर-निद्रा में सोई थी। अधखिली कली की तरह एक नारी। वह थी एकाकिनी...वास्तवकि अर्थ में एक पेशेवर लाश ढोऊ जग्गू तिवारी उसको अपलक दृष्टि से निरख रहा था। उसका अशिक्षित, गँवारू हृदय अपनी भाषा में कह रहा था, वास्तव में अकेली है, केवल आज ही नहीं, जीवन भर अकेली रही। रोजमर्रे के एकाकीपन को हटाकर अन्य तरीके से दो पल जीवन जीने का स्वाद चखना चाहा था। जिसका परिणाम यह हुआ कि वह श्मशान का शव बन गयी। बहू के मैले चेहरे पर जग्गू ने एक लम्बी उम्र जीने की बहू की भूख देख ली थी।

जग्गू को देर करते देख अन्य लोग बिगड़ने लगे। धमकी देना शुरू कर दिया, ''अगर और देर की तो जान लो कि हम लाश छोड़ कर चल देंगे। पुलिस आ गई तो कौन मरेगा? अरे, नाक-फूल लेना है तो ले लो। वह लेने को तो तरसता था, अब क्यों नहीं ले लेता?''

जग्गू यथार्थ की दुनिया में लौट आया। अपने को शर्मिन्दा भी महसूस किया। फिर भी अपनी कमजोरी को प्रकट किये बिना बोला, ''छि:-छि:—लाश का नाक-फूल मैं घर ले जाऊँगा? यह पापिन है पापिन!''

साथी लोग देर होते देख बिगड़ रहे थे। बोले, ''तो जेवर तुमको नहीं लेना है न? हम आग लगा देते हैं।''

जग्गू तिवारी ने बेमन से जवाब दिया, ''हाँ, हाँ, आग लगा दो। अच्छी तरह लगाओ, सब जलकर राख का ढेर हो जाए।''

आग धधकती हुई जलने लगी। चिताग्नि की लपलपाती जिह्वा पल भर में सब कुछ चाटने को तैयार थी। बहू का गोरा माँसल शरीर क्षण भर में सीझकर काला हो गया और परतें जलने लगीं।

जग्गू तिवारी नितान्त शान्त मुद्रा में जलते शव की ओर ध्यान से निहार रहा था।

कुछ ही देर पर झाड़-झँखाड़ में उल्लू, चील और गिद्धों का मेला लगा था। उससे दूर धान की क्यारियों से उसी समय एक बार सियार की भूखी आवाज सुनाई पड़ी।

एक भयानक परिवेश...अँधेरा, गन्दगी, हड्डियाँ, काले-काले अंगार के टुकड़े और शीलन से भरा श्मशान का एक विचित्र परिवेश था। जलते शव की चिता से सड़न की बदबू हवा में फैल रही थी।

साथियों ने जग्गू से कहा, ''भैया, तुमने बहुत ही अच्छा किया। उस बदचलन औरत का नाक-फूल अपने बाल-बच्चों वाले परिवार में न ले जाकर ठीक ही किया है। अपशकुन से बच गया। देखा, कैसे तड़प-तड़प कर मरी? अपनी ही कोख के बच्चे को मारने की कुचेष्टा कर साली खुद मर गयी। पाप कहाँ छुपता है, ऊपर वाला क्या नहीं देख रहा है?''

उस धधकती आग में नजर दौड़ाते हुए बेमन से जग्गू बिगड़कर बोला, ''अरे, रहने दो, औरों को क्यों कहते हो? क्या सचमुच में आदमी आदमी को ठीक से पहचानता है?''

✦

मांस का कोणार्क

✦

सुरेन्द्र महन्ति

कल शायद कोई त्यौहार का दिन है—किसी महापुरुष का जन्म-दिन या किसी के अवतार-धारण का अवसर अथवा किसी भगवान् के अवतरण का दिन। क्या त्यौहार है? किस भगवान् के अवतरण का समारोह है? किस महापुरुष का जन्मदिन? किसकी जयन्ती मनाई जाने वाली है? धत्...तीज-त्यौहारों, जन्म-जयन्तियों से मेरा क्या मतलब! ब्ल्यू फैक्स शराब की दूकान के सामने जब कभी मैं लम्बी क्यू देखता हूँ, मेरे दिमाग में यह ख्याल अपने आप समा जाता है कि कल जरूर किसी महापुरुष का जन्म-दिन होगा या पर्व का दिन होगा। रविवार तो उँगली के पौर पर गिन जाते हैं। आज का दिन कैसा ही क्यों न हो, पर कल तो शुद्ध और सात्विक जीवन-निर्वाह करना पड़ेगा। परसों किसी गन्दी नाली में लथपथ रहे तो कोई बात नहीं। क्या नुकसान है? इस प्रकार की आचार शुद्धि का दूसरा नाम 'ड्राइ डे' है। भारतीय आत्म प्रवंचना है, एक साजिश है, बौद्धिक छल है। कल जरूर कोई 'ड्राई डे' है। शराब की दुकानें बन्द रहेंगी। इसीलिए आज ब्ल्यू फैक्स के सामने इतनी भीड़ है। आज जैसे भी हो कल दिन भर के लिए माल इकट्ठा करना पड़ेगा।

जाने किसकी गरम साँस मेरी गर्दन को डस रही थी, पीछे मुड़कर देखा कि इतने में क्यू और लम्बी हो गई। फुटपाथ के किनारे तक पसर गई। इस तेज उमस में मेरे ठीक पीछे खड़े हैं, थ्री पीस सूट पहने हुए एक प्रौढ़ सज्जन, जिनका चेहरा ठीक से दिखाई नहीं देता। माथे तक सिर की टोपी से ऐसे छुपा रखा है, जैसे पैरी मॉसन डिटेक्टिव उपन्यास के चरित्र करते हैं। वे शायद दूसरों की नजरों से बचना चाहते हैं। वे शायद किसी प्रोहिविशन क्लब के अध्यक्ष हैं या सदस्य। नहीं तो बाहर स्वच्छन्द आचार के हैं और घर में गंगा-जल का पान करते हैं। अभी किसी मित्र की पार्टी में शामिल होने के लिए उन्हें रम या ह्विस्की की एक बोतल चाहिए।

शाम को सात बजे दुकान बन्द हो जाती है। वे सज्जन तिलमिला उठे। इसी वजह से लम्बी-लम्बी गरम साँस छोड़ रहे हैं। आह, मेरी गर्दन उनकी साँस से दहक गई है मानों लू चल रही हो।

चाहे हमारी गरीबी और बेरोजगारी जैसे गम्भीर समस्याओं का हल न हो पाये पर हमारे नेतागण कटिबद्ध हैं कि वे हमें नैतिकता का पूरा पाठ जरूर पढ़ायेंगे।

उसी सिलसिले में नशाबन्दी आदि का प्रचलन है। लेनिन ने भी रूसी क्रान्ति के बाद रूस में नशाबन्दी लागू कर दी थी। वोदका बन्द हो गयी थी। लेकिन प्रोसिटेरियन एक-शाही को चुनौती देकर वोदका फिर वापस आ गयी। विजय बाबू कड़े आलोचक हैं—प्रचलित व्यवस्था के। वे कहते हैं, हमारे नेतागण बाथ-रूम में ड्रिंक करते हैं और ड्राइंग रूम में बाबाओं या माताओं का नाम जपते हैं। 'ड्राई डे' के माने हैं—शराब का खपत-डे! अगर चार दिन का माल एक दिन में बिक जाता है तो व्यापारी को खुशी और हमारे नीतिवाचकों की जय-जयकार। यह ठीक ऐसा ही है कि कार्तिक पूर्णिमा के दूसरे ही दिन हिन्दू शाकाहारी माँसाहार के लिए उतावले हो जाते हैं। पूरा कार्तिक का महीना व्रत कर दादी अगहन प्रतिपदा की बाट इसलिए जोहती रहती हैं कि माँसाहार का मौका मिल जाय। रामानन्दी तिलक की आड़ में आमिष का भोग होता है। भोर ही में मुझे जगाकर कहती हैं, बाजार जाते समय देखना वहाँ छोटी-छोटी मछलियाँ पहुँची होंगी, समय पर न पहुँचे तो मछलियाँ नदारद हो जाएँगी। महीना भर व्रत रखा, आज मछली का संहार करना होगा।

नेता महोदय से एक बार प्रेस सम्मेलन में पूछा था, ''क्या आप जानते हैं कि 'ह्विस्की' की तुलना में राजनैतिक अधिकार और अहमियत ज्यादा नशीले होते हैं? उनकी पशुवृत्ति को अधिक से अधिक तीव्र कर देते हैं।'' नेता प्यूरिटन होता है। उन्होंने महसूस किया कि मैं नशाबन्दी का मजाक उड़ा रहा हूँ। वे चीखकर बोले, ''तुम्हारे जैसे विदेशी संस्कार से पोषित लोग हमारी पुण्य भूमि के सामाजिक जीवन और संस्कृति को बरबाद कर रहे हैं।'' मैंने जवाब दिया, ''यह मेरे सवाल का उत्तर तो नहीं है। ह्विस्की का नशा जिसमें तीस प्रतिशत अल्कोहल होता है, उसे विलायती मानते हैं, पर भाई राजनैतिक नशे में तो शत-प्रतिशत विलायती होता है। अगर ऐसा न होता तो शुद्ध जलपान कर लोग ऐसे मतवाले नहीं होते। और, यदि संस्कृति की बात करते हैं तो सुनिये, सोमरस के घूँट गले में उतारे बिना आर्य महर्षियों की पलकें नहीं खुलती थीं।'' नेता जी ने यकाएक विस्फोट किया, ''तुम प्रेस कान्फ्रेन्स छोड़कर जा सकते हो, मैं ऐसी बेअदबी बरदाश्त नहीं कर सकता।'' कहानी एक पत्र-सम्पादक को भेजी थी, पर उनहोंने एक लाल लकीर खींचकर वापस कर दिया। हाशिये पर लिखा था, ''आपने कहानी की हत्या कर डाली है।'' राष्ट्र और समाज जिस आत्म-प्रवंचना पर जी रहे हैं, समाचार उससे कैसे बच सकते हैं? आखिर वह समाज का चौथा दायरा ही तो है। वस्तुतः समाचार-पत्र उस आत्मप्रवंचना का प्रचारात्मक यन्त्र है। प्रेस की स्वतंत्रता ड्राइ डे की तरह एक मीठा बोल है।

एक सिगरेट सुलगाई और सामने नजर दौड़ाई तो मालूम हुआ करीब पन्द्रह आदमी कतार में खड़े हैं। प्रतयेक के लिए यदि कम से कम तीन मिनट का समय लगता है तो पौन घण्टे के बाद ही मेरा नम्बर आने वाला है। वास्तव में बड़ी

थकान महसूस होती है। इस प्रकार निकम्मा बन किसी क्यू में खड़े रहने से। तिस पर मेरे पीछे खड़ा है। वह आदमी जो टोपी झुकाए पैरी मैशन डिटेक्टिव उपन्यास के खलनायक की भाँति दीख रहा है। उसकी गरम साँस से मेरी गर्दन बेतरह जल रही है।

ऐसी बेचैनी के समय ही किसी ने मेरी नाक के ठीक पास रंग-बिरंगे कागज के कुछ पन्ने खोल दिये। ताश के पन्नों की तरह के कुछ कार्ड थे। ''लाटरी टिकट खरीदिए सा'ब परसों ड्रा डेट है। यही आखिरी मौका है। किस्मत ने आपका साथ दिया तो एक रुपये में आप दस लाख जीत सकते हैं। यह कोई असम्भव बात नहीं थी। सभी लाटरी का टिकट खरीद सकते हैं—दिल्ली, पंजाब, हरियाणा। कहीं-न-कहीं लग जायेगी, अगर किस्मत ने साथ दिया तो।''

उसका चेहरा-मोहरा देखा। डेनिस कपड़े का बेलबाटम पैंट और हल्की काली टी शर्ट पहने हुए था, वह। पाँव में बाटे की सस्ती चप्पल थी। महानगर के लाखों बेरोजगारों में वह एक था। आपको रोजगार दफ्तर के सामने इसी सूरत-शक्ल के अनेकों जवान मिलेंगे। कोई विशेषता नहीं—लेकिन खूँखार भूख के नाखूनों से खरोंचे, दाँत से कटे गहरे घाव के दाग उनके चेहरे पर उभरे-उभरे मिलेंगे। दोनों आँखों में निराशा की छाया। ऐसा चेहरा दिल पर काफी असर डालता है। आसानी से भूलता नहीं। मेरी पीठ पर हल्का स्पर्श देकर पीछे खड़े डिटेक्टिव खलनायक बोला, ''मूव ऑन।''

मेरे सामने क्यू छोटी बन गयी थी। मैंने लम्बा डग भरा। पर वह आदमी आसानी से मुझे छोड़ने वाला न था। सबके साथ खिचिर-खिचिर करने के बाद मुझे पाया था। इतनी आसानी से कैसे छोड़ेगा? मेरा मासूम चेहरा देख उसने निश्चय कर लिया था कि वह मुझे जरूर फँसाएगा। पता नहीं मेरे चेहरे में ऐसा क्या कुछ है। सभी मुझे मासूम मान लेते हैं। मैं सबकी पहुँच के भीतर हूँ और बहुत ही सीधा हूँ। पर कौन जानता है भूचाल का कम्पन मुझमें कितनी देर तक होता है? भरसक असलियत को छिपाने की चेष्टा करता हूँ। फिर भी कभी-कभी मुखौटा खुल जाता है। तब लोगों को अपनी भूल मालूम हो जाती है कि उन्होंने साँप के बिल में हाथ डाल दिया था। मैंने झुँझलाकर कहा, ''डोंट पेस्टर मी'' मुझे तुम्हारी इस जुआड़ी सभ्यता पर कोई भरोसा नहीं है। एक रुपये का टिकट और दस लाख रुपये का लाभ? जुआ और किसे कहते हैं? तुम क्या कर सकते हो? तुम्हारे सामाजिक जीवन और सभ्यता की यही तो नींव है याने लाटरी टिकट।

एक कदम आगे बढ़ा।

पर वह मुझे छोड़ने वाला न था। वह बोला—''क्या सा'ब, राजनीति? राजनीति से फिल्म तक, साहित्य से योगाभ्यास, प्राणायाम तक कहाँ जुआ-चोरी नहीं है? यानी बिना साधना के सिद्धि प्राप्ति का प्रयास कहाँ नहीं है?''

उस आदमी की जहरीली आँखें झाँक कर देखा। उसकी बात-चीत की शैली नाटकीय थी। मैं थोड़ा नरम पड़ गया। बोला, ''जहाँ तक मेरा अपना मत है, मैं लाटरी और बीमा का घोर विरोधी हूँ। मेहनत से, अकल से कमाई करना चाहिए, लाटरी से नहीं। अगर मेरे जीवन की कोई कीमत है तो समाज उसका संरक्षक है। मधुमक्खी की तरह मधु-संग्रह कर अन्त में स्वयं उससे वंचित हो जाय, वह मुझे पसन्द नहीं।

नैतिकता पर भी मैं भरोसा रखता हूँ। देखो, यह रोजगार दफ्तर का कार्ड। पिछले दो सालों से नवीकरण कराता आ रहा हूँ। आप मेरे लिए जुगाड़ कर सकते हैं, सिर्फ रोटी और साग का? ह्विस्की, रम, जिन आदि की बात कौन करता है?''

उस कार्ड से पता चला, भले ही वह विद्वान न हो, पर बी० ए० पास है। चाहे किसी सस्ते विश्वविद्यालय का ही क्यों न हो?

मैं बोला, ''इज्जत के साथ जीने के लिए कहीं नौकरी का जुगाड़ कर लेते, कम-से-कम समाचार पत्रों की हाकिंग तो कर सकते हो। बेकार जुए के अड्डे में क्यों फँसे हो? मैं तुम्हें हजार बार कहता हूँ कि मैं एक नीतिवादी हूँ यानी मैन ऑफ प्रिन्सिपुल। मेरे ख्याल में लाटरी एक प्रकार का जुआ है। लाटरी का टिकट बेचने वाले प्रतिक्रियावादी होते हैं। वे लोगों को नियतवादी बनाते हैं। मेहनत की कमाई पर से विश्वास उठ जाता है।''

उसने कहा, ''सा'ब, मैंने ऐसे लेक्चर बहुत सुने हैं। एक टिकट बिकने से मुझे पच्चीस पैसे कमीशन मिलता है। ऊपर से भी कुछ मिल जाता है, अगर मेरे टिकट की लाटरी किस्मत से लग गई। ले लीजिए दो-चार टिकट। इससे आपका कौन-सा भारी खर्च हो जाएगा?''

अबकी बार मैं कोई जवाब न देकर उपेक्षा की मुद्रा में खिड़की की तरफ बढ़ा। एक ह्विस्की का बोतल बगल में दबा कर दस-दस के आठ नोट विक्रेता की तरफ फेंक दिये।

जब मैं दस-दस के आठ चुरमुराते नये नोट काउण्टर में फेंक रहा था, उस आदमी ने बुभुक्षु आँखों से उसे देखा। बगल में बाटल सँभालते वक्त वह मेरी तरफ इशारे से बोला, ''सा'ब, हमको भी तो रोटी चाहिए।''

उसके चेहरे से लग रहा था, मानों मैं उसकी रोटी छीन रहा हूँ। कुछ हद तक बात सही भी थी, मैं सचमुच दूसरों की रोटी नहीं छीन रहा हूँ तो और यह क्या है? पर सवाल है, कैसे? एक सिगरेट सलाई के डिब्बे पर ठोंकते-ठोंकते मैं इसी उधेड़ बुन में पड़ गया। अगर मैं अस्सी रुपये का लाटरी टिकट खरीदता, तो वह बीस रुपये कमीशन पाता। मेरा भाग्य यदि खुल जाता...।

शाम को टैक्सी वालों का मिजाज कुछ और ही होता है। जल्दी रुकते ही नहीं। टैक्सी स्टैण्ड तक पैदल चलने का जी नहीं करता था। ''हमको भी रोटी

खाना है।'' लाटरी टिकट वाले की बात मेरे अन्तर्मन को बेचैन कर रही थी। थापर की बर्थ-डे पार्टी में ह्विस्की पीता रहूँगा और यह आदमी लाटरी टिकट का पुलिन्दा लिए गली-गली में घूमता फिरेगा। दोनों स्थितियों से समझौता नहीं कर पा रहा था। न, थापर की पार्टी में नहीं जाऊँगा। कल काफी-हाउस में कोई न कोई बहाना पेश कर दूँगा। जुखाम, फ्लू या किसी मित्र की दुर्घटना—कोई न कोई बहाना चलेगा। मेरे पास डिप्लोमेट ह्विस्की की बाटल है, पर कहाँ? थापर के ड्राइंग रूम की मेज पर खड़ी पंक्तियों में काली-काली आँखें, ब्लैक डंग, जानीवाकर, ब्लैक एण्ड ह्वाइट की बाटलें। उनमें से दो-एक रीगल की होना भी असम्भव नहीं। थापर का विदेशी एजेन्सियों से गुप्त सम्पर्क है। ऐसी चीजें उसके लिए दुर्लभ नहीं। अभिजात्य वर्ग के सामान्य आत्मीय की तरह मेरा डिप्लोमैट, क्या ब्लैक डाग, जानीवाकर आदि के भड़कीले रूप-रंग से समझौता कर सकेगा? सस्ते डिप्लोमैट पैग के बदले में स्काच साफ कर दूँगा। बात सही है। पर क्या यह जुआ नहीं है? इसी के खिलाफ मैं इतना लम्बा भाषण सुनाता जा रहा हूँ। न, थापर की पार्टी में नहीं जाना है। कल बहाना बनाऊँगा, ''अरे भाई, अचानक मुझे फ्लू ने पकड़ लिया।''

फुटपाथ के किनारे तब तक वह खड़ा था। उसकी गति और गंतव्य दोनों अनिश्चित थे। जाने कितने रुपये के टिकट आज बिके हैं। उसको रोटी और साग मिल जाएगा!

मैंने पीछे से उसकी पीठ पर हाथ रखा। वह चौंका। गरज कर बोला, ''तुम पुलिस के आदमी हो?'' ''अरे नहीं यार, पुलिस तो मेरी पुरानी दुश्मन है।'' ''तो क्या बात है?''

उसका कोई जवाब मेरे पास नहीं था। अपने फ्लैट में चले जाना मेरे लिए आपद्काल के सेल में जाने के बराबर था। यही तो सेल बन्द होने का समय है।

''अगर तुम्हें कोई आपत्ति न हो तो आओ मेरे फ्लैट में, पास ही है। यह है ह्विस्की का बाटल।'' उसको ह्विस्की चाहिए और मुझे साथी चाहिए। चाहे वह लाटरी टिकट बेचने वाला ही क्यों न हो?

''लेकिन तुम पुलिस के आदमी तो नहीं, तब देखो।'' उसने जेब से छूरा निकाल कर दिखाया। मैंने मजबूरन हँसने का अभिनय किया, ''अरे नहीं, पुलिस तो मेरी पुरानी दुश्मन है!'' वह मेरे पीछे चल पड़ा। टूटी-फूटी अटैची बगल में दबा ली।

सीढ़ी में अँधेरा छाया हुआ था। दूसरी मंजिल पर मि० राव के फ्लैट में बज रहा था ''बेली'' रसियन म्यूजिक। नितांत करुण। स्टेपीज की आत्मा के करुण विलाप में यही ''बेली'' म्यूजिक मैं सुनता हूँ। मि० राव की ''बेली'' म्यूजिक खूब पसन्द है। यही शायद स्टोन फ्लावर ''बेली'' का रेकार्ड है। एक दिन मि० राव आया था रेकार्ड लेकर मेरे फ्लैट में। अगर मैं खरीदना चाहूँ तो कम दाम पर बेच

देगा। मि० राव आधा पागल आदमी है। कभी-कभी उसका पागलपन बढ़ जाता है। मैंने मजाक करते हुए कह दिया था—भाई, मेरे पास तो स्टिरियो नहीं है, रेकार्ड लेकर क्या करूँ?'' उसने कहा, ''यू आर ए पिग। इतने सस्ते में भी लेना नहीं चाहते।'' इस समय शायद मि० राव का पागलपन उभरा है। फ्लैट को अँधेरा कर रख है। लो वैल्यूम में रेकार्ड बजा रहा है।

अपने फ्लैट की स्विच ऑन करते ही उस आदमी ने चारों ओर एक बार दृष्टि डालकर कहा, ''तो आप बैचलर हैं। खैर, भविष्य में शादी कर सकते हैं। लाटरी टिकट खरीदते तो काम में आ जाता।'' उसकी फीकी-फीकी आँखें किसी सम्भावना से खिल उठीं, पर मैं जो ठहरा मैन ऑफ प्रिन्सिपुल! कुछ भी हो जाये, पर मैं लाटरी टिकट नहीं खरीदूँगा। मैंने कहा—फ्रिज नहीं है। सोडा भी नहीं। बाथरूम में नल का पानी है। उससे तुम्हारा चल जाये तो।

''सड़क के किनारे वाले टैप की तुलना में तुम्हारे बाथरूम के टैप का पाना जरूर ज्यादा ठण्डा होगा?'' उसके कथन में व्यंग भरा था।

मैंने दो ग्लास, एक जग पानी और एक ह्विस्की की बाटल उस टूटे पाये वाली मेज पर रख दिये जो किसी जमाने में पेटरपटा के रूप में उपयोगी था। तीन पैग उड़ाने के बाद उसकी नजर अटक गई दीवार में टँगी उस नंगी तस्वीर पर जो ताकतलाल ग्रुप टैक्सटाइल के कैलेण्डर में छपी थी। रोज सुबह उठते ही मेरी नजर उस पर पड़ती है। मैं मन ही मन उसके वाइटल आँकड़े का आकलन करता हूँ तब तक, जब तक बैड टी नीचे के तल्ले से नहीं पहुँचती।

उसकी दोनों आँखें अँगारे की तरह लाल हो गई। बोला—''मारो गोली लाटरी के टिकट को। तुम्हारे लिए और बढ़िया चीज मेरे पास है। भाई, मैं जानता हूँ, तुम कभी मना नहीं करोगे। तुम तो बैचलर हो।''

मेरे ''हाँ-नहीं'' की प्रतीक्षा किये बिना अपने टूटे-फूटे फोलियो बैग से उसने कुछ पर्णोग्राफिक निकाले—यौन-क्रिया के फोटोग्राफ थे। मैंने सोचा, अन्तर्राष्ट्रीय ख्याति प्राप्त एक नेता महाशय के पुत्र की यौन-लीला के चित्र हैं ये।

''इनमें से कुछ चाहिए?''

न, ये तो नेता साहब के सुपुत्र की तस्वीर नहीं है। घृणा से शरीर सिहर उठा। जमीन पर चित लेटा हुआ नंगा आदमी था। वही लाटरी टिकट बेचने वाला स्वयं। ऐसी बेहयायी कैसे कर सकता है वह?

अपने को नियंत्रित कर पूछा, ''अच्छा, यह औरत कौन है? जरूर कोई सस्ती कॉलगर्ल है या उसी दर्जे की कोई और?'' ''वह मेरी पत्नी है।'' उसने स्पष्ट शब्दों में कहा। उसके चेहरे पर संकोच का भाव बिलकुल न था। ''आखिर तुमने यही धन्धा अपनाया है।''

''सा'ब, यह कोई खराब धन्धा तो नहीं। राजनीति, साहित्य, व्यापार आदि तुम्हारे सभी धन्धे आज इसी तरीके से चल रहे हैं। नेताओं के लड़कों की बात न

कहना बेहतर होगा। ताकतलाल ग्रुप के विज्ञापन के लिए ऐसे चित्र चाहिए। और साहित्य। उसके बारे में क्या कहें नंगी औरतों पर लिखी जा रही है गरमागरम कहानियाँ। यदि वे सभी शिष्ट तथा तथा भद्र हैं, तो मैं कैसे अश्लील बन सकता हूँ? आज के समाज की नींव तो अश्लीलता है।

उसके चेहरे को देखने की हिम्मत न कर सका। मुझे लगा, वह मेरे गाल पर फटाफट झापड़ मार रहा हो। मेरा चेहरा लाल हो गया था, शर्म के मारे।

उसने कहा—''इसमें मेरा एक पार्टनर भी है, हमारा फोटोग्राफर सा'ब। फोटो में उसका साठ परसेंट है और मेरा चालीस।'' आधा ग्लास एक ही साँस में खतम कर गया।

''पर तुम्हारा साठ होना चाहिए और उसका चालीस।'' ग्लास से एक घूँट निगल कर मैंने कहा। ''लेकिन कैमरे के सामने इस तरह जानवर के समान लोट पोट होते तुम्हें शर्म नहीं लगती?''

''अगर वह फोटो न खींचेगा, तो हम दोनों के आम सड़क पर लोटने पर भी कौन पूछेगा? रिस्क तो उसका ज्यादा है। लीजिए न दो-चार फोटो, अलग-अलग पोज के। तकिये के नीचे रखिये। एक पीस दस रुपये है। तीस-चालीस रुपये आपको क्या है? यही तो अस्सी रुपये की बाटल उठा ली, जो खतम होने वाली है।''

''लेकिन''...मेरे अन्दर का वह मैन ऑफ प्रिन्सिपुल कुछ विरोध करके तिलमिला उठता था।

वह बोला—''लेकिन साहब, आपके समाज में दो चीजों की काफी माँग है—सैक्स और सस्ता रुपया। मैं अपने फोलिए थैले में दोनों चीजें लिए घूम रहा हूँ। पसन्द आया तो दो-चार पीस ले लीजिए। मैं ज्यादा समय बरबाद नहीं कर सकता। फोटोग्राफर दोस्त आ गया होगा, फोटो खींचने।''

दस-दस के तीन नोट फेंक दिये उसकी तरफ। उसने भी तीन फोटोग्राफ मेरी तरफ फेंक दिये। ''अगर तुमको पसन्द न आया तो और किसी दोस्त को दे देना। मेरे ग्राहक तो बढ़ेंगे।''

चित्रों को छूने के समय मैंने ऐसा महसूस किया कि मैं यौन-पिपासा खोकर सहसा क्लीब बन रहा हूँ।

सीढ़ियों को पार जाते समय उसके पैरों की, बाटे की चप्पल की आहट धीरे-धीरे क्षीण से क्षीणतर हो रही थी। समूचा वातावरण शान्त था। मि० राव के फ्लैट में ''बेली'' म्यूजिक की आवाज चोटी को पहुँच कर हठात् बेहोश हो गई थी।

✦

ढीठ

✦

मनोज दास

हम लोगों को अपने गाँव के अस्तित्व का सही ज्ञान सहसा उस दिन हुआ, जिस दिन दोपहर के समय अपनी प्राथमिक पाठशाला के प्रधान शिक्षक जी ने शाला के तीसरे दर्जे की सबसे बड़ी कक्षा के विद्यार्थी समझे जाने वाले बच्चों को "मेरा गाँव" शीर्षक पर एक निबन्ध लिखने को कहा। तब तक हमारे गाँव का अपनापन हमारे साथ अभिन्न बना जी रहा था। उस दिन पहली बार गाँव का वैभव रहस्यमय प्रतीत हुआ। पेड़-पौधे, पोखर, उसके समीप खड़ा शंकर जी का मंदिर, मंदिर के उस पार वाला ठूँठ पहाड़ आदि आदि। उनके अलावा और कई वस्तुओं से गाँव का व्यक्तित्व सम्पन्न था। मन्दिर के सामने का एक भग्न तोरण। उसके खण्डहर पर बैठकर एक लँगड़ा कौआ काँव-काँव करता था। उसे भगाने की हिम्मत किसी में न थी। हरिजनों की बस्ती में एक आदमी रहता था, उसकी त्वचा बचपन से सफेद थी। जाने कहाँ से खाकी रंग की टोपी उसे मिल गई थी? वह टोपी पहनकर साप्ताहिक बाजार में घूमता-फिरता था। लोग उसे साहब पुकारते थे। बल्कि सामान्य जनता साहब की तरह खातिर करके उसे कुछ-कुछ दे देती थी।

पाठशाला के पीछे एक लम्बा-चौड़ा मैदान था। दूर तक फैले हुए मैदान में कहीं-कहीं पेड़ खड़े थे, जिन्हें हम लोगों ने अचेतन समझने की गलती नहीं की थी। उनमें से एक पेड़ घुटने टेक कर बैठने की मुद्रा में था। कुछ दूरी पर दो पेड़ वैसे खड़े थे, मानों आपस में दोनों बात कर रहे हों। जब कभी अध्यापक महाशय हमें डाँटते थे या बेंत चलाते थे, वे पेड़ हमारे प्रति हमदर्दी प्रकट करते जान पड़ते थे। हम लोग यह भी महसूस करते थे कि किसी लम्बी छुट्टी के पहले अपने दिल में संजोये गये रोमांचक अनुभवों की वे चर्चा भी किया करते हैं।

मन्दिर से सटे हुए ठूँठ पहाड़ पर एक बुढ़िया रहती थी। उसके साथ एक पागल कुत्ता और एक पगली बिल्ली भी रहती थी। बुढ़िया और कुत्ते की बात छोड़िये। बिल्ली निश्चित रूप से पगली थी, जिसका प्रमाण गाँव वालों के पास था। मैंने छुटपन में यह सब सुना था। स्वयं बिल्ली के पागलपन की जाँच कर सकने की उम्र में पहुँचने से पहिले तीनों चल बसे थे। बुढ़िया का एक जवान लड़का बचा था, जो आधा पागल था। वह खूब जिद्दी था। जब चाहा, जिस किसी के बरामदे पर हाजिर। बिना खाना-पीना लिए वहाँ से हटता ही न था। वह अपने

अर्ध बोध्य कण्ठ से पहाड़ों के सियारों और कौओं के संलाप सुनाता था। पता नहीं किसने उसे सिखाया था? उसका रंग-रूप बेसिलसिलेवार था और बोली की दुर्बोध्यता ने उसे कुछ हद तक एक रहस्यमय जीव बना दिया था, जो उसके लिए फायदेमन्द था। गाँव के अनेक बुद्धिजीवी लोगों ने कई बार अच्छे कामों में लगाकर उसे सही रास्ते पर लाने का प्रयत्न किया था। एक बार एक सम्पन्न किसान ने धूप में सूख रहे धान की रखवाली करने का काम दिया था। कुछ समय के बाद देखा गया कि शंकर जी का साँड़ धान पर लेट कर आराम से जुगाली कर रहा है और वह लड़का साँड़ के विश्राम को अधिक सुखमय करते गाना गा रहा है। एक व्यक्ति ने उससे चरखा चलवाने की कोशिश की। पर कोई फायदा नहीं हुआ। इन सभी कारणों से सम्भवतः लोग उसको 'ढीठ' कहकर पुकारते थे।

कुल पाँच साल की उम्र से मुझे अपने इंजीनियर पिता के साथ शहर में रहना पड़ता था। गांव से सम्बन्ध टूट गया था। फिर भी जिस दिन मैंने सुना कि एक विराट् बाँध का निर्माण किया जाने वाला है और हमारे गाँव समेत वह इलाका पानी में डूब जाने वाला है, उस दिन मैं एकदम उदास हो गया था। मेरी माँ खूब रोई थी। हमारे इलाके के अनेक लोग शहर आकर हमारे घर खूब रोये थे। हालाँकि पिता जी का उस योजना से कोई सरोकार नहीं था, फिर भी वे लोग और माँ जी ने पिता जी से बार-बार प्रार्थना की कि वे अपने प्रभाव से प्रस्तावित नदी-बाँध योजना को रोक दें। पिता जी प्रायः चुप रहते थे, कम बोलते थे। जरूरत के वक्त मौन तोड़कर गुस्से में बात करते थे।

एक बार कुछ लोगों ने हमारे बाहरी बरामदे में छाते और छोटी-बड़ी गठरियाँ रखकर पिता जी को उस क्षेत्र की गौरवगाथा सुनाई थी। उसकी मिट्टी का महत्व और हवा में पूर्वजों के शरीर और साँस का होना, मन्दिरों में स्थापित देवी-देवताओं, खेतिहर जमीन का अत्यन्त उपजाऊ होना आदि बताया था।

सब कुछ पानी में डूब जायेगा। "बाबू जी, हम कैसे अनाड़ी हैं, तुम्हारे समान सुपुत्र पैदा करके भी हमें अपना पुश्तैनी ऐश्वर्य छोड़कर जाना पड़ेगा?" बूढ़े लोग यह सब कहते हुए बार-बार आँसू पोंछ रहे थे।

पिता जी शान्त होकर सुनते थे। हमें ऐसा प्रतीत होता था, मानो उनका दिल भी टुकड़े-टुकड़े हो रहा है। जब वे बोले तो मुझे ऐसा लगा कि न केवल उनका मंतव्य कठोर था, बल्कि उनका मौन भी निर्दयता का दूसरा रूप था।

उन्होंने कहा, "देखिये, दुनिया का इतिहास दो चीजों पर आधारित है—निर्माण और ध्वंस। कहाँ है वह आटलांटिस और बेबिलोनिया या मोहनजोदड़ों की सभ्यता। महाकाल ने सब कुछ समाप्त कर दिया है, क्यों? केवल परिवर्तन के लिए। दूसरी बात यह कि मान लीजिए हमारा इलाका पानी में डूब गया तो उसने समूचे राज्य का हित होगा कि नहीं? सरकार हमे हरजाना देगी और अनेक सुविधाएँ भी मिलेंगी? पूर्वज किसके पुण्यात्मा नहीं होते? उपजाऊ जमीन, मठ-

मन्दिर कहाँ नहीं है? अगर हम उसकी दुहाई देने लग जायेंगे तो देश की बड़ी-बड़ी योजनाएँ कैसे कार्यान्वित होंगी?''

बूढ़ों ने युवकों की अपेक्षा ज्यादा आँसू बहाये थे। माँ ने उन लोगों के लिए मुझसे और मेरी छोटी बहन पुटू के हाथ नाश्ता भेजा। मुझे ऐसा लगा, उन लोगों ने पहले नाश्ता लेने से मना किया, शायद पिता जी के व्यवहार के कारण लेकिन बाद में माँ की सहानुभूति से स्वीकार कर लिया।

बाद के दो वर्षों में हमारे इलाके का पूरा परिवर्तन हो गया। गाँवों में सभाएँ हुईं। लोग चूड़ा, चावल, दाल की गठरी बाँध कर एक बार शहर आये। जुलूस निकाला गया जो एक बहुत ही मार्मिक दृश्य था। कार या मोटर साइकिल आती तो वे लोग किनारे सरक जाते। सलाई की गोली काड़ी के जलने से पहले बुझ जाने के समान उनके नारे अभ्यासहीनता के कारण पूरे-पूरे उच्चरित होने से पहले बुझ जाते थे। धीरे-धीरे नेताओं का जोश भी ठण्डा पड़ गया। अन्त में यह मालूम हुआ कि योजना का कार्यान्वित होना अनिवार्य है। यह जानकर लोग तितर-बितर हो गये। देवी-देवता उनके साँड़-गरुड़ के पुतले सहित और अधिकांश ग्रामवासी सरकार की ओर से मिली जमीन पर जा बसे, जो पास के टीले पर ही थी। और दूसरे लोग हरजाना लेकर दूसरी जगह चले गये और दूसरे विभिन्न धन्धों में लग गये। कई लोग अपनी पुश्तैनी मिट्टी छोड़ने से पहले घण्टों गाँवों की धूल पर लोटे थे।

बाँध बने पाँच साल व्यतीत हो चुके थे। नदी-बाँध योजना की सफलता पर किसी को तनिक भी शंका न थी। तीन जिलों का एक विस्तृत भूखण्ड स्थायी रूप से बाढ़ के संकट से बच गया था। सिंचाई द्वारा प्रचुर फसल पैदा हुई। जनसंख्या की वृद्धि के कारण वह समृद्धि सिर्फ कृषि विभाग के आँकड़ों में सीमित रह गई।

एक दिन एक अजीब समाचार मिला। उस साल दूर के पहाड़ों में वर्षा की कमी के कारण नदी सूखी पड़ी थी। बाँध का जल-भंडार सूखा पड़ा था। फलतः मन्दिर की चोटी और समीप का पहाड़ सतह से उभरे हुए थे। यह समाचार भेजा था डैम-क्षेत्र के समाचारदाता ने। समाचार पत्र पढ़ते-पढ़ते पिता जी बोले, ''वहाँ के बंगले में बैठक है। तुम लोग भी मेरे साथ चलो। मोटर लाँच से तुम लोगों को टापू घुमा दूँगा।''

माँ बेहद खुश हुईं। उनकी आँखों में पानी आ गया।

दो दिनों के पश्चात् जब हम लोग वहाँ पहुँचे, तब आसमान में बादल छाये हुए थे। पूरे क्षेत्र का चेहरा एकदम बदल गया था। माँ वह सब देखकर खूब आश्चर्य कर रही थीं। बाँध के दोनों तरफ दो सरकारी बंगले खड़े थे। वाह, कितने सुन्दर लगते थे। बाँध के कर्मचारियों के लिए पक्के मकानों का एक छोटा-सा नगर बस गया था, उसके बीचोंबीच एक बाजार भी था।

इसी बीच पिता जी की तरक्की हो गई और वे अपने विभाग के सर्वोच्च अधिकारी हो गये। इसी कारण उनके स्वागत के लिए लोग बड़े उत्साह में थे।

दाहिने अटक के बंगले पर हम लोग पहुँचे। उसके ठीक नीचे जल-भण्डार था। बंगले के दूसरे तल्ले पर से जल-भण्डार के बीच के मन्दिर की चोटी और पहाड़ कुछ-कुछ नजर आ रहे थे—अतीत के कुहासे में डूबी एक स्मृति की तरह।

बैठक में आमन्त्रित अधिकारियों में से कुछ तब तक पहुँच चुके थे। दूसरों को शाम तक पहुँच जाना था। पिता जी ने आदेश दिया कि अधिकारियों के आ जाने के बाद यानी शाम को ही बैठक रखी जाय। वे हम लोगों को लाँच में बिठाकर घुमाने चल दिये। पिता जी इसीलिए जल्दीबाजी करने लगे थे कि नदी के ऊपरी क्षेत्र में भारी वर्षा होने की सूचना मिली थी। बाँध भर गया तो टापू डूब जाएगा।

''सर, इस क्षेत्र के पुराने बाशिंदे समाचार पाते ही मंदिर और पहाड़ देखने के लिए दौड़े थे। वहाँ जाने के लिए यदि आप अनुमति न देते, तो वे लोग काफी दुखी होते।'' पिता जी के एक सहयोगी अभियन्ता बोले।

मेरे दिमाग में मन्दिर और पहाड़ी की स्मृति बिलकुल ताजा थी। अतः वे स्मारक देख सिहर उठना और हर्षित होना मेरे लिए स्वाभाविक था। गाँव छोड़ते समय पुटू की उम्र डेढ़ साल की थी। मुझे ऐसा लगता था कि वह मुझसे ज्यादा प्रसन्न हो रही थी।

माँ अपने हाथ पर चेहरा टिकाए बैठी थी। मेरे ख्यालों में उस मेघ से भरे आकाश और उदास जल-भण्डार के साथ उसका चेहरा एकाकार हो गया था।

कुछ पर्यटक वहाँ पहले से ही उपस्थित थे और कुतूहल से हमारी तरफ देख रहे थे। नावों के माझी हमें घाट का संकेत दे रहे थे। यदि वे हमारे लाँच ड्राइवर को टापू के पास होने का संकेत न देते तो हमें बड़ी तकलीफ हो सकती थी।

हम लोग पहाड़ पर उतर गये। पिता जी को पहचान कर कइयों ने नमस्कार किया। कई लोगों ने मुझे बड़े प्रेम से बुलाया और पुटू को उड़ाकर गले लगाया। मैंने कई लोगों को कुछ-कुछ पहचाना। माँ के पास दो-एक बूढ़ों ने सात वर्षों से संचित आँसू बहाये। पिछले दिनों मिलने वाले प्रतिनिधियों में से कुछ लोग दूसरे लोक सिधार चुके थे। उनका ब्यौरा भाव-विह्वल पर्यटकों ने माँ के सामने प्रस्तुत किया।

वे नावें, जिन्हें जल-भण्डार में पीछे छोड़ कर हमारा लाँच आगे बढ़ गया था, अब तक वहाँ पहुँच गयी। किसी समय के हमारे पड़ोसी का सम्मान के साथ विस्तृत समाचार आगंतुकों ने पिता जी को दिया।

''बाबू जी, ढीठ की याद है? वह वह वहाँ है।''

सबसे ऊँची एक शिला पर सन्तोष भरी मुद्रा में बैठे हुए एक दाढ़ी वाले की ओर लोगों ने इशारा किया।

"वह यहाँ कैसे आया?" पिता जी ने पूछा।

"बाबू जी, आपको विश्वास नहीं होगा।" बोलते-बोलते एक सज्जन रुक गये।

"मतलब?"

"कहा जाता है कि वह यहीं रहता है।"

पिता जी हँस पड़े। दूसरे लोग भी हँसे। मैंने उस खुशी के वातावरण में बातचीत से यह अनुमान लगाया कि बहुत से लोग उस अफवाह पर विश्वास कर रहे थे। कई लोग उसके पास जाकर पूछने लगे, "अरे, बोलो न, तू इन पाँच साल तक पानी के अन्दर कैसे साँस ले रहा था, क्या खाया?"

"और क्या?" गुनगुनाते हुए ढीठ हाथ हिला-हिलाकर इतना भर कह देता था। पर्यटक अपने साथ बना बनाया थोड़ा बहुत खाना ले आये थे। उससे ढीठ को कुछ मिल जाता था। वह चटपट निगल लेता था। देखकर प्रमाणित हो रहा था कि वह सचमुच पाँच साल से भूखा है।

पिता जी ढीठ की बात पर अधिक ध्यान न देकर दूसरे प्रसंगों पर चर्चा कर रहे थे। उसके बाद मन्दिर की उभरी चोटी के चारों ओर उछलता पानी देखते रहे। फिर जोर से सबको सुनाते हुए बोले, "देखिए, पानी का स्तर बढ़ना शुरू हो गया है। बारिश भी आ रही है। आप लोग देर मत कीजिए, जल्दी वापस चलिए।"

उनकी बात खतम होते ही ठण्डी हवा का एक झोंका आया और एक आदमी का अँगोछा उड़ा ले गया। उसने पकड़ने का प्रयास किया, पर रोक नहीं सका। बेचारा उदास हो गया।

उसके पीछे हल्की-हल्की वर्षा होने लगी। देखते ही देखते बड़ी-बड़ी बूँदें टपकने लगीं। लोग झटपट नाव पर चले गये।

"अरे, ढीठ को कौन लाया था?" पिता जी ने जोर से पूछा।

टोलियों ने एक-दूसरे को अर्थपूर्ण दृष्टि से देखा। समझ में आ गया कि कोई उसे नहीं लाया था। हो सकता है कि पहले किसी दिन किसी और दल ने उसे वहाँ छोड़ दिया हो।

नाव के सभी लोगों ने उसे बुलाया, पर वह बकता रहा, "मैं यहीं था और यहीं रहूँगा।"

"सच, यहीं रहेगा? बस, आप लोग जायें, इसे यहीं रहने दें, यहाँ पानी में भीगे। सब डूबने के बाद आराम से पानी में रहे।" नाव वालों से पिता जी ने कहा। उनका ख्याल था कि पहली नाव चलने के बाद वह जरूर निकलेगा। डर कर पहाड़ी से उतरेगा।

पर, एक के बाद दूसरी, तीसरी, चौथी—सभी नावें खुल गईं, ढीठ पत्थर पर से नहीं उतरा, बल्कि आराम से बैठकर टाँग हिलाता रहा और मुँह में मूँगफली डालता रहा।

अरे, मेरी मान जा, आ, वरना पानी में मर जाएगा—पिता जी बिगड़ कर बोले।

''मैं तो यहीं था...यहीं।''

''चुप कर।''

पिता जी ने आखिरी नाव की ओर देखा। पर्यटक वापस जाने को उतावले थे। पिता जी के हाव-भाव से उनकी सहमति जानकर चल पड़े। वे पिता जी से बोले, ''बाबू जी, आप भी चले आइए। पागल अपने आप तैर कर चला आयेगा...तैर कर।''

अन्तिम नाव खुलने के बाद भी पिता जी ने कई बार उसे बुलाया, ''क्या यह सोच रहा है कि कल भी लोग आयेंगे और तुझे खिलायेंगे। अरे सुन, कल किसी को यहाँ आने की अनुमति नहीं मिलेगी। कल यह टापू डूब जायेगा।''

वर्षा के कारण हम लोग लाँच में छुपे बैठे थे। पिता जी आखिरी बार चिल्ला कर लाँच में आ गये।

लाँच खुल गया। घनघोर वर्षा हुई। लाँच डोल रहा था। जल-भण्डार का दृश्य डरावना हो गया था। पुटू मेरी गोद में छुप गई थी। पिता जी हमे दक्षिणी बंगले में छोड़, उत्तरी ओर के बंगले में बैठक के लिए चले गये। चाय भी नहीं पी सके।

मूसलाधार पानी बरसा। हमारे लिए भोजन का प्रबन्ध हो चुका था। माँ बार-बार दूसरी मंजिल की खिड़की से जल-भण्डार की ओर आँखें दौड़ा रही थीं। अविराम वर्षा की वजह से कुछ भी दीख नहीं पड़ता था। लगातार बिजली की कौंध मानों आकाश को फाड़ रही थी। बीच-बीच में वज्रपात के निनाद से पुटू चौंक जा रही थी। एक प्रचण्ड वज्राघात के बाद उसने सहमते हुए पूछा, ''माँ, उस ढीठ का क्या हुआ?''

माँ धीरे-धीरे फोन के पास गई। बैठक स्थान से सम्पर्क करने की कोशिश की, पर लाइन गड़बड़ थी। माँ हमें खाना परोस कर खिड़की के पास एक कुर्सी खींच कर बैठी रही। पुटू तब तक सो चुकी थी। मैं ढीठ के बारे में सोच रहा था, पिता जी के कठोर जवाब को याद कर रहा था। कैसे माँ को आश्वासन दूँ?

सन-सन चलती हवा के बीच ऐसा लगता था, मानों जल-समाधि में गाँव की प्रतात्मा रो उठती हो। आधी रात को पिता जी लौटे। लगभग भीगे थे और ठण्डक से काँप रहे थे। ''कुछ खाने को है?'' उन्होंने पूछा।

'क्यों नहीं?' कह कर माँ खाना परोसने चली गई। तब तक बंगले के कर्मचारी सो चुके थे।

''मेरे लिए नहीं, मैं तो अफसरों के साथ खा चुका। टेलीफोन काम नहीं करता, कैसे खबर करता?''

''तो किसके लिए।'' माँ ने आश्चर्य से पूछा।

''देखो न, वहाँ कौन है?'' पिता जी ने ड्योढ़ी की तरफ इशारा किया। माँ देखने गईं। मैं भी उनके पीछे-पीछे गया। वहाँ बैठा था ढीठ। भीगी बिल्ली की तरह काँप रहा था और मुस्करा रहा था।

''उसे एक कपड़ा दो, चाहे धोती हो या साड़ी और उस आलमारी के अन्दर कम्बल है। एक निकाल दो। जब मालूम हुआ कि डूब जाएगा तो मैं लाँच से गया। तब तक मन्दिर की चोटी ओझल हो चुकी थी। सिर्फ वही ऊँचा पत्थर और बाबू साहब शेष थे। बिना बुलाये, आ गये। लौटते वक्त इंजन में गड़बड़ी पैदा हो गई। दुर्घटना से बाल-बाल बचे। सीधे आ रहा हूँ। अच्छा, मैं सोने जा रहा हूँ। तुमने नहीं खाया होगा, खा लो।''

पिता जी कपड़े बदलने चले गये।

माँ ढीठ को खिलाते समय देवी के समान लग रही थीं। माँ के खाना खाने के वक्त बारिश थम गई थी, पर तेज तूफान चल रहा था। उनके कहने पर मैंने जल-भण्डार की तरफ वाली खिड़की बन्द कर दी।

खिड़की बन्द करते हुए मैंने पिता जी का चेहरा बड़ी श्रद्धा की भावना से देखा। पुटू की हल्की हँसी सुनाई पड़ी। एक गुप्त समाचार देने के लिए वह मेरे कानों में फुसफुसाई थी, ''पिता जी कितने अच्छे हैं?''

''गधी, तू आज समझी?''

उसके बाद बड़े भाई का फर्ज निभाते हुए मैंने पिता जी की तरह गम्भीरतापूर्वक आदेश दिया, ''जा, सो जा!''

✦

गुमराह तितली

✦

रजनीकान्त दास

पुराने तामजान पर अब नाती-पोते शोध चला रहे हैं। कुछ के मतानुसार वह यूनानी है, तो कुछ लोगों के अनुसार वह फारस से भारत आया था।

राजे-महाराजे, नवाब, जमींदार, अमीर-उमराव आदि तामजान पर बैठकर हुकूमत चलाते थे। उनके बाद उनके पोते-परपोते तक उसका उपयोग होता रहा। एक-एक तामजान के साथ तीन-चार पीढ़ियों का इतिहास जुड़ा हुआ है।

पुराना तामजान जमींदार साहब की कोठी के बरामदे में पड़ा है। बाहरी बरामदे के एक कोने में, जिस पर आने-जाने वालों की एक नजर जाने-अनजाने पड़ जाती है। इस जमाने में न पालकी का उपयोग किया जाता है और न खास किस्म के तामजान का। यहाँ तक कि हाथ से खींचे जाने वाले टट्टू रिक्शे का भी रिवाज उठ गया है। जमींदारी प्रथा के हटने के साथ-साथ तामजान का महत्व भी समाप्त हो गया। आज कल वह एक पुरानी दर्शनीय वस्तु है। इस यन्त्र-युग में उसकी क्या पूछ?

लेकिन वह एक पुरानी चीज थी, जमींदार के खानदान का एक निशान। गाँव के बुजुर्ग ही तामजान की बात याद करते हैं। और लोग तो उसको एक मामूली कुर्सी समझते हैं।

पुराने तामजान का रंग छूट गया है। बाहरी बरामदे के कोने में पड़े रहने के कारण, गली के कुत्ते उस पर आराम से सो जाते हैं। एक सफेद मादी कुतिया हर साल अपने पिल्लों को वहीं पालती है।

तामजान के लकड़ी के पाटे और उस पर जड़ी पीतल की पत्तियाँ अनेक ग्राहक खरीदना चाहते हैं। पक्की सागवान की लकड़ी के पाटे से वह तामजान बना था। सारी लकड़ियाँ निकाल दी जायें तो उससे कम-से-कम तीन कुर्सियाँ बन सकतीं हैं।

लेकिन जमींदार साहब उसे बेचने के नाम पर नाराज होते हैं। खरीददार बार-बार आते हैं, पर वे बेचना नहीं चाहते। इसलिए ग्राहकों से हाथी का दाम माँग बैठते हैं। न बेचने का दूसरा कारण यह भी हो सकता है कि जमींदार साहब उस पुरानी चीज का सही दाम भी नहीं जानते? उनकी धारणा थी कि किसी पुरानी वस्तु पर शोध कार्य हो जाने पर, उसकी कीमत बढ़ जाती है।

पुराने जमाने के राजा-महाराजाओं की वस्तुएँ राष्ट्रीय संपदा के रूप में संरक्षित हो जाती हैं। सरकार उन वस्तुओं को खरीद कर संग्रहालय में रखती है। नाती-पोतों का विचार है कि सरकार तामजान को राष्ट्रीय संपदा के रूप में खरीद ले।

एक दिन की घटना है, गाँव में विदेशी पर्यटकों का एक दल पहुँचा। उन लोगों ने देखा, पुराने तामजान पर सुनहले रंग की तितलियाँ हैं, मानों वह पुराना तामजान अगणित तितलियों का एक दरबार हो। नीचे से सिंहासन के ऊपर लगी छत तक रंग-बिरंगी तितलियाँ हैं। लकड़ी बिलकुल दिखाई नहीं देती। काले-काले पाटों पर एक सुनहला परदा इस तरह ढँका है, मानो तितलियों से तामजान की शक्ल का एक सुन्दर घोंसला बना रखा है।

विदेशी पर्यटकों का दल तल्लीन हो देखने लगा; तितलियों का कलात्मक काम बार-बार निहारा। प्रत्येक तितली महीन रेशों के कोश बनाकर उसी के अन्दर छिप गई है। तामजान के चारों ओर रेशम के कोश झूलने लगे हैं। मटियाले रेशम के कोशों से तामजान भर गया है।

विदेशी पर्यटकों का कुतूहल हर रोज बढ़ता ही गया। उनकी इच्छा थी, रेशमी कोशों सहित तामजान खरीदने की। लेकिन जमींदार साहब का विचार कुछ और था। कभी-कभी वे यह भी सोचते थे कि विदेशी-लोगों को इसे बेच दिया जाय तो देशी ग्राहकों से ज्यादा दाम मिल जायेगा। उनके दिल में प्रबल रूप से लोभ उमड़ा।

लेकिन वे असलियत को खोलते न थे। जमींदार उसका सही दाम तय करने में असमर्थ थे। तिस पर विदेशियों के साथ मोल-तोल कर सकने की क्षमता भी उनके पास न थी। रेशमी सूत उत्पादन करने वाले तामजान की वे क्या कीमत चाहेंगे? सही कीमत आँकना उनके लिए दुरूह हो गया।

गाँव वालों की बात दूसरी थी। उन्होंने हाथी का दाम माँगा था। आखिर उनहें बैल का दाम तो मिल जाता और गाँव के अन्दर ही बिक जाता। पर विदेशियों से ऐसा दाम ऐंठना चाहिए जो हाथी के दाम से भी ज्यादा हो। वह जमाना भी गुजर चुका है। इस बीच पैसे की कीमत भी तो कम हो गई है। अब इसका भाव कई गुना बढ़ गया है। उसकी उपयोगिता भी बदल गई है। अब तो उसकी कीमत एक रेशम के कारखाने के बराबर हो सकती है।

न गाँव वाले उसका सही मूल्य आँकने में समर्थ हैं और न जमींदार साहब। विदेशी पर्यटक गाँव के समीप ही शिविर में रहते हैं। जमींदार साहब कुछ तय नहीं कर पा रहे थे कि उनसे क्या कहें?

अपने देश की एक दुर्लभ तथा अनमोल वस्तु क्योंकर विदेश चली जायेगी? कुछ लोगों के विचार में देश की सम्पदा देश में ही रहे या किसी व्यक्ति विशेष के

हाथ में रहे या गाँव इसे खरीद ले। इसी आशय की दरख्वास्त सरकार को भी भेज दी गई।

इसे ही कहा जाता है कि देश प्रेम! यदि जमींदार साहब स्वयं एक रेशम का कारखाना खोल देते तो गाँव के लोग जरूर खुश हो जाते। जमींदार की आर्थिक स्थिति भी सुधर जाती। देखते ही देखते वे करोड़पति बन जाते, पर क्या यह सम्भव है? कारखाना बिठाने के लिए मोटी लागत चाहिए; वह मिलेगी कहाँ से?

एक मशीन चाहिए रेशमी सूत कातने के लिए। दूसरी मशीन चाहिए कपड़े बुनने के लिए। कारखाना चलाने के लिए इंजीनियर और योग्य कारीगर चाहिए। वे लोग हजारों रुपये वेतन ले जायेंगे हर महीने। इतना रुपया आयेगा कहाँ से? यह सब सोचते-सोचते जमींदार साहब का सिर चकरा जाता था।

इसी बीच रेशम की दूसरी फसल भी आ गई। पुरानी तितलियाँ अण्डे देकर मर गईं, अण्डों से फिर एक पीढ़ी ने जन्म लिया, जमींदार की कोठी रेशमी कीड़ों, तितलियों और रेशमी कोशों का एक अड्डा बन गई। मानो रेशम कारखाने के लिए कच्चे माल का वह एक केन्द्र बन गया था।

जमींदार साहब के पास विपुल सम्पदा है; पर वे उसका उपयोग करना नहीं जानते? विदेशी पूँजीपति कच्चा माल खरीद लेना चाहते हैं। रेशम उत्पादन करने वाले उस प्राकृतिक वस्तु को खरीद कर भारत से बाहर ले जाने को तैयार हैं। वे किसी को कारखाने की लागत नहीं देना चाहेंगे।

देखते-ही-देखते जमींदार साहब की कोठी, आँगन, बागान के पेड़-पौधों में तितलियाँ स्वच्छन्द रूप से रेशम के कोश बाँधने लगीं। गाँव का आधे से अधिक क्षेत्र रेशम के कीड़ों ने घेर लिया। जमींदार जी ने अपने विचार बदले। आजकल वे उसे बेचने के पक्ष में हो गये थे। परन्तु समस्या का समाधान नहीं हो पा रहा था। रेशम के कोश बेच दिये जायें तो तामजान की कीमत घट जायेगी और तामजान बेच दिया गया तो उत्पादन सूत्र ही चला जायेगा।

एक हितैषी सज्जन उस समस्या के समाधान के लिए सामने आये। खूब माथा-पच्ची करके उन्होंने एक हल निकाला। उन्हें मास्को विश्वविद्यालय का ख्याल आया। मास्को विद्या नगरी के निर्माण में जितना धन खर्च किया जा रहा है, उसके बराबर रकम में इस नैसर्गिक रेशम उत्पादन करने वाली वस्तु को हस्तान्तरित किया जा सकता है।

यह भी बेसिर-पैर की बात हुई। पहला सवाल यह कि मास्को विश्वविद्यालय के भवन बनवाने में कितना खर्च हुआ है—इसका अन्दाज किसको है—भला यह जानता कौन है? पहले मास्को विश्वविद्यालय के भवनों का मूलयांकन होना चाहिए। उसके बाद ही पुराने तामजान का मूल्य तय होगा। पहला प्रस्ताव जैसे निराधार है, वैसे ही दूसरा भी।

जमींदार साहब के खानदान में अकलमन्द लोगों की कमी न थी। उनमें से एक ने कहा, ''मास्को की बात छोड़ो, वहाँ के लोग पुरानी चीज खरीदते ही नहीं। उनकी तुलना में अमेरिका के लोग ज्यादा नये हैं। रेशम उत्पादन करने वाली इस नैसर्गिक वस्तु को खरीदने के लिए फोर्ड कम्पनी समभवतः राजी हो सकती है।''

लेकिन फोर्ड कम्पनी के मालिक उस प्रस्ताव से राजी नहीं हुए। भारत की तुलना में अमेरिका में लोहा सस्ता है। इसी कारण वे लोग मोटर गाड़ियों का निर्माण करते हैं। उनके पूँजीपति आधुनिक युद्ध हथियार भी बनाते हैं और सारी दुनिया में उनका बाजार फैला हुआ है। रेशम कारखाने के लिए भारत से लकड़ी का साधन खरीदने से क्या फायदा?

अमेरिकी उद्योगपति की मनाही के बाद विश्व बाजार में यकायक मन्दी आ गई। पुरानी ऐतिहासिक वस्तु खरीदने के लिए कोई आगे नहीं बढ़ा। सिंगापुर के अन्तर्राष्ट्रीय बाजार में तो एण्टिक्यूसिज खिलौने की तरह बिकते थे।

उन दिनों जमींदार जी बिलकुल निराश थे। पुराने तामजान पर शोधार्थी नाती-पोते विश्वविद्यालय में खूब नाम कमा चुके थे। प्राचीन इतिहास, लोक-कला, लोक-शिल्प के सही मूल्यांकन के लिए काफी शोध-कार्य चल रहे थे। अमेरिका के पूँजीपति इसे चाहे कितना ही घटिया क्यों न समझें, पर भारतीय पूँजीपति वर्ग पटु और क्रियाशील अवश्य है। अर्थनीति के क्षेत्र में सहकारिता शुरू हो जाने के कारण यहाँ के कुछ पूँजीपति आतंकित हैं, इसलिए वे हमेशा मौका देखते रहते हैं। अपने देश के पूँजीपति राष्ट्रप्रेमी और धर्मभीरु हैं। विदेश से गौ की चर्बी आयात कर अपने देश में तेल में मिलाकर भले ही बेचते हैं, किन्तु गौ-सुरक्षा आन्दोलन के ये सक्रिय कार्यकर्ता हैं। उनके मत से दूसरे परिवेश में कोई यदि अनुचित कर्म करता है, तो उसे अपकर्म नहीं मानना चाहिए। विदेश से आयात होने वाली गौ की चर्बी खाने के तेल में मिलाना उसी कोटि का कार्य है। इसका यह मतलब नहीं कि ये लोग सभी देशी चीजों की उपेक्षा करते हैं।

हमारे देश में रेशम शिल्प की माँग अवश्य है। यह तथ्य हमारे शोधकर्ताओं ने स्पष्ट शब्दों में प्रमाणित किया है। भारतीय कपास का सूत इतना मजबूत है कि लगभग दो सौ वर्ष उस पर खूब खिलवाड़ करने के बावजूद विशाल अंग्रेजी साम्राज्य टिका रहा था। उसकी तुलना में रेशमी धागा और अधिक मजबूत है। इसलिए हमारे देशी पूँजीपति केले के पात और सिशाल के पात से नकली रेशम का उत्पादन करते हैं। क्या शहर, क्या गाँव चारों ओर सिन्थेटिक कपड़ों की माँग दिन-ब-दिन बढ़ रही है।

एक प्रसिद्ध रेशम कारखाने के विशेषज्ञों ने जमींदार साहब की कोठी का मुआयना किया और यह मत दिया कि रेशमी कीड़ों के लिए उस गाँव का वातावरण अनुकूल है।

विशेषज्ञों ने पेड़ पर मिले कीड़ों की जाँच भी की थी। पुराने तामजान पर लगे कोशों के कीड़े भी देखे। उन कीड़ों का चेहरा पेड़ वाले कीड़ों के चेहरों से मिलता-जुलता था। दोनों प्रकार के कोश शोध-प्रयोगशाला को भेज दिये गये थे।

जमींदार साहब को रेशम कम्पनी एक पद्मिनी मोटरकार भेंट करना चाहती थी, लेकिन वे राजी नहीं हुए। उनके मन में प्रबल अन्तर्द्वन्द्व था। उन्होंने बहुत पहले एक हाथी का दाम माँगा था। अपने गाँव वालों के सामने अपनी बात ठीक रखनी चाहिए। जमींदार का परिवार भी अपने पुराने वादे पर रहना ठीक समझता था।

रेशम कम्पनी के अनेक विज्ञापन आने लगे, जिनमें सामान्य जनता की रुचि बदलने की चेष्टा की गई थी। सरकारी दफ्तरों, सिनेमा के रुपहले परदों, शहर की दीवारों पर तस्वीरों, पोस्टरों आदि से अतीत की कहानियाँ भी प्रचारित की गयीं। सौदागारों के लड़के रेशमी वस्त्र जहाजों पर लाद कर विदेशी बाजारों में व्यापार करते थे। समुद्री तूफान में जहाज डूब गये, लेकिन वे पुरानी कहानियाँ आज भी जीवित हैं।

जमींदार के नाती-पोते अपने शोध से प्राप्त जानकारी के आधार पर इसे 'डिकाडेन्स' कहते हैं। जमींदार साहब का मोह टूट चुका है और वे हमेशा बेचैनी के शिकार होकर प्रायः मुँह लटकाये रहते हैं।

दिन-ब-दिन रेशम के प्राकृतिक कीड़े टिड्डियों की तरह उच्छृंखल होने लगे। सभी दरवाजे लाँघकर भागने लगे। हवा में भी उड़ने लगे। मौसम से प्रभावित हो उनकी वंशवृद्धि हो रही है। दरबान लोग परेशान हैं। माली लोग फुलवारियों, पेड़-पौधों को अधिक से अधिक हरा-भरा रखने की कोशिश कर रहे हैं, पर गुमराह तितलियाँ जमींदार की कोठी, बागान आदि स्थानों में बन्द नहीं रह सकीं।

गाँव में क्या धनिक, क्या गरीब, सभी लोगों के बाग-बगीचों में रेशमी कीड़े फैल गये। रेशम के कीड़े हर जगह कोश लगा रहे हैं। सबके पास रेशमी कोश का भंडार है।

जमींदार के नाती-पोतों को अब भी वही धुन सवार है—तामजान की बुनियाद पर शोध जारी है। गाँव भर में रेशमी कीड़ों के फैलाव से जमींदार बेचैन हैं। उनके नाती-पोते अपने शोध का महत्त्व समझा कर उनहें कुछ तसल्ली दे देते हैं।

नाती-पोतों का कहना है कि जमींदार का खानदान ही रेशम शिल्प का प्रवर्त्तक है, क्योंकि जमींदार साहब के पुराने तामजान से ही रेशम का उत्पादन शुरू हुआ था। नाती-पोतों की सलाह से उन्होंने तामजान को मखमली कपड़े से ढाँक दिया है।

अपनी पुश्तैनी वेश-भूषा में सज्जित, मानियाबाँध किनारे वाली कीमती रेशम की धोती, जरीदार पगड़ी पर जूही के फूलों की माला, राजस्थानी नागरा जूता और हाथ में चिकनी रंगीन छड़ी लेकर जमींदार गजराज सिंह गुमराह तितलियों को भगा देने के लिए चलते-चलते छड़ी को आसमान में घुमाते रहते हैं। कभी-कभी छड़ी जमीन पर ठोंकते हैं। ठोंकने में भले ही कोई क्रम न हो, पर हर बार छड़ी की आवाज उनके कानों में जरूर टकराती है।

बाहरी बरामदे पर पड़े, तामजान के चारों ओर शीशे का बाड़ा लग गया है, मानों शो-केस के अन्दर पुरखों का बेकाम रेहननामा रखा गया हो।

✦

सनातन ओझा जी गये कहाँ?

✦

डॉ० कृष्ण प्रसाद मिश्र

चुनाव की समाप्ति के कुछ ही दिनों के बाद एक परिचित झंडा लटकाये एक जीप गाड़ी को गाँव में घुसते देख, गाँव वाले आश्चर्य करने लगे। क्या फिर चुनाव होने वाला है? यह सवाल सबको जैसे आतंकित कर रहा था। जीप गाड़ी के अन्दर बैठे थे, घुटनों तक लम्बी दाढ़ी वाले एक प्रसिद्ध नेता महाशय जी, जीप की रफ्तार के साथ धूल और तिनकों के समान उड़कर आये, जीप के पास खड़े हुये दो लड़कों से कुछ जानकारी चाह रहे थे। लड़के सवाल का मतलब देर से समझे, तब तक प्रश्नकर्ता कुछ हद तक निराश हो चुके थे।

''क्या बेटे, सनातन ओझा जी का मकान तुम्हें मालूम है?''

''ओझा पण्डित! वो आखिरी मकान बाबू जी, क्या फिर चुनाव होने वाला है?''

जीप गाड़ी का स्टार्ट बन्द नहीं किया गया था। लड़कों से जानकारी लेकर लम्बी दाढ़ी वाले ने ड्राइवर को इशारा कर दिया। लड़कों के सवाल की ओर ध्यान न देकर घोड़े की रफ्तार से जीप खड़ी हुई गाँव के उस आखिरी मकान के द्वार पर। गाड़ी रोक कर स्वागत भाषण के लहजे में ड्राइवर ने कहा, ''बाबू ज़ी, यही मकान है। पिछले चुनाव के दौरान मैं कई बार यहाँ आया था। यहाँ बढ़ई जाति के एक ज्योतिषी रहते थे। क्या आप भी उनसे मिलने आये हैं?''

नेता जी ने ड्राइवर को कोई जवाब न दिया। वे कुछ गम्भीर हो गये और दाढ़ी सहलाते रहे। उसके बाद अपनी स्वाभाविक रुखी आवाज में बोले, ''क्या अन्दर ओझा जी हैं?''

वे कमरे के अन्दर चटाई पर बैठे हुए थे, हाथ में पत्थर से बनी एक मछली लेकर वे अत्यन्त भावप्रवण हो बोलते जाते थे, ''यह है दूर...बहुत दूर की चीज...विदेश की। इसका कारीगर भी विदेशी है। जाने कितने दरिया, कितने देश पार करने पर वह देश आयेगा। मुझे उसका बरफ से ढँका हुआ साफ-सफेद वातावरण दिखाई पड़ रहा है। मानों चौबीसों घण्टे बर्फ की झड़ी लगी रही है। परन्तु इस मछली का कलाकार वहाँ से एक महानगर में आया जहाँ चौड़े-चौड़े रास्ते, ऊँचे-ऊँचे आकाश से टकराने वाले महल हैं, मुझे उसकी सड़कों पर तेजी से दौड़ने वाली गाड़ी-मोटरें साफ नजर आ रही हैं। सड़क के चौराहे के किनारे

पर खड़े कई मंजिल वाले कोठे की आखिरी मंजिल पर वह कलाकार पत्थर की मूर्तियाँ बनाता है। उसे घेरे बहुत सारे कलाप्रेमी बैठे हैं। शायद वे उसकी शिल्प शिष्याएँ हैं। वे उनहें अपने राष्ट्र की उन्नति, कल्याण और स्वाधीनता की बातें बता रहे हैं। कुछ दिनों के बाद स्वयं कलाकार कला की साधना छोड़कर सक्रिय राजनीति में भाग लेने वाला है। अपने राष्ट्र की आजादी के लिए वह संघर्ष करना चाहता है।''

कनाडा से हाल ही में लौटने वाला गाँव का वह नवयुवक ओझा जी की चमत्कारिता सुनकर उनसे मिलने आया था। उसने जो देखा और सुना उससे उसे ताज्जुब हुआ। उसके मन में बार-बार सवाल पैदा हुआ था—वह यह सब कैसे जान पाता है? देश-काल की सीमाएँ लाँघकर आदमी कैसे सब कुछ जानता है? न यह अनुमान-सिद्ध है और न कल्पना सृजित। यह किस कोटि का ज्ञान है? ओझा जी का पालागन कर वह विज्ञान-शिक्षा की ऊँची डिग्रीधारी युवक खड़ा हुआ। गाँव का लड़का है, बचपन से उन्हें जानता है। शादी, ब्याह, जनेऊ आदि के मुहुर्त निकलवाने के लिए सभी ओझा जी के पास आते हैं। उन्होंने ही टोरण्डो जाने का शुभ मुहुर्त निकाला था, किन्तु पिछले चार-पाँच वर्षों में ही ओझा जी अद्‌भुत दैवी शक्ति के अधिकारी हो गये थे।

बाहर से सुनी रुखी आवाज से नवयुवक का ध्यान टूट गया। युवक ने एस्किमों कलाकार द्वारा बनाई मछली का मॉडल जेब में डाल लिया और आगन्तुक को अन्दर जाने का इशारा कर चल दिया। तब तक जीप के चारों ओर बच्चों की भीड़ इकट्ठा हो गई थी। कुछ कुतूहलवश बरामदे पर भी बैठ चुके थे।

नेता महाशय के चेहरे पर उदासी स्पष्ट झलक रही थी। पिछले चुनाव के समय उनकी पार्टी के लोग नहीं आये थे। उनके तांत्रिक ज्योतिषी कोई और थे जिनकी गणना और भविष्यवाणी बिलकुल गलत सिद्ध हुई। ओझा जी की गणना शत-प्रतिशत ठीक थी और उनके विरोधी दल की ही विजय हुई थी। विजयी दल के विरोधी पक्ष ने मजबूरन अपनी नीति बदल दी। उस नीति-बदल के सिलसिले में ओझा जी की राय लेना भी एक है।

नेता महाशय ने चटाई पर बैठे हुए एक दुबले-पतले आदमी को देखा। वयस्क नेता जी ने उनसे अभिवादन की प्रतीक्षा की, जो उनकी प्रायः आदत पड़ गई थी। लेकिन ओझा जी न चटाई से उठे और न अभिवादन किया। इससे नेता जी को आश्चर्य हुआ, पर नेताई से पूर्व की आदत का स्मरण करते हुए, तुरन्त झुक कर पाँव छुए एवं विनम्रतापूर्वक चटाई पर बैठ गये।

ओझा जी से पूछा, ''पण्डित जी, सच बोलिये सरकारी दल से आप जुड़े हैं क्या?''

ओझा जी मुस्कराये, बोले, ''भाई, मैं तो हमेशा सच ही बोलता हूँ। मैं किसी दल का सदस्य नहीं, मेरा कोई रिश्ता नहीं। असल में मैं एक तांत्रिक हूँ और देवी

के अनुग्रह से मुझमें कुछ दूर की सूझ है, भविष्य की देख सकने की दैवी शक्ति है। मेरे समान आदमी का किसी दल से रिश्ता रखना सम्भव नहीं। चाहे आदमी हो या दल हो—कोई तत्व चिरंतन नहीं। महाकाल के प्रवाह में सब एक बुलबुले की भाँति खिलते हैं और विलीन हो जाते हैं। हम सबका एक ही दल है, महाकाल!"

ओझा जी ने इतना ही कहकर दीवार की ओर दृष्टि फेरी, जिसपर देवी दुर्गा, चण्डी, भैरवी आदि की विभिन्न तस्वीरें टँगी थीं।

"पिछले चुनाव के समय हम आपके पास नहीं आ सके। फलस्वरूप हमें खूब सजा मिली। हमारे दल की शोचनीय पराजय हुई है। अबकी बार आप अपनी कृपा दृष्टि हम पर डालें।"

"मेरे पास उस समय आने पर भी वही परिणाम होता, जो हुआ है।"

"नहीं महाराज, आप हमें निराश न कीजिये। हम आपको प्रचुर धन देंगे। आप पहुँचे हुए तांत्रिक हैं और तन्त्र-बल से सब कुछ किया जा सकता है।"

"पर मैं आप लोगों की क्या सहायता कर सकता हूँ? कर्त्ता-धर्त्ता प्रभु साक्षी हैं, वे आपके सहायक हों। वास्तव में आप लोगों की समस्या क्या है, आपने तो अब तक नहीं बताया?"

"हम क्या बोलें, आप तो त्रिकालज्ञ हैं।"

"न, न, मैं अल्पज्ञ हूँ। भले ही सामान्य जन से मुझमें कुछ विशेष शक्ति हो, पर वह तो दुर्गा माता की मुझ पर विशेष कृपा है। माता की इच्छा के बिना वह शक्ति भी क्रियाशील नहीं होगी।"

ओझा जी के और करीब आकर नेता जी धीरे से बोले, "पण्डित जी, प्रधानमंत्री के परिधान से हमने एक टुकड़ा प्राप्त कर लिया है। आप उसे छूकर उनके और देश के भविष्य के बारे में कुछ बोलिए? ताकि हमारे दल का नया कार्यक्रम बनाया जा सके।"

"नेता जी की बातें सुनकर ओझा जी ने किंचित् गम्भीर मुद्रा में छिन्नमस्ता दुर्गा पर ध्यान केन्द्रित किया, फिर नेता जी बोले, "ओझा जी, आपको हमारे साथ राजधानी जाना है। आपके लिए खाने-पीने, ठहरने आदि की सारी व्यवस्था की गई है। आपको कोई तकलीफ होने नहीं देंगे। लोग वहाँ आपकी प्रतीक्षा में हैं।"

"अगर मैं बाद में चलूँ तो..."

"न, आप मेरे साथ ही चलिये। आपको यहाँ वापस पहुँचायेंगे। अगर कोई खास काम है तो बोलिये, हम अभी कराये देते हैं।"

कुछ समय प्रतीक्षा करने को कहा और वे अन्दर गये। पीतल की दुर्गा-मूर्ति को साष्टाँग प्रणाम कर वे रो पड़े, "माँ, मैं चला। यह कितना विशाल देश, इसकी कितनी महान् संस्कृति, अपरिमित ज्ञान राशि है। लेकिन स्वार्थ के कारण सब चूल्हे में चला जायेगा। क्या यह देश फिर विदेशियों के हाथ में चला जायेगा, माँ?

अपनी क्षणिक मान-मर्यादा, प्रतिष्ठा और स्वार्थ के लिए लोग अपना देश विदेशियों को बेंच देंगे। मुझे कुछ भी नहीं सूझता। और क्या उपाय है?''

× × ×

जीप में बैठे-बैठे अपने गाँव को अत्यन्त प्रेम-पूर्ण दृष्टि से निहारते ही रहे थे कि तेज रफ्तार से गाड़ी गाँव की सीमा पार कर गई। जीप के झटके से सोने से बना वृत्ताकार फलक-यन्त्र ओझा जी की छाती में चुभा।

बरामदे पर बैठे हुए लोगों में से एक ने दूसरे से पूछा, ''ओझा जी इतनी तड़बड़ी में कहाँ चले?''

''हो सकता है किसी नेता ने बुलाया हो, उन्हें तो हमेशा राजधानी से बुलावा आता है।''

ओझा जी के मन के अन्धकार का बाहरी अन्धकार से एकाकार हो गया।

''राष्ट्रीय रंगारंग सर्कस दल'' जनता के आग्रह से उस इलाके में आया हुआ था। बल्कि पार्टी के महामन्त्री जी ने भी उसके लिए खूब कोशिश की थी। समूचे देश के लिए कुल दस पार्टियाँ थीं, जिनमें से यह खेल में निपुणता और लोकप्रियता की दृष्टि से दूसरे स्थान की अधिकारिणी थी। सर्कस पार्टी का तम्बू रामलीला मैदान में तन जाने के कारण आस-पास, दस-बारह कोस के हल्के में सनसनी फैल गई। हालाँकि रात को सर्कस का खेल खेला जाता था, लेकिन दिन के समय भी बूढ़े, बच्चे, औरतें, हाथी-घोड़े, बाघ-भालू आदि जानवर, विशाल तम्बू, जानवरों के पिंजड़े देखने भीड़ लगा रहे थे। बीच-बीच में मैदान के बीचोबीच स्थापित विदेशी दिवंगत नेता जी की मूर्ति को प्रणाम करते थे। कहा जाता है कि उस पुतले की प्रेरणा से ही भारत में जनवादी आन्दोलन खड़ा हुआ और सर्वहारा वर्ग को विजय प्राप्त हुई थी। विश्वविद्यालय के, राष्ट्रीय सेवा योजना के विद्यार्थी स्वयंसेवकों का दल भी वहाँ रास्ता बना रहा था और भीड़ बढ़ाने में सहायक था।

उक्त सर्कस दल का सबसे बड़ा आकर्षण था आखिरी खेल, जिसका नाम था ''अनुमान प्रश्न''। धोती-कुर्त्ता पहने हुए एक आदमी अखाड़े के बीचोंबीच स्टूल पर बैठता है। उसके हाथ में माइक रहता था। चेहरे पर बन्दर का मुखौटा और पीछे की ओर कमर से एक दुम लटकती थी। सर्कस दल ने खूब प्रचार कर रखा था कि हनुमान दर्शकों के प्रश्नों का तत्काल सही उत्तर दिया करता है। लोग अपना-अपना भविष्य जानने को उत्सुक होते थे। इसके अलावा हनुमान जी की अलौकिक शक्ति परखने का मौका भी था, क्योंकि उस इलाके में नई सरकार बन जाने के बाद उच्च कोटि के ज्योतिषी नहीं रह गये थे।

एक मनोरंजन करने वाले खेल के अन्त में एक आदमी हनुमान जी के वेश में अखाड़े में आया। दर्शक मंडली अत्यन्त उत्सुक थी। उसके आने का मार्ग रौशन किया जाता रहता था। स्टूल पर बैठते ही रोशनी उन पर पड़ी। धोती-कुर्त्ता पहने

हुए एक बूढ़ा आदमी वहाँ बैठा था। मुखौटे के बदले बन्दर की तरह चेहरा रंगों से चित्रित कर दिया गया था और वह पहचाना नहीं जाता था। परन्तु उनके टुकुर-टुकुर ताकने और स्टूल पर बैठने के ढंग से यह स्पष्ट प्रतीत होता था कि यह आदमी खुश नहीं है। उसने उसी मुद्रा में एक संस्कृत श्लोक की आवृत्ति की—

''तड़ित्वन्तं शक्त्या तिमिर परिपंथी स्फुरणया
स्फुरन्नानारत्नाभरण परिणतेन्द्र धनुषाम्
तमः श्यामं मेघं कमपि मणिपुरेक शरणम्
निषेदे वर्षन्तं हरिमिहिर तप्तं त्रिभुवनम्।''

श्लोक की आवृत्ति समाप्त होते ही दर्शक मण्डली ने बार-बार करतल ध्वनि द्वारा उनका स्वागत किया। उसके बाद गम्भीर मुद्रा में वे बोले—''दर्शकों, प्रश्न पूछने का अधिकार सब को तो है, परन्तु कुल दस प्रश्नों का ही जवाब दिया जायेगा।'' जनता जैसे यह सुनने के लिए देर से प्रतीक्षा कर रही थी। तुरन्त एक साथ अनेक व्यक्ति खड़े हो गये। सिर्फ एक आदमी को खड़े रहने का इशारा कर शेष लोगों को बैठने को कहा। सर्चलाइट की रोशनी पूछने वाले के ऊपर पड़ी।

''क्या आप यह बता सकते हैं कि मेरी जेब में कितने रुपये हैं?''

''अवश्य...अवश्य। खेल देखने आते वक्त आपकी जेब में साठ रुपये थे। दस रुपये का टिकट खरीदा। आपकी धारणा है कि आपके पास पचास रुपये बचे हैं, किन्तु इसी बीच आपकी पाकेट कट चुकी है।'' हनुमान जी ने मुस्कराते हुए जवाब दिया।

प्रश्नकर्त्ता पर रोशनी टिकी हुई थी। सबने देखा, वह बड़ी व्यस्तता से जेब टटोलने लगा है। वह फिर कुछ पूछना चाहता था कि हनुमान जी बोले—''न, आप अब कोई सवाल नहीं पूछ सकते। सिर्फ एक ही सवाल। आप बैठ सकते हैं।''

दूसरी दिशा से एक हट्टा-कट्टा युवा कृषक खड़ा हो गया। उस पर रोशनी पड़ी। उसने पूछा—''चार रोज हुए मेरी पत्नी लापता हो गई है। वह कहाँ गई है और कब लौटेगी?''

''इसी दर्शक मण्डली में आपकी पत्नी अपने प्रेमी के साथ बैठकर आपका सवाल और मेरा जवाब सुन रही है। उसका प्रेमी विश्वविद्यालय से आये हुए विद्यार्थी स्वयंसेवकों में से एक है। आप अपनी पत्नी को वापस नहीं पा सकेंगे?''

''शर्म के मारे पूछने वाले युवा कृषक का चेहरा फीका पड़ गया। वह तुरन्त बैठ गया। उसके बाद एक वृद्ध सज्जन लाठी के सहारे उठ खड़े हुए, जिनकी उम्र करीब अस्सी साल होगी। दाँत गिर चुके थे। पोपले मुँह से बात साफ सुनाई नहीं पड़ती थी। पर कुछ बोलने के बाद समझ में आया कि, ''आपके श्लोक का अर्थ तो समझ में आ गया। मेरे ख्याल में वह शंकराचार्य की ''आनन्द लहरी'' का है।

क्या आप यह बता सकते हैं कि हमारे गाँव के सनातन ओझा जी कहाँ गये? वे हमारे गाँव के सर्वज्ञ ज्योतिषी थे। आपकी कोटि के पण्डित थे। किसी राजनैतिक दल वाले उन्हें राजधानी ले गये। तब से आज तक वे गाँव वापस नहीं आये। यह घटना बीस साल पहले की होगी।''

वृद्ध महाशय के सवाल से समस्त दर्शक मण्डली स्तब्ध हो गई। मानों बूढ़े ने सबके मुँह का सवाल पूछ दिया था। प्रश्न सुनकर हनुमान जी कुछ क्षणों के लिए चुप रहे। फिर, उनकी आँखों से आँसुओं की झड़ी लग गयी। वहीं खड़े-खड़े सिसक-सिसक कर रोने लगे और तब तक वे रोते रहे, जब तक सर्कस दल के दो पहलवान युवा कामरेडों द्वारा उठाकर अखाड़े से ओट में न पहुँचाये गये।

✦

कन्नड़

कन्नड़ कहानी : एक परिचय

कहानी कन्नड़ साहित्य की एक अत्यन्त समृद्ध विधा है, लेकिन स्थानाभाव के कारण यहाँ कन्नड़ कहानी की प्रमुख धाराओं, कुछ प्रमुख लेखकों एवं कुछ विशिष्ट कहानियों का ही उल्लेख सम्भव हो सका है। अतः पाठकों से मैं क्षमाप्रार्थी हूँ। यथा—

सन् 1900 से आज तक कन्नड़ कहानियों का करीब पच्चासी वर्षों का इतिहास है। इस अवधि में कहानी ने कई उतार-चढ़ाव देखे हैं, फिर भी अभिव्यक्ति में अत्यन्त प्रभावशाली माध्यम के रूप में यह सजीव है।

विकास की धारा में—

सन् 1900 से 1943 तक, आधुनिक साहित्य की आरम्भिक नई विधाओं को देखते हुए, इस अवधि के साहित्य को "नवोदय युग", 1943 से एक दशक तक, साम्यवादी विचारों से प्रभावित साहित्य को प्रगतिशील युग, 1950 से आगे, नये प्रयोगों, नया शिल्प-विधान तथा जीवन मूल्यों की खोज के कारण जीवन प्रवाह में बहते अकेले मानव की पहचान को ध्यान में रखकर "नव्य युग" तथा अस्सी के दशक में शोषित वर्ग द्वारा रचित विद्रोहात्मक साहित्य को "बण्डाय" एवं दलित-साहित्य के रूप में कन्नड़ कहानियों को पहचाना जाता है, महिला लेखिकाओं का भी इस क्षेत्र में विशिष्ट योगदान है।

नवोदय युगीन कहानियाँ—

सन् 1900 में "सवासिनी" पत्रिका में प्रकाशित पंजे मंगेशराव लिखित कहानियाँ "मेरी छोटी माँ" एवं "मेरे छोटे पिता" कन्नड़ की आरम्भिक कहानियाँ मानी जाती हैं। इसी क्रम में एम० एन० कामत एवं वासुदेवाचार्य की "मल्लेशी की प्रिय सखियाँ" आधुनिक कन्नड़ कहानियों की अत्यन्त समीपवर्ती शैली की कहानी है। विचार की दृष्टि से इस कहानी में प्रस्तुत मालिक और मजदूर के बीच वात्सल्यपूर्ण स्नेह का आदान-प्रदान चित्रित किया गया है। इस कहानी में बिम्बित यह कल्पना "शोषण के वर्गीय यथार्थ के स्पष्ट होने से पहले की है।"

इस युग के प्रमुख लेखकों के अगुवा "श्रीनिवास" (मास्ती वेंकटेश अय्यंगार) थे। इनकी पहली कहानी 1911 में "मधुरवाणी" पत्रिका में प्रकाशित हुई। आज तक वे बराबर लिख रहे हैं। वस्तु, कलातत्त्व और पात्रों की विविधता के साथ एक समग्र जीवन दृष्टि इनकी कहानियों में स्पष्ट है। जीवन की वेदना, विसंगतियाँ एवं सामाजिक अन्याय आदि इन कहानियों में निरूपित हैं। उनकी कई प्रसिद्ध कहानियों में "गौमती से कही गई कहानी", "वेंगटिक की बीबी", "दही वाली मंगम्मा", "वेंकटशामी का प्रणय", "टालस्टाय महाऋषि के भूर्ज वृक्ष" आदि विशेष उल्लेखनीय हैं।

श्रीनिवास की पीढ़ी के अन्य प्रसिद्ध लेखकों में—आनन्द, के० गोपाल कृष्णराव, भारती प्रिय, गोरूर रामस्वामी अय्यंगार, एम० बी० सीतारामय्या आदि हैं। आनन्द रचित "मैंने लड़की का खून किया" कन्नड़ साहित्य की एक अत्यन्त श्रेष्ठ कहानी है।

उत्तरी कर्नाटक के ग्रामीण धरातल को आधार बनाकर लिखने वाले इस युग के लेखकों में आनन्दकन्द की कहानियाँ ''जोगती पत्थर'', ''मिल्कियत का हक'' आदि तथा कृष्ण कुमार कल्लूर की ''गौरय्या का परिवार'' विशेष महत्त्व की हैं।

प्रगतिशील युग का आरम्भ—

सन् 1943 में ''प्रगतिशील लेखक संघ'' की स्थापना अ० न० कृष्णराय की अध्यक्षता में हुई। सामाजिक विषमता और शोषण के विरोध में लिखी गयी इन कहानियों से एक नये युग का सूत्रपात हुआ। अ० न० कृष्णराय की ''अन्न की पुकार'', कोरडकल श्रीनिवासराव की ''धनवानों का सत्यनारायण'', को० चेन्नबसप्पा की ''मुक्कण्णा की मुक्ति'', त० रा० सुब्बाराव की ''0 = 0 = 0'', बसवराज कट्टीमनी की ''बूट पालिश'', ''बन्धन से पार'', निरंजन की ''अंतिम ग्राहक'' इस विचारधारा की उल्लेखनीय कहानियाँ हैं।

नव्य युग—

नव्य युग कन्नड़ कहानियों का समृद्ध युग है। स्वाधीन भारत में वैयक्तिक स्वाधीनता का बहुमुखी चिन्तन इन कहानियों में प्रस्फुटित हुआ है। शांतिनाथ देसाई की कहानी ''क्षितिज'' में संस्कार एवं संकोच के बन्धन को तोड़ने का माध्यम कामवासना को बताया गया है, परम्परा से विद्रोह कर फिर भी परम्परा एवं अपने अतीत काल से बँधे मानव मन की तड़पन का टी० जी० राघव की कहानी ''श्राद्ध'' में, सत्य की खोज में निकले मानव-मन का चित्रण राघवेन्द्र खासनीस की ''अल्लाद्दीन का अद्‌भुत दीप'' में, मनुष्य के तुच्छ स्वभाव, पराजय, अपमान की पीड़ा आदि का पारदर्शी चित्रण पी० लंकेश की ''वामन'' में, रोटी की पुकार का समाजवादी दर्शन उनकी ''रोटी'' कहानी में, अपने विश्वास पर न जी सकने के दुर्बल अन्त का यथार्थवादी चित्रण अनन्तमूर्ति की ''प्रश्ने'' और ''माँ'' जैसी कहानियों में, मानव मन की सहज सहृदयता, मानवीयता का चित्रण के० सदाशिव की ''नल में पानी आया'' कहानी में, एवं मृत्यु के भय के साथ-साथ जीवन के प्रति विशेष अनुराग का चिन्तन यशवन्त चित्ताल की ''खेल'' और ''सफर'' जैसी कहानियों में प्रतिबिम्बित है।

पूर्णचन्द्र तेजस्वी इस युग के अत्यन्त प्रभावशाली एवं प्रतिभावान कहानीकार हैं। वस्तु को सरलता के साथ सीधे देखने की दृष्टि को साहित्यकार के लिए आवश्यक तत्त्व के रूप में स्वीकार कर, ''कुभि और इयाल'', ''अबचूर का पोस्टाफीस'', ''तबरगाथा'' जैसी अत्यन्त सुन्दर कहानियाँ उन्होंने कन्नड़ के पाठकों को दी हैं। भारतीय परमपरा को आधार मानकर लेखक का सहज चिन्तन इन कहानियों में स्पष्ट होता है। नव्य युग के होकर भी वे नव्य कहानीकारों से अलग सिद्ध होते हैं।

आठवें दशक का बण्डाय साहित्य—

इस समय के लेखकों के शब्दों, में उनका लेखन स्थापित प्रतिगामी मूल्यों के विरुद्ध सभी वर्गों के सक्रिय विद्रोह के अनुभव की अभिव्यक्ति है। ''बण्डाय'' के साहित्यकार परम्परा द्वारा स्थगित सम्प्रदाय के ही विरोधी नहीं हैं, वरन् परम्परा मात्र के विरोधी हैं। बेसगर हल्की रामण्णा की ''गांधी'', क० वे० राजगोपाल की ''अछूत की बरबादी'', वीरभद्रप्पा की ''एलुग'', काले गौड नागवार की ''लहरें'' और ''मायें'' शीर्षक कहानियों में इस विचारधारा का प्रतिनिधित्व होता है।

दलित लेखकों में देवनूर महादेव अकेले हरिबान कहानीकार हैं। अपने लोगों की वेदना तथा शोषण की बिना किसी आक्रोश के अत्यन्त सहज अभिव्यक्ति उनकी ''अमासि'', ''निज को बेचने वाले लोग'' आदि कहानियों में है।

महिला-मन की निराशा, लाचारी, अकेलेपन के अनुभव को ''अतिथिं'' कहानी के माध्यम से वीणा शांतेश्वर ने शब्द प्रदान किया है।

कन्नड़ कहानी के विकास की यह एक रूपरेखा है। कन्नड़ के कहानी-साहित्य के विकास की प्रगति को पहचानने का यह एक संक्षिप्त प्रयत्न है।

✦

दहीवाली मंगम्मा

✦

मास्ती वेंकटेश अय्यंगार

मंगम्मा हमें बहुत सालों से ''वर्तने'' से दही ला देती है। यह वर्तने बेंगलूर की एक रीति है। गाँवों में वर्तने याने रोज दही देकर महीने के अन्त में पैसे लेने को कहते हैं। बेंगलूर में शायद इस तरह की वर्तने नहीं है। मंगम्मा साधारणतया हमारी गली की ओर जब भी आती है, हमारे घर भी आती है। 'माँ जी, दही लेंगी? अच्छा दही लायी हूँ?' वह पूछती है। हमें यदि आवश्यकता है, हम खरीदते हैं। उस दिन का जो भाव हो, उसके अनुसार पैसे देते हैं, या अगले दिन दे देते हैं। यह हमारी उसकी वर्तने की नीति है। उसका गाँव आवलूर के पड़ोस में है। वेंकटापुर या ऐसे ही किसी नाम का एक गांव। आते-जाते हमारे घर के आगे से होकर ही जाना पड़ता है। मैं उससे थोड़ा अच्छी तरह बोलती हूँ, इससे मंगम्मा कभी-कभी गाँव से सारा दही बेचकर लौटते समय एक बार आती है। हमारे आँगन में थोड़ी देर बैठकर, हमसे बातें करती है, पान या सुपारी खाती है, जरूरत पड़ने पर पान या सुपारी माँग लेती है। ऐसे समय, मुझे यदि थोड़ी-सी फुरसत हो तो वह अपने दुःख सुनाती है, मुझसे भी पूछती है। मुझे क्या कष्ट है? भगवान् ने भला-चंगा रखा है। कुछ घर की बातें जैसे कि बिल्ली ने दूध पी लिया या चूहे ने कुम्हड़े को खा लिया अथवा ऐसा ही कुछ कहने पर, वह हाय रे, परपंच ही ऐसा है! कहकर अपने अनुभव की बात बोलती है और यह भी समझाती है कि संसार के साथ कैसे व्यवहार किया जाता है? इस तरह मंगम्मा हमारे अत्यन्त निकट है। मेरे और उसके बीच बहुत सामीप्य है।

अभी करीब एक महीना पहले मंगम्मा सुबह-सुबह, ''माँ जी, दही लेंगी?'' कहती हुई आयी। मैं अन्दर थी। हमारे लड़के ने ''हाँ लेंगे'' कहा। उसके पास जाकर खड़ा हो गया। ''दही दो'' कह हाथ आगे बढ़ाया। मंगम्मा ने गगरी से थोड़ी-सी अच्छी मलाई निकालकर उसकी हथेली पर डाल दिया। ''माँ को जल्दी आने को कहो, मुझे जाना है।'' तब तक मैं गयी। मंगम्मा बोली, ''किन्तु यह कैसी बात है माँ जी? लड़का बड़ा होकर माँ से उसके जीने मरने के बारे में नहीं पूछता?''

''क्यों मंगम्मा, क्या हुआ? लड़के ने तुम्हारी बात नहीं मानी क्या?'' ''उसे छोड़ो माँ जी, जब मेरे पति ने ही मेरी बात नहीं मानी, तो बेटा क्या मानेगा?'' ''पति ने तुम्हारी बात नहीं मानी मंगम्मा?'' ''अरे मेरी माँ जी, मैंने अच्छी साड़ी

नहीं पहनी। किसी दूसरी ने पहना। साड़ी से आकर्षित होकर वह उसके पास गया। जो भी हो, पुरुष यदि पत्नी को पत्नी मानता रहे तो वही अच्छा है मान मैं चुप हो गयी। उससे क्या हुआ माँ जी, अमृत बेचा, पति को खोया। छोड़िये मेरी जरूरत उतनी ही थी। तुम मान देखो, पति जब तक घर लौटे, अच्छी साड़ी पहने रहो। पुरुषों का मन बड़ा चंचल होता है माँ जी। उनको अच्छा दिखने के लिए अच्छी साड़ी या ब्लाउज औरत को पहनना चाहिए; फूल, गन्ध या जो भी समझ में आये प्रयोग कर उनको सन्तुष्ट रखना चाहिए माँ जी। अब तुमने जो पहनी है, यह साड़ी काम करने के लिए ठीक है। शाम होने पर एक अच्छी साड़ी पहननी चाहिए।'' मुझे थोड़ी हँसी आयी; किन्तु लगा उसके अनुभव से निकली बात में कितनी सच्चाई है; साथ ही यह बात पैदा करने वाले अनुभव से उसे कितना दुःख पहुँचा है। मैंने कहा, ''मंगम्मा, तुम ठीक कह रही हो।'' मंगम्मा बोली, ''देखो माँ जी, पति को सन्तुष्ट रखने के चार उपाय हैं। ऐरे-गैरे सभी लोग जड़ी-बूटी डालने को कहते हैं। कहावत है विषैली पुड़िया देकर श्मशान भेजो! ऐसों की बातें नहीं सुननी चाहिए। बीच-बीच में पति को अच्छी लगने वाली चीजें बनाकर खिलानी चाहिए। सिंगार कर दुःख में भी उसके सामने मुस्कराते रहना चाहिए। ज्यादा चीजें मँगाकर रख लेनी चाहिए, थोड़े-थोड़े दिनों पर माँगते नहीं रहना चाहिए। तीन पैसे, छः पैसे जमाकर कभी जरूरत पड़ने पर एक रुपया दे देना ही जड़ी-बूटी है माँ जी! यह नहीं करोगी, तो गलियों में फिरा करेगा।'' मुझे मंगम्मा की बातों के चमत्कार से आश्चर्य हुआ। दो-चार बातें कर उसे उस दिन वापस भेजा।

अभी पन्द्रह दिन पहले जब मंगम्मा घर आई तो वह कुछ व्यथित-सी लगी। मैंने पूछा, ''क्यों मंगम्मा, क्या बात है?''

''क्या कहूँ माँ जी, यह जन्म किसी को नहीं भाया।'' मंगम्मा ने कहा और आँचल से आँखें पोंछने लगी। मैंने कहा, ''क्यों, क्या बेटे ने कुछ कहा?'' ''हाँ, कहा था माँ जी, उसकी बीबी ने बेचारे अबोध बच्चे को मारा था। मैंने कहा, ''क्यों री मूर्खा, राच्छसी की तरह उस दुधमुँहे बच्चे को मारती है।'' वह मुझ पर झल्ला उठी, बहुत गालियाँ दीं। मैंने कहा यह क्या कर रही है, तुम्हारे पति को जन्म देने वाली माँ हूँ मैं। मुझे यह सब कहती है, उसको आने दे, उसी से पूछूँगी। जब वह घर आया तो मैंने कहा, देखो लड़के को मारती है। मना करने पर मुझे गाली देती है तुम्हारी बीबी, उसे जरा समझाओ।'' ''बेटा तंग करेगा तो उसे मना करने का भी मुझे अधिकार नहीं है क्या?'' तुमने जैसे मेरे घर वाले को जन्म दिया है, मैंने भी इस लड़के को जन्म दिया है? मुझे क्या समझाती हो!'' उसे मैं गाली दूँ तो उलटा मुझे गाली देती है। मैं क्या कर सकती हूँ। लड़के ने कहा, ''सच है माँ, उसने जिसे जन्म दिया है, उसे मारती है, तुम पूछने क्यों जाती हो, मुझे दण्डित करो।'' मुझे गुस्सा आ गया। अनजाने मुँह से निकल गया, है रे? बीबी ने तुझ पर

ऐसी मोहनी डाली है कि बच्चे को मारे चाहे गाली दे, सब तुम्हें ठीक लगता है। कल वह यदि कहे माँ को छोड़ दो, तो तुम छोड़ दोगे।''

बेटे ने कहा, ''क्या किया जा सकता है माँ, यदि मैं उसे छोड़ दूँ तो बेचारी अनाथ स्त्री है, उसका क्या होगा?'' ''मेरा सहारा कौन है?'' मैंने कहा। 'तुम्हारी क्या बात है माँ, गाय है, बछड़ा है, पैसे हैं, तुम्हारी रक्षा मैं क्या करूँगा?' 'क्या मुझे अलग रहने को कहते हो। मैंने पूछा, 'तुम्हारी मर्जी, जाना हो तो मैं कुछ नहीं बोलूँगा। अब तुम लोगों की पंचायत बहुत हो चुकी।' उसने कहा। 'ठीक है बेटा। आज दोपहर से मैं अलग रहूँगी। तुम अपनी बीबी के साथ आराम से रहो। कहकर मैं दही लेकर चली आयी माँ जी।' कहकर मंगम्मा ने रो दिया। मैंने उसे सांत्वना दी, 'छोड़ो, यह सब कौन-सी बड़ी बात है। रोज की तरह घर में रहोगी तो सब अपने आप ठीक हो जायगा, छोड़ो मंगम्मा।' कह कर धीरज बँधाया और दही लेकर उसे वापस किया।

अगले दिन मंगम्मा पिछले दिन की तरह दु:खी नहीं थी। लेकिन और दिनों की तरह उसका मन हल्का भी न था। 'झगड़ा सुलझ गया होगा मंगम्मा।' मैंने पूछा। वह शांत क्यों होने देगी? कल दही बेचकर जब घर पहुँची, उसने मेरी मटकी-वटकी एक ओर रख दी। एक बर्तन में रागी, एक में थोड़ा चावल, थोड़ा-सा नमक-मिर्च रखकर, मैं और पति खा चुके हैं। कहकर पाँव फैलाकर बैठ गयी। झगड़ा कैसे सुलझेगा माँ जी, मैंने रागी का मुद्दे बनाकर खाया। मुँह से कहकर देखा। इतना ही है।' उसने कहा। 'शादी के बाद बेटा अपना कहाँ होता है माँ जी? जब उसी को जरूरत नहीं, मैं उस पर अपने को क्यों थोपूँ? अलग ही रहती हूँ। रोज उस बच्चे को थोड़ा-सा दही दे कर बेचने निकलती थी। आज सुबह उसी समय वह उसे कहीं ले कर निकल गई थी। वह बच्चे को मुझसे बोलने भी नहीं देना चाहती, मैं जानती हूँ।' मैंने कहा, 'इतनी छोटी-सी बात रामायाण कैसे बन बैठी?' मुझे आश्चर्य हुआ। मगर मैं कुछ भी नहीं कर सकती थी। कुछ इधर-उधर की बातें कर मैंने मंगम्मा को वापस भेजा।

उसके बाद दो-चार दिन यह बात नहीं उठाई। एक दिन मंगम्मा ने पूछा 'माँ जी, तुम पहनती हो न, वह मखमल का कपड़ा, उसका गज भर क्या भाव है, माँ जी?'' 'क्यों, मंगम्मा' मैंने कहा। 'इतने दिनों से बेटे के लिए, पोते के लिए कहकर पैसे जमा करती थी माँ जी, अब क्यों जमा करूँ? मैं एक मखमल का जाकिट पहनकर घूमूँगी।' 'जाकिट में सात-आठ रुपये लगेंगे मंगम्मा।' मैंने कहा। उस दिन मंगम्मा ने जाकर टेलर की दुकान में मखमल का कपड़ा खरीदा। सीने के लिए दिया। अगले दिन गाँव से आते समय उसे पहनकर आयी। ''देखो, माँ जी, मेरा शौक! जब पति जिन्दा था, एक भी अच्छी साड़ी नहीं खरीदा। वह किसी दूसरे के पीछे भागता था। बेटे के लिए पैसे जमा किये तो लड़के का यह हाल हुआ। अब मेरा शौक देखो!''

मुझे लगा, बेटे से दूर होने के दुःख में मंगम्मा की बुद्धि कुछ भ्रमित हुई है। बहुत क्रोधित होने पर किसी के साथ यही होता है। मैंने कुछ नहीं कहा, लेकिन उस जाकिट के कारण उसका औरों के साथ भी झगड़ा हुआ। उसके गाँव का एक लड़का बेंगली में पढ़ रहा था। वह विदेशियों की तरह, या पढ़े-लिखे लोगों की तरह टाई-कालर पहनने वाला फैशनेबुल लड़का था। उसने मंगम्मा को देख कर कहा, ''यह क्या दादी माँ, पूरा मखमल का जाकिट पहन लिया।'' मंगम्मा बिगड कर बोली, ''क्यों बे लड़के, बहुत बढ़-चढ़कर बोलता है तू। गले से रस्सी लटका सकता है, मैं जाकिट नहीं पहन सकती'' दोनों में बहस हुई। पास-पड़ोस के चार लोगों को हँसने का मौका मिला।

अगले दिन मंगम्मा ने मुझसे यह बात बताई। ''और लोगों के अलावा बहू भी मुझे सुनाकर कहने लगी, बहू को कभी जाकिट नहीं सिलाया, सास अलग होकर जाकिट पहन रही है।''

मंगम्मा ने बहू को शादी में कंगन, झुमके, नागर, कण्ठी, कमरबन्द सब दिया था। उसके बाद हर साल कुछ न कुछ गहना उसे दिलाती ही रही थी। आज मंगम्मा ने एक-दो बार यह सुना। वह चुप नहीं रह सकी। एक रात जाकर पुत्र से बोली, ''मेरे जाकिट पहनने पर तुम्हारी बीबी मुझे दोष दे रही है। कहती है, मैंने उसे कुछ नहीं दिया। मैंने जो भी दिया, क्या वह सब झूठ है। कंगन, कर्णफूल, कंठी, नागर, कमरबन्द सब मैंने ही तो दिये हैं।'' बहू ने पति को बोलने न दिया। 'पति को खोकर बूढ़ी, तुम कर्णफूल और कमरबन्द पहनोगी, तो ले लो। जाओ, पहनो!' उसका पति भी बोला, 'इतनी बातें क्यों करती है माँ, हमें तुमसे झगड़ा नहीं करना है। तुम्हारे कर्णफूल-गहने तुम्हें पसन्द हैं तो ले जाओ।' मंगम्मा ने कहा, 'माँ जी, देखिये, गली के लोगों के सामने बीबी को मना नहीं करता। ऊपर मुझे कहता है कि चाहो तो गहने ले जाओ। मुझ पर ही दोष थोप देता है। मेरा जन्म अकारथ है माँ जी।' यह सब सुनकर मुझे बुरा लगा। यह बूढ़ी है, वह इकलौता बेटा। बेटा-बहू सास की देखभाल नहीं कर सकती। इतना सब हंगामा किसलिए? सिर्फ इसलिए कि बूढ़ी ने पोते को मारने से मना किया। ऐसा वे सबसे बर्ताव क्यों करते हैं, मैं सोचने लगी। फिर मुझे लगा कि हर कहीं झगड़े का कारण इसी तरह का रहता है। परस्पर बैर के कारण छोटी बात बड़ी बन जाती है, झगढ़ा बढ़ जाता है। इससे सम्बद्ध व्यक्तियों को दुःख होता है।

इसके कुछ दिन बाद मंगम्मा ने मुझसे कहा, ''माँ जी, आप सत्यवान लोग हैं। मेरे पास कुछ रुपये हैं, उस पर ऐरे-गैरे सभी की नजर पड़ती है।' मैंने पूछा कि हुआ क्या? 'कल देखिये, हमारे गाँव में रंगप्पा नाम का एक आदमी है। वह थोड़ा-सा जुआ आदि खेलता है, शौकीन आदमी है। कल मैं दही लेकर आ रही थी, कहीं से रास्ते पर आ गया बोला, 'कैसी हो मंगम्मा, अच्छी तो हो।' ''क्या अच्छी हूँ रंगप्पा, तुम तो सब जानते हो।'' उसने कहा, 'हाँ, तुम भी ठीक ही

कहती हो। आजकल के चाल-चलन में किसको अच्छा कहा जाये? लड़कों के मुँह में जो भी आता है, बक देते हैं। हम जैसे बड़े लोग रोकते रह जाते हैं। इसके अलावा हम और क्या कर सकते हैं, मंगम्मा?' उसने कहा। इसी तरह आगे रास्ते में बाग और कुआँ हैं! वहाँ जाने में मैं डरती हूँ, यह कुछ कर दे तो। इस थैली में इतने पैसे हैं! वहाँ तक आकर उसने पूछा, 'थोड़ा चूना दोगी।' चूना लेकर चला गया। आज मैं आ रही थी, तो फिर मिला। इधर-उधर की बातें करने लगा। 'मंगम्मा, मुझे कुछ जरूरत आ पड़ी है, कुछ पैसे कर्ज में दोगी। इस बार की रागी बेचकर तुम्हारे पैसे लौटा दूँगा।' "मेरे पास पैसे कहाँ हैं, भैया?" मैंने कहा। 'छोड़ मंगम्मा, क्या मैं नहीं जानता, पैसे गाड़ कर क्या करोगी, मुझे कर्ज दो, मैं जी जाऊँगा तो तुम्हें ब्याज मिलेगा।' उसने कहा। थोड़ी देर बाद बोला, 'तुम अपने बेटे के साथ रहती तो मैं क्यों माँगता। अपनी बहू के लिए कुछ न कुछ बनाती रहो कहकर चुप रह जाता। अब कुछ ऐसा नहीं है इसलिए माँगा।' देखी माँ जी, औरत अकेली हो गई तो उस पर हर कोई अपनी नजर डालता है। उसने कहा।

'अपने पति से बात करके बताऊँगी।' मैंने मंगम्मा को उत्तर दिया।

मैंने अपने पति से ये बातें कही न थीं। अगले दिन मंगम्मा ने दही देने के तुरन्त बाद कमर से एक थैली निकाल कर कहा, 'माँ जी, अन्दर जाकर गिन लीजिये।' मैंने अपने पति से अभी तक पूछा नहीं था। 'रहने दो, फिर लाऊँगी।' मंगम्मा बोली, 'माँ जी, मुझे न जाने क्यों बहुत डर लग रहा है? रंगप्पा आज भी आया था बाग के पास। कहने लगा, "बैठो मंगम्मा, अभी क्या जल्दी है।" मेरे पास पैसे भी थे। मेरी छाती जोर से धड़कने लगी। मैं यदि कहूँ कि मैं नहीं रुकूँगी और उसने पकड़ कर रोक लिया तो क्या करूँगी, इसलिए बैठ गयी। उसने घर की बातें कीं, फिर मेरा हाथ पकड़ कर बोला, "मंगम्मा, तुम कितनी सुन्दर हो।" माँ जी, अच्छी जवानी में ही पति ने हाथ पकड़ना छोड़ दिया था। किसी दूसरे ने इसे कभी नहीं पकड़ा। मैंने हाथ छुड़ाकर कहा, 'क्या बात है रंगप्पा, बहुत आगे बढ़ रहे हो। मेरी सुन्दरता की बात पर उतर आये हो। तुम क्या मेरे पति हो?' हाथ छुड़ाकर जल्दी-जल्दी भाग आई। कल रुपये माँगा, आज इज्जत माँगी। जिसने पीढ़े पर बैठ कंगन बाँधकर और अक्षत लेकर मेरा हाथ पकड़ा था, वह न जाने कहाँ गया? मगर मैंने अपना चरित्र नहीं छोड़ा, माँ जी। अब इस बदमाश ने मेरा हाथ पकड़ लिया माँ जी।'

मुझे लगा कि इसकी जान बहुत मुसीबत में फँस गयी है। "यह सब फजीहत है मंगम्मा! जो हुआ, सो हुआ सीधे जाकर अपने बेटे के साथ रहो।"

"मैं रह सकती हूँ माँ जी, वह रहने दे तब न!"

"बेटे से यह सब कहो!"

"वाह माँ जी, हो हल्ला कर बहू मुझे जात से दूर भगा देगी। अब मुझे देर हो रही है, चलूँ। अपने पति से कल पूछकर बताना।" कहकर मंगम्मा चली गई।

फिर एक बजे के करीब आयी, ''माँ जी, आज एक बात हुई।'' उसने कहा। ''क्या हुआ?''

''बच्चे के लिए मिठाई खरीद कर टोकरी में रख लिया था। मैंने कहा था न कि बच्चे को मेरे पास आने नहीं देती। उनकी आँख बचाकर कभी आ जाता है, थोड़ा दूध पीता है, थोड़ा दही माँगता है। कुछ देने पर नाचता है। ''यदि ज्यादा शोर मचाओगे बेटा, तो तेरी माँ सुन लेगी।' कहती हूँ तो मुँह बन्द कर लेता है। माँ जी, बच्चों का खेल ऐसा ही होता है। उसके लिए मैंने थोड़ी-सी मिठाई खरीदकर टोकरी में रखा था। संकरपुर आ रही थी तो आम के पेड़ पर एक कौआ बैठा था। एकदम ऊपर आ गया और मिठाई की पोटली उठा ले गया। आज यह कैसी बात हो गई, माँ जी!' मैंने कहा, 'मिठाई की एक पोटली जाने से क्या हुआ, दुबारा मिठाई खरीद लेना।' मंगम्मा ने कहा, 'वह बात नहीं माँ जी, कहते हैं न कि कौये मनुष्य को नहीं छूते, इसलिए बुरा लगा।' 'छूने से क्या होता है? मैंने कहा। 'कहते हैं प्राणहानि होती है। मुझे डर लगता है कि क्या मेरे अन्तिम दिन पास आ गये हैं। फिर सोचती हूँ, अच्छा ही हुआ। किसी को मेरे जीवन की जरूरत नहीं। अब अपने जन्मदाता के चरणों में मिल ही जाऊँ।' मैंने कहा, 'यह क्या पागलपन की बात करती हो तुम, इस तरह मिठाई रखती हो कि वह कौए की पकड़ में आ सके, फिर उसके उठा ले जाने पर प्राणहीन होने की बात करती हो। क्या यह विवेक की बात है? जाओ, सीधे घर जाओ।'

मंगम्मा चली गई। मुझे उसकी मानसिक स्थिति के बारे में सोचकर आश्चर्य हुआ। बेटा चाहिए, बहू चाहिए, पोता चाहिए, लेकिन घर की बड़ी-बूढ़ी होने के कारण आदर भी मिले। मनुष्य से यह लिप्सा नहीं छूटती। जीवन से इतनी ऊब, लेकिन मरना भी नहीं चाहती। ऊपर से यह कहने की इच्छा नहीं कि वह मरना भी नहीं चाहती। गाँव के लोग अबोध हैं। छिपाव-दुराव क्या जानें, ऐसे लोगों की ऐसी ही हालत होती है, परदे के पीछे परदे, परत के पीछे परत, यह कैसा नाटक का सूत्र है।

मंगम्मा जब फिर लौटकर आई तो एक और खबर उसने दी। वह पोता अपने माँ-बाप को छोड़कर इसी के पास रहने लगा है। वह बहुत खुश थी। उस बच्चे की हिम्मत देखो, अभी इत्ता-सा है, लेकिन अपनी माँ को छोड़कर आ गया। यह क्या छोटी-सी बात है! कल दुपहर को लड़का मेरे घर आया, कहने लगा, माँ के पास नहीं जाऊँगा। इतने दिन चोरी-छिपे आता था, आज कह दिया नहीं जाऊँगा, उसकी माँ ने आकर शोर मचाया। घर आ जा, मैं तुम्हें मारूँगी नहीं। बच्चे ने—नहीं आऊँगा, कहकर मेरे पाँव पकड़ लिए। मैंने भी उसे जाने के लिए बहुत कहा। उसके बाप ने भी आकर कहा लेकिन वह गया ही नहीं। मेरे पास रुक गया, माँ जी। दस दिन से अलग घर में रहकर डर डर रही थी। कल यह बच्चा साथ रहा तो किसी तरह हिम्मत बनी। कुछ भी कहो माँ जी, वह मर्द है न!

भगवान् ने उसे बुद्धि दी है। बड़ी उम्र के बेटे ने त्याग दिया, तो यह छोटा पोता कहता है, ''मैं तो हूँ, तुम क्यों डरती हो?'' सुबह जब मैं यहाँ आने लगी तो कहा, 'तुम अकेले ही जाओगे।' और उसको माँ के घर के पास ले जाकर खड़ा कर दिया। वह अन्दर गया, मैं इधर चली आयी। अगर वह तुम्हें मारेगी तो तुम क्या करोगी, मैंने पूछा। बेटा कम से कम एक वक्त तो आयेगा। क्या वह इससे खुश नहीं होगी? पास रहने पर ही मारने की इच्छा होती है। अब मुझे देखिए, एक ही घर में जब साथ रहते थे, तब मुझे मालूम भी नहीं हुआ था कि मेरी बहू इतनी सुन्दर है। अब दूर से देखती हूँ। मुँह फुलाकर जाने कैसे रहती है? वैसे वह बहुत सुन्दर है, इसी से तो मेरा बेटा उस पर मोहित हो गया है। वह भी ऐसा ही है। कितने बजे वह घर लौटा, कब खेत की ओर गया—यह सब मैं नहीं देखती? अब घर के दरवाजे पर बैठकर देखती रहती हूँ, अभी तक क्यों नहीं लौटा! यह क्या है, इतनी जल्दी ही घर से निकल पड़ा। बच्चे की भी यही हालत है; माँ जी! माँ ने उसे मारा तो कल सुबह जब मैं दही बेचने निकलूँगी, वह मेरे साथ आ जायेगा। महीने, दिन छाती पर लाद कर, दर्द सहकर जिस बेटे को जन्म दिया, उसे माँ कभी छोड़ेगी?

इसके विचार कितनी-कितनी दूर जाते हैं, यह देखकर मुझे आश्चर्य हुआ। मुझे लगा, अब जल्दी ही इनका झगड़ा मिट जाएगा।

हुआ भी वही। दो दिन वह बच्चा माँ के घर गया, तीसरे दिन हठ पकड़ गया कि, ''दादी के साथ बेंगलूर जाऊँगा।'' बूढ़ी दही की गगरी सिर पर रखकर पोते को गोद में उठाये, तीन मील पैदल कैसे चल सकेगी? क्या करे, उसे कुछ सूझता ही नहीं। अन्ततः बेटा और बहू एक साथ आकर माँ से मिले, ''माँ, हमसे गलती ही हुई, तुम इस तरह नाराज हो जाओगी तो कैसे चलेगा?'' गाँव के चार लोगों ने भी आकर समझाया। मंगम्मा की इज्जत भी बची, वह अब खुशी से अपनी बहू के साथ रहने लगी। लेकिन पोते ने हठ किया कि वह अपनी दादी के साथ ही रहेगा। उस पर नई व्यवस्था हुई। शुरू से ही दूध-दही का व्यापार मंगम्मा किया करती थी। बहू के आने के बाद भी यह काम उसी के हाथ में था। कारण यह कि बहू जैसे ही घर आती है, तवा-करछुल उसके हाथ में आ जाती है। सच यह है कि दही बेचने से कुछ पैसे हाथ में रहते हैं। जब पोते ने हठ पकड़ा कि वह दादी के साथ ही रहेगा, तब बहू ने कहना शुरू किया, ''इस धूप में कैसे घूमोगी? उम्र बढ़ती जा रही है, कब तक यह काम करती रहोगी? खाना-पीना तुम देखो, घर की मालकिन भी बनी रहो, मैं जाकर दही बेच आऊँगी।'' मंगम्मा ने कहा, ''ठीक है, कभी-कभी मैं चली जाऊँगी, लेकिन रोज तो तुम्हीं जाओगी।'' उसने यह काम बहू को सौंप दिया। एक दिन सास-बहू दोनों आयीं। एक के हाथ में बच्चा, दूसरी के सिर पर दही की मटकी। ''माँ जी, यही है मेरी बहू, यह सोचकर कि मैं अलग पकाती-खाती हूँ, मुझे घर में कर लिया है। इसने कहा है

कि, नाहक धूप में घूमा न करो। मैंने भी मान लिया है, आगे से यही दही लायेगी।'' मंगम्मा ने बहू पर जिम्मेदारी सौंपी। मैंने भी सास-बहू से बातचीत की, कुछ विवेक की बातें कहीं कि किस तरह दोनों को शान्ति से मिलकर चलना चाहिए, दो पान के पत्ते और सुपारी देकर बिदा किया। आजकल बहू दही लाती है।

सास के बारे में ये सब बातें हुईं। अब बहू क्या कहती है सोचकर मैंने एक दिन पूछा, ''नंजम्मा, तुम तो काफी समझदार लगती हो, सास को इस तरह घर से निकालकर भगाना क्या ठीक था?'' उस पर नंजम्मा ने कहा, ''माँ जी, क्या राक्षसी हूँ जो सास को इस तरह भगा दूँगी। देखिए माँ जी,सास बात-बात पर कहती थीं कि जो हूँ, मैं हूँ। अपने बेटे को घर का आदमी ही नहीं मानती थीं। वह बेवकूफ बन जाए तो फिर पति बनकर क्या करेगा, मैं घर कैसे चलाऊँगी। यह सब सही है कि सास ने मेरे पति को जन्म दिया, पाला। मगर यह सास अपने बेटे को डाँटने भी नहीं देगी, तो मैं बहू बनकर क्या करूँगी?'' मैंने कहा, ''वह तुम्हारा बेटा है, इसलिए उसे मारना जरूरी है क्या?'' ''मारना, दुलारना कुछ भी हो, मैं जब मारती हूँ तो वह पूछने वाली कौन है? मैं जब दुलारती हूँ, तब क्यों नहीं पूछती कि दुलारती क्यों है? यह बात उन्हें कौन समढाये माँ जी? मेरा बेटा माने मेरा बेटा। मेरा पति माने मेरा पति। घर में जो बहू बनकर आती है, वह कोई बात कहे तो कहने दो, अपने बच्चों को मारे तो मारने दो। जब लोग चुप नहीं रहेंगे, तो मैं घर कैसे चलाऊँगी?''

मंगम्मा की बातें सुनकर लगता था कि वही ठीक है, अब यह बताती है तो यह भी मुझे ठीक ही लगता है। ''तब तो अब तुम्हें घर में थोड़ी-सी आजादी मिली होगी?'' ''अब पहले से ठीक है, माँ जी! किसी तरह समझौता करके जीना है। उससे अगर समझौता न करूँ, रोज लड़ती रहूँ तो दूसरे लोग उसके पैसे उड़ा ले जाएँगे। हमारे गाँव में रंगप्पा नामक एक आदमी है। मेरी सास जब अलग घर में रहती थी, तब शायद उसने पैसे माँगे थे। इसने भी देना स्वीकार कर लिया था। उसने यह बात मुझसे कही। उस पर मैंने बच्चे को बुलाकर कहा, ''तू दादी के पास जा, मिठाई और खाने की चीजें देंगी, हमारे घर मत आया कर, जब तक कि मैं बुलाऊँ नहीं। झगड़े को किसी तरह मिटाने के लिए मुझे यह सब करना पड़ा, माँ जी।'' मैंने पूछा, ''बच्चा अपनी खुशी से दादी के पास नहीं गया था।'' ''अपनी खुशी से ही गया माँ जी, लेकिन मैंने भेजा तब गया।'' ''तुम्हारे पति को यह सब मालूम है, क्या?'' ''मर्दों से यह सब कौन कहने जाता है, माँ जी? वह क्या समझ सकेंगे?''

मंगम्मा से नंजम्मा कुछ कम समझदार नहीं है। इस घर में अब सास और बहू के बीच आजादी की स्पर्धा चलती है। उसका मूर्त रूप है उस माँ का बेटा, और इस पत्नी का पति। माँ की इच्छा उसे छोड़ने की नहीं, बहू का व्रत उसको किसी तरह वश में रखना है। इसकी हार-जीत के बारे में निश्चित रूप से कुछ भी नहीं

कहा जा सकता। पानी में रहकर शिशु के पाँव पकड़ने वाले मगर की तरह बहू है। किनारे होकर शिशु का हाथ पकड़ कर उसकी रक्षा करने की बात माँ कहती है। दोनों के बीच शिशु का बुरा हाल है। गाँवों में दही बेचने वाली मंगम्मा के घर, शहरों में दही खरीदने वाली मंगम्मा के घर। इसी तरह यह कार्य-व्यापार चलता रहता है एक अन्तहीन नाटक।

✦

मैंने उस लड़की का खून किया

✦

आनन्द

छह-सात साल पुरानी बात। गर्मी की छुट्टियों में अपने मैसूर राज्य में घूम आने की इच्छा से निकला। मुझे अपने राज्य के प्रसिद्ध शिला-शिल्प की विशिष्टताओं को चित्र रूप में संग्रहीत करने का नशा चढ़ा था। सोमनाथपुर, बेलूर, हकेबोड आदि स्थानों के देवालयों का वर्णण जब पुस्तकों में पढ़ता, सोचता यदि जिन्दा रहा तो कभी-न-कभी उन आँखों से देख आऊँगा। इसलिए जब मैं घूमने निकला, अपना सपना सच होते देख बहुत खुश हुआ। अब आगे मैं जो कहने जा रहा हूँ वह मेरा कोई यात्रा-सम्बन्धी भाषण नहीं, वरन् मेरी यात्रा के दौरान एक गाँव में एक दिन की घटी घटना से सम्बन्धित है।

उस गाँव का नाम है नागवल्ली। वहाँ पहुँचने तक मेरी तीन चौथाई यात्रा पूरी हो चुकी थी। तब तक मैं सौ-डेढ़ सौ चित्र संग्रहीत कर चुका था। सारे फोटो मैंने स्वयं खींचे थे।

नागवल्ली में करियप्पा गण्यमान्य व्यक्ति थे। सारे गाँव के वह प्रमुख व्यक्ति थे। मैं उनके घर ही ठहरा था। कहानी का आरम्भ हम यहीं से मान सकते हैं।

मैं जब उस गाँव में पहुँचा, तब रात के करीब नौ बज रहे थे। मैं अपना सब सामान हाट वाली एक गाड़ी में डालकर, स्वयं उसके पीछे चलता आया था। रात भर उस बैलगाड़ी में सफर करना मुझे पसन्द नहीं था। उस रात वहीं गाँव में ठहरने का मन हुआ।

''यहाँ ठहरने के लिए कोई अच्छी जगह है?'' मैंने गाड़ीवान से पूछा। उसने करियप्पा का नाम लेकर कहा, ''सरकार, यदि आपकी आज्ञा होगी, तो मैं उनसे जाकर कहूँगा। वह आपको सारी सुविधाएँ देंगे।'' मैंने हामी भरी। हम अभी दस गज भी न चले होंगे कि उनका घर आ गया। मैं गाड़ी के पास ही खड़ा रह गया। गाड़ीवान उतरकर घर की ओर गया और एक-दो मिनट में ही एक आदमी के साथ वापस आया, ''सरकार, ये ही करियप्पा जी हैं।'' करियप्पा जी मेरे पास आकर अति विनम्रता से हाथ जोड़कर बोले ''जी, पधारिये, इसे अपना ही घर समझिये।'' मैं भी हाथ जोड़कर उनसे बोला, ''आपको कष्ट हुआ।'' उस पर ''नहीं, आप यह क्या कहते हैं, कष्ट कैसा, आपने मेहरबानी करके मेरे घर आना स्वीकार किया, यह मेरा अहोभाग्य है, कष्ट की क्या बात है। आइये, आइये!''

कहते हुए उन्होंने अपने घर की ओर संकेत कर, गाड़ी वाले को बुलाया 'रे तिम्मा, साहब के सब सामान लाकर चबूतरे पर रख दे।'

मैं जाकर उनके घर के चबूतरे पर बिछी चटाई पर बैठ गया। करियप्पा जी का बड़ा परिवार था—एक भरा-पूरा घर। मेरे वहाँ बैठते ही तीन-चार छोटे-छोटे बच्चे बाहर दौड़ आये और कुतूहल से हमारे चारों ओर खड़े हो गये। मेरे हैट-बूट से उन्हें दिलचस्पी हुई होगी।

चबूतरे के एक ओर एक कमरा था, घर के नौकर ने उसका दरवाजा खोलकर उसमें झाड़ू लगाई, चटाई बिछाई और एक दिया लाकर रख दिया। गाड़ी वाला मेरे सब सामान उस कमरे में रख आया। मैंने उसका किराया देकर भेज दिया। करियप्पा ने कहा, 'अब आप कपड़े बदल लीजिये।' मैं कमरे में जाकर, अपने सब कपड़े उतार, धोती और कमीज पहन आया। तब तक किसी ने भीतर से गरम पानी ला दिया। मैंने हाथ-पाँव, मुख धोया और आधे घण्टे के भीतर खाना भी खा लिया। फिर बाहर चबूतरे पर बैठकर पान खाकर हम बात करने लगे। अपनी यात्रा के बारे में मैंने उनको विस्तार से बताया। मुझे अपने घर ठहरा कर वे बहुत खुश हुए थे, यह उनके व्यवहार से मालूम हो रहा था। बातचीत के दौरान उनके बारे में भी मैंने बहुत कुछ जान लिया था। वे बहुत तृप्त व्यक्ति थे। चार सौ रुपये टैक्स भरते थे। घर लोगों से भरा था। गाय, बछड़े किसी की कमी नहीं थी। घर बहुत बड़ा बनवाया था। गाँव भर में उनका घर सबसे बड़ा था। उनकी निष्कपट नम्रता से मैं बहुत प्रभावित हुआ। यह उनका सहज स्वभाव था। उनके घर, मेरा बहुत अच्छा आतिथ्य होगा, यह मैं समझ गया था।

भोजन के बाद ज्यादा देर बातचीत नहीं हुई। रास्ते की थकान की बात कहकर, कमरे में गया और बत्ती बुझा कर सो गया।

सुबह जब जगा, तब साढ़े छ: या सात बज रहे थे। तब तक मेरे नहाने के लिए गरम पानी तैयार था। हाथ-मुँह धोकर मैं कमरे में ही बैठा था। करियप्पा स्वयं एक गिलास दूध लेकर आये। उनके घर कॉफी पीने की प्रथा नहीं थी और मुझे दूध की आदत नहीं थी। किसी तरह, चूँकि वे बहुत आदर के साथ लाये थे, उसे इनकार नहीं कर पाया। दूध पी गया। फिर उन्हें बैठाकर अपनी यात्रा से सम्बन्धित सभी चित्र दिखाये और उनके बारे में जो भी जानता था, उन्हें बताया। मेरी बातें सुनकर वे बहुत आनन्दित और विस्मित हुए। उन्होंने मुझे बताया कि यदि मेरी इच्छा हो तो यहाँ पास ही एक मन्दिर है। रंगप्पा का मन्दिर—बहुत पुराना है, बहुत दूर भी नहीं, मैं उत्साहित हो गया।

'कहाँ?' मैंने पूछा।

'यहाँ से करीब तीन मील दूर, वह दिख रहा है, वह मरडी पहाड़, उसके नीचे है।'

बेलूर में खींचे कुछ चित्रों पर मुझे टिप्पणी लिखनी थी। साथ ही लक्ष्मी को भी पत्र लिखना था।

'ठीक है, कल सुबह वहाँ जाऊँगा, आज कुछ लिखने का काम है।' मैंने कहा।

'आपकी जो इच्छा।' उन्होंने कहा।

उस दिन टिप्पणी लिखने में ही बारह बज गये। खाना खाकर लक्ष्मी को पत्र लिखने बैठा। अपनी यात्रा के बीच जब भी फुरसत मिलती, मैं उसे पत्र लिखता था। सभी में विशेषकर अपनी यात्रा, मन्दिर, बगीचे आदि का वर्णन लिखा करता था। यात्रा में लक्ष्मी की याद मुझे बराबर बनी रहती थी। कई बार लगता, ओह या सारी सुन्दरता देखने के लिए मेरी लक्ष्मी मेरे पास नहीं है, वह होती तो सुन्दरता और अधिक सुन्दर दिखती। उस दिन मैं जागवल्ली कैसे पहुँचा, वहाँ करियप्पा के आदरपूर्ण आतिथ्य, सेवा, उनके बाल-बच्चों आदि के बारे में लिखकर, फिर मरडी पहाड़ जाने की बात लिखी और इस तरह पत्र पूरा किया। उस गाँव में डाकखाना नहीं था। एक डाक-पेटी थी। हफ्ते में दो या तीन बार डाकिया बेलूर से आकर सभी पत्र पत्र ले जाता था। कोई नौकर मिल जाये तो उसके साथ पत्र डाक-पेटी में भेज सकूँगा। मैं यह सोचकर कमरे से बाहर निकला कि कोई नौकर मिल जाय तो पत्र उसके हाथ डाक-पेटी में डालने के लिए भेज दूँ। बाहर चबूतरे के खम्भे के सहारे एक जवान लड़की बैठी थी। लगा वह गृह-स्वामी की बेटी है। मैं बाहर आया, वहाँ कोई नौकर दिखाई न दिया, क्या करूँ, यह सोचता मैं असमंजस में खड़ा रहा। वह लड़की उठकर मेरे पास आई और बोली, 'आपको क्या चाहिए, आदेश दीजिये?' कहकर मुसकरायी। गाँव की उस लड़की की विनम्रता और सरलता से मुझे खुशी मिली। मैंने कहा "कुछ नहीं, यह पत्र डाक-पेटी में डालना था। वह स्थान कहाँ है, मैं जानता नहीं?"

उसने हँसकर मेरी ओर हाथ बढ़ाया।

'आप क्यों इतनी तकलीफ उठाते हैं मालिक! मुझे दीजिये वह पत्र मालिक, मैं जाकर पोस्ट कर आऊँगी।'

उसकी बातें सुनकर, उससे दो-चार बातें और करने की इच्छा हुई।

'तुम्हें कष्ट तो न होगा?' मैंने पूछा।

'अरे मालिक, कष्ट किस बात का, आप बड़े आदमी हैं।'

इस तरह कहकर उसने हाथ आगे बढ़ाये। मैंने पत्र उसके हाथ में दे दिया और पूछा, 'तुम्हारा नाम क्या है?'

'मेरा नाम चेन्नी है।' उसने शरमाकर कहा और चली गई।

'कितना सुन्दर नाम है', मैंने मन ही मन सोचा। चेन्नी की सुन्दर बोली, उसकी नम्रता, आँखों में निश्छल हृदय की निर्मल छाया और बातचीत में ग्रामीण लालित्य से मैं बहुत प्रभावित हुआ।

उस दिन दोपहर में खाना खाकर मैं थोड़ी देर सोया। जब नींद खुली तो करीब चार बज रहे थे। हाथ-मुँह धोने के लिए कमरे से बाहर निकला। फिर वही लड़की, मैंने पहले उसे जहाँ देखा था, वहीं खम्भे के सहारे बैठी थी। जैसे ही मुझे बाहर आते देखा, अपने पैर समेटकर, अपना आँचल सँभालने लगी। मुझे पानी की जरूरत थी। वहाँ कोई दूसरा न था। पहले उससे एक बार बोल चुका था, इस बार सहज भाव से बोला, 'चेन्नम्मा, थोड़ा पानी चाहिये, हाथ-मुँह धोना चाहता हूँ।' 'लीजिये मेरे मालिक!' कह, मुस्करा कर संकोच के साथ वह अन्दर गई। चेन्नम्मा की यह मुस्कराहट शायद उसके स्वभाव में थी। मैंने उसे जब भी देखा, उसका अबोध चेहरा मुस्कराहट से चमकता ही पाया। मैंने शहर में जवान लड़कियों की हँसी प्राय: देखी है। लगता है, वह बड़े-बड़े पेड़ों को गिराने वाली धूल भरी आँधी की तरह, मन में शोर मचाने वाली लहरें उठाकर, डावाँडोल कर देने वाली होती है। चेन्नम्मा की वैसी मुस्कराहट न थी। वह मृदुलता से बहती हुई कोपलों से होकर फूलों के गुच्छों से गुजर कर सुगन्ध ले आने वाली ठण्डी हवा की तरह, हृदय में छोटी-मोटी तरंग-मालाओं को जगाने वाली मुस्कराहट थी। आँधी में फँसने से आँखों में धूल, मिट्टी ही भरती है। उसमें सौरभ कहाँ? गाँव की इस लड़की की मुस्कराहट में तो...ओह, चमेली के फूलों-सी स्वच्छता, सीमातीत सुगन्ध, भरी हुई है। चेन्नम्मा पानी लेकर आयी। हाथ-मुँह धोकर कमरे में जा ही रहा था कि चेन्नम्मा थोड़ा नाश्ता और एक गिलास दूध रख गई। नाश्ता कर कहीं घूम आने के लिए मैं अपनी बाँसुरी और एक छोटा कैमरा लेकर कमरे से बाहर निकला। चेन्नम्मा उसी स्थान पर बैठी थी। मैं घर से निकलकर यह सोचते हुए कि कहाँ जाऊँ, दो-चार कदम चला होगा कि मुझे घर के पिछवाड़े के बगीचे का ध्यान आया। मैंने वहीं जाने का निश्चय किया। रास्ता नहीं जानता था। क्या करूँ, यह सोचकर चेन्नम्मा से पूछा, 'सुना है कि तुम लोगों का एक बगीचा है, उसे देखना चाहता हूँ, रास्ता बताओगी?' वह, 'जी, मालिक, वह है हमारे बगीचे का रास्ता।' 'अच्छी बात है, अब चलता हूँ।' कहकर मैं निकल पड़ा। वह पगडण्डी पिछवाड़े तरकारी के बीगचे से होकर बड़े बाग तक्र गई थी। उस रास्ते पर करीब बीस गज चला ही था कि हवा से मेरे उत्तरीय का आँचल तरकारी के बगीचे की बाड़ से उलझ गया। उसको छुड़ाने के लिए मुड़ा तो देखा चेन्नम्मा वहीं खड़ी थी। मुझे लगा कि शायद उसे शंका हो कि मैं रास्ता भूल जाऊँगा।

सौ गज और चलने पर उनका बाग मिला। वह बहुत सुन्दर था। उसमें विशेष रूप से सुपारी, नारियल और कुछ फलों के पेड़ थे। सहज ही सुन्दर उस मनमोहक बाग का सौन्दर्य उस दिन सन्ध्या के सूर्य की सुनहली कान्ति में सौ गुना बढ़ गया

था। बाग में प्रवेश कर दस-पन्द्रह कदम चलने के बाद एक बड़ा कुआँ मिला। वह ढेकली का कुआँ था। एक ओर पानी तक पहुँचने के लिए सीढ़ियाँ लगी थीं। कुएँ के चारों ओर दो फुट ऊँची दीवार थी। मैं दीवार पर बैठ गया और बाग के सौन्दर्य-पान का आनन्द लेने लगा।

थोड़ी देर तक उस बाग के सौन्दर्य का आनन्द लेने से मेरा मन खुशी से भर गया था। बाग की ठण्डक हवा में मिलकर बह-बह कर आती थी। कुएँ के चारों ओर कई तरह के फूलों के पौधे थे। उनकी सुगन्ध ठण्डी हवा में बह रही थी। कई तरह के पक्षियों की चहचहाहट, आकाश, पेड़-पौधे, हर कहीं सुनाई दे रही थी। मेरा हृदय पक्षियों के साथ पक्षी बन गया था। फूलों के साथ फूल बन गया था। कवि पता नहीं अदृश्य स्वर्ग का वर्णन ही क्यों करते हैं? जहाँ सुख है, वहीं स्वर्ग है। मेरा हृदय आनन्द से उमड़ पड़ा। उसी उत्साह में मैं बाँसुरी बजाने लगा। बाँसुरी का सुर सौ सुरों में बँटकर बगीचे में भर गया। अपनी बाँसुरी के गान से मैं खुद विभोर हो उठा। एक-दो धुनें बजाकर मैं गाने लगा। पूरे बाग में मैं अकेला हूँ, इस कारण मैं खुलकर गाने लगा। अचानक मेरे पीछे कुछ आवाज हुई। मैंने गाना रोककर, पीछे देखा तो वही लड़की चेन्नी, सीढ़ियों से नीचे उतरकर घड़े में पानी भर रही थी। वह सिर उठाकर मेरी ओर देख रही थी। मैं शरमा गया। मुझे शहर का सभ्य व्यक्ति समझकर इसने सम्मान दिया था, मैं ग्वाल-बाल की तरह बाँसुरी बजा रहा था, गा रहा था, ठीक ही हुआ। मैं सीढ़ियों की ओर पीठ किये बैठा था, इसी कारण मुझे उसका आना मालूम नहीं हुआ। संगीत की आवाज के कारण उसकी चूड़ियों या नूपुरों की ध्वनि सुनाई नहीं पड़ी। जो भी हो, तब की अपनी हालत पर मुझे बहुत लज्जा आई। एक बार मैंने योंही कहा, "क्या हुआ, छोड़ो भी?" लेकिन मन को चैन नहीं मिला। हँसी आने लगी। बाँसुरी बगल में रखकर कैमरा उठाया, उसे देखने वाले की तरह बैठ गया। लगा वह घड़े में पानी भरकर सीढ़ियों पर चढ़कर आ रही है। सारी सीढ़ियाँ चढ़ जाने के बाद उसके चलने की आवाज बन्द हो गयी। पाँवों की आवाज के बदले उसकी चूड़ियों की आवाज सुनाई पड़ी। फिर उसका चेहरा देखने में शर्म महसूस हुई। तब भी मुडकर देखा। वह खूब मजे में दो पीतल के घड़ों में पानी भरकर सीढ़ियाँ चढ़ चुकी थी और उसे कुएँ की चौकी पर रखकर खड़ी थी। मैंने उसे फिर देखा, मेरे विचित्र संगीत से उमड़ी हँसी अभी तक उसके चेहरे पर दिखाई दे रही थी। लगा वह कुछ बोल रही है। अपने मन के कोलाहल में कुछ समझ नहीं पाया। उसकी ओर मुड़कर पूछा, "क्या कह रही हो?" "गाना क्यों रोक दिया, मालिक?" उसने पूछा। इस प्रश्न से मेरे मन में कितनी तड़पन हुई, यह भगवान् ही जानता है। क्या जवाब दूँ, इस कारण कुछ बोल कर रह गया। उसके प्रश्न में मुझे उपहास की ध्वनि मिली थी, तब भी मेरे मन में चिढ़ नहीं पैदा हुई। मैंने मूर्खता की थी, साथ ही मेरी उस समय की मन:स्थिति में वह सब मुझे उपहासात्मक लग रहा था। गाँव

की वह मुग्धा मुझ पर व्यंग्य कसने का उद्देश्य शायद ही रखती होगी। जो हुआ सो हुआ। वह जगह छोड़ अपनी बाँसुरी, कैमरा दोनों लिए दो कदम आगे बढ़ा। इतने में ही उसने मालिक कह कर पुकारा। वह एक भरी गगरी उठाकर सिर पर रख रही थी। दूसरी चौकी पर रखी थी। मुझे मुड़ता देखकर, उसने घड़ा दिखाया और कहा, ''वह घड़ा जरा उठा देंगे।'' उसने शरम और संकोच से पूछा। मैंने बाँसुरी और कैमरा नीचे रखा, घड़े को उठाकर उसकी कमर पर रख दिया। उसे शायद यह बहुत बड़े उपकार-सा लगा। उसके चेहरे पर बहुत खुशी दिखी। भरे घड़े के बोझ से इठलाती जाने वाली वह पूर्ण यौवना उस संध्या के सूर्य के सुनहले प्रकाश में बहुत मनोहर लग रही थी। तुरन्त मेरे मन में उसकी इस स्थिति का एक फोटो खींच लेने की इच्छा हुई। कैमरे को ठोक कर, यह सोचे बिना कि लड़की क्या समझेगी, मैंने उसे आवाज दी। वह बोझ के साथ धीरे से मुड़ी, 'आपने बुलाया मालिक!' मैंने हाँ कहा और उसके पास जाकर बोला, 'तुम एक मिनट इसी तरह रुक सकती हो।' उसे थोड़ा आश्चर्य हुआ होगा। अलसाई धूप की ओर मुँह कर वह इठलाती खड़ी हो गयी। उसके चेहरे का निर्दोष बाल-हास अभी-अभी ओझल होने वाली सोने की किरणों में सुख से मिल रहा था। मैंने फोटो खींचा, 'अब, तुम जाओ।' उसने कुतूहल से पूछा, 'यह क्या किया मालिक?' उसे कैसे बताऊँ? 'कल बताऊँगा।' वह मुड़कर धीरे-धीरे घर की ओर चली गयी।

उस रात खाना खाकर कमरे में जा बिस्तर पर लेटा। जल्दी नींद नहीं आयी। शाम को वह बाग की घटना अभी मन में छायी रही। मैं हँसा। लक्ष्मी से जब यह सब कहूँगा तो पता नहीं वह क्या कहेगी, कितना हँसेगी? आदि सोचता रहा।

पिछली रात शायद बहुत देर से सोया था। सुबह जब जगा, आठ बज गये थे। जल्दी-जल्दी हाथ-मुँह धोकर नाश्ता किया और मरडी पहाड़ जाने को तैयार हो गया। घर के मालिक ने एक नौकर तय कर दिया था। उसके साथ सब आवश्यक वस्तुएँ उठवाकर मैं चल पड़ा। मरडी पहाड़ से सब काम पूरा कर लौटने तक करीब बारह बज गये। लौटते समय पगडण्डी से थोड़ी दूर, हरियाली में गाय-बछड़े चर रहे थे। कहीं-कहीं किसान खेतों पर काम कर रहे थे। अचानक एक ग्वाल बालक ने एक गाथा गीत-गाना शुरू किया। उसे किसका डर? बहुत मजे में जोर से गाने लगा। बहुत मजा आ रहा था। थोड़ी देर रुककर सुनना चाहा, किन्तु साथ में नौकर था। संकोच हुआ कि वह हँसेगा। पिछले दिन शाम की बात याद आयी, इसलिए रुका नहीं। चेन्नम्मा की याद आयी। उस ग्रामीण युवती की सहज मुस्कराहट मेरे सामने नाचने लगी। चमकते भरे घड़ों को उठाये, उनके बोझ से झुका उसका वह थिरकता दृश्य-चित्र आँखों में भर गया। मैंने कल्पना ही की थी कि चेन्नम्मा घर के मालिक की बेटी है। इसे जानने के कुतूहल से उस नौकर से पूछा, 'तुम्हारे मालिक के घर वह लड़की कौन है?'

नौकर ने मेरी ओर मुड़कर पूछा, 'कौन लड़की सरकार?' वह समझ नहीं पाया कि मैं किसके बारे में पूछ रहा हूँ। मैंने कहा, ''वही चेन्नम्मा।' नौकर मेरी ओर एकटक देख रहा था। मेरे प्रश्न पर हँसा, मुँह घुमा कर बोला, 'क्यों पूछ रहे हैं?' मैं अपमान का अनुभव करने लगा। शरम लगी। यह सोचकर कि मेरे प्रश्न से यह कुछ गलत अर्थ निकालने लगा है। सिवा लक्ष्मी के मेरा जीवन ही नहीं, इसे वह मूर्ख क्या समझे? मैंने कहा, 'कुछ नहीं भाई, वैसे ही पूछा, क्या पूछना नहीं चाहिए।'

दूसरा प्रश्न पूछते-पूछते रुक गया, 'इसमें कोई बात नहीं सरकार! वह मालिक की बेटी है। शादी शुदा है।' पूछूँ तो पता नहीं, वह क्या समझेगा।

घर लौटते ही नहाया, खाना खाया, कल शाम के खींचे चेन्नम्मा के फोटो की तीन-चार कापी बनायी। तस्वीर बहुत अच्छी बनी थी। घर के सभी सदस्य उसे देखकर बहुत खुश हुए।

दोपहर खाना देर से खाया था। रात भूख नहीं लगी। घरवाली से कह दिया कि रात में खाना नहीं खाऊँगा। लगा जल्दी नींद नहीं आयेगी। क्या करूँ, कुछ सूझा नहीं, इससे थोड़ी देर घूमने निकल पड़ा। जब लौटा तो नौ बज गये थे। बत्ती जलाकर बिस्तर बिछाया, लेटकर एक उपन्यास पढ़ने लगा। करीब दस मिनट बीता होगा कि कमरे के दरवाजे की ओर से कुछ आवाज आयी। सोचा, हवा होगी। फिर आवाज हुई। इस बार धीमे से दस्तक सुनाई दी। सोते ही पूछा, 'कौन है?' जवाब नहीं मिला। एक मिनट बाद फिर दस्तक हुई। बैठकर पूछा, 'कौन है?' चूड़ियों की आवाज हुई। साथ ही धीमी आवाज में 'मैं हूँ चेन्नी' सुनाई पड़ा। मुझे आश्चर्य हुआ। इस समय, इसका यहाँ क्या काम है? जो हो पूछ तो लें, यही सोचकर आधा दरवाजा खोलकर मुँह बाहर निकाला, 'क्या बहिन?' मेरे कमरे से धीमा प्रकाश उसकी देह पर पड़ रहा था। उसके हाथ में एक थाली, उसमें चार-पाँच केले, थोड़ी शक्कर, एक गिलास में थोड़ा-सा दूध था। 'मालिक, आज आपने खाना नहीं खाया। इससे यह ले आई हूँ।' मुझे जरा सी भूख लगने लगी थी, 'बहुत अच्छा बहिन' कहकर उसके हाथ से वह थाली लेकर बिस्तर के पास रखने गया। चेन्नम्मा पीछे से कमरे के अन्दर आ गयी। मेरी छाती धड़कने लगी। मैंने थाली बिस्तर के बगल में रख दी, फिर मुड़कर बोला, 'अब मुझे और कुछ नहीं चाहिए, तुम जा सकती हो।' उसने हँसकर कहा, 'मेरे रहने से क्या होता है मालिक? क्या आप मेरे सामने नहीं खायेंगे?' 'क्यों नहीं, खा सकता। मैंने उस कारण नहीं कहा था। लेकिन अब मुझे और कुछ नहीं चाहिये और इस समय तुम अकेली यहाँ...।' मेरी बात की अभी पूरी भी न होने पायी थी कि उसने दरवाजा बन्द कर चिटकनी लगा दी। जब वह मेरे कमरे में आयी थी, तब मेरे मन में जो हल्की भावना उठी थी, वह स्पष्ट होने लगी। उसने जैसे ही दरवाजा बन्द किया, मेरा शरीर काँप कर गर्म हो गया। चेहरा पसीने से तर हो गया। कष्ट से बोला, 'क्यों,

दरवाजा क्यों लगाया?' और खोलने के लिए दो पग आगे बढ़ा कि चेन्नम्मा जल्दी से जाकर दरवाजे के बीच खड़ी होकर मुस्कराने लगी, मुझे लगा, मेरे पैर जम गये हैं। अब और कुछ संदेह नहीं रह गया, उसका उद्देश्य मेरे हृदय पर अंकित हो गया, मैने मन में सोचा, 'यह है, गाँव की मुग्ध जवान लड़की।'

मुझसे खड़ा नहीं हुआ जा रहा था। लौटकर बिस्तर पर बैठ गया, दोनों हाथों से सिर पकड़कर सोचने लगा।

आगे की बात कहने से पहले आपसे कुछ बातें कहना चाहता हूँ। उस दिन रात पाप के जाल से मुझे लक्ष्मी ने बचाया। उसके प्रेम के दुर्ग से मैं पूरी तरह आरक्षित था। हम दोनों जब से एक हुए उसने मुझे इस तरह बना दिया था कि उसमें मुझे वह सब कुछ प्राप्त था। रूप, गुण, प्रेम किसी के लिए उसे छोड़कर कुछ सेच पाना मेरे लिए असम्भव था। मैं आज भी सोचता हूँ, लक्ष्मी मेरे जीवन में न होती तो उस रात के वातावरण में मेरा मन, उस गाँव की अबोध युवती की ओर झुक जाता, इसमें जरा भी आश्चर्य की बात न थी।

यह घटना मेरे यौवन के आरम्भिक दिनों की है। मैं स्वस्थ था। मैं अपनी सुरूपता के बारे में यदि न कहूँ तो यह तो जरूर कह सकता हूँ कि कुरूप नहीं था। विषय को ठीक तरह से समझने के लिए चेन्नम्मा का वर्णन भी अनिवार्य है। उसकी उम्र बीस से अधिक न थी। न बहुत ऊँची, ना नाटी थी वह। रंग पिंगल वर्ण का, नाक-नक्श सुन्दर ही कहे जा सकते थे। भरे यौवन का गठा बदन जब भी मैंने उसे देखा, उसके होंठों पर सहज बाल मुस्कराहट खेलती रहती थी। आँखों में कभी नटखटपन की हल्की बिजली की चमक खेलती रहती थी। बाल मुस्कराहट और हल्की बिजली के परस्पर मिलन से एक अपूर्व मधुर परिणाम निकलता था। मन चुराने के आवश्यक सभी साधन उसमें थे, इतना अवश्य कहा जा सकता है। उस पर उस रात का उसका बर्ताव गाँव की अबोध युवती से बिल्कुल परे का था।

बिस्तर पर बैठते ही मेरे मन में विचारों की भीड़ लग गयी। मुझे लगा जैसे मेरा सिर कोल्हू में पिस गया है। मुझे लगा, जैसे मेरा मन अंधकार के समुद्र में फँस गया है। गला सूख गया, थूक निगलने में भी कष्ट होने लगा। मैं सपने में भी नहीं सोच सकता था कि उस युवती की कामवासना को मैंने छेड़ा है? यदि वह लड़की मेरी ओर आकर्षित हुई भी थी, तो उसे मैंने किसी भी तरह प्रोत्साहित नहीं किया था। यह बात मैं कहीं भी खड़े होकर, सौगन्ध खाकर कह सकता हूँ। वह अबोध नहीं थी, यह उसने प्रदर्शित कर दिया था। जान-बूझकर वह ऐसे काम के लिए आगे बढ़ी थी। यह कैसा पागलपन है। घर वालों को पता चले तो मेरा क्या हाल होगा? मैं एक सभ्य पुरुष की तरह इनके घर का अतिथि हूँ, इतनी रात गये यह और मैं एक साथ इस कमरे में...मुझे लगा कि मेरा सम्मान नहीं बचेगा। लेकिन यह आयी कैसे? चोरी-छिपे आयी होगी, यह शादी शुदा नहीं है। मेरे मन

में बहुत जुगुप्सा उपजी। अब मुझे एक के बाद एक पिछली शाम के उसके सारे व्यवहार समझ में आने लगे। वह उस समय मेरे पीछे बाग में क्यों आयी? पानी भरने के लिए—वह सिर्फ एक बहाना था...पानी का घड़ा मुझसे क्यों उठवाया?... ठीक है, मैंने जब पानी का घड़ा उठाकर दिया, तब उसने मेरे हाथ से अपने हाथ का स्पर्श क्यों करवाया? मैंने इसे एक संयोग समझा था। एक बात और, पहले वह घड़ा उठाने के लिए झुकी, तो उसका आँचल खिसक गया। मैंने जब उसे उस अवस्था में देखा, तो उसमें लज्जा के चिह्न भी दिखाई न दिये। घड़ा सिर पर रखकर धीरे से आँचल ऊपर खींचा। मैं इस सबको उसकी मुग्धता के रूप में देख रहा था। लेकिन यह मेरे ऊपर इन सब बातों से जाल फैला रही थी। उस समय यह सब मैं समझ नहीं पाया।

इन चिन्ताओं से अस्त-व्यस्त होने के विपरीत संयमित होकर दुविधा से पार होने का मैं रास्ता ढूँढ़ने लगा। गुस्से से काम नहीं चलेगा, डर लगा कि उसमें कुछ प्रमाद घटित हो। किसी दूसरे उपाय से उसे बाहर धकेलने की बात सोचने लगा। किन्तु उपाय क्या है? बात कैसे शुरू की जाये या सीधे चादर ओढ़कर सो जाऊँ—लेकिन यह भी नहीं हो सकता। यह जब तक यहाँ रहेगी, मेरी छाती पर एक चट्टान पड़ी रहेगी। एक और बात सूझी। किसी तरह उसे समझाकर कहूँ कि वह जो काम कर रही है, बहुत बुरा है—बहुत ही नीच है, बहुत पाप का काम है और इसी युक्ति से उसे यहाँ से भेज दूँ। भगवान् ने, मुझ नगरवासी को, इस गाँव की लड़की के सामने पतिव्रता धर्म पर भाषण देने का अवसर ला दिया था। इस पर मुझे खुद हँसी आ रही थी। सिर उठाकर चेन्नम्मा की ओर देखा। चेन्नम्मा अभी तक दरवाजे से सटकर खड़ी थी। मेरे चेहरे पर हँसी देखकर वह भी हँसी। मुझे भय हुआ कि सम्भव है उसने मेरी हँसी में कुछ प्रोत्साहन पाया हो, इसीलिए तुरन्त मैंने अपनी हँसी रोक ली और धीमे से बोला, ''चेन्नम्मा! चेन्नम्मा!'' ''क्या मेरे ईश्वर?'' कह दो पग आगे बढ़कर, मुझसे थोड़ी दूर पर खड़ी हो गयी। मैंने कहा, ''बैठो।'' वह मेरे बिस्तर पर ही बैठ गई। मैंने थोड़ी दूर हटकर गले का थूक निगला, फिर बोला, ''चेन्नम्मा!''

''क्या, मेरे मालिक!'' उसने धीमे से पूछा। इतने विपरीत व्यवहार पर भी उसकी ध्वनि से मुग्धता का बोध हो रहा था। मैंने कहा, ''चेन्नम्मा देखो, तुम्हारे लिए ऐसा करना क्या उचित है?''

''कैसे मालिक?''

''इस तरह आधी रात चोरी से आना!''

मेरी बात पूरी भी न हुई थी कि उसने कहा, ''चोरी से नहीं आयी, मेरे भगवान्!''

''तब?''

वह कुछ भी बोल नहीं पाई। मैंने कहा, ''देखो, तुम्हारे घर वालों को पता चल गया तो तुम्हारी भी इज्जत जायेगी, मेरी भी।''

''वे कुछ नहीं बोलेंगे भगवान!''

मुझे आश्चर्य हुआ। पूछा, ''क्या कहा?''

''वे कुछ नहीं कहेंगे।''

''देखो, वे कुछ कहें या न कहें। इसे मैं अच्छा नहीं मानता। चेन्नम्मा, मैं शादी शुदा आदमी हूँ, मैं दूसरों की बीबी को...''

''हाय मालिक, ऐसा क्यों कहते हैं, मेरी शादी कभी नहीं होगी मेरे मालिक? मैं बस्वी हूँ।''

''क्या, क्या कहा?''

''मुझे बस्वी बना दिया है, मेरे मालिक!''

''बस्वी, बस्वी! यानी!''

''भगवान् के लिए छोड़ दिया है।''

मैंने कहीं ऐसा नहीं देखा था। भगवान् के लिए छोड़ना, बस्वी आदि बस सुना था, किन्तु इसका अर्थ नहीं जानता था। मेरा पहले वाला डर दूर हो गया। कुतूहल बढ़ गया। जानने की इच्छा से पूछा, ''भगवान् के लिए किसने छोड़ा?''

''मेरे माता-पिता ने।''

''क्यों?''

''आठ साल पहले मैं बहुत बीमार पड़ गयी थी। मेरे माँ-बाप ने मरडी भगवान् की मनौती मानी। अगर मैं चंगी हो गयी तो भगवान् के नाम पर मुझे बस्वी दे देंगे। मैं ठीक हो गई, मालिक!''

''तब तुम्हारी शादी ही नहीं होगी।''

''नहीं, मालिक!''

''ऐसे ही रहोगी?''

''जी, मेरे मालिक!''

''वेश्या की तरह।''

मेरी यह बात उसके सीने में छुरा भोंकने जेसी लगी होगी। एक क्षण में उसकी भौंहें तन गईं। नथुने और होंठ फड़कने लगे। क्रोधित स्त्री के मुख पर जो एक प्रकार की भीषणता होती है, उसके मुख पर वही भीषणता तिरने लगी। क्रूर दृष्टि से मुझे देखते हुए उसने कहा, ''मालिक, आपको यह बात नहीं कहनी चाहिए थी?''

उसमें यह परिवर्तन देखकर मैं दिग्भ्रमित हो गया। थूक निगलकर बोला, ''कौन-सी बात?''

''मैं वेश्या नहीं हूँ, यह खूब समझ लीजिए।''

मुझे आश्चर्य हुआ। शादी नहीं और विपरीत व्यवहार कर रही है। उस पर कहती है मैं वेश्या नहीं हूँ।

मुझे भी थोड़ा गुस्सा आया, मैंने पूछा, ''तुम भी सब लोगों की तरह शादी करके सती की तरह रहो। इस तरह आधी रात को मुझे पकड़ने क्यों आई हो?''

''मालिक, आप अभी तक नहीं समझे। बस्वी शादी नहीं कर सकती है।''

''क्यों नहीं?''

''मनौती पूरी करनी है मालिक! नहीं तो बुरा होगा न?''

''शादी करके मनौती पूरी नहीं होगी?''

''नहीं, मेरे मालिक! एक आदमी से शादी करने पर आप लोगों की सेवा कैसे करूँगी, इज्जत कैसे बचेगी?''

''ठीक है, लेकिन दूसरों की सेवा क्यों करनी चाहिए?''

''भगवान् की मनौती जो भरनी है।''

''इस तरह भगवान् का नाम लेकर वेश्या का काम किया जाता है?''

उसने भौंह सिकोड़कर तुरन्त कहा, ''मालिक, ऐसा मुझे नहीं कहिए, नहीं कहिए?''

''मैं तुम्हारा पति नहीं हूँ, तुम रात के इस समय मेरे पास क्यों आयी हो? यह काम कौन करता है? ऊपर से कहती हो, तुम वेश्या नहीं हो?''

''हम वेश्या नहीं हैं मालिक, हम वेश्या नहीं है। वेश्याओं को पैसे का मोह होता है, वे आदमी नहीं देखतीं। उनके पास मनौती नहीं होती, वह धन्धा ही उनका जीवन होता है।''

''तुम लोग?''

''हम पैसे आदि नहीं छूते, मेरे मालिक! ऐसे-वैसे लोगों को पास भी नहीं आने देते। आप जैसे कुलीन जब आते हैं, तो उनकी सेवा कर मनौती भरते हैं, हमें वेश्या नहीं कहिए, मेरे भगवान्!''

''तो तुम्हारी यह सेवा तुम्हारे माता-पिता को मालूम है।''

''क्यों नहीं मालिक, उन्होंने ही तो मनौती मानी है—वे क्यों नहीं जानेंगे?''

''ठीक है, तो उन्होंने तुम्हें भेजा है, किन्तु मैं इसे नहीं मानता। किस हिम्मत से उन्होंने तुम्हें मेरे पास भेजा?''

इस प्रश्न का तुरन्त जवाब नहीं मिला। मुस्कराकर, गला एक तरफ झुका कर तिरछी नजर से देखते हुए वह बोली—

''आपने शायद हमारे नौकर से, मैं कौन हूँ, क्या हूँ आदि पूछा था?'' उसने थोड़ा शरमाकर बताया।

अब मेरी समझ में बात आई। मैंने जब इसके बारे में नौकर से पूछा था तो उसने व्यंग्य से हँसकर "क्यों सरकार?" कहा था।

"हाँ, चेन्नम्मा!" मैंने पूछा था, "तुम्हारे बारे में सिर्फ जानना चाहता था। मैं लक्ष्मी की सौगन्ध खाकर कहता हूँ, इसमें मेरी कोई दूसरी मंशा नहीं थी।"

"अब वह रहने भी दीजिये भगवान्, इस सबके लिए आपको सौगन्ध नहीं खानी चाहिए।"

"उस तरह नहीं चेन्नम्मा, मरने के बाद कहीं प्राण फिर वापस लौटता है?"

चेन्नम्मा चुप थी।

"कहो?"

"नहीं, मेरे मालिक!"

"तब सुनो, औरत के लिए इज्जत ही उसका प्राण है। इज्जत खोकर औरत कुत्ते से बदतर हो जाती है। तुम लोगों के लिए इज्जत ही सब कुछ है। तुम्हें उसे इस तरह बेचना नहीं चाहिए। हमारे यहाँ बड़े-बूढ़े कहते हैं कि इज्जत खोकर औरत नरक में भी जगह नहीं पाती।"

"मालिक, आपकी बात शादी कर पति के साथ रहने वाली औरतों के लिए ठीक होगी। हमारी तरह रहेंगे, तब उन्हें जात से बहिष्कृत कर दिया जायेगा। हमारी बात वैसी नहीं, भगवान्! हमें तो भगवान् के लिए ही दे दिया गया है। हमें आप जैसे कुलीनों की सेवा में ही जीवन बिताना है।"

"चेन्नम्मा, तुम नहीं जानती। सुनो, भगवान् के नाम पर औरत की इज्जत लुटाने से भगवान् को कैसे अच्छा लगेगा? भगवान् की मनौती है तो उसकी सेवा कर। कौन मना करता है?"

"मालिक, आप जैसे कुलीन ही मेरे लिए भगवान् हैं। आपकी सेवा करके ही हमें पुण्य मिलता है।"

उसकी बातें सुनकर मेरे हृदय से निकला, "हे भगवान्, तुम्हारे नाम से, तुम्हें सन्तुष्ट करने के लिए कैसा अन्याय, कैसा पाप हो रहा है?"

यह लोगों की कैसी मूढ़ता है! संसार में ऐसी असह्य पद्धति भी है! भगवान? को समर्पित करना ठीक है। सुना भी है, वह अपनी-अपनी भक्ति है। मगर ऐसा काम? इस तरह—ये लोग भगवान् की मनौती भरेंगे? भगवान् का दिव्य नाम लेकर ये लोग कैसा हीन कार्य कर रहे हैं, इनकी क्या गति होगी? यह लड़की सच ही गाँव की मुग्ध युवती है। बुरी स्त्रियों के लक्षण और होते हैं, इसके लक्षण ही और हैं। लोगों की असह्य पद्धति पर इस मुग्धा की बलि हुई है। इस कार्य से भगवान् की मनौती भरेगी, ऐसा इसका दृढ़ विश्वास है। हाय भगवान्! माता-पिता स्वयं अपने हाथ से बेटी का जीवन पाप से भर रहे हैं। उनका क्या होगा? इसकी क्या गति होगी? वह सोचते हैं कि उनकी मनौती से बेटी बच गई। मगर, अब, उसके

रोज के इस काम से उसके जीवन का आत्मरूप स्त्रीत्व ही मिट रहा है, इसे ये लोग कैसे समझेंगे? जब बच्ची थी तब एक क्षण में मरने की जगह, अब प्रतिदिन, हर क्षण थोड़ा-थोड़ा मर रही है, क्या यह जानती है? नहीं, यही तो आश्चर्य है। यह अपने काम को ठीक समझती है—भगवान् के लिए समर्पित काम। इस तरह जीवन बिताने से भगवान् की सेवा होगी—इस पर उसका दृढ़ विश्वास है। विवाहित स्त्री के लिए वह जिस कार्य को बुरा समझती है, उसी कृत्य को वह अपने जीवन का धर्म समझकर उसका अनुसरण कर रही है। इसके लिए, इसके माता-पिता भी मदद करते हैं। बेचारे! वह भी क्या करें? वह भी अपनी जाति की पद्धति पर बलि चढ़ रहे हैं।

ऐसी ही दारुण चिन्ताओं से मेरी छाती जैसे फट गई थी, मैंने लम्बी आह ली। चेन्नम्मा चुप बैठकर आँचल का कोर मरोड़ रही थी। मेरी आह सुनकर मेरी ओर मुड़कर उसने देखा। उसके चेहरे पर कुछ व्यथा प्रकट हो रही थी। अब तक कहीं शादी कर औरों की तरह खुद भी आराम से घर बसा सकती थी। सब कुछ छोड़कर यह मुग्धा अपनी असह्य पद्धति की बलि बन गई है—इस असहनीय वेदना से मेरी आँखों में आँसू भर आये।

''चेन्नम्मा, तुम्हारे भाग्य देवता ही तुम्हारी रक्षा करें।'' कहकर मैंने आँखें पोछ लीं। चेन्नम्मा, मेरे आँसू देखकर घबरा गई। वह मेरे पास सरक आई। मेरा दूर हटने का मन नहीं हुआ। वह मन से पापिष्ठ नहीं थी। अज्ञान के पाप के कारण उसकी देह पाप की भागी बनी थी। कमल दल पर जमे ओस की तरह चमकने वाले निर्मल आँसू के बिन्दु की तरह, उसकी आत्मा परिशुद्ध थी। उसकी सरलता देखकर उस पर मुझे दया हो आई। उसे जैसे-जैसे देखता गया, उसके बारे में सोचता गया। मेरी आँखों में बार-बार आँसू छलके। अपने आँसुओं में उसकी कलुषित देह धोने की इच्छा हुई। मेरी देह और आत्मा उसके लिए अत्यन्त स्नेहमय बन गई थी। धीमे से उसका हाथ पकड़ा। मेरा शरीर थोड़ा काँपा। उसका हाथ वैसे ही पकड़, उसकी उँगलियाँ सँवारकर धीमे से पुकारा, ''चेन्नमा!'' मैंने स्नेह और सहानुभूति से जैसे ही उसका नाम लिया, वह मेरे पास आ गई और सिर झुकाकर बहुत कोमलता से, ''क्या है मेरे भगवान्?'' बोली। उसके चेहरे पर एक चिन्ता या व्यथा दिख रही थी। मैंने उसका चेहरा देखकर पूछा, ''देख चेन्नमा, तुमने कहा तो कि मैं तेरा भगवान् हूँ।''

''हाँ मालिक, आप मेरे भगवान् हैं!''

''तब तुम्हें मेरी बात माननी होगी।''

''मैं दासी हूँ, कहिये मेरे भगवान्!''

''तुम आगे से यह पाप कर्म नहीं करोगी, समझी?''

''फिर भगवान् की मनौती?''

''हाय, वह मनौती पूरी हो गई। आज तुमने मुझे अपना भगवान् कहा। इससे पहले तुमने किसी दूसरे की सेवा नहीं की, बोली!''

चेन्नम्मा बोली, ''नहीं।'' सिर झुका लिया।

''देखो, इससे पहले तुमने कइयों की सेवा की है। आज तुम मुझे भगवान् कहकर मेरी सेवा करने आई हो। कहीं जूठन दूसरों को दी जाती है? भगवान् इस जूठन की मनौती नहीं लेगा। चेन्ना, तुम नहीं जानती। यह काम पापों से भरा है। अगर जानती तो कभी इस तरह का काम नहीं करती। सोचकर देखो, तुममें और वेश्या में अन्तर क्या है? उसके लिए वह जीवन है? तुम्हारे जीने के लिए साधन है, किन्तु पाप वहीं है। भगवान् को यह पाप कभी अच्छा नहीं लगेगा।''

चेन्नम्मा चुपचाप सब सुनती रही। पहले की चिन्ता और व्यथा के चिह्न उसके चेहरे पर कहीं न रहे। धीरे-धीरे उसका चेहरा फीका पड़ गया। शरीर झुक गया, आँखें जमीन देखने लगीं। धीमे से उसका हाथ हिलाकर पुकारा, ''चेन्ना!'' सिर उठाकर उसने मेरी ओर देखा। उसकी उन आँखों में राह भूले बच्चे की असहाय छाया थी। उसे शायद मेरी बात सही लगी।

''चेन्ना, ने मुँह न खोला। फिर सिर झुका लिया। मेरे सामने ही उसके गाल पर दो बूँद आँसू एक साथ लुढ़क पड़े। वही उसका मौन उत्तर था। उसकी शुभ आत्मा पर फैले अज्ञान के परदे को हटाना मेरे जिम्मे था। किसी साध्य पर पहुँचने के लिए एक रात चलकर, आगे बढ़ते-बढ़ते गन्तव्य के समीप पहुँचे और इस तरह बहुत दूर चलने के बाद कोई रास्ते में मिले, कहे कि गन्तव्य का यह मार्ग नहीं, इस रास्ते पर जितना भी आगे बढ़ोगे, गन्तव्य उतना ही दूर होता जायेगा, तब क्या होगा? मैंने अपनी बातों से चेन्नम्मा के मन में कुछ इसी तरह की भावना उगाई थी।

चेन्नम्मा बहुत रोई। मैंने उसको सांत्वना देकर कहा, ''देख चेन्ना, तुम्हारे प्रति क्रोध या बुरा भाव कुछ मेरे मन में नहीं है। तुम मुझसे गुस्सा हो?''

बहुत व्यथा भरी आवाज में चेन्नम्मा बोली, ''नहीं, मेरे भगवान्!''

''नहीं, तुम मुझसे नाराज हो?''

''हाय मेरे भगवान्!'' ऐसा न कहिये। आपको देखकर, मेरे मालिक, पाँव तले गिरने की इच्छा होती है।'' कहकर उसने मेरे पाँव पकड़ कर, उसे अपने माथे से लगाने वाली थी, लेकिन मैंने उसे वह करने न दिया। उसे उठाकर बैठाया, ''ठीक है, देखो, मेरे हाथ पर अपना हाथ धरकर सौगन्ध खाओ कि आगे से यह काम छोड़ दोगी।''

चेन्नम्मा ने मेरी छाती पर हाथ रखा। उसकी मुग्ध व्यथित दृष्टि मेरी आँखों से हृदय में उतर गयी, व्यथित दृष्टि, व्यथित ध्वनि। काँपकर धीमे से कहा, ''भगवान्, आगे यह काम नहीं करूँगी।''

मुझे लगा, छाती से एक बड़ा बोझ उतर गया, मैंने लम्बी आह भरी।

रात बहुत हो चुकी थी। तो भी नहीं लगा कि अब नींद आयेगी। मन में शान्ति फैलने लगी। चेन्नम्मा ने एक बार जम्हाई ली। मैंने उसी को बहाना बनाया, ''चेन्ना, तुम अब जाकर सो जाओ।'' मैं उठा। वह भी उठी। दरवाजे तक उसके साथ जाकर मैंने ही दरवाजा खोला। दरवाजे पर फिर उसका हाथ पकड़ा और उसे अपनी ओर मोड़कर बोला, ''चेन्ना, भगवान् की कसम, मुझे तुम पर गुस्सा नहीं है।'' अपने दोनों हाथों से उसका मुख उठाया और माथे पर एक बार चूम लिया। चेन्नम्मा चली गई।

(6)

अचानक आँखें खुलीं। देखा तो सामने करियप्पा थे। उन्होंने ही आवाज देकर मुझे जगाया था। वह अन्दर कैसे आये, यह पता नहीं चला? लगा रात में दरवाजे की चिटकनी लगाना मैं भूल गया था।

''क्या है करियप्पा जी?'' आँख मलकर उठा।

''क्या कहूँ, हाय मेरी मुन्नी, मेरी चेन्ना!'' बात पूरी न हुई करियप्पा जी की ओर जमीन पर गिरकर रोने लगे। किसी अप्रकट भय से मेरी छाती फटने लगी, खून फूटने-सा लगा। तब तक कोई और आया, ''मालिक, चेन्नम्मा बाग के कुएँ में गिरकर...''

मेरा जी तड़पने लगा। बिस्तर से उठकर पागल की तरह बाग के कुएँ की ओर भागा। कुएँ के पास दस-बाहर लोग झुण्ड बनाकर खड़े थे। एक झूठी इच्छा थी कि शायद अभी भी जिन्दा हो। रात में ही वह जाकर गिरी होगी। पास जाकर खड़ा हुआ। सभी ने राह दी। देखा, हाय भगवान्, कैसा दृश्य था? हृदय का खून आँखों में उतर आया। आँखों पर अँधेरा छाने लगा।

मुझे उतना ही याद है। फिर जब जागा तो वहाँ खड़े लोगों में से एक-दो लोग मेरे मुख और सिर पर ठण्डा पानी डाल रहे थे। मेरी नाक से खून बह रहा था। किसी की ओर मेरा ध्यान नहीं था। शव के पास जाकर बहुत आशा से प्राणों के चिह्न ढूँढ़ने की कोशिश की। लेकिन वह मेरा भ्रम था। उसकी देह से वह अमल हिमकण कभी का उड़ चुका था। पुण्य पाप से दूर हो गया था। अमृत सूख गया था, विष शेष था।

अब और बहुत देर वहाँ रुक न सका। धीरे-धीरे घर की ओर लौट आया।

उसी दिन शाम को मैं उस गाँव से निकल पड़ा। जाने से पहले चेन्नम्मा का फोटो मैं उनके घर छोड़ आया। ऐसी लड़की को खोने के बाद, उन्हें वह तस्वीर शान्ति देगी?

रास्ते भर चिन्ता। पुलिस ने तो आत्महत्या रिकार्ड कर दिया, किन्तु वास्तव में मैंने ही उसकी हत्या की थी, किसी तरह यह भावना मुझसे अलग होने वाली न थी। उसने जीने से मौत को बेहतर समझा होगा। मैंने जब उसे अपने कमरे से

वापस भेजा, तब शायद उसका हृदय मृत्यु से भरा हुआ था। यह सोचते ही मुझे लगता, जैसे मेरी छाती पर गरम सीसा डाल दिया गया हो। उस समय यदि मैंने उसे बाहर न भेजा होता तो उसका मरने का निर्णय बदल सकता था। शायद वह जिन्दा रहती, उसके मन में प्राण खोने की भावना मैंने ही पैदा की, इसमें जरा भी संदेह नहीं। मेरा क्या अधिकार था? उसके धर्म-अधर्म की तुलना करने वाला मैं कौन था? मेरी हर बात शायद उसे कुएँ तक खींच ले गई थी। उसके बाद उसे कुएँ कुएँ में मेरी बातों ने ही धकेला—मैं ही, हाय, मैंने अपने हाथों उसकी हत्या की थी, भगवान् के सामने कभी मुझे इसका जवाब देना पड़ेगा। तब मैं क्या कहूँगा?''

अन्तहीन विचार-विचार... !

कल गाँव पहुँचता हूँ। यह सारी कहानी सुनकर लक्ष्मी क्या कहेगी, पता नहीं?

✦

मोनालिसा

✦

राघवेन्द्र खासनीस

पेरिस के लिए तुम नई हो? बहुत चोट तो न लगी? अब कुछ डर नहीं। वह सब चले गये। अपनी उम्र को अन्य अबोध लड़कियों की तरह तुमने भी शायद कल्पना की हो कि वह लड़का तुम्हें ढूँढ़ता आयेगा ही। अब भूल जाओ। वह लड़का फिर तुम्हें ढूँढ़ता हुआ नहीं आयेगा। दुबारा नया जीवन शुरू करो। इतना दुःख किसलिये? मत सोचो कि पाप का बोझ ढोकर आने वालों में तुम्हीं पहली हो। पेरिस में तुम जैसी हजारों लड़कियाँ हैं। पेरिस स्नेहमयी है। महामाता की तरह सभी के गले लगकर सांत्वना देती है।

अच्छा ही हुआ कि इस होटल में भाग आयी। इस होटल की कुप्रसिद्धि के बारे में सुन भी चुकी होगी। कोई भी अनाथ लड़की जब जानती है कि उसके पेट में किसी अपरिचित आदमी की काम-वासना का भ्रूण पल रहा है, तो वह पुल के नीचे चमकते सीन नदी के पानी से आकर्षित हुए बिना नहीं रह सकती। तुमने तो कुछ ऐसा अपराध भी नहीं किया है। शरमाने योग्य कोई अपराध तुमने नहीं किया? हम सबकी आँखों में निर्लज्ज स्वच्छन्दता अब कोई पाप नहीं। जीभ की तृषा के कारण पाप नहीं। तब देह की भूख का पाप कहाँ से आया? दुःखी मत हो। तुमसे कुछ पाप नहीं हुआ है। पुण्यमयी पेरिस महान् माता को देखो, हर रात अंधकार को ओढ़कर, नियान की ज्योति के साथ षड्यंत्र रचती है, अपने सारे भ्रष्टाचार, लम्पटता और हत्या जैसे अपराध झाड़कर अगले दिन सुबह किस प्रकार करवट बदल कर जगती है।

अभी पास आ जाओ। ठण्ड से, घबराहट से काँप रही हो। घबराहट से दूर होकर जोर से मेरे गले लग जाओ। अस्सी की सीमा पार इस बूढ़े के आलिंगन में देह गरमा लो, सपनों की नाव पर चढ़कर काल प्रवाह में अनजान भविष्य का हवा महल ढूँढ़ती जाओ। तुम्हें जीने के लिए भविष्य का आमिष है, मेरे पास भूतकाल की कड़वी यादों का पाथेय मात्र है। उस कोने में कुर्सी पर हठात् मेटिलडा तुम्हारी तरह पार होकर भाग नहीं सकी। उस क्रूर जानवर के बार-बार छुरा भोंकने से खून उछला और वह मूर्छित हो गई। तुम डरो नहीं। यह घटना पचास सालों से अधिक पुरानी है। तब जो मेटिलडा मरी थी कदाचित् फिर कहीं पैदा होकर, अब दुबारा मरने की वय तक पहुँची होगी। किन्तु मैं मात्र अस्सी का बूढ़ा हूँ। दंतहीन जबड़ों से ऋतुमान को चबाते-चबाते गहरी रात में, कलहीन

लाखों तारों को धुंध भरी आँखों से पल-पल देखते, जीवन-मृत्यु की बीती यादें दुहराते, मरना भूलकर, अभी यहाँ ऊँघ रहा हूँ।

रात में सभ्य व्यक्तियों के स्पर्श से दूर इस होटल में अब कुछ भी असम्भव नहीं। रात में वेश्याओं, घातकों, कुट्टिनियों, चोरों और अनाथों से भरा यह होटल, सुबह के समय सभ्यता का दिखावा करता है। तब उसकी पातिव्रत्य की इठलाहट देखते ही बनती है। विदेश के यात्री, कलाकार, अभिनेता और छात्र रास्ते के मध्य तक फैली मेजों के चारों ओर बैठ कर कई कल्पनाओं में डूबे रहते हैं। होटल के भीतर से बीच-बीच में लहराता संगीत चेतनादायक होता है।

तुम्हारा पीछा करने वाले में से कुछ लोगों को मैं जानता हूँ। मुलायम रेशमी डोर से रचित जाल में जाल में पक्षियों को फँसाकर प्राणांतक रूप से घायल करने वाले घातक हैं वे। मान्त मात्तो की सीढ़ियों पर से गलियों में प्रवेश करने वाली अनाथ मुग्ध लड़कियों का पीछा कर, नम्र व्यवहार दिखाकर, धोखे से धन्धे में लाने वाले वे हरामखोर लोग हैं। उनके जाल में तुम कैसे फँसी? इस पर ब्रोझिल का वह तुम्हारा लड़का कौन था? उसका शिकार करना वैसा कठिन भी नहीं, लेकिन ठीक है, तुम्हें दुःख होता हो तो कोई बात नहीं। इस तरह बात-बात पर तुम्हारी आँखें भरती रहीं तो मैं और कोई प्रश्न नहीं करूँगा। बस, यहाँ तुम आराम से रहो, यहाँ कोई कोई भी तुम्हें तंग नहीं करेगा। यहाँ मेरा नाम मात्र सुनकर कोई भी चोर-बदमाश डरता है। मैं ताली बजाऊँ, इतना ही बहुत है, होटल के सारे बैरे तुरन्त भाग आएँगे, श्रद्धा-भक्ति से सिर झुकाकर खड़े हो जाएँगे। कई बार जब मन अचानक उद्विग्न रहता है, मैंने उँगली के इशारे से होटल के गायकों के संगीत को भी रोक दिया है। संसार भूल गया है, तो भी इस बूढ़े का पुराना साहस अब तक ये लोग नहीं भूले हैं। यहाँ की अन्तर्राष्ट्रीय लहूब्रा कलाशाला से एक सुप्रसिद्ध तैलचित्र, रक्षा-दल के सामने सुबह-सुबह चुराकर, फ्रांस और इटली दोनों देशों की सुरक्षा-सेनाओं के उच्चतम अधिकारी-वर्ग को दो साल तक इस बूढ़े ने दिग्भ्रमित कर दिया था। पचास साल पहले देश-विदेश में हर कोई मुझे जानता था, मगर अब? मैं अभी तक जिन्दा हूँ, यह बात पेरिस भी भूल चुकी है।

वैसे देखा जाय तो मेरे जीवन में भी बहुत सारी घटनाएँ घटी हैं। बहुत सारे लोग आये गये हैं। मैं भी सब कहाँ याद रखता हूँ! यह सच है लेकिन जब भी चाहूँ, पिछली यादें फैलाकर बैठने की मुझे फुरसत है। पेरिस के लिए ही अवकाश नहीं। सौर चक्र से टूटी उल्का की तरह वह सदा भविष्य की ओर ही घूमती रहती है।

क्या नाम है तुम्हारा? कोई बात नहीं, बताने की जरूरत नहीं। नया जीवन, नया नाम या नाम भी क्यों? जिसे जैसा भाये, वह उसी नाम से तुम्हें पुकारे। मैं कभी-कभी तुम्हें 'मेटिलडा' के नाम से पुकारूँगा, कभी-कभी मोनालीसा भी कह सकता हूँ। जितने दिन चाहो, तुम हमारे साथ रहो। जब न चाहो, चली जाओ।

यहाँ किसी को, किसी तरह का बन्धन नहीं। मेरे अपनों के लिए ये दरवाजे हमेशा खुले रहेंगे।

हो सकता है, मेटिलडा नाम तुम्हारे लिए अपरिचित हो। किन्तु पेरिस में रहकर तुमने मोनालीसा का नाम तो सुना ही होगा। नहीं, वह लड़की न थी। पहले कभी करीब चार सौ साल पहले वह रूपसी जीवित थी, अब तैलचित्र के रूप में सिर्फ उसकी याद रह गयी है। याद और कल्पना की राहें यद्यपि भिन्न हैं, तब भी कभी-कभी उनका उद्गम, पीछे घटी घटनाओं से प्रेरित होता है। एक बार जन्मा यह जीव क्या फिर से नहीं जन्म लेगा? इन सब प्रश्नों का जवाब ढूँढ़ने में ही मेरी सारी जिन्दगी बीती। पुनर्जन्म कितना ही असम्भव क्यों न लगे, मेरे जीवन में उस पर पूरी तरह विश्वास करने लायक घटनाएँ घटी हैं। करीब चार सौ साल पहले मैं मोनालीसा के साथ जिन्दगी जी चुका हूँ। यह बात मैंने अदालत में घोषित कर दी। वहाँ जितने लोग जन्मे थे, सबने मुझे घूरकर देखा। अपनी बात की पुष्टि के लिए, गवाही के लिए अपने परिचित एक दूसरे व्यक्ति को चार सौ साल बाद मैं कहाँ से बुला लाऊँ? मोनालीसा ही मेटिलडा बनकर जन्मी थी, कुछ दिन मेरे साथ रहकर अचानक चली गई। यह बात जब मैं कहूँगा, उस पर कौन विश्वास करेगा? अपने विश्वास पर लोगों को विश्वास दिलाने के लिए ही एक दिन सुबह लहूब्रा जैसे सुरक्षित स्थान से मैंने मोनालीसा को चुरा ले जाने का साहस किया। तुम इसे समझ सकोगी?

चोरी मेरा पेशा नहीं है। इस बदनाम होटल के इन लोगों के बीच मैं आ पड़ा हूँ, यह एक संयोग है। जब तुम्हारा कोई नहीं था और तुमने जिन लोगों पर विश्वास किया उन्होंने ही जब तुम्हें धोखा दिया, तब तुम्हारे पाँव तुम्हें इस होटल की ओर स्वयं खींच लाये। मैं भी यहाँ इसी तरह आया था। जब अपनों ने मुझे धोखा दिया, जब मैंने विश्वास को सिर्फ एक भ्रम के रूप में जाना, तभी इस होटल की राह आया था। चोरी के अपराध से मुक्त होकर जब मैं जेल से निकला, तब मेरे लिए सभी दरवाजे बन्द थे। इस मुक्त जेल में, अदालत तक कभी न खींचे जा सकने वाले चोर-डकैतों के बीच एक अनाम की तरह जीने का निश्चय कर ही मैं यहाँ आया था।

बोलते-बोलते बात बहुत व्यक्तिगत रूप लेने लगी है न! शैम्पेन भरे काँच के गिलासों में पड़े बर्फ के टुकड़ों की तरह पेरिस इस कोहरे के गिलास में, नियोन प्रकाश की गरमी के कारण विचित्र आकार के ढाँचे-सा दिख रहा है।

मैं जिन लोगों के बारे में कह रहा हूँ, उन पर तुम्हारा ध्यान नहीं है। मुझे लग रहा है कि अचानक मेरी सारी बातें कट गई हैं। उनका अर्थ नष्ट हो गया है। शब्द सिर्फ सत्वहीन खोल है। तुम थक गई हो। इंद्रियों पर तुम्हारा वश भी धीरे-धीरे छूटने लगा। क्या दृष्टि के विकेन्द्रीकृत होने के कारण आँखों के आगे की मूर्ति

तुम्हें छिन्न-भिन्न सी नहीं लग रही है! तुम ऊँघने लगी हो। चलो, ऊपर के कमरे में खाओ-पियो, सो जाओ।

क्या, पुनर्जन्म पर तुम्हारा विश्वास नहीं है? मोनालीसा का तैलचित्र जब तक देखा न था, मेटिलडा के साथ कुछ दिन बिताने पर भी औरों की तरह पुनर्जन्म में मेरा विश्वास नहीं था। मोनालीसा जैसी रूपदर्शी लड़की के साथ चार सौ साल पहले मैंने जिन्दगी जिया था, यह बात अत्यन्त आत्मविश्वास के साथ मैंने कही थी और शपथ ली थी कि मेटिलडा उसी लड़की का पुनर्जन्म है, सारी अदालत दंग रह गई थी। वहाँ पर बैठे लोगों को पुनर्जन्म पर विश्वास हुआ या नहीं, यह मैं नहीं जानता, लेकिन जज ने बहुत ही कम दण्ड देकर केस बन्द कर दिया, यह सच है।

मैं पेरुगी हूँ। फ्लोरेन्स में, आलफ्रेडो गेरे नामक तैलचित्रों के विक्रेताओं के दलाल को जब मैंने पत्र लिखा था तो उसमें अपना नाम विन्सेझो लियोनार्ड दिया था। अपना नाम छिपाने की कोई आवश्यकता भी न थी, फिर भी मैं कारण नहीं बता सकता कि ऐसा मैंने क्यों किया। विश्वास मानो, किसी को, किसी बात पर धोखा देने की मेरी इच्छा नहीं थी। और मैं पेरिस छोड़ भागा भी इसलिए नहीं कि चोरी की बात लेकर मुझे पकड़े जाने का डर था। मेटिलडा की मौत से मुझे धक्का लगा था, मैं ऐसे ही बाहर निकल गया था। लुब्ड्रा से चुराया मोनालीसा का वह तैलचित्र मैं जहाँ-जहाँ गया हर जगह ले गया। जितना भी सोचता, मोनालीसा के पुनर्जन्म पर मेरा विश्वास दृढ़ होता जाता। छुरा भोंकने के घाव से अधिक रक्त स्त्रवित होने के कारण, उस दिन होटल में मेरे सामने ही मूर्छित मेटिलडा की सेवा करते-करते मेरा विचार और भी पक्का हो गया कि मेटिलडा मोनालीसा का ही नया जन्म धारण कर आई है।

मरने वाले फिर पैदा होते हैं या नहीं, मैं नहीं जानता? इस तात्विक विषय पर मैंने माथापच्ची भी नहीं की है। किन्तु मेरे व्यक्तिगत जीवन की परिधि में आई मोनालीसा और मेटिलडा दोनों भी एक ही थीं, इस बात में मुझे कोई सन्देह न रहा। आश्चर्य सिर्फ इतना है कि मेटिलडा ने स्वतः इस बात पर कभी विश्वास न किया।

चित्रकला में मेरी विशेष रुचि भी नहीं है। रंगों के प्रति मेरा कोई आकर्षण भी नहीं है। मैं मोनालीसा को ढूँढ़ने गया भी न था। कलाशाला में उस तैलचित्र के पास मैं घूम रहा था। सबसे पहले मेरी दृष्टि उस तैलचित्र पर पड़ी भी न थी। गले में वैनाकुलर लटकाए उस तैलचित्र को देखती खड़ी उस विदेशी लड़की की ओर मैं आकर्षित था। ईसा के क्रूस के समान आत्मसमर्पण के भाव की तरह खड़ी उस भक्त को देखकर मैं विस्मित हुआ था। उसको इस सीमा तक भावुक बनाने वाली तसवीर को पहचानने के लिए ही मैंने उधर दृष्टि फेरी। मोनालीसा की कालातीत मुस्कराहट की मादकता के बारे में पहले सुन चुका था। किन्तु आश्चर्य की बात

यह कि एक क्षण के लिए भी उस मुस्कराहट से मैं संवेदित नहीं हुआ था। चेहरा न जाने क्यों परिचित-सा लगा। पड़ोस के परिचित-अपरिचित चेहरों को याद करने लगा। मेरी आँखें तसवीर के मुख पर टिकी रहीं। तत्क्षण अतीत की यादों में मन भागा, इसलिए कि उस अपरिचित मुख का परिचय खोज निकाले। मैं जितना ही एकटक उसे देखता, मेरा मन निश्चय में डूबता जाता। मैंने पहले कभी इसे बहुत निकट से देखा है। मगर कहाँ, यह स्पष्ट न हुआ। खाते समय दाँतों के बीच फँसे माँस के टुकड़े की तरह, यह घटना लगातार मेरे मन को मथती रही, मेरी चेतना को पीड़ित करती रही। साथ ही मेरी पिछली स्मृतियों को बार-बार कुरेदने लगी। सपने में, सोते-जागते, उसके साथ घटी घटनाएँ उसके अस्तित्व को निश्चित करने लगीं।

आगे, मेरा प्रतिदिन का यही कार्य बन गया। जब भी समय मिलता, लुब्ड्रा जाता, उस तसवीर के सामने बैठता। मोनालीसा का नाम अब मेरे लिए चिर-परिचित बन चुका था। चार वर्षों के लगातार परिश्रम और अपनी सारी कला-प्रतिभा को कसौटी पर कसकर इस महान् कला-रचना के निर्माता लियोनार्दो द विंची के बारे में मैं जानता था। मगर इस चिरन्तन तैलचित्र की प्रतिरूप वह जवान लड़की कौन थी, इस प्रश्न का जवाब मुझे न मिल सका। इतिहास के विवरण की मुझे आवश्यकता नहीं थी। किसी के परिचय-पत्र की भी आवश्यकता नहीं थी। लेकिन उससे सशरीर मिलने को मेरा मन आतुर था। पहले एक बार मैं उससे मिल चुका हूँ। बाह्य जगत् को उसकी मुस्कराहट का ही परिचय था, किन्तु मुझे वेदना, उद्वेग, क्रोध आदि उसके कई भावों से, इस चेहरे को निकट से जानने का अवसर मिल चुका था।

मैंने सोचा, समय के साथ मैं यह सब भूल जाऊँगा, सब ठीक हो जाएगा। मगर मेरी कल्पना झूठी निकली। धीरे-धीरे, अनजाने में मानसिक रोगी बन गया। सड़कों, दुकानों, गिरिजाघरों, सभ्य व्यक्तियों के बीच, असभ्य व्यक्तियों के बीच—जहाँ भी जाता, उस वय की युवतियों के चेहरे परखता रहता। पेरिस में जहाँ भी जाता, मोनालीसा की याद मुझे हर कहीं तड़पाती रहती। सोचता, इस तैलचित्र का नाश कर देने से ही मेरे मन को शान्ति मिलेगी।

× × ×

सर्दियों में, मानव के निरर्थक जीवन के सार्थक स्मारक की तरह के नातरदम कैथेड्रल को जब मैंने देखा, तो मेरे मन में विस्मयकारी भाव उठे। मनुष्य का अस्तित्व क्या आकस्मिकता है? यदि हाँ, तो जन्म-मृत्यु का क्या अर्थ है? हम सबके जीवन की आवाज को नियन्त्रित करने वाली कोई दैवी शक्ति क्या वास्तव में है? अतीत में कभी मिले प्रियजनों से मृत्यु के कई वर्ष बाद हम एकाएक मिल जाते हैं। काल-प्रवाह में ऐसी पुनरावृत्ति अथवा पुनर्मिलन क्या सम्भव है? एक

जन्म की स्मृति, जन्म-जन्मान्तर तक फैल सकती है, तब मोनालीसा कौन थी? उससे मैं कहाँ, कब मिला था? यह एक मुख्य सवाल मेरे सामने था।

जैसे पानी में डूबा आदमी ऊपर के संसार की पारदर्शी स्वच्छ नीले परदे के पार देख सकता है, काल-प्रवाह के बीच डूबे हुये मुझको सभी सृष्टि-क्रिया अस्पष्ट रूप ये विकृत होकर दिखाई पड़ रही थी। जबरदस्ती कालातीत की गहराई में मुझे क्यों फेंक दिया गया था? ज्ञान-रूपी प्राणवायु के लिए ललचाया हुआ मैं उछलकर ऊपर के संसार में आने का प्रयत्न कर रहा था। अंधकार-प्रकाश निश्चित समय और समयातीत, एक निश्चित जीवन और उसके परे के जीवन का आपसी अन्तर, बन्धन और इनके जीवन से परे एक दूसरे से उलझे जंजीरों की तरह पिरोये जन्म-जन्म की माला—इनके सम्मिलित अस्तित्व का गहरा अनुभव मुझे एकबारगी हुआ था।

इस पर, इन सब अनुभवों और चाहतों को, अपने अस्वस्थ मन का विकृत दुःख-स्वप्न समझकर तिरस्कार करने के लिए मैं तैयार था। किन्तु हुआ कुछ दूसरा ही। किसी अत्यन्त अप्रत्याशित घटना से मैं कलपनातीत अंधे कुण्ड के केन्द्र-बिन्दु में जबर्दस्ती फेंक दिया गया था।

× × ×

मुझे जब पता चला कि जेब में पैसे कम हैं, तो इस होटल में आ गया। तब तक यह इतना बदनाम नहीं हुआ था। बड़े दरवाजे की ओर मुँह कर बैठा मैं आने-जाने वाले राहगीरों को देखता, 'शाम्पेन' पीता रहता था। तभी वे दोनों होटल में घुसे थे। जिप्सी की तरह रंगीन कपड़ों में सजी उस औरत को उसका साथी जवान लड़का अगर बरबस खींचकर नहीं लाता और मेरे सामने की कुर्सी पर नहीं बिठा देता तो मैं शायद उस ओर ध्यान भी न देता। वहाँ आने के पहले ही दोनों खूब पीकर धुत् हो गये थे। पुरुष के मुँह पर शौर्य झलक रहा था। लड़की किसी गहरी वेदना से उत्तेजित थी। स्पष्ट था कि उन दोनों के बीच अनबन हो गयी थी। वह अपने झगड़ों में ही एक-रूप हो चुके थे। होटल के लोगों पर ध्यान देने की स्थिति में नहीं थे। चारों ओर के वातावरण के ज्ञान को पूरी तरह स्वीकार कर दोनों किसी प्राणांतक समस्या के आर-पार भ्रमण करने वालों से लग रहे थे। ऐसी मानसिक व्यथा में थी वह युवती कि अर्ध-विक्षिप्त लग रही थी। मेरी ओर देखकर उसने एक औपचारिक मुस्कराहट बिखेरी।

अचानक मेरी आँखें उस पर टिक गयीं। एक क्षण मैंने अपने पर विश्वास नहीं किया। मेरे हृदय-स्पन्दन की गति बढ़ गयी, साँस तेज चलने लगी। मोनालीसा मुझे मिल गयी थी। मुख-विवर में, देह के आकार में, सब तरह से वह मेरे देखे तैलचित्र की प्रतिमूर्ति थी। सजीव मोनालीसा की तरह थी। मैं जितनी सूक्ष्मता से उसे देखता गया, उसका साम्य और भी स्पष्ट होता गया। यह दृष्टि-दोष तो नहीं है? मैं, मोनालीसा और यह युवती—अपने बीच सम्बन्ध की कलपना करता मैं

बैठा रहा। हे भगवान्! किसी तरह यह युवती एक बार मुस्करा देती तो मोनालीसा की मुस्कराहट से मैं इसकी तुलना कर पाता।

लेकिन उस युवती के चेहरे पर छायी व्यथा देखने पर उसके मुस्कराने की कोई सम्भावना नहीं थी। वह दोनों एक दूसरे से परस्पर लड़ रहे थे। उसकी आँखों के क्रोध की नदी के आगे कोई भी काँप सकता था। देखते-देखते उस लड़की का चेहरा बादलों से भरे बरसाती आसमान की तरह काला हो गया। आँखें बिजली की तरह चमकीं लेकिन होटल के वाद्य-संगीत की आवाज से उनकी बातें स्पष्ट रूप से किसी को भी नहीं सुनाई देती थीं। उसके मुख की म्लानता एकदम गाढ़ी हो गयी और उसने क्रोध का रूप ले लिया। क्रोध के बाद, अकारण भय में परिवर्तित होकर हठात् किसी निश्चय के भाव से वह उठ खड़ी हुई।

अगले मिनट ही चीत्कार की आवाज हुई। बैंड का उन्मत्त संगीत हठात् रुक गया। लोग डरकर अपनी जगह पर खड़े हो चारों ओर देखने लगे। जहाँ भी देखो, चारों ओर शोरगुल, हाहाकार। होटल में बैठे लोगों को पता चलने से पूर्व कि कहाँ क्या हो रहा है, वह आगंतुक युवक, उस जिप्सी लड़की की पीठ में छूरा भोंककर होटल से गायब हो गया था।

जोर से भोंके छुरे के घाव से खून उफन रहा था। तुरन्त मैं उसकी सहायता के लिए भागा। छुरे को धीरे से निकालकर, रक्त-स्राव को रोकने और उसकी देख-भाल करने में वहाँ जुटे लोगों और होटल के परिचारकों ने बहुत मदद की। ऐसे अशुभ क्षण में भी उसके स्पर्श और समीपता से मेरा हृदय पुलकित हुआ। घटना के अन्त पर पहुँचने से पहले लोग पुलिस को रपट करने ही वाले थे कि मैंने बड़ी कुशलता से, उसे अपना परिचित बताकर विश्वास दिलाया। उसका हाथ पकड़कर धीरे-धीरे बाहर आया। मेरे साथ आने में उसे कोई विरोध न था, इससे मुझे आश्चर्य हुआ।

एक तरह से वह मेरी तरह अकेली थी, इस बात का मुझे बाद में पता चला। उसका नाम मेटिलडा था। पेरिस के बाहरी इलाके में, जो उतना प्रसिद्ध न था, वह अपनी माँ के साथ रहती थी। हमारा परिचय धीरे-धीरे घनिष्ठ मित्रता में बदल गया। वही आगे परस्पर भेंट, आत्मीयतापूर्ण वार्तालाप, पत्राचार तक, फिर प्रेम में परिवर्तित हो गया। इतने पर भी उसकी व्यक्तिगत बातों के सम्बन्ध में मैंने उससे कभी चर्चा न की। उस अपरिचित व्यक्ति का खून कर मैं बदला लेना चाहता था, मगर उसी ने मुझे रोका। उस घटना और उस आदमी के बारे में बात करना उसे पसन्द नहीं था, इससे मैं भी चुप ही रहा। उन दोनों के परस्पर सम्बन्धों के बारे में मैं अन्त तक नहीं जान सका।

× × ×

मेटिलडा का मोनालीसा से परिचय न था। मैंने जब उसे बताया तो उसने साम्य को अत्यन्त आकस्मिक बताया। उसने वह तैलचित्र देखना भी नहीं चाहा। मैं जब

भी पुनर्जन्म की बात करता, वह एक तरह की मानसिक उदासीनता का भाव प्रकट करती। उसके बारे में वह कभी कुछ नहीं बोली। अन्दर ही अन्दर कुरेदते अपने घाव की वेदना को छिपाने की तरह अपने भावों को भी वह क्यों दबाती थी, यह मैं नहीं जानता?

उसके मना करने पर भी, एक दिन मैं उसे लहूब्रा कलाशाला में ले गया। वह जब मोनालीसा की तस्वीर देखती खड़ी थी, वहाँ आये कई प्रेक्षक उन दोनों के बीच का साम्य देखकर विस्मित हुये थे। उसके मन पर किसी विशेष परिणाम की आशा कर मैं उसे सूक्ष्म रूप से देखता खड़ा रहा, मगर वैसा कुछ भी नहीं हुआ। सिर्फ एक बार उसने जोर की जम्हाई ली। हम दोनों बाहर निकल आये।

हम दोनों जब नातरदम कैथेड्रल देखने गये, तब शाम होने में काफी समय बाकी था। अन्दर ज्यादा लोग भी नहीं थे। हम जैसे ही मुख्य द्वार पर पहुँचे, धार्मिक चोंगा पहने ईसा की अनुयायी एक महिला ने हाथ की झोली आगे बढ़ाकर दया-भिक्षा के लिए हाथ पसारा। मैंने झोली में जो सिक्के फेंके उनकी आवाज स्पष्ट रूप से सुनाई पड़ी। वातावरण इतना शांत था! मेटिलडा फिर अस्वस्थ हो गयी। मैंने मेटिलडा की कमर में एक हाथ डालकर, उसका हाथ अपनी पीठ पर सहारे के लिए ले लिया और उसे तनिक भी कष्ट नहीं होने दिया और धीमे-धीमे चला आया।

अन्धकार के एक संसार को पीछे छोड़कर प्रकाश के एक नये संसार में प्रवेश करने का-सा मुझे अनुभव हुआ। खिले फूलों की तरह लगने वाले मोमबत्ती के प्रकाश में चारों ओर सेंट आदि की सुगन्ध थी। कतार में खड़े खम्भे उनके ऊपर दोनों ओर फैली भव्य मेहराब। एक विचित्र बात मुझे वहाँ यह लगी कि अपनी पग-ध्वनि ही कुछ अपरिचित-सी सुनाई दे रही थी।

हम दोनों में काफी बात हुई—भगवान् के बारे में, जीवन के बारे में, अपने प्रेम के बारे में। मेटिलडा बहुत खुश लगी। ऊपर प्रांगण में जब हम दोनों खड़े हुये, मैं बेहद प्रफुल्लित था। ऊपर से वह इमारत तक छोटे से द्वीप पर उठी-सी लग रही थी। वहाँ से देखने पर सीन नदी एक छोटे से झरने की तरह दिख रही थी। उस पर कई सारे पुल बने थे, जिन पर धीरे-धीरे चलने वाली छोटी-छोटी मोटर-गाड़ियाँ खिलौनों की तरह लग रही थीं। आगे-पीछे चलने वाले मनुष्य बिन्दुओं की तरह लग रहे थे। पीछे किसी बालक द्वारा खींचे रेखांकन से लगने वाले क्षितिज के किनारे नीली पृष्ठभूमि पर स्पष्ट दिखने वाला ऐफील गोपुर, उससे आवृत शिलामूर्ति, गोपुर, ईसा के मन्दिर, अतीत के भव्य प्रासादों के किनारे गड़ी धातु की सलाखें। पूरा दृश्य अत्यन्त मोहक था।

घड़ी की सुइयों की तरह समय को भी यदि पीछे हटाना सम्भव होता? अतीत की छाया के साथ चार सौ वर्ष हम पीछे जा पाते, तो कितने सारे प्रश्नों का उत्तर आराम से मिल जाता। मैं पहले भी कभी यहाँ आ चुका हूँ। तब मेटिलडा अपने

पूर्व जन्म में मोनालीसा की प्रतिरूप वही महिला रही होगी। किन्तु वह मानती क्यों नहीं यह बात? मेरे पूर्व-जन्म की बातें मुझे स्पष्ट रूप से याद क्यों नहीं आतीं? इस विचित्र समस्या में मैं उलझा हूँ। हे भगवान्, क्या मैं इस कालातीत का रहस्य नहीं जान सकता? संध्या के सुनहले प्रकाश में पेरिस का अद्‌भुत रूप दिखाई दे रहा था। मैंने चारों ओर देखा। कैथेड्रल के बाहर स्थान-स्थान पर शिला से बने अहाते पर बने मानव, आधे प्राणी, आधे देवता, आधे दैत्य की विचित्र मूर्तियाँ। कितनी सदियों से ये यहाँ रोज जीवन-मरण से ग्रस्त पेरिस को निश्चल और निर्लिप्त आँखों से देखती खड़ी होंगी? काश, अपनी बात कहने के लिए उनके पास भाषा होती?

बाहर से देखने पर कैथेड्रल, आधे पंख खोल, बहुमुखी होकर आकाश की ओर उड़ने जैसे सन्नद्ध एक पक्षी की तरह लग रहा था। तभी मेटिलडा अचानक एक घाव के तीखे दर्द से तड़प उठी। हम दोनों जल्दी-जल्दी वहाँ से निकल आये।

वही हमारी अन्तिम भेंट थी। हठात् घाव का विष फैला और मेटिलडा मर गई थी। इसकी खबर मुझे मिली। मैं एकदम घबरा गया। यदि वह उसी दिन होटल में मर गई होती तो मेरी कहानी कुछ दूसरी ही होती। विधि ने मुझसे छल किया था। मेटिलडा और मोनालीसा के पुनर्जन्म का रहस्य समझने से पहले ही मैंने मेटिलडा को खो दिया था। मुझे फिर से मोनालीसा की तसवीर के सामने जाना पड़ा।

मेरी मतिहीन दौड़ फिर से शुरू हुई। बार-बार लहूब्रा जाने लगा। जब भी समय मिलता मोनालीसा के साथ बिताता। कलाशाला की इमारत से अब मैं पूरी तरह परिचित हो चुका था। सीधी राह, चोर राह, जल्दी से पहुँच पाने वाली राह—कुल मिलाकर कलाशाला का भव्य नक्शा अब मेरे दिमाग में था। सुरक्षा-दल की कार्यविधि का ब्यौरा, प्रकाश-व्यवस्था आदि सब कुछ को मैं सूक्ष्म रूप से जान चुका था। मेटिलडा की खाली जगह को अब मोनालीसा ही भर सकती थी। मुझे लगा, अब तैलचित्र को अपने पास रखे बिना मैं जी नहीं सकता। इस प्रकार मैंने उस तैलचित्र को चुराने का निर्णय लिया।

× × ×

22 अगस्त, 1911 के दिन पेरिस एक अविश्वसनीय घटना सुनकर चौंक पड़ा। लहूब्रा से सुप्रसिद्ध तैलचित्र 'मोनालीसा' चुरा लिया गया। सुरक्षा-दल के प्रमुख वार्डन और उसके डेढ़ सौ साथी उस समय पहरे पर थे। इस घटना से सुरक्षा-दल बहुत अपमानित हुआ। दिन के प्रकाश में, जब कोई प्रेक्षक न था, अपनी पूर्व-नियोजित योजना के अनुसार, इमारत के नीचे एक कोने में सीढ़ियों के पास, जहाँ लोगों का आना-जाना नहीं था, चित्र से उसका चौखट और शीशा अलग कर, मैंने सुरक्षा-दल के सामने ही तैलचित्र चुराया था।

पूरा देश बहुत क्षुब्ध हुआ। अब तक जनता मानती आई थी कि राष्ट्र की कला-सम्पदा सुरक्षा-दल की निगरानी में सुरक्षित है, जनता इस विपरीत स्थिति पर

विश्वास न कर सकी। सारे देश ने आत्मशोध किया। आखिर, इस चोरी का उद्देश्य क्या हो सकता है? किस कार्य के लिए यह मूर्खतापूर्ण साहस किया होगा? सारा संसार इस तैलचित्र के बारे में जानता है, ऐसी हालत में लाभ की इच्छा से इसे फिर बेचने की मूर्खता करने वाला इस संसार में वह कौन है?—इस चोरी को लेकर जानने, न जानने वाले सभी लोगों ने, अण्ट-सण्ट सिद्धान्त पेश किये। एक नाना नामक जासूस भी प्रयत्न कर विफल हो गया। लहूब्रा के कार्यकर्ताओं में हर एक को अलग-अलग पकड़कर, सताकर, डराकर पूछा गया। झूठ-मूठ की कहानियाँ गढ़कर, झूठे आधारों पर खोजा गया, मगर मोनालीसा नहीं मिली। आगे धीरे-धीरे लोग इसे भूलने लगे।

मोनालीसा को लिए-लिए मैं गाँव-गाँव घूमा। कहीं पर मुझे शान्ति न मिली। जहाँ भी जाता, कानून शिकारी कुत्तों की तरह मेरा पीछा कर रहा था। कमाई की सारी राहें बन्द हो गई थीं। जीना भी दुस्तर होने लगा। अन्त में मोनालीसा को नीलाम कर जीने की हताशा का छल पनपा।

इस निर्णय पर पहुँचने के बाद मैंने आलफ्रेडो गेरे नामक दलाल को पत्र लिखने का साहस किया।

विन्सेंझी लियोनार्ड के नाम से मैंने उसे पत्र लिखा। यह घटना फ्लोरेन्स की है। नाम छिपाने में मेरा कोई उद्देश्य न था। मेरी हालत बिगड़ चुकी थी। भूख से मेरा बुरा हाल था। लौटकर पेरिस नहीं जा सकता था। हाथ में पैसे नहीं थे, मोनालीसा का पागलपन उतर चुका था। भूख के आगे प्रेम झुक चुका था। मैं अब इस सत्य को समझ चुका था कि मोनालीसा का साथ रेगिस्तान में मरीचिका का पीछा करने की तरह है।

मैं आर्थिक रूप से बहुत हीन स्थिति पर पहुँच चुका था। फ्लोरेन्स में मैं जिन होटलों में ठहरता, उनका किराया चुकाने की सामर्थ्य अब मुझमें न थी और कितने दिन इस तरह छिपकर जी सकता था? इस तरह की कायरतापूर्ण जिन्दगी से मैं ऊब गया था।

तैलचित्र की बिक्री के बारे में मैं कुछ भी नहीं जानता था। मैंने एक समाचार पत्र में अलफ्रेडो गेरे की कलाशाला का पता और उसके तैलचित्रों के बिक्री के सम्बन्ध में एक विज्ञापन देखा। मैंने तुरन्त उसे अपने पास रखे मोनालीसा के मूलचित्र के बारे में लिखा और आर्थिक कठिनाइयों के कारण उसे बेचने का अपना विचार प्रकट किया। यह भी लिखा कि अगर वह मान जाय तो मैं स्वयं उसके पास आ सकता हूँ।

जैसा सोचा था, अगले दिन ही उसका जवाब मिला। ठीक समय पर मैं आलफ्रेडो गेरे की कलाशाला में पहुँच गया। उसके साथ एक सभ्य व्यक्ति मेरी प्रतीक्षा में बैठा था। वह फ्लोरेन्स की प्रसिद्ध कलाशाला का प्रमुख जियोवाग्नि पोग्गो था, इस बात का मुझे बाद में पता चला। उन दोनों के मुख पर मेरे प्रति एक

कृत्रिम चित्र के विक्रेता और धोखेबाज की सन्देहात्मक भावना थी, जिससे मैं गुस्से में आ गया। यह बात मैंने उन्हें स्पष्ट कर दी कि यदि उन्हें ऐसा सन्देह है, तो वे मेरे होटल में आकर चित्र की परीक्षा कर, सन्देह दूर कर सकते हैं। धन के बारे में भी बात करके लौट गया।

होटल आकर कागज में मोड़कर रखा वह चित्र मैंने उनके सामने ही खोला। मोनालीसा की मुस्कराहट देखकर मेरी आँखें भर आयीं। वैसे देखा जाय, तो मोनालीसा ने मुझे कभी कोई मानसिक शान्ति न दी थी, हमेशा वह मेरी सुप्त भावनाओं का उद्रेक करती आई थी। किन्तु यह कैसी विचित्र वेदना है!—मैंने सोचा। दोनों ने चित्र की परीक्षा की। जियोवाग्नि पोग्गो ने अपने साथ लाई दूरबीन की सहायता से चित्र की सूक्ष्म परीक्षा की। अपने साथ जो विवरण लाया था, उनकी इस तसवीर के साथ तुलना की। यह लहूब्रा से चुराई गई मूल तसवीर थी, इसे पहचानने में उन्हें अधिक समय नहीं लगा। उन्हें मानों अपने आप पर विश्वास न हो रहा हो, ऊपर से नीचे तक मुझे उन्होंने बार-बार घूरकर देखा।

खबर बिजली की तरह चारों ओर फैल गई। पुलिस ने मुझे हिरासत में ले लिया। इसी की मुझे प्रतीक्षा थी। जैसे मैंने स्वयं पुलिस को अपनी खबर दे दी थी। दो साल तक जो पुलिस मुझे ढूँढ़ने में असमर्थ हो चुकी थी, अब अपनी ही कोशिश से मैंने अपने को उनके पंजे में फँसा दिया था। पुलिस इन्स्पेक्टर जनरल, तैलचित्रों के दलाल गेरे, कलाशाला का पोग्गो—जब अपने को इस कीर्ति के हकदार धीरोदात्त नायक मानते हुए तमाम झूठी बातें प्रमुख समाचार-पत्रों में छपवाने लगे तो मुझे इनसे घृणा हुई। मुझे पकड़ने के लिए इन सबके झूठे साहस की रपट को समाचार-पत्रों ने बड़ी निर्लज्जता से प्रकाशित किया। पेरुगी यदि चाहता तो तैलचित्र को जलाकर मोनालीसा को किसी को किसी के हाथ लगने ही न देता? अथवा किसी के हाथ में न फँसकर अन्त तक आराम से रह सकता था। मेरे मन ने यह स्वीकार नहीं किया। उस चित्र पर मेरा पूर्ण स्वामित्व था। यह कृतघ्न संसार नहीं मानता, तो मैं क्या कर सकता हूँ?

अदालत की सुनवाई शुरू होने तक मुझे जेल में ही रहना था। मोनालीसा वैभव के साथ कलाशाला में ले आई गई। पेरुगी अब फ्रांस और इटली में हर कहीं एक परिचित व्यक्ति था। मोनालीसा को फिर से देखने के लिए, लोग रोज पागलों की तरह बड़ी संख्या में आते रहे। इस घटना के कारण फ्रांस और इटली—इन दोनों देशों के राजनीतिक सम्बन्धों में मतभेद उत्पन्न होने की सूक्ष्म स्थिति पैदा हो गई थी, क्योंकि फ्रांस ने गलत कल्पना की थी कि शायद इटली लहूब्रा को तसवीर नहीं लौटायेगा। भाग्य से ऐसा कुछ भी नहीं हुआ। सारे सम्भ्रान्त लोगों और सेना की सलामी के साथ मोनालीसा फिर लहूब्रा लौट गयी।

× × ×

सुनवाई के समय अदालत खचाखच भर गई थी। प्रतिष्ठा-प्राप्त सभ्य पत्रकार, सामान्य जनता बड़ी संख्या में हाजिर थी। मैं जानता था कि मेरी सफाई पर कोई विश्वास नहीं करेगा, मगर मैंने सत्य कहा था। मैंने कहा, ''चार सौ साल पहले मैं मोनालीसा के साथ रह चुका हूँ। यह भी कहा कि उसे साबित करने के लिए चार सौ साल पहले का सबूत मैं कहाँ से लाऊँ? मुझे पुनर्जन्म पर विश्वास है। अगर न्यायालय इस बात पर विश्वास न करे, तो मैं क्या कर सकता हूँ? यह भी कहा कि मेटिलडा मोनालीसा का ही पुनर्जन्म थी, इसी कारण मैं उस पर अनुरक्त था। अदालत शान्त थी। वहाँ उपस्थित लोगों को मेरी बातों पर विश्वास न आया। मगर आश्चर्य की बात थी कि जज को मेरी बातों पर विश्वास हुआ था, उन्होंने मेटिलडा की तसवीरें आदि उपलब्ध हों तो उन्हें अदालत में हाजिर करने की आज्ञा की। तसवीरों में उन दोनों के परस्पर साम्य को भी पूरी तरह स्वीकार किया। किन्तु उस तैलचित्र पर मेरा न्याय-सिद्ध अधिकार है, इसे इन्कार कर दिया। सहायक जजों का गुट यद्यपि पूरी तरह सहमत न था, फिर भी कुल मिलाकर उन्होंने मेरा पक्ष लिया। किन्तु न्यायालय अनुभवातीत सत्य को कैसे मानता? न्यायालय से मुझे सीमित दण्ड मिला। इस तरह न्यायालय में सुनवाई पूरी हो जाने तक चूँकि मैं जेल में था, तात्विक रूप से उसे दण्ड मानकर, मुझे मुक्त कर दिया गया।

मेटिलडा चली गई थी, अब मोनालीसा ने मेरा साथ छोड़ दिया। जेल से मैं मुक्त हो चुका था। अब जाऊँ तो कहाँ जाऊँ? इस संसार में अपना कोई न था। एक-दो बचे लोगों के घर के दरवाजे भी जेल से छूटे अपराधी के लिए बन्द हो चुके थे। मेरे जीवन के उत्तरार्द्ध का यह विरोधाभास है कि मैं जब तक जेल में था, सज्जन था, अब वहाँ से निकलकर इस बदनाम होटल में ठहरना पड़ा है।

× × ×

कहानी पूरी हो गई। सुनकर तुम ऊब गई होगी। बुढ़ापे के आधे भुलक्कड़पन और अति-वाचालता के कारण घटनाओं को उलट-पलट कर मैंने कहानी कही है। तुम्हारे जीवन में नई श्रद्धा, नई आशा पैदा करने के लिए मैंने कहानी को इस तरह कहा है, बेटी! मेटिलडा की तरह तुम भी शिकारी के हाथ फँसे जंगली जानवर की तरह भागकर इस होटल में आई हो। इसे मैं आकस्मिकता कैसे मानूँ? जीवन में आकस्मिकता जैसी कोई बात नहीं है। सब कुछ पूर्व-योजित है। हम यहाँ कुछ भी अपना समझकर नहीं कर सकते? पेरिस की तरह भविष्य की ओर अविश्रांत चलते रहना चाहिए, बस! तुम, मैं, सीन नदी, पेरिस, नातर्दम कैथेड्रल—यह सब कौन जाने, जन्म-जन्मान्तरों से जुड़ी एक जंजीर हो! कैसे कहूँ कि यह नहीं है।

✦

सेवा-निवृत्त

✦

पी० लंकेश

THINGS FALL APART : THE CENTRE CANNOT
HOLD MERE ANARCHY IS LOOSENED UPON
THE WORLD. —W. B. Yeats

प्रकाश में न आ पाने के कारण अपना पहला मृत उपन्यास जब मैं लिख रहा था, उन दिनों लालबाग के एक कोने में पत्थर पर बैठकर अपने अनुभवों को सँवारता था। लेखक एक अजीब तरह का जीव होता है, उसे कुछ बार अपनी ही दुम का साया पकड़ने की कोशिश में थकावट होती है। घने जंगल की राह पकड़कर, दिशाहीन होकर चुपचाप पाँव बढ़ाता जाता है। शरीर में चर्बी बढ़ाकर यह जीव पाप, पुण्य के साथ हल्के थन वाली भैंस की तरह गन्दले पानी में घुसकर फेरे लगाता रहता है।

अपने बारे में सच कहूँ तो नियम-कानून आदि की सँकरी प्रामाणिकता में मेरा विश्वास नहीं है। जानता हूँ, पैसा बहुत सुख ला सकता है, फिर भी धनवानों के बारे में मेरी श्रद्धा कम है। अधिकार से मैं ऊब गया हूँ। अपने अफसरों को दूर से ही पहचान कर दूसरी राह से निकल जाना मेरी आदत है। मुझसे परिचित कई लोग इसे अहंकार कहते हैं। कुछ लोग इसे मूर्खता कहते हैं। मेरी गलतियाँ पहचानकर, मेरी अवहेलना कर मुझे क्षमाकर प्रेम दिखाने वाले दोस्त मेरी जायदाद हैं। मेरे उद्धत, शरारतपूर्ण व्यवहार करने तक पर सहमकर मुझ पर तरस खाने वाली मेरी बीबी, बेटी मेरी प्राण हैं।

सुना है, लेखक को कुछ गुण बढ़ाने होते हैं। भावनाओं को विशेष रूप से। यह उसके लिए जीवित रहने का मार्ग है। इस पर भी राक्षस आकर हमारी छाती पीटकर अपने तेज दाँतों को और तेज करता है। जिन्दा आदमी के पसीने की दुर्गन्ध से ही वह हार मानकर भागता है। यदि ऐसा नहीं हुआ तो वह राक्षस हमारे प्राण ही लेकर निकल जाता है, और तब हमें सिर्फ देह बनकर घूमना पड़ता है। उस राक्षस का पीछा कर राट्स जैसे कवि ने अपने जीवन को बहुत समय तक समृद्ध रखने की कोशिश की और सार्थकता पायी।

लालबाग की घास पर चुप बैठा रहता हूँ। खुशी से भरी दस-दस साल की लड़कियाँ लहँगा पहनकर चलती नहीं, उछलती फिरती हैं। धारवाड़ की ओर से

बँगलूर देखने की इच्छा से आये लड़के, मास्टर, एकांत की आशा में घूमने वाले प्रेमी, चार साल के बच्चे की उँगली पकड़कर घूमने वाले मुंशी, मुझे अकेले बैठा देखकर हँसी उड़ाने वाली नटखट लड़कियाँ सहानुभूति दिखाती हैं। मनुष्य जब अकेला रहता है, तब उसकी आँखें खुली रहती हैं।

एक रविवार को दो वृद्ध, मैं जहाँ बैठा था, वहाँ आये। उनमें एक थोड़ा मोटा, लम्बा था, गोल चेहरा, खूब शेव कराके, माथे पर तिलक लगा रखा था। बनियान नहीं पहने था। बिल्कुल साफ एक सफेद ढीला कुर्ता पहन रखा था। उसकी छाती के सफेद बाल, भारी आकार की तोंद साफ बता रहे थे कि उसमें ज्यादा जीवन नहीं है। दूसरे की भी उम्र वही थी—दुबला, कुत्ते को मारने वाले डण्डे की तरह था वह। उसके सिर पर कहीं-कहीं काले बाल थे। उसके चेहरे पर अनगिनत झुर्रियाँ इतनी थीं कि उसे देखने पर उसका रूप भूल जाता था। उसकी आँखों में थोड़ा-सा प्रकाश था। मैं किसी से बोलना नहीं चाहता था।

मोटा बूढ़ा बिना घमण्ड के अंग्रेजी में बोला, 'क्या हम भी यहाँ बैठ सकते हैं?' 'जी' मैंने कहा। बूढ़ा बहुत खुश होकर, अपनी छड़ी रखकर बैठते हुए बोला, 'आइये प्रह्लाद राव, बैठिये!' दुबला आदमी संकोच से अभी हिचकिचा रहा था। तब मैंने, 'आइये सर, बैठिये!' कहा। फिर वह बैठ गया। इतने में ही उन दोनों के बीच काफी बातचीत चली होगी। जब दो ही लोग रहते हैं तो बहुत देर तक बातचीत नहीं चलती। तीसरे आदमी से बकवास करने के लिए दोनों तैयार थे। मोटा आदमी एक-दो मिनट तक बिना किसी विषय के ही बोलता रहा। 'लालबाग बहुत सुन्दर है, हवा ठण्डी है।' लम्बे पेड़ों पर आँखें दौड़ाकर मेरी ओर मुड़ा और बोला, 'क्या आपका नाम जान सकता हूँ, जी?'

वह कई प्रश्न नहीं कर सकता था। मैंने कहा, 'लंकेशप्पा कहते हैं मुझे। यहीं सेण्ट्रल कालेज में नौकरी करता हूँ, शादी-शुदा हूँ।'

बूढ़ा, अट्टहास कर हँसा, 'हाहा-हाहा हा-हा! आपका जवाब मजेदार है। यह नहीं समझना कि मैं आपको लड़की देने आया आया हूँ। देखिये प्रह्लाद राव! देखा इस जनाब का जवाब? आपने जब कहा कि आपकी लड़की के लिए वर नहीं मिल रहा है, तो मैंने उसे गम्भीरता से लिया ही नहीं। आपकी लड़की भी क्या है, छोड़िये, पुतली जैसी है, उसके लिए मैं वर ढूँढूँगा।' प्रह्लाद राव बात बढ़ाना नहीं चाहता था, बोला, 'हम दोनों यहीं रेविन्यू आफिस में थे। अब सेवा-निवृत्त हैं, ये साहब हमारे बॉस हैं, इनका नाम नरसिंह राव है।'

'ये बॉस थे कहिये, प्रह्लाद राव! अब सिर्फ दोस्त हैं, सब उसी सर्वशक्तिमान की लीला है।' कह कर नरसिंह राव ने सुँघनी की डिबिया निकाली।

बात आगे बढ़ने की सूचना।

वय के प्रति मेरी थोड़ी-सी श्रद्धा है। उस श्रद्धा में थोड़ा-सा भय भी है। मुझे भी एक दिन बुढ़ापे का सामना करना पड़ेगा। इसी से उनकी कहानी के प्रति मेरी

दिलचस्पी जगी। नरसिंग राव ने अपने रोब-दाब आदि के बारे में बताया। वह जब शिकारपुर में अमलदार थे, तब एक नम्बरी आवारा के नाम से प्रसिद्ध थे। उग्र नामक आदमी का घर किस तरह जब्त किया, साठ बोरी धान बाहर निकाला, अपने आफिस में किसी की परवाह न करने वाले गोविन्द राजु नामक गुमाश्ते को सस्पेण्ड कर किस तरह पैरों पर गिरने की हालत पर ले आये, किसी अफसर के सामने न झुकने वाली टाइपिस्ट मीरा पर रिमार्क लगाकर अपने घर आकर गिड़गिड़ाने की हालत पर पहुँचा दिया था—इस तरह अपनी कहते-कहते वह प्रह्लाद राव की ओर मुड़े और वे सन्दर्भ के अनुसार 'वही तो' 'फिर क्या।' आदि कहते रहे। मैं इन दो बूढ़ों का नाटक मुफ्त में देख रहा था। इस नाटक की भूमिका बहुत सरल थी। नरसिंह राव अपने आफिस की जिन्दगी को कब्र से उखाड़ कर, प्रह्लाद राव को अपने बड़प्पन की याद दिला रहा था और प्रह्लाद राव मशीन की तरह "वही तो" "फिर क्या" जोड़ता जा रहा था।

एक के पास अब अधिकार नहीं है, दूसरे में आज्ञाकारिता नहीं है। दोनों दोस्त बनने की कोशिश कर रहे हैं और अपनी कोशिश में पराजित हो रहे हैं।

संसार को अपना अस्तित्व दिखाने की नरसिंह राव की इच्छा को मैं उसकी बातें सुनकर सफल बनाता रहूँ, यह जरूरी था। लेकिन सुनने में मैं समर्थ हूँ और नरसिंह राव के पास शायद सुनाने के लिए बहुत था। वह बहुत बोला। इन दिनों के अफसरों को खूब गालियाँ दीं। आजकल के अफसरों की बातें कुत्ता भी नहीं मानता कहकर, अपने बाद आये अफसरों का उदाहरण दिया। आजकल रिश्वत-बख्शीश बेबाक बढ़ रहे हैं। यह न सकझना आप कि उन दिनों यह बिल्कुल नहीं था। फिर भी उच्च अधिकारी स्थिति को अपने नियन्त्रण में रखते थे। आजकल की तरह सब खुल्लम-खुल्ला नहीं चलता था। है न प्रह्लाद राव? आपने तभी घर बनवाया था न, उस घर का अब क्या किराया मिलता है? गृह-प्रवेश का वह जलसा आज तक नहीं भूला। गुमाश्ता होकर ही आपने इतना सब कर लिया।

बूढ़े का यह हीन मनोभाव देखकर मेरा खून गरम हो गया। उससे पूछा, 'लगता है, आपने नहीं कमाया या मौका नहीं मिला?'

"जी, सुनिये...चाहता तो लाखों कमा सकता था। जूठन के लिए जीभ पसारने की चेतना नहीं थी मेरी। उस तरह कमाया होता तो आज किराये के घर में क्यों रहना पड़ता? कुछ लोग हैं, जो कीचड़ पर गिरे नये पैसे भी जीभ से उठा लेते हैं। उन्हें भगवान् ऐसा ही बना रहने देगा? उन्हें सिर्फ लड़कियाँ देकर, बीबी को दूसरों के साथ फँसा कर, बीमारी देकर कष्ट देगा। भगवान् बड़ा है, जी!'

बूढ़े में बाहर निकलने के लिए बुरे विचार उतावले हो रहे थे। जाने-अनजाने वह प्रह्लाद राव को गाली दे रहा था। प्रह्लाद राव का चेहरा देखने की मुझमें हिम्मत नहीं होती थी।

× × ×

मैं छुटपन में शक्कर के लिए रोता था। इस आशा में कि बड़ा होकर अटारी पर रखी सारी चीनी खा सकूँगा। मैं देखा करता था कि कितना बढ़ा हूँ।

किन्तु जब मैं बड़ा हुआ तो शक्कर के प्रति मेरा मोह दूर हो चुका था। दूसरे नये कुतूहल जीवन को आकर्षित करने लगे थे।

कुतूहल शायद बहुत अच्छा गुण है।

अगले दिन पहले लालबाग आया और आराम से बैठकर नाखून काट रहा था कि वह आदमी आज, कल से मजबूत हो गया है शायद इसलिए कि नरसिंह राव साथ में नहीं था। 'नमस्कार' बहुत ही गम्भीरता से कहकर, पास आकर बैठा, 'नरसिंह राव अभी नहीं आये? आना था न!' मैंने कहा।

'ईमानदारी और दबदबे पर किसी को लेक्चर झाड़ रहे होंगे।' कहकर मुस्कराया।

'छोड़िये भी, उसकी ईमानदारी के बारे में जैसे कोई नहीं जानता।!

'छोड़िये भी' प्रह्लाद राव ने कहा 'चरित्रहीन आदमी है, जितना भी कमाया सब औरतों पर खर्च किया। तीन-तीन बीबियों को खा गया। आफिस में मीरा नाम की एक टाइपिस्ट थी। उसको ज्ञानेश्वर की तरह तंग किया, फिर अन्त में उसने इसकी चप्पलों से मरम्मत की।'

''फिर, फिर?''

''रहने दीजिये, यह भी क्या जीना है? अब यह फिर शादी करना चाहता है। दुष्ट जीव है।''

प्रह्लाद राव कल के अपमान का बदला ले रहा था। दूर से नरसिंह राव को आता देख जल्दी-जल्दी उसकी कहानी कह बीच-बीच में जोर से हँसकर समाप्त करने तक नरसिंह राव आ गया। वह पहले ही शंकाग्रस्त बूढ़ा था। आते ही पूछा, ''क्यों हँस रहे थे?'' प्रह्लाद राव ने झूठ बोलकर उसका मुँह बन्द करना चाहा। नरसिंह राव ने विश्वास करने की तरह बर्ताव कर अपना गुस्सा छिपा लिया। बिना मतलब की बकवास करने लगा। लड़कियों के लिए वर ढूँढ़ने से लेकर भ्रष्टाचार-निषेघ तक सारी बातें उसने कीं। प्रह्लाद राव का उदाहरण लिया। मैं ऊब गया। आगे से यहाँ न बैठने का निश्चय कर लिया। प्रह्लाद राव का मुँह बन्द करने के उद्देश्य से ही थोड़ा कठोर होकर बोला, ''जी, आपके कितने बच्चे हैं?''

''कोई नहीं।''

''यदि होता तो वह मेरी उम्र का होता। आप बुरा मत मानिये। दोस्ती बड़ी चीज है। आपको इस तरह बोलना नहीं चाहिये। प्रह्लाद राव को बुरा लगता है।'' मैंने कहा।

वह जोर से पेट हिलाकर हँसा।

"हाहा-हाहा...मैं प्रह्लाद राव को नहीं जानता! मेरी आँखों के सामने इसने आँखें बन्द कर दूध पिया है।" कहकर अपनी निकटता दिखाने के लिए प्रह्लाद राव की पीठ थप-थपाकर, आँखें मटकाते हुए बोला, "अजी राव जी, वह वहाँ मूँगफली बेच रहा है, जाकर दो आने की ले आओ! लो, ये दो आने, जल्दी जाओ!" वह प्रह्लाद राव को थोड़ी देर के लिए वहाँ से हटा देना चाहता था।

प्रह्लाद राव उठा नहीं। उसे डर इस बात का था कि जब वह नहीं रहेगा तो यह और भी भद्दे तरीके से बातें कर सकता है। उसने अपने जीवन में पहली बार अपने भूतपूर्व उच्च अधिकारी का सामना करने की हिम्मत की थी। वह हिम्मत कर वहीं बैठा रहा। माथा सिकोड़कर बोला, "आप ही जाइये।!"

मेरे सामने नरसिंह राव ने अपने पौरुष की प्रशंसा की थी, अब अपने भूतपूर्व निम्न अधिकारी की यह बेअदबी वह निगल नहीं सका। अनपेक्षित उत्तर से क्षुब्ध हो, थोड़ी हिम्मत बात-बात में पुराना रोब लाते हुए बोला, "जाइये जी आपको कितना घमण्ड हो गया है?"

"आप ही जाइये जी, आपको कितना अहंकार है?" प्रह्लाद राव ने उत्तर दिया। उसके गेहुएँ रंग के चेहरे पर हास्य की जगह गुस्सा उमड़ आया था। "नरसिंह राव, आपका यह रोब अब नहीं चलेगा। दिखावा करता है। जैसे कोई नहीं जानता कि तुम्हारे पास कितनी पूँजी है। मीरा का चप्पल से मारना भूल गया क्या? गोविन्द राजु ने तुझे फाइल से पीटा था।" नरसिंह राव गुस्से में डण्डा लेकर उठ खड़ा हुआ। "अरे साले, मुँह बन्द करेगा या तेरी पूजा करूँ?"

दोनों बूढ़े खड़े होकर पागल कुत्तों की तरह चिल्ला रहे थे। संकोच या हिचकिचाहट से अब तक उनके मन में जो भूत छिपे थे, एक-एक कर नाचने लगे। कोई-न-कोई बहाना बनाकर नरसिंह राव शायद प्रह्लाद राव के घर जाकर उसकी बेटी पर डोरे डालता होगा। प्रह्लाद राव स्पष्ट मना करने की अब प्रतीक्षा कर रहा होगा। अब तक की जिन्दगी दोनों के लिए भार के समान थी।

मुझे लगा कि अब मार-काट शुरू हो जायेगी, इसी कारण मैं उठा और प्रह्लाद राव को दूर ले गया, "सर, इस उम्र में झगड़ा करना अच्छा नहीं, घर चले जाइये।"

प्रह्लाद राव, "इसी गली के कुत्ते का कोई घर भी है?"

नरसिंह राव, "इसीलिए तो तेरे घर आता हूँ। जब तक तुम्हारी बेटी और बीबी हैं, मैं शादी क्यों करने जाऊँगा?"

वह आदमी इस उम्र में जब औरत, शादी आदि की बात कहने लगा तो मुझे हँसी की जगह भारी दुःख हुआ। औरत ने उसके मन में बहुत तरह की कल्पनाओं को जगाया होगा किन्तु उसने अपने को किसी भी सम्बन्ध के लिए अयोग्य बना

लिया था। वह एक राक्षस बन गया था। समूह से छूटे पक्षी की तरह वह धीरे-धीरे नाश को प्राप्त हो रहा था।

× × ×

आफिस में अपने व्यक्तित्व का निर्माण कर ये दोनों व्यक्ति अपने बीते वर्षों के बोझ के नीचे विकृत रूप से कराह रहे थे। उन्हें देखकर, और विशाल आसमान को छूते हुये पेड़ों की स्वच्छन्दता को देखकर मैं झूम उठा।

शिशिर में पत्ते झाड़कर खाली-खाली लगने वाले पेड़ बसन्त ऋतु में गहरी हरियाली को धारण कर उदार बन जाते हैं, हर्षोद्गार करते हैं। उचित ऋतु में उत्साह से उछलने वाले मादा और नर हिरन शेष समय अपने कर्त्तव्य का पालन करते हुये सहज जीवन बिताते हैं।

सम्भव है, यह सब मेरा भावाडम्बर हो, समय बीतने के बाद फूल को बच्चे फल का रूप न दे सकने वाले, छाया न दे सकने वाले उपयोगहीन लकड़ी के अलावा बिना प्रयोजन के कितने पेड़ हैं? बच्चे न पैदा करने वाले किसी के लिए अप्रयोजक कितने जानवर हैं?

आशा मुझे घेर लेती है।

चारों ओर छोटी-छोटी लड़कियाँ अपना लहँगा घुमाकर हाथ फैलाकर कूदती हैं, ताली बजाती हैं।

दूसरी ओर नव-दम्पत्ति एक दूसरे के गले लगकर गम्भीरता से घू रहे हैं। मेरे छात्र और छात्राएँ मुझे देखकर, इस ओर आना छोड़कर दूसरी ओर मुड़ जाते हैं।

क्षुद्रता की जगह उदारता क्यों नहीं आ सकती? मुझमें सन्तोष क्यों नहीं भर सकता? क्यों नहीं गुप्त रूप से मुझे मारने के साथ-साथ दिन मुझे जीवन-रस से क्यों नहीं सींचते? पेड़ की तरह सीधे खड़े होकर, बिना किसी झुकाव के, बिना किसी हीन प्रवृत्ति के, छाया, फूल खिलाना सम्भव क्यों नहीं होगा?

✦

माँ

✦

डॉ० यू० आर० अनन्तमूर्ति

'रात होते ही क्रूर जन्तुओं का संसार, ऊपर से वह क्रूर माँ चूँकि बच्चे को पूरी रोटी के लिए हठ पकड़ने के कारण उसे आँगन में धकेलकर सिटकिनी लगा कर फिर वहीं रोटी बनाने लगी है...।'

'माँ, कहानी कहते समय तुम रोती क्यों हो?'

'नहीं बेटा, रो नहीं रही।'

बगल में सोया बच्चा किसी बात से नहीं मानता। माँ के उत्तर के लिए लगातार पूछ रहा है। किसी तरह नहीं सोता। कहानी कहकर कैसे सांत्वना दी, ''देखो, रात बहुत हो गयी है। कहानी सुनते-सुनते सो जाना बेटे, क्योंकि उस बच्चे को बहुत डर लगा था।'

लेकिन नहीं, शीनू कोई बात नहीं मानता। साड़ी के आँचल से आँख पोंछ कर अब्बक्का बेटे की पीठ सहलाकर फुसलाने की आवाज में कहती है, ''बोलो नहीं बेटे, झूले में बच्ची सोई है, उठ जायेगी, अब कहानी सुनो, कहती हूँ। वह बच्चा इतने जोर से रो रहा था, तब भी पापी माँ ने...।'

'नहीं, मुझे कहानी नहीं चाहिए। सुबह से लगातार क्यों रो रही हो, बतलाओ?'

आठ साल का है यह लड़का, तब भी कितनी बुद्धि है इसमें? माँ से कितना लगाव है?

हृदय खोलकर कहे बिना कोई राह नहीं। अब्बक्का का मातृ-हृदय इतना दुः खी है। शीनू से कहे क्यों नहीं?

कह सकती है, किन्तु कैसे!

'तेरा एक बड़ा भैया था बेटे, आज उसका जन्मदिन है!'

'अब वह भैया कहाँ है माँ?'

'अब्बक्का क्या कहकर जवाब देती? सेना में भर्ती हुआ? कहीं दूर होटल में भर्ती हुआ, फैक्टरी में गया? बाजार में लोगों की चीजें ढोकर कुली का काम करता है? अनाथ परदेसी की तरह मर गया? माँ से त्यक्त उस बच्चे को सुख क्या है, दुःख क्या है...कैसे कहेगी?

उसे आठ-दस साल पहले देखा था। किन्तु अपने बेटे को अब भी पहचान सकूँगी।

नाम चेलुवा था। जैसा नाम वैसा ही वह सुन्दर था। देखने वालों की दीठ लगती।

काला ऊँची आदमी। लम्बा, मुख, नीम की सलाई की तरह पतली भौंहें, गोदा हुआ, ऊँचा माथा। किनारे पर झुकी हुई नाक। शिव जी के त्रिशूल के धार की तरह चमकती हुई वह दो छोटी, गोल आँखें। थोड़ी-सी गम्भीरता, थोड़े गर्व से भरी मुद्रा के मोटे होंठ, रुखे घुँघराले बालों वाला वह बड़ा सिर, जैसे अभी नींद से जागकर आया हो। वह धीमी चाल...।

अब्बक्का की आँखों से मानो ये सारे दृश्य चिपके हैं। दस-बारह साल जिसे आँख की पुतली की तरह रखकर पाला-पोसा उस चेलुआ का रूप वह कैसे भुलाये?

माँ, बोलो न, भैया कहाँ है?''

''तुम्हारी माँ से चिढ़कर कहीं दूर चला गया।''

इससे आगे अब्बक्का क्या कह पायेगी? कहेगी भी तो यह बच्चा क्या समझ पायेगा?

''माँ, उसको जाने से तुमने रोका क्यों नहीं?''

अब्बक्का की छाती में यह बात छुरी की तरह चुभती है। उसको यदि यह पता होता कि वह इस तरह जिद पकड़कर चला जायेगा, तो वह उसके सामने आँचल पसारकर रुकने की भीख माँगती। क्रोध के क्षण में उसने चार निष्ठुर बातें जरूर कही थीं। उतने से ही वह...।

''पिता ने मना क्यों नहीं किया माँ?''

शीनू के यह बात पूछने पर वह उससे कहे बिना कैसे रहे?...''कितने दिन और इस बच्चे से छिपाकर रख सकती हूँ।''

''तुम्हारे पिता और उसके पिता भिन्न हैं बेटा! उसके पिता के मर जाने के बाद...।''

अब्बक्का ने दूसरी शादी कर ली। उसके जन्म लेते ही उसके पिता मर गये। उसके बाद तेरह वर्षों तक कई जगह कुली आदि का काम कर अकेले ही उसने चेलुवा को पाला, फिर यह शादी हुई। इसी बात पर उसमें और बेटे में मनमुटाव और...।

यह सब यदि वह कहेगी तो यह अबोध बच्चा शीनू कैसे सम्झेगा? इसी से कुछ भी समझने में असमर्थ बच्चा आँखें खोलकर एकटक देखता हुआ चुप है।

उसके बाद...चूँकि अकेले नहीं जी सकी, इस मोह में फँसकर...शायद उसे ऐसा नहीं करना चाहिए था।

किन्तु उसकी जात में ऐसा होता है? सीतू ने किया है। अक्कू के तीन विवाह हुए हैं। पाँच बच्चों की माँ मोटी ने परसों ही तो किया है। तब मेरी क्या गलती?

किन्तु तेरह साल के सयाने लाड़ले बेटे के कहने पर, उसकी बात टालकर जो हुआ, उसे।

क्या चेलुवा ऐरे-गैरों की बात में आकर मेरा विरोध करे, यह ठीक है? जिस माँ ने पाल-पोसकर उसे बड़ा किया, उसी को मारने चले? माँ गुस्से में कुछ कहे और वह घर छोड़कर भाग जाय? बेटे का यह बर्ताव क्या ठीक है?

बेचारी माँ को ही न समझने वाला चेलुवा। माँ के वात्सल्य की थाह से अपरिचित बच्चा! जन्म देने वाली माँ को ही छोड़कर...आठ-नौ साल हुए एक बार इस ओर मुड़कर भी नहीं देखा। आँखों में तेल भरकर प्रतीक्षा करने वाली माँ को एक पत्र नहीं लिखा।

क्या एक बार माँ का चेहरा देखने की इच्छा नहीं हुई बेटे की।

'माँ, घाटी से पिता जी कब लौटेंगे, वह आयँगे तो तुम्हें इस तरह रोने नहीं देंगे।'

कितनी प्यारी बातें बोलता है यह बेटा शीनू!

उसकी वह सँवरी मूँछें। पान चबाकर लाल बने सदा मुस्कराते होंठ। पत्ते और मुरेठे से झाँकने वाले वह लम्बे बाल! चह चमकते बड़े-बड़े कर्ण-भूषण, कुलियों के साथ उसकी मैनेजरी का वह रोब।

देवता जैसा आदमी...

उसकी माँ धान कूटते समय जो गाना गाती थी, उसमें जैसा वर्णन था—

बिस्तर बिछाओ, कहा
चमेली का फूल पहनो, कहा
ऊब गई हो बीबी तो सो जाओ कहा
ऊब गई हो बीबी तो सो जाओ कहा मुझे देखकर...।

मायके ही क्यों? संसार को ही भूल जाओ कहा उस रसिक ने। भरी जवानी में मैं सब भूल गई तो आश्चर्य ही क्या! इस मोह में पुत्र-वात्सल्य भी मैंने क्षण भर के लिए भुला दिया। इसी से तो मैं जो कभी क्रोधित न होने वाली थी, क्रोधित हुई। अपने दुलारे को गाली दी, दोष दिया। अपने सुख में रोड़ा अटकाने वाले बेटे को धिक्कार कर आगे बढ़ गयी।

हाय, मैं पापी हूँ न! वह भी कैसा मोह! किसी माँ की कोख ने शायद ही ऐसा किया हो। तभी कुछ लोगों के विचार से मैं वेश्या की तरह उस तरह उस ओर बढ़ी थी।

मेरे साथ जिसने प्यार किया, वह सभ्य व्यक्ति था। किन्तु उस पापी मोह के कारण अब बेटा हाथ से निकल गया।

न जाने कहाँ जाकर, किस बाघ का शिकार बन गया? किन लुटेरों के हाथ फँसा? असहनीय दुख के कारण किस नदी में कूद पड़ा? पता नहीं, अकेले होकर कहाँ भूख से तपड़पा। माँ के जीते जी अनाथ उसका क्या हुआ, पता नहीं?

आज उसका **जन्मदिन है**। साथ रहता तो आज बाईस साल का होता। बहू लाकर पोते से खेलने का पुण्य मुझे कहाँ? मैं माँ हूँ, नहीं, नहीं राक्षसी हूँ! पिशाच हूँ! कठोर पापिनी हूँ!

'कह रहा हूँ न माँ, रोओ नहीं, मानोगी न!'

'बेटा, अभी तक तू सोया नहीं!'

'तुम रोती रहोगी तो मैं सोऊँगा ही नहीं!'

'मैं रोती नहीं, शीनू, सो जा!'

'भैया की ही गलती है कि वह तुम्हें छोड़कर चला गया। तुम क्यों रोती हो माँ, छोड़ो। बताओ वह कहानी, फिर आगे क्या हुआ...वह बच्चा जब रो रहा था...।'

'रोते देखकर भी मुझ जेसी क्रूर माँ को उस पर दया नहीं आयी...तभी बाँस के झुरमुट की जड़ से सट्-सट् की आवाज हुई। यह कैसी आवाज है कह बच्चे ने जैसे ही अपनी छोटी आँखें पूरी तरह खोलकर देखा, तो वहाँ एक बाघ था।

बच्चा थर-थर काँपने लगा और अपनी छोटी-छोटी हथेलियों से दरवाजा जोर-जोर से खटखटाकर अपनी तुतलाती बोली में ही बोला, 'आधी रोटी ही काफी है माँ, दरवाजा खोलो!' आँखें पोंछ कर माँगना शुरू किया।

बाघ शब्द बोलने के लिए भी बिचारे की जीभ नहीं खुली। मुझ जैसी क्रूर माँ को इतनी भी परवाह नहीं कि बच्चा रो रहा है।

'आधी रोटी काफी है माँ, दरवाजा खोलो!'

रोना रुक गया। 'हठी अब जाकर चुप हुआ' कह, रोटी खाती माँ ने बाहर आकर दरवाजा खोलकर देखा, वह अबोध बच्चा कहाँ है, बाघ के मुँह का कौर बन गया।

'नीच माँ के कारण, पापी माँ के कारण, दुष्ट माँ के कारण, बेटा सही उम्र का बेटा—बाघ के मुँह का कौर बन गया।

बाघ के मुँह में!

किसी जंगल के मुँह में!

किसी नदी की गोद में!

कहाँ! कैसे!! क्यों?

हाय माँ,...मेरी माँ...

आयेगा भी कि नहीं आयेगा?

वह मेरा बड़ा बेटा, मेरी आँखों का तारा, वह चेलुवा, वह जिसे मैंने अपने से घर से बाहर निकाल दिया, वह बेटा, वह दुलारा बेटा—

आयेगा भी कि नहीं आयेगा?

प्रतीक्षा कर करके थक गई है अब्बक्का। अपनी झोपड़ी के बाहर, साँप की तरह गोल-गोल मुड़कर पहाड़-पहाड़, जंगल-मैदान सबके बीच दूर-दूर घूमकर अपने बेटे की प्रतीक्षा में आँसू बहाकर तड़पती रही है।

आयेगा भी कि नहीं आयेगा?

यदि आयेगा तो उसे खाने के लिए कटहल का चूरण मन भर देगी। पहनने के लिए अच्छा कपड़ा खरीद देगी—जो तीन सौ चाँदी के रुपये खुद जमा किये हैं, उससे उसकी शादी रचायेगी—वह चाहे घर में ही बैठकर खाता रहे। वह उसकी देख-भाल करेगी। मना कर देगी पति से उसके बारे में। एक भी कठोर शब्द उसके मुँह से नहीं निकले। लेकिन चेलुवा...

आयेगा भी, कि नहीं आयेगा?

वह मेरा प्यारा बेटा...

बाहर यह कैसी आवाज है।

"माँ...माँ...माँ..."

किसकी आवाज?

मध्याह्न की चिलचिलाती धूप में थकी आवाज। मृदु प्रेमिल थकान भरी माँ पुकारने वाली आवाज!

हाय! दरवाजा खोलने से पहले ही इस तरह छाती क्यों...

ओह, तुम, आ गये मुन्ना...आखिर इतने दिन बाद तुम आ गये...अपनी माँ के अपराध क्षमा कर दिये चेलुवा...

बैठो बेटा, कितने दुबले हो गये हो!

प्यासा होकर आया, भूखा आया, कहाँ-कहाँ अनाथ बनकर घूमा होगा मेरा बेटा! मेरा दुलारा चेलुवा!

तेल मलकर नहालाऊँगी बेटा। मुझे छोड़कर कहीं मत जाना। माँ की कोख पर आग न लगाना, सुना! तुम्हें छोड़कर मैं यह जीवन जी न सकूँगी।

हाय, हाय...

यह क्या बेटा, फिर कहाँ चले! माँ को क्यों त्यागते हो बेटा, यह क्यों, इस तरह बर्फ की तरह बरस कर गायब हो रहे हो चेलुवा? क्या तुम्हें मेरी जरूरत नहीं है?

तुम्हारी आँखों में इस तरह तिरस्कार क्यों? नहीं, इस तरह घूरकर नहीं देखते बेटे।...तुम्हारे लिए उन्हें, अपने प्राणों से प्रिय उन्हें त्याग दूँगी चेलुवा। लेकिन ये...ये दो बच्चे मेरे पेट से जन्में हैं...तुम्हारा छोटा भाई चेलुवा...तुम्हें भेया समझकर प्यार करता है, बेटा! बहुत-बहुत प्यार करता है। तुमको, कभी नहीं त्याग सकती बेटे...तुम्हारी सौगन्ध!

मेरे लिए रुको बेटा...! मेरी सौगन्ध रुको, ...रुको...चेलुवा...! चे...लु...

माँ...माँ...माँ...नींद में इस तरह क्यों रो रही हो, तुम्हें क्या हुआ माँ?

बगल में आठ साल का बेटा शीनू, जो अभी-अभी सोया था, एकदम उठकर अब्बक्का की देह हिलाकर पुकारता है, झूले में जो बच्चा सो रहा है माँ, वह दूध के लिए रोता है।

अब्बक्का उमड़ते आँसुओं को साड़ी के आँचल से पोंछने की कोशिश कर, बच्चे को छाती का दूध देती है...।

उस नीरव, गम्भीर अंधकार में दुःख-संतप्त छाती से दूध बहता है, मीठा दूध। लेकिन माँ की आँखों से पानी भी बहता है, खारा पानी।

अनन्त होकर...।

✦

नल में पानी आया

✦

के० सदाशिव

छे किरायेदारों वाले लाइन से बने घरों में सीतम्मा और रंगम्मा के घर एक ही दीवार के अगल-बगल थे। सीतम्मा के घर बैठकर रंगम्मा गप्पें लड़ाती थी।

सीतम्मा की कोख में एक जीव उलट-पलट रहा था। आज कल में ही होने वाला था।

'बहुत डर लगता है, रंगम्मा!'

दस बच्चों की माँ रंगम्मा के सामने शर्म से बोली, 'उस दिन क्या होगा? सुन-सुन कर जान लिया है, लेकिन अभी तक, मुझे कोई अनुभव नहीं है।'

'इस तरह नहीं डरते बेटी!'

दस बच्चों को जन्म देकर सात बच्चों को बचा पाने वाली ने धीरज की बात कही। अंधेरे कमरे में जिसकी पलकें बन्द थीं, उस जीव के पलटने से माँ की देह को दर्द पहुँचा। चेहरा लाल होकर झुक गया। शर्म से होंठ नहीं खुले।

सीतम्मा को चावल के बरतन की याद आयी। वह धीमे से रसोई घर में गई। पानी के लिए उसने नल खोला। आश्चर्य हुआ कि पानी की धार बहुत पतली आ रही थी। ऐसा लगा कि वह एक दो मिनट में बन्द होने वाला है।

लगता है पानी रुक जायेगा, रंगम्मा!

जैसे उसने कोई बुरी खबर सुनी हो, या जिस जगह वह बैठी थी, वह जगह अचानक गर्म हो गई हो। रंगम्मा उठकर घर की ओर भागी। घड़ा नल के नीचे रखा और नल खोला तो थोड़ी हिम्मत हुई। पानी की पतली धार आ रही थी। इधर नल खोलने से उधर सीतम्मा के घर नल बन्द हो गया।

धागे-सा भरता पानी अब बूँद-बूँद गिरने लगा, फिर वह भी रुक गया।

हमेशा इसी तरह होता था।

उस घर में नल खुलते ही इस घर में नल सों-सों की आवाज करके बन्द हो जाता है। यदि कृपापूर्वक वहाँ बन्द किया जायेगा, तभी इधर पानी आ सकता है।

पानी भरना भूलकर नल को ही दीपक के प्रकाश में सीतम्मा देख रही थी। उसे रंगम्मा के घर, घड़े में पानी भरने की आवाज सुनाई पड़ रही थी। घड़ा तीन चौथाई भर जाने पर गले तक पानी के आने की आवाज जैसे ही वह सुनती,

प्रतीक्षा करने लगती कि अब वहाँ नल बन्द होगा, मगर जैसे ही घड़ा भर गया, पानी कुण्डे में उड़ेलकर नल के नीचे फिर घड़ा रख दिया। पानी की आवाज से अपनी धारणा की गलती का पता चला। कोख के बोझ से वह खड़ी न रह सकी, वहीं बैठ गई।

दर्द कभी-कभी दिख जाता था।

'पीने के लिए एक बूँद पानी नहीं है, जरा बन्द करेगी रंगम्मा।'

रंगम्मा को जोर से सुनाने के लिए पुकारा।

रंगम्मा गिन रही थी कुण्डा भरने में चार घड़े, बड़े बरतन में दो, गंगा सागर में...

कुण्डा भरते समय याद आया कि पति ने कल स्नान करने की बात कही थी और बड़ा बरतन भरने के लिए पानी मिल जाय तो बस सुबह उन्हें तेल मलकर स्नान करा सकूँगी।

'अजी रंगम्मा, जरा नल बन्द करिये...पीने के लिए एक बूँद भी पानी नहीं है।'

सीतम्मा की आवाज जोर से पानी के गिरने की आवाज से भी बढ़कर सुनाई दी।

'बाप रे, कितने जोर से चिल्लाती है?'

'बन्द करूँगी, जरा ठहरो।'

उसने उसी ऊँचाई से जवाब दिया।

आखिर सुनाई तो पड़ा, बाप रे, जरा-सा पानी बन्द करने को कहती हूँ तो कैसे बोलती है? नल के चबूतरे पर बैठकर सीतम्मा ने सोचा—चार-चार बार आवाज देने के बाद उत्तर दिया है।

तीन मिनट और बीत गये।

जरा-सा दर्द हुआ, चेहरे पर जरा-सी पसीने की बूँदें दिखीं साथ ही डर भी लगा। पति घर में नहीं हैं। आज सुबह ही अपने बॉस के साथ मुआइने के लिए दूसरे गाँव गये हैं। पहले दर्द हुआ होता तो उन्हें रोक सकती थी।

तभी उसे फिर याद आया और उसने आवाज लगाई, 'अजी, जरा नल बन्द कीजिये।'

उसने उसका नाम लेकर पुकारने का संयम भी खो दिया था।

नल तो रहेगा...अभी तीन घड़े भर लूँगी—उसके बाद अपनी खुशी से जितना चाहे पानी भरो...कौन मना करता है? मैं क्या सिर पर ढोकर ले जाऊँगी यह सारा पानी।

कुड़कुड़ाकर रंगम्मा फिर चिल्लाई, 'हो गया जी...अभी बन्द कर दूँगी...' मानो कह रही हो हाय, मरती क्यों हो?

उतने में ही पानी और पतला हुआ और धीरे-धीरे क्षीण होकर बन्द हो गया। नल सों-सों करने लगा।

'धत् तेरे की, अभी और दो घड़े हो जाते तो काम चलता।'

नल के अधिकारियों को रंगम्मा ने गालियाँ दीं। फिर भी पानी नहीं आया।

छि:, उन्हें इतनी भी दया नहीं आयी। मैंने कहा भी कि पीने के लिए पानी नहीं है, तब भी बन्द नहीं किया। एक-दो लोटे भी मिल जाता तो काम चलता। उसने फिर आवाज दी।

'अजी, जरा बन्द कीजिये।'

सहनशीलता मिअ चुकी थी, छाती दुःख से भर गई थी, देह भर गुस्सा फैल चुका था। फिर भी उसे छिपाकर आवाज दी।

'बन्द किया जी...'

रंगम्मा ने चिल्लाकर जवाब दिया।

डर गई सीताम्मा, जैसा उसने सोचा था, पानी पूरा बन्द हो गया।

'बाप रे...उसने हठ कर पानी नहीं दिया।' आँखों में आँसू की एक बूँद छलक आयी। दस बच्चे जना तो क्या हुआ, दिल में दया नहीं।

दर्द फिर से उठा। भूख बहुत तेज लगी थी। धीरे से खिसकर थाली रखी। उसे याद आया सुबह एक लोटा पानी भर रखा था। आशा से कोने में रखे लोटे की ओर देखा। पूरा नहीं उसमें तीन चौथाई पानी था। थोड़ी-सी हिम्मत बनी।

खाना परोसकर आधा ही खाना खाया था कि दर्द फिर बढ़ा...

'दर्द हो तो जोरे का काढ़ा बनाकर पी लेना, इस पर भी न रुके तो बुलाना, मैं आ जाऊँगी।'

परसों जब दाई देखने घर आई थी, तब मैंने जाते समय कहा था, 'डर की कोई बात तो नहीं?'

'नहीं, नहीं, फिर मैं तो हूँ?'

पति ने पूछने पर इस तरह कहकर धैर्य बँधाया था। सच ही कितनी भली औरत है वह! मेरी माँ नहीं है, पिता जिन्दा हैं मगर मायके बुलाने की उनमें शक्ति नहीं।

तभी याद आया कि काढ़ा बनाना है। किन्तु लगा कि शरीर में उतनी ताकत नहीं है, उसने सोचा कि यह उचित होगा कि रंगम्मा को ही बुलाएँ! अगले मिनट ही स्वाभिमान जग गया, ...नहीं...लोटे भर पानी के लिए उसने कैसा बर्ताव किया

है, उसे क्यों बुलाऊँ? दर्द से गले में कौर नहीं उतरा। उठकर हाथ धोया और दर्द में ही जाकर चूल्हा जलाया और दो गिलास भर पानी उबाल कर काढ़ा बनाया।

नल में पानी बन्द होते ही रंगम्मा का गुस्सा बढ़ गया था। अभी एक-दो घड़े भरने हैं, कहते ही पानी बन्द हो चुका था। उतने में ही सीतम्मा चिल्लाने लगी थी। शरीर गुस्से से जलने लगा। पानी एकाएक बन्द हो गया था, भला उसे उस तरह 'पानी बन्द कीजिये।' कहकर बोलना था? 'जल गई, अब मरने दो, देखेंगे...।'

हाँडी, बर्तन आदि में जो पानी भर रखा था, उन्हें ढँककर, घूँट भर पानी पीकर, दिया बुझाकर वह ओसारे में आयी। तभी पति खर्राटे लेने लगे थे। सोचा, बच्चे भी सपने देख रहे होंगे। दीवार पर लटकाई कुप्पी उठाकर कमरे में जाकर घड़ी देखी। साढ़े ग्यारह बज रहे थे। फिर ओसारे में आकर बिस्तर बिछाया। बिस्तर बिछाते समय उसे लगा—वह पानी के लिए मर रही थी—मुझसे माँगती तो एक लोटा पानी उसे न देती? और कुछ नहीं, यह घमण्ड है...हुँह, कौन पूछता है? तनकर बैठेगी तो बैठने दो, मेरा क्या नुकसान होता है, पानी बन्द हो गया तो इसमें मेरी क्या गलती है?

बिस्तर बिछाकर धूल झाड़ा तभी याद आया कि दूध ढाँककर नहीं रखा, वह रसोई घर की ओर भागी।

सीतम्मा ने कहाढ़ा बना उसे ठण्डा कर पी लिया और बाहर आकर बिस्तर बिछाकर बैठ गयी।

'मैं चार दिन गाँव में नहीं रहूँगा, माँ जी...कृपया, देखभाल कीजियेगा। रात में आप हमारे घर सो सकें तो बड़ी कृपा हो?'

'अरे, उसमें क्या बात है। मैं भी तो इन्सान हूँ, जरूर सोऊँगी। आप निश्चिन्त होकर अपने काम पर जाइये! मेरे बच्चों में से एक सीतम्मा भी है।'

दूर गाँव जाने से पहले पति ने उन्हें बुलाकर कहा था। मुझे सांत्वना दी थी, धैर्य बँधाया था। तब यह सब उसे याद रहा था। वह दूर हैं तब भी उन्हें घर की ही चिन्ता बनी होगी। अकेलेपन के कारण अपनी हालत के बारे में सोचते-सोचते उसका मन डर से भर गया। इच्छा हुई कि बुलाएँ, तभी दूसरे पार्श्व से मन ने, नहीं...देखेंगे...वही खुद आ सकती है। सुबह ही उसने धैर्य बँधाया था...वह सब याद तो होगा ही उसे।

भय के साथ स्वाभिमान मिलकर एक भूत बन गया।

उसे सुनाने के लिए ही उसने कम्बल झाड़ा। यह सोचकर कि आवाज सुन कर वह आ सकती है।

मगर वह नहीं आई?

तब स्वयं बुलाये, या...

चादर झाड़कर प्रश्न का जवाब देने की कोशिश की। अस्पष्ट उत्तर भयानक था। सम्मान को धक्का पहुँचाकर बुलाना भी ठीक न होगा और अकेले सोना भी सम्भव नहीं...। पेट का दर्द उसके निश्चय को हिला देता था। हिम्मत छूट जाती थी। दर्द बीतने के बाद आगे आने वाले दृश्य की कल्पना कर उसकी देह के चारों ओर लज्जा घूमने लगी है। दिया धीमा कर बिस्तर पर लेटे-लेटे धीमे प्रकाश में वह मानव पुत्र की तसवीर देखते हुए पड़ोसिन की प्रतीक्षा करने लगी।

रंगम्मा को कम्बल का झाड़ना सुनाई पड़ा था।

—रात उसके घर सोऊँगी?

—क्यों?

—उसका पति गाँव में नहीं है, कहकर गया है। बेचारी के दिन पूरे हो चुके हैं।

—ठीक है, उसमें क्या बात है?

सुबह का खाना खाते समय ही रंगम्मा ने पति को मना लिया था, फिर अब जब सीतम्मा कम्बल झाड़ने लगी, उसे सब कुछ याद आया। फिर भी वह चुप रही। उसको गुस्सा आये तो मैं क्या कर सकती हूँ? इतनी-सी बात पर वह चिढ़ जाय तो लो हँसेंगे! तनकर बैठी है तो बैठने दो, मुझे क्या पड़ी है कि जाकर उसके पाँव पकड़ूँ। अभी इतनी छोटी है, उससे मैं दस बच्ची की माँ होकर डाँटती फिरूँ?

कुप्पी जोर से जल रही थी। सुबह से काम करके थक गई थी। बिस्तर पर पड़ने को मन हो रहा था। बिस्तर पर बैठी थी, बच्चे को थोड़ा-सा खिसकाकर, दिये को हाथ भर दूर रखकर, वह सो गई।

हाय की आवाज!

कुप्पी जोर से जल रही थी।

नींद से आँख बंद हुई जा रही थी, तब भी कोशिश कर, उसे खोलकर वह प्रतीक्षा कर रही थी—यह सोचकर कि वह बुलाएगी।

'हाय, हाय...मैं मरी...'

बच्चे को सहलाते हुए रंगम्मा ने सुना।

'हाय...हाय...'

जमीन हिली...छत काँपी...

कमरे में धुआँ भर गया, साँस अटक गई...

उसके चारों ओर बच्चे खड़े होकर हँस रहे थे...

एक मिनट भी नहीं बीता था कि सीतम्मा का पति सामने खड़ा अँगारे उगल रहा था...

नर्स ने भी चिढ़कर देखा...

उसका पति मानो गुस्से में निगल जाएगा।

जरा संभाल नहीं सकती थी?

उतनों को क्यों जन्म दिया?

राक्षसी...

रंगम्मा ने हाथ फैलाकर सभी को हटाना चाहा, किन्तु हाथ ऊपर उठता ही नहीं।

सीतम्मा पड़ी है...

नवजात शिशु क्रन्दन कर रहा है...

जमीन हिल रही है...छत काँप रही है...

धड़ से जाग गई रंगम्मा। आँख खोलते ही तेज जलते दीपक की रोशनी उसे भयानक लगी। बगल में बच्चा रो रहा था। रोते बच्चे को गोद में लेकर थपकी दी। नींद का परदा हटते ही अपने अस्तित्व का परिचय मिला। हिम्मत बढ़ी। बच्चा सो गया...कमरे में जाकर जब समय देखा, विश्वास ही न हुआ...तभी साढ़े चार बजे थे। बाहर कहीं-कहीं से कौवे की काँव-काँव सुनाई दे जाती थी। जब पूरी तरह जग गई तो उसे रात की सारी घटना याद आई। फिर स्वाभिमान जाग्रत हुआ। बहुत हठीली लड़की है! मेरा पति तो प्रौढ़ है। औरत में इतना हठ नहीं होना चाहिए!

धीरे से उठकर हांडी का चूल्हा जलाया।

पानी गरम होने तक घर के काम-काज करती रही। बीच-बीच में अनजाने वह सीतम्मा के घर के दरवाजे की ओर देखती।

पानी गरम होते ही पति को जगाया, तेल मला, नहलाया। उसके स्नान घर से उठने के बाद गीला तौलिया धोने के लिए, नल के पास पहुँची। नल में अभी पानी नहीं आया था। इसी कारण वह अन्दर से एक लोटा भर पानी ले आयी।

कपड़े धोने की आवाज से सीतम्मा जागी। जब आँखें खोलीं, दिया मंद प्रकाश से जल रहा था। सब कुछ याद कर काँप गई। बच गई। दर्द भी रुक गया था। धीरे से उठकर पीछे के दरवाजे से बाथरूम गई। जाते-जाते मुड़कर देखा। रंगम्मा को देखते ही रात की सारी घटना याद आई और बुरा लगा। चुपचाप जाकर हांडी में झुककर देखा। नीचे थोड़ा पानी बचा था। उसका चेहरा उसमें आधा बिम्बित हुआ। खाली घड़ा कमर पर रखा। तीन घर पार के कुएँ से पानी लाने के लिए चल पड़ी।

स्नानघर से बाहर आकर, रंगम्मा के आगे से खामोश, सिर झुकाये निकल गयी।

'घड़ा इधर दो सीताम्मा!'

रंगम्मा ने कहा।

उसने जैसे ही बाहर की तरफ आगे एक-दो पग रखा, रंगम्मा ने सीतम्मा की कमर पर रखे खाली घड़े पर हाथ रखा...

सामने नल पर पानी आने की आवाज हुई।

तड़के पानी खूब जोर से पत्थर पर गिरा। पानी ऊपर तक उछल कर दोनों के चेहरे पर आ पड़ा। सीतम्मा ने रंगम्मा का चेहरा देखा। रंगम्मा की आँखें भर आयी थीं, उसने अपना चेहरा दूसरी ओर मोड़ लिया।

✦

तबरगाथा

✦

पूर्णचन्द्र तेजस्वी

पडुगेरे के लोग आपस में बात करने लगे कि तबरसेट्टी पागल हो गया। पडुगेरे के बाजार में जितने पागल थे, उनमें तबरसेट्टी पच्चीसवें नम्बर का था।

पडुगेरे में किसी के पागल हो जाने पर कोई परेशान नहीं होता, क्योंकि यहाँ के पागल अचानक दिमाग खोकर एकबारगी पागल नहीं होते थे। ये सभी अत्यन्त सहज रूप में क्रमिक गति से पागल हुए थे। लोगों को पता होता कि अमुक व्यक्ति पागल होने को है और जब वह पागल हो जाता तो 'दुत पगला' नाम देकर लोग उसे स्वीकृति देकर स्वीकार कर लेते। कुल मिलाकर इन पागलों का अपना एक इतिहास होता था।

तबरसेट्टी पडुगेरे गाँव का एक अत्यन्त परिचित व्यक्ति था। वह अंग्रेजी हुकूमत के समय में सरकारी नौकर बना था। अंग्रेजों के नियम और अनुशासन आदि की प्रशंसा करते हुए, पुरानी यादों को उसी रूप में ताजा रखकर गुनगुनाने वाले दो लोगों में एक थे डाक्टर सिलवा और दूसरा था तबरसेट्टी। इन दोनों में से कोई जब कभी अपनी पुरानी यादों को दूसरे किसी से कहता तब उसको सच्चाई साबित करने के लिए परस्पर एक-दूसरे का उल्लेख करता था।

अंग्रेजी हुकूमत के समय तबर ने जब चुंगी के महकमे में वसूली का काम निभाना शुरू किया, तो उसे बहुत घमण्ड आ गया था। सभी उसका आदर करते थे। तरकारी-मछली आदि वस्तुएँ पडुगेरे ले जाने के लिए जो लोग लाते, कर भरकर उसे भी कुछ थोड़ी वस्तुएँ दे देते थे।

उन दिनों देश में कोई आन्दोलन शुरू हुआ था। स्वतंत्रता संग्राम युद्ध की गर्मी उतरने से पहले ही इसकी नई गरमी चढ़ने लगी थी। तभी तबरसेट्टी की शादी हुई थी। अप्पी या अप्पम्मा नामक मंगलूर प्रदेश की एक लड़की से तबर ने विवाह किया। दोनों चुंगी के पास बैठ कर कई बार स्वाधीनता की लड़ाई के बारे में बातचीत करते थे। उन दिनों अंग्रेजों के विरुद्ध लड़ने वाले गांधी नामक एक आदमी का नाम जोरों से सुनाई देता था। तबर और उसकी बीबी इस लड़ाई का कारण स्पष्ट रूप से नहीं जानते थे? इतना जानते थे कि अंग्रेजों को इस देश से बाहर निकालना ही इस आन्दोलन का उद्देश्य था। तबर देशभक्त भी न था, किन्तु कहता था कि काले लोगों के बीच विकार की तरह घूमने वाले ये गोरे अपने लोगों के बीच शांति से क्यों नहीं रह जाते? उसे लगा था कि जो भी हो गांधीवाद में

कुछ सत्य है। किन्तु सत्याग्रह के बाद जब तार आदि काटना कार्यक्रम का हिस्सा बनने लगा, तब तबर के लिए मुसीबत आ गई। वह अभिप्राय भेद बताकर चुप नहीं रह सकता था। उसे किसी एक पक्ष के लिए काम करना पड़ता था। कर देने से इनकार कर घूमने वाले लोगों को देखकर तबर चुप नहीं रह सकता था। तबर घबरा गया। इस गांधी का घर बरबाद हो कहकर उसने गुस्सा प्रकट किया। किसी तरह कोशिश करके पडुगेरे सर्किट हाउस में जमादार की नौकरी पा ली और चुंगी चौकी से मुक्त हो गया। गोरे राजाओं, अफसरों की सेवा-शुश्रूषा बहुत निकट से कर तबर जान गया कि देखने में भिन्न लगने पर भी वे हम जैसे ही मानव हैं।

इसी बीच सत्याग्रह की गरमी बढ़ने लगी। रोज सुनते थे कि कई बड़े-बड़े लोगों के बच्चे भी घर से भागकर गांधी के साथ लड़ाई में शामिल हो गए। लाठी चार्ज, गोलाबारी, सत्याग्रह तो चल ही रहे थे। तबर का इस बारे में कोई स्पष्ट विचार न था। टेलीफोन के तार काटने की बात सुनकर उसे गांधी पर गुस्सा आता था। गोली चलाने की बात सुनकर अंग्रेजों पर गुस्सा आता था।

स्वाधीनता की लड़ाई का संघर्ष गाँव-गाँव फैल गया। अंग्रेज अधिकारियों की सेवा तन-मन से करने में अब तबर हिचकिचाने लगा। अंग्रेज अधिकारी जब भी मुकाम करने सर्किट बंगले में आते, एंग्लो-इण्डियन बट्लरों को अपने साथ लाते थे। ये लोग तबर को गुमान से हीन रूप में देखते थे, इससे भी तबर चिढ़ गया था। अप्पी ने तबर के इस अनमने भाव को देखकर उसे तालुक कचहरी में तबादला कराने की सलाह दी।

तब जब तक तालुक कचहरी में नौकरी करने आया, भारत स्वतंत्र हो गया। गोरों के लाल चेहरे एक-एक कर कम होने लगे। भारत के लोगों का राज्य शुरू हुआ। तालुक कचहरी के अलावा तालुक विकास मंडल, आबकारी विभाग आदि पडुगेरे में खुलने लगे।

तबर किस विभाग का आदमी है, उसकी तनख्वाह क्या होनी चाहिए, ओहदा कौन-सा हो आदि के बारे में जाँच शुरू हुई। कई स्थानों से बदल कर अन्त में वह नगरपालिका का चपरासी नियुक्त हुआ। उसे पडुगेरे नगरपालिका का चपरासी मानकर ओहदे की वर्दी मिलने में कई साल बीत गये, तबर सेवा-निवृत्त होने की वय को पहुँच रहा था। तबर के जीवन में आगे आने वाले बुद्धि-विकास का कोई संकेत नहीं दिख रहा था।

तबर की सेवा-निवृत्ति से पहले के आखिरी दिनों में उसे कृषि के डिपो के पास कर वसूल करने का काम सौंपा गया।

स्वतंत्रता प्राप्ति के पच्चीस वर्ष बीत चुके थे।

तबर जिस दिन कर वसूली के काम पर हाजिर हुआ, उसी दिन कॉफी के बीच के डिपो मैनेजर ने यह शिकायत दर्ज की कि कॉफी निर्यात-वस्तु है, इसलिए

इसे कर-मुक्त किया जाना चाहिए। छूट दी जा सकती है या नहीं, इस पर डिपो मैनेजर और नगरपालिका के बीच वाद-विवाद शुरू हुआ।

इस बीच गाँव में कॉफी पाउडर के व्यापारी रामण्णा ने शिकायत दर्ज की, कि अपने डिपो में और खरीद कर लाते समय दोनों जगह कर वसूल किया जा रहा है। कॉफी उगाने वालों ने भी कर का विरोध किया। तबर दुविधा में फँस गया। उसे लगा कि गांधी के मरने के बाद भी उसका आन्दोलन निरन्तर जारी है। तबर ने इस विवाद के बीच एक-दो आदमियों को कर की रसीद काट दी थी, किन्तु उन दोनों ने इस विवाद के कारण कर देने से इनकार कर दिया।

नगरपालिका के अध्यक्ष ने तबर से पूछा, 'जब वसूली नहीं हुई तो तुमने रसीद क्यों काटी? तुम अपनी तनख्वाह से रसीद का पैसा जमा करो' उसने तबर पर जुर्माना लगा दिया। तबर की तनख्वाह के साठ रुपयों में से रसीद के तीन सौ भरने थे। उसने मुश्किल में फँसाने वाले अपने हाथ को ही गाली दी।

तबर की बीबी अपनी जुर्माने के पूरे होने तक दिन-ब-दिन चिन्ता में घुलती जा रही थी। तबर ने समझा कि बच्चे न होने के कारण वह चिन्ता कर रही है, इसमें उसकी क्या गलती है? सच बात यह है कि भगवान् ने ही नहीं दिया। उससे भी बढ़कर देखें तो बच्चे पैदा करने के लिए भगवान् ने मुझे फुरसत ही नहीं दी। तबर ने अपने पड़ोसियों से कहा।

किसी ने तबर के दिमाग में एक और संदेह घुसा दिया कि अप्पी को किसी बैरी ने सम्भवतः कुछ दवा खिला दी है। तबर ने उसका कई तरह से टेस्ट कराया। पेशाब में इमली के बीज भिगोकर, हाथ में सहिजन का रस लगाकर देखा लेकिन कुछ भी उसकी समझ में न आया। उसके पास जितने पैसे थे, दवा बाहर निकालने वाली जुबेदा बीबी अप्पी की दवा की।

जुबेदा बीबी ने अप्पी को उल्टी करा कर दस्त के लिए दवा देकर, उल्टी में से कुछ ढूँढ़कर दिखाया और कहा कि यही दवा है। कुछ चूरण वगैरह देकर वह बोली, 'अपनी बीबी को इसे खिलाओ, उसका मुख चार ही दिनों में चमकने लगेगा!' उसके कहने से ही अप्पी का चेहरा शर्म से लाल हो चुका था। चूरण चुक जाने पर भी अप्पी को कुछ आराम नहीं मिला।

तबर जब अप्पी की बीमारी का पता लगाने के लिए प्रयोग कर रहा था, उसने पेशाब पर चींटियों को जमा होते देखा था। उसका संदेह था कि इसे कुछ मूत्र दोष होगा।

तबर को आश्चर्य हो रहा था कि क्या उसे अप्पी से इतना ज्यादा प्रेम है! उसके बीमार होने से पहले तबर को यह बात मालूम ही न थी।

तबर अप्पी को डाक्टर सिलवा के पास ले गया, उन्होंने डायबिटीज होने की सूचना दी। कुछ परीक्षण करने के बाद यह बात निश्चित हुई।

'यह क्या है रे, यह तो धनवानों की बीमारी है, राज रोग है? हमारे जमाने में एक-दो फिरंगियों को यह बीमारी हुई थी। तुम्हारी बीबी को यह बीमारी क्यों हुई? कौन जाने, तुम्हें भी धनवान बनने का योग हो। 'दिल्लगी कर, उन्होंने तीन-चार तरह की गोलियाँ लिख दीं। यह भी कहा कि बीमारी और बढ़ी तो सुई लगानी पड़ेगी। तबर ने बीबी से कहा, 'देख री, कहते हैं तुझे राजा-रानियों को होने वाली बीमारी हुई है। फिरंगी का नाम मिट जाने के बाद उनको होने वाली बीमारी हुई है। खुशी की बात है।'

सिलवा और तबर दोनों ने फिरंगियों की बीमारी से शुरू कर उनके जमाने की हुकूमत आदि को लेकर बहुत देर तक बातचीत की। अप्पी को यह सब कुछ भी समझ में नहीं आया।

तबर ने सोचा कि इस बीमारी से धनवान होने की बात तो दूर, अपने पास जितने पैसे थे, वह भी खर्च हो गये और भीख माँगने की नौबत आ गई। पडुगेरे नगरपालिका का कार्यकाल समाप्त हो गया। नगरपालिका-मण्डली विसर्जित हो चुकी थी। फिर से चुनाव होने थे। नगरपालिका की देखभाल तहसीलदार कर रहे थे।

तबर का तालुक आफिस से यह नोटिस मिली कि उसने दो-तीन रसीदों के पैसे नहीं भरे हैं, उसे तुरन्त वह पैसे भर देना चाहिए। यदि ऐसा नहीं हुआ तो उसकी तनख्वाह से काट लिए जाएँगे। तबर ने तहसीलदार के पास जाकर सारी बातें कहीं। तहसीलदार ने तबर का सारा बयान सुनने के बाद कहा कि वह यह स्पष्ट लिख देगा कि तबर ने उन पैसों का दुरुपयोग किया है। निश्चय हुआ कि तबर को तीन सौ साठ रुपये भरने होंगे।

तबर अपनी जिन्दगी में पहली बार अतीव अपमान से दुःखी हुआ। मैं ऐसा आदमी नहीं हूँ। अंग्रेजों की हुकूमत में काम किया है। उसके जमाने में नौकरों पर इस तरह का झूठा आरोप नहीं लगाया जाता था। उसने उन अफसरों की नीयत, अनुशासन आदि की प्रशंसा की। आप चाहें तो डाक्टर सिलवा से पूछकर देखिए, आपको पता चलेगा कि यह बूढ़ा सच कह रहा है या झूठ?

तहसीलदार को इस बूढ़े की पुरानी कहानियों में कोई दिलचस्पी न थी। अर्जी के कालम, सही तकरार, नोटिस ये सब तहसीलदार की समझने की शक्ति पर व्याप्त हो चुके थे। किसी अर्जी के कालम तक को भरने में अयोग्य इस बूढ़े की यादें लेकर वह क्या करेगा? अंग्रेजों की हुकूमत की प्रशंसा कर अनजाने ही तबर ने वर्तमान शासन की अवहेलना की थी।

तहसीलदार ने क्या किया, पता नहीं लेकिन तबर की महीने की तनख्वाह कट गई।

तबर के पास पैसे नहीं। बीबी के इलाज के लिए भी पैसे नहीं। कहीं किसी से माँग कर कुछ पैसे जमाकर बीबी के लिए रागी का माँड़ बनाने की व्यवस्था की।

किसी ने उनसे पेंशन मिलने की संभावना पर पूछताछ करने के लिए कहा। तबर तहसीलदार के पास गया। तहसीलदार ने कहा, 'अर्जी दे दो, मैं ऊपर भेज दूँगा' और अपने काम में डूब गया।

जैसे-जैसे नगरपालिका का चुनाव नजदीक आया, अभ्यर्थी घूमने लगे। एक बण्टप्पा नामक अभ्यर्थी ने कहा 'तुम्हें कैसे पेंशन नहीं देते, चलो देंखेंगे? सरकार पर मुकदमा चला देंगे।'

जब तबर बण्टप्पा के साथ तहसीलदार के पास गया, उन्होंने कहा, 'तबर प्राविडेण्ट स्कीम वाला आदमी है या पेंशन स्कीम वाला, यह बात साफ नहीं है, मैं ऊपर पत्र-व्यवहार कर रहा हूँ।'

बण्टप्पा ने हिसाब लगाकर तबर से कहा कि यदि वह प्राविडेण्ट फण्ड स्कीम का है, तो उसे छः-सात हजार रुपये मिल सकते हैं। बण्टप्पा की बात से तबर बहुत खुश हुआ। बीबी को सही राजरोग लगा है, क्योंकि धनयोग की सूचना मिल रही है। उसने सोचा, उसमें आशा का संचार हुआ। अगर जल्दी पैसे मिल जाते तो अच्छी दवा दिलाकर बीबी की बीमारी दूर की जा सकती है।

पेंशन पाने की आशा में तबर ने कई लोगों से थोड़ा बहुत कर्ज लिया था। रोज तहसीलदार के आफिस का चक्कर लगाने लगा। बीबी की हालत दिन पर दिन बिगड़ी जा रही थी। तबर ने शुरू-शुरू में यह कहकर उपेक्षा की थी कि पेशाब में शक्कर निकलने से नुकसान क्यों होगा? किन्तु बीबी बिस्तर पर पड़ जाने की हालत पर पहुँच गयी।

कुछ काम करते समय अप्पी को ठोकर लगने से अँगूठे पर चोट आ गयी थी। तबर जब घर आया, तब तक उसने कोई पत्ता कूटकर उस पर बाँध लिया था और लँगड़ाती हुई चल रही थी। उस दिन तबर खुशी में था। तालुक़ आफिस के क्लर्क ने बताया था कि ऊपर से जवाब आ गया है, उसके अनुसार तबर को करीब सत्रह हजार रुपये मिल सकते हैं।

तहसीलदार ने तबर से सरकारी विभागों की सभी नौकरियों के सही रिकार्ड ले आने को कहा था। इस काम की भयंकरता से अनभिज्ञ तबर सत्रह हजार रुपयों की कल्पना कर खुश हो रहा था।

बीबी से सारी बातें बिस्तार से कह कर बताया कि, सिलवा डाक्टर ने कहा है कि कुछ इंजेक्शन देने से तुम्हारी बीमारी जल्दी ही दूर हो जायेगी। देखेंगे कि तुम्हारे नसीब में क्या है? बीबी और सत्रह हजार रुपयों की याद कर वह खुश हुआ।

'सरकार, एक सर्टिफिकेट बनाकर दीजिये। मेरे पैसे सरकार के पास हैं। घर में खाना नहीं है, बीबी बीमार है' इस प्रकार अपनी सारी चिन्ताओं का वर्णन कर वह अपने पुराने सभी आफिसों में घूमने लगा। एक-एक कर सर्टिफिकेट मिलने के

साथ, तबर की फाइल बनने लगी। जहाँ भी जाता, अपने गत काल की यादों और प्रभुओं की शासन नीति की प्रशंसा करता। हर कोई उसकी बात सहानुभूति से सुनता। सभी उस जमाने को याद कर, लम्बी आहें भरते।

नगरपालिका के अभ्यर्थी बण्टप्पा ने तबर से कहा था कि यदि उसे पैसे मिलने में देर हुई, वह उसे बेंगलूर सचिव के पास ले जाएगा। लेकिन तबर की समस्या थी कि यदि वह बेंगलूर चला गया, तो बीबी को माँड़ बनाकर कौन पिलायेगा? क्योंकि अप्पी के अँगूठे का घाव अच्छा नहीं हो रहा था। वह चल फिर नहीं सकती थी। तबर उसे सरकारी अस्पताल ले गया, वहाँ उन्होंने अप्पी के अँगूठे में गांग्रीन बताया और उसे काटने को कहा।

तबर घबरा गया, इनके घर में आग लगे। एक उँगली में घाव हुआ तो पूरी टाँग काटने की बात करते हैं, सिर पर चोट लगे तो गला ही काटने की बात कहेंगे। वह वैद्य जी के पास कोई दवा पाने की आशा से अप्पी को लौटा आया।

तबर की फाइल पूरी होने को थी। उसकी दौड़-धूप देखकर तालुक आफिस के नौकर और गुमाश्ते आपस में बातचीत करने लगे थे कि, या तो इस बूढ़े का सिर फिर गया है, या इस पर धन-पिशाच चढ़ गया है।

तबर पडुगेरे के पान वाले सुब्बुसेट्टी के पास एक बार जाकर बोला, ''मुझे सरकार से कुछ पैसे मिलने वाले हैं, मेहरबानी करके उसके आधार पर कुछ रुपये उधार दीजिए, घर में बीबी बीमार है।' इस पर उसने जवाब दिया, 'अरे, सरकार के रुपये, श्मशान की लाश दोनों दोनों एक हैं। अपनी बीबी की बात रहने दो, देखो, अगर तुम्हारे जिन्दा रहते वह पैसे मिल जायँ तो गनीमत है।' मानो उसने कुछ बुरे सगुन की बात कही हो। तबर का उदास चेहरा देखकर बोला, ''ले पकड़, बूढ़े।' कह चार रुपये देने लगा। चार रुपये लेकर जो भी मिले उसी को ले लेने की तबर की इच्छा न हुई।

'भगवान कसम जी, मैं भीख माँगने नहीं आया। ये चार रुपये लेकर मैं क्या करूँगा? यदि उदार मन से दे सकें तो दीजिए!' कहकर वह लौट पड़ा। तबर को शेट्टी की बातों में एक सत्य की चमक दिखाई दी। फाइल के साथ बीबी के फोड़े की होड़ लगी थी। अँगूठे का फोड़ा पूरे पाँव पर फैल गया। अप्पी रात-दिन कराहने लगी।

तहसीलदार ने बताया था कि उन्होंने तबर की फाइल ऊपर भेजी है। अगले दिन जब तबर गया, उन्होंने चिढ़कर कहा, कल जो फाइल भेजा है, वह आज कैसे लौट आयेगी? क्या तुमने यह समझा है कि मैंने उसे घर के पिछवाड़े भेजा है? उसे बेंगलूर तक जाकर लौटना है।'

बण्टप्पा ने कहा, 'कुछ भी हो, मैं बेंगलूर तक जाऊँगा। तुम एक पैसा खर्च न करो। मैं दे दूँगा। इस उपकार के लिए अपने अड़ोस-पड़ोस का वोट दिला दो, यही काफी होगा।'

तबर अगर गाँव से बाहर चला जाता तो अप्पी को माँड़ उबालकर पिलाने वाला कोई न था। जैसे भी हो बेंगलूर जाने से पहले चिकमगलूर जाकर वहाँ फाइल की हालत जानने का बण्टप्पा और तबर ने निर्णय लिया।

तबर, बण्टप्पा दोनों चिकमगलूर के डी० सी० आफिस गये। तबर के फाइल की हालत के बारे में पूछताछ करने पर गुमाश्ते ने, 'आप लोग क्यों आये हैं? वह—'थ्रू दि प्रापर चानेल आइये।' कहकर चिल्लाया और 'यहाँ से निकल जाइये!' कहकर वहाँ से भगा दिया।

जब वे दोनों वहाँ से बाहर निकल रहे थे, तभी मुख्य गुमाश्ते ने नौकर भेजकर तबर को बुलाया, 'बण्टप्पा जैसे राजनीतिक आदमी को लेकर घूमना नहीं चाहिए, यह रुपयों का मामला है, बहुत होशियार रहना चाहिए। अभी चूँकि पच्चीसवाँ स्वाधीनता वर्ष मनाया जा रहा है, फाइल आगे बढ़ने में देर हो सकती है।' उसने तबर की पीठ बहुत आत्मीयता से थपथपाई।

बण्टप्पा के साथ तबर जब रात में घर लौटा, उसकी बीबी ने कहा, 'जहर खाकर मर जाऊँगी।' और फूट-फूटकर रोने लगी। तबर के हाथ-पाँव फूल गये। 'जल्दी ही फाइल पास होगी, फिर पैसे मिलेंगे। जितने भी पैसे खर्च हो जायँ, बेंगलूर ले जाकर दवा-दारू कराऊँगा।' तबर ने सांत्वना देने की कोशिश की।

अगले दिन बण्टप्पा और तबर दोनों मिलकर अप्पी को अस्पताल ले गये। डाक्टर ने अप्पी का पाँव देखकर कहा कि, 'उसे तुरन्त सकलेशपुर के अस्पताल में ले जाकर अगर घुटनों तक टाँग कटा न दी गई तो वह जिन्दा नहीं रह सकती।' विक्षिप्त होकर जब तबर पत्नी को वापस ला रहा था, रास्ते में तहसीलदार के दफ्तर का चपरासी जबर मिला, उसने तबर से कहा कि 'उसे तहसीलदार ने बुलाया है और उसकी फाइल आ गयी है।'

अप्पी को जिलाने की एक क्षीण आशा से वह तहसीलदार के पास गया। तबर की फाइल चिकमगलूर से वापस आ गई थी। किसी गुमाश्ते ने कोई एतराज लगाकर उसे वापस भेज दिया था। लिखा था कि कुलकर्णी और पटेल से एक सर्टीफिकेट चाहिए कि तबर उनके गाँव का रहने वाला है।

घर में तबर की बीबी बोली, 'मैं यह जलन नहीं सह सकती, मुझे दवा नहीं चाहिए, कुछ भी नहीं चाहिए। चार आने का विष ला दीजिए।' वह चिल्ला रही थी। क्रूर व्यंग्य की बात यह थी कि तबर के पास वह चार आने भी नहीं थे।

तबर, 'छिः, प्रभुओं के समय कितना अच्छा था! कितने सीधे लोग थे—खुश होते ही इनाम दे देते!' कहकर, अंग्रेजों के जमाने की याद करने लगा। उसे लगा कि वे दिन हमारी हुकूमत से सच ही अच्छे थे, ''ये देशी साले कहते हैं कि राज्य चलाते हैं। देना भी नहीं जानते, लेना भी नहीं कहते, रिकार्ड चाहिए, सर्टीफिकेट चाहिए।' कहकर स्वदेशी शासन की निन्दा करने लगा।

फाइल ऊपर से नीचे, नीचे से ऊपर चल रही थी। इसी तरह कई दिन बीते। धीरे-धीरे तबर को शेट्टी की बातों की सच्चाई साफ दिखने लगी। बीबी को बचाने की आशा भी पैसे मिलने की आशा के साथ ही विलीन हो गई।

कुछ दिन बाद सुबह तहसीलदार ने तबर के लिए बुलावा भेजा। जब तबर वहाँ गया, उसका मुख एक तरह की अनन्त यातना से उलझा था। कण्ठ गद्गद् था।

तबर को देखकर उन्होंने चेहरा सिकोड़कर कहा, 'तुम्हारे बारे में पुलिस रपट माँगी है। तुमने उस नक्सलबारी बण्टप्पा को लेकर चिकमगलूर डी० सी० आफिस में शायद हँगामा किया था।' कहकर गालियाँ दीं। 'लेकिन तुम्हारे कष्ट देखकर मुझे भी दया आती है। इतने कष्ट पाकर भी तुम्हें विवेक नहीं आया। आज एक फेवरेबुल रिपोर्ट लिखूँगा। तुम पच्चीसवें स्वाधीनता दिवस के लिए तो कम से कम कुछ दान दो।' तबर के चेहरे पर मन्दहास उभरा। 'मेरी ओर से फण्ड के सारे रुपये लिख लीजिए, सरकार!' तहसीलदार को तबर के व्यवहार में एक तरह की अस्वाभाविकता लगी।

तबर को अब धीरे-धीरे मनुष्य को पुलिस, दफ्तर, कुलकर्णी, पटेल, चपरासी आदि के रूप में समझने और कई तरह से लिखी फाइलों की अन्तरात्मा की तरह रक्षा करने वाले एक निर्दय, अर्थहीन व्यूह का ज्ञान होने लगा। मानव और मानवीयता को कठोर रूप से चबाकर थूकने वाला एक शैतान व्यूह उसे स्पष्ट दिखाई देने लगा। मनुष्य की हत्या कर एक सूखी मछली की तरह सुखाकर, फाइल में मोड़कर रखने वाला भूत तहसीलदार फाइल उठाकर कई तरह के निशान बना रहा था।

इस कठोर नरक का कारखाना देखकर तबर की आँखों से टप-टप आँसू गिरने लगे। अपने लिए, अपनी बीबी के लिए, अपने जैसे ही जीव तहसीलदार के लिए, चपरासी तबर के लिए दुःख उमड़ पड़ा।

चपरासी तबर का हाथ पकड़कर बाहर छोड़ आया। तब भी तबर को होश में आने के लिए काफी समय लगा होगा। जबर ने जब उसे बाहर छोड़ा, उसी हालत में वह काफी देर तक बना रहा।

तबर किसी तरह बीबी को सकलेशपुर अस्पताल ले गया। वहाँ उससे यह कहा गया कि उसे पुराना सरकारी नौकर साबित करने के लिए एक सर्टीफिकेट, जिसमें स्पष्ट कहा गया हो कि नगरपालिका का नौकर सरकारी सेवक होता है या नहीं, लाना होगा।

तबर अपनी बीबी को वापस लौटा लाया। वह दर्द से मूर्छित हो रही थी। मुँह से झाग निकल रहा था।

तबर ने माँस की दूकान पर जाकर कसाई यूसुफ से पूछा, 'मेरी बीबी की टाँग घुटनों तक काट दोगे!'

'क्यों बे, बीबी की टाँग कटवाकर सम्बार बनाओगे?' कहकर यूसुफ हँसा था। साथ में चार-पाँच लोग उसके साथ ठठाकर हँसने लगे।

कच्चा माँस खा-खाकर तगड़ा एक कुत्ता कट-कट की आवाज के साथ केकड़े की हड्डी चबा रहा था। बकरियों के लटकाये शरीर के माँस से लाल पानी झर रहा था। कटहल के फल खोलकर एक दुबली लड़की अपने दुर्बल हाथ मक्खियों को भगाने के लिए यांत्रिक रूप से हिला रही थी।

तबर को सन्देह हुआ कि वह कभी का मरा एक प्रेत संसार में घूम रहा है।

जब बीबी मरी, कहते हैं, तबर हँस रहा था। पडुगेरे के लोग यह सुनने को कातर थे कि तबर भी पगला गया, क्योंकि उसकी समस्याएँ इसके बाद दूसरे लोग से सम्बन्धित होंगी।

कभी कुछ ही लोगों को उसे देखकर, व्यवस्था की भीषणता के विराट् रूप का ज्ञान होता। किसी अज्ञात भय से ऐसे लोग काँप जाते हैं।

स्वाधीनता के उदय के पच्चीसवें वर्ष में तबर का पागल होना एक आकस्मिक घटना मात्र है। जब सब लोग भारत की प्रशंसा का भाषण दे रहे थे, तब सुनते हैं कि तबर अंग्रेजों के शासन की प्रशंसा कर रहा था। उसका पागलपन देखकर सब लोग हँस रहे थे।

तबर के पागल होने की बात सुनकर सबसे चिन्तित तहसीलदार हुए थे। तबर ने जो रसीद काटी थी, उसके अभी तीन सौ रुपये बाकी थे। उन्होंने सोचा था कि उससे लिखाकर प्राविडेण्ट फण्ड से वह काट लेंगे। चरित्र सम्बन्धी रिपोर्ट भेजते समय उन्होंने यह लिखा था कि वह भला-चंगा है, उसने उन पैसों का गबन नहीं किया, शासन-व्यवस्था के वैपरीत्य से ही ऐसा हुआ।

जब तबर के पागल बनने की बात सुनी तो, अब तहसीलदार का पागल बनना बचा था।

✦

माया

✦

कालेगौडा नागवारा

साँड़ बेचकर जो रुपये मिले वह पेद्दय्या की भीतरी जेब में खनखना रहे थे। इतनी रात में, अकेले छे मील दूर अपने गाँव जाने से उसका मन हिचकिचा रहा था। होटल में खाना खाकर जब पैसे देकर लौटते समय गल्ले पर बैठे आदमी से उसने टाइम पूछा। पता चला साढ़े नौ बजे हैं। फिर भी किसी के आँगन में अनाथ लाश की तरह पड़े रहने से घर पहुँचना ही बेहतर होगा। उसने इसके बारे में दस बार सोचा—दूध का दूध, पानी का पानी। मेरी नीयत मेरी रक्षा करेगी। दूसरों की गाँठ छूने वाला भी क्या जियेगा—यही सब बड़बड़ाते अपने को सांत्वना देते वह चल पड़ा था। चिर-परिचित उस राह पर, चन्द्रमा के प्रकाश में चलने से अपने मन की हिचकिचाहट देखकर उसे शरम आयी।

दिन की तरह स्पष्ट उस चाँदनी रात में तालाब का पानी चमक रहा था। लम्बे बाँध पर अकेले ही उसे सवा मील पार करना था। कहते हैं, यह तालाब चोलों के समय का है। बाँध के इस छोर पर उतना ही पुराना शिव जी का मन्दिर है। मन्दिर के सामने कपड़े धोने, नहाने के लिए सुविधाजनक स्नानघाट है। सीढ़ियों पर फैलाई स्फटिक शिला पर दिन में लोग खचाखच भरे रहते हैं। अब भी वहाँ कोई बैठा था। पेद्दय्या को अपनी आँखों पर विश्वास न हुआ। डर कर जब उसने ध्यान से देखा, पानी के पास अन्तिम सीढ़ी पर एक औरत बैठी थी, वह दृढ़ हो गया। वहीं से उसने अपनी घबराहट दूर करने के लिए जोर से पुकारा, 'कौन है री वह?' घुटनों पर सिर रखे पानी के सामने झुक कर बैठी वह औरत नहीं बोली। इस ओर मुड़ी भी नहीं। पेद्दय्या भागा नहीं, 'हे री पिशाच, बोल, कौन है?' वह चिल्लाया। इस चिल्लाहट से वह जरा-सी हिली, मुड़कर देखा। जो पुकार रहा था, वह ठीक उसकी पीठ पीछे खड़ा था, इससे वह दिखाई न पड़ा। पेद्दय्या ने फिर जोर से पुकारा। उसके हाथ-पेर काँप रहे थे, साथ ही चाहे जो भी हो, थोड़ा-सा साहस भी उसमें था। उसने पूरी तरह मुड़कर कहा, 'मैं हूँ!' ध्वनि परिचित नहीं थी। 'मैं कहती हो तो कौन हो?' उधर से फिर जवाब नहीं मिला।

हिम्मत कर पेद्दय्या उसके पास गया। बैठे ही उसने सिर उठाया। करीब तीस साल की और, लेकिन पहचान न सका। गाँव, गली, नाम और इस असमय में यहाँ आने का कारण सब पूछा। उसने कोई जवाब नहीं दिया। वह गूँगी नहीं थी, इतना

निश्चित था। उसे लगा कि वह आत्महत्या की कोशिश में है, किन्तु जीने की आशा भी कहीं शेष है। उस शान्त वातावरण में अकेले बोलकर वह थक गया। अब उसे डर नहीं लग रहा था। इस विचित्र परिस्थिति में बेचैन होकर उसने भी बैठने की सोचा।

पेद्दय्या का कुतूहल बढ़ा। वह उससे बोलने और उसे समझने के लिए बेचैन हो उठा, ''देखो जी, मैं भी सुबह तक तुम्हारी ही तरह, इसी तरह बैठ सकता हूँ। इससे कोई फायदा नहीं होगा। बताओ, दुःख इन्सान को ही होता है, पेड़ों, पत्थरों को थोड़े ही होता है।'

वह धीरे-धीरे बोलने लगा। इसी तरह जब वह बहुत देर तक कुछ कहता रहा, तब उसने उत्तर दिया, 'अपना काम देखिए जाइए' और आँचल से आँसू पोंछने लगी। पेद्दय्या खुश हुआ। अकेली औरत इतनी रात गये जब कभी बैठकर रोती है तो उसे देखकर उसके दुःख-दर्द के बारे में पूछताछ करना मुझ जैसे मनुष्य का कर्त्तव्य है? ये बातें वह शायद ध्यान से सुन रही थी।

इतने पर भी वह औरत चुप थी। उसके मन को यह जरा भी समझ न सका। बार-बार जोर देकर पूछते-पूछते थक गया। अन्त में इतने सारे प्रयत्नों के बाद वह उसे स्नान घाट के सामने बाँध पर स्थित मन्दिर के बरामदे तक बुला लाने में समर्थ हुआ। इससे उसको काफी चैन मिला।

कोने में दीवार से सटकर वह घुटनों पर सिर रखकर बैठी थी। पेद्दय्या उसी बरामदे के दूसरे कोने पर स्फटिक शिला पर पाँव फैलाकर सोया था। आँखों में नींद भरी थी। जब जम्हाई आने लगी, तो उसने फिर कहा, 'देखो जी, अभी तक तुम अपने कष्टों के बारे में कुछ नहीं बोलीं। लेकिन जब मुझे नींद आ जायेगी, तब चोरी से भागकर जाना नहीं। तुम्हें शिव जी की सौगन्ध है। मुझसे जो भी होगा, वह मैं करूँगा। अपकार मैं नहीं करूँगा, मेरी माँ! तेरे पाँव पड़ता हूँ तुम इस जगह से हिलना नहीं।' कहा। यह सब मेरा एकमुखी स्वगत ही था, लेकिन उसका तालाब के किनारे से इतनी दूर आकर बैठना, उसको चमत्कार-सा लग रहा था। उसकी ओर देखने के लिए उनींदी आँखों को खोलने की कोशिश में वह असफल हो रहा था। उसने सिर नहीं उठाया, हिली भी नहीं। वह सो रही थी या जाग्रत स्थिति में थी, इसका भी उसे पता नहीं लगा।

(2)

नींद के बीच पेद्दय्या कुछ बड़बड़ाया। पिछवाड़े, खेत के बीच पुआल के ढेर के ऊपर नाचते मोरों की जोड़ी देखी। बहुत पहले, बचपन में वह जोड़ी उसने पाली थी। जंगल से मोर के अण्डे लाकर उसे घर में ताप देने वाली मुर्गी की गोद में रखा था। मुर्गी के और बच्चों के साथ मोर के ये बच्चे भी पल गये। खूब सौन्दर्य से पूर्ण होकर सदा खेलते रहते। सन्ध्या और तड़के देखी तसवीरें आज आँखों में उभर रही थीं। ठण्डी हवा के प्रभाव से वह जग गया। प्रभात का समय था, कहीं

दूर पहाड़ियों के पार सूर्य झाँक रहा था। बरामदे के दूसरे कोने में बैठी चमकती आँखों वाली वह औरत शरमाकर, पाँव समेट, पत्थर के खम्भे का सहारा लिए उसके सामने बैठी थी। रात में उसने जो कल्पना की थी, उससे भी छोटी उम्र की गाँव की गम्भीर मुख वाली औरत थी वह। देखने से वह उसे देव-कन्या-सी लगी। उसे आश्चर्य हुआ। आनन्द और आश्चर्य के मिश्रित भाव से वह सिहर उठा। उसकी कठोर दाढ़ी-मूँछ और बिना तेल लगे वालों को उसने देखा। मौन की शर्त अभी भी न टूटी थी। सामने के पेड़-पौधों को वह देखती रही।

'आप किस गाँव की हैं?' उसने फिर पूछा। इस बार अनजाने उसकी ध्वनि में आदर का भाव आ मिला था। यह प्रश्न और इसके उन प्रश्नों पर भी उसे कोई जवाब नहीं मिला।

बाहर घूमकर, हाथ-मुँह धोकर लौट रहा था, तभी इडली बेचने वाली बूढ़ी आईं। उसने औरत को बुलाकर हाथ-मुँह धोने के लिए विवश किया। दोनों ने इडली खाई। उसने पेट भर खाने को कहा। पैसा लेने के बाद, उस बूढ़ी ने जाते-जाते पूछा, 'यह लड़की तेरी कौन है?' 'भांजी है।' 'गाँव', 'शिवगंगा की है।' 'शादी?' 'हुई है।' 'बच्चे?' 'हैं।'

'फिर इस तरह खाली गोद क्यों चलती है बेटी?' कहकर बूढ़ी ने मुँह सिकोड़ लिया। इस प्रश्नोत्तर वाले सम्भाषण की लयबद्धता पर वह औरत हँसी। पेद्दय्या को पछतावा हुआ। उसने 'ताई की बेटी' कहकर परिचय कराया था।

(3)

सुना है, चार पग साथ चलकर, लोग अपनी चिन्ताओं को बाँटकर सुखी होते हैं। रात भर साथ रहकर, करीब डेढ़ मील साथ चलकर, दोनों में से कोई एक-दूसरे के अन्तर-मन को समझ न सका था। उन दोनों के बीच का वह मूक-बन्धन विचित्र था। उसके सामने अपना मन खोलना उस औरत ने नहीं चाहा। वह सब कुछ कह देना चाहता था। सुनने में उसकी दिलचस्पी न थी। रास्ते पर चलते उसने कहा, 'देखो, अभी दो मील चलकर हमारा गाँव 'कंग्गली' मिलेगा। वहाँ गाय, बछड़ा, भैंस- भेंड़-बकरी, खेत-बाग सब हैं। बीबी-बच्चे कई तरह के लोग हैं। बादलों से वर्षा होती है, जमीन से फसल उपजती है। किसी बात की कमी नहीं है। जब इंसान का मन संकुचित रहता है, तभी उसे भूत चढ़ता है, गरीबी आती है। तुम्हें वहाँ चार दिन ठहरने की इच्छा हो तो रहो। तुम अपने गाँव, अपने लोगों के बारे में बताओगी तो मैं अपने खर्च से तुम्हें वहाँ पहुँचा आऊँगा। मैं भी बहुत जगह घूमा हूँ। बहुत सारे तालाबों का पानी पिया है। तुम यहाँ की औरत नहीं हो, यह मुझे मालूम है।' वह थोड़े चैन से, गर्व से और संशय से आगे बढ़ रहा था। वह भी छाया की तरह उसके पीछे-पीछे चल रही थी। सूर्य पूर्व में था। उसकी छाया उसके सिर तक फैली हुई थी।

आगे छोटे तालाब के बाँध के पास पहुँचने पर उसे अपने गाँव के खेत और मैदान याद आये। साथ ही कल जब दादी के घर से सुबह-सुबह निकली थी, तब से लेकर अब तक जो भी बातें हुईं और स्थिति की भूमिका फिर याद आने लगी। इस अनिश्चितता में भी उसे जो क्षणिक शान्ति मिल रही थी, वहाँ उसे नहीं मिलती। इस याद से उसका दु:ख और उमड़ पड़ा। जनमते ही माँ को, फिर थोड़ा बड़ा होने पर पिता को खोया। भैया के आश्रय में रहकर शादी हुई। शुरू में ही अच्छा नहीं लगा। पति आलसी था। स्वाभिमान को बहुत धक्का लगा, बच्चा पैदा होकर बीमारी से मर गया। सास और पति से रोज का झगड़ा होता था। वह घर छोड़कर चली आई। भैया-भाभी ने गाली दी, कहा, 'पति के घर जीना नहीं जानती। ननिहाल चली आई। वहाँ बूढ़ी नानी के साथ सालों तक खेती-बारी का काम, भैंस, गाय चराने का काम करती रही। चारों मामा लड़कर अलग रोटी पकाने लगे। किसके साथ रहूँ समझ में न आया? बूढ़ी नानी की सेवा करती रही। शाम के वक्त पिछवाड़े एक मजदूर के साथ मुस्कराकर बात कर रही थी, कहकर उस पर दोष थोपा गया। पंचायत में अमानित किया गया। पति के साथ न रहकर भाग आने की बात बार-बार कही गयी। औरत माया है बताया गया। उसे हँसी आई थी। कोई वजह भी नहीं थी, अपराध की गन्ध या स्वरूप कुछ नहीं जानती थी?

रात भर वह सो न सकी। मुर्गा जिसे उसी ने पाला था, जब बाँग दी वह उठ बैठी। पुरानी पेटी में नीचे उसने अठारह रुपये रखे थे, उसे लिया, नानी बहुत दिन बाद आज सो रही थी। धीमें से पिछवाड़े का दरवाजा खोलकर बाहर आ गई। चन्द्रमा का प्रकाश छाया था। चारों ओर सन्नाटा था, रास्ता जिस ओर ले गया, वह उसी ओर चलती गयी। जब सुबह हुई, वह बस के अड्डे पर पहुँच गई थी। पेड़ के नीचे लोगों को खड़े देखकर वह भी खड़ी हो गई। जब बस आई तो आगे चढ़ी। कण्डक्टर से पूछा कि बस किस गाँव जाती है? चौदह रुपये देकर टिकट खरीदा। कण्डक्टर ने बताया कि बस रात आठ बजे उस गाँव पहुँचेगी। इससे उसे कुछ फर्क नहीं पड़ा।

दोपहर को भूख लगी। फेरी वालों से अमरूद, तरबूज, मूँगफली आदि खरीद कर खाया। एक जगह नल से पानी पिया। उसी जल्दी में कहीं छिपकर पेशाब कर बस में चढ़ गई।

दूर ऊँचे पहाड़ की आड़ में लाल सूर्य छिप रहा था। इतनी दूर का सफर कर वह किसी बहुत अपरिचित स्थान पर आ पहुँची थी। हर क्षण वह जो कर रही थी, उसे उसने कभी सोचा भी नहीं था। हाँ, सैकड़ों बार यह जरूर सोचा कि अपने जैसे लोगों को मर कर ही शान्ति मिलेगी। यह कठोर निश्चय उसने कर लिया था।

दायीं ओर एक बड़े तालाब का गहरा पानी पास था। वहाँ कुछ लोग उतर रहे थे, वह उतर गई। तालाब के किनारे चलकर बाँध के नीचे उतर गई।

कोई अड़चन नहीं, मरने को अचछी जगह मिल गई थी। मैंने देरी क्यों कर दी? वह पछता रही थी। तब तक यह आदमी आ गया। आगे क्या होगा, इसका डर न रहा? क्योंकि अब तक जो भयंकर स्थिति थी, उससे भी बढ़कर कुछ भयंकर हो सकता है, ऐसा सोचने का कोई कारण नहीं था।

(4)

उस जंगली प्रदेश के कंगली गाँव में अभी गायों को किसी ने मैदान में चरने के लिए नहीं भेजा था। अनाज फटकने का समय पूरा हो चुका था। खेतों में आवश्यक काम शेष न था। ज्यादातर लोग बेकाम के थे। छोटी उम्र की एक औरत को आगे किये पेद्दय्या जब गाँव में घुसा, उसके पीछे लोग चींटियों की तरह जुट आये। उनके गाँव आने के पहले ही, एक साइकिल वाले ने उस ओर से आकर पेद्दय्या के किसी सुन्दर स्त्री के साथ आने की बात का जल्दी-ज़ल्दी वर्णन कर दिया था।

यह खबर सारे गाँव में फैल चुकी थी। मेले में साँड़ बेचने के बाद उन पैसों से उसने शादी की, अब अपनी रखैल को हिम्मत कर गाँव ला रहा है, आदि कहानियाँ पहले ही फैल गई थीं। जब यह खबर उसकी बीबी साकम्मा तक पहुँची तो वह छाती पीटकर जमीन पर गिर पड़ी। माँ को इस तरह तड़पता देखकर बड़ा लड़का करिसिद्दू विक्षिप्त होकर खड़ा था। उसे देखकर साकम्मा बोली, 'छि: नामर्द बेटे, क्या खड़ा देखता है, तेरा बाप किसी बाई के साथ आ रहा है? घर की सीढ़ियों पर चढ़ने न पाये।' करिसिद्दू एक मोटा डण्डा लेकर दरवाजे पर खड़ा था।

कुछ भी न समझकर, पेद्दय्या लोगों को धकेलकर अपने बेटे के पास आया। बेटा पीछे हटता जा रहा था। बीबी अजीब तरह रो रही थी। नयी आयी उस औरत को चारों ओर से घेरकर लोग उस पर गिरे पड़ रहे थे। कुछ लोगों ने आगे बढ़कर धक्का-मुक्की से उसे बचाकर सुरक्षित स्थान पर ले जाने का प्रयत्न किया। पेद्दय्या बरामदे के खम्भे का आसरा लेकर, सिर पर हाथ रख बेवकूफ की तरह निस्तेज हो बैठ गया।

(5)

गाँव के बाहर छोटे बाग के बसवण्णा मन्दिर के आगे दुपहर के समय पंचायत बैठी। साधारणतया इस तरह की कोई भी पंचायत गाँव के अन्दर मारी मन्दिर के बरामदे में रात के खाने के बाद शुरू होकर आधी रात तक चलती रही थी। किसी तरह समझ में न आने वाली, पेद्दय्या की इस नई समस्या को सभी के सामने सुलझाने का लोगों ने निश्चय किया। इसके लिए शाम तक प्रतीक्षा करने का

धर्म किसी में दिखाई न पड़ा। गायों, बछड़ों, भेड़ों-बकरियों को मैदान पर भेजने का काम हर घर में छोटों पर छोड़ दिया गया। छोटे भी यह बात जैसे भूल गये हों, वहीं बाग के आसपास घूमते रहे। कुछ बड़े-बूढ़ों ने उन्हें गालियाँ दीं। पुरुषों की सभा में स्त्रियों के प्रवेश नहीं मिलता था, वह बात भी आज बदल गयी। आस-पास के पेड़ों की आड़ में बैठी स्त्रियाँ, पास आ गयीं।

पंचों के आगे पेद्दय्या अपराधी के मानिन्द हाथ बाँधकर बैठा था। उसके साथ आई वह औरत सामने ही पाँच-छः गज दूर भावहीन-सी बैठी थी। पेद्दय्या को आज्ञा थी कि वह बसवण्णण की सौगन्ध खाकर, सब कुछ विस्तार के साथ बता दे। उसने मुग्ध बालक की तरह—कल चाँदनी रात में तालाब के पास अकेली बैठी उस अपरिचित औरत से भेंट शुरू होने से आज सुबह तक जो बात हुई थी, सब बता दिया। इन बातों में तिल की नोंक भर झूठ नहीं है—मेरे पिता बसप्पा मेरी रक्षा करो! कहकर वह उठ गया। ऊँचाई पर सोये काले पत्थर से बने बसव की मूर्ति के आगे हाथ जोड़ प्रदक्षिणा की। सभा की फुसफुसाहट रोकने के लिए अस्सी पार एक सफेद मूछों वाले बूढ़े ने जोर से चिल्लाया, तब जाकर लोग चुप हुए। उसने पास बैठी औरत से कहा, ''देखो बेटी, तुम सच-सच बताओ कि पेद्दय्या ने जो भी कहा, क्या वह सच है?'

'सच है!'

'तब तुम्हारा गाँव कौन-सा है?'

'शिव जी जो भी जगह दे दें।'

'नाम?'

'गंगम्मा।'

'जात?'

'मनुष्य की जात।'

आगे के प्रश्नों का उससे जवाब न मिला। पहले की तरह उसने दीर्घ मौन अपना लिया। इस मौन के कारण वहाँ बैठे लोगों के मन में कई तरह के जवाब बनने लगे। बूढ़े ने पहले की तरह जोर से चिल्ला कर, गला साफ किया और बोला, ''देखो, मैं श्मशान की ओर बढ़ रहा हूँ। बूढ़ा हूँ। किस भाग्य पर झूठ बोलूँगा। मुझे यह देवताओं-सी सम्मानित लगती है। यह आदिशक्ति का मायारूप है, नररूप में हमें दिखाई देती है, बस! उसे उसी जगह न छोड़कर यहाँ ले आया है। इसमें पेद्दय्या का दोष है। अब जो हुआ, सो हुआ। यह जितने भी दिन यहाँ रहे, हमारी ओर से कोई अन्याय नहीं होना चाहिए। इसी बाग में एक आश्रम बनवाकर उसे स्थापित कर देना चाहिए, इसी में इस गाँव की भलाई है।'' मानो उसे भगवान् से प्रेरणा मिली हो, काँपते हुए बोलकर औरत के आगे हाथ जोड़ लिया। जोर का शोर हुआ, मिश्रित प्रतिक्रिया के बीच सभी लोग उठ गये।

साकम्मा जहाँ खड़ी थी, वहीं पर चौथी बार फिर से उसे दस्त हुआ। वह जमीन पर गिर गई। यह सब देखकर, पूरी कहानी सुनकर करिसिद्दू के बदन में बुखार चढ़ने लगा, वह हाँफ रहा था। लोगों ने डरकर दोनों को ले जाकर गंगम्मा के पांवों पर गिराया। 'गलती हुई माँ, हम पापी हैं। तुम्ही हमारी रक्षा करो।' कहकर साकम्मा जमीन पर गिरने लगी। 'गलती हुई।' कहकर करिसिद्दू माथा पीटने लगा। गंगम्मा पशोपेश में पड़ गयी। दोनों को उठाकर सांत्वना देने लगी। और भी कई लोगों के हाथ-पाँव फूल गये। उसके सामने आकर घुटने टेक हाथ जोड़ा। सभी औरतों ने उसी का अनुकरण किया।

अगली पूर्णिमा को गंगम्मा को कंग्गली आश्रम आये एक साल हो गया। उसने अपने गाँव के बारे में किसी को, कोई सूचना नहीं दी। लोगों का, उन सबके बारे में कोई कुतूहल भी नहीं था। अपना नाम भी जल्दी में कुछ बताया था जो अब तक टिका है। कोई भी बीमारी हो, गर्भ टिकाना हो, फसल, गाय-बछड़ों की मौत, विवाह आदि हर संदर्भ में लोग 'माँ' की कृपा को ही महती मानते हैं। मनौती रख पैसे, गहने, कपड़े आदि चढ़ाते हैं। कुछ बुरा हो रहा होता है तो उसे दूर कराने, या माँ का क्रोध मानकर बड़ी-बड़ी मनौतियाँ मानते हैं। दिन बीते के साथ बाग के चारों ओर पेड़ बढ़ने लगे हैं। उसके मौन और थोड़े से कठोर व्यवहार पर लोग खुश होते हैं, भयभीत होते हैं। गंगम्मा को आश्चर्य होता है। कालेज में पढ़ने के बाद कई साल से बेकार मरिस्वामी आजकल माता जी का मन्त्री बन गया है। उसकी सहन-शक्ति, सद्व्यवहार की सभी तारीफ करते हैं। आगे उसे धर्माधिकारी बनाने की बात भी कहते हैं। कई माता-पिता अपनी बेटियों की शादी मरिस्वामी से करना चाहते हैं। भोजन के बाद, चाँदनी रात में, उसके साथ गंगम्मा कभी-कभी गपशप करती घूमती है। एकान्त उनको अधिक निकट ला चुका है। एक गहरी काली रात में वह मरिस्वामी के गले से लगकर उसे चूमते हुये बोली—कहीं दूर, नई जगह हम लोग शांति से जियेंगे। वह रोमांचित हुआ। तुरन्त क्या जवाब दे, समझ में नहीं आया। आश्रम में कितने पैसे हैं, और हर तरह के गहने के मूल्य का कुल अन्दाज क्या होगा? मन में ही हिसाब लगाकर बताया। मालिक को हिसाब देने की तरह उसे ब्यौरा समझाया।

✦

निज को बेचने वाले लोग

✦

देवनूर महोदव

शाम की लाली से रंजित चेहरे वाली बीरा के दिमाग में किट्टप्पा की तस्वीर कई रूपों में बन रही थी। किट्टप्पा ने शादी करना स्वीकार कर, मरे बाप की आत्मा को शांति नहीं दी। अपना हठ ही उसके लिए महत्वपूर्ण रहा। कालेज की मिट्टी ढोते समय एक सहेली के पीछे पड़ा, फेल होकर घर लौटा, तब भी उसका मोह नहीं छूटा। हफ्ते में, पन्द्रह दिनों में एक बार मैसूर जाना नहीं छोड़ा। गौड़ जी ने बहुत तरह समझाया, गाली दी, पर वह नहीं माना। जवान बेटा। आजकल तो गौड़ जी, किट्टप्पा किसी तरह की बात नहीं मानता। चुप रह कहने पर भी नहीं मानता और क्या करूँ? घर बेंच दूँगा, सभी फंद मिट जायेगा। इस बदमाश को शहर न भेजता, हल पकड़ने के लिए गाँव भेजता, तभी ठीक रहता। गलती मेरी है, अब उसे गाली देकर...बात पूरी न कह वे बात निगल लेते और फिर एक बार उदास चेहरा बनाकर हँस देते। जायदाद इतनी है कि बैठकर खाते रहने पर भी खत्म नहीं होगी, ऐसी हालत में किट्टप्पा क्या करे? उसे छोड़कर इसी झोपड़ी में वह कितने दिनों तक पीकर पड़ा नहीं रहा? हफ्ते-पन्द्रह दिंन से यहीं टिक गया है। कितना भी कहो, परवाह नहीं करता, ज्यादा कहा भी कैसे जा सकता है! उसे खाना देने वाला मालिक...

एक साल हो रहा है। दिशाहीन होकर सारा सामान लेकर जब वह लक्ष्मी के साथ निकला था, तब उसके हाथ में एक पैसा भी नहीं था। रात को रेलगाड़ी के पीछे के डिब्बे में बैठकर जब वे मैसूर पहुँचे, तब बहुत देर हो चुकी थी। स्टेशन पर ही रुक कर नल पर हाथ-मुँह धोने के बाद खुद आगे के बारे में चिन्ता करने लगा। तब लक्ष्मी ने ही नंजनगूड की ओर चलने की बात सुझाई थी। उसकी बात पर हामी भर कर जो ट्रेन निकल रही थी, उसी में वे चढ़कर गये थे। जब बाबू टिकट चेक करने आया और उसका हाथ पकड़ कर उसकी फजीहत करने लगा, तब गौड़ ने ही उसे शांत किया।

'नौकरी के लिए गाँव छोड़कर आये हैं।' कहने पर थोड़ी देर सोचा, फिर बोला, 'हमारे बाग में काम करने के लिए, वहीं रहकर काम करने वाले दो आदमी चाहिये। वहाँ रहने की जगह है। तुम लोग यदि रह सको...' गौड़ उसे भगवान् जैसे लगे थे।

बीरा ने गाँव की ओर मुडकर देखा। शाम का अँधेरा हो चुका था। यह सोचकर कि अब तक किट्टप्पा को आ जाना चाहिये था, उसने बीड़ी सुलगाई। दूर से एक टार्च की रोशनी पास आ रही थी। अँधेरा चीरकर पास आती रोशनी जिधर भी जाती, उसी ओर अपनी आँखें घुमाते हुये अपने पास आते देखा। मिल से लड़का लेकर आकर खड़ा हो गया था। बोला, 'कार का कॉयल खराब हो गया था, किट्टप्पा उसे मैसूर ले गया। कहा है वह नहीं आयेगा।'

पाषा सिर हिलाकर बोला, 'मैं चलता हूँ' और वह पीछे की ओर मुड़ा ही था कि बीरा ने कहा 'आओ, खाना खा कर जाओ।'

'नहीं भैया, बहुत लोग बैठे हैं मिल में। मैं छोटा मिल चला रहा हूँ। उन्होंने कहने को भेजा था, इसीलिए मैं आ गया।' कहकर वह जल्दी चला गया। बीरा खाँस कर, जलती बीड़ी से दूसरी बीड़ी सुलगाकर झोपड़ी में घुस गया।

लक्ष्मी ने सोचा कि आज बहुत ठंड हैं। अन्दर रहती हूँ तब भी ठंड और बाहर? बीरा अपनी बपौती समझकर हमेशा उस पत्थर पर बैठा रहता है। जब बाहर जाती हूँ जान बूझकर खाँसती हूँ, मगर वह मुड़कर भी नहीं देखता। उबलते साम्बर में उसने नमक डाला। झोपड़ी में उसकी सुगन्ध भर गई। बाँस के परदे से उसने झाँककर देखा, बीरा आ रहा था, किट्टप्पा उसके साथ नहीं था।

'आज किट्टप्पा नहीं आयेगा, री! मैसूर गया है। पाषा कहने आया था।' कहकर बीरा वहाँ रखी शराब की बोतल की ओर बढ़ा। लक्ष्मी को लगा कि आज अगर किट्टप्पा नहीं आयेगा तो यह सब यही दैत्य पी लेगा। फिर पता नहीं क्या अप्रत्याशित घट जाये? फिर उसने अपने आपको सांत्वना भी दे ली। वह किसी भी तरह का बर्ताव क्यों न करे, मेरी तो आदत बन चुकी है। उसे हँसी आ गई।

उधर बीरा ने थाली के सामने बैठकर शराब की दो बोतलों के दोनों काग निकाल कर बगल में रख दिये। रागी का सत्तू लेकर आयी; लक्ष्मी को हँसी आई, बोली, 'ऐ, तेरी दलिदर आशा माटी में मिले—थोड़ा पी।' बीरा ने कहकहा लगाया, 'आज जित्ता भी पेट चाहेगा, उत्ता पीकर तेरी खाल उधेड़ना चाहता हूँ।' लक्ष्मी को ठण्ड-सी लगी, वह अन्दर जाकर राख में ढके अँगारों को खुरच कर हाथ गरम करने लगी। बीरा का एक साथ गटागट पीना, हड्डी चबाना उसे सुनाई दे रहा था।'

'और थोड़ा ले आ री!' कहने पर लक्ष्मी को आश्चर्य हुआ। कितना खाता है, भूत चढ़े लोगों की तरह। कमरे से वह एक ढक्कन में पूरा माँस भरकर ले आई। बीरा के चारों ओर हड्डियाँ बिखरी पड़ी थीं। शराब डेढ़ बोतल तक खाली हो चुकी थी। 'यह क्या जी, भूत की तरह खाते हो?' कहने की इच्छा हुई, तब भी यह सोचकर कि पी चुका है, उसने ढक्कन का सारा माँस थाली में उड़ेल दिया। बीरा के चारों ओर बदबू फैली थी। लक्ष्मी को चक्कर के साथ उल्टी होने को

हुई। मुँह में आँचल दबा कर वह कमरे में भाग आयी और बैठ गई। बीरा आजकल बदल गया है, पीता है और बड़-बड़ करता है। इसी कारण दुबला पड़ गया है। पहले का उल्लास उसमें नहीं रहा। कितना कहो, टाल देता है। मैंने जैसे ही कहा कि मल्लिपुर के अमीर पी-पीकर छाती सड़ने से मर गये तो सुनकर वह थोड़ी देर तक चुप रहा, फिर बोला, 'कौन यहाँ स्थाई रहेगा, बोलो! पीना छोड़ दूँगा तो क्या बच जाऊँगा?'

झुककर देखा तो बीरा आराम से पाँव फैलाकर सो गया था। एक बूँद भी शराब नहीं बची थी। थाली में माँस के दो टुकड़े बचे थे, 'धत् इसकी बात ही ऐसी है।' कह गाली देकर, वह बाहर आयी, हड्डियाँ बटोर कर थाली में डालीं बीरा ने अधखुली आँखें जैसे ही पूरी तरह खोलीं, तो लक्ष्मी को लगा जैसे अँगार देखे हों। बीरा ने एक दो बार हो होकर कहा, 'कौन यह हिम्मत वाली मेरे पास आयी है?' लक्ष्मी ने उदासीन भाव से कहा, 'अब चुपचाप पड़ा रह।' 'ओह, मेरी लक्ष्मी, आ सोनी आ, मैंने किसी और को समझा था।' कहते हुये बीरा ने उसे रोकने का प्रयत्न किया। रोक नहीं पाया, जमीन पर गिर कर, लक्ष्मी-लक्ष्मी कहकर रोते हुये पुकारने लगा। लक्ष्मी कमरे के कोने में चटाई बिछाकर दीवार की ओर मुँह किये लेट गई, फिर कम्बल से चेहरे तक ढँक लिया। दिया बुझा दिया।

अँधेरा होते ही बीरा ने पूछा, 'हमारे सूरज को किसने छीना री?' लक्ष्मी अपने आपको रोक नहीं पायी। जोर से हँसी।

'हँसती हो? हँसो, हँसो, तुम पर कोई देवी चढ़ी होगी।'

लक्ष्मी इस पर भी खिलखिलाकर हँस पड़ी।

'तुम कभी भी चुप नहीं रहती। ठीक कह रहा हूँ।' जोर से बीरा इस प्रकार चिल्लाया कि लक्ष्मी बेचैन होकर बोली, 'चुप पड़े रहो, अब मुझे तँग मत करो!' बीरा थोड़ी देर चुप रहा। मानो आवाज पहचान ली हो, 'धत्! अब देर हो गई, मेरी लचमी। सुन्दर लचमी।'

लक्ष्मी बोली नहीं।

'अभी तक तुम शरमाती हो? इतने दिन होने पर भी, आओ, कह रहा हूँ आ जाओ।'

लक्ष्मी अब भी नहीं बोली। छोटी बच्ची की तरह हँस पड़ी। बीरा को बहुत गुस्सा आया। 'अरी, बुलाने पर भी नहीं आओगी।' लक्ष्मी थोड़ा सख्त होकर बोली, 'अब चुप पड़ा रह!' 'वाह रे तेरा रोब, तू यहाँ तक बढ़ गई?' वह चिल्लाया।

लक्ष्मी कुछ बड़बड़ाई। 'तू नहीं बोलेगी? मेरे साथ क्यों बोलेगी? बोल! किट्टप्पा से बोलेगी? जो भी कहो, वह तेरा रखैल है न!'

लक्ष्मी को लगा आसमन ही सिर पर आ गिरा है। हाथ-पाँव धीमे से काँपे। बहुत हिम्मत कर बोली, 'तू किसे गाली दे रहा है?' 'मैं किसे गाली दे रहा हूँ,

पूछती हो? बिल्ली आँखें बन्द कर दूध पीती है, सोचती है किसी को पता नहीं चलेगा, हा-हा-हा। ठहर, राह दिखाऊँगा बच्चू...सुबह होने दो, तुम भी नहीं रहोगी, वह भी नहीं रहेगा। काट कर कुएँ में फेंक दूँगा। मुझे इतना बेवकूफ समझ रखा है? अभी क्या हुआ। सुबह तो होगी! कल तो वह आयेगा ही अपनी चुड़ैल का चेहरा देखने।' वह ठठा-कर हँसा। थोड़ी देर तक खाँसकर उसने गला साफ किया, फिर 'हाय रे' कह कर थूक निगल गया। बोला, 'कोने में हँसिया रखा है...रेडी है।' लक्ष्मी जमीन पर हाथ रखे बैठी रही। वह हँसा, खाँसा 'बाप रे!' कहा। फिर खँखारकर थूका। एक मिनट को लक्ष्मी बैठी रही। सिर में चक्कर आ रहा था, पैर काँप रहे थे। छाती धक्-धक् कर रही थी। थोड़ी देर बाद खर्राटे सुनाई दिये लक्ष्मी को।

लक्ष्मी को लगा, जैसे किसी दुष्ट ग्रह ने उसे ग्रस लिया है। पीकर भी बोला हो तो क्या हुआ, अगर उसे खबर न मिली होती, तो ऐसी बात मुँह से कैसे निकलती? पीकर बोलने पर भी...? बीरा को सब पता चल जाता है। कौन जाने क्या करेगा? उसकी चाल अब समझ में नहीं आती। होस्टल में खाने की घण्टी बजे भी काफी देर हो चुकी थी। अब तो आधी रात होने वाली है। झोपड़ी में खर्राटे और शराब की गन्ध उसे बेदम कर रही थी। बीरा ने करवट ली। थोड़ी देर तक खाँसकर वह फिर खर्राटे लेने लगा। लक्ष्मी को सोने की इच्छा हुई, जम्बाई ली। घुटनों से सिर सटा, बैठकर आँखें बन्द कीं। बाग में पहुँचने के दूसरे दिन ही किट्टप्पा आया था। बीरा ने कहा था, 'हमारे स्वामी का वेअर है।' किट्टप्पा ने मुझे एक अजीब तरह से देख था। बीरा खाँसा। मैं कुएँ की ओर मुँह फेर कर जमीन की ओर देखती रही। फिर पसीने-पसीने हो गयी। वहाँ खड़ी न रह सकी, झाड़ू लगाने का बहाना बनाकर अन्दर घुस गई। किट्टप्पा बाहर था। मुझे लग रहा था कि मुझको ही देख रहा है। चले जाने तक, चले जाने के बाद भी। शराब की बोतलें, बीरा ही मुस्कराते हुए ले आया था। उस दिन माँस भी ज्यादा ही था। उसने कहा था, ''आज किट्टप्पा आयेंगे?'' मैंने कुछ जवाब नहीं दिया था। माँस पका दिया था। अँधेरा हुए थोड़ी देर हुई थी कि किट्टप्पा आये, खूब सज कर आये थे। ''शादी के लिए कोई बहू देखने आये हैं, किट्टप्पा जी!'' बीरा ने हँसते-हँसते कहा था। किट्टप्पा भी हँसा था। जनमते ही शायद हँसना शुरू किया था उसने।

दोनों ने खूब खाया। बीरा ने ही ज्यादा चढ़ा ली थी। उसके बाद आँखें तिराते हुए, वह टाँग पसारकर पड़ गया। बहुत देर हो गई लेकिन किट्टप्पा नहीं गया। मैं कमरे के अन्दर गई। किट्टप्पा वहीं पड़ी रस्सी से बनी खाट पर पड़ा रहा। प्राण हथेली पर रखकर, कमरे के अन्दर मैंने कम्बल बिछाया, लेटकर कम्बल ओढ़ लिया और बुझा दिया। अँधेरा हो गया। मगर आँखों में नींद नहीं आई। गाँव की कई बातों के सपन...

थोड़ी-सी नींद आई। ओसारे से बीरा के खर्राटे सुनाई दे रहे थे। किट्टप्पा की खाँसी भी कभी-कभी सुनाई दे जाती थी। करवट बदलने पर सरकने की आवाज हुई। बीड़ी पीने की लाल रोशनी, फिर बीरा के खर्राटे। सब कुछ समा लने वाला अन्धकार। जोर से आँखें बन्द करने पर भी नींद नहीं आई। खाँसना भी मुश्किल। थूक भी नहीं सकती। निगलने पर गटक की आवाज होती। चारों ओर एक तरह का मौन। वहीं जोर से सुनाई देता था। बीरा खर्राटे भर रहा है। लगता है, किट्टप्पा ने आँखें बन्द नहीं की अभी। बीड़ी पी रहा है, खाँस रहा है। निराई के लिए आई पुट्टी किट्टप्पा का सारा इतिहास बता गई है। उसको अगर पता चल गया कि मुझे अभी तक नींद नहीं आई है, तो भला वह क्या...?

'लक्ष्मी' कहकर जब धीरे से किसी ने बदन छूकर हिलाया तो वह झट जग कर घबड़ा गई। चिन्ता और डर के बीच उसे कब नींद आई, पता नहीं चला? झोपड़ी उड़ जाने की तरह छाती धड़कने लगी। उसने धीरे-से बदन पर हाथ फेरा। साँस पर बस न रहा। एक हाथ से उसने गाल पकड़कर हिलाया, पूछा, "कौन है?" उसने कहा, "मैं, किट्टप्पा।" बीरा के खर्राटे सुनकर शरीर में कम्पन हुआ। किट्टप्पा जाँघों पर हाथ फेर रहा था। असमंजस में फँसी लक्ष्मी ने कहा था, "बीरा सोया है।" तो किट्टप्पा ने कहा था, "हिश्...पीकर पड़ा है वह।"

सुबह होते ही बीरा जागा। करवट बदलते ही उसे लगा, बदन हल्का हो गया है। तब भी नशा कुछ बाकी था। दोनों हथेलियाँ मिलाकर उसने तेजी से रगड़ा और चेहरे के आगे लाकर हथेलियाँ देखीं। जब "लचुमी" कहना चाहा, तो आवाज नहीं निकली। इस औरत को इतनी देर तक नींद आती है। दायीं ओर मुड़कर उसने कम्बल झटक दिया। कमरे की ओर देखा, लक्ष्मी चेहरे तक ओढ़कर बेहोश सोई हुई है। उसने जो पट्टीदार कम्बल ओढ़ रखा था, उस पर आँख पड़ी। पिछले सोमवार किट्टप्पा ने यही कम्बल दिया था और कहा था, "बीरा लो, सर्दी का मौसम आ रहा है।" रात में लक्ष्मी ने सोते समय अपने आप हँसकर कम्बल अपनी ओर खींचकर कहा था, "यह मुझे चाहिए।" और सीधे खींचकर ओढ़ लिया था। प्यार से उसे गले लगाकर, छाती से सटाया था और बीरा ने कहा था, "कोई बात नहीं, उसे तू ही रख...मुझे तो तू अपने आपको ही दे दे, मुझे तो तुम्हीं से गरमी आ जायेगी।" लक्ष्मी खिलखिलाकर हँस पड़ी थी। "अब उसे गरम लग रहा होगा...।"

किट्टप्पा ने जो कम्बल दिया था, वह लक्ष्मी को ढँके हुए है। किट्टप्पा का बनवाया घर दोनों पर छाया हुआ है। मुझ पर छाया हुआ है यह कोई बात नहीं किन्तु लक्ष्मी पर? पटेल के घर एक चूड़ी लटकाकर आया था, उसने शायद लक्ष्मी को छेड़ा था। चबूतरे पर वह बेखबर टाँग पर टाँग रखे बैठा था, उसके गले की पट्टी खींचकर बीरा ने कहा था, "तू अमीर है तो उसे घर रख, मुझ पर रोब दिखाने आता है?" कहकर उसे मरने ही जा रहा था कि पटेल ने बीच-बचाव

कर हाथ जोड़ लिया और ''दूसरे गाँव का लड़का है, नासमझी कर गया।'' कहकर उसे चुप कराया था। जब बीरा झोपड़ी में लौटा था, तो लक्ष्मी छाती से लग गई थी।

बीरा ने बाएँ हाथ से पेट को सम्हाल कर दूसरा हाथ छाती पर रखा। छाती में धीमा-सा दर्द हुआ। उसे याद आया, लक्ष्मी कहती थी, ''कितना मरती हूँ, पियो नहीं कह-कहकर, पर तुम नहीं सुनते। सुना, मल्लिपुर के मालिक की पीते रहने से छाती ही सड़ गई, वह मर गये। कहते हैं, पीने से अँतड़ियाँ कट जाती हैं।'' उन मालिक की तरह अगर मुझे भी हो गया तो? लक्ष्मी का क्या होगा, क्यों? वह बेचैन हो गया। बीड़ी पीने की इच्छा हुई। तकिया सरकाकर देखा बीड़ी नहीं थी। बाहर ओस गिर रही थी। पहले से ही ठण्ड है, बीड़ी भी नहीं। धूप आने तक इसी तरह रहना होगा।

दिन चढ़ रहा है। छोटे बच्चे की तरह सोया पड़ा है। तेरे इस शरीर को शरम नहीं आती। इसी अंधेरे में किट्टप्पा, वह काँप उठी। पट्टी वाला परदा हटाया, तभी पूर्व दिशा के ठीक सामने वाली इस झोपड़ी में प्रकाश फैला। सामने देखने पर पता चला किट्टप्पा खड़े थे।

लक्ष्मी उठकर एक मिनट सुस्ताती रही, फिर भी उसकी थकान दूर न हुई। रात की याद से वह घबराई थी और कोने की ओर देखा तो हँसिया वहीं पड़ा था। बेचैन होकर बाहर झाँका। बीरा उठकर किसी से बातचीत कर रहा था। मौन हो, दरवाजे के पास आकर बाँस की पट्टी के परदे के छेद से देखा। उसे आश्चर्य हुआ। किट्टप्पा खड़ा था।

पता नहीं क्यों, किट्टप्पा हँसा।

बीरा भी हँसा।

✦

अतिथि

✦

वीणा शांतेश्वर

'शीला देसाई'

'उपस्थित जी'

'शांता पाटील'

'उपस्थित जी'

'सरोजिनी देशपाण्डे'

'...........'

'सरोजिनी देशपाण्डे'

'...........'

हाजिरी रजिस्टर से सिर उठा कर प्रो० लीलावती ने चारों ओर देखा। सरोजिनी दिखाई न दी। न जाने क्यों एक बार वहाँ की सारी लड़कियों पर बहुत गुस्सा आया। टेबल पर बिना वजह जोर से एक बार हाथ पटक कर जोर से बोली 'WHO IS SHE?' (हू इज़ शी), क्यों, लगता है, उसको कोई यहाँ पूछने वाला नहीं है। कल भी देर करके आयी थी। वह यह भी नहीं जानती कि हाजिरी के समय उसे यहाँ यहाँ रहना चाहिए? होस्टल में रहेगी, तब रोज रात के आठ बजे तक घूमने के माने क्या होता है? यहाँ तुम लोग पढ़ने आयी हो, मजा उड़ाने। मान लिया कि ऐसा कोई जरूरी काम पड़ भी गया तो मैं यहाँ सुपरिण्टेडेण्ट के रूप में जिन्दा हूँ। मुझसे कहकर जाओ तो तुम्हारा नुकसान क्या होता है? कोई जवाब नहीं मिला। गन्दी लड़कियाँ, एक दूसरे की ओर देखकर आँख मिचका रही थीं। —मैं सामने खड़ी हूँ, तब इनकी इतनी हिम्मत! इतनी गालियाँ देती हूँ फिर भी इन्हें शर्म नहीं आती, किन्तु यह सरोजिनी गई कहाँ? कहीं फिर उसी लम्बू बॉयफ्रेण्ड के साथ घूमने तो नहीं गई? छि:, सीमा से पार जाकर वह उद्धत बन रही है। मैं इतनी गालियाँ देती हूँ, उसे कुछ परवाह नहीं। ये लड़कियाँ ही ऐसी हैं, कोई लड़का कुत्ते की तरह दुम हिलाता पीछे पड़ जाय, बस, सब कुछ भूल जाती हैं। इन्हें समझाना मुझ वार्डन का कर्त्तव्य है।

जोर से बोलती हुई प्रो० लीलावती आगे बढ़ीं, ''मैं तुम लोगों से स्पष्ट कह देती हूँ। यह सब होस्टल में नहीं होने दूँगी। कल से जब भी तुम लोगों को कहीं

जाना पड़े, मुझसे कहकर जाना होगा। देर से आने पर मैं बस्या से कह दूँगी कि वह दरवाजा न खोले। कुछ गड़बड़ होने पर जिम्मेदारी मेरी होगी, तुम्हें क्या? मैंने जो कहा, उसे याद रखो, समझीं?'

कितना अहंकार है इन लड़कियों में। मैं गला फाड़ती जा रही हूँ, तब भी कोई 'जी' नहीं कहती। वह कोने में खड़ी होकर खिलखिलाकर हँस रही है इन्हें दण्ड देना होगा, तभी ये सही राह पर आएँगी!

'सरोजिनी के आते ही मुझसे मिलने को कहो।'

हाजिरी पुस्तक टेबल ही पर छोड़कर प्रो० लीलावती अपने कमरे में चली गयीं और बत्ती जला कर हाँफते हुए कुर्सी पर बैठ गयीं।

कई पत्र टेबल पर पड़े थे। प्रो० लीलाबाई नायिका, एम० एस-सी०।

छिः, पता नहीं क्यों ये लिखने वाले मूर्ख मेरे नाम के आगे बाई जोड़ते हैं? वह कुछ आदरसूचक हो सकता है, किन्तु यह बाई शब्द मुझे याद दिलाता है कि मैं पैंतालिस पार कर गयी हूँ। इसी बाई शब्द पर न जाने क्यों मुझे गुस्सा आता है? इन पत्रों को पढ़ने का मन नहीं होता। इस पत्र को आये एक घण्टे से ऊपर हो गया फिर भी इसे खोलकर पढ़ने की आतुरता नहीं है। ऊपर भेजने वाले के नाम की जगह किसी स्कूल की मोहर पड़ी है। किसी कार्यक्रम के लिए मुझे अतिथि के रूप में बुलाया होगा। मेरे पास आने वाले पत्रों में इससे अधिक और कुछ भी नहीं होता।

सुबह पढ़ना छोड़कर अथवा सामने पुस्तक खोल कर बैठी लड़कियाँ रास्ते पर आँख लगाये, होस्टल गेट के बाहर दूर से आते खाकी वर्दी वाले पोस्टमैन को देखते ही अपने कपड़ों की परवाह किये बिना बाहर के दरवाजे तक भाग जाती हैं। उन्हें मिलने वाले उन पत्रों में क्या होता है? उन मोटे-मोटे पत्रों को छाती से लगाये भागकर कमरे में लौटती हैं, खाट पर लेट जाती हैं और घण्टों पढ़ती रहती हैं। उन पत्रों में ऐसा क्या ब्रह्माण्ड लिखा होता है? सब बस नॉनसेन्स हैं। आज शाम गेट पर ही खड़े हो पत्र पढ़ते-पढ़ते अपने चारों ओर खड़े लोगों का ध्यान रखे बिना सरोजिनी अकेले हँस रही थी। वह बहुत सेण्टीमेण्टल है। एक ही गाँव का निवासी होने के बावजूद उसका वह दोस्त उसे रोज पत्रा लिखता है। एक बार क्यों, कई बार उसकी अनुपस्थिति में मैंने उसके नाम के पत्रों को अपने कमरे में लाकर पढ़ा था। उन्हें पढ़कर बिलकुल हिन्दी फिल्म देखने की तरह लगा था। रोज शाम को उससे मिलता है, आमने-सामने बोलता है, फिर सुबह उठकर पत्र लिखता है वह मूर्ख, लड़कों के हॉस्टल से। रात भर जो पागल सपने देखता है, उन्हीं को लेकर वह लिखता है। मुझे उस दिन एक विचित्र वेदना का अनुभव हुआ था। उस रात बहुत देर तक नींद न आयी। पता नहीं क्यों, उस दिन से सरोजिनी को देखते ही मेरा गुस्सा आग की तरह भड़क उठता है।

'मैडम, क्या मैं अन्दर आ सकती हूँ?'

—दरवाजे से हल्की आवाज आती है। वही होगी, इतनी देर उसके साथ घूम कर अब लौटी है।

हाथ का पत्र जोर से मसल दिया प्रो० लीलावती ने।

'आओ।'

हिचकिचाते हुए सरोजिनी अन्दर आयी। बिना डाँटे, एक मिनट रुककर, सरोजिनी को देखने की इच्छा हुई। लाल जार्जेट की साड़ी में वह आज सच ही अच्छी लग रही थी। सिर पर एक लाल गुलाब का फूल, उसने लगा रखा था।

वार्डन एकाएक बरस पड़ी, 'कहाँ गई थी?' जमीन कुरेदती सिर झुकाए खड़ी थी, सरोजिनी। किसी मीठे अनुभव की याद अभी तक उसकी आँख और होठों से ही नहीं, पूरी देह से प्रकट थी। उसके भाव से लग रहा था कि वह बोल नहीं रही है।

'सरोजिनी, तुम्हें आखिरी वार्निंग दे रही हूँ। रात में देर कर होस्टल आओगी तो आगे से नहीं चलेगा। लगता है, तुमने पढ़ना-लिखना सब छोड़ दिया है। सिर्फ घूमती रहना चाहती हो तो कालेज छोड़ दो, बाप के पैसे क्यों बरबाद करती हो?'

सरोजिनी के चेहरे पर की लाली धीरे-धीरे कम होने लगी। पता नहीं क्यों, उससे मेरा उत्साह बढ़ने लगा।

'तुम्हारे दोस्त के पास कोई दूसरा काम नहीं है क्या? तुम्हारे साथ घूमता ही रहा तो परीक्षा में कैसे पास होगा? कल को शायद वह बूट पालिश कर पेट भरने वाला है?'

सरोजिनी की आँखें भर आयीं। वह रोती रही। शाम से छाती में जो असहनीय दर्द था, वह तो कम होगा। रात को आराम से नींद आयेगी।

'जाओ, जाओ, पढ़ो! तुम जैसी इक्की-दुक्की लड़कियों की वजह से होस्टल का नाम बदनाम होता है।'

वह उसे देखती गई। पीछे से उसकी वह लचीली, देह, पतली कमर देखकर उसे गुस्सा आता रहा।

इन दिनों मैं मोटी हो रही हूँ। कितना कम खाती हूँ, दूध नहीं पीती, तब भी इधर कुछ दिनों से शरीर स्थूल होता जा रहा है। परसों कालेज में कैण्टीन के पास एक लड़का खड़ा था। मैं जब उधर से निकली, उसने फुसफुसाहट भरी आवाज में मुझे 'टुनटुन' कहा था। मैंने सुनकर भी अनसुनी कर दिया, क्या वह झूठ था? लड़के का कहना ठीक था, उस पर ध्यान नहीं देना चाहिये, फिर भी, वजन कम करने की कोशिश करनी चाहिये। लेकिन सरोजिनी की पतली कमर याद आते ही फिर बिना वजह गुस्सा आता है। वह भाड़ में जाय, मुझे यह सब भूलना होगा। उसकी कमर, लाल गुलाब का फूल, उसका लम्बू दोस्त, उसके प्रेम-पत्र सबको

भूल जाना चाहिये। ऐसा न हुआ, तो कल जब स्कूल में अतिथि बनकर भाषण देना होगा, उसके पास बोलने के लिए कुछ होगा ही नहीं।

कल लड़कियों के हाईस्कूल में मैं अतिथि बनकर जा रही हूँ। परसों महिला मण्डल के संगीत कार्यक्रम की सम्मानित अतिथि हूँ।

कल क्या भाषण देना होगा, लड़कियाँ यानी महिलाओं के दायित्व को लेकर? उनमें स्वतंत्र विचार होने चाहिये, पुरुषों की दासता में पड़ कर सड़ना नहीं चाहिये। पुरुषों का दबदबा नहीं सहना चाहिये। पुरुषों के दर्प का विरोध करना चाहिये। मैं जहाँ कहीं अतिथि बनकर जाती हूँ, इसी तरह का भाषण देती हूँ, इसलिए सीधे इन सबको टेप क्यों न कर दूँ!

—पुरुषों पर आप इस तरह आग क्यों उगलती हैं? काले की एक विवाद प्रतियोगिता में एक सहयोगी ने पूछा था। पता नहीं क्यों, कुल मिलाकर पुरुष जीव को देखकर मुझे बहुत गुस्सा आता है। लगता है, वे औरतों के मुग्ध स्वभाव का दुरुपयोग करते हैं। इसी कारण जोर देकर मुझे इसका विरोध करना चाहिये! क्या पुरुष-द्वेष आजकल बढ़ने लगा है? या पहले से था—पहले? प्रोफेसर बनने से पहले? वाइस प्रिंसिपल बनने से पहले? होस्टल का वार्डन बनने से पहले? बीस साल पहले? मैं जब एम० एस-सी० में पढ़ रही थी, तब?

—मिस नायिका, इस बार दीवाली की छुट्टियों में हम्पी की सैर पर जाना चाहता हूँ, आयेंगी न?

—किसने पूछा था?

—मिस लीलावली, इस हरे रंग की साड़ी में आप वण्डरफुल दिखती हैं।

—किसने कहा था?

—मिस लीला, मैं बहुत दिनों से यह प्रश्न करना चाहता था, आज हिम्मत कर पूछ रहा हूँ, क्या आप मेरी लाइफ पार्टनी बनेंगी?

—ओह, कहाँ से आयी थी यह ध्वनि?

बीस साल पहले यह कहा था, मेरे प्रैक्टिकल करते समय वह मेरा टेबलमेट होता था।

वह भी पुरुष था। क्या मैंने उससे द्वेष किया था?

प्रो० लीलावती उठीं और कमरे का दरवाजा बन्द कर उस दिन के पत्रों का जवाब देने के लिए कागज और कलम लेकर बैठ गईं।

पिछले कुछ महीनों से कई जगह लगातार अतिथि बनकर जाते-जाते वह वह थक गई है। कम-से-कम आगे कुछ दिन कोई आमंत्रण स्वीकार नहीं करना चाहिए। 'नहीं, नहीं होगा' लिख दूँगी, चिन्ता समाप्त हो जायेगी, टण्टा दूर होगा।

उस समय सदानन्द के प्रश्न पर, 'नहीं ऐसा नहीं होगा?' मैंने जवाब दिया था। किसलिए? क्यों? इन बीस वर्षों में कई बार यह प्रश्न मैंने आपसे किया है। क्यों,

क्या पिता जी ने मना किया था? कुछ हद तक यह सही है। तब बिना शादी के अकेली रहकर जीवन का सामना करने का उत्साह था शायद, अब नहीं है। क्यों, क्या सदानन्द से मैं प्यार नहीं करती थी? छि:, यह कैसे पागल विचार इस रात के समय। करने को कितना काम पड़ा है। सब छोड़कर किसी पुरानी घटना की याद करते बैठने के लिए क्या मैं वार्डन हूँ?

जल्दी-जल्दी कुछ पत्र लिखकर खत्म किया प्रो० लीलावती ने। फिर उठकर डाइनिंग हाल की ओर चल पड़ीं।

आज क्यों इतनी भूख लगी है। सारी लड़कियाँ मजे में खाना खा रही हैं, जरूर इनके पेट में बकासुर होगा। मुझे मात्र भरपेट खाने की स्वतंत्रता नहीं। अब मेरा वजन एक सौ अस्सी पाउण्ड हो गया है और बढ़ गया तो बहुत बुरा होगा।

सरोजिनी आराम से बैठकर चपाती खा रही थी। मुझे जो कहना था, उसे तभी कह चुकी थी। फिर भी कितनी निश्चिन्तता से खा रही है! यह देखकर उसे कुछ डाँटने को मन करता है। उस गन्दी लड़की को जरा-सी चिन्ता नहीं।

''सरोजिनी, क्या बात है, रात में सोती भी हो या सिर्फ सपने ही देखा करती हो?''

सभी लड़कियाँ हँसने लगीं। मैंने हँसते हुए कहा था फिर भी इस हँसी की कड़ुवाहट सरोजिनी को मालू है। उसका चेहरा उतर गया है।

दो मिनट में खाना खाकर सोने से पहले एक महत्वपूर्ण काम करना बचा था—रात में हॉस्टल का राउण्ड लगा आने का काम। जहाँ-जहाँ खड़े होकर, इसकी बात उसे, उसकी बात इसे सुनाकर, जिन लड़कियों के ब्वाय-फ्रेण्ड्स हैं, उन सभी को कोई बहाना ढूँढ़कर, खुशी से डाँट कर जब अपने कमरे में लौटती हैं, तब तक ग्यारह बज जाते हैं और तभी आँखों में आराम से नींद आती है। इसमें कभी कोई कमी नहीं होती।

एक ही लाइन में दरवाजे—कुछ बन्द, कुछ खुले, कुछ आधे खुले, कुछ आधे बन्द हैं। अंग्रेजी-हिन्दी बीच में कन्नड़ सिनेमा के गाने की आवाज सुनाई देती है। पाँव में चप्पलों की आवाज सुनाई देती है। पाँव की चप्पलों की आवाज सुनाई न दे, जिससे लड़कियों की फुसफुसाहट सुन सकें, यह प्रो० लीलावती को पसन्द है। जब उन्हें यह निश्चित रूप से पता चल जाता है कि चारों ओर कोई नहीं देख रहा है, वह थोड़ा मटककर चलने की कोशिश करती हैं।

—मेरी आखिर ऐसी क्या उम्र है? शादी करके जो बारह बच्चों की माँ बनती हैं, उसका ही सौन्दर्य नष्ट होता है और बूढ़ी की तरह दिखती है। मुझे वैसी कोई चिन्ता नहीं। अपना रूप नष्ट होने का कोई कारण नहीं। परसों प्रिन्सिपल ने ही कहा था कि मैं आज भी जवान लड़की लगती हूँ। वैसे देखा जाय, तब भी मैं वैसी मोटी भी नहीं हूँ।

लीलावती इठलाती जा रही थीं, अचानक बीसवें नं० कमरे से उन्हें कुछ बात सुनाई दी, जिससे उन्हें आघात लगा!

कल पिक्चर चलेंगे न, दादी माँ तब तक वैसे भी लेट जाती हैं।

—यह किसकी आवाज है? अंग्रेजी एम० ए० की विद्यार्थिनी लूसी की होगी। हाँ, यह कमरा उसका है। इस शूर्पनखा ने यह क्या चला रखा है, कल जब मैं नहीं रहूँगी, तब पिक्चर के लिए भागने का प्लान होगा?

प्रो० लीलावती चुपचाप वहीं खड़ी हो गयीं। दादी माँ कहती है। कितनी घमण्डी है। यह क्या समझती है कि जूनियर बी० ए० में जितनी पतली और 'स्मार्ट' थी, उसी तरह आज भी है? मेरी उम्र तक पहुँचकर वह भी 'दादी माँ' नहीं बन जाएगी! लेट आएँगी, क्यों? अटेण्डेन्स के टाइम से एक घण्टा पहले आकर बैठ जाएगी—किसे गाली हूँ, किसे न दूँ? 'बिचारी लेटने के लिए जाएगी कहाँ!' मई में शादी के बाद अपने डाक्टर पति को साल भर के लिए विलायत भेजकर अपना बी० ए० पूरा कर लेने के लिए आयी जयलक्ष्मी बोली थी। बिना शादी के जिन्दगी बरबाद करने वाली वार्डन के प्रति उसकी सहानुभूति है। —बेचारी कहती है। तुरन्त अन्दर जाकर पीटने की इच्छा हुई प्रो० लीलावती को। अरी लड़की, शादी-बच्चे-परिवार—इसे तो गधे भी कर लेते हैं। वाइस प्रिन्सिपल बनने, होस्टल का वार्डन बनने, मेरी तरह रहने के लिए योग्यता चाहिए, समझी?

जयलक्ष्मी ने वार्डन के प्रति जो सहानुभूति दिखाई, उससे वहाँ हँसी की लहरें फूट पड़ीं। इस सम्मेलन में पता नहीं कौन-कौन चाण्डालिनें हैं? कल सब मिलकर मेरी आँखों में धूल झोंकना चाहती हैं। इनका यह सिनेमा का प्लान मैं मिट्टी में मिलाऊँ तो मेरा जन्म भी व्यर्थ समझो।

इस लूसी को यह कैसे मालूम है कि कल वह लड़कियों के हाईस्कूल में अतिथि बनकर जाने वाली है। वहाँ भाषण आदि सब हो जाने के बाद, स्कूल-कमेटी के चेयरमैन की कार में बैठकर जब तक वह होस्टल लौटेंगी, तब तक रात के दस बज जायेंगे। तब तक हम लोग वापस आ जाएँगे। वैसे भी जार्ज ने कहा है कि वह कार लेकर आयेगा। साढ़े नौ बजे हम लोग होस्टल पहुँच सकते हैं। तुम लोग क्या कहती हो?

'जार्ज की कार में हम लोग क्यों आने लगे, वह बुरा मान जाये तो?'

'छि: उसका मन बहुत बड़ा है।'

सैकड़ों लड़कियों से मित्रता बढ़ाकर, सबके साथ समान रूप से व्यवहार करने वाला जार्ज विशाल हृदय का है। मैं स्कूल की कमेटी के चेयरमैन की कार में आती हूँ, तब वह अपराध नहीं। लूसी जार्ज की कार में आयेगी, तो...वैसे देखा जाय, तो इन लड़कियों की बहुत नीच बुद्धि है।

—तो कल दादी माँ गेस्ट बनकर जायँगी, जाने दो! रोज कहीं जाकर गेस्ट बनें, भाषण दें। उनकी इसी में जिन्दगी बीतेगी। घर-बार कुछ नहीं। श्मशान के गिद्धों की तरह गेस्ट बनकर घूमने में ही रहती हैं, बस!

—प्रो० लीलावती का खून खौलने लगा, किन्तु तुरन्त अन्दर जाकर लड़कियों को गाली देने का उनका संकल्प ढीला हो गया। उन्हें लगा, जैसे वह एकदम हार गई हैं। वह कोशिश कर आगे बढ़ीं। जयलक्ष्मी की आखिरी बात बहुत अस्पष्ट रूप से सुनाई दी थी।

'लूसी, आज तुम मेरे साथ ही सोओगी प्लीज, कल रात की तरह बुरे सपने दिखने लगे, तो फिर डर जाऊँगी।' तेजी से सीढ़ियाँ चढ़कर प्रो० लीलावती अपने कमरे में आयीं। अभी कुछ कमरों की ओर जाना बाकी था। उनकी छाती में जाने क्यों, दर्द शुरू हो गया।

'हार्ट ठीक है, ट्रीटमेण्ट लीजिए!' डाक्टर ने कहा था।

'मेरी बहिन के हार्ट ही नहीं डाक्टर, ठीक क्या होगा?' भैया ने इस तरह कहकर डाक्टर के सामने ही उन्हें छेड़ा था।

मैं संसार की आँखों में एक हृदय-विहीन पत्थर-सी लगती हूँ! 'लीला, क्या तुम्हारे अन्दर भावना ही नहीं है! हृदय ही नहीं है? पत्थर क्यों बन गयी हो?' सदानन्द ने जब मुझसे बार-बार पूछा था, तो मुझे कुछ अभिमान हुआ था?... मगर अब? जब लोग कहते थे कि मुझमें वह सब कुछ भी नहीं है तो मुझे गर्व का अनुभव होता था? क्या वह सचमुच ही मुझमें कुछ नहीं था। अगर था भी तो उसके लिए मेरे पास अवकाश न था। उस पर मैंने जबरदस्ती लोहे का परदा डाल दिया था, मगर इधर कुछ दिनों से वह थोड़ा-थोड़ा गल रहा है? अब अपनी हृदयहीनता में मुझे कुछ विशेष क्यों नहीं लगता?

'मैं अन्दर आ सकती हूँ?' दरवाजे के बाहर से एक कोमल आवाज आयी। वह थी इसी साल एम० एस-सी० समाप्त कर रसायनशास्त्र के डिपार्टमेण्ट में रिसर्च असिस्टेण्ट के तौर पर कार्य कर रही उर्मिला केलकर।

सिर हिलाकर, लूसी, जयलक्ष्मी, स्कूल कमेटी के चेयरमैन, सदानन्द सभी को दूर कर देने के प्रयत्न में प्रो० लीलावती बिस्तर पर उठ बैठीं। 'उर्मिला, क्या बात है? आओ, बैठो।'

कूदते-फाँदते उर्मिला अन्दर आई। लम्बी, गोरी, सुन्दर लड़की थी वह। यह जब से आई है, केमिस्ट्री डिपार्टमेण्ट के सभी जूनियर लेक्चरर, डेमान्स्ट्रेटर, कुछ विद्यार्थी इसके पीछे पागल हो गये हैं। वह उन लोगों के साथ कैण्टीन जाती है। लोग इसे अपना अहोभाग्य समझते हैं। मुस्कराकर उनसे बोलेगी तो अपने को धन्य मानेंगे। पुरुषों की जाति ही ऐसी है, कुत्तों की जात की तरह। सब कुछ सूँघकर परखने की चपलता रहती है इनमें...

'और कुछ नहीं मैडम, आपके पास वह ट्रेवेलिंग बैग है न, उसकी मुझे जरूरत थी।' खड़े-खड़े उर्मिला बोली।

'देंगे, आप बैठिए तो सही। क्यों, कल रत्रिवार के दिन कुछ स्पेशल प्रोग्राम है क्या? कहाँ जा रही हो?'

'यहीं वह बाँध है न, हमारे डिपार्टमेण्ट के लोग वहाँ पिकनिक पर जाना चाहते हैं। शाम तक लौट आएँगे।'

कल के लिए तैयारी और उसके पूर्व के सपनों के कारण लगा कि वह बैठना नहीं चाहती, किन्तु जाने क्यों प्रो० लीलावती को लगा, वह उर्मिला को वापस भेजकर अकेली बैठी रहेगी तो उसे दुनिया भर की चिन्ताएँ सताएँगी। इस लड़की की लगातार हँसी और गप्पों से संभव है उसकी ऊब कुछ कम हो।

'दे देंगे, बैठिए तो, ऐसी क्या जल्दी है? फिर कल सभी लोग जा रहे हैं क्या?'

इस पर उर्मिला को बैठना ही पड़ा। चूँकि वार्डन बुरा मान जाएँगी। उर्मिला झूठ बोलने वाली न थी। वह भी...

'नहीं जी, हमारा युवा दल है न, सिर्फ जूनियर लोग जा रहे हैं। उस बूढ़े प्रोफेसर को साथ ले लेंगे तो फिर समझिये, सारा मजा ही किरकिरा हो जायेगा।'

बात सही कही थी उसने, फिर भी मुझे गुस्सा आया। लेकिन इस मर्दानी लड़की पर चिढ़कर कुछ फायदा भी तो नहीं।

'सच बात है।' प्रो० लीलावती हँसते हुए बोलीं। लड़कों जैसे लगने वाले उन लेक्चररों के साथ यह कल पिकनिक पर जायेगी, कहाँ-कहाँ घूमेगी, क्या-क्या करेगी? लीलावती यह सब सोचती जा रही थी। उन्हें लगा, जैसे उनकी छाती का दर्द बढ़ गया है।

'मैडम, क्या आज की ताजी खबर आपने सुनी? आपकी सरोजिनी के रोमियो की कथा?'

उर्मिला की आवाज में उत्साह देखकर लगा, जैसे खबर सच ही कुछ महत्वपूर्ण है। 'सरोजिनी देशपाण्डे से सम्बन्धित है क्या? उसके रोमियो को क्या हुआ? क्या, किसी दूसरी लड़की से शादी करना चाहता है?'

उर्मिला उत्साह में बोली—'छि:, वह शादी-वादी करने वाला आदमी नहीं है। सिर्फ इसी तरह मजे के लिए घूमता है। किसी से शादी क्यों करेगा? वह जब छोटा था, तभी उसकी शादी हो चुकी थी। उसकी बीबी अनपढ़ है, इसीलिए शायद उसे अच्छी नहीं लगती। ससुर के पेसों से यह ससुरा कालेज में पढ़ रहा है। चैन करता है। मैं भी यह सब नहीं जानती थी। आज वह मेरा भतीजा आया था, वही बता रहा था। सरोजिनी का हाल कितना बुरा हुआ मैडम, है न?'

उर्मिला की बात में सहज संताप था। उसके साथ अगर प्रो० लीलावती भी संताप प्रकट नहीं करेंगी, तो विरोधाभास होगा। इस बात की कल्पना कर वे ठीक

तरह सीधा होकर बैठ गयीं। 'उर्मिला, क्या यह सच है, सरोजिनी शायद यह बात नहीं जानती?'

'जी नहीं, बेचारी से कौन कहे?'

'क्यों, मैं कहूँगी? मैं उससे कहूँगी कि ऐसे लफँगे के साथ घूमकर जिन्दगी बरबाद न करो। वह अभी छोटी लड़की है, समझदार नहीं है, उस पर वह मेरी वार्ड में है। उसे समझाकर मैं सही राह पर लाऊँगी, यह मेरा कर्त्तव्य है।'

उनमें जोश बढ़ने लगा। वह सोचने लगीं कि यह खबर सुनते ही सरोजिनी की आँखों से आँसुओं की नदी बह उठेगी, वह खाना छोड़ देगी, मूर्छित हो जायेगी, पागल हो जायेगी। इस सबका एक अद्‌भुत चित्र उनकी आँखों में उतर आया।एक वार्डन के नाते—एक सहृदय वाइस प्रिंसिपल के नाते—उसकी मदद करनी होगी, समझाना होगा, जैसे कल्पनाएं करने लगीं।

'हाँ जी, मैडम, ऐसा ही कीजिए, अब मैं चलती हूँ, मैं यह बैग कल रात को लौटाऊँगी, शुभ रात्रि!' उत्तर की प्रतीक्षा किये बिना उर्मिला, उछलती हुई बाहर चली गयी।

अभी कुछ ही देर पहले प्रो० लीलावती ऊबकर सोई थीं। लेकिन एकाएक मानो उनमें फिर चेतनता उमड़ आई। अपने अधूरे काम को पूरा करने के उद्देश्य से कुर्सी पर बैठ गईं।

—कितना घमण्ड है इस उर्मिला को! कहती है, बूढ़े प्रोफेसरों के जाने से पिकनिक फीकी पड़ जायगी। छोड़ो, उसकी भी क्या गलती है, ये बेशर्म आदमी अपना घर-बार सब भूलकर इसके पीछे घूमते हैं, तभी तो इसे इतना घमण्ड है? प्रैक्टिकल्स के समय लड़कों को उन्हीं पर छोड़कर ये सम्मानित सज्जन लोग आराम से बैठकर बे-सिर-पैर की बातें करते रहते हैं और मेरे जैसे लोगों की परवाह भी नहीं करते। हँसते रहते हैं। इसे देखकर कई बार मेरे पेट में जलन होती है। मैं भी उन लोगों की तरह खाली गप्पें लड़ाऊँ, हँसूँ और इसी में संसार को भुला दूँ तो कैसा हो? मेरी भी तो कई बार ऐसी इच्छा हुई है। लेकिन मैं जब भी उन लोगों के साथ बैठकर हो-हो, हा-हा कर हँसने की कोशिश करती हूँ तो हर बार लगता है कि, वे सब इतनी ऊँचाई पर है कि मैं कितना भी छलाँग लगाऊँ, वे मेरे हाथ नहीं लगेंगे। मुझे उन सब पर बहुत गुस्सा आता है। कोई बहाना कर, वाइस प्रिंसिपल के अधिकार से उन सबको जी भर डाँट देने की इच्छा होती है। आजकल उस प्रोफेसर कुलकर्णी के साथ इसकी खूब चल रही है। चलने दो, चलने दो, कितने दिन चलेगी? वह कई फूलों का रस लेने वाला भौंरा है। गर्मी की छुट्टियाँ खत्म होने और कालेज खुलने तक पता नहीं यह कहाँ रहेगी, वह कहाँ रहेंगे?

जब से सरोजिनी के लम्बू बॉय फ्रेण्ड के बारे में उन्होंने सुना है, लगता है, तब से उनकी छाती का दर्द थोड़ा कम हुआ है। अब किसके साथ वाकिंग जायेगी,

किसे प्रेम-पत्र लिखेगी? सिनेमा स्टार की तरह मेकअप कर उछलती हुई जाने वाली सरोजिनी, अब आगे से फीका चेहरा बनाये, बाल बिखराये, बिना आँचल वाली काली साड़ी पहने, हाथ में एक पाठ्य-पुस्तक लिए टेरेस पर अपनी सहेलियों से दूर—अकेली बैठी—घर से प्यार की डोली चली गई'—जैसे गाने गुनगुनायेगी। इस दृश्य की कल्पना से उन्हें तृप्ति मिल रही थी।

बूढ़े प्रोफेसर को भावनाहीन कौन कहेगा? हृदयहीन कौन कहेगा? मेरे हृदय में भी कभी-कभी वीणा के टूटे तार जोर से खिंचकर अपस्वर निकालते हैं। पिछले साल दिसम्बर में, उस नये कालेज में, जब मैं किसी कार्यक्रम में अतिथि बनकर गई थी, तो वहाँ पर सदानन्द प्रोफेसर था—छः बच्चों का बाप सदानन्द। उसे देखकर इसी तरह के अपस्वर का मुझे अनुभव हुआ था। मैं पहले भी जानती थी कि वह वहाँ है। मैंने एक पुराने परिचित आदमी की तरह उससे बातें कीं और अतिथि-भाषण दिया। अपनी हृदयहीनता की याद दिलाकर, उसे निराशा में डालकर, उत्साह के साथ, दूर हो जाने की बड़ी आशा लेकर, मैं वहाँ गई थी। मगर क्या हुआ? बड़ी निर्लिप्तता से उसे 'हलो' कहकर बोलने में ही मैं समर्थ हो पायी। मेरे भाषण की सभी ने तारीफ की, यह बात कि मैं हृदयहीन हूँ, उसके ध्यान में लाने के प्रयत्न में भी सफल हुई थी, किन्तु अन्त में मेरा हिसाब गलत निकला। उसकी आँखों में, उस पुरानी निराशा का रूप, जिसे देखकर मैं आनन्दित होना चाहती थी, नहीं था। वहाँ एक प्रकार की विजय का आनन्द था। उसे देखकर, एक क्षण के लिए मैं हार गई थी। मैं वहाँ सिर्फ अतिथि बनकर गई थी, भाषण देने के बाद, मेरा वहाँ काम भी पूरा हो गया था। अतिथि के रूप में फूल-माला आदि से सम्मानित होकर मुझे चुपचाप लौट आना चाहिये था। यहाँ—इसी पुराने गाँव, पुरानी जगह, पुराने घर, छिः मेरा घर कहाँ है? बूढ़ा बाप, भैया के घर रहता है। यहाँ पर मैं एक प्रकार से अतिथि ही हूँ। अपनी कमाई से शहर के बाहर एक बंगला बनवाया है—लेकिन वह एक खाली बंगला है। घर नहीं हो सकता वह।

लेकिन यह क्या, इस उम्र में, इस तरह सेण्टीमेण्टल बनकर सोचना ठीक है? हँसकर प्रो० लीलावती ने बचे पत्रों को जवाब लिखने के लिए तत्पर हुईं।

रात के शायद ग्यारह बजे थे। होस्टल शान्त था। बीच-बीच में कभी-कभी बाथरूम से नल खोलने, लेबोरेटिरी का दरवाजा खोलने की धीमी ध्वनि या किसी से किसी के कहने की एक-दो आवाजों को छोड़कर और कुछ भी सुनाई नहीं देता था। चारों ओर अँधेरा, मधुर स्वप्न और नीरवता। मुझे मधुर स्वप्न कौन कहेगा? मुझे तो सपने ही नहीं आते, गहरी नींद आती है। रात में कभी डर नहीं लगता—कहकर कई बार लड़कियों के सामने डींग हाँकती हूँ। यह घमण्ड कहाँ सच है? मुझे भी कभी-कभी सपने आते हैं—अपने दोस्तों के साथ घूमने जा रही हूँ। होस्टल की लड़कियाँ आती हैं। उर्मिला और उसके सहयोगी, जयलक्ष्मी को होस्टल भर्ती कराने आया उसका पति, लूसी का जार्ज, कालेज के प्रिंसिपल,

लड़कियों के स्कूल की कमेटी के चेयरमैन, उनकी कार, सपने में सब भूतों की तरह नाचते हैं। कोशिश कर उन सबसे छुटकारा पाना और सोना पड़ता है। इस तरह नींद की प्रतीक्षा करने पर, सोचती रहती हूँ। गहरी नींद में सदा जाग्रत अवस्था...दूर कहीं अस्पष्ट, फीका-फीका तिरता एक मुख। थोड़ी देर बाद वह मुख भी अदृश्य हो जाता है। बचती हैं, सिर्फ दो आँखें। शान्त, किन्तु उद्विग्न—छि: , यह वह पुरानी उद्विग्नता नहीं है, एक तरह की शान्ति है, तृप्ति है—आँखें...मानो मुझे देखकर हँस रही हैं, खिल्ली उड़ा रही हैं...

—अँधेरे में डरकर चिल्लाने की इच्छा हुई प्रो० लीलावती की। वह उठीं और कमरे की खिड़की, दरवाजे बन्द कर सिटकिनी लगा दी।

'लूसी प्लीज, आज मेरे साथ सोओ!' जयलक्ष्मी ने कहा था—उन्हें याद आयी। रात में आने वाले बुरे सपनों के डर से दूर रहने के लिए उसे लूसी का साथ चाहिए। पति को जब से विलायत भेजा है, उसे भय लगता है। नाटक करती है। कैसी चालाक है, डरपोक लड़कियाँ। इन्हें हमेशा एक आदमी का सहारा चाहिए। अपनी दुर्बलता में, उसे छिपा रखने से कितना झूठा आनन्द मिलता है इन्हें। ...खिड़की के बाहर कुछ आवाज हो रही है, किसी के बूट की आवाज, छि: यहाँ बूट पहनकर कौन आता है? कोई गाय होगी। मुझे नाहक डर लग रहा है। इस प्रकार व्यर्थ विचार करने से अच्छा है कि कल मुख्य अतिथि के रूप में देने वाले भाषण की तैयारी करूँ।

लेकिन छाती में दर्द क्यों बढ़ गया?

घर-बार कुछ नहीं, श्मशान के गिद्ध की तरह गेस्ट बनकर घूमती रहती है।...

प्रो० लीलावती ने एक हाथ से छाती के दायें भाग को जोर से दबा रखा था। पेन टेबुल से सरककर नीचे गिर गया।

क्या मेरे घर-बार नहीं है? क्या मैं श्मशान के गिद्धों की तरह बेबुनियाद हूँ? सिर्फ अतिथि बनकर घूमने में ही सारा जीवन बीतता जा रहा है। इन कार्यक्रमों के लिए ही नहीं, क्या पूरे जीवन के लिए मैं अतिथि बनकर आई हूँ? काम करने के बाद थककर जब घर आती हूँ, तब मेरा स्वागत करने, मेरी थकान कम करने, प्रेम करने वाला कोई जीव नहीं है—कौन चाहिए? अकेले ही जीवन का सामना करने का वह धैर्य कहाँ गया? मैं कहीं भी जाऊँ, लौटूँ, मरूँ...। एकमात्र 'अतिथि' की प्रज्ञा तीखी होकर छाती को छेदने लगी। सदानन्द, यह आँख मिचौनी बन्द करो। एक बार मान लिया कि गलती की। यह तुम्हारा कैसा हठ है, इस तरह मुझे क्यों तँग करते हो? क्या इसलिए कि मैं तुम्हारे घर, तुम्हारी घर वाली नहीं बनी, तुमने शाप-वाप तो नहीं दे दिया जिससे सारा जगत मुझसे अतिथि का-सा व्यवहार करता रहे? यह शाप वापिस लो पुण्यात्मा...मेरे ही मुँह से मेरी पराजय की बात

यदि सुनना हो तो सुनो, मैं कह रही हूँ, चाहो तो रो दूँ? तुमको इससे शान्ति मिल रही हो, तो रोने से मुझे एतराज नहीं।

आँसुओं के पेपर पर गिरने से जब टप की आवाज हुई, तब प्रो० लीलावती एकदम होश में आ गईं। अपनी इस रोमाण्टिक कल्पना से उन्हें आनन्द मिला—यह क्या, सचमुच मैं रो रही हूँ! इसे पागलपन कहकर, आँसू पोंछकर वह मुक्त रूप से हँसी। उसके बाद उन्हें याद आया कि वह कमरे में अकेली है। बाहर से उनकी हँसी यदि किसी ने सुन ली तो और तमाशा होगा। उन्होंने सोचा और हँस पड़ीं।

नीचे गिरा पेन देखकर उन्हें अपने अतिथि भाषण की याद आई। वे नीचे झुकीं, पेन उठाया, कल के आदरणीय अतिथि के स्थान पर होने की कल्पना की। उन्होंने सोचा कि मैं सचमुच सब भूल गई थी और गम्भीर होकर भाषण तैयार करने लगीं।

✦

तेलुगु

तेलुगु कहानी का विकास

✦

बालशौरि रेड्डी

यह सर्वविदित सत्य है कि साहित्य की विविध विधाओं में कहानी आज एक सशक्त विधा है। यह युग ही कथा साहित्य का है।

तेलुगु कहानी का उद्‌भव सामाजिक परिवर्तन को लेकर हुआ। प्रथम कहानीकार महाकवि गुरजाड अप्पाराव थे। अप्पाराव ने केवल तीन कहानियाँ लिखीं—'मी पेरेमिटि' (आपका नाम क्या है?), 'दिद्दुबाटु' (सुधार) और 'मेटिलडा'। इस विधा को समृद्ध करने में सैकड़ों लेखकों ने हाथ बँटाया। एक से बढ़कर एक महान लेखकों ने अपनी विविधता के कारण भाषा-शैली व अभिव्यक्ति की दृष्टि से इस धारा को व्यापकता एवं गहनता प्रदान की। इसका विश्लेषण चन्द शब्दों में असम्भव है।

अन्य भारतीय भाषाओं में रचित कहानियों की भाँति तेलुगु कहानी असंख्य उतार-चढ़ावों को पार करती हुई आज पर्याप्त सम्पन्न हो चुकी है। इसको सम्पन्न बनाने में जिन कथाकारों ने अपनी मेधा रूपी श्वेद अर्पित किया, उनका नामोल्लेख करना भी यहाँ पर सम्भव नहीं।

तेलुगु कहानी की समृद्धि का प्रमाण यह है कि विश्व कहानी प्रतियोगिता में तेलुगु कहानी 'गालिवान' (तूफान) को द्वितीय पुरस्कार प्राप्त हुआ और अखिल भारतीय कहानी प्रतियोगिता में भी तेलुगु कहानी 'चोरों से सावधान' (दोंगलुन्नार जाग्रत) पुरस्कृत हुई।

इस संकलन में मैंने दस ऐसी कहानियों का चयन किया जिससे तेलुगु कहानी के विविध आयामों का हिन्दी पाठकों को बोध हो। विविध प्रवृत्तियों तथा दशाओं का परिचय मिल जाये। विज्ञ पाठक ही इसकी खासियतों का निर्णय करेंगे।

इस संकलन को प्रस्तुत करने का दायित्व भारतीय भाषा परिषद्, कलकत्ता ने मुझे सौंपा। मैंने अपनी जानकारी के आधार पर तथा अन्य कुछ सम्पादकों एवं समीक्षकों की सलाह लेकर इनका चुनाव किया। इसमें अनेक श्रेष्ठ कथाकारों को स्थान नहीं मिल सका है। इसका तात्पर्य यह नहीं कि वे कम महान् हैं, पर गागर में सागर नहीं भरा सकता है।

परिषद् के मन्त्री आदरणीय श्री परमानन्द चूड़ीवाल तथा परिषद् के निदेशक आदरणीय डॉ० प्रभाकर माचवे ने इस संकलन का दायित्व मुझे सौंपा, अतः मैं उनके प्रति आभारी हूँ।

✦

पगले

✦

पुलिकण्टि कृष्णा रेड्डी

हमारे घर के सामने एक डाक्टर हैं। हमारी गली में दो-तीन डाक्टर हैं। हमारे गाँव में कई डाक्टर हैं।

हमारे गाँव में जितने भी डाक्टर हैं, उन सबके चार-चार हाथ हैं।

क्या, आपको आश्चर्य हो रहा है? उसकी कोई जरूरत नहीं है।

जहाँ तक जन्म का सम्बन्ध है, ईश्वर की दृष्टि में सब समान हैं। अर्थात् उसने हर व्यक्ति के एक सिर, दो आँखें, दो हाथ ही दिये हैं। एक को सरपट दौड़ती कार और दूसरे को डगमगाते पैर! एक को आलीशान भवन, दूसरे को पेड़ की छाया। जिसने ये सब दिये, उस पक्षपाती को अगर मनुष्य के आकार बनाने का अधिकार प्राप्त होता तो यह दुनिया एक प्रदर्शनी बन जाती। हम बाल-बाल बच गये, जो वह अधिकार-च्युत हो गया। इसलिए सबकी तरह हमारे गाँव वाले डाक्टरों के भी केवल दो ही हाथ हैं! लेकिन जहाँ तक कमाने की बात है, उसके हाथ चार जरूर हैं!!

पागल लोग हैं! आफत में फँसे बलहीनों पर अपने बल का प्रयोग करने वाले वैद्यनामधारी प्राणान्तक हैं। असल में होना यह चाहिये कि इन डाक्टरों के मन में जीवन के प्रति एक ऐसा वेरागय पैदा हो जाये कि आखिर मरते समय क्या हम साथ ले जाएंगे? क्योंकि हर दिन कितनी ही निरीह मौतें, असमय हो जाने वाली मौतें इन लोगों की आँखों के आगे होती रहती हैं, लेकिन उस ज्ञान की तरफ से आँख मूँदकर रोगियों के रुपयों से नाना सुखों का भोग करना पलायन नहीं, तो और क्या है? इसीलिए अस्पताल में वेतन-भोगी के रूप में दो और घर में मालिक के रूप में दो—कुल चार हाथ होते हैं इनके। अगर पति-पत्नी दोनों ही डाक्टर हों तो इनके चार दूने आठ हाथ होते हैं!

लेकिन हमारे घर के सामने वाले डाक्टर के तो केवल दो ही हाथ हैं। प्रगतिशील विचारों वाले सचमुच ही बड़े अच्छे सज्जन आदमी हैं। रोगियों के लिए वे जो कुछ करते हैं और कर सकते हैं, लगता है वह सब कुछ उन्होंने अस्पताल तक ही और दो हाथों तक ही सीमित कर लिया है, इसीलिए उनका घर सबेरे और शाम के समय शान्त रहता है।

हमारे घर के बगल में फलों की दुकान है। उसकी देखा-देखी हमारे घर से थोड़ी दूर पर एक और दुकान खुली। उन दोनों को देखकर धीरे-धीरे तीसरी,

चौथी, पाँचवीं दुकानें खुलती गईं। हमारी गली का नाम था गाड़ी-गली, वह धीरे-धीरे फलों वाली गली के रूप में बदल गया।

हमारी गली के दोनों ओर बड़े-बड़े नाले हैं। दोनों ही मोरियाँ हैं—कमर तक की गहराई वाली मोरियाँ।

फलों की दुकान वाले लोग अपने सड़े-गले फलों को उन्हीं मोरियों में फेंकते रहते हैं। स्त्रियाँ अपने घरों का कूड़ा-करकट वहीं डालती रहती हैं। बच्चे अपनी निकरें खोलकर उन्हीं मोरियों पर पाखाना करते रहते हैं। जिस तरह धनवानों की ओर से मिलने वाली तकलीफों को धनहीन लोग भोगते रहते हैं, ठीक उसी तरह सबकी ओर से फेंकी जाने वाली गन्दी चीजों को वे मोरियाँ अपने में समाये रखती हैं, लेकिन कभी-कभी गुस्से में आने पर नाक-भौं सिकोड़ने पर मजबूर कर देने वाली सड़ी गन्ध को फैलाती रहती हैं।

हमारे घर के सामने एक पगली घूमती रहती है।

हमारे घर के सामने वाली जगह और पगली के बीच शायद कोई रागात्मक सम्बन्ध हो। जो लोग चार दीवारों के बीच नग्नता को देखने के के लिए मुँह से लार टपकते रहते हैं, वे ही बाहर नंगी देह घूमती हुई पगली को देखकर सह नहीं पाते। उसे वहाँ से भगाने का प्रयत्न करते हैं। जहाँ वह अक्सर बैठती है, वहाँ इन साधु-पुरुषों ने घड़ों पानी उड़ेला। उस पर गरम पानी फेंका। उसे मारा-पीटा। जब बड़ों की ऐसी हालत रही, तो बच्चों की हरकतों का क्या कहना? उन लोगों ने उस पगली पर पत्थर फेंके। ठीकरे, चूड़ियों के टुकड़े या कंकड़-पत्थर फेंके। चाहे कुछ भी हो, पर वह पगली टस से मस नहीं हुई, वहीं पड़ी रही। इससे हमारे पास-पड़ोस वाले थककर चुप हो गये।

वह पगली अक्सर हमारे घर के आँगन वाली सीढ़ियों पर बैठी रहती है। सामने वाले डाक्टर के घर के आँगन में बने चबूतरे पर सोती है अथवा डाक्टर के घर के पूरब की ओर चौथे मकान के आँगन में बने दो चबूतरों में से किसी एक की शरण लेती है।

उसके सिर के बाल ऐसे हैं कि उनमें कौए आराम से अपना घोसला बना ले सकते हैं। उसके शरीर पर प्राय: जो चीथड़ा पड़ा रहता है, वह इतना छोटा है कि कोई पुरुष उतने टुकड़े को अपना कौपीन बनाने में संकोच करे। कभी-कभी वह भी खिसककर गिर जाता है। उस पगली को उसका भी होश रहता हो, ऐसा नहीं लगता। नींद आने पर वह किसी भी चबूतरे पर लेटे-लेटे सो जाती है। वरना किसी घर के सामने वाली सीढ़ियों पर बैठे-बैठे किन्हीं खयालों में खो जाती है। कभी-कभी किसी की समझ में न आने वाली भाषा में कुछ बड़बड़ाती रहती है। सहसा हँसना, गुस्सा करना, मुँह लटका कर बैठना जैसी पगली हरकतें तो प्राय: करती ही रहती हैं।

कभी किसी ने उसके हाथों में थोड़ा खाना थमा दिया हो और उसने उसे खा लिया हो, ऐसा मैंने कभी नहीं देखा। वह उन मोरियों में उतरती है, टटोलती है। सड़ा-गला कोई फल यदि हाथ लग जाय, तो उसी को खा लेती है। उसी मोरी का पानी पी लेती है।

वह अपने पागलपन की दुनिया की रानी है। इस दुनिया की नजरों में वह एक पगली है। उसे अपनी दुनिया को छोड़कर इस दुनिया की कोई चिन्ता नहीं रहती। इसलिए बच्चे उससे बिल्कुल ही नहीं डरते। बड़ों के मन में यह चिन्ता नहीं रहती कि उनकी असावधानी के क्षणों में वह उनकी कोई वस्तु उठा न ले जायेगी।

वह पगली एक बार सहसा आधी रात को चीख उठी, 'हाय...हाय?' पता नहीं क्या हो गया! सोचकर मैं जम्हाई लेता हुआ नींद से उठ बैठा और ऊँघता हुआ आँगन में जा पहुँचा, तो देखता हूँ कि कई लोग वहाँ इकट्ठे होकर उसके प्रति सहानुभूति प्रकट कर रहे थे।

कोई रिक्शा वाला था। गली में जलते हुए बिजली के बल्बों की रोशनी में निर्वस्त्र लेटी हुई पगली को देखकर सोचा होगा कि मौका अच्छा है, इसे हाथ से जाने नहीं देना चाहिए। पगली चिल्लाई, वह घबरा गया। इसी बीच अड़ोस-पड़ोस वाले इकट्ठे हो गये, तो वह डर के मारे भाग गया।

हमारे पास-पड़ोस वालों के मन में उस रात को सहसा उस पगली के प्रति एकदम दया की बाढ़ उमड़ आयी।

एक लज्जावती नारी ने तुरन्त एक पुरानी साड़ी लाकर उस पगली के बदन पर लपेट दिया। दूसरे ने अपना फटा ब्लाउज उसे पहना दिया। एक और दयावती उस पगली के घोंसले-से-बालों को सँवारने लग गयी। ये सभी औरतें अपना-अपना काम करती रहीं, पर वह पगली हिले-डुले बिना गुड़िया की तरह अपने आप में मौन बैठी रही। मैंने सोचा, हो न हो, वह पगली भी मान और अपमान के बीच के अन्तर को समझने लगी है।

जिस दिन वह घटना घटी, उस दिन से उस पगली ने अड़ोस-पड़ोस वालों के हृदय में अपने लिए जगह बना ली। तब से उसका निर्वस्त्र दिखाई देना लगभग समाप्त-सा हो गया।

लेकिन डाक्टर साहब बहुत नाराज थे।

उनकी नाराजी मोरियों को साफ न करने वालों पर न थी और न मोरियों में बहते हुए गन्दे पानी को सड़े-गले फल डालकर रोकने वाले व्यापारियों पर ही थी। नाक पुड़ाने वाली दुर्गन्ध को चारों ओर फैलाती हुई उन मोरियों पर भी नहीं थी। तो फिर किस पर थी? उस पगली पर!

'देखिए! असल में ऐसे लोगों का जीना बेकार ही नहीं, खतरनाक भी है। उसका क्या बिगड़ेगा? सड़े हुए फल खाती है। गन्दा पानी पीती है। धीरे-धीरे

उसके जो रोग लगेंगे, समाज उनका शिकार बन जायेगा।' एक दिन डाक्टर ने मुझसे कहा।

'डाक्टर साहब, हम समझते हैं कि हम लोग स्वास्थ्य सम्बन्धी कितने ही नियमों का पालन करते हैं, फिर भी किसी न किसी रोग के शिकार अवश्य बनते हैं। लेकिन वह पगली सड़े हुए फल खाने और गन्दा पानी पीने के बावजूद हट्टी-कट्टी रहती है, ऐसा क्यों है?' संकालु स्वर में मैंने पूछा।

'चूँकि उसका शारीरिक तत्व अब उनके अनुकूल बन चुका है, इसलिए वह हट्टी-कट्टी दिखाई दे रही है। लेकिन जैसे ही उस तत्व में परिवर्तन आयेगा, अर्थात् ज्योंही उसके शरीर में रोग-निरोधक शक्ति कम हो जायेगी, त्योंही उसका शरीर रोगों की खान बन जायेगा। तब रोग को रोकने का प्रयत्न तो होगा, नहीं उल्टे उसकी वृद्धि दुगुनी-चौगुनी हो जायेगी।'

'डाक्टर को हैसियत से आपने जो कुछ कहा, वह सही और मानने योग्य भी है, इससे मैं इन्कार नहीं करता। मगर यह सृष्टि बहुत निराली है। कौन-कैसा जीवन जीता है, किसके जीवन में कब क्या नया मोड़ आता है, आद्यान्त-रहित इस जगत् में जो कुछ होता है, वह वैसा क्यों होता है, क्या इसका निर्णय कोई कर सकता है? मैंने अपने अनुभव के बल से शास्त्र-ज्ञान का प्रतिरोध करने का प्रयत्न किया।

'देखिए, इस तरह की पागलपन से भरी व्यर्थ दार्शनिक बातें करने वाले पागलों की कमी इस समाज में नहीं है, इसीलिए इसकी ऐसी दुर्गति हो रही है।' चिड़चिड़े स्वर में डाक्टर ने का।

'तो फिर यह बताइए कि ऐसे लोगों को क्या करना चाहिये?'

'पूछते हैं, क्या करना चाहिये?...क्या कर सकते हैं हम लोग? उनको ठीक करने की शक्ति और हिम्मत न तो हम लोगों में है और न हमारी सरकार में। इसलिए इसका एक ही मार्ग है, ऐसे लोगों को चुपचाप जान से मार डाला जाय, बस।'

मेरा दिल दहल गया।

बाप रे! ये डाक्टर लोग कुछ भी कर सकते हैं। उस दिन के लिए मैंने वाद-विवाद वहीं रोक लिया।

तब से देखता हूँ कि हमारी गली के लगभग सभी लोगों के मन में उस पगली के प्रति सद्भावना जमने लगी है, मगर डाक्टर की धारणा में कोई परिवर्तन नहीं आया। वे अपने अस्पताल कार में जाते हैं, आते हैं। आते-जाते अनिच्छापूर्वक ही सही, पगली को देखते रहते हैं। वह पगली भी सदा मोरी में उतर कर कुछ न कुछ टटोलती रहती है। कभी-कभी तो उस मोरी में से जो कोई सड़ा हुआ फल उसके हाथ लग जाता, उसी को वह बड़े चाव से खा लेती है। उस दृश्य को देखते ही

डाक्टर साहब के शरीर के रोंगटे खड़े हो जाते हैं। वे अपना मुँह बनाकर, नाक रूमाल से ढँक लेते हैं और उस सबसे अपने को बचाने के लिए वे वहाँ से तेजी से निकल जाते हैं।

जब कभी वह दृश्य मेरी आँखों के सामने पड़ता, मेरा तो दिल ही दहल जाता। वह एक पगली है। उसकी अपनी दुनिया है। वह किसी को बातों में दखल नहीं देती। किसी से कुछ भी नहीं माँगती। लेकिन उससे भविष्य में कभी होने वाले खतरे का अनुमान करके अगर डाक्टर उसे मार डाले, तो उसके लिए यह कोई बड़ी बात नहीं। एक छोटी-सी सुई और थोड़ी-सी दवा। वैसे वह अपने आपको भूलकर चबूतरे पर पड़े-पड़े सोती रहती है। डाक्टर अगर लोगों की आँख बचाकर कभी आधी रात को उसके शरीर में सुई लगा दे, तो उससे कौन पूछेगा? उसके लिए रोने वाले कौन हैं? सोचते-सोचते मेरा दिल दया से भर गया।

एक बार रात को मैं शायद ऐसी ही बातें सोचते-सोचते सो गया और 'डाक्टर-डाक्टर' कहकर बड़बड़ाता हुआ नींद से जगा। मेरी चिल्लाहट सुनकर मेरी पत्नी घबराहट के मारे बिस्तर से उछल पड़ीं। 'क्यों जी, क्या हुआ? डाक्टर कहकर चिल्ला उठे थे। क्यों, क्या बात हुई?' वह बड़ी आतुरता से पूछ रही थी। मैं धीरे से उठा। दरवाजा खोलकर गली की ओर देखा। डाक्टर के घर के चबूतरे पर पगली निश्चिन्त सो रही थी। डाक्टर के घर में उतनी रात को कभी रोशनी नहीं जलती, मगर उस समय जल रही थी। बच्ची के जोर से रोने की आवाज कानों में पड़ रही थी। रात के उस घने अन्धेरे में दिल को थोड़ी तसल्ली हुई। दरवाजा बन्द करके मैं कमरे में लौटा। गिलास उठाकर थोड़ा-सा पानी गले में उतार लिया।

'क्यों जी, क्या हुआ?' पत्नी बहुत व्याकुल थी।

'सामने के घर वाले डाक्टर...!'

'हाँ, हाँ, सामने के घर वाले डाक्टर...?' वह चिड़चिड़ेपन के साथ पूछ रही थी।

'राजी, सामने के घर वाले डाक्टर पगली को मार डालने के लिए सुई से दवा चढ़ा रहे थे। इसी बीच उनकी छोटी बच्ची चीखकर रो उठी। इससे बच्ची की माँ जग गयी। वरना, आज पगली का काम तमाम हो जाता।'

मेरी पत्नी जोर से हँस पड़ी।

'आप भी कैसे पागल हैं, डाक्टर साहब का उस पगली से क्या सम्बन्ध? वे तो गऊ आदमी है। उसे वे क्यों मारने लगे भला? यह तो आपका वहम है। आकर सो जाइये चुपचाप।' कहते हुए उसने मुझे जबर्दस्ती बिस्तर पर लिटा दिया और मेरे ऊपर कम्बल ओढ़ा दिया, मानों यह सोचकर कि बुरे सपने कम्बल के नीचे नहीं घुस सकते हों? उसकी दृष्टि में बुरे सपनों और कम्बल के बीच भले ही कोई

सम्बन्ध रहा हो, मगर नजर में गर्मी के दिनों और कम्बल के बीच कोई सम्बन्ध नहीं रहता, इसलिए मैंने अपने ऊपर से कम्बल हटाकर सोने का उपक्रम किया।

सवेरा हुआ।

फिर ऐसे कई सबेरे हुये।

लोगों को बाह्यकारों में बड़े-बड़े अन्तर दिखाई नहीं देते, लेकिन मस्तिष्कों की चित्र-विचित्र गतियाँ होती रहती हैं। इसी तरह काल की गति में कोई बड़ा परिवर्तन दिखाई नहीं देता, मगर वातावरण बदलता रहता है। लोग अपनी परेशानी प्रकट करते हुये कहते हैं कि इस वर्ष जितनी गर्मी है, इससे पहले कभी भी नहीं पड़ी थी। इस बार गर्मी के मारे झोपड़े जले जा रहे हैं, लोग आँधी-तूफानों के शिकार हो रहे हैं। जब पीने का पानी मिलना ही कठिन हो गया हो, तब मोरियों की बात कोई क्या कहे! वे कूड़े-करकड, खड़े-गले फल, गोबर-कचरा आदि की खान बन गईं। उनकी ओर देखने से शरीर के रोंगटे खड़े हो जाते हैं। उनको सह सकना बस के बाहर की बात-सी हो गई।

इसके अलावा फलों वाली गली के रूप में बदलती हुई उस गाड़ी-गली में आम के फलों की लारियाँ आकर रुक रही थीं। लारियों के आने-जाने से गिरे कूड़े-करकट के कारण पूरी गली ही दलदल-सी बन गई थी। सड़े हुये फलों को आँख मूँदकर मोरियों में फेंका जा रहा था। बरसात का पानी या घरों में थाली-बर्तन धोया हुआ पानी जब ज्यादा मात्रा में बहता था, तब उसके साथ मोरियों की सड़ाँध भी बह जाती थी। लेकिन आजकल कम मात्रा में बहने वाला पानी मोरियों में गिरे कूड़े-करकट और सड़े फलों के और अधिक सड़ने में सहायता दे रहा है।

एक दिन दुपहर का समय था। घड़ी दो घड़ी के लिए घर आने वाले मेहमानों की तरह थोड़ी-सी बूँदा-बाँदी हुई। पहले से ही सारी गली दलदली बन चुकी थी। अब पानी के बरसने से सारी जमीन फिसलन से भर गई।

अगर पानी ज्यादा बरस जाता, तो जमीन शीतल हो जाती। हल्की फुहार के कारण अन्दर की गर्मी बाहर फूट आई और बड़ी उमस-सी लगने लगी। शाम के चार बज चुके थे, फिर भी बाहर निकलने में जी घबरा रहा था। इसलिए गर्मी के कम होने की प्रतीक्षा में कुछ सेचता हुआ घर पर बैठा हुआ था।

'हाय बच्ची!' की चीख सुनाई पड़ी।

'किसकी बच्ची है, क्या हुआ बच्ची को?' मैं अपने आपसे पूछते हुये परेशानी के साथ उठ पड़ा। घर में बच्चों को देखा, तो सभी हँसी-खुशी के साथ खेल रहे थे। मन को थोड़ी-सी शान्ति मिली। तब जाकर घर के बाहर निकला। यही मनुष्य मानव का स्वार्थ है।

मोरी के किनारे लोगों की भीड़ लगी हुई थी। वे लोग दुखी स्वर में, 'हाय बच्ची, हाय बच्ची!' कहते हुये इधर से उधर घूम रहे थे।

डाक्टर की दो-ढाई साल की छोटी लड़की जो आँगन में ठुमक-ठुमक कर चलती खेल रही थी, वह पता नहीं कैसे, मोरी में गिर गई थी। मोरी सब तरह की सड़ाँध से भरकर दलदली-सी बन गई थी, उस ओर देखते ही लोग नाक-भौं सिकोड़ लेते थे। वह लड़की उसी दलदल में औंधे मुँह धँस गई थी। उसकी साँस उखड़ने लगी थी।

इतने में डाक्टर साहब और उनकी पत्नी वहाँ आ पहुँचे और लोगों की तरह वे भी 'हाय बच्ची, हाय बच्ची!' चिल्ला रहे थे। दोनों की नाक पर रूमाल बराबर लगे हुए थे। स्वास्थ्य के नियमों की ओर से लापरवाही कैसे होती? सभ्यता की खाल ओढ़े हुये लोग जो हैं।

उस दलदल में उतरने से सब लोग जी चुरा रहे थे। थोड़ी-सी और उपेक्षा बच्ची की जान का खतरा बन सकती थी। मैं खुद मोरी में उतरने का उपक्रम कर रहा था। इसी बीच वह पगली मोरी में कुछ टटोलती हुई इसी ओर आ रही थी। जैसे कोई हाथ लगे कचरे को दूर निकला फेंकता हो, ठीक वैसे ही पगली ने उस बच्ची को बाएँ हाथ से उठाकर किनारे की ओर फेंका। उसने किसी की ओर अपना मुँह तक नहीं किया। अपने आप में खोई, वह चुपचाप मोरी में बराबर कुछ टटोलती जा रही थी।

डाक्टर की पत्नी बेटी को बाँहों में समेटकर घर के भीतर भागी।

पता नहीं कैसे, पर ठीक मौके पर देवता की तरह आकर उसने बच्ची को बचाया। भीड़ में लोग पगली की प्रशंसा कर रहे थे। पर उनकी उन बातों या करतूतों से मानो परे वह पगली अपनी ही धुन में उस मोरी में कुछ टटोलने में लगी हुई थी।

पत्नी की दृष्टि में मैं पागल हूँ। मेरी दृष्टि में डाक्टर साहब पागल हैं। दुनियाँ की नजर में वह स्त्री पगली है। वैसे कहा जाय, तो हर व्यक्ति अपने ही पागलपन में मस्त है!

मैंने कभी डाक्टर से पूछा था कि इस जगत में कौन व्यक्ति कैसे और क्यों जीता है? आखिर इस जीने का राज क्या है? आज वे ही प्रश्न फिर से मेरे कानों में गूँज उठे। मैंने डाक्टर की ओर देखा।

डाक्टर ने अपना सिर झुका लिया। फिर भी उनकी आँखों की कोरों में उमड़ते आँसुओं की बूँदें मेरी नजरों से छिप नहीं सकी।

मैंने मन ही मन सोचा...बेचारे! पगले!!

अनु०—डा० के० रामानायुडू

नौका-यात्रा

✦

पालगुम्मि पद्मराजु

सूर्यास्त हो गया है। नौका पानी पर धीरे-धीरे सरकती जा रही है। नौका के दोनों तरफ पानी कल कल ध्वनि कर रहा है। जहाँ तक दृष्टि जाती है, सारी दुनिया सुनसान दिखायी दे रही है। कहीं किसी प्राणी की कोई हरकत नहीं, परन्तु एक प्रकार की ध्वनि जैसे देह से स्पर्श कर रही है, कानों को उसका अनुभव नहीं हो रहा है, मन के भीतर वह पूर्ण रूप से कम्पित होती दिखाई दे रही है। ऐसा लगता है कि जीवन के अन्तिम समय की उदासीनता, पूर्ण रूप से एक शान्त, निराश मन में समा गयी है। दूर पर अस्पष्ट रूप से दिखायी देने वाले वृक्ष माया-जाल की भाँति निश्चल नौका के आगे-आगे बढ़ रहे हैं और पास के पेड़ जैसे बाल बिखेरे भूतों की भाँति पीछे-पीछे चल रहे हैं। नौका नहीं, जैसे नहर के तट ही हिल रहे हैं। मेरी दृष्टि मानों पानी की गहराई का पता लगा रही है, जिस पर प्रतिबिंबित अन्धकार पर चीते हुए रात के नक्षत्र जैसे लहरों पर धीरे-धीरे झूला झूलते-झूलते आँखें खोले ही सो गये हैं।

अब हवा का संचार नहीं। नौका के पिछले भाग में, चूल्हे में आग जल रही है। कभी-कभी वह प्रज्ज्वलित हो उठती है, तो कभी बुझ-सी जाती है। एक जवान नाव में आये पानी को बाहर फेंक रहा है। नौका में कई प्रकार के बोरे हैं। धान, गुड़, नमक, इमली आदि। मैं नाव की छत पर चित लेटा हूँ। नाव के भीतर से चुरुट का धुआँ और वार्तालाप की ध्वनि धीरे-धीरे चतुर्दिक् फैल रही है। गुमाश्ते के कमरे में एक छोटा-सा दीपक टिमटिमा रहा है। नाव चली जा रही है।

किसी ने पुकारा, 'ऐ नाव वाले, नाव को इस किनारे पर लाओ, इस किनारे पर।'

नाव के किनारे लगते ही दो व्यक्ति उस पर चढ़े। नौका उस तरफ जरा-सी झुक गयी।

'छत पर बैठेंगे,' एक युवती का स्वर था।

'इतने दिन तक कहाँ रही, दिखायी नहीं पड़ी?' पतवार सँभालने वाले व्यक्ति ने पूछा।

'मैं अपने आदमी के साथ विजयनगरम, विशाखापट्टनम घूमने गयी थी। अप्पन्न कोंडा भी गये थे।'

'अब कहाँ का इरादा है?'

'मण्डपाक जा रहे हैं। भाई, तुम तो अच्छे हो न? गुमाश्ता वही पुराना है क्या?'

'हाँ?'

मर्द छत पर अस्त-व्यस्त लेट गया। उसके मुँह से चुरुट नीचे गिर गया, तो उस स्त्री ने उसे उठाकर बुझा दिया।

'ऐ, उठके बैठ जाओ न!'

'चुप रहो, शैतान कहीं की, क्या तुम समझती हो मैंने पी रखी है? शैतानी करोगी तो तुम्हारी मरम्मत कर दूँगा।'

वह करवट बदलकर पड़ा रहा। उस युवती ने उस अधेड़ के शरीर पर एक कपड़ा ओढ़ा दिया और एक चुरुट निकलाकर जलाया। सलाई की सींक के प्रकाश में मैंने उसका चेहरा देखा। श्याम वर्ण का मुख लाल दिखायी दिया।

उसके स्वर में मर्द का स्वर मिला हुआ है। उसके बोलते समय ऐसा मालूम होता है, वह परिचिता है और हमें मना रही है। मुख-मण्डल इतना सुन्दर नहीं है। जूड़ा बिखरा हुआ है, तो भी उसके चेहरे पर एक भलमानसिकता झलकती है। उस अन्धकार में भी उसके नेत्र जागृतावस्था की सूचना देते चमक रहे हैं। सींक की रोशनी में बगल में लेटे मुझे उसने देख लिया है।

'यहाँ पर कोई लेटा है?' कहती हुई वह अपने पुरुष को जगाने लगी।

'सो जाओ, चिल्लाओगी तो तुम्हारी पीठ फोड़ दूँगा।' कर्कश स्वर में उसने उत्तर दिया और बहुत कोशिश करने पर जरा सरका।

इतने में गुमाश्ता दीया ऊपर उठाकर नाव के पार्श्व में खड़ा हो गया और बड़े जोर से चिल्लाकर पूछा 'ऐ रंगी, यह कौन है?'

'बाबू जी, पड़ाल है, मेरा आदमी।' रंगी ने उत्तर दिया।

'पड़ाल? उतारो...वह चोर का बेटा है। तुम्हें कुछ भी अक्ल नहीं। फिर उस दृष्टि को नाव पर चढ़ा लिया। एक नम्बर का पियक्कड़ है।'

'मैंने जरा भी नहीं पी है। कौन कहता है कि मैंने पिया है?' पड़ाल ने कहा।

'अरे, इसको उतारो। इसे चढ़ने ही क्यों दिया, बड़ा पीता है यह?'

'बहुत नहीं, जी थोड़ा-सी पीता हूँ।'

'अरे चुप रह, बाबू जी, हम मण्डपाक के पास उतर जायेंगे।' रंगी ने कहा।

'गुमाश्ता जी नमस्ते, आपकी दया है। मैंने आज नहीं पी है, बाबू जी!' जोर से पड़ाल बोला।

'शोर मचाया, तो नहर में फेंकवा दूँगा।' कहकर वह कमरे में चला गया।

पड़ाल उठ बैठा। वास्तव में वह पिये हुए मालूम नहीं होता था।

'नहर में फेंकवायेगा, सुअर का बच्चा!' धीरे-से पड़ाल ने कहा।

'रे, चुप भी रह।' सुन लेगा।

'कल सबेरे तक नाव की हालत देखेंगे। मेरे सामने बेटा रोब गाँठने चला है!'

'उँह, उस तरफ कोई लेटा हुआ है।'

'कौन, सो रहा है वह?' पड़ाल ने चुरुट जलाया।

पड़ाल की मूँछें अटपटी हैं। चेहरा लम्बा और चौड़ी छाती है, जो सदा फूली रहती है। रीढ़ की हड्डी तो धनुष की भाँति झुककर फिर खड़ी हो जाती है। संक्षेप में उसका परिचय दें तो, वह दुबला-पतला और बेहद लापरवाह मालूम होता है।

नाव सन्नाटे को चीरती चली जा रही है। अब नाव के पिछले भाग में आग नहीं सुलग रही है। मल्लाह थालियों को साफ करते हुए बातें कर रहे हैं।

हवा ठण्डी नहीं है, तो भी मैंने गमछा ओढ़ लिया है। उस अनन्त अन्धकार की असहाय स्थिति में अपने शरीर को समर्पित करने में मुझे डर लग रहा है। हवा तेज है। कोमल नारी-स्पर्श की भाँति नाव जल को कितनी मृदुलता से स्पर्श करती जा रही है, अवर्णनीय मृदुलता, जैसे विराट नारीत्व उस रात्रि में पूर्ण रूप से समाविष्ट है। उस आलिंगन में मुझे चिरकाल की गाथाएँ याद आती हैं, अनादिकाल से, पुरुष का लालन-पालन करने वाली नारीत्व की कथाएँ।

मुझसे थोड़ी ही दूर पर दो चुरुट लाल-लाल जल रहे हैं। मुझे ऐसा प्रतीत होता है, मानो जीवन भार रूप में वहाँ बैठा चिन्ता में निमग्न चुरुट पी रहा है।

'आगे कौन-सा गाँव आ रहा है?' पड़ाल ने पूछा।

'कालदारि।' रंगी ने जवाब दिया।

'ओह, अभी बहुत दूर है।'

'आज सावधान रहो। नहीं-नहीं, सुविधा देखकर बाद को। क्यों, मेरी बात नहीं सुनोगे?' रंगी ने अनुनय, विनय एवं याचना के स्वर में कहा।

'रह रहकर मिनकती है, छिनाल!' पड़ाल ने कहा और उसकी बगल में चिकोटी काट ली।

'उई, जान गयी।' रंगी धीमे से चीखी। फिर आकाश की ओर मुँह उठाकर एकाटक अन्धकार को देखने लगी। उस स्पर्श को शाश्वत रूप से बनाये रखने के लिए संभवतः उसने मुँह उठाया था।

मुझे धीरे-धीरे नींद आ रही है। नाव पानी पर खिसकती जा रही है। मुझसे थोड़ी दूर पर वे दोनों फुस-फुस कर रहे हैं। मुझे नींद तो आयी है, लेकिन पूरी तरह नहीं। मुझे ज्ञात है कि नाव चल रही है, पानी खिसकता जा रहा है और पेड़ पीछे चले आ रहे हैं। नाव को कोई खे नहीं रहा है। नाव में अभी सभी झपकियाँ

ले रहे हैं। रंगी मेरी बगल से होकर पतवार के पास जाती है और वहीं बैठ जाती है।

'भाई, कैसे हो?' रंगी ने पूछा।

'तुम कैसी हो?' माँझी ने पूछा।

'मेरे आदमी ने कितने ही सुन्दर स्थान दिखाये। हम सिनेमा गये। जहाज देखा। जहाज माने साधारण नाव नहीं। वह हमारे गाँव जैसा बड़ा होता है। पतवार उसका कहाँ होता है, ओह क्या बताऊँ?' इस तरह रंगी बहुत देर तक उससे विचित्र-विचित्र बातें बताती रही...और वे बातें लोरियों की तरह मुढे सुलाती रहीं!

'ऐ लड़की, मुझे नींद आ रही है, रे!' माँझी ने कहा।

'लाओ, पतावार, तब तक मैं सँभालती हूँ। तुम वहाँ सो जाओ, भाई।' रंगी ने कहा।

नाव धीरे-धीरे सरकती जा रही है। चुपचाप उस निस्तब्धता को बनाये रखते हुए रंगी ने अपने ठण्डे स्वर में गाना शुरू किया।

कहाँ है वह मेरा, कहाँ है?

खाना थाली में रखकर
बैठे देखते रहने से
सन्ध्या की छाया की भाँति
आँखें नहीं झपती।
आह बिछू की भाँति
डँक मारने वाली यह सर्द हवा

रंगी के कण्ठ में मर्द जैसा संगीत है। उस गीत से वहाँ लेटे सभी प्राणी ऊँघने लगे। पिछले युग की व्यथा से भरी हुई प्रेम-गाथाएँ जैसे विचित्र रूप से उस गीत में कँपित हो रही थीं। जैसे वह गीत पानी की बाढ़ हो और उसमें उफान आ जाए, तो सारा संसार उसमें एक छोटी-सी नौका की भाँति तैरने लगे। मानव जीवन जैसे इस प्रणय और विषाद के नशे में चूर-सा हो रहा हो।

मुझसे थोड़ी ही दूर पर पड़ाल सिर पर तौलिया बाँधे बैठा है। लेकिन मुझे ऐसा प्रतीत होता है कि उसके और रंगी के बीच में जैसे एक युग का अन्तर है। वह छत पर से उतरकर नाव के भीतर चला जाता है। मैं अकेले चित लेटे देखता रहता हूँ। रंगी उसी तरह गाये जा रही है—

मंदिर के पीछे की गली में
एक औरत है।
बिना आवाज किये

तुम उसके पास चले गये।
वह युवती कौ थी
मेरे बालम,
जवानी से भरी मैं तो थी।

मुझे नींद आने लगी है। रंगी का गीत जैसे कई लोकों की यात्रा से लौटता है और पुनः धीरे-धीरे हृदय को स्पर्श करने लगता है और मुझे नींद आ जाती है। निद्रा में प्राकृतिक प्रणय मेरे सामने उफनने लगता है। ग्रामीण कृषक युवतियाँ अपने प्रियतमों से आँख-मिचौनी करती हुई गाने में निमग्न हैं। सर्वथा अनजान एक स्वप्निल जगत मेरे सामने खुल जाता है। उसमें रंगी और पड़ाल कई रूपों में घूम रहे हैं। धीरे-धीरे गाने के स्वर मेरे स्मृति-पटल से तिरोहित होते जाते हैं और निद्रा मेरे मन के द्वारों को धीरे-धीरे बन्द कर देती है।

नाव में थोड़ी-सी हलचल होती है। मैं आँख मलते उठ बैठा हूँ। नाव किनारे पर आ लगी है। लालटेन लिए दो मल्लाह घबराहट के साथ नाव पर चढ़-उतर रहे हैं। किनारे पर दो व्यक्ति रंगी को कसकर पकड़े हुए हैं। उनमें एक गुमाश्ता है, जिसके हाथ में कोड़े की तरह ऐंठी हुई मोटी रस्सी है। रंगी पर शायद खूब मार पड़ी है। मैं तुरन्त नाव से उतरकर किनारे पहुँचता हूँ और दरियाफ्त करता हूँ—हुआ क्या?

'वह चोर भाग निकला है। बहुत-सा माल उड़ा ले गया है। इसी शैतान ने नाव को यहाँ किनारे लगा दिया था। यही दुष्ट पतवार सँभाले हुए थी।' गुमाश्ते ने क्रोध और निराशपूर्ण शब्दों में कहा।

'क्या उठा के ले गया है?' मैंने पूछा।

'दो चावल के बोरे और तीन इमली के। मैं जानता था, इसीलिए कहा था कि उस लुटेरे को नाव पर मत चढ़ाओ। मालिक सारा नुकसान मेरे सिर मढ़ेगा। साला जाने कहाँ उतार ले गया?'

'बाबू जी, कालदारी के पास।'

'चुप शैतान की बच्ची, कालदारी के पास तो हम लगे हुए थे।'

'तो निडदवोलू के पास उतारा होगा।'

'यह अभी इस तरह नहीं बतायेगी। कल अत्तिलि में इसे पुलिस के हवाले कर देंगे। चढ़ो, नाव पर चढ़ो!'

'बाबू जी, मुझे यहीं पर छोड़ दीजिए।'

'नखरे मत दिखाओ, चलो चढ़ो।' और गुमाश्ता ने उसे नाव की ओर ढकेल दिया।

दो मल्लाहों ने जोर लगाकर उसे नाव पर चढ़ाया।

'सभी सोअक्कड़ जमा हो गये हैं, माल-मत्ता की रक्षा की किसी को चिन्ता नहीं। उसके हाथ में पतवार सौंपने को किसने कहा था? तुम लोगों की अक्ल मारी गयी है।' गुमाश्ता सब पर अपना क्रोध उतारकर अपने कमरे में चला गया।

रंगी को छत पर चढ़ाया गया। एक माँझी को उसके पहरे पर तैनात कर दिया गया, ताकि वह भाग न सके। मैं भी छत पर चढ़ गया।

नाव फिर रवाना हो गयी। मैंने चुरुट जलाया।

'बाबू जी, एक चुरुट देंगे?' रंगी ने घनिष्ठता से कहा।

उसने चुरुट जलाया और मल्लाह से पूछा, 'हे भाई, मुझे पुलिस के हवाले करने से क्या फायदा?'

माँझी ने जवाब दिया—गुमाश्ता नहीं छोड़ेंगे।

मैंने पूछा, 'पड़ाल तुम्हारा पति है क्या?'

'हाँ, वह मेरा आदमी है।' रंगी ने जवाब दिया।

'इसे वह भगा ले गया था, जी। इससे उसकी शादी नहीं हुई। उसके पास एक औरत और है। अब वह कहाँ है, रे?' मल्लाह ने पूछा।

'कोव्वूर में है। अब भी उसकी देह और जवानी कायम है। मेरी जैसी मार खायी होती, तो वह भी मेरी ही ऐसी हो गयी होती।'

'तो तुम उसके साथ क्यों रहती हो?' मैंने पूछा।

'वह मेरा आदमी है, जी!' रंगी ने कहा, मानों सारा गुर उसी शब्द में हो।

'तो वह उस औरत के पास जाता है?'

'मेरे बिना वह नहीं रह सकता। वह राजा आदमी है। मालिक, वैसा आदमी कहीं नहीं मिलेगा।'

बीच में मल्लाह बोल उठा, 'बाबू जी, उसकी करतूत आपको मालूम नहीं। एक बार उसने इस रंगी को झोपड़ी में बन्द करके आग लगा दी थी। यह बेचारी जलकर भी बच गयी, इसका भाग्य बहुत बलवान है।'

'बाबू जी, उस समय वह मिल जाता, तो मैं उसका गला ही घोंट देती। जलकर मैं एक खम्भे पर बेहोश पड़ी थी, बाबू जी!' और वह मुड़कर चोली उठाती हुई खड़ी हो गयी। एक बड़ा सफेद दाग उस अन्धकार में साफ दिखायी दिया।

'इतनी यातनाएँ पाने पर भी उसके पीछे पागल की तरह तुम क्यों पड़ी रहती हो?' मैंने पूछा।

'करूँ क्या, जब वह सामने आ जाता है, तो सब भूल-भालकर मेरा दिल पिघल जाता है। वह कितना दयनीय होकर उस वक्त बोलता है, आज संध्या को जब कोव्वूर से हम चले, तो रास्ते भर वह गिड़गिड़ाता रहा, रंगी चलो, इस नाव

पर चढ़ें और माल उतार लें। तुम्हारे बिना यह काम सम्भव नहीं। पगडण्डियों से होकर हम मड्डुगु पहुँचे।'

'माल कहाँ उतारा?'

'मुझे इसका पता नहीं है, जी!'

हँसते हुए मल्लाह ने कहा, 'चोर की नानी, हमारी आँखों में भी धूल झोंकना चाहती हो।'

रंगी का चेहरा देखने की मेरे मन में बड़ी उत्सुकता थी। लेकिन उस निविड़ अन्धकार में वह जादूगरनी की भाँति अदृश्य-सी ज्ञात होती थी।

नाव धीरे-धीरे सरकती जा रही है। अर्धरात्रि के बीत जाने पर हवा ठण्डी होती जा रही है। पेड़ों के पत्ते हिल रहे हैं। मल्लाह नाव को खेते जा रहे हैं।मुझे अब नींद नहीं आ रही है। पहरा देने वाला व्यक्ति थोड़ी देर में ही झपकी लेता-लेता सो गया है। रंगी ने शायद अब भाग निकलने का प्रयत्न बिलकुल छोड़ दिया है। मजे से बैठी-बैठी चुरुट पी रही है।

'तुम्हारी शादी नहीं हुई?' मैंने पूछा।

'नहीं, बचपन में ही पड़ाल मुझे भगा ले आया था।'

'तुम्हारा घर कहाँ है?'

'इंडूपालेम।' उस समय मुझे मालूम नहीं था कि वक पियक्कड़ है। अब तो मैं भी पीती हूँ। पीना कोई गुनाह तो नहीं, लेकिन पीकर मेरी चमड़ी उधेड़ देता है। इसी का मुझे दु:ख है।

'तो उसे छोड़कर चली क्यों नहीं जाती?'

(7)

—मार पड़ने पर यही सोचती हूँ। लेकिन वैसा आदमी दूसरा नहीं। आप नहीं जानते! जब वह पिये नहीं रहता, एकदम मक्खन की तरह कोमल रहता है। मेरे बिना उसका दिल टूट जायेगा और वह मर जायेगा।

उसकी बातों का तत्व मुझे बड़ा विचित्र मालूम था। उन दोनों के बीच कैसा बन्धन या सम्बन्ध है? मेरी समझ में नहीं आया।

रंगी ने फिर कहना शुरू किया—हम दोनों ने बहुत कोशिश की कि कोई भी काम ठीक से जमा लें। लेकिन कई धन्धे करके भी हम असफल ही रहे। आखिर इस तरह चोरी करने पर मजबूर हुए। मेरी अम्मा, अभी परसों ही मरी है। वह मुझे बहुत गालियाँ देती थी। एक दिन पड़ाल मेरी झोपड़ी में उस औरत को भी ले आया था।

'किसको?'

'मेरे साथ उसे भी झोपड़ी में रखना चाहा। मैंने उस औरत की ऐसी मरम्मत की कि पड़ाल ने बिगड़कर मुझे भी इतना मारा कि मेरी भी हालत खराब हो गयी। फिर उसके साथ वह चला गया! फिर आया तो मैंने उसे खरी-खोटी सुनाई और घर में घुसने नहीं दिया। तब देहली के पास बैठकर बच्चे की तरह रोने लगा। यह देखकर मेरा दिल पिघल गया। मैं उसके पास गयी, तो मुझे गोद में लेकर उसने मेरी माला माँगी। मेरे पूछने पर उसने बताया कि वह औरत इसे चाहती है। मैं मारे गुस्से के सुध-बुध खो बैठी। मन भर उसे कोस चुकी, तो वह रोने लगा। रोते-रोते ही बोला, 'उसके बिना मैं जी नहीं सकूँगा।' मेरे गुस्से का पारा और चढ़ गया। देहली पर से उसे ढकेलकर मैंने दरवाजा बन्द कर लिया। दरवाजा खटखटाकर वह आखिर थक गया और चला गया। मुझे बहुत देर तक उस दिन नींद नहीं आयी। मैं झपकियाँ ले रही थी कि इतने में झोपड़ी में आग लग गयी। बाहर कुंडा लगाकर उसने झोपड़ी में आग लगा दी थी। कोई भी मदद के लिए नहीं आया। आधी रात का समय था। मेरा सारा शरीर झुलस गया। दरवाजा ढकेलते-ढकेलते मेरा होश जाता रहा। इतने में बाहर से किसी ने दरवाजा खोला। दूसरे दिन पुलिस उसे पकड़ ले गयी...मुझसे पूछा, 'किस पर सन्देह है?' मैंने साफ कह दिया, पड़ाल पर नहीं है। छूटकर, संध्या के समय मेरे पास आया और फूट-फूटकर रोने लगा। जब भी पीता है, जरूर रोता है। बाकी समय उसे रोना नहीं आता। हमेशा हँसता रहता है। एक बूँद शराब गले में उतारा नहीं कि बस, बच्चे से भी जयादा रोता है। मैंने अपनी माला उसे दे दी।'

'तुम उसके साथ चोरी करने में भाग क्यों लेती हो?'

'क्या कहूँ बताइए? वह गिड़गिड़ाने लगता है।'

'तुमने कहा था कि वह तुम्हें विजयनगरम आदि शहरों में ले गया था।'

'वह सब सरासर झूठ है। मेरे ऊपर मल्लाहों का पूरा विश्वास है। इसके पहले भी इस नाव पर दो बार और चोरी हो चुकी है।'

'तुम्हें पुलिस पकड़ेगी, तो क्या करोगी?'

'कुछ भी नहीं करूँगी। मुझे पकड़कर वह क्या करेंगे? मेरे पास चोरी का माल नहीं है, क्या मालूम कौन ले गया? एक दिन पीटेंगे, दूसरे दिन छोड़ देंगे।'

'पड़ाल को भी तो आखिर पकड़ेंगे? वह चोरी के माल-सहित पकड़ा जायेगा तब?'

'वह नहीं मिलेगा। इस समय तक माल बिक भी गया होगा। उसे बचाने के लिए ही मैं नाव पर रह जाती हूँ।'

उसने गहरी साँस ली। फिर धीमे स्वर में कहने लगी, 'यह सब माल उसी औरत को प्राप्त होगा। उस पर जब तक उसका मन लगा रहेगा, तब तक उसे छोड़ेगा नहीं। मुझे ये सब तकलीफें उसी के कारण सहनी पड़ रही हैं। मेरा खून पी रही है चुड़ैल!'

उन बातों में वास्तव में उत्तेजना नहीं थी। उसने पड़ाल को यथार्थरूप में स्वीकार किया है। पड़ाल के वास्ते सब कुछ करने को तैयार है। वह कोई आदर्श नारी नहीं, आदर्श पतिव्रता भी नहीं, प्रेमिका भी नहीं। कई विचित्र, संकुचित भावनाओं, ईर्ष्या, अनुरागों और भी अनेक तत्वों से परिपूर्ण नारी का एक हृदय, वह भी इन सबका परिणाम बनकर एक पर लगा हुआ है। अपने पुरुष के लिए वह निरन्तर तप रही है। उसका कोई निश्चित अभिप्राय नहीं है कि उसका पुरुष सज्जन बनकर नीति-मार्ग पर चले। उसने पड़ाल को उसके सभी गुणों तथा अवगुणों के साथ स्वीकार किया है।

हवा तेज चलने लगी है। नाव तेजी के साथ आगे बढ़ी जा रही है। आलस को छोड़कर दुनिया जागने जा रही है। कहीं-कहीं खेतों पर पहरा देने वाले किसान मेड़ों पर चलते दिखायी दे रहे हैं। भोर के तारों का अभी उदय नहीं हुआ है। रंगी घुटने मोड़कर अव्यक्त भावना में विभोर हो रही है।

'वह मेरा है, जहाँ कहीं भी क्यों न घूमे-फिरे, मेरे पास आने से वह नहीं रह सकता।' रंगी अपने मन को समझाती है। उसमें एक आशा, विश्वास तथा धीरज झलक रहा है। वह उसके समूचे जीवन का निचोड़ प्रतीत होता है।'

मैं भक्ति, भय तथा दया से उसकी बातों को सुनकर चुप रह जाता हूँ। सबेरे तक हम दोनों उसी तरह बैठे रहते हैं।

नाव पर से उतरने के पहले अपनी जेब से एक रुपया निकालकर मैं उसके हाथ पर रख देता हूँ और जल्दी-जल्दी अपने कदम बढ़ा देता हूँ, उसके उत्तर की प्रतीक्षा में नहीं रहता।

उसके बाद उसकी हालत क्या होगी, मुझे नहीं मालूम?

✦

सृजन, पीड़ा और मृत्यु

✦

राचकोंड विश्वनाथ शास्त्री

रात के बारह बज गये हैं। सारा गाँव सो रहा है। गाँव ही नहीं, उसके चारों ओर के पेड़ और खेत भी सो रहे हैं। गाँव के आखिरी छोर पर एक झोपड़ी है। उसमें एक औरत और उसके दो बच्चे सो रहे हैं। झोपड़ी के बाहर सफेद चाँदनी में अमरूद का पेड़ अपने पके अमरूद के गुच्छों को पत्तों के परिवेश में छिपाना भूल गया है। वह सुमधुर स्वप्नों में सो रहा है। उस अमरूद के पेड़ के नीचे मुर्गियों का एक डल्ला है। उसमें अकेली एक मुर्गी है। कहानीकार ठीक नहीं बता सकता कि मुर्गी सोती है कि नहीं, यह पशुशास्त्र वेत्ता ही बता सकता है।

उस डल्ले में मुर्गी आँखें मूँदे बैठी है, लेकिन सो नहीं पा रही है। आखिर उसकी नींद 'मुर्गी-नींद' है, तिस पर वह स्वभाव से डरपोक भी है, और हाल ही में उसे जगह बदलनी पड़ी है। इस कारण उसके मन में अधिक व्याकुलता है। जगह बदलना उसे कतई पसन्द न था, लेकिन दुनिया उसकी पसन्द-नापसन्द की परवाह कहाँ करती है?

बीच-बीच में आँखें खोल वह न जाने क्या-क्या सोच रही है? दुनिया का व्यवहार, जिन्दगी का अर्थ आदि बातें उसकी समझ में नहीं आ रही हैं। हिमालय की गुफाओं में साधु-संन्यासी जिस प्रकार इण्ड के मारे बैठ जाते हैं, उसी प्रकार वह उस डल्ले में भयभीत बैठी है। उसे नींद नहीं आ रही है। वास्तव में पीड़ा और भय से व्याकुल प्राणी सो कहा पाता है?

कहते हैं कि चोरों को भी रात में आँखें नहीं लगती। वे हमेशा जागते रहते हैं। आसमान पर चाँद भी जाग रहा है। वह घमण्ड से स्वच्छन्द विचरण कर रहा है, लेकिन यह मानना पड़ेगा कि वह सुन्दर है। अपने आचार्य को धोखा देने वाला पक्का चोर होते हुए भी वह कवियों के द्वारा अपने बारे में रमणीय छन्दों में रम्य काव्य सृजन कराने के अनुरूप बड़ा सुन्दर लग रहा है। यदि वह जमीन पर उतर आता, तो जरूर किसी चोर-राज्य का राजा अथवा किसी चोर-देश का राष्ट्रपति बन जाता।

चाँद के समान सुन्दर न होने पर भी वीरन्ना उसकी तरह जग रहा है। अमरूद के पेड़ की तरफ आँखें गड़ाये, वह उस झोपड़ी के छप्पर की छाया में बैठा है। उसकी आँखों में चाँदनी पारे जैसी चमक रही है। उसके हाथ में एक लाठी है। वह कुश्ती की प्रतीक्षा में खड़ा पहलवान-सा है।

उसके हाथ में जो लाठी है, वास्तव में वह उसकी नहीं है। उसे वह वेंकडु से माँग कर लाया है। उस झोपड़ी में जो औरत सो रही है, वह भी एक साल पहले उसकी नहीं थी। उसे वह भगा लाया था। उस औरत के साथ जो दो बच्चे, एक लड़का और एक लड़की सो रहे हैं, उनमें से लड़की वीरन्ना की नहीं है। लेकिन उसकी माँ को उसने एक साल पहले घर से निकाल दिया था।

कमीज उतारकर, धोती कसकर बाँधे, लाठी ले डटकर बैठा वीरन्ना शिकार की प्रतीक्षा में है। जैसे, कोई बाघ बैठा रहता है, वैसे ही वह अति जागरूकता से बैठा हुआ है।

रात्रि के साढ़े बारह बज गये। उस सफेद चाँदनी में गाँव के चारों ओर के सूखे पहाड़ थके-माँदें सो रहे हैं। पहाड़ों के नीचे बंजर में से बबूल के पेड़ों की झुरमुट की बाँबियों से साँप निकलकर गाँव की तरफ के खेतों में चूहों के लिए और तालाबों के पास मेढकों के लिए आने लगे हैं। उल्लू आँखें फाड़-फाड़कर पेड़ों की रखवाली कर रहे हैं और चमगादड़ बिना आहट किये, किन्तु घबराये-से उड़ रहे हैं।

पहाड़ की एक माँद में से एक मादा सियार धीरे-धीरे बाहर निकल आयी।

उस माँद में उसके तीन बच्चे हैं। वे तीनों प्यारे, नन्हें, दीन और भयभीत मालूम पड़ रहे हैं। माँद से बाहर निकली माँ की ओर तीनों ने दीनता से देखा।

अपने बच्चों की यह स्थिति देखकर माँ सियार का हृदय गद्गद हो गया। बच्चों की ओर उसने इस प्रकार देखा मानो कह रही हो, 'ना बेटे, ना, दुखी मत हो, मैं अभी आती हूँ। न जाऊँगी तो काम कैसे बनेगा? तुम्हारे लिए खाना ढूँढ़कर लाना है। तुम अभी छोटे हो। तुम्हें अभी पता नहीं मेरे बच्चे कि मेहनत किये बिना खाना नहीं मिलता, इस दुनिया में। मेरे मेहनत करने से ही तुम्हें और मुझे खाने को मिलेगा। तुम बड़े हो जाओगे, दौड़ने लगोगे और दाँतों में ताकत आने लगेगी तो तुम भी बाहर जाकर अपने आप खाना प्राप्त कर सकते हो, जी सकते हो। लेकिन तब तक तुम्हारे वास्ते और अपने वास्ते भी, मुझे बाहर जाना ही होगा। मुझे अब जाने दो, बच्चे!' इसके बाद वह तीनों बच्चों से बिदा लेकर पहाड़ के नीचे दो मील दूरी पर स्थित गाँव की ओर चली गयी।

शीतल चाँदनी छिटक रही है। बबूल चोरों के समान खड़े हैं। पत्थर, पत्थर जैसे हैं। रेत के टीलों की रेत साफ और महीन है। श्मशान शव-रहित और विधवा जैसा है। अमरूद के बाग में चंचुडु का कुत्ता भौंक रहा है। दुग्गनायुडु के खेत में बकरों की रखवाली दो ग्वाले कर रहे हैं। खेत हरियाली से लहलहा रहे हैं। एक के कन्धों पर एक लहालहाती हुई फसल अपने आपको भूलकर मधुर नींद में डूबी हुई है। दुकान के पास वाले कुओं के चारों ओर टीन के टुकड़े, टूटे मिट्टी की बर्तनों के टुकड़े इधर-उधर अनाथ से बिखरे पड़े हैं। बगल वाले नारियल के बाग में चोरों द्वारा होशियारी से नारियल तोड़े जा रहे हैं। गन्दी नाली के पास

सुअरी नींद में भी अपने बच्चों को दूध पिलाते हुए उनका ख्याल कर रही है। गाँव के इस तरफ गरीबों के टोले में, आदमी के आदमी द्वारा खाये जाने के कारण, शायद सियारों के लिए खाने को कुछ भी शेष नहीं रह गया है। दूसरी तरफ राजा का बंगला किले जैसा दिखायी पड़ रहा है। सेठ जी की कोठी गाँव के बीच खजाने की तरह सुरक्षित है। ब्राह्मणों के पेट में भोजन पच रहा है। बड़े नायुडु के मुर्गी-मुर्गे और उनके चूजे घरों में सुरक्षित सो रहे हैं। उनके मवेशी जुगाली करते हुए नींद में भी अपने सींग हिला रहे हैं।

जिस तरह फौज का गुप्तचर शत्रु शिविर का निरीक्षण करता है, उसी तरह सारे गाँव का दूर से ही निरीक्षण करते हुए मादा सियार ने कूदते, जहाँ-तहाँ रुकते, तेजी से गाँव के चारों ओर परिभ्रमण करना शुरू किया।

बेचारी सियारिन को बहुत भूख लगी है। उसके पेट में चूहे तेजी से कूदने लगे हैं। इसी कारण उसके दिमाग में भी तरह-तरह के विचार दौड़ने लगे हैं।

जिस प्रकार तपस्वी एक पैर पर खड़े होकर वर्षों तपस्या करते हैं, उसी प्रकार सियारिन चारों पैरों पर घण्टों दौड़ते हुए विचरण करती रही, किन्तु उसे भूख की आग के सिवाय इस समय दुनिया में और कुछ नहीं सूझ रहा है। बहुत दौड़-धूप करने और लाख कोशिश करने पर भी, कुछ भी खाने को न मिलने पर, उसे करुणामय भगवान् को केदारगौड़ राग में गाली देने तक की झुँझलाहट चढ़ आयी।

पहाड़ की ओर चलने पर गाँव की उत्तरी दिशा आती है। दक्षिण की ओर आने के लिए बीच में कई खतरे हैं। रास्ते में एक नहर है, उसे ताड़ के पेड़ वाले पुल से पार करना पड़ता है। यदि कहीं पैर फिसल गया तो बस, सर्वनाश हो जायेगा? हे भगवान्! एक ना-चीज सियारिन को क्षुद्र खुराक प्राप्त करने के लिए न जाने कितनी-कितनी तकलीफें झेलनी पड़ रही हैं।

इस प्रकार भगवान् को कोसती हुई वह दौड़ने लगी। खैर, अब तो उसी तरफ, जहाँ कल-परसों गयी थी, जाना पड़ेगा। पता नहीं, आज भी वहाँ कल-परसों की तरह कोई मुर्गी मिलेगी कि नहीं...सोचते हुए वह दक्षिण की ओर चलने लगी। जैसे-जैसे देरी होती गयी, वीरन्न का गुस्सा अधिक होता गया। रात के लगभग दो बज गये। यदि अब और देरी होगी तो सम्भवत: वह गुस्से के मारे खौलने या जलने लगेगा।

न जाने कितनी हिम्मत और मेहनत से वह तीन दिन पहले तीन मुर्गियाँ लाया था। उसने सोचा कि उसी दिन शहर जाकर उन्हें बेच डाले, लेकिन उस दिन मुकदमे के सिलसिले में गवाही देने उसे पुलिस ले गयी थी। आज शाम ही उसे छोड़ा गया था। घर आते ही उसे पता लगा कि तीन में से दो मुर्गियाँ गायब हो गयीं। 'हाँ, हाँ, सियार ले गया, तेरी माँ का आदमी नहीं ले गया।' चिल्लाते हुए वीरन्ना ने वरालम्मा को खूब पीटा। वीरन्ना को सन्देह हुआ कि या तो वरालम्मा ने

उन्हें अपने मायके भेज दिया होगा, या उन्हें बेचकर पैसा अपने पास छिपा लिया होगा। लेकिन उसके खुद के बेटे और वरालम्मा की लड़की ने जब एक स्वर से कहा कि दोनों मुर्गियाँ सियार ले गया, तब उसे वरालम्मा की बात पर विश्वास करना ही पड़ा। बड़ी मेहनत करके प्राप्त की गयी मुर्गियों के गायब हो जाने से वीरन्ना को गुस्सा तो आया, लेकिन जब उसे पता लगा कि दोनों मुर्गियों को सियार ले गया, तब उस पर दुगुना गुस्सा छा गया और फिर वरालम्मा को बिना अपराध के मार खानी पड़ी, इस कारण सियार पर उसे तिगुना क्रोध आया था।

इस चोर सियार ने वीरन्ना को नुकसान पहुँचाने के अलावा उसका अपमान भी किया है। इस कारण वह आग बबूला होकर उस सियार के लिए बाघ की तरह घात लगाकर बैठ गया है।

'परसों रात को जब मुर्गी का डल्ला अमरूद के पेड़ के नीचे रखा, तो वहाँ से एक मुर्गी सियारिन ले गयी। उसके बाद कल जब बाकी दो मुर्गियों को झोपड़ी के भीतर रखा तो झोपड़ी का टाट ढकेल कर अन्दर आयी और दूसरी मुर्गी ले गयी। देखो कम्बख्त सियारिन की करतूत।' वरालम्मा अचरज से कहने लगी।

'हाँ, उस बदमाश को आज आने दो। आज आयेगी तो जायेगी कहाँ? आदत पड़ गयी है न। दो मुर्गियों का स्वाद तो चख गयी है। आज आयेगी तो मैं अपना काम दिखाऊँगा और उसे सीधे जमपुरी भेज दूँगा!' वीरन्ना प्रतिज्ञा करके बैठ गया। उसके हाथ की लाठी भी जमराज की सवारी के सींग और सीधी खड़ी बर्रे की पूँछ के समान प्रतीक्षा में थी।

रात के दो बज गये। चाँद चमक रहा है आसमान में गोद लिए और खा-खाकर मोटे हुए लड़के के समान। चारों ओर के पहाड़ चिन्ता-रहित सो रहे हैं। जैसे, बैंकों, में अपनी सारी सम्पत्ति सुरक्षित रखकर सेठ लोग सो जाते हैं। कामातुर नवयुवती के समान ठण्डी हवा लेट गयी है। लेकिन डल्ले के नीचे बैठी अकेली मुर्गी को नींद नहीं आ रही है। उसे जिन्दगी का मतलब समझ में नहीं आ रहा है...वह क्यों पैदा ही हुई, धान खाकर, कीड़ों को निगल कर क्यों बड़ी हो गयी?...किसी मुर्गे की संगत में आकर, उससे संयोग कर, कई अण्डे देकर और उन्हें से कर उसने किसके लिए बच्चे दिये? वह किसके लिए आज इस डल्ले के नीचे ठण्ड में काँपतीं बैठी हुई है! अपनी माँ को कष्ट देकर, अण्डे के रूप में बाहर आकर, अपने आप को खाकर इस रूप में बदलकर, बाधाओं को भेद कर, हवाओं को सहनकर, इस डरावनी दुनिया में, माँ की छाया में पल कर, प्राप्त कीट-कीटाणुओं का भक्षण कर, दूसरों की हिंसा से डरकर और उनसे बचकर, वह क्यों दयनीय जिन्दगी जी रही है? क्या वह कभी इस निंद्य हिंसा को त्याग सकती है? दूसरों के डर से उसे क्या कभी मुक्ति मिल सकती है?

मुर्गी ने तो वेदों का अध्ययन नहीं किया, कुरान नहीं पढ़ा, बाइबिल उसने देखा नहीं। एम० ए० भी पास नहीं किया, कहानियों की कल्पनाएँ चुनना वह

जानता नहीं। उस बेचारी को प्रश्न क्या चीज है और उत्तर क्या चीज है, मालूम नहीं। लेकिन वह इस समय उस उल्ले के नीचे, मन्दिर के अरूप ईश्वर के सामने ठाठ से बैठी एक प्रश्न-चिह्न के समान दिखाई पड़ रही है।

तभी वह चौंक पड़ी। कहीं कोई आहट! हाँ, वही ठंडी आहट, वही मेरी मृत्यु की पुकार, वही मेरा अन्तिम क्षण। आखिर क्या मृत्यु ही जीवन का उत्तर है, इस चुभने वाली पीड़ा के लिए क्या गला घोटना ही दवा है?

डल्ला हिला। मुर्गी के पंख खड़े हो गये। उसकी गर्दन पंखों में से निकलकर ऐसे खड़ी हो गई मानो किसी पक्षी में से साँप निकल रहा हो। डा से, क्रोध से और ईश्वर के प्रति आक्रोश से उसने लाल आँखें कर इधर-उधर देखा। झोपड़ी की छाया में बैठा वीरन्ना उस डल्ले की तरफ ही देख रहा था। उसकी आँखें चाँदनी की रोशनी में हीरे के टुकड़ों की तरह चमक गयीं। सियारिन को देखते ही उसने अपने मन में सोचा, वाह! कितनी सुन्दर है यह सिड़ी सियारिन।

चाँदनी की नमी से भींगे रोओं वाली, सुहावनी झबरी पूँछ वाली, दूध के उफान जैसे पेट वाली, चाकू जैसे खड़े कानों वाली वह सियारिन चारों ओर नजर दौड़ाती हुई आयी। अपनी जिन्दगी की पीड़ा, सुन्दरता, करुणा, ममता और क्रूरता आदि की प्रतिमूर्ति उस सियारिन में एक अजीब सुन्दरता थी। उस सियारिन का धीरज, उसके पीछे छिपा हुआ डर, उसकी स्फूर्ति, चतुराई आदि देखकर वीरन्ना को अपना सारा जीवन एक क्षण के लिए स्मरण हो आया। उसे एकटक देखता वह कुछ क्षणों तक स्तब्ध रह गया। पता नहीं क्यों उसे उस सियारिन का मुँह से डल्ले को उठाना और मुर्गी की पकड़ना देखने की इच्छा हुई। ईश्वर की सृष्टि के नाश की प्रधान कारण उस हिंसात्मक घटना को आँख-भर देखने के लिए उसकी आँखें तरसने लगीं। लेकिन उसी प्रकार का हिंसात्मक कार्य करने के लिए उसका मन भी उतावला हो उठा। शत्रु को देखने के कुछ क्षणों बाद ही उसे उसके प्रति अपना क्रोध स्मरण हो आया। उस श्वेत चाँदनी में उसकी लाठी तीर जैसी चमकी और उस जानवर पर कुल्हाड़ी जैसी बरस पड़ी।

बस, एक ही वार में वह सियारिन चार फुट ऊपर उछल गयी और वहाँ से धम् से नीचे गिरी और तिलमिलाने लगी। दूसरे बार में उसका तिलमिलाना बन्द हो गया और वह कराहने लगी और तीसरे में उसके मुँह से खून निकलने लगा और मूर्छित होकर वह अंतिम घड़ी की प्रतीक्षा करने लगी।

''स्पाट लाइट'' में स्टेज के राजा के समान चाँद तेजोमय होकर चमकने लगा। दूसरी मंजिल की छत पर चाँदनी में विहार करने वाली प्रियतमा की मखमली साड़ी की तरह हवा शीतल थी। वहाँ के दोनों पहाड़ों के नुकीले शिखर कैसे हैं, आप स्वयं अनुमान कर सकते हैं और फिर गहन हरीतमा से भरे बबूल के पेड़ श्यामल घूँघट ओढ़े उच्च कूल की अभिसारिकाएँ जैसे लगते हैं। पर पहाड़ी के नीचे बंजर में जो पत्थर हैं, वे कैसे हैं? युवा पत्नियों ने मजाक में दौड़ लगायी तो

उनके पीछे-पीछे दौड़ते घुटनों के दर्द के कारण घुटनों के बल गिर पड़े बूढ़े पतियों जैसे।

रात के दो बज चुके। पहाड़ की माँद में सियारिन के बच्चे उसके इंतजार में बैठे तड़प रहे हैं। उन्हें ठण्ड लग रही है और भूख भी। लेकिन उन्हें उस समय चाँदनी की शीतलता नहीं भाई। उन्हें हवा की शीतलता का अनुभव नहीं हो रहा है। अपनी माँ की आहट कहीं सुनाई नहीं पड़ी, उन्हें। लेखक और लेखिकाओं के पेट संभवत: ठण्डी हवा और ज्योत्सना की शीतलता से भर सकते हैं, पर उससे जानवरों का पेट नहीं भरता। सियारिन के बच्चे यदि ईश्वर से प्रार्थना कर सकें, तो शायद तुरन्त राहत मिले!

संभवत: उन्होंने ''राम राम'' कहकर पुकारा भी होगा। न जाने उन्होंने प्रार्थना की या नहीं, लेकिन वे अपनी माँ के लिए निरीह हो रोने लगे। रो-रो कर उन तीनों में से एक धीरे से माँद से बाहर निकला। आगे के पैरों को माँद के बिल के मुहाने पर रखकर जहाँ तक अपनी दृष्टि फैला सका, फैलायी—माँ की तलाश में। इसी प्रकार वह कुछ देर तक बाहर देखता रहा। सामने उसे दिखायी पड़ा—सफेद खाल पर चितकबरे दाने, पहाड़ जैसी आँखों और गुफा जैसे मुँह वाला एक जानवर।

सियारिन का बच्चा उसे देखकर मन्त्र-मुग्ध-सा रह गया। थोड़ी देर बाद वह धीरे-धीरे उस अजगर के मुँह में, और क्रमश: उसके पेट में चला गया। इसके बाद, इसी प्रकार दूसरा बच्चा और पीछे तीसरा बच्चा भी। वे तीनों क्रमश: सृष्टि में समा गये।

अधिक खून बह जाने के कारण बेहोशी में पड़ी हुई उस सियारिन की अंतिम साँस जीवन-मृत्यु के बीच संघर्ष करती रही। थोड़ी देर बाद, शरीर के अचल पड़े रहने पर, उसकी स्मृति में चैतन्यता आने लगी। स्मृति के जाग्रत होने के बाद कुछ क्षणों तक उसके मनोनयन के सामने उसका सारा विगत जीवन चलचित्र की भाँति स्पष्ट दिखायी देने लगा। धूप के माले पहाड़ की छाया, चाँदनी में हरी फसल की बयार, खेतों में गन्ने की मिठास, उससे भी बढ़कर, अपनी माँ के दूध की मिठास...माँ का मृदुल चुम्बन। उस दिन माँ के पीछे की गयी दौड़ में प्रथम बार चखी पहली मुर्गी के नमकीन खून का मजा और स्वादिष्ट माँस, बकरियों का शिकार खेलना, उन बकरियों के भयभीत होने से मनोरंजन, नारियल के बागों में श्वेत छायाओं में उत्साह से दौड़ना, अपने प्रथम प्रिय की अनुरागमयी दृष्टि, प्रेम विह्वल उसका उष्ण चुंबन तथा आलिंगन, और बाद में अपने पेट में मृदुल बच्चों का भार, अपनी प्रसव-वेदना, अपने बच्चों के प्रथम बोल, अपने हृदय से दूध की धार बनकर बहने की विधि, बच्चों से खेलना, उनको पालने के लिए अपनी भोगी हुई यातनाएँ, दूसरों से उनका लड़ना, प्रथम बार नर-राक्षस को देखते ही अपने में हुई जुगुप्सा, सर्पों के विस्फरित फन, वर्षा की बौछार, सुअरों का अन्वेषण, ठण्डी

बयार, काले बादलों में रंग-बिरंगे इन्द्रधनुष, सफेद बादलों में प्रकाश, भूख के मारे अपनी दौड़, थकान के मारे हाँफना, क्षण-क्षण का आनन्द, नित्य प्रति के अपने डर, पेट पालने के लिए किया गया हिंसा-कार्य, अनवरत रक्तपात। ओ! यह सब क्या है? क्यों है? कब तक है? ईश्वर ने मुझे क्यों पैदा किया? क्यों मुझे इस तरह मार रहे हो? न जाने तुमने स्वयं कितने हिंसा-कार्य किये और मुझसे कराये। ओह...! कितनी हिंसाएँ! मेरा जन्म क्यों हुआ और फिर मरण क्यों हो रहा है? मेरे अनाथ बच्चों का क्या होगा?

सवेरे वीरन्ना की झोपड़ी के सामने सियारिन मरी दिखायी पड़ी। उसके चेहरे पर सिर्फ एक खून की लकीर दाग के रूप में अवशेष रह गयी थी। उसके हृदय से निकला खून और दूध राख में पड़कर वहीं पर सूख गया था। ऐसा लगता था मानो वह खून की लकीर कह रही हो कि पिता के पाप-कर्मों की सजा बच्चों को सहनी पड़ती है। यदि यह सच है तो, मेरे परम पिता ईश्वर! यह सारा पाप तुम्हारा ही है।

सवेरे वीरन्ना की स्त्री और उसके बच्चे उससे पहले उठ गये। उस मरी पड़ी सियारिन को देखने पर उनके चेहरे सूर्य की किरणों से विकसित और प्रकाशित आम्र पल्लवों के समान आनन्द से खिल उठे। ''मर गयी डायिन!'' उसे देखकर वरालम्मा क्रोध से कोसने लगी।

उस घर के पास से और उस रास्ते से गुजरने वाले तमाम बच्चे सियारिन के मारे जाने का समाचार सुनकर वहाँ दौड़ पड़े और उसके चारों ओर जम गये। वे खुशी के मारे तालियाँ बजाते हुए नाचने लग गये।

वीरन्ना सवेरे आठ बजे खुशी-खुशी उठा और उसने मुर्गी को डल्ले से निकालकर अपने कलेजे से लगा लिया। मुर्गी सफेद थी, लेकिन उसे लाल रंग से रंग दिया गया था, जिससे कि उसका मालिक उसे पहचान न सके। रक्त के समान उस लाल रंग तथा उस धूप में उसका रंग और चमकने लगा, किन्तु वीरन्ना के हाथों के स्पर्श से उसका जी घबराने लगा।

इतने में पुलिस का एक सिपाही लेकर पड़ोसी गाँव का वीरिनायुडु वहाँ आ पहुँचा। 'वही, वही है मेरी मुर्गी। उसके साथ की दो और मुर्गियाँ भी हैं। तीन दिन पहले कोई तीनों को चुराकर ले गया था।' मुर्गी को देखते ही वीरिनायुडु ने चिल्लाकर कहा। चतुर चोर वीरन्ना रत्ती भर भी नहीं डरा और टस-से-मस नहीं हुआ।

'क्यों बे, बाकी दो मुर्गियाँ कहाँ छिपा रखा तैने?' पुलिस के सिपाही ने पूछा।

'सियारिन ले गयी।' वीरन्ना ने कहा।

वीरिनायुडु और पुलिस सिपाही मरी पड़ी उस सियारिन की तरफ घृणा से देखकर तुरन्त वीरन्ना को पुलिस स्टेशन ले गये। वरालम्मा और उसके बच्चे

घबराकर रो पड़े। रात भर जागी बेचारी मुर्गी को यह सब कुछ समझ में नहीं आ रहा था। वह इस नये परिणाम से ऊब गई-सी लगती थी। 'छिः, इस ईश्वरीय सृष्टि के बारे में सोचना ही गुनाह है!' सोचकर वह वीरिनायुडु के हाथों में सो गयी। इसके बाद, मरकर वह किसी दिन किसी के घर में बिरयानी के रूप में निश्चय ही बदल गयी होगी।

× × ×

वीरिनायुडु की मुर्गियाँ वीरन्ना चुरा ले गया। उनमें से दो को वीरन्ना के घर से सियारिन उठा ले गयी। सूकुनायुडु की दस सेंट जमीन वीरिनायुडु ने अपनी दस एकड़ जमीन में मिला ली। सूकुनायुडु ने दावा किया तो वकील के मुंशी ने उसका सारा पैसा उड़ा लिया। प्रतिवादी वीरिनायुडु से उसके बड़े वकील ने पाँच सौ रुपये, जो कि दस सेंट जमीन के मूल्य के बराबर है, फीस के रूप में ले लिया। वीरिनायुडु की बंजर जमीन पर वीरिराजु ने कब्जा कर लिया। कब्जे में प्राप्त सम्पत्ति वीरिराजु ने अपनी छोटी पत्नी के नाम करा दी। इस सम्पत्ति से प्राप्त सारी आय छोटी पत्नी ने अपने भाई के घर भेज दी। भाई ने वह सारी रकम अपनी रखेल को दी दी और रखेल ने वह सारा धन अपने किसी चाहने वाले को दे दिया। वह आदमी सारा धन लेकर सिनेमा की फिल्म बनाने के लिए मद्रास गया तो अभिनेता और डायरेक्टर लोगों ने उसे खूब लूटा। बचा-खुचा धन वहाँ के एक चेट्टियार ने ले लिया। एक मारवाड़ी के चंगुल में फँसकर उस चेट्टियार का दिवाला निकल गया। एक ताबेदार के हाथों उस मारवाड़ी का सत्यानाश हो गया। उस ताबेदार को एक अंग्रेज कम्पनी लूटने का प्रयास कर रही है। इस कम्पनी को तहस-नहस करने के लिए एक अमरीकन सिंडीकेट ताक में बैठी हुई है। इस सिंडीकेट के नीचे पानी लाने का प्रयास कुछ जापानी कर रहे हैं। जापानी लोगों के नीचे कुछ लोग गड्ढे खोद रहे हैं, इनके नीचे कोई और गड्ढे खोद रहे हैं। इनके नीचे और कोई, और उनके नीचे और कोई, और उनके नीचे और कोई और...।

अनु०—**श्री विजय राघव रेड्डी**

✦

हिफाजती साड़ी

✦

प्रो० केतु विश्वनाथ रेड्डी

'बाबू जी, मेरी साड़ी, मेरी साड़ी!'

अपनी सीट से उठते हुए गाँव की युवती चेन्नम्मा चीख उठी। एकाएक एकदम उसने घबराहट में ऐसा किया। चेन्नम्मा कोई अठारह साल की होगी। कोई खास रूपसी भी नहीं। इसलिए उसके एकाएक उठ खड़े होने में कोई सौन्दर्य नहीं झलका। बच्चा गोद में आँचल की ओट दूध पी रहा था, चेन्नम्मा की हड़बड़ी से चौंक गया। वह जोर से रो पड़ा। चेन्नम्मा का आँचल सरक गया। खुली हुई ब्लाउज में से, बच्चे के मुँह से अलग हुए उसके स्तन दिखाई पड़ रहे थे। गोद में से नीचे खिसकते और रोते हुए बच्चे को उसने ऊपर उठा लिया।

'बाबू जी, मेरी साड़ी, हिफाजती साड़ी!'

चेन्नम्मा दीनता से दुबारा बोल उठी। चेन्नम्मा सभ्य समाज की नायिका नहीं है, इसलिए उसकी बोली में कोई राग-रागनियाँ सुनाई नहीं दीं। बस के इंजन की आवाज में और यात्रियों के हो-हल्ले के बीच चेन्नम्मा की पीड़ा किसी की समझ में न आयी। लेकिन चेन्नम्मा की हड़बड़ी को देखकर कुछ लोग हँस पड़े। चेन्नम्मा की उस हालत में कुछ लोगों को 'सेक्स' नजर आ रहा था। खचाखच भरी उस बस के एक कोने में दबे खड़े हुए वीरय्या ने पहचाना कि वह आवाज उसकी बेटी की है। क्या कह रही है और क्यों चीख रही है, यह समझ में न आने पर भी उसको लगा कि चेन्नम्मा के साथ कुछ घट गया है। वीरय्या बस के उस पद्मव्यूह को तोड़ते हुए महिलाओं की सीट की तरफ आने की भरसक कोशिश कर रहा है। उसने चारों ओर खड़े हुए लोगों के सिरों के बीच में से झाँककर देखते हुए पूछा, 'क्या बेटी, क्या हुआ?' चेन्नम्मा को पिता जी की बात सुनाई पड़ी। अपनी हालत पर हँस रहे यात्रियों और अपनी तरफ देख रहे उन रसिकों को भी चेन्नम्मा ने देखा। रुलाई रोकते हुए अपमान सहते हुए और आँचल को सँभालते हुए उसने कहा—

'अभी हम लोग जिस बस से उतरे हैं न, उसमें मेरी कपड़ों की गठरी छूट गयी। उसमें मेरी हिफाजती साड़ी भी।'

टिकट का पैसा वसूल करते हुए बस के यात्रियों के बीच में से मुश्किल से आगे बढ़ते हुए औरतों और ठेठ देहातियों के प्रश्नों के जवाब देते-देते परेशान

कंडक्टर चेन्नम्मा की चीख-पुकार से आग बबूला हो गया, 'बैठ जाओ!' उसने डाँटकर कहा। गालियाँ खाते हुए किसी-न-किसी तरह मुश्किल से, वीरय्या चेन्नम्मा के पास आ पहुँचा, जैसे भेड़ के बच्चों की रक्षा करने कोई भेड़ पालने वाला आता है। वीरय्या समझ गया कि मामला क्या है? कंडक्टर से उसने बस रोकने की विनती की। कंडक्टर पागल-सा उसे डाँटने लगा।

''तुम्हारे पास दिमाग है कि नहीं? गाँव को पार कर एक मील आगे बढ़ आये। अब बस को रोकने का क्या तुक है? जब तक तुम गठरी लेकर लौटोगे, तब तक क्या बस यहीं रुकी रहेगी? गनीमत है, बस को पीछे ले जाने के लिए तुमने नहीं कहा, बस को क्यों रोकना है? क्या तुम डी० एस० पी० हो या ब्रेक इन्स्पेक्टर?''

कंडक्टर की फटकार से वीरय्या तिलमिला गया। वीरय्या न डी० एस० पी० है, और न ही ब्रेक इन्स्पेक्टर। कंडक्टर पर जब उसका बस न चला, तब वीरय्या ने अपनी बेटी को फटकारा।

'अपने माल-असबाब का इतना भी ख्याल नहीं तो कोई क्या करे? उस गठरी को क्यों भूल आयी, उसमें क्या-क्या रखा था?' अपने गाँव से जिस बस में वे लोग आये थे उसी में गठरी छूट गयी थी। 'भीड़ बस के अन्दर घुस आयी थी। भगदड़ में कुछ भी सूझ नहीं रहा था। इसी बीच दम घुटने से बच्चा रो पड़ा था। जल्दी-जल्दी उतरने में गठरी भूल गई। उस बस में ढूँढ़ने पर जरूर मिल जाएगी।' पिता और कंडक्टर की तरफ घबराहट से देखते हुए, चारों तरफ के लोगों की टोंका-टोकी से शरमाते हुए, चेन्नम्मा ने जवाब दिया।

'किस बस में, कहाँ?' कंडक्टर ने फिर डाँट सुनायी। 'कडपा की बस में।' चेन्नम्मा ने हड़बड़ाहट से जवाब दिया।

'हमें उन लोगों से भी कोई दिक्कत नहीं होती है, जो कीमती सामान भूल जाते हैं। लेकिन तुम लोग तरह-तरह की तमाम गठरियों के साथ बस में चढ़कर हमारी नाक में दम कर देते हो।' अपनी औकात भूलकर कंडक्टर ने बहुत कुछ सुना दिया।

चेन्नम्मा बड़े घर की बेटी तो नहीं थी। भला उसे डाँटने-डपटने से कंडक्टर क्यों चूके? चेन्नम्मा कोई रूपसी भी नहीं, जिससे कि वह उसके साथ सहानुभूति से पेश आये। इतने में किसी यात्री ने सहानुभूति दिखायी, 'जाने दो कंडक्टर साहब, बस को रोक दो, वे दोनों उतर जाएँगे। मुमकिन है कि गठरी उन्हें मिल जाए। वह तो 'नाइट हाल्ट' की बस थी। उसी जगह खड़ी मिलेगी।'

'आपकी बड़ी मेहरबानी होगी। हमारे टिकट के पैसे लौटा कर हमें यहाँ उतरवा दीजिए। गठरी मिल जाय तो हम दूसरी बस से आयँगे।' वीरय्या ने मिन्नतें की।

'तुम्हारा दिमाग खराब है क्या? टिकट काट दिये गये। बस अड्डे से दो मील आगे निकल आयीं। अब टिकट के पैसे लौटाने को कह रहे हो। तुम्हारा क्या जाता है इसमें। दिवाला पिटेगा तो हमारा और हमारे मालिक का?' कंडक्टर ने मालिक के प्रति अपनी ईमानदारी जतायी।

''टिकट खरीदने के लिए मेरे पास और पैसे नहीं हैं। भगवान आपका भला करेगा। यहीं उतारकर हमारे पैसे लौटा दीजिए, हम यहीं उतर जाएँगे।'' वीरय्या पुनः गिड़गिड़ाया।

कंडक्टर ने चिढ़कर कहा, 'बस एक ही राग अलापना जानते हैं आप लोग कि पैसे नहीं, पैसे नहीं। तुम्हें क्या है, पैसे लेकर उतर जाओगे। चेंकिंग वाले ने आकर चेक किया तो मेरी नौकरी चली जाएगी। पैसे तो वापस मिलेंगे नहीं। उतरना हो तो उतर जाओ झटपट।'

बेटी की तरफ दीनता से देखते हुए वीरय्या ने कहा कि 'उतर जाएँगे तो फिर दूसरी बस के टिकट के लिए पैसे नहीं है। जाने दो बेटी, हमारी किस्मत खोटी है।'

कंडक्टर की तरफ कातर नयनों से देखते हुए चेन्नम्मा ने पिता से कहा, 'मेरे पास तीन रुपये हैं। टिकट के लिए ये पैसे काफी हैं। चलो, उतर जाएँगे।'

बहुत ही वाहियात रूट है, यह कहते हुए कंडक्टर ने आवाज दी 'होल्डान' बस रुक गयी। वीरय्या और चेन्नम्मा बस से उतर गये। गोद में नीचे खिसकते बच्चे को सँभालते हुए चेन्नम्मा जल्दी-जल्दी चल रही थी। वीरय्या उसके पीछे-पीछे कदम बढ़ा रहा था।

'मेरी साड़ी
हिफाजती साड़ी
तीस रुपये में खरीदी हुई साड़ी
खेत में धान की रोपाई कर,
खलिहान में मजूरी कर
मेहनत की कमाई से
खरीदी गयी साड़ी
मेरी प्यारी साड़ी।
बालिश्त भर काले रंग के किनारे वाली
मेरी लाल साड़ी
पति की पसंद की साड़ी।'

'इस साड़ी में तुम तेलुगु सिनेमा-अभिनेत्री सावित्री-सी लगती हो!' जब पति ने कहा तब से रोज पहनने की इच्छा तो हुई, लेकिन

धुलाई से फट जाने के डर से
रोज न पहनी जाने वाली साड़ी
जब से बच्चा हुआ तब से पहनी साड़ी,
बच्चे की मुत्ती करने से खराब होगी, इस डर से रोज न पहनने वाली साड़ी।
मेरी हिफायती साड़ी।
क्या पता कोई उठाकर ले गया हो। मेरा नसीब खोटा है।
हाय! मायके में सब को दिखाना चाहती थी।
घर लौटने पर पति क्या कहेगा?
मायके में अपनी बहिन को दे आयी।
कहकर मुझे डाँटेगा
उस साड़ी के बिना अब मैं जाऊँ कैसे सिनेमा?
तीज त्योहारों पर अब क्या पहनूँगी,
रामेश्वरम के मेले में कैसे जाऊँगी
खास मौकों पर अब मैं क्या पहनूँगी
अब नयी साड़ी खरीदूँगी कैसे?
खेत खलिहानों में मजूरी कर
मेहनत की कमाई से बचाये गये
तीस रुपये से खरीदी गयी साड़ी

चेन्नम्मा का दिल भर आया। आँखों में आँसू भर आये। गरीब के आँसू। छोटी-सी चीज खो जाने पर छोटे लोगों के आँसू।

मन ही मन चेन्नम्मा ने मनौतियाँ कर प्रार्थना की—'स्वामी! सात पहाड़ों वाले! मेरी हिफाजती साड़ी मिल जायेगी, तो मैं व्रत रहूँगी और तुम्हें नारियल समर्पित करूँगी।'

वीरय्या और चेन्नम्मा बस स्टैण्ड पर लौट आये।

'बाबू जी, वह देखो लाल रंग की बस। बस वही है, जिसमें हम लोग गाँव से आये थे।' चेन्नम्मा ने खुशी से कहा कि मानों उसे उसकी खोई हुई साड़ी मिल गयी हो।

'बच्चे को लेकर तुम कहाँ-कहाँ घूमती रहोगी, यहीं रहो बेटी?' कहकर चेन्नम्मा को वीरय्या एक ढाबे की छाया में खड़ा कर के बस के पास गया। सारी बस में हर सीट के नीचे व ऊपर उसने हर जगह ढूँढ़ा। कहीं गठरी नहीं मिली। एक लड़का बस की सफाई कर रहा था। उससे पूछने पर जवाब मिला कि उसने कोई गठरी नहीं देखी। बस के पास जो इक्के-दुक्के खड़े लोग थे, उनसे पूछने पर

भी कोई फायदा न हुआ। वीरय्या ने सोचा कि ड्राइवर व कंडक्टर से पूछने पर शायद गठरी मिल जाये। उस बस के क्लीनर ने बताया कि ड्राइवर अपने घर चला गया और कंडक्टर टिकट के पैसे जमा करने मालिक के घर गया है। वीरय्या निराश होकर बेटी के पास लौट आया। उसे सान्त्वना देते हुए कहने लगा—

'गठरी नहीं मिली बेटी! सब ढूँढ़ डाला। कहीं नहीं मिली। सबसे पूछा। किसी को पता नहीं। पता नहीं, सबेरे किस कम्बख्त का मुँह देखकर हम निकले थे, हमारी बदकिस्मती है। अब कोई उम्मीद नहीं। कोई उठाईगीर ले गया। कोई कम्बख्त होगा। असल में हम लोगों को होशियार रहना चाहिये था। कोई चीज खो देंगे तो उसे दुबारा पाने की हमारी औकात नहीं होती। जाने दो, अब रोने से क्या होता है?'

बस के अन्दर उन्होंने जो अपमान झेला था, उसे सोचते हुये, पैदल यात्रा की थकान महसूस करते हुये, खोई हुई साड़ी जैसी दूसरी साड़ी न खरीद सकने की अपनी असमर्थता पर पछताते हुये, दामाद बेटी पर नाराज न हो, इसके लिए नयी साड़ी कैसे खरीदी जाये आदि चिन्ताओं से दुखी वीरय्या बेटी को दिलासा दे रहा था।

इतने में उनसे थोड़ी दूर से एक पियक्कड़ नशे में गाली बकते हुये दौड़ता आ रहा था। उसके हाथ में कोई लाल कपड़ा था। एक आदमी उसका पीछा कर रहा था। वह जोर-जोर से कह रहा था, 'अरे, रंडी की औलाद, भागकर कहाँ जाओगे? तेरा अन्त कर दूँगा।'

पियक्कड़ के हाथ से वह उस कपड़े को खींच रहा था। पियक्कड़ ने उस कपड़े को कसकर पकड़ रखा था। छीना-झपटी में कपेड़े का किनारा नीचे लटक आया।

'बाबू जी, वह देखो, मेरी साड़ी, वही है मेरी साड़ी, मेरी हिफाजती साड़ी।' कहते हुये चेन्नम्मा उन दोनों के पास एक साँस में दौड़ गयी। वीरय्या भी हड़बड़ी के साथ उनके पास पहुँच गया।

वे दोनों साड़ी के लिए छीना-झपटी कर रहे थे। इतने में दो-चार लोग वहाँ इकट्ठे हो गये। जो साड़ी छीनने वाला पियक्कड़ से कह रहा था, 'साले, मुझे ही चकमा देगा। सारे कपड़े गिरवी रखकर, बाकी लत्ते मेरे मत्थे मढ़कर, इस साड़ी को लेकर भाग निकला, धोखेबाज कहीं का, मेरी दुकान से जो दारू तुमने पी है, उसे मुझे लौटा दो या यह साड़ी मुझे सौंप दो। साड़ी दोगे कि नहीं, हरामी की औलाद!' 'मेरी साड़ी, मेरी हिफाजती साड़ी। बच्चे के कपड़े और दूसरे कपड़े-लत्ते पता नहीं कहाँ रह गये?' चेन्नम्मा बड़बड़ाने लगी।

वीरय्या सकुचाते हुये उनके पास जाकर कहने लगा कि, ''यह साड़ी मेरी बेटी की है। बस में भूल आयी थी।'

'अच्छा, यह बात है। यही मैं सोच रहा था कि इस साले के पास यह साड़ी कहाँ से आयी? हाँ, बस से यह इसे चुरा लाया था। अरे छोड़ दे साले, साड़ी।' उसने पियक्कड़ से कहा।

'यहाँ से दफा हो जा, नहीं तो मेरा जैसा बुरा कोई नहीं होगा, यह साड़ी मेरी बीबी की है साले।' पियक्कड़ ने सकपकाते हुये कहा।

दोनों साड़ी को एक-दूसरे से छीनने की कोशिश कर रहे थे, गाली-गलौज के बीच वीरय्या भी एक तरफ से साड़ी छीनने की कोशिश करने लगा। छीना-झपटी में साड़ी फट गयी। चेन्नम्मा की लाल साड़ी, काले किनारे वाली हिफाजती साड़ी फट गयी, उसके चिथड़े-चिथड़े हो गये। हो-हल्ला और बढ़ गया। मार-पीट शुरू हो गयी। फटी साड़ी को वीरय्या निरुपाय देख रहा था, उस साड़ी को जो चेन्नम्मा की थाती है, जो उसके सपनों, आशाओं, प्रेम व लाज का और आनन्द का प्रतीक है। चेन्नम्मा के दिल की प्रतिरूप उस लाल साड़ी को उन लोगों ने बेरहमी से चीर-फाड़ डाला। चेन्नम्मा की हिफाजती साड़ी के चिथड़े-चिथड़े हो गये।

'मेरी साड़ी, मेरी हिफाजती साड़ी।'

जमीन पर पड़े साड़ी के चिथड़ों को सीने से लगाकर चेन्नम्मा रो रही थी। गोद का बच्चा भी माँ की रुलाई के सुर में सुर मिला रहा था।

अनु०—डा० शकुन्तला रेड्डी

✦

ए मैटर ऑफ नो इम्पार्टेंस

✦

बीना देवी

रतीन जोड़ी जाँघें...

सुडौल, गोरी जाँघें, युवतियों की थीं—गोरी मेमों की जाँघें थीं।

वॉल पोस्टर पर उन जाँघों को देखकर भी उदासीन रह सकने वाला, माँ, बहन मानकर शिष्टता बरतने वाला या तो कोई महर्षि हो सकता है या अरसिक। इन्हें देखने वाली सत्यम् की दृष्टि गिद्ध की-सी दृष्टि थी। महर्षि होने के चिह्न उसमें कतई नहीं थे।

रिक्शे में बैठकर बीड़ी के कश का आनन्द लेते हुए, पके कटहल-सी उन जाँघों को एक बार फिर देखा और पूछा, 'लुगाई को कपड़ा पहनाये या नंगा कर दे, यह काम तो कोई गोरा ही कर सकता है यारों! क्या ख्याल है आपका?'

पास वाले रिक्शे में यार नींद की खुमारी में नाक बजा रहा था।

'उठ बे, उठ! रिक्शे वाले और कुटनी को रात में सोना शोभा नहीं देता।' कहते हुए सत्यम् ने पास के रिक्शे वाले को एक लात मारी।

'सोने भी दे यार।' आँख मलते हुए बोला सिंहाचलम्।

खुली जाँघों में बिजली की चमक-सी चुभी थी। दुकान में तभी लाकर खड़ी की गयी थी वह पुतली। शीशे की आलमारी में बन्द थी। वह सजीव हो उठती तो उसके लिए महर्षियों का चित्त भी चंचल हो जाता। उसे पाने के लिए लोग खून की नदियाँ बहा देते।

वह पुतली, एक खूबसूरत, बूटेदार महीन साड़ी ही पहने थी। बाकी आधी साड़ी नीचे शो-केस में फैली पड़ी थी—समुद्र के फेन की भाँति।

उस पुतली ने तारों भरी रात की-सी मादकता भर दी थी सिंहाचलम् में। अर्ध ढके उस पुतली के शरीर की सुघराई ने चाँदनी रात की-सी मादकता भर दी थी उसकी नसों में। 'तीसरा पति' मार्का साड़ी और बीस रुपये कीमत की बात, उस पर चिपका लेबल बता रहा था।

सिंहाचलम् पिछली रात ही 'तीसरा पति' पिक्चर देखने गया राजम्मा के साथ। उस चित्र में गरीब हीरोइन अपने सहपाठी हीरो की ''इम्पाला'' में हीरो के साथ अपने घर जा रही थी। हीरो उसे घर न ले जाकर बस्ती से बाहर ले गया था।

सीमा पार करने तक चुप रहकर अचानक आश्चर्य और बनावटी घबराहट से पूछा था, 'कहाँ ले जा रहे हो?' इस पूछने में 'बहुत दूर ले चलो!' का भाव स्पष्ट व्यक्त हो रहा था।

कई मोड़ मुड़कर पहाड़ और नदियाँ पार करते हुए हीरो ने कार रोककर हीरोइन को दोनों हाथों में जबर्दस्ती उठाकर गुलाबजल जैसे पानी में सोये दरियाई हाथी जैसे दीखने वाले पहाड़ पर खड़ा करते हुए उत्तर दिया था, 'यहाँ।' हीरोइन बड़ी अदा से खीझी थी, 'डाकू कहीं के' उसकी इस खीझ पर सौ जानें निसार करते हुए हीरो ने कहा, 'चोर तुम भी जाने जानां—मेरा दिल चुराया जाने जानां—' गाते-गाते मस्त हाथी की तरह गरजा था। पानी में लोटा था—चट्टान पर कला-बाजियाँ खाई थीं—अन्त में बेटे के पास जाने वाली माँ की भाँति भोलेपन का भाव ओढ़े हीरोइन भी उमँग में भर हीरो के हाथ पकड़ झूम-झुमैया, ताल-तलैया घूमी थी। गोल-गोल घूमने में चुनरें पैरों में आ गई और साड़ी खुल गई—साड़ी खुलकर मणि-जड़ित बर्फ के पर्दे जैसी लग रही थी।

इस साड़ी में छुपे हीरोइन के अँग-प्रत्यँग स्पष्ट दीख रहे थे, देख लेने का निमंत्रण दे रहे थे। चित्र के इस प्रसंग ने दर्शकों को बाँध लिया था।

उस दृश्य को देखकर हर स्त्री, हीरोइन की साड़ी जैसी साड़ी ला देने की माँग करने लगी थी और हर पति वैसी ही साड़ी पत्नी को ला देने के लिए लालायित हो गया था।

सिनेमा देखकर लौटते समय राजम्मा ने कहा था—'ओह, कितनी खूबसूरत थी वह साड़ी!'

'हाँ—' दो टूक उत्तर देकर सिंहाचलम् ने चुप्पी साध ली थी, जिसका मतलब था कि मियाँ-बीबी दोनों में से कोई खरीदने को तैयार हो जाय तो भी इतना पैसा नहीं जुट पायेगा।

उस रात सिंहाचलम् को नींद नहीं आई। बीबी की पसन्द की साड़ी खरीदकर न देने वाला पति भी कोई पति है पर खरीदकर देना सिंहाचलम् के बूते के बाहर की बात थी। इस सच्चाई का अहसास होते ही उसे अपने प्रति घृणा हुई, गुस्सा भी आया। राजम्मा को उसके साथ गृहस्थी चलाते पन्द्रह साल हो गये, पर आज तक उसने कभी कुछ नहीं माँगा। यहाँ तक कि मैके से मिली माँ जैसी जैसी गैया को अदालत का अमीन ले जा रहा था तो उसे छुड़वाने की माँग भी नहीं की। गले की कण्ठी, गुलूबन्द अदालत के खर्चें में उठ गये। काले मनके वाला सुहाग का हार, वेणी फूल, पेट की आग में जल गये। मंगलसूत्र के स्थान पर हल्दी की गांठ बाँधकर रहने की नौबत भी आई—फिर भी ढोती जा रही है गृहस्थी। जीवन का बोझ सन्तोष से ढोती जा रही है। गँवाई गाँव में किसान के घर जन्मी—किसान के साथ ही फेरे पड़े—जुड़वे बच्चों को जन्म देकर उनसे भी वंचित हो गई। इधर मायका, उधर ससुराल दोनों से दूर शहर में बर्तन भाँड़े माँज कर जीवन बिताना

पड़ रहा है। तो भी चिन्ता की रेखा उसके मुँह पर आज तक किसी ने नहीं देखी, माँ के बाद यही एक तो बची है, मेरी अपनी। जब सिंहाचलम् कहता तो नई-नई मन्त्री बनी संसद सदस्या की भाँति राजम्मा का दिल बाँसों उछलने लगता। ऐसी राजम्मा बड़े भागवान को ही मिलती है। उसे तो पुराण युग में जन्म लेना चाहिए था, सीता, सावित्री के साथ—राजम्मा का साड़ी पर मन हो आया है—उसकी इस जरा-सी माँग को अगर वह नकार देगा तो राजम्मा चाहे कुछ भी न कहे पर भगवान् उसे कभी माफ नहीं करेगा—कभी नहीं।—पर, पर साड़ी की बात दूर, जूही की वेणी तक खरीदकर नहीं दे पाता।

पाँच एकड़ जमीन चली गई—सब कुछ खेत-खलिहान घर-बार खो दिया उसने—ममता, स्नेह, रिश्ते सब कुछ अब माँगकर जीने की हालत पर पहुँचा है। ''साहूकार के केस में झूठी गवाही ही दे देता तो अच्छा होता।''

गाँव का साहूकार चतुर्मुख रहित ब्रह्मा था, त्रिनेत्ररहित प्रलयंकारी शिव था। साहूकार से उधार न लेने वाला उस गाँव में कोई नहीं था। चुकता के रुपये लेकर रसीद तो साहूकार अपनी माँ तक को नहीं देता, दूसरों की क्या बिसात कि रसीद की माँग करे? तीन तिहाई खेत साहूकार के पास आ गये थे—बाकी खेतों में आधे गिरवी के थे जो किसी भी वक्त हथिया लिए जा सकते थे।

साहूकार का बड़प्पन अधिकांश लोगों ने स्वीकार लिया था, क्योंकि अपने कर्ज के रुपयों पर ब्याज में दस रुपये माफी देने की धार्मिक बुद्धि उसमें थी। बात न मानने वालों के खाते में केवल दस रुपये भी ऋण के निकलते हों तो उन्हें वसूलने के लिए चाहे दस हजार भी खर्चने पड़ें, परवाह न करके उन्हें सात घाटों का पानी पिलाकर ही दम लेता था। इस काम के लिए व्यूह रचना और व्यवहार कुशलता के गुण उसको मिले थे।

साहूकार ने विरोधी गुट में शामिल होकर जीवन को मिट्टी बना लेने वालों में एक था अप्पलनायुडु। अदालत के खर्चों के अलावा अप्पलनायुडु की जमीन को हथिया लेने का नोटिस देकर साहूकार का बेटा स्कूटर पर वापस आ रहा था। पीछे से एक पत्थर आकर उसकी कनपटी पर लगा। स्कूटर रोककर उसने इधर-उधर देखा तो पेड़ों की आड़ से शेर और रीछ के मिले-जुले आकार लेकर जन्मे पशु-सा दीखने वाला कप्पलनायुडु बाहर निकला और उसकी छाती में छुरी भोंककर भाग निकला। इस घटना के गवाह थे पेड़ों के पत्ते और नदी का पानी।

घटना के दो घण्टे पश्चात् जमीन कुर्क करके वापस जाते अमीन और पड़ोस के गाँव से लौटते सिंहाचलम् को सड़क पर एक ओर गिरी पड़ी स्कूटर और खून से लथपथ साहूकार के बेटे का शव दीखा।

हत्या के केस की जाँच हुई। साहूकार ने खैरात के थैले खोल दिये। हरकारों द्वारा समाचार फैला दिया कि इस घटना का आँखों देखा हाल जैसी गवाही देने वालों को मुँह माँगा इनाम देगा—आजीवन उनके परिवार का खर्च उठायेगा।

अमीन का व्यक्तित्व नगर के विषैले व्यक्तियों के बीच पनपा था। अतः हत्या की गई चाकू की लाली की स्याही से मिली धमकियाँ उसे डरा नहीं पाई। दस बच्चों और पति की मैली साड़ी उतार देने की भाँति छोड़कर, दूसरे से घर बैठ जाने वाली स्त्री, छः बच्चों की माँ को बच्चों सहित एक पत्नी के रहते अपने घर में बिठा लेने वाला पुरुष, पत्र-पुष्प समर्पित न करने के कारण आपरेशन न करने वाला सरकारी डाक्टर, दस रुपये के लिए झूठी गवाही देने वाला श्रीमन्त, ये सभी अमीन की दृष्टि में साम्यवादी और सत्यवादी थे। भगवान् को साक्षी देकर और अदालत में सत्य कथन की बात उसे आश्चर्य में डाल सकती थी। एक सच्चे केस को बनाये रखने के लिए झूठी गवाही देना उसके लिए बहुत बड़ा नैतिक आदर्श था।

सिंहाचलम् में इसी नैतिकता की कमी थी। उसने साफ इन्कार कर दिया कि अनदेखी बात को आँखों देखा हाल जैसे सुनाकर गवाही देना उसके बस की बात नहीं है। अप्पलनायुडु बाल-बच्चों वाला नहीं है। उस मासूम की आह वह नहीं सुन सकता था, अतः साहूकार से उसने प्रार्थना की कि उसे इसमें न फँसाये।

साहूकार ने उसे बहुत समझाया कि अप्पलनायुडु के अलावा दूसरा कोई हत्या कर ही नहीं सकता। एक अत्याचार को रोकने के लिए अपराधी को दण्ड दिलाने के लिए झूठी गवाही देना पाप नहीं होता। आस भी दिलाई कि गवाही देने पर गिरवी रखे खेत बिना रुपया लिए छोड़ देगा और अगर सच नहीं बोलेगा तो गिरवी के रुपयों के लिए अदालत में नालिश करके रास्ते का भिखारी बना देगा।

और इस प्रकार वह भिखारी ही बन गया।

'शेषि' के हाथ पीले नहीं कर पाया था। जैसे-तैसे विवाह तो हो गया, पर दूसरे ही वर्ष हल्दी छिन गई। बेटे को गोदी में लेकर घर से राजम्मा बाहर आई और खबर सुनी तो देहरी पर लगी हल्दी पर टप से एक आँसू की बूँद गिरी और समा गई।

रेगिस्तान की गर्द जैसे विचार उसके मस्तिष्क पर छा गये। अतः उसने पास की दुकान पर जाकर बीड़ी खरीदा। सत्यम् को नहीं देखा। ले यह बीड़ी, सत्यम् की आवाज से सिंहाचलम् मुड़ा तो उसके चेहरे से दूसरा कोई चेहरा झाँकता दिखा सत्यम् को। पैंतीस वर्ष के सिंहाचलम् के भीतर से पचास वर्ष का बुढ़ापा झाँकने लगा। सामने वाले की टाँगें कटवा कर पकड़ा देने वाली उसकी ताकत थी पर वह ताकत अच्छेपन के गुण में काफूर हो चुकी थी। सर के बाल घने, काले और सूखे कल्लेदार होकर बढ़ जाने के कारण वह एक बड़े इडिएट-सा लग रहा था। शरीर पर क्रोशिये की बुनी मैली बनियान में बाँहे नहीं थीं, अतः उसे पहनकर जब रिक्शा चलाता था तो बाँहों की माँसपेशियाँ चिलचिलाती धूप में काले चट्टान-सी लगती थीं। घुटनों तक बाँधे तहमद में कई पैबन्द थे। सिर पर बँधा कपड़ा कालेज-गर्ल के ब्लाउज के लिए भी काफी नहीं हो सकता था।

सत्यम् से सिंहाचलम् का परिचय एक विचित्र परिस्थिति में हुआ। एक सुनहरी सुबह को सुनहरी भीमकाय चट्टान जैसी एक सवारी को सब्जी मंडी में उतारा था, सिंहाचलम् ने। अभी आया, कहकर वह व्यक्ति मंडी के जनसमूह में ओझल हो गया था। लेकिन कुछ ही मिनटों में वापस आया तो ऐसा बुझा-सा चेहरा लिए, मानों पूरे परिवार की मौत हो गई हो। उस समय उसके सिर पर बाल होते तो अवश्य झड़ जाते, मूँछें होतीं तो अवश्य पक जातीं। पास ही हेड खड़ा था, जिसमें सामने वाले की हड्डियाँ तोड़कर चूरा बना डालने की ताकत भरी थी। झबराले कुत्ते को एक-एक बाल खींचकर मार डालने की-सी क्रूरता उसकी आँखों से झलक रही थी। पास सत्यम् झबरे कुत्ते जैसा दीन बना खड़ा था। उसे देखने वालों के हृदय में करुणा और घृणा के मिश्रित भाव उत्पन्न हो रहे थे। सत्यम् की आँखों में दूसरे से दया करुणा न पाने वाले व्यक्ति के जैसा अविश्वास झलक रहा था। बालों ने बरसों से कंघी का संसर्ग नहीं पाया था। पैर बरसों से नहीं धुले थे, अतः पुराने चमड़े जैसे लग रहे थे। माथे पर घाव पक कर फूटे हुए अनार-सा लाल था।

उसे देख रिक्शा सामने ले जाकर सिंहाचलम् ने पूछा, 'क्या हुआ बाबू?'

'पर्स'...खरीद के लिए आये उस व्यक्ति के शब्द निकलते-निकलते गले में ही अटके रह गये। 'गया तो गया, रिक्शे पर चढ़ आओ बाबू!' कहते हुए सिंहाचलम् सीट झाड़ने लगा।

इतने में बन्दूक की गोली खाकर छटपटा कर गिरे पंछी की भाँति पर्स सुनहरे चट्टान जैसे व्यक्ति के पैरों पर आ गिरा।

हेड ने पर्स मिलने की खुशी में सत्यम् को खूब पीटा। जेब काटने के सन्दर्भ में दूसरी बार पीटा और बोला, 'आ भाग, अच्छा तो है।' लेकिन भागने का उपक्रम करते हुए सत्यम् को फिर रोककर कहा, 'कल स्टेशन आ जाना, जरा।' फिर पर्स वाले के साथ हो लिया।

उसके जाने के बाद सिंहाचलम् से सत्यम् से पूछा, 'कौन जिले के हो?' हैदराबाद के नवाब से हैदराबाद में ही ऐसा प्रश्न पूछा जाता तो उन्हें भी इतना आश्चर्य न होता, जितना सत्यम् को हुआ था प्रश्न सुनकर।

सत्यम् और सुपरिन्टेन्डेन्ट साहब के साहबजादे दोनों को एक ही जैसे अधिकार और अवसर प्राप्त थे, पर सत्यम् का घर अभी बसा नहीं था।

'तुम्हारी अम्मा...?'

भूमाता की ओर देखा सत्यम् ने।

'तुम्हारी अय्या...'

आकाश की ओर देखा सत्यम् ने।

'मौत हो गई?'

'कौन जाने?'

सत्यम् सेक्स की गन्दगी में जन्मा कीट था। जन्म देकर उसकी माँ उसे आँखें खोलकर देख न पाई। पिता ने उसे सन्तान मानने से इन्कार कर उसे सड़क पर छोड़ दिया। इस अन्याय पर उस दिन प्रकृति ने ताण्डव किया तो आकाश फफक-फफक कर रोया—और इसी प्रकार उसे सूतिका स्नान कराया। इस अन्याय को स्मरण कर क्रोध से लाल-पीला होकर बालभास्कर ने प्यार से उसे सहलाया। तत्पश्चात् सत्यम् को वेंकन्ना ने देखा।

वेंकन्ना दिन भर खाँसता और देर रात तक 'माधव कवलम्' की आवाज देकर भीख माँगता घूमता था। उसके अधीन दो भिखारी बच्चे काम करते थे, जिनमें एक अन्धा था। सड़क पर पले कालैया नाम उसी ने दिया था सत्यम् को। इसके लालन-पालन की चिन्ता वेंकन्ना को नहीं थी, उसे वेंकन्ना अपनी पूँजी समझता था।

सत्यम् ने तीसरे महीने ही जोर से रोना सीख लिया था। वेंकन्ना ने मन ही मन खुश होकर उस रोने की कीमत आँक ली। खुश होकर मन ही मन बोला—'परवाह नहीं। तीन गलियों तक पहुँच जायेगी आवाज।' सत्यम् को भिखारियों का राजा बनाने की अपनी इच्छा को वेंकन्ना ने कार्यान्वित करने में जल्दी नहीं की—क्योंकि उसे एक प्रश्न बेध रहा था कि बच्चे के हाथ पैर तोड़ने या नाक, कान काट देने में से कौन-सा ठीक रहेगा—इस पर निर्णय लेने की मानसिक प्रक्रिया से वह जूझता रहा और अचानक एक दिन खाँसते-खौसते उसने आँखें मूँद लीं।

वेंकन्ना के मरते ही लंगड़ा और अन्धा दोनों भाग गये। मौत से परिचित न होने के कारण सत्यम् वेंकन्ना के पेट पर सिर रखकर सो गया। सोकर उठा तो मुखविहीन व्यक्ति की भाँति रात भयंकर हो आई थी। नरक के धुएँ की भाँति काला अँधेरा छा गया था। साँप की आँखों की भाँति दूर बिजली के लट्टू चमक रहे थे। सत्यम् को भूख लगी। दीन स्वर में उसने वेंकन्ना को जगाते हुये भात की माँग की, लेकिन दैत्य का-सा मुख किये वेंकन्ना उठा नहीं। उस स्थिति की विकटता और रात के एकाकीपन से सत्यम् की नस-नस भय से भर उठी। वह सकते में आ गया और तब सत्यम् निराश और वेदना भरे स्वर में चीखा, 'उठो न बाबा, भूख लगी है।'

चीख सुनकर बस्ती के पास बहता नाला रुक गया।

नक्षत्र भय से काँप उठे।

काला नाग पत्ते-सा काँपता छटपटाने लगा।

साँप की फुफकार के साथ सत्यम् कीह सी-सी-सी सुनकर घोंसले में दुबके पक्षियों के बच्चे दहशत से मर गये।

चीख सुनकर दूर पेड़ों के नीचे अधसोये भिखारी भागकर आये और एक-एक करके भिखारियों का समूह जुटता गया। उनमें कुछ बैठकर मातम मनाते रहे तो कुछ दूसरे वेंकन्ना का शव लादकर बस्ती की ओर ले गये चन्दा वसूलने। उँगलियाँ कटी भिखारिन ने वेंकन्ना के बैठने वाले चबूतरे पर अपना कब्जा जमाया और उसकी फटी दरी और टूटे डिब्बों को अपनी सम्पत्ति बना ली। इन सबके साथ सत्यम् को भी अपना लिया। इतनी सारी घटनाओं में से सत्यम् को आज एक का भी स्मरण नहीं था।

भिखारिन ने कुछ दिनों बाद सत्यम् को एक अन्धे भिखारी के हाथ दस रुपये में बेच दिया। अन्धे की लकड़ी का एक सिरा अन्धी पकड़ती थी दूसरा सत्यम् पकड़कर गली-गली घुमाता और चिल्लाता—'अन्धी पर किरपा करो बाबू! एक पैसा मेहरबानी।' कुछ मिल जाता तो अँधी एक टुकड़ा सत्यम् को देती। कुछ नहीं मिलता तो उस रोज उसी लाठी से उसे खूब पीटती थी। मार खाने की कई घटनाएँ सत्यम् को याद हैं।

किसी देश को आजादी मिले या न मिले, लेकिन इतना जरूर है कि भारत में बूढ़े भिखारियों के मर जाने के बाद उनके साथ लगे भिखारी बच्चों को पूरी आजादी मिल जाती है। अन्धा जब मरा तो सत्यम् ग्यारह वर्ष का हो चला था। अन्धे की उत्तराधिकारिणी घोषित करती हुई एक लंगड़ी भिखारिन सत्यम् पर जब अधिकार जताने लगी तो सत्यम् ने उसे स्वीकार नहीं किया और स्वतंत्रता अपना जन्मसिद्ध अधिकार जता कर, वह वहाँ से दूसरी बस्ती की ओर भाग आया।

अपनी इस आजादी से लेकर अब तक के जीवन में भीख माँगी, बोरे उठाये, गोबर साफ किया, बसें धोने का काम किया, बूट पालिश, तेल मालिश कर हरफन मौला बन गया—जो उसकी बात सुनते उन्हें विश्वास करने पर मजबूर करके, उन्हीं की जेबें काटीं और पकड़े जाने पर मार भी खाया। पुलिस वालों के पास कोई केस न होने वाले दिनों में, उन्हीं की कृपा से जेल की सैर की। इस संसार के कर्म जिसका बन्धन सभी को बाँधता है उनमें बँधकर वह प्रतिहिंसा, करुणा, क्रूरता, त्याग, स्वार्थ, विश्वास, द्रोह, प्रेम, विरोध, वैमनस्य सभी से परिचित हो, तपकर खरा सोना बन गया।

अब वह 22 वर्ष का युवक है, उसमें युवावस्था की भूख है। आदमी के जिस्म की भूख उसे भी विचलित करती है और उसमें इस भूख को मिटाने का संकल्प भी है। वह अब चुनावों में मत देने के अधिकार से वंचित अनागरिक नागरिक है।

जिस दिन उससे प्रथम भेंट हुई थी, उसी दिन सिंहाचलम् उसे अपने घर ले आया। घर में राजम्मा, उसकी बेटी हीरा और बेटा मोती थे। हीरा अट्ठारह की थी। उसे देखते ही सत्यम् का हृदय धक्-धक् करने लगा।

यह क्या?

हीरा हीरे की कनी से बने फूल की तरह दमक रही थी। नये तकिये-सी स्वस्थ और सुडौल दिख रही थी। खस की टट्टी में से निकलती भीनी ठण्डी महक के साथ दृष्टि बिखेर रही थीं, उसकी आँखें।

उसी रात सिंहाचलम् ने अपनी कहानी सुनाई सत्यम् को। अपनी ही कहानी सुनकर भी सुन न पाई राजम्मा। दिल भर आया था उसका। वह कहने लगी, 'अब कुछ भी नहीं बचा बाबू, हरे-भरे खेत, रोपे हुये पेड़ सभी कुछ सूख गया। जाने दो, भगवान तो देख ही रहा है यह सब।' कहते-कहते वह रुक गई।

सत्यम् का मनुष्यों की अच्छाई से विश्वास उठ गया था।

'निरे पागल संन्यासी हो गुरु तुम भी।' सत्यम् ने जज-सा फैसला सुनाया था। क्षण भर कुछ सोचकर फौरन बोला, पूछो कैसे! मान लिया आदमी को अच्छा बनना चाहिए, लेकिन कब तक? दूसरा दोनों तरफ से पिटाई कर रहा हो तो! हाँ, अच्छे के आगे हाथ जोड़ो, सिर झुकाओ—पर बुरे को जब तक झापड़ न दोगे कि उसकी बत्तीसी गिर पड़े, तो वह तुम्हें जीने नहीं देगा। न्याय-अन्याय कुछ नहीं जानता। उसके जूते साफ करोगे तो वह तुझे मारेगा, धमकायेगा। चप्पल निकालकर दिखाओगे तो सलामी देगा, गुरु! हाथ फैलाने पर जो दुनियाँ डराती है हाथ उठाने पर वहीं दुनियाँ दुबकती है। इस प्रकार सत्यम् ने सिंहाचलम् को कलियुग का गीतोपदेश दिया और तब से वह सिंहाचलम् के साथ ही रहने लगा।

ये सारी बातें असली कहानी वाली रात से बहुत दिन पूर्व की हैं।

उस रात कपड़े की दुकान पर खड़ी पुतली की एकटक आँखें फाड़कर देखते सिंहाचलम् को बीड़ी पकड़ाते हुये सत्यम् ने झकझोरा, क्या देख रहे हो गुरु और फिर बीड़ी की दुकान पर लटकी सेक्स की किताब को हाथ में लेकर देखने लगा। यूँ ही उलटते-पलटते रहने से क्या फायदा? उसने मन ही मन सोचा और सिंहाचलम् से बोला, 'कुछ तो मर्दानगी दिखाओ गुरु? जोरू की बात भी रख लेनी चाहिए!'

चुनौती सुनकर सिंहाचलम् के चेहरे पर पहली बार पति द्वारा मुँह देखे जाने पर नव-वधू के मुख पर उतर के लाली और शर्म झुक आई। फौरन ही उसे दूर हटाकर उसने पूछा, 'कैसे खरीदूँ?'

जेब में कितना है?

सिंहाचलम् ने जेब टटोली तो उसमें सात बीड़ियाँ, एक दियासलाई की आधी भरी डिबिया और डेढ़ रुपये निकले। 'यह डेढ़ तो रिक्शा मालिक के किराये का होगा, सात बीड़ियों के बदले में कोई साड़ी नहीं मिल सकती। चाहे दियासलाई मुफ्त ही दे डालो।' कहते हुये अपनी चुटकी पर वह आप ही हँस दिया।

रो न सकने के कारण सिंहाचलम् भी हँसा।

व्यूह रचना करते हुये सैनिक अधिकारी की भाँति क्षण भर सोचता हुआ कुरुक्षेत्र के युद्ध मैदान में कृष्ण की भाँति सत्यम् ने कहा, 'इसका जिम्मा मुझ पर छोड़ दो!' उसकी आँखें सामने नीले अस्पताल की ओर उठ गई अचानक।

दूसरे दिन बड़े सवेरे उठकर अस्पताल आकर सत्यम् ने अपना खून बेच दिया। एवज में साढ़े सात रुपये उसकी जेब में खनकने लगे। जेब काटना छोड़ देने के बाद से यह पहला अवसर था कि इतने सारे रुपये उसने एकसाथ देखे थे। सत्यम् की सलाह पर सिंहाचलम् भी अस्पताल गया। खून की जाँच करके डाक्टर उसे कमरे में ले गये। खून देते समय उसे तनिक भी दर्द महसूस नहीं हुआ। रुपये लेकर वह जाने लगा तो नर्स रिफ्रेजिरेटर की चाबियाँ ढूँढ़ने लगी।

सिंहाचलम् अस्पताल के फाटक से बाहर निकला, दो गज चला ही था कि सामने से सत्यम् आता दिखा। बिल्कुल पगला गया लग रहा था। एक दहशत वाली घटना हो गई गुरु। तुम्हारा बेटा लारी के नीचे आ गया—अस्पताल वाले खून माँग रहे हैं—ये देखो कागज। सत्यम् आगे नहीं बोल पाया। दोनों रिक्शा चलाते अस्पताल पहुँचे तो ड्यूटी पर आई नर्सें भी अभी तक रिफ्रेजिरेटर की चाभी ढूँढ़ रही थीं।

सिंहाचलम् ने उन्हें अपने खून का पर्चा दिखाया। एक नर्स ने पर्चा देखा फिर सामने मेज पर रखी शीशी पर का लेबल देखा। नर्स ने कहा 'बड़े भाग्यवान हो तुम! तुम्हारा खून चाबियाँ न मिलने के कारण टेबल पर ही रखा हुआ है। चाहो तो तीस रुपये देकर ले जा सकते हो।'

सिंहाचलम् ने बताया कि उसके पास अपने खून की कीमत के अलावा कुछ भी नहीं और कसमें भी खाईं कि बाद में चाहे तो उसके शरीर का सारा खून ही ले लें। उसके बेटे की हालत बड़ी संगीन है। नर्स ने कुछ भी उत्तर नहीं दिया। सिंहाचलम् गिड़गिड़ाया 'माई, मेरे बच्चे को बचा लो।' रोना-गिड़गिड़ाना सुनकर भी नर्सें भगवान् की भाँति अचल अडिग बनी रहीं और मुँह बिचका कर चली गईं। उसे डाँटते हुए दूसरी चिल्लाई, 'जाओ, यहाँ शोर नहीं करने माँगता।'

तब तक बरामदे में खड़ा सत्यम् तमाशा देख रहा था। अचानक बिजली की कौंध की तरह भीतर आया। खून भरा बोतल दायें हाथ में ली, खाली बोतल पटक दिया। टुकड़ों के गिरने की आवाज हुई। पलक झपकने की देर में सब कुछ घट गया। किसी ने भी ठीक से नहीं देखा। देख पाये तो केवल दाहिने हाथ की आधी टूटी बोतल की चमक। नर्सें चीखीं। 'चिल्लाओगी तो तुम्हारा खून पी जाऊँगा।' नर्सें काँपने लगीं—'रोकोगी तो जान ले लूँगा।' किसी ने उसे नहीं रोका।

× × ×

अदालत का कमरा।

गुफा की भाँति ठण्डा, प्रकाशहीन कमरा। भरे बादलों की तरह दीख रहे थे न्यायाधिकारी। प्रासीक्यूटर महोदय आँखें मूँद सर्कस के वीरों की भाँति खड़े थे।

पुलिस वाले वर्दियों में तने खड़े थे—डाकुओं जैसे खड़े थे कटघरों में बन्द गवाह। कटघरे में खड़ा सत्यम् जानवर-सा लग रहा था। अदालत की भीड़ पशु विशेषज्ञों की भाँति उसे जाँच रही थी।

केस पर विचार करते हुये प्रासीक्यूटर महोदय का बयान शीघ्र ही समाप्त हो गया। मुद्दई की तरफ से न्यायवादी ने उठकर प्रासीक्यूटर की ओर देखा और कहा, 'यह केस कोई बहुत बड़ा केस नहीं है। मुद्दई महाराजा नहीं, अस्सी फीसदी भिखारी है। मैंने केस कई बार पढ़ा है उस पर अध्ययन और मनन किया है।' कहकर वह क्षण भर के लिए रुका।

'आँखों को दिखने वाली वस्तु को न देखना अल्पज्ञों का लक्षण है। दिखने वाली वस्तु मात्र देखना मध्यम तथा तहों के नीचे छिपे सत्य को उजागर करना उत्तम बात मानी जाती है।' कहकर न्यायवादी फिर रुका।

प्रासीक्यूटर ने उसे प्रशंसा की दृष्टि से देखा, मानो कोई जमींदार दादा बचपन में ही भगवद् गीता के श्लोक सुना सकने वाले पोते की ओर प्रशंसापूर्वक देख रहा हो।

'मैंने खोज की, मनन किया, लेकिन इस केस में एक ही समस्या मुझे सता रही है। आँखें मूँदने पर भी एक प्रश्न मेरी आँखों में तैरता है, क्या मुद्दई सभी नर्सों को मारना चाहता था उनमें से किसी एक को। अगर उनमें से कोई उसका रास्ता रोकती तो सचमुच मुद्दई क्या उसकी हत्या कर देता? लहू लेने की बात महत्व नहीं रखती। केस के सन्दर्भ में यह मानते हुये भी—एक बात सोचने की है। इस मुद्दई अथवा इसके जैसे लोगों या उसके सगे-सम्बन्धियों को अगर रोग हो गया हो तो उसकी दवाई कराने के लिए इन्हें तीस रुपये का अभाव क्यों होता है? इस प्रकार की स्थिति में जीने वालों की समस्यायें पैदा करने वाली परिस्थितियाँ निन्दनीय क्यों नहीं है? अगर निन्दनीय हैं तो इनकी सृष्टि कौन करता है? यही प्रश्न मुझे व्यथित कर रहा है।'

पोते के हाथ में भगवद्गीता के बीच गन्दी सेक्स की पुस्तक अचानक देखकर दंग जमींदार दादा की भाँति चौंक उठे प्रासीक्यूटर। फौरन सम्भलकर, आगे आकर बोले, 'यहाँ चुनाव नहीं होने जा रहे है और न ही यह भाषण देने का मंच है। जवानी जोश में भरे अपने दोस्त को मैं यह बताना अपना कर्त्तव्य समझता हूँ कि असत्य और सत्य को न्याय की तुला पर तौलने वाले सुधी न्यायमूर्तियों के लिए ये छिछोरे भाषण परिहास का कारण बन सकते हैं। मैं अपने मित्र से अपेक्षा करता हूँ कि वे अपने को उपहास का कारण नहीं बनने देंगे। अदालत उन्हें सहानुभूति से सुनेगी तो मुझे नहीं कहना है।' यह कहकर वे बैठ गये।

न्यायवादी अपनी पुरानी शैली में कहते गये, 'मैं राजनीतिज्ञ नहीं हूँ और जानता हूँ कि यह मंच भाषण देने वाला नहीं है। लेकिन इतना मूर्ख भी नहीं हूँ कि

मुझे न्याय-तुला की मान्यताओं का ज्ञान नहीं। पर इन्सान कोई भी हो वह इन्सान है—ऐसा न होने पर ही उसे दण्ड देना चाहिए। अमानुषिकता गर्हित होनी ही चाहिए। मैं मानता हूँ कि मनुष्य भगवान् नहीं है पर देवताओं जैसा आचरण अगर वह नहीं कर पाये तो उसे दण्ड देने का अधिकार किसी मनुष्य अदालत—यहाँ तक कि भगवान् को भी नहीं है। अगर मैं मुद्दई की जगह होता तो वही करता जो मुद्दई ने किया। यहाँ पर जितने भी लोग हैं, सब वही करते। ऐसा न करने वाला यहाँ कोई हो तो मैं आजीवन दासता स्वीकार करता हूँ। अतः किसी विशेष परिस्थिति में कोई ऐसा बर्ताव करे तो मेरी दृष्टि में वह अपराध नहीं है। ऐसी परिस्थिति ही निन्दनीय है। इस स्थिति की सृष्टि करने वाले या उसे बनाये रखने वाले ही मेरी दृष्टि में अपराधी हैं, उसमें फँसे निरीह नहीं। मुद्दई दोषी है अथवा नहीं? अगर यह पूछा जाय तो वह अपराधी है, पर किस दण्ड का भागी है, इसका निर्णय न्यायाधीश ही कर सकते हैं।

मुद्दई की तरफ से न्यायवादी जिरह कर रहे थे तो अदालत में बिजली के लट्टू अचानक जल उठे। शाम हो चली थी। दीपक की लौ में जल मरने तक घूम रहे पतंगों की भाँति अदालत के पंखे घूम रहे थे। जिरह समाप्त हुई तो प्रासीक्यूटर उठकर बोले, 'अब मैं जिरह नहीं करना चाहता। यह छोटा-सा केस है महत्वहीन—'ए मैटर ऑफ नो इम्पार्टेन्स और बैठ गये।

अनु०—**दयावन्ती**

✦

संशयात्मा

✦

बोम्मिरेड्डीपल्ली सूर्याराव

विश्वनाथम् की कलाई घड़ी की उम्र लगभग उसकी ही होगी।

पचास वर्ष पूरे हो चुके हैं। इसलिए उसको सन्देह है कि वह ठीक से काम नहीं कर रही है। यही कारण है, वह अक्सर अड़ोस-पड़ोस वालों से पूछा करता है, 'अजी साहब, समय क्या है?'

पर वे लोग तुरन्त जवाब नहीं देते—टाइम क्या है...। मन्द-मन्द मुस्कराहट के साथ उसकी कलाई घड़ी की ओर दृष्टि डालते हैं। उनकी दृष्टि को भाँपकर विश्वनाथम् सदा यही जवाब देता है, 'मेरी घड़ी ठीक से काम नहीं करती?' उनके मुँह से यदि यह उत्तर मिला कि दस बज चुके हैं, तो विश्वनाथम् घबराकर दफ्तर की ओर भाग जाता है।

बस से उतर कर दफ्तर की ओर कदम बढ़ाते हुए किसी से समय जानना चाहे तो पास कोई दिखाई नहीं देता। सामने दुकान की दीवार पर टँगी घड़ी पर नजर डालने पर पता चला कि उसमें साढ़े नौ बज रहे हैं। उसके मन में शंका हुई। वह कभी इतनी जल्दी दफ्तर नहीं पहुँचता। शायद घड़ी गलत समय बता रही है? दरअसल क्या दीवार पर टँगी घड़ियाँ सही समय बताती हैं? अपनी शंका का निवारण करने के लिए वह दुकान के अन्दर घुस गया। दुकानदार ने उसकी ओर ऐसी दृष्टि डाली, मानो वह यह पूछना चाहता हो कि तुम इतने कीमती फर्नीचर वाली दुकान में आये ही क्यों?

विश्वनाथम् का गंजा सर, मैली दाढ़ी, गाढ़ा कुर्ता, इस्तिरी न की हुई धोती, नंगा पैर देखकर दुकानदार तुरन्त इस निर्णय पर पहुँच गया कि यह कोई ग्राहक नहीं, बल्कि बढ़ई होगा।

दुकान में चकाचौंध करने वाले तरह-तरह के सोफे, ड्रेसिंग टेबिल, डाइनिंग सेट की ओर विस्मयपूर्वक नजर दौड़ाते हुए विश्वनाथम् खड़ा-खड़ा देखता रह गया।

मुँह बाये चकित हो इधर-उधर दृष्टि दौड़ाने वाला उसका प्रतिबिम्ब सामने आदमकद ऊँचे आइने में दिखाई पड़ा। उसने सन्तोषपूर्वक अपने सिर पर हाथ फेर लिया।

दुकानदार उसके निकट पहुँचकर बोला, 'सुनो, हमारा वर्कशाप बाजू वाली गली में है। वहाँ पर चले जाओ, यहाँ क्यों आये हो?'

'वर्कशाप में क्यों जाऊँ! मुझे दफ्तर जाना है।' विश्वनाथम् ने विस्मय से पूछा।

'वही वर्कशाप है, वही दफ्तर है। टाइम हो चुका है। खुल गया होगा, जाओ!'

'टाइम हो चुका है। कितना हुआ है?'

'देखो, दीवार पर घड़ी टँगी है। टाइम देखना जानते हो?'

'साढ़े नौ बज रहा है, क्या यह करेक्ट है?'

'तुम यहाँ से अभी निकल जाओ, कैसे बेतुके सवाल करते हो?' दुकानदार गरज उठा।

विश्वनाथम् को लगा, अब पल भर भी वहाँ पर रुकना श्रेयस्कर नहीं है, जल्दी-जल्दी वह दुकान की सीढ़ियाँ उतर कर गली में आ पहुँचा। पलभर रुककर पीछे मुड़ा, दुकान के अन्दर जाकर पूछा, 'अजी महाशय, आपने अभी-अभी मुझे वर्कशाप में जाने को किसलिए कहा था?'

'हमारे वर्कशाप में दो-चार बढ़इयों की आवश्यकता है।'

'मैं बढ़ईगिरी नहीं जानता।' विश्वनाथम् ने आश्चर्यचकित हो उत्तर दिया।

कारीगरी भी नहीं जानता और फर्नीचर खरीदने की हैसियत भी नहीं रखता। तो यह अनोखा आदमी आखिर दुकान में क्यों आया है? अन्त में वह इस निश्चय पर पहुँचा कि यह कोई पागल मालूम होता है। बोला, 'अच्छी बात है, अब जा सकते हो।'

विश्वनाथम् की समझ में नहीं आया कि दुकानदार ने उसको बढ़ई क्यों समझ रखा है। इन सारी बातों के बावजूद उसे टाइम का पता न लगा। यदि सामने वाली कपड़े की दुकान में जाकर टाइम पूछ ले तो वे लोग उसको कहीं जुलाहा न समझ बैठें। इस झंझट में ही क्यों पड़े? जल्दी दफ्तर जाना ही उचित होगा। यही विचार करके तेज गति से वह कदम बढ़ाते दफ्तर की ओर चल पड़ा।

विश्वनाथम् दफ्तर पहुँचकर देखता क्या है कि वह एकदम खाली है। उसके मन में शंका हुई, कहीं आज दफ्तर में छुट्टी तो नहीं है। आज बैकुण्ठ एकादशी है। शायद छुट्टी घोषित हो गई है। लेकिन किसी ने मुझे नहीं बताया। भीतर पहुँचकर चारों ओर दृष्टि दौड़ाई। एक कोने में बैठा चपरासी वीरय्या बीड़ी का कश ले रहा था।

'सुनो वीरय्या, आज दफ्तर में छुट्टी तो नहीं है?'

'छुट्टी, किसलिए साहब?' वीरय्या ने पूछा।

'आज बैकुण्ठ एकादशी है न!'

विश्वनाथम् ने सोचा, जो बैकुण्ठ एकादशी का मतलब नहीं जानता, उसके साथ चर्चा करना बेकार है। क्या मनुष्य ऐसे भोले भी होते हैं? शायद यह जान-बूझकर नाटक रच रहा है। उसकी अवहेलना करने के ख्याल से वीरय्या स्वाँग रचता हो, क्या पता?

यही सब विचार करके विश्वनाथम् अपनी सीट पर जाकर कुर्सी पर बैठ गया और फाइल्स निकालकर मेज पर रख दिया। सामने दीवार पर टँगी घड़ी देखी, दस बजने में दस मिनट थे। सोचा, अन्य गुमाश्ता लोग नहीं आये हैं, इसलिए यह टाइम करेक्ट है।

इतने में ही वीरय्या ने आकर अफसर के बुलाने की सूचना दी।

अरे, यह क्या? प्रतिदिन साढ़े दस से पहले दफ्तर में कदम न रखने वाला अफसर आज दस बजे से पहले ही कैसे पहुँच गया? मान लो, आ ही गया है तो तुरन्त मुझे बुलाने की जरूरत ही क्या है? न मालूम आज सबेरे-सबेरे कैसी डाँट-फटकार सुननी पड़ेगी। इसी शंका के साथ वह डरते-सहमते अफसर के कमरे में पहुँचा।

'हेलो मिस्टर विश्वनाथम्। परसों आपने जो स्टेटमेंट तैयार किया था, उसे आडिट साहब ने देख लिया है।' यह कहकर अफसर ने सिगरेट की राख को एशट्रे में गिरा दिया। उस स्टेटमेंट में शायद कोई बड़ी भूल हो गई होगी, वरना सबेरे ही बुलवाकर उसका जिक्र क्यों करते?

'क्षमा कीजिये साहब! मैंने बड़ी सावधानी से वह स्टेटमेंट तैयार किया था, फिर भी कहीं भूल-चूक हो गई होगी। मैंने जान-बूझकर कोई गलती नहीं की? माफ कर दीजियेगा।' विश्वनाथम् ने कैफियत दी।

'क्या कहा, भूल-चूक हो गई, कहाँ?'

'मैं नहीं जानता, साहब! कहीं हो गई होगी?'

अफसर ने ऐसा जोर का ठहाका लगाया कि मानो छत ही उड़ जायेगी।

विश्वनाथम् अफसर की नाराजगी, खोज और डाँट-डपट का अभ्यस्त था, पर उसकी हँसी का नहीं। उसने पहली बार अफसर के मुँह से हँसी फूटते देखा था। यह सोचकर वह विकल हो उठा, न मालूम यह हँसी किस घर को ढा देगी।

'क्षमा कीजिए साहब!' विश्वनाथम् ने कँपित स्वर में कहा।

'नो नत्थिंग रांग, मि० विश्वनाथम्। आडिटर ने आपके स्टेटमेंट को ओ० के० कर दिया है। दूसरा स्टेटमेंट भी तैयार कर दीजिए। आज वह फिर आने वाला है। वह भी ओ० के० हो जाय तो मुसीबत टल जाए।'

'दूसरा स्टेटमेंट भी रेडी है, सर!'

'आप बड़ी दिलचस्पी से काम कर रहे हैं। सम्भवतः इस माह के अन्त तक आपका प्रमोशन हो जाएगा। मैंने रिकमेंड किया है। कंग्राचुलेशन्स, मिस्टर विश्वनाथम्।' अफसर ने कहा।

'यह तो आपकी मेहरबानी है।' विश्वनाथम् कृतज्ञता प्रकट करना चाहता था, पर उसके मुँह से बोल नहीं फूटे, मात्र उसके अधरों पर कँपन हुआ।

'नाउ यू कैन गो।' अफसर बोला।

विश्वनाथम् को लगा, वह पागल होता जा रहा है। धीरे से आकर अपनी सीट पर बैठ गया।

वह सोचने लगा, 'अकस्मात् अफसर ने उसको प्रमोशन देने की बात क्यों बताई? दफ्तर के अन्य कर्मचारियों को छोड़कर उसी को प्रमोशन क्यों देना चाहता है? मंद हास के साथ ही यह बात बताई, इसलिए शायद मेरा मजाक उड़ाने के लिए कह दिया हो या उससे कसकर काम लेने के लिए यह स्वाँग रख हो अथवा प्रमोशन के नाम पर नारायण जैसे किसी झंझट वाले पद पर नियुक्त करके, गलती पा जाने पर एक साथ नौकरी से बरखास्त करके घर भेज देना चाहता हो? अगर यह बात सच है तो मानना पड़ेगा कि मेरे सर पर खतरे की घंटी लटक रही है। नारायण के पद पर काम करने वाले दो कर्मचारियों को इसके पहले नौकरी से सदा के लिए छुट्टी मिल गई है। यदि ऐसी ही तरक्की है, तो उसे न प्रमोशन चाहिए और न बरखास्तगी। कांजी या बासी भात खाकर इसी पद पर पड़े रहना बेहतर होगा। पर मेरे हाथ में क्या है? यदि वह कहे कि तुमको हमने प्रमोशन दे दिया है, उस पद पर चले जाओ, तो मैं कर ही क्या सकता हूँ?'

अफसर साहब के स्टेनो ने सबको खबर दे दी, विश्वनाथम् को प्रमोशन मिलने वाला है। सारे गुमाश्ते विश्वनाथम् को घेरकर उसका अभिनन्दन करने लगे।

'आप तो बड़े भाग्यवान है!' ब्रह्माजी राव ने अपनी शुभकामना दी।

'हाँ, इस भाग्य पर मेरा विश्वास नहीं है।' विश्वनाथम् ने संदेह व्यक्त किया।

'अफसर के मुँह से बात निकालने के बाद भी विश्वास नहीं करते, तो यह तुम्हारी बेवकूफी है।'

'कौन जाने, किसी खतरे वाले पद पर डालकर एकसाथ घर जाने के लिए टिकट कटवाना चाहते हों?'

'इस वक्त कमबख्त जो नौकरी करते हो, इससे सदा के लिए मुक्ति पा लेना ही उचित है।' यह कहकर ब्रह्माजी राव अपनी सीट पर चला गया।

शायद यह ब्रह्माजी राव किसी तरह उसको मुक्ति दिलाकर उस पद पर अपने भानजे की नियुक्ति करवाना चाहता है, मेरे यहाँ उसकी दाल गलने वाली नहीं है 'साहब, मुझे प्रमोशन नहीं चाहिए, इसी पद पर रहने दीजिये। यह कहकर अफसर

से बिनती करूँगा और उसी सीट पर चिपक कर बैठ जाऊँगा।' विश्वनाथम् अपने मन में सोचने लगा।

इसी बीच खबर मिली कि अफसर ने उसको स्टेटमेंट लाने के लिए कहा है। विश्वनाथम् हड़बड़ाकर भाग गया।

विश्वनाथम् के हाथ से स्टेटमेंट लेकर अफसर ने उस पर सरसरी नजर दौड़ाई और उस पर दस्तखत करके बोला, 'आप इसे ले जाकर बगल के कमरे में बैठे आडिटर साहब के हाथ में देते जाइए।'

विश्वनाथम् स्टेटमेंट लेकर बगल के कमरे में पहुँचा। आडिटर फुरसत के साथ बैठकर सिगरेट के कश ले रहा था। विश्वनाथम् को देख मुस्कराकर बोला, 'आइए, बैठिये!'

विश्वनाथम् कुर्सी पर बैठ गया। आडिटर के हाथ में स्टेटमेंट दे दिया।

आडिटर ने स्टेटमेंट नहीं पढ़ा। इतमीनान से थोड़ी देर तक सिगरेट पीता रहा। वह पच्चीस-छब्बीस साल का नवयुवक था, देखने में सुन्दर और स्वस्थ। सूट पहने हुए था।

उसने अंग्रेजी में पूछा, 'क्या मैं आपका नाम जान सकता हूँ?'

'मेरा नाम विश्वनाथम्!'

'आपके वंश का नाम?'

विश्वनाथम् ने अपने वंश का नाम बताया। आडिटर ने उसकी ओर विस्मयपूर्वक देखा।

'आप छोटी गली में रहते हैं न!'

'जी हाँ!' विश्वनाथम् ने यह सोचकर चकित होते हुए जवाब दिया कि उसके निवास का पता इनको कैसे लग गया?

फिर वह यह सोचकर खड़ा हो गया कि उसने अपना काम कर दिया है, अब वहाँ पर उसकी उपस्थिति आवश्यक नहीं है।

'आडिटर साहब, क्या मैं जा सकता हूँ?'

आडिटर मुस्कराकर बोला, 'मेरा नाम आडिटर नहीं, माधवराव है।'

'जी हाँ!'

'राधा आपकी पुत्री है न?' आडिटर ने पूछा।

'जी हाँ, क्या आप उसको जानते हैं?'

'हाँ जी, मैं उसको जानता हूँ। बी० काम० में वह मेरी क्लासमेट थी। इसके बाद मैंने एम० काम० करके इस नौकरी में प्रवेश किया है।'

'ओह, ऐसी बात है!'

'आपकी बेटी ने एक बार मुझको बताया था कि वह नौकरी की तलाश में है।'

'जी हाँ, लेकिन आप जैसे लोग हमारी मदद न करें तो हमें नौकरी कौन देगा?'

'मैंने एक जगह कह दिया है। दो-चार दिनों में शायद आर्डर मिल जायेगा। बहुत ही मशहूर कम्पनी है। तनख्वाह भी खासी अच्छी मिल जाएगी। उससे कह दीजिए कि ये बातें मैंने बताई हैं।'

'जी हाँ, मैं आपका यह उपकार कभी भूल नहीं सकता। वैसे हमारे वंश में कोई लड़की नौकरी नहीं करती, लेकिन घर चलाना मुश्किल होता जा रहा है। आप ही बताइये, ऐसी हालत में किया क्या जाए। मेरे दिल में यह शंका सता रही है कि अब तक वह अपनी माँ की छाया में पली है। वह एकदम दफ्तर में जाकर नौकरी सँभाल सकेगी या नहीं? लेकिन परिवार का बुरा हाल देखकर वह नौकरी करने के लिए तैयार हो गई है।' एक साँस में विश्वनाथम् कह गया।

सारी बातें शांतिपूर्वक सुनकर आडिटर बोला, 'अच्छी बात है आप जाइए, मैं ये कागज थोड़ी देर बाद भिजवा दूँगा।'

विश्वनाथम् अपनी सीट पर जाकर बैठ गया। उसे सारी घटनाएँ एक के बाद एक याद आने लगी। फर्नीचर शाप वाले ने उसको नौकरी देने का आश्वासन दिया, अफसर साहब ने प्रमोशन की बात कही, आडिटर ने उसकी बेटी को नौकरी दिलाने का भरोसा दिया। यह सब आश्चर्य पैदा करने की बातें हैं। ये सब शुभ समाचार हैं। वैसे सबने उपकार करने का वचन दिया है, पर इनके कार्यरूप में परिणत होने की बात अलग होती है। सभी लोग खुशखबरी सुनाकर हथेली में स्वर्ग दिखाते हैं। लेकिन चाहे कोई अफसर हो या आडिटर, यूँ ही उसका उपकार क्यों करेगा? उसके द्वारा किसी का कोई लाभ होने वाला नहीं है, ऐसी हालत में उसके लिए उपकार करने की आवश्यकता ही क्या है? इसलिए विश्वनाथम् को ये सारे आश्वासन विश्वसनीय प्रतीत नहीं हुए।

मेज पर एक साथ कई फाइलें जमा हो गई। विश्वनाथम् अपने काम में डूब गया।

राधा ने यह शुभ समाचार दिया कि उसकी अमुक कम्पनी में नौकरी लग गई है। माँ और छोटी बहन बहुत खुश हुईं, पर विश्वनाथम् मौन रह गया।

'बाबू जी', मुझे जो नौकरी मिली है, इसके लिए एम० काम० उपाधिधारियों ने भी आवेदन किया था, पर हमारी किस्मत अच्छी रही, इसीलिए यह नौकरी मुझे मिल गई।'

'एम० काम० वालों ने आवेदन किया था, तो तुम्हें यह जगह कैसे मिली? शायद इसके पीछे कोई साजिश हो।' विश्वनाथम् ने शंका की।

'ऐसी कोई बात नहीं है, बाबू जी! दरअसल इस पद के लिए बी० काम० की डिग्री पर्याप्त है। अलावा इसके माधवराव जी हमारी कम्पनी के डाइरेक्टर के अच्छे मित्र हैं। वे उनकी सिफारिश को टाल नहीं सकते थे, इसी वजह से उन्होंने मुझे यह नौकरी दे दी है।'

'ओह, यह बात है। उसी माधवराव ने सिफारिश की है, जो हमारी कम्पनी के आडिटर हैं।'

'जी हाँ, बाबू जी! वे ही हैं। कह रहे थे कि उन्होंने आपसे भी बात की है!'

'क्या वे भले आदमी हैं?'

'वे एक अच्छे जेंटिलमैन हैं, बाबू जी!'

'कौन जाने, आजकल सभी जेंटिलमैन जैसे लगते हैं, पर दरअसल कौन कैसा है, किसको क्या पता?'

राधा मौन रह गई।

राधा नौकरी पाकर प्रतिमाह पाँच सौ रुपये कमा रही है। वेतन पाने पर उसने सबके लिए कपड़े खरीद लिये। छोटे भाई और छोटी बहन के लिए किताबें, पेन वगैरह खरीद लीं।

'राधा के नौकरी में प्रवेश करने के बाद घर की हालत सुधर गई। मगर कन्याओं को आखिर कितने दिन घर रख सकते हैं? कोई रिश्ता देख लीज़िए। कमाने वाली लड़की के साथ कोई भी दहेज की माँग किये बिना खुशी से शादी कर लेगा', विश्वनाथम् की पत्नी ने सुझाया।

'हमारा भानजा है न राम।[1]वे लोग मान लेंगे। वे भी आर्थिक दृष्टि से हमारे बराबर के लोग हैं।'

'मैंने पहले ही इसका जिक्र किया था, लेकिन आपकी बेटी तैयार नहीं है।'

'तो फिर इस बात पर विचार करेंगे!' यह कहकर विश्वनाथम् ने करवट बदल ली और सो गया।

राधा और माधवराव के बीच परिचय गहरा होता गया। माधवराव जब-तब राधा के साथ अपनी गाड़ी में समुद्र-तट पर चला जाता और लौटते वक्त राधा को उसके घर पर छोड़ देता।

एक दिन माधवराव ने राधा के सामने विवाह का प्रस्ताव किया।

'मेरी कई जिम्मेदारियाँ हैं। हमारे बाबू जी वृद्ध हो चुके हैं। वास्तव में अगर मैं नौकरी न करूँ तो हमारे परिवार को चलाना ही दुष्कर होगा? मेरे छोटे भाई और बहन की पढ़ाई बाकी है। मैं विवाह करके घर से चली जाऊँगी तो मेरे परिवार का क्या होगा?' राधा ने कहा।

---

1. **आन्ध्र प्रदेश में ममेरी व फुफेरी बहन के साथ शादी करने की परिपाटी है। पर अब यह कम होती जा रही है।**

'तुम्हें इस बात की फिक्र करने की जरूरत नहीं है, और न तुम्हें नौकरी को तिलांजलि देने की नौबत ही आयेगी। तुम जो कुछ कमाती हो, वह सब अपने माँ-बाप को दे देना। तुम्हारी तनख्वाह से मैं एक कौड़ी भी नहीं चाहता। मेरी अच्छी खासी आमदनी है। उसी से हम मजे से अपने परिवार को चला सकते हैं!' माधवराव ने समझाया।

'आप मेरे माता-पिता से इस सम्बन्ध में बात कर लीजिये। मैं उनकी इच्छा के विरुद्ध जाना नहीं चाहती।' राधा ने कहा।

'अच्छी बात है। कल मैं तुम्हारे माता-पिता से स्वयं बात करूँगा।' माधवराव बोला।

माधव सुन्दर, सुशिक्षित और सम्पन्न परिवार का युवक है। अच्छे ओहदे पर है। ऐसा व्यक्ति, जिसको लाखों रुपये दहेज में मिल सकते है, उसकी बेटी के साथ शादी करने को कैसे तैयार हो गया है, यह बात विश्वनाथम् की समझ में न आई?

'मैं इस बात पर यकीन नहीं कर सकता।'

'यह बताइये, आखिर हमारी लड़की किस बात में कम है?' विश्वनाथम् की पत्नी ने पूछा।

'अरी, बात यह नहीं है, वह बिना दहेज के विवाह करने को तैयार है। यदि उसके अन्दर किसी बात की कमी न होती, तो हमारे जैसे गरीब परिवार में शादी करने के लिये कैसे तैयार होता? मुझे शंका है।' विश्वनाथम् ने कहा।

'शायद लड़की पसन्द आ गयी हो।'

'अरी पगली, लड़की पसन्द आये भी तो दहेज छोड़ने के लिए कौन तैयार बैठा है? अच्छे ओहदे पर है, धनी परिवार का है। केवल मेहरबानी करके शादी कर रहा है, यह कैसी आश्चर्य की बात है?'

'न मालूम, कौन जाने?'

'अलावा इसके हैसियत की दृष्टि से भी देखा जाय तो इन दो परिवारों के बीच काफी अन्तर है। उनके साथ हम कैसे तुल सकते हैं। गरीब परिवार की समझ कर क्या वे हमारी बेटी का अपमान नहीं करेंगे?'

इस बीच बगल के कमरे से राधा आ पहुँची।

'बाबू जी, मैं आपकी इन सारी शंकाओं का समाधान नहीं दे सकती, लेकिन एक बात मैं दृढ़तापूर्वक कह सकती हूँ कि उस व्यक्ति तथा उसके संस्कारों पर मेरा गहरा विश्वास जम चुका है। बाबू जी, आप ही बताइये, भविष्य की आशंका करके हम कोई काम किये बिना कैसे रह सकते हैं?'

'सुनिये जी, लड़की को अगर यह रिश्ता पसन्द है, तो आप हिचकते क्यों हैं?' विश्वनाथम् की पत्नी ने कहा।

'माँ, इससे हमारे परिवार को कोई कष्ट न होगा? मैं प्रतिमाह चार सौ रुपये तुम्हें दिया करूँगी। पाँच-दस रुपये के लिए उनके सामने हाथ पसारने की नौबत न आये, इस वास्ते मैं एक सौ रुपये पास रख लूँगी। यह बात मैंने उनसे स्पष्ट बता दी है।'

'राधा, तुम हमारी बेटा-बेटी दोनों हो। तुम अपनी पसन्द के वर के साथ शादी कर लो!' राधा की माँ ने अनुमति दे दी।

'क्या वह हमारे परिवार को तनख्वाह देने देगा, इस बात में मुझे संशय है!' विश्वनाथम् ने शंका व्यक्त की।

'आपके संशयों और शंकाओं की आखिर कोई सीमा भी है। आप स्वयं रिश्ता ढूँढ़कर कभी राधा का विवाह कर सकेंगे? इन छोटे बच्चों को आप कभी पढ़ा सकेंगे? मेरे मन में भी ऐसे अनेक संशय है! इसलिए अब आप अपनी शंकाओं पर विराम चिह्न लगाइये।' राधा की माँ ने कहा।

अनु०—बालशौरि रेड्डी

✦

भगवान् की खोज में

✦

श्री रावूरी भरद्वाज

मैं कसम खाकर कह रहा हूँ। मेरी बात का यकीन कीजिये। पिछले चार-पाँच वर्षों से—अगर सही-सही कहा जाये, तो पाँच वर्षों से भगवान् को देखने की मेरे मन में प्रबल इच्छा रही है। अब तक आपको मालूम ही हो चुका होगा कि मैं थोड़ा-सा जिद्दी स्वभाव का हूँ। मेरी जन्म-कुण्डली ही कुछ टेढ़ी है। मेरा कोई काम करीने से आगे नहीं बढ़ता। काम को लंगड़ाते देखकर मैं भी चुप नहीं बैठता। या तो वह काम मेरा अन्त देख ले, अथवा मैं ही उसका अन्त देख लूँ। हर काम के बीच कहीं कोई उलझन पैदा हो जाती है। मर-खपकर मैं उसे सुलझाता हूँ। उसके सुलझते, न सुलझते कहीं और, कोई और गाँठ पड़ जाती है। उससे भी निबटना ही होता है। खीझ जाने से काम नहीं चलता। धीरे-धीरे जब तक उस गाँठ को ठीक कर लेता हूँ, तब तक सारा धागा ही खिसक कर उलझ जाता है। वह भी यों कि उसका आदि-अन्त कुछ भी नहीं सूझता। जब तक उसका पता लगाऊँ, तब तक उस धागे से ही मन उचट जाता है अथवा उसकी जरूरत ही पूरी हो चुकी होती है।

शायद इससे पहले भगवान् को देखने की मेरी इच्छा मेरे मन के किन्हीं गहरे कोनों में दबी पड़ी रही हो, इसका मुझे पता नहीं। अगर रही भी हो, तो भी और इच्छाओं के नीचे फुसफुसाहट दबकर रह गयी होगी। पहले कभी वह इतनी बलवती नहीं थी। जब लगी, तब से मैं चुप नहीं बैठा।

दिनांक 5-7-1978 को बुधवार था। उस दिन मैंने भगवान् को देखने का निश्चय कर लिया था। यह निश्चय अकेले मेरी ही ओर से हुआ हो, ऐसी बात नहीं। मेरे आजकल के कितने ही घनिष्ठ मित्र, आत्मीय और हितैषी व्यक्तियों ने मिलकर शायद मुझे ठीक करने का संकल्प ले लिया हो। शायद यह उस संकल्प का यह एक छोटा-सा अंश ही हो, जो मुझे भगवान् तक ले जा रहा हो। जैसा कि मैं पहले ही आपसे निवेदन कर चुका हूँ, भगवान् को देखने की इच्छा मेरे अन्दर बहुत समय से सोयी पड़ी थी। उसी को मेरे इन हितैषियों ने जगा दिया है। मैंने भी कह दिया कि ठीक है।

कौन-सी तिथि बतायी थी मैंने जुलाई पाँच ही न! शायद यह भी बताया था कि उस दिन बुधवार था। मुझे अच्छी तरह याद है। उस दिन सबेरे से ही बूँदा-बूँदी शुरू हो चुकी थी। दुपहर होते-होते बरसाती ठण्डी हवा ने जोर पकड़ लिया

था और उसमें बड़े-बड़े वृक्ष भी काँप-काँपकर सिसकियाँ भर रहे थे। सारा आकाश बादलों के भार से दबकर पीड़ा से कराह उठा था। जब कभी कराह शान्त होती, तो कोई उन्हें बिजली के कोड़ों से चौंका देता था।

शाम के चार बजे थे। मेरे सभी मित्र शायद मेरी प्रतीक्षा कर रहे थे। इसके अलावा, तब तक बरसात भी थम चुकी थी। सड़कों पर घुटनों तक गन्दला पानी बह रहा था। पानी को चीरते हुये कारें, बसें और लारियाँ सरपट दौड़ रही थीं। उछलते हुए छींटों को कपड़ों पर पड़ने से बचाते हुये मेरे जैसे कई राहगीर आगे बढ़ रहे थे।

आकाशवाणी भवन से मेरे घर जाने के दो रास्ते हैं। उनमें से एक रास्ता मेरे लिए अधिक प्रिय है। जब तक कोई अनहोनी बात न हो जाये, मैं उसी रास्ते से आने-जाने का आदी हो चुका हूँ।

जानते हैं क्यों?

मुझे शक्करपारे बहुत पसन्द है। मुनियाँ को मैं पिछले चार-पाँच सालों से जानता हूँ। उससे पहले वह कहाँ थी, कैसे थी, यह मैं नहीं जानता? पाँच साल पहले नये-नये शुरू हुये स्कूल के फाटक के सामने, इमली के पेड़ के नीचे एक छोटा-सा बोरा फैलाकर उस पर छोटी-सी बिसाती की दुकान खोली थी मुनियाँ ने। ऐसे कई लोगों को मैं जानता हूँ, जिन्होंने पाँच साल पहले छोटी-छोटी दुकानों के साथ अपना व्यापार शुरू किया था, मगर आज हजारों रुपये कमा रहे हैं। पर मुनियाँ की दुकान न बढ़ी, न घटी, जैसी की तैसी पड़ी हुई है।

शक्करपारे मुझे बहुत पसन्द है, मैंने कहा था। मुनियाँ पट्टी-बत्तियाँ, फुग्गे, नींबू के फाँके, रबर और पेन्सिल के टुकड़े, पिपिहरियाँ, गन्न की गड़ेरियाँ आदि के साथ-साथ शक्करपारे भी बेचा करती थी। मैं रोज मुनियाँ के यहाँ शक्करपारे खरीदा करता था। अगर किसी कारण मैं सही वक्त पर मुनियाँ के यहाँ नहीं जा पाता, तो वह बड़ी अधीरता के साथ मेरी राह देखती रहती थी।

एक बार सहसा मैं बीमार पड़ गया। दफ्तर नहीं जा सका। मुनियाँ मेरी खोज में दफ्तर गयी। वहाँ उसे पता चला कि मैं बीमार होने के कारण छुट्टी पर हूँ। वह किसी को साथ लेकर हड़बड़ाती हुई सीधे हमारे घर आ पहुँची। मैं अस्पताल में था। मेरे दूसरे लड़के को साथ लेकर मुनियाँ अस्पताल गयी। मुझे देखते ही वह फूट-फूटकर रोयी। आत्मीयता के साथ वह मेरा सारा शरीर सहलाती रही। पोटली निकालकर उसमें से दो शक्करनामे मुझे खिलाये। तब से मुनियाँ की मेरे परिवार के सभी लोगों से दोस्ती हो गयी।

असली बात पर आता हूँ। उस दिन मैं भगवान् की खोज में जा रहा था न। इसलिए तड़के ही निकला था। इसी बीच जोर का पानी बरसा और भयानक तूफान आया था। फिर भी मुनियाँ के शक्करपारे से मेरा मोह नहीं छूटा था। सड़क के

नुक्कड़ पर मुड़कर मैंने स्कूल की ओर देखा। सभी झोपड़े गिर चुके थे। सड़क के किनारे का पेड़ जड़ से उखड़कर फाटक के ऊपर झुका हुआ था।

पेड़ के नीचे फुसफुसाती हुई दुबक कर बैठी रहने वाली मुनियाँ गयी तो कहाँ गयी।

मेरी नसों में सनसनी-सी दौड़ गयी। मैं डालियों, फाटक और झोपड़ों से बचते हुये मुनियाँ को ढूँढ़ने लगा।

मुनियाँ ताड़ की पाटी पर से टिकी छत के नीचे सिकुड़कर थर-थर काँपती हुई बैठी थी।

'माँ जी, चलो, घर चलें!'

'पानी थम चुका है न बेटे।' मुनियाँ ने कहा।

मुनियाँ की सारी चीजें भींग गयी थीं। उनकी ओर देखकर वह रो पड़ी।

चीजों के पुलिन्दे के साथ मुनियाँ को जब तक मैं घर ले गया, तब तक रात हो गयी थी। मुनियाँ को बरामदे में बिठाकर मैं घर के बीच वाले कमरे में पहुँचा।

मुझे देखते ही गोपी चिल्ला उठा, 'पिता जी, आपको भगवान् भी ठीक नहीं कर सकता। न आप खुद समझते हैं और न दूसरों की सुनते हैं। अब तक वे लोग आपकी राह देखते-देखते चले गये। कहीं आप भींग न जायें, इस डर से उन लोगों ने दफ्तर में कार भी भेजी थी, लेकिन सुना कि आप वहाँ भी नहीं थे।' गोपी ने झुँझलाहट के स्वर में कहा।

मैंने बताया कि भगवान् के प्रति मेरे मन में कोई उपेक्षा नहीं। पवित्र हृदय से चार बजे ही दफ्तर से निकल पड़ा था। देरी का कारण भी मैंने समझाया।

गोपी की आँखें क्षण भर के लिए चौंक उठीं और अगले ही पल आँसुओं से भर गयीं।

बरामदे में जाकर उसने मुनियाँ को देखा और फिर मेरी ओर।

'दादी, अन्दर आओ!' गोपी ने आँसू पोंछते हुए कहा।

मुनियाँ कुछ भी नहीं बोली। थर-थर काँपती हुई उठी। ठिठुरते हुए दोनों हाथों से मेरा सिर पकड़, माथा चूमकर उसने कहा, 'मेरी भी उम्र लेकर जीओ, बेटे!'

मुनियाँ के मुँह से जब ये निकलीं, तब उसकी आँखों से पानी की बूँदें गालों से होकर नीचे झार रही थीं, लेकिन वे बूँदें आँसू की थीं या पानी की, यह मैं नहीं समझ सका।

कहने का मतलब यह कि भगवान् को देखने की मेरी पहली इच्छा विफल हुई।

× × ×

'क्या कर रहे हैं आप, पिछले तीन दिनों से? उधर साहित्य-गोष्ठियों से रवीन्द्र भारती का कलाभवन गूँज रहा है और इधर आपके कानों पर जूँ तक नहीं रेंगती!' रंगनाथ राव ने ऊँचे स्वर में कहा।

'आप लोगों की गोष्ठियों में होने वाले कार्य-कलापों की जानकारी देश की सारी जनता को देने के काम में डूबता-उतराता रहा, जनाब!' सफाई देने के स्वर में मैंने कहा।

'अरे, वह कार्यक्रम तो आठ बजे या उसके बाद का है। अभी से क्या जल्दी पड़ी है उसकी। दूसरे, वह काम तो भीमराव देख रहा है। आप मन बहलाव के लिए ही सही, थोड़ी देर के लिए आ सकते थे।' रंगनाथन राव ने शिकायत जोर से खींचते हुए की।

मैंने बात को वहीं काटना चाहा। कहा, 'सोचा था कि तुम उनके बारे में जरूर कहोगे, इसीलिए टाल गया। अब तो मेरा दिमाग मत चाटो!'

दो-तीन बार इधर-उधर देखकर, गला ठीक करते हुए रंगनाथ ने दोनों हाथ जोड़कर कहा—

'खैर, कोई बात नहीं। आज शाम को एक और बड़ी गोष्ठी होने वाली है। दो-तीन मंत्री आ रहे हैं। कुछ प्रमुख साहित्यकारों का—जिनकी दीर्घ सेवाएँ रही हैं—सम्मान भी करेंगे। आज जरूर आइए! ये रोजमर्रे के काम तो सदा रहेंगे ही।' कहकर रंगनाथ राव चला गया।

पाँच बजे के पहले कुर्सी पर से कोई हिल ही नहीं सकता। सोचा कि गोष्ठी के आरम्भ का समय यद्यपि पाँच बजे बताया गया है, लेकिन मंत्रियों के पहुँचने से पहले उसका आरम्भ नहीं होगा और चूँकि मंत्री लोग देर से पहुँचते हैं, इसलिए गोष्ठी भी विलम्ब से ही शुरू होगी। फिर भी मैं जल्दी ही वहाँ पहुँच जाना चाहता था।

हैदराबाद में सड़कें पार करना कितना मुश्किल का काम है, यह कोई भुक्तभोगी ही जानता है। आटो रिक्शे के नीचे गिरते-गिरते बचकर मैं किसी तरह विधानसभा भवन के फाटक के सामने जा पहुँचा। मेरे आगे कोई पुराना रिक्शा खड़ा था, जो कच्चे केलों के गुच्छों से बुरी तरह लदा हुआ था। गुच्छों के भार से रिक्शे के पहिये जमीन में गड़ गये थे। रिक्शा चढ़ावदार जमीन पर अटका हुआ था। अत: रिक्शे वाले ने रिक्शे को पीछे की ओर सरकने से रोकने के लिए उसे किनारे की ओर मोड़कर आगे से हैण्डिल को दोनों हाथों से दबा रखा था।

'कहाँ जाना है?' मैंने पूछा।

वह कुछ भी नहीं बोला, नहीं बोल पा रहा था। सिर के बालों में से निकली पसीने की बूँदें गालों से होकर, छाती पर सरककर, नीचे की ओर खिसक रही थीं। पसीने से भींगकर और धूप में सूखकर लोनी बनी हुई बनियान, एड़ियों के ऊपर

और घुटनों के नीचे लटकता हुआ मैला और पैबन्द से भरा हुआ कपड़ा, जिसे देखकर यह कहना कठिन है कि वह निकर है या पतलून?

मैं रिक्शे वाले की ओर देखता हुआ वहीं खड़ा रहा, पाँच मिनट, दस मिनट।

उसने एक बार लम्बी आह भरी और रिक्शे को आगे की ओर खींचा। भरे हुए रिक्शे को चढ़ाव की दिशा में खींचने से उसके पैर जमीन पर नहीं टिक रहे थे। रिक्शे के अगले पहिए को ऊपर उठ जाने से रोकने के लिए उसे दबाते हुए वह रिक्शे को आगे की ओर खींच रहा था। रिक्शे के पहिये गड़गड़ा रहे थे। रिक्शे वाले की नसें चरमरा रही थीं। वह अपने पैरों की ताकत को हाथों में ले आकर रिक्शे को आगे घसीट रहा था। मैंने अपने हाथ में लटकी थैली को केलों के गुच्छों पर रखा। धोती से कमर कस ली। सिर को केलों के गुच्छों से टिकाया और हाथों को झुके हुए रिक्शे का सहारा बनाया।

'लो, खींचो अब!' रिक्शे को आगे ढकेलते हुये मैंने कहा।

रवीन्द्र भारतीय, आई० जी० दफ्तर और पेट्रोल पम्प से होते हुये उस चढ़ावदार सड़क को पार करते-करते हम दोनों काफी थक गये।

'यह क्या हो रहा है, इतने सारे कच्चे केले, क्या आप अपने लिए ले जा रहे हैं? क्या, लड़की की शादी है? जो आप खुद साथ रहकर लिवाये जा रहे हैं? ठीक भी है। आजकल हर ऐरे-गैरे का भरोसा नहीं करना चाहिए!' एक साहित्योपासक ने मुझे हितोपदेश दिया।

थकान के मारे मैंने कुछ भी नहीं कहा। लेकिन मेरे मौन को वह महानुभाव कहीं अपना अपमान समझ न बैठें, इसलिए मैंने अपने दोनों हाथ उसके सामने जोड़ दिये।

थोड़ी देर वहाँ और रुकने के बाद, हम लोग रिक्शे को "लकड़ी के पुल" से होते हुये 'थियेटर-हाल' तक ढकेलते ले गये।

रिक्शा वाला महाबीर-अस्पताल के सामने जाकर रुका। मैं भी उसने रिक्शे को सड़क के किनारे खड़ा किया। मैं भी उसकी बगल में जा खड़ा हुआ।

लगभग पन्द्रह मिनट तक वैसे ही खड़े-खड़े थकान मिटाकर मैंने कहा, 'अब चलें!'

साहब! अब आप चलिये। आगे की सड़क साफ-सपाट है। रिक्शे को मैं खुद ही खींच ले जाऊँगा। साहब, अब आप चलिये! आज आपने मेरी बड़ी मदद की भगवान् आपको सुखी रखे!' मेरे दोनों हाथ अपने हाथों में लेकर मेरी आँखों में देखते हुये उसने कहा।

अरे, हाँ, मैं असली बात बताना भूल ही गया। उस दिन मैंने भगवान् को देखने की बात नहीं सोची। सोचा था कि साहित्यिक गोष्ठियों में भाग लूँ और ज्ञान का

अर्जन करके जीवन को सार्थक कर लूं। लेकिन दुर्भाग्य, मैं कुछ भी नहीं कर सका!

× × ×

दिनांक 26-10-1980 को इतवार के सबेरे पौने सात बजे मुझे विशाखापटणम से अरकू घाटी जाना था। उसके लिए आवश्यक सारे प्रबन्ध मेरे मित्र तेलुगु टीचर ने कर दिया था। असल में हमारी कार का ड्राइवर बनकर गुरुमूर्ति को जाना था। लेकिन उसी दिन हैदराबाद से ''चेयरमैन'' आ रहे थे। इसलिए गुरुमूर्ति को उनके साथ भेजने का प्रबन्ध किया गया था। इससे मेरे लिए अप्पाराव ने दूसरी कार और दूसरे ड्राइवर का इन्तजाम किया।

विशाखापटणम और श्रीकाकुलम जिले मेरे कार्य क्षेत्र में नहीं है। सन् 1952 से लेकर सन् 1955 तक मैं उन जिलों के कोने-कोने में घूम चुका था, लेकिन उस घूमने से यह जाना अलग है। उस समय की विशेषताओं की याद करके मैं यह बात कह रहा हूँ। इतने में कार किकियाते हुये सहसा एक जगह रुक गयी।

'क्यों, क्या हुआ?'

'टायर पंक्चर हो गया। हम बाल-बाल बच गये, जो गाँव के निकट आकर खराब हुई। वरना...।' ड्राइवर फुसफुसा रहा था।

ड्राइवर गाड़ी को लगभग दस गज दूर साइकिल की दुकान तक ठेलकर ले गया और दुकान वाले से गाड़ी में नया टायर लगाने और पुराने की मरम्मत करने की हिदायत देकर खुद गाँव की ओर निकल गया।

मेरी पत्नी और बच्चे पास के श्रृंगवर प्राचीर देखने चले गये।

'भैया, यहाँ चाय मिलेगी?' मैंने दुकानदार से पूछा।

'अरे, शिवा!' दुकानदार ने सड़क पर जाकर पुकारा, 'देखो, साहब के लिए गरम, कड़क चाय बना लाओ। ऊपर मलाई भी डाल के ले आना!'

थोड़ी देर में दस साल का लड़का चाय के दो गिलास एक हाथ में और पानी के दो गिलास दूसरे हाथ में लेकर आया।

'क्यों रे, चाय बहुत ही कम दीख रही है?' दुकानदार ने लड़के की ओर घूरते हुये पूछा।

लड़का घबराई हुई नजरों से दुकानदार की ओर और मेरी ओर बारी-बारी से देखने लगा।

'चाय ठण्डी हुई जा रही है, पी लीजिये बाबू जी!' दुकानदार ने मुझसे कहा और खुद पास के पेड़ के नीचे जाकर अपनी चाय पीते-पीते टायर की मरम्मत के लिए जरूरी सामान टटोलने में लग गया।

इसी बीच मैं उस लड़के से बातें करने लगा।

दस साल के उस लड़के का असली नाम था ब्रह्मा जी। उसके शरीर पर कोई कमीज नहीं थी। बाल बिना तेल के सूखे हुये थे। निकर कमर से खिसकी जा रही थी। हाथों में तेल और कालिख लगी हुई थी। दूसरे लड़के का नाम अप्पाराव था। वह फटी बनियान पहने हुए था। पूरे बदन में कालिख लगी थी। दोनों के माता-पिता जीवित थे। दोनों के भाई-बहनें भी थीं। दोनों सबेरे सात बजते-बजते दुकान पर आ जाते। रात के नौ बजे तक वहीं रहते। दुकानदार दोनों को काम सिखाता और ऊपर से प्रतिदिन आठ-आठ आना देता। दोनों लड़के अपने-अपने घर जाकर खा लेते। जब कभी काम कुछ अधिक रहता, तो उन्हें एक-एक चवन्नी ज्यादा दे देता।

'कमीज क्यों नहीं पहनी? मैली हो जायेगी, इसलिए?' मैंने धीरे से पूछा।

दोनों ने अनचाहे ढंग से मेरे प्रश्न के जवाब में सिर हिलाया। उनकी बातों के झूठ को मैं समझ गया।

मैंने दुकानदार की आँख बचाकर उन दोनों को पचास-पचास के दो नोट दिये। दोनों लड़के रुपयों की ओर घबरायी हुई नजरों से देखने लगे।

'मैं अरकू घाटी जा रहा हूँ। शाम को लौटूँगा। तब तक तुम दोनों अपने लिए पतलून और कमीज खरीदकर यहीं पर मेरी राह देखते रहना, समझे!'

आधे घण्टे के बाद कार निकल पड़ी। शृंगवर प्राचीर को पार करते ही घाटी शुरू हो जाती है—संकरी सड़क है। जंगल की हरीतिमा और चिकनाहट की गुंथी हुई सुगन्धियाँ, हरी-भरी जंगली फुलवारियाँ और चाँदी के तारों से फैले पहाड़ी झरने। इधर-उधर छितरे पड़े पहाड़ी लोगों के झोपड़े—पर ये सब मेरे ध्यान को अपनी ओर देर तक खींचे नहीं रह सके।

दुबली-पतली देह और घबराई हुई नजरों वाला दस साल का लड़का ब्रह्मा और थर-थर काँपता हुआ अप्पाराव, उनकी गरीबी...ये ही मेरे मन के कोने-कोने को घेर चुके थे। घाटी से हम लोगों के लौटते-लौटते लगभग सात बज गये थे। तब तक कई लोग उस दुकान के पास एकत्रित थे।

कार के रुकते ही सब लोग दौड़कर हमारे निकट आये। ब्रह्मा जी और अप्पाराव खूब नहा-धोकर कंघी करके, नये-नये खरीदे गये पतलून-कमीज पहने हुये थे।

'हम लोग आपकी राह देखते हुये पाँच बजे से ही...?'

वे दोनों उन नये कपड़ों में कितने प्यारे लग रहे थे।

थोड़ी देर तक इधर-उधर की बात करके जब हम लोग चलने को हुये, तो दोनों लड़कें झेंपते-झेंपते मेरे निकट आये और मेरे कमीज का किनारा छूते हुये प्रणाम करने लगे। दोनों को छाती से लगाये, चुमकारे बिना मुझसे रहा नहीं गया।

मेरे चुमकारते समय उनकी आँखें, जानते हैं, कैसे चमकीं?...अबकी बार मैंने न भगवान् को देखना चाहा और न ही साहित्यिक गोष्ठियों में भाग लेना।

× × ×

जनने वाली को जनने की और खाने वाली को खाने की जैसी लत् लगी रहती है, वैसी ही मेरी भी एक लत् है, लिखने की। इस लत् से शुरुआत तो होती है, मगर समाप्ति नहीं। पिछले चालीस साल से मैंने काफी कूड़े-करकट का ढेर कर रखा है। अब चाहूँ, तो हाथ पर हाथ धरे बैठा रह सकता हूँ। लेकिन क्या करूँ, खाली बैठा नहीं जाता। यह खुजली की-सी बीमारी है। अगर एक बार लग जाती है, तो फिर छुटने का नाम नहीं लेती। कुछ और करने की, करते रहने की ललक-सी लगी रहती है। इस लाचार लत् से बचने के विचार से मैंने एक बड़ा-सा उपन्यास लिखने की योजना बनायी। यह उपन्यास कुल तीन खण्डों का होगा। पहले खण्ड का नाम होगा, 'गन्दी गली', दूसरे खण्ड का नाम 'हाट' और तीसरे का 'सोने की गद्दी।' यह उपन्यास सन् 1942 से शुरू होकर सन् 1982 को समाप्त होगा।

चालीस साल के जीवन को, देश के सामाजिक और राजनीतिक जीवन को इस उपन्यास के माध्यम से प्रकट करने का मैंने निश्चय किया। मेरे इस प्रयास को सफल बनाने के लिए केवल साहित्यिक जानकारी ही काफी नहीं थी। अनुभव चाहिए, जीवन का अनुभव। भिन्न-भिन्न प्रान्तों के लोगों के रस्म-रिवाजों और उनकी आर्थिक-सामाजिक गतिविधियों की बारीकियाँ मालूम होनी चाहिए। इन्हीं को जानने-समझने के लिए मुझे देश के कोने-कोने में बसे गांवों-बस्तियों का भ्रमण करना पड़ा।

इस उपन्यास में एक जगह पिछड़े हुये गाँवों के लोगों तथा उनका शोषण करके जीने वाले नगरवासी व्यापारियों का विवरण आता है। इससे सम्बन्धित सामग्री के संकलन के लिए मैंने श्रीराम सागर 'प्रोजेक्ट' के निकटवर्ती प्रदेश को चुन रखा था।

सन् 1982 अप्रैल, 10वीं तारीख को शनिवार का दिन था। श्रीराम सागर प्रोजेक्ट को देखकर मैं आश्चर्यचकित हो गया। प्रकृति को वश में करने के लिए मानव के द्वारा किये जाने वाले प्रयत्न यहाँ विविध रूपों में दिखाई दे रहे थे। ऊँचा बाँध और उसके पीछे गोदावरी का नदी-जल नालों से होकर बहता हुआ खेतों तक पहुँच जाता था। नाले के किनारे-किनारे लगभग 25 किलोमीटर की दूरी तय करके आखिर हम लोग स्वर्ण नदी तक पहुँचे। वहाँ भी एक छोटा-सा बाँध बन रहा था। मैं वहाँ के कुलियों से जा मिला। धीरे-धीरे उनसे बातें करने लगा। वहाँ ठेकेदार और मिस्त्री मेरी ओर घूरकर देख रहे थे।

कुलियों ने जो कुछ बताया, उसका सारांश यों है—

वे लोग पालमेर के निवासी हैं। पीढ़ियों से मजदूरी करके जीते हैं। उनके खेत नहीं हैं। जो हैं भी, उनमें फसल नहीं होती। अगर थोड़ी बहुत हो भी जाती है तो मालिक लोग उसे उड़ा ले जाते हैं। उन्हें डर लगा रहता है कि यदि फसल किसानों के हाथों लग जायेगी, तो वे मालिक की बात नहीं मानेंगे। साल में एक बार ठेकेदार या उसके मिस्त्री किसानों-मजदूरों के यहाँ जाते हैं। जाकर मजदूरों को हजार-डेढ़ हजार का कर्ज देते हैं। यह कर्ज प्रति मास सौ-पचास के हिसाब से सालभर में चुकाना होता है। चुकाने का रास्ता भी ठेकेदार दिखा देता है। अपने यहाँ काम देकर। यह काम सबेरे छः बजे से लेकर शाम के छः बजे तक करना होता है। इसके लिए उन्हें अलग से मजदूरी नहीं दी जाती, कर्ज की रकम से वह कटती जाती है। लेकिन, हाँ, दिन के दस बजे एक बार और शाम के चार बजे एक बार घोड़ों को दिया जाने वाला दाना—जैसा खाना उन्हें खिला दिया जाता और कोई सुविधा उन्हें नहीं दी जाती। इस बीच यदि कोई मौके-बेमौके दस-पाँच का उधार लेता है, तो कोई अतिरिक्त काम करके वह रकम चुकानी होती है। बच्चे भी खेतों में काम करें तो ठेकेदार को कोई आपत्ति नहीं होगी, लेकिन उन्हें मजदूरी नहीं मिलेगी। खाने को दो-चार बिस्कुटें दी जायेंगी। अगर एक परिवार के चार लोग चार हजार का कर्ज ले लें, तो कोई गारण्टी नहीं होती कि उन चारों को एक ही जगह काम दिया जाये।

लच्चम्भा के विषय में भी ठीक यही बात हुई। नरसिंह, हैदराबाद में सड़कें बनाने के काम में लगा हुआ है। लच्चम्भा अविकलेरू में बाँध बनाने के काम में लगाई गयी थी। लच्चम्भा जब उस काम में भर्ती हुई थी, तब उसका चौथा महीना था। उसको यहाँ आये चार महीने हो गये। इन चार महीनों में लच्चम्भा को अपने पति की कोई खबर नहीं मिली? अगर वह कोई पत्र भिजवाना भी चाहे, तो उसे अपने पति का पता नहीं मालूम। ठेकेदार और मिस्त्री वह पता जानते हैं, मगर उसे नहीं बताते।

जिसके पाँव भारी हुये पूरे आठ महीने बीत चुके हों, वह भला चिलचिलाती धूप में कँकड़ तोड़ने और तोड़े हुये कँकड़ थालों में भरने का काम कैसे करती है? पलभर के लिए सुस्ताने पर गन्दी गालियाँ सुनाने वाले ठेकेदार और उसके इशारों पर नाचते हुये उसके अनुकूल काम करने वाले मिस्त्री लच्चम्भा जैसी अबलाओं पर एक नहीं, बल्कि दो-दो आँखें लगाये रहते हैं। जानते हैं, किसलिए! उसकी नाक-नक्श सुन्दर है, इसलिए।

'मैंने हजार रुपये का कर्ज लिया था। चार महीने बीत चुके हैं और चार महीनों तक इनके यहाँ काम करना है। इनका बताया हुआ काम करना है। लेकिन इस पापी पेट के कारण न मैं खड़ी रह पाती हूँ और न बैठ पाती हूँ। झुककर मैं काम कैसे कर सकूँगी बेटे!' कहते-कहते लच्चम्भा का गला भर आया।

'बेटे, हमारे पास कितने रुपये हैं?'

मेरे लड़के ने प्रश्न भरी नजरों से मुझे देखा और बोला, 'लगभग सात सौ।'

मैं ठेकेदार से जा मिला और बोला, 'लच्चम्भा को आपने एक हजार रुपये दिये थे। उसने चार महीने काम किया है, चार महीने और आपके पास उसे काम करना है, लेकिन उसकी हालत देख रहे हैं। बाकी पाँच सौ मैं चुका दूँगा। क्या, उसे जाने देंगे?'

बताया गया कि ऐसी शर्तों को ठेकेदार प्रायः नहीं मानते, लेकिन उस व्यक्ति ने मान लिया। मैंने पाँच सौ उनके हाथ पर रख दिये। बाद को सुनने में आया कि मेरे लच्चम्भा को वहाँ से छुड़ाने की व्याख्या भिन्न-भिन्न लोगों ने भिन्न-भिन्न रूपों में की। वहाँ के लोगों से बिदा लेकर लच्चम्भा हम लोगों के साथ हो ली।

लच्चम्भा दो दिन तक हमारे साथ ही रही। दूसरे दिन दोपहर को लच्चम्भा ने निजामाबाद जाने की इच्छा प्रकट की। कहा कि वहाँ भाई के यहाँ दो दिन रहकर फिर, हैदराबाद चली जायेगी।

मैंने उसे ले जाकर बस में बिठा दिया। उसके हाथ में पच्चीस रुपये भी रख दिये।

'बेटे, अगली बार मैं तुम्हारी सन्तान के रूप में जनम लूँगी।' लच्चम्भा ने मेरे हाथों को अपनी आँखों से लगाते हुये कहा।

मैं फिर से आरम्भ की ओर आ रहा हूँ। चार-पाँच साल से, अगर ठीक-ठीक बताऊँ, तो पाँच साल से भगवान् को देखने की मेरी इच्छा रही है, लेकिन अब तक वह पूरी नहीं हुई। इसमें भगवान् की ही सारी गलती रही है, ऐसा मैं नहीं कहता। शायद मैंने भी सही प्रयत्न न किया हो। अगर करता, तो शायद वे जरूर दिखाई पड़ गये होते।

एक बार रात को मैं सोया हुआ था। कोई आहट सुनकर सहसा उठ बैठा। दरवाजे के पास कोई इधर-उधर घूमता हुआ दिखाई पड़ा।

'कौन है?' मैंने पूछा।

'क्या फलाना नाम आप ही का है? हम आपकी ही खोज में आये हैं। क्या, आप ही हैं, जो भगवान् को देखना चाहते हैं?' उन्होंने पूछा।

'जी हाँ।' मैंने कहा।

'आप पागल तो नहीं हो गये हैं! क्या भगवान् को कोई आमने-सामने देख सकता है? बेटे, हमारी बात सुनो, ऐसी इच्छा करना गलत है।'

'यह तो बताइये कि आप हैं कौन?' सन्देह और उत्सुकता के मिले-जुले स्वर में मैंने पूछा।

'हम देवदूत हैं।' उन दोनों ने कहा।

'यहाँ क्यों आये?'

'आपको यह बात बताने के लिए।' दूसरे ने कहा।

'अगर भगवान् दिखाई न दे, तो न सही। मगर उनका कोई न कोई रूप या अंश तो दिखाई देता है। कहते हैं, ''अन्नं परब्रह्मस्वरूपम्'', लेकिन सब कालों में यह परब्रह्मस्वरूप भी बहुतों को दिखाई नहीं पड़ता। सब कालों में सब लोगों को इस नारायण—परब्रह्मस्वरूप के दर्शन का सौभाग्य पर्याप्त मात्रा में प्राप्त होता रहे, यही मेरी इच्छा है। भगवान् को देखने की मेरी इच्छा भी इसीलिए है। मैं नहीं समझता कि यह कोई अवांछित या अनुचित इच्छा है।' देवदूतों से मैंने कहा।

'देखिये जनाब! ऐरे-गैरों की बातों को लेकर आपको क्या लेना-देना है? आप अपनी बात कीजिये न! अगर मेरा पेट भरे, तो आपकी भूख थोड़े ही मिटेगी? अगर दवा मैं खाऊँ, तो आपकी बीमारी कैसे ठीक होगी?' पहले देवदूत ने मुझे मुँह-तोड़ उत्तर देने की कोशिश की।

उसका तर्क सुनकर मेरा पारा चढ़ गया। उसके बोलने का तरीका देखकर मेरी शंका भी बढ़ गयी। ये दोनों सचमुच के देवदूत हैं या नकली लोग! संदेह हुआ कि इस दुनिया की राजनीतिक गन्दगी इन देवदूतों तक पहुँच गयी। ये सारी शंकायें मन में लिए इनसे बात न करना ही ठीक जँचा मुझे।

'देखिए जनाब, मुझे केवल भगवान् चाहिए, भगवान् के प्रतिनिधि नहीं। आप लोगों से बहुत बातें हो चुकीं। अब मेरा दिमाग मत चाटिये। मेरी नींद खराब मत कीजिए। अब आप लोग जाइए!'

जिन देवदूतों ने मुझे उपदेश दिया था, उनकी बातें न मानने पर कहीं वे बुरा न मान गये हों? ऐसा मैंने सोचा।क्क

देवदूतों के लौट जाने के दूसरे या तीसरे दिन मुझे एक विचित्र अनुभूति हुई। जैसे कोई मीठी-मीठी सुगन्ध मेरे चारों ओर फैल चुकी है, जैसे सुन्दर किरण-जाल ने मुझे आपादमस्तक घेर लिया है, जैसे तरह-तरह के नीरव रव सुन्दर रूप में विकसित हुए हों, जैसे कोई प्रशान्त...

'कौन है!' मैंने पूछा।

'मैं हूँ।'

'कौन मैं!'

'अरे, मुझे नहीं पहचाना? क्या मुझे नहीं देखा आपने कभी? क्या, मुझे बिल्कुल ही नहीं जानते? क्या, ये अनुभूतियाँ आपको पहले कभी नहीं हुई?'

'हुई, इस मीठी गन्ध की अनुभूति मुझे उस दिन हुई, जिस दिन पानी में भीगी पुनिया दादी ने प्यार से मेरा सिर अपने हाथों से पकड़कर मेरा माथा चूमा था, जैसे अपनी ही सन्तान का माथा चूम रही हो! जिस दिन रिक्शे वाले ने आत्मीयता से मेरे हाथों को छूते हुए, मेरी ओर ममतामयी आँखों से देखा था, उस दिन ऐसी ही रुचिकर किरण-जालों को मैंने उसकी आँखों में देखा था!! जिस क्षण ब्रह्मा जी

और अप्पाराव ने मुझे छूने की इच्छा को मन में दबा न सकने के कारण साहस बटोरकर मेरी कमीज के कोर को ही छू लिया था, उस क्षण उन्हें अपनी बाँहों में लेकर चुमकारते हुए, मैंने इसी तरह तरह-तरह के नीरव रवों के सुन्दर रूप में विकसित होने की व्याख्या का अनुभव किया था। प्रशांत, सुखान्त नक्षत्र-मण्डलों से उतरकर धीरे-धीरे पलकों के चुम्बन करने की ऐसी ही सुखद अनुभूति मुझे तब हुई थी, जब लच्चम्भा ने मेरे हाथों से अपनी बन्द आँखों का स्पर्श करते हुए, किसी अव्यक्त एवं अतीन्द्रिय आनन्द की अनुभूति पायी थी। इतना ही नहीं, ममता, करुणा, निर्मलता, लालित्य, सच्चाई आदि की भावनाएँ जब-जब और जिन स्थानों में भी प्रकट होती हो, उन-उन कालों और स्थानों में ऐसी ही संवेदनाओं की सुखानुभूति पाता हूँ।'

'अब तुम सही रास्ते पर आये हो, मुझे सभी स्थानों और कालों में देखते हुए भी कहते हो कि तुम मेरी खोज में हो? यह तो बताओ कि मुझे क्यों देखना चाहते हो, मुझसे तुम्हें क्या काम है?'

'तुम भगवान् हो या नहीं, यह मैं नहीं जानता!' कहकर मैंने उनकी ओर ध्यान से देखा। इससे पहले मैंने तुम्हें कभी नहीं देखा। पर तुम कहते हो कि मैं तुम्हें सब जगह देखता ही रहता हूँ। शायद देख भी रहा हूँ। खैर, छोड़ो इसे, अगर तुम सचमुच के भगवान् होते, तो अब तक समझ चुके होते कि मैं क्या चाहता हूँ? अगर तुम भगवान् नहीं भी हो, तो भी अपनी इच्छा तुमसे कहने में मुझे कोई आपत्ति नहीं है। मेरी इच्छा है—

न कामयेहं गतिमीश्वराणा अष्टर्थियुक्तामपुनर्भवं वा।
आर्ति प्रपद्ये खिल दुःख भाजा मन्तःस्थितो येन भवन्त्य दुःखाः॥

पुण्य पुरुष सम्राट बनकर जिन अष्टैश्वर्यों का भोग करते हैं, मैं उनकी कामना नहीं करता। मुक्ति भी मुझे नहीं चाहिए। मेरी इच्छा बस, यही है कि दुनिया के सभी दुखियों के हृदय में मैं रहूँ। चाहे उनकी व्यथाओं को मैं भोगूँ, लेकिन उनके दुःख दूर करूँ।

इसलिए ही, ऐसा करने के लिए ही, ऐसा कर सकने की शक्ति पाने के लिए ही, मैं भगवान् को देखना चाहता हूँ।

अनु०—डॉ० के० रामानायुडु

✦

शव-परीक्षा

✦

बलिवाडा कान्ताराव

पिता ने इस आशा से कि पुत्र देवेन्द्र जीवन में आनन्द भोगेगा, उसका यह नाम रखा था। देवेन्द्र राव यद्यपि लाड़ से पलकर जवान हुआ, फिर भी पिता की कृपा से क्लर्क की नौकरी पाने के अलावा खुद कुछ नहीं बन सका। रम्भा-उर्वशी की संगति तो दूर रही, उसे फटी टोकरी-सी पत्नी मिली, जो उसके प्रेम के भार को सह नहीं पायी। ऐसा नहीं कि देवेन्द्र कुछ भी नहीं जानता, मगर यह भी नहीं कि वह सब कुछ जानता है। हाथ की लेखनी को उसने वज्रायुध नहीं बनाया। पैसिंजर गाड़ी की तरह नौकरी के साथ घिसटते हुए अवकाश-प्राप्ति तक पहुँचते-पहुँचते उसने कार्यालय प्रबन्धक का ओहदा पा लिया और सिर छिपाने के लिए एक घर भी बनवा लिया, जिसमें उसकी पत्नी सिर धुन-धुन कर, रो-रोकर, पति को रुला-रुलाकर, खुद तड़प-तड़पकर, पति को तड़पा-तड़पाकर, अंततः एक अस्थि-पंजर बन ठूँठ की तरह पड़े-पड़े, एक दिन दुनिया से उठ गयी।

देवेन्द्र ने कभी भी अन्याय से एक फूटी कौड़ी भी नहीं कमायी। सपने में भी किसी की बुराई नहीं की। पीकर गम गलत नहीं किया। नशा करके मजा नहीं किया। जीवन के जंजाल में पिस गया, संतान का सुख नहीं पाया, लेकिन मजाल कि क्या किसी हँसती हुई परायी स्त्री को देखकर उसकी ओर आँख उठाया हो? अन्दर की घुटन को अन्दर ही दबाकर दिल को पत्थर बनाये रहा।

अब तक उसने मौत के बारे में काफी सुन रखा था। अब अपने ही घर में उसने मौत को देखा। खैर, यह आत्महत्या नहीं थी। यदि उसकी नजरों में लारी के नीचे फँसता हुआ कोई दिख जाए या बस के नीचे आते-आते बच गयी बिल्ली दिख जाए, तो घबराहट के मारे वह एकदम आँखें फेर लेता है। रेल के नीचे गिरते लोगों, जहर पीकर या फाँसी लगाकर मरने वालों या लड़ाई-झगड़ों में छुरा या गोलियों के शिकार बनने-बनाने वालों की खबर जब कभी उसे मिलती, तो उनके लिए वह, प्रज्ञाहीन कायर की उपमा देकर अपनी घृणा प्रकट करता।

धीरे-धीरे वह पत्नी की मौत की व्यथा भूलकर घर में सुख भोग रहा था कि एक दिन तड़के जोर की चीख सुनायी पड़ी—ऐसी वेदनाभरी आवाज, जो दिल को दहला दे। देवेन्द्र ने बिस्तर पर से उठकर खिड़की खोलकर देखा, तो पूर्व की दिशा में आम के पेड़ से एक लाश लटकी हुई थी। फाँसी के फन्दे से लटका हुआ

मृत पुरुष। उस स्त्री की व्यथाभरी आवाज सुनकर आत्मीयता के मारे देवेन्द्र उस ओर दौड़ गया।

'मूर्ति, मेरे मूर्ति, सत्य मूर्ति! संसार के सागर में तैरते-तैरते डूब ही गये। सारे संकओं से आँख चुराकर चले गये?' पति को याद कर-करके सीता रो रही है। मरने पर भी सत्यमूर्ति दुबला ही है। अब भी ऐसा लगता है, मानो वह अपनी तिरछी आँखों से देख रहा हो। जिन साँपों ने उसकी वह स्थिति बनायी थी, उनमें से एक को भी उसने नहीं काटा था। रोज एक ही वक्त भोजन मिलने पर भी सीता के चेहरे पर कोई शिकवे की रेखा नहीं थी। उसकी चाल-ढाल, देख-देख, सोच-विचार—सबमें सचाई थी। किसी से कोई शिकवा-गिला नहीं। किसी की दया की मुहताज नहीं। उसके प्रति मन में भरी आत्मीयता के कारण देवेन्द्र ने उसकी सहायता करने की बात मन में ठान ली। दाह-क्रिया के खर्च के लिए वह घर-घर चन्दा वसूलने निकला। सत्यमूर्ति जिस घर में रहता था, वह किराये का था। किसी पैसे वाले ने सरकार की ऊसर जमीन हथियाकर उसमें घर बनवा रखा था—किराये पर उठाने के लिए। देवेन्द्र ने पहले उसी के मकान में कदम रखा। समाचार सुनते ही घर के मालिक लोकनाथ के मुँह से निकला 'हाय, यह मैं क्या सुन रहा हूँ? क्या, वह दुनिया में नहीं रहा?'

मकान मालिक ने पचास रुपये देकर सूची में अपना नाम लिखवा लिया। उसकी पत्नी जोकि यह सब देख-सुनकर फुसफुसा रही थी, अब दहाड़ मारकर रो उठी। पति ने यह कहकर उसे शान्त किया, 'क्यों चिल्लाती हो मेरी जान, समझ लो मुसीबत सदा के लिए टल गयी। कभी भी वक्त पर किराया नहीं देता था, कम्बख्त। बला टल गई, जो मर गया। अब अकेली स्त्री उस घर में कब तक ठहरेगी। अबकी बार किराया भी बढ़ाऊँगा और पहले पेशगी लेकर घर किसी को दूँगा।'

दूसरा नम्बर अफसर आदिशेष का था।

'क्या कहा, लोकनाथ जी ने पचास दिये हैं? वाह, मान गये। यह सत्यमूर्ति मेरे पास भी आया था, नौकरी माँगते हुए। मैंने 'एम्प्लायमेण्ट' से नाम लिखवा लाने को कहा, तो निराश हो चला गया। ऐसे कामों में देर हो ही जाती है। तभी मैं समझ गया था कि यह आदमी जल्दबाजी में कुछ ऐसी हरकत कर बैठेगा। आखिर वही हुआ।'

इसके बाद एक आडिटर की बारी थी।

'रोज कितने ही लोग मरते रहते हैं। इस तरह जो लोग आत्महत्या कर लेते हैं, उनके प्रति मेरे मन में कोई सहानुभूति नहीं होती। खैर, जब आप स्वयं इतनी दूर चले आये हैं, तो इनकार भी तो नहीं कर सकता। यह तो आप जानते ही होंगे कि जब पूरे काम से निपट लेंगे, तब चन्दा देने वालों को हिसाब-किताब भी समझाना पड़ेगा, क्यों?'

'आपने बिल्कुल सही फरमाया। वह काम तो मैं करूँगा ही।'

इस तरह बिना किसी खीझ या झिझक के मैं घर-घर पहुँचकर सबसे एक ही बात दुहरा-दुहरा कर, उन्हें मना-मनाकर चन्दा वसूल करके जब तक लौटा, तब तक घटनास्थल पर पुलिस आ चुकी थी।

लम्बी तलाशी के बाद घर में कोने में एक पत्र पड़ा हुआ मिला।

'जीवन से मैं ऊब चुका हूँ। इस कार्य का पूरा दायित्व केवल मुझी पर है।'

'देखिए, उसी के हाथ से लिखा हुआ पत्र है। कृपा करके जल्दी पंचनामा करके लाश को जलाने की अनुमति दीजिए!' देवेन्द्र ने बड़े ही विनय के साथ 'पुलिस हेड कान्स्टेबल' से प्रार्थना की।

'हर आत्महत्या के पीछे कोई न कोई कहानी जरूर होती है। अगर उस कहानी को विस्तार से जानना हो तो शव-परीक्षा जरूर करानी होगी।' ज्योंही पुलिस अधिकारी के मुँह से ये बातें निकली, त्योंही सीता के रोने की आवाज ऊँची हो गयी।

'सुन रहे हो सत्यमूर्ति, पुलिस क्या कह रही है? तुमने कभी किसी को न धोखा दिया, न दगा। हमेशा अभावों में पिसते रहे। इन लोगों ने तुम्हें जीते जी मार डाला। आज जब मर चुके हो, तो तुम्हारी लाश की भी चीर-फाड़ करना चाहते हैं। यह कैसा अन्धेर है?' कहते-कहते वह देवेन्द्र राव के पास दौड़ी।

'मैंने आपसे कभी कुछ भी नहीं माँगा। मेरी यह छोटी-सी प्रार्थना पूरी कर दीजिए। मेरे मूर्ति की चीर-फाड़ मत करवाइए। भेड़-बकरे के बदन की तरह उनके बदन के टुकड़े मत करवाइए। आपकी बड़ी मेहरबानी होगी। मेरी यह इच्छा...'

देवेन्द्र को ज्योंही लगा कि उस स्त्री की यह सबसे बड़ी इच्छा है और शायद उसके जीवन की आखिरी इच्छा है, तो उसने पुलिस के अधिकारी के पास जाकर कहा, 'देखिए, वह बेकारी का सताया हुआ था। पढ़ा-लिखा होकर भी कमाई के न कर पाने के कारण शायद ऐसा कर गया। उस स्त्री की परेशानी तो आपने देख ही ली है।'

'लेकिन हमारे अपने नियम हैं।'

'असल में दाह-क्रिया भी इस 'कालोनी' से चन्दा वसूल करके पूरी कर रहे है, इस पर भी जरा उदारता से विचार कीजिए।' देवेन्द्र के यह कहते ही पुलिस अधिकारी वहाँ से थोड़ी दूर जाकर खड़ा हो गया। घर के होते हुए भी घर से दूर जा खड़े होने वालों की मन:स्थिति से देवेन्द्र पहले से ही परिचित था, इसीलिए वह भी पुलिस-हेड के पास जा खड़ा हुआ।

'कितना देंगे?' हेड ने पूछा।

'घूस?'

'जब नियमों के विरुद्ध जा रहा हूँ, तब इसका मतलब क्या है? पुरस्कार को घूस का नाम क्यों देते हो?'

'देखिए, उनका अपना कोई नहीं है। उस स्त्री की दशा देखकर ही सही उस पर दया कीजिए।'

'उस स्त्री के पुर्जे ढीले तो नहीं हैं?'

'उसने कोई गलत बात तो नहीं कही।'

'क्या, वह उसकी पत्नी ही है?'

'क्यों, आपको ऐसी नहीं लग रही है?'

'असल में हमारा अनुमान है कि स्टेपिनी है।'

'सच्चाई को समझे बिना अनुमान कर लेना ठीक नहीं है।'

'जनाब! अपराध एक उलझा हुआ धागा होता है। ऐसे कितने ही धागों को सुलझाया है मैंने। 'हेड' यों ही नहीं बन गया। ये बाल धूप में सफेद नहीं हुए। खैर, जल्दी निबटाओ।'

'देखिए, जो कुछ कहना था, मैं कह चुका। अब आप ही निबटाइए।'

'यह नहीं समझ लेना कि सब मेरी ही जेब में चला जायेगा। यदि और भी कम करूँ, तो मुझ तक कुछ नहीं आएगा। अगर कुछ लिये बिना लाश सौंप दूँ, तो उल्टे मुझे जेब से देना पड़ जायेगा।'

आखिर तीन सौ पर बात तय हुई। शव-परीक्षा के बिना उस दिन शाम तक दाह-संस्कार पूरा हो गया।

आडिटर अनन्त यद्यपि दाह-संस्कार में शामिल नहीं हुए थे, फिर भी उनकी बातें देवेन्द्र के मन में सदा गूँजती रहीं। इसलिए एक इतवार की सुबह देवेन्द्र ने सभी चन्दादारों को अपने घर बुलाया। चाय पीने के बाद धीरे-धीरे बात शुरू हुई।

'समाज सेवा सभी लोग नहीं कर सकते। आपने एक गरीब परिवार को मुसीबत से उबार लिया। आप धन्य हैं!'

प्रशंसा और कुशल-क्षेम के बाद देवेन्द्र ने धीरे से आय-व्यय की सूची निकालकर सबके सामने पढ़कर सुनायी।

अफसर आदिशेष उठे, 'जनाब, यह सब ठीक है, मगर पुलिस को रिश्वत दिये जाने की बात नहीं जँच रही है।'

'शेषगिरि ने उनका समर्थन करते हुए कहा, 'जो रुपया मैंने दिया था, वह घूस के लिए नहीं था। किससे पूछकर किया आपने यह काम?'

'पूछने की बात तब उठती, जब दाह-क्रिया के समय आप में से कोई आया होता।'

'क्या आप पुलिस को नहीं समझा सके कि जो लाश जलने वाली थी, वह चन्दे के रुपयों से जलेगी?'

'मैं समझा ही तो सकता था। मानना या न मानना तो उसके हाथ में रहता है।'

'यह भी कोई तरीका है, उत्तर देने का? आपको इनकार कर देना चाहिए था। उस रुपयों से उस बेचारी के दो महीनों का खर्च निकल जाता।'

'उस स्त्री की पीड़ा और इच्छा भी यही थी, इसीलिए मुझे सिर झुकाना पड़ा था।' बड़ी ही दबी हुई आवाज में देवेन्द्र ने कहा।

'आप कुछ भी कह लीजिए, लेकिन इस सब पर यकीन नहीं हो रहा है।' अनन्त की बातों से देवेन्द्र खीझ गया।

'तो क्या आप समझते हैं कि उससे मैंने अपनी जेब भर ली?'

'मैंने ऐसा थोड़े ही कहा। मैं, बस यही कहना चाहता हूँ कि हम जैसे समझदार लोग ही ऐसे गलत काम करके समाज के साथ अन्याय कर रहे हैं, जो ठीक नहीं है। यह शर्मनाक बात है।'

'आप लोगों की क्या राय है?' देवेन्द्र ने बाकी लोगों की ओर संकेत करके पूछा।

सब मौन थे।

'तो क्या, आप लोग भी इनकी बातों से सहमत हैं?' एक लम्बी साँस लेकर उसने अपनी बात आगे बढ़ायी।

'यह बात सही है कि यहाँ एकत्रित आप लोगों में से कोई घूस नहीं लेते। इस बात को मैं भी मानता हूँ। लेकिन एक बात अवश्य कहूँगा। कुछ सहायता कर सकने की शक्ति रखते हुए भी न कर पाना—यह भी अनैतिकता ही है। हमारे ही बीच रहते हुए मूर्ति भूखों मरता रहा। उसको नौकरी दिलाने की शक्ति रखते हुए भी किसी ने कुछ नहीं किया। इसका भी कोई उत्तर है आप लोगों के पास?'

अफसर आदिशेष ने उस प्रश्न को अपने ऊपर छोड़ा हुआ तीर समझा। बोला, 'मैंने उनसे कहा था कि वे अपना नाम सूची में डलवाकर ले आयें, तो मैं नौकरी दिलवा दूँगा, मगर वे ऐसा नहीं कर सके। अब आप ही बताइए, मैं क्या करता?'

'आप अच्छी तरह जानते थे कि मूर्ति किसी भी तरह नम्बर नहीं ला सकेगा। आप नम्बर मँगवा सकते थे। लेकिन वह मौका उसे न देकर, क्या अपने रिश्तेदार को नहीं दिलाया?'

'आप जो चाहें, बोल सकते हैं। उसके लिए आप स्वतंत्र हैं। मैंने उससे यही कहा था, भूखों मत मरिये। कभी-कभार मिलते रहिए। बस, इसी से उन्हें क्रोध आ गया था। क्रोध किसे नहीं आता, हम सबको भी आता है। फिर भी हममें से ऐसे कितने हैं, जो सिनेमा-टिकटें ब्लैक में नहीं खरीदते। स्कूल और कालेजों में सीटों

के लिए, बेटियों की शादियों के लिए, नौकरियों के लिए, इस समाज में जीने के लिए, खाने-पीने का सामान और साग-सब्जी ही नहीं और कई चीजें खरीदनी पड़ती हैं। सब कुछ व्यापार ही है। दया और धोखाधड़ी से मुक्त व्यापार।'

'मेरी आत्मा अभी नहीं मरी है।' पीछे से कोई चिल्लाया।

'जहाँ अपने सुख और स्वार्थ की बात आती है, वहाँ हम लोग अपनी आत्मा के दरवाजे बन्द कर लेते हैं। दूसरों के विषय में ही हम ये दरवाजे खोलते हैं।'

अनन्त को ये बातें तीर-सी लगीं।

'यह तो इस समाज को ही एक शव बनाकर इसकी शव-परीक्षा करने लगा है।' वह ऐसे चिल्लाया, मानो कोई जोर का तमाचा मार रहा हो और वहाँ से उठकर चला गया।

'आप तो इस तरह बोल रहे हैं, जैसे आपने कोई बहुत बड़ा तीर मारा हो।' कहते-कहते अदिशेष भी वहाँ से धीरे-धीरे खिसक गये।

'आपकी दृष्टि में उस स्त्री की इच्छा ही सब कुछ है। हमने जो इच्छा प्रकट की कि हमारा चन्दा घूस देने के लिए नहीं दिया गया था, उसका कोई अर्थ नहीं है। इससे तो अच्छा था कि हम अपने रुपये किसी मन्दिर की हुण्डी में डालते, उसका कुछ सदुपयोग तो होता।' एक और सज्जन अपने मन की कसर निकालते हुए बाहर आए।

इस तरह सभी लोग अपने-अपने मन का गुबार निकालकर वहाँ से चले गये। देवेन्द्र मानो लोगों की बातों की बर्छियों से भोंका जाकर खाट पर शव-सा चित्त गिर गया। पीड़ा से बेसुध पड़े उस व्यक्ति में शाम होते-होते थोड़ी-सी गति आयी। उसने लोगों के मन में छिपी सच्चाई को जोर से झकझोर डाला था। वह एक साहस का काम था। उसी साहस के साथ वह उठ खड़ा हुआ और सदा बन्द रहने वाले अपने सोने के कमरे की खिड़कियों को खोल दिया। खिड़कियों पर लगे पर्दों को भी हटा दिया। तभी गुदगुदाती हुई ठण्डी हवा का एक झोंका अन्दर की ओर आया। सफेद बादलों की ओट में एक तारा चमकता हुआ दिखायी पड़ा। उसने सोचा कि जाने उसका जन्म किस अशुभ घड़ी में हुआ था कि उसके जीवन की एक भी इच्छा पूरी नहीं हुई? खासकर, कल-कल स्वर से भरी कोकिल की-सी कूक वाली नन्हीं-नन्हीं कोयलों-सी कोमल गालों वाली, सुमनों की सुगन्ध-सी मनवाली और कामनाओं की कमनीय कोमलांगिनी स्त्री उसे नहीं मिली।

उसकी पत्नी अलिवेलू से उसकी जो कामनाएँ पूरी नहीं हुई, उन्हें किसने पूरा किया? उसके सोने के कमरे में पूरब की ओर एक खिड़की थी, जो सदा बन्द रहती थी। उस खिड़की के एक दरवाजे के बीचो-बीच एक एक छोटा-सा छेद था। उसी छेद से वह अक्सर बाहर झाँकता था। उसके घर से लगा हुआ टूटी-फूटी, टट्टी से बना एक गुसलखाना था, जिसमें रोज सबेरे नग्न-रूप में सीता नहाती

थी। अगर उससे सामना हो जाता, तो वह लज्जा के मारे परे हट जाता, लेकिन छेद के माध्यम से, स्वेच्छा से चमचमाती हुई सीता के उभरे अंगों की अदाओं को देखते-देखते उसके मन की गहराइयों में दबी पड़ी सारी घनीभूत कामनाएँ गलकर सारे बदन में रेंगने लग जातीं। देवेन्द्र उस रूप को उसी छेद से देख-देखकर आनन्दित होता था। कल्पनाओं में उसका भरपूर भोग करता था।

चाँदनी रातों में उस रसाल के नीचे फअी हुई चटाई पर उस दम्पति की शृंगार-लीलाओं को इसी छेद से देखते हुए उसे लगता, मानो कोणार्क का मूर्ति-युग्म सप्राण होकर प्रत्यक्ष हो। पर आज वह खिड़की के दरवाजे खोलकर बिल्कुल खुले रूप से उस ओर देखने लगा। उसके मन में एक गहरी आशंका उभर कर कचोटने लगी।

उतने रागमय और सुखी जीवन के रहते हुए सत्यमूर्ति ने आत्महत्या क्यों कर ली?

पत्नी को पर्याप्त खाना और कपड़ा देने में असमर्थ, अपने निर्बल शरीर से उसकी अपूर्व प्रणय-जलधि की गहराइयों को मापने में अशक्त होकर, कहीं वह उसी में डूब तो नहीं गया? अन्ततः वह इस निर्णय पर पहुँच गया कि दिव्य सुन्दरी पत्नी के प्रति अपनी ओर से होने वाले अक्षम्य अपराध को न सह सकने के कारण उसने आत्महत्या कर ली है।

यह सब सोचते-सोचते देवेन्द्र को लगा कि अब तक उसे प्रेम करना ही नहीं आया था। अगर उससे वह सच्चा प्रेम पाती, तो फिर वह क्यों घुट-घुटकर रोती और तड़प-तड़प कर जीती? इस पर कभी सहानुभूतिपूर्वक वह सोच ही नहीं पाया था। वह स्वयं सौन्दर्य से विमुख होकर जीने वाला जीवित शव बन गया था। अपनी शव-परीक्षा उसने स्वयं कर ली।

दो दिन के अथक प्रयत्न से थोड़े-थोड़े जो उधार के रुपये उसने जमा किये, उनसे लोगों से वसूली गयी चन्दे की रकम वापस चुकाकर ही उसने चैन की साँस ली।

अनु०—डॉ० के० रामानायुडु

✦

वादे

✦

पुराणम् सुब्रह्मण्यम शर्मा

'साहब,...फोन'

'अभी आ रहा हूँ!'

'हलो, आप कौन बोल रहे हैं?...सुब्बाराव स्पीकिंग...।'

'जी, मैं हूँ...हमारा बबुआ...हमारा बबुआ...!'

'बबुआ...बबुआ क्या लगा रखा है? साफ-साफ क्यों नहीं बोलते...मेरे तो हाथ-पाँव काँप रहे हैं और तुम...।'

'मैं यहाँ अस्पताल से फोन कर रहा हूँ। हमारा बबुआ अभी-अभी उत्मा खाते-खाते बेहोश होकर गिर गया। मुँह से झाग निकल पड़ा। म्युनिसिपल डाक्टर के यहाँ ले आये हैं। अपने मकान वाले छोटे बाबू की सहायता से यहाँ पहुँचे हैं। आप जल्दी आइए!'

'अभी आया!...अरे हाँ, यह तो बताओ कि घर आऊँ कि अस्पताल?'

'ठहरिये जरा, डाक्टर से पूछकर बताऊँगा...हलो, कहते हैं कि इंजेक्शन दे दिया है, घर ले जा सकते हैं। कुछ गोलियाँ भी दे दी हैं। आप घर पर ही आ जाइए।'

'घबराने की कोई बात नहीं है न!'

'जी, मालूम नहीं है।'

'तुम रोओ नहीं, मैं अभी आया।'

× × ×

'ओ बबुआ, अरे ओ बबुआ, देखो, इधर देखो। बोलो मुझसे! मुझसे बोलो! इधर देखो, इधर!'

'बबुआ, उठो, पिता जी आये हैं, देखो।'

'डाक्टर आखिर क्या कहता है, मुँह से यह झाग क्यों निकल रहा है, होश कब आएगा?'

'पता नहीं, यह सब क्या हो रहा है? मुझे तो लगा था कि उसकी आँखें उलट गयी हैं। पहले तो यह नाश्ता करना छोड़कर नखरे करता रहा। थाली गिरा देगा, सोचकर मैंने पीठ पर दो चाँटे लगा दिये।'

'लगा दिये न तुमने। तुम्हारा हाथ रुक थोड़े ही सकता है।'

'निगोड़ा हाथ, चल ही गया। मैं क्या जानती थी कि लड़का यों खाट से चिपक जाएगा?'

'लड़के को यों बेहोशी की हालत में घर में रखकर कब तक बैठेंगे? किसी अच्छे चिल्ड्रेन स्पेशलिस्ट को ले चलकर दिखाया जाए, चलो चलें।'

'कोई रिक्शा बुलाओ! हे भगवान्,...हे वेंकटेश्वर! हमारे लड़के की जान बचाओ। अगर यह बच जाए तो पूरे परिवार के साथ तुम्हारे दर्शन के लिए आएँगे। मेरे घर वाले अपने सिर के बाल चढ़ाएँगे। बच्चे के भी बाल चढ़ाएँगे।'

× × ×

रिक्शे में बैठकर—

'क्यों जी, देखो तो, लड़का कैसा लुंज-पुंज हुआ जा रहा है। क्या, मैं इसे फिर अपने हाथ से कभी खिला-पिला सकूँगी? क्या, अपने मुन्ने को नहला-धुलाकर निकर और कमीज पहना सकूँगी?...क्या, मेरा लाडला फिर से मेरी आँखों के सामने खेलेगा-कूदेगा?...मैं कैसी अभागिन हूँ...मेरे ये हाथ टूट क्यों नहीं गये?...बेहोश होकर गिरते हुए बच्चे को मारने के लिए मेरे हाथ कैसे उठ गये?...'

'रोओ नहीं। अभी क्या हुआ है, जो इस तरह रोने लग गयी हो? जल्दी ही ठीक हो जाएगा। परसों सालगिरह के दिन बबुआ पतलून माँग रहा था। सोचा था अभी मुन्ना छोटा है, पतलून पहनेगा तो फँसकर गिर पड़ेगा, इसलिए निकर ही सिलवाई थी। क्या अभी मुन्ना उठ पाएगा? पतलून खरीद दूँ, तो पहन सकेगा?'

'उस दिन रोकर कहने लगा था, चप्पलें खरीद दो...रोज एक जोड़ी चप्पलें खो आता है, पर इसलिए उस दिन की खरीदी चप्पलें मैंने आलमारी के अन्दर कपड़ों के नीचे छिपा रखी हैं। क्या, वह उन्हें पहन सकेगा? मैं कैसी अभागिन हूँ! अगर मुन्ना फिर से उठकर वे चप्पलें पहन के चल नहीं सका, तो उन चप्पलों को लेकर मैं क्या करूँगी?.

'चुप रहो, लो अस्पताल आ गया। अगर यहाँ रोने लगोगी, तो डाक्टर को बुरा लगेगा। अगर अस्पताल में रोना भी आ जाये, तो घर लाकर ही रोना पड़ेगा।'

× × ×

घर पर—

'बबुआ! बबुआ!! मुन्ने की माँ, देखो, देखो, बबुआ हिल रहा है। कराह रहा है, आँखें खोलेगा, तो अच्छा होगा, खोलेगा न! आँखें खोलो बेटे...!'

'इस तरह उस पर झुको नहीं, उसे हवा लगने दो। यहाँ मैं बैठा देखता रहूँगा उसको। तुम थोड़ी देर उधर चटाई पर लेटकर आराम कर लो!'

'क्यों जी, डाक्टर ने क्या कहा, हमारे मुन्ने को कोई तकलीफ नहीं होगी न? लड़का ठीक हो जायेगा न?'

'डाक्टर ने कहा कि लड़के को खाट पर न सुलायें, रात को जब होश आये, तो गोलियाँ खिलाने के लिए कहा है। सवेरे फिर से लड़के को अस्पताल ले जाने के लिए कहा है।'

'कुछ और नहीं कहा?'

'कहा है कि बालारिष्ट है। यह भी बता रहे थे कि कल होश आने पर अगर अच्छा टानिक वगैरह पिलाया जाय, तो लड़का बिल्कुल ठीक हो जाएगा।'

'ठीक हो जाएगा, कहा है न? कितनी अच्छी बात बतायी है उन्होंने, भगवान् वेंकटेश्वर ने ही उनके मुँह में पहुँचकर यह बात कहलवाई है। डाक्टर के मुँह में घी-शक्कर...!'

'डाक्टर का बिल चुका दें, तो वह काफी है, उनके मुँह में घी या शक्कर डालने की जरूरत नहीं है।'

'आप तो ऐसे कह रहे हैं, जैसे कोई कहता हो 'भगवान् के सामने नारियल फोड़ना काफी है, उन्हें प्रणाम करने की कोई जरूरत नहीं है।'

'हाँ, बस वही।'

'आँखें चली जाएँगी, माफी माँग लीजिए। वैसे कल जब हमारा मुन्ना चंगा होकर चलने-फिरने लगेगा, तब ये पुरानी चप्पलें फेंककर उसके लिए नये जूते और मोजे खरीद लाइए। लड़का बहुत दिन से कह रहा है।'

'सोच रहा था कि उसके नन्हें से पैर हैं, दबकर बढ़ नहीं पाएँगे, इसीलिए टालता रहा। वरना जूते कभी के खरीदकर दे देता। टेरलीन का एक छोटा-सा पतलून और एक कमीज भी सिलवाऊँगा।'

'मुन्ना तीन पहियों वाली साइकिल माँग रहा है। मैं आपसे एक साल से कह रही हूँ। पर आप टालते जा रहे हैं। पैसों की तंगी तो हमेशा ही रहेगी...जब किसी अड़ोस-पड़ोस के लड़के को साइकिल चलाते देखता है, तो उसकी साइकिल दिलाने के लिए मुझसे जिद करता है या फिर खुद रोता हुआ उस लड़के के पीछे पड़ जाता है।'

'तुम भी खूब हो! मैं तो यह सोचता रहा कि मुन्ना अभी छोटा है। गाड़ी चला नहीं पाएगा, वरना क्या तुम समझती हो कि पैसों की तंगी के कारण मैं गाड़ी नहीं खरीद रहा हूँ?'

'खैर, अब तो एक साइकिल उसे जरूर ही खरीदकर दे दीजिए। वैसे ही क्रिकेट की एक गेंद और एक बल्ला भी खरीद लाइए। आगे टाल-मटोल मत कीजिए।'

'क्या, मैं खुद नहीं चाहता। तुम्हें यों गिड़गिड़ाने की क्या जरूरत है? बस! मुन्ने के ठीक होकर बिस्तर से उठने की देर है। ये चीजें खरीदने में क्या देर लगती है? अगर वह चाहेगा, तो आसमान के तारे भी तोड़ लाऊँगा।'

'तारों की कोई जरूरत नहीं।'

× × ×

बबुआ चंगा होकर चलने-फिरने लगा।

'अरे ओ बबुए की माँ! वह गधा वहाँ बैठे-बैठे रो क्यों रहा है?'

'उसके लिए कोई और काम थोड़े ही है। परसों अपनी चप्पलें खो आया था, आज फिर जूतों के लिए रो रहा है।'

'यहाँ कोई रुपयों का पेड़ लगा हुआ है क्या, जो तोड़-फोड़कर मुँह माँगी चीजें माँगते ही खरीदता फिरूँ?'

'उसकी जिद का भी कोई अन्त है! पतलून, पतलून कहकर मेरी जान खा रहा है। क्या अभी से पतलून पहनने की उम्र है उसकी? उतने रुपयों में दो बढ़िया निकरें आ सकती हैं।'

'और नहीं तो क्या, यदि फिजूलखर्जी और बुरी आदतों से उसे नहीं रोकेंगे तो लड़का बिगड़ जाएगा।'

'पिता जी, पिता जी! मेरे लिए तीन पहियों वाली एक साइकिल खरीद दो न!'

'क्या साइकिल लेकर गलियों की धूल छानते फिरोगे? पढ़-लिखकर बड़े बनना तो मेरी साइकिल ले लेना। वह रैले साइकिल है। तुम्हारे दादा मेरे लिये शादी के समय खरीदकर लाये थे।'

'देखो बेटे! अच्छे बच्चे इस तरह हर देखी हुई चीज के लिए जिद नहीं करते। तुम मेरे अच्छे बेटे हो न! मेरी बात मानों। अगर सौ-डेढ़ सौ लगाकर मैं तुम्हें साइकिल खरीद के भी दे दूँ तो मोहल्ले भर के बच्चे उसे तुमसे छीनकर खुद चलाएँगे और तीन दिन के अन्दर उसे तोडकर रख देंगे। इससे तो अच्छा है कि तुम अपने ही आँगन में बैठकर खेलो। यों रो-रोकर मेरी जान क्यों लेते हो?'

'माँ! तब तो पिता जी से कहकर एक गेंद और बैट ही खरीदकर दिलवा दो!'

'देखो बेटे, अब तक कितनी गेंदें खरीद के नहीं दी थीं तुम्हें मगर सब मोहल्ले के बच्चे उठा ले गये। आज तुम्हारे पास एक भी नहीं बची है। अगर हम लोग बैट खरीदकर देंगे तो वे बच्चे तोड़कर रख देंगे। तुम तो कोई भी चीज हिफाजत से नहीं रखते अपने पास। तो फिर खरीदकर क्या फायदा?'

× × ×

मोहल्ले के सभी लड़के आपस में मिलकर खेल रहे थे—

'रे सत्ती, अरे सत्ती, क्या, मैं एक बार तुम्हारी साइकिल चला लूँ?'

'बाबू, अगर तुम थोड़ी देर मेरी साइकिल को पीछे से ढकेलोगे, तो मैं तुम्हें भी साइकिल चलाने के लिए दूँगा, ढकेलोगे?'

'सवेरे भी तुमने मुझसे यही काम कराया था और कहा था कि तुम्हें साइकिल दुपहर को दूँगा चलाने के लिए, अब फिर से ढकेलने के लिए कह रहे हो।'

'हाँ, हाँ, फिर से ढकेलोगे तो दूँगा, तुम्हें साइकिल।'

× × ×

'देखिए, बुआ जी, आपके बबुए ने मेरे जूते पहन लिये हैं। वापस माँगने पर नहीं दे रहा है।'

'देख बेटे, उसके जूते लौटा दे। यह क्या बदतमीजी है! दूसरों के जूते ले आकर घर में छिपा रखा है। अगर आइन्दा ऐसा करोगे तो तुम्हारी चमड़ी उधेड़ के रख दूँगी, समझे।'

'माँ, तब तो मेरे लिए भी जूते खरीद दो!'

× × ×

'देखो जानी, डाक्टर ने पूरे डेढ़ सौ का बिल भेजा है। इन डाक्टरों के मारे तो जान निकली जा रही है!'

'वह तो ठीक है, लेकिन लड़के के मारे नाकों दम है। मोहल्ले भर से झगड़े मोल ले रहा है। आज पड़ोसी बाबू मैनेजर भीमाराव के पोते से इसने साइकिल माँगी थी चलाने के लिए, उसने देने से इन्कार किया, तो इसने उसे खूब पीटा। अगर इसकी ऐसी ही करतूतें रहीं तो मेरा घर में शान्ति से जीना मुश्किल हो जाएगा। जब तक बीमारी की हालत में खाट पर चुपचाप पड़ा रहा, तब तक घर में शान्ति थी और मैं भी चैन की साँस ले रही थी। चंगा क्या हुआ, मुसीबतों का पहाड़ टूट रहा है मेरे सिर पर?'

'देखो जानी! तुमने तो लड़के को ज्यादा लाड़-प्यार दिखाकर सिर चढ़ा रखा है। इसीलिए यह सब हो रहा है। बच्चों को जरा सख्ती से काबू में रखना चाहिए! अगर ज्यादा ऊधम मचाता है, तो दो-चार चाँटे लगा देना चाहिए। ज्यादा नर्मी बर्तने से बच्चा बिगड़ जाएगा।'

'मैं भी चुप थोड़े ही रहती हूँ। जब कभी शरारत करता है, दो-चार मुक्के लगा ही देती हूँ, लेकिन वह भी नम्बरी बदमाश है। जितना ज्यादा मारो, उतनी ही ज्यादा अकड़ और जिद दिखाता है!'

'ये सारे लक्षण अच्छे बनने के नहीं दीखते। अगर अभी नहीं सीखा तो आगे क्या सीखेगा?'

× × ×

एक दिन सवेरे से ही बबुआ सत्ती की तीन पहियों वाली साइकिल को पीछे से ढकेल-ढकेलकर थक गया। गली के नुक्कड़ पर पहुँचकर हाँफते हुए स्वर में झल्लाकर बोला, 'रे सत्ती! मेरे माता-पिता अच्छे नहीं हैं। जब मैं बीमार पड़ता हूँ, तब तो बड़े ही लाड़-प्यार से चुमकारते हैं और चिकनी-चुपड़ी बातें करते हैं। जब

मुझे किसी चीज की जरूरत नहीं रहती, तब सब कुछ खरीद देने का वादा करते हैं। मगर जब हम वही चीजें माँगते हैं, तो कोई न कोई बहाना करके या तो आगे के लिए टाल जाते हैं या फिर खरीदकर देने से ही साफ इनकार कर देते हैं। जब से मेरा बुखार उतरा, उन लोगों के सारे वादे तो भाड़ में चले ही गये, उल्टे 'स्कूल जाओ, चुपचाप पढ़ो-लिखो' कहकर मारना-पीटना शुरू हो गया। रे सत्ती, मेरी इच्छा होती है कि काश, मैं फिर से बीमार पड़ जाता।... काश, मुझे फिर से बुखार चढ़ जाता।'

अनु०—डॉ० के० रामानायुडु

✦

संस्कार

✦

मधुरान्तकम राजाराम

'यह एक अच्छा कस्बा है।' रमापति ने अपने मन में सोचा, लेकिन मन में सोची हुई बात को मन में ही रहने नहीं दिया। दस-बीस लोगों के सामने प्रकट भी कर डाला।

'अच्छा!' सुनकर कुछ लोगों ने आश्चर्य का भाव व्यक्त किया।

'हाँ, आप ठीक कहते हैं।' कुछ ने हाँ में हाँ मिलायी।

कुछ लोगों ने सोचा, 'शोध करके एक भारी सत्य खोज निकाला है इस बुद्धिमान ने!'

सबने अपने-अपने ढंग से सोचा और सिर हिलाते हुए अपने-अपने रास्ते चले गये। उनमें से एक भी ऐसा न था, जिसने रमापति के विचार को प्रधानता देकर उसकी ओर ध्यान केन्द्रित किया हो।

लेकिन रमापति के विचार को सुनते ही आश्चर्य के भाव से उसकी ओर देखकर, उसके मुँह पर ही उसकी पत्नी राजेश्वरी ने प्रश्न किया, 'इस कस्बे के विषय में अभी आपको मालूम ही क्या है? हमको यहाँ आये अभी दिन ही कितने बीते?'

बेतुकी शंका से उसके विवेक पर सन्देह करती हुई पत्नी की ओर रमापति ने घूरकर देखा।

किन्तु इसी से डर जाने वाली नहीं थी, राजेश्वरी। 'क्यों जी! ऐसे घूर-घूरकर क्यों देख रहे हो? घूरकर देखने मात्र से चक्कर खाकर नीचे गिर जाने वाली कोई बगुली समझ रखा है क्या मुझे?' कहकर उसने पुराण की एक कहानी की याद दिलाई।

रमापति ने सोचा कि स्त्रियों से कभी बड़ी बातें नहीं कहनी चाहिए। ऐसा करके अपमानित होने पर उसने लज्जा का अनुभव किया। उसने सोचा कि यही विचार मैंने कितनों के सामने प्रकट किया था। सबने मेरे समर्थन में हामी भरी। फिर इस स्त्री को ही ऐसा क्या मालूम है, जो...। इसे तो वितण्डा के अलावा कुछ और सूझता ही नहीं।

फिर जिन स्त्रियों को घर की चहार-दीवारी के भीतर ही पड़े-पड़े जीवन बिताने की आदत पड़ चुकी हो, उन्हें बाहरी दुनिया का क्या पता होता है? उसके

लिए तो जैसा वह गाँव था, यह कस्बा भी वैसा ही है। चाहे उसे कितना ही समझाया जाय कि यहाँ के प्रधानाध्यापक बहुत ही सज्जन हैं, सभी अध्यापक मित्रों के लिए जान तक कुर्बान करने वाले है, विद्यार्थी विनय के अवतार है। यहाँ के होटलों के वेटर, दुकानदार, तांगे वाले—सभी बड़े अदब-कायदे जानने-मानने वाले है, लेकिन उसके मोटे दिमाग में ये बारीक बातें कैसे घुसेंगी? इन पर उसे यकीन कैसे होगा?

यह भी तो हो सकता है कि इतनी सारी बातें सुनकर वह कुछ नयी-नयी शंकाएँ उठाने न लग जाए।

लेकिन सब शंकाओं का समाधान समय दे देता है। अतः रमापति ने सोचा कि उचित समय आने पर राजेश्वरी को वास्तविकता का पता स्वयं ही लग जायेगा।

समय की धारा बहती रही। यों तो रमापति को सपत्नीक यहाँ आये तीन-चार दिनो से अधिक नहीं बीता लगता था, लेकिन वास्तव में एक महीने से अधिक बीत चुका था।

एक दिन सबेरे रमापति प्रयोगशाला में जाकर किसी प्रयोग के लिए आवश्यक सामग्री जुटाने में लगा हुआ था कि इतने में आँधी की तरह कोई छात्र भीतर आया और बोला,'मास्टरजी! बाहर कोई आगन्तुक आपकी प्रतीक्षा कर रहा है, सामने से गुजरते प्रत्येक विद्यार्थी से वे आपके बारे में पूछ रहे थे। इसलिए उन्हें बरामदे में बिठाकर मैं यहाँ दौड़ आया।'

रमापति ने सोचा कि कोई रिश्तेदार आया होगा। कहा जो गया है कि, घर बनाने से पहले ही चूहे वहाँ पहुँच जाते है।

रिश्तेदार ही होता तो रमापति को कोई चिन्ता नहीं होती। किसी छात्र के साथ घर भिजवा देता। वह आगन्तुक रिश्तेदार न था। मान न मान, मैं तेरा मेहमान की बात हो गयी। वह बबूल की गोंद की तरह चिपक गया, 'अरे रमापति, पहले तुम तिनके की तरह कितने दुबले-पतले थे, लेकिन अब खूब तगड़े हो गये हो। ठीक भी है। आखिर आदमी को इतना तगड़ा तो होना ही चाहिए। मुझे क्या मालूम था कि तुम इस कस्बे में रहते हो। मैं अपने काम-काज की दुनिया में डूबा रहता था। आज अचानक कुछ लड़को को आपस में बातें करते सुना। एक कह रहा था कि जानते हो, हमारे साइन्स टीचर रमापति, कितना अच्छा पढ़ाते है? सुनकर मुझे तुम्हारी याद आ गयी। तुरन्त उसे बुलाकर पूछा तो मेरा अनुमान सही निकला। जैसे भी हो, आखिरँ तुमसे मुलाकात हो ही गयी। खैर, यह बताओ कि यहाँ कब आये, कैसे हो, कहाँ ठहरे हुए हो, यह गाँव तुम्हें कैसा लगा? उसके प्रश्नो की बौछार के अलावा उसका रंग-ढंग भी आसपास के लोगों को अपनी ओर आकृष्ट किये बिना नहीं रह सका। वह खाकी पतलून तथा रंगीन आधी बाँह का कुर्ता पहने हुए था। लेकिन उन कपड़ो पर जमा हुआ मैल उन

दोनों के रंगों को मानों एक बना रहा था। सिर के सजे बाल टोकरी की याद दिला रहे थे। गालों पर पसीने की धाराएँ बह रही थीं।

वहाँ दस-पन्द्रह छात्र जमा हो गये। स्टाफ रूम में से चार-पाँच अध्यापक भी बाहर आ गये। चपरासी राघव तो खम्भे की आड़ में खड़ा-खड़ा हँस रहा था।

रमापति ने सोचा कि या तो आज मेरे दिनारंभ का मुहुर्त शुभ नहीं है या जागते ही पहले किसी मनहूस की मैंने सूरत देखी होगी। वरना यह अपमान क्यों सहना पड़ता? इस बदतमीज को शायद जरा भी अक्ल नहीं कि जिसके सामने खड़ा वह बातें कर रहा है, वह हाईस्कूल का एक इज्जतदार अध्यापक है। यह तो अपनी ही दुनिया में मस्त है। प्रश्न भी कर लेता है ओर समाधान भी दे देता है। अपनी आँखें उठाकर और नाक झुकाकर, बीच-बीच में घूरकर देखने भी लगता है।

आधे घण्टे तक तूफान की तरह सताकर उसने मुझसे छुट्टी ले ली। जैसे दाम का घटना बढ़ने का सूचक है, वैसे ही उसकी छुट्टी भी दुबारा मिलने की सूचना थी। क्योंकि जाने'से पहले उसने चेतावनी दी कि दो-तीन दिनों में घर पर आकर जरूा मिलूँगा। तुम्हारी श्रीमती से परिचय पाकर तुम दोनों के आपसी प्रेम और आनन्द को अपनी आँखों देखूँगा।

'चाहे कोई भी हो, प्रदर्शनी में रखने योग्य व्यक्ति है!' ड्राइंग-टीचर को दण्ड राव ने कहा।

गणित के मास्टर ने सुझाव दिया 'रमापति, एक बार पागल खाने जाकर पता लगाइए कि वहाँ से कोई छूट तो नहीं गया है!'

'अन्ततोगत्वा, इसका तो हमें इस बात का ज्ञान ही नहीं है कि इससे आपका परिचय कहाँ हुआ? रमापति, उसके विषय में सुनने के लिए हमारे कान सदा प्रतीक्षा करते रहेंगे।' पण्डित अवधानी जी ने प्रश्न किया।

'परिचय में क्या धरा है! यह जीवन जो है, कई आते हैं—जाते हैं। कितने ही लोग मिलते-बिछुड़ते हैं। सबका ध्यान थोड़े ही रहता है!' बात टालने के लिए रमापति ने समाधान दे दिया।

लेकिन किसी पण्डित जी से कुछ समय के लिए बच जाना अलग बात है, और अपने ही मन से पल-पल बचे रहना अलग बात है। रमापति के मन ने कहा कि यह जोंक की तरह सदा पीछे पड़ने वाले जीव-सा लगता है। इसका नाम कामेश है। बचपन का दोस्त है। उन दिनों मुहल्ले के सभी लड़कों का नेता बनता था। अपने साथियों में उसके विरोध में बोलने का साहस किसी को नहीं होता था। उसके पिता दूसरों के पिताओं के समान धनी नहीं थे। इसके अलावा कामेश की रुचि पढ़ने की अपेक्षा खेलने में अधिक थी। अत: नौंवी कक्षा से ही उसकी पढ़ाई रुक गई। उसके बाद केवल एक-दो बार ही उससे मुलाकात हो सकी। एक बार

मिलने पर बताया था, कि रेलवे मे कोई अस्थायी नौकरी कर रहा है। दूसरी बार जब मिला, तो बताया कि पान की दुकान बड़े फायदे में चल रही है।

आज कह गया है कि आजकल किसी स्थानीय बस-कम्पनी के मरम्मत के कारखाने में काम कर रहा है। तब तो उसकी नौकरी का यह एक नया रूप है।

दुपहर को घर जाते ही रमापति ने पत्नी से कहा, 'देखो राजी, हमारे भाग में यहाँ पर एक नया तारा निकल आया है।'

'नया तारा! यह क्या चीज है?' आश्चर्य से राजेश्वरी ने पूछा।

'हाँ-हाँ सही है, और उसका नाम है कामेश। कल या परसों तक हमारे घर पर उसके आ टूटने का भय है। भलाई इसी में है कि हम पहले ही से चौकन्ने रहें। क्योकि वह ऐसा आदमी है कि चाहे हम धक्का देकर बाहर निकाल भी दें तो भी वह मान न मान, मैं तेरा मेहमान कहकर घर से चिपका रहेगा।'

'अच्छा यह बात है! तो अब आप चुप रहिए। मैं निपट लूँगी उससे।'

लेकिन जब कामेश आया, तब राजेश्वरी कुछ नहीं कर सकी। फल-फूल लेकर हँसते हुए मूर्तिमान प्रेम की तरह कामेश भीतर पहुँच गया। सारे फल छील-छीलकर पति-पत्नी को खिलाते हुए स्वयं अतीत की जुगाली करने लगा, 'रमापति, क्या वे दिन फिर कभी वापस आ सकते है? ताड़ के मुंजी और नाले के पानी से पेट भरकर दिन भर बालू के खेतों पर खेलते रहते। शाम को कहीं घर जाकर माता-पिता से छः-सात चाँटे खाकर रात को घोड़े बेंचकर सो जाते। क्या वे दिन फिर कभी वापस आ सकते हैं? उम्र के ढलते-ढलते नाना कष्ट और कर्त्तव्य तन-मन को शिथिल कर देते हैं। जीवन के इस मार्ग में प्रेममयी पत्नी, हँसती-खेलती संतान और जान तक दे सकने वाले मित्र भी यदि साथ न दें तो निश्चय ही यह मरीचिका बन जाता है। पर मैं तो बातो में भूल ही गया। राजेश्वरी, आप दोनो कभी, एक बार हमारे घर जरूर आइये। कभी क्यों, हमारा घर यहीं, पास ही चौथी गली में तो है। वहाँ तक आने में वायदे की क्या जरूरत?'

'ठीक है भैया, जरूर आयेंगे। लेकिन आप आज यहाँ भोजन किये बिना नहीं जा सकते।' बड़ी ही आत्मीयता के साथ राजेश्वरी ने कहा।

आचरण में आते-आते अपनी सारी बातों को धूल में मिलते देख रमापति भीतर-ही-भीतर खीज उठा। लेकिन ऊपर से नकली हँसी हँसते हुए बोला, 'हाँ, कामेश! भोजन करके चले जाना।'

मगर रमापति ने जैसा सोचा था, खाने के पीछे अड़ जाने वाला व्यक्ति वह नहीं था। उसने कहा, 'बहन, अभी भोजन की क्या जरूरत है? कभी एक दिन मैं खुद आकर थाली के सामने बैठ जाऊँगा। आज तो घर से भोजन करके ही निकला हूँ। अगर दुबारा खाने बैठूँ तो परोसते हुए न आपको सन्तोष होगा और न खाते हुए मुझको।'

सदा ऊल-जलूल शंकाएँ करने वाली राजेश्वरी ने आज कामेश के जाते ही पति से पूछा, 'क्यों जी, ऐसे अच्छे आदमी को लेकर एकदम इतनी गाली क्यों दे डाली?'

रमापति को लगा, मानो उसके तले की जमीन खिसकती चली जा रही हो। 'नहीं, यह बात नहीं है, राजी! तुम नहीं समझती कि...चेहरे को देखकर या दो-चार बातें सुनकर किसी के अच्छे-बुरे होने का निर्णय नहीं किया जा सकता? यह कामेश, जो देखने में भला-सा लगता है, असल मैं वैसा नहीं है।'

रमापति का समाधान स्वयं उसके कानों को ही कृत्रिम लग रहा था, तो राजेश्वरी वहाँ खड़ी कैसे रहती? पत्नी के चले जाने पर रमापति ने भी चुप्पी साधकर खिसक लिया।

मानव जिससे बचने की जितनी ही चेष्टा करता है, वह प्राय: उसके उतने ही निकट पहुँच जाता है। शायद यह भी नियति की एक विचित्र लीला ही हो। कामेश के प्रति मन में क्यों ऐसी जुगुप्सा उत्पन्न हो गयी है, इस पर बहुत सोचने पर भी रमापति को कोई समाधान नहीं मिल सका। शायद रमापति के अन्तर्मन में कहीं यह भावना बैठ गई हो कि कामेश संस्कार-हीन व्यक्ति है और उससे मिलना-जुलना अपने मान के विरुद्ध है। मानव का मन बड़ी विचित्र वस्तु है। हजारों धातुओं के रासायनिक सम्मिश्रण से भी अधिक विचित्र उसकी बनावट है। यदि कोई व्यक्ति अपने ही मन की बातों को समझ नहीं सकता, तो दूसरों के मन की प्रवृत्तियों का सूक्ष्म विश्लेषण भला कोई कैसे कर सकता है?

कामेश से रास्ते में कहीं रमापति की भेंट हो जाती, तो वह तिलमिला उठता। और यदि वह भेंट स्कूल के अहाते के भीतर होती, तब तो उसके होश-हवास ही उड़ जाते। कभी कोई दूसरा उपाय न पाकर वह कामेश की बातों को अनसुनी कर हाँ, हूँ कर देता, कभी चिढ़कर कुछ-का-कुछ बोल देता। कामेश की जगह यदि कोई दूसरा होता तो वह रमापति के मन के भावों को कभी का भाँप लेता और आगे से अपनी सीमाओं के भीतर ही रहने लगता। लेकिन संस्कार की नाप-तौल का कोई मापदण्ड तो नहीं बना है। इसलिए यह कहना कठिन है कि कामेश संस्कार-हीन व्यक्ति है अथवा नहीं। फिर भी कामेश के विषय में एक बात तो अवश्य कही जा सकती है कि वह दूसरों के मन की बातों को ताड़ लेने की समझदारी से बहुत दूर था। कामेश का स्वभाव एक गेंद के समान था। गेंद को जितने जोर से दीवार की ओर फेंकिए, वह उतनी जोर से आपके पास आ जाएगी।

रमापति के सपत्नीक अपने यहाँ दावत पर आने की आशा मरीचिका की तरह चार-पाँच महीनों तक कामेश के साथ आँख-मिचौनी खेलती रही, 'बुला ही रहे हो न। कभी एक दिन आ जाएँगे।' कहकर रमापति जब-तब उसे टाल देता था। कामेश भी यह सोचकर तसल्ली कर लेता कि चलो, अगली बार अवश्य आएँगे। आखिर एक दिन रमापति ने चिढ़कर कह दिया, 'कोई जबर्दस्ती तो है

नहीं। आना चाहेंगे, तो आयेंगे, वरना नहीं।' तब भी कामेश ने समझा कि मित्रता के नाते वह मजाक कर रहा होगा।

समय बीतता गया।

रात के करीब नौ बज रहे थे। दूध-सी चाँदनी चमक रही थी। हवा दिन के थके-माँदे जीवों को थपथपाती हुई धीरे-धीरे बह रही थी। घर के पिछवाड़े की खुली जगह पर रमापति चटाई पर बैठा हुआ था। पास ही लालटेन के सामने बैठकर राजेश्वरी कोई पत्रिका पढ़ रही थी। कामेश को 'रंग में भंग' समझने वाले रमापति को यह अनुमान नहीं था कि ऐसे शान्त वातावरण में भी कामेश टूट पड़ सकता है। अनुमान न हो तो क्या हुआ, असलियत तो सामने आ गयी। दनादन दरवाजा खटखटाकर, कुण्डी खुलते ही, 'बहन, घबराओ मत, मैं भोजन करके आया हूँ, लेकिन थोड़ा गरम पानी पिये बिना नहीं रह सकता।' कहता हुआ कामेश रमापति के पास जा पहुँचा।

रमापति ने मित्र को बैठने तक के लिए नहीं कहा। लेकिन कामेश स्वागत की प्रतीक्षा नहीं करता। वह चटाई पर धम से बैठ गया और बोला, 'अरे रमापति, क्या बताऊँ तुमसे! अभी घर पहुँचकर नहा-धोकर भोजन किया। सोना चाहता था, किन्तु न जाने क्यों मन तुम्हारी तरफ खिंचने लगा। बस, उठकर सीधे यहाँ चला आया।' आखिरी वाक्य पूरा करते-करते वह तकिये पर झुक गया।

रमापति को लगा कि यह बड़ी मुसीबत है। एक तो बिना बुलाए आ टपका, ऊपर से दूर बैठने के बजाय पास आकर चटाई पर ही बैठ गया। खैर, तब भी कोई बात नहीं थी, लेकिन यह क्या मजाक है कि तकिये पर ही लेट गया! कामेश की करतूतें रमापति को बिल्कुल पसन्द नहीं आयीं, मगर मन का गुब्बार बाहर निकालने का कोई रास्ता उसे सूझ नहीं रहा था।

'भैया, यह लीजिये पानी!' कहती हुई उपहार भरी थाली के साथ राजेश्वरी सामने अयी।

थाली खाली करके कामेश एक ही घूँट में सारा पानी पी गया। गला साफ करते हुए असली बात पर आया—

'रमापति' मैं अपनी पत्नी के सामने सिर उठाकर नहीं जी पा रहा हूँ?'

'तो सिर झुकाकर ही जियो।' रमापति ने उसके मुँह पर इस ढंग से कहा जैसे कोई सूखी लकड़ी तोड़ रहा हो।

चाँदनी की चमक में राजेश्वरी ने देखा कि कामेश के चेहरे का रंग फीका पड़ गया है।

इसमें कोई शक नहीं कि कामेश के मुँह को भारी ताला लग गया। बहुत प्रयत्न करने पर भी उसके मुँह से कोई बात नहीं निकल सकी। लगभग पन्द्रह मिनट तक सब लोग चुप रहे। आखिर कामेश इस तरह उठ बैठा, जैसे किसी निर्णय पर पहुँच गया हो।

'रमापति, तुमसे एक बात कहनी है।'

'कोई रहस्य है!' रमापति ने कामेश की ओर कुछ अजीब तरह देखते हुए पूछा।

'रहस्य क्या है, मेरा सिर? मित्र हो, इसलिए सोचा कि मन की बात तुम्हें सुनाऊँ।'

'तो चलो!' रमापति उठकर कामेश से पहले ही बाहर निकल गये।

गली में पहुँचते ही रमापति एकदम पीछे की ओर मुड़ा। इतने में कामेश भी एक कदम आगे बढ़ा और विनय के स्वर में बोला,

'रमापति, और कोई बात नहीं है। तुम्हारे मन में एक बात खटक सकती है। तुम सोचते होगे कि यह हमको बार-बार क्यों बुलाता है और एक बार भी हमारे यहाँ भोजन के लिए नहीं आता? मगर एक बात की तरफ गौर करो, तुम लोग तो पति-पत्नी दो ही व्यक्ति हो, जबकि हम बाल-बच्चे सब मिलकर छः से कम नहीं हैं। ऊपर से बहन को देखो, उसके महीने चढ़े हुए हैं। ऐसी हालत में, रिश्तेदारों के यहाँ जाने, दावत खाने और हँसी-खुशी में समय बिताने की उसके मन में कितनी इच्छाएँ होंगी?'

'देखो, कामेश!' बड़े ही तीखे स्वर में रमापति ने जवाब दिया, 'सबकी अपनी इच्छाएँ होती हैं और अपनी-अपनी सीमाएँ। तुम तो कई बार बुला चुके हो। अब वहाँ जाने या न जाने का निर्णय करना हमारा काम है। मेरी समझ में यह नहीं आता कि तुम इस तरह हमारी जान क्यों खाते फिरते हो?'

कामेश ने सपने में कभी नहीं सोचा था कि रमापति के मुँह से ऐसी बातें सुननी पड़ेंगी। वह काठ-सा हो गया।

× × ×

कहा जाता है कि समय की गति सदा एक-सी नहीं होती। राजेश्वरी जो फूल की लता की तरह दुबली-पतली थी और रोज घर के एक कोने से दूसरे कोने तक घूमती-फिरती थी, आजकल फलों के भार से झुकी रसाल की डाली की तरह या तान्दिल गुड़िये की भाँति हो गयी है। लेकिन नौ महीने पूरे होने में अभी काफी समय बाकी था। रमापति रोज ही ससुर की राह देख रहा था। ससुर के आते ही राजेश्वरी मायके चली जाएगी। तब तो होटल में खाने और सराय में सोने-की-सी हालत हो जाएगी। इसके अलावा कोई दूसरा उपाय भी तो नहीं, यह वियोग तो लाजमी है। यदि ऐसा सोचा जाये, तो वियोग के बाद संयोग तो बड़ा ही आनन्दपूर्ण होगा। इसके अलावा तब साथ में एक छोटा-सा मुन्ना भी रहेगा। कल्पना की दुनियाँ में विचरते हुए रमापति अतीव प्रसन्न हो रहा था।

एक दिन सवेरे उठकर, शौच आदि से निवृत्त हो रमापति 'रीडिंग रूम' में से वापस आ रहा था। समय साढ़े आठ के करीब हो चुका था। लेकिन राजेश्वरी अभी तक पलंग पर से नहीं उठी थी।

'क्यों राजी, क्या अभी तुम्हारे लिए सवेरा नहीं हुआ?' रमापति ने हँसते-हँसते मजाक में पूछा।

'अजी, पता नहीं क्यों, आज तबीयत ठीक नहीं लग रही है?'

अभी-अभी ही रमापति ने नौका के डूबने और हवाई जहाज के गिरने आदि की दुर्घटनाओं के बारे में समाचार-पत्र में पढ़ा था। अब पत्नी की बातें सुनते हुए उसे लगा कि वे सारी दुर्घटनाएँ एक साथ उसी के घर में हो चुकी हैं। वह इतना हड़बड़ा गया कि एक जगह न खड़ा रह सका और न बैठ ही सका। भय और शंकाओं के मारे वह काँप-सा गया। प्रधानाध्यापक के नाम उसने छुट्टी का पत्र लिखकर भेज दिया। उसके बाद किंकर्तव्य-विमूढ़-सा हो उसने पत्नी से पूछा, 'राजी, क्या किसी डाक्टरनी को बुला लाऊँ?' 'डाक्टरनी आकर क्या करेगी? सामने के घर वाली ताई को बुला लाइए जरा!' ताई ने अपने सीमित ज्ञान से परखकर कहा, 'देखो बेटे, यह तो अजीब बात-सी दीख रही है। बेटी तो कहती है कि अभी नौ मास पूरे नहीं हुए, पर लच्छनों को देखकर इसकी बातों पर यकीन नहीं होता। अच्छा है, आप अपने घर वालों को जल्दी खबर भेज दो।'

रमापति ने उस दिन दुपहर का भोजन होटल से मँगाया। बड़ी मिन्नतों-मनौतियों के बाद कहीं जाकर राजेश्वरी ने दो कौर मुँह में डाला, किन्तु उल्टी होने से वह भी पेट में नहीं गया।

रोज की तरह सहाध्यापकों ने घर जाकर रमापति को सैर के लिये बुलाया। डर की परतों को मन ही मन दबाते हुए रमापति ने उनसे अपनी सारी हालत कह सुनायी। सभी मित्रों ने एक स्वर में अपनी सहानुभूति प्रकट की। किसी ने कहा, 'रमापति! इस कस्बे में दवा-दारू आदि कैसे हो सकती है? किसी शहर में ले जाते तो ठीक रहता।'

दूसरे ने कहा, 'शहर ले जाने की क्या जरूरत है? पैसे दे सकें, तो रानीपेट से कोई नर्स यहीं दौड़कर आ जाएगी।' किसी तीसरे ने कहा, 'तब भी डाक्टरनी या नर्स आकर क्या कर सकती है? इस समय तो किसी आत्मीय व्यक्ति का पास रहना बहुत जरूरी है।' अपने-अपने ढंग से सलाहें देकर हँसते-हँसते वे लोग चले गये। रमापति गहरी साँस लेकर खड़े रहने के अलावा कर ही क्या सकता था?

आधी रात होते-होते राजेश्वरी के शरीर में असह्य पीड़ा का अनुभव होने लगा। थोड़ी देर तक वह कराहती रही और फिर सो गयी, लेकिन रमापति सो नहीं पाया। ऐसी हालत में न जाने कब क्या हो जाए, इसका कोई अनुमान भी नहीं किया जा सकता? रमापति ने सोचा कि भगवान् की कृपा से कल शाम तक अगर कोई आफत नहीं आयी, तो तब तक सास को बुला लाऊँगा।

बाकी रात शान्ति से बीत गई। सवेरे पहली बस से ही रमापति ससुराल की ओर निकल पड़ा। अगर बस घण्टे में पच्चीस मील की रफ्तार से चले, तो तीन

घण्टों में गाँव पहुँचा जा सकता है। लेकिन वायुवेग को भी मात करने वाले मनोवेग के सामने उस बस की रफ्तार किस गिनती में आती? रास्ते के हर किसी रेस्तराँ के पास बस रुक जाती और चाय के प्याले से पेट भरते हुए ड्राइवर अपने शरीर की ही तरह बस को भी धीरे-धीरे आगे बढ़ाता। दिन के कहीं बारह बजे बस अपनी मंजिल पर पहुँच पायी। रमापति तुरन्त रिक्शा करके ससुराल के सामने जा उतरा। घर के सामने पहुँच जाने मात्र से तो काम पूरा नहीं हो जाता। बन्द खिड़कियों तथा दरवाजे पर लगे ताले को देखकर रमापति काठ-सा खड़ा रह गया। पूछताछ से पता चला कि सास-ससुर दोनों ही यात्रा वाली गाड़ी से पुरी और कलकत्ता होते हुए उत्तर हिन्दुस्तान की ओर चले गये हैं।

उस क्षण रिश्तेदारों पर रमापति को जो क्रोध आया, वह कथन से बाहर था। उसने सोचा, यह बात सही है कि, मैंने लिखा था कि प्रसव होने में अभी कुछ समय शेष है। फिर भी क्या यात्रा करने का यही समय मिला था उनको? असल में इन ससुराल वालों का मेरे प्रति ऐसा ही व्यवहार पहले से चला आ रहा है। पहला दामाद कोई इंजीनियर है और दूसरा अच्छी आमदनी कमाने वाला वकील। मैं ही ऐसा निकला, जो मास्टरी करता हूँ...छि:-छि:, कैसे लोग हैं?

ससुराल से रमापति ने सीधे अपने गाँव की टिकट ली। रात के दस बजे घर पहुँचा। बरामदे में पिता जी सो रहे थे। बिना किसी सूचना के आये अपने बेटे को देखकर वे घबरा गये। बोले, 'क्यों रमापति! इतनी रात गये कैसे आये? बहू ठीक है न?'

'ठीक ही है पिता जी, लेकिन उसे प्रसव-पीड़ा हो रही है, तो सोचा कि माँ को लेता जाऊँ।'

'क्या तुम अपनी माँ को ले जाने आये हो, क्या इसीलिए आये हो? लेकिन बेटे, वह तो यहाँ नहीं है। वह तुम्हारी बहन का प्रसव सँभालने परसों ही हिन्दूपुर चली गई। लेकिन बेटे, बहू का यह पहला प्रसव है न! उसके मायके वालों को क्या हो गया?' आश्चर्य से पिता ने पूछा।

रमापति ने कहना चाहा, 'मायके वाले मर चुके हैं।' मगर कह नहीं पाया। हताश हो चौकी पर धम से बैठ गया।

दुनिया के गोल होने की बात को साबित करते हुए बस ने रमापति को दूसरे दिन सवेरे, नौ बजे यथास्थान उतार दिया। आँधी में कटी पतंग की तरह उड़ते हुए, रमापति ने गली में मुड़कर घर की ओर देखा। देखते ही उसके शरीर की नस-नस में खून तीर की तरह दौड़ पड़ा। घर के आगे जमी लोगों की भीड़ देखकर रमापति का दिल जोर से धड़कने लगा। वह चल नहीं, दौड़ रहा था।

'रमापति, बधाइयाँ!' लेकिन मुँह में शक्कर डालने के पहले नहीं बताऊँगा। 'लो, मुँह खोलो जल्दी।' शक्कर लिए, हाथ बढ़ाये, लोगों को परे हटाता हुआ कामेश दौड़ा आ रहा था।

'आप भी कैसे आदमी हैं? उन्हें भीतर आने से वहीं रोके खड़े हैं। पिता को न पाकर उधर बेचारा कब से रो रहा है?' दरवाजे की आड़ में खड़ी कामेश की पत्नी ने कहा।

मित्र के सामने सीधे मुँह खड़े रहने में लज्जा का अनुभव करते हुए रमापति ने अपना सिर नीचे की ओर झुका दिया। पुत्रोदय की बात तो है ही, लेकिन इस समय रमापति को ज्ञानोदय भी हुआ। उसकी आँखों से निकले आनन्द के आँसू उसके ज्ञानोदय के तरल बिन्दु थे।

अनु०—**डॉ० के० रामानायुडु**

✦

पंजाबी

पंजाबी कहानी : कल, आज और कल

✦

प्रो० फूलचन्द मानव

अभिव्यक्ति की सहजता, अनुभूति की मार्मिकता एवं वस्तु की नवीनता के साथ ही गहरी जीवन दृष्टि के अनुसार आज पंजाबी कहानी में आधुनिकता के लक्षण स्पष्ट उभर रहे हैं। विषय-वस्तु ग्रामीण अंचल से हो, या नगर-जन्य मशीनी सभ्यता की बात, कहानी में पात्र के मन की परतें इस कदर खोलकर पेश की जाती है कि एक ही क्षण में भरे पूरे सम्पूर्ण जीवन का एहसास मुखर हो उठता है। आदमी आज इतना सिमट गया है कि विश्व की दूरियाँ उसे चकित नहीं करतीं। एक स्थान पर एक ही स्थिति में जहाँ आदमी बेतरतीब, भीड़ में भूला, भटक रहा है, वहीं वह अपने आपको निःतान्त अकेला और अजनबी पा रहा है। इधर धर्म, विज्ञान, समाज, राजनीति, अर्थतन्त्र, मूल्य—सभी कुछ इस तरह बदले हैं कि सहज में इन सभी से स्वयं को जोड़ना आदमी को अखरने लगा है। मानवीय सम्बन्ध टूट-बिखर रहे हैं, अकेले आदमी का अहं कभी इतना विराट् और कभी नितान्त बौना हो जाता है कि उसे अपनी असलियत पर शर्म आने लगती है। लगभग ऐसे अनेक विषयों को स्पर्श करती पंजाबी कथा-यात्रा संतसिंह सेखों, सुजानसिंह और कर्तारसिंह दुग्गल के लेखन को लाँघकर संतोख सिंह धीर, मोहन भंडारी, दलीप कौर टिवाणा और प्रेम प्रकाश से होती हुई केवल सूद, जगजीत बराड़, हमदर्दवीर नौशहरवी तक आकर ही नहीं ठहरती, बल्कि जसवंतसिंह विरदी, कुलवंतसिंह विर्क, रामसरूप अणखी, अजीत कौर के बाद भी बीसियों नये हस्ताक्षरों के हाथों आगे आकर त्रिलोकसिंह, आनन्द, तेजवन्तमान, देव भारद्वाज, वरियास संधू, जसवीर भुल्लर और गुरपालसिंह लिट्ट की शिल्पगत तथा सिंदर, गुलचौहान, किरणपाल कजाक, अमर गिरी तक की शैलीगत समर्थता को स्वीकार कर रही है।

सन् 1966 ई० से 1986 तक, दो दशकों की अवधि में शताधिक पंजाबी कथाकारों में कई कथाकार सहज ही एक पाठक का ध्यान आकर्षित करते हैं, जिनमें गुरबख्ससिंह प्रीतलड़ी, नानकसिंह, मोहनसिंह दीवाना, गुरमुखसिंह, मुसाफिर, नौरंगसिंह, सुरजीत विरदी, बूटासिंह—जैसे अमिट कथा हस्ताक्षरों के बाद भी महेन्द्र सिंह सरना, गुलजारसिंह संधु, लोचन बक्षी, नवतेज सिंह, गुरबचन सिंह भुल्लर, चंदन नेगी, सत्यार्थी, महेन्द्रसिंह जोशी, बलवंत गार्गी आदि अनेक समर्थ कथाकारों के साथ-साथ बलदेवसिंह, दलवीर चेतन, रघुवीर ठंड, रविन्दर रवि, गुरमेल मड़ाहड़, स्वर्ण चंदन, शहरयार, सुख्वंत कौर मान, प्रेम गोरखी, वचिन्त कौर आदि कितने ही नाम महत्वपूर्ण हैं।

दस पंजाबी कहानियों के चयनार्थ पाँचेक कथाकार समीक्षकों, प्राध्यापकों और सजग पाठकों से सर्वेक्षण के दौरान दूसरी दर्जनों कहानियों की ओर भी सहज ही ध्यान जाता रहा है। विभिन्न कथा-आन्दोलनों और ऐतिहासिक विकास-क्रम की गहराई में उतरने पर 'हलवाहा', 'रजाई', 'परिचि़त चेहरा', 'कोई एक सागर', 'दोषी', 'अथवा', 'डेड लाइन', 'बरगद बाबा'

'माध्यम' और 'नील तारा'...मुझे, मील के पत्थर, कथा-पड़ाव, नये मोड़, बढ़ते-चरण लगे हैं। यह वैयक्तिक विकल्प ही नहीं, शैली-शिल्प, कथ्य और भाषा की दृष्टि से पंजाबी कहानी के बदलते, विकसित होते हसीन चेहरों को रेखांकित करती कहानियाँ हैं।

अन्न-धन से सम्पन्न देश का खड्ग-भुज पंजाब पिछले कुछ बरसों से बारूद का खेल झेल रहा है। आतंकवाद, साम्प्रदायिकता, उकसाहट, संकीर्णता का शिकार होता रहा है, जिसका मुखर स्वर हमदर्दवीर नौशहरवी की 'नीला तारा के अस्त होने पर' में गूँज रहा है। संताप की बेला में विषमता की लड़ाई पंजाबी-पात्र की अन्दरूनी संघर्ष-कथा है।

'माध्यम' (जगजीत बराड़) में संकल्प के स्वरूप को सूक्ष्म-दृष्टिकोण द्वारा समझाने का यत्न किया गया है कि वियतनाम के युद्ध में लापता पति का विकल्प, नायिका, चर्च के फादर को मान लेती है, चूँकि पेन या चाबियों का गुच्छा खो जाने पर भी तो उसने पुराने को भुलाकर नयों की खरीद की थी! यही अनुभूति की मार्मिकता और अभिव्यक्ति की सहजता सारे माहौल को झटक कर रख देती है।

'बरगद बाबा' का कथ्य और 'डेड-लाइन' का यथार्थ बोध, 'अथवा' की अनिश्चय-भावना और 'दोषी' का एहसास कुछ लीक से हटकर बयान पाने के सफल प्रयास हैं। 'कोई एक सवार' में मशीनी-सभ्यता पर व्यंग्य और परिचित चेहरा, 'रजाई' व 'हलवाहा' में अलग-अलग स्तर पर व्यंग्य के अतिरिक्त वास्तव-बोध, आंचलिक-चित्रण और काल-क्रम के प्रभाव लक्षित हो रहे हैं।

प्रतिनिधि कथा-चयन की चुनौती का सामना करते हुए कहानीकारों पर नहीं, कहानियों के स्थाई प्रभाव और क्रमशः नये तेवरों पर ही चयनकर्त्ता की दृष्टि रही है, जो अनेक विद्वान कथाकारों को धुँधली, अपूर्ण, खंडित भी लग सकती है, लेकिन समझ और समानता के दावे से परे पंजाबी कहानी का कल, आज और आने वाला कल कहीं स्पर्श हो, इस दृष्टि से ही ये कहानियाँ यहाँ प्रस्तुत हैं। आशा है, पाठक इससे सहमत होंगे।

✦

"नीला तारा" अस्त होने के बाद

✦

हमदर्दवीर नौशहरवी

रोटी खाने को आज मेरा मन नहीं है। हर रोज की तरह गुरुद्वारे का भाई जी खाट के सिरहने रोटी रख गया है। पहले सोचा था कि पीछे से आवाज देकर रोकूँ, पूछूँ, कुछ बातें करूँ। भाई जी खुद कभी कोई बात ही नहीं करता, कभी नहीं बुलाता, बस अँधेरे-अँधेरे दबे पाँव आता है, चुपचाप रोटी टिकाकर चला जाता है। तड़के मुँह अँधेरे रोटी के साथ चाय का लोटा भी होता है। सदैव मैं ही उसे रोककर पूछता हूँ, 'मेरे पास तुम्हारे सिवा कोई भी गाँव वाला नहीं आता। किसी तरह यदि मैं किसी के पास पहुँच जाता हूँ तो सामने वाला पीछा छुड़ाकर, दूर चला जाता है। मेरे साथ कोई बात नहीं करता।'

'तुम्हारे साथ यदि कोई गाँव वाला, कोई बात नहीं करता तो तुम्हारे में ही कोई कसूर होगा, दोष तुम्हारा ही होगा।'

'मेरी पत्नी विमला का कहीं पता चला? मेरी बेटी गीता, मेरा एक ही बेटा सुभाष न जाने कहाँ चले गये?'

मेरे परिवार के बारे में भाई जी ने कभी कुछ नहीं कहा, कुछ नहीं बताया। मैं कई बार पूछ चुका हूँ। जब भी पूछता हूँ, भाई जी का सदा यही उत्तर होता है, 'रोटी अभी गर्म है, जल्दी खा लेना, ठंडी हो जायेगी।' और भाई जी जा चुका होता है।

दिन काफी चढ़ आया है। मैं चाय पी चुका हूँ, लेकिन रोटी पड़ी-पड़ी ठंडी हो गई है। आज मैं रोटी नहीं खाऊँगा। इस घर में आज मेरा आखिरी दिन है। अंधेरा पसरते ही मैं यहाँ से चल दूँगा। रात ही रात में पाँच-सात मील तो तय कर ही लूँगा। रात की रोटी तक मैं प्रतीक्षा नहीं करूँगा। रात को भाई जी ग्यारह बजे से पहले रोटी नहीं लाते और ग्यारह बजे तक मैं गाँव की सीमा वाला ऊँचा टीला पार कर जाऊँगा।

मेरा गाँव, कभी यह मेरा गाँव ही होता था। मैं यहाँ जन्मा, पला, पढ़ा, जवान हुआ, यहीं से मैं बारात लेकर गया, यहीं मैं शादी करके लौटा, यहीं मैं सेना में भर्ती हो गया। धीरे-धीरे मैं अपने गाँव से दूर होता गया। सेना की तेइस साल की नौकरी के दौरान मैं साल में सिर्फ एक बार ही गाँव आया करता था। कुछ दिन गाँव में बिताता और फिर दोस्त, मित्रों, संबंधियों से मिलने चला जाता था। गाँव में

मानो दिल ही नहीं लगता था। मेरे वारिस इसी गाँव में जन्मे व पले थे। मेरे पिता, दादा और शायद परदादा भी इसी गाँव में पैदा हुए, पलते रहे और परवान चढ़े थे। वे गाँव से बाहर नहीं गये थे बस, यहीं थोड़ी-सी खेती करते रहे, मामूली-सी दुकान करते रहे। विमला भी बस इस गाँव में आकर इसी गाँव की हो गयी। मैं इसे कभी अपने साथ ले जा नहीं पाया। मेरी यूनिट हमेशा पहाड़ों पर ही रही है। कभी नेफा, कभी नागालैण्ड तो कभी लेह लद्दाख। अभी तो मैदान में आया था। मैं सोचता था, शायद अब कुछ साल परिवार को अपने साथ रख सकूँगा। हवलदार की प्रमोशन की भी उम्मीद थी, लेकिन...

मैंने सभी को तार दिए। ले-देकर अब दो ही निकट सम्बन्धी बाकी थे—साला और मामा। इन्हें भी तो दो तारें दीं। दोस्त मित्र बहुत हैं, सभी को तार दिए, लिखा कि मैं बहुत बुरी हालत में मिलिटरी हस्पताल में पड़ा हूँ, शायद बच पाने की भी आस न हो, जल्दी आकर मिले। लेकिन कोई नहीं आया, यहाँ तक कि विमला भी नहीं आयी। लेकिन विमला थी ही कहाँ? मालूम नहीं इससे पहले ही वह...।

मैंने सोचा था,—शायद विमला अपने भाई के पास शहर चली गयी हो। गाँव में अकेले परिवार के लिए कोई सुरक्षा न थी। अस्पताल से छुट्टी पाकर मैं सीधे अपने साले के पास पहुँचा।

'मेरे तार नहीं मिले क्या?'

'मिले थे, लेकिन कारोबार से फुर्सत ही नहीं थी और फिर इस बिगड़े हुए माहौल में सफर करना वैसे भी खतरे से खाली नहीं।'

'विमला और बच्चे आये होंगे?'

'आये थे, लेकिन एक दिन रहकर चले गये। असल में विमला की कौशल्या से बन ही नहीं सकी। मैंने भी यही सलाह दी। भले ही हालात बहुत खराब हैं, फिर भी अपना घर ही अन्ततः काम आता है। कोई कितनी देर बेगाने घर में...।'

'ठीक है, तो मैं चलूँ एम्बूलेंस है, गाँव तक छोड़ आएगी, बाद में कठिनाई होगी।'

'आपकी बात तो ठीक है, लेकिन आप इस हालत में...ठीक है। आपकी जैसी इच्छा, लेकिन चाय तो पी जाओ।' मैंने कहा, 'कौशल्या, चाय तो बनाना चार प्याले।'

कई साल पहले मेरे ससुर का असमय देहान्त हो गया था। कुछ समय बाद सास भी परलोक सिधार गयीं। मामा के घर जाने की मेरी हिम्मत ही नहीं हुई।

मैंने सोचा था, 'शहर में ही रहूँगा। शहरों में हिन्दुओं के लिए फिर भी थोड़ी सुरक्षा है—गाँव में क्या बचाव है? कुछ गाँवों में हिन्दुओं की हत्याएँ भी कर दी गयी है। कोट में तो हिन्दुओं का परिवार भी एक ही है। सिर्फ हमारा परिवार ही कई पुश्तों से वहीं रहता आया है। लेकिन परिवार भी एक का एक ही रहा। दादा

भी अकेले थे, मेरे पिता भी अकेले थे, आगे मैं भी अकेला हूँ। मेरे भी एक ही बेटा है। न जाने कहाँ है मेरा लाडला?

सोचा था, साले के कारोबार में मुनीमी करने लगूँगा। दिनभर बैठा हिसाब-किताब करता रहूँगा या कहीं कोई दुकान डालकर बैठ जाऊँगा। कुछ पेंशन भी तो मिलती थी, गुजारा होता रहता।

गाँव पहुँचा हूँ। गाँव मुझे उजड़ा-सा लगा—वीरान—सूनसान-सा। पहले तो सैनिक गाड़ी आती देखकर लोग रास्ते में ही आ मिलते थे। खेतों में काम करते किसान भी उठकर देखने लगते थे। सैनिकों की गर्वीली मुस्कान बाँटते थे। बच्चे आस-पास जमा हो जाते थे। जयहन्दि कहते थे, स्त्रियाँ छतों पर चढ़कर देखा करती थीं। नव-वधुएँ घूँघट में ही मुस्करा देती थीं। सालेक बाद जब कोई जवान छुट्टी आता तो मानो सारे गाँव का चाव-सा बढ़ जाया करता था। काला ट्रंक उठाये जैसे ही कोई फौजी जवान अपने गाँव की फिरनी पर चलता हुआ अपने घर की ओर मुड़ता, उसके पीछे बच्चों का एक जुलूस आ खड़ा होता—मानो यह कोई जीत का जुलूस हो। हर बच्चा बड़ा होकर सैनिक बनने की इच्छा रखता और फिर छुट्टी आया हुआ सैनिक वरदी समेत चाचों, तायों के घरों मिलने जाता—अपने यारों-दोस्तों से भी मिलता। सभी आगे आ आकर उसके साथ बैठते, युद्ध की बातें पूछते। उन्हें भी भरती करवा देने की मिन्नतें करते।

मेरे साथ भी सदा ऐसे ही होता था।

लेकिन इस बार क्या हो गया? किसी ने राम-सति नहीं पूछी। गाड़ी आते देखकर लोग राह से हट गये थे। किसी ने स्वागत में हाथ नहीं हिलाया। कोई बच्चा गाड़ी की ओर दौड़कर नहीं आया। जैसे-जैसे गाँव में से होकर निकला—अपने घर की ओर बढ़ा—हर खुला दरवाजा भी बन्द हो जाता रहा। गलियाँ सूनी, द्वार बन्द, हरेक चेहरे की महज पीठ ही दिखाई दी।

फौजी एम्बुलेंस मेरे घर के सामने आ रुकी है। बाहर कुंडा लगा हुआ है। ड्राइवर ने उतरकर कुंडा खोला। दूसरे जवान की सहायता से उसने मुझे नीचे उतारा और आँगन में मुझे ला बैठाया। आँगन में सूखे नीम के पत्ते बिखरे हुये हैं। चूल्हे की राख पर बरसात की बूँदों के निशान पड़े हैं। कई दिन पहले कहीं से थोड़ी-सी तेज बूँदें पड़ी होंगी। रहने वाले कमरे में ताला लगा हुआ है। 'तूड़ी वाला कोठा' खुला पड़ा है, लेकिन उसमें तूड़ी नहीं है।

विमला...! मैं जोर से आवाज लगाता हूँ, लेकिन कोई नहीं बोला। पड़ोस में से भी किसी ने कोई सहमति नहीं प्रकट की।

फौजी एम्बुलेंस जा चुकी है।

आँगन में मेरा काला ट्रंक पड़ा है। ट्रंक पर काला किट-बैग रखा है। दोनों पर सफेद अक्षरों में मेरा सर्विस नम्बर अंकित है—6804714। साथ ही पड़ा है

रस्सी से बँधा मेरा बिस्तर, जिसमें कुछ चिथड़े हैं। बस, यही है मेरी तेइस साल की कमाई। हाँ, चलते समय मुझे दो बैशाखियाँ भी दी थीं।

मैं नीचे बैठा हूँ। जमीन पर पास पड़ी बैशाखियाँ मुझे घूर रही हैं।

कान बच गये हैं, सब कुछ सुनने के लिए—धमाका, बम, प्लास्टर, तोप-गोले-गरनेड, धम्म्-ढह, ढेर हो गयीं इमारतें, मीनार गिरते रहे, गुम्बद टूटते रहे, हेलीकाप्टर उड़ते रहे, टैंक चलते रहे; शोर, अन्धकार, चीखें, आहें, पुकारें, गैस, धुआँ, आग, मलवा और लाशें, शव ही शव, लहूलूहान सारी लाशें अपने लोगों की, अनाथ बच्चे, विधवा स्त्रियाँ, कौन करता है, कौन भरता है?

मेरी सूँघने की शक्ति समाप्त हो गई है।...उमस, उमस और उमस, सीलन और सैलाव, कड़वाहट ही कड़वाहट। मैं तो कुछ भी नहीं सूँघ सकता, बदबू, खुशबू, दुर्गन्ध, सुगन्ध मेरे लिए सब समान हैं।

मेरे चलने की ताकत भी खत्म हो गई है—स्वाद, बेस्वाद का अन्तर मिट गया है। कड़वा, मीठा, नमकीन, मिर्चयी, खट्टा, कसैला, गहन, गाढ़ा, पतला, ताजा, बासी—मुझे कुछ पता नहीं रहा?

बम फटने से मेरा एक हाथ उड़ चुका है, एक टाँग भी जाती रही है। पूरा शरीर कुरूप हो गया है। चेहरा न जाने कितना अपरिचित हो गया है। मैं अपना चेहरा दर्पण के सामने नहीं कर पाया। शायद कोट के लोगों ने मुझे पहचाना ही न हो। वे शायद सोचते हों—यह रूपलाल नहीं, कोई और ही है। वैसे भी मैं अब रूपलाल नहीं, कुरूपलाल हूँ।

—राम के नाम पर कोई पंजी दस्सी, कर्मा वाली ईश्वर आपका भला करे—दे जाओ, कोई पंजी दस्सी, कोई पहनकर उतारा कपड़ा ही दे जाओ, सरदी है। ईश्वर कमाई में बरकत देगा। कोई आधी, चप्पा रोटी ही डाल दे गरीब की झोली में, दो दिन से भूखा हूँ, ईश्वर भला करेगा।

मैं नंगी जमीन पर बैठा हुआ हूँ। मेरा एक ही हाथ साबुत है, बाकी पूरे शरीर के अंग-अंग पर दाग है। जख्म है, जख्मों के अमिट चिह्न हैं। मेरा साबुत हाथ स्वयं ही फैल गया है—पसर गया है। क्या यह हाथ सिर्फ भीख माँगने के लिए ही साबुत बचा है। नहीं, मैं भीख तो नहीं माँग रहा, फिर यह झोली कैसे फैल गयी? यह हाथ कैसे पसरा हुआ है। यह भिखारी का स्वर कहाँ से उभरा है, यह दया की मुद्रा कैसी!

कोई मुझ पर तरस करे। यदि हमदर्दी नहीं तो तरस ही करे, कोई क्या करे मुझ अपाहिज पर। कोई आये, कोई बुलाये, बातें करे, कुछ पूछे, कुछ बताये, कोई तो कहे कि मेरी पत्नी, मेरे बच्चे कहाँ चले गये? क्या उग्रवादियों ने मेरे बेटे सुभाष को कतल कर दिया? कुछ तो पता चले। विमला कहाँ है, गीता कहाँ है? लगता है मेरा बेटा इन्हीं लोगों ने कतल किया है। मेरी पत्नी और बेटी को कहीं ले भागे

होंगी। इन लोगों का अब क्या भरोसा? कहीं दूर मेरी पत्नी और बेटी बेच दी गई होंगी। गाँव की बहू-बेटी अब पूरे गाँव की बहू-बेटी नहीं रहीं। गाँव में सिर्फ एक हमारा घर ही तो पंडितों का है। बेसहारा परिवार, इन्होंने तो लूट का माल ही समझ लिया होगा। कोई पूछने-बताने वाला भी तो नहीं था। गाँव के लोगों का इसमें जरूर हाथ है, नहीं तो कम-से-कम आकर हमदर्दी तो दिखाते। कुछ और नहीं तो चार आँसू ही बहा जाते, दिखावे भर को ही सही। पहले तो मुझसे, जब मैं छुट्टी आता था, आधी-आधी रात तक 1962 की लड़ाई, 65 की लड़ाई या 1971 की लड़ाई के सम्बन्ध में, बंगलादेश की स्वतंत्रता के समय की कहानियाँ सुनते रहते थे। अब की कोई आया ही नहीं। यहाँ कामरेड बाबा भी सिर्फ पहले दिन ही आया था—दो-चार बातें करके चला गया, फिर आया ही नहीं। कामरेड बाबा तो इस गाँव का सींग था जैसे, जिस पर इस गाँव की सारी धरती टिकी हुई थी। पूरे इलाके में वह सज्जन पुरुष और हरेक के काम आने के कारण प्रसिद्ध था। क्या उसका खून भी सफेद हो गया?

यह कैसी हवा चली है कि गाँव में 'नीले-तारे' उग आये हैं। घर-घर में 'ब्लू-स्टार' उदय हो गया है। यह कैसी अँधेरी आँधी आई है कि सभी पुराने रिश्ते जैसे अस्त हो गये हैं? कभी समय था कि श्राद्ध खिलाने वाले यजमानों को हमें पंक्ति में खड़ा करना पड़ता था—फिर भी कई बार श्राद्धों के दिनों में एक ही दिन दो-दो घरों के श्राद्ध खाने पड़ते थे। गाँव में एक ही तो घर हमारा, पुरोहितों का। सभी का 'मान रखना' जरूरी था। कोट में आधे से अधिक घरों में मेरी दादी ने और फिर बाद में हमारी माँ ने, लोगों के श्राद्ध करवाये थे, सम्बन्ध जुडवाये थे, गाँव में कोई भी रिश्ता-नाता शगुन-कुडमाई—मेरी दादी—प्रसन्वी देवी की उपस्थिति के बिना पूरी नहीं हो पाती थी। हरेक गमी-खुशी की बेला में मेरी दादी सबसे पहले हाजिर रहतीं। कोट की पारपलियाँ थीं। ब्याह शादी के समय लेन-देन, भाई-चारा थोड़े ही घरों का आपस में होता है—लेकिन गाँव में किसी के यहाँ भी शादी हो, हमारे घर 'जमीन' जरूर आता, आमन्त्रण अवश्य मिलता था। परस्पर छोटे-मोटे झगड़े होते थे—लेकिन हमारे घर के साथ सभी की साँझ सदा बनी रहती थी। अब क्या हो गया है, वे पुराने वक्त कहाँ गुजर गये?

मैं दरवाजे के आगे बैठा रहता हूँ। सब लोग परछाईं की तरह निकल जाते हैं। सभी के मुँह मोटे हैं, सब जैसे मेरे साथ गुस्सा हों। भाई जी कहता है कि इसमें जरूर मेरा ही दोष होगा। भला मेरा दोष क्या है?

तेइस साल हो गये थे—नौकरी करते हुये। अभी सिर्फ नायक ही बना था। सोचा था, शायद हवलदार का प्रमोशन मिल जाय। बलंटीयर कर दिया। वैसे भी हुकुम मिलता तो जाना ही पड़ता। सोचा था ठूँठ पहाड़ों से नीचे उतर सकूँगा। शायद कहीं किसी 'पीस स्टेशन' पर ही बदली हो जाये—शायद फैमिली क्वार्टर मिल जाये—विमला को अपने पास रख सकूँ, सुभाघ की पढ़ाई का कुछ बेहतर

प्रबन्ध कर सकूँ। नजदीक रहूँगा तो गीता की शादी के लिए किसी योग्य वर की तलाश सहज हो पायेगी।

लेकिन कुछ मिला क्या? यह टूटी हड्डी। ये छीजती स्मृतियाँ। अब मैं अपनी वीरता की कहानियाँ भी तो किसी को नहीं सुना सकता। किस लड़ाई की बात करूँगा? किसे दुश्मन कहूँगा? किस देश के साथ युद्ध चलाऊँगा, क्या बताऊँगा? कौन-सी सरहद, कैसी सीमा?

मेरी कोई पार्टी नहीं। मुझे चुनाव नहीं लड़ना। मैं वोट माँगने नहीं जाऊँगा। मेरा नन्हा-सा घोंसला था—वह भी टूट गया, बिखर गया, उजड़ गया। लोगों, तुम मुझसे और क्या चाहते हो?

अब मैं यहाँ नहीं रहना चाहता, यहाँ मेरा कौन है? आज अँधेरा होते ही मैं यहाँ ले चल दूँगा। लेकिन कहाँ जाऊँगा, कोई ठिकाना भी तो नहीं दिखाई देता। यहाँ मेरा क्या है? कहीं अन्यत्र भी मेरा क्या है? सिर्फ मैं ही मैं हूँ लेकिन मैं भी अब क्या हूँ? रेंगती, चलती लाश से बढ़कर मैं अब क्या हूँ? लेकिन यहाँ रहकर भी क्या करूँगा? दिन भर अपनी देह के जख्मों पर से मक्खियाँ उड़ाता हूँ, अपने से कुत्तों को दूर भगाता हूँ। अब तो मानो कुत्ते ही मेरे साथी हैं। भाई जी तो कुत्तों की तरह ही अँधेरा होने पर मुझे चार रोटियाँ फेंक जाता है। गाँव में से माँगकर लाता है और उसमें से कुछ मेरे लिए छोड़ जाता है। लेकिन मैं अब कुत्तों की तरह नहीं खाऊँगा। सुबह की पीने में बँधी, पड़ी रोटियाँ तो अब तक अन्धे की लाठी की तरह अकड़ चुकी होंगी। लेकिन यहाँ पड़ी ये क्या करती हैं? दूर गली में फेंक देता हूँ, किसी कुत्ते के काम तो आयेंगी।

फेंकने से पहले रोटियाँ खोलकर देखता हूँ। मक्के की रोटियाँ हैं। चार चुपड़ी हुई। सूँघकर रखता हूँ—लेकिन कुछ पता नहीं चलता, दुख होता है। मेरी तो घ्राणेन्द्रिय भी सूख गई है। ठीक ऐसी ही रोटियाँ विमला पकाया करती थी। मक्के की रोटी थापते समय वह हथेली से ही 'र'-सा उभार लेती थी। कई बार वह रोटी को इस तरह सेंकती थी कि वह 'र' साफ दिखने लगता था। इस रोटी पर 'र'-सा उभरा दिखता तो है नहीं, अब मेरी ऐसी किस्मत कहाँ?

मैं रोटियाँ गली में फेंक देता हूँ।

अँधेरा हो रहा है। अँधेरे के अधिक गहराने की प्रतीक्षा में हूँ, मैं अभी।

× × ×

—ओए तेरी माँ की...। ओए, हमारे घरों को उजाड़ने वाले...।

—पूर्व की ओर नहीं, इधर तो दिल्ली है। यह पश्चिम की ओर ठीक है, इधर मुरादाबादा है। तो अब...

—ओ तेरी माँ की...ओ हमारे घर उजाड़ने वाले—तुम्हारी माँ की...

मुझे मालूम ही ही नहीं होता कि किसी ने मुझे पकड़कर मेरा चेहरा पश्चिम की ओर कर दिया था। लेकिन फिर मैं पूर्व की ओर चेहरा घुमाकर ललकारता हूँ—अपनी एक वैशाखी उभारता हूँ। सहारा न होने के कारण नीचे गिर पड़ता हूँ। टीले से नीचे फिसलने लगता हूँ कि लगता है, जैसे कोई मुझे दबोच लेता है।

—कौन हो तुम?

—मैं हूँ विलायती बाबा, जिसे तुम कामरेड बाबा भी कहते हो।

—विलायती बाबा! आप यहाँ कैसे?

—भाई जी, तुम्हारी ओर आ रहा था रोटी लेकर, कि उसने तुम्हें गाँव से बाहर की ओर जाते देखा। उसे अजीब-सा लगा। इतनी रात गये तुम बाहर भला क्या करने जा रहे थे? उसने आकर मुझे बताया और मैं तुम्हारे पीछे-पीछे हो चला।

—आप इतने दिन कहाँ रहे, मैं...मैं...

—हाँ, हाँ, मुझे मालूम है, सब मालूम है। मैं यहाँ था। आस-पास के गाँवों में था। लोग एक-दूसरे के खून के प्यासे हुए जा रहे हैं। अपने घर उजड़ रहे हैं, अपनी विरसा-रात्रि को भूलते जा रहे हैं, प्यार भूल रहे हैं। बहुत कुछ करने को है। एक काम तुम्हारा भी तो मुझे करना है।

—मेरा कौन-सा काम? मैंने तो आपको कोई काम नहीं कहा।

—वह तुम्हारा खत था न, तूने भाई जी को पोस्ट करने के लिए दिया था। खत खुला था। शायद गोंद कम लगी थी। वह चिट्ठी भाई जी ने पढ़ने के लिए दे दी। मैंने खत को गोंद लगाकर ठीक तरह बन्द कर दिया और पोस्ट करने के लिए अपनी भीतरी जेब में रख लिया, लेकिन गड़बड़ी के कारण बसें बन्द हो गयीं। मुझे भी समय कुछ कम ही मिला, इसी कारण लेट हो गया हूँ। अब कल मैं शहर जा रहा हूँ, वहीं पोस्ट करूँगा, साथ ही अधिकारियों से मिल-मिलाकर तुम्हारी सिफारिश भी कर दूँगा। तुम्हें इनाम मिलेगा तो गाँव का नाम भी तो रोशन होगा।

—कौन-सा खत? कैसी चिट्ठी? कैसा इनाम?

—वही खत जिसमें 'नीला-तारा युद्ध' में अपनी वीरता के जौहर दिखाने के लिए तुमने सरकार से इनाम की माँग की थी।

—कहाँ है वह खत? जरा दो तो।

—लो, यही है देख लो, कल जरूर पोस्ट हो जायेगा। तुम्हें रसीद भी मिल जायेगी। क्षमा करना, कुछ लेट जरूर हो गया।

मैंने वह खत फाड़ दिया है। कई पुर्जे करके मिट्टी में मिला दिया है। मुझे नहीं चाहिये यह इनाम। बहुत इनाम पहले पा चुका हूँ, ये दो वैशाखियाँ जो इनाम में मिली हैं क्या कोई काम इनाम हैं?

—चल, घर को चलें। यूँ ही व्यर्थ भटकते घूम रहे हो। सब तुम्हारी वापसी की प्रतीक्षा कर रहे हैं। बाबा जी ने कसकर मुझे बाँहों में भर लिया है।

—कौन-सा घर, कौन मेरी प्रतीक्षा में है? मैं सिसककर, सरककर नहीं मरना चाहता। मुझे जाने दो!

—तुम्हारी पत्नी, बच्चे तुम्हारी प्रतीक्षा में हैं।

—पत्नी, बच्चे? कहाँ हैं? क्या वे जीवित हैं?

—हाँ, बिल्कुल सकुशल हैं, पंचायत घर के एक कमरे में रहते हैं। तुम्हारे घर के एकान्त में उन्हें डर लगता था। रोटी तुम्हें हर रोज विमला की पकाई हुई ही मिलती थी।

—अच्छा! मुझे सहारा दो, मैं अभी वापिस लौटना चाहता हूँ—अपने गाँव की ओर अपने घर की ओर। मुझे शीघ्र ले चलो, जल्दी करो...।

अनु०—**फूलचन्द मानव**

✦

माध्यम

✦

जगजीत बराड़

बाहर बारिश और तेज हो गई थी। इस मौसम में, जब वृक्षों पर कोई पत्ता नहीं तो लोरीन को बारिश कितनी व्यंग्यमय लगती है। बुझे-बुझे मन से उसने उठकर फायर-प्लेस की लकड़ियाँ ठीक कीं। इसलिए नहीं कि भीतर गर्मी नहीं थीं, बल्कि इसलिए कि चीजों का धीरे-धीरे जलना उसे पसन्द नहीं था। जलना और फिर धीरे—क्या, वह सोचती। एकाएक उसने छत के बारे में सोचा। छत, जिसके ऊपर बारिश है और नीचे आग।—मुझे एक छत चाहिये! सिसकी भरते हुये उसने कहा।

नन्हा कुत्ता तेजी से कमरे में आया और फिर एकदम रुककर सतर्क आँखों से उसे देखने लगा। वह जब भी ऐसे देखता है, तो उसके कान बहुत तेज हरकत करते हैं। कुत्ते को प्यार से बुलाकर उसने गोद में ले लिया। उसकी माँ तब तक कपड़ों पर लोहा कर चुकी थी। जब वह आकर टेलीविजन लगाने लगी तो लोरीन ने उसे रोक दिया।

'मैं घर में रहूँ, तब तुम टेलीविजन न लगाया करो माँ!'

'कई दिन से तेरी हालत ऐसी क्यों हो गई है! फिलिप के सिर्फ तीन महीने ही तो और रह गये हैं। तू इतनी अकेली... !'

'बस करो माँ, मुझसे ऐसा कुछ न कहो,' और फिर उसका गला भर आया। उसकी माँ ने बगल में सोफे पर बैठकर उसका सिर अपनी गोद में ले लिया। कुत्ता सोफे से उतरकर कटे हुये बालों वाली पूँछ हिलाता दोनों को देखने लगा।

'माँ, मालूम नहीं मुझे क्या हो गया है? आगे हर हफ्ते फिलिप का खत आ जाता था। माँ, अब दो हफ्ते हो गये हैं। कई दिनों से मुझे एक स्वप्न बार-बार आता है कि जैसे मेरे शयन-कक्ष में 'वीपिंग बिल्लो' का वृक्ष उग आया हो। और यह भी कि हर रोज जब टेलीविजन पर वियतनाम में मरे अमरीकी सिपाहियों के बारे में बताते हैं तो मुझे लगता है; जैसे उनमें फिलिप भी था, मेरा फिलिप।' और वह रोने लग गई। उसकी माँ ने दो बार उसका माथा चूमा। नन्हा कुत्ता कभी चहकता और कभी मुँह से उसकी पैण्ट खींचता।

फिर देर तक माँ-बेटी कोई बात न कर सकीं।

सोने से पहले लोरीन की माँ किसी मनोवैज्ञानिक की सलाह लेने के बारे में सोचती रहीं। किन्तु सुबह जब वह 'चर्च' जा रही थीं, तब उसे ख्याल आया कि वह चर्च के अधेड़ पादरी मैक्लफोर्ड से क्यों न बात करे? जब फादर प्रार्थना से निवृत्त हुये तो उन्हें सारी बात बताई। क्षण भर वे मौन रहे। फिर आदतन उन्होंने सलीब छुआ और हमदर्द व संजीदा आवाज में कहा, 'ठीक, मैं सोचूँगा!'

शाम जब लोरीन कालेज से लौटी, तो उसकी माँ ने पहले ही कॉफी बना रखी थी, किन्तु लोरीन ने कॉफी नहीं पी। पानी के साथ दवा की दो टिकिया खायी और सोफे पर ही पसर गई। बाहर घण्टी हुई तो माँ ने दरवाजा खोला। द्वार पर दो अफसर खड़े थे। उन्होंने कहा कि मिसिज लोरीन बुड से बात करना चाहते हैं। अपनी टोपियाँ हाथों में लेकर वे पूरे अदब के साथ अन्दर आये। उन्हें देखते ही लोरीन चीख पड़ी,

'माँ, फिलिप नहीं रहा, माँ! मेरा फिलिप...!

फौजी अफसरों ने उदास आवाज में उसकी माँ को बताया कि दो दिन से फिलिप उत्तरी वियतनाम के एक हवाई हमले में लापता है। उसके बारे में अन्य पूछताछ के लिए फौजी हेड क्वार्टर को इस नम्बर पर फोन किया जा सकता है। एक कार्ड लोरीन की माँ को देकर क्षमा माँगते, अफसोस प्रकट करते, वे चले गये।

जब लोरीन को होश आया, तो वह अस्पताल के स्पेशल वार्ड में थी। शाम को फादर मैक्लफोर्ड और उसकी माँ उसे अस्पताल में देखने गये, किन्तु डाक्टर ने फिलिप के बारे में कोई बात करने से उन्हें मना कर दिया।

उसकी माँ ने हेड क्वार्टर को टेलीफोन किया था। उत्तरी वियतनाम में फिलिप के लड़ाकू हवाई जहाज में गोला लग जाने के कारण उसे विवश होकर उतरना पड़ा था। हो सकता था कि वह वहीं कहीं छिप गया हो, या शायद उसे पकड़कर वियतकांग ले गये हों। उन्होंने कहा कि उसका सुराग मिले ही वे तत्काल पता देंगे।

दो दिन अस्पताल रहकर जब लोरीन घर लौटी, तो घर उसे कतई घर नहीं लग रहा था। उसने सोचा कि घर के अर्थ कितने अस्थिर हैं। उसका फिलिप, उसका घर विगत चार दिनों से उत्तरी वियतनाम में लापता है। उसने पुनः सिसकी ली।

उसकी माँ ने बताया कि उसके कुत्ते ने दो दिन से कुछ नहीं खाया। लोरीन ने अपने हाथों से उसे खाने का डिब्बा खोलकर खाना दिया और फिर अपने बिस्तर पर जा पड़ी। जब भी टेलीफोन की घण्टी बजती, उसके मन में एक आशा जगती। शायद फोन फौज वालों का हो, शायद उसका पति...। किन्तु फोन हर बार किसी मित्र या सम्बन्धी का होता जो चार थोथे हमदर्दी के शब्द उस तक पहुँचाकर चुप हो जाते। लगभग सभी फोन समान ही होते। उसे उदास नहीं होना चाहिये, जंग में

यों ही कई बार फौजी लापता हो जाया करते हैं। वह जरूर मिलेगा। लापता, उसे जैसे इस शब्द से घृणा हो गई थी। न जाने क्यों उसे यह शब्द मौत से भी भयानक लगता था। पति लापता हो सकता है, उसने कभी सोचा भी नहीं था। कभी सोच भी नहीं सकती थी। उसे याद है, एक बार उसका पेन गुम हो गया था, सारा दिन ढूँढ़-ढूँढ़कर वह पागल हो गई थी। फिर थककर उसी शाम उसने नया पेन खरीद लिया था। एक बार उसके घर की चाभी खो गई थी। न मिलने पर उसी शाम उसने उसी नम्बर की नई चाभी बनवा ली थी, किन्तु इस बार खो जाने वाली चीज तो उसका पति था।

ऐसे ही कई दिन वह यूँ सोचों के बीच लटकती रही, पर ज्यों-ज्यों समय बीतता जाता उसकी आशा छोटी होती गई। अब जब भी फोन की घण्टी बजती तो क्षण भर के लिए उसके मन में वह आता और बस। इन दिनों एक बार अपनी माँ के साथ चर्च गई और दो बार फादर स्वयं घर आये। फादर बाइबिल के सन्दर्भ देकर उसे समझाते रहे थे, किन्तु उसे कभी कोई बात याद नहीं आई थी। किन्तु इस बार जब फादर ने बताया कि ईसा कहते थे कि मानसिक सुख के लिए स्वीकृति के अहसास की विशेष महत्ता है तो यह बात स्वभावतः ही उसे याद रही। उन्होंने बताया था कि जब सर्वशक्तिमान रजा कबूल कर लेते हैं तो मन में कोई क्लेश रहता ही नहीं। एक बार जब फादर उससे बातें कर ही रहे थे तो उसे लगा था, जैसे वे लगातार उसके चेहरे की ओर देख रहे हों। एक-दो बार उसने उनकी आँखों में झाँकने का प्रयत्न भी किया। उनकी आँखें उसे पहली बार पादरियों की आँखों जैसी नहीं लगी थीं।

फादर के चले जाने पर देर तक वह स्वीकृति के संकल्प के विषय में सोचती रही। वे बिलकुल ठीक हैं—उसने स्वतः ही कहा। जब उसने अपने पेन का खो जाना स्वीकार करके नया खरीद लिया था तो उसे पहले पेन का खयाल भी नहीं रहा था। इसी तरह चाभी गुम हो जाने पर हुआ था। 'मेरा फिलिप' उसने पुनः सिसकी ली। पर तब तो नया पेन खरीद लिया था, नई चाभी बनवा ली थी, पर इस बार? यह बात उसने फादर से क्यों न की? वह अब उन्हें फोन भी तो कर सकती थी। किन्तु पता नहीं क्यों, उसने आला उठाकर उसी तरह वापस कर रख दिया, नम्बर नहीं घुमा सकी।

अब वह कालेज भी नहीं जाती। दो दिन से एक 'लांडरी' में वह सप्ताह में पाँच दिन काम करती थी। उसकी माँ अपने दफ्तर की नौकरी के अतिरिक्त बुधवार और शुक्रवार सायं छः बजे से रात्रि नौ बजे तक दूसरे का काम भी करती थी। कल बुधवार जब साढ़े आठ बजे के आस-पास लोरीन ने स्वभावतः बाहर झाँका तो सड़क की रोशनी में उसे फादर नजर आये। वे इधर ही आ रहे थे। गलीचे पर एकाएक पसरकर वह सिसकने लगी। जब फादर ने घण्टी बजाई तो उसने रूआँसी आवाज में आइये कहा और उठकर बैठ गई। फादर पूरी सावधानी

से भीतर आये और खामोश लोरीन के साथ ही सोफे पर बैठ गये। उसने पादरियों वाले विश्वास के साथ एक हाथ उसके कन्धे पर टिकाया और फिर उसी हाथ से उसकी आँसुओं से भींगी आँखें पोंछते हुये उसे आश्वासन देने लगे। पहले तो वह अधिक रोने लगी, परन्तु बाद में चुप हो गई। अचानक उसे लगा जैसे उसके लापता पति का एक हाथ उसे मिल गया हो? किन्तु वह इस अकेले हाथ का क्या करे? उस दिन फादर पन्द्रह मिनट तक उसे कुछ समझाते रहे, फिर उठकर चले गये। उन्होंने क्या-क्या कहा, लोरीन को कुछ भी याद नहीं।

रात्रि पुनः उसे एक स्वप्न आया। उसे फादर का एक हाथ और उसका अपना पीला ब्लाउज अंजीर के पेड़ के नीचे पड़े दिखाई दिये। स्वप्न में वह फादर का दूसरा हाथ और अपने अन्य कपड़े ढूँढ़ने का प्रयत्न करती रही, किन्तु कहीं कुछ भी दिखाई नहीं दिया। सुबह जगकर उसने सबसे पहले अपनी आलमारी खोली। उसका पीला ब्लाउज तो ज्यों-का-त्यों वहीं लटक रहा था और फिर जैसे उसे अपनी मूर्खता पर शर्म-सी आ गई। उस दिन उसे स्वयं को और उसकी माँ को महसूस हुआ कि वह पहले से अधिक प्रसन्न रही है।

शुक्रवार को वह सारा दिन यह सोचती रही कि आज फादर पुनः आयें। काम से आकर उसने उन्हें फोन किया और साढ़े सात बजे आने की स्वीकृति भी ली। जब वे आये तो बहुत घबराये हुये थे। वह पहले की तरह सोफे पर बैठे और लोरीन उनके बराबर बैठ गयी। दूसरे ही क्षण उसकी माँ के विषय में पूछकर उठ खड़े हुये। दरवाजे की ओर गये, सलीब छुआ, फिर लौट आये। फिर उसके बराबर आकर बैठने लगे, किन्तु बैठ नहीं सके। फिर उन्होंने रुमाल से माथा पोंछा, एक बार पुनः पास से लौटकर आये और इस बार वे सोफे पर बैठने में सफल हो गये। बच्चों की तरह उनकी बाँहे पकड़कर लोरीन ने पूछा, 'क्या बात है, फादर?'

'कुछ नहीं, कुछ नहीं' और उन्होंने एक बाँह उसकी गर्दन में लपेट दी। इस पर नन्हा कुत्ता दो बार भौंका, किन्तु लोरीन ने पुचकार दिया तो वह अन्दर चला गया। उन्होंने जब उसे तनिक और कसा तो उसने आँखें मीच लीं और फिर उसे जैसे कुछ क्षणों के लिए फिलिप मिल गया हो।

नौ बजे से पहले फादर चले गये। जब वे दरवाजे से बाहर निकल रहे थे तो उनके कदम लड़खड़ा रहे थे। चेहरे पर ऐसे भाव थे कि जैसे उनसे बाइबिल का कोई पृष्ठ फट गया हो। लोरीन की माँ काम से लौटी, तो दोनों ने खाना खाया। लगभग आधे घण्टे के बाद दोनों अपने कमरे में सोने के लिए चली गयीं। आज कितने ही दिनों बाद लोरीन को अपने शरीर से गंध आई। कितनी ही देर बिस्तर पर औंधी पड़ी वह फिलिप के बारे में सोचती रही, किन्तु अंब जब भी वह उसके बारे में सोचती तो उसे यों लगता, जैसे उसका लापता होना वह स्वीकार कर चुकी है और फिर उसी क्षण उसे स्वयं से झेंप होने लगी। वह कितनी कमजोर हो गई

थी? उसे फादर याद आये और साथ ही एक गुनाह का अहसास सारे शरीर को चीरता निकल गया। किन्तु दूसरे ही क्षण उसके मन में एक नया चिन्तन जगा। गुनाह काहे का, कैसा गुनाह? उसे तो फादर में फिलिप नजर आया था। बिलखती हुई को तो कुछ क्षणों के लिए फिलिप मिला था, वह उन क्षणों को कैसे खो जाने देती। वे क्षण उसने फादर के साथ नहीं, फिलिप के संग जिये थे, फादर तो सिर्पु एक माध्यम थे। कितने अच्छे हैं फादर और एक सत्कार भावना से उसने अपना सिर तकिये में दबा लिया।

रात फिर उसे एक स्वप्न आया। उसके शयनागार में जो 'वीपिंग बिल्लो' का वृक्ष उग आया था, फादर मैक्लफोर्ड ने उस पर 'रेन ट्री' चढ़ा दी थी। नाश्ता करते हुये वह इस स्वप्न पर स्वतः ही मुस्करा दी।

रविवार को लोरीन और उसकी माँ चर्च गयीं। सोमवार को उसकी माँ के रहते, फादर स्वयं घर आये। लोरीन तब बाथरूम में थी। उसकी माँ ने फादर को बताया कि लोरीन पहले से बहुत खुश रहती है। इन सभी के लिए उसने फादर का धन्यवाद किया। किन्तु फादर के मतानुसार लोरीन अभी पूर्णतः खुश नहीं थी। उन्होंने उसकी माँ से कहा कि चर्च में उनकी व्यस्तताएँ तो बहुत हैं, किन्तु वे चाहें तो कुछ समय और अवकाश निकालकर वे लोरीन को देखने आ सकते थे। 'इससे अच्छा सौभाग्य उनका क्या होगा?' लोरीन की माँ ने कहा।

इस बार जब फादर लोरीन के घर आये तो उनके चेहरे पर घबराहट का मूलतः कोई चिह्न नहीं था। वे इतने विश्वास के साथ अन्दर आये, जैसे चर्च का दरवाजा खोल रहे हों। वैसे ही आकर वे सोफे पर बैठ गये। वैसे ही मुस्काती हुई लोरीन आकर उनके बराबर में बैठ गई। वैसे ही वह फादर से एक माध्यम में बदल गई। काफी टेबल के नीचे सिकुड़कर बैठा नन्हा कुत्ता सब कुछ देखता रहा। शायद एक-दो बार उसने भौंकने का यत्न भी किया। अचानक लोरीन फादर की बाँहें गर्दन से हटाने लगी। यह अदा फादर को बुरी लगी। 'आखिर क्यों!' उन्होंने पूछा। उनके सलीब से लोरीन को डर लगता था। जब उसने फादर को यह बताया तो एक झटके से उन्होंने अपना सलीब उतारकर सामने पड़ी कुर्सी पर फेंक दिया और उसे फिर अपनी बाँहों में कस लिया। तभी नन्हा कुत्ता मेज के नीचे से निकला और सलीब उठाकर साथ वाले कमरे में दौड़ गया। पहले तो फादर उसके पीछे भागने लगे, किन्तु फिर उन्होंने सोचा, यों ही व्यर्थ एक मामूली से सलीब के लिए इतने अनमोल क्षण क्यों खराब करें। चर्च में उनके दो सलीब और पड़े थे। वे उनमें से एक पहन सकते थे। फिर वे लोरीन को सोफे से उठाकर उसके शयनकक्ष में ले गये जहाँ लोरीन के स्वप्न में उगे हुये 'वीपिंग बिल्लो' के पेड़ पर 'रेन-ट्री' चढ़ा दिया था।

लोरीन ने कभी सोचा भी नहीं था कि उस कमरे में फिलिप के सिवाय कभी कोई अन्य पुरुष जा सकता है। किन्तु इस बार भी तो फिलिप ही उस कमरे में गया

था, फादर का शरीर पहनकर। इन क्षणों से वह कितनी सन्तुष्ट थी। जब फादर उसके कमरे से निकले तो उनके चेहरे पर कुछ ऐसे भाव थे कि यदि बाइबिल का पृष्ठ उनसे फट भी गया तो क्या हुआ?

हफ्ते में दो-तीन बार ऐसे ही फादर उससे मिल लेते, कुछ क्षणों के लिए उसे फिलिप मिल जाता। तो और उसे चाहिये भी क्या था?

कल बुधवार फादर आने वाले थे। किन्तु शाम के समय हवा और बारिश तेज होने के कारण वे आ ही नहीं सके। आज लोरीन ने उन्हें आने का विशेष आग्रह किया था कि वे छः बजे आ जायें। वैसे तो छः बजे उसकी माँ भी घर होंगी, किन्तु वह कुछ क्षणों के लिए उनके पास अपने फिलिप के पास बैठ तो सकेगी।

छः बजकर दस मिनट हो चुके थे, किन्तु फादर नहीं आये। सोफे पर खामोश बैठे उसके कान दरवाजे के बाहर उभरने वाली पदचाप की प्रतीक्षा में थे। इस खामोशी में अचानक फोन की घण्टी बजी। थोड़ी मुश्किल से उठते हुये आला सँभाला। फोन फौजी हेड क्वार्टर से था। उन्होंने बताया कि फिलिप एक माह से अधिक जंगलों में छिपे रहने के बाद एक अमरीकी फौजी रास्ते द्वारा पुनः लौट आने में सफल हो गया है और अब वह फौजी अस्पताल में है। आला रखकर पहले तो वह विद्रूप हँसी में खो गई और फिर पागलों की तरह रोने लगी। उसकी माँ अपने कमरे में भागी आयी। 'क्या हुआ बेटी?' उसने पूछा। किन्तु लोरीन तो लगातार रो ही रही थी। वह कुछ भी बताने में असमर्थ थी। उसकी माँ ने उसे सँभालते हुये उसे सोफे पर बिठाया। सिसकियाँ भरते हुये उसने कहा, 'माँ, फादर मैक्लफोर्ड मर गये, माँ!' और पुनः रोने लगी। ठीक इसी क्षण बाहर एक पदचाप उभरी। दरवाजा खुला, दूसरे ही क्षण फादर मैक्लफोर्ड द्वार पर खड़े थे।

अनु०—**फूलचन्द मानव**

✦

बरगद बाबा

✦

केवल सूद

बरगद के पेड़ के नीचे आदमी और ऊपर पक्षी विश्राम करते हैं। हँसते हैं, खेलते हैं, दुख-सुख की बाते करते हैं और तरह-तरह की कहानियाँ कहते और सुनते हैं। पर कभी किसी को यह ध्यान नहीं आता कि उस बरगद की भी एक कहानी हो सकती है, जिसके नीचे वे रोज आकर बैठते हैं। आइए, आज हम आपको ऐसे ही बरगद की कहानी सुनाते हैं।

एक गाँव के बाहर एक छोटी-सी टूटी-फूटी चाय की दुकान है। दुकान के मालिक की हालत भी उस दुकान से बहुत-कुछ मिलती-जुलती है। उस आदमी का नाम है "बरगद बाबा"। उस गाँव में और आस-पास के गाँव में वह इसी नाम से प्रसिद्ध है। उसका असली नाम क्या है, यह कोई नहीं जानता? उसकी दुकान पर सब तरह के लोग आते हैं। चाय पीते हैं, बतियाते हैं और अपने-अपने रास्ते चले जाते हैं। बरगद बाबा किसी से विशेष बात नहीं करता, उसका बोलना हूँ-हाँ तक ही सीमित रहता है। उसके मुँह की तरह उसकी आँखें भी कुछ कम ही खुलती हैं। आँखें जब खुलने लगती हैं तो बरगद बाबा उन्हें बन्द करने के लिए अफीम की गोली मुँह में रख लेता है। बरगद बाबा की दुकान पर क्या चोर, क्या उचक्का, सब तरह के लोग आते हैं, पर वह सबको समान दृष्टि से देखता है। वह किसी से कुछ अधिक बात नहीं करता है तो वह है गाँव का चौधरी, या फिर गाँव की फूफी सोंधा। चौधरी कभी-कभी उससे छेड़छाड़ भी कर लेता था। वे दोनों अकेले होते तो चौधरी उसे बेतकल्लुफी से पंडिता कहकर बुलाता। इसी तरह फूफी भी आते-जाते उसे छेड़ जाती। फूफी जब भी कभी आती थी तो बाबा की आँखों में पल भर के लिए एक अजीब-सी चमक आ जाती थी, भले ही दूसरे पल वह फिर बन्द हो जाती थीं।

बाबा को बहुत-सी ऐसी बातों का पता था, जिनका गाँव के किसी और व्यक्ति को पता न था। ऐसी ही एक बात थी जाटों की लड़की प्रीतों और तरखानों के लड़के जिद्दी की प्रेम कहानी। उनके मिलने की जगह यही बाबा की दुकान होती थी। जिद्दी शाम को शहर से लौटता तो चाय के बहाने बड़ी देर तक बाबा की दुकान पर बैठा रहता। प्रीतों खेतों से लौटती तो बरबस उसकी आँखें दुकान की ओर उठ जातीं। पर कभी-कभी वह सर पर से चारे का गट्ठर वहीं फेंक बाबा को

पानी पिलाने के लिए कहती और फिर इशारों ही इशारों में रात को मिलने की जगह पक्की हो जाती।

मशहूर है कि इश्क और मुश्क छुपाये नहीं छुपते। जिद्दी और प्रीतों की बात भी छु न सकी। गाँव में जाटों ने तूफान खड़ा कर दिया और जिद्दी के घर वालों को मजबूरन उसको शहर भेज देना पड़ा। जिद्दी को गाँव आने की इजाजत नहीं थी। पर प्यार ने कब कोई बन्धन माना है। जिद्दी रात के समय कभी-कभी फिर गाँव आने लगा और सुनसान अँधेरी चाँदनी रातें जिद्दी और प्रीतों की प्रेम कहानी सुनाने लगीं। रातों के अलावा इस मिलन का कोई और गवाह था तो वह था बरगद बाबा। जब भी बरगद बाबा उन्हें इकट्ठा देखता तो अक्सर उसे यही डर लगा रहता कि ये रातें कहीं इन दो प्रेमियों की चुगली न कर दें और एक दिन सचमुच ऐसा ही हुआ। जाटों को पता चल गया कि जिद्दी आता है और जाल बिछ गया।

चाँदनी रात थी। जब जिद्दी और प्रीतों बाबा की दुकान पर आये। बाबा ने चाय बनाई और फिर वे दोनों एक ही गिलास से चाय पीने लगे। बाबा एकटक उन्हें देख रहा था। सहसा उसकी आँखें भर आयीं। बाबा ने अपनी पगड़ी के पल्लू से उन्हें चुपचाप पोंछ देना चाहा था पर जिद्दी व प्रीतों से यह बात छुपी न रह सकी। दोनों ने एक स्वर में बाबा से पूछा, 'क्या बात है, बाबा?'

'कुछ नहीं बच्चियों, रब्ब तुम्हें राजी रक्खे...जाओ, जल्दी घर चले जाओ... मुझे आसार कुछ अच्छे नहीं दिखाई दे रहे हैं।' फिर सहसा चुप हो गया।

'बाबा कुंद नहीं होने लगा, शायद तुम्हारा नशा उतरने लगा है, गोली खा लो।' प्रीतों ने कहा और हँसने लगी, फिर उठकर खेतों की ओर भाग गई। जिद्दी भी उसके पीछे-पीछे भाग लिया और बाबा भट्ठी की बुझती हुई आग को घूरता हुआ बाँहों में मुँह दिये किसी गहरी सोच में डूब गया।

× × ×

थोड़ी देर बाद एक हृदय विदारक चीख हवा में गूँजी और फिर सब शान्त हो गया।

बाबा अन्दर जा चुका था। बाहर उसे कुछ लोगों की आवाजें सुनाई दीं। फिर किसी ने उसका नाम लेकर पुकारा। बाबा अपने से ही कुछ कहता हुआ उठकर बाहर आ गया। आने वाले पाँच थे। उन्होंने उससे गिलास, पानी और खाने को कुछ माँगा। बाबा ने चुपचाप सब चीजें उन्हें दे दीं और फिर चुपचाप एक ओर बैठ, जैसे ऊँघने लगा।

आने वाले बड़े जोश में पीते-खाते और बतियाते रहे। जब वे आये थे तो उन्होंने अपनी पगड़ियों के पल्लुओं से अपने चेहरे ढाँप रखे थे। पर अब वे इस बात के प्रति लापरवाह हो चुके थे और उनके चेहरे साफ होने लगे थे। पास पड़े हुये उनके हथियार चमकने लगे, जिन्हें उन्होंने आते ही जमीन पर रगड़ा और फिर पानी से धोया था।

उनमें से एक ने बाबा को भी एक पेग देना चाहा, पर बाबा ने नहीं लिया। तब वे पाँचों बाबा के पीछे पड़ गये, '...तो रोज ही खाते हो, आज इसे भी चखकर देखो!'

'यह नशा तो सब नशों में सरताज है...'

पहले तो बाबा कुछ हिचका, पर फिर जैसे अपने आप उसके हाथ ऊपर उठ गये दोनों हाथ। जब उसने पेग पकड़ा तो उसके दोनों हाथ काँप रहे थे। पेग मुँह तक ले जाते वक्त बाबा कुछ बुदबुदाया, जैसे वह कह रहा हो, तुम खुशी मनाओ और मैं मातम।

फिर सब पीते रहे और बतियाते रहे। जाते वक्त वे लोग बाबा के लिए एक बोतल छोड़ गये, जिसमें काफी शराब थी।

बाबा उठकर अन्दर आ गया। नशे के कारण उसके पाँव लड़खड़ा रहे थे। पर बाकी बची बोतल अब भी बाबा के हाथ में थी। वह चारपाई पर आकर लेट गया और बोतल सिरहने रख ली।

थोड़ी-थोड़ी देर पर वह उठता, बोतल में से एक-दो घूँट भरता और मुँह ढाँप लेट जाता।

बाबा को अपना बीता जीवन याद आने लगा था। अपनी जवानी की सब घटनाएँ उसकी आँखों के आगे चलचित्र-सी घूमने लगी थीं।

अपने गाँव का वह सबसे सुन्दर ब्राह्मण कुमार था। बाँसुरी बजाता जब वह खेतों में निकलता तो दिशाएँ झूमने लगतीं। गाँव की लड़कियाँ उसक नाम की माला जपतीं। वह था कि कभी किसी की तरफ आँख उठाकर भी नहीं देखता था। अपने नाम मनमोहन की तरह वह सबका मन मोह लेता था। वह स्वयं कहीं नहीं बँधता था। फिर अचानक एक दिन कुछ ऐसा हुआ कि दूसरे गाँव की एक चमार लड़की सिंडो को वह अपना दिल दे बैठा। उसकी प्रेम कहानी आस-पास के सभी गाँवों में दन्त-कथा बन गई। बात मनमोहन के पिता के कानों तक पहुँची जो गाँव का माना हुआ अमीर भद्र पुरुष था। उसके बेटे का नाम ले-लेकर लोगों का तरह-तरह की बातें करना उसे गवारा नहीं था। इधर सिंडो के बापू को भी यह बात कोई बहुत अच्छी नहीं लगती थी। वह अपनी पट्टी का चौधरी था। और पट्टी में बच्चे-बच्चे की जबान पर सिंडो-मोहन का नाम था। बात बढ़ती गई। कई बार लाठियाँ भी चल गयीं। पर सिंडो और मोहन का मिलना-जुलना बन्द न हुआ। फिर एक दिन यह खबर फैल गई कि सिंडो को उसके घर वालों ने कहीं दूर रिश्तेदारी में भेज दिया है। पर हकीकत अधिक दिन तक छुपी न रह सकी।

पण्डित अमरनाथ मनमोहन के पूज्य पिता ने उसे कुछ भाड़े के टट्टुओं की मदद से टुकड़े-टुकड़े करवा दफना दिया था। मोहन को जब इस कहानी का पता चला तो वह पागल-सा हो गया था। वह खूब चीखा था, चिल्लाया था, और अपने

बाप का गिरेबान थाम, अपने हाथों से उसकी मूँछें नीची कर दी थीं और हर उस स्थान पर बौराया-सा घूमा रहा था, जहाँ-जहाँ उसने सिंडो के साथ कोई पल भी बिताया था। फिर अचानक एक दिन वह गाँव छोड़कर चला आया था।

उसकी यात्रा का कोई अन्त नहीं था। वह भटकन उसके लिए जैसे एक अभिशाप बन गई थी। सिंडो की याद उसे किसी भी पल चैन न लेने देती थी।

हरिद्वार में वह साधुओं की टोली में शामिल हो गया था। फिर वहीं से उसे अफीम की लत लग गई थी। फिर एक दिन उसने वह टोली भी छोड़ दी थी और भटकता-भटकता इस गाँव पहुँच गया था, जहाँ वह आज था। गाँव के बाहर उसने सोंधा को देखा था। उसे लगा था कि जैसे वह सिंडो का ही कोई दूसरा रूप हो। सोंधा ने उसे पानी पिलाया था और उसे चौधरी के घर तक छोड़ आई थी। वह रात उसने चौधरी की हवेली में ही काटी थी और उन दोनों में दोस्ती का एक अजीब रिश्ता कायम हो गया था। चौधरी से मोहन के सोंधा के प्रति आकर्षण की बात भी छुपी न रह सकी थी और चौधरी ने उसे सोंधा के बारे में बताते हुये कहा था कि वह इस गाँव की ऐसी अभागिन लड़की है, जो बचपन में ही विधवा हो गई थी। गाँव की लड़की होने की वजह से वह उसे बहन मानता था और उसका संरक्षक था। इसलिए वह चाहेगा कि ऐसी कोई बात न हो, जिससे उसके नाम पर कोई आँच आये। पण्डित ने भी उससे वचन लिया था कि चौधरी उसके बीते जीवन के बारे में कभी किसी से कुछ नहीं बतायेगा।

कुछ दिनों बाद चौधरी की मदद से गाँव के बाहर मोहन की चाय की दुकान खुल गई थी और मनमोहन 'बाबा' बन गया था...बरगद बाबा!

बाबा ने उठकर बोतल में से एक घूँट भरा, दूसरा घूँट भरा और खाली बोतल नीचे फेंक दी। आज जाने क्यों उसे पुरानी हर घटना याद आ रही थी। प्रीतों की चीख ने उसे याद दिला दिया था कि सिंडो भी जरूर इसी तरह चीखी होगी। वह बुदबुदाया, 'तू भी इसी तरह चीखी होगी!'

दुकान में किसी के आने की आवाज सुनाई दी। सोंधा थी। वह उसकी चारपाई पर बैठ गई। उसे हिलाने लगी, बुलाने लगी, प्यार से छेड़ने लगी। फिर सहसा चीख पड़ी। बाबा का सर उसके हाथों में झूल गया था। सोंधा ने बाबा का सिर चारपाई पर टिका दिया। फिर उसे घूरा, बुड़बुड़ाई, 'मैं तब तो नहीं, पर आज जरूर विधवा हो गई हूँ।' और पाटी पर सिर रखकर बुरी तरह से सुबकने लगी।

बाबा के जनाजे में सारा गाँव इकट्ठा हुआ था और शाम को उसकी दुकान पर एक सभा हुई थी, जिसमें यह फैसला किया गया था कि बाबा की याद में यहीं पर बरगद का एक पेड़ लगा दिया जाये। चौधरी ने पेड़ लगाया था। सोंधा ने पानी दिया था और जब तक जीती रही, रोज उसे पानी देती रही...।

✦

डेड लाइन

✦

प्रेम प्रकाश

सत्तपल, एस० पी० आनन्द, सत्ती या पाली—मरने वाले के ही नाम थे। जब मैं इस घर में ब्याह कर आई थी तो सामाजिक सम्बन्ध से वह मेरा देवर लगता था—आँगन में गेंद खेलने वाला, छोटी-छोटी बात पर लड़ने वाला और जो भी सब्जी बनती उसे न खाने वाला। लेकिन प्राकृतिक सम्बन्ध से वह मेरा बेटा भी था, भाई भी और प्रेमी भी।

आज उसकी पहली बरसी थी, उसकी प्रथम पुण्यतिथि। ब्राह्मणों को भोजन खिलाया गया, दान-पुण्य किये और घर में उसकी जो भी निशानी बची थी, दान कर दी गई। ताकि उस मातृविहीन की माँ-सी भाभी, देवता स्वरूप भाई और लकवे के कारण खाट से लगे पिता को शान्ति मिल सके। मृतक की आत्मा का क्या ठिकाना कि कहाँ नया जन्म ले चुकी है या अभी इस घर में या अपनी मंगेतर के घर में भटकती फिरती है या हो सकता है अपने ताये के बेटे—भाई की पत्नी सन्तोष के चौबारे के मुंडेर पर आ बैठती हो। आनन्द साहिब से पिहोने चलकर एक बार 'गनी' करवा आने का आग्रह करूँगी। पिता जी की आत्मा को तो चैन मिलेगा।

दिन भर सम्बन्धियों-रिश्तेदारों की व्यर्थ बातें सुनते हुए, उनको चाय-पानी पूछते हुये मुश्किल से फुरसत मिली है। थकी-निढाल-सी पड़ी सोच रही हूँ—परमात्मा ने पिछले नौ महीनों में क्या-क्या लीला दिखा दी? सत्ती अपनी उम्र के आखिरी नौ महीने पिछले तेइस सालों से भी लम्बे करके जी गया।

गले के कैंसर सम्बन्धी डाक्टर पुरी की रिपोर्ट मिलने के बाद उसने नौ महीने का समय कैसे बिताया, यह मरने वाला ही जानता था या फिर मैं—कैंसर के रोगियों के बारे में मैंने जो कुछ पढ़ा था वह आधा झूठ था। सत्य तो वह है, जो हम पर बीता।

बी० ए० करके एक साल की बेकारी के बाद सत्ती को नौकरी मिले और कुड़माई हुए अभी पूरा साल भी नहीं बीता था कि गले में हो रही खारिश का नाम कैंसर बन गया, जिसकी रिपोर्ट देते हुये रिश्तेदारी में मामा लगते डा० पुरी की चाँद पर पसीने की बूँदें चमकने लगी थीं। उन्होंने मेरे और आनन्द साहिब के कन्धे पर हाथ रखकर कहा था—बेटा, छह महीने बाद यह अपना नहीं रहेगा। इलाज का

कोई लाभ नहीं। यदि पैसे खर्चना ही चाहते हो, तो क़हीं धर्मार्थ लगा दो। नाम मात्र दवाई मैं देता रहूँगा।

लेकिन डाक्टर पुरी को क्या मालूम था कि बिना कोई दवा किये जीना कितना मुश्किल होता है? शाम के समय मैंने सत्रह हजार रुपये वाली ज्वाइंट-एकाउण्ट वाली पास बुक उसके वीर (भाई) के आगे रखकर कहा, 'यह पैसा हम किसके लिए बचायेंगे?'

ब्याह से सालेक बाद मेरे यहाँ सिजेरियन आपरेशन से बच्ची ने जन्म लिया था। लेकिन मैं उसे पूरे छह महीने भी दूध न चुंधा (पिला) सकी कि जिसकी देन थी वह ले गया।—तभी मैंने सर्विस छोड़ दी। किसके लिए इतना धन इकट्ठा करना था। आनन्द साहिब को बैंक से खूब पैसा मिलता है और फिर सत्ती अभी छोटा ही था, वह अभी अपने कपड़े, किताबें भी नहीं सँभाल पाता था। फिर पिता जी की भी देखभाल कौन करता। वे सिर्फ यही तो कर सकते हैं कि खाट से उतरकर लैट्रीन तक चले जाते हैं, घिसटते हुये उसी तरह लौटकर चारपाई तक पहुँच जाते हैं। कमीज बदलने के लिए भी उन्हें दूसरे की मदद चाहिये। वे तो बोल भी नहीं सकते। होंठों में फुसफुसाते हैं। मुझसे पहले उनकी बात मेरी सास समझती थीं और बाद में यह मेरा धर्म हो गया।

सत्ती की रिपोर्ट लाकर हम पिता जी के कमरे में दरवाजे के पास खड़े थे, कागज थामे। वह हमें इस तरह देख रहे थे, मानो हम शापिंग करके लौटे हों और उनके लिए फल लाये हों। हम उनकी वह नजर सहन नहीं कर सके। जल्दी ही अपने कमरे में चले गये।

सत्ती अभी दफ्तर से लौटा नहीं था, उसे कैसे बताएँगे? यह सवाल आनन्द साहिब ने मुझसे किया और फिर खुद ही आँखों पर हाथ धरकर रो दिये। मेरे भी आँसू निकल आये। लेकिन मैंने जल्दी ही आँखें पोंछकर पति को दिलासा दिया कि यह काम मैं करूँगी। मुझे लगा कि सास के बाद यह जिम्मेदारी मेरी ही है। मैं इस घर की माँ हूँ। सोचा, यदि मैं भी रो पड़ी तो फिर सत्ती रोयेगा, पिता जी रोयेंगे, यह घर कैसे चलेगा?

रात आनन्द साहिब सैर करने चलेगे। पिता जी खा-पीकर सो गये। तो मैं सत्ती के साथ कैंसर की बातें करने लगी। हम रोगियों की पहेलियाँ-सी बूझते रहे। आखिर हम उस जगह पहुँचेंगे, जहाँ रोगी बाकी बचे जीवन को सुखी बनाने के लिए संघर्ष करते हैं और बिना दुख के ही मौत कबूल कर लेते हैं—और फिर मैंने डाक्टर पुरी का फैसला शंका बनाकर कह डाला।

सुनकर वह डरा नहीं, लेकिन उसके चेहरे की मुस्कान लुप्त हो गई। बोला, 'मैं खुद डाक्टर पुरी से पूछूँगा।' मैंने रिपोर्ट उसके आगे रख दी। उस पर कैंसर तो नहीं लिखा हुआ था। डाक्टर की भाषा में कुछ और ही था। उसने एक बार

देखकर रिपोर्ट उसी तहर तह करके टिका दी। एक बार खाँसा और उठकर अपने कमरे में चला गया।

मैं खड़ी देखती रही। वह दो-तीन मिनट अपने मेज का सामान इधर-उधर करता रहा और फिर बाहर बरामदे में आकर रुक गया। सामने गेट के पास क्यारी में लगे फूलों की ओर देखता रहा। मुझे लगा कि लो यह मौत का चक्कर शुरू हो गया।

रात को आनन्द साहिब आये तो पलंग पर लेटते हुये सिगरेट सुलगाकर कहने लगे, 'हम इलाज करवायेंगे, कई रोगी दस-दस साल निकल जाते हैं।' वह अपने दोस्तों से सलाह-मशविरा करके लौटे थे।

'हाँ, क्या हर्ज है।' मुझे भी ख्याल आया कि कई लम्बी बीमारियाँ साधु-सन्तों की चुटकी से भी ठीक हो जाती हैं।

मैंने दो हजार के नोट निकालकर उनके आगे धर दिये। वे देखकर खीझ पड़े। गुस्सा में बोले तो मुझे ध्यान आया कि खर्च तो मुझे ही करना है। इलाज भी हमें ही करवाना है। पति से माफी माँगकर सत्ती के कमरे में गई तो वह सो रहा था।

सुबह सत्ती के लिए चाय लेकर आयी, तो वह अभी जागा नहीं था। उसके लम्बे घुँघराले बाल सुनहरे माथे पर आये हुए थे। चौड़ा माथा, घने लेकिन छोटे बालों वाली भवें, और उसके बीच बारीक-सा नूर, मुझे शुरू से ही यह सब प्यारा लगता रहा है। कहते हैं ईश्वर जिसे अधिक रूप देता है, उसे जल्दी उठा लेता है। मन में आया कि बाल परे हटाकर प्यारा माथा चूम लूँ।

जब मैं इस घर में ब्याह कर आई थी तो वह गोदी में खेलता बच्चा था। अम्बाला वाली मौसी ने इसे पकड़कर मेरी गोद में ला बिठाया था। यह कोई परम्परा थी या प्रार्थना कि परमात्मा इस गोदी में लड़के बिठाये, लेकिन मुझे लगा था कि जैसे याद दिलाया गया हो कि तुम इसकी माँ भी हो।

अपने घर मैं अपने छोटे भाई सुभाष को स्कूल भेजने के लिए तैयार किया करती थी, यहाँ आकर सत्ती को करने लगी।

सत्ती जगा। मुझे देखकर मुस्काता रहा, लेकिन तभी उदास भी हो गया। शायद उसने मेरे मुस्काते चेहरे तले दबी उदासी भाँप ली थी। आनन्द साहिब भी आकर पास में खड़े हो गये थे, लेकिन खिड़की की ओर मुँह करके कहने लगे 'सत्ती, तू फिकर न कर, इसका इलाज हो सकता है। आज हम क्रिश्चियन हस्पताल चलेंगे।'

हस्पताल में डॉ० जोजफ का यह कहना, 'शफा देना खुदा का काम है, इलाज करना आदमी का। आओ, खुदा के नाम पर शुरू करें। हमें कोई कोई तसल्ली नहीं दे सका। फिर भी इलाज चलता रहा। नोट कागजों के पुरजों की तरह उड़ते रहे। एक माह के कोर्स के बाद जब रोग काफी बढ़ गया तो फिरोजपुर

के एक सन्त का इलाज चला। फिर एक इश्तिहारी हकीम की हल्दी से बनी औषधि चली, फिर कुरुक्षेत्र वाले वैद्य जी और फिर पी० जी० आई०...चण्डीगढ़।

मेरी हमेशा कोशिश होती कि सत्ती अकेला न रहे। हम ताश, कैरम व अन्य खेल खेलते या फिल्में देखने चल पड़ते। ताश खेलते समय वह अँगूठे और उँगली को थूक लगाकर बाँटता था। रोटी खाते वह मेरी कटोरी में से कौर लगा लेता था। शर्त लगाने के लिए वह मेरे हाथ पर हाथ मारता। मैं डर जाती।

एक दिन डाक्टर पुरी के पास गयी। वे बोले, 'कैंसर छूत का रोग नहीं है, लेकिन परहेज में क्या हर्ज है?'

मैं ऊपर से हँस देती, लेकिन अन्दर से डरती। लेकिन कभी-कभी मेरा प्यार इतना जोर मारता कि मैं सब कुछ भूल जाती।

एक दिन हम एक इंग्लिश मूवी देखकर आये। चौबारे की सीढ़ियाँ चढ़ते सत्ती ने फिल्मी-स्टाइल में सहारे के लिए अपना हाथ पेश कर दिया। मैंने भी फिल्मी अन्दाज में सहारा लेकर अन्तिम स्टेप पर जाकर उसका हाथ चूम लिया। वह अजीब-सी नजरों से मुझे देखने लगा। मैं बेपरवाह-सी कुर्सी पर बैठकर आलमारी के शीशे में उसके चेहरे के बदलते रंग देखती रही। वह सूर्ख होकर पीला पड़ने लगा था।

'क्या बात, उदास क्यों हो?' मैंने उसके कँधे पर हाथ रखकर प्यार से पूछा तो वह मेरी गोद में सिर देकर रो पड़ा। मैंने उसके सिर, उसकी पीठ पर हाथ फेरते हुए उसे दोनों बाँहों में कस लिया। 'तुम तो मेरी जान हो, प्यारी प्यारी', उसने निश्वास अंग्रेजी में कहा, 'मैं जीवन खो चुका हूँ।'

उसकी इतनी बात से मेरी जान निकल गई, मौत के बारे में यह पहली बात थी, जो उसने कही थी खुद अपने मुँह से। मैंने उसका माथा चूमते हुए अंग्रेजी में ही कहा, 'मेरा सर्वस्व तुम्हें अर्पित है, मेरे प्यारे!'

उसके कारण सत्ती की नींद उड़ गई। वह कितनी ही रात देर तक जागता रहता। यही बात हमारी नींद उड़ाने के लिए काफी थी।

एक रात डेढ़ बजे आवाज आई, जैसे सत्ती ने पानी माँगा हो। मैंने जल्दी में बीच का दरवाजा खोलकर देखा। सत्ती तकिये में मुँह दिये उल्टा पड़ा था। उसके शरीर का बड़ा हिस्सा रजाई से बाहर था। इतनी ठण्ड में भी प्यास लग सकती है? न जाने अन्दर क्या तूफान मच रहा होगा, यही सोचकर मैं उसके पास पहुँची। सामने बैठकर सिर हाथ से सहलाते हुए पूछा, 'क्या बात है, नींद नहीं आती?'

'नहीं, दो घण्टे से जाग रहा हूँ।'

मैंने उसे कम्पोज दी, जो अब आनन्द साहिब को और कभी-कभार मुझे भी खाने की आदत पड़ गयी थी।

'भाभी जी, मेरा शराब पीने को दिल करता है,' उसने नजरें उठाये बिना ही धीमे से इस तरह कहा कि कहीं वीर जी न सुन जायें।

'अच्छा, डाक्टर से पूछेंगे, अब तू सो जा!' कहकर मैं उस पर रजाई देकर अपने बिस्तर पर करवटें बदलनी लगी।

सुबह काम से फारिग होकर डा० पुरी के यहाँ गयी। उन्होंने फौरन कह दिया, 'वह जो कुछ माँगता है, उसकी आत्मा को तृप्त रखो और समझो कि यही नियतिक्रम है। चिन्ता न करो...।'

डा० पुरी का भाषण दूसरों के लिए है—सोचकर मैं तेजी से क्लीनिक के बाहर आ गयी। वे क्या जानें कि नौजवान की मौत अन्दर कैसे काटती है? जैसे मौत का डर हमारे घर की ईंट-ईंट पर बैठ गया था। हर चेहरे पर मातमी हाशिया अंकित हो गया था...एक पिता जी नहीं जानते थे बस, पर हमारे चेहरे देखकर वे भी डरे रहते थे। मैं उनके इन सवालों का जवाब कैसे देती, 'तुम उदास क्यों रहती हो? सत्ती दफ्तर क्यों नहीं जाता, तुम लोग उसे लेकर कहाँ जाया करते हो?'

एक दिन दिल में आया कि बता दूँ पिता जी आपके लाड़ले की मौत में अब थोड़ा समय ही बाकी है। हम उसे हर जगह लेकर जाते हैं, जहाँ भी कैंसर के इलाज की बात सुनते हैं।

एक शाम सत्ती पीकर आया। लड़खड़ाते कदमों से वह खामोश अपने कमरे में जाता हुआ देहलीज में गिर पड़ा। मैंने सहारा देकर उठाया। उसने मेरे गले में बाँह डाल ली और बिस्तर पर गिरते हुए मेरी चुन्नी खींचकर अपने मुँह पर लपेट ली। आधी चुन्नी मेरे कँधे पर थी और आधी उसके मुँह पर। वह रो रहा था—मौत के डर से शायद!

मौत से पहले आदमी अपनी असफल कामनाओं के बारे में क्या सोचता है? मैंने यह सोचा और डर गयी।

डेढ़ घण्टे बाद उसका वीर उसे देखने गया तो वह उल्टियाँ कर रहा था। उसमें खून के धब्बे थे, जो मैंने आनन्द साहिब की नजर बचाकर जल्दी ही पोंछ दिये।

दूसरी सुबह इतवार था। हम हमेशा की तरह हवन करने लगे तो सत्ती का मन नहीं टिक रहा था। पहले वह श्रद्धापूर्वक बैठा करता था। शाम के समय संध्या भी करता था, आचमन करता था। उसका वीर और मैं बड़े दिल से मन्त्रोच्चार करते—जीवेत् शरदः शतम्। पिता जी बिस्तर के सहारे बैठे सिर्फ सुनते थे।

सत्ती ने अनमने से भाव में हवन कुंड में अग्नि प्रचण्ड की और हर मन्त्र के बाद स्वाहा कहकर आहुति डालता वह रुक गया और पीछे हटकर दीवार का सहारा लेकर बैठ गया। आँखें बन्द कर लीं।

शाम को वह फिल्म देखकर आया। थोड़ी देर बैठकर दवाई खाकर बाहर जाने लगा। मैंने रोक लिया। आलमारी में से अंग्रेजी शराब का क्वार्टर निकालकर मेज पर टिकाया। वह मुस्करा दिया। मैंने कहा, 'पी ले, घर बैठकर। ताय जी के यहाँ मत जाना। न जाने वहाँ क्या-क्या खा जाता है?'

सच, मुझे अच्छा नहीं लगता था कि वह रिश्तेदारों के घर खाये-पीये। उनके लफँगे लड़कों के साथ शराब पीये। बाद में मुझे ताने सुनने पड़ें। उनकी बहू सन्तोष की जबान गज भर की है और वैसे भी उसका चाल-चलन ठीक नहीं। न जाने किस-किस के चौबारे में जाकर बैठी रहती है। मैं रसोई का काम खत्म करके आई तो वह पूरी पी चुका था। उसने पूछा, भाभी जी, वीर जी कितने बजे आयेंगे?

'शायद सबेरे आयें। रास्ते में अम्बाला भी रुकेंगे, मौसी जी के पास।'

'और भी है?' उसने नजर गिलास की ओर करके संकोच सहित पूछा।

दिल हुआ, जवाब दे दूँ। बहुत ज्यादा नुकसान ही करेगी। फिर ख्याल आया अब ढाई सवा दो महीने में क्या होना-हवाना है?

'है, लेकिन मिलेगी नहीं।' मैंने हँसते हुए कहा।

वह मायूस-सा हो गया तो मुझे एकाएक उस पर प्यार आ गया। मरने वाले के आगे झूठ बोलना, उसे धोखा देना मुझे पाप-सा लगा। उसके माथे पर और भवों के बीच नूर वाले हिस्से पर भी बल पड़ गये थे।

मैंने उठकर आलमारी खोली। वह मेरे साथ आ खड़ा हुआ। उसकी साँस तेज हो रही थी। मैंने उसे वह भी दे दी जो क्वार्टर में से निकालकर रखी हुई थी। उसने शीशी पकड़कर मेरे कँधे को चूमकर रस्मी-सा धन्यवाद किया। शायद कुछ और भी कहा लेकिन मैंने वह सुना नहीं। मेरे शरीर में से लहर-सी काँपती निकल गई थी।

मैं सामने कुर्सी पर बैठ गई। उसे देखती रही। उसने दूसरा गिलास पास रखकर उसमें भी उड़ेल दी। न जाने उसे मेरे दिल की बात कैसे मालूम हुई। आदमी ज्यों-ज्यों मौत के पास होता जाता है, उसकी छठीं ज्ञानेन्द्रिय तेज हो जाती है शायद!

मेरे न-न करते भी उसने मुझे बाँह में कसकर दवा की तरह वह तीखी कड़वी चीज पिला दी। जीवन में दो बार पहले भी मैंने यह पी थी। एक बार क्वाँरी थी, तब सहेली के घर। तब तो कुछ पता ही नहीं चला था और दूसरी बार आनन्द साहिब के साथ मिलकर काफी पी ली थी। अच्छी खासी चढ़ गयी थी। बहुत कड़वे-मीठे अनुभव हुए थे। लेकिन सुबह उठकर मेरी तबियत इतनी खराब रही थी कि फिर कभी मुँह लगाने से मैं डरती ही रही, लेकिन उस दिन प्यारे सत्ती का कहना न टाल सकी। यूँ लगता था कि मैं उसकी कोई भी बात टालने योग्य नहीं रही। वह कहकर तो देखे।

मैं रोटी परोसकर लाई तो उसके हाथ कौर तोड़कर मुँह में डालते गलतियाँ कर रहे थे। दरअसल कौर तोड़ते हुए, सब्जी लगाते हुए, उसकी नजर मुझ पर लगी रहती थी। उसने खाना बन्द कर दिया। चीखती आवाज में 'भाभी जी' कहकर मेज पर बाँहों में मुँह टिकाकर बैठ गया।

मैंने प्यार से उसका सिर सहलाते हुए कहा, 'सत्ती उठ, चल लेट जा, सो जा।'

उसने चेहरा ऊपर उठाया तो लाल सुर्ख हो रहा था। आँखें भी लाल थीं। मैं समझ गयी कि वह क्या चाहता था? मेरा दिमाग सुन्न होता जा रहा था। मैं सोच रही थी कि हिन्दू धर्म उस आत्मा के लिए क्या कहता है, जो नारी प्रेम के लिए भटकता शरीर छोड़ जाय।

मैं उसे सहारा देकर, उठाकर उसकी चारपाई तक ले गई। मुझे लगा, मेरे पैर ठीक से नहीं टिक रहे थे।

रजाई उस पर ठीक करके मैं हटने लगी तो उसने मेरी साड़ी पकड़ ली। बोला, 'भाभी जी, मुझे एक बार निर्मल से मिला दो।'

मेरे अन्दर से हूक निकल गयी, 'मैं कहाँ से लाऊँ मेरी जान, तेरे लिए निर्मल। वह तो एक बार तुझे देखने भी नहीं आयी।'

विवश दिल पर बोझ लेकर मैं उसी की चारपाई पर बैठ गयी। उसे चूमा और प्यार से उसका सिर उठाकर अपनी गोद में ले लिया। उसने बेबसी में बाँहें फैलाई और मुझे बाँहों की सख्त पकड़ में ले लिया। जैसे डरा बच्चा अपनी माँ से लिपट जाता है।

एक बार तो मैं जड़ हो गयी। फिर न उसे भान रहा, न मुझे कि हम कौन थे? मैं उसकी भाभी थी, बहिन थी, माँ थी, या पत्नी?

—मेरे सामने उसका चमकता माथा, घनी भौंहें और पतले होठों वाला चेहरा था। या चेहरा भी नहीं, केवल शरीर था—अग्नि में तपे लोहे-सा। या केवल आत्मा थी, निश्छल, निर्विकार व अन्य न जाने क्या-क्या जिस पर कोई भेष नहीं था, आवरण नहीं था। आत्माएँ नंगी थीं, कपड़े तो शरीरों पर थे...बस, हवन हो रहा था, आहूति पड़ रही थी। हर आहुति पर अग्नि प्रचण्ड होती थी, स्वाहा-स्वाहा की ध्वनि हो रही थी।

शान्ति पाठ हुआ तो वह थका चूर-सा सोने लगा। मैं उसके साथ लेटी, उसके मायूम चेहरे की ओर देखती रही, मुझे तब याद आया, उसके नक्श उस लड़के से मिलते-जुलते थे, जिसे मैं एक बार देखने के लिए कितनी-कितनी देर मुंडेर पर खड़ी रहती थी। मैंने उठकर उसे भवों के बीच चूमा और रजाई देकर अपनी चारपाई पर आ पड़ी। सोचती रही, हमने क्या किया है? क्या हम धर्म की नजर में पथभ्रष्ट हो गये हैं? नरक के भागी बन गये हैं? मुझे लगा, मैंने धर्म ग्रन्थों में जो

कुछ पढ़ा, वह झूठ है। सच वही है जो परिस्थितियाँ हमें देती हैं, जिनमें ब्रह्म-हत्या भी पाप नहीं हो सकती।

सुबह इतवार था। आनन्द सात बजे ही आ गये। शायद वे हर इतवार के हवन करने के नियम को भंग नहीं करना चाहते थे। इसके साथ उनका कोई वहम जुड़ा होगा। मैंने सत्ती को जगाया कि उठकर नहा ले।

हवन कुंड के गिर्द आनन्द साहिब मेरे बाँयें बैठे थे और सत्ती दाँयें। सामने पिता जी बैठे थे—पिल्लर का सहारा लेकर। हवन कुंड के गिर्द चारों दिशाओं में पानी डालकर शरीर के सभी अंगों के लिए शक्ति की प्रार्थना करके मैंने अंजुरी में से पानी के कतरे अपने ऊपर फेंकने के साथ-साथ सत्ती पर भी फेंक दिये। तभी मुझे लगा—हम कितनी उम्मीदें बाँधते हैं शारीरिक अंगों की शक्ति के लिए, सौ साल जीने के लिए। सत्ती के तो अब तीस दिन भी बाकी नहीं रहे।

दूसरे कमरे में जाकर मैंने आनन्द साहिब से पूछा, 'कुरुक्षेत्र वाले वैद्य ने क्या बताया?'

'क्या बताते, कहते बीमारी पक चुकी है। दवाई लेनी हो तो ले जाओ, अन्यथा न सही। मैं पन्द्रह दिन के लिए ले आया हूँ।'

बरामदे में हवन कुंड में से ज्वाला प्रज्ज्वलित हो रही थी। पिता जी पिल्लर के सहारे बैठे थे। उनकी नजर कभी सत्ती की ओर उठती, कभी अग्नि की ओर तो कभी आसमान की ओर।

मेरी गहरी साँस उभरी तो आनन्द साहिब ने पूछा, 'क्यों न पी० जी० आई० चण्डीगढ़ ले चलें। एक नया इलाज होने लगा है वहाँ। रान पर लकीरें डालकर दवाई पेंट कर देते हैं सप्ताह भर उसका असर देखते हैं, साथ में बिजली भी लगाते हैं, कितने रुपये बचे हैं?'

'बहुत है, जैसी आपकी इच्छा।' कहकर मैं रसोई में चली गयी। सोचती रही, मालूम नहीं किसे कहाँ-कहाँ की दवाई खाकर, कहाँ किस बिस्तर पर मरना है। चण्डीगढ़ क्या बनेगा? चलो, हर्ज ही क्या है।

शाम के समय सत्ती दिन भर घूमकर आया तो उसका दिल टिकता नहीं था। वह संकेत करके मुझे चौबारे में ले गया। हेर-फेर करके बात करने लगा। मैं समझ गई, उसका दिल पीने को करता था, लेकिन वीर जी का डर था। मैं उसे वहीं सब कुछ पकड़ा आई।

आनन्द साहिब साबूदाना लेने बाजार तक गये तो सत्ती फौरन नीचे उतर आया। रसोई में मेरे पीछे खड़ा हो गया। उसकी साँस बहुत तेज चल रही थी। मैंने लौटकर देखा, उसकी आँखें सूर्ख थीं और माथा चमक रहा था। उसने अंग्रेजी में कहा, 'प्लीज, किस मी!'

मैंने उसके माथे के बाल हटाये और बाँहों में कसते हुए उसे चूम लिया और कुछ देर उसी तरह सीने से सटाकर खड़ी रही। तभी मुझे महसूस हुआ कि यहाँ से पाप शुरू होता है, जब मनुष्य अपने स्वार्थ के लिए कुछ करता है। मैं एकदम पीछे हट गयी। लेकिन वह साथ से नहीं हट रहा था। मैंने समझाया, उसे आनन्द साहिब का डर दिया व तसल्ली दी तो वह बरामदे में जाकर बैठ गया। इसी कारण मैंने सफाई और बर्तनों के लिए काम करने आने वाली लड़की को हटा दिया। इसी डर से मैं उसे ताया जी की बहू सन्तोष के पास नहीं जाने देती थी।

खाना खाकर आनन्द साहिब सैर करने निकले, तो सत्ती फिर बच्चों की तरह जिद्द करने लगा। मेरे रोकते-रोकते उसने बेड रूम की बत्ती बुझा दी।

वह शांत होकर सुस्ताने लगा तो मुझे लगा मानो मेरा मरने वाला बच्चा मेरे साथ लेटा है। मैं उछलते दूध वाली छाती उसके मुँह में देती हूँ, लेकिन उसमें चूँघने की शक्ति नहीं...मुझे होश आया तो मैं उसी तरह सत्ती को लिए लेटी थी, जैसे माँ अपने दूध पीते बच्चे को दूध पिलाती-सी चली हो और फिर बच्चा भी।

उठकर मैं तेजी से बाथरूम गयी। ब्रश किया, कुल्ले किये। मेरे अन्दर डर बैठ गया। शुरू-शुरू में मैं अपने होंठ बचाने के लिए मुँह पर कपड़ा रखती थी, लेकिन कुछ उसके जोर डालने पर कुछ अपनी बेबसी में मैं यह भूल ही बैठी कि वह कैंसर का रोगी है।

दोपहर में जल्दी-जल्दी मैं डा० पुरी के पास गयी। उन्हें नई आई नौकरानी के साथ सत्ती की बात जोड़कर बताई तो वे बोले, 'कोई बात नहीं, नो इन्फेक्शन।' लेकिन मेरा वहम दूर न हुआ।

चण्डीगढ़ हमारे कई सम्बन्धी हैं, लेकिन हम किसी के यहाँ नहीं गये। रोगी के साथ जाना क्या भला लगता? हस्पताल के पास पन्द्रह सेक्टर में रसोई कमरा किराये पर लेकर रहने लगे। हस्पताल से फारिग होकर हम देवर भाभी पकाते, खाते, ताश खेलते। शाम को सैर के लिए निकल जाते, जहाँ शापिंग सेन्टरों में लोगों की भीड़ में सत्ती का मन लगता था। वह जो भी पसन्द करता मैं खरीद लेती। कई कास्मेटिक्स वह मेरे लिए भी पसन्द करता, मैं वे भी खरीद लेती। एक दिन उसने एक स्कार्फ पसन्द किया। इतने गहरे लाल, नीले, पीले रंगों का वह स्कार्फ मुझे क्या अच्छा लगता भला, लेकिन सत्ती की ख्वाहिश थी या जिद कि मुझे दुकान से वहीं बाँधकर उसके साथ चलते हुए घर तक आना पड़ा। उसी को बाँधकर बिस्तर पर लेटना पड़ा।

सर्दी जा चुकी थी, तो भी वह चाहता था कि रात को दरवाजे, खिड़कियाँ बन्द रहें। नारी को देखने की उसकी भूख मिटती नहीं थी। कभी-कभार वह मुझे देखता, फिर सोचते-सोचते मेरी छातियों में नाक घुसाकर रोने लग जाता।

हस्पताल में कोई मुझसे पूछता, 'क्यों बीबी, यह तेरा भाई है?' मैं हाँ कह देती, यदि कोई पूछता, 'तेरा बेटा है, मैं तब भी हाँ कह देती। यदि कोई पूछती, यह तेरा क्या लगता है, मैं चुप ही रहती, क्या बताती? चण्डीगढ़ में वह मेरा पति बनकर रह रहा था। मेरे शरीर का स्वामी।

अब औरत उसके लिए कोई भेद नहीं, कोई रहस्य नहीं। उसका अपना शरीर दिनोंदिन कमजोर होने लगा था। बिजली के इलाज के कारण या उसकी मानसिक अवस्था के कारण, कुछ निश्चित कहा नहीं जा सकता, उसकी जिद व माँग भी कम होने लगी थी, खाने पहनने से भी उसका जी उचाट होने लगा था। वह कभी शराब पीता, कभी समाधियाँ लगाता, तो कभी गीता के श्लोक उच्च स्वर में पढ़ता रहता, 'नैनं छिद्यन्ति शस्त्राणी।' मैं सोचती कि बार-बार उसका यह श्लोक पाठ किसी को कैसे सहारा दे सकता है—आत्मा के अमर, अजर होने से उसे क्या फर्क पड़ता है।

पी० जी० आई० का कोर्स पूरा करके हम घर लौटे, तो उसके लिए दलिया खाना भी मुहाल हो गया था। कभी-कभी हालत एकदम बिगड़ जाती। साँस लेना मुश्किल हो जाता। वह सुबह से शाम तक बरामदे में अपनी खाट पर लेटा गेट की ओर देखता रहता। कभी-कभी अचानक डर जाता। उसकी बाँह, टाँग या सारा शरीर ही काँप जाता, जैसे बच्चे सपने देखकर डरते हैं। कभी उसके हाथ और होंठ काँपने लगते। मैं उसे चाय या काफी पिलाती, उसके पास बैठी उसके हाथ दबाती रहती। वह शांत हो जाता, लेकिन गेट की ओर देखते रहना उसने बन्द नहीं किया।

एक दिन पिता जी पूछ बैठे, 'सत्ती का क्या हाल है, पी० जी० आई० वाला डाक्टर क्या कहता है?'

मैं समझ गई मेरे बाद ताई आई होंगी। सब कुछ बता गईं। मैं उत्तर न दे पाई तो पिता जी खीझ गये। उनके होंठ फड़कने लगे। यही निशानी है पूरे आनन्द खानदान की, गुस्सा या दुःखी होने की। मैं डर गई। बता दिया कि सत्ती अब ज्यादा देर हमारा नहीं रहेगा। कहकर मैं बर्तन उठाकर जल्दी ही रसोई में चली गई। मैं नहीं चाहती थी कि पिता जी मेरे आँसू देखें। उनकी फुसफुसाती आवाज मेरा पीछा कर रही थी, 'गाँव की जमीन बेच दो।'

शाम की चाय के समय पिता जी ने सत्ती को बुलाया। वह सामने कुर्सी पर आ बैठा। पिता जी देखते रहे, फिर कुछ फुसफुसाकर हाथ जोड़कर उन्होंने आँखें मींच लीं। मैंने सत्ती को इशारा करके उठा दिया।

एक दिन बरामदे में सत्ती को सिगरेट पीते हुये छोड़कर मैं रसोई में गई तो चीख सुनाई दी। मैं दौड़कर आई। वह आराम कुर्सी से गिरा पड़ा था और सिगरेट फर्श पर पड़ी सुलग रही थी। तनिक सहारे से वह उठ बैठा। बोला, 'भाभी जी, मेरी साँस रुकने लगी थी।'

मैं उसके गले पर देशी घी मलती रही।

आखिर डेड लाइन भी आ गई। वह आखिरी रात थी। मुझे नींद नहीं आ रही थी। आनन्द साहिब गायत्री पाठ कर रहे थे, लेकिन सत्ती सो रहा था। मैं इसी दौरान दो बार उसे उसे देख चुकी थी।

अचानक कठिन रूप से ली जाने वाली उसकी साँस की आवाज रुक गई। कुछ क्षण मैं साँस रोककर लेटी रही। फिर उठकर उसके कमरे में गई। धीमे से चादर का पल्लू उठाकर देखा उसकी साँस चल रही थी, लेकिन उसका चेहरा पीला हो गया था। झुककर मैं उसके चेहरे को निहारती रही, चेहरा जो कभी लाल गुलाब था।

अपने कमरे में आकर मैंने समय देखा, पौने बारह बज चुके थे। मैंने आनन्द साहिब को नींद वाली गोली दी, तो उन्होंने इन्कार कर दिया।

वह रात निकल गयी—डा० पुरी की डेड लाइन।

सुबह उठकर आनन्द साहिब ने फिर हवन किया। पिता जी के हुक्म अनुसार कितना सारा अनाज व वस्त्र सत्ती के हाथ से दान करवाया।

तीसरे पहर सत्ती आरामकुर्सी पर बैठा-बैठा गिर पड़ा। आनन्द साहिब घर ही थे। हम जल्दी में उसे उठाकर डा० पुरी के क्लीनिक में ले गये। उन्होंने न जाने कैसे क्या किया कि साँस ठीक हो गई। फिर दस ही दिन में पूर्णत: सेहतमंद होकर उसने डा० पुरी को भी हैरान कर दिया।

वह फिर घोड़े जैसा तगड़ा हो गया। सब कुछ खाता, पीता व आवारागर्दी करता। फिर वह वही सब काम करने लगा, जो मुझे पसन्द नहीं थे। जिनके कारण मुझे उसपर व खुद पर शर्म आती। अक्सर वह सन्तोष के पास उसके चौबारे में बैठा रहता। ताया जी के लफँगे लड़कों के साथ पीता व लचर-सी हरकतें करता। धक्के से ही मेरे पर्स से पैसे निकालकर ले जाता। यहाँ तक कि कभी मैं उसे प्यार करती, तो उसकी नजर में वह प्यार ही दिखाई देता। लगता जैसे कोई बदमाश देखता हो। जैसे मुझे पकड़ना उसका अधिकार हो—जैसे किसी से भी कोई चीज उधार माँग लेना उसका हक बन गया। वह दूसरों के सिर पर पलने वाला बदमाश बन गया था, जिसकी बदमाशी का कारण शक्ति नहीं, कैंसर था। कैंसर उसे मार रहा था और कैंसर द्वारा वह हमें मार रहा था।

डेढ़ेक माह बाद उसकी तबियत फिर बिगड़ने लगी। थूक में खून जैसा कुछ निकलता, तो वह दहल जाता। आनन्द साहिब घबरा जाते, मैंने फिर दवाइयों पर जोर दे दिया।

एक शाम थके-हारे आनन्द साहिब बैठे सोचते हुये बोले, 'न जाने और कितनी देर यह...नरक?'

'परमात्मा का नाम लो, सब दुख कट जाएँगे।' उनकी बात का उत्तर मैंने दे तो दिया, लेकिन यह समझ नहीं पा रही थी कि वह किसके नरक की बात करते थे।

—सत्ती के, पिता जी के या अपने...मन में आया कि कह दूँ, जो कुछ तुम भोग रहे हो वह नरक है तो जो मैं भोग रही हूँ वह क्या है?

सत्ती दिन में न जाने कहाँ घूमता रहा, लेकिन अँधेरा होते ही घर लौट आता। वह डरा-सा होता और रात को चारपाई पर पड़ा धर्म-ग्रन्थ पढ़ता रहता। उसका चेहरा सदा गेट की ओर रहता था। दिन में तो बैठता ही बरामदे में, गेट की ओर मुँह करके था।

कभी-कभी उसके चेहरे पर इतनी शान्ति होती कि भक्तों पर क्या होगी, लेकिन कभी इतनी व्याकुलता होती कि लगता जैसे वह बहुत जल्दी में है, मानो वह किसी प्रतीक्षा में हो। मानो कोई प्लेटफार्म पर बैठा गाड़ी की प्रतीक्षा में हो या मानो गाड़ी निकल गई हो और प्लेटफार्म सूना पड़ा हो।

एक दिन पलाथी मारकर आँखें भींचे बैठा था। मैं सामने जाकर खड़ी हो गयी। उसने आँखें खोलीं, फिर बन्द करके हाथ जोड़े और सिर झुका दिया।

मरने से एक रात पहले न जाने उसे कैसे मालूम हो गया था। उसने संकोच से मुझे अपने पलँग पर बुलाया। बीच वाले दरवाजे को बोल्ट लगाकर मैं उसके पास बैठ गई। फिर उसके आग्रह पर साथ लेट गई। वह मेरी ओर देखता रहा, देखता रहा फिर उसकी बुझी-सी आँखों में आँसू आ गये एकाएक...मैंने उसका चेहरा छाती से सटा लिया...क्या बात है मेरे बच्चे? मेरे मुँह से स्वतः ही निकल गया।

उसने आँखें भींच लीं, मानो ध्यान में चला गया हो।

दूसरी सुबह उसने बेड-टी नहीं पी। नहाकर धूप (अगरबत्ती) जलाकर पाठ करने बैठ गया। अभी प्रारम्भिक मन्त्र ही पढ़ा होगा कि उसके हाथ से पुस्तक गिर गयी और वह फर्श पर टेढ़ा हो गया।

मैंने रसोई में से भागते हुये जाकर उसे सँभाला, तो मेरी चीख निकल गयी। आनन्द साहिब काँपते भागे आये...लेकिन वह घटित हो चुका था, जिसकी प्रतीक्षा सत्ती को थी, आनन्द साहिब को और मुझे भी थी।

आज इस घटना को घटित हुये कोई एक साल बीत गया, लेकिन आज भी मुझे इस सवाल का जवाब नहीं मिल रहा कि वह मेरा कौन था?

✦

अथवा

✦

डॉ० दलीप कौर टिवाणा

किरमची मौसम।

ढलती दोपहर।

मैं डाक्टर की दुकान पर दाढ़-दर्द की दवाई लेने के लिए खड़ी थी। मेरे मुँह में अकल-दाढ़ आ रही थी, जैसे अब तक मैं बेअकल ही थी।

कार में एक आदमी आया और 'परची' डाक्टर के आगे कर दी। डाक्टर पहले उसी को दवाई देने लगा। शायद उस पर भी, उसका नहीं, उसकी कार का रौब अधिक पड़ रहा था।

मैं पहले से खड़ी हुई थी। क्रोध आना चाहिये था, किन्तु नहीं आया। कार की वजह से नहीं, बल्कि उस आदमी की वजह से।

अच्छा-खासा नौजवान था वह, कुछ-कुछ उदास दिखाई पड़ता था।

'शायद घर में बीबी बीमार हो।' मैंने सोचा।

'नहीं, माँ बीमार होगी।' फौरन ही मैंने निर्णय बदला। चूँकि मालूम नहीं क्यों, मुझे यह बात पसन्द नहीं आई कि उसकी कोई बीवी भी हो सकती है।

वह दवाई लेते हुये डाक्टर की ओर देख रहा था और मैं उसकी ओर।

'आपके पाँव पर भिड़ है।' उसने मेरे पैर की ओर देखकर आवेश में कहा।

मैंने हाथ से भिड़ झाड़ दी।

'इसका मतलब है कि वह मेरी ओर न देखते हुये भी, मेरी ओर देख रहा था।' मैंने सोचा।

उसने दवाइयाँ लीं और पैसे चुकाकर चल पड़ा।

'जनाब, बाकी पैसे तो लेते जाइये।' डाक्टर ने उसे कार की खिड़की खोलते हुये देखकर आवाज दी।

'ओफ!' कहकर वह लौटा और बकाया पैसे पर्स में भरकर जेब में रखता हुआ चला गया।

'शायद उसके घर में कोई ज्यादा ही बीमार हो?' मैंने सोचा।

'कल फिर इसी समय दवाई ले जाऊँगा, डाक्टर साहिब!' चलते-चलते उसने डाक्टर की ओर मुँह करके यह बात जैसे मुझे सुनाते हुये कही।

मुझे हँसी आ गई।

'दाढ़ बहुत दर्द कर रही है क्या?' डाक्टर ने मुझसे पूछा।

'हाँ', मैंने कहा। यद्यपि दाढ़ इस समय बिलकुल दर्द नहीं कर रही थी और डाक्टर के याद दिलाने पर सचमुच ही दर्द करने लगी।

दवाई लगवाकर और खाने के लिए गोलियाँ लेकर लम्बे-लम्बे कदम लाँघती मैं घर की ओर चल पड़ी। जल्दी-जल्दी कदम लाँघने से जैसे समय भी जल्दी चलने लग जायेगा।

दाढ़ के दर्द की वजह से मैं उसी तरह बिस्तर में उठकर चली आई थी, किन्तु अब मुझे महसूस हो रहा था कि मुझे कपड़े बदलकर जाना चाहिये था।

मरे पास से एक कार निकल गई।

एक क्षण के लिए सोचा कि शायद वही हो, किन्तु तभी अपनी पगली सोच पर मैं हँस पड़ी और उसकी दोस्त के बारे में सोचने लगी, किन्तु अन्दर से मन यह भी नहीं चाहता था कि उसकी कोई दोस्त भी हो।

घर लौटकर मैं सितार बजाने बैठ गई।

मन में जो त्वारा-सी पड़ी हुई थी, वह सारे शरीर में से होती हुई उँगलियों द्वारा सितार की तारों में पहुँच गई। तारें धधक-धधककर उठ रही थीं।

फिजा बेचैन-सी हो उठी।

दाढ़ भी दुख रही है और तुम्हें बुखार भी है, चल नहीं पा रही सितार। मेरी माँ मुझ पर खीझती है।

मैं बात अनसुनी कर देती हूँ।

माँ यह नहीं जानती कि मैं स्वरों पर से तैरकर किसी टीस से पार होकर दूर जाना चाहती थी।

किन्तु तीखे-तेज और गहरे स्वरों ने मन के ठीक अन्दर की गुफा में हलचल मचा दी। घण्टा भर अपने आप से पार हो जाने की कोशिश के बाद मैंने सितार रख दी।

मैने हार मान ली।

दवाइयाँ हाथ में लिए वह कार वाला आदमी मेरे दिमाग में घूम रहा है।

आना तो चाहिये था, किन्तु मुझे उस पर क्रोध नहीं आया।

'हो सकता है वह कोई नीच आदमी हो, चूँकि कारों वाले अक्सर नीच आदमी भी तो होते हैं।' मै मन को समझा रही हूँ।

'नहीं, वह नीच नहीं हो सकता।' मैं बगैर किसी तर्क के सोचती हूँ।

मैं भी कितनी बेवकूफ हूँ...व्यर्थ ही बेचारे के बारे में सोच रही हूँ। किन्तु सुना है जीवन में हरेक बात का एक-न-एक अर्थ होता है। क्या इसका कोई अर्थ

है कि आज डाक्टर की दुकान पर उसे भी इसी समय दवाई लेने के लिए आना था, जब मैं वहाँ खड़ी थी।

क्या इस समय वह भी यही सोच रहा है कि जब मैं दवाई लेने गया था तो वहाँ वह लड़की खड़ी थी।

सम्भवतः वह इस समय सो रहा हो, अथवा अपनी किसी दोस्त के साथ पिक्चर देख रहा हो। किन्तु मुझे लगता है कि वह मेरे बारे में क्या सोच सकता है? कल जब वह दवाई लेने आयेगा, मैं उसे इसी बहाने बुला लूँगी...किन्तु इस तरह शायद अच्छा न लगे। शायद वह मेरी परख ही न कर रहा हो? मुझे कल उसी समय डाक्टर के यहाँ नहीं जाना चाहिये।

ओह...रात के ग्यारह बज रहे हैं। गोलियाँ खानी भी याद नहीं रहीं। शायद दाढ़ दर्द ही नहीं कर रही, किन्तु दाढ़ में तो दर्द जारी है।

कल डाक्टर से दूसरी दवाई लूँगी।

कितनी मज़ेदार बात हो कि उसकी कार मुझमें आ लगे। हम भिड़ जाएँ और मैं मर जाऊँ।

× × ×

आज मैं बहुत खुश हूँ।

नहीं, बहुत उदास हूँ।

आज फिर मुझे अमरजीत याद आ रहा है, जिसने मेरे पिता की छाया में बैठने के लिए मुझसे इश्क किया था। वह कालिज का एक निर्धन विद्यार्थी था और मेरे पिता कालेज के अमीर प्रिंसिपल। मेरे पिता के लिए हमारी जोड़ी सुखान्त न थी।

किन्तु तब मैं जवान थी और प्रत्येक जवाँ इन्सान आदर्शवादी होता है। किन्तु अब मैं आदर्शवादी नहीं, शायद जवाँ भी नहीं। समय का क्या होता है, यह तो कभी बहुत तेज चलने लग जाता है और कभी बहुत धीमे।

किसी को क्या मालूम है कि इन चार वर्षों में मैं कितने सालों का रास्ता तय कर आई हूँ?

इसीलिए आज अमरजीत की याद आने पर न तो मन खीझा है और न दिल ही जला है। कुछ भी नहीं हुआ। बस, वह याद आया है।

बात यूँ हुई। उसे छाया की आवश्यकता न थी, उसे मेरी भी आवश्यकता न थी, मेरे पिता तो इस बात पर हँसकर ही रह गये। बिखरे बेरों का अभी बिगड़ा ही क्या है? वह कहते थे।

किन्तु मैं भीतर जा-जाकर रोती थी।

कभी मुझे लगता था कि अमरजीत के बगैर मैं क्या करूँगी, किन्तु फिर मुझे लगा कि मुझे तो किसी की भी जरूरत नहीं। किसी की भी नहीं। मेरे पिता को जितना भी क्रोध दिखाना था, दिखाया।

ठुकराये हुए जीव ने दुनिया को ही ठोकर लगा दी।

वर्ष आते रहे, जाते रहे।

न मैं सो पाती थी और न जाग ही पाती थी।

मैं किससे वफा निभा रही थी?

शायद किसी के साथ भी नहीं।

अमरजीत एक स्वप्न बनकर रह गया।

किन्तु आज इतने वर्षों बाद पहली बार उस कार वाले को बतलाने का मन हुआ है कि एक अमरजीत भी था।

वह मुझ पर हँस देगा कि मैं कैसी पगली थी?

नहीं, वह हँसेगा नहीं, मुझे आज तक उसकी शक्ल याद है। वह मुझपर हँस नहीं सकता।

मैं उठकर ड्राइंग रूम में जाती हूँ। हैरान होती हूँ। मैं तो घर इस तरह नहीं रखती थी। सभी कुछ ऐसे लगता है जैसे मैं यहाँ थी ही नहीं।

फालतू तस्वीरें उतार देती हूँ।

यह शीत ऋतु बीत रही है, परन्तु पर्दे गर्मियों वाले ही हैं। किसी को बदलने की याद ही नहीं रही।

कालीन पर किसी ने पेन झटक दिया है। स्याही की बूँदें।

फूलदान में फूल ही नहीं हैं।

'तुम आज रात को भी क्या कर रही हो?' माँ आवाज सुनकर आ जाती है।

'कमरा ठीक कर रही हूँ। कभी कोई आ ही जाता है।' मैं बतलाती हूँ।

माँ को बात समझ में नहीं आती, लोग तो हर रोज ही आते रहते हैं।

एक बज रहा है।

दूर कहीं कुत्ते भौंक रहे हैं।

कमरा ठीक हो गया है और अब मेरा मन कर रहा है कि पाठ करने बैठ जाऊँ।

माँ फिर कह देगी, कभी तो पाठ नहीं करती थी, आज पाठ करने कैसे बैठ गई?

ईश्वर या तो बहुत दुख में याद आता है और या फिर बहुत सुख में। न मालूम आज मैं बहुत उदास हूँ या बहुत खुश! आज मुझे ईश्वर याद आ रहा है।

ईश्वर के पास तो बहुत बड़ी कार होगी। शायद ऐसी, जो बादलों पर भी चल सकती हो।

कल मुझे डाक्टर की दुकान पर दवाई लेने के लिए जाना चाहिए या नहीं?

चलो, जब कल आयेगा, देखा जायेगा। अब मैं सो जाती हूँ। सोकर समय बहुत जल्दी निकल जाता है।

किन्तु वह किसके लिए दवाई लेने आया था?

सम्भवतः वह स्वयं ही किसी रोग का शिकार हो?

नहीं-नहीं, उसे किसी भी रोग का शिकार नहीं होना चाहिये। मैं ईश्वर से प्रार्थना करती हूँ कि वह कभी किसी रोग का शिकार न बने।

किन्तु मुझे क्या?

कल दवाई लेने जाऊँगी तो पूछ लूँगी। कौर बीमार है?

किन्तु, मैं दवाई लेने ही नहीं जाऊँगी।

शायद, मुझे नहीं जाना चाहिये।

हो सकता है वह भी न आये।

किन्तु नहीं, मैं तो जाऊँगी, मेरी तो दाढ़ दुख रही है।

वह भी आयेगा।

किन्तु मुझे जाना चाहिये या नहीं?

अनु०—फूलचन्द्र मानव

✦

दोषी

✦

मोहन भण्डारी

रात आयी बीत गयी। भीतर मीठी-मीठी उमस, बाहर नन्हीं-नन्हीं फुहार, कानों में मिठास भरती रही। पपीते रंग पकड़ने लगे। पत्तों में झन्नाहट होती रही। बिजली की केतली सूँ-सूँ करती रही—खौलते पानी जैसी आवाज। घड़ी के चौखटे में कैद पेंडुलम सिर पटकता रहा। कैलेंडर पर फाँसी लगी पुरानी तारीख लुढ़क गयी। नयी तारीख फाँसी पर आ लटकी।

हम खामोश बैठे रहे। चाय की चुस्त चुस्कियाँ दम तोड़ती रहीं। सिप...फिर सिप...फिर एक और सिप। समय कत्ल हो रहा था। मैं फर्श पर दरी बिछाकर लेटा रहा। सिरहाने हल्की-सी राख का ढेर लगा था। रात भी वह कुर्सी पर बैठा रहा। सिगरेट से सिगरेट जलाकर पीता रहा। भीतर जलन धुएँ के रूप में छत को चढ़ती रही।

पहले वह सिर्फ हफ्ते में एक बार मेरे घर आया करता था। बिनाका गीतमाला सुनने के लिये, फिर हर शाम आने लगा। वह खुद रेडियो लगा बैठता। उसके वेव बदलता। जब उसका मनचाहा गीत आने लगता तो रेडियो से हटकर चाय बनाने लगता। अपने आप। मेरे पास बैठा वह चाय सिप करता रहता। रेडियो पर आ रहा मधुर संगीत सुनने लगता और आधी रात के आस-पास बेमन, वह घर लौट जाता।

उसको पाश्चात्य संगीत बहुत प्रिय था। पश्चिमी धुनों पर आधारित जब कोई स्वदेशी गीत गाता तो वह नाचने की हद तक झूम उठता। सिगरेट के गहरे कश लगाता। उसके मुँह से धुएँ के छल्ले निकलते और छत से टकराकर टूट जाते। उसकी आँखों में एक अद्‌भुत नशा छा जाता। उसका सर्वस्व, अपनत्व मन्त्रमुग्ध हो उठता। इस नशे में कभी-कभी वह बेचैनी महसूस करता और कुर्सी पर बैठा दाँये-बाँयें डोलता रहता। मुझे दोबारा चाय बनाते देखकर वह कुछ चैन-सी महसूसता, खचाखच केतली में खौलता पानी देखकर उसके हर जोड़ में जैसे गर्माहट आ जाती। वह पिघला हुआ-सा, खिड़की में से आम्रवृक्ष के झूमते पत्ते देखने लगता।

उसकी यह हालत देखकर मुझे तरह आ जाता। इसी भावना के अधीन मैं चाय की पत्ती का एक चम्मच और डाल देता। मुझे मालूम है कि जब तक चाय

की पत्ती के पानी का रंग रम जैसा न हो जाय, उसे चाय अच्छी नहीं लगती। पतली चाय देकर उसके मुँह का जायका बकबका-सा हो जाता। उसकी आँखों में निराशा आ बैठती और मानों जोड़-जोड़ में नीम दर्द-सा होने लगता। अभी रात ही तो उसने कहा था, 'घटिया आदमी, घटिया बात, घटिया चाय और घटिया संगीत—ये सब मुझे पसन्द नहीं। यहाँ तक कि इनसे सम्बन्धित चीजें भी नहीं।' बात कहकर वह हँसा नहीं, गम्भीर हो गया। उसकी कही बात का बुरा मानकर मेरा मन स्वयं ही उसके गिर्द चक्कर काटने लगा, यह परखने के लिए कि मैं किस श्रेणी में आता हूँ। जब मैं यह सोच रहा था, एक सामान्य व्यक्ति लग रहा था। जैसे घटियापन का अटूट एहसास मुझे दबाये चला जा रहा हो।

जब मैं यह सोच रहा था तो वह अपने मरने की बातें करने लगा, 'मैं सड़क पर मरना पसन्द करूँगा। अँधेरे में मेरी लाश पड़ी हो, लोग मुझ पर टार्चों से रोशनी फेंकने की, मुझे पहचानने की कोशिश करें। भयभीत एवं चिंतित। मेरी खुशी इसी में है। मरणोपरान्त तो पहचानेंगे ही।'

बातें करते हुए उसकी नसों में तनाव आ गया था। मेरा मन भर आया। मुझे अपने पिता की मौत याद हो आयी। वह भी तब मेरे थे, जब सूर्य एक कोने में उतरकर छिप चुका था। वह खाट पर पड़े ही मर गये। किसी को खबर तक न हुई। मेरी बुआ तब उनके सिरहाने बैठी थीं। लम्बे लेटे वह और अधिक लम्बे हो गये लगते थे। जैसे उनके सारे दु:ख एकाएक चुक गये हों। जब लड़कियों ने रोना शुरू कर दिया तो लोगों ने उनकी लाश चारपाई से उतारकर नीचे रख दी। लालटेन जलाकर उनका चेहरा देखा और रोना शुरू कर दिया, सारे परिवार में अकेला मैं ही था, जो रो भी नहीं पाया था। मानों किसी दबाव में मेरे होंठ भिंच गये हों।

घर के लोगों द्वारा उठाये गये कोहराम में मैं भौंचक्का बैठा था। पीछे लोगों ने मुझे निर्मोही कहा। एक चिकना आदमी, जो अपने पिता के देहान्त पर भी नहीं रोया। उसी दिन से मेरा चेहरा सख्त हो गया, कठोर। एक घिनौना एहसास जमकर मेरे अन्दर उतर गया। गम का वह एक गोला मेरे अन्दर अब भी कभी-कभी बेचैन होकर घूमने लगता है। तब मुझे उस लड़की की याद आयी, जो बचपन में मेरे साथ धूप-छाँव का खेल खेला करती थी। हम सब अपनी छोटी-सी छत पर चढ़ जाते। अपने दोनों ओर चरपाइयाँ खड़ी करके ऊपर कपड़ा फैलाकर छाँह कर लेते थे। इस खेल में छाँह हमेशा उसी के हिस्से आती। धूप मेरी होती। मैं धूप में बैठा लाल-पीला हो उठता। वह छाँह में बैठी हँसा करती। फिर मानो उसे मुझ पर तरस आ जाता। वह प्यार से मेरे गाल पर च्योटी काटती और खिल खिलाकर हँसती-हँसती लोटपोट हो जाती। अरे आ जाओ पगले, मेरे पास, छाँह में। नहीं तो धूप में बैठे-बैठे रंग काला पड़ जायेगा, फिर तुम्हारी शादी भी नहीं होगी।

मैं सहमकर उसके पास आ बैठता। हम दोनों एक-दूसरे में घुसड़-घुसड़कर बैठते। ऐन सटकर। उस वक्त मेरा मन चाहता कि उसे भींच लूँ। एक दिन ऐसा करने की कोशिश भी की। वह काँपकर दूर हो गयी। मेरी ओर से मुँह हटाकर उसने दूसरी ओर कर लिया।

यहाँ कौन कोई देख रहा था? उसे मनाते हुए मैंने कहा।

'ईश्वर तो देखता है, उसे सब कुछ दिखता है।' वह मुझे समझाती रही। उस रात वह मुझे पिता की लाश के पास से उठाकर ले गयी। उसने मेरी उँगली पकड़ रखी थी। मैं एक भोले बच्चे की तरह उसके साथ गली में चला जा रहा था।

उसका पूरा परिवार सरसों के दीपक की रोशनी में बैठा रोटी खा रहा था। उस मटमैले प्रकाश में उसने मुझे देखा, फिर उसने मुझे भींच लिया। अब वह रोने लगी थी। उसके गर्म आँसू मेरे कँधे पर टपक रहे थे।

एक दोषी की तरह मैंने अपना चेहरा उसकी छाती में छिपा लिया।

वह कुर्सी पर बैठा-बैठा टेढ़ा हो गया। रात भर वह मेरे समीप सिगरेटें फूँकता रहा और मौत की बातें करता रहा। पूरी रात नन्हीं-नन्हीं बौछार होती रही। आमों के पत्तों में कँपकँपी झूलती रही। सारी रात बिजली की केतली में पानी खौलता रहा। कमरे में रात भर घुटन बनी रही। जैसे हम दोनों ही कैदी हों, एक तंग कमरे में बन्द। उस पेंडुलम की तरह जो अभी भी दीवार घड़ी के चौखटे में कैद अपना सिर पटक रहा था।

पुरानी तारीख हमारे सामने कत्ल हुई और
दीवार पर लगे कैलेंडर में लुढ़क गयी
नयी तारीख कैलेंडर की फाँसी पर जा टँगी
हमारी दोनों की आँखें बोझिल हो उठीं। हम अपनी-अपनी जगह लेट गये।

सुबह होते ही दरवाजे पर तेज दस्तक हुई
एक बार, दो बार, तीन बार...लगातार
वह कुर्सी से चौंककर उठा और दरवाजे की ओर भागा
मैं दरी से उठकर बैठ गया।

'शर्म तो नहीं आती। हमारा गला ही क्यों नहीं घोंट दिया। स्याण ही खत्म हो जाय। फिर तुम्हारे चारों ओर सब मुक्त। दो बच्चों के पिता होकर लंडे चिड़े जैसे लोगों के पास रातें बिताते हो!'

एक औरत की आवाज आ रही थी।

मैंने उठकर एक दरार में से झाँकना शुरू किया। औरत उसके कँधे पर सुबक रही थी, रो रही थी।

'ओह, कोई बात है। कोई बात तो हुई हो, कुछ...' वह बेहद झुंझला उठा और उसकी टाँगें काँपने लगीं फिर वे दोनों धीमे से सीढ़ियाँ उतर गये।

मैंने बाहर खिड़की में से झाँका। वह किसी दोषी की तरह एक ठिगनी औरत के पीछे-पीछे चला जा रहा था।

मैं भीतर आकर दरी पर लेट गया। सिगरेट की राख से मेरा सिर सना हुआ था।

अनु०—**फूलचन्द मानव**

✦

कोई एक सवार

✦

सन्तोख सिंह धीर

सूरज की टिकिया के साथ ताँगा जोतकर अड्डे में लगाते हुए बारु ताँगे वाले ने 'हाँका' दिया, 'जाता है कोई सवार खन्ने का माई ओ...।'

सर्दी में इतने सवेरे संयोग से भले ही कोई सवारी आ जाय, नहीं तो कहीं रोटी खाकर धूप चढ़े ही आदमी घर से निकलता है, परन्तु बारु इस संयोग को भी क्यों खो दे? शीत में ठिठुरता हुआ भी वह सबसे पहले अपना ताँगा अड्डे में लगाने की सोचता है।

बारु ने बाजार की ओर मुँह करके इस तरह जोर के साथ हाँक दिया, जैसे उसे सिर्फ एक सवारी ही चाहिये। परन्तु बाजार में से एक भी सवार नहीं आया। फिर उसने गाँवों से आती हुई अलग-अलग पगडंडियों की ओर आँखें उठकर, आशा के साथ देखते हुए हाँके दिये, परन्तु कभी-कभी न मालूम क्यों सवारियों को साँप सूँघ जाता है। बारु सड़क के एक ओर फड़ी वाले के पास बैठकर बीड़ी पीने लगा।

बारु का चुस्त घोड़ा चैन के साथ नहीं रुक सकता था। दो-तीन बार घोड़े ने नथुने फुलाकर फर्राटें भरी, पूँछ हिलाई और फिर स्वत: ही दो-तीन कदम चल पड़ा। 'बस ओ, बस, पुत्तरा, जल्दी क्यों करते हो, चलते हैं—आ लेने दो किसी आँखों के अँधे और गाँठ के पूरे को।'

मजे में हँसते हुए बारु ने भागकर घोड़े की बाँगें पकड़ीं और उन्हें कसकर ताँगें के बंब के साथ बाँध दिया।

स्टेशन पर गाड़ी ने सीटी दी। रेल की कूक बारु के दिल को बेंध गई। उसने रेल की माँ को गाली दी और साथ ही रेल बनाने वाले को भी। पहले 'जनता' निकली थी और अब डिब्बा। साली घण्टे-धण्टे बाद गाड़ियाँ चलने लग पड़ीं और फिर बारु ने जोर के साथ सवारी के लिए हाँक लगाई।

एक बीड़ी उसने और सुलगाई और इतना सूटा खींचा कि आधी बीड़ी फूँक दी। बारु ने धुएँ के फर्राटे छोड़ते हुए, बीड़ी को गाली देकर फेंक दिया। मिर्ची की तरह धुआँ उसके मुँह में लड़ने लगा था।

घोड़े से टिका नहीं जा रहा था। उसने दो एक बार पैर उठा-उठाकर धरती पर पटके। मुँह में लोहे की लगाम चबा-चबाकर पूँछ घुमाई। गाड़ी की चूलें

सरकीं, साज सरका, पंखों की रंग-बिरंगी कलगी हवा में फर्की और गले में लटकते रेशमी रुमाल हिलने लगे। बारु को अपने घोड़े की चुस्ती पर मान हुआ, उसने होठों से पुचकारकर कहा, 'बस ओ बैलिया, करते हैं अभी हवा से बातें।'

बारु, तुम्हारा घोड़ा चेतन्न बहुत चुस्त है। टपुं-टपुं करता रहता है।' फड़ी वाले ने कहा।

'क्या बात है!' बारु मन में हुलस कर बोला, 'लिबास तो देखो तुम...शरीर पर मक्खी फिसलती है—बेटों की तरह सेवा करता हूँ, नत्थू।'

'पशु बचता भी तभी है।' नत्थू ने भरोसा दिलाया।

सूरज काफी ऊपर चढ़ आया, परन्तु खन्ने जाने वाला सवार एक भी अभी नहीं आया था। बल्कि और भी दो-तीन ताँगे अड्डे में आ खड़े हुए और कुन्दन भी सड़क के दूसरी ओर खन्ने की तरफ ताँगा खड़ा करके सवारियों के लिए हाँके देने लग गया था।

हाथ में थैला लिए हुए एक शौकीन-सा बाजार की ओर से आता दिखाई दिया। बारु उसकी चाल पहचानने लगा। बाबू अड्डे के और समीप आ गया, किन्तु अभी तक उसके पैरों ने कोई दिशा नहीं ली थी।

'चलो एक सवारी सरहन्द के लिए।...कोई अमलीह चलता है, भाई ओ!' आवाजें ऊँची होने लगीं, किन्तु सवारी की इच्छा का पता न चला। बारु ने खन्ने का हाँका दिया, सवार ने सिर ही न उठाया। 'कहाँ बोलते हैं जल्दी मुँह से, ये जेटलमैन बाबू।' बारु ने मन ही मन निन्दा की और बाबू खन्ने की ओर खड़े ताँगे के पास आ खड़ा हुआ। 'और है भाई कोई सवारी?' उसने मुश्किल से बोलकर पूछा।

बारु ने अदब के साथ थैला पकड़ना चाहकर पूछा, 'आप बैठिये बाबू जी, आगे अभी चल पड़ते हैं बस, एक सवारी ले लें।'

किन्तु बाबू ने थैला न पकड़ाया और हवा में तकता चुपचाप खड़ा रहा। यूँ ही घण्टा भर ताँगे में बैठे रहने का भी क्या अर्थ?

बारु ने पूरी शक्ति के साथ एक सवारी के लिए हाँक लगाई, जैसे उसे बस एक ही सवारी चाहिए। बाबू तनिक चहलकदमी करके ताँगे की अगली पायदान के पास हो गया। बारु ने साहस के साथ एक 'हाँका' और लगाया।

बाबू ने अपना थैला ताँगे की अगली गद्दी पर रख दिया और स्वयं पैंट की जेबों में हाथ घुमाकर चहलकदमी करने लगा। बारु ने घोड़े की पीठ को प्यार से थपथपाया और फिर ताँगे की पिछली गद्दियों को वैसे ही तनिक ठीक-ठाक करने लगा। इतने में एक साइकिल आकर ताँगे के पास रुक गई। थोड़ी-सी बात चढ़े-चढ़ाये ही साइकिल वाले ने बाबू से की और वह गद्दी पर से अपना थैला उठाने लगा। बारु ने बैठते दिल के साथ कहा, 'हवा सामने की है, बाबू जी।' परन्तु साइकिल बाबू को लेकर चलती बनी।

घुटने-घुटने दिन चढ़ आया।

कच्चा-सा होकर बारु फिर सड़क के एक छोर फड़ी वाले के पास बैठ गया। उसका जी कैंची की सिगरेट पीने को हुआ, किन्तु दो पैसे वाली सिगरेट अभी वह किस साहस से पीता? चक्कर अभी एक भी मुश्किल से लगता जान पड़ता था, चार आने की सवारी है खन्ने की, छः सवारियों से अधिक का हुक्म नहीं, तीन रुपये तो घोड़े के पेट में ही पड़ जाते हैं। उसके मन में खारिश होने लगी। ऐसे यहाँ वह क्यों बैठे? वह उठकर ताँगे की पिछली गद्दी पर बैठ गया। ताकि पहली नजर में ही सवारी को ताँगा बिल्कुल खाली न लगे।

ताँगे में बैठा, वह 'लारा-लप्पा, लारा-लप्पा' गुनगुनाने लगा और फिर 'हीर के टप्पे।' परन्तु शीघ्र ही उसके मन में आँच-सी लगी। टप्पे उसके होठों को भूल गये। वह दूर फसलों में झाँकने लगा, खलिहानों की ओर जाती पगडण्डियों पर कुछ राहगीर चले आ रहे थे। ध्यान से बारु ने पास आ रहे राहगीरों की ओर देखा, डिब्बे वाले सफेद खेसों में लिपटे चार जाट थे। बारु ने सोचा, 'पेशी पर जाने वाले होते हैं, ऐसे चौधरी।' और उसने ताँगे को मोड़कर उनकी ओर जाते हुए आवाज लगाई, 'खन्ने जाओगे लम्बरदार—दारां? आओ बैठो, चलें...।'

सवारियों ने कुछ ताक-झाँक की, और फिर बीच में से ही किसी ने कहा, 'जाना तो है, यदि अभी चल दो!'

'अभी लो, बस बैठने की ढोल है।' बारु ने घोड़े के मुँह के पास से लगाम पकड़कर ताँगे का मुँह अड्डे की तरफ घुमा दिया।

'तहसील पहुँचना है हमने—पेशी पर—समराले...।'

'मैंने कहा, बैठिये तो आप, धुग्गी नहीं खाँसने दूँगा।'

सवारियाँ ताँगे में बैठ गईं। एक सवार का हाँका देते हुए बारु ताँगे को लेकर अड्डे की तरफ चल दिया।

'अभी और चाहिए एक सवारी?' बीच में से एक सवारी ने, ताँगे वाले को 'आखिर ताँगे वाला ही निकला' बूझकर कहा।

'चलो कर लेने दो इसे भी अपना घर पूरा।' बीच में से ही किसी ने उत्तर दे दिया। 'हमारा क्या है, तनिक बाद में पहुँच जायेंगे।'

अड्डे से बारु ने ताँगा बाजार की ओर भगा लिया। बाजार के बीच, बारु ने ताँगे के बंब पर तनकर हाँक लगाई, 'चला है कोई अकेला सवार, खन्ने भई हो...।'

'अकेले सवार को लूटोगे राह में?' बाजार में से किसी ने ऊँची आवाज में टोककर मसखरी की।

बाजार में हँसी फूट गई। बारु के सफेद दाँत और और लाल होंठ दिखने लगे। सवारी के लिए हाँका देते हुए, उसने घोड़ा मोड़ लिया। अड्डे पर आकर,

सड़क के एक छोर, खन्ने की ओर ताँगा लगाया और स्वयं फड़ी वाले के पास आ बैठा।

'की न फिर वही बात?' ताँगे वाले को टलते हुए देखकर एक और सवारी ने कहा।

'मैंने कहा, रुकेंगे नहीं हम लम्बरदार। बस एक सवारी की झाँक है, आ गई ठीक, नहीं तो चल ही देंगे' बारु ने दिल-दिलगीरी की।

सवारियों को जल्दी में देखकर कुन्दन ने अपने ताँगे को एक कदम और आगे करते हुए हाँक दिया, 'चलो चारों सवार लेकर चलता हूँ खन्ने को।' और वह चिढ़ाने के लिए बारु को आँखें खोलकर एकटक देखने लगा।

'टल जा, ओ टल जा नाइया। टल जा लच्छनों से।' बारु ने कुन्दन की ओर आँखें दिखाईं और सवारियों को बरगलाने से बचाने के लिए उसने औरतों और लड़कियों, बच्चियों की रही रंग-बिरंगी टोली की ओर ताकते हुए कहा, 'चलते हैं, सरदारों हम अभी। वे आ गईं सवारियाँ।'

सवारियाँ टोली की ओर देखकर फिर टिक रहीं।

टोली की ओर देखता हुआ बारु सोचने लगा, 'व्याह-मुकलावे की सजी-संवरी सवारियाँ हैं, जैसे—दो ताँगे भर ली भले ही—पैसे भी अच्छे दे जाती हैं ऐसी सवारियाँ।'

टोली पास आ गई।

कुछ माताओं और बच्चियों ने हाथों में कपड़ों से ढँके हुए, 'गोहले-बोहटियाँ' और थाल उठाये हुए थे। पीछे कुछ घूँघट वाली दुल्हनें और निक्की-निक्की कुड़ियाँ थीं। बारु ने आगे बढ़कर, धीओं के समान पुत बनते हुए, एक माई से कहा, 'आओ माता जी, ताँगा तैयार है बस आपका ही इन्तजार था, बैठिये खन्ने के लिए।'

'रे न भाई...।' माई ने साधारणत. कहा, 'हम तो माथा टेकने चली हैं, माता राणी के मट्टी तक।'

'अच्छा माई अच्छा।' बारु हँसकर ढीला-सा पड़ गया।

'ओ भाई, चलोगे कि नहीं?' सवारियों की कहाँ टेक होती है। और हर बार 'बारु भी उन्हें किन बहानों से टालता रहता? हारकर उसने साफ बात की—'चलते हैं ब्राबा, आ लेने दो एक सवारी और—कुछ भाड़ा तो बन जाय!'

'तुम अपना भाड़ा बनाओ, हमारी तारीख निकल जायगी।' सवारियाँ भी सच्ची थीं।

कुन्दन ने छेड़खानी क़रते हुए सुनाकर कहा, ''साधारण होते हैं बहुत से लोग, कहाँ फँस गये—या तो चलता नहीं—चला तो कहीं मुँह मूथा पड़ा होगा—पाँव-

पाँव पर नेहू लेता है घोड़ा, यदि उठ खड़ा हुआ तो बीच ही में अड़ जाएगा, सिरे ठिकाने लगेगा ही नहीं।'

सवारियाँ कानों की कच्ची होती हैं। बारु को एक चढ़ती और एक उतरती, किन्तु वह छेड़खानी को अभी भी सहते हुए कुन्दन की ओर तनिक झाँककर बोला, 'नाटे, नाटे भौत बातें करवाती है तेरे से। गाड़ी तो ठीक करा आओ माँ के पास से जाकर पहले, ढीचूँ-ढीचूँ करती है, खड़े भौंक रहे हो—गुटार जात।'

लोग हँसने लगे, किन्तु जो अवस्था बारु की थी, वही कुन्दन दूसरे ताँगे वालों की भी थी। सवारियाँ किसे नहीं चाहिए? किसे घोड़े और परिवार का पेट नहीं पालना होता? न बारु बीच में से चले, न और किसी को चलने दे। सन्तोष भी कोई चीज है—अपने-अपने भाग्य हैं—मंदा ठण्डा बना हुआ है, चारों को लेकर चला जाय—किसी दूसरे को भी रोजी कमाने दे, कहाँ कुलाल अड़ा है, मनटन भार की तरह आगे।' कुन्दन ने अपनी जड़ पर हाँक लगाते हुए खीझकर हाँका लगाया। 'चलो चारों लेकर चलता है खन्ने को बम्बकाट। चलो पहुँचता है मिनटों-सेकण्डों में खन्ने, चलो—भाड़ा भी तीन-तीन आने।' और ताँगा उसने एक कदम और आगे कर लिया।

बारु की सवारियाँ पहले ही थक चुकी थीं और सवारियाँ किसी की बँधी हुई भी तो नहीं होतीं। बारु की सवारियाँ बिगड़कर ताँगे से उतरने लगीं।

बारु ने क्रोध में ललकारकर कुन्दन ये माँ की गाली निकाली और अपनी धोती का पल्लू मारकर कहा, 'नीचे तो आ बेटे ताँगे!'

कुन्दन बारु को क्रोध में देखकर कुछ तर्क तो गया, किन्तु वह ताँगे से नीचे उतर आया और बोला, 'मुँह सँभालकर गाली देना, अबे कुलाल।'

बारु ने एक गाली और निकाल दी, और हाथ में पकड़े छाँटे पर उँगली जोड़कर कहा, 'महिये के गजों में से निकाल दूँगा साले को तिहरा करके।'

'तू हाथ तो लगाकर देख।' कुन्दन अन्दर से डर रहा था, किन्तु ऊपर से उछल रहा था।

'ओ मैंने कहा, मिट जा, तू मिट जा नाई। लहू का तुपका भी नहीं जमीन पर गिरने दूँगा, सोर में पी जाऊँगा।' बारु की खोज थी कि कुन्दन क्यों नहीं बराबर उसे गाली दे रहा।

सवारियाँ गिर्द खड़ी दोनों के मुँह देख रही थीं।

'तुझे मैंने क्या कहा, व्यर्थ में नथुने फुला रहा है तू।' कुन्दन ने तनिक डटकर कहा।

'सवारियाँ हिलाता है रे, मेरी?'

'मैं तो हाँके लगाता हूँ, तू बाँध ले सवारियों को।'

'मैं सुबह से देख रहा हूँ तेरे मुँह की ओर। बोद्दियाँ उखाड़ दूँगा।'

'उखाड़ दोगे तुम।' कुन्दन बराबर उतराया।

'सवारियाँ बिठायेगा तू मेरी?'

'हाँ, बिठाउँगा।'

'बिठा फिर।' बारु ने चुनौती फेंकी।

'आओ बाबू...' कुन्दन ने एक सवारी को कँधे से पकड़ा।

बारु ने झट कुन्दन को गिरेबान से पकड़ लिया। कुन्दन ने भी बारु को हाथ डाल दिये। दोनों उलझते रहे। पड़ो-फड़ाओ होने लगी। आखिर दूसरे ताँगे वालों ने और सवारियों ने, दोनों को छुड़ा दिया और अड्डे के ठेकेदार ने दोनों को घूरकर टिकाया। सब लोगों ने कहा कि सवारियाँ बारु के ताँगे में बैठें। तीन-तीन आने वैसे ही फिजूल की बात है—किसी से लेने न देने—कुन्दन को सभी ने थोड़ा-थोड़ा फटकारा और सवारियाँ पुनः बारु के ताँगे में बैठ गईं।

बारु को हारा हुआ और दु:खी देखकर सभी को अब उससे सहानुभूति हो गई। सभी मिलकर उसका ताँगा भराकर चलाना चाहते थे। सवारियों ने भी कह दिया कि चलो वे और घड़ी अटक जाएँगे, यह अपना घर पूरा कर ले—इसने भी पशु का पेट भरकर रोटी कमानी है, गरीब ने।

इतने में बाजार की ओर से आ रहे पुलिस के एक हवलदार ने पास आकर पूछा, 'ओह, ताँगा है कोई तैयार खन्ने के लिए, जल्दी करो।'

पल भर के लिए बारु ने सोचा, 'आ गई मुफ्त की बगार, न पैसा, न धेला, किन्तु तभी उसने सोचा कि 'न' तो पुलिस को कही ही नहीं जाती। सवारियाँ तो दो अधिक बैठा लूँगा इसके कारण। नहीं भाड़ा देगा, न सही। और बारु ने कहा, 'आइये हवलदार जी, तैयार ही खड़ा है ताँगा, बैठिये आगे!'

हवलदार ताँगे में बैठ गया। बारु ने एक दो जोर की हाँकें किसी एक सवारी के लिए लगाई।

एक लाल बाजार की तरफ से आया और बगैर पूछे ही बारु के ताँगे में आ चढ़ा। दो-एक बूढ़ी औरतें अड्डे की तरफ सड़क-सड़क आ रही थीं। बारु ने जल्दी से हाँक लगाकर पूछा, ''माता, खन्ने चलोगी?'' औरतें जल्दी-जल्दी पाँव उठाने लगीं और एक ने हाथ उतारकर कहा, 'वे रोको जारा भाई।'

'जल्दी करो माई, जल्दी।' बारु के जैसे पाँव जल रहे थे।

औरतें जल्दी-जल्दी आकर ताँगे में बैठने लगीं। 'भाई, क्या लोगे?'

'बैठ जाओ माई जल्दी से। तुमसे ज्यादा नहीं माँगूँगा।'

आठों सवारियों से ताँगा भर गया। दो रुपये बन गये थे। चलते-चलाते कोई और भिजवा देना मालिक, दो चक्कर लग जाएँ इसी तरह। बारु ने ठेकेदार को चुँगी दे दी।

'लो भई, अब न पाधा पूछा।' पहली सवारियों में से एक ने कहा।

'लो जी, बस लेते हैं राम का नाम।' बारु घोड़े की पीठ पर थपकी लगाकर बम्ब से रस्सी खोलने लगा।

फिर उसे याद आया, एक सिगरेट भी ले ही ले। एक पल के लिए, ख्यालों में उसने अपने आपको टप्-टप् चलते ताँगे के बम्ब पर तनकर बैठे, धुएँ के फ़र्राटे मारते देखा, और वह भरे हुए ताँगे को छोड़कर कैंची की सिगरेट खरीदने के लिए फड़ी वाले के पास चला गया।

भूखी डायन की तरह, फौरन, अम्बाला से लुधियाना जाने वाली बस ताँगे के सिर पर आ खड़ी हुई। उसी क्षण ताँगे की सवारियाँ उतरकर बस के बड़े पेट में खप गईं। अड्डे में सफाई करके, डायन की तरह चिंघाड़ती हुई बस आगे चल पड़ी। झूठा-सा पड़ता हुआ बारु, भागी जाती हुई बस की ओर देखने लगा। धुएँ की सड़ाँध और उड़ी हुई धूल उसके चेहरे पर पड़ रही थी।

बारु ने अड्डे के बीच, पैनी ऊँची करके, मन और तन से पूरे जोर के साथ एक बार फिर हाँका लगाया, 'जाता है कोई एक सवार, खन्ने को भई ओ!'

अनु०—**फूलचन्द मानव**

✦

अपरिचित, परिचित चेहरा

✦

कर्तार सिंह दुग्गल

बस खचाखच भी हुई थी, जैसे किसी रांड की जुओं से अटी हुई लट हो। कुलबुलाते हुए से मुसाफिर एक-दूसरे पर गिर-पड़ रहे थे, एक-दूसरे को धकेल रहे थे, रौंद रहे थे। इस पर सितम यह था कि दारू के नशे में बदमस्त ड्राइवर हर पड़ाव पर बस रोक लेता। हर पड़ाव पर सवारियाँ किसी न किसी तरह बस में घुस आतीं। एक सवारी उतरती और दस उसकी जगह लेने को टूट पड़तीं।

ईश्वर की इतनी कृपा अवश्य थी कि जाड़े के दिन थे। गर्मी का मौसम होता तो पसीना चू-चू कर बेहाल कर देता। सवारियों की भीड़ ठण्डी हवा को खिड़कियों से बाहर ही रोके हुए थी और फिर इतने लोग साँस ले रहे थे उसकी गर्माहट। हर तरह के शाल, हर तरह के कपड़े, हर तरह के चादर-कम्बलों की अपनी दुर्गन्ध-सुगन्ध। फिर कन्धों से सटे रहे कंधे, जाँघों से जुड़ रही जाँघें, पांव पर पड़ रहे पाँव।

उसने अपने दोस्त से कहा भी था—यार मैं ट्रेन में चला जाता हूँ। ट्रेन की प्रतीक्षा करनी होगी तो मैं कर लूँगा, लेकिन वह पुलिस का अफसर कहने लगा, किसी की मजाल है कि तुम्हें सीट न दे और फिर जब बस आई तो उसने हाथों के इशारे से उसे रोक लिया। बस रुकी तो वह अपने मेहमान का अटैची केस उठाये हुए बस की भीतर घुस गया। और फिर एक सीट खाली करवाकर अपने दोस्त को उस पर बिठा दिया।

उसे एक आवश्यक काम से चंडीगढ़ पहुँचना था। वह दिल्ली से अम्बाला तक डीलक्स में आया था। अम्बाला उतरकर उसने बस पकड़ ली। गाड़ी के लिए इन्तजार करनी पड़ती। इन्तजार में समय बरबाद होता। फिर उसे अपने दोस्त का ध्यान आया। पुलिस का अफसर था। उन दिनों अम्बाला में तैनात था। रेलवे स्टेशन के पास ही तो उसका घर था।

चाय का प्याला पिलाकर अफसर ने अपने दोस्त को बस में बिठा दिया।

बस की सीट तो उसने दिलवा दी, लेकिन उसके बाद यह थोड़े ही वह कर सकता था कि पास में बैठी हुई सवारियाँ उसे धक्के न दें। जब बस चले तो पीछे खड़ी सवारियाँ झटके से उसके कंधों पर न आ गिरें। अगले पड़ाव पर उतरने वाली सवारियाँ, चढ़ने वाली सवारियाँ, उसके पाँव को कुचलती हुई, उसके कपड़ों

को मसलती हुई न निकल जाएँ। उसको पिछली सीट पर बैठा हुआ लाला बात-बात पर माँ-बहन की गालियाँ न बके। गालियों से जैसे उसके गाल भरे हुए हों। गाली के बिना कोई बात नहीं करता था। उसके दायें हाथ बैठे भाई साहब का जैसे पेट खराब था। खा-खाकर उनकी तोंद भी तो कितनी बढ़ी हुई थी, यह बदबू वही छोड़ रहा था। दुर्गन्ध का एक भभका-सा उठता, वह धीमा पड़ता कि एक और पिचकारी कोई छोड़ देता, फिर वही बदबू। वह कितनी ही देर से अपनी नाक पर रूमाल रखे हुए था। लेकिन कोई फर्क नहीं पड़ रहा था।

अब तो जैसे उसके सिर पर कोई आ खड़ा हो। अगले अड्डे पर जब बस रुकी तो कम्बल ओढ़े हुए दो जाट जैसे तीर की तरह अन्दर आ घुसे। कंडक्टर कहता ही रहा—भाई, माफ करो, अन्दर तिल धरने की जगह नहीं है, लेकिन उन्होंने एक नहीं सुनी। ''हम भी कहीं अड़ जाएँगे।'' बार-बार वे कहते और ठीक उसके सिर पर आकर रुक गए। एक आगे, एक पीछे। अब बस के दाएँ-बाएँ, सीटों के बीच तँग रास्ते में से न कोई आगे जा सकता था न पीछे। भगवान् जाने, अगले अड्डे पर क्या होगा? वह अपने मन ही मन में सोचने लगा।

लेकिन अगला अड्डा क्या आयेगा भी, उसे लगता, जैसे बस डगमगा रही हो। किसी समय भी उलट सकती थी। किसी क्षण भी उसका संतुलन बिगड़ सकता था। किसी वक्त ड्राइवार से उसकी पकड़ ढीली हो सकती थी।

बस में नये घुसे जाटों के कम्बलों में से ढोर-डँगरों की गंध आ रही थी। कभी यह गन्ध कच्चे दूध जैसी प्रतीत होती, कभी गोबर जैसी। कभी उस मैल जैसी जो उनकी गाय के कानों में होती थी, जिसे वह अपने गाँव में नहर के किनारे हर रोज पानी पिलाने ले जाया करता था। कम्बलों का कोई सिरा बार-बार उसके मुँह पर आ गिरता। कभी आगे खड़े जाट के कम्बल का कोई पल्लू, कभी पीछे खड़े जाट के कम्बल का कोई सिरा, आगे क्या और पीछे क्या? वे तो जैसे उसके सिर पर आ चढ़े हों।

लेकिन भाई साहब की बदबू सख्त घिनौनी थी। हारकर उसने अपना मुँह बस के तँग रास्ते की ओर कर लिया। उधर ऊँचे, लम्बे पेड़, जैसे दो जाट कम्बल ओढ़े खड़े थे। जैसे कभी भी उस पर आ गिरेंगे। उसे मसलकर रख देंगे। उनके हृष्ट-पुष्ट इस्पात जैसे कमाये हुए पुट्ठों के नीचे वह पिचककर रह जायेगा।

इतने में उसे महसूस हुआ जैसे उसके बाहर, बढ़े हुए बाएँ बाजू की कुहनी कहीं अड़कर रह गई हो और उसने अपने सिर पर खड़े जाटों के कम्बलों में झाँककर देखा, यह तो सामने वाली सीट पर बैठी हुई सवारी की कुहनी थी। कुहनी के साथ कुहनी जुड़ी हुई थी। जिस तरह इसने अपने साथ वाली सवारी की बू से बचने के लिए अपने आपको बस की गली की ओर खिसका लिया था, वैसे ही उस सवारी ने किया हुआ था।

एक नजर इसने उधर देखा, तो उस सवारी ने अपनी बाँह को खींचकर साड़ी के पल्लू से अपना सिर ढँक लिया। कोकाकोला रंग की रेशमी साड़ी।

पक्की उम्र की औरत थी। गेहुंआ रंग। कोमल नयन-नक्शा, आँखों पर चश्मा, भला-भला-सा चेहरा। अब अपने घुटनों पर रखे बटुए में से रूमाल निकालकर ऐनक के शीशे साफ कर रही थी। उसके बटुए में से इंत्र की सुहानी खुशबू आ रही थी। जितनी देर वह ऐनक के शीशे साफ करती रही, उसका बटुआ खुला रहा। उतनी देर इत्र की सुहानी खुशबू उसके नथुनों को जैसे सहलाती रही। एक स्वाद में मानों उसकी पलकें मुँदी जा रही थीं।

बस लगातार चलती जा रही थी। हर मोड़ पर सवारियाँ एक दूसरे पर गिर-गिर पड़तीं। हर झटके पर कोई दाएँ गिर रहा था कोई बाएँ। कोई आगे कोई पीछे।

कुछ देर के बाद अचानक उसे महसूस हुआ जैसे उसकी कुहनी फिर कहीं जा टकराई हो। और जिस तरह नदी में डाले हुए काँटे में मछली बिंधकर रह जाती है, ठीक उसी तरह उसकी कुहनी सामने बैठी सवारी की कुहनी के साथ जुड़ी हुई थी।

यह क्या हो रहा है?

यह बुरी बात है।

यह कोई उसकी उम्र है। बेटे-बेटियों वाला। पोतों-नवासियों वाला।

यह बदतमीजी है।

बेहयायी की हद होती है।

यह पाप है।

यह अन्याय है।

यह बेवफाई है उसकी पत्नी के साथ, दूसरी औरत के घर-वाले के साथ।

क्या मालूम कि उसके घर वाला कोई है भी या नहीं, लेकिन् इसकी अपनी पत्नी तो है।

अगर यह बात थी तो वह अपनी बाँह क्यों नहीं खींच लेता था। बाँह को खींचकर अपनी ओर सुकेड़ सकता था। बाहर अँधेरा हो गया था। तो फिर क्या ड्राइवर ने बस की बत्तियाँ जला दी थीं।

कुहनी जैसे किसी की कुहनी के साथ जुड़कर रह गई हो। अब उसे पिछली सीट पर बैठे लाला जी की बात-बात पर बकी हुई गालियाँ नहीं सुनाई दे रही थीं। बगल वाली सीट पर विराजमान भाई साहब की लगातार छोड़ी जा रही बदबू परेशान नहीं कर रही थी। उसके सिर पर जमे हुए जाटों के कम्बल कभी उसके मुँह की ओर, कभी दूसरी ओर आ-आकर न टकराते और उसका जी तनिक भी सकपका नहीं रहा था।

''बेशर्म! बेहया!! बदतमीज!!!'' जैसे उसके भीतर से कोई कोस रहा हो। जोर-जोर से जैसे उसे कोई झंझोड़ रहा हो, लेकिन उसकी कुहनी थी कि उसी तरह पराई कुहनी के साथ जुड़ी हुई थी।

और इतने में बस चण्डीगढ़ पहुँच गई। खड़ी सवारियाँ उतरने के लिए उतावली थीं। बैठी सवारियाँ उठ खड़ी हुईं, फिर धक्कम-धक्का। लोग अपनी-अपनी गठरियाँ थामें, अपने-अपने थैले सँभाले—यह जा, वह जा हो गए।

अपना अटैची केस सँभाले हुए जब बस के नीचे उतर सका तो हर कोई अपनी-अपनी राह चल दिया था। हर कोई अपने-अपने रिक्शे में जा बैठा था।

उसे रिक्शे को जरूरत नहीं थी। जिस मेहमानखाने में उसके ठहरने का इंतजाम किया गया था, वह बस के अड्डे के पास ही था। कुछ कदमों का पैदल रास्ता।

अटैची केस थामे, मेहमानखाने की ओर जाते हुए उसे अपना-आप मैला-मैला लग रहा था। यह बेहूदगी थी। बार-बार उसके भीतर से जैसे आवाज आ रही हो।

''कोई बात नहीं, पल भर की तफरीह ही तो थी।'' और उसने अपने सिर को झटककर जैसे सारे का सारा बोझ फेंक दिया हो। तब तक वह मेहमानखाने के गेट पर पहुँच गया था। वहाँ उसकी प्रतीक्षा हो रही थी और अत्यन्त सम्मानपूर्वक उसे उसके कमरे में पहुँचा दिया गया।

अगली सुबह तक वह सब कुछ भूल गया था। जिस सम्मेलन में उसे शामिल होना था, उसकी तैयारी, सम्मेलन में भाग ले रहे दूसरे प्रतिनिधियों के साथ परिचय, गपशप, खातिरदारी।

सम्मेलन का पहला दिन रस्मी सेशन था। औपचारिक उद्घाटन, औपचारिक भाषण, औपचारिक शुभकामनाएँ, औपचारिक चुनाव। और उसके धरती पर पाँव नहीं लग रहे थे। सम्मेलन में सम्मिलित होने वाले सभी प्रतिनिधियों ने एकमत से उसे सम्मेलन का प्रधान चुन लिया था। अगले दिन सम्मेलन के खुले अधिवेशन का सभापतित्व उसे करना था।

खुले अधिवेशन में प्रतिनिधियों के अलावा कुछ नागरिक भी आमन्त्रित थे। शहर के बुद्धिजीवी भी बुलाये गये थे। इतना बड़ा पंडाल था। सारे का सारा पंडाल खचाखच भरा हुआ था। मर्द, औरतें, विश्वविद्यालय के प्राध्यापक और छात्र-छात्राएँ।

स्वागत-भाषण में उन लोगों ने उसकी कितनी प्रशंसा की थी...आप हमारे देश के गौरव हैं। हमारे शहर का यह गर्व है कि आप यहाँ पधारे। यह सम्मेलन चिरस्मरणीय रहेगा, जिसकी अध्यक्षता आप जैसा चोटी का विद्वान् कर रहा है। और फिर हारों से जैसे उसे लाद दिया गया हो।

अध्यक्ष पद से अपना विद्वतापूर्ण भाषण देते हुए, उसकी नजर दूर पंडाल के एक कोने में गई। कोई सूरत थी—जैसे उसकी पहचानी-पहचानी सी हो, लेकिन उसने कोई विशेष ध्यान नहीं दिया। अपने भाषण में वह समूचा खोया हुआ था। कुछ देर बाद तैरती हुई उसकी नजर फिर पंडाल के उसी कोने की ओर गई। वह अपरिचित-परिचित सूरत जैसे एकटक उसकी ओर देख रही हो। उसने इस ओर फिर कोई विशेष ध्यान नहीं दिया और अपने भाषण को जारी रखा।

कुछ देर बाद उसका भाषण समाप्त हुआ। तालियों की गड़गड़ाहट से जैसे आकाश गूँज रहा हो।

फिर स्वागत-समिति की ओर से उसके अध्यक्षीय भाषण की सराहना। एक के बाद एक उठकर बोलने लगता। कितनी ही देर तक उसकी विद्वता का बखान होता रहा।

जब सम्मेलन समाप्त हुआ, उसे प्रशंसकों ने घेर लिया। कोई उससे आटोग्राफ ले रहा था। कोई उसके भाषण की प्रशंसा कर रहा था। कोई कुछ और कोई कुछ। इतनी श्रद्धा। इतनी श्लाघा। इतना मान। इतनी इज्जत।

और फिर उसने देखा, एक अपरिचित, परिचित चेहरा भीड़ को बड़ी मुश्किल से चीरता हुआ आगे बढ़ा।

इसने उसकी ओर देखा। उसने इसकी ओर देखा।

''कल किस बस पर आपकी सीट बुक हुई है?'' मुस्कुराती हुई-सी जादू-भरी नजरें उससे पूछ रही थीं।

और वह पानी, पानी हो गया।

✦

रजाई

✦

सुजान सिंह

छुट्टी के समय जब स्कूल मास्टर स्कूल से बाहर निकलता तो वह लड़कों की एक बाढ़ में होता। बहुधा उसे अनुभव होता कि लड़कों की बाढ़ में एक बंधन है। आज उसने सोचा, यदि लड़कों का प्रवाह सदैव इसी प्रकार न चलता रहे, तो उसका जीवन भी सूखी नदी के रेतीले तटों पर व्यर्थ पड़ी नौका के समान नीरस होकर रह जाये। उसने पुनः सोचा, वास्तव में वह नौका ही तो है। प्रतिवर्ष विद्यार्थियों के समूह पर परीक्षा रूपी किनारों से पार उतरते हैं। उसकी समझ में न आया कि विद्यार्थी जल-प्रवाह और यात्री, दोनों कैसे बन सकते हैं? आखिर प्रवाह तो गतिशील ही था, जिसके सहारे उसकी टूटी-फूटी जीवन नौका तैरकर एक काम किये जा रही थी। कठिन से कठिन गणित के प्रश्न मिनटों में हलकर लेने वाली उसकी बुद्धि उस अदृश्य प्रवाह को समझ सकने में असमर्थ थी।

मास्टर ने सहज में ही अनेक परिचितों के सलामों का उत्तर हाथ जोड़कर दिया। अनेकों की नमस्ते, सतश्री-अकाल, जयराम जी को झुक-झुक कर ब्याज समेत लौटाया, परन्तु भीतर से उसे कोई चिन्ता खाये जा रही थी। बाजार में तो वह यन्त्रवत् क्रियाएँ करता चला जा रहा था। सहसा एक भागी आ रही गाय उसे बाह्य चेतना में ले आई। वह चकित था कि वह किसी से क्यों नहीं टकराया अथवा एक ओर वह गहरे नाले में क्यों न जा गिरा?

मोड़ पर घूमते समय उसने कबाड़ी की दुकान पर एक रजाई लटकती देखी। मन ही मन काँपकर उसने इधर-उधर देखा, कहीं उसे किसी ने पुरानी रजाई की ओर ललचाई हुई नजरों से देखते हुये देख न लिया हो...वह तेजी से मोड़ मुड़ गया।

मास्टर पाँच बच्चों का पिता है। आजकल वह इन्हें पाँच गलतियाँ कहता है। पुराने जर्मन और आजकल के रूस में शायद उसकी पत्नी को अधिक बच्चे पैदा करने का मैडल और पुरस्कार मिलता। वह सोच रहा था कि कैसे परिस्थितियाँ गलतियों को शुद्धियाँ और शुद्धियों को गलतियाँ बना देती हैं। काश! कि परिस्थितियाँ हर व्यक्ति के बस में होतीं।...परिस्थितियों की कुंजी केवल धनिकों के हाथ में ही नहीं होतीं।

पाकिस्तान से शरणार्थी होकर आये तीन सम्बन्धी भी उसके पास रहते थे। कभी उन्होंने भी कठिन समय में उसकी सहायता की थी, जब वे स्वयं सुखी थे।

मास्टर का वेतन अब सब कुछ मिलाकर एक सौ साढ़े सत्ताईस रुपये है। बड़ा वेतन है।...केवल वह आटा जो उसे सहायता दिये जाने के समय दो रुपये तेरह आने मन था, अब तीस रुपये मन बिकता है।...परन्तु मास्टर का वेतन तो उचित है। एक सौ साढ़े सत्ताईस रुपये, प्रॉवीडेंट-फण्ड काटकर।...अतएव वह उन्हें कठिन समय में कैसे आश्रय न देता?...कृतघ्न न कहलाने का भी तो मूल्य होता है न।

राशन डिपो पर कई लोग जमा थे, परन्तु मास्टर साहब को डिपो से भी कुछ नसीब न होता था। मास्टर साहब का वेतन एक सौ साढ़े सत्ताईस रुपये है। निर्दिष्ट रकम से एक रुपया अधिक लेने वाला भी डिपो से सस्ता राशन लेने का अधिकारी नहीं और मास्टर साहब तो पूरे ढाई रुपये अधिक ले रहे थे। उसके साथ किरायेदारों में एक बैंक क्लर्क भी था। वह एक सौ पन्द्रह रुपये वेतन पाता था। उसकी पत्नी और वह—बस यही उसका परिवार था।

उसको राशन मिलता था, परन्तु मास्टर जी का परिवार भी तो वेतन की तरह बड़ा था। अतएव वह किसी छूट का अधिकारी नहीं था।

मास्टर ने देखा, उससे कई गुणा अधिक हैसियत वाले लोग डिपो से राशन ले रहे है। परन्तु वे तो दुकानदार थे, कोई नौकरी पेशा नहीं था। बेचारी सरकार के पास भी तो उनकी स्वयं लिखी हुई बहियों के अतिरिक्त आय मापने का कोई यन्त्र अथवा साधन नहीं था। मास्टर झूठ नहीं बोल सकता। उसे हर कोई भद्र पुरुष कहता है। कई व्यंग्य से भी—जैसे दुश्चरित्र या बेईमान होना कोई गुण होता है। मास्टर कानून का पूरा मानने वाला था। पढ़े-लिखे आदमी को कानून के उल्लंघन की वैसे भी अधिक सजा मिल सकती है। मास्टर तो देश-भक्त भी है। अपने या अपने आदमियों के कारण वह देश और जाति की हानि सहन नहीं कर सकता।

मास्टर निकल गया—सब कुछ देखता। उसे मार्ग में पुनः रजाई का ध्यान आया। नई रजाई के लिए कम से कम बीस रुपये की आवश्यकता है। हिसाब लगाया—ढाई मन आटा—तीस दूना साठ और पन्द्रह, पचहत्तर रुपये, घी वनस्पति बारह रुपये, ईंधन पन्द्रह रुपये और बड़ी रकम उसे बाद में याद आई—किराया तीस रुपये, दूध-चाय के लिए तेरह रुपये और आगे इसी प्रकार। कुल जोड़ एक सौ छियासी रुपये। बजट में प्रतिमास लगभग साठ रुपये का घाटा। उसे बजट को ''चैलेंज'' करना चाहिये। परन्तु उसको गृह-विज्ञान के अनुसार नई पुस्तकों एवं पत्रिकाओं पर व्यय की जा रही सात रुपये की राशि के सिवा कुछ अनावश्यक न मिला। वह मन-ही-मन इस खर्च पर लकीर खींचने लगा था, परन्तु उसे अनुभव हुआ कि वह खर्च उसकी खुराक पर हो रहे खर्च से भी अधिक आवश्यकतायें हैं। आखिर उसने सोचा कि—मैं प्रधानाध्यापक की आज्ञा से एक ट्यूशन करूँगा। तीस की आय बढ़ जायेगी। तीस का व्यय जैसे-तैसे कम करूँगा। परन्तु रजाई के लिए बीस रुपये कहाँ से आएँगे? रजाई सर्दी के लिए बहुत आवश्यक वस्तु है।

अतिथियों को अलग-अलग चारपाई और बिस्तर देना भी आवयक था। तीन लड़कियाँ इकट्ठी सोती थीं। एक ही चारपाई और एक ही रजाई में सोने से कद नाटे हो जाएँगे। लड़कियों के शरीर नाटे हो जाने से...उन्हें आज के संसार में पहले ही कोई नहीं पूछता। कल उसने अपनी घर वाली को उनमें से बड़ी को, अलग सुलाने के लिए कहा था। "थोड़ी चारपाइयाँ हैं कैलाश, फिर इन्हें अलग-अलग क्यों नहीं लेटने को कहती तुम?"

कैलाश ने विनम्र उत्तर दिया था, "चारपाई तो एक और है, परन्तु रजाई नहीं है। अभी बिल्लू भी मेरे साथ ही सोता है।"

"बीस रुपये की रजाई। पहले ही बजट में घाटा है। तीस की ट्यूशन, तीस खर्च में से कम करने ही पड़ेंगे, परन्तु रजाई के लिए बीस और कहाँ से आएँगे? उसे स्मरण आया कि "उसने परसों ही अपनी पुस्तकें और रद्दी बेचकर सात रुपये बारह आने पाये थे, परन्तु रजाई के लिए बीस रुपये।...ओह! कबाड़ी से पुरानी रजाई! हाँ ठीक है, कल पूछा जायेगा।"

कई दिन वह प्रातः ही समय की ताक में रहा। दिन में वह कबाड़ी से पुनः पूछने का साहस न कर सका। एक दिन रात के समय बाजार बन्द था। बेचारा 'नेशन-बिल्डर' कौम का उस्ताद निराश लौट गया।...बनाने वाला स्वयं बनाये जाने वालों के हाथों से क्या बन रहा था?

उसने पुनः विचार किया—आखिर प्रातः ही दाँव लगाकर काम बनेगा। निगोड़ी रजाई भी थी, जिसे कोई खरीदता ही न था। किसी के सामने खरीदकर अपमान होता था—यदि उसका नहीं, तो अध्यापकों की श्रेणी का। परन्तु राष्ट्र का बेचारा अध्यापक क्या कर रहा था? वह किसी से क्या छिपा रहा था? उसने पुनः विचार किया—वह 'इज्जत' को आँच न आने देगा।

रविवार था—छुट्टी का दिन। वह अपने बड़े लड़के को साथ लेकर उस दुकान पर गया। रजाई पूर्ववत् वहीं पड़ी थी। वह एक ही छलाँग में दुकान में पहुँच गया। सात रुपये में सौदा पट गया। रुपये देकर वह शीघ्र वापस लौट आया। दस कदम ही चला होगा कि किसी ने आवाज़ दी—मुर्दों की उतारी हुई रजाई खरीद ली है!

उस्ताद घूमकर देखे बिना न रह सका। कहने वाला एक दरजी था। पास ही मास्टर का एक शिष्य था, जिसे आज से उसके घर पढ़ने आना था। उसने भी मास्टर के पास आकर कहा, 'यह तो मुर्दों से उतारी गई रजाइयाँ बेचता है, मास्टर जी!'

मास्टर सच जैसा झूठ बोला, 'हाँ बेटा, परन्तु किसी आवश्यकता वाले की आवश्यकता तो पूरी हो जायेगी!'

कहने का ढंग कुछ ऐसा था, जिससे संशय हो सकता था कि उसने रजाई किसी अन्य व्यक्ति के लिए खरीदी है। आखिर यह झूठ भी था तो धर्मपुत्र युधिष्ठिर के बोले झूठ से बुरा न था।

दिन भर रजाई धूप में पड़ी रही। शाम हो जाने पर रजाई कमरे में लाई गई। दीपक जलने के बाद वही लड़का पढ़ने के लिए आ गया। उसने रजाई पड़ी हुई देखकर नमस्ते कहने के बाद पूछा, 'क्यों मास्टर जी, यह वही रजाई है न?'

मास्टर में दूसरी बार झूठ बोलने की सामर्थ्य न थी। उन्होंने कहा, 'वही है बेटा, परन्तु आज मैं, तुझे पढ़ा न सकूँगा, मेरी तबियत खराब है, तू कल आ जाना।'

सचमुच उसकी तबियत खराब थी, लड़का वापस लौट गया।

मास्टर ने रसोई में काम कर रही घर वाली से कहा, 'कैलाश, नई रजाई मुझे दे दे। मेरी वाली पहली रजाई लड़कियों को दे देना। हाँ, सच गोमती को अलग सुलाना।'

'क्यों, आप खाना न खाएँगे? कैलाश ने रजाई पैरों पर ओढ़ते हुये कहा।

'नहीं, मास्टर ने कहा और मुर्दों से उतारी रजाई अपने पैरों पर खींच ली। कितने समय तक वह सोचता रहा कि कौन मुर्दों से रजाई उतार लेता है और कौन जीवितों से? वह अशान्त था।

✦

हलवाहा

✦

सन्तसिंह सेखो

अट्ठारह बरस की साहबो का जोबन निखर रहा था। प्रतिदिन उसके जंगली माता-पिता, चाचा-ताऊ उसका ब्याह कर देने के बारे में सोचते और कई बार इकट्ठे बैठकर इस बारे में परामर्श भी कर चुके थे। किन्तु साहबो को चाचा-ताऊ के लड़कों में से कोई भी पसन्द नहीं था। उसके ताऊ का बड़ा लड़का अमीर, दो बार कैद भुगत चुका था और चाहे वह सुन्दर और लम्बा-तगड़ा जवान था, साहबो उसे कायर समझती थी। वह दो बार सेंध लगाता पकड़ा गया था और इन नये आबाद हुये जाटों के लड़कों ने उसे एक-दो बार मारा-पीटा भी था। यदि वह कायर अथवा कम से कम फुसफुसा न होता, तो क्या वह पीछा करने वालों को मारता-पीटता नहीं और डरा-धमकाकर सेंध से भाग न निकलता? आबादकार सिखों के लड़के उसे कायर ही समझते थे। वे कहते थे, इसके पास शरीर तो है, लेकिन दिल नहीं। और साहबो दिल की ग्राहक थी, शरीर की नहीं। शारीरिक दृष्टि से उसके पास खुद कोई कमी न थी। पाँच फुट छ: इंच लम्बी थी वह और मक्खन पर पला उसका शरीर मक्खन-सा ही सफेद और उससे भी अधिक कोमल था।

और फिर साहबो पर इन जाट सिखों की छाप थी। ये मुरब्बो वाले थे। अंग्रेज ने नहरें निकालकर इस सांदलबार में इन्हें ला बसाया था। साहबो के बाप-दादा जरूर यहाँ पीढ़ियों से रहते थे। यदि उसके पिता-पितामह बलवान होते तो, क्या अपनी भूमि पर अन्य किसी को बसने देते? साहबो तो सम्भवत: इस तरह नहीं सोचती थी, हाँ उसने अपने पितामह, चाचा, ताई को इस तरह की शिकायतें करते सुना था। और फिर साहबो के पिता का इस गाँव में न अपना घर था और न ही धरती। उसके पास पशु, गाय, भैंस तथा भेंड़-बकरियाँ बहुत थीं। वह किसी के अधीन होकर धरती नहीं जोतता था। वह अपनी गाय-भैंसों के घी से तथा बछड़े-बकरे, मेमने आदि बेचकर अच्छी गुजर कर रहा था। रहने का घर उसे एक आबादकार सिख गुरनामसिंह ने ही दिया था। उस सिख ने साहबो के पिता, वाहब को अपना आधा आहाता दे रखा था क्योंकि इस प्रकार वह स्वभावत: वाहब के पशुओं तथा रेवड़ के गोबर का स्वामी बन जाता था। साहबो का बाप, भाई गामा और शहजादा, अल्लू और शुजा, गुरनामसिंह से कोई झेंप नहीं खाते थे और गुरनामसिंह की पत्नी हरकौर साहबो का माँ, आइशा के सामने हमेशा मिनमिनाती और मनुहार करती रहती थीं। क्या हरकौर और क्या अन्य लोग, इन जाटों में

किसी को भी साहबो की माँ के नाम का ठीक उच्चारण नहीं आता था और वे सभी आइशा को ऐशां ही पुकारते थे। फिर भी साहबो इन जाटों को अधिक कुलीन समझने पर विवश थी।

इन जाट सिखों की लड़कियों में कोई भी तो साहबो जितनी सुन्दर न थी। यह साहबो की स्वयंसिद्ध बात नहीं थी, सारे गाँव की स्त्रियाँ साहबो तथा उसकी माँ के समक्ष यह बात कहती थीं। पड़ोस के दो-चार घरों की लड़कियाँ स्वयं साहबो की रूप-माधुरी की प्रशंसा करती रहती थीं। उस जैसी लम्बी-पतली लड़की उस गाँव में कोई न थी। और कितनी साहबो कपड़ों के भीतर थी, इसका अनुमान साहबो के अतिरिक्त भला किसको हो सकता था? साहबो चाहती थी कि वह इन जाट सिखों का अंग उनके भाईचारे की रूपरानी बने।

साहबो के घर से लगभग पाँच-छः कोस दूर के गाँव से एक जंगली अतिथि आया करता था। वह पच्चीस वर्ष का सुडौल दीर्घकाय युवक था। उसका पूरा नाम शहाबुद्दीन था। सब कहते थे कि वह अपने गाँव में एक मुरब्बे का मालिक है, गुरनामसिंह, बधावासिंह, ईसरसिंह तथा किशनसिंह की भाँति। किन्तु साहबो को विश्वास नहीं होता था। यदि शहाबुद्दीन जंगली को अंग्रेजों को मुरब्बा देना होता तो साहबो के पिता, चाचाताऊ में क्या दोष था, शायद शहाबुद्दीन को अतिथि समझकर ही ऐसा लोग कहते थे। कौन जाने उसके गाँव के लोग भी यहाँ के जाट सिखों की तरह उसे सामो कहकर पुकारते हों, जैसे उसे साहबो नहीं सामा कहकर पुकारते हैं। खैर, यदि वह शहाबुद्दीन मुरब्बे वाला था भी, तो इससे क्या? साहबो के पिता-भाइयों ने तो कभी भी उसे साहबो के योग्य वर नहीं समझा था। शहाबुद्दीन साहबो की ओर हमेशा कनखियों से देखा करता था। साहबो जब भी उसके सामने होती, उसे ऐसा लगता, जैसे वह आँखों-आँखों में ही देख रहा हो, भाँप रहा हो। और इसीलिए साहबो, उससे झिझकती थी, उसे अच्छा नहीं समझती थी। साहबो समझ रही थी कि वह आदमी उसी के लिए उनके पास आता है। कहीं लायलपुर आते-आते वह साहबो के भाई अल्लू को मिल गया था और अल्लू उसे घर ले आया था। साहबो को याद था, उस दिन जब वे दोनों आये थे, साहबो दरवाजे में खड़ी थी। सम्भवतः उसी घड़ी शहाबुद्दीन घायल हो गया था। किन्तु साहबो को उसका हर छठें-सातवें दिन ठाठ से आ टपकना भला नहीं लगता था। और फिर वह साहबो के पिता से कह ही क्यों नहीं देता कि साहबो का ब्याह उसके साथ कर दें। न जाने कहीं ऐसा न हो। साहबो सोचती कि मेरे पिता ने उसे शायद जवाब ही दे दिया हो, किन्तु अपनी माँ की ओर से भी साहबो के कान में कोई ऐसी बात न पड़ी थी। सम्भवतः वे साहबो का विवाह शहाबुद्दीन से न करने पर इतने डटे हुये थे कि वे साहबो के सामने इसकी चर्चा करके साहबो के हृदय में उसके लिए उमँग पैदा करना ठीक नहीं समझते थे और फिर जरूरत भी क्या है? साहबो सोचती, अगर वह मुझे अच्छा लगता है, तो मैं खुद न उसके साथ भाग

जाऊँ? उसके पास इतनी तेज भागने वाली साँड़नी है कि वह हम दोनों को लेकर रेल से भी ज्यादा तेज भाग सकती है। एक दिन तो शहाबुद्दीन ने उसे कह भी दिया, 'साहबो, तूने कभी साँड़नी पर चढ़कर देखा है?' साहबो ने कोई उत्तर नहीं दिया था। हाँ, वह मुस्करा अवश्य दी, चाहे मुँह उसने आँचल से ढँक लिया था, किन्तु शहाबुद्दीन उसकी आँखों में मुस्कराहट तो देख ही सकता था। खैर, कुछ भी हो, साहबो उसके साथ भाग जाने को तैयार नहीं।

यदि गुरनामसिंह का कोई लड़का जवान होता, तो चाहे ये जाटनियाँ जंगली स्त्री को चौके में नहीं चढ़ने देतीं और उनकी खाने की चीजें जंगली औरतों के स्पर्श से भ्रष्ट हो जाती हैं तो क्या वह भी उससे प्रेम न करता? तब क्या साहबो गुरनामसिंह की बहू बनकर न रहती? पर जाटों में इतना साहस कहाँ? गाँव के लड़के तो आधी रात तक पास के खेत में कबड्डी ही खेलते रहते हैं। निरंजन भी किसी से पीछे न रहता। कई बार तो निरंजन को मुश्किल से दो-तीन घण्टे सोते बीतते कि गुरनामसिंह उसे खेत चलने के लिए जगा लेता। निरंजन बहुतेरी सुनी-अनसुनी करता किन्तु गुरनामसिंह की दस-बीस आवाजों के बाद उसे जागना ही पड़ता। बेचारा निरंजन बेहाल हो गया, उसकी पीली, मोतिया पगड़ी फिर कभी न रंगी गई, फिर कभी उस पगड़ी को कलफ न लगा, कभी निरंजन का तुर्रा खड़ा हुआ। दस-पन्द्रह दिनों के अन्तर पर गुरनामसिंह की लड़की उस पगड़ी को जरा धो देती। धोने मात्र से उस पगड़ी से क्या कोई शान दिखाता? निरंजन धुली पगड़ी का तुर्रा छोड़ता, किन्तु दो-चार घंटों के लिए थोड़ा-बहुत खड़ा रहकर तुर्रा गिर जाता। दोहरे चमड़े की उसकी चमकदार जूती अब मैली पड़ गई थी, किन्तु बैठ जाने से उसने उसे अत्यन्त सावधानी से बनाये रखा। उसकी चादर में भी अब वह खड़खड़ाहट न रही। सब लोग निरंजन पर हँसते और उसकी खिल्ली उड़ाते,—ओ ससुरे, किस बात पर नरक भोग रहा है? मामा तेरे नाम कोई जागीर लिखने वाला है क्या?

किन्तु निरंजन अपनी स्थिति को उनसे अधिक समझता था और अब वह यह भी जानता था कि चौधरी माजरी गाँव में उसकी प्रतीक्षा में होगा। यहाँ तो उसे एक समय ही हल चलाना पड़ता था और खाने को मक्खन, पीने को थोड़ा-बहुत दूध मिल जाता था। वहाँ माजरी में तो उसे दोनों समय हल चलाना पड़ता था और खाने को वही रोटी थी, जो उसका बापू बनाता। अपनी जमीन तो इतनी थी नहीं कि दोनों का काम चल जाता। एक ही जोड़ी थी बैलों की उनके पास। उसी से चाहे बापू हल चलाते, चाहे निरंजन। बापू तो बहुतेरा चिट्ठी लिख-लिखकर बुला चुका था। निरंजन जानता था कि बापू उसे हल देकर स्वयं चौपाल में गप्पें हाँकेगा। मैं घास खोद लाया करूँगा, अगर तुम आकर हल सँभालो। वह पत्रों में लिखता था। किन्तु निरंजन जानता था कि इन सावन-भादों के महीनों में उन दो बैलों और एक सूखी हुई भैंस के लिए घास खोदने की अधिक आवश्यकता नहीं

पड़ती। खेतों और चरागाहों में पशुओं को चरने के लिए घास वैसे भी बहुत थी और फिर निरंजन की माँ ने कहलवा भेजा था, बेटा, मामा के पास ही रहो, दो-चार महीने। वहाँ दूध-घी बहुत है, तगड़ा होकर आना। दूध की अधिकता की बात का तो नित्य अर्द्ध निद्रित रहने वाले निरंजन को पता नहीं था, किन्तु माँ की इस बात ने निरंजन के मामा के पास रहने की इच्छा को और भी दृढ़कर दिया था। सच तो यह था कि जब तक साहबो उसकी आँखों में आँखें डालकर देखने को तैयार थी, घर-बाहर, आते-जाते एकाध चितवन देने को राजी थी, तब तक निरंजन की आत्मा मामा के पास से चले जाने को तैयार न थी।

निरंजन रुक गया था और सब उसकी हँसी उड़ाते थे, किन्तु न जाने क्यों वह साहबो को अब भी प्यारा लगे जा रहा था। उसे अब भी पीली मोतिया पगड़ी और खड़-खड़ करती चादर वाला निरंजन ही दिखाई देता था।

साहबो ने एक दिन निरंजन को गोबर का टोकरा उठवाने के बहाने बुलवा ही लिया। पिछली रात पानी बरसा था और निरंजन और दूसरे हलवाहे हल जोतने नहीं गये थे और साहबो को वह मुँह अँधेरे ही अवकाश में मिल गया था। साहबो, अब तो मैं चला जाऊँगा—निरंजन ने उदास होकर फुसफुसाकर कहा।

—तो मुझे भी ले चल अपने साथ—साहबो ने साहस संचित करके कह ही दिया।

इस प्रकार आधी हँसी और आधा प्यार थोड़े दिनों में ही अगाध प्रेम बन गया। फिर साहबो और निरंजन की एक रात भाग निकलने की सलाह हो गई। गाड़ी दो मील पर रसाले वाला के स्टेशन से सुबह चार बजे छूटती थी। उसी गाड़ी में उन्हें चढ़ना था। साहबो को स्वयं आकर कोठे पर परिवार से दूर अकेले पड़े निरंजन को जगाना था। वचन में बँधी साहबो आई और निरंजन को उसके कंधों से पकड़कर, धीरे से झकझोरकर जगाने लगी। निरंजन ने ऊँ-ऊँ करके करवट बदली। साहबो ने दूसरी ओर होकर उसे उसी प्रकार जगाना चाहा। लेकिन निरंजन ने फिर करवट बदल ली। साहबो ने एक-दो बार फिर झकझोरा, किन्तु निरंजन नहीं जगा। क्या करती, साहबो निराश होकर अपनी चारपाई पर आ गिरी।

कुछ दिनों बाद एक दिन प्रातः सारे गाँव में समाचार फैल गया कि साहबो किसी के साथ भाग गई है। दूसरे दिन पता लगा कि वह चक के शहाबुद्दीन के साथ, जो साहब के यहाँ प्रायः आता-जाता था, चली गई है। उसकी साँड़नी की पीठ पर पीछे बैठकर। तीसरे दिन वाहब और उसके भाई-बन्धुओं के परामर्श से साहबो तथा शहाबुद्दीन का ब्याह चक में ही हो गया।

बेचारा निरंजन! जाने उसे क्या हो गया कि जो भी मिलता है, उससे रोकर कहता है—मैंने समझा, मामा खेत पर चलने के लिए जगा रहा है और खिसियाना-सा आगे बढ़ जाता है।

✦

मराठी कहानियाँ

- मराठी कहानी : चन्द्रकांत बांदिवडेकर
- सुपारी : य० गो० जोशी
- चील : वामन चोरघड़े
- मंजुला : अरविन्द गोखले
- गिलहरी : शांताराम
- ऐसा और वैसा : गंगाधर गाडगिल
- अस्तिस्तोत्र : जी० ए० कुलकर्णी
- रोटी का स्वाद : शंकर पाटील
- रिक्त अधूरा आला : विद्याधर पुंडलीक
- भूख : बाबूराम बागूल
- घनी घास की झोप : आनन्द यादव

मराठी कहानी

✦

चन्द्रकांत बांदिवडेकर

मराठी लघुकथा का जन्म 1780 में 'करमजूल' (मनोरंजन) नामक पत्रिका के जन्म के साथ हुआ। उसके पहले की सत्तर वर्षों की परम्परा अद्‌भुत कल्पना, प्रचुर एवं अनुकरणात्मक कथा की रही है। उपदेश और नीतिकथन के लिए भी कथाएँ लिखी गयीं। हरिभाऊ आपटे की 'करमजूल' पत्रिका के माध्यम से 'स्फुट गोष्ठी' के रूप में लघु-कथा छपती थी। पारिवारिक जीवन में घटित होने वाली घटनाओं और पारिवारिक सम्बन्धों पर आधारित ये कथाएँ नीति-उपदेश और मनोरंजन का समन्वित उद्देश्य रखकर प्रकाशित होती रहीं। 'लघुकथा' को 1870 के बाद और विशेष रूप से 1890 के बाद अधिक गंभीरतापूर्वक स्वीकार किया गया। 'उद्‌यान', 'नवयुग', 'चित्रमय जगत्' पत्रिकाओं में लघु कथाओं को पर्याप्त स्थान मिलने लगा। इस युग में धीरे-धीरे कथा घटनाओं की अपेक्षा अन्तर्मुखी यात्रा कर मनोविश्लेषणात्मक बनी। दिवाकर कृष्ण की कथा 'अंगगातल पोपट' 1892 के मई महीने में प्रकाशित हुई—लघु कथा के महत्वपूर्ण सभी वैशिष्ट इसमें पाये जाते हैं। 1810-20 के बीच बी० सी० गर्जर, कृष्णा जी० के० गोखले, सहकारी कृष्ण, श्रीपाद कृष्ण कोल्हरकर, वा० म० जोशी, न० चिं० केलकर इत्यादि लेखकों के मराठी लघुकथा के विकास में महत्वपूर्ण योगदान किया। कालीबाई कालिका, गिरिजाबाई केलकर, आंदीबाई विर्के आदि महिलाओं ने भी कथा-लेखन में हाथ बँटाया। कथा अभी उतनी कलात्मक, गठन सौन्दर्य से चुस्त और गंभीर स्तर पर हृदय को झकझोरने वाली नहीं बनी थी, उसमें घटनाओं की सहजता, मितव्ययता और अकृत्रिमता के साथ चरित्रों के सुरेखित व्यक्तित्व का तालमेल नहीं बैठा था।

1920 के बाद और खासकर 1926 के बाद जब वि० ल० खार्डेकर, ना० सी० कडके, चि० न० जोशी, भा० वि० बरोकर इत्यादि लेखक लघुकथा लिखने लगे तब सही रूप में लघुकथा को एक नया आकार मिला। 'रत्नाकर', 'यशवंत', 'ज्योत्सना', 'किर्लोस्कर', 'समीक्षक', 'संजीवनी', 'ध्रुव' 'प्रतिभा' इत्यादि पत्रिकाओं ने कहानी को गौरव एवं प्राथमिकता देकर छापना (प्रकाशन) शुरू किया और लघुकथा के शिल्प और सौन्दर्य के प्रति कलाकारों का ज्ञान जागृत हुआ। कथा में घटना की अपेक्षा आंतरिक भाव, मनोवस्था, जीवन दृष्टि को महत्व मिलने लगा। कथा के आरम्भ और अन्त को प्रभावी बनाने की युक्तियों पर विचार होने लगा। ध्वन्यात्मक संकेत, सूक्ष्मता, कोमल और ताल काव्यात्मक प्राकृतिक परिदृश्य का सौन्दर्यात्मक उपयोजन, मनुष्य स्वभाव की कुछ सूक्ष्म छटाएँ, निवेदन का कौशल, उत्सुकता और विस्मय का औचित्यपूर्ण उपयोग, आज का सौन्दर्य इत्यादि लघुकथा के घटक तत्वों का अच्छा भान इस बीच आने लगा और मराठी की लघुकथा कलात्मकता की

दृष्टि से सशक्त बनी। सामाजिक और राजनैतिक वातावरण के बदलाव से कथा की अनुभव कक्षाएँ भी विस्तृत होने लगीं। मनोरंजन से अधिक जीवन के प्रति कुछ गम्भीर नजरिया महत्वपूर्ण हुआ। जीवन विषयक भाष्य, अन्तरदृष्टियाँ, अनोखे अनुभव की यातनात्मक यात्रा, जीवन की विषमताओं पर व्यंग्य, जीवन की वर्तमान विडम्बनाओं का उपरोध आदि बातों को महत्व मिला। य० गो० जोशी, वि० पि० बोकोल, कनन्त कालेकर, लक्ष्मणराव सरदेसाई, कुमार रघुवीर, उ० र० कवलेकर, दौडकर, र० वा० सिंधे आदि लेखकों ने कथा साहित्य को समृद्ध किया। हास्य और विनोद, जो माराठी साहित्य का एक खास वैशिष्ट्य है, कथा के माध्यम से प्रचुर रूप में व्यक्त हुआ। प्र० के० अत्रे, ना० छो० ताम्हनकर, क० लिमये, वि० मा० दी० पटवर्धन, शामराव ओक आदि कतिपय लेखकों का नाम निर्देश आवश्यक है। इसी बीच विभावरी शिसारकर, कमलाबाई, संजाबाई नाशिकमर, मालतीबाई दांडेकर दर्जनों महिलाओं ने कहानी के क्षेत्र को समृद्ध किया है। 1920-40 के बीच का कालखंड मराठी कथा के चतुर्दिक् विकास का काल है।

1936 के आसपास कुछ गतिहीनता-सी प्रकट हुई, परन्तु 1943-44 के बाद पुरानी कथा के सभी बिन्दुओं को चुनौती देने वाली कहानी लिखने का शुभारम्भ हुआ। वामन चोरघड़े, कुसुमावली देशपांडे ने इस दिशा में कुछ पहल की। पुराने सांचों से कथा को मुक्त करने का श्रेय वामन चोरघड़े को दिया जाता है। 1945 के आस-पास 'सत्यकथा', 'अभिरुचि', 'साहित्य' आदि साहित्यिक पत्रिकाओं में नयी कहानी छपने लगी। अरविन्द गोखले की 'कोकराची कथा' ने स्पष्ट रूप से इस दिशा में नयी दिशा का सशक्त संकेत दिया। गंगाधर गाडगिल, अरविन्द गोखले, पु० आ० आम० कंकटेश भडगुलअर ने आशय और शिल्प दोनों दृष्टियों से नयी कहानी का नूतन उन्मेष प्रस्तुत किया। कहानी मनुष्य के अन्तर्मन की सूक्ष्म गुत्थियाँ खोलने लगी। बाल्य यथार्थ और मनुष्य के आन्तरिक वेदना-यन्त्र के बीच की टकराहट सहस्रमुखी धाराओं से प्रकट होने लगी। हर कहानी अपने अनुभव के स्वरूप में भी अलग होने लगी और अभिव्यक्ति के लिए नये प्रयोग करने लगी। पुरानी कथा-वस्तु, चरित्र-चित्रण, वातावरण आदि के चौखटे ठुकरा दिये गये। जीवन के नये मूल्यों की पहचान के लिए छटपटाहट होने लगी। स्त्री-पुरुष सम्बन्धों के विविध रूप सामने आये। कहानी शहर से गाँव की ओर और गाँव से शहर की ओर दोनों दिशाओं के अनुभव समेटती हुई आगे कदम रखने लगी। दृष्टि कथा पर नहीं, व्यक्ति पर भी नहीं लेखक के अनुभव पर स्थित होने लगी। अनुभव का थरथरा देने वाला स्पंदनशील रूप प्रकट करने के लिये प्रयोगधर्मी होना अनिवार्य सा बन गया। दि० न० मोकाशी, के० ज०पुरोहित, 'साँवलराम' सदानन्द रेगे, पु० शि० रेगे, शशिकान्त पुनर्वसु इत्यादि लेखकों ने इस दौर में सशक्त कथाएँ लिखीं।

फिर जी० ए० कुलकर्णी ने अपने ताजे और दमदार अनुभव की कथाओं से मराठी कहानी को एक गति दी। उनकी कहानी पर आरम्भ में अस्तित्ववादी दर्शन का प्रभाव था। बाद में नियतिवाद ने उन्हें घेर लिया। फैंटसी और मिथ के सृजनशील उपयोजन और बिम्बधर्मी भाव के कारण कुलकर्णी की कथा ने गम्भीर प्रभाव डाला। गहन प्रतीकात्मकता से कहानी को संपृक्त करना उनका एक महत्वपूर्ण वैशिष्ट्य है। जी० ए० के चिन्तन और कल्पनाशक्ति के भव्य दर्शन से मराठी पाठक वर्ग चकित हुआ।

मराठी की ग्रामीण कथा को अपनी सही पहचान दी शंकर पाटील ने और उसे अधिक विकास की ओर मोड़ा आनन्द यादव ने। बोराडे, भास्कर चन्दनाराव, चारुता सागर, माया,

महादेव मोरे कुछ अन्य महत्वपूर्ण ग्रामीण कथाकार हैं। 1960-70 के बीच ग्रामीण कथा का प्रवाह विशेष ध्यान देने योग्य है। मराठी की दलित कहानी की सशक्त नींव बाबूराव बागुल ने रखी। उनके पहले भी दलित कथा लिखी गयी थी, परन्तु बाबूराव बागुल ने उसे कलात्मक ऊँचाई भी प्रदान की। केशव, विंदुमाधव, अमिताभ, माधव देडिमिलकर, योगीराजी बाघमारे महत्वपूर्ण दलित कथाकार हैं। विद्याधर पुंडलिक ने 1960 के बाद महत्वपूर्ण कहानी मराठी को दी। विलक्षण सूक्ष्म, सरल, काव्यात्मक अनुभव को बड़ी कलात्मक दक्षता के साथ उन्होंने व्यक्त किया। इसी समय द० मा० मिरासमार अपनी खास ढंग की हास्य और विनोद से ओतप्रोत कथा लिख रहे थे। चि० आ० खानोलकर उर्फ आरती प्रभुले ने भी अपने खास व्यक्तित्व के अनुसार बड़ी सशक्त कहानियाँ लिखीं। श्री दा० मानवलकर के कहानी के विकास में योगदान को नहीं भूला जा सकता। दिलीप चित्रे, शरच्चन्द्र चिरमुले, मधु मंगेश कर्णिक, उद्‌धव शेवडे, शंकरराय खराल, अयवंत दलवी रजलिन देसााई, रत्नाकर मलकरी, रत्नाकर पटवर्धन इत्यादि कतिपय कहानीकारों ने मराठी कथा को विलक्षण रूप से शक्तिशाली बनाया है। कमल देसाई, गौरी देशपांडे, विजया राजाध्यक्ष, ज्योत्सना देवधर, आशा बगेशानिया आदि महिलाओं ने भी मराठी कहानी को विशेष रूप से विकसित किया है।

आज मराठी में ऐतिहासिक कहानी कुछ क्षीण हो गयी है, परन्तु उसकी जगह वैज्ञानिक कथा का क्षेत्र काफी पुष्ट होता दिख रहा है। प्रख्यात वैज्ञानिक जयंत नारलीकर ने अच्छी विज्ञान-कथाएँ लिखी हैं। व० कृ० जोशी, श्रीकान्त सिनकर ये कुछ अन्य नाम हैं। बीसियों दलित कहानीकार दलित साहित्य की श्रीवृद्धि कर रहे हैं। विलास सारंग जैसे नये लेखक पश्चिमी प्रभाव से शक्ति अर्जित कर भारतीय कहानी को अधिक समृद्ध कर रहे हैं। ग्रामीण कहानी भी काफी मात्रा में लिखी जा रही है। ह० मो० मराठे मराठी कथा को औद्योगिक जीवन की भयावह समस्याओं से रूबरू करा रहे हैं। इसके पहले अप्पुन बर्वे ऐसी कथाएँ लिख रहे थे। मान सासगे नये क्षेत्रों के बीच मराठी कथा को साहस पूर्वक ले जा रहे हैं। अरुण साधू जीवन की जटिल समस्याओं की ओर पाठकों का ध्यान खींच रहे हैं। केशव आम दलित जीवन की विडम्बनाओं को कलात्मक स्तर पर बड़ी कुशलता से प्रकट कर रहे हैं। वसन्त नरहर हर कथा में नयी वस्तु लाकर अपने बहुरूपियेपन का सुन्दर उदाहरण प्रस्तुत कर रहे हैं। रंगनाथ पठारे की प्रकाशित कुछ इनी गिनी रचनाओं से उनके एक शक्तिशाली कथाकार के रूप में उभरने की संभावना दिख रही है। मराठी में इधर वन्य जीवन पर भी काफी लिखा जा रहा है। मासजी चितमपली ने इसे खास अपना क्षेत्र बना लिया है। मराठी में लघुकथाएँ भी लिखी जा रही हैं। रहस्यमयी कथाएँ भी काफी मात्रा में प्रकाशित हो रही हैं। इस सन्दर्भ में नारायन धारप, रत्नाकर मलकरी के नाम उल्लेखनीय हैं। अनिल रघुनाथ कुलकर्णी भी एक सशक्त कथाकार हैं, जिनकी कहानियों में एक खास वैशिष्टपूर्ण अनुभव-जगत् से साक्षात्कार होता है।

मराठी की लघुकथा एक सशक्त विधा है। कहानी कहने के माध्यम से भी कंकरेश माडगुलकर, द० मा० मिरासदार, शंकर पाटील, वंसल सबनीस आदि कहानीकारों ने पाठकों को जबर्दस्त रूप से प्रभावित किया है। लेकिन इस क्षेत्र में व० पु० काले को जो लोकप्रियता प्राप्त है, वह अद्‌भुत और अपूर्व है। उनके कैसेट भी हॉट केक की भाँति बिक जाते हैं। महिलाओं में कहानी-कथन कला से गिरजा कोर ने काफी लोकप्रियता अर्जित की है। उत्सवों और वार्षिक समारोहों में तथा मराठी के साहित्य-सम्मेलनों में 'कथा-कथन' एक महत्वपूर्ण

कार्यक्रम के रूप में प्रतिष्ठित है और बीस-तीस हजार श्रोताओं की उपस्थिति में भी यह कार्यक्रम सम्पन्न होता है। मराठी में राम कोलारकर हर साल की प्रकाशित सभी कहानियों को पढ़कर उत्कृष्ट कथाओं का एक संकलन प्रकाशित करते हैं। अब तक 14 संकलन प्रकाशित हो गये हैं। हाँ, मराठी में अन्य भाषाओं से अनूदित कहानियों के प्रकाशन की प्रवृत्ति कुछ कम है।

✦

सुपारी

✦

य० गो० जोशी

उस समय उसकी उम्र बारह वर्ष की थी और मेरी अठारह की। आज भैयादूज का दिन था। उसके लिए मेरे दो चचेरे भाई कोंकण से आये थे।

मेरी बहन का नाम सुभद्रा था। वह बारह साल की थी। उसने जिद पकड़ी, 'आज भैयादूज है सारा भोजन मैं ही बनाऊँगी।'

'सोनू—' मेरी बहन का यह घर का नाम था।

'चावल कितने लिये—?' माँ ने पूछा।

'माँ, तुम मत बोलो, मैं अपने अन्दाज से सब करूँगी। भाजी में नमक-मसाला भी और इमली गुड़ भी।'

माँ और मेरे चचेरे भाई घरेलू बातें कर रहे थे। माँ ने कहा, 'ठीक है, लेकिन फजीहत मत होने देना।'

करीबन एक घण्टे के बाद बहन ने खाना परोसने की सूचना दी। हम सब भाई खाने बैठे।

'भैया, दाल कैसी बनी है?'

'वाह, बहुत अच्छी।' दाल को सुड़कते हुए मैंने कहा।

'हाँ, कह तो रहे हो अच्छी बनी है, लेकिन कटोरी खाली नहीं हो रही है।'

मेरा यह हर दिन का अनुभव है—बहन ने कोई चीज बनाई और मैंने कहा कि अच्छी बनी है तो वह थाल में खत्म होनी चाहिए। क्योंकि मेरी बहन का तर्कशास्त्र यह था कि चीज तब अच्छी बनी है, जब उसकी कमी महसूस हो जाये।

अब आखिरी बार भात लेने की बारी थी। अन्दर भात खुरचते समय बरतन की जो आवाज आ रही थी, उससे मुझे मालूम हुआ कि भात खत्म हो गया है।

बहन के आने पर भात की और माँग हुई। मेरे चचेरे भाई ने पूछा, 'क्यों सोनूबाई, भात खत्म हो गया न?'

'ना, ना खत्म क्यों होगा?' उसने आग्रह पूर्वक चचेरे भाइयों को भात परोसा, मुझे अभी लेना था।

सोनूबाई मेरे पास आयी और बची खुरचन मेरी थाली में डालती हुई और अपने पसीने से तर चेहरे को हाथ जूठे होने के कारण कलाइयों से साफ करती हुई बोली, 'भैया, तुम उठो, तुम्हारा पेट भर गया है।'

मैंने कौतूहल से उसकी ओर देखा।

'उठो न!'

'अरी, हाँ।'

फिर जो किचन में घुसी तो हमारे उठने तक वह बाहर नहीं आयी। हँसते-हँसते हम लोटपोट हो गये।

सगा भाई—उसे अधिकारपूर्वक भूखे पेट उठने को कहने में क्या हर्ज है? मेरा पेट यद्यपि कुछ खाली ही था, फिर भी मुझे उस समय भूखे उठने में अपूर्व आनन्द आ रहा था।

× × ×

अब सोनूबाई विवाहित होकर अपनी ससुराल चली गई थी। उसकी ससुराल दूसरे गाँव में थी। उसके एक पुत्र भी हुआ था और उस पुत्र की उम्र अब पाँच साल की हो गयी थी। आज भी भैयादूज का दिन था। लेकिन मैं था पूने में और वह थी दूसरे गाँव में। पूने में भी मेरी एक और बहन थी। अतः मैं सोनू के यहाँ नहीं गया। उसके बाद उसकी बतायी बातों से और उनमें अपनी कल्पना का कुछ मिलाकर मैं यह हकीकत लिख रहा हूँ।

रात के करीब साढ़े दस बजे थे। सोनूबाई की ससुराल में भैयादूज की आरती का कार्यक्रम सम्पन्न हो चुका था, लेकिन सोनूबाई आज किसकी आरती करेगी? किसी ने कहा, 'अजी, तुम्हारा भैया यहाँ नहीं है, तो शकुन के लिए भगवान् की और चाँद की आरती तुम क्यों नहीं करती?'

'ठीक है।'

उस दिन शाम से ही सोनूबाई के अन्तःकरण में मंथन चल रहा था। समुद्र के ज्वार-भाटे की तरह विचार उसके मन में उद्वेलित हो रहे थे। उसकी साँस ऐसे चल रही थी, जैसे समुद्र के जल से ठण्डी हवा बह रही हो। वह सामने देखती थी—दूर तक जहाँ तक नजर पहुँच रही थी। उसे लगता था कि ये पेड़, ये मकान, ये पहाड़ उद्धतों की तरह बीच में खड़े हैं। नहीं तो मेरा लाड़ला भैया मुझे यहाँ से दिख जाता। उसने बत्तियाँ जलाईं और सहज ही दरवाजे को हाथ लगाकर खड़ी रही। मुँह से शब्द नहीं निकल रहा था, मुझे लगा कि साँस भी एक-दो मिनट बन्द थी।

पता नहीं वह निश्चित समय कैसा था—भगवान् ही जाने? उसी समय पूने में मुझे भी कुछ अनमना-सा लग रहा था—खोया-खोया-सा। उस समय मैं अपनी पूने में रहने वाली बहन से आरती उतारवाने के लिए पीढ़े पर बैठा था। आरती के लिए मैंने पुकारा, 'सोनूबाई ऽऽ।'

'सोनूबाई गाँव में है, भैया।' निरांजन सहित तबक हाथ में लिए हुए माई बोली।

अनुमान है कि शायद उसी समय सोना दरवाजे में स्तब्ध खड़ी रही होगी। उसने अपनी देह को उस स्थान पर खड़ा रखा होगा, पर मन से वह पूना आयी होगी और शायद इसीलिए मैंने माई को सोना के नाम से पुकारा। हो सकता है उसके मन में भी सन्तोष हुआ हो और इसीलिए उसका मन पुनः वापस चला गया।

यह तो बीच की बात बताई। फिर उसने भगवान् की आरती उतारी और फिर बाहर चन्द्रमा की आरती उतारी।

चन्द्रमा की आरती उतारने वाली दुनिया में उनकी कितनी बहनें होंगी, वह हरेक को क्या उपहार देता होगा? जो वस्तु बहनों को उपहार के रूप में आवश्यक होती है, वह तो देकर भी खत्म नहीं होती। चन्द्रमा सन्तोष और उत्साह का उपहार देता है।

निरांजन रखने के लिए वह पूजा स्थान के पास गयी। उसका लाड़ला बेटा मधु उसकी पीठ से चिपका और उसके कंधे पर अपना नन्हा हाथ रखते हुए बोला, 'माँ, मैं मामा के घर का उपहार देता हूँ तुम्हें!' यह कहकर उसने एक सुपारी तबक में डाल दी। तबक से सुपारी लेकर अपनी अंटी में खोंसते हुए उसने मधु को उठाया और प्रेम से उसका सदैव अपर्याप्त-सा लगने वाला चुम्बन लिया।

× × ×

यह कथा लिखते समय मैं बहुत ही अव्यवस्थित हूँ। यह कथा कहानी लिखने के लिए नहीं, वरन् अपने मन के सन्तोष के लिए लिख रहा हूँ। इसलिए जैसे-जैसे याद आती जा रही है, लिखता जा रहा हूँ। हो सकता है घटनाएँ आगे पीछे हों, मैं लाचार हूँ अपनी ओर से ठीक ही लिखने का प्रयत्न करूँगा।

—लेकिन नहीं, गलती हो गयी।

बीच की एक बात बतानी रह गयी। मेरी पूना वाली बहन स्वभाव से बहुत तेज थी। किसी प्रश्न का उत्तर देना हो तो बिजली की तरह कड़कती थी। लेकिन वह उतनी ही स्नेहिल भी थी।

एक बार दिवाली के दिन मेरे ही किसी अपराध पर माँ ने मुझे डाँटा। मैंने माँ को उल्टा जवाब दिया। उस समय हमारी यह बहन उपस्थित थी। मैंने उससे कुछ काम करने को कहा। वह बिजली की तरह कड़की—'अब तुम्हें माँ की पर्वाह नहीं है, तो मुझे काम के लिए क्यों कह रहे हो? नहीं करूँगी तुम्हारा काम। तुम माँ से उद्धत की तरह बात करोगे तो मेरे साथ भी मत बोला करो। हमें तुम्हारी जरूरत नहीं है।' और उसकी आँखें आँसू से भर आयीं।

मैंने निष्ठुरता से कहा, 'ठीक है, ठीक है, मत बोलो मुझसे।' मैंने भी उससे बात करना बन्द कर दिया। दीपावली नजदीक आयी। नर्क चतुर्दशी का दिन था। मेरी बहन घर आई थी। हम अभी एक-दूसरे से बात नहीं कर रहे थे।

दोपहर को माँ-पुत्री बतिया रही थीं। पास वाले कमरे से मैं उनकी बातें सुन रहा था। व्याकुल चेहरे से बहन माँ से पूछ रही थी, 'माँ, भैया मुझे आरती उतारने देंगे भैयादूज के दिन?'

'मतलब?' माँ ने पूछा।

'अब तक मुझसे उसने बोलना शुरू नहीं किया है, इसलिए पूछती हूँ।' कुछ समय के बाद वह पुनः बोली, 'उससे कहना मुझसे आरती उतरवा ले, हाँ मैं उपहार नहीं छुऊँगी।' आँखें पोंछती हुई बहन बोली।

मैं झट से वहाँ गया और बोला, 'माई ऽऽ'

'क्या?' पालथी मारकर बैठी हुई बहन ने बात बदलते हुए और अलसाये स्वर में पूछा।

हम एक-दूसरे की ओर देखकर हँसे। माँ ने भी हमारी हँसी में साझा किया।

खत्म—आगे क्या लिखूँ? घटना ही समाप्त हो गयी तो आगे लिखने के लिए बचा ही क्या? मैं मन ही मन केशव सुत की मराठी कविता की प्रसिद्ध पंक्तियाँ गुनगुनाने लगा—

—ध्वनि ले ऐकूनि कितीकदां। दिडदा। दिडदाऽ। दिडदा।

× × ×

आरती उतारने और उतरवा लेने में क्या रहस्य छिपा है? यह क्या उपहार पाने और भोजन पाने के लिए होता है? ना, जो देना होता है—

अब तो मैं भीतर से भर गया हूँ, क्योंकि जिस घटना के लिए यह कथा लिखने बैठा था, उस घटना की याद से कुछ सूझ ही नहीं रहा है। शिशिर, ग्रीष्म, वर्षा—मेरी गृहस्थी की ग्रीष्म ऋतु हाल ही में प्रारम्भ हुई थी।

अपनी बहन का मैं अकेला भाई। अब घर में हम दो—माँ, मैं ही रह गये थे। मेरी पत्नी का हाल ही में देहान्त हो चुका था। आर्थिक स्थिति भी बहुत बिगड़ गई थी। धन्धे में मार खा गया था। चतुराई से व्यवहार करना मुझे नहीं आता था। मुझे जल्दी गुस्सा आ जाता था और तुरन्त ठण्डा भी पड़ जाता था—स्टोव की तरह। मैं लोगों पर तुरन्त विश्वास कर लेता था और धोखा भी खाता था। लोगों की जबान पर विश्वास रखता था और लोग मेरे भोलेपन से फायदा उठाते थे। अकारण मैंने सर पर कर्ज का पहाड़ उठा लिया था। इसी में पत्नी की मृत्यु हुई।

दीपावली आयी। तय किया था कि कुछ तैयारियाँ नहीं करेंगे। हँसकर चारों ओर देखना ही दीपावली मनाना था। व्यवहार के पटाखे फोड़ने में मेरे ही हाथ जल गये थे। अपने को पराजित खिलाड़ी मानकर दूर रहना ही उचित समझा।

यह कल्पना मन में आते ही मैं हँस पड़ा—दीपावली का त्योहार ज्यों-त्यों हो ही गया। आज आखिरी त्योहार भैयादूज का था। सुबह पूने वाली बहन आयी और बोली, 'भैया, चलो स्नान करने।' ना कैसे कर सकता था? बहन के चेहरे पर

प्रसन्नता की फुलझड़ियाँ झर रही थीं। सो उन्हें अपने उदास चेहरे से कैसे बुझा पाता?

स्नान करने के पहले शरीर में तेल लगाते हुए मेरी बहन ने पूछा, 'भैया, आज भोजन में क्या खाना चाहोगे?'

'रोटी और बेसन की कढ़ी।'

'यह क्या बक रहे हो?'

'बक नहीं रहा हूँ, हिसाब से बोल रहा हूँ। भोजन के लिए बेसन की कढ़ी और रोटी और उपहार के रूप में सुपारी। घर में एकाध सुपारी भी है या नहीं?'

घर में मेरी एक भानजी थी—विमली। सुपारी के डिब्बे में उसने हाथ डालकर देखा, सुपारी नहीं थी।

उसने कहा, 'माँ, सुपारी भी डिब्बे में नहीं है।'

यह वाक्य सुनकर मुझमें अभिमान जगा। मतलब एक भी चीज मेरे घर में नहीं थी। मैंने कहा, 'आज की भैयादूज भाग्यशाली है। बिना सामग्री के मेरा घर मैदान की तरह खुला है। आज मेरी बहन अपने ही खर्चे से घर में खाना बनायेगी।'

मेरी बहन दुःखी होकर हँसी। मतलब यह कि आज की स्थिति के लिए करुणा और इस स्थिति में भी मेरी प्रसन्न मनःस्थिति के कारण हँसी।

वस्तुतः भैयादूज के दिन भाई ही बहन के घर भोजन के लिए जाता है। लेकिन मैं अपने सगे सम्बन्धियों के पास जाने से कतराता था, क्योंकि मेरी परिस्थितियाँ भयानक रूप से बुरी थीं। बहन जानती थी, इसीलिए अपने घर भोजन के लिए आमंत्रित करने के स्थान पर वह खुद मेरे घर चली आयी थी।

इधर मेरी मानसिक स्थिति कुछ इस प्रकार की हो गयी थी कि मैं कल्पना में अधिक रम जाता था। कोई विशिष्ट परिस्थिति पैदा होने लगती थी, तो उस पर मैं एक सुन्दर कल्पना कर लेता था। दुनिया का बिल्कुल विचार ही नहीं करता था। मैंने कल्पना की कि अब तक के भैयादूज के त्योहारों में यही दिन सर्वाधिक मजेदार है। गमले में गुलाब लगाते समय नीचे एक छेद बनाया जाता है, ताकि आवश्यक पानी रहे बाकी बह जाय। मनोभाव के गमले में भी ऐसा ही छिद्र आवश्यक है। जितनी सुख-दुःख की जाँच जरूरी हो उतनी ही रखी जाय, बाकी छोड़ दी जाय। यदि मन का पौधा प्रफुल्लित रहेगा, तभी उस पर सुन्दर विचार और आचरण के फूल खिलेंगे।

मैं स्नान करने बैठा। बहन बड़े प्रेम से नहला रही थी। हाँ, घर में पानी विपुल मात्रा में था। बहन ने पीठ मलना शुरू किया। उसके उस स्पर्श के सामने 'ह्वाइट रोज', 'खस', 'चन्दन' इतयादि साबुन फालतू थे। भोजन में नैवेद्य की तरह थोड़ा हलुवा मिला। उसे खाकर मैंने डकार ली। शाम को आरती उतारने के लिए

आने की सूचना देकर बहन चली गयी। शाम को बहन आयी, उसने खाना बनाया और आरती के लिए मुझे बुलाया। आरती उतारने के लिए बुलाये जाने पर मेरे अन्तःकरण से आँसुओं के फव्वारे आँखों से बाहर निकल पड़े। उन्हीं का 'उपहार' लेकर मैं पीढ़े पर बैठ गया। व्याकुल स्वर में माँ से बोला, 'माँ, जरा देखो तो, एकाध सुपारी हो तो?' माँ उठी। डिब्बे देखे। हरे-बहेड़े के डिब्बे में एक सुपारी निकल आयी। माँ ने वहीं से सुपारी फेंकी और मैंने सफाई से उसे पकड़ लिया। बहन ने आरती उतारी, मैंने 'सुपारी' उपहार के रूप में थाली में डाल दी। हम दोनों भाई-बहन भीतर से भर गये थे, भीग गये थे। लेकिन उन आँसुओं को छिपाकर उनसे हमने आनन्द का सृजन किया।

× × ×

कुछ दिन और बीते। इधर मैं दुनिया के व्यवहार में कुछ निपुण हो गया। अतः सम्पत्ति का कचरा मेरे घर में जमा होने लगा।

कुछ नौ-दस महीने हो गये थे। लगा कि इधर मैं भरपेट खा रहा हूँ तो क्यों न अपनी बहनों को भी मायके बुला लूँ? मैंने दूसरे गाँव की बहन को भी पत्र लिखा। पत्र के जवाब में वह बच्ची को लेकर खुद पहुँच गई। पूना वाली बहन भी जचगी के लिए आयी थी। उसको लड़का हो गया था। उसका आज नामकरण संस्कार था। सारा भोजन बन गया था। सिर्फ केशर लाना ही शेष रह गया था। माँ ने कहा, 'भाऊ, केशर ले आओगे?'

बहन सुन ही रही थी। उसने कहा, 'अब भैया को धूप में क्यों भेज रही हो, मेरे सन्दूक में देखो—केशर है।' उसने चाभी मेरे सामने फेंकी। केशर की डिबिया तो मिली ही, उसी के साथ एक मखमली डिबिया भी थी। यह क्या है? बहन से पूछने के लिए मैं उसे उसके पास ले गया। 'माई, यह क्या है, इस डिबिया में?'

किसी नाटक में अकल्पित रूप में दृश्य परिवर्तन की तरह कुछ हो गया।

मेरी बहन झटके से खटिया पर से उठी और मेरा हाथ पकड़कर डिबिया छीनने लगी। मुँह से बड़बड़ा रही थी,तुम्हें क्या करना है, मेरी कोई खास चीज उसमें है।'...इस धकापेल में मैंने डिबिया खोलकर देखा तो उसमें एक सुपारी थी। मैंने पूछा, 'यह क्या है माई, यही वह खास चीज है! मैं यह सुपारी न देखूँ, इसीलिए तुम मेरे हाथ से इसे झपट रही थी! ऐसा क्या खास है इस सुपारी में?'

शर्म से जमीन की ओर माँ की ओर देखती हुई बोली, 'भैयादूज का उपहार है, वह मेरा।'

काँच के पीछे पारा लगाया जाय तो उसका आइना बनता है और उसमें अपना प्रतिबिम्ब दिखता है। पारे को निकाल दिया जाय तो उस काँच से हम आर-पार देख सकते हैं और उस काँच में हम अपने मुँह को देखने का प्रयास करें तो वह धुँधला दिखेगा। पिछले भैयादूज के अवसर पर मिले उपहार की यह सुपारी देखते

समय मेरा मन कुछ भौंचक्का-सा हुआ और उसे सम्भालते समय मेरे मन में काँच, पारा, आईना इत्यादि के विचार आये। 'भैयादूज की सुपारी क्यों इतना सम्भालकर रखी है?'

आँचल से आँखें पोंछती हुई वह बोली, 'मुझे उसे देखकर ही खुशी मिलती है। वह मेरे प्राणों को तसल्ली देती है। मेरा दिल आनन्दित होता है। मेरे मायके का सारा सुख मेरे लिए उस सुपारी में भरा हुआ है।' इतने में मेरी गाँव वाली बहन सोना हाथ में सुपारी लेकर आयी और बोली, 'सचमुच, पता नहीं ऐसा क्यों होता है! यह देखो, मेरे मधु ने मजाक में यह सुपारी उपहार के रूप में मुझे दी है। लबाड़िया बोला, 'मैं देता हूँ, उपहार तुम्हारी आरती में।' यह कहकर तबक में सुपारी डाल दी। मुझे आश्चर्य हुआ—मैंने भी वह सुपारी वैसे ही सम्भालकर रखी है।'

बच्चों को कथा बताने के बाद जिस प्रकार उसका अभिप्राय बताया जाता है, उस प्रकार मैंने प्रवचन करना शुरू किया, 'सारे सुख-दुःख का स्वाद इस सुपारी की तरह है। सिर्फ भावना की आर्द्रता चाहिये। हम लोग पूजा करते समय, विवाह आदि समारोहों में देवताओं का आह्वान करते समय सुपारी की पूजा करते हैं, है न?'

आगे मुझे याद नहीं आ रहे थे। मन भर आया था, आँखों में आँसू थे। मैंने बोलने का प्रयत्न किया, लेकिन 'क्या के बाद जीभ जरा भी नहीं हिल सकी। आखिर थूक निगलते हुए मैंने कहा, 'बहनों, सुपारी में तुम सुख देख सकती हो—तुम्हारे प्रेम का वर्णन कैसे किया जाय? मैं धन्य हूँ कि तुम्हारा भाई हूँ। प्रेमिल चिड़ियाओं, ऐसे ही आनन्द से फुदकती रहो, सुख का सार सुपारी में देखने में महानता है—उदारता है।' मैंने अपना भाषण समाप्त किया, क्योंकि दोनों बहनें उस प्रेम भरी घटना के बाद भाग गयी थीं। मैं ही बकवास कर रहा था। आखिर मैं रुक गया और बुत की भाँति निश्चल उन दो प्रेम-देवियों की ओर आनन्द और हुलास से देखता रहा।

ऐसी मन्त्रमुग्ध स्थिति में बहुत समय बीत गया। कोई हिल नहीं रहा था। खटिया पर सोयी बच्ची रोने लगी, तब माई भागी। उसने अपने बच्चे को उठाकर स्तनपान कराना शुरू किया और मेरी ओर देखती रही।

स्नेह की यह आर्द्रता मुझे घेरे हुए थी। भला कैसे कहूँ कि मैं सुखी नहीं हूँ।

✦

चील

✦

वामन चोरघड़े

सब विलक्षण। मुझे अभी भी लगता है कि वह सारा सपना होगा। लेकिन वह सपना नहीं था। सपना उसे हम तब कहते, जब उसमें से एकाध घटना मन में कभी तैर आयी होती। ऐसा विचार तो मेरे मन में कभी आया ही नहीं था—इसलिए वह सब विलक्षण ही था।

श्रीमती लीला देशपांडे। उम्र बाइस वर्ष। अपने सम्बन्ध में जिसकी कुछ खास कल्पनाएँ थीं, जो अपने लिए विचार कर सकती थी। खुश रहकर सुख से रहने वाली। सुन्दर तो नहीं, लेकिन सुदर्शन अवश्य थी। मोहकता कुछ अधिक थी उसमें। अच्छी लगती थी। पति कहीं अध्ययन के लिए बाहर गये थे। वह शिक्षित थी। घर में बैठे क्या करेगी? इसीलिए यहाँ कालेज में पढ़ने के लिए आयी थी। शिक्षा-शास्त्र का अध्ययन आगे चलकर काम आयेगा, कम-से-कम शिक्षिका की नौकरी तो मिल ही जायेगी, यही उद्देश्य था। शिक्षित स्त्री का अन्तिम ध्येय—नौकरी। यह नई रूढ़ि बन गयी है।

मेरी पहचान थी, मित्र तो नहीं कहूँगा। मित्र किसको कहेंगे? जिससे अपनी सामान्यतः पटती-वटती ही नहीं; जिसकी एक भी कल्पना से अपना मत नहीं मिलता, उसे?

फिर भी बिना उससे बात किये मुझसे रहा नहीं गया। फिर उसने भी कुछ बाधा डाली हो, ऐसा भी नहीं था। उसकी बातचीत भी बड़ी विचित्र थी। मैंने एक बार उससे कहा, 'तुमने जो पति चुना है, वह बिल्कुल ही सामान्य है। तुम्हारी तुलना में वह बिल्कुल नहीं जँचता।' उसने झट से जवाब दिया, 'मैंने उसे अपने लिए चुना है, आपके लिए बिल्कुल नहीं।'

उसका यह कहना एकदम सही था। लेकिन आदत का मारा मैं अपना मत व्यक्त कर गया था। दुनिया की किसी भी हर घटना पर अपना मत तो होता ही है न!

फिर एक बार ऐसी ही बात चल पड़ी। उसने अपने लिए देख-परखकर साड़ी खरीदी। मैंने कहा, 'यह रंग मिट जायेगा।' उसने उलटकर पूछा, 'आपने पहनकर देखा है क्या?'

यह भी उसका कहना गलत नहीं था।

ऐसे झगड़े सदैव होते थे। उसमें थ भी क्या? मुझे भी क्यों बोलना चाहिये था उससे?—यह भी एक अबूझ प्रश्न था। इतना सही था कि मैं केवल बोलने के लिए नहीं बोलता था। मैं भी अपने प्रिय व्यक्तियों से अलग पड़ गया था। अपने सहयोगियों के साथ यहाँ बात करूँ तो उनकी बातें साँचे में ढली-सी लगती थीं। झगड़े के लिए उत्कटता आवश्यक होती है। लेकिन यहाँ भी केवल चाय और निरी गप्पें थीं, उसमें मन नहीं रमा तो फिर कुछ नहीं। फिर मेरे सारे मन के बन्धन दूसरी ओर लगे हुये थे।

पुरुष अपने को अपूर्ण समझने में कभी-कभी सुख अनुभव करता है। स्त्री को इसीलिए वह चाहता है। उसके बिना पुरुष का काम अनेक कारणों से अड़ जाता है। उसके मन का इस तरह निर्बल और निष्प्रभ होना और रोज की धकापेल के लिए जरूरी मानसिकता से दूर जाने का अवसर भी उसके लिए कभी-कभी आवश्यक होता है।

क्या यही अवसर यह लीला मुझे दे रही थी? हो सकता है, यही बात हो। मुझे और कुछ भी नहीं चाहिये था। उसकी बुद्धि या हृदय के गुण...मेरे लिए उसका क्या उपयोग था? उस पर मुझे अपना अधिकार थोड़े ही जताना था। उसने सम्पूर्णतः एक व्यक्ति के लिए अपने को समर्पित किया था और वह पूर्ण सुख का भोग भी कर रही थी। दूसरे की बुद्धि एवं हृदय की पर्वाह करने की उसे कोई जरूरत ही नहीं थी।

और शायद यही हमारे बीच के सतत् संघर्ष का कारण भी रहा होगा। वह कारण मेरे लिए भी लाभकर रहा! इसी कारण से वह मेरी बुद्धि को सदैव निष्प्रभ करने में अपनी इति कर्त्तव्यता समझने लगी थी। शायद मेरी उसकी जरूरत यही थी कि मैं उसकी बुद्धि का निकष बन गया था। यह सही है कि उसने मेरे हृदय को कभी स्पर्श नहीं किया।

हाँ, अपने मन की दुर्बल अवस्था में बहुत कुछ इच्छाएँ मेरे मन में पैदा होती थीं। लगता था, इसे मेरे साथ अच्छी तरह बात करनी चाहिये, अच्छा व्यवहार करना चाहिये। चार दिनों की तो थी यह हमारी छात्रावस्था। इसमें सम्बन्ध बिगड़ने नहीं चाहिये। पहले वाला परिचय भूलना नहीं चाहिये। ऐसा हो तो अच्छा, वैसे हो तो बुरा—बहुत-बहुत विचार मन में आते रहते थे।

सचमुच ऐसा होता तो क्या होता?

इस प्रकार के सम्बन्धों के कारण, संशय और संघर्ष का बीज मेरे मन में सतत् अंकुरित होता रहता था। लीला के प्रति मेरे मन में अपनापन भी था और भय भी। जिनसे हम अपने को डरवाते रहते हैं, उनसे सचमुच आगे चलकर डर लगता है। मेरे एक शिकारी मित्र आज भी चूहे और मेढकों से डरते हैं।

सरांशतः ऐसी थी वह श्रीमती लीला देशपांडे और ऐसा था मैं। अब बताता हूँ, वह क्या था, जिसे मैंने सपना कहा।

ऐसी ही एक महिला एक दिन अचानक मेरे कमरे में शाम को पाँच बजे सुसज्जित होकर अन्दर आयी—उसे देखकर मेरे आश्चर्य की सीमा न रही। मैं घरेलू कपड़े में था। सारा सामान बेतरतीब इधर-उधर फैला था। मैं उसे देखता ही रह गया। 'मेरे कपड़े ठीक-ठाक हैं न, अच्छे हैं?' चेहरा प्रसन्न, प्रश्न की आवाज में खिलन्दड़ीपन। मैं उसी के बारे में विचार कर रहा था।

'मैंने कहा, मेरे कपड़े ठीक-ठाक हैं!'

'तो फिर?'

'ऐसे कपड़े मनुष्य कब पहनता है?'

'दूसरे के कमरे पर छापा मारते समय।'

'फालतू शब्दों का खेल करने लायक मेरा प्रश्न नहीं है। मैं घूमने के लिए आयी हूँ। हम आज घूमने चलेंगे। बहुत दूर जायेंगे, क्यों? खूब घूमने का मन हो रहा है।'

यह सब, यहाँ तक तो ठीक ही था। लेकिन मुझे तो अभी कपड़े बदलने थे। यहाँ कैसे बदले जा सकते थे। कमरा, ब्रह्मचारी युवक का था। खुला—ओट किसी प्रकार का नहीं। दूसरे कमरे में जाकर कपड़े बदल लूँ तो उसे कारण बताना पड़ेगा। फिर उससे दूसरी ओर मुँह करने को कहना पड़ेगा।

'कपड़े बदलिये?'

'लेकिन...'

'लेकिन-वेकिन क्या? मैं यहाँ दरवाजे पर खड़ी हो जाती हूँ—बाहर देखती हुई। झट से बदल लीजिये कपड़े।'

यह निःसंकोच व्यवहार—यह सब क्या मामला है? मेरे ध्यान में नहीं आ रहा था। मेरे होश ठिकाने नहीं रहे। कपड़े कौन से पहनें?

'ऐ! पहन लिए कपड़े, मैं आऊँ।'

आखिर एक लम्बा कुर्ता, एक पायजामा—मतलब जो थे वही कपड़े—तैयारी हुई और हम बाहर निकले।

'यहाँ का यह 'मार्बल हाल' अच्छा है न!' ऊपर किंचित दायीं तरफ सरकी, शुक्र की तेजोधवल तारिका उस संगमरमर के महल पर प्रकाश की वर्षा कर रही थी, सचमुच वह बड़ा सुन्दर दिख रहा था।

'ये कारें बहुत ही खराब हैं। कितनी धूल जाती है नांक-मुँह में।'

ठीक ही है, इसका प्रत्युत्तर क्या हो सकता था? आगे देखना।

'ये इमारतें राजा गोकुलदास की बनायी बतायी जाती हैं, वार्षिक एक रुपया किराये पर सरकार ने इस्तेमाल के लिए ले रखी हैं।'

इस जानकारी में भी वैसी कोई गलती नहीं थी। फिर नाहक बीच में क्यों बोला जाय?

'आज क्या आपका मौन का दिन है, गाँधी बाबा?'

'ना, ना!'

'फिर हम फालतू लोगों से कुछ बात भी करेंगे या नहीं?'

मुझे डर लगा, लगा अब हमारे मूल स्वभाव जग जायेंगे, जिसे टालने का प्रयास मैं अब तक कर रहा था। वही अब सामने आ रहा था।

'फिर बताइये, आपके एक शब्द की कितनी कीमत होगी?'

'ना, ना, ऐसा क्यों बोल रही हैं?'

'फिर कैसे बोलूँ?—हम घूमने जा रहे हैं। मन कैसे उल्लसित हो, फिर मैं जान-बूझकर ही तो आयी हूँ।'

अब विश्वास हो गया। झगड़ा सम्भव नहीं है, बात करने में हर्ज नहीं है। मैं जरा विचार करने लगा कि क्या बोला जाय? लेकिन—

लेकिन यात्रियों के पानी पीने के लिए रेलगाड़ी थोड़े ही रुकती है।

'एक बात कहूँ?'

'जरूर, ऐसे पूछ क्यों रही हो?'

'नहीं, आपको अच्छा लगेगा, इसलिए कह रही हूँ।'

'बताइये!'

'मैं आज सुबह उठी। बिल्कुल सुबह, वह तुम्हारी प्रिय तारिका देखी। ठीक जैसे आप बता रहे थे, वैसा तो नहीं लग रहा था मुझे? मुझे आभास हुआ, कहीं से टटके फूल बरस रहे हैं, निकट ही। लगा कि तोड़ लूँ।'

उसकी इस कल्पना से मुझे भी उतना ही आनन्द मिला। अपना शौक दूसरा स्वीकार करे तो आनन्द दुगुना हो जाता है।

'आज कुछ नहीं बोल रहे हैं?'

'क्या बोलूँ?'

'फिर हम बोलें ही नहीं।'

'ना, ना, यह ठीक नहीं।'

'और एक बात बताऊँ?'

'बताइये, आज तो कहने लायक बहुत-सी बातें हैं, आपके पास।'

'अच्छा नहीं बताऊँगी।'

यह झूठी रुठाई, अकारण स्नेह, विलक्षण वृत्ति, वह आकुलता, उतावली मुझे उसका अर्थ समझ में नहीं आ रहा था। हम वापस जाने को मुड़े।

'बताइये न, दूसरी कोई बात।'

'मेरे कपड़े देखे आज आपने?'

'क्यों? उसमें कुछ विशेष है!'

'नहीं, नहीं बताऊँगी।'

'अरे, यह तो भारत-माँ बनी हो।'

'बिल्कुल ठीक, लगा आज अपनी हर दिन की साड़ियाँ पहनूँगी तो आपको कुछ परेशानी होगी, संकोच होगा—जैसा कि हमेशा होता है। फिर आप बोल नहीं पायेंगे। शायद आज आप मेरे साथ आये भी नहीं होते। सही है न?'

'ना, ना, लेकिन आपने ये कपड़े क्यों पहने?'

'क्यों, अच्छा नहीं लगा आपको?'

'ऐसा नहीं, मैं अपने मन का सन्तोष व्यक्त नहीं कर सकता। उसे कैसे दिखाऊँ? मन खोलना मुश्किल होता है। अगर मैं कृतज्ञता व्यक्त करूँ तो।'

'नहीं।'

'मतलब!'

'मुझे नहीं चाहिये कृतज्ञता।'

'इसका मतलब!'

'इसका अर्थ सरल है। आपकी कृतज्ञता मुझे नहीं चाहिये। आपको खुशी हुई कि नहीं? मुझे आपकी खुशी चाहिये। आज आपको अच्छा लगे, आनन्द आये इसलिए...'

'आनन्द...मुझे!'

बिन कहे, अनजाने मुझे लगा कि मैं खिल गया हूँ। समझ में नहीं आ रहा था क्यों, कैसे? मेरे आनन्द के लिए यह लीला देशपांडे प्रयत्नशील है? सौ० लीला देशपांडे।

कालेज निकट आ गया था। दिये दिखाई दे रहे थे। रास्ता शान्त था। धूल कम हो गयी थी। जाने वाले लोग भारी कदमों से जा रहे थे। चिड़ियाँ सो गयी थीं। अबाबीलें फड़फड़ातीं, चीखतीं, चिल्लातीं तेजी से इधर से उधर, उधर से इधर उड़ रही थीं। छोटे-छोटे दिये रास्तों पर पहरा दे रहे थे—निराशा से दबे लोगों को उन्हीं का सहारा था।

अब जल्दी ही कालेज आ जायेगा और यह व्याकुलता ऐसी ही बनी रहेगी। वे वृक्ष आ गये जहाँ से हमारे रास्ते अलग होंगे। मुझसे रहा नहीं गया।

'एक प्रश्न पूछूँ?'

'हाँ, हाँ, आपने तो आज मेरा अनुकरण करने का तय किया है।'

'ऐसा तो नहीं, लेकिन अभी आपने कहा कि मेरा आनन्द...मेरे आनन्द की चिन्ता आपको क्यों हो रही है?'

'उसे आप नहीं समझ सकेंगे!'

'समझूँगा, बताइये तो सही!'

'आपका सारा आनन्द खत्म हो जायेगा।'

'अगर नहीं बताया तो भी वह हो सकता है।'

वह शान्त खड़ी थी। आस-पास फैला अँधेरा अच्छा नहीं लग रहा था। कई सपने नजर के सामने तैरकर आये और लुप्त हो गये—कुहरे का विरल आवरण देखते ही देखते धीरे-धीरे दूर हो गया और आँखों पर कुछ पर्दे धीरे से आकर सांस को मन्द कर गये—कुछ ऐसा ही लगा। ऐसे खड़ा रहना उचित नहीं लग रहा था।

'फिर बताइये न?'

'बिल्कुल नहीं, मैंने आज मन से प्रयत्न किया है आपको प्रसन्न करने का। मेरा स्वभाव आपको मालूम है। मैं कैसी हूँ, इसकी आपको पूरी कल्पना है। आज मुझे कितना विचित्र लग रहा था। अभी भी लग रहा है। मेरा मन भी आज ठीक नहीं है। अब यहाँ से होस्टल जाने की भी इच्छा नहीं, वहाँ भी क्या...'

अनजाने वह इसी तरह बोलती हुई, खड़ी रही।

'आज उनके पत्र के आने का आखिरी दिन था। कल से मैं प्रतीक्षा कर रही थी। उनके पत्र को पढ़ने के लिए मैं अपने मन में तैयारी करती रहती हूँ। पुरुष के सान्निध्य का कैसा सम्मोहन होता है—वह गन्ध कितनी उत्कटता से वांछित-सी लगती है। आपको इसका पता नहीं होगा। हम स्त्रियाँ उसे जानती हैं। उनके पत्र आने का दिन, उनका वह अभूतपूर्व सान्निध्य। मेरा मन तीव्रता से साँस बाँधकर तैयार रहता है और कल से उनका वह पत्र नहीं आया। मेरे सारे प्रयत्न व्यर्थ हो गये। मन ठीक नहीं हो पा रहा था। आखिर—इसीलिए आज सहेलियों से भी मेरे मन में दुराव पैदा हो गया था। फिर मेरी अपनी जिम्मेदारी भी मुझ पर थी। इसीलिए मैं आपके साथ आयी...आप पर मैं विश्वास कर सकती थी। यही कारण था—आप बोलें, बोलते रहें।'

अधूरा छोड़ा वाक्य भी उसने पूरा नहीं किया। जैसे वह बोलने लगी, वैसे ही वह रुक भी गयी और अकस्मात् तेजी से कदम बढ़ाती चली गयी। आगे उसे कहना नहीं था, शायद कहने की इच्छा न रही हो, शायद जो कहा वह भी किसी दुर्बल...।

लेकिन वह झटके से वापस मुड़ आयी।

'एक और बात कहने वापस आयी हूँ। इसे पूर्णतः भूल जाइये। इस पर कुछ और अनुमान मत लगाइये। आप जरा अतिरिक्त कोमल हैं, इसीलिए जान-बूझकर कह रही हूँ। इसमें विशेष कुछ भी नहीं है, अधर्म नहीं है, दोष नहीं। कल उनका

पत्र जरूर आयेगा। मैं भी उनको उतना ही सुन्दर पत्र लिखूँगी...जाइये, जाइये और सब कुछ भूलकर शान्ति से सो जाइये।'

मेरे जाने की प्रतीक्षा न कर वह जैसे आयी थी, वैसे ही तेज गति से कदम बढ़ाती वापस चली गयी। वह शुभ्र साड़ी अँधेरे में दूर और दूर सरकती गयी जैसे जल में बहाया हुआ सायंकाल का पुष्पदीन लहरों पर हिचकोले खाता आगे बढ़ता जाता है, ठीक उसी तरह...।

मैं वैसे ही देखता रहा। जैसे आसमान में दूर-दूर अधर में उड़ने वाली कोई चील भक्ष्य की लालच से झपट्टा मारे और जो भी मिले उसे तोड़कर पुनः उतने ही ऊँचे, उतने ही अन्तराल में उड़कर आसमान की खोज करे...।

और हम देखते रहें कि अपना क्या बचा है, क्या खोया है? केवल देखने भर को रह जाये!

✦

मंजुला

✦

अरविन्द गोखले

गाड़ी ठिठकती, हिलती और हाँफती चली जा रही थी। हर डिब्बा आदमियों से ठसाठस भरा हुआ था। बैठने की जगहें और बीच के स्थान भीड़ से ठसाठस भर गये थे। दरवाजे और खिड़कियाँ बुशकोटों और साड़ियों से, बालदार सिरों से और सिकुड़े हुये अवयवों से सटे हुये थे। डिब्बे के बाहर, लोग लटके हुये थे। चींटियों से आच्छादित साँप जैसे तड़पता, रेंगता जाता है, गाड़ी उसी तरह चली जा रही थी। यह दोकुँहा केंचुआ जब रुक जाता था, तो अन्दर की गन्दगी बाहर उड़ेल दी जाती और उससे अधिक अन्दर भर जाती थी।

आदमी ही आदमी। रास्ते में, फुटपाथ पर और वहाँ, जहाँ से ट्राम चलती थी। लोकल में तो भीड़ की पराकाष्ठा हो जाती थी। दिन में दो बार लोकल से यात्रा करनी पड़ती—सुबह आफिस जाते समय और शाम को लौटते समय। दो बार नर्क यातना भोगनी पड़ती। डिब्बे में ज्यों-ज्यों जगह मिल जाती। शरीर को कितना ही सिकोड़ो, किसी को धक्का लग ही जाता। सिर से किसी के हैट का किनारा छू जाता। कभी कन्धा छिल जाता, रान से अपरिचित उँगलियाँ चिपक जातीं, पैरों पर बूटों के तल्ले पड़ जाते, सारे शरीर का मसाज हो जाता। इधर-उधर नजर घुमाने की भी सुविधा न होती। किसी के गंजे सिर का पसीना, किसी का दाढ़ी की खूँटी, किसी के गर्दन के पाउडर की चीकट की पर्तें आँख में भर जातीं और चुप खड़े रहने पर भी एक-दूसरे की साँसें और बदबू नाक-मुँह में घुलकर सिहरन पैदा कर देतीं। आँखों के सामने मरियल मन के और जुगुप्सामय शरीरों के अनगिनती लोग ही लोग।

लेकिन शाम की यात्रा किंचित् सुखमय लगती थी। सुबह जैसे-तैसे जीम कर दौड़ते हुये गाड़ी पकड़नी पड़ती थी। डिब्बे में धक्के खाते हुये भारी मन से खड़े रहना फिर स्टेशन से दफ्तर तक पैदल मशक्कत करना पड़ता था। इस हड़बड़ी में सुबह का स्नान और प्रसाधन सब कुछ धुल जाता, आधी चबाई रोटियाँ पेट में चुभने लगतीं। फिर दफ्तर की खिचखिच। शाम की गाड़ी में भीड़भाड़ भी हो तो घर जाकर हाथ-मुँह धोकर, खाना खाने और सोने की आशा बनी रहती।

सवा छे की लोकल से मरियल लोग अपने-अपने दरबे की ओर चले जाते थे। टाई को शिथिल कर, हाथ में शाम का अखबार लिये पुरुष, कुछ स्त्रियाँ गन्दे

रुमालों से पसीना पोंछती और हाथ से खिसकने वाली पर्स को जैसे-तैसे सँभाल रही होतीं। लम्बी साँस और जमुहाइयाँ लेते हुये अपना स्टेशन जल्दी आ जाय, इस आशा में थकी आँखें अधीर होकर प्रतीक्षा कर रही होतीं। गाड़ी रुकती तो बची-खुची शक्ति इकट्ठा कर बाहर निकलने की कोशिश शुरू हो जाती।

अँधेरी स्टेशन आने पर मंजुला डिब्बे के बाहर उतरने का प्रयास करने लगी। चर्चगेट से एक सीट के पास वह खड़ी थी तो अँधेरी तक उसी तरह सिकुड़ी हुई अवस्था में खड़ी रही। सीट पर बैठा मोटा गुजराती आदमी उसकी ओर देख रहा था और उसके पास सरक रहा था। उसने मंजुला को जगह भी देनी चाही थी, लेकिन सीट की पीठ का आधार लिए वह वैसे ही खड़ी थी और उसका सहारा लेकर एक दूसरी नौकरी करने वाली तरुण लड़की खड़ी थी। सामने दूध के हण्डे लिए भैया बैठा था। दोनों तरफ लोग भीड़ लगाये खड़े थे। अँधेरी स्टेशन के पास गाड़ी आ गयी, लेकिन उतरने के लिए रास्ता मिलना मुश्किल हो गया था। भैया, गुजराती आदमी, सटी हुई वह लड़की, दो दिशाओं में आदमियों की दीवारें। आखिर मंजुला ने आँचल कसकर बाँधा, पर्स को मजबूती से पकड़ा और आँखें मूँदकर दरवाजे की दिशा में चलने लगी। बड़ी धकापेल के बाद वह किसी तरह बाहर आ पायी।

प्लेटफार्म के बाहर आकर मंजुला तेजी से चलने लगी। उसके बाल सूखे-सूखे होकर चारों ओर उड़ रहे थे। ओंठ शुष्क पड़ गये थे। आँखें थक गयी थीं। बगलें और पेट पसीने से तर और चीकट हो गये थे। दोपहर भर टाइपराइटर पीटकर उँगलियाँ दुख रही थीं। अब चलने से पहले ही पैर दर्द करने लगे थे।

'मंजुला, मिसेस खारकर—'

मंजुला ने पीछे मुड़कर देखा और ठिठक गई। काशी कुलकर्णी पर्स नचाती हुई आ रही थीं। मंजुला के पास वाले दफ्तर में वह नौकरी पर थीं। दोनों सुबह एक ही गाड़ी से जातीं, लेकिन लौटते समय वह कभी मंजुला से नहीं मिल पाती थीं।

दोनों किनारे-किनारे चलने लगीं। मंजुला ने पूछा, 'रोज इसी गाड़ी से आती हो!'

'ना, आज ही आयी। रोज तो साढ़े सात की ट्रेन मिलती है।'

'इतनी देर होती है आफिस में।'

'नहीं, छुटती तो छे बजे ही हूँ, लेकिन फिर जगह की खोज में भटकती हूँ। कोई जगह का पता बता देता है तो जाती हूँ, लेकिन निराशा ही हाथ लगती है।'

जगह की अड़चन की यह लम्बी बकवास शुरू होते ही मंजुला ऊब गई। साल भर पहले वह इस सारी जहमत से गुजर चुकी थी और रोज सुबह-शाम जगह की तँगी की शिकायतें कहीं-न-कहीं से सुनकर तँग आ गयी थी।

कुछ देर बाद वह एकदम बोली,

'आप शादी कर लीजिये मिस कुलकर्णी, तो...।'

'मेरी शादी तय हो चुकी है, इसीलिए तो मकान खोज रही हूँ। डेढ़ साल हुआ शादी पक्की हुये। हम दोनों सारी बम्बई में मकान की खोज में छे दिन घूमते रहते हैं। सातवें दिन बम्बई के बाहर जाकर, जगह नहीं है, इसलिए मुँह कड़वा करके प्रेम समारोह सम्पन्न करते हैं।'

मंजुला का चेहरा झट से खट्टा हो आया। काशी की कहानी सुनकर नहीं, उसका भी प्रेम हुआ था, शादी हो गयी थी, लेकिन...।

'मैं भाजी खरीदूँगी, जरा ठहरेंगी!' मंजुला ने कहा और रास्ते के किनारे खड़े भाजी के ठेले के पास रुक गयी। रूमाल में प्याज लिए, पर्स में मिर्चें, धनिया डाल दीं और हाथ में नारियल लेकर वह आगे चलने लगी। कुलकर्णी ईर्ष्या से उसकी ओर देख रही थीं। रहा नहीं गया तो बोल पड़ीं, 'लकी हैं आप, मिसेस खारकर!'

'आपको भी मिलेगी जगह। मैं भी पूछताछ करूँगी आपके लिए। हमारे आफिस में एक सुब्रमणियम हैं, उसको खाली मकानों का पता रहता है।'

कुलकर्णी ने दूसरा रास्ता पकड़ा, मंजुला तेजी से चल पड़ी। अभी बहुत दूर जाना था। घर जाकर खाना बनाना और पानी भरना था। स्नान करने की इच्छा थी, भूख भी लग आयी थी। शरद आया होगा तो चाय भी बनानी होगी, उसके लिए। शरद की याद होते ही मंजुला भौंचक्की-सी हो गयी। घर से बाहर आने के उपरान्त टिकट चेकर, गाड़ी का अन्धा भिखारी, आफिस का बॉस, सुब्रमणियम, एकाउण्टेंट काबले, मेरी डिसूजा, सरला साठे, चाय वाला महाराज, चर्चगेट के पास आँख मारने वाला बूढ़ा, गाड़ी में मिला वह गुजराती, काशी कुलकर्णी, भाजी वाला, भैया...शरद कहीं नहीं था इस सारे कार्यक्रम में। जिस पर असीम प्रेम कर यह गृहस्थी जमाई थी। उसमें शरद के प्रति आवेगपूर्ण खिंचाव-सा पैदा हुआ, लेकिन दूसरे ही क्षण उसका मन बर्फ हो गया और पैर धीमे हो गये।

सीढ़ियाँ चढ़कर वह मकान के पास आयी। शरद आया था और आराम कुर्सी पर लेटा था। चप्पलें निकालते हुये उसने पूछा, 'तुम कब आये?'

'अभी-अभी!'

'मेरी पाँच की ट्रेन जरा-सी देरी के कारण मिस हो गयी। टेबुल पर पर्स और भाजी फेंककर वह अन्दर के कमरें में गयी। बाल्टी में पानी नहीं था। जाते समय तो वह बाल्टी भरकर गई थी। शरद ने सारा पानी खत्म कर दिया होगा...मंजुला चिढ़ी। फिर बाल्टी भरकर पानी रखना चाहिये था। सुबह आफिस जाते समय निकाला हुआ पायजामा वैसे ही पड़ा था। उसकी साड़ी भी तो फैली हुई थी। पैर से ही साड़ी और पायजामा कोने में ठेल दिया।

बाहर से ही शरद चीखा, 'क्या कर रही हो, जरा बाहर हो के आयें?' 'हाँ, भई, मैं अभी तो आयी हूँ।' बाल्टी उठाकर वह नल के पास आयी। 'जरा मुँह धो लूँ, फिर चलते हैं।' शरद की ओर देखकर वह बोली। बरामदे की ओर गयी। पानी लाने को शरद उठा नहीं, इसका उसे दुःख हुआ। नल के पास लाचार होकर खड़ी रही। किसी की बाल्टी, किसी का मुँह धोना। उसने अपनी बाल्टी आधी ही भरी। पूरी उठाने की शक्ति किसके पास थी?

मुँह धोने और कपड़े बदलने के बाद उसे अच्छा लगा। खूब हल्का-सा, तरोताजा...। आयने में उसने अपना चेहरा ध्यानपूर्वक देखा और प्रसन्न होकर शरद से कहा, 'चलें?'

'अब कहाँ चलोगी, आठ बजे! धण्टे भर से तुम्हारा सजना चल रहा था।'

मंजुला गुस्सा हो गयी। वह कुछ बोलने ही वाली थी कि—

'अपने को छोड़कर तुम्हारा ध्यान कहीं और होता भी है? चाय के लिए भी मुझसे नहीं पूछा।'

मंजुला का चेहरा झट से उतर गया। उसे बहुत समय तक सूझ ही नहीं रहा था कि क्या बोले, क्या कहे? आखिर किसी तरह वह बोली, 'सॉरी, देखो ना, मैं इतनी थकी थी—और तुम्हें भी कहने को क्या हुआ था? ठहरो, मैं चाय चढ़ाती हूँ। गुस्सा न करना।'

शरद उदास हो गया। उसे दूर करते हुए बोला, 'रहने दो, मैं होटल में पी लूँगा। सचमुच न बनाना।'

उसे खुश देखकर वह बोली, 'फिर जायेंगे बाहर!' 'न, अब ऊब गया हूँ। जरा बाहर जाते हैं तो फौरन लौटने की बात करती हो। खाना बनाना है, पानी भरना है...' 'फिर हम बाहर खायेंगे और पानी भरेंगे सुबह।' 'बाहर खाने के लिए इधर तुम बहुत ललकती हो, पैसे कहाँ हैं? चाय के लिए दो आने हैं मेरे पास—'

मंजुला गुस्सा हो गयी। टेबुल पर पड़े नारियल को उसने जोर से तोड़ा। अन्दर का पानी पीने को उसका मन ललका, लेकिन उसने वैसे ही बहने दिया। रूमाल में रखे प्याज और पर्स में रखी धनिया लेकर वह गुस्से में ही अन्दर चली गयी।

शरद कुर्सी पर बैठकर सिगरेट पीने लगा, धुआँ छोड़ने लगा।

मंजुला ने सिगड़ी जलाई। प्याज-धनिया चीरी, भाजी का बरतन सिगड़ी पर रखा, उतारा चाय का पानी रखा, फिर उसमें प्याज छोड़े, चाय के लिए फिर नया पानी रखा।

शरद उसके पीछे आकर खड़ा रहा और मृदु स्वर में बोला, 'मंजू।'

मंजू की आँखें गीली हो आयीं। कंधे पर रखे उसके हाथ अपने हाथ में लेती हुई वह बोली, 'हुई जाती है चाय।'

'सचमुच मुझे नहीं चाहिये। क्यों बनाई, हम बाहर ही खाएँगे।'

'हो गयी चाय—' चाय छानते हुए मंजुला बोली। फिर भाजी को तड़का देते हुए बोली, 'बाहर क्यों? तुम्हारा प्रिय रस्सा बनाया है मैंने। देख लो...।'

शरद ने प्रेम से उसके कंधों को दबाया। फिर चाय पीकर बोला, 'और कुछ मत करना।'

'चपातियाँ बनाती हूँ!'

'नहीं, हाथ दुखेंगे तुम्हारे। मैं ब्रेड लाता हूँ।'

'वैसे थोड़ी ब्रेड और चपाती है। जा रहे हो तो सामने नया सिंधी होटल खुला है, वहाँ से मिठाई ले आना।'

मंजुला के लिखे चेहरे को देखकर शरद बोला, 'क्यों कुछ दोहद वगैरा...?'

मंजुला का चेहरा स्याह हो गया, वह भाजी चलाने लगी।

भावनाहीन-सा शरद कमरे के बाहर, मकान के बाहर चला गया।

आँखों में भरे आँसुओं को मंजुला ने मुक्त राह दी। आँखों की फिक्र करने की डाक्टर की सलाह उसे याद हो आयी। लेकिन आँसू और आ गये। डाक्टर ने हवा बदलने के लिए भी कहा था। मंजुला के हाथ-पैर की उँगलियाँ दर्द करने लगीं। चलने और खड़े होकर आने से उसके पैर दुख रहे थे। चार-पाँच घण्टे उसने टाइपराइटर पीटा था, उसकी आवाज उसके कानों में खटपट कर रही थी, बढ़ रही थी और अब तक जो ठीक था, वह सिर भी अब दर्द करने लगा।

खाना बनाकर वह बाहर के कमरे में आई। दरवाजा पूरा खुला था। कोने की टेबुल, आराम कुर्सी, पलँग, किताबें—सारी चीजों को सूनी नजर से मंजुला ने देखा। एक-एक वस्तु इकट्ठा करते समय कितना सुख मिला था। सिर्फ डेढ़ वर्ष बीता था, लेकिन आज ऐसा क्यों हुआ? इतनी जल्दी समूचा उत्साह खत्म कैसे हुआ? कष्ट तो पहले भी थे। लेकिन औरों की तुलना में मैं कितनी भाग्यशाली हूँ। काशी कुलकर्णी को मकान नहीं मिल रहा था, अलू विलमोरिया का पति कमा नहीं रहा था। मेरी गृहस्थी के लिए दो कमरे, दो नौकरियाँ फिर भी झगड़े, कहीं कुछ बिगड़ा है? क्या खराब हुआ है?

वह कमरे में यों ही खड़ी रहीं। फिर बरामदे में गयी। फिर कमरे में वापस आयी। बरामदे में खड़ा होना मुश्किल था। इतनी आवाजाही और गड़बड़। फिर खड़ा होने लायक कुछ था भी नहीं। किचन का धुआँ और फिल्मी गाने। अड़ोस-पड़ोस के लोगों के साथ बात करने का भी मन नहीं था। हर व्यक्ति दौड़-धूप में और हड़बड़ी में था। कमरे में ही ठीक लग रहा था और नहीं भी लग रहा था। साढ़े नौ बज गये थे और शरद अभी लौटा नहीं था। लगता था कि वह जल्दी आये और यह भी कि वह नहीं आये। वह आये तो खाना खाने से निबटा जा सकता था। लेकिन वह आया तो खाना खाने के बाद...मंजुला बहुत खिन्न हुई।

लेकिन शरद के आने पर वह खुश हो गयी। मिठाई देखकर वह और भी खुश हो गयी। उसने खाना लगाया, मिठाई और रस्सा बाँट लिया, शरद को अधिक दिया, फिर उसकी थाली में से कुछ खाया। आफिस के सुब्रमणियम के मजे बताये और शरद के साथ खूब हँसी। फिर भोजन के बाद शरद को कमरे के बाहर भेजकर उसने जूठन को साफ किया।

मंजुला बाहर आयी तो देखती है कि शरद ने बिछौने लगा लिए थे। सिगरेट फूँकता हुआ वह आराम कुर्सी पर बैठा था। फैले हुए बिस्तर और धुएँ को देखकर उसकी तरोताजा हुई मानसिकता एकदम बुझ गयी। उसे डर लगा, जुगुप्सा हुई, चिढ़ भी पैदा हुई। जरा देर के बाद वह बोली, 'सोने के समय सिगरेट क्यों पीते हो?'

'अभी सोने का समय कहाँ हुआ?'

'दस तो बज गये।'

'तो तुम सो जाओ।'

'लेकिन बत्ती के जलते मैं सो नहीं सकती।'

शरद चिढ़ा। सिगरेट का कड़ा-सा कश लेकर उसने बत्ती बुझा दी। बोला, 'तुम्हें बत्ती से तकलीफ होती है, सिगरेट से कष्ट होता है।'

मंजुला चुप रही। बिस्तर पर पसर गयी, आँखों पर हाथ लेकर लेटी रही। शरद गुस्से में उठा, दरवाजा लगाकर, बत्ती बुझाकर, पास वाली गद्दी पर लेट गया और सर्वत्र शांति फैल गई।

कुछ देर बाद शरद बोला, 'ओ...।'

किसी वेदना की अनगिनत सुइयाँ मंजुला को चुभ गयीं। जिससे वह डर रही थी, वह संघर्ष भूत की भाँति अँधेरे में खड़ा हो गया। ज्यों-त्यों वह बोली, 'ना।'

'गुस्सा हो गयी।'

'ना।'

'ऐसा क्यों कर रही हो, तुम्हें हुआ क्या है? आओ!'

'ना, मुझे सोने दो?'

अँधेरा था, लेकिन मंजुला ने आँख पर से हाथ नहीं हटाया। हाथ हटाकर शरद के गले में डालने की इच्छा हो रही थी, लेकिन उसके अवयवों में शक्ति ही शेष नहीं रह गयी थी। गद्दी से उसकी पीठ चिपक गयी थी और लग रहा था कि सिर ऊपर के शहतीर से टकरा जायेगा।

'नींद तो तुम्हारी गर्दन पर सवार रहती है। सो जाओ एक बार सदा के लिए।'

शरद के क्रोध भरे शब्दों को सुनते ही मंजुला उठ बैठी। कोसते स्वर में बोली, 'कितना चिढ़ रहे हो? चलो, हम गप्पें मारें, शतरंज खेलें, या घूमने ही चलते हैं।'

'ना, तुम सो जाओ, जागरण से तुम्हारी तबीयत बिगड़ सकती है।'

'मुझे क्या खाक हुआ है?'

'वही तो मेरी समझ में नहीं आता।'

शरद के शब्दों के पीछे छिपा उद्वेग मंजुला को महसूस हुआ। उसके उत्तर में असहायता और दु:ख का उबाल-सा आ गया। उसकी आँखें भर आयीं। समूचा शरीर सिहरने लगा। व्याकुल होकर उसने कहा, 'तुम गुस्सा हो गये हो—मैं जानती हूँ, लेकिन शपथ खाकर कहती हूँ मुझे आनन्द नहीं आता, इच्छा ही नहीं होती।'

'पहले तो सब कुछ अच्छा लगता था। इधर ही तुम बहक गयी हो। मुझे ही आजकल तुम पसन्द नहीं करतीं। इस पर कुछ ऐसा हुआ कि क्या बोला जाय? फिर भी उसने कहा, 'ऐसे सिर में खाक नहीं डालते। मुझे समझ लो!'

'सब समझता हूँ।'

'मैं थक जाती हूँ। खाना बनाकर, पानी भरकर, आने-जाने की तकलीफ से, आफिस के टाइपराइटर से।'

'मैं नहीं थकता हूँ? मैं नहीं काम करता हूँ? दुनिया में सारी औरतें काम कर रही हैं। काहे को रट लगा रही हो! ऐसा ही है तो नौकरी छोड़ दो, लेकिन यह मैं कैसे कहूँ? मेरा ही दारिद्र्य, दुर्बलता खुल जायेगी।'

मंजुला हैरान हो गयी। उसकी समझ में नहीं आ रहा था कि शरद को कैसे समझाया जाय, अपने मन को कैसे समझाया जाय? आखिर बहुत निश्चय से वह उठी, आँखें खोलकर—ओठ भींचकर।

'खिड़की मत बन्द करो!' शरद चिढ़कर बोला। 'उमस से जी पहले से परेशान हो रहा है।'

मंजुला सहमी। खिड़की से दूर होती हुई बोली, 'पड़ोस वाला मेहमान आजकल खिड़की के पास खटिया डालकर सोता है—जगह नहीं है इसलिए!'

'रहने दो, सो जाओ, हमेशा की भाँति।'

मंजुला चिढ़ गयी। आराम कुर्सी में शरीर को फैलाकर लेटी रही। भयावह शान्ति उससे सही नहीं गयी। वह बोली, 'अगले महीने हम हम सबसे पहले एक फैन लेंगे।'

शरद विकट रूप में हँसा, बोला, 'मतलब एक महीना तुम मुक्त हो गयी।'

मंजुला का माथा ठनका। कटुता से वह बोली, 'यह क्या तुम बोल रहे हो शरद?'

दुगुनी कटुता से शरद बरस पड़ा, 'झूठ बोल रहा हूँ। अपना पति-पत्नी का रिश्ता नहीं रहा, यह झूठ है।'

'शरद!...शरद...!' क्रोध से मंजुला थरथराने लगी। फिर धीरज छोड़कर आँसू बहाने लगी।

फिर शान्त हो गयी। कमरे में ही। कमरे के बाहर बर्तनों और झगड़ों की आवाजें और फिल्मी संगीत की चिल्लपों मची हुई थी और वह कमरे की शान्ति का साथ दे रही थी।

शरद गद्दी पर से उठा और कुर्सी के पैरों के पास बैठ गया। मंजुला ने उसके माथे पर ममतापूर्वक हाथ फेरा। शरद मृदुतापूर्वक बोला, 'ऐसा क्यों कर रही हो मंजुला तुम? पहले कितनी मजे में रहती थीं तुम? भूल गयीं सब? विवाह के बाद तुम्हारे गाँव में बिताया वह हफ्ता तुम्हें याद है? रात-रात जागते रहते थे हम लोग। भोर को भी कमरे से बाहर निकलने को तुम तैयार नहीं होती थीं और यहाँ भी शाम को घर लौटने पर मुझसे कितनी चिपक कर रहती थीं तुम...'

मंजुला का सिसकना असम्भव हो गया। वह अब फूट5फूटकर रोने लगी। बोली, 'हाँ शरद, सब याद है। शरद मैं तुमको बहुत प्यार करती हूँ। मैं तुम्हें बहुत चाहती हूँ, शरद!'

शरद आवेग से निकट आया। समझौते के स्वर में बोला, 'मैं तो तुम्हारा ही हूँ। तुम ही पागल का सा व्यवहार करती हो। मंजुला, औरों को तो इतना भी एकान्त नहीं मिलता। दस आदमियों के घर में देखो एक बार। और मजूरी को ही...ऐसे क्यों करती हो?...नयी अपूर्वता खत्म होने पर पहले की-सी कशिश नहीं रहती। फिर भी—!'

उसके हाथ कसकर पकड़कर मंजुला बोली, 'नयी अपूर्वता खत्म होने के बाद भी मैं तुम्हें चाहती हूँ शरद! लेकिन यह पसीने से तर दौड़-धूप, यन्त्र की तरह आचरण मुझसे सहा नहीं जाता। शरद, हम यहाँ से कहीं दूर जायेंगे। मुझे ले चलो—पहले मुझे यहाँ से कहीं ले चलो—।'

उसके शब्द और उसकी हिचकियाँ हवा में तैरती रहीं। बहुत देर बाद शरद की भर्रायी आवाज आयी, 'तुम ऊब गई हो। मुझे लगता है, तुम्हें बच्चा चाहिये!'

'हो सकता है, लेकिन बच्चा होगा तो मैं यहाँ बिल्कुल नहीं रहूँगी। मेरे बच्चे को इस तरह की...जाने दो काहे को यह चर्चा—?'

मंजुला के आँसू सूख गये। शरद ने भी अपने आवेग को रोका। रुँधे स्वर में वह बोला, 'जो स्थिति है, उसमें अगर हम समझौता नहीं कर पाये तो हम दुखी होंगे। मुझे भी कहाँ अच्छी लगती है या खींचातानी? लेकिन करेंगे क्या? दिन भर की परेशानी के बाद, थकान उतारने का एक ही उपाय है, उसे भी तुम...!'

शरद के उन शब्दों को सुनकर मंजुला का मन फट गया। उसे घृणा हो आयी, गुस्सा आया। उसके शरद को ऐसा नहीं मानना चाहिये, ऐसा नहीं बरतना चाहिये। उसे लगा उठकर कहीं दूर चली जाय।

इतने में शरद ने कुर्सी से उसे नीचे खींचा। चिढ़कर वह बुदबुदाया, 'महीने भर से यह सह रहा हूँ। तुम बहुत ही विचित्र हो गयी हो!'

वह नीचे आ गयी। शरद के आलिंगन में उसे आनन्द नहीं आया। उमस के कारण अधिक घुटन का बोध हुआ। लोकल में चारों ओर से मिलने वाले धक्कों की तरह उसका आलिंगन था और भीड़ के किसी आदमी का लिया हुआ चुम्बन—चिमटी की तरह।

चिढ़कर दूर ढकेलते हुये शरद ने उससे कहा, 'मरो!' मंजुला को लगा, सच अगर वह मर जाती। पति के साथ समरस होने की शक्ति ही नहीं रही उसके पास।—वह अपने से ही घृणा करने लगी और किस बात में अपनी रुचियाँ-अरुचियाँ, कल्पनाएँ-भावनाएँ धराशायी होने से बाकी रह गयी हैं? फिर इस बात के लिए—अनगिनत औरतें चुपके से मन को मार लेती हैं। तब उसका शरद भी ऐसा व्यवहार नहीं करता। व्याकुलता से तड़पकर वह बोली, 'आओ न, ले लो!'

'मैं शव से श्रृंगार नहीं कर सकता।' शरद उठकर बोला। 'आज से तुझसे मेरा सम्बन्ध खत्म। तुमने अपनी ओर से मुझे दूर हटाया है। तुम रह सकती हो, मेरे लिए असम्भव है। मुझे अपना सुख देखना होगा। तुम्हारी अकड़ नहीं चाहिये, मैं जा रहा हूँ।'

मंजुला के आँसू सूख गये। ललाट जालियों से भर आया, क्रोध में आकर वह चिल्लायी, 'जाओ, जहाँ जाना चाहते हो, वहाँ जाओ!'

'तुम्हारे बाप का डर है क्या?'

'लो, पर्स में पैसे भरे हैं, अगर चाहो तो!'

'जाओ!'

मंजुला का गुस्सा काबू के बाहर हो गया था। उसे लगा कि सिर फूटेगा, शरीर जलने लगेगा। लेकिन किसी भय ने उसे अकस्मात् आ घेरा। उसे लगा कि कष्ट और दु:ख से उसे चक्कर आ जायेगा। क्रोध और दु:ख की खींचतान में उसे बहुत पीड़ा होने लगी। अतिशय प्रयासपूर्वक उसने अपने को संयत किया। रेंगती हुई गयी और शरद के पैर पकड़कर बोली, 'क्षमा करो, मुझे शरण दो, मुझे समझ लो, मुझे तुम्हारी सख्त जरूरत है, लेकिन—'

शरद उसे घसीटता हुआ आरामकुर्सी की ओर गया। पत्थर की तरह धम्म से बैठ गया और सिगरेट जलाने लगा। मंजुला आर्त होकर उसके पास सरक गयी, अनुरोधपूर्वक बोलने लगी, 'और कैसे कहूँ? मेरी कल्पनाएँ कुछ अलग हैं, निराली है...मन जब प्रसन्न होता है, शरीर तरोताजा और वातावरण स्वच्छ, सुन्दर—तभी मेरी वृत्तियाँ खिल पाती हैं। यहाँ आस-पास चिल्लाहट, आवाजाही, रोना-धोना, गालियाँ ये सब सुनकर अच्छा नहीं लगता। पसीना आता है, मच्छर काटते रहते हैं, शरीर ऊब जाता है, सिर दुखता रहता है। सदैव ब्रेड के बासी टुकड़े, लोकल ट्रेन

की भूखी लालचभरी आँखें, टाइपराइटर की घनघनाहट तकलीफ देती है। फिर शरीर निढाल हो जाता है और मन उत्सुक नहीं होता। मैं पशु नहीं बनना चाहती। भावनाओं और वासनाओं का मैं सम्मान करती हूँ, उन्हें पवित्र मानती हूँ। मुझे इतना तो करने दो। मेरी विडम्बना मत करो शरद, मुझे बेइज्जत मत करो!'

मंजुला के टूटते हुये शब्द समाप्त कब हुये, उसे पता नहीं चला। सिसकियों में पिघल गये। उसकी रीढ़ की हड्डी फटने को थी, आँखें जल रही थीं। लोकल के लोग पीठ को धक्के दे रहे थे और आँखों में वासनापूर्ण नजरों से निरख रहे थे। रास्ते के अनेक अश्लील शब्द और चाल के असंख्य नन्हें बच्चे फेरे में नाच रहे थे; मच्छर काट रहे थे, पसीना जमा हो रहा था और शरद की गोद में माथा रखकर वह सो रही थी...।

✦

गिलहरी

✦

शान्ताराम

मुझे लग रहा था कि कहीं-न-कहीं कुछ दुख रहा है। यह निश्चित अहसास हो रहा था कि मुझे कुछ हो रहा है, लेकिन क्या हो रहा है, यह कहना सम्भव नहीं हो पा रहा था। सीने पर हाथ रखकर सो जाने पर नींद में कभी-कभी दम घुट जाता है—कुछ ऐसा ही हो रहा था वैसे मेरा काम धन्धा, पारिवारिक वातावरण, आर्थिक स्थिति, सब कुछ ठीक-ठाक चल रही थी, फिर भी मन स्वस्थ नहीं था। कुछ बीमारी मुझे हो गयी थी। ऐसी बीमारी कि जो दूसरे को नहीं दिखाई देती, जो भुक्तभोगी है, वही जानता है, लेकिन किसी से कुछ कहा नहीं जाता, कहने की इच्छा तो होती है, लेकिन कहा नहीं जाता—कुछ ऐसा ही दु:ख।

समझ में नहीं आ रहा था कि क्या किया जाये? शाम का समय था, अत: सोचा कि जरा घूमने चला जाऊँ। वैसे घूमने की भी विशेष उत्सुकता नहीं थी, लेकिन घर में आराम से बैठना भी सम्भव नहीं था, इसलिए बाहर आया और चार लोगों की भाँति रास्ता पकड़ा, लेकिन उनमें घुलना-मिलना नहीं हो सका। शायद लोग हर दिन की आदत से टहलने चले होंगे। हर दिन जाकर बैठने की उनकी कोई निश्चित जगह भी होगी, उनकी कदाचित् यह भी लग रहा होगा कि शाम के घूमने से मन ताजा हो जाता है। उन्हें जो भी कुछ लग रहा हो, मुझे तो उन जैसा नहीं लग रहा था। मुझे लग रहा था कि मैं हवा के साथ हवा बन जाऊँ, मिट्टी के साथ मिट्टी। मुझे लग रहा था, धूमिल सान्ध्य-प्रकाश की भाँति धूमिल सान्ध्य प्रकाश हो जाऊँ यानी क्या हो जाऊँ? मुझे ही समझ में नहीं आ रहा था, लेकिन कुछ लग रहा था—कुछ भारी-भारी-सा, कुछ सूक्ष्म-सा, कुछ-कुछ ज्ञेय, कुछ अज्ञेय, कुछ-कुछ गद्य, कुछ पद्य—कुछ ऐसा ही मुझे लग रहा था।

दो-तीन रास्तों को पार कर मैं गाँव के बाहर आ गया। कुछ लोग मेरे सामने से निकल गये, कुछ को मैंने पीछे छोड़ दिया। कुछ सवारियाँ मेरे शरीर पर से मानों वेग में भाग गयीं। दो-चार बादल मेरे सिर पर से धीमे से तैर गये। पेड़ों की दो-चार छायाओं को मैंने पैरों तले रौंदा। प्रकाश थका-सा क्षीण हो गया। फिर भी मैं चल रहा था। पंछी भी कहीं अकेले, कहीं दुकेले, कहीं झुण्ड में, पेड़ों पर बैठने लगे और अदृश्य भी हो गये पर मैं चल ही रहा था।

तभी रास्ते के किनारे पर मुझे एक गिलहरी दिखाई दी। उसे देखते ही मैं ठिठक गया और उसकी ओर बारीकी से देखने लगा। उसकी पीठ की सफेद, पीली, काली लकीरें लचकीली बनकर हिल गयीं। उसकी आँखें चमकीं, उसकी पूँछ लहरा गयी। उसकी गर्दन पीछे मुड़ी। मैं उसकी ओर देखने लगा। मैंने उसे पहचाना। मेरी परिचित और मेरी प्रिय गिलहरी। जैसे मैंने उसे पहचाना, वैसे उसने भी मुझे पहचान लिया। पीठ की लकीरें उसने झटके से हिलायीं। पूँछ को हवा में गोल-गोल घुमाया। गर्दन लचकाते हुये मेरी ओर मोड़ी और आँखों से मुझे इशारे करने लगी। मुझे लगा कि वह गिलहरी मेरी ओर देखकर मधुरता से मुस्करा रही है। मैंने उसकी दिशा में कदम बढ़ाये और उसे पकड़ने को हाथ फैलाये। इतने में ही वह पास वाले पेड़ पर सर-सर चढ़ गयी। पेड़ के पास जाकर मैंने उससे कहा, 'भागो नहीं, मैं तुझे नहीं पकड़ूँगा, डरो नहीं!'

पूँछ को हिलाकर, पेड़ के तने से लटककर वह मुझसे बोली, 'मैं क्यों डरूँ? आप पकड़ने की कोशिश करेंगे भी तो मैं पकड़ में नहीं आने वाली।'

'ओह! मानो गिलहरी किसी की पकड़ में आती ही नहीं?

'अगर पकड़ में आ जाये तो वह गिलहरी नहीं रहती।'

'गिलहरी नहीं रहती तो क्या हो जाती है?'

'वह मैं क्यों बताऊँ, मुझे तो वैसा अनुभव नहीं, मैं अपने बारे में इतना जानती हूँ कि मैं आपके हाथ में नहीं आने वाली।'

'अरी, मैंने तुझे पकड़ने का प्रयत्न ही नहीं किया, सचमुच नहीं किया।'

'झूठ मत बोलिये, मुझे पकड़ने के लिए आपके फैले हुये हाथों को मैं देख चुकी हूँ।'

'अरे, सचमुच जान लिया मुझे तुमने।'

सचमुच मैं पकड़ा गया था। कितना ही इनकार करूँ तो भी इसमें सन्देह नहीं कि उसे पकड़ने की इच्छा मेरे मन में थी। मैंने अपने से उस इच्छा को न अस्वीकार कर सकता था, न छिपा सकता था, छिपाऊँ तो कैसे और कहाँ? दीये जल गये थे और एक दीया तो बिलकुल मेरी बगल में जगमगाने लगा था। रास्ते के उस दीये ने मेरे तीन रूप प्रकाश में प्रस्तुत किये—एक मैं और मेरी दो छायायें, एक छाया मुझसे बड़ी तो दूसरी मुझसे बिलकुल छोटी। मेरी इन तीनों प्रतिमाओं में एक बात स्पष्टत: दिख रही थी। गिलहरी को पकड़ने के लिए उत्तेजित मेरे दोनों हाथ। उन्हें कैसे छिपाऊँ? फिर भी छिपाने की चेष्टा में मैंने अपने दोनों हाथ पैण्ट की जेब में डाल दिये और कहा, 'यह देखो, अब मैंने अपने दोनों हाथों को कैद कर दिया है, मैं तुम्हारे साथ सिर्फ बोलना चाहता हूँ, सिर्फ शब्द-मैत्री।'

'हाँ, यह ठीक है, सिर्फ शब्द-मैत्री मंजूर है।' यह कहती हुई वह पेड़ पर थोड़ा और ऊँचा चढ़ गयी।

'तुम मुझसे अब भी डर रही हो?'

'डरती तो नहीं, लेकिन अन्तर रखना अच्छा है। शब्द-मैत्री के लिए अन्तर आवश्यक ही है।'

'हूँ!'

'हुँकार भरकर क्यों प्रारम्भ कर रहे हैं?'

'तो क्या ओंकार से प्रारम्भ करूँ?'

'इस तरह सूक्तियों में मत बोलिये।'

'सुसूत्र बोलूँ या नहीं?'

'आप तो बोलने से अधिक बोलने का प्रस्ताव कर रहे हैं।'

'क्या बोलूँ?'

'आप क्या बोलिये, यह मैं कैसे बताऊँ?'

'बताओ न!'

'वाह! इतने बड़े कवि हैं आप और बोला क्या जाये, यह भी आपको बताया जाये?'

'अब मैं कवि नहीं हूँ।'

'अब कवि नहीं, ऐसा भी कभी हुआ है! आज कवि और कल कवि नहीं—ऐसा होता भी है कभी? जो कवि है, सो तो है ही—कल भी, आज भी, कल, परसों, नरसों।'

'सचमुच मैंने कितने ही दिनों से कविता नहीं लिखी।'

'कविता लिखी नहीं। कविता रची भी जाती है! मुझे लगा...'

'तुम्हें क्या लगा?'

'कुछ नहीं।'

'फिर भी।'

'सचमुच कुछ भी नहीं।'

आँखों को मिचकाते हुये उसने पूँछ को हिलाया। उसका पूरा शरीर लचक गया। मेरी समझ में ही नहीं आ रहा था कि क्या बोला जाये? मैंने उसकी ओर सिर्फ देखा। वह फुर्ती से पेड़ पर चढ़ी और तुरन्त लौट आयी। मेरी ओर देखकर बोली, 'देखते क्या हो? कुछ बोलो तो!'

'मेरी समझ में ही नहीं आ रहा है कि क्या बोलूँ? तुम भी मेरी तरह सिर्फ देखती रहो।'

'क्या कवि को देखा जाता है?'

'क्यों, मैं देखने के काबिल भी नहीं हूँ क्या?'

'नहीं...वैसे कुछ देखने के लायक हैं आप! लेकिन कवि को देखा जाता है या सुना जाता है?'

'मैंने कहा न कि मैं अब कवि नहीं हूँ।'

'अच्छा! अच्छा! लेकिन आप आजकल कविता...क्या कहना चाहिये...हाँ,... रचते क्यों नहीं?'

'मुझसे कविता होती ही नहीं आजकल।'

'फिर इधर आपसे क्या होता है?'

'आजकल मुझे बीमारी लग गयी है।'

'काहे की बीमारी?'

'सब प्रकार की बीमारी।'

'मतलब कि आपको कोई बीमारी नहीं है।'

'है री है, मुझे बहुत बीमारियाँ हैं। कभी हाथ-पाँव दुखते हैं, कभी पेट दर्द करता है। कभी सिर, तो कभी हृदय...तो कभी कुछ और ही।'

'हाय! हाय!'

'तुम मजाक उड़ा रही हो न, मेरी बीमारी का!'

'छि: मजाक काहे का, बहुत बुरा लग रहा है। अच्छा कविता नहीं, तो फिर आजकल आप करते क्या हैं?'

'ऐसे ही कुछ—पेट पालन का धन्धा।'

'ओ हो! पेट पालन का धन्धा! यह क्या कहने की बात है? क्या मेरे नहीं है पेट?'

'क्या तुम्हारे पास भी है पेट, हमारी तरह?'

'तो फिर?' यह कहते हुये वह कुछ मुड़ गयी और उसने अपना नन्हा-सा चिकना पेट मुझे दिखाया। उसने मुझे अपना पेट जरा-सा ही दिखाया और फिर तुरन्त उसे छिपा लिया। वह जरा-सी लजा गयी। मैं खिलखिलकर हँसा। मेरी हँसी उसके ध्यान में आयी। उसके चेहरे से लगा कि वह गुस्सा हो गयी है, फिर वह बोली, 'क्यों, ऐसा हँसने लायक क्या हुआ?'

'कुछ नहीं, मुझे औरतों की याद हो आयी थी। पेट दिखाया जाये या नहीं, दिखाना हो तो कितना। इस पर हमारी औरतों के फैशन निर्भर रहते हैं।'

'यह बात है, मुझे लगा, आप मेरा पेट देखकर हँस पड़े थे।'

'ना, ना, मुझे तो तुम्हारा पेट पसन्द आया।'

'अच्छा, तो एक काम करेंगे।'

'क्या?'

'मुझे आप अपना पेट दिखाइये न!'

उसकी इस माँग से मैं हड़बड़ा गया, बहुत झेंपा। मेरी झेंप देखकर वह नटखटपन से बोली, 'जाने दीजिये, मैंने यों ही कहा, आपका पेट मैं क्यों देखूँ? वैसे मैंने हाथी का पेट तो देखा ही है। कुछ भी हो, आपका पेट हाथी के पेट जितना बड़ा तो है नहीं, है न?'

मैं कुछ नहीं बोला। समझ में नहीं आ रहा था, क्या बोलूँ और बोलने को मन भी नहीं हो रहा था।

अब तक जेब में ठूँसे हाथ उसे पकड़ने को फिर से उत्तेजित हो रहे थे। उसी ने फिर बोलना शुरू किया, 'देखिये, मैंने अभी-अभी आपकी कविता देखी।'

'मेरी कविता?' अधीर होकर मैंने पूछा।

'हाँ—हाँ--हाँ, आपकी कविता।'

'मैंने तो अभी कोई कविता नहीं लिखी।'

'फिर वही! कहा न, अभी-कभी की बात ही नहीं है। मैंने आपकी कविता देखी।'

× × ×

उसके बाद पेड़ के तने के चक्कर काटती हुई, वह कितने ही समय तक फुदकती रही, कूदती रही और लगातार कहती रही, 'मैंने आपकी कविता देखी!'

एक बार तो वह मेरे पैर से सटकर निकल गयी। पूर्ववत् तने पर स्थित होने के बाद मैंने उससे पूछा, 'कहाँ देखी तुमने, मेरी कविता?'

'अरे एक बार क्या हुआ कि मैं एक रद्दी के गट्ठर पर बैठी थी।'

'रद्दी के गट्ठर पर!' शब्द सुनते ही थूक निगलने लगा। एक बार थूक निगलने पर सन्तोष नहीं हुआ तो तीन-चार बार जोर की साँस ली।

'ऐं? ऐसे साँसें क्यों भर रहे हैं? सुनिये तो?'

'वही तो कर रहा हूँ।' हताश होकर मैंने कहा।

'तो हुआ यह कि रद्दी में एक अपना ही चित्र मुझे दिखा।'

'तुम्हारा चित्र?'

'हाँ, मेरा चित्र। मुझे नहीं जँचा वह, क्या मेरे चित्र भी लोग खींचते हैं?'

'क्यों, क्या इतना खराब था?'

'बहुत ही खराब, मैंने फाड़ ही डाला उसे।'

'ओह!'

'ओह क्यों? निगोड़े मजाक उड़ाते हैं मेरा। हाँ, उस चित्र की दूसरी तरफ आपकी कविता थी।'

मुझे याद आया। बहुत दिन पहले लिखी मेरी कविता मुझे याद आयी। उस कविता की पहली पंक्ति मेरे मुँह से निकल गयी—'मेरे शब्द तुम्हारे विभ्रम।'

'हाँ वहीं,...बिलकुल वहीं।' 'कैसी लगी, तुम्हें वह?'

'समझ में नहीं आयी।' 'अरी, वह कविता तो तुझी पर लिखी थी।'

'मुझ पर... मुझ पर कहाँ? वह तो अच्छे-खासे कागज पर लिखी थी।'

'बेकार की बात मत करो, ढंग से सुनो। उस कविता का विषय तुम ही थी।'

'फिर मैंने क्यों नहीं समझा?'

'बात यह है कि कला में जब संस्कार होता है तो सारी वस्तुयें बदल जाती हैं।'

'ओह! कितना कुछ जटिल बोल रहे हैं आप? जरा आसान नहीं बोल सकते?'

'कठिन बातों को आसान नहीं बनाया जा सकता।'

'फिर क्या आसान बातों को कठिन किया जाता है?'

'ऐसा नहीं है। कविता में तो यह परिवर्तन करना ही पड़ता है।'

'हाँ, लेकिन इतना परिवर्तन तो मत कीजिये कि जिस पर कविता लिखी हो, उसी की पहचान में कुछ न आये।'

'फिर होता यह है कि काल दौड़ता रहता है, बदलता रहता है। उसे पकड़ना कला के लिए भी सम्भव नहीं हो पाता।'

'क्या कह रहे हैं, काल दौड़ता रहता है, मुझसे भी तेज दौड़ता है क्या वह?'

'हाँ-हाँ, तुमसे भी तेज।'

'झूठ, सफेद झूठ!' वह रूठ गयी।

'रूठना नहीं मित्र! मेरे कहने का अभिप्राय यह है कि हम सब सतत् बदलते रहते हैं। मैं बदला, तुम बदले, सब कुछ बदला और बदलता जायेगा।'

'ना, ना, मैं तो नहीं बदली बाबा! मैं जैसी थी, वैसी ही हूँ। बिलकुल वैसी ही, चाहो तो देख लो।' वह सीधे मेरे पास आ गयी। बिलकुल निकट और इतराती हुई बोली, 'देखो, ठीक से देखो।'

मैंने इतने निकट से उसे कभी देखा ही नहीं था। उसका कहना ठीक ही था। मैं भी सर्वथा गलत नहीं था। उसके बाल थोड़े पक गये थे। मैंने कहा, 'तुम्हारे बाल पकने लगे हैं।'

'हटो! तुम कुछ नहीं समझते। मेरे बाल पक नहीं रहे हैं, खासे चमकते हैं। वाह रे कवि! इतना भी नहीं समझते? लेकिन आप तो कवि हैं ही नहीं। कवि होते तो कविता करना क्यों छोड़ते? आप कवि नहीं हैं।'

उसकी बात का स्वर मुझे खिझाने का था, चिढ़ाने का था। मुझे वह अच्छा नहीं लगा। मुट्ठियाँ भींच कर मैंने आवेश में कहा, 'मैं कवि हूँ, मैं कवि हूँ तुम क्या समझ रही हो?'

'और क्या समझूँ? यही कि आप कवि नहीं हैं।'

'मैं तुमसे तीन बार कहता हूँ, डँके की चोट पर कि मैं कवि हूँ।'

'तो फिर लिखिये मुझ पर कविता।'

'अभी बनाये देता हूँ।'

'ऐसी बनाइये कि मैं उसे पहचान सकूँ।'

'पहचान सकोगी, लेकिन अब तुम बदलो मत?'

'मैं बदलती नहीं, बदली भी नहीं हूँ। कहा न!'

'नहीं, बात यह है कि तुम्हारी जवानी के बारे में लिखूँगा और कविता के पूर्ण होने तक तुम्हारी जवानी टिकेगी नहीं।'

'मैंने कहा न, ऐसा कुछ नहीं होगा। लिखना तो आता नहीं और कहते हो तुम मत बदलना।'

'मैं लिख सकता हूँ। मैं अच्छा लिखता हूँ, समझी!'

'समझी, लेकिन लिखकर दिखाइये।'

'अभी लिखता हूँ।'

'अभी मत लिखिये, जल्दबाजी मत कीजिये। मेरी तरह जल्दबाजी सबसे न निभेगी न शोभा देगी।'

'समझ गया, लेकिन मैंने तुम पर कविता लिखी तो तुम मुझे क्या दोगी?'

'मैं क्या दूँगी?'

'कुछ तो देना ही पड़ेगा।'

'लेन-देन के लिए कविता लिखी जाती है क्या?'

'ना-ना ऐसा तो नहीं है, लेकिन कुछ-न-कुछ देना ही पड़ेगा।'

'क्या चाहते हैं?'

'एक बार तुम्हें पकड़ना चाहूँगा।'

'ना, ना!'

'अच्छा जरा छूने तो दोगी।'

वह किसी दार्शनिक की भाँति विचार करने लगी। क्षण भर के लिए चित्र की भाँति स्थिर और निश्चल हो गयी। दूसरे ही क्षण वह अपना समूचा शरीर झँझोड़ने लगी, फिर तनकर बोली, 'सिर्फ स्पर्श, मंजूर है। लेकिन स्पर्श इस तरह कि उसकी छाप शरीर पर अंकित न हो।'

'मतलब!'

'मतलब यह कि आपके प्रभु रामचन्द्र ने एक बार मेरी पीठ पर हाथ फेरा और उनकी अँगुलियाँ मेरी पीठ पर सदा-सदा के लिए अंकित हो गयीं, ऐसा नहीं होना चाहिये। स्पर्श ऐसा हो कि उसे वही जाने जिसे जानना है।'

'मंजूर।'

'मंजूर...।' कहते हुए वह देखते-ही-देखते मेरी आँखों से अदृश्य हो गयी मैंने तने की ओर देखा—शाखाओं को देखा, वह लुप्त हो गयी थी।

× × ×

एकाएक मेरे पैरों में स्फूर्ति उत्पन्न हो आयी। मैं जोर से दौड़ने लगा। घर की दिशा में मैं दौड़ने लगा—भयानक वेग से, वायु की तरह तेज दौड़ने लगा। वायु के साथ उड़ने वाली धूल की तरह मैं बेसुध दौड़ने लगा...हाँफते-हाँफते घर आकर हड़बड़ी में मैंने अपनी कविता की नोट-बुक निकाली और कलम से पंक्तियाँ झर पड़ीं।

—रूप चंचल, भाव चंचल...

मेरी पहली पंक्ति पूरी ही हुई थी कि पत्नी रसोईघर से निकलकर मेरे पास आयी और गुस्से में बोली, 'आपका ध्यान कहाँ रहता है?'

मेरी समझ में उसका प्रश्न नहीं आया, मैंने उसकी ओर ऐसे देखा जैसे शून्य में देख रहा हूँ।

'देखते क्या हो? तुम्हारा ध्यान भी होता है, कभी मेरी ओर।'

'मैंने समझा नहीं, तुम्हारी ओर नहीं, तो किस ओर होता है?'

'वही तो पूछ रही हूँ मैं। अभी-अभी रास्ते की ओर क्या देख रहे थे?'

'कब?'

'अजी साहब, मैं बाजार से तरकारी ला रही थी। आपने मेरी ओर देखा, मैंने आपकी ओर देखा। मुझे लगा कि आप कुछ बोलेंगे, लेकिन आपने गर्दन मोड़ ली।'

'सच?'

'तो क्या मैं झूठ बोल रही हूँ?'

'तो क्या वह तुम थीं?'

'तो और कौन था?'

'कोई नहीं-वाकई कोई नहीं।' मैं मुस्कराया और उसे अपने पास खींच लिया। वह मेरे गले से लिपअ गयी और मुझे एक अपूर्व आनन्द का अहसास हुआ। लगा कि मेरे सारे दु:ख दूर हो गये हैं। घर लौटते समय मेरे शरीर से लगी

हवा फिर मेरे रोम-रोम में सरसराने लगी। अपनी पत्नी के दृढ़ आलिंगन में मैं समा ही नहीं रहा था।

मेरी पत्नी का ध्यान मेरी नोटबुक की ओर गया और उसने आश्चर्य से पूछा, 'यह क्या?'

'तुम पर कविता लिख रहा हूँ।'

'जरूर लिखिये। मुझ पर कविता लिखना इधर आपने छोड़ ही दिया है।'

'अरी, कविता ही लिखना मैंने छोड़ दिया है।'

'ऐसा नहीं भई, आप अवश्य लिखिये। मैं अच्छी चाय बनाकर ले आती हूँ।'

अपनी कविता को मैं ठेलने लगा, लेकिन एक शब्द भी आगे नहीं बढ़ी। बहुत सोचा। सिर खुजलाया। मेरी वह पहली पंक्ति आगे नहीं बढ़ी। मैंने खूब प्रयत्न किया कि कविता को आगे खींचूँ लेकिन सब व्यर्थ! वह पंक्ति कागज पर मोह की भाँति चिपक गयी थी। उसे आगे ठेलना मेरे लिए सम्भव नहीं रह गया था। मुझे लगा, मेरा सिर दर्द कर रहा है। मेरे हाथ दुखने लगे हैं, पैर दुखने लगे हैं, समूचा बदन दुख रहा है, लेकिन समझ में नहीं आ रहा था कि दु:ख निश्चित रूप से कहाँ है...ऐसा दु:ख, जो होता तो है, लेकिन दिखता नहीं, ऐसा दुख, जो सहना तो पड़ता है, लेकिन बताया नहीं जा सकता।

अनु०—**चन्द्रकांत बांदिवडेकर**

✦

ऐसा और वैसा

✦

गंगाधर गाडगिल

सदाकाका रात को सोते में ही चले बसे। कोई वैसे जाता है। विष्णु कैंसर से गया। विष्णु सदाकाका का बचपन का मित्र था। स्वाभाविक था कि सदाकाका उसे देखने गये। उसकी तबीयत के बारे में पूछताछ करने लगे, लेकिन विष्णु बीमारी के बारे में कुछ कहने को तैयार ही नहीं था। स्कूल की पुरानी यादों की बातें करने लगा। उसका बोलना भी ढंग से समझ में नहीं आता था, लेकिन सदाकाका अपनी गर्दन हिला रहे थे। एक याद से विष्णु हँसी से लोट-पोट हो गया। उसका पेट हिला और वह घबरा गया। विष्णु की पत्नी गुस्से से सदाकाका की ओर देखने लगी। उनका तो कोई दोष नहीं था, लेकिन समझायें कैसे? विष्णु तो अचेत हो गया था। उसे हँसना नहीं चाहिए था।

वामन को मधुमेह था, परहेज नहीं करता था। इंजेक्शन लेने से इन्कार करता था। पैर में कहीं जरक हो गयी। वामन डाक्टर के पास गया ही नहीं। प्रकरण गैंगरीन तक पहुँचा। डाक्टर ने कहा, 'पैर काटना होगा।' वामन धाड़ मारकर रोने लगा, कहने लगा, 'नहीं आपरेशन से मुझे डर लगता है।' फिर कहीं से अँगारा लाया और लगाने लगा। लगातार कहता था कि मुझे अब ठीक लग रहा है। अँगारे से लाभ हो रहा है। फिर एक दिन रोने लगा कि मैं मर जाऊँगा, लेकिन मरते समय वह होश में था ही नहीं। इसलिए उसे डर नहीं लगा।

रिबेही का अलग ही मामला था। सदाकाका के आफिस में था सरल, सादा आदमी। सबकी सेवा करने को तैयार। लेकिन सेवा निवृत्ति का समय आया तो सब पर चिढ़ने लगा, फिर चिढ़ना समाप्त हुआ और हँसने लगा। अपने से ही हँसता रहा। हँसते-हँसते उसने खूब पैसा खा लिया, किसी को कुछ पता ही नहीं चला। बाद में वह खूब ऐश करना चाहता था, लेकिन वह तो पागल ही हो गया। चौथी मंजिल से कूद गया और मामला खत्म हुआ। आखिर ऐश उसके बच्चों ने किया।

इस तरह एक-एक की न्यारी कथा है। सदाकाका तो सोते में ही रात को चल बसे। भेंट के लिए लोगों को बुलाया, सम्पत्ति का प्रबन्ध, बच्चों से अन्तिम चार बातें कहना, इनमें से कुछ नहीं हुआ। अचानक चल बसे। एक दृष्टि से ठीक ही हुआ। सदाकाका ठीक-ठाक और टीप-टाप से रहने वाले व्यक्ति थे। एक दृष्टि से ठीक ही हुआ। वह बीमारी, बढ़ी हुई दाढ़ी, बिस्तर पर टट्टी-पेशाब करने से बेहद

नफ़रत करते थे। बेडपैन लाना ऐसा कुछ नहीं चाहते थे। उनकी किस्मत में यह सब नहीं लिखा था। सोने के समय तक उन्होंने ही अपना सब कुछ किया और ढंग से बिस्तर पर ही चल बसे।

वैसे टीप-टाप में कुछ तो कसर रह ही गयी। हुआ यह कि उनका सिर अन्त में तकिये पर ढंग से नहीं था। बिस्तर के एक तरफ लुढ़क गया। उनको यह बिल्कुल ही अच्छा नहीं लगता। फिर आँखों का अधमुँदी रहना, मुँह खुला रहना इत्यादि बातों से उन्हें घृणा थी। उनकी पत्नी वैसे सुन्दर थीं, अच्छी थीं, लेकिन सोने में उनकी आंखें आधी ही मुँदी रहती थीं और कभी-कभी मुँह खुला रह जाता था। इसलिए सदाकाका सदैव उनकी ओर पीठ करके सोते थे। सतत् एक करवट पर सोने से उन्हें परेशानी तो होती, लेकिन क्या करते? आखिरकार नलिनीबाई चल बसी, तब कहीं सदाकाका मुक्त होकर सो सके। ऐसा नहीं कि नलिनीबाई से उन्हें प्रेम नहीं था। हार्दिक प्रेम करते थे, लेकिन सोते समय उनकी आँखें आधी खुलीं और मुँह फैला रह जाता था। यह उन्हें रुचिकर नहीं था।

खैर खुदा का! अनन्त का जो हुआ वह सदाकाका का नहीं हुआ। अनन्त गिरगाँव की एक चाल में रहता था। संडास के दरवाजे के पास प्रतीक्षा न करनी पड़े, इसलिए भोर को पाँच बजे ही अपना काम निबटा लेता था। ऐसे ही एक दिन वह संडास में गया था कि चाल का सारा भाग गिरकर नीचे आ गया। रात भर धुँआधार वर्षा होती रही थी, इसलिए ऐसा हुआ होगा। बेचारा अनन्त राम! आदमी की विडम्बना भी हो तो यही है? सदाकाका को तुलना में किस्मत वाला ही समझिये।

सदाकाका को लगता था कि अपनी वजह से दूसरों को कष्ट न हो। वैसे सिर पर आ ही जाता तो बच्चे कर लेते। आसपास के लोग भी खड़े रहते, सहायता के लिए। लेकिन वे मन में कुढते-सिंकते ही रहते। कहते थे, क्या परेशानी है! ऐसा नहीं कि बच्चों का प्रेम नहीं था उन पर। वे भी जानते हैं कि बीमार आदमी लाइलाज होता है, लेकिन तकलीफ तो आखिर तकलीफ ही होती है। उसे कौन क्या करेगा? पिता जी अर्धांग रोग से लुंज-पुंज हो गये, तब सदाकाका भी ऊब ही गये थे। लगता था कि यह सब जल्दी खत्म हो जाय तो अच्छा है। अपने बारे में ऐसा कुछ न हो, यह सदाकाका की इच्छा थी। सौभाग्य से सब कुछ उनके मन के मुताबिक ही हुआ था।

लेकिन दैवयोग भी तो देखिये। सदाकाका की बहू पहले से ही रोगी थी। वैसे उसकी काठी काफी मजबूत थी, लेकिन उसे कुछ न कुछ होता ही रहता था। हुआ यह कि सदाकाका प्रातः कब चल बसे यह किसी को पता ही न चला। बहुत देर तक पता नहीं चला, कैसे पता चलता? सुबह का समय कुछ हड़बड़ी का होता है। फिर बहू कामधाम के मामले में जरा सुस्त थी, इसलिए सुबह उसको जरा जल्दी रहती थी। इसी कारण उसे पता ही नहीं चला कि सदाकाका सुबह

चाय के लिए नीचे उतरे या नहीं। जब पति आफिस जाने को तैयार हो गये, तब वह सदाकाका के कमरे में गयी। उनको सम्बोधित कर, अपनी ही धुन में वह उनके बिस्तर तक पहुँच गयी। उसने देखा कि उनकी गर्दन लटक रही है, मुँह खुला है और अधमुँदी आँखों से वे उसकी ओर देख रहे हैं। वह एकदम से गश खाकर गिर पड़ी।

उसकी चीख सुनकर पति दौड़ते हुये आये और उसके बाद जो हो-हल्ला मचा कि कुछ मत पूछिये! दौड़-धूप कर डाक्टर लाया गया। उन्होंने कुछ इलाज किया और स्पेशलिस्ट को बुलाने के लिए कहा। बहू की बहन दौड़ती हुई आयी, भाई आया, उसकी माँ आयी, रोने-धोने लगीं। बहू की माँ सदाकाका को ही गालियाँ बकने लगी। सब लोग दो-चार घण्टे बहू के सिरहाने बैठे रहे। इसी झमेले में सदाकाका की तरफ ध्यान देने को किसी को फुर्सत ही नहीं हुई। एक कौवा खिड़की के द्वार पर बैठकर लगातार कर्कश स्वर में चिल्लाता जा रहा था।

यह तो अच्छा हुआ कि सदाकाका की लड़की आ गयी थी, बेचारी अकेली सदाकाका के शव के पास बैठी रही। अन्यथा वह कौआ साहस कर कमरे में जाता और सदाकाका की आँख में चोंच घुसेड़ देता, ऐसी वारदातें हुई हैं। सदाकाका के गाँव में ही हुई हैं। लेकिन जाने दीजिये, कहने की बात इतनी ही है कि सदाकाका ने वह दृश्य तरुणाई में ही देखा था और जीवन भर उसकी याद आने पर आँखें भींच लेते थे, मुँह बिचका लेते थे और मजे की बात तो यह थी, बीच-बीच में कम्बख्त वह याद आती ही रहती थी। सौभाग्य से सदाकाका की देह की ऐसी दुर्दशा होने से बच गयी।

बस इतना ही, एक मनुष्य अपना अच्छा-बुरा जीवन जी कर समाप्त हो जाता है, उसकी यात्रा खत्म हो जाती है। कुछ भी कहिये, यह प्रसंग है तो गम्भीर। उनके जुड़े हुए अनुबन्ध समाप्त हो जाते हैं। ऐसे समय सगे-सम्बन्धी उसके पास आएँ, चार आँसू गिरायें, याद करें, यह सब ठीक ही है। किसी भी व्यक्ति को ऐसी अपेक्षा हो तो उसमें गलत क्या है? क्योंकि यह प्रसंग खत्म होते ही हर कोई अपने-अपने काम में लग जाता है। फिर जो चल बसता है, उसको याद करने की फुरसत किसको होती है? कभी याद हुई तो हुई। सदाकाका की भी इच्छा'थी कि उनके गुजर जाने के बाद चार लोग उनकी याद में आँसू गिरायें, उनको याद करें, उनकी तस्वीर घर में लगायी जाये, लेकिन ऐसा कुछ नहीं हुआ। हाँ, उनकी एक लड़की ने आँसू जरूर बहाया, लेकिन उनकी दूसरी लड़की दूसरे गाँव में थी। नाते-रिश्ते के लोग भी गाँव में नहीं थे। मित्र थे, लेकिन उनको किसी ने सूचना नहीं दी। कैसे सुझाया जाता कि मित्रों को सूचित करना चाहिए? बहू इस तरह अकस्मात् अस्वस्थ हो गयी थी। आखिर अड़ोस-पड़ोस के लोगों ने पहल करके किसी तरह सदाकाका के अन्तिम संस्कार कर लिये।

ठीक है भई, उस समय ढंग से कुछ नहीं हुआ तो कम-से-कम बारहवें-तेरहवें दिन चार लोग इकट्ठा होते, लेकिन बहू की बीमारी बढ़ती ही गई। इसलिए वैसा भी कुछ नहीं हुआ और फोटो के बारे में तो यह हुआ कि सदाकाका का फोटो घर में लगा ही नहीं। विचित्र बात है कि जो फोटो घर में लगे हुए थे, वे भी निकाल दिये गये क्योंकि बहू उन्हीं के कारण बीमार पड़ गयी थी। स्थिति कुछ ऐसी थी कि उनका फोटो देखकर भी वह गश खाकर गिर जाती। उसके मन में बात बैठ गई थी कि उसका ससुर उसका बुरा चेत रहा था। वह मरा और प्रेत बाधा करने लगा। ऐसी स्थिति में सदाकाका का बड़ा फोटो कैसे घर में लगेगा?

लड़के को फोटो लगाने की इच्छा होनी चाहिए थी परन्तु उसे तो अपनी पत्नी की तबियत की फिक्र ही ज्यादा थी। यह भी स्वाभाविक है। पत्नी का मामला कुछ बिगड़ा कि सारी गृहस्थी चौपट। नहीं लगा बाप का फोटो घर में, तो ऐसा क्या नुकसान होने वाला है? फिर वह भी तो सदाकाका से चिढ़ा ही था। क्योंकि जिस दिन सदाकाका मरे उसी दिन उसकी कम्पनी में गल्फ कण्ट्रीज में लोगों को भेजने के लिए चुनाव होने वाला था। उसके लिए सदाकाका के लड़के का नाम भी दिया गया था। उसे मुलाकात के लिए बुलाया भी गया था, लेकिन ऐसे समय पर सदाकाका ने घोटाला कर दिया। पिता जी मरे और फिर उसकी पत्नी बेहोश हो गयी। ऐसे में आदमी आफिस में जाय भी, तो कैसे? सदाकाका के लड़के के हाथ से यह स्वर्श अवसर निकल गया, इसलिए वह बहुत नाराज हो गया, फिर उसे याद हो आया कि उसने सदाकाका से एक बार नौकरी के लिए सिफारिश करने को कहा था, लेकिन उतना भी उनसे नहीं हुआ। और एक बार पैसा कमाने का अच्छा अवसर आया था, लेकिन सदाकाका के कारण उसने उसे भी गँवा दिया।

सदाकाका ने अपने बच्चों का भला भी खूब किया था। यह खार में इतना बड़ा बंगला अपने पैसे से उन्होंने बनवाया था, जो उनके बाद बच्चों को ही मिलने वाला था। और जाने दीजिए, बहुत लम्बी सूची होगी, लेकिन इससे होता क्या है? कोई व्यक्ति बुरा है, यह मन में बैठा तो उसकी बुराई ही याद आने लगती है। सदाकाका के लड़के के साथ भी ऐसा ही हुआ और सदाकाका का फोटो घर में लगाया जाय, यह बात उसके मन में भी नहीं आयी। कुल जमा बात इतनी है कि सदाकाका ने जो बंगला बड़े हौसले से बनवाया था और आज जिसकी कीमत लाखों रुपये थी, उसमें सदाकाका की यादगार के तौर पर एक फोटो भी नहीं लगा।

यह सही है कि सदाकाका को प्रेम प्रदर्शित करने की कला में महारत हासिल नहीं थी, फिर भी वे अपने बच्चों से प्रेमपूर्वक व्यवहार करते थे। फिर भी उनके साथ ऐसा सलूक हुआ। उनका मित्र जनू बड़ा शैतान था। बच्चों को डाँटता-फटकारता था, उन पर गर्म होता था, तो हाथ में जो भी वस्तु होती, उससे बच्चों

को पीटता था। पता नहीं, उनका सिर ही फिर गया था क्या! ऐसा था वह बाप! लड़कों को लगना चाहिए था कि वह नजर के सामने न रहे। लेकिन असलियत में बात दूसरी ही हुई। ऐसा नहीं कि बच्चे उसे बहुत चाहते थे, लेकिन बच्चे स्वभाव से गरीब थे। वे बड़े हो जाने पर भी बाप का खूँसटपन सहन करते थे। आगे चलकर उसे लकवे की बीमारी हो गयी। लेकिन बच्चों ने उसे बड़े प्रेम से सम्भाला, उनकी खूब सेवा-टहल की। फिर भी बिस्तर पर पड़े-पड़े वह उन पर कुढ़ा करता था। विचित्र आवाज में चिल्लाता था। लेकिन जब वह चल बसा, तो बच्चों ने तय किया कि उसके पैसे वे नहीं लेंगे। उन्होंने जनू के गाँव में पाठशाला खोलने के लिए सारे पैसे दान में दे डाले। गाँव की एक बड़ी जरूरत पूरी हो गयी। स्कूल जनू के नाम से खोला गया। स्कूल के हेड मास्टर अच्छे मिले, स्कूल ने नाम कमाया, गाँव के लोग जनू को सराहने लगे, भविष्य में भी सराहेंगे। ऐसा कुछ का कुछ घटित होता रहता है।

सदाकाका वैसे टीपटाप पसन्द करने वाले व्यक्ति थे, सब कुछ ढंग से करते थे। इसलिए अपनी सम्पत्ति का प्रबन्ध कैसे हो, यह उन्होंने पहले ही तय कर रखा था और सब कागज पर लिख रखा था। वे वकील के पास जाने वाले थे। इतने में उनका भतीजा आया, उसने नई-नई वकालत शुरू की थी। उसने कहा, 'सदाकाका, मैं आपकी वसीयत बना देता हूँ।' अपने भतीजे की बात से इन्कार थोड़े ही किया जा सकता है। वह सारे कागज लेकर गया तो महीने भर मुँह ही नहीं दिखाया। सदाकाका ने दो बार सन्देश भेजा, तो 'आ ही रहा हूँ।' उत्तर मिला, लेकिन वह आया ही नहीं। सदाकाका ने भी जल्दी नहीं की, क्योंकि उनकी तबीयत ठीक थी। डाक्टर तो हँसकर कहते थे कि अभी दस साल आपको चिन्ता करने की जरूरत नहीं है और अचानक सदाकाका चल बसे। उनके जाने के बाद लड़के ने कागजात खोजने का खूब प्रयत्न किया, लेकिन वे हाथ नहीं आये। फिर उसे याद हो आया कि चचेरे भाई के साथ कुछ बात हुई थी। भाई से पूछा, तो उसने कान पर हाथ रखकर इन्कार कर दिया। उसने बताया कि कागजात तो उसने सदाकाका को कभी का लौटा दिये थे। बाद में उसने उनका क्या किया, कुछ पता नहीं?

असल में बात यह थी कि वे कागजात उसने कहीं खो दिये थे और सदाकाका नहीं रहे यह देखकर वह हाथ झटककर अलग हो गया। इसके कारण सारी फाइलें वगैरह देखकर समपत्ति क्या है, कितनी है यह खोजने और अगली व्यवस्था करने में साल भर प्रयास करना पड़ा।

लोग उससे कहा करते थे कि सदाकाका तो बड़े व्यवस्थित आदमी थे अतः पैसे-वैसे के प्रबन्ध में कोई दिक्कत नहीं आयी होगी।

लड़का चिढ़कर बोला था, 'आप तो उनका बखान करते हैं कि वे ढंग के आदमी थे, प्रबन्ध कुशल थे। लेकिन कहीं कुछ भी नहीं जान पड़ता। सारा मामला

गड़बड़ था। सब ठीक-ठाक करने में मुझे बहुत श्रम करना पड़ा। काहे के प्रबन्ध कुशल थे? लोग तो कुछ भी कह बकते हैं।'

लोग कहा करते, 'अच्छा ऐसा था! हमें क्या मालूम। सदाकाका तो कहा करते थे कि मैं तो सारा ठीक-ठाक रखता हूँ। हम तो उसे ठीक मान लेते थे। मतलब यही है कि अब किसी की बात पर विश्वास करने की स्थिति नहीं रही।'

सदाकाका के कानों पर यह बात पड़ती, तो उनका सिर ही गर्म हो जाता, अपने भतीजे को उन्होंने आड़े हाथों लिया होता और वे किस तरह ठीक-ठाक आदमी थे, इसे सप्रमाण सिद्ध कर दिया होता, लेकिन वे थे ही कहाँ? इसीलिए लोग जो मुँह में आता, उगल देते थे। उनके मुँह कौन बन्द करेगा?

इस तरह बदनामी भी हुई और सम्पत्ति की व्यवस्था भी मन के मुताबिक नहीं हुई। सदाकाका की तीन सन्तानें—एक लड़का, दो लड़कियाँ। लड़के की स्थिति अच्छी थी, फिर अपना बंगला भी सदाकाका उसी को देने वाले थे। इसलिए उसे अधिक कुछ जरूरत नहीं थी। बड़ी लड़की सुन्दर थी और अच्छे रईस के घर उसकी शादी हुई थी, उसे कमी किसी बात की नहीं थी। वैसे सदाकाका अपने से कबूल न करते, लेकिन बात यह थी कि वह सदाकाका को जरा कम पसन्द थी क्योंकि वह स्वार्थी और झगड़ालू थी। सदाकाका ने तय किया था कि उसे कुछ नहीं देना है। सदाकाका की छोटी लड़की भी सुन्दर थी और स्वभाव से गरीब थी। इसलिए उसका सौन्दर्य उभरता नहीं था। उसे पति का घर भी जरा सामान्य ही मिला था। उसे चार पैसे मिलते तो अच्छा होता। फिर भी वह सदाकाका के साथ प्रेम से व्यवहार करती थी, उनकी ऐसे-टहल भी करती थी, इसीलिए सदाकाका के मन में उसके प्रति विशेष स्नेह था। हमेशा वे उसे कुछ देते रहते थे और अपने पीछे कुछ अधिक देने को उनकी मंशा थी। उनका लड़का बड़ा मधुर था। सदाकाका उसे बहुत प्यार करते थे। इतना कि बहू उसके कारण गुस्सा हो जाती थी।

ऐसा सब सदाकाका के मन में था, लेकिन हुआ कुछ उल्टा ही। पहले तो उनके लड़के का यही विचार था कि जो भी कुछ पूँजी थी वह सब अकेले ही हड़प ली जाय। सब कुछ ठीक-ठाक करने के लिए उसने इतनी मेहनत जो की थी। अतः सारी सम्पत्ति उसे अपने ही परिश्रम का फल लगती थी। वह क्यों दूसरे को दी जाय? लेकिन सदाकाका की बड़ी लड़की बहुत चालाक थी। वह आयी और भाई के साथ कड़ा झगड़ा किया। सदाकाका की बहू को तो उसने ताने देकर खूब रुलाया। आखिर सास के गहनों का पूरा डिब्बा बहू ले आयी और ननद के सामने पटक दिया। वह लेकर बड़ी लड़की चलती बनी।

सदाकाका का लड़का चिढ़कर बोला, 'अरी, सबका सब लेकर तुम क्यों जा रही हो, कुछ छोटी बहन को भी दे दो?'

तो वह बोली, 'उसे देने की क्या जरूरत है? काका तो उसे हमेशा अंजुरी भरकर दे दिया करते थे। उसके लड़के को जो दिया करते थे वह अलग। पता नहीं उसका घर कितना भरा होगा?'

फिर पता नहीं उसे क्या लगा कि डिब्बा खोलकर एक सामान्य-सा गहना भाई के सामने रखते हुये बोली, 'यह दे दो ना भैया, उसे! नहीं तो मुझ पर तोहमत लगायेगी कि मैंने ही सब कुछ ले लिया, छोटी बहन को कुछ नहीं दिया। वह दिखती है बड़ी सीधी-सादी, इसलिए सबको उसी की बात सही लगती है।'

वह आँचल उड़ाती, वहाँ से चली गयी। छोटी कुछ माँगने नहीं आयी, इसलिए उसे कुछ मिला भी नहीं। वह गहना भी भाई ने उसके बच्चे के जनेऊ के समय उसे देकर अपना खर्च बचा लिया और सराहना भी पायी।

उन गहनों के बारे में और भी बहुत कुछ हुआ। सदाकाका के जाने के बाद उनके लड़के ने उनका कवर्ड खोला और फिर चाभी लगाना भूल गये। गहनों का डिब्बा वहीं पर था। सदाकाका के घर काम करने वाली एक नौकरानी थी। जरा वैसी ही थी। सीना उचकाती और कमर लचकाती चलती और आँखों के कोनों से देखती थी। साड़ी कसकर पहनती और बोलना भी जरा वैसा ही था। सदाकाका की बहू उस पर चिढ़ती थी, उसे निकाल देना चाहती थी, लेकिन पति महोदय कहा करते, 'आजकल नौकर मिलते ही कहाँ हैं, रहने दो, काम तो कर रही है न?'

असल में वह उसे अच्छी लगती थी। साहस होता तो उसने उसका हाथ भी पकड़ा होता लेकिन लड़के में उतनी हिम्मत नहीं थी। वह नौकरानी बूढ़े सदाकाका के साथ नम्रता से बर्ताव बरतती थी। उनका सारा काम ठीक तरह से करती थी। उनका सिर दर्द करता होता तो बाम लगाने के लिए पूछती। सदाकाका चार पैसे उसे अतिरिक्त देते थे, ऐसा कुछ नहीं था। फिर भी वह उनके साथ आज्ञाकारी लड़की की तरह व्यवहार करती थी। ऐसा क्यों था, यह खुदा ही जाने?

सदाकाका का कवर्ड साफ करते समय उसे पता चला कि चाभी नहीं लगाई गयी है। खोलने की इच्छा हुई। खोलने के बाद गहनों का डिब्बा दिखाई पड़ा। उसे खोलकर देखा, उसमें गहने देखे तो उसकी आँखें ही फट गयीं। वैसे वह चोरी करने वालों में से नहीं थी। लेकिन इतने गहने देखने पर कम-से-कम एक तो अपने पास रखने की उसकी इच्छा होनी ही थी, इसलिए एक माला निकालकर उसने साड़ी की तहों में छिपा लिया। तेजी से कवर्ड बन्द कर काम करने लगी।

गहनों के डिब्बे में एक माला कम है, यह बहू के ध्यान में आ गया लेकिन बहुत देर से। बीमारी से ठीक होने पर। उसे लगा कि ससुर ने किसी को दे दिया होगा। किसी को याने छोटी लड़की को, इसीलिए वह ज्यादा बोली नहीं। इधर उस नौकरानी को गहना छिपाकर रखने में मजा नहीं आ रहा था। उसे लगा कि गहना

पहनकर जरा ठाठ से इठलाये, घूमे। स्वाभाविक था कि लोगों ने पूछा, 'माला कहाँ से लायी, किसने दी?'

पहले उसने बताया कि खरीदा है, लोग मानते कैसे? 'मैंने काम अच्छा किया इसलिए बूढ़े बाबा ने इनाम में दिया है।'

लोग हँसकर पूछने लगे, 'यह कौन बूढ़ा है भाई! बड़ा शौकीन मिजाज होगा?'

एक दिन गलती से वह बाई माला पहनकर सदाकाका के घर पर आ गयी। औरतों की नजर यह सब अच्छी तरह पकड़ती है। सदाकाका की बहू ने फौरन पूछा, 'अरी, यह माला सास जी के गले में थी, तुम्हारे पास कैसे आयी?'

बाई घबरा गई, लेकिन बड़ी चतुर थी। अपने को सँभालकर बोली, 'आपके काका ने ही मुझे दी है। मैं उनका काम अच्छी तरह करती थी। खुश होकर दे दी।' सदाकाका की बहू की आँखें कटोरी जैसी बड़ी हो गयीं। उसने पूछा, 'कौन-सी इतनी बड़ी सेवा की तुमने उनकी?'

'बूढ़े आदमी का काम भी क्या होगा? कभी सिर में दर्द हुआ, कभी पैर दुखने लगा, कभी शरीर में कसक हुई तो तब देखना पड़ता था।' बाई की बात में सरासर झूठ तो था नहीं, लेकिन बहू के मन में बुरे विचार आये बिना नहीं रहे। जब उसने पति से यह बात कही तो उसे भी धक्का-सा लगा। सिर मलने लगा। इसलिए कोई सोने की माला थोड़े ही दे देता है। कुछ ऐसा-वैसा मामला जरूर होगा। अपना शालीन दिखने वाला बाप ऐसा भी करता था। यह मालूम होने पर दुनिया पर से उसका विश्वास ही डावाँडोल हो गया। अब उसे लगा कि अच्छा व्यवहार करने की कोई जिम्मेदारी उसके ऊपर नहीं है।

इसमें से बहुत मामले और निकल आये। सदाकाका के लड़के ने एक बार उस बाई का हाथ पकड़ लिया, 'मैं उन लोगों में नहीं हूँ।' यह कहकर उसने लड़के को ढकेल दिया। उस लड़के ने कुछ और बेहयायी की होती, चापलूसी की होती, थोड़ा कुछ बाई को दे दिया होता तो काम बन भी जाता, क्योंकि वह कोई सती-साध्वी तो थी नहीं। लेकिन सदाकाका का लड़का सहम गया। काम नहीं बना, इसलिए सदाकाका से द्वेष करने लगा। उनके बारे में कुछ अंट-संट बोलने लगा। उसकी बात सुनकर लोग भी बोलने लगे।

बेचारे सदाकाका! जीवन में उन्होंने पर-स्त्री का कभी स्पर्श तक नहीं किया था। हाँ, जवानी में उन्हें भी लगता था कि अपना भी कोई छोटा-सा मामला होता तो कितना अच्छा होता, लेकिन वे थे बहुत डरपोक। ऐसा कुछ नहीं हुआ? आखिर बुढ़ापे में तो वे सत्य और शीलता के आधार-स्तम्भ ही बन गये थे। जो मिलता उससे बड़े उत्साह और चाव से कहते, 'समाज में अनीति फैल रही है, इसलिए देश पर संकट आ रहा है।' ऐसे सदाकाका के बारे में लोग-बाग अब इस प्रकार की बकवास कर रहे हैं।

गहनों के बारे में एक बात और हो गयी। उनकी बड़ी लड़की गहने लेकर दिल्ली चली गयी। कुछ वर्षों के बाद उसके घर में चोरी हो गयी और सारे गहने चोर ने अपनी एक प्रेयसी को दे दिये। वह बाई गहने पहनकर अपने ग्राहकों का मनोरंजन करने लगी।

कभी-कभी ऐसी बातें हो ही जाती हैं। सदाकाका के पास काले पाषाण की एक मूर्ति थी। वैसे सदाकाका बड़े भक्त थे, ऐसी बात नहीं। लेकिन उनके पिता जी तीर्थ-यात्रा से लौटते समय वह मूर्ति लाये थे, इसलिए वे हर दिन उसकी पूजा किया करते थे। पूजा भी कोई समारोहपूर्वक नहीं करते थे। चार फूल चढ़ा देना और नमस्कार कर लेना ही उनकी पूजा थी। नियमित रूप से पूजा करते थे, इसलिए गणपति ने उनका कुछ अतिरिक्त भला किया था, ऐसी भी बात नहीं थी। मनौती वगैरा मानने के चक्कर में वे कभी नहीं पड़े। असल में इसकी उन्हें कभी जरूरत ही महसूस नहीं हुई। सीताबाई कभी-कभी मनौतियाँ मनाती थीं, लेकिन वह भी शंकर की, या देवी की। इसलिए उस गणपति का माहात्म्य जैसा कुछ घर में नहीं था।

आगे कुछ ऐसा हुआ कि सदाकाका की यादगार के रूप में उस मूर्ति को छोटी लड़की अपने घर ले गयी। उनकी बहू ने उदारतापूर्वक दे भी दी। छोटी लड़की गणपति की पूजा करने लगी। कुछ ही दिनों में चचेरे ससुर की डेढ़ लाख की मिल्कियत उसके कब्जे में आ गयी। बूढ़ा विधुर था, अकेले रहता था। सदाकाका की लड़की उनकी सेवा किया करती थी। त्यौहार-पर्व पर अपने घर निमन्त्रित करती थी। बीमारी में दवा-दारू करती थी। आगे चलकर वे कहीं तीर्थयात्रा पर गये तो वहीं मर गये। उनके वकील ने सदाकाका की लड़की को बुलाकर बताया कि वसीयत में यह मिल्कियत उसी को दी गयी है।

लड़की सबसे कहने लगी कि पिता जी की गणेश की मूर्ति फल गयी, अपना मंगल हुआ। पिता जी बड़े सदाचारी थे, उनका पुण्य गणपति के साथ मेरे घर में आ गया, उसका फल मुझे मिला। इस तरह वह सबसे कहने लगी तो आस-पास के लोग भी आकर गणपति की मनौतियाँ मानने लगे। उसमें एक राजनीतिक आदमी था। उसने चुनाव के अवसर पर मनौती मानी तो वह चुन भी लिया गया उसने गणपति के लिए चाँदी का मन्दिर बनाकर दिया। मन्दिर देकर वह वापस लौट रहा था कि उसे फोन मिला कि मन्त्रिमण्डल में उसका नाम आ गया है। फिर तो गणपति और सदाकाका का यश सर्वत्र फैल गया। दर्शन के लिए लोगों की कतारें लगने लगीं। वे गणपति की पूजा करने के साथ सदाकाका के फोटो पर भी हार चढ़ाते थे। सबकी धारणा यह बन गयी थी कि सदाकाका कोई सिद्ध-पुरुष थे।

मन्त्री महोदय ने कमर कस ली और सरकार की ओर से जमीन प्राप्त कर एक देवालय बनवा दिया और उसमें गणपति की प्राण-प्रतिष्ठा कर दी गयी। गर्भ-द्वार पर एक ओर उसने सदाकाका की फोटो लगाया, दूसरी ओर अपनी।

सदाकाका को यह सब देखने को मिलता, तो वे अवाक् रह जाते। वे शर्मिन्दा होते और हँस भी पड़ते। वे ऐसे ही आधुनिक विचार के थे। वे कहा करते थे कि सावरकर के लेख पढ़कर जवानी में कुछ दिन तो मैं नास्तिक बन गया था। बाद में भी किसी सन्त-महन्त के पीछे नहीं लगा और यहाँ गणपति प्रसन्न हों, इसलिए उनकी भी तस्वीर पर लोग हार पहनाते थे।

यह सब देखकर सदाकाका का लड़का चिढ़ता था। उसकी बड़ी लड़की गणपति की मूर्ति को लेकर छोटी बहन से झगड़ा करती थी। उसे धूर्त और चालबाज कहती थी, लेकिन उसके कहने का क्या महत्व था? गणपति तो मनौतियों का फल दे रहा था।

इस तरह सदाकाका गये और यह सब हुआ और भी बहुत-कुछ हुआ, लेकिन सब कहें तो कथा कभी समाप्त ही नहीं होगी। कुछ-न-कुछ घटित होता रहता है और भविष्य में भी घटित होता रहेगा।

✦

अस्तित्स्तोत्र

✦

जी० ए० कुलकर्णी

धूप में तपी-जली खोपड़ी की तरह लगने वाले स्वच्छ, चमकीले आकाश के नीचे समुद्र स्थिर है। उसके भारी, मलीन वस्त्र की तरह लगने वाले पृष्ठ भाग पर किसी प्रकार की हलचल नहीं है।

समुद्र केवल ज्ञान है।

उस झलमलाती धूप के दावानल में सब कुछ एक बार सम्पूर्ण जलकर निर्जीव हो पड़ा-सा लगता है। एक ओर समुद्र का टेढ़ा-मेढ़ा टुकड़ा, क्षितिज तक फैला जरूर है, लेकिन उस अनासक्त जल पर हलचल की सिकुड़न भी नहीं है। जल के मृत होने पर उसकी ठठरी ठंडक में लावारिस पड़ी है। उस प्रकार वह विस्तार मैला दिखाई देता है। उसके किनारे पर कहीं-कहीं सूखे क्षारों की चट्टानें दिखती हैं, लेकिन उनके भयावह उभार पर छाया की बूँदें क्षण भर के लिए जिन्दा नहीं रह सकतीं। वायु के करतब के कारण उनमें अनेक स्थानों पर विक्षिप्त, कुरूप आकृतियाँ बन गई हैं। उनमें से कुछ रूप मानव की तरह दीखते हैं, लेकिन वे चित्र ऐसे दिखते हैं कि मानो शोषित हैं—इसलिए कि उन्होंने वह देखा है, जो देखना उन्हें अपवर्जित है। समुद्र उन्हें धारण तो करता है, लेकिन वे रंगीली के अलंकार हैं अथवा कोढ़ के दाग—इसका किसी प्रकार का विकार उनको महसूस नहीं होता।

समुद्र केवल स्तब्ध है।

पानी की दूसरी तरफ क्षितिज तक शुष्क बालू फैली है। उस असीम विस्तार पर कहीं भी अवरुद्ध झाड़-झँखाड़ का चिह्न भी नहीं है, न कहीं घास की निर्जीव, पीली रेखा है। तपकर झलमलाने वाले समुद्र की आत्मा रेगिस्तान में अतृप्त:सी भटक रही है; जैसे गर्म हवा धीमी लीरों पर अदृश्य भटक रही हो। उसके पद-चिह्नों से बालू की आकृतियाँ बिगड़ती हैं; जैसे समूचे प्रदेश पर कुछ विलक्षण घटित होने वाला हो। ऐसी अवस्था में वह सदैव स्थिर तनाव में दिखता है।

बालू में एक स्थान पर अनोखी शुभ्रता है। उस स्थान पर चट्टान की जितनी बड़ी खोपड़ियों वाले अति प्राचीन प्राणियों के कंकाल सर्वत्र बिखरे हैं। ऊपर से सतत् उगलती हुई आग से उनका कड़ापन तिरोहित हुआ है। एक क्षण में वायु के अन्धे स्पर्श से उनकी विशाल आकृतियाँ फँस जाती हैं और उनकी बुकनी बालू में

मिल जाती है। इस समूचे मूल प्रान्तर में अवस्थाओं का यह परिवर्तन ही जीवन का चिह्न ऊपर से दिखता है। क्षारों की चट्टानों की आकृतियाँ बदल जाती हैं और उसी के साथ जल का प्रतिबिम्ब भी बदल जाता है। लेकिन समुद्र को इसका भान नहीं है कि यह नया आनन्द है या पुरानी यातना का ही दंश है।

समुद्र केवल निर्मम है।

लेकिन एक दिन क्षितिज के पास एक बिन्दी दिखने लगी। वह अति धीमी गति से स्पष्ट होती गयी। बड़ी देर के बाद पहली बार बालू में वायु के पदचिह्नों के अतिरिक्त अन्य आकृतियाँ उभर आयीं। कुछ समय के बाद वह वृद्ध यानी कंकालों की राशि के पास आया। सब तरफ फैले सामान्य सूर्य-प्रकाश में अपना खुद का एक तेजवान सितारा देखने वाले व्यक्ति की आँख में जो औरों को पागल-सी लगने वाली एक चमक होती है, वह उसकी अदृश्य आँखों में अभी भी वर्तमान थी। समिधाओं की तरह उसका शरीर शुष्क था और उसकी शुभ्र दाढ़ी उस पर सहस्र मणियों के वस्त्र की तरह दिख रही थी। उसने श्रान्त नयनों से ठठरियों के ढेर के पास देखा। उसमें एक अजस्र खोपड़ी अभी भी पूर्ण आकार में थी। एक समय नग की-सी लगने वाली आँखें अब नष्ट हो गई थीं। उन स्थानों पर खाली-खाली खाँचे विवर के से दिख रहे थे। उसके बित्ते, बित्ते जितने बड़े दाँतों ने एक समय भयावह शत्रु का सहज नाश किया था, लेकिन अब वे मृत्यु की लिपि की दो अर्थहीन पंक्तियों की तरह निर्जीव खड़े थे। वृद्ध ने कठिनाई से खोपड़ी में प्रवेश किया और अन्दर की छाया से उसके शरीर को सुकून मिला। सन्तोष पूर्वक घुटनों पर हाथ टेककर उसने आँखें मूँदी लीं और एकाग्रचित्त से वह जीवन और विश्व के रहस्य पर चिन्तन करने लगा।

जलते सूर्य के प्रकाश का कार्य निरन्तर चल रहा था। खोपड़ी का सामर्थ्य आखिर खत्म हुआ और उसका प्रतिकार भी समाप्त हुआ। उसमें एक टेढ़ी-मेढ़ी रेखा पैदा हुई; जैसे मृत्यु प्रकट हुई हो और अन्तिम नाद करके अनेक टुकड़ों में बँटकर, रेत में बिखर गयी। अब वह चिलचिलाने वाली गर्मी वृद्ध के क्षीण शरीर पर उतरी, लेकिन उसे भान नहीं था। उसके जीर्ण हाथ स्थिर रह गये और उसका चिन्तन भंग नहीं हुआ। लेकिन उस उन्मत्त धूप के सामने उनकी ईर्ष्या क्षीण हो गयी। उसकी क्षीण आकृति रेत में धँस गयी और मिट्टी में जन्म लेने वाली जड़ का फूल और फूलों की जड़ों को पुष्ट करने वाली मिट्टी को जिन्होंने देखा था उन आँखों के स्थान पर गोल अँधेरा पैदा हुआ।

समुद्र केवल निरीक्षक है।

पानी रेत को स्पर्श कर रहा था, उस स्थान पर क्षण भर के लिए हलचल दिखी। वहाँ बालू बिखर गयी और अन्दर से अँगूठे जितने शरीर का, कवच से युक्त, एक कीड़ा बाहर आया। लेकिन बाहर के दावानल के स्पर्श मात्र से बिन्दी जैसी अपनी आँखों को अंधे की तरह घुमाते हुए उसके क्षुद्र पैर जितनी जल्दी चल

सके, उतनी शीघ्रता से वह वृद्ध की खोपड़ी के पास आया। उसके अन्दर प्रवेश करते ही उसके कवच को लगी आँच कुछ कम हो गयी और उसकी आँख का भय नष्ट हो गया। उसने पैर मोड़ लिए और वह एक कोने में स्थिर हो गया।

वृद्ध की खोपड़ी दरकी और उसके भग्नावशेष बालू में फैल गये। चकमक के पत्थर जैसा कीड़े का वह कवच एकदम तप गया और उसके पैर हलचल करने के पहले ही फूट गये। अब वहाँ की बालू में ही हड्डी के टुकड़े के बीच हलचल शुरू हुई। एक चींटी जरा-सी बाहर आयी। उसकी आँखें इतनी सूक्ष्म थीं जैसे आँखों की नोकों को काजल में डुबोकर अंकित किया गया हो। लेकिन वे छोटी-सी जान के लिए पर्याप्त है। वह चींटी कीड़े में घुस गयी और एक गीले कोने में सन्तोषपूर्वक रहने लगी।

कहीं उससे भी छोटा कीटाणु प्रतीक्षा कर रहा है।

समुद्र का विस्तार निश्चल है। उसके किनारे की चट्टानों में मूल आकृतियाँ जन्म लेती हैं, प्रतिबिम्ब में अपने चिह्न अंकित करती हैं। लेकिन उससे समुद्र में विचलन पैदा नहीं होती। उसमें ज्वार नहीं है, इसलिए भाटा भी नहीं है, उसमें जन्म का स्फोट नहीं, अतः मृत्यु का विसर्जन भी नहीं। उसे मृत्यु का डर नहीं, अतः मृत समुद्र अमर है।

उसमें चिन्तन नहीं है, क्योंकि उसके चिन्तन की पूरी इति हो गयी है।

अब समुद्र केवल है।

✦

रोटी का स्वाद

✦

शंकर पाटील

जितना माँ ने परोसा था, उतना ही खाकर बच्चे चुप हो गये। उनके पेट अभी खाली ही थे। भूख वैसी ही थी, लेकिन खाने को कुछ था ही नहीं।...फिर वे क्या करेंगे? एक-एक लोटा पानी पीकर दोनों बच्चे उठे और खामोश-से, कम्बल में जाकर धँस गये। बिना कुछ बोले चुपचाप सो गये। माँ की कठिनाई को वे समझ रहे थे। अकेली माँ कितना करेगी? वह तो जी तोड़ मेहनत करती है, जो मिलेगा, पकाकर खिलाती है। बच्चे भी जो मिले सो खाते थे और जो माँ देती थी, वे कपड़े पहनते थे। उन्हें जन्मजात समझ थी कि न कभी पिनपिनाना चाहिये, न किसी प्रकार की जिद करनी चाहिये। गरीब के बच्चों को शायद भगवान् ही ऐसी समझ देकर भेजता है। अब भी वे आधे पेट उठे और बेचारे चुपचाप जाकर बिस्तर पर लेट गये। लेकिन जनाई का दिल भर आया, उसकी आँखों से आँसुओं का टपकना शुरू हो गया। जनाई देर तक वहीं बैठी रही और ऊपर उठाये एक घुटने पर ठुड्डी टेककर वह अपने से ही बतियाने लगी—यह कैसा वक्त भगवान् ले आये हैं, यह कैसे दुर्भाग्य के दिन आ गये हैं! मेरी किस्मत में यह सब क्यों लिखा गया?

जनाई यही सब सोच रही थी। एक-एक करके हजारों बातें मन में आ रही थीं। उधर देवर के घर में अभी भोजन पक रहा था। छौंके का चटपटा स्वाद फैला हुआ था। घर का एक ही बरेंडा था, बीच में एक ही टट्टर था। लेकिन देवर इस बात की पूछताछ भी नहीं करता था कि उधर के बच्चे क्या खा-पी रहे हैं? उसके भाई के ये बच्चे थे। भूख से मर रहे थे, लेकिन देवर के मन में जरा भी फिक्र न थी? बच्चे अनाथ हो गये तो ये सब कैसे पराये हो गये! मनुष्य का मन इतना निर्दय कैसे बन सकता है? छौंक चरचराने लगी, गन्ध फैल गई। लेकिन ऐसे ही बैठा नहीं रहा जा सकता। जनाई ने आँचल से आँखें पोंछीं, मन में आया, अब कल चूल्हा कैसे जलेगा? सुबह बच्चे जगेंगे तो उनके सामने क्या रखा जायेगा? फिर अब किसके पास माँगने जायँ? कहीं मजूरी भी तो नहीं मिलेगी?

सबसे निबटकर जनाई आई। बच्चे सोये थे, वहीं पर दीवार से पीठ टेककर बैठ गयी। सोये बच्चों के सूखे मुँह देखकर कलेजा मुँह को आ गया। दोनों बच्चों के शरीर पर उसने एक बार गरम हाथ फेरा तो बड़े ने करवट बदली। जनाई ने गौर से देखकर पुकारा, 'म्हादी ऽ ऽ।' म्हादी अभी जाग ही रहा था। वह सो नहीं

पाया था। शरीर पर से कम्बल दूर कर, उसने आँखें खोलीं। माँ ने पूछा, 'अभी नींद नहीं आयी बेटे?'

'अभी आ जायेगी।'

'फिर यह देखो!'

'क्या?'

'एक घड़ी और जगे रहो, मैं जरा बाहर से हो आती हूँ!'

बच्चे ने पूछा, 'कहाँ जा रही हो, अम्मा?'

'देखती हूँ बेटे, कहीं काम मिल जाय तो मैं आती हूँ, तब तक जगे रहोगे।'

'हाँ।'

'डर तो नहीं लगेगा न?'

'डर!'

'जी...।'

'जल्दी आना, मैं सोऊँगा नहीं, डर काहे का?'

'मेरा हीरा बच्चा!' कहकर उसने बच्चे का मुँह सहलाया और 'अभी आ रही हूँ।' कहकर वहाँ से चल पड़ी।

काम की तलाश में कहाँ जायेगी? घर पर जाकर थोड़े ही पूछा जा सकता है। जो मजदूरिनें रोज काम पर जाती हैं, उन्हीं से पूछना चाहिये—जनाई सीधे माँगी की बस्ती में गयी। लाज-शर्म रखकर पेट कैसे भरा जा सकता है?

—माँगी की धुरणा अपनी झोपड़ी के पास बैठकर दातौन कर रही थी। जनाई को सामने देख मुँह में ठुँसी दातौन की उँगली बाहर निकाली। दूसरे हाथ से आँचल सँभाल, गर्दन आगे कर उसने अपनापे से पूछा, 'क्यों चौधराइन जी, इतनी रात को कैसे आना हुआ?'

जनाई ने पास आकर कहा, 'आई हूँ बहन, तुम्हारे ही पास।'

'बताइये।'

'क्या कहूँ, धुरणा!'

'क्या हुआ?'

'कुछ नहीं।' उसने फिर एक बार इधर-उधर देखा। फिर मन को कड़ाकर बोली, 'धुरणा, ये दिन बड़े खराब आये हैं। ऐसा बुरा वक्त आया है, जो नहीं आना चाहिये था। कल तुम लोग कहाँ काम पर जाने वाली हो तो मुझे भी बुला लेना। इसमें लाज-शर्म की क्या बात है? विपदा में सब करना पड़ता है।'

धुरणा की समझ में नहीं आ रहा था कि क्या कहा जाय? उसे ही शर्म महसूस हुई। बिना बोले वह जनाई के मुँह की ओर देखती रह गयी। कुछ भी हो, आखिर वह जात की माँग थी, जनाई की और उसकी क्या बराबरी? आज तो

खराब वक्त है, लेकिन आखिर जनाई चौधराइन जो हैं। बैलों की पूजा के त्यौहार पर जनाई के घर तोरण बाँधने के लिए धुरणा जाया करती थी। वही चौधराइन आज काम माँगने के लिए माँगवाड़े में आयी हैं। भगवान् ऐसा वक्त क्यों ले आते हैं? धुरणा उलझन में पड़ गयी। वह मूक हो गयी तो जनाई ने ही कहा, 'कल के लिए कहीं मजदूरिनी की जरूरत हो तो बताना बहिन! क्या करूँ, बच्चे भूख से मरने को हो गये हैं, धुरणा!'

बड़ी कठिनाई से धुरणा बोली, 'चौधराइन, कल चौगुले के खेत में आइये? मिर्चें खोंटने हैं। देखिये आना हो तो...'

'उपकार मानूँगी, धुरणा!'

'इसमें उपकार की क्या बात है?'

'उपकार नहीं तो क्या? काम कहाँ मिल रहा है?'

यह कहकर उसने फिर कहा, 'सुबह जाते समय मुझे पुकारना...हमारे दरवाजे पर से ही जाओगी न?'

'जी, थोड़ा दिन चढ़ने पर आऊँगी।'

'आना बहना, मैं तैयार रहूँगी!' कहकर वह मुड़ी ही थी कि धुरणा से न रहा गया और उसने पूछा, 'देवर जी, कुछ सहारा नहीं देते?'

'क्या बताऊँ धुरणा, बच्चों को सामने देखकर भी वे उनको कभी नहीं बुलाते। मेरे साथ तो बोलचाल ही बन्द है।'

'ऐसा क्यों है?'

'क्यों बोलेंगे तो कुछ करना भी तो पड़ेगा। भगवान् ने कैसा समय दिखाया है?'

'फिर रिश्ता काहे का? ऐसे समय साथ नहीं देते तो उन्हें आदमी कैसे कहा जा सकता है? चाचा तो कहलाते हैं न!'

'काहे के चाचा? पास में जो कुछ था वह दवा-दारू में फुँक गया। चार लोगों का कर्जा सिर पर सवार है। मैं इस चक्कर में हूँ कि वह कैसे अदा किया जाय? क्या बताऊँ धुरणा, घर के दाने खत्म हुये, आज दो महीने हो गये? कैसे दिन बिता रही हूँ, यह मैं ही जानती हूँ? एक महीना सिर्फ मकई पर गुजारा। बच्चे रोटी के लिए कलप रहे हैं लेकिन ज्वार तक नहीं नसीब है। क्या किया जाय?'

धुरणा क्या बोलती? उस बेचारी की आँखों में पानी आ गया। आँचल आँखों से लगाकर खामोश खड़ी हो गयी तो जनाई ने कहा, 'घर में बच्चे हैं, मैं जाती हूँ। सुबह पुकारना बहना।' जनाई जल्दी-जल्दी घर की ओर वापस चली गयी।

दूसरे दिन सुबह जनाई चौगुले के खेतों में मजूरी करने के लिए गयी। मजूरिनों के साथ वह भी मिर्चें खोंटने लगी। पति के होते हुये वह कभी खेत पर काम करने

के लिए नहीं गयी थी। आज पेट के लिए और बच्चों के लिए मजूरी करने की स्थिति आ गयी। मन को बड़ा कठिन-सा लग रहा था, लेकिन क्या किया जाय? इसी चौगुले के यहाँ शादी पड़ी तो जनाई ने पाँच साल पहले उसे तीन सौ रुपये दिये थे, उन्हें लौटाने में चौगुले ने तीन साल लगा दिये। आज उसे एक रुपया भी कोई उधार देगा? बुरा वक्त आने पर ऐसा ही होता है। किससे क्या कहा जाय? जनाई अपने ही मन से बातें कर रही थी। बुरे दिन सिर पर आये थे। भोजन का समय हो गया था। काम रोककर मजूरिनें रोटी खाने बैठीं। जनाई भूसी की एक रोटी कपड़े में बाँधकर लाई थी। सब बैठकर रोटियाँ खाने लगीं तो वह भी बैठी। लेकिन धुरणा को अपने सामने की रोटी निगलना मुश्किल हो गया। तोड़ी हुई रोटी का कौर हाथ में लेकर उसे देखती रह गयी। जनाई बोली, 'क्यों धुरणा! खाओ न रोटी।'

'क्या खाऊँ, चौधरानी जी!'

'क्यों, क्या हुआ?'

'सूखी चटनी के साथ आप यह भूसे की रोटी खा रही हैं, यह देखकर हमारे मुँह में कौर कैसे जायेगा?'

धुरणा के सामने तीन बड़ी-सी ज्वार की रोटियाँ थीं, साथ में तली कुम्हड़ौरी थी। प्याज थे और कुछ मूँगफलियाँ भी थीं। यह देखकर जनाई के मुँह में पानी भर आया। आना नहीं चाहिये थी, परन्तु छोटे बच्चे की भाँति उस पर उसे वासना ही आ गयी। लालच प्रबल हुई। वैसे भी खेत पर काम करने के बाद खूब भूख लग आती है। मेहनत के कारण वह तीखी हो गयी थी। जनाई से रहा नहीं गया। अपनी रोटी के कपड़े को आगे कर बोली, 'अगर तुम्हें इतना कष्ट हो रहा है तो दे दो बहना, अपनी एक रोटी, मुझे भी।'

'मेरी रोटी, चलेगी आपको?'

'अब क्या जात और धर्म लेकर बैठी हो? अंग-से-अंग सटाकर परसों सारे गाँव ने रोटी नहीं खायीं? अब छुआछूत कुछ नहीं रहा बहना...।'

जनाई की इस बात से धुरणा को बल मिला। कोई देखे न देखे इतने में उसने अपनी एक रोटी जनाई के हाथ पर रख दी और उस पर ढेर सारी कुम्हड़ौरी भी दे दी। उसकी सोंधी महक जनाई की नामक में घुस रही थी। उसने कौर हाथ में लिया, भुजिया के साथ मुँह में डाला लेकिन गले के नीचे उतर ही नहीं रहा था। जनाई को अपने बच्चों की याद हो आयी थी। ज्वार की रोटी खाये बहुत दिन हो गये थे। बच्चे भूखे होंगे। उनके बिना वह कौर निगल भी कैसे सकती थी। उसे लगा कि अगर बच्चों को यह रोटी दी जाय तो चटखारे भरकर खायेंगे। उन्होंने खा लिया तो बस अपना भी खाना हो गया।...जनाई ने वह रोटी दूसरी रोटी के नीचे छिपा दी। अपनी भूसी की रोटी के चार कौर तोड़े और कपड़ा लपेटकर पानी पीने

के लिए उठ गयी। पानी पी लिया और उसका खाना हो गया। फिर औरतें काम पर जुट गईं। जनाई बाई भी काम में व्यस्त हो गयी। लेकिन उसे लग रहा था कि यह धूप कब नीचे उतरती है और कब वह घर जाती। किसी मूल्यवान वस्तु की भाँति उसने वह रोटी कपड़े में बाँध रखी थी। उसका सारा ध्यान उधर ही लगा था।

—दिन डूबते मजूरिनें काम समाप्त कर घर जाने के लिए तैयार हुईं। जनाई किसी के लिए नहीं रुकी। सबके साथ चलने में देर लग सकती थी। वह अकेली जल्दी-जल्दी आगे चल पड़ी और घर जा पहुँची। साँझ हो गयी थी। बच्चे बाट जोहते हुये द्वार पर ही बैठे थे। आते ही जनाई ने बच्चों के मुँह को सहलाया। जैसे-तैसे अन्दर आकर दिया जलाया और दोनों बच्चों को पुकारकर बोली, 'आओ बच्चो, देखो मैं तुम्हारे लिए क्या लाई हूँ?'

'क्या है माँ', बच्चे निकट आये। पालथी मारकर बैठ गये, मानो भोजन के लिए बैठे हों। जनाई ने कपड़े से रोटी बाहर निकाली। कुम्हड़ौरी की महक फैल गयी और दोनों बच्चे प्रसन्न हो गये। गठरी की ओर देखने लगे और अपने आप उनके हाथ फैल गये। जनाई ने आधी-आधी रोटी उनके हाथ पर रख दी। ज्वार की रोटी देखकर बच्चों के मुँह में लार भर आयी। हरखकर वे उतावली से खाने लगे। जनाई सिर्फ देखती रही। उसे लगा—आह भगवान्, यह कैसे दिन आ गये हैं कि ज्वार की रोटी भी अद्‌भुत लग रही है! बच्चे रोटी ऐसे खा रहे हैं, जैसे बिस्कुट खा रहे हों।

म्हादी ने बीच में ही पूछा, 'किसने रोटी दी माँ?'

'दी किसी ने बेटा!'

वह कहती भी क्या? आँखों में आँसू भर आये। देखते ही देखते रोटी का सफाया हो गया। उस आधी रोटी से क्या खाक होने वाला था? कितने दिनों की आग पेट में धधक रही थी। वह आधी रोटी कहाँ गयी, क्या हुआ, कुछ पता ही नहीं चला? उल्टे रोटी की हविश और तेज हो गयी। उसकी याद ही नहीं रही यही अच्छा था। अब तो बच्चों की रोटी के लिए पागल होने की नौबत आ गयी थी। रोटी खत्म हो गयी फिर भी वे देखते रहे। जनाई की समझ में बात आ गयी। बच्चों के चेहरे पर अभी भी लालच थी, वे आस भरी भूखी नजर से देख रहे थे। जनाई गुस्सा हो गयी। चूल्हे के पास वाली चिप्पी को हाथ में लेकर झल्लाई, 'उठो, मेरे बैरियों! ऐसे क्या देख रहे हो मेरी ओर?'

बच्चे उठे और चुपचाप बाहर बरामदे में खड़े हो गये, बरामदा साझे में था। उनकी चाची बोरे का मुँह खोलकर उसमें से अनाज ले रही थीं। अन्दर जनाई का मुँह अभी चल रहा था। आवाज बाहर आ रही थी। चाची मुस्कराती हुई बोली, 'म्हादी, तुम्हारी माँ आज क्यों बरस रही हैं?'

दीवार के खम्भे को पीछे से दोनों हाथों से पकड़ता हुआ म्हादी बोला, 'ऐसे ही।'

'फिर साँझ की बेला में मुँह क्यों चल रहा है, क्या हुआ?'

बच्चे खामोश रह गये। फिर चाची ने पूछा, 'आज दिन भर माँ कहाँ गयी थी रे?'

'मिर्चें खोंटने के काम पर गई थी।'

'किसके खेत में?'

'चौगुले के खेत में।'

चाची हँसकर बोली, 'अब मजूरी भी करने लगी। अब तो खूब कमाकर भरपेट खिलायेगी तुम्हें, वह।'

'आज माँ रोटी लायी थी, खायी हमने!' छोटा बालू कह गया।

'कहाँ से माँग लाई थी रे?'

'क्या मालूम...?'

इतने में बँधी हुई भैंस ने वहीं पर गोबर कर दिया। भैंस को एक गाली देकर चाची बोली, 'म्हादी, जरा उसको पैर से पीछे हटा आओ मेरे बेटे!'

म्हादी गया, पैर से गोबर को पीछे हटाकर वहीं पर पत्थर से पैर साफ करने लगा। चाची बोली, 'मेरे हाथ उलझे हैं। जरा वह पैर के पास वाला गोबर हाथ से साफ कर दो। कल एक सीताफल दूँगी तुम्हें।'

आज आठ दिन हुये, चाचा हर दिन बरामदे में बैठकर सीताफल खाया करता है। चाचा ने कभी नहीं कहा कि एक सीताफल तुम भी खा लो। चाचा से तो यह चाची ही अच्छी है। चाची का बताया काम करने को म्हादी में उत्साह आ गया। झट से वह आगे बढ़ा और भैंस के पैर के नीचे पड़ी सारी गन्दगी उसने साफ कर दी। चाची सराहते हुये बोलीं, 'बहुत अच्छा साफ किया है रे तुमने!'

हाथ गन्दे हो गये थे। म्हादी वहाँ बड़े संकोच में खड़ा था। एक बार भैंस की ओर और दूसरी बार चाची की ओर देखता हुआ झेंपते हुये वह बोला, 'चाची, मैं हर रोज तुम्हारे यहाँ भैंस का गोबर साफ कर दिया करूँगा। हमें एक रोटी हर दिन दोगी?'

चाची कुछ बोले इतने में जनाई बाहर आई। हाथ में फुँकनी लेकर वह निकली थी। 'अरे मेरे बैरी म्हादी, यह क्या बोल रहा है? रोज इसकी भैंस का गोबर साफ करेगा और रोटी माँगकर खायेगा तू? क्या भिखारी के पेट से पैदा हुआ है। हैजा न हो जाय तुझे!'

अब जनाई पर कोई रोक नहीं रही। एक हाथ से उसने म्हादी का कान पकड़ा और दूसरे हाथ से म्हादी को फुँकनी से पीटने लगी। कहीं किसी नाजुक

जगह पर मार पड़ने से अनर्थ हो सकता है, इसका भी ध्यान उसको न रहा। जैसे किसी जानवर को पीटा जाय, वैसे ही वह म्हादी को मारने लगी, मारती ही रही। बच्चा चीखा, चिल्लाया, रोया लेकिन जनाई का मन शांत नहीं हो रहा था। उसका मन धधक उठा था, जैसे तेल की टँकी में आग लग जाय। आग शरीर भर से फैल गयी थी। रास्ते के किसी मुसाफिर के सामने बच्चे ने हाथ फैलाया होता तो उसे गुस्सा न आता, लेकिन चाची...? कौन चाचा और कौन चाची? इतने दिनों में कभी उन्होंने पूछताछ तक नहीं की। उसका कलेजा ही जैसे छिल गया था। आगे-पीछे न देखते हुए उसने बच्चे को पीटा था। आखिर म्हादी जमीन पर गिर पड़ा और उसका रोना एकदम थम गया, जैसे मुँह ही बन्द हो गया हो। जनाई होश में आयी। उसका शरीर काँप गया। नीचे झुककर उसने बच्चे की ठुड्डी से छूकर उसे पुकारने लगी, 'म्हादी...म्हादी, मेरे बच्चे...मेरे लाड़ले..., बोल ना रे, म्हादी...।'

जनाई बेहद घबड़ा गयी। मुँह बन्द कर बच्चा चुपचाप पड़ा था, आँखों की पुतलियाँ ऊपर चढ़ गयी थीं। जनाई के हाथ-पैर की चेतना ही मानो गुम हो गयी। वह झट से नीचे बैठ गयी। दोनों हाथ से बच्चे को उठाकर गले से लगाकर वह चिल्ला उठी, 'म्हादी...!'

घण्टे, आध घण्टे के बाद बच्चा होश में आया। लेकिन वह कुछ बोल नहीं रहा था, न कुछ माँग रहा था। बीच-बीच में आँखें खोलकर देख रहा था और पुनः आँखें मूँदकर चुप हो जाता था। किसी प्रकार की हरकत नहीं कर रहा था। बुखार से शरीर तप रहा था। बुखार एकदम चढ़ आया था और बच्चा गुमसुम पड़ा था। गोद में लेकर जनाई बैठी थी। बच्चे की आँख जरा-सी खुलने पर पूछा, 'कहाँ दर्द हो रहा है, म्हादी!' लेकिन कुछ बोलने के लिए बच्चे का मुँह ही नहीं खुलता था। क्या किया जाय?

रात बीती, दिन बीता, बच्चा वैसे ही गुमसुम पड़ा रहा। खसचन्दन घिसकर पीठ की लीप की, सेंका, लेकिन बच्चा हिलडुल नहीं रहा था। बुखार भी कम नहीं हो रहा था। रात को जरा भी आराम नहीं हुआ था। जनाई का मन अन्दर ही अन्दर सूखने लगा। अब क्या हो सकता है?

दो दिन ऐसे ही बीते। तीसरे दिन बच्चे की तबीयत यकायक खराब हो गयी। बुखार और चढ़ गया और बच्चा विचित्र तरह से कराहने लगा। एक बार हाथ-पैर भी ऐंठ गये। घिग्घी बँध गयी। बीच-बीच में सीना इस तरह धड़कने लगा, जैसे हाँफ रहा हो। न जाने कैसे होने लगा। जो कुछ भी हो रहा था, उसे देखते रहने के सिवा कोई चारा नहीं था। जनाई रात भर आँचल से हवा करती रही।

सुबह पहले वाले मुर्गे की बाँग सुनाई दी। घर के पिछवाड़े की बाड़ से उल्लू की आवाज भी आ गयी। पता नहीं जनाई को कैसा लग रहा था? वह बच्चे को वैसे ही छोड़कर घर के बाहर आ गयी। वह किसी के घर नहीं गई। गाँव में भी किसी के यहाँ न जाकर उसने सीधे अपने खेत का रास्ता पकड़ा। तेजी से कदम

उठाती वह घड़ी भर में अपने खेत में आयी। एक छोटे से खेत के टुकड़े में, जो उसका अपना था, हरे ज्वार की फसल लहरा रही थी। ज्वार का दाना तैयार हो रहा था, अभी-अभी भुट्टे आँखें खोलकर बाहर की दुनिया को देख रहे थे। वह सब इतना सुन्दर था कि हर दिन साँझ की बेला में राई-नोन उतारा जाय ताकि नजर न लगे। भोर की ओस में हर डण्ठल नहाया था। दाने पेट में लिए तरुणाई में आयी हरी-भरी गर्भवती ज्वार ठण्डी वायु से हिल-डुल रही थी।

मेड़ पर खड़ी होकर जनाई देख रही थी। वह अपनी सुध-बुध खो बैठी थी। जनाई एकदम उस खेत में ऐसे घुस गयी जैसे संकट के अवसर पर प्रियतम व्यक्ति के मिलने पर हम उसके गले लग जाते हैं। दाने से भरे भुट्टों को अपने हृदय से सटाकर उसने हाथ जोड़े और आसमान की ओर देखते हुए कहा 'भगवान्, इस नन्हें से खेत में मैं अकेली पसीना बहाती रही। चावल बिनते समय जैसे एक-एक कँकड़ दूर करते हैं, वैसे ही मैंने यहाँ कँकड़ साफ किये हैं। इतना पसीना बहाया इसलिए यह फसल हाथ में आयी है। अब एक ही माँग है, इसको काटकर एक गरम-गरम रोटी बनाकर अपने लाड़ले बच्चे को खिला दूँ। वह रोटी उसके पेट में चली जाय, तब तुम उसको ले जाओ अगर चाहते ही हो। तुम्हें उसे ले ही जाना है तो तुम मेरी सुनने वाले थोड़े ही हो। लेकिन मेरी इतनी बात मानो। मैं कुछ ज्यादा नहीं माँग रही हूँ। इतनी-सी तो मेरी माँग है। दो महीने हुए, मेरे बच्चे ज्वार की रोटी के लिए तरस रहे हैं। मेरी इतनी-सी बात सुनो मेरे भगवान! हाथ जोड़कर विनती करती हूँ।

✦

रिक्त अधूरा आला

✦

विद्याधर मुंडलीक

'पल्लवी तुम बेलूर हलिवेडी चलोगी कि नहीं?'

'नहीं ऽ ऽ।'

'फिर आखिरी बार पूछता हूँ, चलोगी?'

'नहीं।'

यह झगड़ा मेरे और मेरे दूल्हे के बीच का है। समय है रात का। झगड़े के लिए यही समय वह खोज निकालता है।

स्थान—इस समय उसका स्टूडियो है।

झगड़े का कारण—हनीमून के लिए कहाँ जायेंगे?—विवाह के पहले से ही यह झगड़ा चल रहा है।

'यह देखो, पल्लव!'

यह दुष्ट मुझे हमेशा जान-बूझकर 'पल्लव' कहकर पुकारता है। इसकी दृष्टि में मैं ठिगनी और मुटल्ली हूँ।

'जगदीश, अगर मुझ पर तुम्हारा सच्चा प्रेम होता तो मैं तुम्हें नन्हीं, नाटी और सुडौल कद की दिखती?'

'अरे हट, यह 'सच्चा-सच्चा प्रेम' क्या ऐसे ही लगातार हमारे जीवन में बना रहने वाला है? परसों तुम्हारी सब्जी खराब हो गयी थी, तब भी तुमने यही कहा था कि 'सच्चा प्रेम होता तो तुम्हें वह अच्छी ही लगती।'

'ठीक तो है, क्या तुम्हारी बुरी-भली चीजें, मैं प्रेम से पसन्द नहीं कर लेती हूँ? जहाँ प्रेम है, वहाँ सब अच्छा ही दिखना चाहिये?'

'पल्लवी, तो यह सच्चे प्रेम का वाहियातपन भूल जाओ और बेलूर हलिवेडी की यात्रा की की तैयारी में लग जाओ। तुम नहीं जाओगी तो हनीमून रद्द।'

'रद्द?' मैंने चीखकर पूछा।

'हाँ, हाँ रद्द! आखिर हनीमून भी समाज द्वारा लोगों पर आरोपित एक आदत है। क्यों, हनीमून के लिए कहाँ जाओगे? हरेक पूछता है। फिर हम भी धीरे-धीरे कहने लगते हैं, वाह! जायेंगे कहीं न कहीं?'

'जगदीश, देखो या तो हनीमून होगा, नहीं तो कल तलाक।'

'स्साऽला, भला वह भी ले लिया होता।—हाँ, देखो तो, यहाँ के आर्ट्र्स स्कूल के तरुण प्राध्यापक एवं उदयोन्मुख चित्रकार जगदीश नायक की पत्नी ने विवाह के दूसरे ही दिन तलाक ले लिया...यह भी कितनी ग्रेट न्यूज होगी? लेकिन क्या करोगी, तलाक भी तो एक सामाजिक आदत है।'

'इंसिडेंटली, जगदीश तुम्हारा एक पत्र मेरे पास है, उसमें कुछ ऐसे वाक्य हैं—हनीमून : पति-पत्नी का परस्पर अन्वेषण है इत्यादि।'

'वह सब झूठ है, रोमांटिक विवाह के पहले वाला पत्र है। अब विवाह के बाद...।'

'बदमाशी बन्द करो, बोलो कहाँ जायेंगे? यह हम दोनों का हनीमून है, इसलिए जगह भी अनोखी होनी चाहिये। आम दुनिया से अलग। पहली बात यह कि महाबालेश्वर, माथेरान, ऊटी जैसे रोजमर्रा के हिल स्टेशन के अतिरिक्त।'

'दो ताली, पल्लवी! यू आर ग्रेट।'

मुझे एकदम एक टॉप नाम सूझ गया।

'कौसानी जायेंगे।'

'कौसानी? अरे, हमने तो यह नाम कभी भी नहीं सुना।'

'इसीलिए तो जाना चाहिये। जिसका नाम भी ज्ञात नहीं, ऐसे ही किसी अजनबी गाँव जाने में ही असली मजा है। कौसानी है यू० पी० में। कुमाऊँ रीजन में मेरे एक मामा कर्नल थे—कुमाऊँ रेजिमेण्ट में। वे हमेशा कौसानी की बेहद प्रशंसा किया करते थे। कहते हैं वहाँ से हिमालय की भव्य पंक्तियाँ इतनी सुन्दर दिखती हैं...।'

'तुम्हारे उस कौसानी से भी एक सुपर्ब स्थान सुझाऊँ? सीधा-सादा, शान्त गाँव, छोटा-सा, शानदार सरकारी गेस्ट हाउस, भीड़ भी नहीं।'

'कौन-सा?' मैंने उत्सुकता से पूछा।

'बेलूर हलिवेडी! कभी से यह मेरी पसन्द का गाँव है।'

'बेलूर हलिवेडी? मैंने तो नाम भी नहीं सुना कभी?'

मैं बोल तो गई लेकिन, झट से जीभ काट ली।

'नहीं, सुना न, यू मस्ट बी शंट डाउन! मैसूर के पास ये दो छोटे गाँव हैं। बहुत फैण्टास्टिक देवालय हैं वहाँ! अप्रतिम शिल्प!'

'वह फिर कभी देख लेंगे, लेकिन अब तो कौसानी ही जायेंगे। बचपन से मुझे हिमालय का आकर्षण है, जगदीश, सच कह रही हूँ—हिमालय से भव्य शिल्प इस दुनिया में दूसरा हो ही नहीं सकता।'

'लेकिन हिमालय तो निसर्ग का शिल्प है। देवालय मनुष्य का निर्माण किया हुआ शिल्प है।'

'फिर?'

'निसर्ग का सौन्दर्य होता ही है, अपने सामने उपस्थित। उसे तो हम केवल देखते रह सकते हैं। लेकिन मनुष्य की कला! छोटी हो या बड़ी, वह है उसकी अपनी।'

'सौन्दर्य, सौन्दर्य में कुछ फर्क नहीं होता, जगदीश! इसमें सह अहंकार क्यों?'

'कैसी बात करती हो, पल्लवी! अरी, निसर्ग का सौन्दर्य सनातन होता है, लेकिन मानव निर्मित सौन्दर्य नित्य नूतन है। ये देवालय तो दो-दो पीढ़ियों के शिल्पकारों ने बनाये हैं—पचास-पचास वर्ष तक केवल एक-एक देवालय बनता रहा है—ग्रेट!'

इसके उत्तर में कुछ बोलना मुझे नहीं सूझा। मैं खीझने लगी।

'हर समय तुम ऐसा ही कुछ अजीबोगरीब मुद्दा ले आते हो और मुझे दबा देते हो। मेरी चित्रकला में विशेष गति नहीं है और तुम हमेशा उसका फायदा उठाते हो। सचमुच तुम दुष्ट हो।'

मेरी आँखों में तो पानी ही छलकने वाला था। लेकिन मैंने उसे रोका। यह मेरा पति ऐसा घनचक्कर है कि मेरी आँखों में आँसू आ जाते हैं तो यह पिघलता नहीं, उल्टे क्षुब्ध हो उठता है। 'रोती क्यों हो तुम? औरतें हमेशा क्यों रोती रहती हैं?'—यह उसका प्रश्न होता है। मुश्किल कर दिया है मेरा जीवन इस आदमी ने। झट से मुझे एक नया मुद्दा सूझ गया।

'जगदीश, लेकिन हनीमून का गाँव ऐसा होना चाहिये कि हम दोनों में से किसी ने उसे पहले देखा न हो, जो देखना है, वह दोनों की आँखों को एकदम नवीन दिखना चाहिये।'

'लेकिन मैंने कहाँ देखा है उन देवालयों को? हमारे स्कूल का जब 'टूर' गया था तब मैं बीमार था। इसीलिए तो मेरा आग्रह है।'

हो गया। इस मुद्दे पर भी मैं मात खा गयी।

'लेकिन, जगदीश...'

'अब लेकिन-वेकिन कुछ नहीं, आखिरी बार पूछता हूँ...'

चिल्लाने के पहले वाली उसकी वह चढ़ी हुई आवाज।

'मेरा भी वही उत्तर कायम।'

'फिर मैं अकेले जाऊँगा।'

उसके बाद जगदीश की पीठ मेरी ओर हो गयी—स्तब्धता और शान्ति छा गयी। उसके सामने एक बोर्ड था। उस पर झुककर एक चित्र खींचा जा रहा था। स्टूल पर से फिसली, तलुओं तक आयी लाल भड़कीली चेक वाली लुंगी, घने बालों वाली जंगली पीठ...

लेकिन मैं भी नहीं देखना चाहती थी। इसलिए स्टूडियो में लगे उसके चित्र देखने लगी। बाम्बे आर्ट सोयायटी द्वारा पुरस्कृत 'बर्थ ऑफ ए लीफ', सिर्फ रेखाओं से बनायी 'पेंसिव न्यूड'—एक-दूसरे में घुसे चमत्कारिक त्रिकोण, त्रिकोण और अजीबोगरीब वर्तुल...अस्थिपंजर ख्रीस्त और उसकी पसलियों पर काँटे, हर जगह चर्चित चित्र 'जॉसिप' और कोने में मेरा तैलचित्र 'द आर्टिस्ट वाइफ'।' मैंने अपनी ही ओर चोरी-छिपे देखा। लेकिन फिर कहाँ देखा जाय? हर चित्र जगदीश का ही रूप था। हर चित्र की ओट से उसकी ही आँखें चमकती दिख रही थीं।

'क्या यह नियम है कि कलाकार को सनकी और घनचक्कर ही चाहिये?'

पीठ से उतर आया, 'बिल्कुल नहीं, लेकिन अन्दर की कोई बात छिपानी हो तो घनचक्कर होना अच्छा रहता है। खासकर फालतू चित्रकार की दृष्टि से।'

'क्या छिपाना होता है?'

उत्तर नहीं मिला। उल्टे भद्दी आवाज में वह गाने लगा। कुमार गंधर्व, वसंतराव देशपांडे, अदल-बदलकर 'मानो जीऽऽ' या 'लागे करेजवा कटार...'

एक बार भी पीछे मुड़कर उसने नहीं देखा। तनकर बैठा रहा। चित्र नहीं जमा तो कैनवेस को फाड़कर चिंदियाँ बना डालता है। जमे चित्रों की अपेक्षा फाड़कर फेंके चित्रों की संख्या ही अधिक होगी। कभी छोटे बच्चे की भाँति रोता भी है। लेकिन यह पूछना ही नहीं चाहिये कि, 'हुआ क्या?'

उसकी तनी पीठ को जीभ बाहर निकाल, मुँह बनाकर चिढ़ाया और मन ही मन कहा, 'नहीं जमेगा, चित्र तुमसे नहीं ही बन सकेगा।'

यह मेरा दूल्हा अकेले कहीं भी चला गया होता, लेकिन वह कभी झुकने वाला नहीं था।

'तुम अकेले जाओ, मैं भी अकेली जाऊँगी।' और यहीं पर मैं फिसल गयी। उसकी तरह का निर्भय स्वर मेरे 'अकेली' शब्द में नहीं था। उसमें मेरी सदा की रोनी विवशता आ ही गयी थी।

उसकी पीठ शरारती हँसी से गद्‌गद् हो गयी। मैं तड़ाक से उठी—दाँत, ओंठ चबाये और उसकी खुली पीठ पर और खुली छाती पर तड़-तड़ मुक्के जमाये और कहा, 'चलो, तुम जहाँ चाहो वहीं चलती हूँ।'

'अरे पल्लव, तुम इतनी जल्दी हार गयी। एक मिनट और सब्र रखा होता तो मेरे होठों पर शब्द आ ही रहे थे, 'चलो पल्लवी, कौसानी...', तो कौसानी चलेंगे।'

'फिर अभी?' मैंने अधीरता से पूछा।

'अब नहीं। यू हैव लास्ट द बैटल।'

हम तो ऐसे ही मिनट-मिनट की चूक करके, जीवन भर लड़ाइयाँ हारते रहेंगे।

× × ×

हम दोनों मैसूर गये। वहाँ से बेलूर की एस० टी० पकड़ी। बेलूर आ गया। देवालय की ओर चलने लगे।

जगदीश ज़ितना गम्भीर हो गया था, उतनी ही मैं निराश हो गयी थी। सभी मामूली गाँवों की तरह एक गाँव। सँकरे रास्ते, दोनों ओर खुले नाले, अधिकांश घर छोटे-छोटे झोपड़ीनुमा, बीच-बीच में एकाध दुमंजिला घर, सफेद, लम्बी दीवारों वाला एक मदरसा।

'कहाँ ले आये हो मुझे राजा! कहाँ कौसानी और कहाँ यह भिखारी देहात?'

'शट-अप पल्लवी!'

'अच्छा बाबा, शट-अप तो शट-अप!' दाँत-ओंठ भींचकर मैंने कहा।

'यहाँ से देवालय कितनी दूर है?'

'निकट ही है।' उसने कहा।

'देवालय दूर भी नहीं?' मैंने किंचित् चिढ़कर पूछा।

'नहीं...यह देवालय गाँव का ही एक भाग है। सादा सामान्य-सा गाँव और बीच में एक सुन्दर देवालय। इसी में सही मजा है।'

'हाँ, हाँ, वाहियात बकवास मत करो। शिल्प और अलंकृत गुफाएँ गाँव से दूर होनी चाहिये।'

पल्लवी, यू आर स्टुपिडली रोमांटिक। सभी प्राचीन संस्कृतियों में देवालय-शिल्प गाँव का ही भाग हुआ करता था। दे वेअर कोल्ड टेम्पल टाउंस।' वह क्षण भर रुककर बोला।

'ओ हो! दे वेअर ग्रेट डेज।'

'दे वेअर नॉट।'

'दे वेअर।' ऊँचा हो, हवा में मुट्ठी फेंककर वह बोला।

'चीखो—चीखो।' मैं मन ही मन मुस्कुरायी। उसे इस तरह चिल्लाकर विवश करने में बड़ा मजा आता है।

हम कुछ कदम आगे चले गये। बीच में एक गाँव समास हुआ-सा लगा और बीच ही में मैं ठिठक गयी। कब, क्यों, कैसे पता नहीं? लेकिन उसी स्थान पर स्तब्ध-सी हो गयी।

पीछे एक छोटी-सी नीली पहाड़ी थी। दूर तक फैला हुआ एक धान का खेत, घना, हरा, बीच में कहीं तीतई, कहीं हल्दी रंग का। धूप में बिल्कुल अचेत-सा स्तब्ध।

दाहिनी ओर से झरने का कल-कल करता हुआ बहता जल। मेड़ पर पाँच-छः नीबू के पेड़। उनमें से एक पेड़ के पास झोपड़ी। खेत की काली जमीन पर दो-एक बैल, तीन-चार बकरियाँ और इधर से उधर दौड़ने वाला एक साँड़।

रुक क्यों गयी?'

'मुझे एकदम स्पष्ट आभास हो रहा है कि मैं और तुम दोनों कभी यहाँ आ चुके हैं।'

'बकवास मत करो, ऐसे आभासों के बारे में तुमने कहीं कुछ पढ़ा होगा। कोई फिल्म देखी होगी।'

'लेकिन वह सब इसी क्षण क्यों याद आये? यह आभास अभी क्यों हुआ? संयोग भी कहें तो अभी क्यों?'

उसके पास उत्तर नहीं था।

'सिर्फ उस समय के तुम कुछ अलग थे।'

'अलग! मतलब?'

'वैसे थे तो तुम ही, लेकिन बदले हुये, यद्यपि पूर्ण बदले हुये नहीं।'

'पल्लवी...यू आर...!'

'लगेगा, एक दिन इसका भी पता लग जायेगा।'

कोई गरुण जैसा प्रचण्ड पक्षी किसी अज्ञात दिशा से अचानक आ जाये और अपने पंखों की फड़फड़ाती आवाज कर झट से सिर पर से निकल जाये—कुछ ऐसा ही हो गया था। कहने के लिए मैं जगदीश के साथ थी, लेकिन उसी समय किसी अतीत में भी थी।

'ये खेत, ये पेड़, ये बकरियाँ, यह साँड़...।' वह जोर से खिक्ऽऽखिक्ऽऽ कर हँसा।

'कुछ बताते तो हैं इस प्रकार के अनुभवों के बारे में, लेकिन मुझे कभी वह मिला नहीं।'

'वह तुम्हें नहीं मिलेगा, कभी! उसके लिए अलग वरेण्य मनुष्यों का होना जरूरी है। तुम्हें एक कथा बताती हूँ—एक अतिशय अबोला फ्रेंच चित्रकार था। उसके अपने जीवन के बारे में कभी भी कुछ प्रश्न पूछिये तो वह एक ही उत्तर दिया करता था, 'मुझे नहीं मालूम।' ठीक भी है, जिसे अन्त तक जाना है, उसके बारे में यह कहते रहना चाहिये, 'मुझे नहीं मालूम।' असल में मुझे यह कथा जगदीश ने ही एक बार बतायी थी। बता चुकने पर वह बोला था, 'स्साला, हमारे पास ऐसा मन ही नहीं। यह भी जरूरी नहीं कि वह हो ही। लेकिन ऐसे मन से मुझे ईर्ष्या जरूर होती है। सच, कैसा होगा यह मन?'

अब मेरे मुँह से अपनी ही कथा सुनने पर उसने आँखें ऐसे घुमायीं कि वह बेहोश ही हुआ जा रहा हो।

इतने में सामने देवालय आ गया। हम दोनों ने गर्दनें ऊपर उठायीं।

ऊपर चढ़ता हुआ विशाल गोपुर, त्रिशूलाकृति चार कलश और प्रत्येक मंजिल पर देवी-देवताओं की मूर्तियाँ।

'इस गोपुर को हम लोग लौटते समय, विदा लेते समय, फुरसत से देखेंगे।' जगदीश ने कहा और हम भीतर आये। सामान और चप्पलें बाहर रखीं।

प्राकार में प्रवेश करने से पहले जगदीश देवालय की ओर देखकर बोला—

'बेलू का देवालय जगत् विख्यात होकर आज कितनी ही सदियों तक होयसल शिल्प कला के आदर्श के रूप में...'

उसका स्वर किसी गाइड जैसा कण्ठस्थ किया हुआ लग रहा था।

'यह क्या बक रहे हो तुम?'

'जान-बूझकर ही बता रहा हूँ...यह जहाँगीर आर्ट्स गैलरी के 'माडर्न आर्ट' का प्रदर्शन नहीं है। मैं एक बार तुम्हें वहाँ ले गया था, उस समय पूरी प्रदर्शनी का चक्कर लगाकर, तुम जब लौटी, तो मैं पहले ही चित्र के पास अटक-सा गया था...।'

'कुछ यादें तुमने बिल्कुल गहराई से सँजोकर रखी हैं...लेकिन वह माडर्न आर्ट था। यहाँ तो सब कुछ समझ में आने की सुविधा है।'

'मैं सोच ही रहा था कि यह गलती तुम करने ही वाली हो। तुम इस भ्रम से मत देखो कि यह शिल्पकला सहज ही समझ में आने वाली चीज है। यह काला पत्थर खोदना बड़ा कठिन है। इन शिल्पकारों के सामने प्रकृति की जो चुनौती थी...' वह विलक्षण अभिमान से बोला।

हमने आकार में प्रवेश किया। चारों ओर पंचायत के देवालय, छोटे-बड़े देवल, जहाँ-तहाँ गोल खुदे हुये कोने कंगूरों के स्तम्भ ही स्तम्भ और बीच में केशव का देवालय।

'पल्लवी, क्षण भर के लिए आकाश की ओर देखो और फिर इस देवालय की ओर देखो। कैसे आकाश फोड़कर देवालय बाहर आ गया है। रचना भी नक्षत्रों की है। इसे ध्यान में रखो।'

बीच के छोटे से देवल में गरुण के दर्शन किये। हाथ जोड़कर बड़ी सुडौल ठिंगनी मूर्ति। नजर सामने वाले गर्भगृह के देवता की ओर थी। हठी, निष्पाप, सत्याग्रही। लेकिन आज्ञाकारी बालक की तरह मुझे बहुत पसन्द आया।

'तुम अपनी वह स्केचबुक नहीं लायी अपने साथ?' मैंने उत्सुकता से पूछा।

जगदीश ने विलक्षण त्यौरियाँ चढ़ाकर, 'दूँ एक झापड़' वाले नजरिये से मेरी ओर देखा।

'सॉरी, गलती हो गयी, भई!'

देवलों को लाँघकर सामने वाला तोरण देखते हुये हम सीढ़ियाँ चढ़ गये। चबूतरे पर आये। जगदीश आगे, मैं पीछे।

'उस पहले वाले खेत की पगडण्डी तक तो मैं आ ही गयी थी। वहाँ से देवालय भी कुछ बहुत दूर नहीं...' मैंने संकेतात्मक ढंग से कहा।

जगदीश का मेरी ओर ध्यान नहीं था। चबूतरे के चित्र-विचित्र शिल्पों के स्तरों को वह बारीकी से देख रहा था। सबसे निचला स्तर था, हाथियों का। उनकी एक अखण्ड शृंखला—शान्त, गम्भीर, राजसी ठाठदार। सूँड़ों से पानी उड़ाने वाले ये हाथी लेकिन एक जैसा दूसरा नहीं।

'पुनर्जन्म को मानने में कुछ हर्ज नहीं है, लेकिन एक सरल बौड़म-सा गणित उसके आड़े आता है।'

'कौन-सा गणित?'

'हम सब अपने पिछले जन्म को ही जी रहे होते हैं न?'

'हाँ।'

'मतलब यह हुआ कि जो नये प्राणी इसके बाद जन्म लेने वाले हैं, उन सबका पहले जन्म हुआ है ठीक!'

'हाँ।'

'देखो, ढंग से विचार करो 'हाँ' करते समय। मतलब यह हुआ कि ये निरन्तर बढ़ते जाने वाले असंख्य और अनन्त मनुष्य पहले ही यानी अतीत में ही जन्म ले चुके हैं, कुछ ऐसा पगला-सा हिसाब मानना पड़ता है।'

'इसके लिए एक सादा-सा उत्तर है, बिल्कुल ठोस। बहुत चुनिन्दा व्यक्तियों को ही पुनर्जन्म मिलता होगा।'

'ग्रीकों को जिस तरह घोड़ा सध गया, वैसा हमने नहीं साधा। लेकिन हंस और हाथी ग्रेट। पुनर्जन्म का 'बोरडम' प्राप्त करने वाली यह कौन-सी मण्डली है, पल्लवी?'

'हम-तुम जैसी।'

'स्साला! मतलब इस जन्म में तुम मेरे सिर पर आ बैठी हो...?'

'मैं जब पुनर्जन्म में विश्वास करने वाली हूँ, तो ध्यान में रखो कि एक जन्म ही नहीं, कम-से-कम सात जन्म तक तुम्हारे सिर पर बैठने वाली हूँ।'

'लेकिन मैं तो एक ही जन्म में सात स्त्रियों को—हाँ, पहले से ही कह देना अच्छा। फिर वह व्यक्ति विचार करे और पुनर्जन्म जैसी बकवास की कल्पना छोड़ दे।'

'फिर भी आठवें जन्म में कहाँ जाओगे?'

'मतलब?'

'तुम्हारी आठवीं स्त्री मैं और मेरे आठवें पुरुष तुम।'

जगदीश ने तड़-तड़ अपने कपाल पर हाथ के पंजे से थप्पड़ लगाये।

'तो फिर इस प्रकार चुहलबाजी कभी मत करना।' मैंने चेतावनी दी।

क्रुद्ध, थर्राने वाली, महिषासुरमर्दिनी, नृत्य में धुत्र होकर...सिंह-सुअर और घड़ियाल के सम्मिश्रण से युक्त सर्पिणी, कालिया के फन पर नाचने वाला गोपाल कृष्ण, राम-लक्ष्मण के विवाह का सुन्दर रथ, प्रशांत लक्ष्मी नारायण, पेड़ से धनुष-वाण खींचने वाली शिकारी स्त्री, प्रचण्ड लेकिन भोला नन्दी...आँख थकने लगी।

जगदीश उस वास्तुशिल्प की एक-एक मूर्ति मुझे दिखा रहा था, समझाकर बता रहा था।

'पल्लवी, देव और राक्षस और सीधे-सादे सामान्य लोग, देवियों और भोली-भाली स्त्रियों, नर्तक वाद्य और उनके प्राणी, यक्ष-किन्नर और रामायण-महाभारत, सबको कैसे इकट्ठा और पास-पास लाया गया है। देखो, स्वर्ग और पृथ्वी, सत्य और आभास, जन्म और मृत्यु, मुरली और भेरी, नाग और कमल, स्वप्न और वास्तव... ओहो, क्या और कितना, वास्तव और गूढ़, वर्तमान और भूत सब यहाँ एकमेक होकर परस्पर अटक गये हैं।'

'क्या कहा, वर्तमान काल और भूतकाल भी?'

परस्पर चिकोटियाँ काटते हुए हम मजे में चल रहे थे। हमारी दोनों की नजरें एक ही समय, किसी शिल्प कृति पर साथ-साथ जा रही थीं।

स्तम्भ पर, ब्रैकेट्स में एक के पीछे एक खुदी हुई उन स्त्रियों की ओर हमारा ध्यान ऐसे ही गया। सुन्दर मुखर चेहरा। हाथ पर एक तोता फड़फड़ा रहा है। उसके ही होंठों के शब्दों को वह बोल रहा है, 'वह कब घर आयेगा, बताओ कब आयेगा?' मृदंग बजाने वाली वह मदनिका, मृदंग की थरथराहट उसके झुके हुए बंकिम पैरों में थी। चेहरे पर नटराज के प्रति अपार भक्ति।

'पल्लवी, इन सभी स्त्रियों को उन शिल्पकारों ने स्वतन्त्र नाम दिये हैं—गौरी, चन्द्रावली, पत्रलेखा, सुगन्धा, चित्रिणी।'

और वह नाजुक स्त्री, लम्बी उँगलियाँ, किंचित् ऊपर पुरुष के अदृश्य हाथों द्वारा मानों ऊपर उठाई गयी थी। फूल की कली हवा में थरथराई...उसी तरह नीचे वाला होंठ थरथरा रहा था। शरीर आभूषणों से लदा हुआ। अलंकार कहाँ नहीं थे—बालों में, कानों में, गले में, भुजाओं पर, स्तनों पर, पेट पर, कमर पर, पैरों में।

'शृंखला कितनी सुन्दर, नक्काशीदार और नाजुक है और देखो न, जैसे हवा में मानो हिलती जा रही है।'

'सिर्फ गहनों को मत देखो। उसके चेहरे के मुग्ध और शालीन भावों को भी समझो। वक्ष भी कितने गोल चन्द्र जैसे हैं। लेकिन सभी वक्ष चन्द्र-लज्जित से। नहीं तो, तुम जैसी इधर की आधुनिक लड़कियाँ...बेहया...।'

'तुम भी क्या उस पुरुष की तरह ठोडी को हौले से उठाना जानते हो! सदैव जंगली जल्दबाजी।'

'पल्लवी, तुम्हारे साथ ऐसे ही जंगली जल्दबाजी करनी चाहिए। तुम्हें मुग्ध किया जाय, क्या ऐसी तुम्हारी 'फिगर' है? ठिगनी तो ठिगनी ऊपर से मिट्टी भी कितनी वजनी! स्साला...किसी नाटक, सिनेमा के नायक की तरह, फूल की तरह तुम्हें उठा लेने की सुविधा भी है? लेकिन ऐसा प्रयास एक बार किया था, तो डाक्टर के पास जाना पड़ा। डाक्टर ने कहा कि किसी बहुत भारी चीज को तुमने ऊपर उठाया है। कालर गले में नहीं पड़ी यही किस्मत की बात है।'

मैं गुस्से में लाल हो गई थी, लेकिन क्या करती?

एक क्षण में वह गुस्सा भी गुम हो गया। स्तम्भ के ब्रैकेट पर उस स्त्री का शिल्प भी वैसा ही था। नृत्य की मुद्रा में वह खड़ी थी। उसके चारों ओर बेल के पत्तों की सुन्दर आवृत्ति थी। पैर आगे, विलक्षण गतिमान, शानदार ढंग से जरा-सा लचकाया हुआ और हाथ में एक दर्पण। उस दर्पण के प्रकाश का गोल टुकड़ा चेहरे पर प्रतिबिम्बित था।

'पल्लवी!'

वह कुछ कहना चाहता था, लेकिन क्षण भर के लिए वह एक शब्द भी नहीं बोल सका था।

उसका समूचा चेहरा गर्क था। सामने वाले दर्पण में टकटकी लगाकर देखने वाली नजर, चेहरा इतना उज्ज्वल कि मानो शरीर के अन्दर से अनेक प्रकाश के गोल टुकड़े बाहर फेंके जा रहे हों।

'पल्लवी, शायद उसका प्रियतम कोने में खड़ा होगा। कदाचित् दूर गाँव गया होगा। नो, नो, लेकिन चेहरे की वह मुस्कुराने वाली शान्ति। अपने ही सौन्दर्य में मदहोश करने वाला आनन्द नहीं है वह।'

लेकिन मैं चकित थी किसी दूसरे ही कारण से।

'अपने को चित्रकार बतालाते हो जगदीश, लेकिन एक मामूली बात तुम्हारे ध्यान में नहीं आयी, अब तक!'

'पल्लवी', पैर पर जैसे ऊँची एड़ी वाला बूट पड़ जाय, उस तरह विह्वल होकर वह बोला, 'चित्रकला पर भी तुम्हें बोलना ही चाहिये!'

'ये सारी स्त्रियाँ, देवांगनाएँ, नर्तकियाँ, यक्षणियाँ, सुर-सुन्दरियाँ...समस्त नारियाँ नाटे कद की, स्थूल। परन्तु मेरी ही तरह प्रमाणबद्ध हैं!'

जगदीश ने गाल फुलाये, आँखें इधर-उधर कीं और बोला, 'ठीक है, पल्लवी! लेकिन ग्रीक अनाटमी का...'

'ग्रीक अनाटमी जाय भाड़ में। अब अपने गाँव चलने पर अपनी सभी सहेलियों को मैं यह सत्य बताऊँगी। सदैव कहा जाता है कि सुन्दर स्त्री ऊँची,

इकहरी होती है। समस्त साहित्य में यह बहुत उधम मचा रही है। देखो, इन स्त्रियों को देखो।' मैं एकदम रुक गई। हौले से कहा, 'जगदीश, मेरे मन में एक निराली कल्पना आयी है?'

'क्या, हमें छोड़ मत देना...?'

'समझ लो, कितनी ही सदियों पहले जब यह देवालय बनाया जा रहा था, तब तुम भी इस बेलूर गाँव में जन्मे थे। मान लो एक शिल्पी के रूप में तुम भी इसी देवालय में काम कर रहे थे और मान लो, मैं भी इसी गाँव में थी। तुमने कुछ देर पहले जो कहा न, गौरी, चन्द्रावली, पत्रलेखा...'

'सभी तुम?'

'नहीं रे, इनमें से सिर्फ कोई एक।'

'तुम आगे चली जाओ, पल्लवी! इस विष्णु को मुझे अकेले ही देखने दो!' वह चीखा।

मैं आगे बढ़ गयी। प्रदक्षिणा-मार्ग पर और एक शिल्पाकृति को देखने लगी। मैं सहज कौतूहल से वहाँ गयी थी। देवालय का गाइड हाथ की एक छोटी-सी छड़ी से कुछ दिखा रहा था, कुछ बता रहा था।

समस्त देवालय पर सूर्यास्त का मन्द गुलाबी प्रकाश फैल गया था। पत्थर के एक भव्य लेकिन रिक्त आले की ओर हमारा ध्यान ले जाकर वह बोला,

'यहाँ की दीप्ति देखिये। उसका एक ही कर्व इस शिल्पकार ने खोदा है। लेकिन ऐसा विचित्र घुमाव इस समूचे देवालय में आपको अन्यत्र नहीं दिखाई देगा उसी तरह ये दो छोटी गोल रेखाएँ देखिये और यह नक्काशी—यह किरीट की खुदी हुई नक्काशी भी बिल्कुल अनोखी है। यहाँ के किसी भी मुकुट में वैसी नक्काशी नहीं है। नीचे वाले चेहरे यहाँ नहीं हैं। यह पता नहीं चल सकता कि वे चेहरे कितने थे और किसके थे। वैसे यह शिल्प अधूरा ही है। अन्दाज यह है कि एक बिल्कुल अनोखा-सा शिल्प यहाँ साकार हुआ होता..., चलिये..., नेक्स्ट...।'

गाइड के इर्द-गिर्द वाली भीड़ आगे निकल गयी और मैं अकेली वहाँ रह गयी। भूरे रंग के पत्थर के बने उस अधूरे परन्तु भव्य आलों की ओर मैं देखती ही रही। किनके चेहरे? कितने चेहरे? वे क्यों खोदे नहीं गये?

मैं जगदीश के पास गयी। वह बहुत आगे नहीं सरका था। वेणुगोपाल के शिल्प की ओर देख रहा था। मुरली के सुरों से गोपियाँ, गोपाल, गायें सभी प्राणी ही नहीं, छोटे-छोटे कुंज भी तल्लीन होकर स्तब्ध हो गये थे।

'कितना देखें, कितना देखें?' मैंने उससे कहा।

'सही है, लेकिन तुम्हारा चेहरा क्यों ऐसा मुरझाया-सा खिन्न है?'

'कहाँ, कुछ भी तो नहीं।'

'क्या हुआ जरूर है?'

'बड़ी लम्बी यात्रा और देवालय में तीन घण्टे भ्रमण के कारण जरा थक गई हूँ।'

'सच—इतना ही?'

क्षण भर के लिए मोह पैदा हुआ कि उसे उस अधूरे आले के बारे में बता दूँ। फिर लगा—नहीं, रहने दूँ।

'सच है, सचमुच थकना स्वाभाविक है। चलो, अब गेस्ट हाउस चलें।'

उस समय तक शाम हो आयी थी। हम सरकारी गेस्ट हाउस पर गये। स्नान किया। गजब की भूख लग आयी थी, इसलिए फौरन खाना खा लिया और लेट गये।

गेस्ट हाउस का जो कमरा हमें मिला था, वह छोटा-सा ही था। दो चारपाइयाँ, फीके नीले रंग के बेडशीट्स, कोने में एक स्टैण्ड। सादा मेज और कुर्सी। एक छोटा-सा आईना। कपड़ों के लिए एक आलमारी। दीवारों का रंग फीका गुलाबी।

लेकिन मेरे दिमाग और आँखों में भरा हुआ वह शिल्प अभी उतर ही नहीं रहा था। तीन-चार घण्टे वहाँ बिताकर भी मैं अभी देवालय के बाहर नहीं आयी थी। वह हमारा कमरा नहीं था, न वे दीवारें, दीवारें थीं। वह छत भी छत नहीं थी।

आँखें ऊपर उठाईं। उस काली, भूरी छत में एक भव्य कमल था। उसकी प्रचण्ड पंखुड़ियाँ धीरे-धीरे फैलती जा रही थीं। बीच में लग रहा था कि वह कमल नहीं है। वे केले की तेल लगायी तोतई टटकी नलियाँ हैं और खिलती-खुलती अब वे मेरा शरीर ढँकने को आ रही हैं। खटिया की ओर खेल के छोटे हाथियों की कतार-सी लग आयी थी और एक खिड़की में सिंह, घड़ियालों के चेहरे के वे साँप फन निकालकर बैठे थे। दीवारें फोड़कर प्रचण्ड गोलाकार कोनों वाले वे स्तम्भ खड़े थे और दो-दो स्तम्भों के बीच सर्वत्र लताओं के पुंज और तोरण लटक रहे थे। उसमें जहाँ-तहाँ थे वक्ष-चन्द्र। कमर पर झँकार करने वाली मेखलाएँ। बीच ही में मृदंग और डमरू की खनकती थापें और उनके रुकने पर दूर से सुनाई पड़ने वाला मुरली का सुर।

जोर से आँखें भींच लेने पर भी ये आभास कम नहीं हो पा रहे थे। बीच में ही मैंने आँखें खोलीं तो ध्यान में आया कि एक सुन्दर-सी झपकी मैंने ले ली थी। फिर पुनः देवालय के शिल्पों के वे असंख्य टुकड़े सिर में भिनभिनाते लगे। उसमें और एक विचित्र आभास मिल गया था। पत्थर और छेनी की ध्वनियाँ खन्न-खन्न, खट्-खट्...। कितनी ही सदियों पहले इसी गाँव में जगदीश था। शिल्पी की हैसियत से यहीं पर काम कर रहा था। मैं भी इसी गाँव में थी...लेकिन जगदीश उस समय

अलिप्त था। लौटने के बाद उसने फौरन अपना बोर्ड उठा लिया था। उस पर कैनवस रोपा था और विलक्षण रूप से चुपचाप चित्र बनाने में व्यस्त हो गया था।

'कौन-सा चित्र बना रहे हो अभी?'

'मुझे उस भयंकर देवालय के बाहर आना है। मुझे बाहर आना ही होगा।' वह बोला। थोड़ी देर सब कुछ शान्त था।

मेरी आँखें खुलने पर वह काम करने का स्वाँग रचता था और मेरे सोने का स्वाँग करने पर मेरी ओर हँसकर देखता था।

नटखट—अहँकारी!

'सोती हूँ...मैंऽऽ।'

'सो जाइये! शान्ति से सो जाइये!'

एक क्षण शान्ति-स्तब्धता!

'जगदीश! हनीमून ऐसे...'

'स्साला! हनीमून जाय भाड़ में। मुझे इसे समझना है। समझना ही है।' वह चीखा।

मैं चिढ़ गयी। उठी। पीछे से उसके गले से लग गयी—तब मेरा ध्यान उस चित्र की ओर गया। मेरा आलिंगन एकदम शिथिल हो गया, छूट गया।

उसका वह चित्र मेरी समझ में पूरी तरह नहीं आ रहा था। देवालय, नक्काशियाँ इत्यादि। वैसे सब पुराना ही था, लेकिन उसमें भी कुछ नया था। अनोखा था। लेकिन एक बात निश्चित थी। उसमें वह आला स्पष्ट था और जगदीश और मैं दोनों उसमें थे। हम जैसे दिखते थे, वैसे नहीं थे। लेकिन मैंने अपने को पहचाना और बाद में उसे भी।

मैं चकित होकर उसकी ओर देखने लगी। यह तो उस देवालय के अधूरे रिक्त आले के पास आया भी नहीं था...फिर...फिर...

'तुमने कैसे समझा, जगदीश!'

'क्या, कैसे समझा? ऐसे क्या देख रही हो? सचमुच मुझे नहीं मालूम।'

'मालूम नहीं?'

मैं मन-ही-मन थरथराकर काँप उठी, लेकिन ऊपर से मुस्कुरायी।

'मेरी समझ में यह नहीं आ रहा है पल्लवी, यह देवालय का चित्र मैंने कैसे बनाया, क्यों बनाया? मैं ऐसा कुछ भी बनाने वाला नहीं था, लेकिन वह ऐसा ही बनता गया। ऐसा ही, ऐसा ही...' और उसने अपने हाथ गुस्से में बार-बार झटके।

उसका चेहरा एकदम बदल गया था। मैंने उसका ऐसा चेहरा कभी नहीं देखा था। सफेद—एकदम फक, नासापुट फूले-से और आँखों में आँसू।

'तुम हँस क्यों रही हो पल्लवी?'

'मैं नहीं बताऊँगी।'

'पल्लवी, मुझे जानना ही चाहिये।' वह चीखा।

'तुम कितना ही चीखो, मैं बताने वाली नहीं हूँ।'

हमारा हनीमून उस समय से शुरू हुआ, मस्त रंग आ गया। लेकिन आखिर तक मैंने उसे उस अधूरे रिक्त आले के सम्बन्ध में कुछ नहीं बताया, कभी नहीं बताऊँगी...।

अनु०—**चन्द्रकान्त बांदिवडेकर**

✦

भूख

✦

बाबूराव बागूल

बारिश बैरी और अंधी हो रही थी। उस भारी वर्षा ने बड़ों-बड़ों की नाकों दम कर रखा था। मजूरी पर पेट पालने वालों की फाकाकशी ने बड़ी दयनीय स्थिति ला दी थी। वर्षा की मार से लोग मिट्टी की भाँति ढीले-ढाले पड़ गये थे। घास की तरह रोगों का फैलाव हो रहा था। हर घर में कोई न कोई बीमार था।

भागू मछुआरिन ठण्ड लगने से बीमार हो गयी थी। उसकी बीमारी और निरन्तर गिरने वाली बारिश की वजह से उसके दोनों बच्चे भूख से परेशान हो गये थे। भीख में जो भी कुछ मिलता उसे खाकर खिन्न मन से माँ के पैरों के पास, सिर के पास बैठे रहते। दुःख और भूख से दिन किसी तरह कट रहे थे।

कभी बुखार के उतरने पर या होश आने पर उन भूखे रोते बच्चों को देखकर वह बहुत व्याकुल हो जाया करती थी। भर-भरकर बहने वाली आँखों को पोंछती, श्रद्धा से व्याकुल होकर भगवान् से प्रार्थना करती थी कि बारिश खत्म हो और उसका बुखार उतर जाय।

आखिर एक दिन उसकी प्रार्थना भगवान् ने सुन ही ली। स्नेहिल माँ की प्रार्थना सुनकर सूर्य का साथी मिट्टी को महान् बनाने वाली अपनी वृष्टि को रोककर दूर चला गया। भागू का बुखार भी उतर गया और थकान भी कुछ-कुछ खत्म हुई। वह हड़बड़ाकर उठी और सहमें हुये बच्चों को पुकारा, 'भिका, सटवा, यहाँ आओ, बच्चों!'

माँ की पुकार सुनते ही उन दोनों के शरीर में जो ग्लानि और उदासी थी, वह मछली की भाँति कहीं भाग गयी। तरोताजा होकर वे उसकी बगलों में आ गये। उनको गले से लिपटाकर वह बड़े लड़के से बोली, 'भिका, गाँव में जा और चौधराइन से कहकर दो मुट्ठी आटा ले आ!'

'नहीं, माँ उसके पास नहीं जाऊँगा। मुझे देखते ही वह कुत्ते की तरह डाँटकर भगाती है।'

'फिर भी देती तो हैं।' फूले गाल और बटन जितनी नाक, करौंदी की तरह काली आँख वाला सटवा तुतली बोली में बोला। उसकी मधुर तुतली बात से माँ के मन में खुशी पैदा हुई। भिका को समझाती हुई वह बोली, 'हर दिन उसी के घर जाओगे तो वह गुस्सा नहीं होंगी तो क्या जामाता की तरह पीढ़ा देंगी बैठने

को? पुरण पोली खिलाएँगी? इन दिनों बड़े भले लोगों को बड़ी तकलीफ हो रही है। लेकिन जाओ उसी के पास...।'

'ना, दूसरे घर जाने को कहो।'

'वह दे देगी, गाँव की चौधराइन है। उसमें दया नहीं उपजेगी तो किसमें उपजेगी?'

'उसको छोड़कर सबमें उपजेगी।'

'जाओ, करो जो तुम चाहो, लेकिन उसके पास भी जाओ। नहीं तो वह कहेगी भागू को घमण्ड हो गया है। वह लोटा ले लो।' बच्चों के प्रति जो प्रेम पैदा हुआ था, वह उत्साह अब कुछ कम होने लगा था। उसे थकान महसूस हो रही थी। वह चुप हो गयी। बच्चा लोटा कपड़ा लेकर बाहर निकला। उसका रंग तेलिया काला था, नाक से नकटा, धँसी हुई आँखें लेकिन कद-काठी ऊँची। सिर पर उगे घने बालों को उड़ाता हुआ, वह गाँव की दिशा में दौड़ा।

सटवा माँ के गले में अपने मोटे हाथ डालकर बोला, 'माँ, मैं जाऊँ मौसी के पास? वह मुझे थोड़ी रोटी देती है।'

'उसके यहाँ हमें नहीं खाना चाहिये, जात चली जाती है।' ठकू के उपकारों का स्मरण हुआ तो उसके मन में जात-पाँत के जहीले विचार अधिक ठहर नहीं सके। शर्मिन्दा होकर वह चुप हो गयी।

'फिर जाऊँ?'

'जाओ!' माँ की आज्ञा पाते ही एक बड़े से कुरते में शरीर को छिपाकर सटवा भागा। भागू को सटवा का हिलने वाला सिर दिख रहा था। अपने दर्द करने वाले सिर को दबाती हुई वह उसकी ओर देख रही थी। उसकी खिली आँखों से कौतूक झर रहा था। उसका मुँह आनन्द से खिला था।

कुछ देर बाद ही उसकी वह राम-लक्ष्मण की जोड़ी वापस आ गयी। भिका का चेहरा मायूस हो गया था। एक हाथ में दाल का लोटा और दूसरे हाथ में रोटियों की पोटली लेकर खड़ा था। यह अनुमान कर कि चौधराइन गुस्सा हुई होगी, उसके हाथ से पोटली लेकर बोली, 'बैठो मेरे राजा, बैठो!' उसका हाथ पकड़कर उसे नीचे बिठाया और कहा, 'अब मैं अपने लाड़ले को परोसती हूँ।'

वह खूब अपमानित हुआ था—चौधराइन ने उसे काफी लताड़ा था। हाँ, सटवा खुशी से फूला न समा रहा था, क्योंकि उसके उस अगड़धत् कुरते के नीचे माँ के लिए मंडुए की गरम रोटी और सूखी मछली की चटनी थी। उसने छिपाया था, क्योंकि उसे डर था कि भिका माँगकर झपट लेगा।

माँ रेंगती हुई चूल्हे के पास गई और जस्ते की थाली और लोटा ले आई। थाली में दाल उड़ेलकर वह बोली, 'खाओ बेटा, गरीब के बच्चे को ऐसे अकड़ना नहीं चाहिये, खाओ...।' उसका हृदय भर आया था। उसने सटवा को खींचा।

उसके लाड़ले स्पर्श से उसका हृदय वात्सल्य से रिसने लगा। धूल से सने उसके सिर को वह लगातार चूमने लगी। सटवा को प्यार करते हुए देखकर भिका हैरान हो गया। कौर बनाने में सिद्धहस्त उसका हाथ रुका हुआ देखकर माँ भिका की भी पीठ पर हाथ फेरने लगी। उससे भी खाने के लिए आग्रह करने लगी। प्रोत्साहित होकर वह भी खाने के बारे में अपना कौशल प्रकट करने लगा। उन बासी टुकड़ों में रस लेने लगा।

लेकिन सटवा स्वाद लेकर खा रहा था। वह सोच रहा था कि कब भिका बाहर जाय और वह माँ को गर्म आधी रोटी खिलाये। लेकिन भिका की आँख उस पर लगी थी। माँ के हाथ के स्पर्श के बाद, वह निर्भय हो गया था और उसे पक्का मालूम हो गया था कि सटवा के पास खाने की कोई अच्छी चीज है। वह बोला, 'क्या है रे?'

'रोटी मंडुए की। माँ के लिए। गर्म है। तुम जल्दी खाओ। माँ को चाहिये।' ढीले-ढाले कुर्ते के नीचे पेट से सटाकर रखी हुई रोटी उसने माँ की गोद में रखी।

उसकी ममता को देख माँ मुस्करायी। उसके दोनों फूले गालों को चूमते हुए माँ ने रोटी के तीन टुकड़े किये। दोनों को देकर खुद भी धीरे-धीरे खाने लगी।

सटवा की तरह माँ मेरा भी सम्मान करे, इस इरादे से, चोरी से खाने के लिए बचाकर रखे हुए आचार का छोटा टुकड़ा जेब से निकालकर भिका ने माँ को दे दिया। माँ को खाने के बारे में भिका का लालची स्वभाव मालूम था, इसलिए उसकी दोनों आँखें आँसुओं से भर आयीं। उसका सिर सहलाते हुए वह आँसू रोकने का प्रयास करने लगी, लेकिन आँसू रुक नहीं रहे थे। उसने आँचल मुँह पर रखकर खाँसना शुरू किया और प्रेम से बोली, 'बेटा, तुम खा लो पहले, फिर सटवा को देना। जल्दी कमाने लगो।'

दस घर के बासी टुकड़े और बासी दाल भिका को पसन्द नहीं थी, फिर भी उसको भूख जबरदस्त थी, इसीलिए वह खाता जा रहा था। उसकी जबर्दस्त भूख और चेहरे पर अतृप्ति और परेशानी देखकर माँ का हृदय फट रहा था। अपने बच्चों को प्राणी से भी अधिक प्यार करने वाली माँ होने के कारण उसने तय किया कि वह आज नदी पर जायेगी। उसने भिका से कहा, 'भिका, आज हम नदी पर जायेंगे—जरा पानी देख आना।'

'अभी आता हूँ।' उसे इतनी खुशी हुई कि पत्थर की तरह कड़े टुकड़ों को छोड़कर वह पानी पीकर उठा और बाहर बाहर की ओर भागा। उसके पीछे नदी के रूप से विमोहित सटवा भी अपनी गर्दन को हिलाता हुआ, उसके पीछे भागा। माँ को लगा कि उसने नाहक बच्चों को खाने के समय यह काम बताया। वैसे भी उससे खाया नहीं जा रहा था यह विचार आते ही उसका खाना और भी मुश्किल हो गया। रोटी के टुकड़ों को टोकरी में फेंककर उसने सामान बटोरा और दोनों हाथ से सिर थामे वह द्वार पर आकर बैठ गयी।

इतने में उसकी राम-लक्ष्मण की जोड़ी दौड़ती हुई वापस आयी। प्रसन्न भिका ने हाँफते हुए खबर दी, 'माँ' पानी उतर गया है। चलो, मछली पकडेंगे। आज अहीर (विशिष्ट मछली का नाम) मिलेगा।' 'अहीर!' आश्चर्य से वह चुप हो गयी। फिर दोनों हाथ जोड़कर आसमान की ओर देखती हुई बोली, 'तुम बालक हो, तुम्हारे मुख में घी-शक्कर!'

'मिलेगा ही' दोनों भाई एक साथ बोले। उनका वह विश्वास देखकर माँ इतनी प्रसन्न हो गयी कि अधिक बात करने में उसे भय लगने लगा। बच्चों से वह बोली, 'जाओ खेलो, पानी चट्टान के नीचे आयेगा तो आकर बताना 'जाओ।'

बच्चे खेलने चले गये। वह अहीर मछली के बारे में सोचने लगी। वह विचार करने लगी कि मछली खाते समय भिका कितना खुश होगा, उसका चेहरा कैसे खिलेगा, दो दिन खाने पर खून बढ़ेगा, बीमारी और भुखमरी से क्षीण हुई शक्ति फिर से पैदा होगी। आनन्द से उत्तेजित उसके दोनों बेटे हर घड़ी के बाद आकर उसे पानी के बारे में सूचनाएँ देते जा रहे थे। उसके सामने नदी का रूप प्रत्यक्ष कर रहे थे। माँ अपने बच्चों की अक्ल पर बाग-बाग हो गयी थी। ऐसे चन्द्र-सूर्य बच्चों पर प्राण न्यौछावर करने की बात उसके मन में आ रही थी। उसका सूखा शरीर उत्साह और शक्ति से उत्तेजित हो रहा था।

ठीक पाँच बजे जितना पानी कम होना चाहिये था, उतना हो गया था। तीनों में सामान बाँटकर वह आगे और दोनों बच्चे पीछे-पीछे नदी के किनारे आ गये।

नदी का गन्दला पानी वेग से दौड़ रहा था। नदी के किनारे बहुत गन्दगी और कीचड़ था। चलते समय उनके पैर कीचड़ में काँटों पर पड़ते थे। फिर भी टोहती हुई, वह चली जा रही थी। अधिक भोगने के कारण उसकी अँगुलियों में दर्द हो रहा था। पाँव और कमर की हड्डियाँ दुख रही थीं। ठण्डी हवा का झकोरा आते ही उसके सारे शरीर में कसमसाहट पैदा हो जाती थी। सिर दुख रहा था और आँखें भारी होकर झपक रही थीं। वह वैसे ही आगे बढ़ती जा रही थी, क्योंकि उसने अपने दोनों बच्चों के पालन की जिम्मेदारी अपने सिर पर रखी थी। दुःख एवं संकट के सामने अब उसे हार नहीं माननी थी।

शारीरिक दुःख को थपेड़े मारकर वह हर कदम उठा रही थी। उसके पीछे उसके बच्चे अपना आनन्द बिखेर रहे थे। वे एक-दूसरे से कह रहे थे कि किस नदी में कौन से प्रेत हैं? बैताल अमावस्या-पूर्णिमा के दिन दिये लेकर कहाँ नाचता है? कीचड़ में फँसे कीड़ों पर वे पत्थर भी फेंक रहे थे। बाढ़ के वेग से निर्जीव हुए, उन कीड़ों की तड़फड़ाहट देखकर वे हँस रहे थे।

'अरे, उसे देखो!' उन्हीं के सामने घास के रंग का एक छोटा-सा साँप रेंगता, घिसटता जा रहा था। भिका पीठ पर जाला लेकर दौड़ा। झट से नीचे झुककर उसने उस साँप को मुँह की तरफ से पकड़कर उठाया। उस हरे रंग के साँप की

नि:शक्त बिलबिलाहट को देखकर सटवा तालियाँ पीट रहा था। भिका से हाथ में पकड़ने के लिए साँप माँग रहा था। लेकिन भिका उसे दे नहीं रहा था और हँसता जा रहा था, सटवा उसके हाथ से बार-बार हाथ ऊपर उठाकर कह रहा था, 'पकड़ो नहीं, काटेगा, मर जाओगे...।'

पीछे-पीछे चल रहे बच्चों के ठहाके सुनकर वह मुड़कर देखने लगी। भिका के हाथ में साँप और उसे पकड़ने के लिए झपट रहे सटवा को देखकर वह डर के मारे चिल्लायी, 'अरे पागल, फेंक दे, फेंक दे...' साँप को फेंक दिये जाने पर धीमी आवाज में वह समझाती हुई बोली, 'पागल की भाँति ऐसा कुछ मत उठाया करो...।'

'लेकिन माँ, वह काटने वाला साँप नहीं है।' यह देखकर कि उसका गुस्सा खत्म हो गया है, भिका बोला।

सटवा और भी निर्भयतापूर्वक बोला, 'उससे आदमी नहीं मरता।'

'और पटेर को पीसकर पीने से...' उन दोनों में अपना वैद्यकीय ज्ञान दिखाने की स्पर्धा शुरू हो गयी है, यह देख, माँ मुँह फेरकर चलने लगी। सटवा ने धीमी आवाज से अपनी ईर्ष्या व्यक्त की, 'मुझे दिखाई दे तो मैं तेरे हाथ में दूँगा ही नहीं।' 'तुम्हें वह दिखाई ही नहीं देगा।'

'दिखेगा' सटवा ईर्ष्या से जल-भुनकर बोला। पैनी नजर से वह गढ़ो, पोखरों को निरखने लगा। अनेक अनदेखे कीड़े-मकोड़े दिखाई पड़ रहे थे लेकिन वह जो चाहता था, वह नहीं दिख रहा था। भिका उसे चिढ़ा रहा था। सटवा खूब चिढ़ गया था। दूसरा समय होता तो वह धाड़ मारकर रोने लगता। इतने में उसकी माँ जिस गढ़े के पास खड़ी थी वहीं पड़ा एक विचित्र रंगों का अजगर दिखाई पड़ा। सटवा चिल्ला उठा, 'माँ भागो, साँप, साँप!'

वह वैसे ही खड़ी थी। दोनों ने चिल्लाते हुए उसे पीछे खींचा और वे तीनों गढ़े को देखने लगे। जैसे रंग-बिरंगी धोतियों को निचोड़कर कोई धोबी उनका ढेर बनाये उसी तरह रंग-बिरंगे साँप एक-दूसरे से लिपटकर, गोला बनाकर पड़े थे। उस वीभत्स और भयावह दृश्य को देखकर भागो के शरीर के रोंगटे खड़े हो गये। भय से वह घबराने लगी। दोनों हाथों से बच्चों को कसकर पकड़े, वह आँखें बन्द कर दौड़ने लगी। लेकिन वे दोनों बच्चे वह दृश्य देखकर खुश हो गये थे और उत्तेजित होकर देख रहे थे। माँ खींच रही थी, लेकिन वे हिलना नहीं चाहते थे। वह डर गयी थी, उनके ढाँढस को देख गुस्सा हो गयी थी। अपनी या बच्चों की आवाज साँपों के कानों में न पड़े, इसी कारण मुँह से शब्द भी नहीं निकाल रही थी, सिर्फ उन्हें खींच रही थी।

और उन दोनों के मन में उन निर्जीव पड़े साँपों पर पत्थरों की वर्षा करने की प्रबल इच्छा पैदा हुई थी। बहुत आगे बढ़ने पर उसने कहा, 'साँप के सामने बोलना

नहीं चाहिये। उस पर पत्थर नहीं फेंकने चाहिये। वह खार खाये रहता है और बदल लेता है।'

'मुझे काटेगा तो मैं नीम के पत्ते खा लूँगा।'...सटवा बोला। उसके ये शब्द सुनकर माँ का कलेजा मुँह को आ गया। उसने उसके सिर पर थाप लगाया। उसकी दुबली उँगलियाँ दर्द करने लगीं। माँ ने थप्पड़ मारा, यह देखकर सटवा जोर से हँसने लगा।

'खामोश'—उसकी मधुर मुस्कुराहट सुनकर साँप न चिढ़े, इसलिए डरकर वह चिल्लायी। उसकी घबराहट को देख दोनों बच्चे हँसने लगे। भय और गुस्से से पागल होकर वह उन दोनों को खींचती हुई वहाँ से आगे बढ़ने लगी। वे हँस रहे थे और उसका कलेजा भय से काँप रहा था। बिल्कुल बचपन से—जब से उसकी माँ साँप के काट खाने से मर चुकी थी—साँप के प्रति उसके मन में भय बस गया था।

बहुत दूर जाने पर भी उसका भय खत्म नहीं हुआ। भय को भूलने के लिए उसने मछलियाँ पकड़ने की तैयारी शुरू की। भिका को साथ लेकर घुटने भर पानी में वह मछली पकड़ने लगी। कुछ ही समय में वह भय भूल गई।

समय बीत रहा था। आसमान का नीला रंग बदल रहा था। सूर्य साँवला हो रहा था। उसके शरीर में ठण्ड और बुखार भर रहा था। श्रम से हड्डी दुख रही थी, शिराएँ झनझना रही थीं। उसकी कमर से लटकी जालीदार थैली भर गयी थी। पत्थर पर बैठा सटवा आलस से थक गया था। पतथर पर पानी के साथ आने वाले कीचड़ के साथ खेलते-खेलते वह ऊब गया था। कीचड़ सने हाथ लिए वह बैठा था। उसे भूख लगी थी। भिका भी थक गया था इसलिए बोला, 'माँ, पेशाब कर आऊँ?' 'जाओ, जल्दी जाओ! यह मछलियाँ बेचकर नाना की दूकान से चावल ले आओ, तब तक मैं अपने लिए मछली पकड़कर लाती हूँ।'

गर्म भात और मछली खाने की कल्पना से वह खुश हो गया था, उत्साहित होकर बोला, 'अब अहीर मिल जाय तो कितना अच्छा हो।'

'अहीर? वह तो देवता की भाँति कभी-कभार आता है, इस नदी में।'

'लेकिन बाढ़ में तो आता है न? तुम्हीं ने तो कहा था।'

'आता तो है लेकिन किस्मत चाहिये।'

'फिर तो आज मिल ही जायेगा।' भिका बाहर आया। उसने माँ की कमर से लटकी थैली में से मछलियाँ एक उथली टोकरी में उड़ेल दीं। टोकरी को सिर पर उठाकर वह बोला, 'माँ, मैं जाता हूँ, तुम्हें अहीर जरूर मिलेगा।'

'आओ। ज्यादा मत बोलो।' आगत आनन्द से वह घबरा गयी थी। भिका चल पड़ा और माँ अहीर पाने की आशा से हर बार जाली फेंकने लगी।

साँपों का ढेर जिस पोखर में पड़ा था, उसके पास आते ही वह मन में डर गया। आँखें फाड़कर रास्ते पर इधर-उधर देखने लगा। रास्ते पर कुछ दिखाई न पड़ने के कारण पत्थर लेकर वह गढ़े पर आकर खड़ा हो गया। वहाँ अन्दर एक कम लम्बा, कुछ मोटा-सा काला साँप अभी भी पड़ा था। बाकी सब चले गये थे। भिका को लगा कि अगर यह भूखा, काला साँप रास्ते पर आ गया तो बीमार और बुखार से परेशान माँ को बिना काटे नहीं छोड़ेगा। यह विचार मन में आते ही वह उसे मार डालने के लिए टोकरी नीचे रखकर पत्थर फेंकने लगा। उसके पत्थर से वह पुराना, ढीला-ढाला साँप रेंगता, लड़खड़ाता हुआ उस वेगवान प्रवाह में गिरकर अनदेखा हो गया।

भिका भय से हड़बड़ा कर उसे खोजने लगा। जख्मी साँप मारने वाले से ईर्ष्या करता है, बदला लेता है। इस भय से वह झुककर देख रहा था, ताकि वह साँप माँ के सामने न पड़ जाय, बदला लेने के लिए उसे काट न खाये। पागल-सा भिका पानी में पत्थर फेंक रहा था।

यह भय से अक्रांत हो गया था। उसी समय उसे मछली बेचने की याद हो आयी। खाना पकाने के पहले ही मछली अच्छी तरह बिक जाती है, नहीं तो ग्राहक नहीं मिलता और मिल भी जायँ तो पैसा नहीं मिलता। इसलिए सब कुछ भूल, जान हथेली पर लेकर वह दौड़ने लगा। सिर पर टोकरी में मछलियाँ गिर रही थीं, उन्हें उठाने का भान भी उसे नहीं था। दौड़ते-हाँफते हुए वह गाँव में घुसा।

वैसे ही हर गली में चिल्लाता हुआ मछली बेचने लगा। दौड़ते समय मछली गिरी थी, इसीलिए सावधानी से बेंच रहा था। माँ की बीमारी के बहाने ग्राहकों के मन में दया उपजाने का प्रयास करने लगा। इधर उसकी माँ हर बार अहीर पकड़ने की एक ही आशा से जाल फेंक रही थी। नदी को मनाती थी कि बच्चों को अच्छा-सा अहीर खाने को मिले। नदी हर बार कुछ-न-कुछ देकर भागती जा रही थी।

उसके शरीर में बुखार था, सिर पर मानों चोटें पड़ रही थीं, आँखें झपकती जा रही थीं। उसका मन अहीर मछली को पाने की आशा में धुक्-धुक् कर रहा था। उसे जाली भारी लगने लगी, बुखार से तपी उसकी भारी आँखें चमकने लगीं। श्रद्धा से धीमी गति से वह जाल खींचने लगी। जाले में काली-सी पिंगलें, धूमिल पट्टी की अहीर मछली अटकी देखकर उसे बड़ा सन्तोष हुआ। जाला झटकने पर वह उछल-कूद करने वाली मछली अपने वश में नहीं रहेगी, इस विचार से जाले को हौले से उठाकर वह धीरे-धीरे बाहर आयी। ऊँघते बैठे सटवा से धीमी आवाज में बोली, 'सटवा, चल, टोकरी ले और दौड़।'

अहीर मछली जाला तोड़कर बाहर न भाग जाय, इसलिए उसने जाल नीचे नहीं रखा था। उसने कमर का गीला वस्त्र भी नहीं बदला था। न वह जाले की ओर देख रही थी, न पीछे लड़खड़ाते, रोते-धोते चलने वाले सटवा की ओर देख

रही थी। उलटे चिढ़ रही थी कि सटवा की आवाज से अहीर कहीं भड़क न जाय। रोने वाला सटवा जरा पीछे रहे, इसलिए जल्दी-जल्दी पैर बढ़ाकर घर की ओर आ रही थी।

घर में आते ही उसने धीरे से जाल को खूँटे पर टाँग दिया। अँधेरे में ही कमर का गीला वस्त्र बदल लिया। सटवा को चुप बैठने को कहकर बुखार की धुंध में ही माचिस खोजी, बोतल बत्ती में तेल नहीं था। इसलिए बत्ती को ही चूल्हे में डालकर और कुछ तिनकों को डालकर उसने चूल्हा जलाया। चूल्हे में कंडे डालकर अँधेरे से और धुएँ से भरे घर में बड़ी सावधानी से अहीर को उसने बाहर कर दिया। उसके सिर पर चोट की, फिर उसे ढंग से काटा। बीच के भाग के छोटे-छोटे टुकड़े कर उन्हें धोया और फिर मिट्टी के बरतनों में रखकर चूल्हे पर चढ़ाया, तब कहीं उसका मन शान्त हुआ। तब उसे सटवा की याद हो आयी। उसे पास बुलाकर वह भिका की बाट जोहने लगी। सटवा उसकी बुखार से तपती गोद में सिर रखकर सो गया। उसे सहलाती हुई भिका के पैरों की आहट सुनने का वह प्रयास करती रही।

बाहर भिका के पैरों की आहट पाते ही उसकी आँख सटवा की ओर गयी। उसे जगाती हुई बोली, 'बेटा उठ, देख बड़ा भैया आ गया। अब गरम भात खिलाती हूँ। मेरा नन्हा भरपेट भात खायेगा, मछली खायेगा। उठ बेटा, उठ!'

कोमल फूले हुए गाल वाले सटवा की ओर देखकर उसका हृदय वात्सल्य से उमड़ उठा था। वह उपासा न सोये, इसलिए उसे जगा रही थी, लेकिन थका हुआ रो-रोकर सोया सटवा आँखें नहीं खोल रहा था, वह गाढ़ी नींद में सो गया था।

भिका ने माँ को चावल और बिक्री के पैसे दिये और बची-खुची मछली की टोकरी उसके सामने रखकर चोरी से खरीदी मूँगफलियाँ खाने के लिए वह बाहर चला गया।

अहीर मछली का पौष्टिक रस्सा और भात बनते ही उसने दो थालियाँ तैयार कीं। भिका बहुत भूखा था, इसलिए उसने उसकी थाली में मछली का सारा बरतन खाली कर दिया। सटवा के लिए भी बहुत परोसा था। फिर वह सटवा को जगाने लगी, भिका को पुकारने लगी।

भूखा भिका पुकार सुनते ही अन्दर आया। सीधे थाली के पास बैठकर चूल्हे के प्रकाश में मछली के टुकड़े और भरपूर परोसा हुआ भात खाने लगा। उसकी जबर्दस्त भूख देखकर माँ खुश हो गयी। उसी खुशी में अर्ध जागृत सटवा को बलपूर्वक खिलाती रही। दो-चार कौर निगलने पर उसने जो मुँह बन्द किया तो फिर खोला ही नहीं। उसने कुछ नहीं खाया, इसलिए वह उदास हो गयी। बुखार से उसे भी कुछ खाने की इच्छा नहीं थी। फिर भी भिका का साथ देने के लिए उसने खाना शुरू किया।

खाना समाप्त होने पर बचे हुए खाने को बिल्ली हड़प न कर जाय, इसलिए बड़ी जतन से ढँक दिया। अपने दोनों बच्चों को बगल से सटाकर वह बिस्तर पर लेट गयीं। बच्चे गाढ़ी नींद में सो गये। वह बुखार से छटपटाने लगी, उसका मुँह सूखा पड़ गया था, पेट में मितली-सी पैदा हुई और कै होने लगी।

बाहर मूसलाधार वर्षा हो रही थी। तेज हवा उसके घर पर थपेड़े मार रही थी। टूटती हुई छत से पानी की धार जब नीचे गिरी तब भिका की नींद टूटी। अपना सपना माँ को बताने के लिए वह उसके पास आया और बोलने लगा, 'माँ...।'

'क्या है बेटा?'...कराहते हुए उसने पूछा।

'वह काला साँप तेरे रास्ते में आया था।'

'क्यों, सपने में दिखा क्या?' उसे धीरज बँधाने के लिए उसने पूछा।

'हाँ, लेकिन मैंने उसे पत्थरों से मार-मारकर नदी में भगा दिया था। वह तुम्हारे पास कैसे आया, तुम्हें उसने कैसे काटा? वह तो बहता हुआ चला गया था।'

'मुझे उसने कहाँ काटा?'

'फिर क्यों चिल्ला रही थी? तुम्हें वह नदी में बहता हुआ दिखाई नहीं दिया, वह तो पूरी तरह मर-सा गया था।'

'नहीं' और यह कहते हुए उसके हृदय में भय का प्रचण्ड विस्फोट-सा हो गया। उसके सारे शरीर में भय फैल गया। वह थर-थर काँपने लगी। पसीने से तर हो गये उसके शरीर से शक्ति तिरोहित होने लगी। वह उसी प्रकार लड़खड़ाती हुई कल के लिए रखी हण्डी के पास गयी। उसने हण्डिया खींच ली और चूल्हे के पास ले जाकर देखने लगी। टुकड़ों पर हाथ फेरने लगी।

हर टुकड़ा उसे साँप के टुकड़े की तरह दीख रहा था। हाथ को कुछ ऐसा ही लग रहा था। टुकड़ों में जो सिर था वह भी साँप का-सा लगा, फिर उसका कलेजा बच्चों की मृत्यु के जबर्दस्त भय से फट गया।

'सटवा, भिका!' नीचे गिरते हुए वह जोर से चिल्लायी और पुत्र के प्रेम से शरीर में जलने वाली प्राण-ज्योति बुझ गई।

भरपेट खाना खाकर नि:शंक हुआ भिका उसे पुकार रहा था और उसके शरीर की गर्माहट से तपा हुआ सटवा पसीने से तर होकर तिलमिलाता हुआ भाई की दहाड़ सुनकर जग गया था।

बाहर जोर की हवा चल रही थी। झोपड़ियाँ, झुग्गियों से लड़-भिड़ रही थी। उनके टूटे घरों को धक्के दे रही थी। आसमान में काले बादलों का समुद्र उमड़ रहा था। उस काले उमड़ते समुद्र में चन्द्रमा डूब गया था। उसका प्रकाश मिट गया था। सब कुछ अन्धकार हो गया था।

✦

घनी घास की झोप

✦

आनन्द यादव

सुशीला मर गयी। यह मालूम होने पर कि उसे कदम चाचा के झरने पर गाड़ने के लिए ले जाया गया है, मैं अकेला दौड़ता हुआ गया। गाँव से कदम चाचा का झारना करीबन एक हाँक पर था। माँ ने भी मुझे जाने की आज्ञा दी दी थी।

'तुम क्यों आये आनन्द? जाओ उधर। छोटे बच्चों को शव गाड़ते हुये नहीं देखना चाहिये। जाओ भागो।' दादा ने मुझसे कहा।

और लोगों ने भी कहा, 'यहाँ क्यों आये निगोड़े, जाओ, उधर जाकर खेलो।'

'नऽऽहीं, मैं आऊँगा। माँ ने मुझे आने के लिए कहा है।'

'रहने दो, छोड़ो उसे। बच्चों के साथ खेलता-कूदता था, इसलिए आया होगा। ' सुशीला के चाचा ने कहा, फिर दादा भी चुप हो गये।

गढ्ढा खोदा गया था। काफी गहरा था। उसमें उसे रखा गया। बैल के पत्तों से लोग उसके मुँह में पानी डालने लगे। मैं भी थोड़ा आगे जाकर देखने लगा। आँखें ऐसी मुँदी थीं; जैसे वह गाढ़ी नींद में सोई हो। होंठ भी भींचे हुये थे। गालों पर सूजन हो आयी थी। फूल-सी दिख रही थी। पता नहीं, सूजन क्यों आयी थी। उसके होंठों को खोलकर लोग पानी डालने लगे। लेकिन वह बाहर हो जा रहा था। वह न पानी पी रही थी, न आँखें खोल रही थी। लगा, जैसे वह रूठ गई हो क्योंकि लोग उसे गाड़ रहे थे। उसे गाड़ा जा रहा था और इस कल्पना से मेरा दिल भर आया था। मैं हुचक-हुचक कर रोने लगा। मैं अपनी आँखें अपने कुर्ते से पोंछ रहा था। पहले मैं दौड़ा आया, 'तब क्यों आये हो आनन्द? भागो उधर!' कहने वाले सब लोग मेरी ओर देखकर गद्‌गद् हो रहे थे। सब पुरुष ही थे। सुशी की माँ, बड़ी बहन होशा...कोई नहीं आया था। पुरुषों में कोई रो नहीं रहा था। पागलों की भाँति मैं ही अकेला रो रहा था। सुशी का चाचा मेरी आँखें पोंछता हुआ बोला, 'रोओ नहीं, चुप रहो बेटा...चुप रहो।' उसने मेरी आँखें पोंछ दीं।

आखिर धीरे से मुझे सुशी के पास ले जाया गया। कहा, 'लोटे का पानी उसके मुँह में डाल दो।' उसका मुँह खोलकर मैंने पानी डाल दिया। थोड़ा-सा शायद उसके पेट में भी गया। सुशी के होंठों पर उँगली छुआते समय आँखों में कुछ अधिक ही पानी आ गया, गला भर आया, थूक निगलना कठिन हो गया।

सब लोगों ने धीरे-धीरे उस पर मिट्टी डाल दी। सब मिट्टी उस पर जमा होकर बड़ा ढेर-सा हो गया। उस पर काँटों वाली दो टहनियाँ तोड़कर डाल दी गयीं। उन टहनियों पर मिट्टी की टोकरी डाल दी गयी। दो-तीन बड़े पत्थर लाकर रखे गये। एक-एक पत्थर इतना भारी था कि मुश्किल से एक आदमी उठा सके। उसके शरीर पर यह सब क्यों डाला गया? नीचे उसका क्या होगा? उसे उतना हो तो कैसे उठेगी? मेरा मन व्याकुल हो उठा। लगा कि कहूँ, 'धीरे से अच्छी वाली मिट्टी डालो। कभी वह घर आना चाहे तो उतना आसान होगा... इतनी मिट्टी मत डालो। लेकिन साहस नहीं हुआ। सब पर गुस्सा आया... मुझे लगा कि यह सब इसलिए किया जा रहा है कि सुशी घर नहीं आये... मैंने बहुत कम मिट्टी डाली...वह भी उसके मुँह पर नहीं, नीचे शरीर पर...।

गर्दन झुकाये सब लोग वापस आ गये। मेरी आँखें देखकर माँ बोली, 'तुम रोये बेटा?'

'रोना आ गया।'

माँ हँसी...

दादा को स्नान के लिए पानी दिया। दादा का स्नान हो गया। मुझे भी कपड़े उतारने के लिए कहा गया।

'चलो।' मैं स्नान घर में गया।

'लो, दो लोटा पानी...शरीर पर उड़ेल लो।' मैं समझा नहीं, माँ ने ऐसा क्यों कहा।

'ऐसा क्यों?'

'ऐसा क्यों?'

'लो तो पहले...बाद में बताऊँगी।'

मैंने पानी उड़ेला। फिर माँ नह नहलाना शुरू किया। 'मैयत से लौटने पर किसी को बिना छुये, स्नान कराना चाहिये, इसलिए तुम्हें दो लोटे पानी लेने को कहा। अब छूत गयी। मैं नहलाती हूँ, तुम्हें।'

'मैयत क्या होती है?'

'सुशी मर गयी। उसे मैयत कहा जाता है।'

'सुशी अब जिन्दा नहीं होगी?'

'अब कैसे जिन्दा होगी? एक मर्तबा मनुष्य मर जाता है, तो फिर जिन्दा थोड़े ही होगा?'

'तुम्हे कैसे मालूम?'

माँ कुछ नहीं बोली।

'बताओ न?'

'मनुष्य मरने पर फिर जिन्दा नहीं होता, बेटे!'

'वह सोयी जैसी दिख रही थी। लोगों ने मिट्टी डालकर उसे गाड़ दिया। ऊपर पत्थर रखे...किसी वक्त वह जागकर अन्दर-ही-अन्दर उठने की कोशिश भी करेगी?'

'तुम अभी बच्चे हो, इसीलिए तुम्हें ऐसा लगता है...'

'लेकिन वह गयीं। अब नहीं आयेगी।'

मुझे बुरा लगा, फिर रुँआसा हो गया। लेकिन लगा कि माँ जो कुछ कह रही है वह सच नहीं है। 'फिर उस पर इतनी मिट्टी, काँटे, पत्थर डालने की क्या जरूरत थी। जरा नर्म मिट्टी डाली जाती तो क्या हो जाता? उसे आना होता तो आ जाती।'

'रहने दो, चुप हो जाओ...हमेशा मैयत की बातें नहीं करनी चाहिये...नहीं तो मरा हुआ मनुष्य सपने में आता है।'

'मरने के बाद कैसे आयेगा?'

'प्रेत बनकर आता है।'

'प्रेत होकर?'

बदन पोंछती हुई माँ बोली, 'हाँ, लेकिन तुम अब चुप रहो! खाने को बैठो, चलो। उनके साथ खेत पर जाओ। चवली की फलियाँ ले आओ। रात को उनके दानों का साँबर बनाएँगे।' साँबर मैं बहुत पसन्द करता था। मैं दादा के साथ खेतों की ओर चला गया।

रास्ता कदम चाचा के झरने के पास से होकर जाता था। यह गर्मी के दिनों का रास्ता था। वर्षा में बंजर से जाना पड़ता था।

झरने के किनारे दूर एक ओर वह ताजा मिट्टी का ढेर दिखाई दिया...सोयी हुई सुशी मन के सामने आ गयी...मैं खेतों की ओर चलने लगा। फिर भी मन से वह नहीं जा रही थी।

बंजर पर मवेशियों को चरते छोड़कर मैं, अक्का, होशा और सुशी एक जगह पर खेला करते थे। कँकड़ों से, कलेवे से, खान-पान की चीजों से। त्योहार भी मनाया जाता था। मूँगफलियों के दानों में गुड़ डालकर उनकी पंखुडियों को जोड़ते थे। फिर उन्हीं के लड्डू और गुझिया बनाते। गुड़ियों के ब्याह रचाये जाते। कभी मेरा, तो कभी सुशी का ब्याह किया जाता था। मेरी माँ बनती थी अक्का और सुशी की माँ बनती थी होशा...ब्याह की बातें होती थीं। गहनों की बातें होती थीं। शादी के समय गहने नहीं पहनाये गये, इस बात को लेकर झगड़े होते थे। भोजन में लड्डू और गुझिया कम होने के बहाने से झगड़े होते थे...फिर कहीं शादी की रस्म पूरी होती थी।

मैं दूल्हा भी था और ढोल, शहनाई भी बजाता था...तड़ाम-तड़ाम, ढाम-ढाम, आँऽऽऽ सब एक साथ बजाता था। फिर हम दोनों पति-पत्नी गृहस्थी जमाते थे। पत्नी ढंग से काम नहीं करती थी, इसलिए मैं उसे गालियाँ देता था, झूठ-मूठ मारता था। फिर सुशी मायके भाग जाती थी। फिर मेरी सास और सुशी की सास दोनों झगड़ा करती थीं। जो भी कुछ हमारे मुहल्ले में और घर में होता था, वही सब हम भी करते थे।

सुशी का और हमारा घर एक ही गली में था। बीच का 'ढामीण' नामक झरना छोड़ दिया जाये तो हमारे खेत भी आस-पास ही थे। एक ही बंजर पर ढोर चराते थे। इसलिए सब मिलकर ढोर चराने जाते, घर मिलकर आते, गर्मी में पशुओं की देख-भाल नहीं होती तो घर में ही खान-पान का खेल खेलते। हम दोनों पति-पत्नी निश्चित से हो गये थे। झूठ-मूठ मारते समय कहीं सचमुच चोट लग जाती थी। कभी नयी गाली मुझे सुनाई पड़ती—मैं वही देता...लेकिन वह बहुत गन्दी होती थी। फिर होशा और अक्का भी माँ के पास जाकर शिकायत करती थीं कि मैं गन्दी-गन्दी गालियाँ देता हूँ। उसी से उसे पता चलता कि मैं और सुशी पति-पत्नी का खेल खेलते थे। फिर सुशी की माँ और मेरी माँ हमारे विवाह की कल्पनाएँ करती थीं। वे आगे की कुछ बातें बोलती थीं। मेरे मन में भविष्य का पति-पत्नी सम्बन्ध उभर आता था। लगता था कि मैं कब बड़ा बनूँगा?

रोज सुबह उठने के बाद दादा के लिए खेत पर चाय और नाश्ता ले जाने का काम मेरे जिम्मे रहता था। दूसरे दिन भी सुशी की कब्र की ओर देखता हुआ जा रहा था। लगता था; जैसे झरने के किनारे वह चित लेटी हुई है...सुशी उठ नहीं रही है...कैसे उठेगी? ऊपर मिट्टी, पत्थरों और काँटों का भार जो था।

तीसरे दिन गोर के पास जाकर देखा, तो कुछ भी नहीं था। सब शान्त, ताजा मिट्टी सूख गई थी। सुशी ने जरा भी हलचल नहीं की थी।

चौथे दिन देखा तो वहाँ कुछ दोनो, पत्तलें, दो मिट्टी की छोटी-सी हंडिया, एक लकड़ी की रंगीन गुड़िया थी। यह कहाँ से आया? सुशी के खिलौने हैं ये...वह रात को जी गयी होगी। खिलौने यहीं पर रखकर फिर सो गयी होगी। रात को उठकर अकेली खेलती रही होगी। उसके साथ के लिए कोई नहीं था। साथ खेलने के लिए कोई नहीं...सुशी, इस गुड़िया को दूल्हा बनाती हो न तुम? मैं तुम्हारे साथ खेलने नहीं आता, इसलिए उसको दूल्हा बनाकर खेलती हो?' मैंने गुड़िया को हाथ में लिया। नयी कोरी दोनों बटलोइयों में दूध और चाय। वे वैसे ही औंधी पड़ी हुई। दूध और चाय सूख गयी थी।

मैं चाय कलेवा देकर वापस आया। माँ रोटियाँ बना रही थीं।

'माँ, रात को सुशी जिन्दा हो गयी थी।'

'ओ माँ! तुम्हें किसने बताया?' उसने दुलार से पूछा।

'उसकी कब्र के पास उसके खिलौने पड़े हैं।'

'हाय भगवान्! तुम गये थे वहाँ? उसके दुलार का स्वर अचानक फिक्र में बदल गया।

'नहीं, रास्ते में तो है, दूर से दिखता है।' मैं झूठ बोला।

'वहाँ मत जाना बेटे।'

'क्यों?'

'क्यों जाओगे उधर? मरा मनुष्य प्रेत बन जाता है। अगर वह तुम्हारी गर्दन पर बैठ जाये, तब क्या होगा?'

'छोड़ो भी! सुशी का प्रेत मेरी गर्दन पर कैसे सवार होगी? और सुशी तो प्रेत होगी ही नहीं। वह तो जिन्दा होकर रात को गड्ढे पर बैठकर खेलती है। सच नहीं मानती तो खिलौने देख लो उसके?'

'नहीं बेटे! कल तीसरा दिन था। कल दोपहर को सुशी के माँ-बाप उसका खाना लेकर गये थे। उसकी प्यारी गुड़िया, हंडिया, चाय, पकौड़े ले गये थे। वही सब वहाँ पड़ा होगा।' माँ मुझे समझाने के स्वर में बता रही थीं।

'मतलब यही न कि सुशी जीवित होती होगी, गुड़ियों के साथ खेलती होगी, चाय पीती होगी, पकौड़े खाती होगी।'

माँ ने सिर पीट लिया। खीझकर बोलने लगी, 'अब तुम्हें कैसे समझाऊँ, अरे सुशी जिन्दा होगी ही कैसे अब?'

'फिर क्यों उसकी गुड़िया, चाय, पकौड़ियाँ वहाँ रखी गयीं?'

'गड्ढे के आस-पास मृतक के प्राण अटके रहते हैं। तीन दिन तक वे घर की ओर देखते रहते हैं। अपने वस्त्र, अपना अन्न, अपनी चीजें माँगते रहते हैं। इसलिए वह उसे देना होता है। देने पर प्राण शान्त हो जाते हैं।'

'फिर कहाँ जाते हैं?' मेरे सामने प्रश्न-ही-प्रश्न थे। लगता था कि सुशी जिन्दा है।

'सुशी को क्यों नहीं जिन्दा करते उसके प्राण?'

'कैसे जिन्दा होगा मरा हुआ मनुष्य?'

'तीन दिन के बाद प्रेत बनकर वह प्रेतों की योनि में जन्म लेता है।'

'कहाँ?'

'प्रेतों के राज्य में।'

'प्रेतों का भी राज्य होता है?'

'हाँ?'

'कहाँ?'

'दूर...वह घुम्मट वाले बंजर पर...चलो, खाना खा लो। ताजी-ताजी रोटियाँ तैयार हैं।'

उसने वहीं पर बात खत्म कर दी। मुझे निरन्तर लगता रहा कि वह कुछ छिपा रही है। सुशी बहुत बीमार हो गई थी। सूजन आ गई थी। उसकी माँ इस कारण काम पर नहीं जा सकती थी। इसीलिए वे सुशी को चाहते नहीं होंगे। इसी कारण गाढ़ी नींद में सोई देखकर, उसे गाड़ दिया होगा। निरन्तर ये बातें मेरे मन में आ रही थीं।

इन्होंने इसलिए इतनी मिट्टी, पत्थर और काँटे उस पर रखे कि वह फिर से न उठ सके। मैं बीमार हो जाऊँ तो माँ और दादा ऐसा ही करेंगे। फिर मैं बीमार ही नहीं होऊँगा। काम नहीं करता हूँ तो दादा बहुत पीटते हैं...पीटने से मर जाऊँ तो? अब सब काम करूँगा जो दादा बतायेंगे। मुझे मरना ही नहीं है।

भोजन के बाद रात को मैं माँ के पास सोया। ढिबरी बुझा दी गयी थी। अँधियारे से डर लग रहा था। माँ की दूसरी ओर मेरी दो वर्ष की बहन थी। मैं माँ से लिपट गया।

उसके मन में शंका थी ही। मेरी ओर मुड़कर मुझे पास खींचती हुई बोली, 'क्यों रे! डर लग रहा है?'

'हाँ माँ...अब मुझे गाढ़ी नींद आ जायेगी।'

'क्यों?'

'फिर गाढ़ी नींद लगने पर दादा मुझे गाड़ तो नहीं देंगे।'

'नहीं मेरे लाड़ले!' उसने मुझे और पास खींच लिया।

'तुम्हें किसने यह बताया?'

'किसी ने नहीं, सुशी गाढ़ी नींद में सोई थी। उसके बाप ने उसे वैसे ही ले जाकर गाड़ दिया।'

'कैसे समझाऊँ तुम्हें बेटे? वैसा नहीं है। वह सचमुच मर गयी थी।'

'उसके पिता को क्या मालूम कि वह सोयी थी कि मर गयी थी?'

'मालूम होता है। नाक की हवा बन्द हो जाती है। कलेजा नहीं फड़कता। शरीर ठण्डा पड़ जाता है।'

'स्नान करने के बाद भी तो शरीर ठण्डा हो जाता है और नहाने के बाद नींद आ जाये तो? नींद लगने पर नाक से हवा कैसे आयेगी?'

'वह तो सदा आती रहती है...तुम अब चुपचाप सो जाओ। मन से वह सब निकाल दो।'

'दादा मुझे हमेशा क्यों मारते हैं?'

'इसलिए कि तुम काम नहीं करते।'

'फिर मैं मार खा-खाकर मर जाऊँ तो?'

'तुम नहीं मरोगे बेटा! मैं अब उनको तुम्हें मारने नहीं दूँगी।'

पिछले इतवार को चाय गिराने पर मुझे चाबुक की मूठ से मारा...तो दिवान जी के खेत वाला दयाप आजा बोला, 'कितना मारते हो? कहीं बच्चा मर गया तो?'

'मैं उनसे कहूँगी। तुम फिक्र मत करो। तुम अब सो जाओ।'

छाजन के बीच के अँधेरे की ओर देखता हुआ मैं लेटा रहा। माँ ने ढिबरी जलाई और उसे कुछ दूरी पर रख दिया।

...सुशी सफेद कपड़े का घाघरा...पोलका पहन, सज-सँवरकर आयी थी। उसी कपड़े से वह सिला गया था, जिसमें उसे लपेटा गया था। बगल में गुड़िया थी। उसके घाघरे की कोंछ में पकौड़ी की पुड़िया थी। मुँह की सूजन कम हो गयी थी। वह बिल्कुल ठीक हो गयी थी।

'पशुओं को चराने नहीं आये?' वह बोली।

'नहीं, माँ ने कहा है कि अब मुझे स्कूल में दाखिल करेंगे।'

'फिर तुम खेल नहीं सकोगे। हम देखो...हम तो पशुओं को चराते समय बहुत सारे खेल खेलकर आये हैं।'

'क्या-क्या खेला?'

'खाना-पानी, दूल्हा-दुल्हन...तुम आये होते तो अक्का ने तुम्हें मेरा दूल्हा बना दिया होता।'

'फिर किसको दूल्हा बनाया तुमने?'

'यह गुड़िया...पकौड़े खाओगे?'

'दो न!'

'मुझे क्या दोगे?'

'कुछ भी दे दूँगा।'

'उसने मुझे पकौड़ियाँ दीं और गुड़िया को बगल में दबाये चलती बनी। रात को जो कुछ हुआ, वह मैंने माँ को नहीं बताया। नाहक वह फिक्र में पड़तीं। कुछ झूठ-मूठ बातें बता देतीं।'

सुबह मैं उठकर दादा के लिए चाय लिए खेत की ओर चला। माँ के बिना बताये चड्ढी की जेब में मूँगफलियाँ भर लीं...यह देखकर कि वह लकड़ियाँ लाने पिछवाड़े गयी हैं, थोड़ा गुड़ भी चुरा लिया। चाय लेकर खेत की ओर चला, कदम चाचा के खेत का पैंड़ा पारकर झरने के पास पहुँचा। धीरे से सुशी के पास गया। उसकी कब्र पर आधी मूँगफलियाँ और थोड़ा गुड़ रखा। फिर आगे बढ़ गया।

दूसरे दिन जाकर देखता हूँ तो मूँगफलियाँ थीं, गुड़ नहीं था...मूँगफलियों से अधिक वह गुड़ ही पसन्द करती थी। मूँगफलियाँ तो रोज खाने को मिलती थीं, लेकिन गुड़ ज्यादा नहीं दिया जाता था या तो माँगकर लेना पड़ता या चुराकर।

मैं चाय लिए जा रहा था। चाय की लुटिया गर्म लग रही थी। लगा जाते समय सुशी को भी थोड़ी चाय देता जाऊँ। कदम चाचा की खेत वाली पगडण्डी के बीच से जा रहा था। मुसम्बी की महक आ रही थी। कदम चाचा का मुसम्बी का बाग तोड़ने लायक हो गया था। हरी-पीली मुसम्बी। बाग के चारों ओर कँटीले तारों की बाड़ थी।

दूर झरने के पास गया। चाय की लुटिया तार के पास रखी। तार को दोनों हाथों से फैलाया। पीली-पीली दो मुसम्बियाँ तोड़ीं और दोनों जेबों में रखकर...धीरे से बाहर निकला और लुटिया लेकर तेजी से भागा।

मड़ैया में जाकर दोनों मुसम्बियों को छिपाया और चाय की लुटिया लेकर खेत पर गया।

लौटते समय एक मुसम्बी छीलकर रास्ते में खा ली। दूसरी भी छीली। आधी जेब में रखी। आधी खा डाली। झरने के पास आने पर उसे सुशी के पास धीरे से रखा और घर की ओर चल दिया।

दूसरे दिन वहाँ मुसम्बी नहीं थी।

मुझे खुशी हुई...दो-तीन बार वैसा किया। हर बार वही हुआ।

मुझसे रहा नहीं गया। साँझ हो रही थी। बरामदे की दहलीज पर बैठकर मैं और अक्का नमक का पानी छिड़ककर भुने हुये चने खा रहा थे। अक्का से मैंने धीरे-धीरे सब कह दिया।

अक्का बोली, 'सुशी अब प्रेत हो गई है। प्रेतों के राज्य में चली गई है। वहाँ से वह सपने में आती है। गोर पर जो अच्छा मिलता है, खा लेती है।'

'फिर तो वह भूखी ही रहती होगी। उससे उसका पेट थोड़े ही भरने वाला है?'

'वह क्यों? प्रेतों के राज्य में खाने को बहुत मिलता है। गुझिया, पकौड़ियाँ, गुड़, लड्डू, मुरमुरे...प्रेतों को किस बात की कमी? वे जो चाहेंगे, वह सब थालियों में भर-भरकर उनके सामने आता है।'

'सच?'

'हाँ, तो!'

'वे रहते कहाँ हैं?'

'कहीं भी, पानी के तल में, धँसे कुएँ में, बंजर-पठार पर, पेड़ों पर।'

'फिर दिखते क्यों नहीं?'

'उनके पास ताबीज होते हैं। उनको गले में डालने पर वे नहीं दिखते...वे रात भर घूमते रहते हैं।'

'सच?'

'.........'

'दावल साब एक बार उनकी पालकी का ताबीज ही तोड़ लाये थे।'

'क्यों?'

'प्रेत की तावीज या गुच्छा यदि पास में हो तो जो माँगो मिल जाता है।'

'सच?'

'हाँ, सच!'

'तो हम भी सुशी से एक तावीज या पालकी का गुच्छा माँग लें।'

'वह कहाँ से देगी? और भेंट भी कैसे होगी?'

'मेरी तो भेंट हो जायेगी।'

'चुप बैठते हो या नहीं अब? यह क्या बकवास चल रही है? हर दम सुशी...'

सुशी बोलते-बोलते यह ध्यान ही नहीं रहा कि हमारी आवाज कब बढ़ गई थी। रोटियाँ बनाते-बनाते माँ ने धमकाया तो हम चुप हो गये।

सुशी की बातें हर रात होने लगीं।

मुझे उसका राज्य अच्छा लगने लगा। उसकी पालकी, तावीज, कुछ भी माँगने पर मनचाही चीज का मिलना, मन में आये तो किसी को न दिखना, पानी पर चलना, पेड़ों के शिखरों पर चढ़कर चाँदनी रात में गप्पें मारना, सारे प्रदेश में दूर-दूर तक घूमने जाना, कभी न मरना। प्रेतों की ये सारी बातें मुझे पसन्द आने लगीं। सुशी अब प्रेत बनकर रम गयी है। मजे कर रही होगी। इसलिए उसे हमारी याद नहीं आती होगी। नहीं तो जिन्दा होकर आयी होती...उसे लग रहा होगा कि अच्छा ही हुआ जो हम मर गये। उसे नया घागरा मिला, पोलका मिला, गुड़िया मिली। जो चाहती है सब खाने को मिलता होगा। ताबीज मिला होगा। प्रेतों के राज्य में अब वह छोटी प्रेत हो गयी होगी।

मुझे भी जाना चाहिये उस राज्य में। सुशी मुझे ले जायेगी। बंजर के पेट में छिपे प्रेतों के बँगले देखने को मिलेंगे। पालकी देखने को मिलेगी। ताबीज भी मिलेगी। पालकी को नीचे रख देंगे तो ताबीज के सहारे छिपकर झट से उसका गुच्छा तोड़ लूँगा!...मैं ही सुशी का दुल्हा हूँ, यह बताने पर कोई कुछ भी नहीं करेगा।...सुशी के पास रात को मैं जा सकूँगा। इसी पूनम को जाना अच्छा रहेगा। चाँदनी फैली होती है। साँप-वाँप का भय नहीं रहेगा।

मैं पूनम की राह देखने लगा। किसी से कुछ नहीं कहा, लेकिन माँ से कुरेद-कुरेदकर यह जरूर पूछा कि पूनम कब है? कुछ अच्छा खाने को मिला, तो आते-जाते सुशी को देने लगा।

कदम चाचा के रखवाले को मालूम पड़ गया था कि मैं उनके बगीचे में मुसम्बी चुराता हूँ, सो वह मेड़ के पास वाली कुटिया के छज्जे पर ही बैठा रहता था...खेत के पास पहुँचते ही वह मुझे चेतावनी देता था। इसलिए तीन-चार बार ही सुशी को मुसम्बी दे सका, लेकिन अब देने की जरूरत भी नहीं थी। उसे ऐसा ताबीज मिला था कि वह उसे कुछ भी दे सकता था।

वर्षा के दिन निकट आये। उस दिन जोरों से बिजली कड़की और शाम को मूसलाधार बारिश हुई। ओले गिरे।

गाँव सारा धुल गया। वर्षा का पानी सारे गाँव में भर गया था। गाँव शान्त था। आवा-जाही रुक गयी थी। बिजली इतनी कड़की कि लगा कहीं गिर गयी होगी।

खा-पीकर मैं सो गया था। सुशी बरसात में नीचे आयी थी। मुझसे मिली। खूब मजे में लगी। उसके पास एक पंख वाला घोड़ा था। काला-काला घोड़ा। उसके शुभ्र पंख; जैसे चिपकाये गये हों। जादू के सिनेमा की तरह उससे वह उतरी। घोड़े के गले में कितने ही चाँदी के तावीज थे। उसके गले में सोने के ताबीजों की माला थी। दो वेणियाँ थीं। दोनों वेणियों से पालकी के दो गुच्छे बँधे थे। उसके गले में पीले ताबीज चमक रहे थे। आँखें चौंधियाँ जाती थीं।

घोड़े पर बैठी-बैठी ही वह बोली, 'तुम हमारे राज्य में आओगे?'

'आऊँगा।'

'चलो जल्दी करो, देर नहीं होनी चाहिये। पालकी का वक्त हो गया है। नये कपड़े पहनकर आओ।'

'ठहरो, मैं कपड़े बदलकर आता हूँ।'

मैं नये कपड़े पहनने गया। अँधेरे में कपड़े मिलते ही न थे। किसी प्रकार ढूँढ़े और पहन लिये। आकर देखता हूँ तो सुशी चली गयी थी...। मुझे धोखा दिया या पालकी का समय हो गया होगा, इसलिए चली गयी होगी। ऐसा ही हुआ होगा...प्रेतों का राजा बहुत गुस्सैल होता है। उसने नियम बनाया होगा कि हर किसी को वक्त पर पालकी के समय उपस्थित होना चाहिये।

...मैं जग गया।

माँ दीया जलाकर खटमलों को मार रही थी। दीया मेरे सामने ही जल रहा था। उसका रंग सोने के ताबीज की भाँति गाढ़ा पीला दिख रहा था।

वर्षा के कारण बीच वाले झरने की पगडण्डी बन्द हो गयी थी। सब जगह कीचड़ फैल गया था। उसके कारण बंजर पर से मुझे चाय लेकर जाना पड़ा...।

चार-पाँच दिन पानी बन्द रहने के बाद फिर सतत वर्षा होती रही। पगडण्डी पर खूब कीचड़ फैल गया था।

मुझे बंजर से ही जाना पड़ता था। पूनम निकट थी। एक पूनम बीच में ही आकर चली गयी थी। मुझे पता ही नहीं चला कि वह कैसे चली गयी? मेरे दोनों कुर्ते पुराने ही थे। एक भी नया नहीं था।

'माँ मुझे एक नया कुर्ता-चड्डी सिला दो न।' मैं माँ को मनाने लगा। 'अब पंचमी को सिलाएँगे।'

'नहीं, अभी सिलाओ।'

'अभी कैसे सिलाई जायेगी? कोई त्यौहार भी है अभी? त्यौहार आने पर नये कपड़े सिलाये जाते हैं।'

'फिर त्यौहार कब आ रहा है?'

'अभी दो महीने बाकी हैं।'

'पूनम कब है?'

'पूनम होगी आठ दिन बाद...तुमको क्या करना है पूनम से?'

'मुझे पूनम से पहले कपड़े चाहिये।'

'क्यों?'

'मुझे जाना है।'

'कहाँ?'

'कहीं नहीं...'

मैं माँ को नहीं बताना चाहता था। शब्द होंठों पर आ रहे थे, लेकिन मैं अपने को रोकता रहा।

मैं कपड़े सिलाने के लिए माँ से जिद कर रहा था। बार-बार नये कपड़ों के लिए कहने लगा। हर बार वह पूछती, 'कहाँ जाना है?' लेकिन मैं बताता नहीं था। उस दिन मुझे बताना पड़ा...

'सिलाओ न नये कपड़े।'

'किसलिए?'

'मुझे जाना है।'

'कहाँ?'

'कहीं नहीं।'

माँ को मालूम था कि 'कहाँ' के लिए मेरे पास कोई उत्तर नहीं है। इसलिए उसने कहा, 'पहले यह बताओ जाना कहाँ है?'

'सुशी के पास।'

'सुशी के पास...?'

'क्या तुम पगला गये हो? यह क्या पागलपन लेकर बैठे हो मन में?'

'अंऽऽ, मुझे जाना है...सिलाओ मेरे लिए कपड़े।'

'क्यों जाना है?'

'जाना है तावीज लाने के लिए।'

'क्यों चाहिये ताबीज तुम्हें?'

'मुझे चाहिये...'

लेकिन माँ से मेरी दाल नहीं गली। पूनम निकट आने लगी। मैं रोने लगा। 'सिलाओ न नये कपड़े' कहकर रोने-चिल्लाने लगा। खाना नहीं खाया। रूठकर ऐसे ही सो गया। मेरी किसी ने सुनी ही नहीं।

दूसरे दिन दद्दा ने बहुत पीटा। फिर भी खाना छोड़कर माँ के पास मैं हठ ठान ही बैठा।

चाँदनी पूरी फैल गयी थी। पूनम की ही चाँदनी थी यह। सिरमा चाचा से पूछ आया।

दो दिन पहले सुशी पुनः निमन्त्रण देकर चली गयी थी। नये कपड़े मिल नहीं रहे थे। आखिर सोचा कि वैसे ही चला जाना चाहिये। उठकर जाने लगा।

माँ बोली, 'कहाँ जा रहे हो?'

'सुशी के पास।'

'यह क्या पागलपन है?' माँ ने बाँह पकड़कर दो-चार थप्पड़ जड़ दिये।

मैं चिल्लाने लगा। हाथ छुड़ाने लगा तो पीठ पर धौल जमा दिये गये। मैंने हाथ को झकझोरकर हाथ छुड़ा लिया और झरने की तरफ दौड़ने लगा...पालकी का समय हो गया था। सुशी ने झरने के पास आने को कहा था...किनारे के पेड़ चाँदनी में हिल-डुल रहे थे।

माँ चीखने-चिल्लाने लगी। लोगों से कहने लगी, 'बच्चे को पकड़ो...'

तिराहे पर रहने वाले दाढ़ी वाले दावल साहब ने मुझे पकड़ा। गली के सब लोग मेरे इर्द-गिर्द जमा हो गये। मेरा रोना और चिल्लाना, 'मुझे सुशी के पास जाना है' जारी था।

'लगता है अमुआ गया है। आज पूनम है, सुशी ने पकड़ा होगा।' कोई बुढ़िया बोली।

मुझे वहीं पर पकड़कर रखा गया। लोगों की भीड़ बढ़ गयी। दद्दा को बुलाया गया। 'मुझे सुशी के पास जाना है।' मेरा रोना जारी था। गला सूख गया था, फ़िर भी रोना बन्द करना मैं नहीं चाहता था। सतत लग रहा था कि हाथ छुड़ाकर सुशी के पास चला जाऊँ।

'मुझे छोड़ो। मैं सुशी के पास जाना चाहता हूँ।' मैंने हो-हल्ला करना शुरू किया पकड़ने वालों के हाथों को काटने लगा।

दादा आ गये। उन्होंने मुझे उठाया और प्रेम से मीठी-मीठी बातें करने लगे।

'कहाँ जाना चाहते हो तुम आनन्द?'

'सुशी के पास।'

'चलो, मैं ले चलता हूँ तुम्हें।'

उन्होंने मुझे गोद में लिया और कन्धे पर सुलाया।

'मुझे सुशी के पास जाना है।' मैं अब भी चिल्लाये जा रहा था।

'चलो, उधर ही चलेंगे...जरा कन्दिल जलाकर ले आओ। होना चाहिये साथ में। बाबज्या को बताओ कि वह घर में सोये। आत्तार के पास जाकर पंचरंगी धागा, धूप, एक नारियल, दो नीबू, सूइयाँ, हल्दी और सिन्दूर ले आना। तब तक मैं परती की तरफ चलता हूँ।' दादा माँ से कह रहे थे और मैं उनके कन्धे पर बैठा लगातार रोये जा रहा था।

रोते-रोते पता नहीं कब मुझे नींद आ गयी...जब जगा तो सारा शरीर ठनक रहा था...बाहर मूसलाधार बारिश हो रही थी।

गले में ठण्ड-सी लगी...अँधेरे में ही टटोलकर देखा, तो एक तावीज गले में बँधा हुआ था।

महीने भर बाद मैं घर से बाहर पढ़ने लगा। बुआई हो गयी थी। बीच की पगडण्डी बन्द हो गई थी।

मेरा भी आना-जाना बन्द हो गया था। ऐसे ही दो-चार महीने और बीत गये। वर्षा रुक चुकी थी। सब जगह फसलें पक चुकी थीं।

माँ की आँख बचाकर पैंड़े के कीचड़ और काँटों को रौंदता हुआ मैं झरने के पास आया। सुशी की गोर कहीं भी नहीं दिख रही थी...झरने के पानी से वह पूरी तरह बह चुकी थी। आस-पास की जमीन से मिल चुकी थी। तीन पत्थर केवल इधर-उधर खिसके-से दिखाई दे रहे थे। घनी घास उग आयी थी। जहाँ पत्थर फैले थे, वहाँ सुशी के गुच्छेदार बालों की तरह काली-सी घास की झोप उग आयी थी...किसी तरह उतनी जगह मानो खाद से भर दी गयी हो।

अनु०—**चन्द्रकान्त बांदिवेडकर**

✦

हिन्दी कहानियाँ

- हिन्दी कहानी का विकास
- उसने कहा था : चन्द्रधर शर्मा गुलेरी
- कफन : प्रेमचंद
- गुण्डा : जयशंकर प्रसाद
- परदा : यशपाल
- गैंग्रीन : अज्ञेय
- वापसी : उषा प्रियंवदा
- तीसरी कसम, अर्थात् मारे गये गुलफाम : फणीश्वरनाथ 'रेणु'
- चीफ की दावत : भीष्म साहनी
- गुलकी बन्नो : धर्मवीर भारती
- जाह्नवी : जैनेन्द्र कुमार

हिन्दी कहानी का विकास

आधुनिक हिन्दी कहानी की उम्र केवल आठ दशक है—हिन्दी की पहली मौलिक कहानी इन्दुमति सन् 1900 में पं० किशोरीलाल की मानी जाती है—किसी साहित्यिक विधा के लिए यह कोई बहुत लम्बी उम्र नहीं है, किन्तु इस उम्र में ही हिन्दी-कहानी ने अभूतपूर्व विकास किया है। हिन्दी-कहानी के शलाका-पुरुष हैं प्रेमचंद। उनको केन्द्र मानकर ही हिन्दी कहानी के विक़ास को स्पष्ट किया जा सकता है। हम उनके पूर्ववर्ती एक युग को प्राक्-प्रेमचंद युग कह सकते हैं। यह युग था सामाजिक नव जागरण का, जिसमें आर्य समाज, ब्रह्म समाज, थियोसोफिकल सोसाइटी आदि उदारवादी आन्दोलनों ने रूढ़ सामाजिक बन्धनों के प्रति समाज में एक नई चेतना फूँक दी थी। साहित्य के क्षेत्र में महावीरप्रसाद द्विवेदी के सम्पादन में 'सरस्वती' और जयशंकर प्रसाद के सम्पादन में 'इन्दु' पत्रिकाओं ने मौलिक और अनूदित कहानियों द्वारा पाठकों में संवेदना की एक नई दिशा उद्‌घाटित कर दी थी, इसका प्रमाण है उस युग की चन्द्रधर शर्मा गुलेरी लिखित सर्वाधिक चर्चित कहानी 'उसने कहा था'। —गुलेरी की यह कहानी हिन्दी कहानी के इतिहास का एक दीप-स्तम्भ है, जो शिल्प और कथ्य तथा सूक्ष्म-मानसिक संवेदना के कुशल चित्रण के लिए आज भी उतनी ही महत्वपूर्ण और आकर्षक है। उस समय के अन्य कहानीकारों में विश्वम्भरनाथ शर्मा कौशिक, भगवान दास, ज्वालाप्रसाद, सुदर्शन आदि परिगणनीय हैं।

प्रेमचंद की पहली कहानी "पंच परमेश्वर" सरस्वती में प्रकाशित हुई थी। यह भारतीय आदर्शों की परम्परा को आगे बढ़ाने का ही प्रमाण प्रस्तुत करती है। जयशंकर प्रसाद, प्रेमचंद से पहले से ही हिन्दी-साहित्य को समृद्ध करते आ रहे थे। प्रेमचंद जहाँ व्यक्ति के बाह्य परिवेश को रूपायित करने में सिद्धहस्त थे—वे उर्दू से हिन्दी में आये थे—वहाँ प्रसाद व्यक्ति के आभ्यंतरिक परिवेश को प्रस्तुत करने में कुशल थे। मनोभावों के इस सूक्ष्म-विश्लेषण के बावजूद उनके पात्रों की बुनियादी गठन उस युग के अनुकूल ही थी। उनकी श्रेष्ठ कहानियों में 'गुण्डा' इसका अच्छा प्रमाण प्रस्तुत करती है। प्रेमचंद अपने युग की परिस्थितियों के प्रति सर्वाधिक सचेत थे। 'पंच परमेश्वर' से लेकर 'कफन' तक की कहानियों में इस विकास को देखा जा सकता है। यह युग नये और पुराने मूल्यों के संघर्ष का युग था। सामाजिक-क्रान्ति के अतिरिक्त राजनैतिक-विचारों की क्रान्ति भी उनकी कहानियों में स्पष्ट प्रतिबिम्बित होती है। भारत के राजनैतिक क्षेत्र में महात्मा गांधी का उदय और वर्चस्व स्थापित हो गया था तथा रूसी क्रान्ति की हवा भी जन-मानस को आन्दोलित कर चुकी थी।

प्रेमचंद के बाद देश जब इन्हीं क्रान्तिकारी विचारों में आलोड़ित था, तब जैनेन्द्र कुमार, यशपाल, भगवतीचरण वर्मा, अज्ञेय, इलाचन्द्र जोशी, धर्मवीर भारती आदि कथा लेखक अपने युग का प्रतिनिधित्व करते थे। एक तरफ फ्रॉयड-जुंग-एडलर आदि की मनोवैज्ञानिक-प्रस्थापनाएँ तथा दूसरी ओर मार्क्स-एंजेल्स-लेनिन आदि की आर्थिक साम्यवादी मान्यताएँ लेखकों को प्रभावित करने लगी थीं। इस परिवेश में हिन्दी कहानी स्पष्ट ही एक नई भाव-

भंगिमा लेकर प्रकट हुई। अब तक कथा के पात्र एक वर्ग का प्रतिनिधि करते थे, प्रेमचंदोत्तर कथा-साहित्य व्यक्ति-पात्रों की प्रमुखता का साहित्य हो गया। जैनेन्द्र कुमार, इलाचन्द्र जोशी और अज्ञेय मन के गूढ़ तत्वों और प्रक्रियाओं के कुशल चितेरे रहे हैं। इलाचन्द्र जोशी ने अब-सामान्य मानसिकता का चित्रण किया।—काम-संवेग भी कथा-साहित्य का एक प्रमुख अंग हो गये। दूसरी ओर यशपाल ने वर्ग-चेतना का खूब सूक्ष्मता से चित्रण किया। इन कहानीकारों ने सामाजिक और व्यक्ति-जीवन के बाह्य और आभ्यंतरिक दोनों को बड़े मनोवैज्ञानिक विश्लेषण, दार्शनिक गहराई और सूक्ष्म-संवेदना के साथ चित्रित कर हिन्दी कहानी को प्रतिष्ठा के एक नितान्त नये आसन पर प्रतिष्ठित किया है।

स्वतन्त्रता-प्राप्ति के पूर्व देश पर द्वितीय विश्वयुद्ध की छाया भी पड़ी, किन्तु कुल मिलाकर वह युद्ध की विभीषिका की नहीं थी, बल्कि स्वतन्त्रता के संघर्ष में रत एक पराधीन देश के लिए वह आसन्न स्वतन्त्रता-प्राप्ति का एक अवसर था। पूर्वांचल में छिट-पुट हवाई हमलों के बावजूद, आजाद हिन्द फौज आदि के रूप में वह भय का नहीं, प्रत्युत उत्साह का वातावरण था। मोटे रूप में साहित्य ने, अपनी स्वतन्त्रता-प्राप्ति के प्रयत्नों में उदग्रता के अतिरिक्त युद्ध के प्रति कोई विशिष्ट प्रतिक्रिया नहीं व्यक्त की।

स्वतन्त्रता-प्राप्ति के बाद भारतीय मानसिकता में राजनैतिक और सामाजिक ही नहीं, बल्कि एक वैचारिक और कलात्मक बदलाव भी स्वाभाविक था। भारतीय जन-मानस ने बड़ी आशाएँ पाल रखी थीं, स्वतन्त्रता-प्राप्ति के लिए उसने बहुत बड़ा मूल्य भी चुकाया था। देश का विभाजन हुआ। बहुत बड़े परिमाण में जन-धन की हानि हुई। परिवार टूटे, आस्थाएँ और निष्ठाएँ धूल-धूसरित हुई।—लोगों का सनातन मूल्यों में विश्वास डगमगा गया। इधर वैश्विक-रंगमंच पर दूसरे विश्वयुद्ध के ठीक बाद दो बड़े शक्ति-गुट प्रभावशाली होकर शेष राष्ट्रों को अपने पक्ष में करने के लिए गठजोड़ करने लगे। वैज्ञानिक और प्राविधिक प्रगति ने संचार-साधनों के द्वारा राष्ट्रों के बीच दूरी समाप्त कर दी। जनतन्त्र, समाजवाद, राष्ट्रीयकरण, चुनाव आदि तत्व जन-सामान्य के जीवन के अंग बन गये। औद्योगीकरण और राजनैतिक चेतना ने जन-साधारण की आकांक्षाओं तथा अधिकार चेतना को जिस परिमाण में जागृत किया, उस परिमाण में उसकी पूर्ति न होने से समाज में विक्षोभ, विद्रोह, संत्रास और युयुत्सा की भावना बढ़ी। दलितों और पिछड़े वर्ग के लोगों में भी जागृति हुई। कथाकार इन प्रभावों से अछूते नहीं रह सकते थे। वैश्विक-संस्पर्श से उनकी संवेदनाएँ भी न केवल विस्तृत बल्कि गहरी भी हुई और सारा विश्व उनके सोच और सरोकार का विषय बना।

स्वाभाविक था कि इन सबका प्रभाव समाज की रूढ़ और सनातन मान्यताओं पर भी पड़ता। समाज खेमों में बँट गये। इस युग की कहानियों में यह मूल्यों का संकट और वर्ग संघर्ष बड़े ही दीप्त स्वरों में मुखर हुआ है।—ग्रामांचलों की जहाँ आर्थिक विपन्नता दूर हुई, वहीं उसकी पूर्वकालीन (प्रिस्टाइन) पवित्रता और निर्दोषिता भी हवा हो गई। फणीश्वरनाथ रेणु ने अपनी कहानियों में इस पक्ष के बड़े ही भावपूर्ण चित्र उकेरे हैं।

हिन्दी के आधुनिक कथाकारों में महिलाओं का योगदान किसी भी प्रकार कम नहीं है। सच पूछा जाये तो बाह्य-सामाजिक घात-प्रतिघातों का व्यक्ति के मन पर ही नहीं, पारिवारिक संगठन और सम्बन्धों पर भी प्रभाव पड़ा है और इसकी सबसे तीव्र अनुभूति परिवार के केन्द्र-बिन्दु नारी को ही हुई है। उषा प्रियंवदा, राजी सेठ, मंजुल भगत, मन्नू भण्डारी आदि महिला कथाकारों ने इन संघातों के बड़े ही मार्मिक चित्र अपनी कहानियों में प्रस्तुत किये हैं।

हिन्दी कहानी का यह स्वर्ण युग है। मोहन राकेश, कमलेश्वर, अमरकान्त, राजेन्द्र यादव, भीष्म साहनी, रामदरश मिश्र, गोविन्द मिश्र, विवेकी राय आदि से लगाकर कृष्णा सोबती, मेहरुन्निसा परवेज, मार्कण्डेय, राजेन्द्र अवस्थी, ज्ञानरंजन, गिरिराज किशोर, रवीन्द्र कालिया, बटरोही, प्रयाग शुक्ल...फहरिश्त काफी लम्बी है, जिन्होंने हिन्दी कथा-साहित्य को समृद्ध किया है और कर रहे हैं। प्रारम्भिक काल से अब तक और प्रकाशित सहस्त्रों कहानियों में से चुनी हुई यहाँ प्रस्तुत मात्र दस कहानियाँ हिन्दी कथा-साहित्य का सम्पूर्ण प्रतिनिधित्व अवश्य नहीं कर सकतीं, लेकिन हमें विश्वास है कि हिन्दी के प्रख्यात और गम्भीर विद्वानों द्वारा चुनी हुई ये कहानियाँ अवश्य हिन्दी कथा-साहित्य के विकास की सम्यक् प्रतीति दे सकेंगी।—स० ओ०

✦

उसने कहा था

✦

चन्द्रधर शर्मा गुलेरी

बड़े-बड़े शहरों के इक्के-गाड़ी वालों की जबान के कोड़ों से जिनकी पीठ छिल गई है और कान पक गये हैं, उनसे हमारी प्रार्थना है कि अमृतसर के बम्बूकार्ट वालों की बोली का मरहम लगावें। जब बड़े-बड़े शहरों की चौड़ी सड़कों पर घोड़े की पीठ को चाबुक से धुनते हुये इक्के वाले कभी घोड़े की नानी से अपना निकट सम्बन्ध स्थिर करते हैं, कभी राह चलते पैदलों की आँखों के न होने पर तरस खाते हैं। कभी उनके पैरों की अँगुलियों के पोरों को चीथकर अपने ही को सताया हुआ बताते हैं और संसार भर की ग्लानि, निराशा और क्षोभ के अवतार बने नाक की सीध चले जाते हैं, अमृतसर में उनकी बिरादरी वाले तंग चक्करदार गलियों में हर एक लद्ढी वाले के लिए ठहर कर सब्र का समुद्र उमड़ाकर 'बचो खालसा जी', 'हटो भाई जी', 'ठहरना भाई', 'आने दो लाला जी', 'हटो बाछा' कहते हुये सफेद फेटों, खच्चरों और बतकों, गन्ने, खोमचे और भारे वालों के जंगल में से राह खेते हैं। क्या मजाल है कि 'जी' और 'साहब', बिना सुने किसी को हटना पड़े। यह बात नहीं कि उनकी जीभ चलती ही नहीं, चलती है, पर मीठी छुरी की तरह महीन मार करती है। यदि कोई बुढ़िया बार-बार चितौनी देने पर भी लीक से नहीं हटती तो उनकी चवनावली के ये नमूने हैं—हट जा जीणे जोगिये, हट जा करमा वालिये, हट जा पुत्तां प्यारिये, बच जा लम्बी उमर वालिये। समष्टि में इसका अर्थ है कि तू जीने योग्य है, तू भाग्यों वाली है, पुत्रों की प्यारी है, लम्बी उमर तेरे सामने है, तू क्यों मेरे पहियों के नीचे आना चाहती है? बच जा!

ऐसे बम्बूकार्ट वालों के बीच में होकर एक लड़का और लड़की चौक की एक दुकान पर आ मिले। उसके बालों और इसके ढीले सुथने से जान पड़ता था कि दोनों सिख हैं। वह अपने मामा के केश धोने के लिए दही लेने आया था और यह रसोई के लिए बड़ियाँ। दुकानदार एक परदेशी से गुँथ रहा था, जो सेर भर गीले पापड़ों की गड्डी को गिने बिना हटता न था।

'तेरे घर कहाँ है?'

'मगरे में और तेरे?'

'माँझे में—यहाँ कहाँ रहती है?'

'अतरसिंह की बैठक में, वे मेरे मामा होते हैं।'

'मैं भी मामा के यहाँ आया हूँ, उनका घर गुरु बाजार में है।'

इतने में दुकानदार निबटा और इनका सौदा देने लगा। सौदा लेकर दोनों साथ-साथ चले। कुछ दूर जाकर लड़के ने मुस्काराकर पूछा—'तेरी कुड़माई हो गई।' इस पर लड़की कुछ आँखें चढ़ाकर 'धत्' कहकर दौड़ गई और लड़का देखता रह गया।

दूसरे-तीसरे दिन सब्जी वाले के यहाँ या दूध वाले के यहाँ अकस्मात् दोनों मिल जाते। महीने भर यही हाल रहा। दो-तीन बार लड़के ने फिर पूछा—'तेरी कुड़माई हो गई?' और उत्तर में वही 'धत्' मिला। एक दिन जब फिर लड़के ने वैसे ही हँसी में चिढ़ाने के लिए पूछा तो लड़की, लड़के की सम्भावना के विरुद्ध बोली—'हाँ, हो गई।'

'कब?'

'कल, देखते नहीं यह रेशम से कढ़ा हुआ सालू।'

लड़की भाग गई, लड़के ने घर की राह ली। रास्ते में एक लड़के को मोरी में ढकेल दिया, एक छाबड़ी वाले की दिन भर की कमाई खोई, एक कुत्ते पर पत्थर मारा और एक गोभी वाले में ठेले के दूध उँड़ेल दिया। सामने नहाकर आती हुई किसी वैष्णवी से टकराकर अन्धे की उपाधि पाई। तब कहीं घर पहुँचा।

'राम-राम, यह भी कोई लड़ाई है? दिन-रात खन्दकों में बैठे हड्डियाँ अकड़ गईं। लुधियाने से दस गुना जाड़ा और मेंह और बरफ, ऊपर से पिंडलियों तक कीचड़ में धँसे हुए हैं। गनीम कहीं दिखता नहीं—धण्टे दो धण्टे में कान के परदे पुाड़ने वाले धमाके के साथ सारी खन्दक हिल जाती है और सौ-सौ गज धरती उछल पड़ती है। इस गैबी गोले से बचे तो कोई लड़े। नगरकोट का जलजला सुना था, यहाँ दिन में पच्चीस जलजले होते हैं। जो कहीं खन्दक के बाहर, साफा या कुहनी निकल गई तो चटाक् से गोली लगती है। न मालूम बेईमान मिट्टी में लिपटे हुये हैं या घास की पत्तियों में छिपे रहते हैं।'

'लहनासिंह, तीन दिन और हैं। चार तो खन्दक में बिता ही दिये। परसों 'रिलीफ' आ जायगी और सात दिन की छुट्टी। अपने हाथों झटका करेंगे और पेट भर खाकर सो रहेंगे। उसी फिरंगी मेम के बाग में मखमल की-सी हरी घास है। फल और दूध की वर्षा कर देती है। लाख कहते हैं, दाम नहीं लेती। कहती है, तुम राजा हो, मेरे मुल्क को बचाने आये हो।'

'चार दिन तक पलक नहीं झँपी। बिना फेरे घोड़ा बिगड़ता है और बिना लड़े सिपाही। मुझे तो संगीन चढ़ाकर मार्च का हुक्म मिल जाय। फिर सात जर्मनों को अकेला मारकर न लौटूँ तो मुझे दरबार साहब की देहली पर मत्था टेकना नसीब न हो। पाजी कहीं के, कलों के घोड़े—संगीन देखते ही मुँह फाड़ देते हैं और पैर

पकड़ने लगते हैं। यों अँधेरे में तीस-तीस मन का फेंकते हैं। उस दिन धावा किया था—चार मील तक एक जर्मन नहीं छोड़ा था। पीछे जनरल साहब ने हट आने का कमान दिया, नहीं तो—'

'नहीं तो सीधे बर्लिन पहुँच जाते, क्यों?' सूबेदार हजारासिंह ने मुस्कराकर कहा—'लड़ाई के मामले जमादार या नायब के चलाये नहीं चलते। बड़े अफसर दूर की सोचते हैं। तीन सौ मील का सामना है। एक तरफ बढ़ गये तो क्या होगा?'

'सूबेदार जी, सच है।' लहनासिंह बोला—'पर करें क्या? हड्डियों में तो जाड़ा धँस गया है। सूर्य निकलता नहीं और खाई में दोनों तरफ से चम्बे की बावलियों के-से सोते झर रहे हैं। एक धावा हो जाये तो गरमी आ जाय।'

'उदमी उठ, सिगड़ी में कोले डाल। वजीरा, तुम चार जने बाल्टियाँ लेकर खाईं का पानी बाहर फेंको। लहनासिंह, शाम हो गई है। खाई में दरवाजे का पहरा बदल दे।' यह कहते हुए सूबेदार सारी खन्दक में चक्कर लगाने लगे। वजीरासिंह पल्टन का विदूषक था। बाल्टी में गन्दा पानी भरकर खाईं के बाहर फेंकता हुआ बोला—'मैं पाधा बन गया हूँ। करो जर्मनी के बादशाह का तर्पण।' इस पर सब खिलखिला पड़े और उदासी के बादल फट गये।

लहनासिंह ने दूसरी बाल्टी भरकर उसके हाथ में देकर कहा—'अपनी बाड़ी के खरबूजों में पानी दो। ऐसा खाद का पानी पंजाब भर में नहीं मिलेगा।'

'हाँ, देश क्या है, स्वर्ग है? मैं तो लड़ाई के बाद सरकार से दस घुमा जमीन यहाँ माँग लूँगा और फलों के बूटे लगाऊँगा।'

'लाड़ी होरां को भी यहाँ बुला लोगे? या वही दूध पिलाने वाली फिरंगी मेम—'

'चुप कर, यहाँ वालों को शरम नहीं।'

'देश-देश का चाल है। आज तक मैं उसे समझा न सका कि सिख तमाखू नहीं पीते। वह सिगरेट देने में हठ करती है, ओठों में लगाना चाहती है और मैं पीछे हटता हूँ तो समझती है कि राजा बुरा मान गया, अब मेरे मुल्क के लिए लड़ेगा नहीं।'

'अच्छा, अब बोधासिंह कैसा है?'

'अच्छा है।'

'जैसे मैं जानता ही न होऊँ। रात भर तुम अपने दोनों कम्बल उसे उढ़ाते हो और आप सिगड़ी के सहारे गुजर करते। उसके पहरे पर आप पहरे दे आते हो। अपने सूखे लकड़ी के तख्तों पर उसे सुलाते हो, आप कीचड़ में पड़े रहते हो। कहीं तुम न मांदे पड़ जाना! जाड़ा क्या है, मौत है और 'निमोनिया' से मरने वालों को मुरब्बे नहीं मिला करते।'

'मेरा डर मत करो। मैं तो बुलेल की खड्ड के किनारे मरूँगा। भाई कीरतसिंह की गोदी में मेरा सिर होगा और मेरे हाथ लगाये हुये आँगन में आम के पेड़ की छाया होगी।'

वजीरासिंह ने त्योरी चढ़ाकर कहा—'क्या मरने-मराने की बात लगाई है? मरें जर्मन और तुरक।'

'हाँ भाइयों, कुछ गाओ।'

कौन जानता था कि दाढ़ियों वाले घरबारी सिख ऐसा लुच्चों का गीत गायेंगे, पर सारी खन्दक गीत से गूँज उठी और सिपाही फिर ताजे हो गये, मानों चार दिन से सोते और मौज करते रहे हों।

दो पहर रात गई है, अँधेरा है। सन्नाटा छाया हुआ है। बोधासिंह खाली बिस्कुटों के तीन टीनों पर अपने दोनों कम्बल बिछाकर और लहनासिंह के दो कम्बल और दो बरानकोट ओढ़कर सो रहा है। लहनासिंह पहरे पर खड़ा हुआ है। एक आँख खाईं के मुँह पर है और एक बोधासिंह के दुबले शरीर पर। बोधासिंह कराहा।

'क्यों बोधा भाई, क्या है?'

'पानी पिला दो।'

लहनासिंह ने कटोरा उसके मुँह से लगाकर पूछा—'कहो, कैसे हो?'

पानी पीकर बोधा बोला—'कँपनी छुट रही है। रोम-रोम में तार दौड़ रहे हैं। दाँत बज रहे हैं।'

'अच्छा, मेरी जरसी पहन लो।'

'और तुम?'

'मेरे पास सिगड़ी है, मुझे गर्मी लगती है, पसीना आ रहा है।'

'ना, मैं नहीं पहनता, चार दिन से तुम मेरे लिए—'

'हाँ, याद आई। मेरे पास दूसरी गरम जरसी है। आज सबेरे ही आई है। विलायत से मेमें बुन-बुनकर भेज रही हैं। गुरु उनका भला करें।' यों कहकर लहना अपना कोट उतारकर जरसी उतारने लगा।

'सच कहते हो?'

'और नहीं झूठ?' यों कहकर नाहीं करते बोधा को उसने जबरदस्ती जरसी पहना दी और आप खाकी कोट और जीन का कुरता भर पहनकर पहरे पर आ खड़ा हुआ। मेम की जरसी की कथा केवल कथा थी।

आधा घण्टा बीता। इतने में खाई के मुँह से आवाज आई—'सूबेदार हजारासिंह।'

'कौन? लपटन साहब? हुकुम हजूर।' कहकर सूबेदार तनकर फौजी सलाम करके सामने हुआ।

'देखो, इसी दम धावा करना होगा। मील भर की दूरी पर पूरब के कोने में एक जर्मन खाईं है। उसमें 50 से ज्यादा जर्मन नहीं हैं। इन पेड़ों के नीचे-नीचे दो खेत काटकर रास्ता है। तीन-चार घुमाव हैं। जहाँ मोड़ है, वहाँ पन्द्रह जवान खड़े कर आया हूँ। तुम यहाँ दस आदमी को छोड़कर सबको साथ ले, उनसे जा मिलो। खन्दक छीनकर वहीं, जब तक दूसरा हुक्म न मिले, डटे रहो। हम यहाँ रहेगा।'

'जो हुक्म।'

चुपचाप सब तैयार हो गये। बोधा भी कम्बल उतारकर चलने लगा। तब लहनासिंह ने उसे रोका। लहनासिंह आगे हुआ तो बोधा के बाप सूबेदार ने उँगली से बोधा की ओर इशारा किया। लहनासिंह समझकर चुप हो गया। पीछे दस आदमी कौन रहें, इस पर बड़ी हुज्जत हुई। कोई रहना न चाहता था। समझा-बुझाकर सूबेदार ने मार्च दिया। लपटन साहब की सिगड़ी के पास मुँह फेरकर खड़े हो गये और जेब से सिगरेट निकालकर सुलगाने लगे। दस मिनट बाद उन्होंने लहना की ओर हाथ बढ़ाकर कहा—

'लो, तुम भी पियो।'

आँख मारते-मारते लहनासिंह सब समझ गया। मुँह का भाव छिपाकर बोला—'लाओ, साहब।' हाथ आगे करते ही सिगड़ी के उजाले में साहब का मुँह देखा। बाल देखे। तब उसका माथा ठनका, लपटन साहब के पट्टियों वाले बाल एक दिन में कहाँ उड़ गये और उसकी जगह कैदियों के से कटे हुये बाल कहाँ से आ गये!

शायद साहब शराब पिये हुए हैं और उन्हें बाल कटवाने का मौका मिल गया है। लहनासिंह ने जाँचना चाहा। लपटन साहब पाँच वर्ष से उसकी रेजिमेंट में थे।

'क्यों साहब, हम लोग हिन्दुस्तान कब जायेंगे?'

'लड़ाई खत्म होने पर। क्यों, क्या यह देश पसन्द नहीं?'

'नहीं साहब, शिकार के वे मजे यहाँ कहाँ? याद है, पार-साल नकली लड़ाई के पीछे हम आप जगाधरी के जिले में शिकार करने गये थे—हाँ, हाँ—वहीं जब आप खोते पर सवार थे और आपका खानसामा अब्दुल्ला रास्ते के एक मन्दिर मे जल चढ़ाने को रह गया था?' 'बेशक पाजी कहीं का'—'सामने से वह नील गाय निकली कि ऐसी बड़ी मैंने कभी न देखी थी और आपकी एक गोली कन्धे में लगी और पुट्ठे में निकली। ऐसे अफसर के साथ शिकार खेलने मे मजा है। क्यों साहब, शिमले से तैयार होकर उस नील गाय का सिर आ गया था? आपने कहा था कि रेजिमेंट की मेस में लगायेंगे।' 'हाँ, पर मैंने वह विलायत भेज दिया'—'ऐसे बड़े-बड़े सींग। दो-दो फुट के तो होंगे।'

'हाँ लहनासिंह, दो फुट चार इंच के थे। तुमने सिगरेट नहीं पिया?'

'पीता हूँ साहब, दियासलाई ले आता हूँ'—कहकर लहनासिंह खन्दक में घुसा। अब उसे सन्देह नहीं रहा था और उसने झटपट निश्चय कर लिया कि क्या करना चाहिये।

अँधेरे में किसी सोने वाले से वह टकराया।

'कौन? वजीरासिंह?'

'हाँ, क्यों लहना? क्या कयामत आ गई? जरा तो आँख लगने दी होती?'

'होश में आओ। कयामत आयी है और लपटन साहब की वर्दी पहनकर आई है।'

'क्या?'

'लपटन साहब या तो मारे गये हैं या कैद हो गये हैं। उनकी वर्दी पहनकर यह कोई जर्मन आया है। सूबेदार ने उसका मुँह नहीं देखा। मैंने देखा है और बातें की हैं, सोहरा साफ उर्दू बोलता है, पर किताबी उर्दू और मुझे पीने को सिगरेट दिया है?'

'तो अब?'

'अब मारे गये। धोखा है। सूबेदार कीचड़ में चक्कर काटते फिरेंगे और यहाँ खाईं पर धावा होगा। उधर उन पर खुले में धावा होगा। उठो, एक काम करो। पलटन के पैरों के निशान देखते-देखते दौड़ जाओ। अभी बहुत दूर न गये होंगे। सूबेदार से कहो कि एकदम लौट आवें। खन्दक की बात झूठ है। चले जाओ, खन्दक के पीछे से निकल जाओ, पत्ता तक न खड़के, देर मत करो।'

'हुक्म तो यह है कि यहीं...'

'ऐसी-तैसी हुक्म की। मेरा हुक्म—जमादार लहनासिंह का, जो इस वक्त यहाँ सबसे बड़ा अफसर है, उसका हुक्म है। मैं लपटन साहब की खबर लेता हूँ।'

'पर यहाँ तो तुम आठ ही हो।'

'आठ नहीं, दस लाख। एक-एक अकालिया सिख सवा लाख के बराबर होता है। चले जाओ।'

लौटकर खाईं के मुहाने पर लहनासिंह दीवार से चिपक गया। उसने देखा कि लपटन साहब ने जेब से बेल के बराबर तीन गोले निकाले। तीनों को जगह-जगह खन्दक की दीवारों में घुसेड़ दिया और तीनों में एक तार-सा बाँध दिया। तार के आगे सूत की एक गुत्थी थी, जिसे सिगड़ी के पास रखा। बाहर की तरफ एक दियासलाई गुत्थी पर रखने...

बिजली की तरह दोनों हाथों से उल्टी बन्दूक को उठाकर साहब की कुहनी पर तानकर मारा। धमाके के साथ साहब के हाथ से दियासलाई गिर पड़ी।

लहनासिंह ने एक कुन्दा साहब की गरदन पर मारा और साहब 'आह! माई गाड' कहते हुए चित्त हो गये। लहनासिंह ने तीनों गोले बिन कर खन्दक के बाहर फेंके और साहब को घसीटकर सिगड़ी के पास लिटाया। जेबों की तलाशी ली। तीन-चार लिफाफे और एक डायरी निकालकर उन्हें अपनी जेब के हवाले किया।

साहब की मूर्छा हटी। लहनासिंह हँसकर बोला—'क्यों लपटन साहब! मिजाज कैसा है? आज मैंने बहुत बातें सीखीं। यह सीखा कि सिख सिगरेट पीते हैं। यह सीखा कि जगाधारी के जिले में नील गायें होती हैं और उनके दो फुट चार इंच के सींग होते हैं। यह सीखा कि मुसलमान खानसामा मूर्तियों पर जल चढ़ाते हैं और लपटन साहब खोते पर चढ़ते हैं। पर यह तो कहो, ऐसी साफ उर्दू कहाँ से सीख आये?

हमारे लपटन साहब तो बिना 'डैम' के पाँच लफ्ज भी नहीं बोला करते थे।'

लहना ने पतलून की जेबों की तलाशी नहीं ली थी। साहब ने मानों जाड़े से बचने के लिए, दोनों हाथ जेब में डाले।

लहनासिंह कहता गया—'चालाक तो बड़े हो, पर माँझे का लहना इतने बरस लपटन साहब के साथ रहा है। उसे चकमा देने के लिए चार आँखें चाहिये। तीन महीने हुए, एक तुर्की मौलवी मेरे गाँव में आया था। औरतों को बच्चे की ताबीज बाँटता था और बच्चों को दवाई देता था। चौधरी की बड़ के नीचे मंजा बिछाकर हुक्का पीता रहता था और कहता था कि जर्मनी वाले बड़े पण्डित हैं। वेद पढ़-पढ़कर उसमें से विमान चलाने की विद्या जान गये हैं। गौ को नहीं मारते। हिन्दुस्तान में आ जायेंगे तो गौ-हत्या बन्द कर देंगे। मण्डी के बनियों को बहकाता था कि डाकखाने से रुपया निकला लो, सरकार का राज्य जाने वाला है। डाक बाबू पोल्हूराम भी डर गया था। मैंने मुल्ला जी की दाढ़ी मूँड़ दी थी और गाँव से बाहर निकालकर कहा था कि जो मेरे गाँव में अब पैर रक्खा तो...।'

साहब की जेब में से पिस्तौल चली और लहना की जाँघ में गोली लगी। इधर लहना की हेनरीमार्टिनी के दो फायरों ने साहब की कपाल-क्रिया कर दी। धड़ाका सुनकर सब दौड़ आये।

बोधा चिल्लाया—'क्या है?'

लहनासिंह ने उसे तो यहकर सुला दिया कि 'एक हड़का हुआ कुत्ता आया था, मार दिया' औरों से सब हाल कह दिया, बन्दूकें लेकर सब तैयार हो गये। लहना ने साफा फाड़कर घाव के दोनों तरफ पट्टियाँ कसकर बाँधीं। घाव माँस में ही था। पट्टियों के कसने से लहू निकलना बन्द हो गया।

इतने में सत्तर जर्मन चिल्लाकर कर खाईं में घुस पड़े। सिक्खों की बन्दूकों की बाढ़ ने पहले धावे को रोका। दूसरे को रोका, पर यहाँ थे आठ (लहनासिंह तक-तककर मार रहा था—वह खड़ा था लेटे हुए थे) और वे सत्तर। अपने मुर्दा भाइयों के शरीर पर चढ़कर जर्मन आगे घुस आते थे। थोड़े से मिनटों में वे...

अचानक आवाज आयी, 'वाह गुरु जी दी फतह? वाह गुरु जी दा खालसा!' और धड़ाधड़ बन्दूकों के फायर जर्मनों के पीठ पर पड़ने लगे। ऐन मौके पर जर्मन दो चक्की के पाटों के बीच आ गये। पीछे से सूबेदार हजारासिंह के जवान आग बरसाते थे और सामने लहनासिंह के साथियों के संगीन चल रहे थे। पास आने पर पीछे वालों ने भी संगीन पिरोना शुरू कर दिया।

एक किलकारी और—'अकाली सिक्खां दी फौज आयी। वाह गुरु जी दी फ़तह! वह गुरु जी दा खालसा!! सत्तसिरि अकाल पुरुष!!!' और लड़ाई खतम हो गई। तिरसठ जर्मन या तो खेत रहे थे या कराह रहे थे। सिक्खों में पन्द्रह के प्राण गये। सूबेदार के कन्धे में से गोली आर-पार निकल गई। लहनासिंह की पसली में एक गोली लगी। उसने घाव को खन्दक की गीली मिट्टी से पूर लिया। किसी को खबर न हुई कि लहना के दूसरा घाव, भारी घाव लगा है।

लड़ाई के समय चाँद निकल आया था। ऐसा चाँद जिसके प्रकाश से संस्कृत कवियों का दिया हुआ 'क्षयी' नाम सार्थक होता है और हवा ऐसी चल रही थी, जैसी कि बाणभट्ट की भाषा में 'दन्तवीणोपदेशाचार्य' कहलाती। वजीरासिंह कह रहा था कि कैसे मन-मन भर फ्रांस की भूमि मेरे बूटों से चिपक रही थी, जब मैं दौड़ा-दौड़ा सूबेदार के पीछे गया था। सूबेदार, लहनासिंह से सारा हाल सुन और कागजात पाकर, उसकी तुरत-बुद्धि को सराह रहे थे और कह रहे थे कि 'तू न होता तो आज सब मारे जाते।'

इस लड़ाई की आवाज तीन मील दाहिनी ओर की खाईं वालों ने सुन ली थी। उन्होंने पीछे टेलीफोन कर दिया था। वहाँ से झपपट डाक्टर और दो बीमार ढोने की गाड़ियाँ चलीं जो कोई डेढ़ घण्टे के अन्दर-अन्दर वहाँ आ पहुँचीं। फील्ड अस्पताल नजदीक था। सुबह होते-होते पहुँच जायेंगे, इसलिए मामूली पट्टी बाँधकर एक गाड़ी में घायल लिटाये गये और दूसरी में लाशें रक्खी गईं। सूबेदार ने लहनासिंह की जाँघ में पट्टी बँधवानी चाही। पर उसने यहकर टाल दिया कि थोड़ा घाव है, सवेरे देखा जायेगा, बोधासिंह ज्वर में बर्रा रहा था। वह गाड़ी में लिटाया गया। लहना को छोड़कर सूबेदार जाते नहीं थे। यह देख लहना ने कहा—'तुम्हें बोधा की कसम है और सूबेदारनी जी की सौगन्ध है जो इस गाड़ी में चले जाओ।'

'और तुम?'

'मेरे लिए वहाँ पहुँचकर गाड़ी भेज देना और जर्मन मुर्दों के लिए भी गाड़ियाँ आती होंगी। मेरा हाल बुरा नहीं है। देखते नहीं, मैं खड़ा हूँ। वजीरासिंह मेरे पास है ही।'

'अच्छा पर...'

बोधा गाड़ी पर लेट गया। 'भला, आप भी चढ़ जाओ। सुनिये तो, सूबेदारनी होरां को चिट्ठी लिखो तो मेरा मत्था टेकना लिख देना और जब घर जाओ तो कह देना कि मुझसे जो उन्होंने कहा था, वह मैंने कर दिया।'

गाड़ियाँ चल पड़ी थीं। सूबेदार ने चढ़ते-चढ़ते लहना का हाथ पकड़कर कहा—'तैने, मेरे और बोधा के प्राण बचाये हैं। लिखना कैसा? साथ ही घर चलेंगे। अपनी सूबीदारनी से तुम ही कह देना, उसने क्या कहा था?'

'अब आप गाड़ी पर चढ़ जाओ। मैंने जो कहा, वह लिख देना और कह भी देना।'

गाड़ी के जातजे ही लहना लेट गया। 'वज़ीरा, पानी पिला दे और मेरा कमरबन्द खोल दे। तर हो रहा है।'

मृत्यु के कुछ समय पहले स्मृति बहुत साफ हो जाती है। जन्म भर की घटनाएँ एक-एक कर सामने आती हैं। सारे दृश्यों के रंग साफ होते है, समय की धुन्ध बिलकुल उन पर से हट जाती है।

लहनासिंह बारह वर्ष का है। अमृतसर में मामा के यहाँ आया हुआ है। दही वाले के यहाँ, सब्जी वाले के यहाँ, हर कहीं, उसे एक आठ वर्ष की लड़की मिल जाती है। जब वह पूछता है कि तेरी कुड़माई हो गई? तब 'धत्' कहकर वह भाग जाती है। एक दिन उसने वैसे ही पूछा तो उसने कहा...हाँ, कल हो गई। देखते नहीं, यह रेशम के फूलों वाला सालू?' सुनते ही लहनासिंह को दुःख हुआ। क्रोध हुआ। क्यों हुआ?

'वजीरासिंह, पानी पिला दे।'

पच्चीस वर्ष बीत गये। अब लहनासिंह नं० 77 राइफल्स में जमादार हो गया है। उस आठ वर्ष की कन्या का ध्यान ही न रहा। न मालूम वह कभी मिली थी या नहीं। सात दिन की छुट्टी लेकर जमीन के मुकदमे की पैरवी करने वह अपने घर गया, वहाँ रेजीमेंट अफसर की चिट्ठी मिली कि फौज लाम पर जाती है। फौरन चले जाओ। साथ ही सूबेदार हजारासिंह की चिट्ठी मिली कि मैं और बोधासिंह भी लाम पर जाते हैं। लौटते हुए हमारे घर होते जाना। साथ चलेंगे। सूबेदार का गाँव रास्ते में पड़ता था और सूबेदार उसे बहुत चाहता था, लहनासिंह सूबेदार के यहाँ पहुँचा।

जब चलने लगे, तब सूबेदार बेड़े में से निकलकर आया। बोला, 'लहना, सूबेदारनी तुझको जानती है। बुलाती है, जा मिल आ।' लहनासिंह भीतर पहुँचा। सूबेदारनी मुझे जानती है? कब से, रेजीमेंट के क्वार्टरों में तो कभी सूबेदार के घर के लोग रहे नहीं। दरवाजे पर जाकर 'माथा टेकना' कहा। असीस सुनी। लहनासिंह चुप।

'मुझे पहचाना?'

'नहीं।'

'तेरी कुड़माई हो गई? धत्...कल हो गई...देखते नहीं, रेशमी बूटों वाला सालू...अमृतसर में...'

भावों की टकराहट से मूर्छा खुली। करवट बदली। पसली का घाव बह निकला।

'वजीरा, पानी पिला...उसने कहा था।'

स्वप्न चल रहा है। सूबेदारनी कह रही है—'मैंने तेरे को आते ही पहचान लिया। एक काम कहती हूँ, मेरे तो भाग फूट गये। सरकार ने बहादुर का खिताब दिया है, लायलपुर में जमीन दी है, आज नमकहलाली का मौका आया है। पर सरकार ने हम तीममियों की घघरिया पलटन क्यों न बना दी, जो मैं भी सूबेदार जीके साथ चली जाती? एक बेटा है। फौज में भरती हुए उसे एक ही वर्ष हुआ। उसके पीछे चार और हुए, पर एक भी नहीं जिया।' सूबेदारनी रोने लगी, 'अब दोनों जाते हैं। मेरे भाग? तुम्हें याद है, एक दिन ताँगे वाले का घोड़ा दही वाले की दुकान के पास बिगड़ गया था। तुमने उस दिन मेरे प्राण बचाये थे। आप घोड़े की लातों में चले गये थे और मुझे उठाकर दुकान के तख्ते पर खड़ाकर दिया था। ऐसे ही इन दोनों को बचाना, यह मेरी भिक्षा है। तुम्हारे आगे मैं आँचल पसारती हूँ।'

रोती-रोती सूबेदारनी ओबारी में चली गई। लहना भी आँसू पोंछता हुआ बाहर आया।

'वजीरासिंह, पानी पिला...उसने कहा था।'

लहना का सिर अपनी गोदी पर रक्खे वजीरासिंह बैठा है। जब माँगता है, तब पानी पिला देता है। आध घण्टे तक लहना चुप रहा, फिर बोला—

'कौन, कीरतसिंह?'

वजीरा ने कुछ समझकर कहा, 'हाँ।'

'भइया, मुझे कुछ ऊँचा कर ले। अपने पट्ट पर मेरा सिर रख ले।'

वजीरा ने वैसा ही किया।

'हाँ, अब ठीक है। पानी पिला दे। बस, अब के हाड़ में यह आम खूब फलेगा। चाचा-भतीजा यहीं बैठकर आम खाना। जितना बड़ा तेरा भतीजा है, उतना ही यह आम है। जिस महीने उसका जन्म हुआ था, उसी महीने मैंने इसे लगाया था।'

वजीरासिंह के आँसू टप-टप टपक रहे थे।

कुछ दिन पीछे लोगों ने अखबारों में पढ़ा—

फ्रांस और बेलजियम—68वीं सूची—मैदान में घावों से मरा—नं० 77 सिख राइफल जमादार लहनासिंह।

✦

कफन

✦

प्रेमचंद

[1]

झोपड़े के द्वार पर बाप और बेटा दोनों एक बुझे हुए अलाव के सामने चुपचाप बैठे हुए हैं और अन्दर बेटे की जवान बीवी बुधिया प्रसव-वेदना से पछाड़ खा रही थी। रह-रहकर उसके मुँह से ऐसी दिल हिला देने वाली आवाज निकलती थी कि दोनों कलेजा थाम लेते थे। जाड़ों की रात थी, प्रकृति सन्नाटे में डूबी हुई। सारा गाँव अन्धकार में लय हो गया था।

घीसू ने कहा—'मालूम होता है, बचेगी नहीं। सारा दिन दौड़ते हो गया। जा, देख तो आ।'

माधव चिढ़कर बोला—'मरना ही है तो जल्दी मर क्यों नहीं जाती। देखकर क्या करूँ?'

'तू बड़ा बेदर्द है बे! साल भर जिसके साथ सुख-चैन से रहा, उसी के साथ इतनी बेवफाई।'

'तो मुझसे तो उसका तड़पना और हाथ-पाँव पटकना नहीं देखा जाता।'

चमारों का कुनबा था और सारे गाँव में बदनाम। घीसू एक दिन काम करता तो तीन दिन आराम। माधव इतना कामचोर था कि आध घण्टे काम करता तो घण्टे भर चिलम पीता। इसलिए उन्हें कहीं मजदूरी नहीं मिलती थी। घर में मुट्ठी भर भी अनाज मौजूद हो, तो उनके लिए काम करने की कसम थी। जब दो-चार फाके हो जाते तो घीसू पेड़ पर चढ़कर लकड़ियाँ तोड़ लाता और माधव बाजार में बेच आता और जब तक वह पैसे रहते, दोनों इधर-उधर मारे-मारे फिरते। जब फाके की नौबत आ जाती तो फिर लकड़ियाँ तोड़ते या मजदूरी तलाश करते। गाँव में काम की कमी न थी। किसानों का गाँव था, मेहनती आदमी के पचास काम थे। मगर इन दोनों को लोग उसी वक्त बुलाते, जब दो आदमियों से एक का काम पाकर भी सन्तोष कर लेने के सिवा और कोई चारा न होता। अगर दोनों साधु होते तो उन्हें सन्तोष और धैर्य के लिए संयम और नियम की बिलकुल जरूरत न होती। यह तो इनकी प्रकृति थी। विचित्र जीवन था इनका। घर में मिट्टी के दो-चार बर्तनों के सिवा कोई सम्पत्ति नहीं। फटे-चीथड़ों से अपनी नग्नता को ढाँके हुए जिये जाते थे। संसार की चिन्ताओं से मुक्त। कर्ज से लदे हुए। गालियाँ भी खाते, मार भी

खाते, मगर कोई भी गम नहीं। दीन इतने कि वसूली की आशा न रहने पर भी लोग इन्हें कुछ-न-कुछ कर्ज दे देते थे। मटर, आलू की फसल में दूसरों के खेतों से मटर या आलू उखाड़ लाते और भून-भूनकर खा लेते या दस-पाँच ऊख उखाड़ लाते और रात को चूसते। घीसू ने इसी आकाश-वृत्ति से साठ साल की उम्र काट दी और माधव भी सपूत बेटे की तरह बाप ही के पद-चिह्नों पर चल रहा था, बल्कि उसका नाम और भी उजागर कर रहा था। इस वक्त भी दोनों अलाव के सामने बैठकर आलू भून रहे थे, जो कि किसी के खेत से खोद लाये थे। घीसू की स्त्री का तो बहुत दिन हुए, देहान्त हो गया था। माधव का ब्याह पिछले साल हुआ था। जब से वह औरत आई थी, उसने इस खानदान में व्यवस्था की नींव डाली थी। पिसाई करके या घास छीलकर वह सेर भर आटे का इन्तजाम कर लेती थी और इन दोनों बे-गैरतों का दोजख भरती रहती थी। जबसे वह आयी, यह दोनों और भी आलसी और आराम-तलब हो गये थे, बल्कि कुछ अकड़ने भी लगे थे। कोई कार्य करने को बुलाता, तो निर्ब्याज भाव से दुगुनी मजदूरी माँगते। वही औरत आज प्रसव-वेदना से मर रही थी और यह दोनों शायद इसी इन्तजार में थे कि वह मर जाय, तो आराम से सोयें।

घीसू ने आलू निकलाकर छीलते हुए कहा—'जाकर देख तो, क्या दशा है उसकी? चुड़ैल का फिसाद होगा, और क्या? यहाँ तो ओझा भी एक रुपया माँगता है?'

माधव को भय था कि वह कोठरी में गया तो घीसू आलुओं का बड़ा भाग साफ कर देगा। बोला—'मुझे वहाँ जाते डर लगता है।'

'डर किस बात का है, मैं तो यहाँ हूँ ही?'

'तो तुम्हीं जाकर देखो न?'

'मेरी औरत जब मरी थी तो मैं तीन दिन तक उसके पास से हिला तक नहीं था और फिर मुझसे लजायेगी कि नहीं? जिसका कभी मुँह नहीं देखा, आज उसका उघड़ा हुआ बदन देखूँ। उसे तन की सुध भी तो न होगी? मुझे देख लेगी तो खुलकर हाथ-पाँव भी न पटक सकेगी।'

'मैं सोचता हूँ, कोई बाल-बच्चा हो गया तो क्या होगा? सोंठ, गुड़, तेल कुछ भी तो नहीं घर में।'

'सब कुछ आ जायेगा। भगवान् दें तो जो लोग अभी तक पैसा नहीं दे रहे हैं, वे ही कल बुलाकर रुपये देंगे। मेरे नौ लड़के हुए, घर में कभी कुछ न था, मगर भगवान् ने किसी तरह बेड़ा पार ही लगाया।'

जिस समाज में रात-दिन मेहनत करने वालों की हालत उनकी हालत से कुछ बहुत अच्छी न थी और किसानों के मुकाबले में वे लोग, जो किसानों की दुर्बलता से लाभ उठाना जानते थे, कहीं ज्यादा सम्पन्न थे, वहाँ इस तरह की मनोवृत्ति का

पैदा हो जाना कोई अचरज की बात न थी। हम तो कहेंगे, घीसू किसानों से कहीं ज्यादा विचारवान् था, जो किसानों के विचारशून्य समूह में शामिल होने के बदले बैठकबाजों की कुत्सित मण्डली में जा मिला था। हाँ, उसमें यह शक्ति न थी कि बैठकबाजों के नियम और नीति का पालन करता। इसलिए जहाँ उसकी मण्डली के और लोग गाँव के सरगना और मुखिया बने हुए थे, उस पर सारा गाँव उँगली उठाता था। फिर भी उसे यह तसकीन तो थी ही कि अगर वह फटेहाल है तो कम-से-कम उन किसानों की-सी जी-तोड़ मेहनत तो नहीं करनी पड़ती और उसकी सरलता और निरीहता से दूसरे लोग बेजा फायदा तो नहीं उठाते।

दोनों आलू निकाल-निकालकर जलते-जलते खाने लगे। कल से कुछ नहीं खाया था। इतना सब्र न था कि उन्हें ठण्डा हो जाने दें। कई बार दोनों की जबानें जल गईं। छिल जाने पर आलू का बाहरी हिस्सा तो बहुत ज्यादा गर्म न मालूम होता, लेकिन दाँतों तले पड़ते ही अन्दर का हिस्सा जबान, हलक और तालू को जला देता था और उस अँगारे को मुँह में रखने से ज्यादा खैरियत इसी में थी कि वह अन्दर पहुँच जाय। वहाँ उसे ठण्डा करने के लिए काफी सामान थे। इसलिए दोनों जल्दी-जल्दी निगल जाते। हालाँकि इस कोशिश में उनकी आँखें से आँसू निकल आते।

घीसू को उस वक्त ठाकुर की बारात याद आई, जिसमें बीस साल पहले वह गया था। उस दावत में उसे जो तृप्ति मिली थी, वह उसके जीवन में, एक याद रखने लायक बात थी और आज भी उसकी याद ताजा थी। बोला—'वह भोज नहीं भूलता। तब से फिर उस तरह का खाना और भरपेट नहीं मिला। लड़की वालों ने सबको भरपेट पूरियाँ खिलाई थीं, सबको! छोटे-बड़े सबने पूरियाँ खायीं और असली घी की। चटनी, रायता, तीन तरह के सूखे साग, एक रसेदार तरकारी, दही, चटनी, मिठाई। अब क्या बताऊँ कि उस भोज में क्या स्वाद मिला? कोई रोक-टोक नहीं थी। जो चीज चाहो माँगो और जितनी चाहो खाओ। लोगों ने ऐसा खाया, ऐसा खाया, किसी से पानी न पिया गया। मगर परोसने वाले हैं कि पत्तल में गर्म-गर्म, गोल-गोल, सुवासित कचौरियां डाल देते हैं। मना करते हैं कि नहीं चाहिये, पत्तल पर हाथ से रोके हुए हैं, मगर वह हैं कि दिये जाते हैं और जब मुँह धो लिया तो पान-इलायची भी मिली, मगर मुझे पान लेने की कहाँ सुध थी? खड़ा न हुआ जाता था। चटपट जाकर अपने कम्बल पर लेट गया। ऐसा दिल-दरियाव था वह ठाकुर।'

माधव ने इन पदार्थों का मन-ही-मन मजा लेते हुए कहा—'अब हमें कोई ऐसा भोज नहीं खिलाता।'

'अब कोई क्या खिलायेगा? वह जमाना दूसरा था। अब तो सबको किफायत सूझती है। शादी-ब्याह में मत खर्च करो, क्रिया-कर्म में मत खर्च करो। पूछो,

गरीबों का माल बटोर-बटोरकर कहाँ रखोगे? बटोरने में तो कमी नहीं है। हाँ, खर्च में किफायत सूझती है।'

'तुमने एक बीस पूरियाँ खायी होंगी?'

'बीस से ज्यादा खायी थीं।'

'मैं पचास खा जाता।'

'पचास से कम मैंने भी न खाई होंगी। अच्छा पट्ठा था। तू तो मेरा आधा भी नहीं है।'

आलू खाकर दोनों ने पानी पिया और वहीं अलाव के सामने अपनी धोतियाँ ओढ़कर, पाँव पेट में डाले सो रहे। जैसे दो बड़े-बड़े अजगर, गेंडुलियाँ मारे पड़े हों।'

और बुधिया अभी तक कराह रही थी।

[2]

सवेरे माधव ने कोठरी में जाकर देखा तो उसकी स्त्री ठण्डी हो गई थी। उसके मुँह पर मक्खियाँ भिनक रही थीं। पथराई हुई आँखें ऊपर टँगी हुई थीं। सारी देह धूल से लथपथ हो रही थी। उसके पेट में बच्चा मर गया था।

माधव भागा हुआ घीसू के पास आया। फिर दोनों जोर-जोर से हाय-हाय करने और छाती पीटने लगे। पड़ोस वालों ने यह रोना-धोना सुना, तो दौड़े हुए आये और पुरानी मर्यादा के अनुसार इन अभागों को समझाने लगे।

मगर ज्यादा रोने-पीटने का अवसर न था। कफन की और लकड़ी की फिक्र करनी थी। घर में तो पैसा इस तरह गायब था, जैसे चील के घोंसले में माँस।

बाप-बेटे रोते हुए गाँव के जमींदार के पास गये। वह इन दोनों की सूरत से नफरत करते थे। कई बार इन्हें अपने हाथों पीट चुके थे। चोरी करने के लिए, वादे पर काम पर न आने के लिए। पूछा—'क्या है बे घिसुआ, रोता क्यों है? अब तो कहीं दिखाई नहीं देता। मालूम होता है, इस गाँव में रहना नहीं चाहता।'

घीसू ने जमीन पर सिर रखकर आँखों में आँसू भरे हुए कहा—"सरकार! बड़ी विपत्ति में हूँ। माधव की घर वाली रात को गुजर गई। रात भर तड़पती रही सरकार! हम दोनों उसके सिरहने बैठे रहे। दवा-दारू जो कुछ हो सका, सब कुछ किया, मुदा वह हमें दगा दे गई। अब कोई एक रोटी देने वाला भी न रहा मालिक। तबाह हो गये। घर उजड़ गया। आपका गुलाम हूँ। अब आपके सिवा कौन उसकी मिट्टी पार लगायेगा? हमारे हाथ में जो कुछ था, वह सब तो दवा-दारू में उठ गया। सरकार की ही दया होगी तो उसकी मिट्टी उठेगी। आपके सिवा किसके द्वार पर जाऊँ?'

जमींदार साहब दयालु थे। मगर घीसू पर दया करना काले कम्बल पर रंग चढ़ाना था। जी में तो आया, कह दें, चल, दूर हो यहाँ से। यों तो बुलाने से भी नहीं आता, आज जब गरज पड़ी तो आकर खुशामद कर रहा है। हरामखोर कहीं का, बदमाश! लेकिन यह क्रोध या दण्ड का अवसर न था। जी में कुढ़ते हुए दो रुपये निकाल कर फेंक दिये। मगर सान्त्वना का एक शब्द भी मुँह से न निकला। उसकी तरफ ताका भी नहीं। जैसे सिर का बोझ उतारा हो।

जब जमींदार साहब ने दो रुपये दिये तो गाँव के बनिये-महाजनों को इन्कार का साहस कैसे होता? घीसू जमींदार के नाम का ढिंढोरा भी पीटना खूब जानता था। किसी ने दो आने दिये, किसी ने चार आने। एक घण्टे में घीसू के पास पाँच रुपये की अच्छी रकम जमा हो गयी। कहीं से नाज मिल गया, कहीं से लकड़ी और दोपहर को घीसू और माधव बाजार से कफन लाने चले। इधर लोग बाँस-वाँस काटने लगे।

गाँव की नर्म दिल स्त्रियाँ आ-आकर लाश को देखती थीं और उसकी बेकसी पर दो बूँद आँसू गिराकर चली जाती थीं।

[3]

बाजार में पहुँचकर घीसू बोला—'लकड़ी तो उसे जलाने भर को मिल गई है, क्यों माधव?'

माधव बोला—'हाँ, लकड़ी तो बहुत है, अब कफन चाहिये।'

'तो चलो, कोई हलका-सा कफन ले लें।'

'हाँ और क्या, लाश उठते-उठते रात हो जायेगी। रात को कफन कौन देखता है?'

'कैसा बुरा रिवाज है कि जिसे जीते जी तन ढाँकने को चीथड़ा भी न मिले, उसे मरने पर नया कफन चाहिये।'

'कफन लाश के साथ जल ही तो जाता है।'

'और क्या रखा रहता है? यही पाँच रुपये पहले मिलते तो कुछ दवा-दारू कर लेते।'

दोनों एक-दूसरे के मन की बात ताड़ रहे थे। बाजार में इधर-उधर घूमते रहे। कभी इस बजाज की दुकान पर गये। कभी उसकी दुकान पर। तरह-तरह के कपड़े, रेशमी और सूती देखे, मगर कुछ जँचा नहीं। यहाँ तक कि शाम हो गई। तब दोनों न जाने किस दैवी प्रेरणा से एक मधुशाला के सामने आ पहुँचे और जैसे किसी पूर्व योजना से अन्दर चले गये। वहाँ जरा देर तक दोनों, असमंजस में खड़े रहे। फिर घीसू ने गद्दी के सामने जाकर कहा—'साहू जी, एक बोतल हमें भी देना।'

इसके बाद कुछ चिखौना आया, तली हुई मछलियाँ आयीं और दोनों बरामदे में बैठकर शान्तिपूर्वक पीने लगे।

कई कुज्जियाँ ताबड़-तोड़ पीने के बाद दोनों सरूर में आ गये।

घीसू बोला—'कफन लगाने से क्या मिलता? आखिर जल ही तो जाता। कुछ बहू के साथ तो न जाता।'

माधव आसमान की तरफ देखकर बोला, मानों देवताओं को अपनी निष्पापता का साक्षी बना रहा हो—'दुनिया का दस्तूर है, नहीं लोग बामनों को हजारों रुपये क्यों दे देते हैं? कौन देखता है, परलोक में मिलता है या नहीं?'

'बड़े आदमियों के पास धन है, चाहे फूँकें। हमारे पास फूँकने को क्या है?'

'लेकिन लोगों को जवाब क्या दोगे? लोग पूछेंगे नहीं, कफन कहाँ है?'

घीसू हँसा—'अबे, कह देंगे कि रुपये कमर से खिसक गये। बहुत ढूँढ़ा मिले नहीं। लोगों को विश्वास तो न आयेगा, लेकिन फिर वही रुपये देंगे।'

माधव भी हँसा, इस अनपेक्षित सौभाग्य पर बोला—'बड़ी अच्छी थी बेचारी। मरी तो खूब खिला-पिलाकर।'

आधी बोतल से ज्यादा उड़ गई। घीसू ने दो सेर पूरियाँ मँगाईं। चटनी, अचार, कलेजियाँ। शराब खाने के सामने ही दूकान थी। माधव लपककर दो पत्तलों में सारे सामान ले आया। पूरा डेढ़ रुपया और खर्च हो गया। सिर्फ थोड़े से पैसे बच रहे।

दोनों इस वक्त शान से बैठे हुए पूरियाँ खा रहे थे, जैसे जंगल में कोई शेर अपना शिकार उड़ा रहा हो। न जवाबदेही का खौफ था, न बदनामी की फिक्र। इन भावनाओं को उन्होंने बहुत पहले ही जीत लिया था।

घीसू दार्शनिक भाव से बोला—'हमारी आत्मा प्रसन्न हो रही है तो क्या उसे पुन्न न होगा?'

माधव ने श्रद्धा से सिर झुकाकर तसदीक की—'जरूर से जरूर होगा। भगवान्, तुम अन्तर्यामी हो। उसे बैकुण्ठ ले जाना। हम दोनों हृदय से आशीर्वाद दे रहे हैं। आज जो भोजन मिला, वह कभी उम्र भर न मिला था।'

एक क्षण के बाद माधव के मन में एक शंका जागी। बोला—'क्यों दादा, हम लोग भी एक-न-एक दिन वहाँ जायेंगे ही।'

घीसू ने इस भोले-भाले सवाल का कुछ उत्तर न दिया।वह परलोक की बातें सोचकर इस आनन्द में बाधा न डालना चाहता था।

'जो वहाँ वह हम लोगों से पूछे कि तुमने हमें कफन क्यों नहीं दिया तो क्या कहोगे?'

'कहेंगे तुम्हारा सिर!'

'पूछेगी तो जरूर।'

'तू कैसे जानता है कि उसे कफन न मिलेगा? तू मुझे ऐसा गधा समझता है? साठ साल क्या दुनिया में घास खोदता रहा हूँ? उसको कफन मिलेगा और बहुत अच्छा मिलेगा।'

माधव को विश्वास न आया, बोला—'कौन देगा? रुपये तो तुमने चट कर दिये। वह तो मुझसे पूछेगी। उसकी माँग में सेंदुर तो मैंने डाला था।'

घीसू गर्म होकर बोला—'मैं कहता हूँ, उसे कफन मिलेगा। तू मानता क्यों नहीं?'

'कौन देगा, बताते क्यों नहीं?'

'वही लोग देंगे, जिन्होंने कि अबकी दिया। हाँ, अबकी रुपये हमारे हाथ न आयेंगे।'

ज्यों-ज्यों अँधेरा बढ़ता था और सितारों की चमक तेज होती थी, मधुशाला की रौनक भी बढ़ती जाती थी। कोई गाता था, कोई डींग मारता था, कोई अपने संगी के गले लिपटा जाता था। कोई अपने दोस्त के मुँह से कुल्हड़ लगाये देता था।

वहाँ के वातावरण में सरूर था, हवा में नशा। कितने तो यहाँ आकर चुल्लू में मस्त हो जाते थे। शराब से ज्यादा यहाँ की हवा उन पर नशा करती थी। जीवन की बाधाएं यहाँ खींच लाती थीं और कुछ देर के लिए वे यहाँ भूल जाते थे कि वे जीते हैं या मरते हैं या न जीते हैं, न मरते हैं।

और यह दोनों बाप-बेटा अब भी मजे ले-लेकर सुसकियाँ ले रहे थे। सबकी निगाहें इनकी ओर जमी हुई थीं। दोनों कितने भाग्य के बली हैं! पूरी बोतल बीच में है।

भरपेट खाकर माधव ने बची हुई **पूरियों** का पत्तल उठाकर एक भिखारी को दे दिया, जो खड़ा इनकी ओर भूखी आँखों से देख रहा था और 'देने' के गौरव, आनन्द और उल्लास का उसने अपने जीवन में पहली बार अनुभव किया।

घीसू ने कहा—'ले जा, खूब खा और आशीर्वाद दे। जिसकी कमाई है, वह तो मर गई। मगर तेरा आशीर्वाद उसे जरूर पहुँचेगा। रोयें-रोयें से आशीर्वाद दे, बढ़ी गाढ़ी कमाई के पैसे हैं।'

माधव ने फिर आसमान की तरफ देखकर कहा—'वह बैकुण्ठ में जायेगी दादा, वह बैकुण्ठ की रानी बनेगी।'

घीसू खड़ा हो गया और जैसे उल्लास की लहरों में तैरता हुआ बोला—'हाँ बेचारी, बैकुण्ठ में जायेगी। किसी को सताया नहीं, किसी को दबाया नहीं। मरते-मरते हमारी जिन्दगी की सबसे बड़ी लालसा पूरी कर गई। वह न बैकुण्ठ में जायेगी, तो क्या ये मोटे-मोटे लोग जायेंगे, जो गरीबों को दोनों हाथों से लूटते हैं और अपने पाप धोने के लिए गंगा में नहाते हैं और मन्दिरों में जल चढ़ाते हैं?'

श्रद्धालुता का यह रंग तुरन्त ही बदल गया। अस्थिरता नशे की खासियत है। दुख और निराशा का दौरा हुआ।

माधव बोला—'मगर दादा, बेचारी ने जिन्दगी में बड़ा दुःख भोगा, कितना दुःख झेलकर मरी।'

वह आँखों पर हाथ रखकर रोने लगा, चीखें मार-मार कर।

घीसू ने समझाया—'क्यों रोता है बेटा, खुश हो कि वह मायाजाल से मुक्त हो गई, जंजाल से छूट गई। बड़ी भागयवान् थी, जो इतनी जल्द माया-मोह के बन्धन तोड़ दिये।'

और दोनों खड़े होकर गाने लगे—

''ठगिनी क्यों नैना झमकावै। ठगिनी।''

पियक्कड़ों की आँखें इनकी ओर लगी हुई थीं और यह दोनों अपने दिल में मस्त गाये जाते थे। फिर दोनों नाचने लगे। उछले भी, कूदे भी। गिरे भी, मटके भी। भाव भी बनाये, अभिनय भी किये और आखिर नशे से बदमस्त होकर वहीं गिर पड़े।

✦

गुण्डा

✦

जयशंकर प्रसाद

पचास वर्ष से ऊपर था। तब भी युवकों से अधिक बलिष्ठ और दृढ़ था। चमड़े पर झुर्रियाँ नहीं पड़ी थीं। वर्षा की झड़ी में, पूस की रातों की छाया में, कड़कती हुई जेठ की धूप में, नंगे शरीर घूमने में वह सुख मानता था। उसकी चढ़ी मूँछे बिच्छू के डँक की तरह, देखने वालों की आँखों में चुभती थीं। उसका साँवला रंग साँप की तरह चिकना और चमकीला था। उसकी नागपुरी धोती का लाल रेशमी किनारा दूर से भी ध्यान आकर्षित करता। कमर में बनारसी सेल्हे का फेंटा, जिसमें सीप की मूठ का बिछुआ खुँसा रहता था। उसके घुँघराले बालों पर सुनहले पल्ले के साफे का छोर उसकी चौड़ी पीठ पर फैला रहता। ऊँचे कन्धे पर टिका हुआ चौड़ी धार का गंडासा, यह थी उसकी धज। पंजों के बल जब वह चलता, तो उसकी नस चटाचट बोलती थीं। वह गुण्डा था।

ईसा की अठारहवीं शताब्दी के अन्तिम भाग में वही काशी नहीं रह गई थी, जिसमें उपनिषद् के अजातशत्रु की परिषद् में ब्रह्मविद्या सीखने के लिए विद्वान् ब्रह्मचारी आते थे। गौतम बुद्ध और शंकराचार्य के धर्म दर्शन के वाद-विवाद कई शताब्दियों से लगातार मन्दिरों और मठों के ध्वंस और तपस्वियों के वध के कारण, प्रायः बन्द से हो गये थे। यहां तक कि पवित्रता और छुआछूत में कट्टर वैष्णव धर्म भी उस विशृंखलता में नवागन्तुक धर्मोन्माद में, अपनी असफलता देखकर काशी में अधीर धारण कर रहा था। उसी समय समस्त न्याय और बुद्धिवाद को शस्त्रबल के सामने झुकते देखकर, काशी के विच्छिन्न और निराश नागरिक जीवन ने, एक नवीन सम्प्रदाय की सृष्टि की। वीरता जिनका धर्म था। अपनी बात पर मर मिटना, सिंहवृत्ति से जीविका ग्रहण करना, प्राण-भिक्षा माँगने वाले कायरों तथा चोट खाकर गिरे हुए प्रतिद्वंद्वी पर शस्त्र न उठाना, सताये हुए निर्बलों को सहायता देना और प्रत्येक क्षण प्राणों को हथेली पर लिए घूमना, उनका बाना था। उन्हें लोग काशी में गुण्डा कहते थे।

जीवन के किसी अलभ्य अभिलाष से वंचित होकर जैसे प्रायः लोग विरक्त हो जाते हैं, ठीक उसी तरह किसी मानसिक चोट से घायल होकर एक प्रतिष्ठित जमींदार का पुत्र होने पर भी, नन्हकूसिंह गुण्डा हो गया था। दोनों हाथों से उसने अपनी सम्पत्ति लुटाई। नन्हकूसिंह ने बहुत-सा रुपया खर्च कर जैसा स्वाँग खेला

था, उसे काशी वाले बहुत दिनों तक नहीं भूल सके। बसन्त ऋतु में यह प्रहसनपूर्ण अभिनय खेलने के लिए उन दिनों प्रचुर धन, बल, निर्भीकता और उच्छृंखलता की आवश्यकता होती थी। एक बार नन्हकूसिंह ने भी एक पैर में नूपुर, एक हाथ में तोड़ा, एक आँख में काजल, एक कान में हजारों के मोती तथा दूसरे कान में फटे जूते का पल्ला लटकाकर, एक हाथ में जड़ाऊ मूठ की तलवार, दूसरा हाथ आभूषणों से लदी हुई अभिनय करने वाली प्रेमिका के कन्धे पर रखकर गाया था—

'कहीं बैगनवाली मिले तो बुला देना।'

प्रायः बनारस के बाहर की हरियालियों में, अच्छे पानी वाले कुएँ पर, गंगा की धारा में मचलती हुई डोंगी पर वह दिखलाई पड़ता था। कभी-कभी जुआ खाने से निकलकर जब वह चौक में आ जाता, तो काशी की रंगीली वेश्याएँ मुस्कराकर उसका स्वागत करतीं और उसके दृढ़ शरीर को सस्पृह देखतीं। वह तमोली की दूकान पर बैठकर उनके गीत सुनता, ऊपर कभी नहीं जाता। जुए की जीत का रुपया मुट्ठियों में भरकर, उनकी खिड़की में वह इस तरह उछालता कि कभी-कभी समाजी लोग अपना सिर सहलाने लगते। तब वह ठठाकर हँस देता। जब कभी लोग कोठे के ऊपर चलने के कहते, तो वह उदासी की साँस खींचकर चुप हो जाता।

वह अभी बंसी के जुआ खाने से निकला था। आज उसकी कौड़ी ने साथ न दिया, सोलह परियों के नृत्य में उसका मन न लगा। मन्नू तमोली की दुकान पर बैठते हुए उसने कहा—'आज सायत अच्छी नहीं रही मन्नू।'

'क्यों मालिक! चिन्ता किस बात की है? हम लोग किस दिन के लिए हैं? सब आप ही का तो है।'

'अरे बुद्धू ही रहे तुम। नन्हकूसिंह जिस दिन किसी से लेकर जुआ खेलने लगे, उसी दिन समझना, वह मर गये। तुम जानते नहीं कि मैं जुआ खेलने कब जाता हूँ? जब मेरे पास एक पैसा नहीं रहता, उस दिन नाल पर पहुंचते ही जिधर बड़ी ढेर रहती है, उसी को बदता हूँ और फिर वही दाँव आता भी है। बाबा कीनाराम का यह वरदान है।'

'तब आज क्यों मालिक?'

'पहला दाँव तो आया ही, फिर दो-चार हाथ बदने पर सब निकल गया, तब भी लो, यह पाँच रुपये बचे हैं। एक रुपया तो पान के लिए रख लो और चार दे दो मलूकी कथक को, कह दो कि दुलारी से गाने के लिए कह दे। हाँ, वही एक गीत-बिलमि विदेस रहे।'

नन्हकूसिंह की बात सुनते ही मलूकी, जो अभी गाँजे की चिलक पर रखने के लिए अँगारा चूर कर रहा था, घबराकर उठ खड़ा हुआ। वह सीढ़ियों पर दौड़ता हुआ चढ़ गया। चिलम को देखते हुए ऊपर चढ़ा, इसीलिए उसे चोट भी लगी, पर

नन्हकूसिंह की भृकुटी देखने की शक्ति उसमें कहाँ? उसे नन्हकूसिंह की वह मूर्ति भूली न थी, जब इस पान की दुकान पर जुए खाने से जीता हुआ, रुपये से भरा तोड़ा लिए वह बैठा था। नन्हकू ने पूछा—'यह किसकी बारात है?'

'ठाकुर बोधासिंह के लड़के की।'—मन्नू के इतना कहते ही नन्हकू के होंठ फड़कने लगे। उसने कहा—'मन्नू! यह नहीं हो सकता। आज इधर से बारात न जायेगी। बोधासिंह हमसे निपटकर तब बारात इधर से ले जा सकेंगे।'

मन्नू ने कहा—'तब मालिक, मैं क्या करूँ?'

नन्हकू गंडासा कंधे पर से और ऊँचा करके मलूकी से बोला—'मलुकिया, देखता है अभी, जा ठाकुर से कह दे कि बाबू नन्हकूसिंह आज यही लगाने के लिए खड़े हैं। समझकर आवें, लड़के की बारात है।'

मलुकिया काँपता हुआ ठाकुर बोधासिंह के पास गया। बोधासिंह और नन्हकू का पाँच वर्ष तक सामना नहीं हुआ है। किसी दिन नाल पर कुछ बातों में ही कहा-सुनी होकर, बीच-बचाव हो गया था। फिर सामना नहीं हो सका था। आज नन्हकू जान पर खेलकर अकेले खड़ा है। बोधासिंह भी उस आन को समझते थे। उन्होंने मलूकी से कहा—जा बे, कह दे कि हमको क्या मालूम कि बाबू साहब वहाँ खड़े हैं। जब वह हैं ही, तो दो समधह जाने का क्या काम है?

बोधासिंह लौट गये और मलूकी के कंधे पर तोड़ा लादकर बाजे के आगे नन्हकूसिंह बारात लेकर गये। ब्याह में जो कुछ लगा खर्च किया। ब्याह कराकर तब दूसरे दिन इसी दुकान तक आकर रुक गये। लड़के को और उसकी बारात को उसके घर भेज दिया।

मलूकी को भी दस रुपया मिला था, उस दिन। फिर नन्हकूसिंह की बात सुनकर बैठे रहना और यम को न्यौता देना एक ही बात थी। उसने जाकर दुलारी से कहा—हम ठेका लगा रहे हैं, तुम गाओ, तब तक बल्लू सारंगी वाला पानी पीकर आता है।

'बाप रे! कोई आफत आयी है क्या बाबू साहब? सलाम।'—कहकर दुलारी ने खिड़की से मुस्कराकर झाँका था कि नन्हकूसिंह उसके सलाम का जवाब देकर, दूसरे एक आने वाले को देखने लगे।

हाथ में हरौती की पतली-सी छड़ी, आँखों में सुरमा, मुँह में पान, मेंहदी लगी हुई लाल दाढ़, जिसकी सफेद जड़ें दिखलाई पड़ रही थीं, कुब्बेदार टोपी, छकलिया अंगरखा और साथ में लेसदार परतले वाले दो सिपाही। कोई मौलवी साहब हैं। नन्हकू हँस पड़ा। नन्हकू की ओर बिना देखे ही मौलवी ने एक सिपाही से कहा—'जाओ, दुलारी से कह दो कि आज रेजिडेण्ट साहब की कोठी पर मुजरा करना होगा, अभी चलें। देखो, तब तक हम जान अली से कुछ इत्र ले रहे हैं।'

सिपाही ऊपर चढ़ रहा था और मौलवी दूसरी ओर चले थे कि नन्हकू ने ललकारकर कहा—'दुलारी! हम कब तक यहाँ बैठे रहें, क्या अभी सारंगिया नहीं आया?'

दुलारी ने कहा—'वाह बाबू साहब! आप ही के लिए तो मैं यहाँ आ बैठी हूँ, सुनिये न! आप तो कभी ऊपर...।' मौलवी जल उठा। उसने कड़ककर कहा—'चोबदार! अभी वह सुअर की बच्ची उतरी नहीं? जाओ कोतवाल के पास, मेरा नाम लेकर कहो कि मौलवी अलाउद्दीन कुबरा ने बुलाया है। आकर इसकी मरम्मत करें। देखता हूँ, जब से नवाबी गई, इन काफिरों की मस्ती बढ़ गई है।''

कुबरा मौलवी। बाप रे—तमोली अपनी दुकान सँभालने लगा। पास ही एक दुकान पर बैठकर ऊँघता हुआ बजाज चौंककर सिर में चोट खा गया। इसी मौलवी ने तो महाराजा चेतसिंह से साढ़े तीन सेर चींटी के सिर का तेल माँगा था। मौलवी अलाउद्दीन कुबरा! बाजार में हलचल मच गई। नन्हकूसिंह ने मन्नूसिंह से कहा—'क्यों चुपचाप बैठोगे नहीं?' दुलारी से कहा—'वहीं से बाई जी, इधर-उधर हिलने का काम नहीं। तुम गाओ। हमने ऐसे घसियारे बहुत से देखे हैं। अभी कल रमल के पांसे फेंककर अधेला-अधेला माँगता था, आज चला है रोब गाँठने!'

अब कुबरा ने घूमकर उसकी ओर देखकर कहा—'कौन है यह पाजी?'

'तुम्हारा चाचा बाबू नन्हकूसिंह।'—के साथ ही पूरा बनारसी झापड़ पड़ा। कुबरा का सिर घूम गया। लैस के परतले वाले सिपाही दूसरी ओर भाग चले और मौलवी साहब चौंधियाकर जान अली की दुकान पर लड़खड़ाते, गिरते-पड़ते किसी तरह पहुँच गये।

जान अली ने मौलवी से कहा—'मौलवी साहब! भला आप भी उस गुण्डे के मुँह लगने लगे। यह कहिये कि उसने गंडासा नहीं तौल दिया।' कुबरा के मुँह से बोली नहीं निकल रही थी।...'बिलमि विदेस रहे'...गाना पूरा हुआ, कोई आया-गया नहीं। तब नन्हकूसिंह धीरे-धीरे टहलता हुआ, दूसरी ओर चला गया। थोड़ी देर में एक डोली रेशमी कपड़े से ढँकी हुई आयी। साथ में एक चोबदार था। उसने दुलारी को राजमाता की आज्ञा सुनाई।

दुलारी चुपचाप डोली पर जा बैठी। डोली धूल और सन्ध्या-काल के धुएँ से भरी हुई बनारस की तंग गलियों से होकर शिवालय घाट की ओर चली।

× × ×

श्रावण का अन्तिम सोमवार था। राजमाता पन्ना शिवालय में बैठकर पूजन कर रही थीं। दुलारी बाहर बैठी, कुछ अन्य गाने वालियों के साथ भजन गा रही थी। आरती हो जाने पर, फूलों की अंजली बिखेरकर पन्ना ने भक्तिभाव से देवता के चरणों में प्रणाम किया। फिर प्रसाद लेकर बाहर आते ही उन्होंने दुलारी को

देखा। उसने खड़ी होकर हाथ जोड़ते हुए कहा—'मैं पहले ही पहुँच जाती, क्या करूँ, वह कुबरा मौलवी निगोड़ा आकर रेजिडेण्ट की कोठी पर ले जाने लगा। घण्टों इसी झंझट में बीत गया सरकार।'

'कुबरा मौलवी! जहाँ सुनती हूँ, उसी का नाम सुना है कि उसने यहाँ भी आकर कुछ...'—फिर न जाने क्या सोचकर बात बदलते हुए पन्ना ने कहा—'हाँ, तब फिर क्या हुआ, तुम कैसे यहाँ आ सकी?'

'बाबू नन्हकूसिंह उधर से आ गये। मैंने कहा—सरकार की पूजा पर मुझे भजने गाने को जाना है और यह जाने नहीं दे रहा है। उन्होंने मौलवी को ऐसा झापड़ लगाया कि उसकी हेकड़ी भूल गई और तब जाकर मुझे किसी तरह यहाँ आने की छुट्टी मिली।'

'कौन बाबू नन्हकूसिंह?'

दुलारी ने सिर नीचा करके कहा—'अरे, क्या सरकार को नहीं मालूम? बाबू निरंजनसिंह के लड़के। उस दिन जब मैं बहुत छोटी थी, आपकी बारी में झूला झूल रही थी। जब नवाब का हाथी बिगड़कर आ गया था, बाबू निरंजनसिंह के कुँवर ने ही तो उस दिन हम लोगों की रक्षा की थी।'

राजमाता का मुख उस प्राचीन घटना को स्मरण करके न जाने क्यों विवर्ण हो गया। फिर अपने को सँभालकर उन्होंने पूछा—'तो बाबू नन्हकूसिंह उधर कैसे आ गये?'

दुलारी ने मुस्कराकर सिर नीचा कर लिया। दुलारी राजमाता पन्ना के पिता की जमींदारी में रहने वाली वेश्या की लड़की थी। उसके साथ ही कितनी बार झूले-हिंडोले अपने बचपन में पन्ना झूल चुकी थी। वह बचपन से ही गाने में सुरीली थी। सुन्दरी होने पर चंचल भी थी। पन्ना जब काशिराज की माता थी, तब दुलारी काशी की प्रसिद्ध गाने वाली थी। राजमहल में उसका गाना-बजाना हुआ ही करता। महाराज बलवंतसिंह के समय से ही संगीत पन्ना के जीवन का आवश्यक अंश था। हाँ, तब प्रेम, दुःख और दर्द भरी विरह-कल्पना के गीत की और अधिक रुचि थी। अब सात्विक भावपूर्ण भजन होता था। राजमाता पन्ना का वैधव्य से दीप्त शान्त मुख-मण्डल कुछ मलीन हो गया।

बड़ी रानी की सापत्न्य ज्वाला बलवन्तसिंह के मर जाने पर भी नहीं बुझी। अन्तःपुर कलह का रंगमंच बना रहता। इसी से प्रायः पन्ना काशी के राजमन्दिर में आकर पूजा-पाठ में अपना मन लगाती। रामनगर में उसको चैन नहीं मिलता। नई रानी होने के कारण बलवन्तसिंह की प्रेयसी होने का गौरव तो उसे था ही, साथ में पुत्र उत्पन्न करने का सौभाग्य भी मिला। फिर भी असवर्णता का सामाजिक दोष उसके हृदय को व्यथित किया करता। उसे अपने ब्याह की आरम्भिक चर्चा का स्मरण हो आया।

छोटे से मंच पर बैठी हुई, गंगा की उमड़ती हुई धारा को पन्ना अन्य-मनस्क होकर देखने लगी। उस बात को, जो अतीत में एक बार, हाथ से अनजान में खिसक जाने वाली वस्तु की तरह लुप्त हो गई हो, सोचने का कोई कारण नहीं। उससे कुछ बनता बिगड़ता भी नहीं, परन्तु मानव-स्वभाव हिसाब रखने की प्रथानुसार कभी-कभी कह ही बैठता है कि 'यदि वह बात हो गई होती तो?' ठीक उसी तरह पन्ना भी राजा बलवन्तसिंह द्वारा बलपूर्वक रानी बनाई जाने के पहले की एक सम्भावना को सोचने लगी थी, सो भी बाबू नन्हकूसिंह का नाम सुन लेने पर। गेंदा मुँहलगी दासी थी। वह पन्ना के साथ उसी दिन से है, जिस दिन से पन्ना बलवन्तसिंह की प्रेयसी हुई। राज्य भर का अनुसन्धान उसी द्वारा मिला करता और उसे न जाने कितनी जानकारी भी थी। उसने दुलारी का रंग उखाड़ने के लिए कुछ कहना आवश्यक समझा।

'महारानी! नन्हकूसिंह अपनी सब जमींदारी स्वाँग, भैंसों की लड़ाई, घुड़दौड़ और गाने-बजाने में उड़ाकर अब डाकू हो गया है। जितने खून होते हैं, सबमें उसी का हाथ रहता है, जितनी...।' उसे रोककर दुलारी ने कहा—'यह झूठ है, बाबू साहब के ऐसा धर्मात्मा तो कोई है ही नहीं। कितनी विधवायें उनकी दी हुई धोती से अपना तन ढँकती हैं। कितनी लड़कियों की ब्याह-शादी होती है। कितने सताये हुए लोगों की उनके द्वारा रक्षा होती है।'

रानी पन्ना के हृदय में एक सरलता उद्वेलित हुई। उन्होंने हँसकर कहा—'दुलारी, वे तेरे यहाँ आते हैं न, इसी से तू उनकी बड़ाई...।'

'नहीं सरकार! शपथ खाकर कह सकती हूँ कि बाबू नन्हकूसिंह ने आज तक कभी मेरे कोठे पर पैर भी नहीं रखा।'

राजमाता न जाने क्यों इस अद्भुत व्यक्ति को समझने के लिए चंचल हो उठी थीं। तब भी उसने दुलारी को आगे कुछ न कहने के लिए तीखी दृष्टि से देखा। चह चुप हो गई। पहले पहर की शहनाई बजने लगी। दुलारी छुट्टी माँगकर डोली पर बैठ गई। तब गेंदा ने कहा—'सरकार! आजकल नगर की दशा बड़ी बुरी है। दिनदहाड़े लोग लूट लिए जाते हैं। सैंकड़ों जगह नाल पर जुएँ में लोग अपना सर्वस्व गँवाते हैं। बच्चे फुसलाये जाते हैं। गलियों में लाठियाँ और छुरे चलने के लिए टेढ़ी भैंहें कारण बन जाती हैं। उधर रेजिडेण्ट साहब से महाराज की अनबन चल रही है।'

राजमाता चुप रहीं।

दूसरे दिन राजा चेतसिंह के पास रेजिडेण्ट मार्कहेम की चिट्ठी आई जिसमें नगर की दुर्व्यवस्था की कड़ी आलोचना थी। डाकुओं और गुण्डों को पकड़ने के लिए, उन पर कड़ा नियन्त्रण रखने की सम्मति भी थी। कुबरा मौलवी वाली घटना का उल्लेख था। उधर हेस्टिंग्स के आने की भी सूचना थी। शिवालय घाट और

रामनगर में हलचल मच गई। कोतवाल हिम्मतसिंह पागल की तरह, जिसके हाथ में लाठी, लोहांगी, गँडासा, बिछुआ और करौली देखते, उसी को पकड़ने लगे।

एक दिन नन्हकूसिंह सुम्मा के नाले के संगम पर ऊँचे से टीले की घनी हरियाली में अपने चुने हुए साथियों के साथ दुधिया छान रहे थे। गंगा में उनकी पतली डोंगी बड़ की जटा से बँधी थी। कथकों का गाना हो रहा था। चार उलांकी इक्के कसे-कसाये खड़े थे।

नन्हकूसिंह ने अकस्मात् कहा—'मलूकी! गाना जमता नहीं है। उलांकी पर बैठकर जाओ, दुलारी को बुला लाओ।' मलूकी वहाँ मजीरा बजा रहा था। दौड़कर इक्के पर जा बैठा। आज नन्हकूसिंह का मन उखड़ा था। बूटी कई बार छानने पर भी नशा नहीं। एक घण्टे में दुलारी सामने आ गई। उसने मुस्कराकर पूछा—'क्या हुक्म है बाबू साहब?'

'दुलारी! आज गाना सुनने का मन कर रहा है।'

'इस जंगल में क्यों?'—उसने सशंक हँसकर कुछ अभिप्राय से पूछा।

'तुम किसी तरह का खटका न करो'—नन्हकूसिंह ने हँसकर कहा।

'यह तो मैं उस दिन महारानी से भी कह आई।'

'क्या, किससे?'

'राजमाता पन्ना देवी से'—फिर उस दिन गाना नहीं जमा। दुलारी ने आश्चर्य से देखा कि तानों में नन्हकूसिंह की आँखें तर हो जाती हैं। गाना-बजाना समाप्त हो गया था। वर्षा की रात में झिल्लियों का स्वर उस झुरमुट से गूँज रहा था। मन्दिर के समीप ही छोटे से कमरे में नन्हकूसिंह चिन्ता में निमग्न बैठा था। आँखों में नींद नहीं। और सब लोग तो सोने लगे थे। दुलारी जाग रही थी। वह भी कुछ सोच रही थी। आज, उसे अपने को रोकने के लिए कठिन प्रयत्न करना पड़ रहा था, किन्तु असफल होकर वह उठी और नन्हकूसिंह के समीप धीरे-धीरे चली आई। कुछ आहट पाते ही चौंककर नन्हकू ने पास ही पड़ी हुई तलवार उठा ली। तब तक हँसकर दुलारी ने कहा—'बाबू साहब, यह क्या? स्त्रियों पर भी तलवार चलाई जाती है?'

छोटे से दीपक के प्रकाश में वासना-भरी रमणी का मुख देखकर नन्हकू हँस पड़ा। उसने कहा—'क्यों बाई जी! क्या इसी समय जाने की पड़ी है? मौलवी ने फिर बुलाया है क्या?' दुलारी नन्हकू के पास बैठ गई। नन्हकू ने कहा—'क्या तुमको डर लग रहा है?'

'नहीं, कुछ पूछने आयी हूँ।'

'क्या?'

'क्या...यही कि...कभी तुम्हारे हृदय में...?'

'उसे न पूछो दुलारी! हृदय को मैं बेकार ही समझकर तो उसे हाथ में लिए फिर रहा हूँ। कोई कुछ कर देता है—कुचलता—चीरता—उछलता। मर जाने के लिए सब कुछ तो करता हूँ, पर मरने नहीं पाता।'

'मरने के लिए भी कहीं खोजने जाना पड़ता है? आपको काशी का हाल मालूम! न मालूम घड़ी भर में क्या हो जाय, उलट-पुलट होने वाला है क्या, बनारस की गलियाँ जैसे काटने दौड़ती हैं।'

'कोई नई बात इधर हुई है क्या?'

'कोई हेस्टिंग्स साहब आया है। सुना है कि उसने शिवालय घाट पर तिलंगों को कम्पनी का पहरा बैठा दिया है। राजा चेतसिंह और राजमाता पन्ना वहीं हैं। कोई-कोई कहता है कि उनको पकड़कर कलकत्ता भेजने...।'

'क्या पन्ना भी...रनवास भी वहीं हैं?' नन्हकू अधीर हो उठा था।

'क्यों बाबू साहब, आज रानी पन्ना का नाम सुनकर आपकी आँखों में आँसू क्यों आ गये?'

सहसा नन्हकू का मुख भयानक हो उठा। उसने कहा—'चुप रहो, तुम उसको जानकर क्या करोगी?' वह उठ खड़ा हुआ। उद्विग्न की तरह न जाने क्या सोचने लगा। फिर स्थिर होकर उसने कहा—'दुलारी! जीवन में आज यह पहला ही दिन है कि एकान्त रात में एक स्त्री मेरे पलंग पर आकर बैठ गई है। मैं चिरकुमार अपनी एक प्रतिज्ञा का निर्वाह करने के लिए सैकड़ों असत्य, अपराध करता फिर रहा हूँ। क्यों, तुम जानती हो? मैं स्त्रियों का घोर विरोधी हूँ, और पन्ना!...किन्तु उसका क्या अपराध? अत्याचारी बलवन्तसिंह के कलेजे में बिछुआ मैं न उतार सका। किन्तु पन्ना! उसे पकड़कर गोरे कलकत्ता भेज देंगे। नहीं...।'

नन्हकूसिंह उन्मत हो उठा था। दुलारी ने देखा, नन्हकू अन्धकार में ही बट वृक्ष के नीचे पहुँचा और गंगा की उमड़ती हुई धारा में डोंगी खोल दी—उसी घने अन्धकार में। दुलारी का हृदय काँप उठा।

× × ×

16 अगस्त, सन् 1781 को काशी डाँवाडोल हो रही थी। शिवालय घाट में राजा चेतसिंह लेफ्टिनेण्ट इस्टाकर के पहरे में थे। नगर में आतंक था। दुकानें बन्द थीं। घरों में बच्चे अपनी माँ से पूछते थे—'माँ, आज हलुये वाला नहीं आया।' 'चुप बेटे!'—सड़कें सूनी पड़ी थीं। तिलंगों की कम्पनी के आगे-आगे कुबरा मौलवी कभी-कभी आता-जाता दिखाई पड़ता था। उस समय खुली हुई खिड़कियाँ भी बन्द हो जाती थीं। भय और सन्नाटे का राज्य था। चौक में चिथरूसिंह की हवेली अपने भीतर काशी की वीरता को बन्दी किये कोतवाली का अभिनय कर रही थी। इसी समय किसी ने पुकारा—हिम्मतसिंह!'

खिड़की में से सिर निकालकर हिम्मतसिंह ने पूछा—'कौन?'

'बाबू नन्हकूसिंह!'

'अच्छा, तुम अब तक बाहर ही रहे?'

'पागल! राजा कैद हो गये हैं। छोड़ दो इन ब्रहादुरों को। हम एक बार इनको लेकर शिवालय घाट पर जायँ।'

'ठहरो!'—कहकर हिम्मतसिंह ने कुछ आज्ञा दी। सिपाही बाहर निकले। नन्हकू की तलवार चमक उठी। सिपाही भीतर भागे। नन्हकू ने कहा—'नमकहरामों! चूड़ियाँ पहन लो।' लोगों के देखते-देखते नन्हकूसिंह चला गया। कोतवाली के सामने फिर सन्नाटा हो गया।

नन्हकू उन्मत्त था। उसके थोड़े से साथी उसकी आज्ञा पर जान देने के लिए तुले थे। वह नहीं जानता था कि राजा चेतसिंह का क्या राजनैतिक अपराध है? उसने कुछ सोचकर अपने थोड़े से साथियों को फाटक पर गड़बड़ मचाने के लिए भेज दिया। इधर अपनी डोंगी लेकर शिवालय की खिड़की के नीचे धारा काटता हुआ पहुँचा। किसी तरह निकले हुये पत्थर में रस्सी अटकाकर, उस चंचल डोंगी को उसने स्थिर किया और बन्दर की तरह उछलकर खिड़की के भीतर हो रहा। उस समय वहाँ राजमाता पन्ना और युवक राजा चेतसिंह से बाबू मनियारसिंह कह रहे थे—'आपके यहाँ रहने से, हम क्या करें, यह समझ में नहीं आता। पूजा-पाठ समाप्त करके आप रामनगर चली गई होतीं, तो यह...।'

तेजस्विनी पन्ना ने कहा—'अब मैं रामनगर कैसे चली जाऊँ?'

मनियारसिंह दु:खी होकर बोले—'कैसे बताऊँ? मेरे सिपाही तो बन्दी हैं।'

इतने में फाटक पर कोलाहल मचा। राज-परिवार अपनी मन्त्रणा में डूबा था कि नन्हकूसिंह का आना उन्हें मालूम हुआ। सामने का द्वार बन्द था। नन्हकूसिंह ने एक बार गंगा की धार को देखा—उसमें एक नाव घाट पर लगने के लिए लहरों से लड़ रही थी। वह प्रसन्न हो उठा। इसकी प्रतीक्षा में वह रुका था। उसने जैसे सबको सचेत करते हुये कहा—'महारानी कहाँ हैं?'

सबने घूमकर देखा—एक अपरिचित वीरमूर्ति। शस्त्रों से लदा हुआ पूरा देव।

चेतसिंह ने पूछा—'तुम कौन हो?'

'राज-परिवार का एक बिना दाम का सेवक।'

पन्ना के मुँह से हल्की-सी एक साँस निकलकर रह गई। उसने पहचान लिया। इतने वर्षों बाद। वही नन्हकूसिंह।

मनियारसिंह ने पूछा—'तुम क्या कर सकते हो?'

'मैं मर सकता हूँ। पहले महारानी को डोंगी पर बिठाइये। नीचे दूसरी डोंगी पर अच्छे मल्लाह हैं, फिर बात कीजिये।' मनियारसिंह ने देखा, जनानी ड्योढ़ी का दारोगा राजा की एक डोंगी पर चार मल्लाहों के साथ खिड़की से नाव सटाकर प्रतीक्षा में है। उन्होंने पन्ना से कहा—'चलिए, मैं साथ चलता हूँ।'

'और...' चेतसिंह को देखकर, पुत्र-वत्सला ने संकेत से एक प्रश्न किया। उसका उत्तर किसी के पास न था। मनियारसिंह ने कहा—'तब मैं यहीं?' नन्हकू ने हँसकर कहा—'मेरे मालिक, आप नाव पर बैठें। जब तक राजा भी नाव पर न बैठ जायेंगे, तब तक सत्रह गोली खाकर भी नन्हकूसिंह जीवित रहने की प्रतिज्ञा करता है।'

पन्ना ने नन्हकू को देखा। एक क्षण के लिए चारों आँखें मिलीं, जिसमें जन्म-जन्म का विश्वास ज्योति की तरह जल रहा था। फाटक बलपूर्वक खोला जा रहा था। नन्हकू ने उन्मत्त होकर कहा—'मालिक! जल्दी कीजिये।'

दूसरे क्षण पन्ना डोंगी पर थी और नन्हकूसिंह फाटक पर इस्टाकर के साथ। चेतराम ने आकर एक चिट्ठी मनियारसिंह के हाथ में दी। लेफ्टिनेण्ट ने कहा—'आपके आदमी गड़बड़ मचा रहे हैं। अब मैं अपने सिपाहियों को गोली चलाने से नहीं रोक सकता।'

'मेरे सिपाही यहाँ कहाँ है साहब?' मनियारसिंह ने हँसकर कहा।

बाहर कोलाहल बढ़ने लगा था।

चेतराम ने कहा—'पहले चेतसिंह को कैद कीजिये।'

'कौन ऐसी हिम्मत करता है?' कड़ककर कहते हुये बाबू मनियारसिंह ने तलवार खींच ली। अभी बात पूरी न हो सकी थी कि कुबरा मौलवी वहाँ पहुँचा। यहाँ मौलवी साहब की कलम नहीं चल सकती थी और न ये बाहर ही जा सकते थे। उन्होंने कहा—'देखते क्या हो चेतराम?'

चेतराम ने राजा के ऊपर हाथ रखा ही था कि नन्हकू के सधे हुये हाथ ने उसकी भुजा उड़ा दी। इस्टाकर आगे बढ़े, मौलवी साहब चिल्लाने लगे। नन्हकूसिंह ने देखते-देखते इस्टाकर और उसके कई साथियों को धराशायी किया। फिर मौलवी साहब कैसे बचते?

नन्हकूसिंह ने कहा—'क्यों, उस दिन के झापड़ ने तुमको समझाया नहीं? ले पाजी!!' कहकर ऐसा साफ जनेवा मारा कि कुबरा ढेर हो गया। कुछ ही क्षणों में यह भीषण घटना हो गई, जिसके लिए अभी कोई प्रस्तुत न था।

नन्हकूसिंह ने ललकारकर चेतसिंह से कहा—'आप देखते क्या हैं? उतरिये डोंगी पर।' उसके घावों से रक्त के फुहारे छूट रहे थे। उधर फाटक से तिलंगे भीतर आने लगे थे। चेतसिंह ने खिड़की से उतरते हुए देखा कि बीसों तिलंगों की संगीनों में वह अविचल खड़ा होकर तलवार चला रहा है। नन्हकू के चट्टान सदृश्य शरीर से गैरिक की तरह रक्त की धारा बह रही है। गुण्डे का एक-एक अंग कटकर वहीं गिरने लगा। वह काशी का गुण्डा था।

✦

परदा

✦

यशपाल

चौधरी पीरबक्श के दादा चुंगी में दारोगा थे। आमदनी अच्छी थी। एक छोटा-सा पक्का मकान भी उन्होंने बनवा लिया था। लड़कों को पूरी तालीम दी थी। दोनों लड़के एण्ट्रेन्स पास कर रेलवई में और डाकखाने में बाबू हो गये थे। चौधरी साहब को जिन्दगी में लड़कों के ब्याह और बाल-बच्चे भी हुए लेकिन ओहदों और तनख्वाह में खास तरक्की न हो सकी, तीस-चालीस रुपये माहवार के दर्जे पर ही रहे।

चौधरी साहब अपने जमाने की याद कर कहते—वो भी क्या वक्त थे? लोग मिडिल पास कर डिप्टी-कलक्टरी करते थे और आजकल की तालीम है कि एण्ट्रेन्स तक अंग्रेजी पढ़कर लड़के तीस-चालीस से आगे नहीं बढ़ पाते। बेटों को ऊँचे ओहदे पर देखने का अरमान लिए ही उन्होंने आंखें मूँद ली थीं।

इंशाअल्ला, चौधरी साहब के कुनबे में बरक्कत हुई। चौधरी फजलकुर्बान रेलवई में काम करते थे। अल्लाह ने उन्हें चार बेटे और तीन बेटियाँ दी थीं। चौधरी इलाहीबक्श डाकखाने में थे। उन्हें भी अल्लाह ने चार बेटे और दो लड़कियाँ बक्शी थीं।

चौधरी खानदान अपने मकान को हवेली पुकारता था। नाम बड़ा देने पर भी जगह तंग ही रही। दारोगा साहब के जमाने में जनाना भीतर था और बाहर बैठक में वे मोढ़े पर बैठकर नेचा गुड़गुड़ाया करते थे। उनके बाद जगह की तंगी की वजह से बैठक भी जनाने में शामिल हो गई थी और घर की ड्योढ़ी पर परदा लटक गया था। बैठक न रहने पर भी घर की इज्जत का ख्याल था, इसलिए परदा बोरी के टाट का नहीं, बढ़िया किस्म का लटकाया जाता था।

जाहिरा दोनों भाइयों के बाल-बच्चे एक ही मकान में रहते थे, पर भीतर सब अलग-अलग था। ड्योढ़ी का परदा कौन भाई लाये? इस समस्या का हल यह हुआ कि दारोगा साहब के जमाने की पलंग की रंगीन दरियाँ एक के बाद एक ड्योढ़ी में लटकाई जाने लगीं।

तीसरी पीढ़ी के ब्याह-शादी होने लगे। आखिर चौधरी खानदान की औलाद को हवेली छोड़ दूसरी जगहें तलाश करनी पड़ीं। चौधरी इलाहीबक्श के बड़े साहबजादे एण्ट्रेन्स पासकर डाकखाने में बीस रुपये की क्लर्की पा गये। दूसरे

साहबजादे मिडिल पास कर हस्पताल में कम्पाउण्डर बन गये। ज्यों-ज्यों जमाना गुजरता जाता, तालीम और नौकरी दोनों ही मुश्किल होती जा रही थीं। तीसरे बेटे होनहार थे, उन्होंने वजीफा पाया। जैसे-जैसे मिडिल पास कर स्कूल में मुदर्रिस हो देहात चले गये।

चौथे लड़के पीरबक्श प्राइमरी से आगे नहीं बढ़ सके। आजकल की तालीम माँ-बाप पर खर्च के बोझ के बोझ के सिवाय और है क्या? स्कूल की फीस हर महीने और किताबों-कापियों और नक्शे के लिए रुपये ही रुपये।

चौधरी पीरबक्श का भी ब्याह हो गया था। मौला के करम से बीवी की गोद भी जल्दी ही भर गयी। पीरबक्श ने रोजगार के तौर पर खानदान की इज्जत के ख्याल से, एक तेल की मिल में मुंशीगिरी कर ली थी। तालीम ज्यादा नहीं तो क्या, सफेदपोश खानदान की इज्जत का पास तो था। मजदूरी और दस्तकारी उनके करने की चीज न थी। वह चौकी पर बैठते, कलम-दावात का काम था।

बारह रुपया महीना अधिक नहीं होता। चौधरी पीरबक्श को मकान सितवा की कच्ची बस्ती में लेना पड़ा। मकान का किराया दो रुपया था। आस-पास गरीब और कमीन लोगों की बस्ती थी। कच्ची गली के बीचों-बीच गली के मुहाने पर लगे कमेटी के नल से निरन्तर टपकते पानी की काली धार बहती रहती थी, नाली के किनारे घास उग आई थी। नाली पर मच्छरों और मक्खियों के बादल उमड़ते रहते थे। सामने रमजानी धोबी की भट्ठी थी, जिसमें धुआँ और सज्जी मिले उबले कपड़ों की गंध उड़ती रहती थी। दायीं ओर न्यागरा बनाने वाले बीकानेरी मोचियों के घर थे। बायीं ओर वर्कशाप में काम करने वाले कुली रहते थे।

उस पूरी बस्ती में चौधरी पीरबक्श ही पढ़े-लिखें और सफेदपोश थे। सिर्फ उनके ही घर ड्योढ़ी पर परदा था। सब लोग उन्हें चौधरी जी, मुंशी जी कहकर सलाम करते थे। उनके घर की औरतों को कभी किसी ने गली में नहीं देखा था। इंशाअल्ला घर में औलाद थी तो वह भी लड़कियाँ। बच्चियाँ चार-पाँच बरस की उम्र तक किसी काम-काज से बाहर निकलतीं और फिर घर की आबरू के ख्याल से उनका बाहर निकलना मुनासिब न था। पीरबख्श खुद ही मुस्कराते हुए सुबह-शाम कमेटी के नल से घड़े भर लाते थे।

चौधरी की तनख्वाह पन्द्रह बरस में बारह से अठारह हो गई थी। खुदा की बरक्कत होती है तो रुपये-पैसे की शक्ल में नहीं, आल-औलाद की शक्ल में होती है। पन्द्रह बरस में पाँच बच्चे हुए थे। पहले तीन लड़कियाँ और बाद में दो लड़के।

दूसरी लड़की होने को थी पीरबक्श की वाल्दा मदद के लिए आई थीं। वालिद साहब का इन्तकाल हो चुका था। दूसरा कोई भाई वाल्दा को लिवा ले जाने के लिये नहीं आया। वे छोटे लड़के यहाँ ही रहने लगी थीं।

जहाँ बाल-बच्चे और घर-बार होता है, सौ किस्म की झंझट होती ही है। कभी बच्चे को तकलीफ है तो कभी जच्चा को। ऐसे वक्त में कर्ज की जरूरत कैसे न हो? घर-बार है, तो कर्ज भी होगा ही।

मिल की नौकरी का कायदा पक्का होता है। हर महीने की सात तारीख को गिनकर तनख्वाह मिल जाती है। पेशगी से मालिक को चिढ़ थी। कभी बहुत जरूरत पर ही मेहरबानी करते थे। जरूरत पड़ने पर चौधरी घर की कोई छोटी-मोटी चीज गिरवी रख उधार ले आते थे। गिरवी रखने से रुपये के बारह आने ही मिलते थे। ब्याज मिलाकर सोलह आने हो जाते और फिर चीज के घर लौट आने की सम्भावना न रहती थी।

मुहल्ले में चौधरी पीरबक्श की इज्जत थी। उस इज्जत का आधार था, घर के दरवाजे पर लटका परदा। भीतर जो हो, परदा सलामत रहता था। कभी बच्चों की खींच-खाँच या बेदरद हवा के झोंकों से उसमें छेद हो जाते तो परदे की आड़ में जनाने हाथ सुई-धागा लेकर उसकी मरम्मत कर देते थे।

दिनों का खेल। मकान की ड्योढ़ी के किवाड़ गलते-पलते बिल्कुल गल गये थे। कई बार कसे जाने से पेंच टूट गये और सुराख ढीले पड़ गये। मकान मालिक सुरजू पाण्डे को उसकी फिक्र न थी। चौधरी कभी-कभार जाकर कहते-सुनते तो उत्तर मिलता—'कौन बड़ी रकम थमा देते हो! दो रुपल्ली किराया और वह भी छः-छः महीने का बकाया। जानते हो, लकड़ी का क्या भाव है? न हो मकान छोड़ दो।' आखिर किवाड़ गिर गये। रात में चौधरी उन्हें जैसे-तैसे चौखटे से टिका देते। रात भर दहशत रहती, अगर कोई चोर आ जाय?

मुहल्ले में सफेदपोशी और इज्जत होने पर भी चोर के लिए घर में कुछ न था। शायद एक भी साबुत कपड़ा या बरतन ले जाने के लिए चोर को न मिलता, पर चोर तो चोर है। छिनने के लिए कुछ न हो तो भी चोर का डर होता ही है। वह चोर जो ठहरा।

चोर से ज्यादा फिक्र थी आबरू की। किवाड़ न रहने पर परदा ही आबरू का रखवाला था। वह परदा भी तार-तार होते-होते एक रात आँधी में किसी भी हालत में लटकाने लायक न रह गया था। दूसरे दिन घर की एकमात्र पुश्तैनी चीज दरी दरवाजे पर लटका दी गई। मुहल्ले वालों ने देखा और चौधरी को सलाह दी—अरे चौधरी, इस जमाने में दरी को यों काहे खराब करोगे? बाजार से लाकर टाट का टुकड़ा न लटका दो। चौधरी पीरबक्श टाट की कीमत मिल से आते-जाते कई दफे पूछ चुके थे। दो गज टाट आठ आने से कम में नहीं मिल सकता था। हँसकर बोले—'होने दो, क्या है? हमारे यहाँ पक्की हवेली में भी ड्योढ़ी पर दरी का ही परदा रहता था।'

कपड़े की महँगी के जमाने में घर की पाँचों औरतों के शरीर से कपड़े जीर्ण होकर यों गिरते जा रहे थे, जैसे पेड़ अपनी छाल छोड़ देते हैं, पर चौधरी साहब

की आमदनी से दिन में एक बार किसी तरह पेट भर सकने के लिए आटे के अलावा कपड़े की गुंजाइश कहाँ थी? खुद उन्हें नौकरी पर जाना होता था। कुरते-पायजामे में जब पैबन्द सम्भालने की ताब न रही तो मारकीन का एक कुरता-पायजामा जरूरी हो गया था, पर लाचार थे।

गिरवी रखने के लिए जब घर में कुछ न हो, गरीब का एकमात्र सहायक है पंजाबी खान। रहने की जगह भर देखकर ही वह रुपया उधार दे सकता है। दस महीने पहले गोद के लड़के बरकत के जन्म के समय पीरबक्श को रुपये की जरूरत आ पड़ी थी। कहीं और प्रबन्ध न हो सकने के कारण उन्होंने पंजाबी खान बबर अली खां से चार रुपये उधार लिए थे।

बबर अली खाँ का रोजगार सितवा के कच्चे घरों के मुहल्ले में अच्छा-खासा चलता था। बीकानेरी मोची, वर्कशाप के मजदूर और कभी-कभी रमजानी धोबी सभी बबर मियाँ से कर्ज लेते रहते थे। कई दफे चौधरी पीरबक्श ने बबर अली को कर्ज और सूद की किश्त न मिलने पर अपने दो हाथ के डण्डे से ऋणी का दरवाजा पीटते देखा था, उन्हें साहूकार और ऋणी में बीच-बचाव भी करना पड़ा था। खान को वे शैतान समझते थे, लेकिन लाचार हो जाने पर उसकी ही शरण लेनी पड़ी। चार आना रुपया महीना पर चार रुपया कर्ज लिया था। शरीफ खानदानी मुसलमान भाई का ख्याल कर बबर अली ने एक रुपया माहवार की किश्त मान ली थी। आठ महीने में कर्ज अदा होना तय हुआ था।

खान को क़िश्त न दे सकने की हालत में अपने घर के दरवाजे पर फजीहत हो जाने की आशंका से चौधरी के रोंयें खड़े हो जाते। सात महीने फाका करके भी किसी तरह वे किश्त देते चले गये, लेकिन जब सावन में बरसात और बाजरा भी रुपये का तीन सेर मिलने लगा, ऋण की किश्त देना सम्भव न रहा था। खान सात तारीख की शाम को ही आया। चौधरी पीरबक्श ने खान की दाढ़ी छूकर अल्ला की कसम खाकर एक महीने की मुआफी चाही और अगले महीने एक का सवा देने का वायदा कर लिया। खान ने मान लिया।

भादों में हालत और भी परेशानी की हो गई। बच्चों की माँ की तबियत रोज-रोज गिरती जा रही थी। खाया-पिया उसके पेट में न ठहरता था। पथ्य के लिए उसे गेहूँ की रोटी देना जरूरी हो गया था। गेहूँ मुश्किल से मिलता था और रुपये का सिर्फ पौने दो सेर। बीमार का जी ठहरा, कभी प्याज के टुकड़े या धनिये की खुशबू के लिए मचल जाता। कभी पैसे की सौंफ, अजवाइन, काल नमक की ही जरूरत हो तो पैसे की कोई चीज मिलती ही नहीं थी। बाजार में ताम्बे का नाम ही नहीं रह गया था; नाहक इकन्नी जाती थी। चौधरी को चार रुपये महँगाई भत्ते के भी मिले, पर पेशगी लेते-लेते तनख्वाह के दिन केवल चार रुपये हिसाब में शेष निकले।

बच्चे पिछले हफ्ते लगभग फाँके से थे। चौधरी कभी गली से दो पैसे की चौराई खरीद लाते, कभी बाजरा उबाल सब लोग कटोरा-कटोरा भर पी लेते थे। बड़ी कठिनता से मिले चार रुपयों में से सवा रुपया खान के हाथ में धर देने की हिम्मत चौधरी की न हुई।

मिल से घर लौटते समय चौधरी मण्डी की ओर टहल गये। दो घण्टे बाद जब समझा कि खान टल गया होगा, अनाज की गठरी ले वे घर पहुँचे। खान के भय से दिल डूब रहा था, लेकिन दूसरी ओर भूखे बच्चों, उनकी माँ के दूध न उतर सकने के कारण सूखकर काँटा हो रहे गोद के बच्चे और चलने-फिरने से लाचार अपनी जईफ माँ की भूख से बिलबिलाती सूरतें चौधरी की आँखों के सामने नाच जातीं। धड़कते दिल से वे कहते जा रहे थे—'मौला सब देखता है, खैर करेगा।'

सात तारीख की शाम को असफल हो खान आठ की सुबह खूब तड़के, चौधरी के मिल चले जाने से पहले ही अपना डण्डा हाथ में लिए दरवाजे पर मौजूद था।

रात भर सोच-सोचकर चौधरी ने खान के लिए बयान तैयार किया था—मिल के मालिक लाला जी चार रोज के लिए बाहर गये हैं। उनके दस्तखत के बिना किसी को भी तनख्वाह नहीं मिल सकी। तनख्वाह मिलते ही वह सवा रुपया हाजिर करेगा।

माकूल वजह बता देने पर भी खान बहुत देर गुर्राता रहा—'अम वतन के चोड़ के परदेश में पड़ा है, ऐसे रुपिया चोड़ देने का वास्ते? अमारा भी बाल-बच्चा है। चार रो में रुपिया नई देगा तो अम तुम्हारा...कर देगा।'

पाँचवें दिन रुपया कहाँ से आ जाता? तनख्वाह मिले हफ्ता भर नहीं हुआ था। मालिक ने पेशगी देने से साफ इन्कार कर दिया। छठे दिन किस्मत से इतवार था। मिल में छुट्टी रहने पर भी चौधरी खान से सुबह ही बाहर निकल गये थे। जान-पहचान के कई आदमियों के यहाँ गये। इधर-उधर की बातचीत कर वे कहते—'अरे भाई, हो तो बीस आने पैसे दो-एक रोज के लिए देना। ऐसे ही जरूरत आ पड़ी है।'

'अ मियाँ पैसे कहाँ इस जमाने में...' उत्तर मिलता, 'पैसे का मोल कौड़ी नहीं रह गया। हाथ में आने से पहले ही उधार चुकाने में सब उठ गया है...।'

दोपहर हो गयी। खान आया भी होगा तो इस वक्त तक बैठा नहीं रहेगा, चौधरी ने सोचा और घर की तरफ चल दिये। घर पहुँचने पर सुना कि खान आया था और घण्टे भर तक ड्योढ़ी पर लटके पर्दे को डण्डे से ठेल-ठेलकर गाली देता रहा था। पर्दे की आड़ से खड़ी बी के बार-बार खुदा की कसम खा यकीन दिलाने पर कि चौधरी बाहर गये हैं, रुपया लेने गये हैं, खान गाली देकर कहता—'नई बदजात, चोर बीतर में चिपा है। हम चार घण्टे में फिर आता है। रुपिया लेकर

जायेगा। रुपिया नई देगा तो उसका खाल उतारकर बाजार में बेंच देगा...हमारा रुपिया क्या हराम का है?'

चार घण्टे से पहले ही खान की पुकार सुनाई दी—'चोदरी।' पीरबक्श के शरीर में बिजली-सी तड़प गई और वह बिल्कुल निस्सत्व हो गये, हाथ-पैर सुन्न और गला खुश्क!

गाली दे, परदे को ठेलकर खान के दुबारा पुकारने पर चौधरी का शरीर निर्जीव प्रायः होकर भी निश्चेष्ट न रह सका। वे उठकर बाहर आ गये। खान आग-बबूला हो रहा था—'पैसा नहीं देने का वास्ते चिपता है।' एक से एक चढ़ती हुई तीन गालियाँ एक साथ खान के मुँह से पीरबक्श के पुरखों और पीरों के नाम निकल गयीं। उस भयंकर आघात से पीरबक्श का खानदानी रक्त फड़क उठने के बजाय और भी निर्जीव हो गया। खान के घुटने छूकर, अपनी मुसीबत बताकर मुआफी के लिए खुशामद करने लगा।

खान की तेजी बढ़ गयी। उसके ऊँचे स्वर से पड़ोस के मोची और मजदूर चौधरी के दरवाजे के सामने इकट्ठे हो गये थे। खान क्रोध में डण्डा पटककर कह रहा था—'पैसा नहीं देना था तो लिया क्यों? तनख्वाह किदर में जाता? अरामी अमारा पैसा मारेगा?...अम तुम्हारा खाल खींच लेगा।...पैसा नई है तो गर पर परदा लटका के शरीफजादा कैसे बनता?...तुम अमको बीवी का गैना दो, बर्तन दो, कुछ तो भी दो। अम ऐसे नई जायेगा...।'

चौधरी पीरबक्श ने बिलकुल बेवसी और लाचारी में दोनों हाथ उठाकर खुदा से खान के लिए दुआ माँगकर कसम खायी—पेसा भी घर में नहीं, बर्तन भी नहीं, कपड़ा भी नहीं। खान चाहे तो बेशक उनकी खाल उतारकर बेच ले।

खान और भी भड़क उठा—'अम तुम्हारा दुआ का क्या करेगा, अम तुम्हारा खाल का क्या करेगा, उसका तो जूती बी नई बनेगा। तुम्हारा खाल से तो ये टाट अच्छा।' खान ने ड्योढ़ी पर लटका दरी का परदा झटक लिया। ड्योढ़ी से परदा हटने के साथ ही जैसे चौधरी के जीवन की डोर टूट गयी। वह डगमगाकर जमीन पर गिर पड़े।

चौधरी में उस दृश्य को देख सकने की ताव न थी, परन्तु द्वार पर खड़ी भीड़ ने देखा—घर की औरतें और लड़कियाँ परदे के दूसरी ओर घटती घटना के आतंक से आँगन के बीचों बीच भय से इकट्ठी खड़ी हो काँप रही थीं। सहसा परदा हट जाने से औरतें ऐसे सिकुड़ गयीं, जैसे उनके शरीर का वस्त्र खींच लिया गया हो। वह परदा ही तो घर भर की औरतों के शरीर का वस्त्र था। उनके शरीर पर बचे चीथड़े उनके एक तिहाई अंग ढँकने में भी असमर्थ थे...।

जाहिल भीड़ ने घृणा और शरम से आँखें फेर लीं। उस नग्नता की झलक से खान की कठोरता भी पिघल गई। ग्लानि से थूक, परदे को आँगन में वापिस फेंक क्रुद्ध निराशा में उसने कहा—'लाहौल बिला...।' और असफल लौट गया।

भीड़ भय से चीखकर ओट में भागती हुई औरतों पर दया करके दरवाजे के सामने से हट गई थी। चौधरी बेसुध पड़े थे। जब उन्हें होश आया, ड्योढ़ी का परदा आँगन में सामने पड़ा था, परन्तु उसे उठाकर फिर से लटका देने का सामर्थ्य उनमें शेष न था। शायद अब उसकी आवश्यकता भी न रही थी।

परदा जिस भावना का अवलम्ब था, वह मर चुकी थी...।

✦

गैंग्रीन

✦

अज्ञेय

दोपहर में उस सूने आँगन में पैर रखते ही मुझे ऐसा जान पड़ा, मानों उस पर किसी शाप की छाया मँडरा रही हो, उसके वातावरण में कुछ ऐसा अकथ्य अस्पृश्य किन्तु फिर भी बोझल और प्रकम्पमय और घना-सा फैल रहा था...।

मेरी आहट सुनते ही मालती बाहर निकली। मुझे देखकर, पहचानकर उसकी मुरझायी हुई मुख मुद्रा तनिक से मीठे विस्मय से जागी-सी और फिर पूर्ववत् हो गई। उसने कहा, 'आ जाओ!' और बिना उत्तर की प्रतीक्षा किये भीतर की ओर चली। मैं भी उसके पीछे हो लिया।

भीतर पहुँचकर मैंने पूछा, 'वे यहाँ नहीं हैं?'

'अभी आये नहीं, दफ्तर में हैं। थोड़ी देर में आ जायेंगे। कोई डेढ़-दो बजे आया करते हैं।'

'कब के गये हुए हैं?'

'सवेरे उठते ही चले जाते हैं।'

मैं 'हूँ' कर पूछने को हुआ, 'और तुम इतनी देर क्या करती हो?' पर फिर सोचा, आते ही एकाएक प्रश्न ठीक नहीं है। मैं कमरे में चारों ओर देखने लगा।

मालती एक पंखा उठा लाई, और मुझे हवा करने लगी। मैंने आपत्ति करते हुए कहा, 'नहीं, मुझे नहीं चाहिए।' पर वह नहीं मानी बोली, 'वाह! चाहिए कैसे नहीं? इतनी धूप में तो आये हो। यहाँ तो...।'

मैंने कहा, 'अच्छा, लाओ मुझे दे दो।'

वह शायद 'ना' करने वाली थी, पर तभी दूसरे कमरे में शिशु के रोने की आवाज सुनकर उसने चुपचाप पंखा मुझे दे दिया और घुटनों पर हाथ टेककर एक थकी हुई 'हुँह' कर के उठी और भीतर चली गई।

मैं उसके जाते हुए दुबले शरीर को देखकर सोचता रहा—यह क्या है...यह कैसी छाया-सी इस घर में छायी हुई है?

मालती मेरी दूर के रिश्ते की बहन है, किन्तु उसे सखी कहना ही उचित है, क्योंकि हमारा परस्पर सम्बन्ध सख्य का हो रहा है। हम बचपन से इकट्ठे खेले हैं, इकट्ठे लड़े हैं और पिटे हैं, और हमारी पढ़ाई भी बहुत सी इकट्ठे ही हुई थी, और

हमारे व्यवहार में सदा सख्य की स्वेच्छा और स्वच्छन्दता रही है, वह कभी भ्रातृत्व के, या बड़े-छोटेपन के बन्धनों में नहीं घिरा...।

मैं आज कोई चार वर्ष बाद उसे देखने आया हूँ। जब मैंने उसे इससे पूर्व देखा था, तब वह लड़की ही थी, अब वह विवाहिता है, एक बच्चे की माँ भी है। इससे कोई परिवर्तन उसमें आया होगा और यदि आया होगा तो क्या, यह मैंने अभी तक सोचा नहीं था, किन्तु अब उसकी पीठ की ओर देखता हुआ मैं सोच रहा था, यह कैसी छाया इस घर पर छायी हुई है...और विशेषतया मालती पर...।

मालती बच्चे को लेकर लौट आयी और फिर मुझसे कुछ दूर नीचे बिछी हुई दरी पर बैठ गयी। मैंने अपनी कुरसी घुमाकर कुछ उसकी ओर उन्मुख होकर पूछा, 'इसका नाम क्या है?'

मालती ने बच्चे की ओर देखते हुए उत्तर दिया, 'नाम तो कोई निश्चित नहीं किया, वैसे टिटी कहते हैं।'

मैंने उसे बुलाया, 'टिटी, टिटी, आ जा,' पर वह अपनी बड़ी-बड़ी आँखों से मेरी ओर देखता हुआ अपनी माँ से चिपट गया और रुआँसा-सा होकर कहने लगा, 'उहुँ-उहुँ-उहुँ-ऊँ...'

मालती ने फिर उसकी ओर एक नजर देखा, और फिर बाहर आँगन की ओर देखने लगी...

काफी देर मौन रहा। थोड़ी देर तक तो वह मौन आकस्मिक ही था, जिसमें मैं प्रतीक्षा में था कि मालती कुछ पूछे, किन्तु उसके बाद एकाएक मुझे ध्यान हुआ, मालती ने कोई बात ही नहीं की...यह भी नहीं पूछा कि मैं कैसा हूँ, कैसे आया हूँ...चुप बैठी है, क्या विवाह के दो वर्ष में ही वह बीते दिन भूल गई? या अब मुझे दूर...इस विशेष अन्तर पर...रखना चाहती है? क्योंकि वह निर्बाध स्वच्छन्दता अब तो नहीं हो सकती...पर फिर भी, ऐसा मौन, जैसा अजनबी से भी नहीं होना चाहिए...

मैंने कुछ खिन्न-सा होकर, दूसरी ओर देखते हुए कहा, 'जान पड़ता है, तुम्हें मेरे आने से विशेष प्रसन्नता नहीं हुई...

उसने एकाएक चौंककर कहा, 'हूँ?'

यह 'हूँ' प्रश्न-सूचक था, किन्तु इसलिए नहीं कि मालती ने मेरी बात सुनी नहीं थी, केवल विस्मय के कारण। इसलिए मैंने अपनी बात दुहरायी नहीं, चुप बैठा रहा। मालती कुछ बोली ही नहीं, तब थोड़ी देर बाद मैंने उसकी ओर देखा। वह एकटक मेरी ओर देख रही थी, किन्तु मेरे उधर उन्मुख होते ही उसने आँखें नीची कर लीं। फिर भी मैंने देखा, उन आँखों में कुछ विचित्र-सा भाव था; मानो मालती के भीतर कहीं कुछ चेष्टा कर रहा हो, किसी बीती हुई बात को याद करने की, किसी बिखरे हुए वायु-मण्डल को पुनः जगाकर गतिमान करने की,

किसी टूटे हुए व्यवहार-तन्तु को पुनरुज्जीवित करने की, और चेष्टा में सफल न हो रहा हो...वैसे जैसे बहुत देर से प्रयोग में न लाये हुए अंग को व्यक्ति एकाएक उठाने लगे और पाये कि वह उठता ही नहीं है, चिर-विस्मृति में मानो मर गया है, उतने क्षीण बल से (यद्यपि वह सारा प्राप्य बल है) उठ नहीं सकता...मुझे ऐसा जान पड़ा, मानो किसी जीवित प्राणी के गले में किसी मृत जन्तु का तौक डाल दिया गया हो, वह उसे उतारकर फेंकना चाहे, पर उतर न पाये...।

तभी किसी ने किवाड़ खटखटाये। मैंने मालती की ओर देखा, पर वह हिली नहीं। जब किवाड़ दूसरी बार खटखटाये गये, तब वह शिशु को अलग करके उठी और किवाड़ खोलने गयी।

वे, यानी मालती के पति आये। मैंने उन्हें पहली बार देखा था, यद्यपि फोटो से उन्हें पहचानना था। परिचय हुआ। मालती खाना तैयार करने आँगन में चली गई, और हम दोनों भीतर बैठकर बातचीत करने लगे, उनकी नौकरी के बारे में, उनके जीवन के बारे में, उस स्थान के बारे में, और ऐसे अन्य विषयों के बारे में जो पहले परिचय पर उठा करते हैं, एक तरह का स्वरक्षात्मक कवच बनकर...।

मालती के पति का नाम है महेश्वर। वह एक पहाड़ी गाँव में सरकारी डिस्पेन्सरी के डाक्टर हैं, उसी हैसियत से इन क्वार्टरों में रहते हैं। प्रातःकाल सात बजे डिस्पेन्सरी चले जाते हैं और डेढ़ या दो बजे लौटते हैं, उसके बाद दोपहर भर छुट्टी रहती है। केवल शाम को एक-दो घण्टे चक्कर लगाने के लिए जाते हैं, डिस्पेन्सरी के साथ के छोटे-से अस्पताल में पड़े हुए रोगियों को देखने और अन्य जरूरी हिदायतें करने...उनका जीवन भी बिलकुल एक निर्दिष्ट ढर्रे पर चलता है, नित्य वही काम, उसी प्रकार के मरीज, वही हिदायतें, वही नुस्खे, वही दवाइयाँ। वह स्वयं उकताये हुए हैं और इसलिए और साथ ही इस भयंकर गरमी के कारण वह अपने फुरसत के समय में भी सुस्त ही रहते हैं...

मालती हम दोनों के लिए खाना ले आयी। मैंने पूछा, 'तुम नहीं खाओगी या खा चुकीं?'

महेश बोले कुछ हँसकर, 'वह पीछे खाया करती...'

पति ढाई बजे खाना खाने आते हैं, इसलिए पत्नी तीन बजे तक भूखी बैठी रहेगी।

महेश्वर खाना आरम्भ करते हुए मेरी ओर देखकर बोले, 'आपको तो खाने का मजा क्या ही आयेगा, ऐसे बेवक्त खा रहे हैं?'

मैंने उत्तर दिया, 'वाह, देर से खाने पर तो और भी अच्छा लगता है, भूख बढ़ी हुई होती है, पर शायद मालती बहन को कष्ट होगा।'

मालती टोंककर बोली 'उहूँ, मेरे लिए तो यह नयी बात नहीं है...रोज ही ऐसा होता है...'

मालती बच्चे को गोद में लिए हुए थी। बच्चा रो रहा था, पर उसकी ओर कोई ध्यान नहीं दे रहा था।

मैंने कहा, 'यह रोता क्यों है?'

मालती बोली, 'हो ही गया है चिड़चिड़ा-सा। हमेशा ही ऐसा रहता है।' फिर बच्चे को डाँटकर कहा, 'चुपकर।' जिससे वह और भी रोने लगा, मालती ने भूमि पर बैठा दिया। और बोली, 'अच्छा ले, रो ले।' और रोटी लेने आँगन की ओर चली गयी।

जब हमने भोजन समाप्त किया, तब तीन बजने वाले थे। महेश्वर ने बताया कि उन्हें आज जल्दी अस्पताल जाना है, वहाँ एक-दो चिन्ताजनक केस आये हुए हैं, जिनका आपरेशन करना पड़ेगा...दो की शायद टाँग काटनी पड़े, गैंग्रीन हो गया है...थोड़ी ही देर में वह चले गये। मालती किवाड़ बन्द कर आयी और मेरे पास बैठने ही वाली थी कि मैंने कहा, 'अब खाना तो खा लो, मैं उतनी देर टिटी से खेलता हूँ।'

वह बोली, 'खा लूँगी, मेरे खाने की कौन बात है' किन्तु चली गयी। मैं टिटी को हाथ में लेकर झुलाने लगा, जिससे वह कुछ देर के लिए शान्त हो गया।

दूर...शायद अस्पताल में ही, तीन खड़के। एकाएक मैं चौंका, मैंने सुना, मालती वहाँ आँगन में बैठी अपने-आप ही एक लम्बी-सी थकी हुई साँस के साथ कह रही है, 'तीन बज गये...' मानो बड़ी तपस्या के बाद कोई कार्य सम्पन्न हो गया हो...

थोड़ी ही देर में मालती फिर आ गयी, मैंने पूछा, 'तुम्हारे लिए कुछ बचा भी था? सब-कुछ तो...'

'बहुत था।'

'हाँ, बहुत था, भाजी तो सारी मैं ही खा गया था, वहाँ बचा कुछ होगा नहीं। यों ही रोब तो न जमाओ कि बहुत था।' मैंने हँसकर कहा।

मालती मानो किसी और विषय की बात कहती हुई बोली, 'यहाँ सब्जी-वज्जी तो कुछ होती ही नहीं, कोई आता-जाता है, तो नीचे से मँगा लेते हैं, मुझे आये पन्द्रह दिन हुए हैं, जो सब्जी साथ लाये थे, वही अभी बनती जा रही है...'

मैंने पूछा, 'नौकर कोई नहीं है?'

'कोई ठीक मिला नहीं, शायद दो-एक दिन में हो जाये।'

'बरतन भी तुम्हीं माँजती हो?'

'और कौन?' कहकर मालती क्षण-भर आँगन में जाकर लौट आयी।

मैंने पूछा, 'कहाँ गयी थीं?'

'आज पानी ही नहीं है, बरतन कैसे मँजेंगे?'

'क्यों, पानी को क्या हुआ?'

'रोज ही होता है...कभी वक्त पर तो आता ही नहीं, आज शाम को सात बजे आयेगा, तब बरतन मँलेंगे।'

'चलो, तुम्हें सात बजे तक तो छुट्टी हुई', कहते हुए मैं मन ही मन सोचने लगा, 'अब इसे रात के ग्यारह बजे तक काम करना पड़ेगा, छुट्टी क्या खाक हुई?'

यही उसने कहा। मेरे पास कोई उत्तर नहीं था, पर मेरी सहायता टिटी ने की, एकाएक फिर रोने लगा और मालती के पास जाने की चेष्टा करने लगा। मैंने उसे दे दिया।

थोड़ी देर बाद फिर मौन रहा, मैंने जेब से अपनी नोटबुक निकाली और पिछले दिनों के लिखे हुए नोट देखने लगा, तब मालती को याद आया कि उसने मेरे आने का कारण तो पूछा नहीं, और बोली, 'यहाँ आये कैसे?'

मैंने कहा ही तो, 'अच्छा, अब याद आया? तुमसे मिलने आया था, और क्या करने?'

'तो दो-एक दिन रहोगे न?'

'नहीं, कल चला जाऊँगा, जरूरी जाना है।'

मालती कुछ नहीं बोली, कुछ खिन्न-सी हो गयी। मैं फिर नोटबुक की तरफ देखने लगा।

थोड़ी देर बाद मुझे भी ध्यान हुआ, मैं आया तो हूँ मालती से मिलने, किन्तु यहाँ वह बात करने को बैठी है और मैं पढ़ रहा हूँ पर बात भी क्या की जाय? मुझे ऐसा लग रहा था कि इस घर पर जो छाया घिरी हुई है, वह अज्ञात रहकर भी मानो मुझे भी वश कर रही है, मैं भी वैसा ही नीरस निर्जीव-सा हो रहा हूँ जैसे—हाँ, जैसे यह घर, जैसे मालती...।

मैंने पूछा, 'तुम कुछ पढ़ती-लिखती नहीं?' मैं चारों ओर देखने लगा कि कहीं किताबें दीख पड़ें।

'यहाँ?' कहकर मालती थोड़ा-सा हँस दी। वह हँसी कह रही थी, 'यहाँ पढ़ने को है क्या?'

मैंने कहा, 'अच्छा, मैं वापस जाकर जरूर कुछ पुस्तकें भेजूँगा...' और वार्तालाप फिर समाप्त हो गया...

थोड़ी देर बाद मालती ने फिर पूछा, 'आये कैसे हो, लारी में?'

'पैदल।'

'इतनी दूर? बड़ी हिम्मत की।'

'आखिर तुमसे मिलने आया हूँ।'

'ऐसे ही आये हो?'

'नहीं, कुली पीछे आ रहा है, सामान लेकर। मैंने सोचा, बिस्तरा ले ही चलूँ।'

'अच्छा किया, यहाँ तो बस...' कहकर मालती चुप रह गयी, फिर बोली, 'तब थक गये होगे, लेट जाओ!'

'नहीं, बिलकुल नहीं थका।'

'रहने भी दो, थके नहीं, भला थके हैं?'

'और तुम क्या करोगी?'

'मैं बरतन माँज रखती हूँ, पानी आयेगा तो धुल जायेंगे।'

मैंने कहा, 'वाह!' क्योंकि और कोई बात मुझे सूझी नहीं...

थोड़ी देर में मालती उठी और चली गयी, टिटी को साथ लेकर। तब मैं लेट गया और छत की ओर देखने लगा...मेरे विचारों के साथ आँगन से आती हुई बरतनों के घिसने की खन-खन की ध्वनि मिलकर एक विचित्र एक-स्वर उत्पन्न करने लगी, जिसके कारण मेरे अंग धीरे-धीरे ढीले पड़ने लगे, मैं ऊँघने लगा...

एकाएक वह एक स्वर टूट गया—मौन हो गया। इससे मेरी तन्द्रा भी टूटी, मैं उस मौन में सुनने लगा...

चार खड़क रहे थे और इसी का पहला घण्टा सुनकर मालती रुक गयी थी...

वही तीन बजे वाली बात मैंने फिर देखी, अबकी बार और उग्र रूप में। मैंने सुना, मालती एक बिलकुल अनैच्छिक, अनुभूतिहीन, नीरस, यन्त्रवत्—वह भी थके हुए यन्त्र के—से स्वर में कह रही है, 'चार बज गये' मानो इस अनैच्छिक समय गिनने-गिनने में ही उसका मशीन तुल्य जीवन बीतता हो, वैसे ही, जैसे मोटर का स्पीडोमीटर यन्त्रवत् फासला नापता जाता है, और यन्त्रवत् विश्रान्त स्वर में कहता है (किससे) कि मैंने अपने अमित शून्यपथ का इतना अंश तय कर लिया...न जाने कब, कैसे मुझे नींद आ गयी।

तब छह कभी के बज चुके थे, जब किसी के आने की आहट से मेरी नींद खुली, और मैंने देखा कि महेश्वर लौट आये हैं, और उनके साथ ही बिस्तर लिये हुए मेरा कुली। मैं मुँह धोने को पानी माँगने को ही था कि मुझे याद आया, पानी नहीं होगा। मैंने हाथों से मुँह पोंछते-पोंछते महेश्वर से पूछा, आपने बड़ी देर की?'

उन्होंने किंचित् ग्लानि-भरे स्वर में कहा, 'हाँ, आज वह गैंग्रीन का आपरेशन करना ही पड़ा, एक कर आया हूँ, दूसरे को एम्बुलेन्स में बड़े अस्पताल भिजवा दिया है।'

मैंने पूछा, 'गैंग्रीन कैसे हो गया?'

'एक काँटा चुभा था, उसी से हो गया, बड़े लापरवाह लोग होते हैं यहाँ के...'

मैंने पूछा, 'यहाँ आपको केस अच्छे मिल जाते हैं? आय के लिहाज से नहीं, डाक्टरी के अभ्यास के लिए?'

बोले, 'हाँ, मिल ही जाते हैं, यही गैंग्रीन, हर दूसरे चौथे दिन एक केस आ ही जाता है। नीचे बड़े अस्पतालों में भी...।'

मालती आँगन से ही सुन रही थी, अब आ गयी, बोली, 'हाँ, केस बनाते देर क्या लगती है? काँटा चुभा था, इस पर टाँग काटनी पड़े, यह भी कोई डाक्टरी है? हर दूसरे दिन किसी की टाँग, किसी की बाँह काट आते हैं, इसी का नाम है अच्छा अभ्यास।'

महेश्वर हँसे, बोले, 'न काटें तो उसकी जान गँवायें?'

'हाँ, पहले तो दुनिया में काँटे ही नहीं होते होंगे? आज तक तो सुना नहीं था कि काँटों के चुभने से मर जाते हैं...'

महेश्वर ने उत्तर नहीं दिया, मुस्करा दिये। मालती मेरी ओर देखकर बोली, 'ऐसे ही होते हैं डाक्टर, सरकारी अस्पताल है न, क्या परवाह है! मैं तो रोज ही ऐसी बातें सुनती हूँ। अब कोई मर-मुर जाये तो ख्याल ही नहीं होता। पहले तो रात-रात भर नींद नहीं आया करती थी।'

तभी आँगन में खुले हुए नल ने कहा—टिप-टिप-टिप-टिप-टिप...

मालती ने कहा—पानी! और उठकर चली गयी। खनखनाहट से हमने जाना, बरतन धोये जाने लगे हैं...

टिटी महेश्वर के टाँगों के सहारे खड़ा मेरी ओर देख रहा था, अब एकाएक उन्हें छोड़कर मालती की ओर खिसकता हुआ चला। महेश्वर ने कहा, 'उधर मत जा!' और उसे गोद में उठा लिया, वह मचलने और चिल्ला-चिल्लाकर रोने लगा।

महेश्वर बोले, 'अब रो-रोकर सो जायेगा, तभी घर में चैन होगी?'

मैंने पूछा, 'आप लोग भीतर ही सोते हैं? गरमी तो बहुत होती है।'

'होने को तो मच्छर भी बहुत होते हैं, पर यह लोहे के पलंग उठाकर बाहर कौन ले जाये? अब के नीचे जायेंगे तो चारपाइयाँ ले आयेंगे।' फिर कुछ रुककर बोले, 'आज तो बाहर ही सोयेंगे। आपके आने का इतना लाभ ही होगा।'

टिटी अभी तक रोता ही जा रहा था। महेश्वर ने उसे एक पलंग पर बिठा दिया, और पलंग बाहर खींचने लगे, मैंने कहा, 'मैं मदद करता हूँ,' और दूसरी ओर से पलंग उठाकर निकलवा दिये।

अब हम तीनों—महेश्वर, टिटी और मैं—दो पलंगों पर बैठ गये और वार्तालाप के लिए उपयुक्त विषय न पाकर उस कमी को छुपाने के लिए टिटी से खेलने लगे। बाहर आकर वह कुछ चुप हो गया था, किन्तु बीच-बीच में जैसे एकाएक कोई भूला हुआ कर्त्तव्य याद करके रो उठता था, और फिर एकदम चुप

हो जाता था...और कभी-कभी हम हँस पड़ते थे, या महेश्वर उसके बारे में कुछ बात कह देते थे...।

मालती बरतन धो चुकी थी। जब वह उन्हें लेकर आँगन में एक ओर रसोई के छप्पर की ओर चली, तब महेश्वर ने कहा, 'थोड़े से आम लाया हूँ, वह भी धो लेना।'

'कहाँ हैं?'

'अँगीठी पर रखे हैं, कागज में लिपटे हुए।'

मालती ने भीतर जाकर आम उठाये और अपने आँचल में डाल लिये। जिस कागज में वे लिपटे हुए थे, वह किसी पुराने अखबार का टुकड़ा था। मालती चलती-चलती संध्या के उस क्षीण प्रकाश में उसी को पढ़ती जा रही थी... वह नल के पास जाकर खड़ी उसे पढ़ती रही। जब दोनों ओर पढ़ चुकी, तब एक लम्बी साँस लेकर उसे फेंककर आम धोने लगी।

मुझे एकाएक याद आया...बहुत दिनों की बात थी...जब हम अभी स्कूल में भरती हुए थे। जब हमारा सबसे बड़ा सुख, सबसे बड़ी विजय थी हाजिर हो चुकने के बाद चोरी से क्लास से निकल भागना और स्कूल से कुछ दूरी पर आम के बगीचे में पेड़ों पर चढ़कर कच्ची अमियाँ तोड़-तोड़ खाना। मुझे याद आया...कभी जब मैं भाग आता और मालती नहीं आ पाती थी, तब मैं भी खिन्न मन लौट आया करता था।

मालती कुछ नहीं पढ़ती थी, उसके माता-पिता तंग थे। एक दिन उसके पिता ने उसे एक पुस्तक लाकर दी और कहा कि इसके बीस पेज रोज पढ़ा करो, हफ्ते भर बाद मैं देखूँ कि इसे समाप्त कर चुकी हो, नहीं तो मार-मारकर चमड़ी उधेड़ दूँगा। मालती ने चुपचाप किताब ले ली, पर क्या उसने पढ़ी? वह नित्य ही उसके दस पन्ने, बीस पेज, फाड़कर फेंक देती, अपने खेल में किसी भाँति फर्क न पड़ने देती। जब आठवें दिन, उसके पिता ने पूछा, 'किताब समाप्त कर ली?' तो उत्तर दिया, 'हाँ, कर ली।' पिता ने कहा, 'लाओ, मैं प्रश्न पूछूँगा', तो चुप खड़ी रही। पिता ने फिर कहा, तो उद्धत स्वर में बोली, 'किताब मैंने फाड़कर फेंक दी है, मैं नहीं पढ़ूँगी।'

उसके बाद वह बहुत पिटी, पर वह अलग बात है। इस समय मैं यही सोच रहा था कि वही उद्धत और चंचल मालती आज कितनी सीधी हो गयी है, कितनी शान्त, और एक अखबार के टुकड़े को तरसती है...यह क्या, यह...

तभी महेश्वर ने पूछा, 'रोटी कब बनेगी?'

'बस, अभी बनाती हूँ।'

पर अब की बार जब मालती रसोई की ओर चली, तब टिटी की कर्त्तव्य-भावना बहुत विस्तीर्ण हो गयी। वह मालती की ओर हाथ बढ़ाकर रोने लगा और

नहीं माना, मालती उसे भी गोद में लेकर चली गयी, रसोई में बैठकर हाथ से उसे थपकने और दूसरे से कई छोटे-छोटे डिब्बे उठाकर अपने सामने रखने लगी...।

और हम दोनों चुपचाप रात्रि की, और भोजन की, और एक-दूसरे के कुछ कहने की, और न जाने किस-किस न्यूनतम की पूर्ति की प्रतीक्षा करने लगे।

हम भोजन कर चुके थे और बिस्तरों पर लेट गये थे और टिटी सो गया था। मालती पलंग के एक ओर मोमजामा बिछाकर उसे उस पर लिटा गयी थी। वह सो गया था, पर नींद में कभी-कभी चौंक उठता था। एक बार तो उठकर बैठ भी गया था, परन्तु तुरन्त लेट गया।

मैंने महेश्वर से पूछा—'आप तो थके होंगे, सो जाइए।'

वह बोले, 'थके तो आप अधिक होंगे...अठारह मील पैदल चलकर आये हैं।' किन्तु उनके स्वर ने मानो जोड़ दिया...'थका तो मैं भी हूँ।'

मैं चुप रहा, थोड़ी देर में किसी अपर संज्ञा ने मुझे बताया, वह ऊँघ रहे हैं।

तब लगभग साढ़े दस बजे थे, मालती भोजन कर रही थी।

मैं थोड़ी देर मालती की ओर देखता रहा, वह किसी विचार में—यद्यपि बहुत गहरे विचार में नहीं, लीन हुई धीरे-धीरे खाना खा रही थी, फिर मैं इधर-उधर खिसककर, पर आराम से होकर, आकाश की ओर देखने लगा।

पूर्णिमा थी, आकाश अनभ्र था।

मैंने देखा...उस सरकारी क्वार्टर की दिन में अत्यन्त शुष्क और नीरस लगने वाली स्लेट की छत भी चाँदनी में चमक रही है, अत्यन्त शीतलता और स्निग्धता से छलक रही है, मानो चन्द्रिका उन पर से बहती हुई आ रही हो, झर रही हो...।

मैंने देखा, पवन में चीड़ के वृक्ष...गरमी से सूखकर मटमैले हुए चीड़ के वृक्ष...धीरे-धीरे गा रहे हों...कोई राग जो कोमल हैं, किन्तु नहीं, अशान्तिमय है, किन्तु उद्वेगमय नहीं...।

मैंने देखा, प्रकाश से धुँधले नीले आकाश के पट पर जो चमगादड़ नीरव उड़ान ले चक्कर काट रहे हैं, वे भी सुन्दर दीखते हैं...।

मैंने देखा...दिन भर के तपन, अशान्ति, थकान, दाह, पहाड़ों में से भाप से उठकर वातावरण में खोये जा रहे हैं, जिसे ग्रहण करने के लिए पर्वत-शिशुओं ने अपनी चीड़ वृक्षरूपी भुजाएँ आकाश की ओर बढ़ा रखी हैं...।

पर यह सब मैंने ही देखा, अकेले मैंने...महेश्वर ऊँघ रहे थे और मालती उस समय भोजन से निवृत्त होकर दही जमाने के लिए मिट्टी का बरतन गरम पानी से धो रही थी और कह रही थी '...अभी छुट्टी हुई जाती है।' और मेरे कहने पर ही कि 'ग्यारह बजने वाले हैं', धीरे से सिर हिलाकर जता रही थी कि रोज ही इतने बज जाते हैं...मालती ने वह सब कुछ नहीं देखा मालती का जीवन अपनी रोज

की नियत गति से बहा जा रहा था और एक चन्द्रमा की चन्द्रिका के लिए, एक संसार के लिए, रुकने को तैयारी नहीं था...।

चाँदनी में शिशु कैसा लगता है, इस अलस जिज्ञासा में मैंने टिटी की ओर देखा और वह एकाएक मानो किसी शैशवोचित वामता से उठा और खिसककर पलंग से नीचे गिर पड़ा और चिल्ला-चिल्लाकर रोने लगा। महेश्वर ने चौंककर कहा '...क्या हुआ?' मैं झपटकर उसे उठाने दौड़ा, मालती रसोई से बाहर निकल आयी, मैंने 'खट' शब्द को याद करके धीरे से करुणा-भरे स्वर में कहा, 'चोट बहुत लग गयी है बेचारे के।'

यह सब मानो एक ही क्षण में, एक ही क्रिया की गति में हो गया।

मालती ने रोते हुए शिशु को मुझसे लेने के लिए हाथ बढ़ाते हुए कहा, 'इसके चोटें लगती ही रहती हैं, रोज ही गिर पड़ता है।'

एक छोटे क्षण-भर के लिए मैं स्तब्ध हो गया, फिर एकाएक मेरे मन ने, मेरे समूचे अस्तित्व ने, विद्रोह के स्वर में कहा—मेरे मन के भीतर ही, बाहर एक शब्द भी नहीं निकला—'माँ, युवती माँ, यह तुम्हारे हृदय को क्या हो गया है, जो तुम अपने एकमात्र बच्चे के गिरने पर ऐसी बात कह सकती हो—और यह अभी, जब तुम्हारा सारा जीवन तुम्हारे आगे है!'

और, तब एकाएक मैंने जाना कि वह भावना मिथ्या नहीं है, मैंने देखा कि सचमुच उस कुटुम्ब में कोई गहरी भयंकर छाया घर कर गयी है, उनके जीवन के इस पहले ही यौवन में घुन की तरह लग गयी है, उसका इतना अभिन्न अंग हो गयी है कि वे उसे पहचानते ही नहीं, उसी की परिधि में घिरे हुए चले जा रहे हैं। इतना ही नहीं, मैंने उस छाया को देख भी लिया...।

इतनी देर में, पूर्ववत् शान्ति हो गयी थी। महेश्वर फिर लेटकर ऊँघ रहे थे। टिटी मालती के लेटे हुए शरीर से चिपटकर चुप हो गया था, यद्यपि कभी एक-आध सिसकी उसके छोटे-से शरीर को हिला देती थी। मैं भी अनुभव करने लगा कि बिस्तर अच्छा सा लग रहा है। मालती चुपचाप ऊपर आकाश में देख रही थी, किन्तु चन्द्रिका को या तरों को?

तभी ग्यारह का घण्टा बजा, मैंने अपनी भारी हो रही पलकें उठाकर अकस्मात् किसी अस्पष्ट प्रतीक्षा से मालती की ओर देखा। ग्यारह के पहले घण्टे की खड़कन के साथ ही मालती की छाती एकाएक फफोले को भाँति उठी और धीरे-धीरे बैठने लगी, और घण्टा-ध्वनि के कम्पन के साथ ही मूक हो जाने वाली आवाज में उसने कहा, 'ग्यारह बज गये...।'

✦

वापसी

✦

उषा प्रियंवदा

गजाधर बाबू ने कमरे में जमा सामान पर एक नजर दौड़ाई—दो बक्स, डोलची, बाल्टी—'यह डिब्बा कैसा है गनेशी?' उन्होंने पूछा। गनेशी बिस्तर बाँधता हुआ, कुछ गर्व, कुछ दु:ख, कुछ लज्जा से बोला, 'घर वाली ने साथ कुछ बेसन के लड्डू रख दिये हैं। कहा, बाबू जी को पसन्द थे, अब कहाँ हम गरीब लोग आपकी कुछ खातिर कर पायेंगे?' घर जाने की खुशी में भी गजाधर बाबू ने एक विषाद का अनुभव किया, जैसे एक परिचित स्नेही, आदरमय, सहज संसार से उनका नाता टूट रहा था।

'कभी-कभी हम लोगों की भी खबर लेते रहियेगा।' गनेशी बिस्तर में रस्सी बाँधता हुआ बोला।

'कभी कुछ जरूरत हो तो लिखना गनेशी! इस अगहन तक बिटिया की शादी कर दो।'

गनेशी ने अँगोछे के छोर से आँखें पोंछीं, 'अब आप लोग सहारा न देंगे तो कौन देगा? आप यहाँ रहते तो शादी में कुछ हौसला रहता?'

गजाधर बाबू चलने को तैयार बैठे थे। रेलवे क्वार्टर का वह कमरा, जिसमें उन्होंने कितने ही वर्ष बिताये थे, उनका सामान हट जाने से कुरूप और नग्न लग रहा था। आँगन में रोपे पौधे भी जान-पहचान के लोग ले गये थे और जगह-जगह मिट्टी बिखरी हुई थी, पर पत्नी, बाल-बच्चों के साथ रहने की कल्पना में यह बिछोह एक दुर्बल लहर की तरह उठकर विलीन हो गया।

गजाधर बाबू खुश थे, बहुत खुश। पैंतीस साल की नौकरी के बाद वह रिटायर होकर जा रहे थे। इन वर्षों में अधिकांश समय उन्होंने अकेले रहकर काटा था। उन अकेले क्षणों में उन्होंने इसी समय की कल्पना की थी, जब वह अपने परिवार के साथ रह सकेंगे। इसी आशा के सहारे वह अपने अभाव का बोझ ढो रहे थे। संसार की दृष्टि में उनका जीवन सफल कहा जा सकता था। उन्होंने शहर में एक मकान बनवा लिया था, बड़े लड़के अमर और लड़की कान्ति की शादियाँ कर दी थीं, दो बच्चे ऊँची कक्षाओं में पढ़ रहे थे। गजाधर बाबू नौकरी के कारण प्राय: छोटे स्टेशन पर रहे और उनके बच्चे और पत्नी शहर में, जिससे पढ़ाई में बाधा न हो। गजाधर बाबू स्वभाव से बहुत स्नेही व्यक्ति थे और

स्नेह के आकांक्षी भी। जब परिवार साथ था, ड्यूटी से लोटकर बच्चों से हँसते-बोलते, पत्नी से कुछ मनोविनोद करते—उन सबके चले जाने से उनके जीवन में गहन सूनापन भर उठा। खाली क्षणों में उनसे घर में टिका न जाता। कवि प्रकृति के न होने पर भी उन्हें पत्नी की स्नेहपूर्ण बातें याद रहतीं। दोपहर गर्मी होने पर भी, दो बजे तक आग जलाये रहतीं और उनके स्टेशन से वापस आने पर गरम-गरम रोटियाँ सेंकती—उनके खा चुकने और मना करने पर भी थोड़ा-सा कुछ और थाली में परोस देतीं और बड़े प्यार से आग्रह करतीं। जब वह, थके-हारे बाहर से आते तो उनकी आहट पा वह रसोई के द्वार पर निकल आतीं और उनकी सलज्ज आँखें मुस्करा उठतीं। गजाधर बाबू को तब हर छोटी बात भी याद आती और वह उदास हो उठते...अब कितने वर्षों बाद यह अवसर आया था, जब वह फिर उसी स्नेह और आदर के मध्य रहने जा रहे थे।

× × ×

टोपी उतारकर गजाधर बाबू ने चारपाई पर रख दी, जूते खोलकर नीचे खिसका दिये, अन्दर से रह-रहकर कहकहों की आवाज आ रही थी, इतवार का दिन था और उनके सब बच्चे इकट्ठे होकर नाश्ता कर रहे थे। गजाधर बाबू के सूखे चेहरे पर स्निग्ध मुसकान आ गई। उसी तरह मुस्कराते हुये, वह बिना खाँसे अन्दर चले आये। उन्होंने देखा नरेन्द्र कमर पर हाथ रखे शायद गत रात्रि की फिल्म में देखे गये। किसी नृत्य की नकल कर रहा था और बसन्ती हँस-हँसकर दुहरी हो रही थी। अमर की बहू को अपने तन-बदन, आँचल या घूँघट का कोई होश न था और वह उन्मुक्त रूप से हँस रही थी। गजाधर बाबू को देखते ही नरेन्द्र धप से बैठ गया और चाय का प्याला उठाकर मुँह से लगा लिया। बहू को होश आया और उसने झट से माथा ढँक लिया, केवल बसन्ती का शरीर रह-रहकर हँसी दबाने के प्रयत्न में हिलता रहा।

गजाधर बाबू ने मुस्कराते हुये उन लोगों को देखा। फिर कहा, 'क्यों नरेन्द्र, क्या नकल हो रही थी?' 'कुछ नहीं बाबू जी।' नरेन्द्र ने सिटपिटाकर कहा। गजाधर बाबू ने चाहा था कि वह भी इस मनोविनोद में भाग लेते, पर उनके आते ही जैसे सब कुण्ठित हो चुप हो गये, उससे उनके मन में थोड़ी-सी खिन्नता उपज आई। बैठते हुये बोले, 'बसन्ती, चाय मुझे भी देना। तुम्हारी अम्मा की पूजा अभी चल रही है क्या?' बसन्ती ने माँ की कोठरी की ओर देखा, 'अभी आती ही होंगी' और प्याले में उनके लिए चाय छानने लगी। बहू चुपचाप पहले ही चली गई थी, अब नरेन्द्र भी चाय का आखिरी घूँट पीकर खड़ा हुआ, केवल बसन्ती, पिता के लिहाज में, चौके में बैठी माँ की राह देखने लगी। गजाधर बाबू ने एक घूँट चाय पी, फिर कहा, 'बिट्टी—चाय तो फीकी है।'

'लाइये, चीनी और डाल दूँ।' बसन्ती बोली।

'रहने दो, तुम्हारी अम्मा जब आयेंगी, तभी पी लूँगा।'

थोड़ी देर में उनकी पत्नी हाथ में अर्ध्य का लोटा लिए निकलीं और अशुद्ध स्तुति करते हुये तुलसी में डाल दिया। उन्हें देखते ही बसन्ती भी उठ गई। पत्नी ने आकर गजाधर बाबू को देखा और कहा, 'अरे, आप अकेले बैठे हैं—यह सब कहाँ गये?' गजाधर बाबू के मन में फाँस-सी करक उठी, 'अपने-अपने काम में लग गये हैं—आखिर बच्चे ही हैं।'

पत्नी आकर चौके में बैठ गई—उन्होंने नाक-भौं चढ़ाकर चारों ओर जूठे बर्तनों को देखा। फिर कहा, 'सारे में जूठे बर्तन पड़े हैं। इस घर में धरम-करम कुछ नहीं। पूजा करके सीधे चौके में घुसो।' फिर उन्होंने नौकर को पुकारा, जब उत्तर न मिला तो एक बार और उच्च स्वर में, फिर पति को ओर देखकर बोलीं, 'बहू ने भेजा होगा बाजार।' और एक लम्बी साँस लेकर चुप हो रहीं।

गजाधर बाबू बैठकर चाय और नाश्ते का इन्तजार करते रहे। उन्हें अचानक ही गनेशी की याद आ गई। रोज सुबह, पैसेंजर आने से पहले वह गर्म-गर्म पूरियाँ और जलेबी बनाता था। गजाधर बाबू जब तक उठकर तैयार होते थे, उनके लिए जलेबियाँ और चाय लाकर रख देता था। चाय भी कितनी बढ़िया, काँच के ग्लास में ऊपर तक भरी लबालब, पूरे ढाई चम्मच चीनी और गाढ़ी मलाई। पैसेंजर भले ही रानीपुर लेट पहुँचे, गनेशी ने चाय पहुँचाने में कभी देर नहीं की। क्या मजाल कि कभी उससे कुछ कहना पड़े!

पत्नी का शिकायत-भरा स्वर सुन उनके विचारों में व्याघात पहुँचा। वह कह रही थी, 'सारा दिन इस खिच-खिच में निकल जाता है। इसी गृहस्थी का धन्धा पीटते-पीटते उमर बीत गई। कोई जरा हाथ भी नहीं बँटाता।'

'बहू क्या करती रहती है?' गजाधर बाबू ने पूछा।

'पड़ी रहती है। बसन्ती को तो फिर कहो कि कॉलेज जाना होता है।'

गजाधर बाबू ने जोश में आकर बसन्ती को आवाज दी। बसन्ती, भाभी के कमरे से निकली तो गजाधर बाबू ने कहा, 'बसन्ती आज से शाम का खाना बनाने की जिम्मेवारी तुम पर है। सुबह का भोजन भाभी बनायेंगी।'

बसन्ती मुँह लटकाकर बोली, 'बाबू जी, पढ़ना भी तो होता है।'

गजाधर बाबू ने बड़े प्यार से समझाया, 'तुम सबेरे पढ़ लिया करो। तुम्हारी माँ बूढ़ी हुईं, उनके शरीर में अब वह शक्ति नहीं बची है। तुम हो, तुम्हारी भाभी है, दोनों को मिलकर काम में हाथ बँटाना चाहिये।'

बसन्ती चुप रह गई। उसके जाने के बाद, उसकी माँ ने धीरे से कहा, 'पढ़ने का तो बहाना है। कभी जी नहीं लगता, लगे कैसे? शीला से ही फुरसत नहीं, बड़े-बड़े लड़के हैं उस घर में, हर वक्त वहाँ घुसा रहना, मुझे अच्छा नहीं सुहाता। मना करूँ तो सुनती नहीं।'

नाश्ता कर गजाधर बाबू बैठक में चले गये। घर छोटा था और ऐसी व्यवस्था हो चुकी थी कि उसमें गजाधर बाबू के रहने के लिए कोई स्थान न बचा था। जैसे

किसी मेहमान के लिए कुछ अस्थायी प्रबन्ध कर दिया जाता है, उसी प्रकार बैठक में कुर्सियों को दीवार से सटाकर बीच में गजाधर बाबू के लिए पतली-सी चारपाई डाल दी गई थी—गजाधर बाबू उस कमरे में पड़े-पड़े, कभी-कभी अनायास ही इस अस्थायित्व का अनुभव करने लगते। उन्हें याद हो आती उन रेलगाड़ियों की, जो आतीं और थोड़ी देर रुककर किसी और लक्ष्य की ओर चली जातीं।

घर छोटा होने के कारण बैठक में ही अब अपना प्रबन्ध किया था। उनकी पत्नी के पास अन्दर एक छोटा कमरा अवश्य था, पर उसमें एक ओर अचारों के मर्तबान, दाल, चावल के कनस्टर और घी के डिब्बे से घिरा था—दूसरी ओर पुरानी रजाइयाँ, दरियों में लिपटी रस्सी से बँधी रखी थीं, उसके पास एक बड़े से टीन के बक्स में घर-भर के गरम कपड़े थे। बीच में एक अलगनी बँधी हुई थी, जिस पर प्राय: बसन्ती के कपड़े लापरवाही से पड़े रहते थे। वह भरसक उस कमरे में नहीं जाते थे। घर का दूसरा कमरा अमर और उसकी बहू के पास था। तीसरा कमरा, जो सामने की ओर था, बैठक था। गजाधर बाबू के आने से पहले उसमें अमर की ससुराल से आया बेंत की तीन कुर्सियों का सेट पड़ा था, कुर्सियों पर नीली गद्दियाँ और बहू के हाथों के कढ़े कुशन थे।

जब कभी उनकी पत्नी को कोई शिकायत करनी होती तो अपनी चटाई बैठक में डाल पड़ जाती थीं तो वह एक दिन चटाई लेकर आ गईं। गजाधर बाबू ने घर-गृहस्थी की बातें छेड़ीं, वह घर का रवैया देख रहे थे। बहुत हल्के-से उन्होंने कहा कि अब हाथ में पैसा कम रहेगा, कुछ खर्च कम होना चाहिये।

'सभी खर्च तो वाजिब-वाजिब हैं, किसका पेट काटूँ? यही जोड़-गाँठ करते-करते बूढ़ी हो गई, न मन का पहना, न ओढ़ा।'

गजाधर बाबू ने आहत, विस्मित दृष्टि से पत्नी को देखा। उनसे अपनी हैसियत छिपी न थी। उनकी पत्नी तंगी का अनुभव कर उसका उल्लेख करतीं, यह स्वाभाविक था, लेकिन उनमें सहानुभूति का पूर्ण अभाव गजाधर बाबू को बहुत खटका। उनसे यदि राय-बात की जाती कि प्रबन्ध कैसे हो, तो, उन्हें चिन्ता कम, संतोष अधिक होता। लेकिन उनसे तो केवल शिकायत की जाती थी जैसे परिवार की सब परेशानियों के लिए वही जिम्मेदार थे।

'तुम्हें किस बात की कमी है अमर की माँ—घर में बहू है, लड़के-बच्चे हैं, सिर्फ रुपये से ही आदमी अमीर नहीं होता?' गजाधर बाबू ने कहा और कहने के साथ ही अनुभव किया, यह उनकी आन्तरिक अभिव्यक्ति थी, ऐसी कि उनकी पत्नी नहीं समझ सकतीं। 'हाँ, बड़ा सुख है न बहू से। आज रसोई करने गई है, देखो क्या होता है?' कहकर पत्नी ने आँखें मूँदीं, और सो गईं। गजाधर बाबू पत्नी को देखते रह गये। यही थी क्या उनकी पत्नी जिसके हाथों के कोमल स्पर्श, जिसकी मुस्कान की याद में उन्होंने सम्पूर्ण जीवन काट दिया था? उन्हें लगा कि वह लावण्यमय युवती जीवन की राह में कहीं खो गई और उसकी जगह आज जो स्त्री

है, वह उनके मन और प्राण के लिए नितान्त अपरिचिता है। गाढ़ी नींद में डूबी उनकी पत्नी का भारी-सा शरीर बहुत बेडौल और कुरूप लग रहा था, चेहरा श्रीहीन और रुखा था। गजाधर बाबू देर तक निस्संग दृष्टि से पत्नी को देखते रहे और फिर लेटकर छत की ओर ताकने लगे।

अन्दर कुछ गिरा और उनकी पत्नी हड़बड़ाकर उठ बैठीं, 'लो, बिल्ली ने कुछ गिरा दिया शायद,' और वह अन्दर भागीं, थोड़ी देर में लौटकर आईं तो उनका मुँह फूला हुआ था, 'देखो बहू को, चौका खुला छोड़ आई, बिल्ली ने दाल की पतीली गिरा दी। सभी तो खाने को हैं, अब क्या खिलाऊँगी?' वह साँस लेने को रुकीं और बोलीं, 'एक तरकारी और चार पराठे बनाने में सारा डिब्बा घी उड़ेलकर रख दिया। जरा-सा दर्द नहीं है, कमाने वाला हाड़ तोड़े और यहाँ चीजें लुटें। मुझे तो मालूम था कि यह सब काम किसी के बस का नहीं है?'

गजाधर बाबू को लगा कि पत्नी कुछ और बोलेगी तो उनके कान झनझना उठेंगे। ओंठ भींच, करवट लेकर उन्होंने पत्नी की ओर पीठ कर ली।

रात को भोजन बसन्ती ने जान-बूझकर ऐसा बनाया था कि कौर तक निगला न जा सके। गजाधर बाबू चुप-चाप खाकर उठ गये, पर नरेन्द्र थाली सरकाकर उठ खड़ा हुआ और बोला, 'मैं ऐसा खाना नहीं खा सकता।'

बसन्ती तुनक कर बोली, 'तो न खाओ, कौन तुम्हारी खुशामद करता है।'

'तुमसे खाना बनाने को कहा किसने था?' नरेन्द्र चिल्लाया।

'बाबू जी ने।'

'बाबू जी को बैठे-बैठे यही सूझता है।'

बसन्ती को उठाकर माँ ने नरेन्द्र को मनाया और अपने हाथ से कुछ बनाकर खिलाया। गजाधर बाबू के बाद में पत्नी से कहा, 'इतनी बड़ी लड़की हो गई और उसे खाना बनाने तक का शऊर नहीं आया।' 'अरे आता सब कुछ है, करना नहीं चाहती।' पत्नी ने उत्तर दिया। अगली शाम माँ को रसोई में देख, कपड़े बदलकर बसन्ती बाहर आई तो बैठक से गजाधर बाबू ने टोंक दिया, 'कहाँ जा रही हो?'

'पड़ोस में, शीला के घर।' बसन्ती ने कहा।

'कोई जरूरत नहीं, अन्दर जाकर पढ़ो।' गजाधर बाबू कड़े स्वर में कहा। कुछ देर अनिश्चित खड़े रहकर बसन्ती अन्दर चली गई। गजाधर बाबू शाम को रोज टहलने चले जाते थे, लौटकर आये तो पत्नी ने कहा, 'क्या कह दिया बसन्ती से? शाम से मुँह लपेटे पड़ी है। खाना नहीं खाया।'

गजाधर बाबू खिन्न हो आये। पत्नी की बात का उन्होंने कुछ उत्तर नहीं दिया। उन्होंने मन में निश्चय कर लिया कि बसन्ती की शादी जल्दी ही कर देनी है। उस दिन के बाद बसन्ती पिता से बची-बची रहने लगी। जाना होता तो पिछवाड़े से जाती। गजाधर बाबू ने दो-एक बार पत्नी से पूछा तो उत्तर मिला; 'रूठी हुई है।'

गजाधर बाबू को और रोष हुआ। लड़की के इतने मिजाज? जाने को रोक दिया तो पिता से बोलेगी नहीं। फिर उनकी पत्नी ने ही सूचना दी कि अमर अलग रहने की सोच रहा है।

'क्यों?' गज़ाधर बाबू ने चकित होकर पूछा।

पत्नी ने साफ-साफ उत्तर नहीं दिया। अमर और उसकी बहू की शिकायतें बहुत थीं। उनका कहना था कि गजाधर बाबू हमेशा बैठक में ही पड़े रहते हैं, कोई आने-जाने वाला हो तो कहीं बैठाने की जगह नहीं। अमर को अब भी वह छोटा-सा समझते थे, और मौके-बेमौके टोंक देते थे। बहू को काम करना पड़ता था और सास जब-तब फूहड़पन पर ताने देती रहती थीं। 'हमारे आने से पहले भी कभी ऐसी बात हुई थी?' गजाधर बाबू ने पूछा। पत्नी ने सिर हिलाकर जताया कि नहीं। पहले अमर घर का मालिक बनकर रहता था—बहू को कोई रोक-टोक न थी, अमर के दोस्तों का प्रायः यहीं अड्डा जमा रहता था और अन्दर से नाश्ता-चाय तैयार होकर जाता रहता था। बसन्ती को भी वही अच्छा लगता था।

गजाधर बाबू ने बहुत धीरे से कहा, 'अमर से कहो, जल्दबाजी की कोई जरूरत नहीं है।'

अगले दिन वह सुबह घूमकर लौटे, तो उन्होंने पाया कि बैठक में उनकी चारपाई नहीं है। अन्दर आकर पूछने वाले ही थे कि उनकी दृष्टि रसोई के अन्दर बैठी पत्नी पर पड़ी। उन्होंने यह कहने को मुँह खोला कि बहू कहाँ है, पर कुछ यादकर चुप हो गये। पत्नी की कोठरी में झाँका तो अचार, रजाइयों और कनस्तरों के मध्य अपनी चारपाई लगी पाई। गजाधर बाबू ने अपना कोट उतारा और कहीं टाँगने को दीवार पर नजर दौड़ाई। फिर उसे मोड़कर अलगनी के कुछ कपड़े खिसकाकर, एक किनारे टाँग दिया। कुछ खाये बिना ही अपनी चारपाई पर लेट गये। कुछ भी हो, तन आखिर बूढ़ा ही था। सुबह-शाम कुछ दूर टहलने अवश्य चले जाते, पर आते-जाते थक उठते थे। गजाधर बाबू को अपना बड़ा-सा खुला हुआ क्वार्टर याद आ गया। निश्चिन्त जीवन, सुबह पैसेंजर ट्रेन आने पर स्टेशन की चहल-पहल, चिर-परिचित चेहरे और पटरी पर रेल के पहियों की खट्-खट्, जो उनके लिए मधुर संगीत की तरह था। तूफान और मालगाड़ी के इंजनों की चिंघाड़ उनकी अकेली रातों की साथी थीं। सेठ रामजी लाल के मिल के कुछ लोग कभी-कभी पास आ बैठते, वही उनका दायरा था, वही उनके साथी। वह जीवन अब उन्हें एक खोई निधि-सा प्रतीत हुआ। उन्हें लगा कि वह जिन्दगी द्वारा ठगे गये हैं। उन्होंने जो कुछ चाहा, उसमें से उन्हें एक बूँद भी न मिली।

लेटे हुए घर के अन्दर से आते विविध स्वरों को सुनते रहे। बहू और सास की छोटी-सी झड़प, बाल्टी पर खुले नल की आवाज, रसोई के बरतनों की खटपट और उसी में दो गौरैयों का वार्तालाप—और अचानक ही उन्होंने निश्चय कर लिया कि अब घर की किसी बात में दखल न देंगे। यदि गृहस्वामी के लिए पूरे घर में

एक चारपाई की जगह यही है, तो यहीं पड़े रहेंगे। अगर कहीं और डाल दी गई तो वहाँ चले जायेंगे। यदि बच्चों के जीवन में उनके लिए कहीं स्थान नहीं, तो अपने ही घर में परदेशी की तरह पड़े रहेंगे...और उस दिन के बाद सचमुच गजाधर बाबू कुछ नहीं बोले। नरेन्द्र माँगने आया तो बिना कारण पूछे उसे रुपये दे दिये। बसन्ती काफी अँधेरा हो जाने के बाद भी पड़ोस में रही तो भी उन्होंने कुछ नहीं कहा—पर उन्हें सबसे बड़ा गम यह था कि उनकी पत्नी ने भी उनमें कुछ परिवर्तन लक्ष्य नहीं किया। वह मन ही मन कितना भार ढो रहे हैं इससे वह अनजान ही बनी रहीं। बल्कि उन्हें पति के घर के मामले में हस्तक्षेप न करने के कारण शांति ही थी। कभी-कभी कह भी उठतीं, 'ठीक ही है, आप बीच में न पड़ा कीजिए, बच्चे बड़े हो गये हैं, हमारा जो कर्त्तव्य था, कर रहे हैं। पढ़ा रहे हैं, शादी कर देंगे।'

गजाधर बाबू ने आहत दृष्टि से पत्नी को देखा। उन्होंने अनुभव किया कि वह पत्नी और बच्चों के लिए केवल धनोपार्जन के निमित्त मात्र हैं। जिस व्यक्ति के अस्तित्व से पत्नी माँग में सिन्दूर डालने की अधिकारिणी है, समाज में उसकी प्रतिष्ठा है, उसके सामने वह दो वक्त भोजन की थाली रख देने से सारे कर्त्तव्यों से छुट्टी पा जाती है। वह घी और चीनी के डिब्बों में इतनी रमी हुई है कि अब वही उनकी सम्पूर्ण दुनिया बन गई है। गजाधर बाबू उनके जीवन के केन्द्र नहीं हो सकते, उन्हें तो अब उनकी शादी के लिए भी उत्साह बुझ गया। किसी बात में हस्तक्षेप न करने के लिए निश्चय के बाद भी उनका अस्तित्व उस वातावरण का एक भाग न बन सका। उनकी उपस्थिति उस घर में ऐसी असंगत लगने लगी थी, जैसे सजी हुई बैठक में उनकी चारपाई थी। उनकी सारी खुशी एक गहरी उदासीनता में डूब गई।

इतने सब निश्चयों के बावजूद भी गजाधर बाबू एक दिन बीच में दखल दे बैठे। पत्नी स्वभावानुसार नौकर की शिकायत कर रही थी, 'कितना कामचोर है, बाजार की हर चीज में पैसा बचाता है, खाने बैठता है, तो खाता ही चला जाता है।' गजाधर बाबू को बराबर यह महसूस होता रहता था कि उनके घर का रहन-सहन और खर्च उनकी हैसियत से कहीं ज्यादा है। पत्नी की बात सुनकर लगा कि नौकर का खर्च बिल्कुल बेकार है, छोटा-मोटा काम है, घर में तीन मर्द हैं, कोई न कोई कर ही देगा, उन्होंने उसी दिन नौकर का हिसाब कर दिया। अमर दफ्तर से आया तो नौकर को पुकारने लगा। अमर की बहू बोली, 'बाबू जी ने नौकर छुड़ा दिया है।'

'क्यों?'

'कहते हैं खर्च बहुत है।'

यह वार्तालाप बहुत सीधा-सा था, पर जिस टोन में बहू बोली, गजाधर बाबू को खटक गया। उस दिन जी भारी होने के कारण गजाधर बाबू टहलने नहीं गये।

थे। आलस्य में उठकर बत्ती भी नहीं जलाई—इस बात से बेखबर नरेन्द्र माँ से कहने लगा, 'अम्मा, तुम बाबू जी से कहती क्यों नहीं? बैठे-बिठाये कुछ नहीं तो नौकर ही छुड़ा दिया। अगर बाबू जी यह समझें कि मैं साइकिल पर गेहूँ रख आटा पिसाने जाऊँगा तो मुझसे यह नहीं होगा।' 'हाँ अम्मा'—बसन्ती का स्वर था, 'मैं कालेज भी जाऊँ और लौटकर घर में झाड़ू भी लगाऊँ, यह मेरे बस की बात नहीं है।'

'बूढ़े आदमी हैं', अमर भुनभुनाया, 'चुपचाप पड़े रहें। हर चीज में दखल क्यों देते हैं?' पत्नी ने बड़े व्यंग से कहा, 'और कुछ नहीं सूझा तो तुम्हारी बहू को ही चौके में भेज दिया। वह गई तो पन्द्रह दिन का राशन पाँच दिन में बनाकर रख दिया।' बहू कुछ कहे, इससे पहले वह चौके में घुस गईं। कुछ देर में अपनी कोठरी में आईं और बिजली जलाई तो गजाधर बाबू को लेटे देख बड़ी सिटपिटाईं। गजाधर बाबू की मुखमुद्रा से वह उनके भावों का अनुमान न लगा सकीं। वह चुप, आँखें बन्द किये लेटे रहे।

गजाधर बाबू चिट्ठी हाथ में लिए अन्दर आये और पत्नी को पुकारा। वह भींगे हाथ लिये निकलीं और आँचल से पोंछती हुई पास आ खड़ी हुईं। गजाधर बाबू ने बिना किसी भूमिका के कहा, 'मुझे सेठ रामजीमल की चीनी मिल में नौकरी मिल गई है। खाली बैठे रहने से तो चार पैसे घर में आएँ, वही अच्छा है। उन्होंने तो पहले ही कहा था, मैंने मना कर दिया था।' फिर कुछ रुककर, जैसे बुझी हुई आग में एक चिंगारी चमक उठे, उन्होंने धीमे स्वर में कहा, 'मैंने सोचा था कि बरसों तुम सबसे अलग रहने के बाद, अवकाश पाकर परिवार के साथ रहूँगा। खैर, परसों जाना है। तुम भी चलोगी?'

'मैं?' पत्नी से सकपकाकर कहा, 'मैं चलूँगी तो यहाँ का क्या होगा? इतनी बड़ी गृहस्थी, फिर सयानी लड़की...'

बात बीच में काट गजाधर बाबू ने थके, हताश स्वर में कहा, 'ठीक है, तुम यहीं रहो। मैंने तो ऐसे ही कहा था।' और गहरे मौन में डूब गये।

नरेन्द्र ने बड़ी तत्परता से बिस्तर बाँधा और रिक्शा बुला लाया। गजाधर बाबू का टिन का बक्स और पतला-सा बिस्तर उस पर रख दिया गया। नाश्ते के लिए लड्डू और मठरी की डलिया हाथ में लिए गजाधर बाबू रिक्शे पर बैठ गये। एक दृष्टि उन्होंने अपने परिवार पर डाली और फिर दूसरी ओर देखने लगे और रिक्शा चल पड़ा। उनके जाने के बाद सब अन्दर लौट आये। बहू ने अमर से पूछा, 'सिनेमा ले चलियेगा न?' बसन्ती ने उछलकर कहा, 'भइया, हमें भी।'

गजाधर बाबू की पत्नी सीधे चौके में चली गईं। बची हुई मठरियों को कटोरदान में रखकर अपने कमरे में लाईं और कनस्तरों के पास रख दिया, फिर बाहर आकर कहा, 'अरे नरेन्द्र, बाबू जी की चारपाई कमरे से निकाल दे। उसमें चलने तक की जगह नहीं है।' ✦

तीसरी कसम, अर्थात् मारे गये गुलफाम

✦

फणीश्वरनाथ 'रेणु'

हिरामन गाड़ीवान की पीठ में गुदगुदी लगती है।...

पिछले बीस साल से गाड़ी हाँकता है हिरामन बैलगाड़ी। सीमा के उस पार मोरंग, राज नेपाल से धान और लकड़ी ढो चुका है। कण्ट्रोल के जमाने में चोरबाजारी का माल इस पार से उस पार पहुँचाया है। लेकिन कभी तो ऐसी गुदगुदी नहीं लगी पीठ में।...

कण्ट्रोल का जमाना! हिरामन कभी भूल सकता है उस जमाने को! एक बार चार खेप सीमेंट और कपड़े की गाँठों से भरी गाड़ी, जोगबनी से बिराटनगर पहुँचाने के बाद हिरामन का कलेजा पोख्ता हो गया था। फारबिसगंज का हर चोर-व्यापारी उनको पक्का गाड़ीवान मानता। उनके बैलों की बड़ाई बड़ी गद्दी के बड़े सेठ जी खुद करते, अपनी भाषा में...।

गाड़ी पकड़ी गई पाँचवीं बार, सीमा के इस पार तराई में।

महाजन का मुनीम उसी की गाड़ी पर गाँठों के बीच चुक्की-मुक्की लगाकर छिपा हुआ था। दारोगा साहब की डेढ़ हाथ लम्बी चोरबत्ती की रोशनी कितनी तेज होती है, हिरामन जानता है। एक घण्टे के लिए आदमी अन्धा हो जाता है, एक छटक भी पड़ आँखों पर! रोशनी के साथ कड़कती हुई आवाज, 'ऐ-ए! गाड़ी रोको! साले, गोली मार देंगे।'...

बीसों गाड़ियाँ एक साथ कचकचाकर रुक गईं। हिरामन ने पहले ही कहा था—इस बीस विषावेगा। दोरागा साहब उसकी गाड़ी में दुबके हुए मुनीम जी पर रोशनी डालकर पिशाची हँसी हँसे—हा-हा-हा! मुंड़ीम जी ई-ई-ई! ही-ही-ही!...ऐ-य, साला गाड़ीवान, मुँह क्या देखता है रे-ए-ए! कम्बल हटाओ इस बोरे के मुँह पर से! हाथ की छोटी लाठी से मुनीम जी के पेट में खोंचा मारते हुए कहा था—इस बोरे को। स-स्साला!...

बहुत पुरानी अदावत होगी दारोगा साहब और मुनीम जी में। नहीं तो उतना रुपया कबूलने पर भी पुलिस-दारोगा का मन न डोले भला! चार हजार तो गाड़ी पर बैठा-बैठा ही दे रहा था। लाठी से दूसरी बार खोंचा मारा दारोगा ने। पाँच हजार। फिर खोंचा—उतरो पहले।...

मुनीम को गाड़ी से नीचे उतारकर दारोगा ने उसकी आँखों पर रोशनी डाल दी। फिर दो सिपाहियों के साथ सड़क से बीस-पच्चीस रस्सी दूर झाड़ी के पास ले गये। गाड़ीवान और गाड़ियों पर पाँच-पाँच बन्दूक वाले सिपाहियों का पहरा। ...हिरामन समझ गया, इस बार निस्तार नहीं।...जेल? हिरामन को जेल का डर नहीं। लेकिन उसके बैल? न जाने कितने दिनों तक बिना चारा-पानी के सरकारी फाटक में पड़े रहेंगे—भूखे-प्यासे। फिर नीलाम हो जायेंगे; भैया और भोजी को वह मुँह नहीं दिखा सकेगा कभी।...नीलाम की बोली उसके कानों के पास गूँज गई—एक-दो तीन। दारोगा और मुनीम में बात पट नहीं रही थी शायद।

हिरामन की गाड़ी के पास तैनात सिपाही ने अपनी भाषा में दूसरे सिपाही से धीमी आवाज में पूछा—का हो? मामला गोल होखी का?—फिर खैनी तम्बाकू देने के बहाने उस सिपाही के पास चला गया।...

एक-दो-तीन। तीन-चार गाड़ियों की आड़। हिरामन ने फैसला कर लिया। उसने धीरे से अपने बैलों की रस्सियाँ खोल लीं। गाड़ी पर बैठे-बैठे दोनों को जुड़वा बाँध दिया। बैल समझ गये उन्हें क्या करना है? हिरामन उतरा। जुती हुई गाड़ी में बाँस की टिकटी लगाकर बैलों के कन्धों को बेलाग किया। दोनों के कानों के पास गुदगुदी लगा दी और मन-ही-मन बोला, चलो भैयन, जान बचेगी तो ऐसी-ऐसी सग्गड़ गाड़ी बहुत मिलेगी।...एक-दो-तीन। नौ-दो-ग्यारह।...

गाड़ियों की आड़ में सड़क के किनारे दूर तक घनी झाड़ी फैली हुई थी। दम साधकर तीनों प्राणियों ने झाड़ी को पार किया—बेखटक, बेआहट। फिर एक ले, दो ले, दुलकी चाल। दोनों बैल सीना तानकर तराई के घने जंगलों में घुस गये। राह सूँघते, नदी-नाला पार करते हुए भागे पूँछ उठाकर। पीछे-पीछे हिरामन। रात भर भागते रहे थे तीनों जन।...

घर पहुँचकर दो दिन तक बेसुध पड़ा रहा हिरामन। होश में आते ही उसने कान पकड़कर कसम खाई थी—अब कभी ऐसी चीजों की लदनी नहीं लादेंगे। चोरबाजारी का माल? तोबा-तोबा।...पता नहीं, मुनीम जी का क्या हुआ? भगवान जाने उसकी सग्गड़ गाड़ी का क्या हुआ? असली इस्पात लोहे की धुरी थी। दोनों पहिये तो नहीं, एक पहिया एकदम नया था। गाड़ी में रंगीन कोरियों के फुँदने बड़े जतन से गूँथे गये थे।...

दो कसमें खाई हैं उसने। एक—चोरबाजारी का माल नहीं लादेंगे, दूसरी—बाँस। अपने हर भाड़ेदार से वह पहले ही पूछ लेता है—चोरी-चमारी वाली चीज तो नहीं? और, बाँस? बाँस लादने के लिए पचास रुपये भी दे कोई, हिरामन की गाड़ी नहीं मिलेगी। दूसरे की गाड़ी देखे।...

बाँस लदी हुई गाड़ी! गाड़ी से चार हाथ आगे बाँस का अगुआ निकला रहता है और पीछे की ओर चार हाथ पिछुआ। काबू के बाहर रहती है गाड़ी हमेशा। तो बेकाबू वाली लदनी और खरैहिया। शहर वाली बात। तिस पर बाँस का

अगुआ पकड़कर चलने वाला भाड़ेदार का महाभकुआ नौकर, लड़की स्कूल की ओर देखने लगा। बस, मोड़ पर घोड़ागाड़ी से टक्कर हो गई। जब तक हिरामन बैलों की रस्सी खींचे, तब तक घोड़ागाड़ी की छतरी बाँस के अगुआ में फँस गई। घोड़ागाड़ी वाले ने तड़ातड़ी चाबुक मारते हुए गाली दी थी।...

बाँस की लदनी ही नहीं, हिरामन ने खरैहिया शहर की लदनी भी छोड़ दी। और जब फारबिसगंज से मोरंग का भाड़ा ढोना शुरू किया तो गाड़ी ही पार!...कई वर्षों तक हिरामन ने बैलों को आधेदारी पर जोता। आधा भाड़ा गाड़ी वाले का और आधा बैल वाले का हिस्सा। गाड़ीवानी करो मुफ्त। आधेदारी की कमाई से बैलों के ही पेट नहीं भरते। पिछले साल ही उसने अपनी गाड़ी बनवाई है।

देवी मैया भला करें उस सरकस कम्पनी के बाघ का। पिछले साल इसी मेले में बाघगाड़ी को ढोने वाले दोनों घोड़े मर गये। चम्पानगर से फारबिसगंज मेला आने के समय सरकस कम्पनी के मैनेजर ने गाड़ीवान पट्टी में ऐलान करके कहा—सो रुपया भाड़ा मिलेगा।—एक-दो गाड़ीवान राजी हुए। लेकिन, उनके बैल बाघगाड़ी से दस हाथ दूर ही डर से डिरकने लगे—बाँ-आँ। रस्सी तुड़ाकर भागे। हिरामन ने अपने बैलों की पीठ सहलाते हुए कहा—देखो भैयन, ऐसा मौका फिर हाथ नहीं आयेगा। यही मौका है अपनी गाड़ी बनवाने का। नहीं तो फिर आधेदारी...। अरे, पिंजड़े में बन्द बाघ का क्या डर? मोरंग की तराई में दहाड़ते हुए बाघों को देख चुके हो, फिर पीठ पर मैं तो हूँ।...

गाड़ीवानों के दल में तालियाँ पटपटा उठी थीं एक साथ। सभी की लाज रख ली हिरामन के बैलों ने। हुमककर आगे बढ़ गये और बाघगाड़ी में जुट गये...एक-एक करके सिर्फ दाहिने बैल ने जुतने के बाद ढेर-सा पेशाब किया। हिरामन ने दो दिन तक नाक से कपड़े की पट्टी नहीं खोली थी। बड़ी गद्दी के बड़े सेठ जी की तरह नकबन्धन लगाये बिना बघाइन गन्ध बर्दाश्त नहीं कर सकता कोई।

...बाघगाड़ी की गाड़ीवानी की है हिरामन ने। कभी ऐसी गुदगुदी नहीं लगी पीठ में। आज रह-रहकर उसकी गाड़ी में चम्पा का फूल महक उठता है। पीठ में गुदगुदी लगने पर वह अँगोछे से पीठ झाड़ लेता है।

हिरामन को लगता है, दो वर्ष से चम्पानगर मेले की भगवती मैया उस पर प्रसन्न हैं। पिछले साल बाघगाड़ी जुट गई। नकद एक सौ रुपये भाड़े के अलावा बुताद, चाह-बिस्कुट और रास्ते भर बन्दर-भालू और जोकर का तमाशा देखा—सो फोकट में।

और, इस बार यह जनानी सवारी। औरत है या चम्पा का फूल। जब से गाड़ी में बैठी है, गाड़ी मह-मह महक रही है!

कच्ची सड़क के एक छोटे-से खड्ड में गाड़ी का दाहिना पहिया बेमौके हिचकोला खा गया। हिरामन की गाड़ी से एक हल्की 'सिस' की आवाज आई।

हिरामन ने दाहिने बैल को दुआली से पीटते हुए कहा—साला! क्या समझता है, बोरे की लदनी है क्या?

...अहा! मारो मत!

अनदेखी औरत की आवाज ने हिरामन को अचरज में डाल दिया। बच्चों की बोली जैसी महीन, फेनूगिला-सी बोली।

मथुरामोहन नौटंकी कम्पनी में लैला बनने वाली हीराबाई का नाम किसने नहीं सुना होगा भला? लेकिन हिरामन की बात निराली है। उसने सात साल तक लगातार मेलों की लदनी लादी है, कभी नौटंकी-थियेटर या बायस्कोप-सिनेमा नहीं देखा। लैला या हीराबाई का नाम भी उसने नहीं सुना कभी। देखने की क्या बात? सो मेला टूटने के पन्द्रह दिन पहले आधी रात की बेला में काली ओढ़नी में लिपटी औरत को देखकर उसके मन में खटका अवश्य लगा था। बक्स ढोने वाले नौकर ने गाड़ी भाड़ा में मोल-मोलाई करने की कोशिश की तो ओढ़नी वाली ने सिर हिलाकर मना कर दिया। हिरामन ने गाड़ी जोतते हुए नौकर से पूछा—क्यों भैया, कोई चोरी-चमारी का माल-वाल तो नहीं? हिरामन को फिर अचरज हुआ। बक्स ढोने वाले आदमी ने हाथ के इशारे से गाड़ी हाँकने को कहा और अँधेरे में गायब हो गया। हिरामन को मेले में तम्बाकू बेचने वाली बूढ़ी की काली साड़ी की याद आई थी।...

ऐसे में कोई क्या गाड़ी हाँके।

एक तो पीठ में गुदगुदी लग रही है। दूसरे रह-रहकर चम्पा का फूल खिल जाता है उसकी गाड़ी में। बैलों को डाँटो तो इस-बिस करने लगती है उसकी सवारी।...औरत अकेली, तम्बाकू बेचने वाली बूढ़ी नहीं। आवाज सुनने के बाद वह बार-बार मुड़कर टप्पर में एक नजर डाल देता है; अँगोछे से पीठ झाड़ता है...भगवान जाने क्या लिखा है इस बार उसकी किस्मत में। गाड़ी जब पूरब की ओर मुड़ी, एक टुकड़ा चाँदनी उसकी गाड़ी में समा गया। सवारी की नाक पर एक जुगनू जगमगा उठा। हिरामन को सब कुछ रहस्यमय अजगुत-अजगुत लग रहा है। सामने चम्पानगर से सिंधिया गाँव तक फैला हुआ मैदान?...कहीं डाकिन-पिशाचिन तो नहीं?

हिरामन की वारी ने करवट ली। चाँदनी पूरे मुखड़े पर पड़ी तो हिरामन चीखते-चीखते रुक गया—अरे बाप...ई तो परी है?

परी की आँखें खुल गईं। हिरामन ने सामने सड़क की ओर मुँह कर लिया और बैलों को टिटकारी दी। वह जीभ को तालू से सटाकर टि-टि-टि-टि आवाज निकालता है। हिरामन की जीभ न जाने कब से सूखकर लकड़ी जैसी हो गई थी।

'भैया, तुम्हारा नाम क्या है?

हू-ब-हू फेनूगिलास?...हिरामन के रोम-रोम बज उठे। मुँह से बोली नहीं निकली। उसके दोनों बैल भी कान खड़े करके इस बोली को परखते हैं।

—मेरा नाम?...नाम मेरा ही...हिरामन!

उसकी सवारी मुस्कराती है...मुस्कराहट में खुशबू है।

—तब तो मीता कहूँगी, भैया नहीं...मेरा नाम भी हीरा है।

—इस्स! हिरामन को परतीत नहीं, मर्द और औरत के नाम में फर्क होता है।

—हाँ जी, मेरा नाम भी हीराबाई है।

कहाँ हिरामन और कहाँ हीराबाई, बहुत फर्क है।

हिरामन ने अपने बैलों को झिड़की दी—कान चुनियाकर गप सुनने से ही तीस कोस मंजिल कटेगी क्या? इस बायें नाटे के पेट में शैतानी भरी है। हिरामन ने बायें बैल को दुआली की हलकी झड़प दी।

—मारो मत; धीरे-धीरे चलने दो। जल्दी क्या है?

हिरामन के सामने सवाल उपस्थित हुआ, वह क्या कहकर 'गप' करे हीराबाई से? 'तोहे' कहे या 'अहा'? उसकी भाषा में बड़ों को 'अहा' अर्थात् 'आप' कहकर सम्बोधित किया जाता है। कचराही बोली में दो-चार सवाल-जवाब चल सकता है, दिल खोल गप तो गाँव की बोली में ही की जा सकती है किसी से।

आसिन-कातिक की भोर में छा जाने वाले कुहासे से हिरामन को पुरानी चिढ़ है। बहुत बार वह सड़क भूलकर भटक चुका है। किन्तु आज की भोर के इस घने कुहासे में भी वह मगन है। नदी के किनारे धानखेतों से फूले हुए धान के पौधों की पवनिया गन्ध आती है। पर्व-पावन के दिन गाँव में ऐसी ही सुगन्ध फैली रहती है। उसकी गाड़ी में फिर चम्पा का फूल खिला। उस फूल में एक परी बैठी है...जै भगवती!

हिरामन ने आँख की कनखियों से देखा, उसकी सवारी...मीता...हीराबाई की आँखें गुजुर-गुजुर उसको हेर रही हैं। हिरामन के मन में कोई अजानी रागिनी बज उठी। सारी देह सिरसिरा रही है। वह बोला—बैल को मारते हैं तो आपको बहुत बुरा लगता है?

हीराबाई ने परख लिया, हिरामन सचमुच हीरा है।

चालीस साल का हट्टा-कट्टा, काला-कलूटा, देहाती नौजवान अपनी गाड़ी और अपने बैलों के सिवाय दुनिया की किसी और बात में विशेष दिलचस्पी नहीं लेता। घर में बड़ा भाई है, खेती करता है। बाल-बच्चे वाला आदमी है। हिरामन भाई से बढ़कर भाभी की इज्जत करता है। भाभी से डरता भी है। हिरामन की भी शादी हुई थी। बचपन में ही गौने के पहले ही दुलहिन मर गई। हिरामन को अपनी दुलहिन का चेहरा याद नहीं?...दूसरी शादी? दूसरी शादी न करने के अनेक कारण हैं। भाभी की जिद्द : कुमारी लड़की से ही हिरामन की शादी करवायेगी। कुमारी का मतलब हुआ पाँच-सात साल की लड़की। कौन मानता है सरधा-

कानून? कोई लड़की वाला दोब्याहू को अपनी लड़की गरज में पड़ने पर ही दे सकता है। भाभी उसकी तीन सत्त करके बैठी है तो बैठी है। भाभी के आगे भैया की भी नहीं चलती?...अब हिरामन ने तय कर लिया है, शादी नहीं करेगा। कौन बलाय मोल लेने जाये? ब्याह करके फिर गाड़ीवानी क्या करेगा कोई? और सब कुछ छूट जाये, गाड़ीवानी नहीं छोड़ सकता हिरामन।

हीराबाई ने हिरामन के जैसा निश्चल आदमी बहुत कम देखा है। पूछा—आपका घर कौन जिला में पड़ता है?...कानपुर सुनते ही जो उसकी हँसी छूटी, तो बैल भड़क उठे। हिरामन हँसते समय सिर नीचा कर लेता है। हँसी बन्द होने पर उसने कहा—वाह रहे कानपुर! तब तो नाकपुर भी होगा? और जब हीराबाई ने कहा कि नागपुर भी है तो वह हँसते-हँसते दुहरा हो गया।

वाह रे दुनिया! क्या-क्या नाम होता है? कानपुर, नाकपुर!...हिरामन ने हीराबाई के कान के फूल को गौर से देखा। नाक की नक्छवि के नग देखकर सिहर उठा...लहू की बूँद!

हिरोमन ने हीराबाई का नाम नहीं सुना कभी। नौटंकी कम्पनी की औरत को वह बाईजी नहीं समझता है।...कम्पनी में काम करने वाली औरतों को वह देख चुका है। सरकस कम्पनी की मालकिन अपनी दोनों जवान बेटियों के साथ बाघगाड़ी के पास आती थी, बाघ को चारा-पानी देती थी, प्यार भी करती थी खूब। हिरामन के बैलों को भी डबलरोटी-बिस्कुट खिलाया था बड़ी बेटी ने।

हिरामन होशियार है। कुहासा छँटते ही अपनी चादर से टप्पर में परदा कर दिया।...बस, दो घण्टा। उसके बाद रास्ता चलना मुश्किल है। कातिक की सुबह की धूप आप बर्दाश्त न कर सकियेगा। कजरी नदी के किनारे तेगछिया के पास गाड़ी लगा देंगे। दोपहरिया काटकर।...

सामने से आती हुई गाड़ी को दूर से ही देखकर वह सतर्क हो गया। लीक और बैलों पर ध्यान लगाकर बैठ गया। राह काटते हुए गाड़ीवान ने पूछा, मेला टूट रहा है क्या भाई?

हिरामन ने जवाब दिया, वह मेले की बात नहीं जानता। उसकी गाड़ी पर 'विदागी' (नैहर या ससुराल जाती हुई लड़की) है। न जाने किस गाँव का नाम बता दिया हिरामन ने।

—छत्तापुर पचीरा कहाँ है?

—कहीं हो, यह लेकर आप क्या करियेगा?...हिरामन अपनी चतुराई पर हँसा। परदा डाल देने पर भी पीठ में गुदगुदी लगती है।

हिरामन परदे के छेद से देखता है। हीराबाई एक दियासलाई की डिब्बी के बराबर आईने में अपने दाँत देख रही है।...मदनपुर मेले में एक बार बैलों को नन्हीं-चित्ती कौड़ियों की माला खरीद दी थी हिरामन ने। छोटी-छोटी नन्हीं-नन्हीं कौड़ियों की पाँत।

तेगछिया के तीनों पेड़ दूर से ही दिखलाई पड़ते हैं। हिरामन ने परदे को जरा सरकाते हुए कहा—देखिए, यही है तेगछिया। दो पेड़ जटामासी बड़ हैं और एक...उस फूल का क्या नाम है? आपके कुरते पर जैसा फूल छपा हुआ है, वैसा ही खूब महकता है। दो कोस दूर तक गन्ध जाती है। उस फूल को खमीरा तम्बाकू में डालकर पीते भी हैं लोग।

—और उस अमराई की आड़ से कई मकान दिखाई पड़ते हैं, वहाँ कोई गाँव है या मन्दिर।

हिरामन ने बीड़ी सुलगाने के पहले पूछा—बीड़ी पीयें? आपको गन्ध तो नहीं लगेगी।...वही है नामलगर ड्योढ़ी। जिस राजा के मेले से हम लोग आ रहे हैं, उसी का दिमाग गोतिया है।...जा रे जमाना।

हिरामन ने 'जा रे जमाना' कहकर बात को चाशनी में डाल दिया। हीराबाई ने टप्पर के परदे को तिरछे खोस दिया।...हीराबाई की दन्त-पंक्ति!

—कौन जमाना?...ठुड्डी पर हाथ रखकर साग्रह बोली।

—नामलगर ड्योढ़ी का जमाना। क्या था, और क्या से क्या हो गया? हीराबाई गप रसाने का भेद जानता है। हीराबाई बोली—तुमने देखा था वह जमाना?

—देखा नहीं, सुना है।...राज कैसे गया, बड़ी हैफवाली कहानी है। सुनते हैं, घर में देवता ने जन्म ले लिया। कहिए भला, देवता आखिर देवता है। है या नहीं? इन्द्रासन छोड़कर मिरतूभुवन में जन्म ले ले तो उसका तेज कैसे सम्हाल सकता है कोई। सूरजमुखी फूल की तरह माथे के पास तेज खिला रहता। लेकिन नजर का फेर, किसी ने नहीं पहचाना। एक बार उपलैन में लाट साहब मय लाटनी के, हवागाड़ी से आये थे। लाट ने भी नहीं, पहचाना आखिर लाटनी ने। सूरजमुखी तेज देखते ही बोल उठी—ऐ मैन राजा साहब, सुनो, वह आदमी का बच्चा नहीं है, देवता है।

हिरामन ने लाटनी की बोली की नकल उतारते समय खूब डैम-फैट-लैट किया। हीराबाई दिल खोलकर हँसी।...हँसते समय उसकी सारी देह दुलकती है।

हीराबाई ने अपनी ओढ़नी ठीक कर ली। तब हिरामन को लगा कि लगा कि...

—तब? उसके बाद क्या हुआ मौता?

—इस्स! कत्था सुनने का बड़ा शौक है आपको?...लेकिन काला आदमी राजा क्या महाराजा भी हो जाये, रहेगा काला ही। साहब के जैसा अक्किल कहाँ से पायेगा? हँसकर बात उड़ा दी सभी ने। तब रानी को बार-बार सपना देने लगा देवता! सेवा नहीं कर सकते तो जाने दो, नहीं रहेंगे तुम्हारे यहाँ। इसके बाद देवता का खेल शुरू हुआ। सबसे पहले दोनों दन्तार हाथी मरे, फिर घोड़ा, फिर पटपटाँग...।

—पटपटाँग क्या?

हिरामन का मन पल-पल में बदल रहा है। मन में सतरंगा छाता धीरे-धीरे खुल रहा है, उसको लगता है,...उसकी गाड़ी पर देवकुल की औरत सवार है। देवता आखिर देवता है!

—पटपटाँग! धन-दौलत, माल-मवेशी सब साफ। देवता इन्द्रासन चला गया।

हीराबाई ने ओझल होते हुए मन्दिर के कँगूरे की ओर देखकर लम्बी साँस ली।

—लेकिन देवता ने जाते-जाते कहा—इस राज में कभी एक छोड़कर दो बेटा नहीं होगा। धन हम अपने साथ ले रहे हैं, गुन छोड़ जाते हैं।—देवता के साथ सभी देव-देवी चले गये, सिर्फ सरोसती मैया रह गईं। उसी का मन्दिर है।

देसी घोड़े पर पाट के बोझ लादे हुए बनियों को आते देखकर हिरामन ने टप्पर के परदे को गिरा दिया। बैलों को ललकार कर बिदेशियों नाच का बन्दना गीत गाने लगा—जै मैया सरोसती, अरजी करत बानी; हमरा पर होखू सहाई हे मैया; हमरा पर होखू सहाई!

घोड़लद्दे बनियों से हिरामन ने हुलसकर पूछा—क्या भाव पटुआ खरीदते हैं महाजन?

लंगड़े घोड़े वाले बनिये ने बटगमनी जवाब दिया—नीचे सत्ताइस-अठाइस, ऊपर तीस। जैसा माल, वैसा भाव।

जवान बनिये ने पूछा—मेले का क्या हाल-चाल है, भाई? कौन नौटंकी कम्पनी का खेल हो रहा है, रौता कम्पनी या मथुरामोहन?

—मेले का हाल मेले वाला जाने!...हिरामन ने फिर छत्तापुर पचीरा का नाम लिया।

सूरज दो बाँस ऊपर आ गया था। हिरामन अपने बैलों से बात करने लगा—एक कोस जमीन? जरा दम बाँधकर चलो। प्यास की बेला हो गई न! याद है, उस बार तेगछिया के पास सरकस कम्पनी के जोकड़ और बन्दर नचाने वाले साहब में झगड़ा हो गया था। जोकड़वा ठीक बन्दर की तरह दाँत किटकिटाकर किकियाने लगा था।...न जाने किस-किस देश-मुलुक के आदमी आते हैं।

हिरामन ने फिर परदे के छेद से देखा, हीराबाई एक कागज के टुकड़े पर आँख गड़ाकर बैठी है। हिरामन का मन आज हलके सुर में बँधा है। उसको तरह-तरह के गीतों की याद आती है। बीस-पच्चीस साल पहले, विदेशिया, बल-बाही, छोकरा नाच वाले एक-से-एक गजल-खेमटा गाते थे। अब तो, भोंपा में भोंपू-भोंपू करके कौन गीत गाते हैं लोग? जा रे जमाना! छोकरा नाच के गीत की याद आई हिरामन को—

"सजनवा बैरी हो गए हमारो? सजनवा...।

अरे, चिठिया हो तो सब कोई बाँचे, चिठिया हो तो...

आय, करमवा, हाय करमवा...

कोई न बाँचे हमारो, सजनवा...हो करमवा।''

गाड़ी की बल्ली पर उँगलियों से ताल देकर गीत को काट दिया हिरामन ने। छोकरा नाच के मनुआँ-नटुवा का मुँह हीराबाई जैसा ही था।...कहाँ चला गया वह जमाना? हर महीने गाँव में नाच वाले आते थे। हिरामन ने छोकरा नाच के चलते अपनी भाभी की न जाने कितनी बोली-ठोली सुनी थी। भाई ने घर से निकल जाने को कहा था।

अल हिरामन पर माँ सरस्वती सहाय हैं, लगता है। हीराबाई बोली—वाह, कितना बढ़िया गाते हो तुम?

हिरामन का मुँह लाल हो गया। वह सिर नीचा करके हँसने लगा।

आज तेगछिया पर रहने वाले महावीर स्वामी भी सहाय हैं, हिरामन पर। तेगछिया के नीचे एक भी गाड़ी नहीं। हमेशा गाड़ी और गाड़ीवानों की भीड़ लगी रहती है यहाँ। सिर्फ एक साइकिल वाला बैठकर सुस्ता रहा है। महावीर स्वामी को सुमरकर हिरामन ने गाड़ी रोकी। हीराबाई परदा हटाने लगी। हिरामन ने पहली बार आँखों से बात की हीराबाई से...साइकिल वाला इधर ही टकटकी लगाकर देख रहा है।

बैलों को खोजने के पहले बाँस की टिकटी लगाकर गाड़ी को टिका दिया। फिर साइकिल वाले की ओर बार-बार घूरते हुए पूछा—कहाँ जाना है, मेला? कहाँ से आना हो रहा है, बिसनपुर से? बस, इतनी ही दूर में थसथसाकर थक गये।...जा रहे जवानी!

साइकिल वाला दुबला-पतला नौजवान मिनमिनाकर कुछ बोला और बीड़ी सुलगाकर उठ खड़ा हुआ।

हिरामन दुनिया भर की निगाह से बचाकर रखना चाहता है हीराबाई को। उसने चारों तरफ नजर दौड़ाकर देख लिया—कहीं कोई गाड़ी या घोड़ा नहीं।

कजरी नदी की दुबली-पतली धारा तेगछिया के पास आकर पूरब की ओर मुड़ गई है। हीराबाई पानी में बैठी हुई भैंसों और उनके पीठ पर बैठे हुए बगुलों को देखती रही।

हिरामन बोला—जाइये, घाट पर मुँह-हाथ धो आइये।

हीराबाई गाड़ी से उतरी। हिरामन का कलेजा धड़क उठा।...नहीं-नहीं! पाँव सीधे हैं, टेढ़े नहीं। लेकिन, तलुआ इतना लाल क्यों है? हीराबाई घाट की ओर चली गई : गाँव की बहू-बेटी की तरह सिर नीचा करके, धीरे-धीरे। कौन कहेगा कि कम्पनी की औरत है?...औरत नहीं, लड़की। शायद कुमारी ही है।

हिरामन टिकटी पर टिकी गाड़ी पर बैठ गया। उसने टप्पर में झाँककर देखा। एक बार इधर-उधर देखकर हीराबाई के तकिये पर हाथ रख दिया। फिर तकिये पर केहुनी डालकर झुक गया! खुशबू उसकी देह में समा गई। तकिये के गिलाफ पर कढ़े फूलों को उँगलियों से छूकर उसने सूँघा, हाय रे हाय! इतनी सुगन्ध! हिरामन को लगा एकसाथ पाँच चिलम गाँजा फूँककर वह उठा है। हीराबाई के आईने में उसने अपना मुँह देखा। आँखें उसकी इतनी लाल क्यों हैं?

हीराबाई लौटकर आई तो उसने हँसकर कहा—अब आप गाड़ी का पहरा दीजिए, मैं आता हूँ तुरन्त।

हिरामन ने अपनी सफरी झोली से सहेजी हुई गंजी निकाली। गमछा झाड़कर कन्धे पर लिया और हाथ में बाल्टी लटकाकर चला। उसके बैलों ने बारी से 'हुँक-हुँक' करके कुछ कहा। हिरामन ने जाते-जाते उलटकर कहा—हाँ, हाँ, प्यास सभी को लगी है। लौटकर आता हूँ तो घास दूँगा, बदमाशी मत करो!

बैलों ने कान हिलाया।

नहा-धोकर कब लौटा हिरामन, हीराबाई को नहीं मालूम। कजरी की धारा को देखते-देखने उसकी आँखों में रात की उचटी हुई नींद आई थी। हिरामन पास के गाँव से जलपान के लिए दही चूड़ा-चीनी ले आया है।

—उठिये, नींद तोड़िये। दो मुट्ठी जलपान कर लीजिए।

हीराबाई आँख खोलकर अचरज में पड़ गई। एक हाथ में मिट्टी के नये बरतन में दही, केले के पत्ते। दूसरे हाथ में बाल्टी-भर पानी। आँखों में आत्मीयतापूर्ण अनुरोध।

इतनी चीजें कहाँ से ले आये?

इस गाँव का दही नामी है।...चाह तो फारबिसगंज जाकर ही पाइयेगा।

हिरामन की देह की गुदगुदी बिला गई। हीराबाई ने कहा—तुम भी पत्तल बिछाओ।...क्यों? तुम नहीं खाओगे तो समेटकर रख लो अपनी झोली में। मैं भी नहीं खाऊँगी।

—इस्स!—हिरामन लजाकर बोला—अच्छी बात! आप पा लीजिये पहले।

—पहले पीछे क्या? तुम भी बैठो।

हिरामन का जी जुड़ा गया। हीराबाई ने अपने हाथ से उसका पत्तल बिछा दिया, पानी छींट दिया, चूड़ा निकालकर दिया। इस्स! धन्य है, धन्य है! हिरामन ने देखा, भगवती मैया भोग लगा रही है। लाल ओठों पर गोरस का परस!...पहाड़ी तोते को दूध-भात खाते देखा है?

दिन ढल गया।

टप्पर पर सोई हीराबाई और जमीन पर दरी बिछाकर सोये हिरामन की नींद एक साथ खुली।...मेले की ओर जाने वाली गाड़ियाँ तेगछिया के पास रुकी हैं। बच्चे कचर-पचर कर रहे हैं।

हिरामन हड़बड़ाकर उठा। टप्पर के नीचे झाँककर इशारे से कहा—दिन ढल गया...गाड़ी में बैलों को जोतते समय उसने गाड़ीवानों के सवालों का कोई जवाब नहीं दिया। गाड़ी हाँकते हुए बोला—सिरपुर बाजार के इसपिताल की डागडरनी हैं। रोगी देखने जा रही हैं। पास ही कुड़मागाम।

हीराबाई छत्तापुर पचीरा का नाम भूल गई। गाड़ी जब कुछ दूर आगे बढ़ आई तो उसने हँसकर पूछा—पत्तापुर छपीरा!

हँसते-हँसते पेट में बल पड़ गये हिरामन के...पत्तापुर छपीर! हाँ-हाँ! वे लोग छत्तापुर पचीरा के ही गाड़ीवान थे, उनसे कैसे कहता? ही-ही!

हीराबाई मुस्कराती हुई गाँव की ओर देखने लगी।

सड़क तेगछिया गाँव के बीच से निकलती है। गाँव के बच्चों ने परदे वाली गाड़ी देखी और तालियाँ बजा-बजाकर रटी हुई पंक्तियाँ दुहराने लगे—

''लाली-लाली डोलिया में
लाली रे दुलहिनिया
पान खाये...?''

हिरामन हँसा।...दुलहनिया...लाली-लाली डोलिया! दुलहिनिया पान खाती है; दुलहा की पगड़ी में मुँह पोंछती है। 'ओ दुलहिनिया, तेगछिया गाँव के बच्चों को याद रखना। लौटती बेर गुड़ का लड्डू लेती आइयो। लाख बरिस तेरा दुलहा जीये!' कितने दिनों का हौसला पूरा हुआ है हिरामन का। ऐसे कितने सपने देखे हैं उसने!...वह अपनी दुलहिन को लेकर लौट रहा है। हर गाँव के बच्चे तालियाँ बजाकर गा रहे हैं। हर आँगन से झाँककर देख रही हैं औरतें। मर्द लोग पूछते हैं, कहाँ की गाड़ी है, कहाँ जायेगी? उसकी दुलहिन डोली का परदा थोड़ा सरकाकर देखती है। और भी कितने सपने...

गाँव से बाहर निकलकर उसने कनखियों से टप्पर के अन्दर देखा, हीराबाई कुछ सोच रही हैं। हिरामन भी किसी सोच में पड़ गया। थोड़ी देर के बाद वह गुनगुनाने लगा—

''सजन रे झूठ मति बोलो, खुदा के पास जाना है।
नहीं हाथी, नहीं घोड़ा, नहीं गाड़ी—
वहाँ पैदल ही जाना है। सजन रे।...''

हीराबाई ने पूछा—क्यों मीता? तुम्हारी अपनी बोली में कोई गीत नहीं क्या?

हिरामन अब बेखटक हीराबाई की आँखों में आँखें डालकर बात करता है। कम्पनी की औरत भी ऐसी होती है? सरकस की मालकिन मेम थी। लेकिन

हीराबाई? गाँव की बोली में गीत सुनना चाहती है! वह खुलकर मुस्कराया—गाँव की बोली आप समझियेगा?

...हूँ-ऊँ-ऊँ!—हीराबाई ने गद्रन हिलाई। कान के झुमके हिल गये।

हिरामन कुछ देर तक बैलों को हाँकता रहा चुपचाप। फिर बोला—गीत जरूर सुनियेगा? नहीं मानियेगा?...इस्स! इतना सौख गाँव का गीत सुनने का है आपको!...तब लीक छोड़नी होगी। चालू रास्ते में कैसे गीत गा सकता है कोई!...हिरामन ने बायें बैल की रस्सी खींचकर दाहिने को लीक से बाहर किया और बोला—हरिपुर होकर नहीं जाएँगे तब।

चालू लीक को काटते देखकर हिरामन की गाड़ी के पीछे वाले गाड़ीवान ने चिल्लाकर पूछा—काहे हो गाड़ीवान, लीक छोड़कर बेलीक कहाँ उधर?

हिरामन ने हवा में दुआली घुमाते हुए जवाब दिया—कहाँ है बेलीक? वह सड़क नननपुर तो नहीं जाएगी।...फिर अपने-आप बड़बड़ाया—इस मुलुक के लोगों की यही आदत बुरी है। राह चलते एक सौ जिरह करेंगे। अरे भाई, तुको जाना है, जाओ।...देहाती भुच्च सब।

नननपुर की सड़क पर गाड़ी लाकर हिरामन ने बैलों की रस्सी ढीली कर दी। बैलों ने दुलकी चाल छोड़कर कदमचाल पकड़ी।

हीराबाई ने देखा, सचमुच नननपुर की सड़क बड़ी सूनी है। हिरामन उसकी आँखों की बोली समढता है—घबड़ाने की बात नहीं। यह सड़क भी फारबिसगंज जायेगी, राह-घाट के लोग बहुत अच्छे हैं। एक घड़ी रात तक हम लोग पहुँच जायेंगे।

हीराबाई को फारबिसगंज पहुँचने की जल्दी नहीं। हिरामन पर उसको इतना भरोसा हो गया है कि डर भय की कोई बात ही नहीं उठती है मन में। हिरामन ने पहले जी भर मुस्करा लिया। कौन गीत गाये वह? हीराबाई को गीत और कथा दोनों का सोख है...इस्स! महुआ घटवारिन? वह बोला-अच्छा जब आपको इतना सौख है तो सुनिये महुआ घटवारिन का गीत। इसमें गीत भी है, कत्था भी है।

...कितने दिनों के बाद भगवती ने यह हौसला भी पूरा कर दिया। जै भगवती! आज हिरामन अपने मन को खलासकर लेगा। वह हीराबाई की थमी हुई मुस्कराहट को देखता रहा।

—सुनिए! आज भी परमान नदी में महुआ घटवारिन के कई पुराने घाट हैं। इसी मुलुक की थी महुआ! थी तो घटवारिन, लेकिन सौ सतवन्ती में एक थी। उसका बाप दारू ताड़ी पीकर दिन-रात बेहोश पड़ा रहता। उसकी सौतेली माँ साक्षात् राक्सनी! बहुत बड़ी नजर-चालाक। रात में गाँजा-दारू-अफीम चुराकर बेचने वाले से लेकर तरह-तरह के लोगों से उसकी जान-पहचान थी। सबसे छुट्टी भर हेल-मेल। महुआ कुमारी थी। लेकिन काम कराते-कराते उसकी हड्डी निकला

दी थी राक्सनी ने। जवान हो गई, कहीं शादी ब्याह की बात भी नहीं चलाई। एक रात की बात सुनिये।

हिरामन ने धीरे-धीरे गुनगुनाकर गला साफ किया...

''हे अ-अ-अ सावना-भावना के-र उमड़ल नदियाँ गे-मैयो-ओ-ओ, मैयो
गे रैनि भयावनि है-ए-ए-ए; तड़का-तड़के धड़के करेज-आ-आ मोरा
कि हमुहुँ जे बारी नान्हीं रे-ए-ए...।

''ओ माँ! सावन-भादो की उमड़ी हुई नदी, भयावनी रात, बिजली कड़कती है, मैं बारी-क्वारी नन्हीं बच्ची, मेरा कलेजा धड़कता है। अकेली कैसी जाऊँ घाट पर? सो भी एक परदेशी राही-बटोही के पैर में तेल लगाने के लिए। सत-माँ ने अपनी बज्जर-किवाड़ी बन्द कर ली। आसमान में मेघ हड़बड़ा उठे और हरहराकर बरसा होने लगी। महुआ रोने लगी अपनी मरी माँ को याद करके। आज उसकी माँ रहती तो ऐसे दुरदिन में कलेजे से सटाकर रखती अपनी महुआ बेटी को। गे मइया, इसी दिन के लिए, यही दिखाने के लिए तुमने कोख में रखा था? महुआ अपनी माँ पर गुस्साई—क्यों वह अकेली मर गई? जी भर कोसती हुई बोली।''

हिरामन ने लक्ष्य किया, हीराबाई तकिये पर केहुनी गड़ाकर गीत में मगन एकटक उसकी ओर देख रही है। खोई हुई सूरत कैसी भोली लगती है?

हिरामन ने गले में कँपकँपी पैदा की।

—हूँ-ऊँ-ऊँ रे डाइनियाँ मैयो-मोरी-ई-ई, नोनवा चटाई काहे नाहिं
मारलि सांरी घर-अ-अ। एहि दिनवाँ खातिर छिनरो घिया
तेहुँ पोसलि कि नेनू-दूध उटगन...।''

हिरामन ने दम लेते हुए पूछा भाखा भी समझती हैं कुछ या खाली गीत ही सुनती हैं?

हीरा बोली—समझती हूँ। उटगन माने उबटन...जो देह में लगाते हैं।

हिरामन ने सिस्मित होकर कहा—इस्स!...सो रोने-धोने से क्या होय! सौदागर ने पूरा दाम दाम चुका दिया था। महुआ का बाल पकड़कर घसीटता हुआ नाव पर चढ़ा और माँझी को हुकुम दिया, नाव खोलो, पाल बाँधो! पाल वाली नाव पर वाली चिड़िया की तरह उड़ चली। रात भर महुआ रोती छटपटाती रही। सौदागर के नौकरों ने बहुत डराया-धमकाया—चुप रहो, नहीं तो उठाकर पानी में फेंक देंगे। बस, महुआ को बात सूझ गई। भोर का तारा मेघ की आड़ से जरा बाहर आया, फिर छिप गया। इधर महुआ भी छपाक कूद पड़ी पानी में...। सौदागर का एक नौकर महुआ को देखते ही मोहित हो गया था। महुआ की पीठ पर वह भी कूदा। उलटी धारा में तैरना खेल नहीं, सो भी भरी भादों की नदी में। महुआ असल घटवारिन की बेटी थी। मछली भी भला थकती है पानी में! सपुरी मछली

जैसी फरफराती, पानी चीरती भागी चली जा रही है। और उसके पीछे सौदागर का नौकर पुकार-पुकारकर कहता है—महुआ जरा थमो, तुमको पकड़ने नहीं आ रहा, तुम्हारा साथी हूँ। जिन्दगी भर साथ रहेंगे हम लोग। लेकिन..."

हिरामन का बहुत प्रिय गीत है यह। महुआ घटवारिन गाते समय उसके सामने सावन-भादों की नदी उमड़ने लगती है। अमावस्या की रात, और घने बादलों में रह-रहकर बिजली चमक उठती है। उसी चमक में लहरों से लड़ती हुई बारी-कुमारी महुआ की झलक उसे मिल जाती है। सफरी मछली की चाल और तेज हो जाती है। उसको लगता है, वह खुद सौदागर का नौकर है। महुआ कोई बात नहीं सुनती। परतीत करती नहीं। उलटकर देखती भी नहीं। और वह थक गया है तैरते-तैरते।...

इस बार लगता है महुआ ने अपने को पकड़ा दिया। खुद ही पकड़ में आ गई है। उसने महुआ को छू लिया है, उसकी थकान दूर हो गई है। पन्द्रह-बीस साल तक उमड़ी हुई नदी की उल्टी धारा में तैरते हुए उसके मन को किनारा मिल गया है। आनन्द के आँसू कोई रोक नहीं मानते।...

उसने हीराबाई से अपनी गीली आँखें चुराने की कोशिश की। किन्तु हीरा तो उसके मन में बैठी न जाने कब से सब कुछ देख रही थी। हिरामन ने अपनी काँपती हुई बोली को काबू में लाकर बैलों को झिड़की दी...इस गीत में न जाने क्या है कि सुनते ही दोनों थसथसा जाते हैं। लगता है सौ मन का बोझ लाद दिया किसी ने।

हीराबाई लम्बी साँस लेती है। हिरामन के अंग-अंग में उमंग समा जाती है।

—तुम तो उस्ताद हो मीता!

—इस्स!

आसिन-कातिक का सूरज दो बाँस दिन सहते ही कुम्हला जाता है। सूरज डूबने से पहले ही ननपुर पहुँचना है। हिरामन अपने बैलों को समझा रहा है...कदम खोलकर और कलेजा बाँधकर चलो।...ए...छिः छिः। बढ़ के भैयन। ले-ले-ले ए-हे-य।

ननपुर तक वह अपने बैलों को ललकारता रहा। हर ललकार के पहले वह अपने बैलों को बीती हुई बातों की याद दिलाता...याद नहीं चौधरी की बेटी की बारात में कितनी गाड़ियाँ थीं, सबको कैसे मात दिया था? हाँ, वही कदम निकालो। ले-ले-ले। ननपुर से फारबिसगंज तीन कोस। दो घण्टे और।

ननपुर के हाट पर आजकल चाय भी बिकने लगी है। हिरामन अपने लोटे में चाय भरकर ले आया।...कम्पनी की औरत को जानता है; वह सारा दिन, घड़ी-घड़ी भर में, चाय पीती रहती है। चाय है या जान!

हीरा हँसते-हँसते लोट-पोट हो रही है—अरे, तुमसे किसने कह दिया कि क्वारे आदमी को चाय नहीं पीनी चाहिये?

हिरामन लजा गया। क्या बोले वह...लाज की बात? लेकिन वह भोग चुका है एक बार। सरकस कम्पनी की मेम के हाथ का चाय पीकर उसने देख लिया है। बड़ी गरम तासीर!

—पीजिये गुरु जी!...हीरा हँसी।

—इस्स!

ननपुर हाट पर ही दीया-बाती जल चुकी थी। हिरामन ने अपना सफरी लालटेन जलाकर पिछवा में लटका दिया।...आजकल शहर से पाँच कोस दूर गाँव वाले भी अपने को शहरू समझने लगे हैं। बिना रोशनी की गाड़ी को पकड़कर चालान कर देते हैं। बारह बखेड़ा!

—आप मुझे गुरु जी मत कहिए।

—तुम मेरे उस्ताद हो। हमारे शास्तर में लिखा हुआ है : एक अच्छर सिखाने वाला भी गुरु और एक राग सिखाने वाला भी उस्ताद!

—इस्स! शास्तर-पुरान भी जानती है?...मैंने क्या सिखाया? मैं क्या...?

हीरा हँसकर गुनगुनाने लगी—हे-अ-अ-अ-सावना-भादवा के-रे...।

हिरामन अचरज के मारे गूँगा हो गया।...इस्स! इतना तेज जेहन! हू-ब-हू महुआ घटवारिन!

गाड़ी सीताधार की एक सूखी धारा की उतराई पर गड़बड़ाकर नीचे की ओर उतरी। हीराबाई ने हिरामन का कन्धा धर लिया एक हाथ से। बहुत देर तक हिरामन के कन्धे पर उसकी उँगलियाँ पड़ी रही। हिरामन ने नजर फिराकर कन्धे पर केन्द्रीत करने की कोशिश की कई बार। गाड़ी चढ़ाई पर पहुँची तो हीरा की ढीली उँगलियाँ फिर तन गईं।

सामने फारबिसगंज शहर की रोशनी झिलमिला रही है। शहर से कुछ दूर हटकर मेले की रोशनी।...टप्पर में लटके लालटेन की रोशनी में छाया नाचती है आस-पास।...डबडबाई आँखों से हर रोशनी सूरजमुखी फूल की तरह दिखाई पड़ती है।

फारबिसगंज हिरामन का घर-दुआर है।

न जाने कितनी बार फारबिसगंज आया है। मेले की लदनी लादी है। किसी औरत के साथ? हाँ, एक बार। उसकी भाभी जिस साल आई थी गौने में इसी तरह तिरपाल से गाड़ी को चारों ओर से घेरकर बासा बनाया गया था।...

हिरामन अपनी गाड़ी को तिरपाल से घेर रहा है, गाड़ीवान पट्टी में। सुबह होते ही रौता नौटंकी कम्पनी के मैनेजर से बात करके भरती हो जायेगी हीराबाई। परसों मेला खुल रहा है। इस बार मेले में पालचट्टी खूब जमी है।...बस, एक रात। आज रातभर हिरामन की गाड़ी में रहेगी वह।...हिरामन की गाड़ी में नहीं, घर में!

—कहाँ की गाड़ी है?...कौन, हिरामन? किस मेले से? किस चीज की लदनी है?

गांव-समाज के गाड़ीवान, एक-दूसरे को खोजकर, आस-पास गाड़ी लगाकर बासा डालते हैं। अपने गाँव के लालमोहर, धुन्नीराम और पलटदास वगैरा गाड़ीवानों के दल देखकर हिरामन अचकचा गया। उधर पलटदास टप्पर में झाँककर भड़का। मानो बाघ पर नजर पड़ गई। हिरामन ने इशारे से सभी को चुप किया। फिर गाड़ी की ओर कनखी मारकर फुसफुसाया...चुप! कम्पनी की औरत है, नौटंकी कम्पनी की।

—कम्पनी की-ई-ई-ई?

एक नहीं, अब चार हिरामन! चारों ने अचरज से एक-दूसरे को देखा। ...''कम्पनी'' नाम में कितना असर है! हिरामन ने लक्ष्य किया, तीनों एक-साथ सटकदम हो गये। लालमोहर ने जरा दूर हटकर बतियाने की इच्छा प्रकट की, इशारे से ही। हिरामन ने टप्पर की ओर मुँह करके कहा...होटिला तो नहीं खुला होगा कोई, हलवाई के यहाँ से पक्की ले आवें?

—हिरामन, जरा इधर सुनो।...मैं कुछ नहीं खाऊँगी अभी। लो, तुम खा आओ।

—क्या है, पैसा? इस्स!...पैसा देकर हिरामन ने कभी फारबिसगंज में कच्ची-पक्की नहीं खाई। उसके गाँव के इतने गाड़ीवान हैं किस दिन के लिए? वह छू नहीं सकता पैसा। उसने हीराबाई से कहा—बेकार, मेला-बाजार में हुज्जत मत कीजिये। पैसा रखिये।—मौका पाकर लालमोहर भी टप्पर के करीब आ गया। उसने सलाम करते हुए कहा—चार आदमी के भात में दो आदमी खुशी से खा सकते हैं। बाँसा पर भात चढ़ा हुआ है। हें-हें-हें। हम लोग एकहि गाँव के हैं। गौवाँ-गरामित के रहते होटिल और हलवाई के यहाँ खायेगा हिरामन?

हिरामन ने लालमोहर का हाथ टीप दिया--बेसी भचर-भचर मत बको?

गाड़ी से चार रस्सी दूर जाते-जाते धुन्नीराम ने अपने बुलबुलाते हुए दिल की बात खोल दी--इस्स! तुम भी खूब हो हिरामन! उस साल कम्पनी का बाघ, इस बार कम्पनी की जनाना!

हिरामन ने दबी आवाज में कहा—भाई रे, यह हम लोगों के मुलुक की जनाना कि लटपट बोली सुनकर भी चुप रह जाए। एक तो पश्चिम की औरत, तिस पर कम्पनी की।

—धत्!—सभी ने एक साथ उसको दुरदुरा दिया—कैसा आदमी है! पतुरिया रहेगी कम्पनी में भला। देखो इसकी बुद्धि!...सुना है, देखा तो नहीं है कभी?

धुन्नीराम ने अपनी गलती मान ली। पलटदास को बात सूझी—हिरामन भाई, जनाना जात अकेली रहेगी गाड़ी पर? कुछ भी हो, जनाना आखिर जनाना ही है। कोई जरूरत ही पड़ जाये।

यह बात सभी को अच्छी लगी। हिरामन ने कहा—बात ठीक है। पलट, तुम लौट जाओ, गाड़ी के पास ही रहना। और देखो, गपशप जरा होशियारी से करना हाँ!

हिरामन की देह से अतर-गुलाब की खुशबू निकलती है। हिरामन करमसाँड है। उस बार महीनों तक उसकी देह से बघइन गन्ध नहीं गई। लालमोहर ने हिरामन की गमछी सूँघ ली—ऐ-ह!

हिरामन चलते-चलते रुक गया—क्या करें लालमोहर भाई, जरा कहो तो! बड़ी जिद्द करती है, कहती है नौटंकी देखना ही होगा।

—फोकट में ही?...और गाँवा नहीं पहुँचेगी यह बात?

हिरामन बोला—नहीं जी! एक रात नोटंकी देखकर जिन्दगी भर बोली-ठोली कौन सुन?...देशी मुर्गी, बिलायती चाल।

धुन्नीराम ने पूछा—फोकट में देखने पर भी तुम्हारी भौजाई बात सुनाएगी।

लालमोहर के बासा के बगल में लकड़ी की दुकान लादकर आये हुए गाड़ीवान का बासा है। बासा के मीर-गाड़ीवान मियां जान बूढ़े ने सफरी गुड़गुड़ी पीते हुए पूछा—क्यों भाई, मीना बाजार की लदनी लादकर कौन आया है?

मीनाबाजार! मीनाबाजार तो पतुरिया पट्टी को कहते हैं।...क्यों बोलता है यह बूढ़ा मियाँ? लालमोहर ने हिरामन के कान में फुसफुसाकर कहा—तुम्हारी देह मह-मह महकती है। सच!

लहसनवाँ लालमोहर का नौकर गाड़ीवान है। उम्र में सबसे छोटा है। पहली बार आया है तो क्या? बाबू-बबुआनों के यहाँ बचपन से नौकरी कर चुका है। वह रह-रहकर वातावरण में कुछ सूँघता है, नाक सिकोड़कर! हिरामन ने देखा लहसनवाँ का चेहरा तमतमा गया है।...कौन आ रहा है धड़धड़ाता हुआ?...कौन, पलटदास? क्या है?

पलटदास आकर खड़ा हो गया चुपचाप। उसका मुँह भी तमतमाया हुआ था।

हिरामन ने पूछा—क्या हुआ, बोलते क्यों नहीं?

क्या जवाब दे पलटदास। हिरामन ने उसको चेतावनी दे दी थी कि गपशप होशियारी से करना। वह चुपचाप गाड़ी की आसनी पर जाकर बैठ गया, हिरामन की जगह पर। हीराबाई ने पूछा—तुम भी हिरामन के साथी हो? पलटदास ने गरदन हिलाकर हामी भरी। हीराबाई फिर लेट गई। चेहरा-मोहरा और बोली बानी देख-सुनकर पलटदास का कलेजा काँपने लगा, न जाने क्यों। हाँ! रामलीला में सिया सुकुमारी इसी तरह थकी लेटी हुई थी। जै! सियावर रामचन्द्र की जै। ...पलटदास के मन में जै-जैकार होने लगा। वह दास-बैस्नव है, कीर्तनिया है। थकी हुई सीता महारानी के चरण टीपने की इच्छा प्रकट की उसने हाथ की

उँगलियों के इशारे से, मानो हारमोनियम की पटरियों पर नाच रहा हो। हीराबाई तमककर बैठ गई—अरे, पागल है क्या? जाओ, भागो।...

पलटदास को लगा गुस्साई हुई कम्पनी की औरत की आँखों से चिनगारी निकल रही है—छट्क-छट्क! वह भागा।...

पलटदास क्या जवाब दे! वह मेले से भी भागने का उपाय सोच रहा है। बोला—कुछ नहीं। हमको व्यापारी मिल गया। अभी ही दीशन जाकर माल लादना है। भात में तो अभी देर है। मैं लौट आता हूँ तब तक।

खाते समय धुन्नीराम और लहसनवाँ ने पलटदास की टोकरी-भर निन्दा की—छोटा लालमोहर के दल ने अपना बासा तोड़ दिया। धुन्नी और हिरामन ने लहसनवाँ गाड़ी जोतकर हिरामन के बासा पर चले, गाड़ी की लीक धरकर। चलते-चलते रुककर, लालमोहर से कहा—जरा मेरे इस कन्धे को सूँघो तो। सूँघकर देखो न?

लालमोहर ने कन्धा सूँघकर आँख मूँद ली। मुँह से अस्फुट शब्द निकला—ए-ह!

हिरामन ने कहा—जरा-सा हाथ रखने पर इतनी खुशबू!...समझे!

लालमोहर ने हिरामन का हाथ पकड़ लिया—कन्धे पर हाथ रखा था? सच?...सुनो हिरामन, नौटंकी देखने का ऐसा मौका फिर कभी हाथ नहीं लगेगा। हाँ!

—तुम भी देखोगे?

लालमोहर की बत्तीसी चौराहे की रोशनी में झिलमिला उठी।

बासा पर पहुँचकर हिरामन ने देखा, टप्पर के पास खड़ा बतिया रहा है कोई हीराबाई से। धुन्नी और लहसनवाँ ने एक ही साथ कहा—कहाँ रह गये पीछे? बहुत देर से खोज रही है कम्पनी...!

हिरामन ने टप्पर के पास जाकर देखा—अरे, यह तो वही बक्सा ढोने वाला नौकर है, जो चम्पानगर में हीराबाई को गाड़ी पर बिठाकर अँधेरे में गायब हो गया था।

—आ गये हिरामन! अच्छी बात, इधर आओ।...यह लो अपना भाड़ा और यह लो अपना दच्छिना। पच्चीस-पच्चीस, पचास।

हिरामन को लगा किसी ने आसमान से धकेलकर धरती पर गिरा दिया। किसी ने क्यों, इस बक्सा ढोने वाले आदमी ने! कहाँ से आ गया उसकी जीभ पर आई हुई बात जीभ पर ही रह गई...इस्स! दच्छिना!...वह चुपचाप खड़ा रहा।

हीराबाई बोली—लो, पकड़ो। और सुनो, कल सुबह रौता कम्पनी में आकर मुझसे भेंट करना। पास बनवा दूँगी।...बोलते क्यों नहीं?

लालमोहर ने कहा—इलाम-बकसीस दे रही है मालकिन, ले लो हिरामन!

हिरामन ने कटकर लालमोहर की ओर देखा।...बोलने का जरा भी ढंग नहीं इस लालमोहर को!

धुन्नराम की स्वगतोक्ति सभी ने सुनी, हीराबाई ने भी—गाड़ी-बैल छोड़कर नौटंकी कैसे देख सकता है कोई गाड़ीवान, मेले में।

हिरामन ने रुपया लेते हुए कहा—क्या बोलेंगे!—उसने हँसने की चेष्टा की। —कम्पनी की औरत कम्पनी में जा रही है। हिरामन का क्या! बक्सा ढोने वाला रास्ता दिखाता आगे बढ़ा इधर से।...हीराबाई जाते-जाते रुक गई। हिरामन के बैलों को सम्बोधित करके बोली—अच्छा, मैं चली भैयन!

बैलों ने, 'भैया, शब्द पर कान हिलाये।

—भा-इ-यों, आज रात! दि रौता संगीत नौटंकी कम्पनी के स्टेज पर! गुलबदन देखिये, गुलबदन! आपको यह जानकर खुशी होगी कि मथुरामोहन कम्पनी की मशहूर एक्ट्रेस मिस हीरादेवी, जिसकी एक-एक अदा पर हजार जान फिदा हैं, इस बार हमारी कम्पनी में आ गई हैं। याद रखिये। आज की रात! मिस हीरादेवी गुलबदन...!

नौटंकी वालों के इस ऐलान से मेले की हर पट्टी में सरगर्मी फैल रही है। —'हीराबाई! मिस हीरादेवी! लैला, गुलबदन!...फिलिम एक्ट्रेस को मात करती है।...तेरी बाँकी अदा पर मैं खुद हूँ फिदा, तेरी चाहत की दिवली बयाँ क्या करूँ! यही खाहिश है कि इ-इ-इ-तू मुझको देखा करे, और दिलोजान में तुमको देखा करूँ!...किर्र-र्र-र्र-र्र...कड़ड़ड़ड़ड़र्र-र्र-घन-घन-घन-धड़ाम।'

हर आदमी का दिल नगाड़ा हो गया है।

लालमोहर दौड़ता-हाँफता बासा पर आया—ऐ, ऐ हिरामन, यहाँ क्या बैठे हो, चलकर देखो कैसा जै जैकार हो रहा है। मय बाजा-गाजा, छापी-फाहरम के साथ हीराबाई की जै-जै कर रहा है।

हिरामन हड़बड़ाकर उठा। लहसनवाँ ने कहा—धुन्नी काका, तुम बासा पर रहो, मैं भी देख आऊँ।

धुन्नी की बात कौन सुनता है। तीनों जन नौटंकी कम्पनी की ऐलानिया पार्टी के पीछे-पीछे चलने लगे। हर नुक्कड़ पर रुककर, बाजा बन्द करके ऐलान किया जाता है। ऐलान के हर शब्द पर हिरामन पुलक उठता है। हीराबाई का नाम, नाम के साथ अदा-फिदा वगैरह सुनकर उसने लालमोहर की पीठ थपथपा दी—धन्न है, धन्न है! है या नहीं?

लालमोहर ने कहा—अब बोलो! अब भी नौटंकी नहीं देखोगे? सुबह से ही धुन्नीराम और लालमोहर समझा रहे थे, समझाकर हार चुके थे।...कम्पनी में जाकर भेंट कर आओ। जाते-जाते पुरसिस कर गई है। लेकिन हिरामन की बस

एक बात—धत्, कौन भेंट करने जाये। कम्पनी की औरत कम्पनी में गई। अब उससे क्या लेना-देना। चीन्हेगी भी नहीं।

वह मन ही मन रूठा हुआ था। ऐलान सुनने के बाद उसने लालमोहर से कहा—जरूर देखना चाहिये, क्यों लालमोहर?

दोनों आपस में सलाह करके रौता कम्पनी की ओर चले। खेमे के पास पहुँचकर हिरामन ने लालमोहर को इशारा किया, पूछताछ करने का भार लालमोहर के सिर। लालमोहर कचराही बोलना जानता है। लालमोहर ने एक काले कोट वाले से कहा—बाबू साहब, जरा सुनिये तो।

काले कोट वाले ने नाक-भौं चढ़ाकर कहा—क्या है? इधर क्यों?

लालमोहर की कचराही बोल गड़बड़ा गई। तेवर देखकर बोला—गुल-गुल...नहीं-नहीं...बुल-बुल...नहीं।

हिरामन ने झट बात सम्हाल दिया। हीरादेवी किधर रहती है, बता सकते हैं?

उस आदमी की आँखें हठात् लाल हो गईं। सामने खड़े नेपाली सिपाही को पुकार कर कहा—इन लोगों को क्यों आने दिया इधर?

—हिरामन!...वही फेनूगिलासी आवाज किधर से आई? खेमें के परदे को हटाकर हीराबाई ने बुलाया—यहाँ आ जाओ, अन्दर।...देखो, बहादुर! इसको पहचान लो। यह मेरा हिरामन है। समझे!

नेपाली दरबान हिरामन की ओर देखकर जरा मुस्कराया और चला गया। काले कोट वाले से जाकर कहा—हीराबाई का आदमी है। नहीं रोकने बोला।

लालमोहर पान ले आया नेपाली दरबान के लिए—खाया जाये।

—इस्स! एक नहीं, पाँच पास। चारों अठनिया। बोली कि जब तक मेले में हो, रोज रात में आकर देख जाना। सबका ख्याल रखती है! बोली कि तुम्हारे और साथी हैं, सभी के लिए पास ले जाओ। कम्पनी की औरतों की बात ही निराली होती है! है या नहीं?

लालमोहर ने लाल कागज के टुकड़ों को छूकर देखा—पा-स! वाह रे हिरामन भाई!...लेकिन पाँच पास लेकर क्या होगा? पलटदास तो फिर पलटकर आया ही नहीं है अभी तक।

हिरामन ने कहा—जाने दो अभागे को। तकदीर में लिखा ही नहीं?...हाँ, पहले गुरु कसम खानी होगी सभी को, कि गाँव-घर में यह बात एक पंछी भी न जान पाये।

लालमोहर ने उत्तेजित होकर कहा—कौन साला बोलेगा गाँव में जाकर? पलटा ने अगर बदमाशी की तो दूसरी बार से फिर साथ नहीं लाऊँगा।

हिरामन ने अपनी थैली आज हीराबाई के जिम्मे रख दी है। मेले का क्या ठिकाना किस्म-किस्म के पाकिट कट लोग हर साल आते हैं। अपने साथी-संगियों

का भी क्या भरोसा! हीराबाई मान गई। हिरामन की कपड़े की थैली को उसने अपने चमड़े के बक्स में बन्द कर दिया। बक्से के ऊपर भी कपड़े का खोल और अन्दर भी झलमल रेशमी अस्तर! मन का मान-अभिमान दूर हो गया।

लालमोहर और धुन्नीराम ने मिलकर हिरामन की बुद्धि की तारीफ की, उसके भाग्य को सराहा बार-बार। उसके भाई और भाभी की निन्दा की, दबी जबान से। हिरामन के जैसा हीरा भाई मिला है, इसीलिए! कोई दूसरा भाई होता तो।...

लहसनवाँ का मुँह लटका हुआ है। ऐलान सुनते-सुनते न जाने कहाँ चला गया कि घड़ी भर साँझ होने के बाद लौटा है। लालमोहर ने एक मालिकाना झिड़की दी है, गाली के साथ—सोहदा कहीं का!

धुन्नीराम ने चूल्हे पर खिड़की चढ़ाते हुए कहा—पहले यह फैसला कर लो कि गाड़ी के पास कौन रहेगा।

—रहेगा कौन, यह लहसनवाँ कहाँ जायगा?

लहसनवाँ रो पड़ा—हे-ए-ए मालिक, हाथ जोड़ते हैं। एक्को झलक! बस एक झलक!

हिरामन ने उदारतापूर्वक कहा—अच्छा-अच्छा, एक झलक क्यों, एक घण्टा देखना। मैं आ जाऊँगा।

नौटंकी शुरू होने के दो घण्टे पहले से ही नगाड़ा बजना शुरू हो जाता है। और नगाड़ा शुरू होते ही लोग पतंगों की तरह टूटने लगते हैं। टिकट घर के पास और भीड़ देखकर हिरामन को बड़ी हँसी आई।—लालमोहर, उधर देख, कैसी धक्कमधुक्की कर रहे हैं लोग।

—हिरामन भय!

—कौन, पलटदास? कहाँ की लदनी लाद आये?—लालमोहर ने पराये गाँव के आदमी की तरह पूछा।

पलटदास ने हाथ मलते हुए माफी माँगी—कसूरवार हैं, जो सजा दो तुम लोग सब मंजूर है। लेकिन सच्ची बात कहें कि सिया सुकुमारी।...

हिरामन के मन का पुरइन नगाड़े के ताल पर विकसित ही चुका है। बोला, देख पलटा। यह मत समझना कि गाँव-घर की जनाना है। देखो, तुम्हारे लिए भी पास दिया है! पास ले लो अपना, तमाशा देखो।

लालमोहर ने कहा—लेकिन एक शर्त पर पास मिलेगा। बीच-बीच में लहसनवाँ को भी...

पलटदास को कुछ बताने की जरूरत नहीं। वह लहसनवाँ से बातचीत कर आया है अभी।

लालमोहर ने दूसरी शर्त सामने रखी—गाँव में अगर यह बात मालूम हुई किसी तरह...

—राम-राम!—दाँत से जीभ काटते हुए कहा पलटदास ने।

पलटदास ने बताया—अठनिया फाटक इधर है। फाटक पर खड़े दरबान ने हाथ पास लेकर उनके चेहरे को बारी-बारी से देखा। बोला—यह तो पास है। कहाँ से मिला?

अब लालमोहर की कचराही बोली सुने कोई? उसके तेवर देखकर दरबान घबरा गया—मिलेगा कहाँ से? अपनी कम्पनी से पूछ लीजिए जाकर। चार ही नहीं, देखिए एक और है। जेब से पांचवाँ पास निकालकर दिखाया लालमोहर ने।

एक रुपया वाले फाटक पर नेपाली दरबान खड़ा था। हिरामन ने पुकारकर कहा—ए सिपाही दाजू, सुबह को ही पहचनवा दिया, और अभी भूल गये?

नेपाली दरबान बोला—हीराबाई का आदमी है सब। जाने दो। पास है तो फिर काहे को रोकता है?

अठनियाँ दर्जा!

तीनों ने कपड़घर को अन्दर से पहली बार देखा। सामने कुर्सी-बेंच वाले दर्जे हैं। परदे पर राम-वन-गमन की तस्वीर है। पलटदास पहचान गया। उसने हाथ जोड़कर नमस्कार किया। परदे पर अंकित राम, सिया सुकुमारी और लखन लला को। जै हो, जै हो! पलटदास की आँखें भर आईं।

हिरामन ने कहा—लालमोहर, छापी सभी खड़े हैं या चल रहे हैं?

लालमोहर अपने बगल में बैठे दर्शकों से जान-पहचान कर चुका है। उसने कहा—खेला अभी परदे के भीतर है। अभी जमिनका दे रहा है, लोग जमाने के लिए।

पलटदास ढोलक बजाना जानता है, इसलिए नगाड़े के ताल पर गरदन हिलाता है और दियासलाई पर ताल काटता है। बीड़ी आदान-प्रदान करके हिरामन ने भी एकाध जान-पहचान कर ली। लालमोहर के परिचित आदमी ने बाहर से देह को ढँकते हुए कहा—नाच शुरू होने में अभी देर है, तब तक एक नींद ले लें।...सब दर्जा से अच्छा अठनियाँ दर्जा। सबसे पीछे सबसे ऊँची जगह पर है। जमीन पर गरम पुआल। हे-हे! कुरसी-बेंच पर बैठकर इस सरदी के मौसम में तमाशा देखने वाले अभी घुच-घुचकर उठेंगे चाह पीने।

उस आदमी ने अपनी सगी से कहा—खेला शुरू होने पर जगा देना। नहीं-नहीं, खेला शुरू होने पर नहीं; हिरिया जब स्टेज पर उतरे, हमको जगा देना।

हिरामन के कलेजे में जरा आँच लगी।...हिरिया! बड़ा लटपटिया आदमी मालूम पड़ता है। उसने लालमोहर को आँख के इशारे से कहा—इस आदमी से बतियाने की जरूरत नहीं।

...घन-घन-घन-धड़ाम! परदा उठ गया। हे-ए, हे-ए, हीराबाई शुरू में ही उतर गई स्टेज पर! कपड़घर खचमखच भर गया है। हिरामन का मुँह अचरज से खुल गया। लालमोहर को न जाने क्यों ऐसी हँसी आ रही है। हीराबाई के गीत के हर पद पर वह हँसता है, बेवजह।

गुलबदन दरबार लगाकर बैठी है। ऐलान कर रही है : ''औ आदमी तख्त हजारा बनाकर ला देगा, मुँह माँगी चीज इनाम में दी जायेगी। अजी, है कोई ऐसा फनकार, तो हो जाये तैयार, बनाकर लाये तख्त-हजा-रा-आ! किड़किड़किर्र...!'' अलबत नाचती है। क्या गला है? मालूम है, यह आदमी कहता है कि हीराबाई पान, बीड़ी सिगरेट, जर्दा कुछ नहीं खाती।...ठीक कहता है। बड़ी नेमवाली रंडी है।...कौन कहता है कि रंडी है। दाँत में किस्सी कहाँ है? पोडर से दाँत धो लेती होगी। हरगिज नहीं।...कौन आदमी है, बात की बेबात करता है! कम्पनी की औरत को पतुरिया कहता है। तुमको बात क्यों लगी? कौन है रंडी का भड़वा? मारो साले को! मारो! तेरी...

हो-हल्ले के बीच, हिरामन की आवाज कपड़कर को फाड़ रही है—आओ, एक-एक की गरदन उतार लेंगे।

लालमोहर दुआली से पटापट पीटता जा रहा है सामने के लोगों को। पलटदास एक आदमी की छाती पर सवार है—साला, सिया सुकुमारी को गाली देता है, सो भी मुसलमान होकर।

धुन्नीराम शुरू से ही चुप था। मारपीट शुरू होते ही वह कपड़कर से निकलकर बाहर भागा।

कोले कोट वाले नौटंकी के मैनेजर नेपाली सिपाही के साथ दौड़े आये। दारोगा साहब ने हण्टर से पीट-पाट शुरू की। हण्टर खाकर लालमोहर तिलमिला उठा। कचराही बोली में भाषण देने लगा...दारोगा साहब, मारते हैं, मारिये। कोई हर्ज नहीं। लेकिन यह पास देख लीजिये, एक पास पाकिट में भी है। देख सकते हैं हुजूर। टिकस नहीं, पास!...तब हम लोगों के सामने कम्पनी की औरत को कोई बुरी बात कहे तो कैसे छोड़ देंगे?

कम्पनी के मैनेजर की समझ में आ गई सारी बात। उसने दारोगा को समझाया—हुजूर, मैं समझ गया। यह सारी बदमाशी मथुरामोहन कम्पनी वालों की है। तमाशे में झगड़ा खड़ा करके कम्पनी को बदनाम...नहीं हुजूर, इन लोगों को छोड़ दीजिये, हीराबाई के आदमी हैं। बेचारी की जान खतरे में है। हुजूर से कहा था न!

हीराबाई का नाम सुनते ही दारोगा ने तीनों को छोड़ दिया। लेकिन तीनों की दुआली छीन ली गई। मैनेजर ने तीनों को एक रुपये वाले दरजे में कुरसी पर बिठाया—आप लोग यहीं बैठिये—पान भिजवा देता हूँ।

कपड़घर शान्त हुआ और हीराबाई स्टेज पर लौट आई।

नगाड़ा फिर घनघना उठा।

थोड़ी देर बाद तीनों को एक ही साथ धुन्नीराम का ख्याल आया—अरे, धुन्नीराम कहाँ गया?

...मालिक, ओ मालिक! ...लहसनवाँ कपड़घर के बाहर चिल्लाकर पुकार रहा है...ओ लालमोहर मा-लिक!

लालमोहर ने तार स्वर में जवाब दिया—इधर से, इधर से। एकअकिया फाटक से।...सभी दर्शकों ने लालमोहर की ओर मुड़कर देखा। लहसनवाँ को नेपाली सिपाही लालमोहर के पास ले आया। लालमोहर ने जेब से पास निकालकर दिखा दिया। लहसनवाँ ने आते ही पूछा—मालिक, कौन आदमी क्या बोल रहा था? बोलिये तो जरा। चेहरा दिखला दीजिये, उसकी एक झलक!

लोगों ने लहसनवाँ की चौड़ी और सपाट छाती देखी। जाड़े के मौसम में भी खाली देह!...चेले-चाटी के साथ हैं ये लोग!

लालमोहर ने लहसनवाँ को शान्त किया।

तीनों-चारों से मत पूछे कोई नौटंकी में क्या देखा? किस्सा कैसे याद रहे? हिरामन को लगता था, हीराबाई शुरू से ही उसी की ओर टकटकी लगाकर देख रही है, गा रही है, नाच रही है। लालमोहर को लगता था, हीराबाई उसी की ओर देखती है। वह समझ गई है हिरामन से भी ज्यादा पावर वाला आदमी है लालमोहर। पलटदास किस्सा समझता है।...किस्सा और क्या होगा? रमैल की ही बात। वही राम, वही सीता, वही लखन लला और वही रावन! सिया सुकुमारी को राम जी से छीनने के लिए रावन तरह-तरह का रूप धरकर आता है। राम और सीता भी रूप बदल लेते हैं। यहाँ भी तख्त-हजारा बनाने वाला माली का बेटा राम है। गुलबदन सिया सुकुमारी है। माली के लड़के का दोस्त लखन लला है और सुलतान रावन।...धुन्नीराम को बुखार है, तेज। लहसनवाँ को सबसे अच्छा जोकर का पार्ट लगा है—"चिरैया ताहके लेके ना, जअवे नरहट के बजरिया!" वह उस जोकर से दोस्ती लगाना चाहता है।...नहीं लगावेगा दोस्ती, जोकर साहब?

हिरामन को एक गीत की आधी कड़ी हाथ लगी है—मारे गये गुलफाम। कौन था गुलफाम? हीराबाई रोती हुई गा रही थी...अजी हाँ, मारे गये गुलफाम! टिड़िड़िड़ि...बेचारा गुलफाम!

तीनों की दुआली वापस देते हुए पुलिस के सिपाही ने कहा—लाठी-दुआली लेकर नाच देखने आते हो?

दूसरे दिन मेले भर में यह बात फैल गई—मथुरामोहन कम्पनी से भागकर आई है हीराबाई, इसलिए इस बार मथुरामोहन कम्पनी नहीं आई है।...उसके गुण्डे आये

हैं।...हीराबाई भी कम नहीं। बड़ी खेलाड़ी औरत है। तेरह-तेरह देहाती लठैत पाल रही है।...वाह! मेरी जान भी कहे तो कोई मजाल है!

दस दिन! दस रात!...

दिन भर भाड़ा ढोता हिरामन। शाम होते ही नौटंकी का नगाड़ा बजने लगता। नगाड़े की आवाज सुनते ही हीराबाई की पुकार कानों के पास मँडराने लगती—भैया...मीता...हिरामन...उस्ताद...गुरु जी! हमेशा कोई-न-कोई बाजा उनके मन के कोने में बजता रहता, दिन भर। कभी हारमोनियम, कभी नगाड़ा, कभी ढोलक और कभी हीराबाई की पैजनी। उन्हीं साजों की गत पर हिरामन उठता-बैठता, चलता-फिरता। नौटंकी कम्पनी के मैनेजर से लेकर परदा खींचने वाले तक उसको पहचानते हैं—हीराबाई का आदमी है।

पलटदास हर रात नौटंकी शुरू होने के समय श्रद्धापूर्वक स्टेज को नमस्कार करता, हाथ जोड़कर। लालमोहर एक दिन अपनी कचराही बोली सुनाने गया था हीराबाई को। हीराबाई ने पहचाना ही नहीं। तब से उसका दिल छोटा हो गया है। उसका नौकर लहसनवाँ उसके हाथ से निकल गया है। नौटंकी कम्पनी में भरती हो गया है। जोकर से उसकी दोस्ती हो गई है। दिन भर पानी भरता है, कपड़े धोता है। गाँव में क्या है जो जायेंगे? लालमोहर उदास रहता है। धुन्नीराम घर चला गया है, बीमार होकर।

हिरामन आज सुबह से तीन बार लदनी लादकर स्टेशन आ चुका है। आज न जाने क्यों उसको अपनी भौजाई की याद आ रही है।...धुन्नीराम ने कुछ कह तो नहीं दिया है बुखार की झोंक में! यहीं कितना अटर-पटर बक रहा था...गुलबदन, तख्त-हजारा!...लहसनवाँ मौज में है। दिन-भर हीराबाई को देखता ही होगा। कल कह रहा था—हिरामन मालिक, तुम्हारे अकबाल से खूब मौज में हूँ। हीराबाई की साड़ी धोने के बाद कठौते का पानी अतरगुलाब हो जाता है। उसमें अपनी गमछी डुबाकर छोड़ देता हूँ। लो सूँघोगे?...हर रात, किसी-न-किसी के मुँह से सुनता है वह—हीराबाई रंडी है। कितने लोगों से लड़े वह! बिना देखे ही लोग कैसे कोई बात बोलते हैं। राजा को भी लोग पीठ-पीछे गाली देते हैं!...आज वह हीराबाई से मिलकर कहेगा—नौटंकी कम्पनी में रहने से बहुत बदनाम करते हैं लोग। सरकस कम्पनी में क्यों नहीं काम करतीं?...सबके सामने नाचती है। हिरामन का कलेजा दप-दप जलता रहता है उस समय। सरकस कम्पनी में बाघ को नचायेगी।...बाघ के पास जाने की हिम्मत कौन करेगा? सुरक्षित रहेगी हीराबाई!...किधर की गाड़ी आ रही है?

—हिरामन, ए हिरामन भय!—लालमोहर की बोली सुनकर हिरामन ने गरदन मोड़कर देखा—क्या लादकर लाया है लालमोहर?

—तुमको ढूँढ़ रही है हीराबाई, इश्टीशन पर। जा रही है।—एक ही साँस में सुना गया।—लालमोहर की गाड़ी पर ही आई है मेले से!

—जा रही है? कहाँ? लालमोहर, रेलगाड़ी से जा रही है?

हिरामन ने गाड़ी खोल दी। मालगुदाम के चौकीदार से कहा—भैया, जरा गाड़ी-बैल देखते रहिये। आ रहे हैं।

—उस्ताद!...जनाना मुसाफिर खाने के फाटक के पास हीराबाई ओढ़नी से मुँह-हाथ ढँककर खड़ी थी। थैली बढ़ाती हुई बोली—लो! हे भगवान्! भेंट हो गई, चलो, मैं तो उम्मीद खो चुकी थी। तुमसे अब भेंट नहीं हो सकेगी...मैं जा रही हूँ, गुरु जी!...

बक्सा ढोने वाला आदमी आज कोट-पतलून पहनकर बाबू साहब बन गया है। मालिकों की तरह कुलियों को हुकम दे रहा है।—जनाना दर्जा में चढ़ाना। अच्छा?

हिरामन हाथ में थैली लेकर चुपचाप खड़ा रहा। कुरते के अन्दर से थैली निकालकर दी है हीराबाई ने। चिड़िया की देह की तरह गर्म है थैली!

—गाड़ी आ रही है!—बक्सा ढोने वाले ने मुँह बनाते हुए हीराबाई की ओर देखा। उसके चेहरे का भाव स्पष्ट है—इतना ज्यादा क्या है...?

हीराबाई चंचल हो गई। बोली—हिरामन, इधर आओ अन्दर। मैं फिर लौटकर जा रही हूँ मथुरा मोहन कम्पनी में, अपने देश की कम्पनी है।... बनैली मेला आओगे न?

हीराबाई ने हिरामन के कन्धे पर हाथ रखा...इस बार दाहिने कन्धे पर। फिर अपनी थैली से रुपया निकालते हुए बोली—एक गरम चादर खरीद लेना।...

हिरामन की बोली फूटी, इतनी देर के बाद—इस्त! हरदम रुपया-पैसा। रखिये रुपया।...क्या करेंगे चादर?

हीराबाई का हाथ रुक गया। उसने हिरामन के चेहरे को गौर से देखा। फिर बोली—तुम्हारा जी बहुत छोटा हो गया है। क्यों मीता? महुआ घटवारिन को सौदागर ने खरीद जो लिया है गुरु जी।

गला भर आया हीराबाई का। बक्सा ढोने वाले ने बाहर से आवाज दी—गाड़ी आ गई। हिरामन कमरे से बाहर निकल आया। बक्सा ढोने वाले ने नौटंकी के जोकर जैसा मुँह बनाकर कहा—लाटफारम से बाहर भागो। बिना टिकट के पकड़ेगा तो तीन महीने की हवा...

हिरामन चुपचाप. फाटक से बाहर जाकर खड़ा हो गया।...टीशन की बात, रेलवे का राज! नहीं तो इस बक्सा ढोने वाले का मुँह सीधा कर देता हिरामन।...

हीराबाई ठीक सामने वाली कोठरी में चढ़ी। इस्स! इतना टान! गाड़ी में बैठकर भी हिरामन की ओर देख रही है, टुकुर-टुकुर।...लालमोहर को देखकर जी जल उठता है, हमेशा पीछे-पीछे, हरदम हिस्सादारी सूझती है।...

गाड़ी ने सीटी दी। हिरामन को लगा, उसके अन्दर से कोई आवाज निकलकर सीटी के साथ ऊपर की ओर चली गई...कू-ऊ-ऊ! इस्स...!

—छि-ई-ई-छक्क! गाड़ी हिली! हिरामन ने अपने दाहिने पैर के अँगूठे को बायें पैर की ऐड़ी से कुचल लिया। कलेजे की धड़कन ठीक हो गई।...हीराबाई हाथ की बैगनी साफी से चेहरा पोंछती है। साफी हिलाकर इशारा करती है—अब जाओ।...आखिरी डब्बा गु-रा, प्लेटफार्म खाली...सब खाली...खोखले...मालगाड़ी के डिब्बे! दुनिया ही खाली हो गई मानो! हिरामन अपनी गाड़ी के पास लौट आया।

हिरामन ने लालमोहर से पूछा—तुम कब तक लौट रहे हो गाँव?

लालमोहर बोला—अभी गाँव जाकर क्या करेंगे? यही तो भाड़ा कमाने का मौका है! हीराबाई चली गई, मेला अब टूटेगा।

—अच्छी बात। कोई संवाद देना है न?

लालमोहर ने हिरामन को समझाने की कोशिश की। लेकिन हिरामन ने अपनी गाड़ी गाँव की ओर जाने वाली सड़क की ओर मोड़ दी।...अब मेले में क्या धरा है! खोखला मेला!

रेलवे लाइन की बगल से बैलगाड़ी की कच्ची सड़क गई है दूर तक। हिरामन कभी रेल पर नहीं चढ़ा है। उसके मन में फिर पुरानी लालसा झाँकी, रेलगाड़ी पर सवार होकर, गीत गाते हुए जगन्नाथ धाम जाने की लालसा...उलटकर उसने खाली टप्पर की ओर देखने की हिम्मत नहीं होती है। पीठ में आज भी गुदगुदी लगती है। आज भी रह-रहकर चम्पा का फूल खिल उठता है उसकी गाड़ी में। एक गीत की टूटी कड़ी पर नगाड़े का ताल कट जाता है बार-बार!...

उसने उलटकर देखा, बोरे भी नहीं, बाँस भी नहीं, बाघ भी नहीं...परी...देवी...मीता...हीरादेवी...महुआ घटवारिन...कोई नहीं। मरे हुए मुहूर्तों की गूँगी आवाजें मुखर होना चाहती हैं। हिरामन के होंठ हिल रहे हैं। शायद वह तीसरी कसम खा रहा है...कमपनी की औरत की लदनी...!

हिरामन ने हठात् अपने दोनों बैलों को झिड़की दी, दुआली से मारते हुए बोला—रेलवे लाइन की ओर उलट-उलटकर क्या देखते हो? दोनों बैलों ने कदम खोलकर चाल पकड़ी। हिरामन गुनगुनाने लगा...अजी हाँ, मारे गये गुलफाम...!

✦

चीफ की दावत

✦

भीष्म साहनी

आज मिस्टर शामनाथ के घर चीफ की दावत थी।

शामनाथ और उनकी धर्मपत्नी को पसीना पोंछने की फुर्सत न थी। पत्नी ड्रैसिंग गाउन पहने, उलझे हुए बालों का जूड़ा बनाए, मुँह पर फैली हुई सुर्खी और पाउडर को मले, और मिस्टर शामनाथ सिगरेट-पर-सिगरेट फूँकते हुए, चीजों की फेहरिस्त हाथ में थामे, एक कमरे से दूसरे कमरे में आ-जा रहे थे।

आखिर पाँच बजते-बजते तैयारी मुकम्मल होने लगी। कुर्सियाँ, मेज, तिपाइयाँ, नैपकिन, फूल, सब बरामदे में पहुँच गये। ड्रिंक का इंतजाम बैठक में कर दिया गया। अब घर का फालतू सामान अलमारियों के पीछे और पलंगों के नीचे छिपाया जाने लगा। तभी शामनाथ के सामने सहसा एक अड़चन खड़ी हो गई, माँ का क्या होगा?

इस बात की ओर न उनका और न उनकी कुशल गृहिणी का ध्यान गया था। मिस्टर शामनाथ, श्रीमती की ओर घूमकर अंग्रेजी में बोले—'माँ का क्या होगा?'

श्रीमती काम करते-करते ठहर गई, और थोड़ी देर तक सोचने के बाद बोली—'इन्हें पिछवाड़े इनकी सहेली के घर भेज दो। रात भर बेशक वहीं रहें। कल आ जाएँ।'

शामनाथ सिगरेट मुँह में रखे, सिकुड़ी आँखों से श्रीमती के चेहरे की ओर देखते हुए पल-भर सोचते रहे, फिर सिर हिलाकर बोले—'नहीं, मैं नहीं चाहता कि उस बुढ़िया का आना-जाना यहाँ फिर से शुरू हो। पहले ही बड़ी मुश्किल से बन्द किया था। माँ से कहें कि जल्दी ही खाना खा के शाम को ही अपनी कोठरी में चली जाएँ। मेहमान कहीं आठ बजे आएँगे इससे पहले ही अपने काम से निबट लें।'

सुझाव ठीक था। दोनों को पसन्द आया। मगर फिर सहसा श्रीमती बोल उठी—'जो वह सो गयीं और नींद में खर्राटे लेने लगीं, तो? साथ ही तो बरामदा है, जहाँ लोग खाना खाएँगे।'

'तो इन्हें कह देंगे कि अन्दर से दरवाजा बन्द कर लें। मैं बाहर से ताला लगा दूँगा। या माँ को कह देता हूँ कि अन्दर जाकर सोये नहीं, बैठी रहें और क्या?

'और जो सो गई, तो? डिनर का क्या मालूम कब तक चले। ग्यारह-ग्यारह बजे तक तो तुम ड्रिंक ही करते रहते हो।'

शामनाथ कुछ खीझ उठे, हाथ झटकते हुए बोले—'अच्छी-भली यह भाई के पास जा रही थी। तुमने यूँ ही खुद अच्छा बनने के लिए बीच में टाँग अड़ा दी!'

'वाह! तुम माँ और बेटे की बातों में मैं क्यों बुरी बनूँ? तुम जानो और वह जानें।'

मिस्टर शामनाथ चुप रहे। यह मौका बहस का न था, समस्या का हल ढूँढ़ने का था। उन्होंने घूमकर माँ की कोठरी की ओर देखा। कोठरी का दरवाजा बरामदे में खुलता था। बरामदे की ओर देखते हुए झट से बोले—मैंने सोच लिया है—और उन्हीं कदमों माँ की कोठरी के बाहर जा खड़े हुए। माँ दीवार के साथ एक चौकी पर बैठी, दुपट्टे में मुँह-सिर लपेटे, माला जप रही थीं। सुबह से तैयारी होती देखते हुए माँ का भी दिल धड़क रहा था। बेटे के दफ्तर का बड़ा साहब घर पर आ रहा है, सारा काम सुभीते से चल जाय।

'माँ, आज तुम खाना जल्दी खा लेना। मेहमान लोग साढ़े सात बजे आ जायेंगे।'

माँ ने धीरे से मुँह पर से दुपट्टा हटाया और बेटे को देखते हुए कहा, 'आज मुझे खाना नहीं खाना है बेटा, तुम, तुम तो जानते हो, माँस-मछली बने, तो मैं कुछ नहीं खाती।'

'जैसे भी हो, अपने काम से जल्दी निबट लेना।'

'अच्छा बेटा!'

'और माँ, हम लोग पहले बैठक में बैठेंगे। उतनी देर तुम यहाँ बरामदे में बैठना। फिर जब हम यहाँ आ जायँ, तो तुम गुसलखाने के रास्ते बैठक में चली जाना।'

माँ अवाक् बेटे का चेहरा देखने लगीं। फिर धीरे से बोलीं—'अच्छा बेटा।'

'और माँ आज जल्दी सो नहीं जाना। तुम्हारे खर्राटों की आवाज दूर तक जाती है।'

माँ लज्जित-सी आवाज में बोली—'क्या करूँ बेटा, मेरे बस की बात नहीं है। जबसे बीमारी से उठी हूँ नाक से साँस नहीं ले सकती।'

मिस्टर शामनाथ ने इंतजाम तो कर दिया, फिर भी उनकी उधेड़-बुन खत्म नहीं हुई। जो चीफ अचानक उधर आ निकला, तो? आठ-दस मेहमान होंगे, देसी अफसर, उनकी स्त्रियाँ होंगी, कोई भी गुसलखाने की तरफ जा सकता है। क्षोभ और क्रोध में वह झुंझलाने लगे। एक कुर्सी को उठाकर बरामदे में कोठरी के बाहर रखते हुए बोले—'आओ माँ, इस पर जरा बैठो तो।'

माँ माला सँभालतीं, पल्ला ठीक करती उठीं, और धीरे से कुर्सी पर आकर बैठ गईं।

'यूँ नहीं माँ, टाँगे ऊपर चढ़ाकर नहीं बैठते। यह खाट नहीं है।'

माँ ने टाँगे नीचे उतार लीं।

'और खुदा के वास्ते नंगे पाँव नहीं घूमना। न ही वह खड़ाऊँ पहनकर सामने आना। किसी दिन तुम्हारी वह खड़ाऊँ उठाकर मैं बाहर फेंक दूँगा।'

'मां चुप रहीं।'

'कपड़े कौन से पहनोगी, माँ?'

'जो है, वही पहनूँगी, बेटा! जो कहो, पहन लूँ।'

मिस्टर शामनाथ सिगरेट मुँह में रखे, फिर अधमुखी आँखों से माँ की ओर देखने लगे, और माँ के कपड़ों की सोचने लगे। शामनाथ हर बात में तरतीब चाहते थे। घर का सब संचालन उनके अपने हाथ में था। खूँटियाँ कमरों में कहाँ लगायी जायँ, बिस्तर कहाँ पर बिछें, किस रंग के पर्दे लगाये जायँ, श्रीमती कौन-सी साड़ी पहनें, मेज किस साइज की हो...शामनाथ को चिन्ता थी कि अगर चीफ का साक्षात् माँ से हो गया, तो कहीं लज्जित न होना पड़े। माँ को सिर से पाँव तक देखते हुए बोले—'तुम सफेद कमीज और सफेद सलवार पहन लो, माँ। पहन के आओ तो, जरा देखूँ।'

माँ धीरे से उठीं और अपनी कोठरी में कपड़े पहनने चली गयीं।

'यह माँ का झमेला ही रहेगा, उन्होंने फिर अंग्रेजी में अपनी स्त्री से कहा—'कोई ढंग की बात हो, तो भी कोई कहे। अगर कहीं कोई उल्टी-सीधी बात हो गयी, चीफ को बुरा लगा, तो सारा मजा जाता रहेगा।'

माँ सफेद कमीज और सफेद सलवार पहनकर बाहर निकलीं। छोटा-सा कद, सफेद कपड़ों में लिपटा, छोटा-सा सूखा हुआ शरीर, धुँधली आँखें, केवल सिर के आधे झड़े हुए बाल पल्ले की ओट में छिप पाये थे। पहले से कुछ ही कम कुरूप नजर आ रही थीं।

'चलो, ठीक है। कोई चूड़ियाँ-वूड़ियाँ हों, तो वह भी पहन लो। कोई हर्ज नहीं।'

'चूड़ियाँ कहाँ से लाऊँ, बेटा? तुम तो जानते हो, सब जेवर तुम्हारी पढ़ाई में बिक गये।'

यह वाक्य शामनाथ को तीर की तरह लगा। तिनककर बोले—'यह कौन-सा राग छेड़ दिया माँ। सीधा कह दो, नहीं है जेवर, बस। इससे पढ़ाई-वढ़ाई का क्या तअल्लुक है। जो जेवर बिका, तो कुछ बनकर ही आया हूँ, निरा लंडूरा तो नहीं लौट आया। जितना दिया था, उससे दुगना ले लेना।'

'मेरी जीभ जल जाय बेटा, तुमसे जेवर लूँगी? मेरे मुँह से यूँ ही निकल गया। जो होते, तो लाख बार पहनती!'

साढ़े पाँच बज चुके थे। अभी मिस्टर शामनाथ को खुद भी नहा-धोकर तैयार होना था। श्रीमती कब की अपने कमरे में जा चुकी थी। शामनाथ जाते हुए एक

बार फिर माँ को हिदायक करते गये—'माँ, रोज की तरह गुमसुम बन के नहीं बैठी रहना। अगर साहब इधर आ निकलें और कोई बात पूछें, तो ठीक तरह से बात का जवाब देना।'

'मैं न पढ़ी न लिखी, बेटा, मैं क्या बात करूँगी? तुम कह देना, माँ अनपढ़ है, कुछ जानती-समझती नहीं। वह नहीं पूछेगा।'

सात बजते-बजते माँ का दिल धक्-धक् करने लगा। अगर चीफ सामने आ गया और उसने कुछ पूछा, तो वह क्या जवाब देंगी? अंग्रेज को तो दूर से ही देखकर घबरा उठती थी, यह तो अमरीकी है। न मालूम क्या पूछे, मैं क्या कहूँगी? माँ का जी चाहा कि चुपचाप पिछवाड़े विधवा सहेली के घर चली जायें। मगर बेटे के हुक्म को कैसे टाल सकती थीं। चुपचाप कुर्सी पर से टाँगें लटकाये वहीं बैठी रहीं।

एक कामयाब पार्टी वह है, जिसमें ड्रिंक कामयाबी से चल जाएँ। शामनाथ की पार्टी सफलता के शिखर चूमने लगी। वार्तालाप उसी रौ में बह रहा था, जिस रौ में गिलास भरे जा रहे थे। कहीं कोई रुकावट न थी, कोई अड़चन न थी। साहब को ह्विस्की पसन्द आई थी। मेम साहब को पर्दे पसन्द आए थे, सोफा-कवर का डिज़ाइन पसन्द आया था, कमरे की सजावट पसन्द आई थी। इससे बढ़कर क्या चाहिए। साहब तो ड्रिंक के दूसरे दौर में ही चुटकुले और कहानियाँ कहने लग गए थे। दफ्तर में जितना रोब रखते थे, यहाँ पर उतने ही दोस्त-परवर हो रहे थे और उनकी स्त्री, काला गाउन पहने, गले में सफेद मोतियों का हार, सेण्ट और पाउडर की महक से ओत-प्रोत, कमरे में बैठी सभी देशी स्त्रियों की आराधना का केन्द्र बनी हुई थीं। बात-बात पर हँसतीं, बात-बात पर सिर हिलातीं और शामनाथ की स्त्री से तो ऐसे बातें कर रही थीं, जैसे उनकी पुरानी सहेली हों।

और इसी रौ में पीते-पिलाते साढ़े दस बज गए। वक्त गुजरते पता ही न चला।

आखिर सब लोग अपने-अपने गिलासों में से आखिरी घूँट पीकर खाना खाने के लिए उठे और बैठक से बाहर निकले। आगे-आगे शामनाथ रास्ता दिखाते हुए, पीछे चीफ और दूसरे मेहमान।

बरामदे में पहुँचते ही शामनाथ सहसा ठिठक गए। जो दृश्य उन्होंने देखा, उससे उनकी टाँगे लड़खड़ा गईं, और क्षण-भर में सारा नशा हिरन होने लगा। बरामदे में ऐन कोठरी के बाहर माँ अपनी कुर्सी पर ज्यों की त्यों बैठी थीं। मगर दोनों पाँव कुर्सी की सीट पर रखे हुए, और सिर दायें से बायें और बायें से दाँयें झूल रहा था और मुँह में से लगातार गहरे खर्राटों की आवाजें आ रही थीं। जब सिर कुछ देर के लिए टेढ़ा होकर एक तरफ को थम जाता, तो खर्राटे और भी गहरे हो उठते। और फिर जब झटके से नींद टूटती, तो सिर फिर दायें से बायें झूलने लगता। पल्ला सिर पर से खिसक आया था, और माँ के झरे हुए बाल, आधे गंजे सिर पर अस्त-व्यस्त बिखर रहे थे।

देखते ही शामनाथ क्रुद्ध हो उठे। जी चाहा की माँ को धक्का देकर उठा दें, और उन्हें कोठरी में धकेल दें, मगर ऐसा करना सम्भव न था, चीफ और बाकी मेहमान पास खड़े थे।

माँ को देखते ही देसी अफसरों की कुछ स्त्रियाँ हँस दीं कि इतने में चीफ ने धीरे से कहा—पूअर डियर।

माँ हड़बड़ा के उठ बैंठी। सामने खड़े इतने लोगों को देखकर ऐसी घबराई कि कुछ कहते न बना। झट से पल्ला सिर पर रखती हुई खड़ी हो गयीं और जमीन को देखने लगीं। उनके पाँच लड़खड़ाने लगे और हाथों की उँगलियाँ थर-थर काँपने लगीं।

'माँ तुम जाके सो जाओ, तुम क्यों इतनी देर तक जाग रही थीं? और खिसियायी हुई नजरों से शामनाथ चीफ के मुँह की ओर देखने लगे।

चीफ के चेहरे पर मुस्कराहट थी। वह वहीं खड़े-खड़े बोले, 'नमस्ते!'

माँ ने झिझकते हुए, अपने में सिमटते हुए दोनों हाथ जोड़े मगर एक हाथ दुपट्टे के अन्दर माला को पकड़े हुए था, दूसरा बाहर, ठीक तरह से नमस्ते भी न कर पाईं। शामनाथ इस पर भी खिन्न हो उठे।

इतने में चीफ ने अपना दायाँ हाथ, हाथ मिलाने के लिए माँ के आगे किया। माँ और भी घबरा उठीं।

'माँ, हाथ मिलाओ।'

पर हाथ कैसे मिलातीं? दायें हाथ में तो माला थी। घबराहट में माँ ने बायाँ हाथ ही साहब के दायें हाथ में रख दिया। शामनाथ दिल ही दिल में जल उठे। देसी अफसरों की स्त्रियाँ खिलखिला पड़ीं।

'यूँ नहीं, माँ! तुम तो जानती हो, दायाँ हाथ मिलाया जाता है। दायाँ हाथ मिलाओ।'

मगर तब तक चीफ माँ का बायाँ हाथ ही बार-बार हिलाकर कह रहे थे—'हौ डू यू डू?

'कहो माँ, मैं ठीक हूँ, खैरियत से हूँ।'

माँ कुछ बड़बड़ाई।

'माँ कहती हैं, मैं ठीक हूँ। कहो माँ, हौ डू यू डू।'

माँ धीरे से सकुचाते हुए बोलीं—'हौ डू डू...'

एक बार फिर कहका उठा।

वातावरण हल्का होने लगा। साहब ने स्थिति सँभाल ली थी। लोग हँसने-चकहने लगे थे। शामनाथ के मन का क्षोभ भी कुछ-कुछ कम होने लगा था।

साहब अपने हाथ में माँ का हाथ अब भी पकड़े हुए थे और माँ सिकुड़ी जा रही थीं। साहब के मुँह से शराब की बू आ रही थी। शामनाथ अंग्रेजी में बोले—

'मेरी माँ गाँव की रहने वाली हैं। उमर-भर गांव में रही हैं, इसलिए आपसे लजाती है।'

साहब इस पर खुश नजर आए। बोले—'सच? मुझे गाँव के लोग बहुत पसन्द हैं, तब तो तुम्हारी माँ गाँव के गीत और नाच भी जानती होंगी?' चीफ खुशी से सिर हिलाते हुए माँ को टिकटिकी बाँधे देखने लगे।

'माँ, साहब कहते हैं, कोई गाना सुनाओ। कोई पुराना गीत, तुम्हें तो कितने ही याद होंगे?'

माँ धीरे से बोली—'मैं क्या गाऊँगी बेटा, मैंने कब गाया है?'

'वाह, माँ! मेहमान का कहा भी कोई टालता है?'

'साहब ने इतनी रीझ से कहा है, नहीं गाओगी, तो साहस बुरा मानेंगे।'

'मैं क्या गाऊँ, बेटा। मुझे क्या आता है?'

'वाह! कोई बढ़िया टप्पे सुना दो। दो पत्तर अनाराँ दे...'

देसी अफसर और उनकी स्त्रियों ने इस सुझाव पर तालियाँ पीटीं। माँ कभी दीन दृष्टि से बेटे के चेहरे को देखतीं, कभी पास खड़ी बहू के चेहरे को।

इतने में बेटे ने गम्भीर आदेश-भरे लहजे में कहा—'माँ!'

इसके बाद हाँ या ना का सवाल ही न उठता था। माँ बैठ गयीं और क्षीण, दुर्बल, लरजती आवाज में एक पुराना विवाह का गीत गाने लगीं—

हरिया नी माये, हरिया नी भैणे
हरिया ते भागी भरिया है!

देसी स्त्रियाँ खिलखिला के हँस उठीं। तीन पंक्तियाँ गा के माँ चुप हो गयीं।

बरामदा तालियों से गूँज उठा। साहब तालियाँ पीटना बन्द ही न करते थे। शामनाथ की खीझ प्रसन्नता और गर्व में बदल उठी थी। माँ ने पार्टी में नया रंग भर दिया था।

तालियाँ थमने पर साहब बोले—'पंजाब के गाँवों की दस्तकारी क्या है?'

शामनाथ खुशी में झूम रहे थे। बोले—'ओ, बहुत कुछ-साहब! मैं आपको एक सेट उन चीजों का भेंट करूँगा। आज उन्हें देखकर खुश होंगे।'

मगर साहब ने सिर हिलाकर अंग्रेजी में फिर पूछा—'नहीं, मैं दुकानों की चीज नहीं माँगता। पंजाबियों के घरों में क्या बनता है, औरतें खुद क्या बनाती हैं?'

शामनाथ कुछ सोचते हुए बोले—'लड़कियाँ गुड़ियाँ बनाती हैं, औरतें फुलकिरियाँ बनाती हैं।'

'फुलकारी क्या?'

शामनाथ फुलकारी का मतलब समझाने की असफल चेष्टा करने के बाद माँ को बोले—'क्यों माँ, कोई पुरानी फुलकारी घर में है?'

माँ चुपचाप अन्दर गयीं और अपनी पुरानी फुलकारी उठा लायीं।

साहब बड़ी रुचि से फुलकारी देखने लगे। पुरानी फुलकारी थी, जगह-जगह से उसके तागे टूट रहे थे और कपड़ा फटने लगा था। साहब की रुचि को देखकर शामनाथ बोले—'यह फटी हुई है, साहब, मैं आपको नयी बनवा दूँगा। माँ बना देंगी। क्यों, माँ साहब को फुलकारी बहुत पसन्द है, इन्हें ऐसी ही फुलकारी बना दोगी न?'

माँ चुप रहीं। फिर डरते-डरते धीरे से बोलीं—'अब मेरी नजर कहाँ हैं, बेटा! बूढ़ी आँखें क्या देखेंगी?'

मगर माँ का वाक्य बीच में ही तोड़ते हुए शामनाथ साहब को बोले—'वह जरूर बना देंगी। आप उसे देखकर खुश होंगे।'

साहब ने सिर हिलाया, धन्यवाद किया और हल्के-हल्के झूमते हुए खाने की मेज की ओर बढ़ गये। बाकी मेहमान भी उनके पीछे-पीछे हो लिए।

जब मेहमान बैठ गये और माँ पर से सबकी आँखें हट गयीं, तो माँ धीरे से कुर्सी पर से उठीं, और सबसे नजरें बचाती हुई अपनी कोठरी में चली गयीं।

मगर कोठरी में बैठने की देर थी कि आँखों में छल-छल आँसू बहने लगे। वह दुपट्टे से बार-बार उन्हें पोंछती, पर वह बार-बार उमड़ आते, जैसे बरसों का बाँध तोड़कर उमड़ आये हों। माँ ने बहुतेरा दिल को समझाया, हाथ जोड़े भगवान का नाम लिया, बेटे के चिरायू होने की प्रार्थना की, बार-बार आँखें बन्द कीं, मगर आँसू बरसात के पानी की तरह जैसे थमने में ही न आते थे।

आधी रात का वक्त होगा। मेहमान खाना खाकर एक-एक करके जा चुके थे। माँ दीवार से सटकर बैठी आँखें फाड़े दीवार को देखे जा रही थीं। घर के वातावरण में तनाव ढीला पड़ चुका था। मुहल्ले की निस्तब्धता शामनाथ के घर पर भी छा चुकी थी, केवल रसोई में प्लेटों के खनकने की आवाज आ रही थी। तभी सहसा माँ की कोठरी का दरवाजा जोर से खटकने लगा।

'माँ, दरवाजा खोलो।'

माँ का दिल बैठ गया। हड़बड़ाकर उठ बैठीं। क्या मुझसे फिर कोई भूल हो गयी? माँ कितनी देर से अपने आपको कोस रही थीं कि क्यों उन्हें नींद आ गयी, क्यों वह ऊँघने लगीं। क्या बेटे ने अभी तक क्षमा नहीं किया? माँ उठीं और काँपते हाथों से दरवाजा खोल दिया।

दरवाजा खुलते ही शामनाथ झूमते हुए आगे बढ़ आये और माँ को आलिंगन में भर लिया।

'ओ अम्मी! तुमने तो आज रंग ला दिया!...साहब तुमसे इतना खुश हुआ कि क्या कहूँ। ओ अम्मी! अम्मी!'

माँ की छोटी-सी काया सिमटकर बेटे से आलिंगन में छिप गयी। माँ की आँखों में फिर आँसू आ गये। उन्हें पोंछती हुई धीरे से बोलीं—'बेटा, तुम मुझे हरिद्वार भेज दो। मैं कब से कह रही हूँ।'

शामनाथ का झूमना सहसा बन्द हो गया और उनकी पेशानी पर फिर तनाव के बल पड़ने लगे। उनकी बाँहें माँ के शरीर पर से हट आयीं।

'क्या कहा, माँ? यह कौ-सा राग तुमने फिर छेड़ दिया?'

शामनाथ का क्रोध बढ़ने लगा था, बोलते गये—'तुम मुझे बदनाम करना चाहती हो, ताकि दुनिया कहे कि बेटा माँ को अपने पास नहीं रख सकता।'

'नहीं, बेटा, अब तुम अपनी बहू के साथ जैसा मन चाहे रहो। मैंने अपना खा-पहन लिया। अब यहाँ क्या करूँगी? जो थोड़े दिन जिन्दगानी के बाकी हैं, भगवान् का नाम लूँगी। तुम मुझे हरिद्वार भेज दो!'

'तुम चली जाओगी, तो फुलकारी कौन बनायेगा? साहब से तुम्हारे सामने ही फुलकारी देने का इकरार किया है।'

'मेरी आँखें अब नहीं है, बेटा, जो फुलकारी बना सकूँ। तुम कहीं और से बनवा लो। बनी बनायी ले लो।'

'माँ, तुम मुझे धोखा दे के यूँ चली जाओगी? मेरा बनता काम बिगाड़ोगी? जानती नहीं, साहब खुश होगा, तो मुझे तरक्की मिलेगी!'

'माँ चुप हो गयीं। फिर बेटे के मुँह की ओर देखती हुई बोलीं—'क्या तेरी तरक्की होगी? क्या साहब तेरी तरक्की कर देगा? क्या उसने कुछ कहा है?'

'कहा नहीं, मगर देखती नहीं, कितना खुश गया है। कहता था, जब तेरी माँ फुलकारी बनाना शुरू करेंगी, तो मैं देखने आऊँगा कि कैसे बनाती हैं? जो साहब खुश हो गया, तो मुझे इससे बड़ी नौकरी भी मिल सकती है, मैं बड़ा अफसर बन सकता हूँ।'

माँ के चेहरे का रंग बदलने लगा, धीरे-धीरे उनका झुर्रियों-भरा मुँह खिलने लगा, आँखों में हल्की-हल्की चमक आने लगी।

'तो तेरी तरक्की होगी, बेटा?'

'तरक्की यूँ ही हो जायेगी? साहब को खुश रखूँगा, तो कुछ करेगा, वरना उसकी खिदमत करने वाले और थोड़े हैं?'

'तो मैं बना दूँगी, बेटा, जैसे बन पड़ेगा, बना दूँगी।'

और माँ दिल ही दिल में फिर बेटे के उज्ज्वल भविष्य की कामनायें करने लगीं और मिस्टर शामनाथ, 'अब सो जाओ, माँ, कहते हुए तनिक लड़खड़ाते हुए अपने कमरे की ओर घूम गये।'

✦

गुलकी बन्नो

✦

धर्मवीर भारती

'ऐ मर कलमुँहें! अकस्मात् घेघा बुआ ने कूड़ा फेंकने के लिए दरवाजा खोला और चौतरे पर बैठे मिरवा को गाते हुए देखकर कहा—'तोरे पेट में फोनोगिराफ़ उलियान बा का, जौन भिनसार भवा कि तान तोड़े लाग? राम जानै, रात के कैसन एकरा दीदा लागत है!' मारे डर के कहीं घेघा बुआ सारा कूड़ा उसी के सर पर न फेंक दें, मिरवा थोड़ा खसक गया और ज्यों ही घेघा बुआ अन्दर गईं कि फिर चौतरे की सीढ़ी पर बैठ, पैर झुलाते और मिरवा ने उलटा-सुलटा गाना शुरू किया—'तुमे बछ याद कलते अम छनम तेली कछम!' मिरवा की आवाज सुनकर जाने कहाँ से झबरी कुतिया भी कान-पूँछ झटकारते आ गई और नीचे सड़क पर बैठकर मिरवा का गाना बिलकुल उसी अन्दाज में सुनने लगी, जैसे हिज मास्टर्स वायस के रिकार्ड पर तस्वीर बनी होती है।

अभी सारी गली में सन्नाटा था। सबसे पहले मिरवा (असली नाम मिहिरलाल) जागता था और आँख मलते-मलते घेघा बुआ के चौतरे पर आ बैठता था। उसके बाद झबरी कुतिया, फिर मिरवा की छोटी बहन मटकी और उसके बाद एक-एक कर गली के तमाम बच्चे—खोंचे वाली का लड़का मेवा, ड्राइवर साहब की लड़की निरमल, मनीजर साहब के मुन्ना बाबू—सभी आ जुटते थे। जब से गुलकी ने घेघा बुआ के चौतरे पर तरकारियों की दुकान रखी थी, तब से यह जमावड़ा वहाँ होने लगा था। उसके पहले बच्चे हकीम जी के चौतरे पर खेलते थे। धूप निकलते-निकलते गुलकी सट्टी से तरकारियाँ खरीदकर अपनी दुबड़ी पीठ पर लादे, डण्डा टेकती आती और दूकान फैला देती। मूरी, नीबू, कद्दू, लौकी, घियाबण्डा, कभी-कभी सस्ते फल! मिरवा और मटकी जानकी उस्ताद के बच्चे थे, जो एक भयंकर रोग में गल-गलकर मरे थे और दोनों बच्चे भी विकलांग, विक्षिप्त और रोगग्रस्त पैदा हुए थे। सिवा झबरी कुतिया के और कोई उसके पास नहीं बैठता था और सिवा गुलकी के कोई उन्हें अपनी देहरी या दुकान पर चढ़ने नहीं देता था।

आज भी गुलकी को आते देखकर सबसे पहले मिरवा गाना छोड़कर बोला, 'छलाम गुलकी।' और मटकी अपने बढ़े हुए तिल्ली वाले पेट पर से खिसकता हुआ जाँघिया सम्हालते हुए बोली—'एक ठो मूली दै देव! एक गुलकी!' गुलकी पता नहीं किस बात से खीझी हुई थी कि उसने मटकी को झिड़क दिया और

अपनी दुकान लगाने लगी। झबरी भी पास गई कि गुलकी ने डण्डा उठाया। दुकान लगाकर गुलकी अपनी कुबड़ी पीठ दुहराकर बैठ गई और जाने किसे बुड़बुड़ाकर गालियाँ देने लगी। मटकी एक क्षण चुपचाप खड़ी रही, फिर उसने रट लगाना शुरू किया—'एक मूरी! ए गुलकी! एक' गुलकी ने फिर झिड़का तो चुप हो गई और अलग हटकर लोलुप नेत्रों से सफेद धुली हुई मूलियों की ओर देखने लगी। इस बार वह बोली नहीं। चुपचाप उन मूलियों की ओर हाथ बढ़ाया ही था कि गुलकी चीखी—'हाथ हटाओ! छूना मत। कोढ़िन, कहीं खाने-पीने की चीज देखी कि जोंक की तरह चिपक गई, चल उधर!' मटकी पहले तो पीछे हटी, पर फिर उसकी तृष्णा ऐसी अदम्य हो गई कि उसने हाथ बढ़ाकर एक मूली खींची। गुलकी का मुँह तमतमा उठा और उसने बाँस की खपच्ची उठाकर उसके हाथ पर चट से मारी! मूली नीचे जा गिरी और 'हाय! हाय!' कर दोनों हाथ झटकते हुए मटकी पाँव पटक-पटककर रोने लगी। 'जाओ अपने घर रोओ! हमारी दुकान पर मरने को गली भर के बच्चे हैं।' गुलकी चीखी! 'दुकान दैके हम बिपता मोल लै लिया। छन भर पूजा-भजन में भी कचरधाँव मची रहती है! अन्दर से घेघा बुआ ने स्वर मिलाया। खासा हँगामा मच गया कि इतने में झबरी भी खड़ी हो गई और लगी- उदात्त स्वर में भूँकने। 'लेफ्ट राइट! लेफ्ट राइट!' चौराहे पर तीन-चार बच्चों का जलूस चला आ रहा था। आगे-आगे दर्ज़ा 'ब' में पढ़ने वाले मुन्ना बाबू नीम की सण्टी को झण्डे की तरह थामे जलूस का नेतृत्व कर रहे थे, पीछे थे मेवा और निरमल। जलूस आकर दुकान के सामने रुक गया। गुलकी सतर्क हो गई। दुश्मन की ताकत बढ़ गई थी।

मटकी सिसकते-सिसकते बोली—'हमके गुलकी मारिस है। हाय! हाय! हमके नरिया में ढकेल दिहिस। अरे बाप रे!' निरमले, मेवा, मुन्ना सब पास आकर उसकी चोट देखने लगे। फिर मुन्ना ने ढकेलकर सबको पीछे हटा दिया और सण्टी लेकर तनकर खड़े हो गये—'किसने मारा है इसे?'

'हम मारा है!' कुबड़ी गुलकी ने बड़े कष्ट से खड़े होकर कहा—'का करोगे? हमें मारौगे!' 'मारैंगे क्यों नहीं?' मुन्ना बाबू ने अकड़कर कहा। गुलकी इसका कुछ जवाब देती, कि बच्चे पास घिर आये। मटकी ने जीभ निकालकर मुँह बिराया, मेवा ने पीछे जाकर कहा—'ऐ कुबड़ी, अपना कुबड़ दिखाओ!' और एक मुट्ठी धूल उसकी पीठ पर छोड़कर भागा। गुलकी का मुँह तमतमा आया और रुँधे गले से कराहते हुए उसने पता नहीं क्या कहा? किन्तु उसके चेहरे पर भय की छाया बहुत गहरी हो गई थी। बच्चे सब एक-एक मुट्ठी धूल लेकर शोर मचाते हुए दौड़े कि अकस्मात् घेघा बुआ का स्वर सुनाई पड़ा—'ऐ मुन्ना बाबू, जात हो कि अबहिन बिहन जी का बुलवाय के दुइ चार कनेठी दिलवाई!' 'जाते तो हैं!' मुन्ना ने अकड़ते हुए कहा—'एक मिरवा, बिगुल बजाओ।' मिरवा ने दोनों हाथ मुँह पर रखकर कहा—धुतु धुतु धू। जलूस चल पड़ा और कप्तान ने नारा लगाया—

अपने देस में अपना राज!

गुलकी की दुकान बाइकाट!

नारा लगाते हुए जलूस गली में मुड़ गया। कुबड़ी ने आँसू पोछे, तरकारी पर धूल झाड़ी और साग पर पानी के छींटे देने लगी।

गुलकी की उम्र ज्यादा नहीं थी। यही हद से हद 25-26। पर चेहरे पर झुर्रियाँ आने लगी थीं और कमर के पास से वह इस तरह के दोहरी हो गई थी, जैसे 80 वर्ष की बुढ़िया हो। बच्चों ने जब पहली बार उसे मुहल्ले में देखा तो उन्हें ताज्जुब भी हुआ और थोड़ा भय भी, कहाँ से आई, कैसे आ गई? पहले कहाँ थी? उसका उन्हें कुछ अनुमान नहीं था। निरमल ने जरूर अपनी माँ को उसके पिता ड्राइवर से रात को कहते हुए सुना, 'यह मुसीबत और खड़ी हो गई। मरद निकाल दिया तो हम थोड़े ही यह ढाल गले बाँधेंगे। बाप अलग हम लोगों का रुपया खा गया। सुना, चल बसा तो कहीं मकान हम लोग न दखल कर लें तो मरद को छोड़कर चली आई। खबरदार जो चाभी दी तुमने।'

'क्या छोटेपन की बात करती हो! रुपया उसके बाप ने ले लिया तो क्या हम उसका मकान मार लेंगे? अभी हमने दे दी है। दस-पाँच दिन का अनाज पानी भेज दो उसके यहाँ।'

'हाँ-हाँ सारा घर उठा के भेज देव। सुन रही हो घेघा बुबा।'

'तो का भवा बहू, अरे निरलम के बापू से तो एकरे बाप की दाँत काटी रहीं।' घेघा बुबा की आवाज आई—'बेचारी बाप की अकेली संतान रही। एही के बियाह में मटियामेट हुई गवा, पर ऐसे कसाई के हाथ में दिहिस के पाँचै बरस में कुबड़ निकर आवा।'

'साला यहाँ आवे तो हंटर से खबर लूँ मैं।' ड्राइवर साहब बोले—'पाँच बरस बाल बाद बाल-बच्चा हुआ। अब मरा हुआ बच्चा पैदा हुआ तो उसमें इसका क्या कसूर? साले ने सीढ़ी से ढकेल दिया। जिन्दगी भर के लिए हड्डी खराब हो गई न। अब कैसे गुजारा हो उसका?'

'बेटवा एको दुकान खुलवाय देव। हमारा चौतरा खाली पड़ा है। यही रुपया दुई रुपया किरावा दै देवा करै, दिन भर अपना सौदा लगाय ले। हम का मना करित है? एत्ता बड़ा चौतरा मुहल्लेवालन के काम न आई तो का हम छाती पर धै लै जाब! पर हाँ, रुपया दै देवा करै।'

दूसरे दिन यह सनसनीखेज खबर बच्चों में फैल गई। वैसे तो हकीम जी का चबूतरा बड़ा था, पर वह कच्चा था, उस पर छाजन नहीं थी। बुआ का चौतरा लम्बा था, उस पर पत्थर जड़े थे। लकड़ी के खम्भे थे। उस पर टीन छाई थी। कई खेलों की सुविधा थी। खम्भों के पीछे किल-किल काँटें की लकीरें खींची जा सकती थीं। एक टाँग से उचक-उचककर बच्चे चिबिड्डी खेल सकते थे। पत्थर पर

लकड़ी का पीढ़ा रखकर नीचे से मुड़ा हुआ तार घुमाकर रेलगाड़ी चला सकते थे। जब गुलकी ने अपनी दुकान के लिए चबूतरे के खम्भों में बाँस बांधे तो बच्चों को लगा कि उनके साम्राज्य में किसी अज्ञात शत्रु ने आकर किलेबन्दी कर ली है। वे सहमे हुए दूर से कुबड़ी गुलकी को देखा करते थे। निरमल ही उनकी एकमात्र संवाददाता थी और निरमल का एकमात्र विश्वस्त सूत्र थी उसकी माँ। उससे जो सुना था, उसके आधार पर निरमल ने सबको बताया था कि यह चोर है। इसका बाप 100 रुपया चुराकर भाग गया। यह भी उसके घर का सारा रुपया चुराने आई है। 'रुपया चुरायेगी तो यह भी मर जायेगी।' मुन्ना ने कहा 'भगवान सबको दण्ड देता है।' निरमल बोली—'ससुराल में भी रुपया चुराए होगी।' मेवा बोला, 'अरे कुबड़ थोड़े है। ओही रुपया बाँधे है पीठ पर। मनसेधू का रुपया है।' 'सचमुच?' निरमल ने अविश्वास से कहा। 'और नहीं क्या कुबड़ थोड़े है। है तो दिखावै?' मुन्ना द्वारा उत्साहित होकर मेवा पूछने ही जा रहा था कि देखा साबुन वाली सत्ती खड़ी बात कर रही है। गुलकी से कह रही थी—'अच्छा किया तुमने! मेहनत से दुकान करो। अब कभी थूकने भी न जाना उसके यहाँ। हरामजादा, दूसरी औरत कर ले, चाहे दस और कर ले। सबका खून उसी के मत्थे चढ़ेगा। यहाँ कभी आवे तो कहलाना मुझसे। इसी चाकू से दोनों आँखें निकाल लूँगी।'

बच्चे डरकर पीछे हट गये। चलते-चलते सत्ती बोली—'कभी रुपये-पैसे की जरूरत हो तो बताना बहिन!'

कुछ दिन बच्चे डरे रहे, पर अकस्मात् उन्हें यह सूझा की सत्ती को यह कुबड़ी डराने के लिए बुलाती है। इसने उनके गुस्से में घी का काम किया। पर कर क्या सकते थे? अन्त में उन्होंने एक तरीका ईजाद किया। वे एक बुढ़िया का खेल खेलते थे। उसको उन्होंने संशोधित किया। मटकी को लैमनचूस देने का लालच देकर कुबड़ी बनाया गया। वह उसी तरह पीठ दोहरी करके चलने लगी। बच्चों ने सवाल-जवाब शुरू किए—

'कुबड़ी-कुबड़ी का हेराना?'

'सुई हिरानी!'

'सुई लैके का करबे?'

'कन्था सीबै!'

'कन्था सीके का करबे?'

'लकड़ी लाबै!'

'लकड़ी लाय के का करबे?'

'भात पकइबै!'

'भात पकाय के का करबे?'

'भात खाबै!'

'भात के बदले लात खाबै?'

और इसके पहले की कुबड़ी बनी हुई मटकी कुछ कह सके, वे उसे जोर से लात मारते और मटकी मुँह के बल गिर पड़ती; उसकी कहानियाँ और घुटने छिल जाते; आँख में आँसू आ जाते और होंठ दबाकर वह रुलाई रोकती, बच्चे खुशी से चिल्लाते 'मार डाला कुबड़ी को। मार डाला कुबड़ी को।'गुलकी यह सब देखती और मुँह फेर लेती।

एक दिन जब इसी प्रकार मटकी को कुबड़ी बनाकर गुलकी की दुकान के सामने ले गये तो इसके पहले मटकी जवाब दे, उन्होंने अनचित में उसे इतनी जोर ढकेल दिया कि वह कुहनी भी न टेक सकी और सीधे मुँह के बल गिरी। नाक, होंठ और भौंह खून से लथपथ हो गये। वह 'हाय! हाय!' कर इस बुरी तरह चीखी कि लड़के 'कुबड़ी मर गई।' चिल्लाते हुए और सहम गये और हतप्रभ हो गये। अकस्मात् उन्होंने देखा कि गुलकी उठी। वे जान छोड़कर भागे। पर गुलकी उठकर आई, मटकी को गोद में लेकर पानी से उसका मुँह धोने लगी और धोती से खून पोछने लगी। बच्चों ने पता नहीं क्या समझा कि वह मटकी को मार रही है, या क्या कर रही है कि वे अकस्मात् उस पर टूट पड़े। गुलकी की चीखें सुनकर मुहल्ले के लोग आये तो उन्होंने देखा कि गुलकी के बाल बिखरे हैं, दाँत से खून बह रहा है, अधउधारी चबूतरे के नीचे पड़ी है, और सारी तरकारी सड़क पर बिखरी है। घेघा बुबा ने उसे उठाया, धोती ठीक की और बिगड़कर बोलीं 'औकात रत्ती भर नै, और तेहा पौवा भर। आपन बखत देख के चुप नै रहा जाता। काहे लड़कन के मुँह लगत हौ?' लोगों ने पूछा तो कुछ नहीं बोली। जैसे उसे पाला मार गया हो। उसने चुपचाप अपनी दुकान ठीक की और दाँत से खून पोंछा, कुल्ला किया और बैठ गई।

उसके बाद अपने उस कृत्य से जैसे बच्चे खुद सहम गये। बहुत दिन तक वे शांत रहे। आज जब मेवा ने उसकी पीठ पर धूल फेंकी तो जैसे उसे खून चढ़ गया, पर फिर न जाने वह क्या सोचकर चुप रह गई और जब नारा लगाते हुए जलूस गली में मुड़ गया तो उसने आँसू पोंछे, पीठ पर से धूल झाड़ी और साग पर पानी छिड़कने लगी। 'लड़के का हैं गल्ली के, राच्छस हैं!' घेघा बुबा बोलीं। 'अरे उन्हें काहे कहो बुआ! हमारा भाग ही खोटा है!' गुलकी ने गहरी साँस लेकर कहा।...

इस बार जो झड़ी लगी, तो पाँच दिन तक लगातार सूरज के दर्शन नहीं हुए। बच्चे सब घर में कैद और गुलकी कभी दुकान लगाती थी, कभी नहीं। राम-राम करके छठवें दिन तीसरे पहर झड़ी बन्द हुई। बच्चे हकीम जी के चौतरे पर जमा हो गये। मेवा बिलबोटी बीन लाया था और निरमल ने टपकी हुई निमकौड़ियाँ बीनकर एक दुकान लगा ली थी और गुलकी की तरह आवाज लगा रही थी—'ले खीरा, आलू, मूरी, घियाबण्डा!' थोड़ी देर में काफी शिशु ग्राहक दूकान पर जुट

गये। अकस्मात् शोरगुल को चीरता हुआ बुआ के चौतरे से गीत का स्वर उठा। बच्चों ने घूमकर देखा मिरवा और मटकी गुलकी की दुकान पर बैठे हैं। मटकी खीरा खा रही है और मिरवा झबरी का सर अपनी गोद में रखे बिल्कुल उसकी आँखों में आँखें डालकर गा रहा है।

तुरन्त मेवा गया और पता लगाकर लाया कि गुलकी ने दोनों को एक-एक अधन्ना दिया है और दोनों मिलकर झबरी कुतिया के कीड़े निकाल रहे हैं। चौतरे पर हलचल मच गई और मुन्ना ने कहा—'निरमल! मिरवा मटकी को एक भी निमकाड़ी मत देना। रहे उसी कुबड़ी के पास।' 'हाँ जी?' निरमल ने आँखें चमकाकर गोले मुँह करके कहा—'हमार अम्मा कहत रहीं उन्हें छुयो न। न साथ खायो, न खेलो। उन्हें बड़ी बुरी बीमारी है।' 'आक थू!' मुन्ना ने उनकी ओर देखकर उबकाई जैसा मुँह बनाकर थूक दिया।

गुलकी बैठी-बैठी सब समझ रही थी और जैसे इस निरर्थक घृणा में उसे कुछ रस-सा आने लगा था। उसने मिरवा से कहा, 'तुम दोनों मिल के गाओ तो एक अधन्ना दें। खूब जोर से!' दोनों भाई-बहन ने गाना शुरू किया—'माल कताली मल जाना, पल अकियाँ किछी से...' अकस्मात् फटाक से दरवाजा खुला और लोटा भर पानी दोनों के ऊपर फेंकती हुई घेघा बुआ गरजीं—'दुर कलमुँहे! अबहिन बित्तौभर के नाही ना और पतुरियन के गाना गावै लगे। न बहन का ख्याल न बिटिया का। और ए कुबड़ी हम तुहूँ से कह देइत है कि हम चकलाखाना खोलै के बरे अपना चौतरा नहीं दिया रहा। हुँह! चली हुँआ से मुजरा करावै।'

गुलकी ने पानी उधर छिटकाते हुए कहा—'बुआ, बच्चे हैं, गा रहे हैं। कौन कसूर हो गया?'

'ऐ हाँ,! बच्चे हैं। तुहूँ तो दूध पिवत बच्ची हौ। कह दिया कि जबान न लड़ायो हमसे हाँ! हम बहुत बुरी हैं। एक तो पाँच महीने से किरावा नाहीं दियो और हियाँ दुनियाँ भर अन्धे कोढ़ी बटुरे रहत हैं। चलौ उठाओ अपनी दुकान हियाँ से। कल से न देखी हियाँ तुम्हें। राम! राम! सब अधरम की सन्तान राच्छस पैदा भये हैं मुहल्ले में! धरतियौ नाहीं फाटत कि मर बिलाय जाँय।'

गुलकी सन्न रह गयी। उसने किराया सचमुच पाँच महीने से नहीं दिया था। बिक्री ही नहीं थी। मुहल्ले में कोई उससे कुछ लेता हन नहीं था, पर इसके लिए बुआ उसे निकाल देंगी, वह उसे कभी आशा नहीं थी। वैसे ही महीने में 20 दिन वह भूखी सोती थी। धोती में 10, 10 पैबन्द थे। मकान गिर चुका था। एक दालान में थोड़ी-सी जगह में वह सो जाती थी, पर दुकान तो वहाँ रखी नहीं जा सकती। उसने चाहा कि वह बुआ के पैर पकड़ ले, मिन्नत कर ले। पर बुआ ने जितनी जोर से दरवाजा खोला था, उतनी ही जोर से बन्द कर दिया। जब से चौमासा

आया था, पुरवाई बही थी, उसकी पीठ में भयानक पीड़ा उठती थी। उसके पाँव काँपते थे। सट्टी में उस पर उधार बुरी तरह चढ़ गया था, पर अब होगा क्या? वह मारे खीझ के रोने लगी।

इतने कुछ खटपट हुई और उसने घुटनों से मुँह उठाकर देखा कि मौका पाकर मटकी ने एक ताजा फूट निकाल लिया है और मरभुखी की तरह उसे हबर-हबर खाती जा रही है। एक क्षण वह उसके फूलते-पचकते पेट को देखती रही, फिर ख्याल आते ही कि फूट पूरे 10 पैसे का है, वह उबल पड़ी और सड़ासड़ तीन-चार खपच्ची मारते हुए बोली—'चोट्टी! कुतिया! तोरे बदन में कीड़ा पड़ै!' मटकी के हाथ से फूट गिर पड़ा, वह नाली में से फूट के टुकड़े उठाते हुए भागी। न रोई, न चीखी, क्योंकि मुँह में भी फूट भरा था। मिरवा हक्का-बक्का इस घटना को देख रहा था कि गुलकी उसी पर बरस पड़ी। सड़-सड़ उसने मिरवा को मारना शुरू किया—'भाग यहाँ से। हरामजादे।' मिरवा दर्द से तिलमिला उठा—'हमला पइछा देव तो जाई।' 'देते हैं पैसा, ठहर तो।' सड़! सड़!...रोता हुआ मिरवा चौतरे की ओर भागा।

निरमल की दुकान पर सन्नाटा छाया था। सब चुप उसी ओर देख रहे थे। मिरवा ने आकर कुबड़ी की शिकायत मुन्ना से की। मुन्ना चुप रहा, फिर मेवा की ओर घूमकर बोला—'मेवा बता दो इसे!' मेवा पहले हिचकिचाया, फिर बड़ी मुलायमियत से बोला—'मिरवा तुम्हें बीमारी हुई है न' तो हम लोग अब तुम्हें नहीं छुएँगे। साथ नहीं खिलाएँगे। तुम उधर बैठ जाओ।'

'हम बिमाल हैं मुन्ना?'

मुन्ना कुछ पिघला—'हाँ, हमें छुओ मत! निमकौड़ी खरीदना हो तो उधर बैठ जाओ, हम दूर से फेंक देंगे! समझे!' मिरवा समझ गया, सर हिलाया और अलग जाकर बैठ गया। मेवा ने निमकौड़ी उसके पास रख दी और वह चोट भूलकर पकी निमकौड़ी का बीजा निकालकर छीलने लगा।

इतने में ऊपर से घेघा बुबा की आवाज आई—'ऐ मुन्ना! तई तू लोग परे हो जाओ! अबहिन पानी गिरी ऊपर से।' बच्चे ने ऊपर देखा। तिछत्ते पर घेघा बुबा कछोटा मारे पानी में छपछप करती घूम रही थीं। कूड़े से तिछत्ते की नाली बन्द थी और पानी भरा था। जिधर बुआ खड़ी थीं, उसके ठीक नीचे गुलकी का सौदा था। बच्चे वहाँ से दूर थे, पर गुलकी को सुनाने के लिए बात बच्चों से कही गई थी। गुलकी कराहती हुई उठी। कुबड़ की वजह से वह तनकर तिछत्ते की ओर देख भी नहीं सकती थी। उसने धरती की ओर देखकर ऊपर बुआ से कहा—'इधर की नाली काहे खोल रही हो? उधर की खोलो न!'

'काहे इधर की खोली! उधर हमारे चौका है कि नै!'

'इधर हमारा सौदा लगा है।'

'ऐ है!' बुआ हाथ चमकाकर बोलीं—सौदा है रानी साहब का! किराया देय के दाई हियाब फाटत हैं और टर्राय के दाईं नटई में गामा पहिलवान का जोर तो देखो! सौदा लगा है तो हम का करी! नारी तो इहै खुली!'

'खोलौ तो देखैं।' अकस्मात् गुलकी ने तड़पकर कहा...आज तक किसी से उसका वह स्वर नहीं सुना था...'पाँच महीने का दस रुपया नहीं दिया, बस, पर हमारे घर की धन्नो निकाल के बसन्तू के हाथ किसने बेचा, तुमने? पच्छिम ओर का दरवाजा चिरवा के किसने जलवाया? तुमने। हम गरीब हैं। हमारा बाप नहीं है। सारा मुहल्ला मिल के हमें मार डालो।'

'हमें चोरी लगाती है। अरे, कल की पैदा हुई।' बुआ मारे गुस्से के खड़ी बोली बोलने लगी थीं।

बच्चे चुप खड़े थे। वे कुछ-कुछ सहमे हुए थे। कुबड़ी का यह रूप उन्होंने कभी न देखा, न सोचा था।

'हाँ! हाँ! हाँ! तुमने ड्राइवर चाचा ने, चाची ने, सबने मिलके हमारा मकान उजाड़ा है। अब हमारी दुकान बहाय देव। देखेंगे हम भी। निरबल के भी भगवान् हैं!'

'ले! ले! ले भगवान् हैं तो ले!' और बुआ ने पागलों की तरह दौड़कर नाली में जमा कूड़ा लकड़ी से ठेल दिया। छः इंच मोटी गन्दे पानी की धार घड़-घड़ करती हुई उसकी दुकान पर गिरने लगी। तरोइयाँ पहले नाली में गिरीं, फिर मूली, खीरे, साग, अदरक उछल-उछलकर दूर जा गिरे। गुलकी आँखें फाड़े पागल-सी देखती रही और फिर दीवार पर सर पटककर हृदय-विदारक स्वर में डकराकर रो पड़ी—'अरे मोर बाबू—हमें कहाँ छोड़ गये—ओ मोरी माई! पैदा होते ही हमें क्यों नहीं मार डाला! अरे धरती मैया, हमें कहो नहीं लील लेतीं?'

सर खोले, बाल बिखेरे, छाती कूट-कूटकर वह रो रही थी और तिछत्ते का पिछले नौ दिन का जमा पानी घड-घड़, घड़-घड़ गिर रहा था।

बच्चे चुप खड़े थे। अब तक तो जो हो रहा था, उनकी समझ में आ रहा था। पर आज यह क्या हो गया यह उनकी समझ में नहीं आ सका। पर वे कुछ बोले नहीं। सिर्फ मटकी उधर गई और नाली में बहता हुआ एक मोटा हरा खीरा निकालने लगी कि मुन्ना ने डाँटा 'खबरदार! जो कुछ चुराया।' मटकी पीछे हट गयी। वे सब किसी अप्रत्याशित भय, संवेदना या आशंका के जुड-बटुरकर खड़े हो गये। सिर्फ मिरवा अलग सर झुकाये खड़ा था। झींसी फिर पड़ने लगी थी और वे एक-एक कर अपने घर चले गये।

दूसरे दिन चौतरा खाली था। दुकान का बाँस उखड़वाकर बुआ ने नाँद में गाड़कर उस पर तुरई की लतर चढ़ा दी थी। उस दिन बच्चे आये, पर उनकी हिम्मत उस चौतरे पर जाने की नहीं हुई। जैसे वहाँ कोई मर गया हो। बिलकुल

सुनसान चौतरा था और फिर तो ऐसी झड़ी लगी कि बच्चों का निकलना बन्द। चौथे या पाँचवें दिन रात को भयानक वर्षा तो हो रही थी, पर बादल भी ऐसे गरज रहे थे कि मुन्ना अपनी खाट से उठकर अपनी माँ के पास घुस गया। बिजली चमकते ही जैसे कमरा रोशनी से ना-नाच उठता था। छत पर बूँदों की पटर-पटर कुछ धीमी हुई, थोड़ी हवा भी चली और पेड़ों का हरहर सुनाई पड़ा कि इतने में घड़ घड़ घड़ घड़ाम! भयानक आवाज हुई। माँ भी चौंक पड़ी, पर उठी नहीं। मुन्ना आँखें खोले अँधेरे में ताकने लगा। सहसा लगा मुहल्ले में कुछ लोग बातचीत कर रहे हैं। घेघा बुआ की आवाज सुनाई पड़ी—"किसका मकान गिरा है रे!' 'गुलकी का?'—किसी का दूरागत उत्तर आया। 'अरे बाप रे! दब गई क्या? 'नहीं आज तो मेवा की माँ के यहाँ सोई है!' मुन्ना लेटा था और उसके ऊपर अँधेरे में यह सवाल-जवाब इधर से उधर और उधर से इधर जा रहे थे। वह फिर काँप उठा, माँ के पास घुस गया और सोते-सोते उसने साफ सुना कुबड़ी फिर उसी तरह रो रही है, गला फाड़कर रो रही है! कौन जाने मुन्ना के ही आँगन में बैठकर रो रही हो। नींद में वह स्वर कभी दूर, कभी पास आता हुआ ऐसा लग रहा है जैसे कुबड़ी मुहल्ले के हर आँगन में जाकर रो रही हो पर कोई सुन नहीं रहा, सिवा मुन्ना के।

3

बच्चों के मन में कोई बात इतनी गहरी लकीर नहीं बनाती कि उधर से उनका ध्यान हटे ही नहीं। सामने गुलकी थी तो वह एक समस्या थी, पर उसकी दुकान हट गयी, फिर वह जाकर साबुन वाली सत्ती के गलियारे में सोने लगी और दो-चार घर से माँग-जाँचकर खाने लगी, उस गली में दिखाती ही नहीं थी। बच्चे भी दूसरे कामों में व्यस्त हो गये। अब जाड़ा आ रहा था, तो उनका जमावड़ा सुबह न होकर तीसरे पहर होता था। जमा होने के बाद जलूस निकलता था और जिस जोशीले नारे से गली गूँज उठती थी वह था—'घेघा बुआ को वोट दो।' पिछले दिनों म्युनिसिपैलटी का चुनाव हुआ था और उसी में बच्चों ने यह नारा सीखा था। वैसे कभी-कभी बच्चों में दो पार्टियाँ भी होती थीं, पर दोनों को घेघा बुआ से अच्छा उम्मीदवार कोई नहीं मिलता था, अतः दोनों ही गला फाड़-फाड़कर उनके लिए वोट माँगती थीं।

उस दिन जब घेघा बुआ के धैर्य का बाँध टूट गया और नयी-नयी गालियों से विभूषित अपनी प्रथम एलेक्शन स्पीच देने ज्यों ही चौतरे पर अवतरित हुईं कि उन्हें डाकिया आता हुआ दिखाई पड़ा। वह अचकचाकर रुक गई। डाकिया के हाथ में एक पोस्टकार्ड था वह गुलकी को ढूँढ़ रहा था। बुआ ने लपककर पोस्टकार्ड लिया, एक साँस में पढ़ गईं। उनकी आँखें मारे अचरज के फैल गईं और डाकिया को बताकर कि गुलकी सत्ती साबुन वाले के ओसारे में रहती है, वह झट से दौड़ी। निरमल की माँ ड्राइवर की पत्नी के यहाँ गई, बड़ी देर तक दोनों में सलाह-

मशविरा होता रहा और अन्त में बुआ आईं और उन्होंने मेवा को भेजा 'जा गुलकी को बुलाय ला!'

परन्तु जब मेवा लौटा तो उसके साथ गुलकी नहीं, वरन् सत्ती साबुन वाली थी और सदा की भाँति इस समय भी उसको कमर से वह काले बेंट का चाकू लटक रहा था, जिससे वह साबुन की टिक्की काटकर दुकानदारों को देती थी। उसने आते ही भौंह सिकोड़कर बुआ को देखा और कड़े स्वर में बोली, 'क्यों बुलाया है गुलकी को? तुम्हारा 10 रुपया किराया बाकी था, तुमने 15 रुपया का सौदा उजाड़ दिया। अब क्या काम है?' 'अरे! राम! राम! कैसा किराया बेटी! अन्दर आओ, अन्दर आओ!' बुआ के स्वर में असाधारण मुलायमियत थी। सत्ती के अन्दर आते ही बुआ ने फटाक से किवाड़े बन्द कर लिए। बच्चों का कौतूहल बहुत बढ़ गया था। बुआ के चौके में एक झँझरीथी। सब बच्चे वहाँ पहुँचे और आँख लगाकर कनपटियों पर दोनों हथेलियाँ रखकर घण्टी वाला बाइसकोप देखने की मुद्रा में खड़े हो गये।

अन्दर सत्ती गरज रही थी—'बुलाया है तो बुलाने दो, क्यों जाय गुलकी? अब बड़ा ख्याल आया आया है। इसलिए कि उसकी रखैल को बच्चा हुआ है, तो जाके गुलकी झाड़ू-बहारू करे, खाना बनाये, बच्चा खिलावै और वह मरद का बच्चा गुलकी की आँख के आगे रखैल के साथ गुलछर्रे उड़ावै!'

निरमल की माँ बोलीं—'अरे बिटिया! पर गुजर तो अपने आदमी के साथ करैगी न! जब उसकी पत्री आई है तो गुलकी को जाना चाहिए। और मरद तो मरद। एक रखैल को छोड़ दुइ-दुइ रखैल रख ले तो औरत उसे छोड़ देगी, राम! राम!'

'नहीं, छोड़ नहीं देगी तो जायके लात खायेगी?' सत्ती बोली।

'अरे बेटा!' बुआ बोली—'भगवान् रहें न! तीन मथुरापुरी में कुब्जा दासी के लात मारिन तो ओकर कुबड़ सीधा हुइ गवा। पति तो भगवान् है बिटिया! ओके जाय देव!'

'हाँ! हाँ! बड़ी हितू न बनिए। उसके आदमी से आप लोग मुफ्त में गुलकी का मकान झटकना चाहती हैं। मैं सब समझती हूँ।'

निरमल का चेहरा जर्द पड़ गया। पर बुआ ने ऐसी कच्ची गोली नहीं खेली थी। वे डपटकर बोलीं, 'खबरदार जो कच्ची जबान निकाल्यो! तुम्हारा चलित्तर कौन नै जानता? ओही छोकरा मानिक...।

'जबान खींच लूँगी।' सत्ती गला फाड़कर चीखी, 'जो आगे एक हरूफ़ कहा। ' और उसका हाथ चाकू पर गया—

'अरे! अरे!!' बुआ सहमकर दस कदम पीछे हट गईं—

'तो का खून करबो का, कतल करबो का?' सत्ती जैसे आई थी, वैसे ही चली गई।

तीसरे दिन बच्चों ने तय किया कि होरी बाबू के कुएँ पर चलकर बर्रे पकड़ी जायँ। उन दिनों उनका जहर शान्त रहता है, बच्चे उन्हें पकड़कर उनका छोटा-सा काला डँक निकाल लेते और फिर डोरी में बाँधकर उन्हें उड़ाते हुए घूमते। मेवा, निरमल और मुन्ना एक-एक बर्रे उड़ाते हुए जब गली में पहुँचे तो वहाँ देखा, बुआ के चौतरे पर टीन की कुर्सी डाले कोई आदमी बैठा है। उसकी अजब शकल थी। कान पर बड़े-बड़े बाल, मिचमिची आँखें, मोछा और तेल से चुचुआते हुए बाल। कमीज और धोती पर पुराना बदरंग बूट। मटकी हाथ फैलाए कह रही है—'एक डबल दै देव! ए दै देव ना।' मुन्ना को देखकर मटकी ताली बजा-बजाकर कहने लगी...'गुलकी का मनसेधू आवा है। ऐ मुन्ना बाबू! ई कुबड़ी का मनसेधू है।' फिर उधर मुड़कर—'एक डबल दै देव।' तीनों बच्चे कौतूहल से रुक गये। इतने में निरमल की माँ एक गिलास में चाय भरकर लाई और उसे देते-देते निरमल के हाथ में बर्रे देखकर उसे डाँटने लगी। बर्रे छुड़ाकर निरमल को पास बुलाया और बोली—'बेटा, ई हमारी निर्मला है। ए निरमल जीजा जी हैं, हाथ जोड़ो! बेटा, 'गुलकी हमारी जात-बिरादरी की नहीं है तो का हुआ, हमारे लिए जैसे निरमल वैसी गुलकी। अरे निरमल के बाबू और गुलकी की दाँतकाटी रही। एक मकान बचा है उनकी चिन्हारी, और का!' एक गहरी साँस लेकर निरमल की माँ ने कहा।

'अरे तो का उन्हें कोई इन्कार है।' बुआ आ गई थीं 'अरे 100 रुपया तुम दैवे किये रह्यु; चलो 300 रुपया और दै देव। अपने नाम कराय लेव!'

'500 रुपया से कम नहीं होगा!' उस आदमी का मुँह खुला, एक वाक्य निकला और मुँह फिर बन्द हो गया।

'भवा! भवा! ऐ बेटा दामाद हो, 500 रुपया कहबो तो का निरमल की माँ को इन्कार है।'

अकस्मात् वह आदमी उठकर खड़ा हो गया। आगे-आगे सत्ती चली आ रही थी, पीछे-पीछे गुलकी। सत्ती चौतरे के नीचे खड़ी हो गई। बच्चे दूर हट गये। गुलकी ने सर उठाकर देखा और अचकचाकर सर पर पल्ला डालकर माथे तक खींच लिया। सत्ती दो एक क्षण उसकी ओर एकटक देखती रही और फिर गरजकर बोली—''यही कसाई है। गुलकी, आगे बढ़कर मार दो चपोटा इसके मुँह पर! खबरदार जो कोई बोला!' बुआ चट से देहरी के अन्दर हो गईं, निरमला की माँ की जैसे घिग्घी बँध गई और वह आदमी हड़बड़ाकर पीछे हटने लगा।

'बढती क्यों नहीं गुलकी! बड़ा आया वहाँ से बिदा कराने।'

गुलकी आगे बढ़ी—सब सन्न थे—सीढ़ी चढ़ी, उस आदमी के चेहरे पर हवाइयाँ उड़ने लगीं। गुलकी चढ़ते-चढ़ते रुकी, सत्ती की ओर देखा, ठिठकी, अकस्मात् लपकी और फिर उस आदमी के पाँव पर गिर के फफक-फफककर

रोने लगी—'हाय हमें कहो को छोड़ दियौ। तुम्हारे सिवा हमरा लोक-परलोक और कौन है। अरे, हमरे मरै पर कौन चुल्लूभर पानी चढ़ाई...।'

सत्ती का चेहरा स्याह पड़ गया। उसने बड़ी हिकारत से गुलकी की ओर देखा और गुस्से में थूक निगलते हुए कहा 'कुतिया!' और तेजी से चली गई। निरमल की माँ और बुआ गुलकी के सर पर हाथ फेर-फेरकर कह रही थीं—'मत रो बिटिया! मत रो! सीता मइया भी बनवास भोगिन रहा! उठो गुलकी बेटी। धोती बदल लेव, कंघी चोटी करो! पति के सामने ऐसे आना असगुन होता है, चलो।'

गुलकी आँसू पोछती-पोछती निरमल की माँ के घर चली। बच्चे पीछे-पीछे चले तो बुआ ने डाँटा...'ऐ चलो एहर, हुँआ लड्डू बंट रहा है का?'

दूसरे दिन निरमल के बाबू (ड्राइवर साहब), गुलकी और जीजा दिन भर कचहरी में रहे। शाम को लौटे तो निरमल की माँ ने पूछा—'पक्का कागज लिख गया?' 'हाँ, हाँ रे, हाकिम के सामने लिख गया।' फिर जरा निकट आकर फुसफुसाकर बोले—'मट्टी के मोल मकान मिला है। अब कल दोनों को बिदा करो!' अरे, पहले 107 रुपये लाओ! बुआ का हिस्सा भी तो देना है!' निरमल की माँ उदास स्वर में बोली, 'बड़ी चंट है बुढ़िया, गाड़-गाड़ के रख रही है, मर के साँप होयेगी।'

4

सुबह निरमल की माँ के यहाँ मकान खरीदने की कथा थी। शंख, घण्टा-घड़ियाली, केले का पत्ता, पंजीरी, पंचामृत का आयोजन देखकर मुन्ना के अलावा सब बच्चे इकट्ठे थे। निरमल की माँ और निरमल के बाबू पीढ़े पर बैठे थे; गुलकी एक पीली धोती पहने; माथे तक घूँघट काढ़े काट रही थी और बच्चे झाँक-झाँककर देख रहे थे। मेवा ने पास पहुँचकर कहा—'ए गुलकी, ए गुलकी, जीजा जी के साथ जाओगी क्या?' कुबड़ी ने झेंपकर कहा 'धत्त रे! ठिठोली करता है!' और लज्जाभरी जो मुस्कान किसी भी तरुणी के चेहरे पर मनमोहक लाली बनकर फैल जाती, वह उसके झुर्रियोंदार, बेडौल, नीरस चेहरे पर विचित्र रूप से वीभत्स लगने लगी। उसके काले पपड़ीदार होंठ सिकुड़ गये, आँखों के कोने मिचमिचा उठे और अत्यन्त कुरुचिपूर्ण ढंग से उसने अपने पल्ले से सर ढाँक लिया पीठ सीधी कर जैसे कुबड़ छिपाने का प्रयास करने लगी। मेवा पास ही बैठ गया। कुबड़ी ने पहले इधर-उधर देखा, फिर फुस-फुसाकर मेवा से कहा—'क्यों रे! जीजा जी कैसे लगे तुझे?' मेवा ने असमंजस में या संकोच में पड़कर कोई जवाब नहीं दिया तो जैसे अपने को समझाते हुए गुलकी बोली—'कुछ भी होय। है तो अपना आदमी! हारे-गाढ़े कोई और काम आवेगा? औरत को दबाय के रखना ही चाहिए।' फिर थोड़ी देर चुप रहकर बोली—'मेवा भइया, सत्ती हमसे नाराज है। अपनी सगी बहन क्या करेगी जो सत्ती ने किया हमारे लिए। ये चाची और बुआ तो सब मतलब के साथी हैं, हम क्या जानते नहीं? पर भइया अब जो कहो कि हम

सत्ती के कहने से अपने मरद को छोड़ दें, सो नहीं हो सकता।' इतने में किसी का छोटा-सा बच्चा घुअनों के बल चलते-चलते मेवा के पास आकर बैठ गया। गुलकी क्षण भर उसे देखती रही। फिर बोली—'पति से हमने अपराध किया तो भगवान? ने बच्चा छिना लिया, अब भगवान् हमें छमा कर देंगे।' फिर कुछ क्षण के लिए चुप हो गई—'छमा करेंगे तो दूसरी सन्तान देंगे, क्यों नहीं देंगे? तुम्हारे जीजा जी को भगवान् बनाये रखे। खोट तो हमीं में है। फिर सन्तान होगी तब तो सौत का राज नहीं चलेगा।'

इतने में गुलकी ने देखा कि दरवाजे पर उसका आदमी खड़ा बुआ से कुछ बातें कर रहा है। गुलकी ने तुरन्त पल्ले से सर ढँका और लजाकर उधर पीठ कर ली। बोली—'राम! राम! कितने दुबरा गये हैं। हमारे बिना खाने-पीने का कौन ध्यान रखता? अरे सौत तो अपने मतलब की होगी। ले भइया मेवा, जा दो बीड़ा पान दे आ जीजा को!' फिर उसके मुँह पर वही लज्जा की वीभत्स मुद्रा आई—'तुझे कसम है, बताना मत किसने दिया है।'

मेवा पान लेकर गया, पर वहाँ किसी ने उस पर ध्यान ही नहीं दिया। वह आदमी बुआ से कह रहा था—'इसे ले तो जा रहे हैं, पर इतना कह देते हैं। आप भी समझा दें उसे—कि रहना हो तो दासी बनकर रहे। न दूध की, न पूत की। हमारे कौन काम की, पर हाँ औरतिया की सेवा करे, उसका बच्चा खिलावे, झाड़-बुहारू करे तो रोटी खाय पड़ी रहे, पर कभी उससे जबान लड़ाई तो खैर नहीं। हमारा हाथ बड़ा जालिम है। एक बार कुबड़ निकला, अगली बार परान ही निकलेगा।'

'क्यों नहीं बेटा! क्यों नहीं!' बुआ बोलीं और उन्होंने मेवा के हाथ से पान लेकर अपने मुँह में दबा लिए।

करीब 3 बजे इक्का लाने के लिए निरमल की माँ ने मेवा को भेजा। कथा की भीड़-भाड़ से उनका 'मूड़ पिराने' लगा था, अत: अकेली गुलकी सारी तैयारी कर रही थी। मटकी कोने में खड़ी थी। मिरवा और झबरी बाहर गुमसुम बैठे थे। निरमल की माँ ने बुआ को बुलवाकर पूछा कि बिदा-बिदाई में क्या करना होगा, तो बुआ मुँह बिगाड़कर बोलीं, 'अरे, कोई, जात बिरादरी की है का? एक लोटा में पानी भरके इकन्नी-दुअन्नी उतार के परजा-पजारू को दै दियो बस!' और फिर बुआ शाम की बियारी में लग गईं।

इक्का आते ही जैसे झबरी पागल-सी इधर-उधर दौड़ने लगी। उसे जाने कैसे, आभास हो गया कि गुलकी जा रही है, सदा के लिए। मेवा ने अपने छोटे-छोटे हाथों से बड़ी-बड़ी गठरियाँ रखीं। मटकी और मिरवा चुपचाप आकर इक्के के पास खड़े हो गये। सिर झुकाये पत्थर-सी चुप गुलकी निकली। आगे-आगे हाथ में पानी का भरा लोटा लिये निरमल थी। वह आदमी जाकर इक्के पर बैठ गया।

'अब जल्दी करो!' उसने भारी गले से कहा। गुलकी आगे बढ़ी, फिर रुकी और उसने टेंट से दो अधन्ने निकाले—'ले मिरवा, ले मटकी! मटकी जो हमेशा हाथ फैलाये रहती थी, इस समय जाने कैसा संकोच उसे आ गया कि वह हाथ नीचे कर दीवार से सटकर खड़ी हो गई और सर हिलाकर बोली—'नहीं!'—'नहीं बेटा! ले लो!' गुलकी गुलकी ने पुचकारकर कहा। मिरवा मटकी ने पैसे ले लिये और मिरवा बोला—'छलाम गुलकी! एक आदमी छलाम!'

'अब क्या गाड़ी छोड़नी है!' वह फिर भारी गले से बोला।

'ठहरो बेटा, कहीं ऐसे दामाद की बिदाई होती है!' सहसा एक बिल्कुल अजनबी किन्तु अत्यन्त मोटा स्वर सुनाई पड़ा। बच्चों ने अचरज से देखा, मुन्ना की माँ चली आ रही हैं। 'हम तो मुन्ना का आसरा देख रहे थे कि स्कूल से आ जाय, उसे नाश्ता करा लें तो आयें, पर इक्का आ गया तो हमने समझा अब तू चली। अरे! निरमल की माँ, कहीं ऐसे बेटी की बिदाई होती है। लाओ जरा रोली घोलो जल्दी से, चावल लाओ और सेन्दुर भी ले आना निरमल बेटा! तुम बेटा उतर आओ इक्के से!'

निरमल की माँ का चेहरा स्याह पड़ गया था। बोलीं—'जितना हमसे बन पड़ा, किया। किसी को दौलत का घमण्ड थोड़े ही दिखाना था!' 'नहीं बहन! तुमने तो किया पर मुहल्ले की बिटिया तो सारे मुहल्ले की बिटिया होती है। हमारा भी तो फर्ज था। अरे माँ-बाप नहीं हैं तो मुहल्ला तो है। आओ बेटा!' और उन्होंने टीका करके आँचल के नीचे छिपाये हुए कपड़े और एक नारियल उसकी गोद में डालकर उसे चिपका लिया। गुलकी जो अभी तक पत्थर-सी चुप थी, सहसा फूट पड़ी। उसे पहली बार लगा, जैसे वह मायके से जा रही है। मायके से...अपनी माँ को छोड़कर...छोटे-छोटे भाई-बहनों को छोड़कर...और वह अपने कर्कश फटे हुए गले से विचित्र स्वर से रो पड़ी।

'ले, अब चुप हो जा! तेरा भाई भी आ गया।' वे बोलीं। मुन्ना बस्ता लटकाये स्कूल से चला आ रहा था। कुबड़ी को अपनी माँ के कन्धे पर सर रखकर रोते देखकर वह हतप्रभ-सा खड़ा हो गया—'आओ बेटा! गुलकी जा रही है न आज! दीदी है न! बड़ी बहन है। चल पाँव छू ले। आ इधर!' माँ ने फिर कहा। मुन्ना...और कुबड़ी के पाँव छुए? क्यों? क्यों? पर माँ की बात! एक क्षण में उसके मन में जैसे एक पूरा पहिया घूम गया और वह गुलकी की ओर बढ़ा। गुलकी ने दौड़कर उसे चिपका लिया और फूट पड़ी—'हाय मेरे भइया! अब हम जा रहे हैं! अब किससे लड़ोगे मुन्ना भइया? अरे मेरे वीरन, अब किससे लड़ोगे?' मुन्ना को लगा जैसे उसकी छोटी-छोटी पसलियों में एक बहुत बड़ा-सा आंसू जमा हो गया जो अब छलकने ही वाला है। इतने में उस आदमी ने फिर आवाज दी और गुलकी कराहकर मुन्ना की माँ का सहारा लेकर इक्के पर बैठ गई। इक्का खड़-खड़कर चल पड़ा। मुन्ना की माँ मुड़ी कि बुआ ने व्यंग किया। 'एक आध गाना भी

विदाई का गाये जाओ बहन! गुलकी बन्नो ससुराल जा रही हैं!' मुन्ना की माँ ने कुछ जवाब नहीं दिया, मुन्ना से बोलीं—'जल्दी घर आना बेटा। नाश्ता रखा है!'

पर पागल मिरवा ने जो बम्बे पर पाँव लटकाये बैठा था, जाने क्या सोचा कि वह सचमुच गला फाड़कर गाने लगा—'बन्नो डाले दुपट्टे का पल्ला, मुहल्ले से चली गई राम!' यह उस मुहल्ले में हर लड़की की विदाई पर गाया जाता था। बुआ ने घुड़का तब भी वह चुप नहीं हुआ, उल्टे मटकी बोली—'काहे न गावें, गुलकी ने पैसा दिया है!' और उसने भी सुर मिलाया—'बन्नो तली गई लाम! बन्नो तली गई लाम! बन्नो तली गई लाम!

मुन्ना चुपचाप खड़ा रहा। मटकी डरते-डरते आई—'मुन्ना बाबू! कुबड़ी ने अधन्ना दिया है, ले लें?'

'ले ले।' बड़ी मुश्किल से मुन्ना ने कहा और उसकी आँख में दो बड़े-बड़े आँसू डबडबा आये। उन्हीं आँसुओं की झिलमिली में कोशिश करके मुन्ना ने जाते हुए इक्के की ओर देखा। गुलकी आँसू पोंछते हुए पर्दा उठाकर सबको मुड़-मुड़कर देख रही थी। मोड़ पर एक धचक्के से इक्का मुड़ा और फिर अदृश्य हो गया।

सिर्फ झबरी सड़क तक इक्के के साथ गई और फिर लौट आई।

✦

जाह्नवी

✦

जैनेन्द्र कुमार

आज तीसरा रोज है।—तीसरा नहीं, चौथा रोज है। वह इतवार की छुट्टी का दिन था। सवेरे उठा और कमरे से बाहर की ओर झाँका तो देखता हूँ, मुहल्ले के एक मकान की छत पर काँओं-काँओं करते हुए कौओं से घिरी हुई एक लड़की खड़ी है। खड़ी-खड़ी बुला रही है, 'कौओं आओ, कौओं आओ।' कौए बहुत काफी आ चुके हैं, पर और भी आते-जाते हैं। वे छत की मुंडेर पर बैठ अधीरता से पंख हिला-लिाकर बेहद शोर मचा रहे हैं। फिर भी उन कौओं की संख्या से लड़की का मन जैसे भरा नहीं है। बुला ही रही है, 'कौओं आओ, कौओं आओ।'

देखते-देखते छत की मुंडेर कौओं से बिल्कुल काली पड़ गयी। उनमें से कुछ अब उड़-उड़कर उसकी धोती से जा टकराने लगे। कौओं के खूब आ घिरने पर लड़की मानो उन आमन्त्रित अतिथियों के प्रति गाने लगी—

'कागा चुन-चुन खाइयो...।'

गाने के साथ उसने अपने हाथ की रोटियों में से तोड़-तोड़कर नन्हें-नन्हें दुकड़े भी चारों ओर फेंकने शुरू किये। गाती जाती थी। 'कागा चुन-चुन खाइयो...।' वह मग्न मालूम होती थी और अनायास उसकी देह थिरककर नाच-सी आती थी। कौए चुन-चुन खा रहे थे और वह गा रही थी—

'कागा चुन-चुन खाइयो...।'

आगे वह क्या गाती है, कौओं की काँव-काँव और उनके पंखों की फड़फड़ाहट के मारे साफ सुनाई न दिया। कौए लपक-लपककर मानो छूटने से पहले उसके हाथों से टुकड़ा छीन ले रहे थे। वे लड़की के चारों ओर ऐसे छा रहे थे, मानो वे प्रेम से उसको ही खाने को उद्यत हों। और लड़की कभी इधर कभी उधर झुककर घुमती हुई लीन भाव से गा रही थी कि जाने क्या मिल रहा हो?

रोटी समाप्त होने लगी। कौए भी यह समझ गये। जब अन्तिम टुकड़ा हाथ में रह गया तो गाती हुई, उस टुकड़े को हाथ में फरहाती हुई जोर से दो-तीन चक्कर लगा उठी। फिर उसने वह टुकड़ा ऊपर आसमान की ओर फेंका, 'कौओं खाओ, कौओं खाओ।' और बहुत से कौए एक ही साथ उड़कर उसे लपकने झपटे। उस

समय उन्हें देखती हुई लड़की मानो आनन्द में चीखती हुई-सी आवाज में गा उठी—

'दो नैना मत खाइयो, मत खाइयो...।'

पीउ मिलन की आस'

रोटियाँ खत्म हो गयीं। कौए उड़ चले। लड़की एक-एक कर उनको उड़कर जाता हुआ देखने लगी। पलभर में छत कोरी हो गयी। अब वह आसमान के नीचे अकेली अपनी छत पर खड़ी थी। आस-पास बहुत से मकानों की बहुत-सी छतें थीं। उन पर कोई होगा, कोई न होगा। पर लड़की दूर अपने कौओं को उड़ते जाते हुए देखती रह गयी। गाना समाप्त हो गया था। धूप अभी फूटी ही थी। आसमान गहरा नीला था। लड़की के ओंठ खुले थे, दृष्टि थिर थी। जाने भूली-सी वह क्या देखती रह गयी थी?

थोड़ी देर बाद उसने मानो जागकर अपने आसपास के जगत् को देखा। इसी की राह में क्या मेरी ओर भी देखा? देखा भी हो, पर शायद मैं उसे नहीं दीखा था। उसके देखने में सचमुच कुछ दीखता ही था, यह मैं कह नहीं सकता। पर, कुछ ही पल के अनन्तर वह मानो वर्तमान के प्रति, वास्तविकता के प्रति, चेतन हो आयी, तब फिर बिना देर लगाये चट-चट उतरती हुई वह नीचे अपने घर में चली गयी।

मैं अपनी खिड़की में खड़ा-खड़ा चाहने लगा कि मैं भी देखूँ, कि कौए कहाँ-कहाँ उड़ रहे हैं, और वे कितनी दूर चले गये हैं। क्या वे कहीं दीखते भी हैं? पर मुश्किल से मुझे दो-एक ही कौंए दीखे। वे निरर्थक भाव से यहाँ बैठे थे, या वहाँ उड़ रहे थे। वे मुझे मूर्ख और घिनौने मालूम हुए। उनकी काली देह और काली चोंच मन को बुरी लगी। मैंने सोचा कि 'नहीं, अपनी देह मैं कौओं से नहीं चुनवाऊँगा। छिः, चुन-चुनकर इन्हीं के खाने के लिए क्या मेरी देह है? मेरी देह और कौये?—छीः।'

जान पड़ता है खड़े-खड़े मुझे काफी समय खिड़की पर ही हो गया; क्योंकि इस बार देखा कि ढेर-के-ढेर कपड़े क़न्धे पर लादे वही लड़की फिर उसी छत पर आ गयी है। इस बार वह गाती नहीं है, वहाँ पड़ी एक खाट पर उन कपड़ों को पटक देती है और उन कपड़ों में से एक-एक को चुनकर, फटककर, वहीं छत पर फैला देती है। छोटे-बड़े उन कपड़ों को गिनती काफी रही होगी। वे उठाये जाते रहे, फटके जाते रहे फैलाये जाते रहे; पर उनका अन्त शीघ्र आता न दीखा। आखिर जब ख़त्म हो गये तो लड़की ने सिर पर आये हुए धोती के पल्ले को पीछे किया। उसने एक अँगड़ाई ली, फिर सिर को जोर से हिलाकर अनबँधे अपने बालों को छिटका लिया और धीमे-धीमे वहीं डोलकर उन बालों पर हाथ फेरने लगी। कभी बालों की लट को सामने लाकर देखती, फिर उसी को लापरवाही से पीछे फेंक देती। उसके बाल गहरे काले थे और लम्बे थे। मालूम नहीं उसे अपने इस

वैभव पर सुख था या दु:ख था। कुछ देर वह उँगलियाँ फेर-फेरकर अपने बालों को अलग-अलग छिटकाती रही। फिर चलते-चलते एकाएक उन सब बालों को इकट्ठा समेटकर झटपट जूड़ा-सा बाँध, पल्ला सिर पर खींच, वह नीचे उतर गयी।

इसके बाद मैं खिड़की पर नहीं ठहरा। घर में छोटी साली आयी हुई है। इसी शहर के दूसरे भाग में रहती है और ब्याह न करके कालिज में पढ़ती है। मैंने कहा, 'सुनो, यहाँ आओ।'

उसने हँसकर पूछा, 'यहाँ कहाँ?'

खिड़की के पास आकर मैंने पूछा, 'क्यों जी, जाह्नवी का मकान जानती हो?'

'जाह्नवी! क्यों, वह कहाँ है?'

'मैं क्या जानता हूँ कहाँ है? पर देखो, वह घर तो उसका नहीं है?'

उसने कहा, 'मैंने घर नहीं देखा। इधर उसने कालिज भी छोड़ दिया है।'

'चलो अच्छा है।' मैंने कहा और उसे जैसे-तैसे टाला। क्योंकि वह पूछने-ताछने लगी थी कि क्या काम है, जाह्नवी को मैं क्या और कैसे और क्यों जानता हूँ? सच यह था कि मैं रत्तीभर उसे नहीं जानता था। एक बार अपने ही घर में इसी साली की कृपा और आग्रह पर एक निगाह एक को देखा था। बताया गया था कि वह जाह्नवी है, और मैंने अनायास स्वीकार कर लिया था कि अच्छा, वह जाह्नवी होगी। उसके बाद की सचाई यह है कि मुझे कुछ नहीं मालूम कि उस जाह्नवी का क्या बन गया और क्या नहीं बना। पर किसी सचाई को बहनोई के मुँह से सुनकर स्वीकार कर ले तो साली क्या! तिस पर सचाई ऐसी कि नीरस। पर ज्यों-त्यों मैंने टाला।

'बात-बात में मैंने कहना भी चाहा कि ऐसी ही तुम जाह्नवी को जानती हो, ऐसी ही तुम साथ पढ़ती थी कि जरा बात पर कह दो 'मालूम नहीं।' लेकिन मैंने कुछ कहा नहीं।

इसके बाद सोमवार हो गया, मंगलवार हो गया और आज बुध भी होकर चुका जा रहा है। चौथा रोज है। चौथा रोज है। हर रोज सवेरे खिड़की पर दीखता है कि कौये काँव-काँव, छीन-झपटकर रहे हैं और वह लड़की उन्हें रोटी के टुकड़ों के मिस कह रही है—

'कागा चुन, चुन खाइयो...।'

मुझको नहीं मालूम की कौए जो कुछ उसका खायेंगे उसे कुछ भी उसका सोच है। कौओं को बुला रही है, 'कौओ आओ, कौओ आओ', साग्रह कर रही है, 'कौओ खाओ, कौओ खाओ।' वह खुश है कि कौए आ गये हैं और वे खा रहे हैं। पर एक बात है कि ओ कौओं, जो तन चुन-चुनकर खा लिया जायेगा, उसको खा लेने में मेरी अनुमति है। वह खा-खूकर तुम सब निबटा देना। लेकिन ऐ मेरे भाई कौओं! इन दो नैनों को छोड़ देना। इन्हें कहीं मत खा लेना। क्या तुम

नहीं जानते कि उन नैनों में एक आस बसी है, जो पराये के बस है। वे नैना पीउ की बाट में हैं। ए कौओ, वे मेरे नहीं हैं, मेरे तन के नहीं हैं। वे पीउ की आस को बसाये रखने के लिए हैं। सो, उन्हें छोड़ देना।'

आज सबेरे भी मैंने यह सब-कुछ देखा। कौओं को रोटी खिलाकर वह उसी तरह नीचे चली गयी। फिर छोटे-बड़े बहुत से कपड़े धोकर लायी। उसी भाँति उन्हें झटककर फैला दिया। वैसे ही बाल छितराकर थोड़ी देर डोली। फिर सहसा ही उन्हें जूड़े में सँभालकर नीचे भाग गयी।

जाह्नवी को घर में एक बार देखा था। पत्नी ने उसे खास तौर पर देख लेने को कहा था और उसके चले जाने पर पूछा था, 'क्यों, कैसी है?'

मैंने कहा था, 'बहुत भली मालूम होती है। सुन्दर भी है, पर क्यों?'

'अपने बिरजू के लिए कैसी रहेगी?'

'बिरजू दूर के रिश्ते में मेरा भतीजा होता है। इस साल एम० ए० में पहुँचा है।

मैंने कहा, 'अरे ब्रजनन्दन! वह उसके सामने बच्चा है।'

पत्नी ने अचरज से कहा, 'बच्चा है, बाईस का तो हुआ।'

'बाईस छोड़ बयालीस का भी हो जाय। देखा नहीं कैसे ठाठ से रहता है। यह लड़की देखो, कैसी बस सफेद साड़ी पहनती है। बिरजू इसके लायक कहाँ है? यों भी कह सकती हो कि यह बेचारी लड़की बिरजू के ठाठ के लायक नहीं है।'

बात मेरी कुछ सही, कुछ व्यंग्य थी। पत्नी ने उसे कान पर भी न लिया। कुछ दिनों बाद मुझे मालूम हुआ कि पत्नी जी की कोशिशों से जाह्नवी के माँ-बाप से (—माँ के द्वारा बाप से) काफी आगे तक बढ़कर बातें कर ली गयी हैं। शादी के मौके पर क्या देना होगा, क्या लेना होगा, एक-एक कर सभी बातें पेशगी तय होती जा रही हैं।

इतने में सब किये-किराये पर पानी फिर गया। जब बात कुल किनारे पर आ गयी थी, तभी हुआ क्या कि हमारे ब्रजनन्दन के पास एक पत्र आ पहुँचा। उस पत्र के कारण एकदम सब चौपट हो गया। इस रंग में भंग हो जाने पर हमारी पत्नी जी का मन पहले तो गिरकर चूर-चूर-सा होता जान पड़ा; पर, फिर वह उसी पर बड़ी खुश मालूम होने लगीं।

मैं तो मानो इन मामलों में अनावश्यक प्राणी हूँ ही। कानों-कान मुझे खबर तक न हुई। जब हुई तो इस तरह—

पत्नी जी एक दिन सामने आ धमकीं। बोलीं, 'यह तुमने जाह्नवी के बारे में पहले से क्यों नहीं बतलाया?'

मैंने कहा, 'जाह्नवी के बारे में मैंने पहले से क्या नहीं बतलाया भाई?'

'यह कि वह कैसी है?'

मैंने पूछा, 'ऐसी कैसी?'

उन्होंने कहा, 'बनो मत, जैसे तुम्हें कुछ नहीं मालूम।'

मैंने कहा, 'अरे, यह तो कोई हाईकोर्ट का जज भी नहीं कह सकता कि मुझे कुछ भी नहीं मालूम। लेकिन, आखिर जाह्नवी के बारे में मुझे क्या-क्या मालूम है, यह तो मालूम हो?'

श्रीमती जी ने अकृत्रिम आश्चर्य से कहा, 'बिरजू के पास खत आया है, सो तुमने कुछ नहीं सुना? आजकल की लड़कियाँ, बस कुछ न पूछो। यह तो चलो भला हुआ कि मामला खुल गया। नहीं तो—'

क्या मामला, कहाँ, कैसे खुला और भीतर से क्या कुछ रहस्य बाहर हो पड़ा सो सब बिना जाने मैं क्या निवेदित करता? मैंने कहा, 'कुछ बात साफ भी कहो।'

उन्होंने कहा, 'वह लड़की आशनाई में फँसी थी।—पढ़ी-लिखी सब एक जात की होती हैं।'

मैंने कहा, 'सबकी जात-बिरादरी एक हो जाय तो बखेड़ा टले। लेकिन असल बात भी तो बताओ?'

'असल बात जाननी है तो जाकर पूछो उसकी महतारी से। भली समधिन बनने चली थी। वह तो मुझे पहले से दाल में काल मालूम होता था। पर देखो न, कैसी सीधी-भोली बातें करती थी। वह तो, देर क्या थी, सब हो ही चुका था। बस लगन-मुहूर्त की बात थी। राम-राम, भीतर पेट में कैसी कालिख रक्खे है, मुझे पता न था। चलो, आखिर परमात्मा ने इज्जत बचा ली। वह लड़की घर में आ जाती, तो मेरा मुँह अब दिखाने लायक रहता?'

मेरी पत्नी का मुख क्यों किस भाँति दिखाने लायक न रहता, उसमें क्या विकृति आ रहती, सो उनकी बातों से समझ में न आया। उनकी बातों में रस कई भाँति का मिला, तथ्य न मिला। कुछ देर बाद उन बातों से मैंने तथ्य पाने का यत्न ही छोड़ दिया और चुपचाप पाप-पुण्य धर्म-अर्धम का विवेचन सुनता रहा। पता लगने पर मालूम हुआ कि ब्रजमोहन के पास खुद लड़की यानी जाह्नवी का पत्र आया था। पत्र में मैंने देखा। उस पत्र को देखकर मेरे मन में कल्पना हुई कि अगर वह मेरी लड़की होती तो?—मुझे यह अपना सौभाग्य मालूम नहीं हुआ कि जाह्नवी मेरी लड़की नहीं है। उस पत्र की बात कई बार मन में उठी है और घुमड़ती रह गयर है। ऐसे समय चित्त का समाधान उड़ गया है और मैं शून्य-भाव से, हमें जो शून्य चारों ओर से ढँके हुए है उसकी ओर देखता रह गया है।

पत्र बड़ा नहीं था। सीधे-सादे ढंग से उसमें यह लिखा कि, 'आप जब विवाह के लिए यहाँ पहुँचेंगे तो मुझे प्रस्तुत भी पायेंगे, लेकिन मेरे चित्त की हालत इस समय ठीक नहीं है और विवाह जैसे धार्मिक अनुष्ठान की पात्रता मुझमें नहीं है। एक अनुगता आपको विवाह द्वारा मिलनी चाहिए—वह जीवन-संगिनी भी हो।

वह मैं हूँ या हो सकती हूँ, इसमें मुझे बहुत सन्देह है। फिर भी अगर आप चाहें, आपके माता-पिता चाहें, तो प्रस्तुत मैं अवश्य हूँ। विवाह में आप मुझे लेंगे और स्वीकार करेंगे तो मैं अपने को दे ही दूँगी, आपके चरणों की धूलि माथे से लगाऊँगी। आपकी कृपा मानूँगी। कृतज्ञ होऊँगी। पर निवेदन है कि यदि आप मुझ पर से अपनी माँग उठा लेंगे, मुझे छोड़ देंगे तो भी मैं कृतज्ञ होऊँगी। निर्णय आपके हाथ है। जो चाहें, करें।'

मुझे ब्रजनन्दन पर आश्चर्य आकर भी आश्चर्य नहीं होता। उसने दृढ़ता के साथ कह दिया कि मैं यह शादी नहीं करूँगा। लेकिन उसने मुझसे अकेले में यह भी कहा कि चाचा जी, मैं और विवाह करूँगा ही नहीं, करूँगा तो उसी से करूँगा। उस पत्र को वह अपने से अलहदा नहीं करता है। और मैं देखता हूँ कि उस ब्रजनन्दन का ठाठ-बाट आप ही कम होता जा रहा है। सादा रहने लगा है और अपने प्रति सगर्व बिल्कुल भी नहीं दीखता है। पहले विजेता बनना चाहता था, अब विनयावनत दीखता है और आवश्यक से अधिक बात नहीं करता। एक बार प्रदर्शिनी में मिल गया। मैं तो देखकर हैरत में रह गया। ब्रजनन्दन एकाएक पहिचाना भी न जाता था। मैंने कहा, 'ब्रजनन्दन, कहो क्या हाल है?'

उसने प्रणाम करके कहा, 'अच्छा है।'

वह मेरे घर पर भी आया।

पत्नी ने उसे बहुत प्रेम किया और बहुत-बहुत बधाइयाँ दीं कि ऐसी लड़की से शादी होने से चलो भगवान् ने समय पर रक्षा कर दी। जाह्नवी नाम की लड़की की एक-एक छिपी बात बिरजू की चाची को मालूम हो गयी है। वह बातें—ओह! कुछ न पूछो, बिरजू भैया! मुँह से भगवान् किसी की बुराई न करावे, लेकिन—

फिर कहा, 'भई, अब बहू के बिना काम कब तक हम चलायें, तू ही बता। क्यों रे, अपनी चाची को बुढ़ापे में भी तू आराम नहीं देगा? सुनता है कि नहीं?'

ब्रजनन्दन चुपचाप सुनता रहा।

पत्नी ने कहा, 'और यह तुझे क्या हो गया है? अपने चाचा की बातें तुझे भी लग गयी हैं क्या? न ढंग के कपड़े, न रीत की बातें। उन्हें तो अच्छे कपड़े-लत्ते सोभते नहीं हैं। तू क्यों ऐसा रहने लगा है रे?'

ब्रजनन्दन ने कहा, 'कुछ नहीं, चाची। और कपड़े घर रखे हैं।'

अकेले पाकर मैंने भी उससे कहा, 'ब्रजनन्दन, बात तो सही है। अब शादी करके काम में लगना चाहिये और घर बसाना चाहिये, है कि नहीं?'

ब्रजनन्दन ने मुझे देखते हुए बड़े बूढ़े की तरह कहा, 'अभी तो उमर पड़ी है, चाचा जी!'

मैंने इस बात को ज्यादा नहीं बढ़ाया।

अब खिड़की के पार इतवार कां, सोमवार को, मंगलवार को और आज बुधवार को भी सवेरे-ही-सवेरे छत पर नित रोटी के मिस कौओं को पुकार-पुकार कर बुलाने-खिलाने वाली यह जो लड़की देख रहा हूँ सो क्या जाह्नवी है? जाह्नवी को मैंने एक ही बार देखा है, इसलिए, मन को कुछ निश्चय नहीं होता। कद भी इतना ही था; लावण्य शायद उस जाह्नवी में अधिक था। पर यह वह नहीं है, जाह्नवी नहीं है, ऐसी दिलासा मैं मन को तनिक भी नहीं दे पाता हूँ। सबेरे-सबेरे इतने कौए बुला लेती है कि खुद दीखती ही नहीं, काले-काले वे-ही-वे दीखते हैं। और वे भी उसके चारों ओर ऐसी छीन-झपट-सी करते हुए उड़ते रहते हैं, मानो बड़े स्वाद से, बड़े प्रेम से, चोंथ-चोंथकर उसे खाने के लिए आपस में बदाबदी मचा रहे हैं। पर उनसे घिरी वह कहती है, 'आओ कौओ, आओ।' जब वे आ जाते हैं तो गाती है—

'कागा चुन-चुन खाइयो!'

और जब जाने कहाँ-कहाँ के कौए इकट्ठे-के-इकट्ठे काँऊ-काँऊ करते हुए चुन-चुनकर खाने लगते हैं और फिर भी खाँऊ-खाँऊँ करके उससे, उससे भी ज्यादा माँगने लगते हैं, तब वह चीख मचाकर चिल्लाती है कि ओरे कागा, नहीं, ये—

''दो नैना मत खाइयो!

मत खाइयो—

पीउ मिलन की आस!''

✦

लेखक परिचय

उड़िया

फकीरमोहन सेनापति (जन्म : 17 फरवरी, 1843; **मृत्यु :** 14 जून, 1918)

जन्म-स्थान : मल्लिकाशपुर, जिला—बालेश्वर।

शिक्षा-विभाग में कुछ दिनों नौकरी। तत्कालीन देशी रियासत में दीवान। प्रौढ़ आयु में साहित्य-साधना। सफल मौलिक कथाकार।

प्रकाशित रचनाएँ—पद्य : उत्कल भ्रमण, अवसर वासरे, खिल हरिवंश, बौद्धावतार काव्य, पूजापूल, प्रार्थना, धूति आदि। **गद्य :** (उपन्यास) छमाण आठ गुंठ, मामु, प्रायश्चित, लछमा (कहानी-संग्रह) गल्प स्वल्प।

दयानिधि मिश्र (जन्म : 1901)

जन्म-स्थान : बरगढ़, जिला सम्बलपुर।

शिक्षा : रेवेन्शा कालेज, कटक। विधि-शास्त्र में कलकत्ता विश्वविद्यालय से डिग्री। एक आदर्शवादी जीवन के प्रतीक। कवि और कथाकार के रूप में पर्याप्त ख्याति। पश्चिम उड़ीसा के एकमात्र सफल कथाकार।

सफल मौलिक रचनाएँ—कथा कदम्ब, आकर्षण, मिलन, वीर सुरेन्द्र साए के जीवन पर आधारित लेख आदि।

लक्ष्मीकांत महापात्र (जन्म : 1888; **मृत्यु :** 24 फरवरी, 1953)

जन्म स्थान : भद्रक, जिला—बालेश्वर।

कटक और भद्रक में शिक्षा प्राप्त की। शिक्षा-समाप्ति के बाद कोढ़ग्रस्त। सन् 1937 में 'डगर' साहित्यिक पत्र का संपादन। जीवनकाल में ही 'कांत कवि' के रूप में ख्याति। जीवन-पर्यन्त साहित्य-साधना। गीति-काव्य, निबन्ध, उपन्यास, कहानी, ललित-निबन्ध प्राय: सभी साहित्यिक विधाओं में मौलिक रचनाएँ प्रकाशित हैं।

रचनाएँ—कविता-संग्रह : जीवन-संगीत, गीति कविता-गुच्छ। **उपन्यास :** कणा मामुं। **गद्य :** श्रवणे शालन्दी, शारदे शालन्दी आदि। **कहानी :** बुढ़ा शंखारि, उलटा बुझिले राम आदि।

गोदावरीश मिश्र (जन्म : 1886, **मृत्यु :** 1956)

जन्म स्थान : कुमारांग, जिला—पुरी।

शिक्षा : कटक और कलकत्ता में। लड़कपन से ही उनमें नई जीवन-दृष्टि की झलक मिलती थी। कवि, निबन्धकार, नाटककार, कहानीकार के रूप में प्रतिष्ठा प्राप्त। एक आदर्शवादी समाजसेवी के रूप में सुपरिचित। सत्यवादी वकुल बन विद्यालय समाज के अन्यतम स्थापक सदस्य। सभी रचनाएँ संस्कार धर्मी। उड़ीसा की राजनीति में योगदान और प्राक्-स्वतंत्रता मंत्रिमंडल में शिक्षा विभाग का दायित्व ग्रहण।

रचनाएँ—पद्य : आलेखिका, कालिका, किशलय आदि। **नाटक :** पुरुषोत्तम देव, मुकुन्द देव। **आत्मकथा :** अर्धशताब्दीर ओड़िशा ओ तहिरे मोर स्थान। (केन्द्रीय साहित्य अकादमी द्वारा पुरस्कृत)। **उपन्यास :** अभागिनी (लाँ मिजरेबुल—अंग्रेजी उपन्यास के आधार पर) अन्य तीन उपन्यास और दो कहानी-संग्रह।

आप पंडित जी के नाम से सुपरिचित थे। प्रचलित ब्राह्मणवाद के विरोध में अनेक बार आन्दोलन भी किया था।

डॉ० कालिन्दीचरण पाणिग्राही (जन्म : 1901) श्रावण अमावस्या।

जन्म स्थान : विश्वनाथपुर, जिला—पुरी।

रेवेन्शा कालेज से बी० ए०। उड़िया सबुज कविता आन्दोलन के अन्यतम उन्नायक। उनकी लेखनी साहित्य की सभी विधाओं में सक्रिय रही। 'माटिर मणिष' उपन्यास से पर्याप्त ख्याति प्राप्त हुई। केन्द्रीय साहित्य अकादमी द्वारा पुरस्कृत। भारतीय पी० ई० एन० तथा उत्कल साहित्य समाज से ओत-प्रोत संबंध, 'पद्मश्री' उपाधि-प्राप्त।

प्रकाशित रचनाएँ—कविता : मने नाहिं, क्षणिक सत्य, मो कविता आदि। **उपन्यास :** माटिर मणिष, लुहार मणिष, मुक्तागड़र क्षुधा, अमरचिता, आजिर मणिष आदि। **कहानी-संग्रह :** सागरिका, राशिफल, शेष रश्मि, मो कथाटि, सरिनाहिं आदि। **आत्मकथा :** अंगे याहा निभाइछि।

सच्चिदानन्द राउतराय (जन्म : 1916)

जन्म स्थान : गुरुजंग, जिला—पुरी।

विद्यार्थी-जीवन में ही पढ़ाई छोड़कर असहयोग आन्दोलन में योगदान। साम्यवादी आन्दोलन के सक्रिय सदस्य। 1936 ई० में 'रक्तशिखा' कविता-संग्रह सरकार द्वारा जब्त। 'बाजि राउत' युगान्तकारी काव्य है। विभिन्न साहित्यिक तथा सांस्कृतिक संस्थाओं से संबंधित। विश्व-भ्रमण का श्रेय प्राप्त है।

रचनाएँ—कविता : अभियान, रक्तशिखा, पल्लीश्री, बाजि राउत, भानुमतिर देश, पाण्डुलिपि कविता 1962 (केन्द्रीय साहित्य आकदमी द्वारा पुरस्कृत)। **उपन्यास-कहानी :** चित्रग्रीव, माटिर ताज, मशाणिर फूल, छाई आदि। (भारत सरकार द्वारा पद्मश्री उपाधि से सम्मानित)

सुरेन्द्र महांति (जन्म : 1920)

जन्म स्थान : पुरुषोत्तमपुर, जिला—कटक।

विद्यार्थी जीवन से राजनीति के प्रति आग्रह। अत्यन्त प्रभावपूर्ण व्यक्तित्व। बहुमुखी प्रतिभा। उच्चकोटि के पत्रकार, सफल साहित्यकार, विद्वान, आलोचक एवं चतुर राजनीतिज्ञ के रूप में आप सुपरिचित हैं। कथा-साहित्य के अमर शिल्पी हैं।

प्रमुख रचनाएँ—कहानी संग्रह : महानगरीर रात्रि, कृष्ण चूड़ा, रूटि ओ चन्द्र, शेष कविता, दुई सीमांत, मरालर मृत्यु, मांसर कोणार्क आदि। **उपन्यास :** नील शैल (केन्द्रीय साहित्य अकादमी द्वारा पुरस्कृत) नीलाद्रि विजय, अंध दिगन्त आदि। **समीक्षा :** शताब्दीर सूर्य, ओड़िया साहित्य का आदिपर्व, फकीर मोहन समीक्षा।

मनोज दास

विद्यार्थी जीवन में प्रगतिशील आन्दोलन में योगदान। अंग्रेजी साहित्य में स्नातकोत्तर उपाधि, एवं कटक में प्राध्यापकीय जीवन। प्राध्यापक-पद से निवृत्त होकर पाण्डिचेरी अन्तर्राष्ट्रीय शिक्षा-संस्थान में योगदान और अवस्थान। आपकी सृजनात्मक प्रतिभा बहुमुखी है। अंग्रेजी में 'हेरिटेज' मासिक पत्र का संपादन कर रहे हैं। कथा-साहित्य में अन्तर्राष्ट्रीय ख्याति प्राप्त।

प्रमुख प्रकाशित रचनाएँ—आरण्यक, सरला रामायण, इण्डोनेशिया अनुभूति, नन्दावतीर माझी, समुद्रर क्षुधा, शताब्दीर आर्तनाद, मनोज दासकंर कथा ओ कहाणी, मनोज पंचविंशति आदि।

रजनीकान्त दास

जन्म स्थान : तिगिरिआ, जिला—कटक।

सन् 1938 में असहयोग आन्दोलन में योगदान। कालाहांडी रियासम में राष्ट्रीय कांग्रेस के पहले संगठक। प्रगतिवादी गद्य-पद्य धारा में मौलिक रचना के लिए प्रवृत्ति। विभिन्न साहित्यिक तथा सांस्कृतिक संस्थाओं से जुड़े हुए। एक मौन साहित्य-साधक। उड़ीसा साहित्य आकदमी द्वारा सम्मानित।

प्रमुख रचनाएँ—कविता : संघर्ष, रघु महांति, विरल मूर्तिका आदि संग्रह। **निबन्ध :** जीवन धर्मी साहित्यर भूमिका। **उपन्यास (अनूदित) :** चरित्रहीना, विंश शताब्दीर प्रेत। **उपन्यास : दीपालि संघ। कहानी-संग्रह :** माटिर-मुकुट।

डॉ० कृष्ण प्रसाद मिश्र (जन्म : 1933)

जन्म स्थान : पुरी जिले के वाणपुर में।

कॉमनवेल्थ स्कॉलर के रूप में कनाडा के टोरोण्टो विश्वविद्यालय से पी-एच० डी० की उपाधि दर्शन-शास्त्र में। अभी उत्कल विश्वविद्यालय में दर्शन-शास्त्र

विभाग के प्रोफेसर। सफल कहानीकार, उपन्यासकार तथा समीक्षक के रूप में सुपरिचित।

मौलिक कृतियाँ—उपन्यास : सिंहकटी, नेपथ्ये, मृगतृष्णा। **कहानी संग्रह :** मौनावतीर, क्रीत दासीर काव्य, नायग्रा ओ देवयानी, अरण्य ओ उपवन, सनातन ओझा, गले कुआड़े आदि। **जीवानी :** निवेदिता, लक्ष्मी बाई।

कन्नड़

डॉ० मास्ती वेंकटेश अय्यंगर 'श्री निवास' (जन्म : 6 जून, 1891; **मृत्यु :** 1986)

जन्म स्थान : ग्राम—मास्ती, जिला—कोलार।

आरम्भ में मद्रास के प्रेसिडेन्सी कालेज में अंग्रेजी के अध्यापक फिर सिविल सर्विस की परीक्षा में उत्तीर्ण होकर असिस्टेण्ट कमिश्नर बने। कन्नड़ भाषा एवं साहित्य के भीष्माचार्य के रूप में जाने जाते हैं। 1929 के कन्नड़ साहित्य सम्मेलन के अध्यक्ष थे। मैसूर विश्वविद्यालय से गौरव से डॉक्टरेट, कहानियों पर केन्द्र साहित्य अकादमी का 1968-1970 का पुरस्कार, केन्द्र साहित्य अकादमी के 'फेलो' 1974 में, उपन्यास 'चिकवीर राजेन्द्र' पर 1984 का भारतीय ज्ञानपीठ पुरस्कार।

अज्जमपुर सीतापुर 'आनन्द' (जन्म : 22 अगस्त, 1902, **मृत्यु :** 17 नवम्बर, 1963)

जन्म स्थान : शिवभोग्गा जिले के आनवट्टी गाँव में।

रचनाएँ—कहानी-संग्रह : चंद्रग्रहण, संसार-शिल्प, जोयिसर, चौडि, माटगाति, स्वप्नजीवी आदि। नाटक, निबन्ध, अनुवाद आदि क्षेत्रों में काफी साहित्य रचा है। कन्नड़ के एक श्रेष्ठ कहानीकार।

राघवेन्द्र खासनीस (जन्म : 2 मार्च, 1933)

जन्म स्थान : जिला बिजापुर इंडी गाँव।

सहायक लाइब्रेरियन, बेंगलूर विश्वविद्यालय। कन्नड़ में नई पीढ़ी के एक अत्यन्त प्रभावशाली कहानीकार।

पी० लंकेश (जन्म : 1935)

जन्म स्थान : ग्राम—कोनगनहल्ली, जिला—शिवमोग्गा।

पेश : 1980 तक बेंगलूर विश्वविद्यालय में अंग्रेजी के अध्यापक के रूप में सेवा। अब लंकेश पत्रिका के सम्पादक।

कन्नड़ के [illegible]-प्रतिष्ठ नयी पीढ़ी के लेखक, फिल्म-निर्माता।

रचनाएँ—कहानी-संग्रह : केरेय नीरनु केरेगे चल्ली, नानल्ल, उमापतिया स्कालरशिप पात्रे, **उपन्यास :** बिरुकु, मृत्संजेय कथा प्रसंग, एळु नाटक गळु संक्रांति।

डॉ० यू० आर० अनन्तमूर्ति (**जन्म :** 21 दिसम्बर, 1932)

जन्म स्थान : ग्राम—बेगुवल्ली, जिला—शिवमोग्गा, तालुका—तीर्थहल्ली। **पेशा :** रीडर, अंग्रेजी विभाग, मानस गंगोत्री, मैसूर विश्वविद्यालय। कन्नड़ के एक प्रमुख लेखक।

रचनाएँ—कहानी-संग्रह : 'एरडु दशकद कथेगळु' (अनन्तमूर्ति की सभी कहानियाँ इस ग्रंथ में संगृहीत हैं।) **उपन्यास :** संस्कार, भारतीपुर, अवस्थे। **समीक्षा :** प्रज्ञेमत्तु परिसर, सन्निवेश। एक नाटक और कविताएँ (कन्नड़ काव्य-संग्रह—1973) नेशनल बुक ट्रस्ट से प्रकाशित।

के० सदाशिव (**जन्म :** मई 1934)

जन्म स्थान : जिला—चिकमगलूर।

मृत्यु के पहले मैसूर के जे० एस० एस० कालेज में प्राणिशास्त्र के रीडर थे। कन्नड़ भाषा की नव्य पीढ़ी के प्रमुख कहानीकार। उनकी कहानी 'नल्लियाल्लि नीरु बन्तु' को पूना के फिल्म इन्स्टीट्यूट ने फिल्मीकृत किया है।

रचनाएँ—कहानी-संग्रह : नल्लियल्लि नीरू बन्तु (1957), अपरिचितरु (1971) (कर्नाटक राज्य सरकार का पुरस्कार प्राप्त।)

पूर्णचन्द्र तेजस्वी (**जन्म :** 1939)

शिक्षा : एम० ए० (कन्नड़) मैसूर विश्वविद्यालय 1961 में।

आजकल चिकमगलूर जिले के मूडिगेरे तालुक के 'चित्रकूट' में रहते हैं। कन्नड़ भाषा के अत्यन्त प्रमुख एवं प्रभावशाली, सत्वशाली नये कहानीकार एवं उपन्यासकार हैं।

रचनाएँ—कहानी-संग्रह : हुलियूरिन सरहद्दु, स्वरूप, अबचूरिन पोस्टाफीसु, **उपन्यास : कर्वाली, चिदम्बर रहस्य।**

काळेगौडा नागवारा

अध्यापक, कन्नड़ विभाग, बेंगलूर विश्वविद्यालय।

रचनाएँ—कहानी-संग्रह : बेट्टसालु मळे। कई समीक्षा-ग्रन्थों की रचना, लोकसाहित्य पर विशेष अध्ययन। 1973, 1979 में इनकी रचनाएँ 'बमल सीमेय लावणिगलु' और 'बेट्टुसालुमळे' पर राज्य साहित्य अकादमी का पुरस्कार! **'बेकाद-संगति'** पर कणग्रटक जनपद यक्षगान अकादमी से 1980 में पुरस्कार प्राप्त हुआ।

कर्णाटक जनपद और यक्षगान अकादमी के सदस्य।

देवनूर महादेव (**जन्म :** 1949)

जन्म स्थान : जिला—मैसूर, देवनूर गाँव।

अध्यापक भारतीय भाषा संस्था, मानस गंगोत्री, मैसूर।

रचनाएँ—द्यावनूर (कहानी-संग्रह), ओडलावल (उपन्यास) (भारतीय भाषा परिषद् द्वारा पुरस्कृत), गांधी मत्तु माओ (अनुवाद)

श्रीमती वीणा शांतेश्वर (**जन्म :** 22 फरवरी, 1945)

जन्म स्थान : धारवाड़।

अंग्रेजी विषय की अध्यापिका, कर्णाटक कालेज, धारवाड़। कन्नड़ भाषा की श्रेष्ठ महिला कहानीकार।

रचनाएँ—कहानी-संग्रह : मुळ्ळुगळु, कोनेयदारि।

तेलुगु

पुलिकंटि कृष्णा रेड्डी

बहुमुखी प्रतिभा के धनी श्री पुलिकंटि एक साथ पत्रकार, संपादक, गायक, कवि, कथाकार एवं अभिनेता हैं। उत्तम अभिनेता के रूप में अनेक पुरस्कार प्राप्तकर्त्ता श्री पुलिकंटि आकाशवाणी तथा दूरदर्शन के श्रोताओं तथा दर्शकों के लिए चिरपरिचित हैं।

आपके अब तक तीन उपन्यास एवं चार कहानी-संकलन प्रकाशित हैं। पत्र-पत्रिकाओं द्वारा चलाई गई कहानी एवं उपन्यास की प्रतियोगिताओं में श्री रेड्डी ने अब तक पाँच पुरस्कार प्राप्त किये। आंध्र प्रदेश साहित्य अकादमी द्वारा पुरस्कृत हैं।

लोकभाषा में खासकर रायल सीमा क्षेत्र की भाषा में कहानी एवं गीत रचने में आपने जो ख्याति अर्जित की, अब तक किसी को प्राप्त नहीं हुई।

पालगुम्मि पद्मराजु

किसी समीक्षक ने सही लिखा कि तेलुगु कहानी की पताका को अन्तर्राष्ट्रीय साहित्य के शिखर पर फहराने का श्रेय जिस एक लेखनी को प्राप्त है—वह लेखनी पद्मराजु की थी।

अन्तर्राष्ट्रीय कहानी प्रतियोगिता में श्री पद्मराजु की कहानी 'गालिवान' (तूफान) को द्वितीय पुरस्कार प्राप्त हुआ है। आपकी दूसरी विशिष्ट कहानी 'पड़व प्रयाण' (नौका यात्रा) है। यह कहानी 'चेक' भाषा तथा अन्य अनेक भाषाओं में अनूदित हो प्रशंसा प्राप्त कर चुकी है।

आप वैसे एम० एस-सी० पास करके प्राध्यापक बने। पर उस पेशे को छोड़ मद्रास में आये एक फिल्मी लेखक बनकर। आप एक साथ कवि, कथाकार,

नाटककार, निदेशक हैं। आपके दर्जनों रेडियो-रूपक आकाशवाणी द्वारा प्रसारित हो श्रोताओं के द्वारा बहुचर्चित एवं प्रशंसनीय हैं। 'नल्लरेगडि' 'रामराज्यानिकि रहदारि' आदि आपके चर्चित उपन्यास हैं।

राचकोंड विश्वनाथ शास्त्री

पेशे से वकील हैं, लेकिन पेशेवर लेखक से भी कहीं अधिक और अच्छी कहानियाँ लिखकर तेलुगु कहानी को इन्होंने नये आयाम दिये हैं। आपके कहानी-संग्रह आन्ध्र प्रदेश, साहित्य आकदमी तथा अन्य संस्थाओं से पुरस्कृत हैं। तेलुगु के युग-प्रवर्तक कवि व साहित्यकार श्री श्री के अनुसार राचकोंड विश्वनाथ शास्त्री अपनी कहानियों के लिए सामान्य लोगों की सामान्य घटनाओं को इस तरह चित्रित करते हैं कि उनमें पाठक को हास्य, करुणा, वीभत्स आदि रसों की अनुभूति एक साथ हो जाती है। ऐसी रसानुभूति को अन्य उपयुक्त नाम के अभाव में श्री श्री ने 'रसना' नाम दिया है। ऐसी ही 'रसना' से ओत-प्रोत कहानी यहाँ प्रस्तुत है, 'सृजन-पीड़ा-मृत्यु।'

प्रो० केतु विश्वनाथ रेड्डी

बहुमुखी प्रतिभा-सम्पन्न, पेशे की दृष्टि से भाषा-साहित्य के अध्यापक के अतिरिक्त भाषा, समाज, साहित्य तथा लोक-साहित्य के क्षेत्र में लेखक, सम्पादक व ख्याति-प्राप्त शोधकर्ता तथा शोध-मार्ग-दर्शक हैं। अन्यतम विशेषता है सर्जनात्मक लेखन। सर्जनात्मक परिपक्वता, वैज्ञानिक विवेचनात्मकता और प्रतिबद्ध ईमानदारी ये तीनों तत्व आपकी कहानियों में प्रतिबिंबित हैं। हृदय को स्पंदित कर प्रेरक प्रभाव पाठकों पर ला सकने वाली साहित्य-सर्जना को आप सामाजिक आवश्यकता मानते हैं। अपने आसपास के चरित्र व घटनाओं के माध्यम से अपने अंचल (रायलसीमा का अंचल) की भाषा में प्रस्तुत आपकी सभी कहानियों में जीवन में जो असंतोष है, जो कमी है, जो विविधता है उसका यथार्थ चित्रण मिलता है। जीवन में व्याप्त असंतोष को प्रकट करने पर भी इनकी कहानियों में ज़ीवन के प्रति कहीं अनास्था नहीं है। आपने कम ही कहानियाँ लिखी हैं, लेकिन प्रत्येक कहानी एक 'मास्टर पीस' कही जा सकती है। इस वजह से ही आपकी सभी कहानियाँ इने-गिने अपवादों को छोड़कर, कन्नड़, हिन्दी आदि भारतीय तथा रूसी, अंग्रेजी आदि विदेशी भाषाओं में अनूदित हैं। संकलन कहानी हिफाजती-साड़ी (दापुडु कोका) भी इसके पूर्व रूसी भाषा में अनूदित होकर प्रकाशित हो चुकी है।

बीना देवी

पाठक तथा लेखकों के बीच समान रूप से तहलका मचाने वाले कृतिकारों में से श्रीमती बीना देवी भी एक हैं। तेलुगु में विशिष्ट श्रेणी की कहानियाँ लिखकर श्रीमती बीना देवी ने कथा-साहित्य में नया आयाम स्थापित किया है।

'रामधम्मपेल्लिआगिपोयिंछि' तथा 'फर्स्ट केस' कहानी-संग्रह इस तथ्य के प्रमाण हैं।

बीना देवी का लोकप्रिय उपन्यास 'पुण्य भूमि आँखें खोलो' उर्फ 'हैंग मी क्विक' तेलुगु के श्रेष्ठतम उपन्यासों में गिना जाता है। आन्ध्र प्रदेश के सामाजिक जीवन का जैसा सशक्त चित्रण इस उपन्यास में हुआ है, वह अन्यत्र दुर्लभ है, जिसकी समस्त पाठकों तथा लेखकों ने मुक्त कंठ से प्रशंसा की है। यह उपन्यास बीना देवी की कीर्ति की पताका माना जा सकता है और समस्त भारतीय भाषाओं में रूपांतरित होने योग्य है। 'हरिश्चन्द्रमति' इनका एक लघु उपन्यास है।

आपकी कहानियों में 'स्वेच्छा यज्ञं', 'मिडिल क्लास', 'मोरालिटी', 'कांट यू डेअर डियर', 'थैंक्स फॉर द पि० एम०', 'कैप्टन कथा', 'पूजा फलम्', 'पेल्लिफास', 'बस्सु कदलिंदि', 'इदि कथ कादु', 'सिगरोदल मानेछां', 'आडदानि कथा' आदि विशेष रूप से उल्लेखनीय हैं।

बोम्मिरेड्डिपल्लि सूर्याराव

हिन्दुस्तान टाइम्स द्वारा 20-25 वर्ष पूर्व जो अखिल भारतीय कहानी प्रतियोगिता चलाई गई थी, उसमें इनकी कहानी 'दोगलशारु जाग्रत्त' (चोरी से सावधान) पुरस्कृत हुई थी। अपनी दर्जनों कहानियाँ लिखीं। 'कललु-कयलु' (स्वप्न और कथाएँ) आदि आपके कहानी-संग्रह हैं। आन्ध्र प्रदेश के विशिष्ट कथाकारों में से आप एक हैं। हृदय को छूने वाली कहानियों की रचना में आप सिद्धहस्त हैं।

आपकी कहानियों में साधारण मानव की सामान्य घटनाओं में शाश्वत सत्य एवं मूल्यों का चित्रण होता है। वे मानव की एक विशेष मानसिक स्थिति को हृदय स्पर्शी शैली में प्रस्तुत करने में बेजोड़ हैं।

डॉ० राबूरि भरद्वाज

डॉ० भरद्वाज ने तेलुगु-साहित्य में अपनी प्रतिभा के बल पर स्वतंत्र लीक बनाई है और अपनी अमिट छाप छोड़ी है। तेलुगु के कतिपय विशिष्ट कथाकारों में उनकी अपनी खासियत है—विशेषकर एक अलग शैली और जनभाषा को लेकर। जिन्दगी में इन्होंने जितने कष्ट झेले और समाज के जितने धक्के सहे, विभिन्न क्षेत्रों का जैसा व्यापक एवं गहरा अनुभव प्राप्त किया, वैसा अवसर बिरले लेखकों को जीवन में प्राप्त हुआ होगा।

इनकी रचनाओं में गहरी अनुभूति, व्यापक जीवन-दर्शन, ईमानदारी और प्रतिबद्धता अपनी एक अलग खासियत रखती है। आपके दर्जनों ग्रन्थ प्रकाशित हो चुके हैं—सौ के करीब! करीब तीन सौ कहानियाँ! आत्म-चिंतन और दार्शनिक दृष्टि ने आपको एक विशिष्ट कथाकारों की श्रेणी में ला खड़ा किया है।

आप आन्ध्र प्रदेश साहित्य अकादमी, साहित्य अकादमी दिल्ली द्वारा पुरस्कृत हो चुके हैं। रूस का भ्रमण किया है। आपकी कृतियाँ विभिन्न भाषाओं में अनूदित हैं। 'कौमुदी' उपन्यास हिन्दी में भी प्रकाशित है।

बलिवाड़ा कान्तारव

श्री कान्ताराव तेलुगु कथा-साहित्य में अपनी एक विशिष्ट शैली के लिए प्रख्यात हैं। मानव-मन की गहराइयों तथा समाज के यथार्थ चित्रण में बेजोड़ हैं। कथा-कथन में आपकी अपनी एक अनोखी शैली है जो पाठक को अन्त तक अपने साथ खींच ले जाती है।

आपने सौ से अधिक कहानियाँ तथा एक दर्जन के करीब उपन्यास लिखे हैं—आपकी रचनाएँ विभिन्न भाषाओं में अनूदित हैं। हिन्दी में भी दो-चार उपन्यास रूपान्तरित हुए हैं जिनमें 'दगापडिनं तम्मुडु' विशेष लोकप्रिय है।

पुराणम् सुब्रह्मण्यम शर्मा

श्री शर्मा एक साथ एक कुशल पत्रकार, कथाकार स्तम्भ-लेखक, कुशल वक्ता एवं समालोचक भी हैं। आपने कहानियाँ कम लिखीं, पर लिखीं सशक्त। 'शिवकांत' आदि आपके कहानी-संग्रह हैं।

साहित्य को एक बूर्जुवा लग्जरी तथा कहानी के द्वारा कोई प्रयोजन न मानकर चुटकी लेने वाले मेधावियों को उचित समाधान देने की भावना से प्रेरित होकर ही ये कहानी-रचना में प्रवृत्त हुए।

संप्रति शर्मा जी 'आन्ध्र ज्योति साप्ताहिक' के सम्पादक हैं।

मधुरान्तकम राजाराम

ग्रामीण जीवन के चित्रण में श्री राजाराम सिद्धहस्त हैं। पेशे से अध्यापक हैं। रायल सीमा क्षेत्र के ग्रामीण का चित्र आपकी कहानियों में जैसे उभर आया है, वैसा बहुत कम लेखकों की कलम से उभरा है।

आपने करीब दो सौ कहानियाँ लिखीं। अनेक भाषाओं में आपकी रचनाएँ अनूदित होकर समादृत हुई हैं—आकाशवाणी के द्वारा आपकी अनेक कहानियाँ प्रसारित हैं। आन्ध प्रदेश साहित्य अकादमी, हैदराबाद द्वारा आप अपनी रचनाओं के लिए पुरस्कृत हैं। एक कुशल वक्ता हैं।

पंजाबी

हमदर्दवीर नौशहरवी

पंजाबी के जनकवि एवं परिचित कथाकार। अनेक काव्य संग्रह एवं कथा संग्रह प्रकाशित। सामयिक प्रासंगिक लेखन के लिए प्रतिश्रुत। 'कितने खालिस्तान' सारिका में चर्चित रही एक और कहानी थी। सम्प्रति समराला के पास एक कॉलेज में प्राध्यापक।

जगजीत बराड (**जन्म :** 1941)

'माध्यम' और 'वापसी' कथा-संग्रहों के साथ एक कविता संग्रह भी पंजाबी में प्रकाशित। 'धूप और दरिया की दोस्ती' पंजाबी, हिन्दी और गुजराती में भी प्रकाशित, चर्चित उपन्यास। प्रखर भावाभिव्यक्ति, सूक्ष्म विश्लेषण के लिए सम्मानित।

केवल सूद (**जन्म :** 1936)

'मुर्गीखाना', 'कोई दूसरा चाणक्य' व 'न अर्जुन न दुर्योधन' चर्चित कृतियाँ। दूरदर्शन व फिल्मी लेखन भी। पंजाब के नगर व महानगर के जीवन को ही नहीं, गाँवों देहातों को भी अपनी रचनाओं में चित्रित किया है। सम्प्रति-सोवियत सूचना केन्द्र दिल्ली में।

प्रेम प्रकाश (**जन्म :** 1932)

बीच की पीढ़ी के सर्वाधिक चर्चित पंजाबी कथाकार। 'मुक्ति' व 'श्वेताम्बर ने किहा सी' के अतिरिक्त दो अन्य कहानी-संग्रह प्रकाशित। सम्मानित कथाकार। पंजाब के गैर सिख, लेकिन पंजाबी-पात्रों को रेखांकित कर पाने में सक्षम।

दलीप कौर टिवाणा (**जन्म :** 1932)

मुख्यत: उपन्यासकार। साहित्य अकादमी दिल्ली द्वारा भी सम्मानित। प्रतिनिधि पंजाबी कहानियों का एक वृहत् संकलन, भाषा विभाग पंजाब द्वारा प्रकाश्य। नारी मन की जटिलताओं व ग्रामीण, शहराती नारी-मन की चर्चित कहानीकार।

मोहन भंडारी (**जन्म :** 1937)

'मनुक्ख दी पैड', 'तिलचौली' और 'काठ दी लत' प्रकाशित व सम्मानित कथा-संग्रह। बीसेक कहानियाँ हिन्दी, उर्दू व अन्य भारतीय भाषाओं में प्रकाशित। पंजाब के दफ्तरी-जीवन और निम्न-मध्यम वर्ग के कुशल चितेरे। शिक्षा निदेशालय (स्कूल) में कार्यरत।

संतोख सिंह धीर (**जन्म :** 1920)

पंजाबी कथाकारों में दूसरी पीढ़ी के सशक्त कहानी लेखक, कवि व उपन्यासकार। प्रतिबद्ध लेखक। पंजाब साहित्य अकादमी से विशेष फैलोशिप प्राप्त। मशीन के आगे मजबूर मनुष्य और उसकी जरूरतों को बयान करती है प्रस्तुत कहानी 'कोई एक सवार'।

कर्तारसिंह दुग्गल (**जन्म :** 1917)

पंजाबी में सर्वाधिक कहानियाँ लिखने वाले नामवर कथाकार, उपन्यासकार, नाटककार और भूतपूर्व प्रशासक-लेखक। पोठोहाली भाषा व आंचलिक चित्रण

के लिए भी चर्चित। हिन्दी में सीधा प्रकाशन भी। आकाशवाणी व नेशनल बुक ट्रस्ट से भी सम्बद्ध रहे हैं।

सुजान सिंह (**जन्म** : 1909)

पंजाबी की प्रथम पीढ़ी में प्रथम कोटि के प्रतिबद्ध कथाकार, जो आज भी सतत सक्रिय हैं। अनेक कथा-संग्रह पंजाबी में प्रकाशित। कई भाषाओं (रूसी समेत) में अनूदित भी। सहज भावाभिव्यक्ति के रचनाकार, संघर्षरत जीवन।

संतसिंह सेखों (**जन्म** : 1908)

पंजाबी के पहले (आद्य) कथाकार। अनेक पाठ्यक्रमों में निर्धारित-प्रस्तावित। सम्मानित शिरोमणि नाटककार भी। बदलते मानव-मूल्यों के चितेरे। समर्थ शीर्षस्थ समीक्षक। पाँचके दशकों से पंजाबी-साहित्य पर छाए रहे हैं।

मराठी

य० गो० जोशी (**जन्म** : 1901, **मृत्यु** 1963)

स्व० य० गो० जोशी ने 1926 के आस-पास कहानी लिखना शुरू किया। आपकी कहानियों को 'पुनर्भेट' शीर्षक से छः संग्रहों में संकलित किया गया है। मध्य वर्ग के सुख-दुःखों के चितेरे श्री य० गो० जोशी जी की कहानियाँ एकदम हृदय को छू जाती हैं। उनके अपने समय में मराठी कथा पर टेकनिक का जो प्रचुर प्रभाव पड़ा था, उसका मजाक श्री जोशी ने अपनी कहानी के स्वच्छंद रचना-विधान के माध्यम से उड़ाया है। 'वहिनीच्या बागंड्या' जैसी कहानियों पर चित्रपट भी बने हैं।

वामन चोरघड़े (**जन्म** : 1914)

1935 के आस-पास मराठी कथा को समृद्ध करने वाले कथाकारों में वामन चोरघड़े प्रमुख हैं। जीवन के सुकुमार, मृदु और सैम्य पक्ष का चित्रण चोरघड़े की कथा में मिलता है। मराठी कथा को कथानक के दबाव से युक्त करने का श्रेय वामन चोरघड़े को देना चाहिए। सूक्ष्म मनोवृत्तियों या स्वभाव वैशिष्ट्य का दर्शन कराने वाली चोरघड़े की कथा संस्कारी कथा है।

अरविंद गोखले (**जन्म** : 1919)

जन्म स्थान : इस्लामपुर, सातारा; **शिक्षा**—एम० एस-सी०, एम० एस० (विन्स्टन)।

मराठी नई कहानी के शीर्षस्थ कथाकार। अब तक 31 कहानी संग्रह, 4 लघुतम कथा संग्रह, 6 दीर्घ कथा-संग्रह प्रकाशित। इसके अतिरिक्त देश-विदेश की कथाओं के अनुवाद पाँच कथा-संग्रहों में प्रकाशित। ग्यारह ललित लेखों के संग्रह प्रकाशित। अनेक कथा-संग्रह राज्य सरकार की ओर से पुरस्कृत। एन्कौंटर

(लंदन) पत्रिका की एशियाई-अफ्रीका कथा प्रतियोगिता में 'गंधवार्ता' कथा पुरस्कृत। केन्द्र सरकार के सांस्कृतिक मंत्रालय से ऐमिरिटस फेलोशिप। 1984-85 में पाकिस्तान यात्रा।

शांताराम [के० ज० पुरोहित] (**जन्म :** 1923)

जन्म स्थान : नागपुर, **शिक्षा :** एम० ए० (अंग्रेजी)

मराठी की नयी और पूर्ववर्ती कथा के बीच एक सशक्त सेतु। अनेक कहानियाँ प्रतीकात्मक जीवन-दर्शन के लिए प्रख्यात। मनोविज्ञान की पकड़ के कारण मनुष्य के मन की विविध वृत्तियों का प्रभावपूर्ण चित्रण शांताराम की कथा में मिलता है। खासकर भारतीय समाज और उसकी परम्पराओं की पृष्ठभूमि पर नूतन जीवनानुभव को देखने की उनकी प्रवृत्ति प्रबल है।

गंगाधर गाडगिल (**जन्म :** 1923)

जन्म स्थान : मुम्बई, **शिक्षा :** एम० ए० (अर्थशास्त्र)

मराठी नई कथा को सुदृढ़ आधार एवं दिशा देने वाले प्रवर्तक कहानीकारों में से एक। प्रयोगधर्मी कहानीकार गाडगिल के अब तक 16 कहानी संग्रह, दो उपन्यास, छः नाटक, दो यात्रा वर्णन, एक स्थान वर्णनात्मक लेख-संग्रह, पाँच समीक्षात्मक ग्रंथ, तीन हास्यपरक लेख-संग्रह, चार अर्थशास्त्र विषयक लेखों के संग्रह और पाँच बालकों के लिए लिखे साहित्य के संग्रह प्रकाशित हुए हैं। अपनी सर्जनात्मक रचनाओं के साथ समीक्षात्मक लेखन से मराठी साहित्य को समृद्ध बनाने वाले शीर्षस्थ लेखक।

जी० ए० कुलकर्णी (**जन्म :** 1923)

शिक्षा : एम० ए० (अंग्रेजी)

मराठी के शीर्षस्थ कथाकारों में से एक। मराठी कथा को अपनी दार्शनिक, चिन्तनात्मक और अन्तर्मुखी जीवन-दृष्टि से विलक्षण रूप में समृद्ध किया। समृद्ध बिम्ब-योजना, प्रचुर और सशक्त प्रतीक-योजना एवं अनेक अर्थ-व्यंजक कथावस्तुओं के मेल से अनोखे जीवनानुभव को अभिव्यक्ति दी। अनेक कथा-संग्रह पुरस्कृत।

शंकर पाटील (**जन्म :** 1926)

शिक्षा : बी० ए०, बी० टी०।

मराठी की ग्रामीण कहानी को समृद्ध करने वालों में प्रमुख हस्ताक्षर। अब तक ग्यारह से अधिक कहानी संग्रह प्रकाशित। प्रायः हर कहानी-संग्रह को पुरस्कार प्राप्त। अनेक कथाओं पर चित्रपट बने। 1959 में एशिया फाउण्डेशन की शिष्य वृत्ति। 'टारफुला' (1964) उपन्यास प्रकाशित। 1985 के महाराष्ट्र साहित्य सम्मेलन के अध्यक्ष निर्वाचित हुए।

विद्याधर पुंडलीक (**जन्म :** 1924)

शिक्षा : एम० ए० (समाज शास्त्र), पी-एच० डी०

समाजशास्त्र के प्रध्यापक के रूप में पुणे विश्वविद्यालय से अवकाश-ग्रहण। कहानी, नाटक, एकांकी, रेखाचित्र, ललित-निबंध और समीक्षा में अत्यन्त महत्वपूर्ण लेखन। अनेक ग्रंथ राज्य-सरकार द्वारा एवं अन्य प्रतिष्ठानों द्वारा पुरस्कृत। भारतीय परम्पराओं से सुदृढ़ आंतरिक लगाव होते हुए भी साहित्य का अनुभव-क्षेत्र नित्य नूतन दृष्टि एवं जीवनानुभव से समृद्ध करने का अविरल-प्रयास। तरल काव्यात्मकता, जीवन के शाश्वत दु:ख को व्यक्त करने का निरन्तर प्रायास, विलक्षण, मृदु, अन्तर्मुखी, चिन्तनपरक दृष्टि और भाषा पर अद्‌भुत अधिकार से कलाविध सम्पन्न।

बाबूराव बागुल (**जन्म :** 1930)

मुख्य रूप से सामाजिक कार्यकर्त्ता और चिन्तक। दलित साहित्य को प्रतिष्ठित करने वालों में अग्रणी। जीवन के ठोस और विद्रूप यथार्थ से साक्षात्कार कराने वाली बागुल की कथा मनुष्य की चिरंतन भा़वना को उभाड़ती है।

आनंद यादव (**जन्म :** 1935)

जन्म स्थान : कागल, कोल्हापुर, **शिक्षा :** एम० ए०, पी-एच० डी०

सम्प्रति : रीडर, मराठी विभाग, पुणे विश्वविद्यालय।

मराठी के शीर्षस्थ ग्रामीण कथाकारों में से एक। कवि, कहानीकार, उपन्यासकार, ललित निबंधकार, सभी विधाओं में विपुल लेखन। अनेक पुस्तकें राज्य-सरकार एवं अन्य प्रतिष्ठानों से पुरस्कृत।

ग्रामीण साहित्य के आंदोलन का समग्र विचार आपने किया है।

हिन्दी

चन्द्रधर शर्मा गुलेरी (**जन्म :** 1883; **मृत्यु :** 1922)

श्री गुलेरी यद्यपि गंभीर विद्वान्, शोधकर्ता, समीक्षक और निबन्धकार थे, किन्तु उनकी ख्याति एक कहानीकार के रूप में ही विशेष है। उन्होंने केवल तीन ही कहानियाँ लिखीं, सुखमय जीवन, उसने कहा था तथा बुद्धू का काँटा। उनकी 'उसने कहा था' कहानी शिल्प, कथ्य और भावनाओं के सूक्ष्म विश्लेषण के कारण हिन्दी की श्रेष्ठतम कहानियों में परिगणित होती है।

प्रेमचंद (**जन्म :** 1880; **मृत्यु :** 1936)

पहले वे धनपत राय के नाम से उर्दू में लिखते थे। 'सोजेवतन' उनका पहला उर्दू कहानी-संग्रह है। उनकी लिखी तीन सौ से अधिक कहानियाँ 'मानसरोवर' नाम से आठ भागों में प्रकाशित हैं। इनके उपन्यासों में 'सेवा-सदन', 'रंगभूमि',

'गवन', 'निर्मला', 'कायाकल्प', 'गोदान', आदि हिन्दी के श्रेष्ठतम उपन्यासों मेंगिने जाते हैं। 'जागरण', 'हंस' के समपादक के रूप में एक पत्रकार, 'कर्बला' नामक नाटक के लेखक के रूप में नाटककार तथा अंग्रेजी उर्दू के प्रसिद्ध ग्रन्थों के हिन्दी अनुवाद के कारण ये एक सफल अनुवादक भी माने जाते हैं। निम्न मध्यवित्त मानवीय-संवेदनाओं के कुशल चितेरे के रूप में प्रेमचंद को हिन्दी कथा-साहित्य का जनक कहा जा सकता है! 'गोदान' उनकी सर्वश्रेष्ठ कृति है, जो उन्हें गोर्की, टालस्टाय, अनातोले फ्रांस जैसे विश्व साहित्यकारों की श्रेणी में प्रतिष्ठित करती है। कई विद्वानों के मत से 'कफन' उनकी सर्वश्रेष्ठ कहानी मानी जाती है।

जयशंकर प्रसाद (**जन्म :** 1889; **मृत्यु** 1937)

वाराणसी में जन्मे श्री जयशंकर प्रसाद विश्व-विश्रुत कालजयी महाकाव्य 'कामायनी' के कवि के रूप में ही प्रख्यात हैं, किन्तु उनकी प्रतिभा बहुमुखी थी। नाटककार, उपन्यासकार, गंभीर निबंधकार तथा श्रेष्ठ कहानीकार के रूप में भी उनकी ख्याति किसी से कम नहीं है। इनके काव्य-ग्रन्थों में कामायनी के अतिरिक्त 'आँसू' और 'लहर', नाटकों में स्कन्दगुप्त, चन्द्रगुप्त, अजातशत्रु, ध्रुवस्वामिनी आदि और उपन्यासकारों में 'कंकाल' तथा 'तितली' प्रमुख हैं। 'गुण्डा' इनकी श्रेष्ठतम कहानियों में गिनी जाती है।

यशपाल (**जन्म :** 1903; **मृत्यु 1976**)

प्रसिद्ध क्रांतिकारी यशपाल हिन्दी के अन्यतम कथाकारों में परिगणित होते हैं। एक दर्जन से अधिक कहानी-संग्रह, लगभग इतने ही उपन्यास, 'गांधीवाद की शव-परीक्षा', 'मार्क्सवाद' 'देखा, सोचा, समझा' जैसे निबंध-संग्रह, 'लोहे की दीवार के दोनों ओर', 'राह बीती' जैसे यात्रा-वृत्त और 'सिंहावलोकन' जैसी संस्मरणात्मक आत्मकथा भी इनकी ख्याति के आधार हैं। 'दिव्या' और 'झूठा-सच' इनके बहु-आयामी प्रसिद्ध उपन्यास हैं। 'मेरी तेरी उसकी बात' पर उन्हें साहित्य आकादेमी का पुरस्कार भी प्राप्त हो चुका है। 'परदा' उनकी एक प्रसिद्ध कहानी है।

सच्चिदानन्द हीरानन्द वात्स्यायन 'अज्ञेय' (**जन्म :** 7 मार्च, 1911)

जन्म स्थान : उत्तर प्रदेश के देवरिया जिले के कसिया गाँव में हुआ।

क्रांतिकारी कार्यों के लिए 1930-34 में कारादण्ड, सन् 1942-46 तक द्वितीय विश्वयुद्ध में सक्रिय सैनिक सेवा, सन् 1971-72 में जोधपुर विश्वविद्यालय में तुलनात्मक साहित्य और भाषा-विभाग में निदेशक। 1937-39 विशाल भारत का, 1946-52 'प्रतीक' का, 1958-59 'वाक' का, 1964-69 'दिनमान' का, 1972-73 'एव्हरीमैन' का, 1977-79 'नवभारत टाइम्स' का सम्पादन किया। 1973-77 'नया प्रतीक' की स्थापना और सम्पादन, सन् 1943, 1951, 1958 और 1979 में सप्तक शृंखला का सम्पादन। 20 से अधिक पुस्तकों के प्रणेता। 1964 में 'आँगन के पार

द्वार' काव्य-कृति पर साहित्य अकादमी पुरस्कार से और 1978 में 'कितनी नावों में कितनी बार' काव्य-कृति पर 'भारतीय ज्ञानपीठ पुरस्कार' से समलंकृत। **चर्चित कृतियाँ** : 'शेखर : एक जीवनी' (2 खण्डों में), 'नदी के द्वीप', 'अपने-अपने अजनबी', 'अरे यायावर, रहेगा याद' यात्रा-वर्णण आदि। साहित्य शास्त्र के प्रमुख चिन्तक, विवेचक और व्याख्याकर।

उषा प्रियम्वदा

हिन्दी की विशिष्ट कथाकार उषा प्रियम्वदा ने इलाहाबाद विश्वविद्यालय से अंग्रेजी साहित्य में पी-एच० डी० की उपाधि प्राप्त की। तीन साल दिल्ली के लेडी श्रीराम कालिज और इलाहाबाद विश्वविद्यालय में प्राध्यापन के बाद फुलब्राइट स्कालरशिप पर अमरीका प्रस्थान किया, जहाँ ब्लूमिंगटन, इण्डियाना में दो वर्ष पोस्ट-डॉक्टरल स्टडी की। आजकल वे विस्कांसिन विश्वविद्यालय, मैडीसन में दक्षिणेशियासी विभाग में प्रोफेसर हैं।

उषा जी के कथा-साहित्य में शहरी परिवारों के बड़े ही अनुभूतिप्रवण चित्र हैं, और आधुनिक जीवन की उदासी, अकेलेपन, ऊब आदि का अंकन करने में उन्होंने अत्यन्त गहरे यथार्थबोध का परिचय दिया है।

प्रकाशित पुस्तकें—जिन्दगी और गुलाब के फूल, एक कोई दूसरा, मेरी प्रिय कहानियाँ (कहानी-संग्रह); पचपन खम्भे लाल दीवारें, रुकोगी नहीं राधिका (उपन्यास); हिन्दी कहानियाँ (अंग्रेजी में अनुवाद); मीराबाई, सूरदास (अंग्रेजी में लिखित)।

फणीश्वरनाथ 'रेणु' (**जन्म** : 1921; **मृत्यु** : 1977)

आंचलिक परिवेश को समग्र और जीवन्त रूप में प्रस्तुत करने की असीम क्षमता से सम्पन्न फणीश्वरनाथ रेणु का हिन्दी कथा-साहित्य में एक विशिष्ट स्थान है। बिहार के एक छोटे से गाँव में मध्यवर्गीय किसान परिवार में रेणु का अपने वातावरण में भौगोलिक, ऐतिहासिक, राजनैतिक परिवेश से घना और संश्लिष्ट परिचय था, जो उनकी कृतियों में पूर्णतः प्रत्यायक रूप में प्रतिफलित हुआ है। 'मैला आंचल' और 'परती परिकथा' उनकी प्रसिद्ध औन्यासिक कृतियाँ हैं। 'तीसरी कसम' उनकी एक प्रख्यात कहानी है।

भीष्म साहनी (**जन्म** : 8 अगस्त, 1915)

जन्म-स्थान : रावलपिण्डी, अब पाकिस्तान में।

शिक्षा समाप्ति के बाद प्रारम्भ में जाकिर हुसैन कालेज दिल्ली में अध्यापन और 1957-63 रूस में अनुवाद कार्य, 1975 में शिरोमणि लेखक पुरस्कार, सन् 1980 में लोटस पुरस्कार आदि से सम्मानित, सन् 1975 में 'तमस' उपन्यास पर साहित्य अकादेमी का पुरस्कार और सन् 1977 के 'हानूश' नाटक पर मध्य प्रदेश

साहित्य अकादमी परिषद् का पुरस्कार। चर्चित कृतियाँ 'झरोखे', 'भाग्य रेखा' 'भटकती राख' कहानी-संग्रह। कहानी-संग्रहों के अंग्रेजी और रशियन में अनुवाद हुए हैं। अंग्रेजी में 'माई ब्रदर' नाम से अपने भाई बलराज साहनी का जीवन-चरित्र लिखा। रूसी भाषा के लगभग 25 श्रेष्ठ ग्रन्थों का हिन्दी में और कतिपय हिन्दी तथा पंजाबी कृतियों का अंग्रेजी में अनुवाद किया।

धर्मवीर भारती (जन्म : 25 दिसम्बर, 1926)

जन्म-स्थान : उत्तर प्रदेश, इलाहाबाद में।

सन् 1959 तक इलाहाबाद विश्वविद्यालय में हिन्दी के प्राध्यापक, सन् 1960 से हिन्दी के प्रसिद्ध साप्ताहिक पत्र 'धर्मयुग' का सम्पादन, सन् 1972 में भारत सरकार द्वारा 'पद्मश्री' अलंकार से सम्मानित। लगभग बीस पुस्तकों के प्रणेता। कथा-क्षेत्र और काव्य-क्षेत्र में समान रुचि एवं गति। **चर्चित कृतियाँ :** 'सूरज का सातवाँ घोड़ा' और 'गुनाहों का देवता' उपन्यास; 'कनुप्रिया', काव्य-कृति; 'अंधायुग' नाटक; 'पश्यन्ति' निबन्ध-संग्रह; 'बन्द गली का आखिरी मकान' कहानी-संग्रह; 'मानव मूल्य और साहित्य' समालोचना।—बुलगारिया, चेकोस्लोवाकिया, जर्मनी, रूस आदि देशों की भाषाओं में कृतियों के अनुवाद हुए हैं।

जैनेन्द्र कुमार (जन्म : 2 जनवरी, 1905)

जन्म-स्थान : उत्तर प्रदेश के अलीगढ़ जिले में कौड़ियागंज में।

सन् 1921 में असहयोग आन्दोलन में जुड़े, सन् 1921, 1930 और 1931 में स्वतंत्रता आन्दोलन में जेल-यात्रा। 1956-57 में एशियाई लेखक सम्मेलन का संयोजन, सन् 1950 में यूनेस्को आयोग में योगदान, साहित्य अकादमी के सदस्य। स्व० प्रेमचंद के बाद और मनोवैज्ञानिक कहानी के प्रमुख प्रस्तोता, प्रख्यात गांधीवादी विचारक-साहित्यकार, 40 से अधिक पुस्तकों के प्रणेता, सन् 1932 में 'परख' उपन्यास पर 'हिन्दुस्तान अकादमी पुरस्कार' से और सन् 1966 में 'मुक्तिबोध' उपन्यास पर 'साहित्य अकादमी पुरस्कार' से और सन् 1962 में 'समय और हम' चिन्तन प्रधान निबन्ध-संकलन पर उत्तर प्रदेश अकादमी पुरस्कार से समलंकृत। सन् 1985 में उत्तर प्रदेश साहित्य संस्थान द्वारा हिन्दी के सर्वोच्च 'भारत-भारती' पुरस्कार से सम्मानित किया गया। अन्य प्रमुख कृतियाँ : त्याग-पत्र, कल्याणी, जयवर्धन, दर्शाक आदि।

✦